Andreas Gößling

Der Irrläufer

Roman

EDITION MARBUELIS

Andreas Gößling im Internet:
www.andreas-goessling.de
www.facebook.com/andreasgoesslingautor/

Andreas Gößling, *geboren 1958 in Gelnhausen,
hat Germanistik, Politikwissenschaft und Publizistik studiert
und 1984 mit einer Dissertation über Thomas Bernhards Prosa promoviert.
Seit Mitte der 1980er-Jahre hat er zahlreiche Bücher veröffentlicht,
sowohl literaturwissenschaftliche Werke als auch Sachbücher und Romane.
Die* **Edition Marbuelis** *versammelt eine Auswahl seiner Werke
in vom Autor überarbeiten Neuausgaben.*

Andreas Gößling

Der Irrläufer

Edition Marbuelis - Band 1

EDITION MARBUELIS

Ähnlichkeiten mit lebenden oder toten Personen
wären reiner Zufall und nicht beabsichtigt.

Edition Marbuelis im Internet:
www.marbuelis.de

Bibliographische Information der Deutschen Nationalbibliothek:
Die Deutsche Nationalbibliothek verzeichnet diese Publikation in der Deutschen Nationalbibliografie;
detaillierte bibliographische Informationen sind im Internet über <http://dnb.dnb.de> abrufbar.

Die Originalausgabe ist 1993 unter dem Titel
Irrlauf. Das endgültige Spiel bei edition q erschienen.
Überarbeitete Neuausgabe 2020
(c) 2020 Edition Marbuelis im Verlag MayaMedia GmbH, Berlin.
**Alle Rechte vorbehalten. Das Werk darf (auch auszugsweise) nur mit
Genehmigung des Verlags wiedergegeben werden.**

Satz und Cover: Adobe InDesign im Verlag
Coverabbildung: ©lassedesignen - stock.adobe.com
Druck: BoD, Norderstedt
ISBN 978-3-944488-40-0

Dem größten Spieler

Eins:
Tannenschatten

1

Am letzten Maimittwoch trat Georg gegen neun Uhr früh aus dem hohen, dämmrigen Mietshaus im Züricher Außersihlquartier. Mit Anzug und Koffer kam er sich wie ein Geschäftsreisender vor, der beispielsweise eine Musterkollektion modischer Tarnkappen mit sich herumschleppte. Während er auf die Schattenseite überwechselte, amüsierte er sich einige Augenblicke mit dieser Idee – wie einer sich nicht mit den Tarnkappen, sondern raffinierter als deren Händler tarnte.
Daraus müsste man ein Spiel machen, dachte er, obwohl er keinen Schimmer hatte, was für ein Spiel. Immerhin waren die Spiele sein Beruf, mit dem er allerdings bis heute keinen Pfennig oder Rappen verdient hatte. Fast zwei Jahre lang hatte er vergeblich versucht, sein *Irrläufer*-Spiel an einen Spieleproduzenten zu verkaufen. Wenn er heute nicht mit *Härtel & Rossi* übereinkam, konnte er gleich seine Sachen packen, seine Mansarde und sein ganzes bisheriges Leben aufgeben und als schmählich Gescheiterter zurück zu seinen Eltern nach Deutschland fahren. Nüchtern betrachtet war seine Lage nicht amüsant, sondern mehr oder weniger verzweifelt.
Der Aufgang zur Agentur lag halb versteckt in einer Passage. Links glitzerte ein winziges Juwelierfenster, rechts bauschten sich Zeitungen im blechernen Kioskkarussell. Auf dem Messingschild stand

4. Etage
St. Härtel & Fr. Rossi
Internationale Agentur
Kulturelle Transfers
Realisationen aller Art
Zürich – Rom – Tokio – New York

Georg zwängte sich durch den Türspalt und drückte auf den Liftknopf. Während er in die vibrierende Zelle trat, überlegte er allen Ernstes, vielleicht wäre es besser, umzukehren und die ganze Sache zu vergessen. Unangenehm war ja nicht, dass er sich in dem grauen Flanellanzug verkleidet fühlte, sondern dass er spürte, er beherrschte die Rolle nicht, für die er kostümiert war. Seit Wochen hatte er mit keinem Menschen geredet, höchstens alle paar Tage mit Alex. Und Alex – na ja, manchmal war er nicht sicher, ob Alex wirklich existierte.
Oben gab es keine Klingel, allerdings eine Variante des Firmenschildes: *Härtel & Rossi – Realisationen und Transfers*. Er stellte seinen Koffer ab und pochte gegen die

schwarze Flügeltür. Drinnen klapperten Klinken, ein Schlüsselbund klirrte herbei. Schritte hörte man gar nicht. Der Schlüssel drehte sich knirschend, dann schwang die Tür auf. Im Rahmen stand eine schmale, klein gewachsene Frau, die pechschwarz gekleidet und leuchtend grün geschminkt war. Schwarz war auch ihr Haar, das sich südländisch kraus von Schläfen und Stirn absträubte und als schwerer, breit geflochtener Zopf über ihre linke Schulter floss.
»Mein Name ist Georg Kroning. Ich bin mit Herrn Härtel verabredet.« Seine Stimme klang belegt und schwankend.
»Francesca Rossi.« Sie warf Georg einen erstaunten Blick zu, den er lächelnd erwiderte. »Sie sind überraschend jung, Herr Kroning.«
Sie sprach mit italienischem Akzent, der die deutschen Wörter taumeln ließ. Georg nahm seinen Koffer auf und folgte ihr durch einen schmalen, düsteren Gang, der sich mehrfach überraschend krümmte, als wüsste er selbst nicht recht, wohin. Der Agent Fr. Rossi war also eine Frau, dachte er. Francesca war sicher nicht viel älter als er selbst – höchstens zwei- oder dreiundzwanzig. Um ihren schmalen Körper spannte sich ein schwarzes, über Rücken und Brust tief ausgeschnittenes Kleid, dessen enger Saum sie zu Trippelschritten nötigte. Auf ihrem Rücken schwang rhythmisch der Zopf, schwer und mattschwarz wie sein eigenes Haar, das Georg gegen jede Mode schulterlang trug.
»Hier entlang, bitte.«
Sie traten in ein geräumiges, karg möbliertes Büro. Das schmale Fenster hinter der Jalousie wies auf einen Mauerschacht, aus dem Milchlicht sickerte. Einen träg quirlenden Ventilator umschließend, surrte unter der Decke ein bleiches Neonquadrat. Den Boden bedeckten betongrau lackierte Bohlen, auf denen sich links eine klinisch wirkende schwarze Ledercouch, rechts ein chrom- und glasblitzender Schreibtisch erhoben. Zwei oder drei bleifarbene Metalltischchen waren ohne erkennbaren Zweck im Raum verteilt.
»Nehmen Sie Kaffee, Herr Kroning? Übrigens müssen Sie heute mit mir vorliebnehmen. Härtel musste überraschend nach New York fliegen; ich erwarte ihn frühestens morgen zurück. Aber keine Sorge, ich bin über alles informiert.«
Georg nickte lächelnd. Statt Kaffee sagte Francesca *Kaffä*, und Sorge klang bei ihr wie *Sorrke*. Da sie praktisch jedes Wort falsch aussprach, wirkten ihre Sätze zweideutig, obwohl die Nebenbedeutungen diffus blieben wie Bilder und Gebärden in Träumen.
»Und ziehen Sie doch diese dicke Jacke aus. Seien Sie ganz ungeniert. Es ist fürchterlich warm hier.« Als sie ihm den Koffer aus der Hand nahm, streiften ihre kühlen, grün manikürten Finger seinen Handrücken. Sie legte den Kopf zurück und lächelte ihn schleierhaft an, wobei ihre meergrünen Lider sich über die Augenhöhlen senkten. Dann trippelte sie nach links zur Couch und ließ seinen Koffer achtlos aufs Polster fallen, sodass drinnen die tönernen *Irrläufer*-Figuren aneinander schlugen.

»Schauen Sie sich ruhig ein wenig um, während ich versuche, die Kaffeemaschine in Schwung zu bringen.«

Obwohl er die Hitze unter dem grauen Flanell fast fauchen hörte, beschloss Georg, seine *dicke Jacke* anzubehalten. Kein Grund zur Nervosität, sagte er sich wieder, aber in seinem Magen ballte sich eine Art Drahtbüschel, das schwache Stromstöße durchzuckten.

An den gekälkten Wänden hingen grellfarbene Plakate. Eines zeigte eine Gruppe düsterer Steinskulpturen, ein weiteres einen bleich feixenden Clown. Seltsam war das an der linken Schmalwand prangende Poster. Ein anscheinend gänzlich nackter Schwarzer schlug mit beiden Fäusten ekstatisch auf eine kleine, um seine Hüften geschnallte Felltrommel ein, die sein Geschlechtsteil verbarg oder vielleicht umwölbte. Das vierte, schief über dem Schreibtisch hängende Plakat hatte Georg schon einmal gesehen. Großflächig zeigte es eine zerklüftete Felslandschaft; Felsnasen spießten eine trübgrün versinkende Sonne auf. Im Vordergrund bohrte sich ein von Fackeln düster erleuchteter Stollen schräg ins Gestein. Von rechts fiel der Schatten eines schmächtigen, seinerseits unsichtbaren Menschen ins Bild, der sich offenbar anschickte, in den Stollen zu kriechen. Das Plakat warb für das *Geheimgang*-Spiel, das die Agentur *Härtel & Rossi* vor einigen Monaten mit einer groß angelegten Kampagne herausgebracht hatte.

Auf dem Schreibtisch lag eine Zeitschrift, die das *Geheimgang*-Plakat als Titelbild brachte. Georg blätterte sie mechanisch auf, obwohl er den Artikel fast auswendig kannte. Es war die März-Nummer des Fachmagazins *Welt des Spiels*, auf das er seit seinem vierzehnten Lebensjahr abonniert war.

»Den Bericht kennen Sie wahrscheinlich schon.«

Georg fuhr zusammen. Als er sich umwandte, saß Francesca auf der klinisch wirkenden Couch und balancierte ein Chromtablett auf den Knien. Kaffee dampfte in Glastassen, zwischen zwei winzigen Kelchen schwankte eine Flasche *Grand Marnier*.

»Ja, natürlich«, sagte Georg. »Ich lese die *Welt* regelmäßig.«

»Sie sagen einfach *Welt*?«, fragte Francesca mit einem Lachen. »Das ist originell, zumal es ja eine deutsche Zeitung gibt, die sich wirklich einfach *Welt* nennt. Sie kommen doch aus Deutschland, Georg?«

»Ja«, sagte er wieder. »Meine Eltern wohnen in Lerdeck, einem Taunusstädtchen in der Nähe von Frankfurt am Main. Sie werden den Namen wahrscheinlich noch nie gehört haben. Früher gab es dort ein berühmtes Spielcasino, aber heute ist Lerdeck einfach so ein Villengeschwür für Millionäre.« Übrigens lese er keine gewöhnlichen Zeitungen, fügte er hinzu.

Lächelnd schüttelte Francesca den Kopf. »Was fange ich nur mit diesem Tablett an? Wir sind fürchterlich unpraktisch eingerichtet – sehr chic, aber man kann nicht einmal eine Tasse abstellen.« Mit einem komischen Seufzer schob sie das Tablett neben sich auf Georgs Koffer, der flach auf dem Polster lag. Sie stand auf, nahm die schlanken Tassen und kam mit Trippelschritten auf Georg zu, der am Schreibtisch lehnte, die *Welt des Spiels* in der schlaff hängenden linken Hand. »Hier, nehmen Sie Ihren *Kaffä*. Leben Sie schon lange in Zürich?«

»Im Juni werden es zwei Jahre«, erwiderte Georg. Da seine Eltern ihm als Abiturgeschenk ein Schweizer Konto mit einem Guthaben von dreißigtausend Franken eingerichtet hatten, war er unmittelbar nach den Prüfungen in die Schweiz übersiedelt. Zürich war die Stadt der Spiele, in der ein halbes Dutzend großer Spieleproduzenten residierten. Obwohl er in den zwei Jahren einige wirklich gute Spiele entworfen hatte, war es doch auch eine Zeit der Niederlagen, Enttäuschungen und Heimlichkeiten gewesen. Beispielsweise glaubten seine Eltern bis heute, dass er im ersten Jahr nach den Abiturprüfungen durch halb Europa gereist und dann mehr oder weniger zufällig in Zürich gestrandet war. Die Vorstellung, dass ihr Sohn sich auf eine klassische Bildungsreise begab, hatte ihnen geschmeichelt. Da ihnen seine Leidenschaft für Spiele immer verdächtig gewesen war, hätten sie ihm zweifellos keinen Pfennig gegeben, wenn er ihnen offen gesagt hätte, wofür er das Geld brauchte.

»Wenn es Ihnen recht ist«, hörte er Francescas raue, fremd modulierende Stimme, »will ich Ihnen zunächst ein bisschen über *Härtel & Rossi* erzählen, damit Sie ungefähr wissen, wem Sie sich anvertrauen.«

»Gern«, murmelte er. Sein Guthaben war auf drei- oder viertausend Franken zusammengeschrumpft. Wie er das zweifellos monströse Honorar der Agentur aufbringen sollte, war vorläufig schleierhaft – im Moment begriff er selbst nicht, wie er jemals hatte hoffen können, dass seine Eltern ihm noch einmal aushelfen würden.

»Am besten fangen wir dort an.« Francesca packte ihn beim Ärmel und zog ihn nach links zu dem Plakat, das die Steinskulpturen zeigte. Über ihren Köpfen brummte und schwappte träg der Ventilator. Es war entsetzlich heiß in dem seltsam kühl möblierten Büro. »Vor der Gundlach-Kampagne haben wir fast nur solche Sachen gemacht.« Sie schwenkte ihre Tasse gegen die Skulpturen, die in ihrer verkrampften Starre weniger feindselig als hilflos und fast ängstlich wirkten. Eine Gruppe grauer, grob behauener Steinriesen wandte dem Betrachter die schorfigen Rücken zu. Obwohl es überall kleinere oder größere Lücken zwischen den Rücken gab, versuchte man vergeblich, sich mit Blicken in die Gruppe zu drängen, deren Gesichter unkenntlich blieben. »Bertonis berühmte Ausstellung der *Felsenmenschen* im Züricher Kunsthaus. Wir haben die Ausstellung organisiert, die anschließend um die halbe Welt gewandert ist. Natürlich werden Sie davon gehört haben. Stefan – ich meine, Härtel – kennt Bertoni von der römischen Kunstakademie. Und für mich ist Sergio Bertoni ein *serr, serr guter Freund*, wenn Sie verstehen, Georg.«

Er beschränkte sich darauf, von seinem Kaffee zu nippen, der widerlich gesüßt war. Auch den Namen Bertoni hatte er nicht gekannt, bis er den Gundlach-Artikel in der

Welt des Spiels gelesen hatte. Soweit er sich erinnerte, wurde der Bildhauer in dem Bericht als *lebendes Denkmal* bezeichnet, und die Felsenmenschen standen inzwischen im Pariser Louvre in einem eigenen Bertoni-Saal.

»Stefan und ich haben lange überlegt«, sagte sie, »ob wir die *Geheimgang*-Kampagne riskieren sollten. Wenn die Sache schiefgegangen wäre, hätten wir uns fürchterlich blamiert. Aber nachdem wir Bertoni und Lombart überredet hatten, das Spiel künstlerisch zu gestalten, schien uns das Risiko vertretbar. Natürlich waren wir selber überrascht, wie viel Geld in Ihrer Branche zu verdienen ist.«

Sie hängte sich bei Georg ein und zog ihn zum zweiten Plakat, das den feixenden Clown zeigte. Irgendwie schaffte es Georg, im Vorbeigehen die *Welt des Spiels* und seine Tasse auf eines der bleifarbenen Tischchen zu schieben. »Der weltberühmte Gaukler und Magier *Papa insanta*. Sein Comeback vor zwei Jahren, Sie werden sich erinnern, und *wir* haben die Tournee organisiert. Auftritte in aller Welt – Europa, Amerika, Asien, sogar in Neuseeland; das größte Projekt, das *Härtel & Rossi* jemals realisiert hat«, sagte sie.

Während sie redete, presste sie seinen Arm und klimperte mit ihren grün getünchten Lidern, was einigermaßen albern aussah. »Noch sehr viel mehr wird Sie das nächste Plakat interessieren.« Sie zog ihn zur Nische, in der das grellfarbene Bild mit dem ekstatisch trommelnden Schwarzen prangte. Der glänzend nackte Mann hatte die Augen weit aufgerissen und so stark verdreht, dass nur zwei milchfarbene Halbkugeln aus den Höhlen quollen. Breitbeinig, mit zurückgeworfenem Oberkörper stand er auf einer orange angestrahlten Bühne und hämmerte mit beiden Fäusten auf die winzige Felltrommel ein, die unter seinem Nabel schwankte. Quer über dem Bild stand in verschwimmender Schrift: *Ng'dugbai – trance-session eighty-one*.

»Natürlich kennen Sie diese *Thäorie*, wonach Schwarzafrika für die weiße Zivilisation das Freudsche Unbewusste symbolisiert.« Sie beugte sich vor und stellte ihren Kaffeebecher auf das Tablett. Ihr schwerer Zopf glitt über ihre Schulter nach vorn und entblößte Nacken und Rücken, deren Bleichheit fast krankhaft wirkte. Als sie sich aufrichtete, hielt sie den Zopf mit der linken Hand vor ihrer Schulter fest und fing an, nervös an dem Haarstrang herumzuzerren. »Wenn Ng'dugbai in Trance sinkt«, sagte sie schnell atmend, »verwandelt er sich in eine Art Flussgott und fängt an – wie sagt man das – in Zungen zu reden.«

»Ich würde jetzt lieber …«, warf Georg ein; weiter kam er nicht. Er hatte sagen wollen, dass er gern über den *Irrläufer* reden würde, da er sich für nackte, trommelnde Afrikaner absolut nicht interessierte.

»Sie müssen das einmal erleben, Georg – es ist wirklich ein magischer, ein ganz unvergesslicher Akt. Auf dem Höhepunkt hört Ng'dugbai plötzlich auf, diese Trommel zu bearbeiten, die scheinbar ganz von alleine weiter wummert, während er sich auf dem Boden wälzt.«

Unbehaglich beobachtete Georg, wie sie immer schneller und härter an ihrem Zopf herumzerrte, wozu sie ihm von schräg unten grüne Klimperblicke zuwarf, als überlegte sie schon, ob auch er für eine solche Trance-Session in Frage kam.

»Erst stößt Ng'dugbai so einen lang gezogenen, urweltlichen Schrei aus«, sagte sie, »der nach zwei, drei endlosen Minuten in Wimmern und Stammeln übergeht. Man glaubt, dass er *Wörter* redet, aber in Wirklichkeit versteht man überhaupt nichts. Aber *Bilder* schießen einem durch den Kopf, und was man fühlt – nein, ich kann es Ihnen nicht beschreiben. Sie *sälber* müssen es *erläbt* haben, Georg.«

»Nein, danke«, erwiderte er. »Wenn Sie nichts dagegen haben, sollten wir allmählich über das Geschäftliche reden.« Schroff machte er sich von ihrem Arm los und trat einen Schritt zurück. Er zitterte am ganzen Körper; dabei wusste er selbst kaum, was ihn derart außer Fassung brachte.

»Wie Sie wollen.« Unwillig ruckte Francescas Zopf über ihre Schulter zurück. »Wir von *Härtel & Rossi* haben uns immer um ein gutes Verhältnis zu unseren Künstlern bemüht«, verkündete sie. »Und wie ich schon angedeutet habe – viele weltberühmte Künstler zählen zu unserer Klientel. Bertoni, Lombart, Papa insanta und Ng'dugbai – das sind Namen, vor denen jeder andere erstarren würde, während Sie für alles nur ein Schulterzucken haben. Ich will damit sagen: *Härtel & Rossi* ist auf Ihren Auftrag nicht unbedingt angewiesen.«

Sie stemmte ihre kleinen Fäuste auf die Hüften und starrte ihn an, bis Georg merkte, dass sie auf eine Entschuldigung oder wenigstens eine versöhnliche Bemerkung von ihm wartete. Ihre Brüste, die spitz unter dem schwarzen Stoff vorstachen, zitterten, als ob auch ihr Körper sich über ihn empörte.

»Hören Sie«, sagte Georg, »ich wollte Sie nicht kränken oder so etwas. Es ist nur so, dass dieser Ng'dugbai ... Ich bin einfach dagegen, dass jemand in aller Öffentlichkeit seine *Geheimnisse* preisgibt.« Er zwang sich zu lachen, obwohl er spürte, dass er im gleichen Moment erbleichte. »Am besten, wir lassen all das beiseite und gehen zum geschäftlichen Teil über.«

Francesca nickte. Sie trippelte hinter den Schreibtisch, schwang sich auf den Drehsessel und versteckte ihr Gesicht hinter einer großen Brille mit dunklen, undeutlich spiegelnden Gläsern. »Natürlich haben wir Erkundigungen über Ihre Vermögensverhältnisse eingezogen. Nehmen Sie bitte Platz.« Sie nahm einen grauen Schnellhefter vom Schreibtisch und blätterte ihn auf.

Da es in der Nähe des Schreibtischs keine weitere Sitzgelegenheit gab, setzte sich Georg wieder auf die Couch zu seinem Koffer. Er zog die *Gitanes* aus der Tasche und zündete sich eine an. »Sie haben uns ein Modell Ihres *Irrläufer*-Spiels zugeschickt«, sagte Francesca. »Wir haben es an Herrn Alfred Sinking weitergeleitet, der in der Spielebranche als erstrangiger Experte gilt und uns schon für Gundlachs *Geheimgang* eine Expertise erstellt hat.« Sie ließ den Schnellhefter sinken und fuhr nach einer

Kunstpause fort: »Sinkings Gutachten ist absolut euphorisch. Wenn er in dieser Hinsicht nicht unverdächtig wäre, würde man diese Blätter für ein reines Gefälligkeitsgutachten halten. Beispielsweise schreibt er hier – warten Sie ...«

Erneut beugte sie sich über den Hefter und raschelte mit den Blättern. »Ja, hier ... *Das überraschende Meisterwerk eines jungen, überaus talentierten Künstlers ... originell, raffiniert, souverän ... schnörkellose Eleganz ...* oder hier ... *unverschämte, selbstgefällige Dummheit ...* Nein, langsam, dieser Absatz bezieht sich auf unsere Konkurrenten.«

Georg hatte unwillkürlich den Atem angehalten, als Francesca in den falschen Absatz gerutscht war. Jetzt ließ er die angestaute Luft ausströmen und wischte sich mit dem Handrücken über die Stirn. Ihm war so heiß, dass sein Haar an den Schläfen klebte. Seit seinem sechzehnten Lebensjahr litt er an einem periodisch aufflammenden nervösen Kopfschmerz, der angeblich unheilbar war. Er glaubte zu spüren, wie sich irgendwo im Hintergrund eine neue Schläfenschmerzattacke vorbereitete. Sein Herz hämmerte, obwohl er gleichzeitig dachte – dieser Sinking konnte gar nicht anders, als den *Irrläufer* in den Himmel loben, da es wirklich nichts Vergleichbares gab.

»Warten Sie«, murmelte Francesca. »Sie müssen entschuldigen, ich hatte keine Zeit, dies alles gründlich durchzusehen ... Interessant ist noch der Schlussabschnitt, den Stefan rot unterstrichen hat. Hören Sie ... *müssen wir jedoch einschränkend feststellen, dass Der Irrläufer naturgemäß niemals die Popularität des Geheimgangs erreichen kann. Der Durchschnittsbürger wird sich durch ein solches, den gesunden Menschenverstand verhöhnendes Spiel vor den Kopf gestoßen fühlen. Entsprechend muss die im Gundlach-Modell entwickelte Vermarktungsstrategie radikal abgewandelt werden ...* Und so weiter«, sagte Francesca aufblickend.

Sie streifte die spiegelnde Brille ab und warf sie auf den Hefter. »Trotz dieser Einschränkungen können Sie mit dem Gutachten mehr als zufrieden sein. Ich bin allerdings in der unglücklichen Lage, über etwas reden zu messen, das ich selber nur vom Hörensagen kenne. Natürlich hat Sinking uns das *Irrläufer*-Modell zusammen mit der Expertise zurückgeschickt, aber hier im Büro ist es nicht. Bevor Sie kamen, habe ich alles abgesucht, aber vergeblich. Keine Ahnung, wo Stefan Ihren *Irrläufer* versteckt hat. Bevor wir über die finanzielle Seite reden ...«

»Das ist kein Problem«, sagte Georg schnell. »Ich habe ein zweites Exemplar dabei.« Er zog den schmalen Koffer unter dem Chromtablett hervor und ging zu dem bleifarbenen Tischchen, das unter dem Plakat mit dem nackten Schwarzen stand. Francesca kam hinter dem Schreibtisch hervor und kniete sich links von dem Tischchen auf die betongrauen Holzbohlen, während Georg den Koffer aufklappte und den *Irrläufer*-Spielplan hervorzog. Er kniete sich auf der anderen Seite des Tischchens hin und klappte den Spielplan über die Platte.

»Schauen Sie«, sagte er, »in dieser Welt spielt das kleine Drama, das den gesunden Menschenverstand verhöhnt.«

Der Spielplan bestand aus sechsunddreißig trapezförmigen Feldern, die wabenartig ineinander geschoben und abwechselnd grau und lila ausgemalt waren. Vom linken Rand aus zog sich ein rostroter Pfad spiralförmig in die genaue Mitte des Plans. Die Felder dieses Pfades waren viermal kleiner als die Trapezfelder und kreisrund, aber sie waren so angeordnet, dass sie immer zweifelsfrei einem der Trapezfelder zugeordnet werden konnten. Georg selbst hatte den Plan gezeichnet, die Felder mit Leuchtstiften eingefärbt und das Ganze auf steifem Kunstkarton aufgeklebt.

»Spielen Sie Schach und Dame, Francesca?«, fragte er.

Als sie nickte, streifte ihre Stirn fast gegen seine. Man hätte glauben können, dass sie im Begriff waren, sich zu küssen. Hoffentlich vergaß Francesca nicht, dachte er, dass sie aus rein geschäftlichem Anlass unter dem ekstatischen Trommler knieten.

»Die lila und grauen Figuren«, sagte er, »werden nach Regeln bewegt, die Sie im Prinzip von den Dame- und Schachspielen schon kennen.«

»Hm«, machte Francesca flach atmend.

Er zog die Figuren paarweise aus ihrem Kofferfutteral, wobei er erklärte: »Der *Irrläufer* ist ein Spiel für drei Personen. Der erste Spieler führt die lilafarbenen, der zweite die grauen Figuren, während der dritte Spieler einzig den *Irrläufer* selbst bewegt.« Auch die Figuren hatte er eigenhändig entworfen und modelliert – er hatte sie aus nassem Lehm geknetet, in seinem klapprigen Backofen gebrannt und anschließend leuchtend lackiert.

»Das Spiel ist *serr* ästhetisch«, sagte Francesca. »Ich bin gespannt, was Sergio – was Bertoni zu Ihrem Modell sagen wird. Ich jedenfalls finde, dass Sie auch plastisch begabt sind. Aber welche von diesen Figuren ist der *Irrläufer*?« Sie sagte *Irrrleuwerr*, wobei ihre wild zwischen Lippen und Zähnen herumschießende Zunge fast zu zerbrechen schien und ihr grün geschminkter Mund krampfartig zuckte.

»Er ist noch nicht aufgetaucht«, sagte Georg.

Die lila und grauen Armeen bestanden aus je vier quader-, pyramiden- und säulenförmigen Figuren, die wie beim Schachspiel die beiden Grundlinien vor den Spielern besetzten. Während er die Figuren auf ihre Startfelder schob, erläuterte er:

»Die Grundregeln sind äußerst einfach; jedes Kind kann sie begreifen. Ich halte nichts von Spielen, deren Regeln man erst stundenlang studieren und immer wieder nachschlagen muss, weil sie verworren formuliert sind und ein ganzes Buch füllen. Die Quaderfiguren werden vertikal und horizontal bewegt, die Säulen ziehen diagonal, während die Pyramiden jede dieser Bewegungsarten beherrschen. Die Figuren nenne ich *Wun*, *Kor* und *Stam* – das sind reine Fantasienamen, bei denen man sich gar nichts denken muss. Wun heißen die Quader, Kor die Säulen, die Pyramiden Stam. Im Unterschied zum Schach dürfen die Figuren nicht rückwärts laufen. Man muss sich also genau überlegen, ob man es riskieren will, eine Figur in die Front oder sogar ins gegnerische Hinterland zu schieben. Wie bei Schach und Dame werden die

Figuren gedeckt und geschlagen, aber sie können nicht verwandelt werden, indem man sie bis zur gegnerischen Grundlinie zieht. Tot ist tot; der *Irrläufer* kennt keine Wiedergänger ... So, diesen grauen Kor noch und den lila Stam; jetzt sind die Figuren komplett.«

»Bis auf den ... *Irrrleuwerr*.«

»Ja, langsam.« Georg sah, wie ihre grün manikürte Hand wieder an dem Zopf zerrte, der ihr schwer und schwarz über die Schulter floss. »Wenn man den dritten Spieler«, hörte er sich sagen, »und die *Irrläufer*-Figur zunächst einmal beiseite lässt, besteht das Ziel des Spiels ganz einfach darin, dass die lila und grauen Armeen sich gegenseitig vernichten.«

»Hm«, machte Francesca wieder.

»Am besten«, sagte er, »ich zitiere einfach die *Irrläufer*-Regel Nummer sieben: *Gesiegt hätte auch der Spieler, dem es gelänge, seinen Gegner so in die Enge zu drängen, dass dieser keinen Zug mehr ausführen kann, ohne gegen die Regeln zu verstoßen ...* Jetzt also zum dritten Spieler und zur *Irrläufer*-Figur.«

Der *Irrläufer* steckte in einem Extrafutteral auf dem Kofferboden. Georg zog ihn heraus und umschloss die rostrote, scheinbar pochende Säule mit der linken Hand, ehe er den *Irrläufer* auf sein Startfeld am linken Spielfeldrand stellte. Vor dem *Irrläufer* schraubte sich der spiralförmige Pfad ins Zentrum des Spielplans.

»Aber«, rief Francesca, »er sieht *äntsätzlich* aus!«

Erschrocken starrte sie den *Irrläufer* an, aus dessen Stirn ein graues, weit aufgerissenes Zyklopenauge schwoll. Sein Leib war ein gedrungener, gliederloser Rumpf, und sein Mund, der einer stilisierten Ohrmuschel glich, schien lautlos zu schreien, indem er angespannt horchte.

»Das ist eine großartige Skulptur«, murmelte Francesca. Sie nahm den *Irrläufer* vom Startfeld und führte ihn mit zwei Fingern so dicht vor ihr Gesicht, als ob sie hineinbeißen wollte. »Das muss unbedingt Sergio sehen, verstehen Sie – Bertoni, mein *serr, serr guter Frreund*. Selbst wenn Ihre Spielidee ein völliges Fiasko wäre, Giorgio – als Plastiker sind Sie eine Offenbarung.«

»Ach, tatsächlich?«, fauchte Georg. Ihm selbst war nicht klar, weshalb er sich über Francescas Reaktion ärgerte. Irgendwie klang es, als ob sie das Spiel für kindisches Zeug hielt und ihn erst jetzt ernst zu nehmen begann, da er angeblich eine *plastische Begabung* hatte. Außerdem erinnerte ihn dieser Ausdruck an die plastische Chirurgie, auf die sein Vater sich nebenher spezialisiert hatte – er knetete den Leuten ihre krummen Nasen weg, zerrte zerknitterte Gesichter glatt und schüttete flüssigen Kunststoff in die schlaff hängenden Brüste alternder Frauen. Mit einer brüsken Geste nahm er Francesca den *Irrläufer* aus der Hand und setzte ihn zurück auf sein Startfeld.

»Dieses Auge«, murmelte Francesca. »Finden Sie nicht, dass der *Irrläufer* ein wenig unserem Ng'dugbai ähnelt?« Sie deutete auf das Plakat über ihren Köpfen.

»Nein, überhaupt nicht«, sagte Georg schnell. »Übrigens ist der *Irrläufer* mehr oder weniger ein reiner Glücksspieler. Er wird mit diesem Würfelpaar bewegt, während die lila und grauen Armeen einzig nach logischen und strategischen Regeln geführt werden. Der *Irrläufer* muss versuchen, auf seinem Pfad bis zum Ende der Spirale oder bis ins Zentrum des Spielplans vorzudringen. Aber sein Weg führt mitten durch das Schlachtfeld der lila und grauen Armeen. Und da er genauso wie alle anderen Figuren geschlagen werden kann, hat er scheinbar keine Chance. Schauen Sie her.«

Er schüttelte das Würfelpaar in der Hand und ließ es auf die Spielplanmitte fallen, wobei sein Handrücken versehentlich über Francescas Wange streifte. Die Würfel zeigten eine Eins und eine Zwei.

»Oh«, hauchte Francesca.

»Wahrscheinlich wundern Sie sich über diese Würfel«, behauptete Georg. »Sie sind halb blind – die Würfel, meine ich –, da sie auf keiner Seite mehr als zwei Augen zeigen. Mit jedem Zug bewegt sich also der *Irrläufer* um wenigstens zwei und höchstens vier Felder auf seinem Pfad voran. Da der Pfad aus achtundvierzig Feldern besteht, braucht er mindestens zwölf Züge, um ins Zentrum zu kommen. Übrigens kann er als einzige Figur auch rückwärts ziehen. Aber sehen Sie selbst – der *Irrläufer* wandert jetzt eins – zwei – drei Felder weit auf seinem Pfad. Völlig ungeschützt steht er da. Jeder der beiden anderen Spieler könnte ihn schlagen, ohne dass der *Irrläufer* selbst auch nur die zaghafteste Gegenwehr leisten könnte. Wenn beispielsweise dieser graue Stam sich auf das *Irrläufer*-Feld wälzt, scheidet der *Irrläufer* aus, und die beiden anderen Spieler ziehen alleine weiter.«

Er zeigte ihr, welche Pyramide er meinte, aber aufblickend sah er, dass Francesca ihm abwesend ins Gesicht starrte und den *Irrläufer* fast vergessen zu haben schien.

»Was ich nicht verstehe«, murmelte sie, »warum ziehen Sie nicht diese Jacke aus?«

Verwirrt senkte er den Blick und wollte sofort vom *Irrläufer* weiterreden. Plötzlich fühlte er ihre kühlen Finger, die ihm das feuchte Haar aus der Stirn streiften. Unter Stirn und Schläfen klopfte der nervöse Schmerz.

»Sie sind sonderbar, Georg.«

Er zuckte mit den Schultern. »Wenn also der Spieler, der die grauen Figuren führt, nennen wir ihn Spieler A, den *Irrläufer* herausschlägt, dann gibt er sich vor seinem eigentlichen Gegenspieler eine Blöße, die schon spielentscheidend sein kann. Denn jetzt steht seine Pyramide ungeschützt da wie vorher der *Irrläufer*. Spieler B, der die lila Figuren führt, ist am Zug und kann sie ungestraft herausschlagen. Der Witz des Spiels ist also kurz gesagt der: Da beide Hauptspieler versuchen müssen, den *Irrläufer* auszuschalten, ehe er sein Zielfeld erreicht, sind sie in dieser Hinsicht zwangsweise verbündet. Aber sowie ihr Bündnis seinen Zweck erfüllt hat, bricht es auseinander, und der Spieler, der für die scheinbar gemeinsame Sache ein Opfer gebracht hat, wird vom anderen zur Belohnung aufgefressen.«

Francesca nickte langsam. Ihre rechte Hand, sehr klein und bleich, umklammerte den Zopf, der ihr zerzaust über die linke Schulter hing.

»Der *Irrläufer* selbst ist wehrlos«, sagte Georg, »und niemand glaubt im Ernst, dass er eine Chance hätte. Anfangs wird er von den anderen Spielern kaum beachtet; sie sind sicher, ihn irgendwann nebenher erledigen zu können, und natürlich hofft jeder, dass der andere ihm diese lästige Arbeit abnehmen wird. Aber während A und B sich gegenseitig belauern und bekämpfen, schleicht der *Irrläufer* auf seinem Pfad voran.«
Er nahm den *Irrläufer* in die Hand und ließ den plumpen Rumpf tänzelnde Schritte auf der rostroten Spirale vollführen. Sein graues Zyklopenauge stierte ins Leere, während sein Mund lautlos schrie, indem er angespannt horchte. Georg hatte der Spielbeschreibung eine Art Motto vorangestellt, das er während der Arbeit am *Irrläufer* geträumt hatte: *In die Mauern aus schweigendem Hass bricht die Angst eine fast unsichtbare Lücke, durch die mit einigem Glück der Irrläufer schlüpft …*
»Obwohl beide den *Irrläufer* hassen und verachten«, sagte er zu Francesca, »zwingt er immer einen der Spieler, ihn vor dem anderen zu beschützen. Und falls einer ihn schließlich doch schlägt, wird der andere ihn rächen, obwohl dieser andere ebenso entschlossen war, den *Irrläufer* zu vernichten. Natürlich gewinnt der *Irrläufer* nicht mechanisch jede Partie. Aber wenn er geschickt zieht und einigermaßen Würfelglück hat, besitzt er zumindest eine reelle Chance, als scheinbar wehrloser Einzelner zwei hochgerüstete Armeen zu überlisten. Wenn er gegen jede Wahrscheinlichkeit und zur wütenden Verblüffung der Gegenspieler sein Zielfeld erreicht, werden alle anderen Figuren abgeräumt, und er allein bleibt im Zentrum des Spielplans stehen.«
Als er Francescas trübes Lächeln bemerkte, stand er auf und wich zwei Schritte ins Zimmer zurück. Er zündete sich eine *Gitane* an und spürte, dass er zu frösteln begann, obwohl es im Zimmer zweifellos immer noch drückend schwül war. Auch das Frösteln kündigte die neue Schläfenschmerzattacke an, die spätestens morgen mit ganzer Wucht über ihn hereinbrechen würde.
Schräg unter ihm kniete Francesca vor dem Tischchen mit dem Spiel. Nun tauchte sie langsam hoch und kam auf ihn zu, wobei sie immer noch fast verlegen lächelte. »Eigentlich«, sagte sie leise, »ist das ein sehr trauriges Spiel. Geben Sie mir eine Zigarette, Georg? Und seien Sie mir nicht böse – wegen gar nichts, ja?«
Und nachdem er ihr das *Gitanes*-Päckchen gereicht hatte: »Wenn wir Ihrem *Irrrleuwerr* auch in der wirklichen Welt zum Sieg verhelfen wollen, müssen wir jeden Schritt sorgfältig planen. Bis das Spiel auf den Markt kommt, werden Monate vergehen. In dieser Zeit werden wir uns häufig sehen, weil es immer wieder tausend Details zu besprechen gibt. Es ist also sehr wichtig, dass wir uns verstehen und halbwegs miteinander zurechtkommen. Da in der Agentur hauptsächlich ich für die Betreuung unserer Künstler zuständig bin, werden Sie sehr viel mehr mit mir als mit Stefan zu tun haben. Glauben Sie, dass wir miteinander auskommen können, Giorgio?«

Sie hatte so ernsthaft geredet, dass er sich plötzlich wieder bedrückt fühlte. Da er das Geld nicht hatte, das der *Irrläufer* in der wirklichen Welt brauchen würde, kam er sich wie ein Hochstapler vor, der sich Francescas Zuneigung und Zeit erschlichen hatte. Er versuchte seine Befangenheit aufzusprengen, indem er mit dem Rauch ein halbes Lachen ausstieß. »Natürlich können wir klarkommen«, murmelte er.
Francesca nickte sichtlich erfreut. »Wenn Sie wollen, sprechen wir jetzt über den Vertrag, den Stefan vorbereitet hat.«
Als er wieder auf der Couch saß, fröstelte er so heftig, dass er fast mit den Zähnen klapperte. Unter der Jacke klebte sein Hemd auf Rücken und Brust, und der Schmerz in seinen Schläfen begann schon verhalten zu hacken. Der Vater von Margot Klaußen, seiner *Kindheits- und Ewigkeitsfreundin*, der als leitender Nervenarzt in derselben Klinik wie Georgs Vater arbeitete und in der Villa neben seinen Eltern lebte, hatte den nervösen Kopfschmerz diagnostiziert und behauptet, der Schmerz würde sich spätestens mit dem Ende der Pubertät verflüchtigen. Aber da Georg in knapp zwei Wochen einundzwanzig wurde, konnte von Pubertät kaum noch die Rede sein.
»... wir uns mit der Gundlach-Kampagne schon einen gewissen Namen gemacht haben, brauchen wir für Ihren *Irrrleuwerr* nicht mehr so aufwendig zu werben wie für das *Geheimgang*-Spiel. Ihr *Irrrleuwerr* kriecht sozusagen durch den Geheimgang, den wir schon vorher gebohrt haben.«
Aufblickend sah Georg, dass Francesca wieder hinter dem Schreibtisch saß; die Brille verdeckte zur Hälfte ihr Gesicht. Während sie redete, blätterte sie in irgendwelchen Papieren. Der Ventilator schleuderte schneidend kalte Luftwellen durch den Raum.
»Wer wie Sie«, fuhr sie lachend fort, »schon gleich in seinem ersten Brief kategorisch verfügt, jedes Exemplar Ihres Spiels müsse manuell und aus echtem Marmara-Marmor hergestellt werden, der muss allerdings damit rechnen, dass ihm zunächst mal gewaltige Produktionskosten entstehen. Aber glücklicherweise sind Sie ja auf raschen Gewinn nicht angewiesen.«
»Nein«, murmelte Georg, »natürlich nicht.«
»Wie Stefan überschlägig errechnet hat ...«
Mit halb geschlossenen Augen fixierte er den rotierenden Ventilator, der scheinbar sich bauschende Schatten durch den Raum warf. Als ihm schwindlig wurde, drehte er den Kopf zur Seite und tastete nach seinen Schläfen.
»... möglicherweise da und dort ein wenig kürzen und geizen, aber unter zweihunderttausend Franken können wir die Kosten unmöglich drücken. Und falls Sie wünschen, dass Sergio – dass Bertoni den *Irrrleuwerr* noch künstlerisch überarbeitet ...«
Natürlich, wollte Georg einwerfen, obwohl er kaum begriff, wovon sie redete. In diesem Moment warf sich der Schmerz wie ein wütendes Tier von innen gegen seine Schädelwand und bohrte seine Krallen mit aller Kraft in Georgs Schläfen. Er schlug die Hände vors Gesicht und stöhnte auf.

»*Giorgio*«, hörte er Francescas erschrockene Stimme, »was ist los mit Ihnen?«
»Nichts, gar nichts. Es ist alles ... wunderbar.«
»Wunderbar? Aber Sie sehen aus wie ein *Gäspänst!*«
Zwei-, dreimal war es vorgekommen, dass er unter dem Anbranden der ersten, höhnisch heulenden Schmerzwelle das Bewusstsein verlor. Leuchtfarbene Schatten flatterten ihm vor den Augen, und in seinem Kopf schwankte sirenenhaft ein lang gezogener Schrei. »Die Tabletten«, murmelte er, »in meiner Tasche – das *Hermaton*.«
Da er halb geahnt hatte, dass sich eine neue Attacke anbahnte, hatte er vorhin die Pillen eingesteckt, die schnell wirkten und zumindest die wütendsten Schmerzen betäubten. Blindlings tastete er über seine Jacke; aber er spürte, er würde es nicht mehr schaffen. Seine Hand schlüpfte in die Jackentasche, dann sackten die Bilder weg, und Georg stürzte in ein schwarzes, saugendes Schweigen.

2

Als er zu sich kam, lag er lang hingestreckt auf der Couch, und in seinen Schläfen hackte der Schmerz. Francesca kauerte neben ihm auf dem betonfarbenen Holzboden. Sie hatte ihm Schuhe und Jacke abgestreift und sogar das Hemd bis zum Gürtel aufgeknöpft. Mit der linken Hand massierte sie seine Herzgegend, während sie den Medikamentenzettel aus der *Hermaton*-Packung in der Rechten hielt.
»Alles okay«, murmelte er. »Bitte lassen Sie das doch.« Er versuchte, ihre Hand wegzuschieben, die unter dem dürftigen Erste-Hilfe-Vorwand an ihm herumknetete. »Sie sollen mich in Ruhe lassen! Geben Sie mir die Tabletten.«
»Aber Sie waren ohnmächtig! Ich musste doch versuchen ...« Zögernd zog sie ihre Hand zurück und griff nach der Medikamentenpackung, die neben ihr auf dem Boden lag. »Wie viele nehmen Sie davon?«
»Zwei.« Wenn er die Augen schloss, glaubte er deutlich zu sehen, wie der Schmerz – ein länglicher, schwarzer Schatten – eine Art Spaten in seine Schläfe stach und die Grabschaufel langsam im Halbkreis drehte. Er richtete sich halb auf, nahm die Pillen von Francescas Hand und spülte sie mit einem Schluck *Grand Marnier* herunter.
»Sie glauben gar nicht, wie sehr ich mich erschrocken habe, Giorgio. Haben Sie denn öfter solche Anfälle?«
Georg nickte behutsam, wobei ihr grünbleiches Gesicht und das ganze Zimmer wie vor einer Unterwasserkamera hoch- und zurückschwappten.
»Natürlich werde ich Sie jetzt nicht länger mit diesen Zahlen quälen. Über den Vertrag können wir ebenso gut morgen oder nächste Woche reden, wenn Sie sich besser fühlen. Vielleicht sollte ich einen Arzt ...«

»Aber nein«, murmelte Georg. In zehn Minuten würde die Wirkung der Pillen einsetzen. Sie halfen nicht wirklich gegen den Schmerz, aber sie überdeckten ihn wenigstens, sodass man nicht dauernd zusehen musste, wie er sich, einem rasend gewordenen Maulwurf ähnlich, in Schläfen und Hinterkopf bohrte. »Gleich bin ich wieder okay«, sagte er mit festerer Stimme. »Diese Anfälle – das ist einfach eine Art Migräne, an der ich seit einigen Jahren leide. Alle paar Monate stürzen die Schmerzen auf mich los, um mich zwei oder drei Tage zu malträtieren und dann genauso überraschend wieder zu verschwinden. Wie lange war ich denn weg?«

»Ach, nur ganz *wänige* Minuten«, sagte Francesca mit einem Lächeln. »Sie brauchen sich überhaupt nicht zu *gänieren*, Georg. Aber stellen Sie sich vor, als ich Ihr Herz suchte, konnte ich es zuerst nicht finden, obwohl ich ...«

Da sie sich unterbrach, überlegte Georg unbehaglich, was auf ihr *obwohl* hätte folgen sollen. Als er spürte, dass die *Hermaton*-Wirkung einsetzte, stand er vorsichtig auf und zog die Sachen über, die Francesca ihm abgestreift hatte.

»Wenn Sie noch Zeit haben«, sagte er, »würde ich gern noch den Vertrag sehen.«

»Natürlich habe ich Zeit. Ich wäre eine schlechte Geschäftsfrau, wenn ich einen Kunden überreden wollte, unseren Vertrag lieber morgen als heute zu unterschreiben.«

Vom Unterschreiben hatte er nichts gesagt. Offenbar nahm sie an, dass er es ziemlich eilig hatte, den *Irrläufer* auf seinen *Weg in die wirkliche Welt* zu schicken. Aber wenn er sich Bedenkzeit ausbat, konnte sie nicht gut nein sagen.

»Sie sehen immer noch bleich aus, Georg. Hier ist der *Värtrack*.« Sie reichte ihm das Dokument, das aus drei ineinander gefalteten Bögen bestand. In der linken Hand hielt sie einen Füllfederhalter bereit, und ihre Stimme klang plötzlich drängend. »Es steht lediglich drin, was wir besprochen haben. Sie ermächtigen uns pauschal, Ihre Interessen in dem genannten Projekt zu vertreten, und Sie verpflichten sich, alle anfallenden Kosten zu tragen. Unser Honorar beträgt zwanzig Prozent des investierten Kapitals. Wir verpflichten uns im Gegenzug, Herstellung, Vertrieb und Werbung zu organisieren, jeden Schritt mit Ihnen abzustimmen und alle uns verfügbaren Möglichkeiten zu nützen, die Ihrem Projekt und Produkt zum Erfolg verhelfen könnten.«

Zögernd nahm er den Vertrag in die Hand. Was Francesca eben gesagt hatte, dachte er, klang in der Tat reichlich pauschal – selbst wenn die zweihunderttausend Franken in seiner Jackentasche steckten, hätte er sich das Recht genommen, den Vertrag wenigstens zu lesen, ehe er die Vollmacht unterschrieb. »Ich muss das erst durchsehen«, sagte er.

»Natürlich. Wie lange brauchen Sie? Zwanzig Minuten? Ich könnte aus dem Zimmer gehen; Sie wären ganz ungestört.«

»Ja«, sagte er, obwohl er nein meinte. »Ich hatte gehofft, dass ich schon heute alles perfekt machen könnte. Aber mein Kopf, verstehen Sie – ich bin jetzt nicht in der Lage, alles in Ruhe durchzulesen. Da Sie selbst sagten, dass es auf einen Tag kaum ankommt, will ich den Vertrag erst einmal mit nach Hause nehmen. Und sobald mein Kopf wieder klar ist ...«

»Wie Sie meinen, Georg.« Francesca trippelte zum Schreibtisch und blätterte im Terminkalender. »Wie wäre es mit morgen fünfzehn Uhr dreißig? Wenn Sie mir dann den Vertrag vorbeibringen, können wir sofort die nächsten Schritte besprechen. Auch Härtel müsste bis dahin aus New York zurück sein.«

Georg ging zu seinem Koffer, legte den Vertrag hinein und fing an, das *Irrläufer*-Spiel einzupacken. Ohne sich umzuwenden, sagte er leise: »Ich dachte nicht an einen Tag Bedenkzeit, Francesca, eher an – sagen wir – vierzehn.«

»Zwei Wochen?«, rief sie. »Was soll das bedeuten? Erst drängen Sie uns brieflich zur Eile, als ob das Wohl der Welt von diesem Spiel abhinge, und nachdem wir praktisch über Nacht Expertisen und Marktanalysen besorgt haben, kommt es Ihnen auf ein paar Wochen nicht mehr an? Wie soll ich das verstehen? Hat Ihnen in letzter Minute noch irgendwer ein besseres Angebot gemacht?«

»Aber nein«, murmelte Georg. Auf die Idee, dass er sich wegen der Kosten sorgte, kam sie offenbar immer noch nicht. Er schob die *Irrläufer*-Figur ins Futteral, klappte den Koffer zu und richtete sich schwankend auf. Hinter dem chemischen Schleier der *Hermaton*-Pillen grub und wühlte der Schläfenschmerz. Er würde ein Taxi nehmen und sich zu Hause sofort ins Bett legen. In den nächsten Tagen würde er zu nichts zu gebrauchen sein.

»Also was ist dann der Grund?«, fauchte Francesca. Sie lehnte am Schreibtisch und schwenkte anklagend ihren Terminkalender. Wieder sah Georg, dass ihre spitz vorstechenden Brüste unter dem schwarzen Kleid zitterten, als ob auch ihr Körper sich über ihn empörte. Dass er krank war und sie angeblich sogar um sein Leben gefürchtet hatte, schien aus ihrer Erinnerung schon gelöscht zu sein.

»Ich muss erst mit meinen Eltern sprechen. Schließlich ist es ihr Geld, und natürlich will mein Vater wissen ...« Georg selbst war erstaunt, als er sich die Wahrheit sagen hörte. Er hätte ihr irgendetwas auftischen können – dass er sich beispielsweise mit einem Freund beraten wollte, der erst in einigen Tagen nach Zürich kam. Aber falls sein Vater sich nicht überreden ließ, war es sowieso egal, mit welcher Begründung er das *Irrläufer*-Projekt zum Platzen brachte.

»Sie selbst haben also gar kein Geld?« Francesca starrte ihn fast erschrocken an.

»Jedenfalls keine zweihunderttausend«, sagte Georg. »Aber ich bin sicher ...« Er hoffte halb, dass sie ihn wieder unterbrechen würde, aber sie ließ ihn weiterreden. »Ich bin sicher, mein Vater gibt mir das Geld«, hörte er seine zögernde Stimme. Im Moment war er fast sicher, dass sein Vater den *Irrläufer*-Vertrag höhnisch lachend vor seinen Augen zerreißen würde.

Von Francesca kam eine Art Schnaufen. »Ihnen ist offenbar nicht klar, dass wir seit der Gundlach-Kampagne mit Anfragen wie Ihrer regelrecht überschwemmt werden.

Und obwohl Sinking Ihren Entwurf in den Himmel lobt, könnten wir uns entschließen ...«

»Spätestens morgen schreibe ich meinen Eltern«, sagte Georg schnell. »Ich schicke ihnen eine Kopie des Vertrages und diesen *Welt*-Bericht über das Gundlach-Modell, und sowie mein Vater sich von der Seriosität des Projektes überzeugt hat ...«

»Ihre Eltern wissen also noch *nichts* von der ganzen Sache? Das darf doch einfach nicht wahr sein!«, rief Francesca. Sie schien wirklich bestürzt zu sein und fing wieder an, rhythmisch an ihrem Zopf zu zerren. »Wie stellen Sie sich das denn vor – wenn Ihre Eltern sich weigern, Ihnen das Geld zur Verfügung zu stellen?«

Georg zuckte mit den Schultern. »Dann wird eben vorläufig nichts aus dem *Irrläufer*«, sagte er. »Für mich wäre das ziemlich traurig, aber für Sie? Ich verstehe wirklich nicht, weshalb Sie sich derart erregen, Francesca. Schließlich haben Sie mir vorhin erklärt, dass *Härtel & Rossi* auf meinen Auftrag nicht angewiesen sind.«

»Glücklicherweise nicht. So naiv wie Sie kann ein Mensch doch gar nicht sein! Natürlich können Sie den Vertrag wegschmeißen, wenn Sie das Geld nicht zusammenbekommen. Aber eines darf ich Ihnen versichern – falls wir in vierzehn Tagen nicht den unterzeichneten Vertrag vorliegen haben, schicken wir Ihnen eine Rechnung, die Sie zweifellos nicht einfach wegschmeißen können.«

»Was für eine Rechnung?«

Erschöpft sah er zu, wie Francesca nach dem grauen Schnellhefter griff. Sie blätterte ihn auf und beugte sich über die Bögen. »Ihre aktuelle Schuld«, sagte sie, »beträgt ungefähr ... lassen Sie mich überschlagen ... dreitausend für Sinkings Expertise ... dann hat Stefan die Marktanalyse ausgearbeitet ... dazu kommt der vorläufige Produktionsplan ... das Werbungskonzept ... kleinere Posten ganz außer Acht gelassen ... Also ich würde schätzen«, sagte sie aufblickend, »wenn Sie sich in diesem Stadium aus dem Projekt zurückziehen wollen, müssten Sie eine Schuld von circa elf- oder zwölftausend begleichen.«

»Zwölftausend Franken?«

»Natürlich keine Lira, Sie Kindskopf. Als ich vorhin sagte, Sie seien sonderbar, habe ich wohl noch einigermaßen untertrieben. In welcher Welt leben Sie denn eigentlich? Und wohnen dort noch mehr Leute von ihrer Sorte?«

Höchstens noch Alex, dachte er. Die Erinnerung an Alex gab ihm Kraft, ein schiefes Lächeln überzustülpen. »Lassen wir doch den Unsinn«, sagte er. »Natürlich treibe ich die zweihunderttausend auf. Spätestens in zwei Wochen liegt der Vertrag hier auf Ihrem Tisch, und dann versäumen wir keine Sekunde mehr und stürzen uns in die Kampagne.«

Während dieser Worte ging er langsam zur Tür. Im Augenwinkel sah er, wie Francesca hinter ihm herkam, wobei sie wieder an ihrem Zopf herumzerrte. Auf der Schwelle schlüpfte sie an ihm vorbei und führte ihn ohne ein weiteres Wort zur Etagentür.

»Wir sehen uns dann«, sagte Georg.
Francesca nickte. Georg wechselte seinen Koffer, dessen Gewicht sich durch den Vertrag bedeutend vermehrt zu haben schien, in die linke Hand und rumpelte mit der Liftkabine durch die gläserne Röhre zurück auf den Bleicherweg.

+++

Zwanzig Minuten später winkte er ein Taxi heran. »Fahren Sie mich zu einem Postamt«, sagte er zum Chauffeur. Auf einer öffentlichen Bank sitzend, seinen Koffer auf den Knien, hatte er fast noch unter den Fenstern von *Härtel & Rossi* den Brief an seinen Vater geschrieben. Während das Taxi im Kolonnenverkehr durch den Bleicherweg kroch, überlas er den Bogen, den seine gedrängte Schrift kaum zur Hälfte füllte.

Zürich, im Mai 1987
Lieber Papa, fast zwei Jahre haben wir uns weder gesprochen noch gesehen, aber ich denke, Mama zeigt Dir meine Briefe. Dass ich Dir heute schreibe, hat einen besonderen Grund. Ich muss Dich bitten, mir eine Summe von zweihunderttausend Franken kurzfristig zur Verfügung zu stellen. Ich denke, wir können dies einfach als Vorauszahlung auf mein künftiges Erbe ansehen; aber die Details überlasse ich völlig Dir. Den beiliegenden Papieren kannst Du entnehmen, dass ich mit dem Betrag eine glänzende Karriere begründen will und dass praktisch nichts schiefgehen kann.
Aus alldem siehst Du auch, dass ich recht hatte, Euch vor fast zwei Jahren zu verlassen und meinen eigenen Weg zu gehen. Dass ich Euch auch im letzten Jahr, seit ich in Zürich lebe, nicht einmal besuchsweise sehen wollte, kam vor allem Mama vielleicht hart und fast rätselhaft vor; aber es war nötig. Ich brauchte das eben – Abstand und Alleinsein, ich brauchte es für die Spiele, die praktisch mein Leben sind.
Der Irrläufer-Vertrag bedeutet meinen wirklichen Durchbruch, von dem ich immer geträumt und für den ich hart gearbeitet habe. Das Weitere liegt jetzt bei Dir.
Antworte bitte rasch und grüße Mama. Euer Georg

Er legte den Bogen neben sich auf die Taxibank, klappte seinen Koffer auf und zog den Vertrag und ein großes Briefkuvert hervor. In einem Fach im Kofferdeckel steckte ein März-Exemplar der *Welt des Spiels*. Er schob alles in das Kuvert, das er sorgfältig verschloss und an die elterliche Villa adressierte. Dann fiel ihm ein, dass er den Vertrag nicht einmal flüchtig durchgelesen hatte. Egal, dachte er erschöpft – mochte sein Vater sich durch das Paragrafengehölz kämpfen.
»Postamt Engi«, schnarrte der Chauffeur.
»Warten Sie einen Augenblick.« Georg sprang aus dem Wagen und stürmte in die schmale Halle. Bei jedem Schritt buddelte in seinen Schläfen der Schmerz.

Vor der gläsernen Wand lehnend sah er zu, wie der Schaltermann seinen mit Marken und *Eilt!*-Stempeln gepflasterten Brief in einen Metallschlitz fütterte. Irgendwie erinnerte ihn der Schlitz an die dünnen, farblosen Lippen seines Vaters – gespannt starrte er darauf, als rechnete er allen Ernstes damit, dass der Stahlschlund den Brief zu zermalmen begann oder einfach wieder ausspuckte. Als er merkte, dass er immer noch den Schlitz fixierte, wandte er sich ab und ging zurück zum Taxichauffeur, der ihn die rauschende Sihl entlang zu seinem Mietshaus chauffierte. Wenn er die Augen schloss, schien der Fluss durch seinen Kopf zu rauschen, und die braune Gischt zerspritzte an seinen Schläfen.

3

Am Sonntag darauf spazierte Georg gegen vier Uhr früh über den Mythenkai. Es war Anfang Juni, der See lag still unter einem Schleier aus grauem Dunst, und murmelnd schwappten schwache Wellen ans gemauerte Ufer. Über den Himmel kroch Dämmerung wie eine Hand, die schwarze Locken aus einer sehr breiten und bleichen Stirn strich. Fröstelnd schlug Georg den Kragen seines Staubmantels hoch und grub die Hände in die Taschen. Er hatte drei üble Tage hinter sich, nicht nur wegen der Schläfenschmerzen.
In seiner Mansarde hinter dem verhängten Fenster auf dem Bett dämmernd, hatte er versucht, sein Leben zu begreifen – wieso er seit bald zehn Jahren von dieser Leidenschaft für Spiele beherrscht wurde und weshalb Leute wie Francesca ihn sonderbar fanden. Während in seinen Schläfen, von dem *Hermaton*-Schleier nur dünn verhüllt, die Schmerzen wühlten wie rasend gewordene Grabschänder, hatte auch Georg halb träumend in seiner Erinnerung gegraben. Was die bleich-grüne Signorina Rossi sagen würde, wenn sie irgendwann erfuhr, dass er praktisch schon mal jemanden ermordet hatte? Das würde sie natürlich nie erfahren, außerdem war es kein richtiger Mord gewesen, sondern ziemlich was Mysteriöses. Aber seltsam – während er jahrelang kaum an Peter Martens gedacht hatte, war die tote *Ratte* in den letzten Tagen in ihm hochgeschwemmt worden, sodass er andauernd die scheußlichen Bilder sah und ihren Kadavergestank atmete.
Georg beugte sich über die Kaimauer und lächelte seinem Spiegelbild zu, das über dem Seegrund gleichmäßig zitterte. Er zündete sich eine *Gitane* an und blies den Rauch gegen den flüssigen Spiegel unter dem Mythenkai.

+++

Seine Eltern stammten beide aus dem sogenannten Osten und waren knapp vor dem *Mauerbau* noch durchgeschlüpft. Falls seine Geschichte irgendwo anfing, dann nicht erst mit seiner Geburt, sondern mit dieser sonderbaren Flucht seiner Eltern irgendwann nach der sogenannten *Teilung*.
Natürlich hatte sein Vater mehr als einmal versucht, ihm den ominösen Osten und die genauso mysteriöse Mauer zu erklären; aber Georg hatte nie richtig hingehört und konnte sich bis heute nichts Genaues darunter vorstellen. Obwohl er wusste, dass dieses Bild nicht ganz stimmte, glaubte er mit geschlossenen Augen sich selbst zu sehen, wie er als ganz kleiner Junge schon auf der richtigen Mauerseite wartete, als seine Eltern schüchtern und fremd durch die Bresche gekrochen kamen. Jedenfalls waren seine Eltern immer *die Fremden* geblieben – mehr oder weniger geduldete Gäste in seiner Welt, in der sie sich allerdings ziemliche Rechte anmaßten. Was immer es mit dem Mauerbau auf sich haben mochte – seine Eltern hatten nichts Eiligeres zu tun gehabt, als sich in Lerdeck hinter hochragenden Parkmauern und dichten Reihen dunkler Taunustannen in ihrer unzugänglichen Villa zu verkriechen.
Georgs Vater hatte die Villa von seinen Eltern geerbt, deren Tod mit dem berühmten Mauerbau zeitlich zusammenfiel. Und Georgs Mutter hatte noch einen kleinen Bruder mit in den Westen geschleppt – Onkel Johannes, einen lächerlich sächselnden, immer mürrischen Schrotthändler, der vor dreizehn Jahren auf seinem eigenen Schrottplatz von einer sogenannten Rammbirne zerschmettert worden war. Wenn seine Eltern irgendwann starben, würde Georg das komplette Kroning-Vermögen erben, das höchstwahrscheinlich fünfzig oder sechzig Millionen wog.
Während seine Mutter aus *engen Verhältnissen* stammte, hatte sein Vater schon als Kind ganze Scharen von Dienern kommandiert, die ihn beispielsweise in einer Ponykutsche zum Privatunterricht kutschierten. Merkwürdig war, dass die Diener angeblich kein Deutsch verstanden und nur auf abgehackte, fast lautmalerische Befehle reagierten; aber diese ganze Geschichte war ziemlich dunkel, zumal Georgs Vater nicht gern darüber zu reden schien. Schon Gustav Kroning, Georgs Großvater, hatte als Arzt praktiziert, und offenbar war er es gewesen, der die Hauptmasse des Kroning-Vermögens zusammengescharrt hatte.
Aber seltsam war es schon, dass der Großvater mit seiner Heilkunst Millionen verdient und anscheinend mehrere Rittergüter besessen hatte, die dann an den Osten verloren gegangen waren. Einmal hatte Georg seinen Vater gebeten, ihm die Sache mit den Rittergütern zu erklären. Darauf hatte sein Vater mit schiefem Grinsen erwidert, schließlich habe der Großvater *tausend Jahre* lang für die Rittergüter gearbeitet und immer nur *mächtige Eminenzen* kuriert. Irgendwann nach dem Zusammenbruch waren die Großeltern nach Lerdeck geflüchtet und hatten von den Resten ihres Vermögens die Villa gebaut.
Als Georgs Großeltern in den Westen flohen, war sein Vater ein junger Mann von

achtzehn oder neunzehn Jahren. Wenn Georg ihn halbwegs verstand, hatte er sich aus einer Art Trotz oder Verblendung geweigert, seinen Eltern auf die andere Mauerseite zu folgen, und diese Verblendung war erst in dem Moment gewichen, als ihn die doppelte Todesbotschaft erreichte. Absichtlich oder nicht, hatten Georgs Großeltern mit ihrem DKW ein Brückengeländer durchbrochen und waren tödlich in die Mainfluten gestürzt. Auf dem Friedhof in Lerdeck begrub Georgs Vater zusammen mit seinen Eltern auch seine *östlichen Illusionen*, über deren Verlust ihm das elterliche Erbe hinweghalf. Mit seiner Frau bezog er die Kroning-Villa und nahm das komfortable Leben eines Millionenerben auf, der die tausendjährige Familientradition fortführte, indem er sich zum Arzt ausbilden ließ.

Einige Jahre darauf wurde Georg geboren. Obwohl seine Mutter immer zu Hause war, wuchs er in einer großen Einsamkeit, einem Schweigen heran, die sich wie steinerne Schleier über ihn warfen und ihn von Anfang an niederzudrücken versuchten. Sein Vater arbeitete inzwischen als Assistenzarzt am Frankfurter Florian-Hospital, dessen Chirurgische Abteilung er mittlerweile leitete. Soweit Georg sich zurückerinnern konnte, hatte sein Vater immer mindestens dreizehn, vierzehn Stunden täglich in der Klinik verbracht, wo er sich mit nie erlahmender Begeisterung über verstümmelte Patientenleiber beugte. Derweil schlich seine Mutter mit ängstlichem Gesicht durch die Villa und den hoch ummauerten Park und schien sich zu fragen, wie um Himmels willen sie in diese kalt-prachtvolle Welt geraten war.

In Georgs frühesten Erinnerungsbildern saß sie lautlos schluchzend in einem Sessel am offenen Parkfenster, vor dem die Tannen rauschten. Manchmal lauerte sie ihm förmlich auf, umschlang ihn von hinten oder seitlich mit ihren kräftigen Armen und presste ihn so fest an ihre Brust, dass er vor Schreck und Beengung ohnmächtig zu werden glaubte. Er riss sich dann von ihr los, wich zwei, drei Schritte zurück und starrte sie an, wobei er sich halb verängstigt, halb überlegen fühlte. Die *Einsamkeit* war das erste eisige Geheimnis seines Lebens, und schon damals spürte er, dieses Rätsel würde er niemals lösen. Seine Mutter zitterte und schlug langsam ihre schlanken, sehr weißen Hände vors Gesicht, ehe sie sich abwandte und mit unsicheren Schritten aus dem Zimmer ging. Dann glaubte Georg eine Art Schrei zu hören, der in seinem Kopf anschwoll und von Mauern und Bäumen widerhallte. Er stürzte zur Tür und rannte in den Park, über die grünen Hügel und durch die kalten Schatten der Tannen, bis der Schrei in seinem Kopf abebbte und nur noch ein hexenhaftes Wispern blieb. Atemlos und halb lachend warf er sich ins Gras und blinzelte durch seine zitternden Wimpern, sodass er keine Dinge, keine Bilder mehr sah – nur noch das aus Bäumen und Hügeln strömende Grünlicht, das der Zauberschein seiner Kindheit, seines Lebens war.

Später begriff Georg, dass sein Vater der Mutter systematisch Furcht einflößte, damit sie von ihm abhängig blieb und nicht den Mut fand, auf und davon zu gehen. Als

Georg fünf Jahre war, hatte sein Vater die fünfunddreißig noch nicht erreicht; aber schon fing er an, schlaff und schwerfällig zu werden. Sein fahles Kopfhaar wich einer matt schimmernden Glatze; über dem Gürtel zitterte ein breiiger Bauch, und wenn er sich nur aus seinem Sessel erhob, begann er kurzatmig zu keuchen. Dagegen war Georgs Mutter eine schlanke, großgewachsene Frau, deren langgliedrige Zartheit sich ebenso auf Georg vererbt hatte wie ihre bräunlich träumerischen Augen, deren schräger Schnitt fast katzenhaft wirkte. Ihr früh ergrautes Haar trug sie schulterlang wie ein junges Mädchen, das sie vielleicht immer geblieben war, und wenn sie schüchtern lächelte, fühlte man sich umso mehr beschenkt, als dieses Lächeln eine allzu seltene Kostbarkeit war. In Gegenwart seines Vaters hatte Georg sie niemals lächeln gesehen. Sowie draußen die Mercedes-Pneus über den Kies knirschten, sank eine Maske ängstlicher Ergebenheit über ihre Züge.

Da Georgs Eltern weder Freunde noch Verwandte hatten und nicht einmal mit den Kollegen seines Vaters privat verkehrten, lebten sie in der Villa wie auf einer entlegenen, fast unzugänglichen Insel, die auf Seekarten nicht verzeichnet schien. In seinen ersten drei, vier Jahren kannte Georg neben seinen Eltern praktisch nur noch zwei Menschen, mit denen aber auch nicht viel anzufangen war. Der steinalte, tannendürre Gärtner Josef war mehr oder weniger taub und außerdem ziemlich schwachsinnig. In eine knöchellange, grasgrüne Gummischürze gehüllt, schlurfte er von morgens bis abends durch den Park und murmelte Silben vor sich hin, die ungefähr wie *ding dong, ding dong* klangen. Wenn Georg ihm auf den Wiesen oder unter den Tannen begegnete, streifte er seinen Filzhut ab und krächzte *Mojn, junger Herr,* wobei er keinerlei Rücksicht auf die wirkliche Tageszeit nahm. Hinter einem Busch versteckt, beobachtete Georg einmal, wie Josef sich mit einer riesigen Heckenschere die Fingernägel schnitt, was auf den ersten Blick aussah, als knipste er nicht bloß Nägel ab, sondern ganze wegspritzende Glieder. Manchmal setzte sich Georg neben ihn auf einen Baumstamm; dann schauten sie in gemeinsamem Schweigen über die wellenförmigen grünen Hügel, wozu Josef übel riechende Stumpen paffte.

Zweimal wöchentlich kam eine türkische oder griechische, jedenfalls in grellfarbene Tücher gewickelte Putzfrau ins Haus, die sie Esmeralda nannten. Dabei war ihr wirklicher Name wenigstens viermal so lang und ein wahres Silbengestrudel mit vielen ü, das sie selbst nur kichernd hervorsprudeln konnte. Da Esmeralda praktisch kein Wort Deutsch sprach, zog sie sich meistens hinter ihre Tücher und ein gleichförmiges Lächeln zurück, das glänzend weiß aus ihrem dunklen, rundlichen Gesicht blitzte, auch wenn Georgs Mutter sie wegen irgendwelcher Versäumnisse anschrie. Vor dem Personal fürchtete seine Mutter sich wahrscheinlich noch mehr als vor ihrem Mann. Da sie nie den richtigen Ton traf, beschwerte Esmeralda sich andauernd bei Georgs Vater, der sich von seiner östlichen Kindheit her mit radebrechenden Lakaien auskannte. Meistens gab er Esmeraldas Beschwerde fast ohne hinzuhören statt, und einmal zwang er sogar Georgs Mutter, sich bei der beleidigten Reinigerin wegen irgendwas zu entschuldigen. Hinter einem Sesselrücken versteckt, beobachtete Georg, wie seine Mutter mit gesenktem Kopf auf die dickliche Griechin zuging und ihr abgewandten Blickes die Hand reichte, die Esmeralda begeistert ergriff und eine volle Minute lang schüttelte. Und Georg spürte wieder diesen Hass auf seinen Vater, der die Entschuldigungsszene düster nickend überwacht hatte.

Dieser Hass war vielleicht der Funke, an dem sein Bewusstsein sich entzündet hatte. Georg fragte sich nie, weshalb er seinen Vater hasste; er spürte nur, es wäre besser, wenn sein Vater für immer verschwand. An einem warmen Frühlingstag lief er zu seiner Mutter ins Haus und fragte aufgeregt: »Gibt es eine Macht, Mama, die einen Menschen für immer *herausnehmen* kann?«

Wie man vielleicht eine Figur vom Spielbrett nahm.

»Ja, Georg – den Tod, warum fragst du«, erwiderte seine Mutter, wobei sie den *Tod* echohaft dehnte.

Damals begann Georg, heimlich zu beten. Abends im Dunkeln faltete er über der Bettdecke die Hände und bewegte lautlos seine Lippen: »Dann, bitte, Tod, komm doch, und hole Papa.«

Da Georg seinen Vater oft tagelang kaum zu sehen bekam, war es weniger die väterliche Gegenwart als seine ständig drohende Rückkehr, die ihn bedrückte. In dieser Zeit träumte er häufig davon, dass er allein mit seiner Mutter in der Villa und im Park lebte, den sie zu einem wirklichen Märchenwald verwildern ließen. Überhaupt war es die Zeit seiner mitreißendsten Träume, deren Schattenarme ihn oft noch umschlangen, wenn er morgens in den grün leuchtenden Park lief. Er war immer allein, bis zu seinem fünften Jahr hatte er nie mit anderen Kindern gespielt, und oft vergaß er für Wochen, dass es hinter dem geschmiedeten schwarzen Parktor noch eine andere Welt gab. Das Villenviertel, in dem sie wohnten, schmiegte sich an einen steilen Taunushang hoch über dem Kessel des Lerdecker Altstadtgewinkels. Da seine Mutter sich vor der kleinstädtischen Geschäftigkeit noch stärker als beispielsweise vor der launischen Esmeralda ängstigte, verließen sie das Haus nicht einmal, um Besorgungen zu machen; ein fahrender Delikatesshändler nahm ihre telefonische Bestellung entgegen und brachte alles Gewünschte ins Haus.

Georg selbst hatte nie wirklich unter ihrer Lebensweise gelitten, er hatte nur gesehen, wie seine Mutter sich über etwas Dunkles, Drückendes betrübte, dem sie flüsternd und schluchzend den Namen *Einsamkeit* gab. Für Georg bildeten die Villa und der weithin unerforschte Park eine eigene, abgeschlossene Welt, die sich mit schimmernden Schatten und wispernden Stimmen füllte und deren heimlicher Herrscher niemand als er selbst war. Die Schatten wohnten eigentlich im schwarzen Wald, der sich hinter der nördlichen Parkmauer mit Schluchten, Bergseen und unendlichen Tannenfluchten dehnte. Wenn Georg ihr Getuschel halbwegs verstand, forderten sie ihn auf, ihnen nachts über die Mauer in den Wald zu folgen, wo sie auf dem Grund des dunkelsten und kältesten Bergsees lebten. Da ihr Gewisper immer dringlicher und fast drohend wurde, vertraute Georg sich eines Tages seiner Mutter an und bat sie um Rat, wie er die Schatten abschütteln oder wenigstens einschüchtern konnte. Noch während er ihr von den Schatten erzählte, merkte er, dass er einen üblen Fehler gemacht hatte. Seine Mutter ließ den silbernen Schöpflöffel, an dem sie herumgeputzt hatte, auf den Besteckhaufen fallen und flüsterte: »Du willst sagen, Georg, dass du wirklich *Stimmen hörst?*«

»Aber nein, Mama.« Damals spürte er, dass auch sie nur eine Fremde in dieser wispernden, schimmernden Welt war, deren kalter Glanz sie zu ängstigen schien. Über den Silberhaufen hinweg starrte sie ihn an, bis Georg unbehaglich murmelte: »Das sind nur so Träume, Mama. Nichts, woran ich wirklich glaube.« Er sprang auf und rannte durch die südliche Terrassentür in den Park. Hoch oben wölbte sich die blaue Mauer des Himmels, die sich wie ein Deckel über die weißen Parkmauern schloss. Schwer und fast nass schlugen die Schatten der Tannen über die Wiesen, und wo sie hinfielen, färbten die grünen Hügel sich fahl. Krähen krächzten, Schatten flatterten zwischen den Bäumen, die mit hängenden Nadelarmen zu warten schienen, dass jemand kam und sie aus ihrer Starre erlöste. *Komm*, flüsterten die Schatten, *komm heute Nacht in den Wald*. Tief unten in der Senke zerrte der alte Josef kniend einen Steinbrocken aus einem Beet, das schwarz glänzte wie ein frisch ausgehobenes Grab. In der Luft war ein Schwirren und Brausen, und Georg sah, wie Wolken schwarzer Vögel aus der Sonne stürzten und schnell sinkend seine Schläfe streiften; auf seinen Schultern saßen die Vögel und girrten und krächzten ihm Drohungen, Beschwörungen ins Ohr. Er schrie *Nein* – oder er hoffte, er habe es geschrien; aber das Schweigen saugte seinen Schrei ein. Hager lachten die Tannen, dass es wie Keuchen klang, und Georg flüsterte *Schweig, Baum*, woraufsich das *Wort* wie eine Maske über die Äste warf. Unter der eng abschließenden Maske wand sich der Baum grün sprühend und zischend; dann stand er wieder reglos, und nur noch sein Schatten zitterte.

Georg ließ sich ins Gras sinken und schloss halb die Augen. Sein Herz hämmerte. Die Hügel waren endlos und grün glühend und schienen gefroren zu gleichmäßigen Wellen aus trüb spiegelndem Glas. Unter dem gläsernen Schleier gluckste und murmelte der Schattenfluss. *Bitte, Tod, komm doch,* betete Georg – *bitte, Tod, komm doch und hole Papa*. Er spürte, dass irgendwas nicht mit ihm stimmte, aber er begriff nicht, was es war. Hinter der östlichen Parkmauer, halb von den Tannen verschluckt, hörte er, wie ein kleines Mädchen weinte. Sein Vater hatte einmal erwähnt, dass auf der anderen Mauerseite der Nervenarzt Klaußen mit seiner Familie lebte. Das kleine Mädchen hieß Margot und war angeblich genauso alt wie er. Plötzlich spürte er, dass in seinen Augen Tränen brannten, oder nicht wirkliche Tränen – nur so ein trockenes Brennen wie von einem Feuer, das seine eigene Glut verschlang. Irgendwann stand er auf und schlich in die Villa, in sein Zimmer zurück. Er glaubte in den strömenden, wispernden Schatten zu schwimmen und wusste doch, er lief über festes, federndes Glas. In seinem Zimmer riegelte er sich ein und verhängte die Fenster, ehe er sich aufs Bett warf. Draußen drohten und lockten die Schatten, und er wusste, lange würde er ihnen nicht mehr widerstehen.

Dass er wenige Tage später Margot Klaußen, seine kleine, weinende Nachbarin kennenlernte, verdankte er einem Mordgerücht. Von einem Jachturlaub im Mittelmeer war der Nervenarzt mit seiner Tochter, aber ohne Jacht und vor allem ohne seine Frau zurückgekehrt. Aufgeschlitzt von einem Felsriff, war die Jacht sekundenschnell gesunken und hatte die schlafende Arztfrau mit in die Tiefe gezogen. In einem Schlauchboot hatte Klaußen sich und seine Tochter retten können, die demnach aus Trauer hinter der Mauer geweint hatte. Jetzt ermittelte die Kriminalpolizei – über dem Nervenarzt schwebte der Verdacht, dass er seine Frau heimtückisch getötet und den Mord als Schiffsunfall getarnt hatte.

Die eigentliche Überraschung aber war, dass sich Georgs Vater, der in der Klinik verschriene herrische Einzelgänger, durch diese Mordgeschichte aufgemuntert fühlte, dem Kollegen Klaußen nicht nur sein Mitgefühl, sondern regelrecht seine Freundschaft anzutragen. Obwohl sie seit vielen Jahren in direkter Nachbarschaft lebten, hatten die Ärzte auch in der Klinik nie ein privates Wort gewechselt und sich allenfalls auf den Korridoren kopfnickend gegrüßt. Doch eines Abends, wenige Tage nachdem Georg seiner Mutter von den Stimmen erzählt hatte, kam sein Vater nach Hause und sagte:

»Es ist einfach schändlich, wie alle Welt glaubt, den armen Klaußen verdächtigen zu dürfen. Auch in der Klinik nutzen viele die Gelegenheit, um alte Rechnungen zu begleichen. Sie behandeln ihn, als wäre er des Mordes schon überführt, obwohl man ihm allenfalls Fahrlässigkeit vorwerfen kann. Außerdem hatte er gar kein einleuchtendes Motiv. Nur weil seine Frau von Haus aus vermögend war, wird er sie nicht gleich wie eine Ratte ersäuft haben. Das wird jetzt alles mächtig aufgebauscht – beispielsweise tuscheln sie hinter vorgehaltener Hand, dass Klaußens Frau sich geweigert habe, ihrem Mann die Verfügungsgewalt über ihr Vermögen einzuräumen. Und nur weil er der Polizei nicht gleich von diesem belanglosen Streit erzählt hat ...«

Offenbar sah es nicht gut aus für den Nervenarzt, der plötzlich in der Villa Kroning ein und aus ging. Klaußen war ein hagerer, verbittert wirkender Graubart, der leicht vorgebeugt schlurfte und schlotternde, staubgraue Anzüge trug. Obwohl er wahrscheinlich nicht älter war als Georgs Eltern, erschien er Georg wie ein Greis. Tiefe Furchen hatten sich in seine Stirn eingekerbt und zogen sich steil abwärts von seinen Mundwinkeln zum Kinn. Auch seine hohl hallende Stimme klang nach tiefer und uralter Verbitterung, die mit den polizeilichen Verdächtigungen und dem Getuschel in der Klinik allein nicht zu erklären war. Seine Augen, die farblos und unbeweglich in

flachen Höhlen klebten, erinnerten an Fischaugen, deren Lider sich niemals senkten. »Sie können mir glauben, dass ich meine Frau weiß Gott geliebt habe.« Seine Stimme ließ einen an Kellergewölbe denken, in denen die eine oder andere Leiche vor sich hinschimmeln mochte. Vielleicht war es hauptsächlich seine Stimme, die Klaußen in Mordverdacht gebracht hatte – wie Georg seinen Vater vielleicht vor allem deshalb hasste, weil er dessen ständig dröhnende und drohend polternde Stimme nicht ertrug. Während Klaußen in ihrem Wohnzimmer nervös und leicht vorgebeugt auf und ab trottete, klammerte sich seine Tochter an die Jacke ihres Vaters.
»Wenn Sie nicht wissen, wohin mit Margot«, sagte Georgs Vater, »ich habe Ihnen versichert, dass ich Ihnen jede Hilfe zukommen lasse. Für meine Frau wäre es überhaupt kein Problem, wenn Margot einige Tage oder Wochen bei uns bliebe, bis Sie eine Lösung gefunden haben. Nicht wahr, Johanna?«, wandte er sich an Georgs Mutter, die errötend stammelte:
»Natürlich nicht. Ich meine – natürlich wäre es kein Problem.«
»Und Georg«, dröhnte sein Vater, »würde sich sehr über eine kleine Spielkameradin freuen, zumal er in letzter Zeit ... Na ja, lassen wir das jetzt.«
Natürlich hatte Georgs Mutter ihm sofort von den *Stimmen* erzählt, die Georg angeblich hörte. Seitdem behaupteten sie, dass sie sich Sorgen wegen ihm machten, und von seiner *krankhaften Einbildungskraft* redeten sie wie von einer feststehenden, wenn auch nach außen zu verheimlichenden Tatsache.
»Zeig Margot dein Zimmer«, befahl sein Vater. »Es wird Zeit, dass du lernst, mit anderen zu teilen.«
»Ja, Papa«, sagte Georg unbehaglich. Er begriff nicht genau, worauf sein Vater hinauswollte. Dieses Gerede vom Teilen sollte hoffentlich nicht bedeuten, dass er sein Zimmer für das fremde Mädchen räumen sollte, zumal es oben drei prunkvoll eingerichtete Gästezimmer gab, in denen noch nie irgendwer gewohnt hatte.
»Geht schon, ihr beiden«, sagte Klaußen.
Margot fing an zu heulen. Sie krallte sich noch fester an die Jacke ihres Vaters und presste ihr glühendes, von den blonden Locken halb verdecktes Gesicht in den Anzugstoff, sodass Klaußen jeden ihrer Finger einzeln aufbiegen musste und sie zuletzt fast gewaltsam zur Tür schob, wo Georg neben seiner Mutter stand.
»Du könntest Margot deine *Spiele* zeigen«, flüsterte seine Mutter.
»Wenn du meinst, Mama.«
In letzter Zeit hatte er angefangen, Brettspiele zu sammeln. Da er immer allein war und man für die meisten Spiele mindestens zwei Spieler brauchte, musste er sich in die kämpfenden Parteien aufspalten, damit das Spiel in Gang kam. Damals fing er schon an, sich Gedanken *über* die Spiele zu machen – da er sich nach jedem Zug aus seiner Versunkenheit herausriss, um in die Rolle des Gegenspielers zu schlüpfen, bekam er schnell einen überparteilichen, distanzierten Blick, der ihn den Mechanis-

mus des Spiels wahrnehmen ließ, mit dessen Hebeln und Rädern die Einzelspieler sonst verschmolzen. Der eigentliche Sieger und heimliche Herrscher über die kleine hölzerne Figurenwelt wäre nicht derjenige, der einzelne Partien gewann, sondern wer die Regeln vorschrieb, nach denen gespielt wurde.

Vor Margot, die schluchzend hinter ihm herschlich, ging er über die Steintreppe in sein Zimmer hoch. Außer seinen Eltern und Esmeralda, die beim Aufräumen immer alles durcheinander brachte, war nie jemand bei ihm im Zimmer gewesen. Er stieß die Tür auf, drehte sich um und sagte schnell. »Deine Mutter ist jetzt bei den *Fischen*«, wozu er atemlos lachte.

Und während Margot ihn verstört ansah: »Komm doch rein. Mama meint, ich könnte dir meine Spiele zeigen; ich habe viele. Vor zwei Tagen habe ich dich hinter der Mauer weinen gehört. Sonst war es bei euch immer so still wie auf unserer Seite. Setz dich aufs Bett, oder nein – besser dort in den Sessel.«

Wie eine Puppe, an deren Fäden er zog, stakste Margot zum Sessel und setzte sich auf die Kante. Sie war ungefähr so groß wie er und trug ein lächerlich geblümtes, kurzes Kleid, das ihre verschrammten Beine zeigte. Georg stellte sich vor, dass sie von der sinkenden Jacht ins Meer gestürzt war, und während sie mit den hochschäumenden Wellen kämpfte, hatte das Felsriff ihre Beine zerschrammt. Dann hatte die knochige Hand ihres Vaters sie im Nacken gepackt und ins Schlauchboot gezogen. Wo eben noch die Jacht aus dem Wasser ragte, war nur noch ein rasch rotierender Strudel, aus dessen Tiefe scheinbar ein Schrei quoll.

»Hat die Polizei dich auch verhört?«, fragte er.

Hinter den Locken, die ihr wirr über Schläfen und Stirn hingen, schimmerten meergrüne Augen in einem ovalen, zart geschnittenen Gesicht, dessen Haut hell und fast durchscheinend war. »Mama hatte getrunken«, sagte sie leise. »Sie lag unten in der Kajüte, um ihren Rausch auszuschlafen. Papa trifft keine Schuld. Wenn er versucht hätte, sie rauszuholen und über die enge, steile Treppe an Deck zu schleppen, wären wir alle zusammen ertrunken.«

Georg zuckte mit den Schultern. Ihm war es egal, ob Klaußen ihre Mutter wirklich umgebracht hatte; die Vorstellung jedenfalls war faszinierend. Außerdem war dem unheimlich wirkenden Nervenarzt ein kaltblütig in Szene gesetzter Mord mühelos zuzutrauen. Gewalt hatte in Georgs Träumen und Fantasien von jeher eine bedeutende Rolle gespielt – sie war ein Rätsel ähnlich der Einsamkeit, die unsichtbare Wände zwischen die Menschen schob, sodass Blicke, Worte und Berührungen irgendwie abglitten und ihr Ziel verfehlten. *Gewalt* hieß: Man berührte einen Menschen, worauf der umsackte und regungslos liegenblieb. Dann konnte man hingehen und ihn herumwälzen, wie man wollte – er entzog sich nicht mehr; oder ihn ein für allemal wegschaffen – er kam nie mehr zurück.

Er ging zum Regal neben seinem Bett und überlegte, welches Spiel er Margot vor-

führen sollte. Eigentlich hatte er überhaupt keine Lust, sie oder irgendwen an seiner Welt teilhaben zu lassen. Er hatte nie wirklich bedauert, allein zu sein. Manchmal versuchte er sich vorzustellen, dass er im Kreis von Geschwistern aufwuchs; aber er hatte früh begriffen, dass man nicht beides haben konnte – drinnen die schimmernde, wispernde Welt und draußen die Vertrautheit. Absichtlich suchte er ein langweiliges Spiel hervor, damit Margot gar nicht erst auf den Geschmack kam. Während er den Spielplan auf dem grauen Teppichboden aufklappte und die Figuren auf ihre Felder stellte, sagte er zu Margot:
»Setz dich zu mir auf den Boden. Die Polizisten verdächtigen deinen Vater. Vielleicht wird er schon morgen oder so verhaftet. Ich schätze, dich stecken sie dann in so eine Art Waisenheim.«
Ein Zittern überlief Margots Gesicht, das war ihre ganze Antwort. Folgsam rutschte sie vom Sessel und kauerte sich ihm gegenüber auf den Boden. Dabei sah sie ihm ängstlich und fast bittend in die Augen, als stünde es in seiner Macht, ihren Vater vor der Verhaftung zu schützen. Die gleichen Augen, die gleichen Locken, die gleichen Züge, die eine sozusagen freche Zerbrechlichkeit oder scheue Verwegenheit ausdrückten, sollte Georg fast sechzehn Jahre später an einem ganz anderen Menschen wiederfinden – an Alex Kortner, seinem Freund, den er in seinem ersten Züricher Jahr bei einer Maskenausstellung im *Museum an der Limmat* kennengelernt hatte.
»Mach dir keine Sorgen«, sagte er. »Wahrscheinlich können sie deinem Vater nichts nachweisen. Er besorgt irgendeine Frau, die sich für Geld um dich kümmert, und ruckzuck hast du deine Mutter vergessen.«
»Meinst du?«, flüsterte Margot.
»Aber klar!« Er war ehrlich erstaunt. Margot benahm sich reichlich sonderbar. »Wenn beispielsweise mein Vater morgen verhaftet würde«, sagte er in Gedanken, »oder meinetwegen auch Mama ...« Da Margot ihn irgendwie komisch ansah, zuckte er mit den Schultern, ohne seinen Satz zu beenden. »Also fangen wir an«, sagte er, wobei er sich im Voraus vor Widerwillen krümmte.
Er erklärte Margot die Spielregeln, dann spielten sie zwei Partien, die sogar noch langweiliger ausfielen, als er erwartet hatte, da Margot mit ihren Gedanken woanders war und nicht mitbekam, wenn sie am Zug war. Andauernd wischte sie sich über die Augen oder wurde von Schluchzen geschüttelt, sodass Georg irgendwann genug von der weinerlichen Göre hatte und mitten im Spiel alle Figuren vom Brett fegte.
»Am besten, du gehst wieder runter zu deinem Vater«, sagte er. »Schließlich kann ich mich nicht die ganze Zeit um dich kümmern. Oder meinetwegen komm mit raus in den Park, obwohl ...« Er hatte sagen wollen – obwohl sie nichts hören und sehen und sich deshalb auch im Park langweilen würde.
»Ja, bitte«, hörte er Margots schüchterne Stimme. »Papa würde mich ausschimpfen, wenn ich ihn jetzt störe.«

Zusammen liefen sie nach unten, vorbei an der geschlossenen Tür, hinter der die Erwachsenen murmelten. Georg dachte, unter dem Vorwand, dass er Margot den Park zeigen wollte, konnte er gleich mal die Nordmauer inspizieren, ob vielleicht irgendwo eine Tanne dicht genug davorstand, sodass man sich auf ihren Ästen hocharbeiten konnte. Die Parkmauern waren mindestens zwei Meter hoch und fugenlos gekälkt.
»Kannst du rennen?«, fragte er draußen und rannte los, dass der heiße Wind ihm die Haut peitschte und sein eigener Schatten neben ihm durchs Gras flog. Wenn man überraschend die Richtung änderte, wurde man von seinem Schatten überholt. Unter den Tannen, die in dreifacher Reihe vor der Nordmauer aufragten, drehte er sich keuchend um und wartete auf Margot. Immerhin hatte sie halbwegs Schritt gehalten; schon rannte sie den letzten Hügel hoch, und als sie atemlos vor ihm stand, blitzten ihre Augen unter den Locken, die der Wind fast senkrecht aufgetürmt hatte. »Warst du schon mal drüben?« Er nickte zur Mauer hin, hinter der sich der schwarze Wald dehnte. Margot schüttelte den Kopf. »Wenn du keine Angst hast, könnten wir über die Mauer klettern.«
Er tauchte zwischen die kratzenden Tannen und arbeitete sich zur Mauer durch, die sich fast blendend von der Düsternis unter den Bäumen abhob. Eine krumm gewachsene Tanne stand schräg gegen die Mauer gelehnt; regelmäßig wie Stufen stiegen ihre Äste auf.
»Los«, sagte er. »Du zuerst.« Sein Herz hämmerte, und seine Stimme klang fremd und fast krächzend. Erregt sah er zu, wie Margot auf sein Kommando zu dem Baum ging, sich gelenkig auf den untersten Ast schwang und hochkletterte.
»Oben auf der Mauer wartest du auf mich.«
Ähnlich hatte er oft mit den Schatten geredet, die nicht viel anders als Margot flüsternd erwidert hatten: »Ich bin schon oben.«
Worauf Georg zurückzischte: »Wie sieht's drüben aus?«
»Steil und düster«, hörte er. »Ziemlich viel Gestrüpp, und dann so eine Art Dornenbüsche. Ich glaube, ganz da unten ist ein Teich oder Tümpel.«
Während er auf den Baum kletterte, empfand er eine seltsame Beklemmung – im Moment war er nicht ganz sicher, ob Margot wirklich existierte, ob sie nicht irgendwie zu den Schatten gehörte, die ihn seit langem nach drüben zu locken versuchten. Auch diese Geschichte mit dem Mordverdacht, der angeblich über Margots Vater schwebte – das passierte ihm manchmal, dass er nicht mehr genau wusste, ob sich eine Geschichte in der Schatten- oder in der Elternwelt abgespielt hatte. Meistens merkte man ihnen an, in welche Sphäre sie gehörten, aber manchmal verwischte sich die Grenze, sodass er lieber den Mund hielt.
Auch als er oben neben Margot auf der Mauer kauerte, blieb er unsicher, wohin Margot gehörte, obwohl er sah, dass ihr Atem stoßweise ging, und obwohl er den süßlichen Duft roch, der ihrem schwitzenden Körper entströmte. Unter dem Vorwand,

dass er ins Straucheln geriet und sich abstützen musste, berührte er ihre Schulter, die sich fest und heiß unter dem geblümten Kleid wölbte. Vorsichtig spähte Georg in die Tiefe. Unten schloss sich an die Mauer ein fast genauso steiler Felshang an, den niedriges, dürr aussehendes Gestrüpp überkroch. Hier und dort krallten sich hagere Dornenbüsche in die Spalten. Tief unten glänzte dunkel die weite Fläche eines Sees, über dessen jenseitiges Ufer sich scheinbar grübelnd die Tannen bogen.

»Da vorne«, sagte er, »wächst so eine Art Efeu über der Mauer. Wir probieren, ob wir an dem Schlingzeug runterklettern können.« Schon huschte er gebückt über den schmalen Mauerfirst nach links, wobei er es vermied, in die Tiefe zu schauen. »Keine Sorge«, sagte er halb lachend, »wenn du ins Wasser fällst, hol ich dich wieder raus.«

»Kannst du denn schwimmen?« Margots Stimme war dicht hinter ihm.

»Natürlich. Keine Ahnung«, sagte er. Irgendwie hatte er geglaubt, dass man von Natur aus schwimmen konnte. Da sein Vater niemals Urlaub nahm, waren sie nie irgendwohin ans Meer gefahren, nur einmal im September nach Venedig, als er zwei war. Und natürlich wäre seine Mutter vor Angst gestorben, wenn sie mit ihm beispielsweise zu einem Badesee gefahren wäre. Erst viele Jahre später brachte er sich das Schwimmen selbst bei. »Dann also los«, sagte er.

Er krallte sich ins grünliche Geschlinge und taumelte in die Tiefe, wobei er mit den Zehenspitzen über die Mauer schrammte. Im Efeu hausten grellfarbene, huschende Spinnen, deren Netze sich wie Schimmel über Steine und Blätter legten.

Als er mit den Fußspitzen einen Felsvorsprung ertastete, ließ er das Efeu los und drückte sich auf den Mauerfuß. Hier unten war es wie in einem Verlies so finster. Tief unter ihm glucksté der dunkle Bergsee, und was da in den Tannen krächzte und klagte, klang fast schon nach Nachtvögeln.

»Jetzt du, Margot«, rief er gedämpft.

Das Merkwürdige war, dass hier draußen die sonst ständig wispernden Stimmen stillschwiegen. Außer dem Rauschen der Tannen, dem glucksenden Wasser hörte er gar nichts, höchstens noch Margots Keuchen. Schräg hing sie an der Mauer und stieß kleine Schreie aus, da ihr die Spinnen anscheinend unters Kleid huschten.

Als sie neben ihm auf dem Felsschorf kauerte, sagte Georg so ruhig wie möglich: »Wir gehen ganz nach unten zum See.« Ohne ihren Protest abzuwarten, legte er sich flach auf die schräge Felswand und fing an, rückwärts runterzurutschen, indem er sich mit Fingern und Fußspitzen in Steinritzen und an Gestrüppwurzeln abstützte. Über ihm rutschte Margot; ihre tastenden und kratzenden Füße, die in zierlichen Sandalen steckten, streiften fast seinen Scheitel. Bisher waren sie noch gar nicht auf die Idee gekommen, dass sie in Lebensgefahr schwebten.

»Die Polizei«, hörte er Margots keuchende Stimme, »behauptet, dass Papa vielleicht eine Geliebte hatte und dass er deshalb ...«

»Noch eine Frau?«, fragte Georg verblüfft. »Nee, glaub ich nicht.«

In diesem Moment verlor er den Halt – sein linker Fuß rutschte von einer Felsritze ab, und die Gebüschwurzel, die er mit beiden Händen umklammert hatte, knickte weg wie trockene Hölzer. Georg schrammte zwei, drei Meter weit über die Wand, die sich plötzlich nach innen winkelte, sodass er nur noch kalte Luft spürte, die ihm über die Haut strich. Die Dinge und Bilder um ihn herum, auch Margots Schreie und die klagenden Rufe der Vögel, vermischten sich zu einem fahlen, hallenden Grau.
Im Augenblick begriff er kaum, was passiert war – er glaubte zu schweben, schwerelos über dem dumpf murmelnden Abgrund, und er dachte, die Schatten hatten ihr Versprechen eingelöst. In letzter Zeit hatte er häufig geträumt, dass er verschwinden, sich auflösen, in die andere Welt übertreten würde, und jetzt war es soweit. *Komm, komm zu uns,* wisperten die Schatten, und *Ich komme schon,* jauchzte es in ihm. Dann schlug er hart auf der fast schwarzen Seefläche auf, und der See umschlang ihn mit seinen kalten Armen und zerrte ihn nach unten auf den schlammigen Grund – –
Als er zu sich kam, lag er in seinem Zimmer im Bett, und seine Mutter beugte sich mit so besorgter Miene über ihn, dass er lächeln musste. »Was ist passiert?«, fragte er. Er war nicht sicher, ob überhaupt irgendwas passiert war – vielleicht gab es gar keine Margot und sie waren nie auf der anderen Mauerseite gewesen, bei den Schatten im schwarzen Wald. Er richtete sich halb auf und sah, dass sein Vater und dieser Klaußen am Fenster standen und tuschelnd die Köpfe zusammensteckten, wozu Klaußen sich noch tiefer als gewöhnlich vorbeugen musste, da er wenigstens einen Kopf größer als Georgs Vater war. Vor dessen schweißfleckiger Hemdbrust schlenkerte ein ärztliches Horchgerät, mit dem er vielleicht eben Georg abgehorcht hatte – Georg hasste diesen Horcher, weil er glaubte, dass sein Vater mit dem Instrument die Stimmen zu belauschen versuchte, die irgendwo in ihm wisperten.
»Du wärst fast ertrunken, Georg«, flüsterte seine Mutter. »Margot hat dich aus dem Wasser gefischt. Zum Glück ist sie Rettungsschwimmerin, sonst wärst du jetzt ...« Anstatt weiterzureden, ließ sie die bleiche Scheibe ihres Gesichtes auf ihn abstürzen und bedeckte ihn mit Küssen.
»Wo ist Margot?«
»Sie schläft.« Das war die hohl hallende, nach Verbitterung klingende Stimme ihres Vaters. Klaußen kam vom Fenster her auf ihn zu und beugte sich langsam über ihn, während seine Mutter sich aufrichtete und zurückwich. »Ihr habt euch beide eine gewaltige Verkühlung geholt, aber das war nur der Mindestpreis, den ihr für euer Abenteuer sowieso einkalkulieren musstet.« Als Klaußen lachte, zitterten seine Barthaare knapp über Georgs Gesicht. »Ich sehe schon«, fuhr er fort, »ihr gebt ein ganz imposantes Gespann ab.« Und dann leiser zu Georgs Mutter, die stocksteif neben dem Bett stand: »Offenbar haben beide das gebraucht – dass sie mal auf andere Gedanken kommen und einen Spielkameraden finden, mit dem sie herumwirbeln können. Nur müssen wir sehen, dass dieser Wirbelsturm nicht gleich alle Mauern niederreißt.«

Seine Mutter antwortete irgendwas, das Georg nicht mehr richtig mitbekam. Offenbar hatten sie ihm eine Medizin eingeflößt, die ihn schläfrig werden ließ. Er stellte sich vor, wie Margot kopfüber in den See gesprungen war und ihn aus dem schlammigen Grund gezogen hatte, wo vielleicht nur noch eine Hand aus dem Modder guckte. Margot hatte ihn gepackt und hochgezerrt und war ans Ufer gepaddelt, wo sie wahrscheinlich versucht hatte, ihn mit halb küssenden Lippen wiederzubeleben. Dann musste sie über den Felshang und das Mauerefeu zurück in den Park geklettert und über die Hügel alarmschreiend zur Villa gerannt sein, worauf ihre Väter außen herum durch den Wald zum Bergsee gefahren waren, um Georg abzutransportieren. Für seinen Vater war das natürlich wieder mal eine willkommene Gelegenheit, mit dem Mercedes-Coupé loszubrausen und unter ärztlich-väterlichen Vorwänden mit solchem Tempo an den Geschwindigkeitsschildern vorbeizurasen, dass deren Gebote nicht mehr zu entziffern waren.
»Georg schläft«, hörte er seine Mutter murmeln.
Er schlief ein mit dem euphorischen Gefühl, dass er zum ersten Mal wirklich in die Schattenwelt eingedrungen war. Anscheinend bildete Margot eine Art Brücke, die den Abgrund überwölbte – sie schien beiden Sphären anzugehören, der Schatten- ebenso wie der Elternwelt; sie war gleichzeitig draußen und lebte ihr mehr oder weniger selbstständiges Leben, und tief in ihm drinnen, wo sie ähnlich den anderen Schatten seiner Gewalt unterworfen war.
Einige Wochen später stellte Klaußen eine mürrische Haushälterin ein, die in ihrer grauhaarigen, leicht gebeugten Hagerkeit einer weiblichen Kopie seiner selbst glich und unter deren strenger, wortkarger Obhut Margot in die Klaußen-Villa zurückkehrte. Die polizeilichen Ermittlungen gegen ihren Vater schliefen ebenso ein, wie die überraschend aufgeflammte Freundschaft zwischen den Ärzten unter der Asche des Alltags wieder erstickte. Die Polizisten waren gescheitert mit ihrem Versuch, das Gebäude aus Unschuldsbeteuerungen und Schutzbehauptungen zu zertrümmern, in das Klaußen sich geflüchtet hatte. Falls es wirklich irgendwo eine heimliche Geliebte gab, um derentwillen er den Mord über dem adriatischen Felsriff inszeniert hatte, war sie in ein trüberes, undurchsichtiges Gewässer abgetaucht. Aus dieser Brühe konnte man sie nicht einfach hervorziehen wie das Schiffswrack, in dem Margots Mutter, von Seetieren und Salzwasser halb zerfressen, wie in einem Aquarium schwimmend aufgetaucht war. Wie sich herausstellte, war sie vor dem Unfall wirklich ziemlich betrunken gewesen, und ihre Kajütentür war von innen doppelt verriegelt.
Doch gescheitert war offenbar auch Georgs Vater, der versucht hatte, die Mauern seiner unzugänglichen Abgeschlossenheit aufzustemmen. Nachdem die Mordaffäre überstanden war, schienen beide Ärzte zu bemerken, dass sie wenig miteinander zu reden hatten, worauf sie stillschweigend zu ihrer früheren Gewohnheit zurückkehrten und sich allenfalls nickend auf den Klinikfluren grüßten. Klaußen praktizierte

nebenher als Psychoanalytiker, wofür Georgs Vater als allgemeiner und plastischer Chirurg nur ein Schulterzucken übrig hatte. Mit diesem *Irrengewinsel*, verkündete er, und überhaupt mit dem ganzen *Traumdreck* habe einer wie er nichts zu tun.

Georg begriff nicht genau, wovon die Rede war, aber er spürte, falls er sich entschloss, einmal Klaußen von den wispernden Schatten zu erzählen, würde der ihn vielleicht eher als sein Vater verstehen und nicht gleich, wie seine Mutter, hell entsetzt die Hände über dem Kopf zusammenschlagen, dass es klatschte. Die Stimmen in ihm redeten manchmal in einer komischen Sprache, die er nicht beherrschte – sie gebrauchten so komisch einsilbige Ausdrücke wie *Wun* oder *Stam*, die vielleicht gar keiner bekannten Sprache angehörten. Falls er die Stimmen nicht rumkriegte, normal mit ihm zu reden, konnte er Margots Vater womöglich als eine Art Dolmetscher gebrauchen.

Margot jedenfalls verfolgte ihn seit damals schattengleich. Bevor ihre Väter sich wieder in die jeweiligen Villen und klinischen Pflichten zurückzogen, kamen sie überein, eine schmale Bresche in die Mauer zwischen ihren Grundstücken brechen zu lassen, die mit einer schwarzen Gittertür verschlossen wurde. Georg und Margot bekamen Schlüssel zu dieser Grenztür, die sie an goldenen Kettchen Tag und Nacht um den Hals trugen. So konnten sie, wenn sie zusammen spielen wollten, durch die Lücke schlüpfen, ohne den angeblich gefährlichen Umweg über die Allee nehmen zu müssen. Obwohl Georg sich manchmal ziemlich abweisend verhielt, kam Margot mindestens einmal pro Tag herüber, und wenn er mit irgendwas beschäftigt war, kauerte sie sich neben ihn und schaute stundenlang zu, wie er beispielsweise mit leuchtenden Farben zu malen versuchte, was er in der Nacht geträumt hatte.

Manchmal ließ er sich überreden und schlüpfte mit ihr durch die Gittertür auf die andere Mauerseite. In Klaußens Gelände und Haus war alles düsterer und gedrängter. Der Park war praktisch ein Wald aus hohen, uralten Tannen, in den nur hier und dort eine winzige Lichtung eingesprengt war. In der Grauen Villa waren die schiefen Fensterläden vor der oberen Etage ständig geschlossen und die Möbel in den dämmrigen Zimmern mit Leintuch verhüllt, da man seit dem Tod von Margots Mutter mit dem unteren Geschoss auskam. Als düsterer Hausgenosse schien in den oberen Räumen der Tod selbst zu wohnen. Wenn sie in Margots Zimmer beisammensaßen, knarrten manchmal über ihnen die Dielen, worauf Margot sich erbleichend auf die Lippen biss und nach Georgs Hand tastete. Als sie kurz darauf eingeschult wurden, schien es selbstverständlich, dass Georg und Margot gemeinsam durch die geschwungenen Alleen zur Schule liefen und sich eine Schulbank teilten. Von Anfang an sonderten sie sich von ihren Mitschülern ab, und auch die Lehrer schienen zu spüren, dass sie in der Schulklasse sozusagen eine Extraklasse bildeten.

Als Georg ungefähr zehn war und zusammen mit Margot aufs Gymnasium überwechselte, fing er an, eigene Spiele zu entwerfen. Da besaß er schon eine gewaltige Sammlung von Brett-, Würfel- und Kartenspielen aus aller Welt, die sich rings um

seinen kleinen Schreibtisch und über dem Bett in deckenhohen Regalen türmten. Seine Eltern waren natürlich wieder mal besorgt wegen seiner Leidenschaft für die Spiele, und sein Vater forderte ihn sogar auf, sich durch Sport abzuhärten und beispielsweise einem Fußballklub beizutreten. Aber meistens ließen seine Eltern ihn in Ruhe, zumal Georg die Schule anfangs nicht auffällig vernachlässigte. Außerdem kam sein Vater immer seltener nach Hause und übernachtete manchmal sogar in der Klinik, und seine Mutter saß meistens nur brütend im Wohnzimmer oder auf der Terrasse und blätterte in Zeitschriften, wenn sie nicht gerade vor Aufregung zitternd mit der gleichmäßig lächelnden Esmeralda stritt, die immer noch kein Deutsch sprach. Wenn Margot nach der Schule zu ihm rüberkam, schrieb er rasch in seine Schulhefte ab, was sie zu Hause ausgearbeitet hatte. Dann stürzte er sich wieder auf seine Spieleskizzen, und Margot stand hinter ihm, stützte die Hände auf die Knie und schaute ihm stumm über die Schulter.
Eigentlich begriff er kaum, was sie von ihm wollte – wie er auch zehn Jahre später nicht richtig verstand, weshalb Alex sich an ihn hängte. Margot war irgendwo tief in ihm drin; sie geisterte durch seine Träume und Fantasien. Aber wenn sie dann außerdem noch von draußen schlaksig auf ihn zukam und sich lächelnd die Locken aus der Stirn strich, wusste er nie, was er mit ihr reden sollte. Ein paarmal hatte Margot vorgeschlagen, sie könnten ja irgendwelche Spiele aus den Regalen ziehen und einige Partien spielen wie früher. Aber Georg war an den Spielen nur noch technisch interessiert; er untersuchte, wie sie aufgebaut und von welchen älteren Spielideen sie abgeleitet waren. Als er kürzlich mal wieder drüben bei Margot war, hatte auch ihr Vater ihn fast bittend gefragt, ob sie sich nicht regelmäßig zum Schach verabreden könnten. Um die Sache hinter sich zu bringen, hatte Georg zugestimmt und den Nervenarzt sofort zu einem Match gefordert. In drei Partien, die zusammen kaum eine Stunde dauerten, hatte er Margots Vater dann so vernichtend geschlagen, dass Klaußen bitter lachend auf weitere Schachtreffen verzichtete. Aber seltsam war, dass auch er, nicht viel anders als seine Tochter, ihm immer mit einer besonderen, fast schon unterwürfigen Aufmerksamkeit begegnete, als trüge Georg ein Licht auf dem Kopf, das ihre Düsternis gnadenweise aufhellte.
»Manchmal stelle ich mir vor, dass du mein Sohn bist«, konnte Klaußen beispielsweise hervorseufzen, wobei er sich noch tiefer als gewöhnlich vorbeugte und Georg mit gespreizten Fingern durchs Haar striegelte.
Dann wich Georg aber mit zwei, drei Sprüngen zurück und erwiderte: »Besten Dank, Herr Klaußen, aber ein Vater reicht mir wirklich.«
Er hasste es, wenn Leute ihn berührten wie beispielsweise seine Mutter, die ihn wenigstens einmal pro Tag an sich presste und abzuküssen versuchte. Aber auch Klaußen, merkte er, suchte dauernd nach Vorwänden, um ihn zu berühren, und wenn Georg ihn drohend fixierte, wandte der Graubart seltsam verlegen den Blick ab.

»Wenn du jemanden brauchst«, sagte er einmal, »mit dem du offen reden kannst – ich bin immer für dich da.«

»Reden?«, echote Georg.

Immer noch wisperten die Stimmen in seinem Kopf und um ihn herum, wenn er frühmorgens durch den grün leuchtenden Park ging. Aber anstatt Margots Vater zu fragen, in welcher Sprache die flüsternden Schatten seiner Meinung nach verkehrten, hatte er angefangen, die fremd tönenden Wörter in seine Spieleskizzen einzubauen. Da er ahnte, dass Silben wie *Ruff, Wun* oder *Stam* einfach die Namen der wispernden Schatten waren, übertrug er sie auf die Spielfiguren, die er erfand und nach seinen eigenen Regeln über die getuschten Felder huschen ließ. Überhaupt glaubte er, mit den Spielen eine Möglichkeit gefunden zu haben, wie er seine innere Welt zum Ausdruck bringen konnte. Während ausgerechnet seine Eltern ihm ständig vorwarfen, dass er sich von allem abschloss und immer tiefer eingrub, versuchte er ja nichts anderes, als sich der Außenwelt verständlich zu machen. Er wollte niemanden wirklich zu sich hereinlassen, aber er würde ihnen beweisen, welche Kostbarkeiten man hervorbringen konnte, wenn man nicht innerlich verdorben und abgestorben war.

Mit sechzehn, siebzehn war er wie besessen von den Spielen. Inzwischen war seine Stimme erst zerbrochen und hatte sich dann dunkler eingefärbt, und sein Körper war an allen Enden in die Länge geschossen. Aber das waren, empfand Georg, keine wirklichen Veränderungen, zumal auch Margot ihn wie vor fünf oder zehn Jahren an das Zauberreich seiner Kindheit zu ketten schien. Allerdings hatte Margots Körper sich in den letzten Jahren gleichfalls verwandelt; ihre Brust wölbte sich vor, und über ihre knabenhafte Magerkeit schien sich ein weicher Schleier zu senken. Georgs Mutter verkündete bei jeder Gelegenheit, dass die kleine Klaußen eine *wirklich reizende junge Dame* sei, und wenn Georg mit Margot allein war, kam es vor, dass sie aus heiterem Himmel rot wurde und flatternd die Lider senkte. Georg zuckte dann bloß mit den Schultern und drückte ihr beispielsweise ein Paket in die Hand, das sie für ihn zur Post tragen sollte. Seit Kurzem schickte er seine Spielmodelle verschiedenen Spielefirmen zu, die aber seine Sendungen zumeist schweigend verschluckten. Natürlich musste seinen Eltern klar sein, womit er sich mehr oder weniger rund um die Uhr beschäftigte. Aber seit dem Zwischenfall mit dem *Wortdrachen* vor einem Jahr vermieden sie in der Familie jede Bemerkung, die Georgs Spiele auch nur streifte.

Damals hatten seine Eltern abends bei Tisch gesessen, und Georg hatte sich mit dem Drachen-Modell dazu gesetzt, um ihnen das Spiel zu erklären. Während er redete und die Figuren zu Demonstrationszwecken über den Spielplan führte, starrte sein Vater ihn grimmig schweigend an. Plötzlich schoss seine Hand vor und wischte alle Figuren vom Tisch, sodass die kleinen tönernen Gestalten auf dem Steinboden zerknallten. Dazu brüllte er irgendwas, das Georg nicht verstand, da die Stimme seines Vaters sich vor Wut überschlug. Während seine Mutter losschluchzte, sammelte

Georg die zerschmetterten Figuren ein und ging wortlos aus dem Zimmer. In diesem Moment war er sicher, dass er seinen Vater irgendwann umbringen würde, und zwar nicht schmerzlos und schnell, sondern beispielsweise mit einem Gift, das millimeterweise die Därme zerfraß.

Da er praktisch Tag und Nacht an den Spielen arbeitete, rutschte er zuletzt auch in der Schule ab, sodass die Lehrer anfingen, seinen Eltern mahnende Briefe zu schreiben. Sein Geschichtslehrer forderte Georg auf, einen schriftlichen Vortrag über die *Geschichte der deutschen Nation* vorzubereiten, damit er irgendwas in die Hand bekam, um Georgs historische Kenntnisse zu beurteilen. Dieser Lehrer hieß Zangenarm und war ein riesiger, alles verdunkelnder Mann, in dessen lodernd rotem Gesicht zwei überraschend dicke Lippen feucht sprühend auf- und zuschnappten. Offenbar war die *Einheit der Nation* sein Lieblingsgebiet, auf das er von überallher mühelos übersprang und durch dessen bloße Erwähnung geschicktere Schüler sich in Zangenarms Herz zu schmeicheln verstanden. Da Georg sich ein paar Wochen vorher die vierbändige Enzyklopädie der *Geschichte der Spiele* gekauft hatte, wechselte er kurzerhand das Thema aus und schrieb einen Aufsatz über die Kulturgeschichte der Brett- und Figurenspiele, den er dem Lehrer eines Morgens kommentarlos aufs Pult warf. Schon am folgenden Tag erschien der Empörte in der Villa, um Georgs Eltern über die ungeheuerliche Tat ihres Sohnes zu unterrichten. Falls Georg sein Gestammel halbwegs verstand, bewies der Spiele-Aufsatz eine ernste und erschreckende Verirrung oder alarmierende Abseitigkeit, die rasch und unnachsichtig korrigiert werden musste. In eine Atempause des rasend Stammelnden hinein sagte Georgs Vater überraschend leise: »Allerdings, Herr Lehrer.«

Dazu starrte er Georg an und ballte die Fäuste. Georg fand selbst, dass seine Reaktion ungeschickt war, aber er konnte nicht anders. In seiner Kehle kitzelte ein heimtückisches Kichern, und plötzlich platzte Gelächter zwischen seinen Lippen hervor, die er vergeblich zusammengepresst hatte.

»Sie lachen, Kroning?«, flüsterte Zangenarm.

»Aber nein.« Sofort wurde er wieder ernst und brachte es sogar fertig, eine reuige Maske über seine Züge zu stülpen. »Fanden Sie es nicht wenigstens interessant, Herr Zangenarm, was ich über die Spiele geschrieben habe?«

»Dieses kindische Zeug«, schnaubte der Lehrer, »hat nichts mit der *Einheit der Nation* zu tun.«

»Ich weiß nicht.« Natürlich konnte Georg dem nach Luft oder vielleicht nach Wasser schnappenden Lehrer nicht vor den Augen seiner Eltern auseinandersetzen, dass Dinge wie *Mauerbau* und *Teilung* nach seiner Ansicht ziemlich vielschichtig waren.

»Um zu einem vorläufigen Schluss zu kommen«, sagte Zangenarm zu Georgs Eltern, »ich bin nicht der Einzige im Kollegium, der die Entwicklung Ihres Sohnes seit langem mit Sorge beobachtet. Georg ist intelligent, talentiert und äußerst fantasie-

begabt, aber er scheint in einer sonderbaren Traumwelt zu leben, in die er sich seit Jahren immer noch tiefer verbohrt. Während der Unterrichtsstunden ist er fast immer schweigsam und nach innen gekehrt, und wenn man ihn zwingt, zu irgendeinem Thema Stellung zu nehmen, äußert er in aller Regel – um es milde auszudrücken – ziemlich bizarre Ansichten. Wenn Sie für einen gut gemeinten Ratschlag empfänglich sind, Herr Dr. Kroning: Ich möchte Ihnen dringend empfehlen, Georg möglichst bald zu einem Psychologen zu schicken, der die Dinge wieder ins Lot bringen könnte, ehe Ihr Sohn – wie soll ich das sagen – jeglichen Kontakt zur Realität verliert.«
Während Zangenarm seinen Lippenschlitz zuklappte und düster nickend nach seinem Hut griff, fing natürlich Georgs Mutter wieder mal an loszuheulen.
»Nimm dich zusammen, Johanna«, stieß Georgs Vater hervor. Zum dick und dunkel dastehenden Lehrer gewandt fuhr er dann aber mit überraschender Kälte fort: »Im Übrigen verbitten wir uns Ihre Ratschläge, Herr Zangenhals oder wie Sie heißen mögen. Ein Kroning hat beim Irrenarzt nichts zu suchen, merken Sie sich das. Selbstverständlich missbillige ich den geschmacklosen Streich meines Sohnes, wie ich überhaupt diesen kindischen Spielkram aufrichtig verabscheue. Aber das ist unsere Privatangelegenheit. Wenn Georg Ihnen den geforderten Aufsatz morgen früh vorlegt, dürfte die Angelegenheit wohl erledigt sein. Falls ich Sie nicht restlos überzeugen konnte, wenden Sie sich an Ihren Schuldirektor, dem ich erst kürzlich meinen jährlichen Spendenscheck zugeschickt habe. Guten Tag.«
Zangenarm klappte seinen Lippenschlitz auf, klappte ihn zu, stülpte seinen Hut über und schlich davon.
»Danke, Papa«, murmelte Georg.
»Absolut nichts zu danken.« Sein Vater streifte ihn mit einem angewiderten Blick, der Georgs Mutter einzuschließen schien. »Wenn ich dich noch einmal über diesen verfluchten Spielen erwische, fliegst du aus dem Haus, das verspreche ich dir. Und jetzt sieh zu, dass du den Aufsatz für diesen Zangenarm schreibst. Ich will ihn noch heute Abend sehen, du hast also genau vier Stunden Zeit, dann muss ich zurück in die Klinik. Marsch jetzt!«
»Wie du meinst, Papa.« Er lächelte seiner Mutter zu und ging rüber zu Margot, die ihm den Aufsatz über die Einheit der Nation in knapp einer Stunde diktierte.
»Na also«, sagte abends sein Vater. »Ich bin wirklich überrascht, Georg. Dieser Aufsatz ist kenntnisreich und verständig, elegant und schnörkellos geschrieben. Ich selbst hätte ihn kaum besser hinbekommen, obwohl ich natürlich aus dem Schatz meiner größeren Lebenserfahrung einiges hinzufügen und zurechtrücken könnte. Aber die Gerüchte, die dieser Zangenarm ausstreut, dürften damit wohl ein für allemal widerlegt sein. Und wenn du dich nur ein wenig zusammennimmst ...«
Georg fand, dass sein Vater nicht nur überrascht wirkte, sondern regelrecht erleichtert. Natürlich hatte er jedes Wort geglaubt, das der Lehrer über Georgs *alarmierende*

Abseitigkeit gestammelt hatte. Jetzt lehnte er entspannt im Sessel, den Aufsatz auf den Knien, und sein Bauch wölbte sich über den Gürtel. Da er es sogar nötig fand, ihm komplizenhaft zuzuzwinkern, konnte Georg sich nicht verkneifen zu erwidern: »Diesen Aufsatz hat Margot mir diktiert. Im Übrigen sind die Spiele nicht unsere Privatangelegenheit, sondern meine. Und solange ich mit der Schule halbwegs klarkomme, kann ich in meiner Freizeit tun und lassen, was ich will. Andere in meinem Alter spritzen sich Heroin oder fahren per Autostopp nach Mittelindien. Aber anstatt froh zu sein, dass ich mich harmlos bloß mit den Spielen befasse, habt ihr immer schon probiert, mich zu entmutigen und mit allen Mitteln von meinem Weg abzubringen. Irgendwie«, fügte er zögernd hinzu, »sind ja alle Leute seltsam, Papa, und ich bin eben auf meine Weise sonderbar. Und ich finde, ihr solltet endlich anfangen zu akzeptieren, was ich mache und wie ich nun mal bin. Ich bin siebzehn, und ich fürchte, ich werde mich sowieso nicht mehr ändern.«
Sein Vater starrte ihn wütend an und schien erneut aufbrausen zu wollen, als er zu seiner eigenen sichtlichen Verblüffung antwortete: »Vielleicht hast du recht, Georg.«
»Tatsächlich?«, gab Georg zurück. Er wollte nicht recht, sondern seine Ruhe haben, und seinem Vater schien es ähnlich zu gehen.
»Ich bin müde«, sagte er ohne erkennbaren Zusammenhang. »Wir sollten mehr miteinander reden, Georg. Auch mit deiner Mutter, die, glaube ich, mit all dem hier manchmal ziemlich unglücklich ist. Aber jetzt muss ich gehen.«
Ächzend stemmte er sich aus dem Sessel, wobei der berühmte Aufsatz von seinen Knien rutschte. Damals war Georgs Vater erst Mitte vierzig. Aber wer da müde und schwerfällig, in einen gedunsenen Leib vermauert aus dem Raum schlurfte, war ein verzweifelt einsamer, innerlich längst toter Greis. Sie beide wussten, dass es nichts gab, worüber sie wirklich hätten reden können. Während er gegen die zufallende Tür starrte, schickte Georg automatisch sein Gebet an den Tod ab, dessen Formel seit über zehn Jahren die gleiche war: *Bitte, Tod, komm doch, und hole Papa.*
Wenige Wochen nach diesem Zwischenfall mit dem Geschichtslehrer attackierte ihn zum ersten Mal der nervöse Schläfenschmerz.

+++

Als draußen auf dem See ein Nebelhorn röhrte, schreckte Georg aus seinen Träumereien hoch. Die Zeiger gingen schon gegen sieben, und hinter ihm brauste der Verkehr über den Mythenkai. Auf dem See klebte eine dicke, bräunliche Dunstschicht, in der die Linienschiffe steckenzubleiben drohten. Plump und hilflos tasteten sie sich durch die Schleier und röhrten dazu wie müde, mürrische Tiere. Wo vorhin Georgs Spiegelbild im Wasser gezittert hatte, tanzte jetzt ein halbes Dutzend Kippen zwischen Schlammgrund und Nebelschleier. Immer noch fröstelnd zog Georg die

Schultern unter dem Staubmantel hoch und trottete nach Hause. Er hoffte, dass Alex vorbeikommen und ihm helfen würde, sich von der nervtötenden Warterei abzulenken. Allmählich bekam er Hunger; aber er beschloss, heute keinen Bissen zu essen und nichts anderes zu sich zu nehmen als schwarzen *Gitane*-Dampf und womöglich noch schwärzeren Kaffee.

4

Unter den schrägen Wänden hing noch der Geruch von Krankheit und Schlaf. Georg ging zur Balkontür und zog sie auf, um die neblige Morgenluft einströmen zu lassen. Er warf seinen Staubmantel ab, trat in die Küchennische und brachte die Kaffeemaschine in Schwung, die ihm ebenso wenig wie beispielsweise das Bett, der keuchende Kühlschrank oder irgendein häuslicher Gegenstand in der Mansarde gehörte. Von Anfang an hatte er eine Vorliebe für das ärmliche Außersihlquartier, in dem ein eigener, vielleicht etwas rauer und sogar tückischer Menschenschlag hauste. In den kühldüsteren Geschossen unter ihm wohnten teils vielköpfige italienische Familien, teils vereinsamte Pensionäre wie beispielsweise der alte Kressner aus der elften Etage, dem Georg schon mehrfach geholfen hatte, seine Koffer zur Tramstation zu schleppen, wenn der gichtgekrümmte Greis wieder mal ins Kurbad fuhr.
In der stickigen Dachetage lebte außer Georg niemand. Da der Lift nur bis ins elfte Geschoss rumpelte, musste man die letzte, ziemlich steile und mürb stöhnende Stiege zu Fuß erklimmen. Oben trat man in eine kahle, quadratische Diele, von der nicht weniger als neun Türen abzweigten, sodass kaum noch Raum für eigentliche Wände blieb. Die anderen Mansarden gehörten zu den größeren Wohnungen der unteren Geschosse und wurden meist nur als Rumpelkammern, ganz selten einmal als Gastzimmer genutzt. Seit Georg in der Mansarde wohnte, hatte sich höchstens zweimal irgendwer auf den Dachboden verirrt.
Sein Zimmer lag vis à vis der Stahltür zum Treppenhaus. Man zog die dicke, grauhölzerne Tür auf und fand sich in einer Art Tunnel, von dem rechts die gleichfalls schlauchförmige Kochnische abzweigte, während sich links ein deckenhoher, mattrot lackierter Einbauschrank über die halbe Wand zog. An den Schrank, dessen rechte Tür innen verspiegelt war, schloss sich rechter Hand eine winzige Sitznische an, in der sich zwei zierliche grüne Sessel und ein Tischchen mit falscher Marmorplatte unter der Wandschräge drängten. Der kleine Schreibtisch unter dem Fenster und das ächzende Metallbett vor der Wand gegenüber vervollständigten die Einrichtung. Zwischen den Möbeln zogen sich schmale Pfade aus zertretenem, grauem Linoleum, über die schon Dutzende junger und alter, brennend ehrgeiziger oder kalt resignierter

Mansardenmieter geschlurft sein mochten. Alles in dieser Kammer atmete Scheitern, Vergessenheit, zerstäubte Illusion. Aber Georg hatte sich in der abgeschabten Mansarde von Anfang an heimisch gefühlt – er wusste nicht genau, warum er sie *abgeschabt* nannte, doch er fand, es war das treffende Wort. Seine Eltern hatten ihn nie hier besucht, da er ihnen mehr oder weniger verboten hatte, ihn bei seiner Arbeit an den Spielen zu stören. Aber wahrscheinlich hätten sie sowieso nicht begriffen, wieso er freiwillig in diesem Zimmer lebte.

Der Küchentunnel endete vor einer weiteren Tür, hinter der sich die sogenannte Nasszelle verbarg. Aus Platznot waren die Bäder auf allen Etagen als fix und fertige Plastikwürfel kurzerhand in einen stillgelegten Kaminschacht gepfropft worden. Unter der Dusche hörte man daher nicht nur das Rauschen des Wassers, sondern genauso das Stöhnen des im Schacht gefangenen Windes, der durch Kachelritzen ständig uralten Ruß in die blitzmodernen Bäder blies. Manchmal spürte Georg selbst, es wurde Zeit, dass er zu Geld kam und sich beispielsweise eine Villenetage am östlichen Seeufer mieten konnte.

Mit einer Tasse schwarzem Kaffee kehrte er ins Zimmer zurück und setzte sich an den Schreibtisch, auf dem sich seine Notizen und Spieleskizzen häuften. Er schob alles beiseite, um Platz für das *Irrläufer*-Modell zu schaffen. Seine Nerven waren bedrohlich gespannt – eine unbedachte Bewegung oder überraschende Berührung, und sie würden klirrend zerspringen wie Fäden aus Glas.

Als er sich vorbeugte, spiegelte der Tisch sein über der Glasfläche schwebendes Gesicht zurück – sein schmales, ernstes Gesicht mit den tiefliegenden braunen Augen, in denen die Spiegelung sich undeutlich verdoppelte; das schwarzglänzende Haar, das ihm wirr über Schläfen und Stirn hing und in schwachen Wellen bis auf die Schultern fiel. Um seine Lippen entdeckte er einen empörten und angespannten Zug, wie wenn er einen Schrei oder Fluch zwischen den Zähnen zermalmte.

Es war totenstill in dem kleinen Zimmer. Manchmal, wenn er stundenlang in der Stille gearbeitet hatte, glaubte er seine Gedanken zu hören, die sich zu einem Flüstern oder kraftlosen Krächzen erhoben, ähnlich den Wisperstimmen in seiner Kindheit. Auch von den Dingen um ihn herum ging dann ein Raunen aus, von den Spiegeln, Lichtern und Schatten, und dann zerfloss alles wie im Traum. Manchmal war es unheimlich, so viel allein zu sein; Gespräche und Gelächter verscheuchten die Stimmen und Schatten. Dankbar dachte er an Alex, seinen Freund, den er im letzten Herbst bei einer Maskenausstellung im *Museum an der Limmat* kennengelernt hatte.

Alex hatte auf eine Gipsfratze mit höhnisch verzerrten Zügen gedeutet: »Unheimlich, dieses Grinsen.«

Georg war anderer Ansicht. Ihn faszinierten gerade die lieblich lächelnden Masken, die einen zwangen, sich das Gesicht hinter der Maske vorzustellen. Alex war achtzehn oder behauptete zumindest, es zu sein. Vielleicht war er noch jünger und wurde von der Polizei gesucht. Georg konnte sich vorstellen, dass er von zu Hause ausgerissen war; aber bisher hatte er nicht gewagt, den anderen offen zu fragen.

Der Linoleumpfad zwischen Schreibtisch und Bett war so schmal, dass er sich nur auf dem Stuhl umzudrehen brauchte, um den Koffer vom Bett zu nehmen. Wieder klappte er ihn auf und zog das *Irrläufer*-Modell hervor, das er auf der gläsernen Schreibtischplatte aufbaute. Draußen löste sich der Nebel allmählich auf; man sah die Morgensonne, die schimmelfarben über Drähten und Dächern schwamm. Georg zündete sich eine *Gitane* an und betrachtete die rostrote *Irrläufer*-Säule auf ihrem Startfeld, deren graues, geschwollenes Zyklopenauge ihn anstarrte. *Er sieht äntsätzlich aus*, hatte diese Francesca gesagt.

+++

Als ihn mit siebzehn zum ersten Mal der Schläfenschmerz überfiel, behauptete sein Vater, dass eine Art Tumor in Georgs Kopf wucherte. Zu Georgs Entsetzen kündigte er an, ihm eigenhändig den Schädel aufzumeißeln und die Geschwulst aus dem Gehirn zu schneiden.

»Seht her«, sagte er, »der Eingriff ist simpel und ungefährlich.« Da sie gerade beim Mittagstisch saßen, schob er sich eine frische Bratenscheibe auf den Teller, von der sich am Rand fahler Knorpel abhöckerte. »Wenn diese Fleischscheibe der Gehirnlappen ist«, erklärte er fast fröhlich, »klebt die Geschwulst genau wie dieses Knorpelstück auf dem Gewebe. Logischerweise nimmt man ein geeignetes Messer zur Hand – dieses hier würde ich nur in Notfällen verwenden – und schält die Geschwulst aus dem Lappen.«

Mit scharfen Schnitten durch den Braten führte er vor, wie man den *Schmarotzer* vom *Lappen* löste. Schon kollerte der Knorpel über den Tellerrand und klackte auf die Tischplatte.

»Sagt man wirklich *Lappen*?«, fragte Georg mühsam. »Und das Gehirn sieht einfach aus wie so ein Braten?«

Sein Vater warf ihm einen höhnischen Blick zu. »Du fährst morgen früh mit mir in die Klinik«, kommandierte er, »wo die Kollegen vom Labor dich gründlich durchchecken werden. Und wenn die Röntgenbilder auch nur einen winzigen Schatten zeigen, werde ich nicht zögern, ihn herauszuschneiden.«

»Den *Schatten*?«

»Du weißt genau, was ich meine.«

»So ungefähr, Papa.« Dabei überlegte er allen Ernstes, ob sich die Schatten wirklich auf eine Art Geschwulst im Gehirn zurückführen ließen.

»Wir fahren um fünf Uhr«, sagte sein Vater. »Um sechs muss ich eine Hand annähen.«

Nach etlichen spektakulären Operationen war Georgs Vater in den Zeitungen als *Magier mit Nadel und Säge* gefeiert worden. Aber Georg dachte, dass er lieber an den Schläfenschmerzen krepieren würde, als sich diesem Magier auszuliefern. Die halb vergilbten Fotoreportagen, die sein Vater sorgfältig sammelte und bei jeder Gelegenheit hervorkramte, zeigten ihn beispielsweise, wie er eine frisch angenähte Hand kräftig schüttelte oder mit Schwung auf eine Schulter klopfte, die er großenteils aus Ochsenknochen zusammengebastelt hatte. Auf allen diesen Bildern machte Georgs Vater sein feist feixendes Fotogesicht, und über einem Bildbericht stand in dicken Lettern: *Der Magier mit Nadel und Säge – privat ein gemütvoller Mensch.*
Am nächsten Morgen fuhr Georg mit seinem Vater im silbergrauen Mercedes-Coupé zur Klinik. Da sie tief im November steckten, war der Himmel um fünf Uhr früh noch fast schwarz, und auf den Straßen glänzte halbgefrorener Tau. Trotzdem rasten sie mit etwa zweihundert Stundenkilometern über die Autobahn, wobei sein Vater entspannt im Sessel lehnte und das zitternde Lenkrad mit zwei Fingern dirigierte.
»Könnten wir nicht etwas langsamer fahren, Papa?«, wagte Georg zu bemerken.
Was draußen an Bäumen, Häusern, Lichtern vorbeihuschen mochte, schmierte sich als fahler Brei über die Fenster, als bohrten sie sich durch eine Art Moor.
»Du weißt, dass ich die *Hand* annähen muss«, sagte sein Vater. »Wenn nicht wieder irgendwer geschlafen hat, wird sie in diesem Moment aufgetaut.«
Flach atmend lehnte sich Georg zurück und schloss halb die Augen. An die Details aus der Klinik, überhaupt an die ganze medizinische Menschenmetzgerei würde er sich nie gewöhnen, sowenig wie an die Autoraserei seines Vaters. Zusammen mit seiner Gier nach Zeitungen und Zeitschriften fast jeder Art bildeten die Menschenmetzgerei und die Autoraserei die drei großen Leidenschaften seines Vaters – abgesehen natürlich von den immer größeren Geldhaufen, die er zusammenscharrte und die er um ihrer selbst willen zu lieben schien.
»Wenn die Befunde positiv sind«, hörte Georg ihn dröhnen, »wird nicht lange gefackelt. Dann mache ich extra für dich einen Termin frei, und du kommst noch diese Woche unters Messer.«
»Hm-hm«, machte Georg. Im Moment hätte er sich unterm Messer fast noch sicherer gefühlt als in diesem durch die Nacht tosenden Totenfloß. Vor drei oder vier Jahren hatten seine Eltern ein kleines Waldhaus oben im Naturschutzgebiet gekauft, ungefähr zwanzig oder dreißig Kilometer von der Villa entfernt. Obwohl sein Vater immer behauptete, absolut keine Zeit zu haben, konnte er für das Waldhaus auf einmal massenhaft freie Tage und sogar ganze Wochenenden abzweigen. Anfangs war Georg ein paarmal mit seinen Eltern hingefahren. Aber er hatte schnell gemerkt, dass die *würzige Waldluft* und das *knisternde Kaminfeuer,* von denen sein Vater plötzlich zu schwärmen anfing, nur Vorwände für seinen alten Autofanatismus bildeten, der mit den Jahren zu einer regelrechten Verrücktheit ausgeartet war. Zu dem Waldhaus fuhr

man über ein löchriges Bergsträßchen, von dem ihr privater Schotterweg abzweigte. Diese mörderische Strecke hatte sein Vater zu seiner persönlichen Rennpiste erkoren – an jedem freien Tag raste er im Mercedes-Coupé über das irrwitzig gewundene Bergsträßchen und dann über den Schotterweg, der sich mit Steig- und Gefällstrecken wie eine Achterbahn und absurden Paragrafenkurven zwischen überhängenden Felsen und einer steilen, fünfzehn Meter tiefen Felsschlucht krümmte. Und so verrückt es klang – Georgs Mutter saß während der Rennfahrten auf dem Beifahrersitz und fixierte die wirbelnden Zeiger einer bleifarbenen Stoppuhr, die die Fahrtdauer auf Hundertstelsekunden maß.

In der Klinik musste Georg sich langweiligen Untersuchungen unterziehen, die den halben Tag dauerten. Erschöpft schlüpfte er gegen Mittag in seine Kleidung und fuhr mit der S-Bahn zurück nach Lerdeck. »Negativ«, sagte am folgenden Tag sein sichtlich enttäuschter Vater.

Offenbar hatten es die Schatten geschafft, sich auch auf den Laborbildern zu verstecken, die nur die verschwommene Berg- und Seewelt der Gehirnkrater zeigten. Seltsamerweise war es dann Georgs Mutter, die mit ungewöhnlicher Festigkeit verkündete: »Jetzt ist Klaußen am Zug. Georg sollte ihn konsultieren.«

Darauf murmelte sein Vater irgendetwas, das wie *Seelenschamane* und *Traummorast* klang. Aber Georg fand, dass es keine schlechte Idee war, mit Margots Vater zu reden. Vielleicht beherrschte Klaußen ja wirklich irgendwelche Tricks, mit denen man nervöse Schmerzen betäuben konnte. Noch am gleichen Abend lief er durch den Park, schlüpfte durch das schmale Grenztor und läutete an der Grauen Villa.

Klaußen selbst, in schlotterndem grauen Anzug, öffnete die Tür und zog Georg in den düsteren Flur. »Margot ist nicht zu Hause«, sagte er. »Sie wollte ins Theater, glaube ich. Aber da du schon mal hier bist ...«

»Ich wollte sowieso zu Ihnen, Herr Klaußen. Ich muss mit Ihnen reden.« Georgs Mund wurde trocken, und aus seiner Kehle kam eine Art Krächzen.

»*Reden*«, wiederholte Klaußen ernst, »natürlich. Ich habe dir versprochen, dass ich immer für dich da bin. Am besten gehen wir in die Bibliothek.«

Herzklopfend folgte Georg dem anderen durch eine Flucht düsterer Zimmer, die im Norden in die Bibliothek mündete. Obwohl Klaußen eine psychoanalytische Privatpraxis im Frankfurter Westend betrieb, konsultierten ihn manche Patienten auch in seiner Villa. Margot hatte Georg erzählt, dass ihr Vater manchmal mitten in der Nacht kriselnde Klienten empfing, und dann kam es vor, dass sie aus dem Schlaf schreckte, weil das analytische Gemurmel durch die Wände drang.

»Setzen wir uns doch«, sagte Klaußen.

Zwischen schwarzen, bis unter die Decke scheinbar wahllos mit Büchern vollgepferchten Regalen hatte Klaußen eine sogenannte analytische Nische eingerichtet. In einem schlauchähnlichen Gang, der längsseitig von brüchig wirkenden Bücherreihen

begrenzt wurde, stand eine schwarze Ledercouch, deren Fußende an eine Fensterbrüstung stieß. Vor dem Fenster ragten Tannen wie Skulpturen so starr in den Himmel, der mit dunklen, scheinbar versteinerten Wolken gepflastert war. Wer sich auf der Couch ausstreckte, war gezwungen, diesen Himmel und die mal starren, mal schwankenden Tannen anzustarren, während Klaußen hinter dem daliegenden Kopf in einem schwarzen Drehsessel Platz nahm, sodass seine Stimme aus dem Off drang und allenfalls sein hagerer Schatten sich über die Couch warf.
Offenbar schien er zu erwarten, dass auch Georg sich ohne weiteres auf die Couch legte und analytisch zu murmeln anfing. Aber Georg durchkreuzte seine Pläne, indem er sich in den Drehsessel setzte und probeweise im Halbkreis herumschwang. Klaußen schaute verblüfft, dann zuckte er die Schultern, zwängte sich an Georg vorbei und nahm seinerseits auf der Patientencouch Platz. Mit gesenktem Kopf, zerstreut über seine grauen Haarsträhnen streichend, schien er zu warten, bis sein junger Besucher von sich aus zu reden anfing. Unbehaglich sah Georg, dass Klaußens magere Füße unbestrumpft in läppisch aussehenden Pantoffeln steckten, auf denen eine Art Blumenmuster prangte. Er räusperte sich und sagte leise:
»Margot wird Ihnen vielleicht erzählt haben, dass ich letzte Woche diese seltsamen Schläfenschmerzen hatte. Papa hat mich in der Klinik untersuchen lassen, gestern war ich den halben Tag im Labor. Aber weil sie dort keine Schatten aufspüren konnten, musste er Messer und Meißel beiseite legen, obwohl er schon entschlossen war, meinen Schädel zu knacken. Heute meinte Mama, ich sollte mal mit Ihnen reden.«
»Du willst also sagen, die Idee kam gar nicht von dir.«
»Na ja«, sagte Georg schief lächelnd, »ich hatte auch schon mal dran gedacht, zumal ich diese Schmerzen vor zwei Monaten oder so schon mal hatte. Nur war es diesmal viel schlimmer, und ich dachte, von selbst hört das nicht mehr auf.«
»Versuche, mir die Schmerzen zu beschreiben. Ich weiß, das ist schwierig, aber es wäre ein Anfang. Irgendwo müssen wir anfangen.« Immer noch redete Klaußen, ohne ihn anzusehen. Seine hageren, faltigen Hände lagen verflochten in seinem Schoß, und sein längliches Gesicht mit den bitter wirkenden Furchen verbarg sich hinter den Haarsträhnen und dem eisfarbenen Bartgestrüpp.
»Ja, es ist schwierig«, sagte Georg, »denn die Wörter taugen nichts. Wenn man sich die Wörter und Sätze ansieht, merkt man schnell, mit denen kann man nicht wirklich was ausdrücken. Dauernd reden die Leute, aber das ist gar nichts. Oder sie schweigen, aber auch das ist nichts. Und über den Schmerz kann man schon gar nicht reden.«
»Versuche es trotzdem«, murmelte Klaußen, »vertraue einfach der Genauigkeit deiner Fantasie.«
»Diesen Schläfenschmerz«, sagte Georg, »habe ich mir von Anfang an wie einen Gärtner oder vielleicht wie einen Friedhofsgräber vorgestellt. Wissen Sie, unser alter Josef, der andauernd irgendwelche Beete umgräbt und Geröllbrocken aus der Erde

buddelt – Josef könnte mein Schmerz sein. Er gräbt in meinen Schläfen. Er sticht den Spaten ein, drückt mit dem Fuß nach und gräbt meine Schläfen um. Wenn er auf Wurzelgeflecht stößt, hackt er mit der scharfen Kante nach den unterirdischen Armen. Er zerfetzt die Wurzeln und gräbt sich immer tiefer, bis dorthin, wo die Erde tiefschwarz und fettglänzend ist. Wo sich die Würmer krümmen und irgendwelche Samen rascheln – wenn ich die Augen schließe, sehe ich alles ganz deutlich. Kaum tiefer rauscht schon das Grundwasser; man sollte sich ja wundern, dass Flüsse unter unseren Füßen strömen. Von diesen Flüssen reden die Leute fast nie. Dabei merkt man doch, wenn man nur einen Augenblick stillsteht, dass die Erde unter den Wellen gleichmäßig bebt. Von unten schlagen sie gegen das, was wir Grund nennen. Da ist gar kein Grund, da ist Wasser, manchmal braun schäumend und manchmal ganz grün. Und der Schmerz gräbt sich durch die Erde, immer tiefer und tiefer; deshalb ist er so gefährlich. Er macht alles kaputt, er wühlt, bis alles mürbe und bröcklig wird; kaum kann man noch laufen. Und ehe er wieder weggeht, nimmt er eine Grabschaufel, um den Boden zu glätten. So klopft und streicht auch Josef, wenn er gesät hat, damit nicht Wind oder Krähen den Samen rauben. Ja, ich glaube, der Schmerz senkt oder sät irgendwas in mich ein.«

Georg schwieg verwirrt. Anfangs hatte er kaum gemerkt, dass er laut redete und sich nicht bloß seinen Gedanken überließ.

»Was ist das denn«, fragte Klaußen, »was der Schmerz in dich einsät?«

»Ich weiß es nicht. Es scheint, dass seine Arbeit ganz sinnlos ist ... Übrigens«, fiel er sich selbst ins Wort, »ist das alles natürlich nur Geschwätz.« Wieder schwang er mit dem Drehsessel im Halbkreis, sodass die Bücherwände um ihn herum in wirbelnde Bewegung gerieten. In seinen Taschen tastete er nach den *Gitanes*. »Was ich eigentlich sagen wollte«, fuhr er fort, »diese Schmerzen sind fast unerträglich. Am besten, Sie verschreiben mir irgendwelche Pillen, die ich einfach einnehmen kann, wenn der Schmerz mich wieder überfällt.« Er zog das *Gitanes*-Päckchen aus der Jeansjacke. Sein Herz hämmerte, und sein Gesicht brannte, als loderte ein Feuer unter seiner Haut.

»So wird es meistens gemacht«, sagte Klaußen. »Man betäubt die Schmerzen, anstatt ihre Ursachen zu bekämpfen. Aber ich denke, wir sollten anders vorgehen.« Langsam hob er den Blick und sah Georg an. »Wir kennen uns jetzt seit mehr als zwölf Jahren«, sagte er, und wie immer klang seine Stimme nach Bitterkeit. »Du weißt, dass ich von Anfang an eine besondere Vorliebe für dich hatte, die ich selbst nicht vollständig verstehe. Mag sein, dass euer kleines Kindheitsabenteuer auch meine Empfindungen eingefärbt hat – als Margot dich damals aus dem See zog, hat sie ein wenig auch von meiner Schuld abgetragen. Sie selbst hat ja keine – ich meine, keine Schuld; wie hätte sie, ein fünfjähriges Kind, ihre Mutter aus dem sinkenden Schiff retten sollen? Aber ich? Jedenfalls steht es so, dass wir beide, Margot und ich, dir seit damals dankbar sind, weil du dich retten ließest. Du lächelst? Wenn du dich in der menschlichen

Seele nur ein wenig auskennst, wird dir dieser Gedanke nicht wirklich lächerlich erscheinen.«

Georg nickte unbehaglich. Zwischen seinen Fingern wippte eine *Gitane*, die er aus irgendeinem Grund nicht anzuzünden wagte.

»Das ist noch nicht alles«, fuhr Klaußen mit schleppender Stimme fort. »Dass Margot dich liebt, ist in den Augen der Welt nichts Besonderes. *Sie würde alles für dich tun*, Georg. Was aber mich betrifft ... Aus verschiedenen Gründen kann ich nicht so offen reden, wie ich möchte und vielleicht müsste. Ich ... habe schon einmal angedeutet, dass ich mir immer einen Sohn gewünscht habe. Und für mich vertrittst du meinen Sohn, den ich nie kennenlernen durfte. Vorhin hast du gesagt, dass die Wörter nichts taugen. Auch ich würde gern klarer reden, aber es geht nicht. Was ich für dich empfinde ... Ein Vater könnte so für seinen Sohn empfinden, *aber er darf es nicht*. Einen Augenblick«, sagte Klaußen in verändertem Tonfall. »Ich will sehen, ob ich einen Aschenbecher für dich finde.«

Er stand auf, zwängte sich an Georg vorbei aus der analytischen Nische und schlurfte aus der Bibliothek.

Während Georg endlich seine *Gitane* ansteckte, fragte er sich, wovon Margots Vater überhaupt geredet hatte.

»Natürlich fragst du dich jetzt, warum ich dir all das erzählt habe.«

Georg schreckte hoch – gebückt stand Klaußen vor ihm und hielt eine gläserne Schale unter Georgs Finger, zwischen denen die Aschesäule dampfte.

»Wie du vorhin den Schmerz beschrieben hast – als grabenden Gärtner, der etwas in dich einsät –, das hat mich beeindruckt. Ich selbst konnte den Schmerz niemals so beschreiben. Alle Schmerzen und Krankheiten haben ihre eigenen Bilder; sie zu finden ist schon die halbe Heilung, oft die ganze Therapie. Weißt du, Georg, ich habe früher einmal viele Jahre lang an ganz ähnlichen Symptomen gelitten wie heute du. Grabende Schmerzen in den Schläfen, und man bekommt merkwürdige, grelle Träume, in denen rauschendes, strömendes, flutendes Wasser eine bedeutende, wenn auch rätselhafte Rolle spielt. Dass es neurotische Symptome sind, steht außer Zweifel; trotzdem konnte ich selbst mir damals nicht helfen, weil ich mir einfach nicht auf die Schliche kam. Du wirst es vielleicht seltsam finden, aber bei mir sind diese Schmerzen damals verschwunden, kurz nachdem Martina – Margots Mutter – bei dem tragischen Jachtunfall starb. Ein Grund mehr«, seufzte er, »weshalb ich mich vor Martina lebenslänglich schuldig fühle, und dass diese Spielart von Schuld außerhalb kriminalpolizeilicher Kompetenzen und Interessen liegt, gibt ihr nichts Tröstliches, sondern fast einen spukhaften Zug. Wie damals Margot, die dich vor dem Ertrinken gerettet hat, könnte jetzt ich ein wenig von meiner Schuld abtragen, indem ich dich von den Kopfschmerzen heile.«

»Tatsächlich?«, sagte Georg. Im Augenwinkel sah er, dass Klaußen ihn gespannt und

fast bittend anstarrte, wobei er sich mit gespreizten Fingern durch den Bart strich.
»Ich weiß nicht«, murmelte er. »Was müsste ich dazu tun?«
»Ganz einfach«, sagte Klaußen. »Du legst dich auf die Couch, ich stelle dir Fragen, und du antwortest, was dir gerade einfällt.«
»Meinetwegen. Probieren wir's.« Noch während er zur Couch ging und sich auf den Polstern ausstreckte, merkte er, dass er einen üblen Fehler beging – dass er in eine Falle tappte wie damals, als er seiner Mutter von den wispernden Schatten erzählt hatte. Schräg über ihm schwankten die Tannen vor dem fahl gestriften Nachthimmel, über den die Wolken wie Geröllbrocken kollerten. Hinter ihm quietschte der Drehsessel, dann drang Klaußens bitter klingende Stimme aus dem Off.
Ob Georg sich an seine Träume erinnere.
»Ja, manchmal, aber ehe ich richtig wach bin, ist alles weg.«
»Und häufig träumst du von deiner Mutter.« Eine Behauptung, keine Frage.
»Aber nein«, erwiderte er ernsthaft, »von Mama träume ich praktisch nie.«
»Du sagst nicht die Wahrheit«, hörte er Klaußen murmeln. »Aber das ist am Anfang normal. Vorläufig reicht es aus, wenn wir beide uns bewusst sind, dass du ausweichst. Erzähle jetzt von deinem Vater – was dir spontan zu ihm einfällt.«
»Zu Papa? Dass ich ihn kaum kenne. Dass ich überhaupt nicht an ihm interessiert bin, sowenig wie er an mir. Dass er nie wirklich da war. Für mich nicht und nicht für Mama. Wissen Sie, im Geheimen lebt er immer noch auf der anderen Mauerseite.«
»Was heißt das – auf der anderen Mauerseite?«
»Ich weiß nicht«, sagte Georg zögernd. »Dass er nicht wirklich durchgeschlüpft ist. Dass er die Flucht vielleicht nur geträumt hat. Und dass wir jetzt *in* diesem Traum leben.«
Im Moment war er nicht sicher, ob er wirklich bei Klaußen auf der analytischen Couch oder beispielsweise zu Hause in seinem Bett lag, wo er vielleicht nur träumte, dass er träumend bei Klaußen war. Er schloss halb die Augen, bis seine Wimpern alle äußeren Bilder verwischten und nur noch das ungewisse Licht blieb, das teils durchs Fenster zu sickern, teils im Glas sich zu spiegeln schien.
»Die Wahrheit ist«, sagte er, »dass ich Papa immer gehasst habe. Dass ich ihm den Tod gewünscht habe, soweit ich zurückdenken, zurückträumen kann. Seit wenigstens fünfzehn Jahren vergeht kein Tag, an dem ich nicht mindestens einmal wach oder schlafend bete – *Bitte, Tod, komm doch und hole Papa.* Ja, ich bete zum Tod, weil sonst keiner mir helfen kann.«
»Aber warum soll denn dein Vater sterben?«, fragte Klaußen in gepresstem Tonfall. Georg bekam halb mit, dass Klaußen offenbar verstört war; aber im Moment konnte er sich um ihn nicht auch noch kümmern.
»Weil er *der andere* ist und weil ich will, dass *der andere* verschwindet, darum muss er weg. Niemand soll da sein, und wenn er weg ist, verschwinden mit ihm alle. Aber

weil er selbst nur halb und halb da ist, ist es so schwierig, ihn wirklich wegzukriegen. Wie wenn im Traum ein Schuss knallt oder ein Messer blitzt, die sich dem Träumer in Herz oder Schläfe bohren. Es ist schwierig und irgendwie spukhaft, aber mit den Spielen schaffe ich's vielleicht.«

Er wollte weiterreden, als sich ein Schatten über ihn warf und etwas Heißes, Feuchtes sich auf seine Stirn presste.

»Hör auf, Junge«, hörte er murmeln, »hör doch auf. Ich bin ja da, bin ganz für dich da. Und ich will nie mehr weggehen, hörst du?«

Das Murmeln tropfte weiter, aber zu verstehen war nichts mehr. Das Heiße, Feuchte hüpfte und tupfte kreuz und quer über sein Gesicht, und über seinen Körper strich etwas Längliches, Festes. Benommen öffnete er die Augen und begriff kaum, was es sein mochte, das struppig und stoßweise keuchend über seinem Gesicht tanzte und ihn niederstürzend wieder und wieder streifte. Erst allmählich kapierte er, in welche ungeheuerliche und lächerliche Lage er geraten war – Klaußen stand tief über ihn gebeugt, sein Gesicht war gerötet und verzerrt, sein Blick flackernd, und dann schossen seine schief gespitzten Lippen herab und fingen an, blindlings Küsse auf Georgs Gesicht zu picken. Und was vielleicht seit Minuten über Georgs Körper hinstrich, war nichts anderes als Klaußens planlos streichelnde und tätschelnde Hände, die sich jetzt in einer Art Ekstase in seine Schultern krallten und ihn sinnlos schüttelten, während Klaußens Gesicht krächzend in Georgs Halsbeuge sackte.

»Lassen Sie das doch«, rief Georg. Mit voller Kraft stieß er den anderen zurück, der wie ein Messer hochschnellte und rückwärts gegen die Bücherwand taumelte. »Sie müssen den Verstand verloren haben.« Doch während er sich aufrichtete und sein Haar zurückstrich, musste Georg sich beherrschen, um nicht mit Gelächter herauszuplatzen.

»Entschuldige«, stammelte Klaußen, »ich verstehe selbst nicht ...«

»Ach nein? Dafür fange ich jetzt an zu verstehen, warum Sie damals Ihre Frau loswerden wollten. Obwohl Ihnen offenbar anschließend der Mut fehlte ...«

»Der *Mut*?«, flüsterte Klaußen.

»Gehen Sie mir aus dem Weg. Sie werden nicht erwarten, dass ich mich für Ihre therapeutischen Bemühungen auch noch bedanke.« Er zwängte sich an Klaußen vorbei aus der Nische und wich bis in die Zimmermitte zurück.

»Aber lass mich erklären«, wisperte Margots Vater. Die Röte in seinem Gesicht war totenähnlicher Fahlheit gewichen, und seine Finger, die mechanisch an einer Bartsträhne zerrten, zitterten so stark, dass es fast übertrieben wirkte.

»Was gibt es da zu erklären«, sagte Georg. »Ich habe schon früh gespürt, dass Sie irgendwie nicht in Ordnung sind, und spätestens seit heute ...«

»Nicht in Ordnung?«, echote der andere. »Das sagst gerade du? Ich bitte dich, höre mir noch einen Augenblick zu. Vorhin habe ich angedeutet, dass ich nicht so offen

sprechen kann, wie ich wollte. Aber jetzt ...« Er stieß sich von der Bücherwand ab, kam auf Georg zu und schien ihn wieder bei den Schultern packen zu wollen.
»Rühren Sie mich nicht an!«, fauchte Georg. »Ich habe absolut kein Interesse an Ihren läppischen Geschichten. Meinetwegen haben Sie Ihre Frau damals umgebracht, oder meinetwegen war es wirklich ein Unfall, und Sie haben einfach keinen Finger gerührt, um Margots Mutter zu retten. Sie selbst werden schon wissen, warum Sie sich und sonst wem seit zwölf Jahren dieses sentimentale Schuldgewäsch auftischen. Wenn die Polizei damals gewusst hätte, dass Sie darauf aus sind, minderjährige Jungen abzuküssen und zu betätscheln, hätte die Sache wahrscheinlich übel für Sie ausgesehen. Wirklich erbärmlich finde ich an alldem, dass Sie Ihre Neigungen, oder wie Sie's nennen wollen, hinter diesem väterlichen Geschwätz verstecken, obwohl Sie in Wahrheit ... na ja, ist ja auch egal.«
Plötzlich spürte er seine Erschöpfung. Er stopfte die Fäuste in die Jeanstaschen und schob fröstelnd die Schultern hoch. »Übrigens«, schloss er zu seiner eigenen Überraschung, »ich bin Ihnen nicht irgendwie böse. Und natürlich werde ich den Mund halten, ist doch klar. Verschreiben Sie mir jetzt irgendwas gegen diesen elenden Schläfenschmerz, dann verschwinde ich. Verschwinden wollte ich immer schon.«
Aufblickend sah er, dass Klaußen wieder seine Maske zerfurchter Verbitterung übergestreift hatte. »Das Schlimme ist«, sagte er, und auch seine Stimme hatte ihren alten, schleppenden Tonfall wiedergefunden, »dass du nicht hundertprozentig Unrecht hast. Trotzdem unterliegst du einem entsetzlichen, für mich beschämenden Missverständnis, wenn du glaubst ...«
»Mir wirklich egal«, murmelte Georg.
»... aber wie du vorhin selbst gesagt hast – die Wörter taugen nichts. Dir brauche ich nicht zu erklären, dass man in Situationen und Sphären geraten kann, für die es keine vorgeprägten Erfahrungen und Empfindungen, Erklärungen oder auch nur brauchbare Wörter gibt. Ich will jetzt auch gar nicht versuchen, dieses peinliche Missverständnis aufzuklären – ich vertraue deinem Versprechen, dass du mit niemandem über diesen Abend reden wirst, auch mit Margot nicht. Vielleicht ergibt sich später eine Gelegenheit, dir alles zu erklären, vielleicht niemals mehr. Warte noch einen Augenblick, ich gehe nach nebenan und stelle das Rezept aus.«
Plötzlich hatte es Georg eilig, von Klaußen wegzukommen. Er spürte, dass der andere in eine finstere Geschichte verstrickt war, gegen die der mysteriöse Tod seiner Frau fast noch harmlos war. Außerdem hätte er ihm nie erzählen dürfen, dass er seinem Vater den Tod wünschte und sich selbst dem Todesgott sozusagen geweiht hatte.
Während Margots Vater nach dem Rezeptblock kramte, ging Georg durch die düstere Zimmerflucht zur Haustür, die er halb aufzog. Er schlüpfte hindurch und lehnte sich von außen gegen die Mauer, während die frostige Schwärze der Novembernacht neben ihm ins Haus kroch. Schatten flatterten zwischen den Tannen – Schatten von

Nachtvögeln wie damals, als er mit Margot über die Nordmauer geklettert und in den Bergsee gestürzt war.

»Entschuldigung und gute Nacht«, hörte er von drinnen murmeln.

Er griff nach dem *Hermaton*-Rezept, das über der Schwelle im Hellen flatterte, und sagte halb lachend: »Keine Sorge, ich bin schon okay.«

Die Hand des anderen kroch durch den Türspalt nach draußen und streifte zum Abschied seine Schulter. Nervös schüttelte er die Hand ab und sagte: »Ich brauche Sie nicht, Klaußen – ich brauche keinen. Gute Nacht.«

Während er durch den nachtschwarzen Park zum Grenztor rannte, fror er so stark, dass seine Zähne aufeinander schlugen. Wenig später lag er frierend in seinem Bett und fand keinen Schlaf. Irgendwie mochte er Klaußen, aber das Verwirrende war, dass sie beide nicht wirklich einander meinten – er nicht Klaußen, der andere nicht ihn. Während er sich immer tiefer in die Kissen grub, glaubte er zu ahnen, was Wörter wie *Einsamkeit* eigentlich besagten – dass man unter Geheimnissen begraben war und gezwungen, sie für immer zu bewahren.

Als Georg um die Weihnachtszeit von einer weiteren Schmerzattacke überfallen wurde, merkte er, dass er mit dem *Hermaton* einigermaßen klarkam. Das Zeug enthielt betäubende Beimischungen, die einen zugleich schläfrig und euphorisch stimmten, und auf den Zetteln, die in jeder *Hermaton*-Packung steckten, stand *bei häufiger Einnahme besteht Suchtgefahr*. Obwohl dieser Hinweis ziemlich bedrohlich klang, brachte er Georg auf die Idee, gelegentlich irgendwelche regulären Drogen zu probieren, die angeblich an jeder Straßenecke feilgeboten wurden.

+++

Georg wurde sich bewusst, dass er immer noch auf die rostrote *Irrläufer*-Figur starrte, deren verschwollenes Zyklopenauge ihn zu hypnotisieren schien. Er schob den Stuhl zurück und ging zur Küchennische, um sich Kaffee nachzuschenken. Im Vorbeigehen sah er, dass die Zeiger schon gegen acht gingen, und unter den schrägen Wänden dampfte schon wieder die Schwüle. Falls Alex wirklich heute vorbeikam, war vor Mittag sowieso nicht mit ihm zu rechnen. Während Georg sich in der Küchennische kaffeeschlürfend gegen die kühlen Kacheln lehnte, dachte er an die finstere Fortsetzung, die sich wenig später an diese *Hermaton*-Geschichte geknüpft hatte. Er hatte sich mit einem Drogendealer eingelassen, der kurz darauf versucht hatte, ihn mit ihren illegalen Geschäften zu erpressen. Deshalb hatte Georg – na ja, letztlich war er es gewesen, der diesen Peter Martens getötet hatte. Halt, ermahnte er sich, jetzt nicht daran denken. Diese Geschichte war mehr als drei Jahre her, aber in letzter Zeit hatte er mehrfach von jener Mainacht geträumt, als Peter unter grässlichen Umständen gestorben war.

Er streifte seine Kleidung ab und stellte sich unter die Dusche, deren Regler er auf eiskalt einstellte. Rauschend stürzte das Wasser auf ihn herab, und in dem Kaminschacht heulte gefangener Wind, während sich draußen die Schwüle wie ein glühender Deckel über die Häuser stülpte.

5

Erst vorletzte Nacht hatte er wieder geträumt, dass er erwachend in ein plumpes, fellähnlich behaartes Monstrum verwandelt war, mit Pranken, die seine Spiele packten und alles zerbröckelten, was sie berührten. Dieses Monstrum, das oft durch seine Träume tappte, trug mal die gedunsenen Züge seines Vaters, mal das feixende Gnomengesicht von Peter Martens.
Die Peter-Martens-Geschichte war einfach entsetzlich; etwas Schrecklicheres hatte er niemals erlebt. Schlimm, wenn man übel träumte und nachher in der Zeitung seine eigenen Träume haarklein berichtet und belichtet fand.
Das war ein heißer Maifreitag gewesen, als Georg abends mit der S-Bahn von Lerdeck nach Frankfurt gefahren war. In seiner Tasche knisterte ein dünnes Banknotenbündel, das er gegen reguläre Drogen eintauschen wollte. Da er sich mit dem Zeug nicht auskannte, war er ziemlich nervös – er nahm an, die Dealer würden spüren, dass er kein Experte war, und ihm vielleicht irgendwelche wert- und wirkungslosen Pulver andrehen. Unweit vom Hauptbahnhof, im sogenannten Kaisersack, redete ihn dann ein Dealer an – zumindest zischte er irgendwas Unverständliches, und Georg blieb bei ihm stehen, weil ihm der Kerl bekannt vorkam.
Natürlich hatte sich Peter Martens in den bald zehn Jahren ziemlich verändert, sodass Georg zuerst nicht sicher war, wen er vor sich hatte. Aber Peter war ein Krüppel mit zopfähnlich verdrehtem Rumpf und lahmender Hüfte, außerdem praktisch ein Zwerg, der sich wahrscheinlich noch immer in der Kinderabteilung einkleidete und Georg kaum bis zum Brustbein reichte. Solche Eigenheiten konnte man nicht abstreifen wie eine Maske oder Kostümierung. Genau betrachtet beschränkte sich die Veränderung auf den struppigen schwarzen Vollbart, hinter dem Peters knolliges Gnomengesicht wie früher melancholisch hervorgrinste. Wenn er lief, machte er immer noch diese unbeholfen hüpfenden Schritte, wie wenn er besonders fröhlich wäre, was aber zweifellos nicht die Wirklichkeit war. Denn Peter stammte aus dem sogenannten Asozialenmilieu, das in der Lerdecker Altstadt am Lenauufer in heruntergekommenen Mietskasernen brütete, und er hatte vergeblich versucht, diese Herkunftsfesseln zu sprengen. Obwohl seine Familie aus Verbrechern bestand, war es ihm geglückt, nach der Grundschule aufs Gymnasium überzuspringen, wo er bei

Lehrern wie Schülern geradezu als Attraktion galt und unter dem halb zärtlich gemeinten Namen *Lenauzwerg* wohlbekannt war. Nachdem er sich vier oder fünf Jahre lang auf der für ihn schwindelerregenden Höhe gehalten hatte, war irgendetwas vorgefallen, das ihn zwang, die Schule über Nacht zu verlassen. Gerüchte hatten damals von Handtaschenraub und Erziehungsstrafe gemunkelt, worunter Georg sich aber nichts Genaues vorstellen konnte. Außerdem hatte er sich zu diesem Zeitpunkt schon in die Spiele gestürzt, sodass ihm kaum noch Zeit für äußere Geschehnisse blieb, und wenn er benommen von seinen Spieleskizzen aufblickte, kauerte Margot neben ihm. Natürlich hatte er weder ihr noch seiner Mutter jemals von Peter erzählt, zumal es da wenig zu erzählen gab und beide sowieso nicht begriffen hätten, weshalb ihn der Lenauzwerg faszinierte. Unterdessen war Peter in sein Kleinkriminellenmilieu zurückgesackt – anstatt sich in gesellschaftliche Höhen aufzuschwingen, von denen er früher einmal geträumt haben mochte, schlug er sich offenbar zwischen organisierten Schwarzen als kleiner Drogenhändler durch.

»Hallo, Peter«, sagte Georg leise. »Du bist doch Peter Martens? Aus Lerdeck? Wir sind zusammen zur Schule gegangen. Du wirst dich kaum an mich erinnern, ich war zwei Klassen unter dir, bis du … Mein Name ist Georg Kroning.«

»Lerdeck?«, krächzte der Zwerg. »Das is' lange her, Jüngchen. Will ich nix mehr von hören. Alle Erinnerung futsch.«

Seine zierlichen Hände beschrieben zittrige Bewegungen in der Luft, als grapschten sie nach Erinnerungsfetzen. Unbehaglich sah Georg, dass aus den verblichenen Jeansmanschetten seines Kinderanzugs schwarze Haarbüschel quollen, die höchstwahrscheinlich Peters ganzen Krüppelkindkörper bedeckten. Während einer Sportstunde hatte er diesen Körper ein einziges Mal halb nackt gesehen, und er würde den Anblick nie vergessen – den zugleich schmächtigen und gedrungenen Rumpf des damals höchstens dreizehnjährigen Jungen, der in sich zopfähnlich verdreht war und sich auf Brust und Rücken vulkanisch aufhöckerte und einkraterte wie erstarrtes, roh behauenes Magma. Damals hatte Georg häufig von Peter geträumt, nach dessen Nähe oder sogar Freundschaft er eine fast krankhafte Sehnsucht spürte. Er hatte zu begreifen versucht, wie man sich fühlte, wenn man in einen solchen Lavabrocken vermauert war. Aber sie hatten niemals ein Wort gewechselt, da Georg nicht den Mut fand, den anderen beispielsweise auf dem Pausenhof einfach anzusprechen.

»Das mit der Erinnerung kann nicht sein«, murmelte er. »Man erinnert sich immer, weil man gar nicht anders kann. Wollen wir nicht irgendwo hingehen, zusammen reden?«

Von schräg unten schoss der andere einen misstrauischen Blick auf ihn ab, der sich im schwarzen Gestrüpp seiner Brauen fast verfing. »Wenn du nix kaufen willst, dann verdrück dich, Jüngchen«, brummte Peter, »sonst muss ich mal meinen Freunden da 'nen kleinen Wink geben.« Sein zottiger Kopf nickte zu den baumlangen, leuchtend

weiß gekleideten Schwarzen hin, die an einem Blumenkübel lehnten. Aus dem U-Bahnschacht neben ihnen quollen unablässig Passanten, die beim Anblick der dunklen Männer ihre Taschen fester packten und gesenkten Blickes vorbeihasteten.
»Ich hab dreihundert Mark«, sagte Georg. »Irgendwas kaufe ich dir auf jeden Fall ab. Aber zuerst mal …« Zunächst mal spürte er das überwältigende Bedürfnis, mit Peter über ihre Kindheit zu reden. »Ich geb einen aus«, sagte er und musste lächeln, als ihm bewusst wurde, dass er diesen Satz niemals vorher zu irgendwem gesagt hatte.
Neben dem Zwerg schlüpfte er in eine düstere Seitengasse der Kaiserstraße, wo sie hinter einem schmierigen Vorhang auf Barhocker rutschten. Im Eintreten hatte Georg gesehen, dass sich die Spelunke *Chinesischer Ballon* nannte.
»Heinz, bring uns zwei Bier«, rief Peter. Wie eine abstoßend hässliche, schwarz-bleiche Blüte schwankte er auf dem schlanken Hocker.
Nervös steckte sich Georg eine *Gitane* an und reichte auch dem anderen das blaue Päckchen. Dann rauchten sie und belauerten sich gegenseitig in den Augenwinkeln, während Georg eine Art Brennen in der Kehle fühlte. Hinter dem Tresen hantierte der fette Barmann mit hohen Gläsern, in die er irgendwelche Säfte spritzte. Sein schmal gestreifter, grau-weißer Anzug erinnerte an Sträflinge oder Metzger. Blutrote Lampions mit grinsenden Chinesengesichtern schaukelten unter der Decke, die so niedrig war, dass die wenigen Gäste im Hintergrund scheinbar mit eingezogenen Köpfen tanzten. Was aus den Lautsprechern tropfte, war monotoner Sprechgesang, den ab und zu harte, wie Peitschen knallende Trommelschläge unterbrachen.
»Und du erinnerst dich wirklich nicht?«, fragte er den anderen, der einen Arm auf den Tresen gestützt hatte und ihn von der Seite empört zu fixieren schien.
»Na klar, Kroning«, hörte er. »Das verwöhnte Arztsöhnchen, hab ich nicht vergessen. Du warst immer mit der kleinen Klaußen zusammen. Na ja, Ärztebälger unter sich. Hab euch oft aus irgend 'nem Winkel raus beobachtet, wie ihr rotzvornehm die Köpfe zusammengesteckt habt und kein Aas an euch ran durfte.«
Sie stemmten ihre Biergläser hoch, wozu Peter beide Hände brauchte, und stießen *auf die Vergangenheit* an. Dieser Trinkspruch schien Peter zu belustigen; er kicherte koboldhaft und murmelte irgendwas, das Georg nicht verstand. Zu seinen zittrigen Händen gehörte aschgraue Gesichtshaut – vielleicht kaufte Peter sich sein Drogenzeug selbst ab, wie Georg viel später mit dem *Irrläufer*-Vertrag praktisch sein eigenes Spiel zu kaufen versuchte. Das alles war sehr traurig, empfand er. Vage fühlte er sich schuldig – als hätte es damals in seiner Macht gestanden, den anderen aus seinem verwunschenen Lavarumpf zu erlösen, und er – er hatte versagt. Leise sagte er:
»Ich habe dir damals auch oft nachgesehen – ich hätte dich gerne angeredet, aber ich habe mich nicht getraut, weil ich dachte …«
»Ach, wirklich?«, krächzte der Zwerg. »Pah, in die Lenau geschissen für so'n hohles Geschwätz. Du und dann so'n asozialer Krüppel, nee, Jüngchen, glaub ich dir nicht.

Einer wie du trägt doch sogar noch in Albträumen Handschuhe aus weißer Seide. Hat mich aber ehrlich beeindruckt damals, wie du und die kleine Klaußen in euren piekfeinen Klamotten durch den Pausenhof stolziert seid und immer so 'ne Art Mauer um euch rum war, wo keiner durch oder drüber kam. Das lernst du nie, Peter, hab ich mir oft gedacht, und siehste – is' ja dann auch nix geworden.«

»Leider«, murmelte Georg. »Schade, dass du damals von der Schule wegmusstest. Was war eigentlich der Grund?«

»Na was wohl, Scheiße«, grunzte Peter. »Die Bullen ham mich gepackt, weil ich 'ner alten Lady die Handtasche aus der Pfote gepflückt hab. Haben's meiner Alten gesteckt, und die brüllt los – aus isses mit der Dreckschule, sieh zu, dass du Kohle verdienst. Mein Alter saß wieder mal im Knast, Autobruch oder so'n Scheiß. Musste ich halt sehen, dass irgendwie Geld reinkam, war einfach keine Zeit für schöne Träume von bürgerlicher Bildung, sauberer Karriere und so. Kannst mir's glauben, Jüngchen, kopfmäßig hätt ich's gepackt, aber wenn deine verrotteten Alten dir an den Haxen hängen, kannste keine großen Sprünge machen. Bin ich auf die Fresse geknallt und dann auf allen vieren weiter. Jetzt häng ich hier, aber das schwör ich – noch bin ich nicht fertig. Wirst es erleben, der kleine Pete kommt noch mal ganz groß raus – Peterchens Mondfahrt und so.«

Georg nickte unbehaglich. Im schwarzen Bartgestrüpp, aus dem Bierschaum troff, bewegten sich schnappend und schmatzend die überraschend wulstigen, prangend roten Lippen des Zwerges, der zweifellos niemals groß rauskommen würde. Sowieso verblüffte es Georg kaum, dass jemand, der in der Hüfte lahm war und kurze, nach außen gekrümmte Beine hatte, weder hoch noch zielgenau springen konnte.

Auf den Barhocker neben Georg schob sich eine Art Hure, deren angeklebte Wimpern so lang waren, dass sie klimpernd praktisch den Tresen fegten. Unter ihrem schlaffen Kinn zitterten glibberige Brüste in den Dessertschalen ihres schwarzen Dekolletés. Während Georg nervös von der Hure abrückte, dachte er an Margot, die darauf zu warten schien, dass er sich irgendwie an sie ranmachte, nachdem sie fast dreizehn Jahre ohne diese Dinge klargekommen waren.

»Gehen wir woanders hin«, sagte er leise zu Peter, während die Hure sich schon zu ihm rüberbog. »Kommen wir zum Geschäftlichen«, schob er nach. Er legte einen Geldschein auf den Tresen und folgte Peter, der hüpfend auf eine Tür links vom Zapfhahn zusteuerte, die dem Gestank nach zu urteilen die Aborte verbarg.

»Verwöhnte Jüngchen wie du ham immer Langeweile«, behauptete der Krüppel. »Mir egal, wenn du dich ins Unglück stürzen willst, wär mir sogar 'n spezielles Vergnügen. Sowieso wird Daddy dich, wenn's ganz hart kommt, schon wieder rausboxen.«

Hintereinander traten sie in den Kloraum für Männer, und Georg verkniff sich die Bemerkung, dass sein Vater höchstwahrscheinlich keinen Finger rühren würde, wenn sein Sohn in der Patsche saß.

»Los, nach hinten.«
Außer ihnen war niemand in dem von flackernden Neonröhren beleuchteten Raum, den bestialischer Gestank erfüllte. An der Pinkelrinne vorbei, die genau wie ein Schweinekoben aussah, gingen sie nach hinten, wo sie sich in einer Kabine einschlossen. Während sich Peter ohne weiteres auf den Klodeckel setzte und in seinen Taschen zu wühlen anfing, sah Georg sich herzklopfend um und spürte ein Würgen in der Kehle. Die auf Stelzen stehenden Zellenwände waren mit obszönen Graffitis bedeckt und löchrig wie Siebe. Die Löcher waren alle ungefähr in Hüfthöhe gebohrt und teilweise so groß, dass man notfalls einen Finger oder sonst was durchstecken konnte. Während er die Löcher anstarrte, musste er plötzlich lachen, weil ihm das Loch in der Mauer einfiel, durch das seine Eltern geschlüpft waren.
»Leise!«, zischte Peter. Er hatte eine Kollektion winziger Plastiksäckchen aus seinen Taschen genestelt, die er abwechselnd schwenkte, wozu er jedes Mal eine Silbe zischte. »*Schnee*«, hörte Georg, »*Äitsch – Snow – Speed – Crack*, hast die freie Auswahl.« Unschlüssig betrachtete er die glitzernden Säckchen, die mehr oder weniger gleich aussahen. »Welches von den Säckchen heißt *Speed*?«, fragte er, weil die giftig sirrende Silbe ihm am besten gefiel.
Der andere zeigte auf irgendeins, und plötzlich ging alles sehr schnell, als ob ein Geschäft mit *Speed* beschleunigtes Tempo erforderte. Georg zog die dreihundert Mark hervor und bekam zu seiner Überraschung fünf glitzernde Säckchen für die paar Scheine. Während Peter das Geld in die Tasche schob, stopfte Georg die Säckchen in seine Jacke.
»Kannst dir das Zeug durch die Nase ins Hirn saugen«, hörte er, mit 'nem zusammengerollten Geldschein, davon hast du ja mehr als genug. Besser wirkt's natürlich, wenn du das Pulver in Wasser löst und mit 'ner Spritze ins Blut schießt.«
»Okay, danke«, murmelte Georg, »ich weiß schon Bescheid.«
»Wär mir wirklich ein Extravergnügen, 'n verwöhntes Söhnchen wie dich an der Nadel hängen zu sehen. Asche haste ja wahrscheinlich genug – musste also nicht gleich auf'n Strich gehn. Obwohl – auf Typen wie dich sind die Freier geil wie Keiler.«
Vage grapschte er nach Georgs Schenkel, worauf Georg gegen die Kabinentür zurückwich und schwach die Fäuste ballte. Der andere lachte.
»Und wenn du Nachschub brauchst – du weißt ja, findest mich praktisch Tag und Nacht draußen bei den Niggern.«
»Bis du eines Tages groß rauskommst.«
»Wirst es schon sehen, Jüngchen.« Peter zog eine Injektionsspritze aus der Tasche und verkündete: „Muss mich erst mal selbst versorgen. Wenn du willst, kannste nachher mein Besteck haben.«
»*Besteck*?«, echote Georg erschrocken. »Oh – nein, danke, ich glaube, ich gehe jetzt lieber. Weißt du, wenn ich *Blut* sehe ...«

Er riegelte die Kabinentür auf und machte, dass er wegkam. An der Hure mit den besenähnlichen Wimpern vorbei schlich er zum schmierigen Vorhang und schlüpfte nach draußen.

Zehn Minuten später saß er wieder in der S-Bahn nach Lerdeck. Als der Zug losruckte, stand er auf und ging zum Toilettenraum zwischen den Waggons, wo er sich einschloss und die glitzernden Säckchen eins nach dem anderen durch den Abort spülte. Anschließend wusch er sich die Hände, bis er spürte, jetzt war er wieder *rein*. Mit der Schulter an das bebende Milchglasfenster gelehnt, starrte er in den Spiegel und begriff kaum noch, wieso er auf einmal Lust bekommen hatte, irgendwelche Drogen auszuprobieren. Leute wie Peter, die innerlich tot und leer waren, brauchten die künstlichen Gifte, um ihre Gefühle und Träume aufzupeitschen. Aber er – seit seiner frühesten Kindheit hatte er inmitten seiner Träume und Fantasien gelebt, und diesen wispernden Schattenfluss hatte er durch alle Schleusen hindurchgerettet und zuletzt in seine Spiele gelenkt – in seine eigene, abgeschlossene Welt, wohin niemand ihm folgen konnte. Er würde nie irgendwelche Pulver brauchen, die seine inneren Grab- oder Schatzkammern aufsprengten – sowenig, wie er einen wie Klaußen brauchte, der an inneren Schleusen schraubte. Ihn schauderte, wenn er an den Abgrund aus Dreck, Gestank und Erniedrigung dachte, in den er eben einen hastigen, seltsam erregten Blick geworfen hatte. Sich beispielsweise vorzustellen, dass Leute ihren Körper *vermieteten*, um sich von dem Geld diese Pulver zu kaufen – verzerrt lächelnd starrte er in den Spiegel, und aus seinen Augen schimmerte der Traum.

Er war sicher, dass er Peter Martens nie wiedersehen würde. Um ihn zu vergessen, stürzte er sich in seine Spiele zurück, und er fing sogar an, regelmäßig mit Margot ins Theater oder Kino zu gehen, obwohl er sich in der Masse der hustenden oder einfach aus tausend Mäulern atmenden Zuschauer unbehaglich fühlte und meistens Schweißausbrüche bekam.

Nach den Vorführungen gingen sie manchmal noch in eine Bar, wo Margot ihn in einen Winkel zog und murmelnd, mit seltsam glänzenden Augen auf ihn einredete. Nach ihrer Ansicht würden sie für immer zusammenbleiben. Während Georg spürte, dass es ihr letzter gemeinsamer Sommer war, raunte Margot eine dämmrige Zukunft herbei, die einfach das ungewisse Licht ihrer Kindheit unabsehbar verlängerte. Aber das war nur ein Trick, da sie insgeheim anfing, ihr Leben wie eine beliebige, lächerlich ernsthafte Erwachsene zu planen. Wenn sie in einer schummrigen Bar Cocktails getrunken hatten, kam es vor, dass er sich in Umarmungen ziehen ließ, die sich manchmal sogar zu schüchternen Küssen zuspitzten. Ein paarmal hatte er ihr zu erklären versucht, was er von dieser Entwicklung hielt. Aber dann lachte Margot immer nur nervös oder spöttisch auf und sprang auf ein harmloseres Thema über.

Da es mehr oder weniger schon feststand, dass sie ihr Abitur mit einer sogenannten Traumnote bestehen würde, fing sie an, von ihrem künftigen Medizinstudium zu reden und natürlich von dem Stolz, den ihr Vater für seine ehrgeizige und glänzend begabte Tochter empfand. Dagegen durfte Georg, der sich seit Jahren kaum noch um die Schule gekümmert hatte, froh sein, wenn er gerade so durch die Prüfungen durchrutschte, und von stolzen Empfindungen konnte bei seinen Eltern natürlich keine Rede sein.

Aber Georg zuckte bloß die Schultern und verschickte weiterhin seine Spielmodelle in die halbe Welt, die sich wie früher in gemeines Schweigen hüllte oder ihm die Modelle mehr oder weniger kommentarlos zurücksandte. Trotzdem war er entschlossen, die Spiele zu seinem Beruf zu machen – er war absolut sicher, dass er irgendwann *durchbrechen* würde, und wie Margot behauptete, glaubte sie an ihn.

Mindestens ein Dutzend Male hatte er seinen Eltern zu erklären versucht, dass er sowieso kein Arzt hätte werden können, weil ihm bereits bei der Vorstellung von Altern und Krankheit, spritzendem Blut und betäubt zuckendem Gewebe sterbenselend wurde. Trotzdem reagierten sie immer noch ziemlich verbittert auf seine üblen Zensuren, die ihm die Arztlaufbahn zuverlässig verschlossen, sodass die mehr als tausendjährige Familientradition leider abbrechen würde. Als er wegen seiner nervösen Schläfenschmerzen auch noch vom Militärdienst freigestellt wurde, wirkte sein Vater geradezu deprimiert, als wäre jetzt in aller Öffentlichkeit bewiesen, dass Georg nicht in Ordnung und jedenfalls ein schwächlicher Versager war.

Natürlich fingen seine Eltern an, ihn mit der Frage zu löchern, was er nach dem Abitur anfangen wollte. Besonders sein Vater tischte absurde Vorschläge auf, beispielsweise wollte er Georg in eine Bank stecken, wo die Lehrlinge höchstwahrscheinlich den ganzen Tag Münzen putzten oder verknitterte Geldscheine glattstrichen.

Ende Juni, kurz nach Georgs achtzehntem Geburtstag, nahmen diese ewigen Gespräche über Abiturnoten und Berufspläne allerdings eine überraschende Wende. Am Mittagstisch war auch Margot anwesend, die beim Dessert beiläufig erzählte, dass ihr Vater ihr als Abiturgeschenk den Führerschein finanzieren und außerdem einen sogenannten Golf kaufen wollte.

»Was um Himmels willen ist ein *Golf?*«, fragte Georg.

Natürlich hatte er gleich geahnt, dass der Golf einfach ein läppisches Auto war. Während sich Margot und sein Vater in einen hitzigen Wortwechsel über Automarken verwickelten, drehte Georg sich weg und lächelte seiner Mutter zu, die wieder mal mit angespanntem Ausdruck dem Gespräch zu folgen versuchte, wobei sie an einer Schläfensträhne zerrte. Da sie jederzeit damit rechnen musste, dass ihr Mann eine Frage auf sie abschießen würde, konnte sie nicht riskieren, einfach wegzuhören und sich ihren Fantasien zu überlassen. Er merkte, wie seine Mutter unruhig wurde, weil sie seinen Blick spürte. Sie versuchte zurückzulächeln, ohne gleichzeitig den auf der anderen Tischseite hin und her schießenden Gesprächsfaden zu verlieren, sodass ihr Lächeln zu einem Mundwinkelzucken missriet.

Deprimiert wandte Georg sich ab und beobachtete wieder Margot und seinen Vater, die sich mit unbegreiflichem Eifer irgendwelche Begriffe gegen die Stirnen warfen, wobei ihre Augen glänzten. Margot hatte die Ellbogen auf den Tisch gestützt und ihren schlanken Körper stark nach vorn gebeugt, sodass ihr die blonden Locken über die Schultern flossen und einzelne, von der Masse sich wegsträubende Haare wie feine Spinnfäden im Licht zitterten. Ihre grünen Augen schossen blitzende Blicke gegen Georgs Vater ab, der dröhnend ausrief: »Ich jedenfalls werde meinem Sohn keinen Golf schenken.«

Gott sei Dank, dachte Georg. Wenn er Leute von Autos reden und mit ihren idiotischen Kisten prahlen hörte, wurde ihm immer ganz elend, als ob sie alle ekelhaften Einzelheiten einer Krankheit ausbreiteten, von der praktisch die ganze Menschheit befallen war.

»Georg bekommt einen BMW.«

»Was bitte?«, rief Georg. Er war nicht sicher, ob seinem Vater wirklich diese prahlerische Phrase rausgerutscht war, obwohl ihm im gleichen Augenblick klar wurde, dass sein Vater gar nicht anders konnte – wenn der *Seelenschamane* Klaußen seiner Tochter einen Golf schenkte, musste Georgs Vater ihn natürlich übertrumpfen, zumal er wegen der missglückten Freundschaftsgeschichte auch nach dreizehn Jahren immer noch empfindlich reagierte, wenn die Rede auf Klaußen kam.

»Ein kleiner BMW«, rief er voll idiotischer Begeisterung, »ist genau das Richtige für einen Anfänger.«

»Tatsächlich?«, fragte Georg. »Was kostet denn so eine Kiste?«

»Na ja«, gab sein Vater zurück, »mehr als fünfunddreißig müssen wir bestimmt nicht hinlegen.«

»Aber ich will doch gar nicht ...«

Erst als Margot ihm einen halb warnenden, halb triumphierenden Blick zuwarf, kapierte er, dass sie dieses Gespräch angezettelt hatte, um seinem Vater kostspielige Versprechen zu entlocken, von denen er nachher nicht mehr wegkam. Von selbst wäre er nie auf die Idee gekommen, Georg auch nur einen Pfennig zu schenken – im Gegenteil rechnete er ihm andauernd vor, dass er *Zehntausende in einen wertlosen Fetzen Papier investiert* hatte, womit er höchstwahrscheinlich Georgs Abiturzeugnis meinte.

»Ich wollte sagen«, murmelte er, »dass es nicht nötig gewesen wäre. Trotzdem vielen Dank, Papa. Wenn es dir recht ist, reden wir später noch mal drüber.«

Natürlich würde er sich nie hinter ein BMW-Steuer quetschen und sich mit dem Autofanatismus seines Vaters gemein machen. Aber wenn der Wagen ihm offiziell gehörte, konnte niemand ihn hindern, den BMW sofort weiterzuverkaufen und anschließend mit dem Geld anzufangen, was ihm beliebte. Noch besser wäre es, wenn er seinen Vater überreden könnte, ihm die fünfunddreißigtausend gleich in bar auszuhändigen. Aber natürlich würden sie ihm das Geld nie geben, wenn er offen ver-

kündete, dass er beispielsweise nach Zürich, in die Stadt der Spiele, übersiedeln und mehr oder weniger nur noch für die Spiele leben wollte. Auf die Idee mit der fingierten Europareise kam er aber erst irgendwann Ende August, als ihm der heimatliche Boden zu heiß wurde – wegen Margot und vor allem wegen Peter Martens.
So ungefähr Mitte Juli kam er an einem Samstagmorgen zum Frühstück auf die Südterrasse, wo seine Mutter über einem Brief brütete. Sein Vater war natürlich längst in der Klinik, falls er nicht überhaupt gleich auf dem Operationstisch übernachtet hatte. Schon auf der Türschwelle merkte Georg, dass irgendwas nicht stimmte. Seine Mutter starrte mit panischem Ausdruck auf den Brief, der vielleicht gar keiner war, da Georg dicke Balkenbuchstaben auf dem weißen Blatt zu erkennen glaubte. Außerdem war es auf der Terrasse unglaublich heiß, und er hätte am liebsten seinen schwarzen Hausmantel abgestreift, was aber natürlich nicht ging, da er sich seiner Mutter schließlich nicht nackt zeigen konnte.
»Guten Morgen, Mama«, sagte er leise, während er vis à vis auf die schwarz-weiß gepolsterte Steinbank rutschte. »Irgendwas nicht in Ordnung?«
Seine Mutter blickte ganz langsam auf und hatte immer noch diesen panischen Ausdruck in den Augen. Auf den Briefbogen, oder was es sein mochte, waren aus Zeitungen ausgerissene Wörter und halbe Sätze aufgeklebt, die schwankende, wellenförmige Reihen bildeten. »Erkläre mir das hier«, sagte sie mit zittriger Stimme.
Sie reichte ihm das Blatt, das Georg auf seinen Teller fallen ließ und überflog, ohne sofort zu begreifen. »Dieser Brief ist für *mich*«, sagte er, »wieso hast du ihn aufgerissen?« Dabei merkte er selbst, dass er am Thema vorbeischoss. Wenn man einen anonymen Erpresserbrief erhielt, war es ziemlich egal, wer das Kuvert aufschlitzte, zumal sich die Geldforderung letztlich sowieso an seine Eltern richtete. »Langsam, Mama«, murmelte er, »ich muss das erst begreifen.«
Während er sich flattrig eine *Gitane* ansteckte, las er noch einmal die schwankenden Zeilen durch.

An das verwöhnte Kroning-Söhnchen.
Warst Ende Mai under ground – *wirst selbst gemerkt haben, war'n Fehler. Kostet dich schlanke zehntausend – subito & cash – klar nur als 1. Rate. Schlechter für dich, wenn Daddy von Söhnleins Doppelleben geflüstert bekäm. Verdau das erst mal, kratz die Asche zusammen, so ungefähr nächste Woche wird's präziser. – Ratte.*

»Was um Himmels willen bedeutet das?«, flüsterte er. »Mama, ich begreife wirklich nicht ... Und dann dieses *Ratte* – ich hab überhaupt keine Ahnung, wer und weshalb ...«
Irgendwie schaffte er es, sich Kaffee einzuschenken. Während er die schwarze Hitze schlürfte, dämmerte ihm, dass der Brief nur von Peter Martens kommen konnte.

Aber dass Peter zehntausend Mark von ihm verlangte, fand er im Augenblick nicht mal so schlimm wie dieses *Ratte*, das ihn regelrecht verstörte. Man konnte das *Ratte* als Unterschrift oder auch als Schmähung lesen, und Georg fand beide Varianten ziemlich bedrohlich. Natürlich erinnerte er sich jetzt – schon damals hatte Peter verkündet, dass er noch mal groß rauskommen würde. Aber Georg war naiv genug gewesen, dieses Gerede für leere Prahlerei zu halten – jetzt zeigte ihm Peter, dass er es ernst meinte und wirklich noch immer von großer Karriere träumte.

»Peterchens Mondfahrt«, murmelte er.

»Was sagst du? Ist das ein schlechter Scherz, oder wie?«

»Aber natürlich, Mama. Ich meine – anders kann ich's mir auch nicht erklären. Ich weiß nicht, wer uns da zum Narren halten will. Am besten, wir schmeißen den Fetzen weg und vergessen die Affäre.« Tatsächlich nahm er den Brief vom Tisch und zerknüllte ihn vor den Augen seiner Mutter. »Wo ist das Kuvert? Übrigens hast du mir immer noch nicht erklärt, warum du einen Brief aufmachst, der an mich adressiert ist.« Er nahm ihr den Umschlag weg, auf dem in ungelenker Blockschrift *Kroning jr.* stand, und zerriss ihn in gleichmäßige Streifen.

»Aber ich öffne deine Briefe doch immer«, sagte sie. »Du hast mich ja darum gebeten, damit ich dir sofort Bescheid sagen kann, wenn ein Spieleproduzent …«

»Ich weiß, Mama, aber das war einmal, damit muss jetzt Schluss sein. Ich bin achtzehn, erwachsen und all das – ich lebe jetzt mein eigenes, selbstständiges Leben.«

»Und dieser Brief … diese schmutzige Erpressung …«

»Ich hab es dir doch erklärt, da hält uns jemand zum Narren. Du weißt doch selbst, dass ich praktisch immer zu Hause bin und außer mit Margot mit keinem verkehre. Übrigens«, fiel ihm ein, »sollten wir Papa mit diesem Unsinn nicht belästigen. Pedantisch und ängstlich, wie er ist, wäre er imstande, diesen Scherzartikel zur Polizei zu tragen.«

»Aber das wäre vielleicht das Beste.«

»Das meinst du nicht im Ernst. Schließlich weißt du so gut wie ich, dass Papa nur nach einem Vorwand sucht, um aus dieser Geschichte mit dem BMW wieder rauszukommen. Und da er mir alles Üble der Welt zutraut, wäre er sofort bereit, zu glauben, dass ich wirklich *under ground* war – was immer das überhaupt bedeuten soll.«

»Ja, was eigentlich«, murmelte sie. »Und was deinen Vater betrifft …«

»Schon gut«, fiel er ihr lächelnd ins Wort. »Über Papa zu streiten ist bekanntlich sinnlos. Lassen wir ihn einfach mal aus dem Spiel. Und damit nicht beispielsweise Esmeralda diesen Fetzen in die Finger kriegt und ihn unverzüglich Papa präsentiert, werde ich am besten alles verbrennen.«

»Verbrennen«, echote seine Mutter.

Georg schnipste sein Feuerzeug an und führte das Flämmchen unter den zerknäulten Bogen, den er mit spitzen Fingern über den Tisch hielt. Die Flamme schlang das

Papier ein, doch plötzlich kam Wind auf, der ihm das brennende Blatt aus der Hand riss. Orangerot glühend flog es hoch, sackte dann überraschend zurück und wickelte sich halb um seinen linken Ärmel. Sofort und mit verdoppelter Gier sprang die Flamme auf den Mantelstoff über und leckte schon mit feurigen Zungen über seine Brust, als Georg aufsprang und sich schreiend den Mantel von der Haut riss.

»*Georg!*«, kreischte seine Mutter, die rot glühend auf ihrem Platz klebte, als wäre sie selbst das Feuer, mit dem Georg kämpfte.

Rhythmisch klatschte er seinen Mantel auf die Terrassensteine, bis das Feuer fauchend aufgab und bloß noch Asche um seinen Kopf wirbelte. Erst als er den erloschenen und zerlöcherten Mantel wegwarf, spürte er den Schmerz, der über der linken Armbeuge glühte. Ein bräunlich verbrannter Hautfleck hatte sich zu einer Blase aufgeworfen; unter der durchsichtigen Hautglocke schien Blut zu kochen. Ihm wurde übel und halb schwindlig; durch seinen Kopf schwirrten Schreie.

»Willst du nicht irgendwas *tun*, Mama?«, fragte er. »Mich verarzten oder so etwas?« Er hob den Arm und tastete nach der Brandblase, die unter der schwachen Berührung aufplatzte und ihm eine Art Blutpfropf ins Gesicht schoss.

»*Georg!*«, hörte er wieder seine Mutter schreien.

Plötzlich stand sie vor ihm und drückte sich gegen seinen Körper. Er spürte ihr feuchtes Gesicht an der Schulter und ihre weichen Brüste, die sich gegen seinen Bauch pressten. Während sie fast lautlos schluchzte, fuhren ihre Hände blindlings über seinen Rücken.

»Was soll das, Mama«, sagte Georg leise. Sanft machte er sich von ihr los und wich gegen die Terrassentür zurück. Schließlich hatte er nicht den kleinsten Fetzen am Leib, und seine Mutter schien mehr oder weniger zu vergessen, in wessen Arme sie sich schmiegte.

Aufblickend merkte er, dass der alte Josef wie eingewurzelt am Terrassenrand stand und sie erschrocken beobachtete. »Verschwinde!«, rief Georg ihm zu. »Hier ist alles in Ordnung.«

Wenn man davon absah, dass Josefs Chefin soeben ihren achtzehnjährigen, vollkommen nackten Sohn umarmt hatte und beide offenbar immer noch ziemlich benommen von dieser überraschenden Berührung waren.

Mit tranceähnlichen Bewegungen drehte sich seine Mutter zum starr dastehenden Gärtner um, wobei sie murmelte: »Um Himmels willen, er hat uns *gesehen*.«

»Aber es ist doch nichts passiert, Mama. Außerdem kann Josef überhaupt nicht richtig reden.«

Der alte Gärtner hob ruckartig den rechten Arm und spießte den gereckten Zeigefinger gen Himmel, in dessen leuchtender Bläue die Augustsonne kochte. Halb lachend dachte Georg, dass Josef ihnen möglicherweise mit der *Strafe des Himmels* drohte.

»Lass ihn doch, Mama. Gehen wir ins Haus«, sagte er.

Er begriff selbst nicht, welcher Teufel ihn heute stachelte, aber drinnen nötigte er seine Mutter, ihm nach oben ins Bad zu folgen, wo das Apothekenschränkchen neben der Duschkabine hing. Natürlich hätte er sich längst irgendwas überstreifen können, und wenn seine Mutter nur ein Wort, eine Silbe gemurmelt hätte, wäre der Bann zweifellos zerplatzt. Aber sie huschte stumm und immer noch wie in Trance hinter ihm her, und während er an der gläsernen Kabinenwand lehnte und ihr seinen Arm hinhielt, überlegte er allen Ernstes, wie es wäre, wenn er seine Mutter *verführte*.
Seine Mutter, die flach atmend, mit verwirrtem Haar und glühendem Gesicht so dicht vor ihm stand, dass ihr Kleid fast gegen seine Hüfte streifte. Er war sicher, wenn er jetzt seine Arme um ihren Nacken schlingen und sie auf den Mund küssen würde, sie würde sich nicht mal zum Schein gegen ihn wehren, zumal sie immer noch in irgendwelchen Träumen versunken schien. Die Träume schimmerten hinter ihren halb geschlossenen Wimpern, und nie würde irgendwer erraten, was sie sah.
Jetzt hatte sie einen buschigen Pinsel in der Hand und strich eine blutrote Paste auf seine Blase. Seine Hand hing schlaff vor dem abgewinkelten Arm, in dem der Schmerz pochte; aber er hätte die Finger nur vorspreizen müssen, um ihre Brust zu berühren. Plötzlich spürte er wieder dieses heimtückische Kitzeln in der Kehle – er selbst zuckte zusammen, als sein Gelächter in der Stille explodierte.
Seine Mutter, die einen endlosen Verband um seinen Arm wickelte, schreckte hoch und murmelte irgendwas, das *Glück* genauso wie *Trick* heißen konnte.
»Danke für den Verband«, sagte Georg, immer noch lachend. »Du bist wirklich großartig, Mama. Und kein Wort von dem Brief zu Papa – versprochen?«
Ohne ihre Antwort abzuwarten, rannte er über den Flur in sein Zimmer, wobei der halb aufgewickelte Verband hinter ihm her flatterte.
Am Nachmittag rief Georg im *Chinesischen Ballon* an, wobei er das Telefon im Zimmer seines Vaters benutzte. Weil sie nicht wusste, wie sie ihm nach den Terrassen- und Apothekenszenen begegnen sollte, hatte seine Mutter Müdigkeit vorgeschützt und sich schon vor Stunden in ihr Zimmer zurückgezogen. Einmal hatte Georg an der Tür gelauscht und die vertrauten Schluchzlaute gehört, die ihr mit fast mechanischer Regelmäßigkeit aus der Kehle schossen. Georg hatte keine Beweise, aber er vermutete, dass seine Mutter sich von Klaußen heimlich wegen ihrer Depressionen behandeln ließ. Wahrscheinlich hatte Margots Vater ihr aufmunternde Pulver verschrieben, da seine Mutter für die analytische Nische wohl kaum in Frage kam.
»Is' Pete da?«, nuschelte er in den Hörer. »Ja, gut, soll mal zum Apparat kommen.«
Im Hintergrund leierte wieder der seltsame Sprechgesang, den ab und zu knallende Trommelschläge unterbrachen. Die Frauenstimme, die dicht neben dem Hörer in kreischendes Gelächter ausbrach, gehörte vielleicht der Hure mit den besenähnlichen Wimpern, die damals neben ihm auf den Barhocker gerutscht war.
Als Peter sich meldete, sagte Georg: »Hier Kroning. Ich habe den Brief gekriegt, bin

einverstanden. Aber wir dürfen nicht zusammen gesehen werden, das wird auch in deinem Interesse sein. Also hör zu. Wir treffen uns morgen Abend punkt elf im alten Osthafen, am Kai zwischen dem Hafenbecken und den abgewrackten Lagerhallen. Das Geld bringe ich mit. Über das Weitere werden wir uns schon irgendwie einigen. Bist du soweit einverstanden?«
Der Krüppel brauchte ungefähr eine halbe Minute, bis er seine Sprache wiederfand. »Du willst also zahlen, Jüngchen?«, knarrte er. »Wusste doch, bist 'n vernünftiges Kerlchen. Aber warum sollen wir uns in dieser gottverlassenen Ecke treffen? Wenn du irgendwas Krummes vorhast ...«
»Unsinn«, sagte Georg. »Ich kann ja überhaupt nichts machen. Du hast mich in der Hand, Peter. Ich muss nur vermeiden, dass uns irgendwer zusammen sieht. Sonst hätte ich zwar dein Schweigen erkauft, aber dann käme der Nächste, der entweder mit irgendwelchen Enthüllungen droht oder gleich zu meinem Vater rennt, um mich anzuschwärzen. Ich sage dir ganz offen, meine Eltern haben vor, mir eine nicht ganz unbedeutende Geldsumme zu schenken. Ich würde praktisch alles tun, damit mein Vater nicht in letzter Minute noch einen Vorwand findet, seine Absicht zu ändern. Also morgen Abend um elf?«
»Klingt vernünftig, Jüngchen«, schnarrte der Zwerg. »Und Daddys Pläne gefallen mir auch ganz gut. Ich denke, wir werden im Geschäft bleiben.«
»Lass uns morgen drüber reden«, sagte Georg und legte auf.

6

Natürlich hatte Georg nicht vor, der Ratte auch nur einen Pfennig zu geben, zumal sein Bankkonto nicht mehr als fünf- oder sechstausend Mark hergab. Letztes Jahr hatte er mal im Schreibtisch seines Vaters geschnüffelt und eine schwarz glänzende Gaspistole gefunden, die er in einem Plastikbeutel im Park vergraben hatte. Die Pistole würde er ausgraben und mitnehmen, das Weitere musste sich dann irgendwie ergeben. Seit seine Mutter in ihr Zimmer geflüchtet war, hatte er den halben Tag hin und her überlegt, wie er die Ratte abschütteln konnte.
Am frühen Samstagabend kam sein Vater aus der Klinik zurück, und Georg hörte von seinem Zimmer aus, wie sein Vater verkündete, bis übermorgen würden seine *Messer geschliffen*. Das hieß, er hatte wieder mal zwei Tage frei, und natürlich wollte er mit Georgs Mutter zum Waldhaus rasen.
»Dann fahren wir am besten sofort, damit es sich lohnt«, hörte er seine Mutter mit zittriger Stimme rufen. Kurz darauf fuhren sie weg, nachdem sie ihm durch die Tür einige Stich- und Abschiedsworte zugeworfen hatte.

Bis Mitternacht blieb Georg in seinem Zimmer, und er riegelte sogar die Tür ab, obwohl er die Villa für sich hatte. Erst als es draußen finster und friedhofsstill war, schlich er über die Treppe nach unten und huschte in den schlafenden Park.

Aus der Gärtnerhütte, die sich auf halber Höhe unter eine Tannengruppe duckte, besorgte er sich eine Grabschaufel und lief durch die Finsternis zur Ostmauer, wo er letztes Jahr die Gaspistole vergraben hatte. Scharrend und schaufelnd scheuchte er schlafende Vögel auf, die über ihm zwischen den Ästen flatterten und halblaut loskrächzten, als steckten sie mit der anderen Hälfte noch im Traum. Die Gebärde des Grabens erregte Georg, sodass er fast enttäuscht war, als er nach wenigen Minuten die bleiche Plastikfolie aus der Erdschwärze glänzen sah.

Nachher saß er vor seinem gläsernen Arbeitstisch und starrte die schwarze, schimmernde Waffe an, mit der im Ernst gar nichts anzufangen war. Genau betrachtet war seine Situation ziemlich aussichtslos – wenn er Peter nicht das geforderte Bündel Schweigegeld mitbrachte, würde der ihn schon deshalb bei seinem Vater anschwärzen, weil er ihn seiner Herkunft wegen hasste. Aber auch für ihn selbst ging es nicht einfach nur um irgendwelche Geldsummen – es ging darum, dass einer versuchte, sich ihm in den Weg zu stellen; dass einer herkam und allen Ernstes probierte, ihm seinen Willen aufzuzwingen, genauso wie sein Vater immer schon versucht hatte, ihn zu zerbrechen. Georg spürte, wenn er sich auch nur ein einziges Mal irgendwem unterwarf und die Überlegenheit eines anderen anerkannte, würde eine Riesenfaust runterschmettern und alles kaputtmachen, was ihm wichtig war. Diesmal konnte er nicht einfach unter den Händen des Angreifers wegschlüpfen, da die Ratte ihn sozusagen von innen her angriff.

Irgendwann schlief er ein, wobei sein Kopf nach vorn auf die Tischplatte sank und seine Stirn sich gegen den Pistolenknauf drückte. Er hatte üble Träume von Peter Martens, der gleichzeitig sein Vater war, und von Margot, die halb und halb seiner Mutter ähnelte. Im Traum ging alles drunter und drüber – erst überredete er Margot, ihm in der Martens-Geschichte zu helfen, und zusammen streckten sie Peters Krüppelleib auf eine Art Folterbett, das mit Klingen und glühenden Nadeln gespickt war. Dann verwandelte sich das Folterbett in einen schwellenden Frauenkörper, der wahrscheinlich Margot gehörte, aber anscheinend mit den Zügen seiner Mutter maskiert war. Und der schwere, schlaffe Leib, der sich auf Margot herumwälzte, war der Körper seines Vaters, der aber halb unter einer Peter-Martens-Maske versteckt war. Als er von der seltsam unbeteiligt daliegenden Frau abließ, spreizte die plötzlich die Beine weg, worauf eine graue, fette Ratte aus ihrem Schoß schoss, die Georg mitten aus dem Traum ins Gesicht sprang und ihre Schnauze gegen seine Stirn presste. Er fuhr hoch und merkte, was gegen seine Stirn gedrückt hatte, war der Pistolenknauf. Da schlichen die Uhrzeiger schon gegen elf – in ziemlich genau zwölf Stunden würde er die Ratte wirklich treffen. Na ja, dachte er, was man so Wirklichkeit nannte.

Als er sich mit schwarzem Kaffee und schwarzen Zigaretten auf die Südterrasse setzte, merkte er, dass alles wie gestern war – der Himmel wieder blendend blau, die Sonne kochend, und vom Park strömte das leuchtende Grünlicht herüber, das der Zauberschein seiner Kindheit war. Wieder hatte er seinen schwarzen, inzwischen von Funken und Flammen zernagten Hausmantel an, den er jetzt abstreifte und wegwarf, obwohl er in den Augenwinkeln sah, dass quer durch den Park Margot herbeischlenderte. Georg fand, dass beides unbedingt zusammengehörte – heute würde er zum ersten Mal mit Margot schlafen, und am Abend würde er die Ratte erschlagen, falls sich keine andere Möglichkeit ergab. Jemanden umbringen war ja auch nichts sehr viel anderes, es war nur die intensivste körperliche Berührung.

Später wusste er nicht mehr genau, wer von ihnen auf die Idee gekommen war. Aber auf der Terrasse, noch bevor sie sich zum ersten Mal wirklich küssten, schien ihnen beiden klar – was sie jetzt vorhatten, konnte nicht irgendwo passieren. Dafür gab es nur einen Ort: den schwarzen Wald, wo die Schatten lebten. Sie verständigten sich bloß mit Blicken, oder nicht einmal mit Blicken, da sie beide seltsam verlegen auf den gemauerten Boden starrten. Dann liefen sie los, aufgepeitscht von einem unhörbaren Kommando. Genau wie damals liefen sie um die Wette über die wellenförmigen Hügel zur nördlichen Parkmauer, und wieder wartete Georg vor den Tannenschatten, bis Margot die letzte Steigung hochgerannt war. Und wie damals dachte er, wenn man überraschend abbog, wurde man von seinem eigenen Schatten überholt. Nur waren sie inzwischen achtzehn Jahre alt, auch Margot hatte im Laufen alle Kleider abgestreift und stand schnell atmend vor ihm, wobei ihre Brüste wie bleiche Bälle vor ihrem schlanken, sonnenverbrannten Körper auf- und abschnellten. Doch wie damals hatte der Wind ihre Locken fast senkrecht aufgetürmt, und auch ihr Lachen war das Lachen ihrer Kinderzeit.

Seit er vor mehr als dreizehn Jahren über den Felshang in den See gestürzt war, waren sie nie mehr drüben gewesen. Nun fanden sie beide, ohne ein Wort über die Mauer huschend, dass alles ganz unverändert war. Immer noch das Efeugeschlinge links und die grellfarbenen Spinnen, die über die Blätter schwirrten, und immer noch unten das dürre, über den Fels kriechende Gestrüpp, das scheinbar bedürfnislos in Steinritzen nistete. Ganz unten der dunkle, glucksende See, über dessen Spiegel die Tannen sich scheinbar grübelnd beugten wie immer schon. Und wie dunkel es hier unten am helllichten Tag immer noch war – was da schattenhaft flatterte und halbblau krächzte, musste eine Art ewiger Nachtvögel sein. Als Georg spürte, dass sich unter ihm das Felsgefälle wegwinkelte, stieß er sich mit Fäusten und Knien von der Wand ab und stürzte sich rückwärts in die Tiefe, die ihn wie damals kalt und schwarz einschlang und bis hinab auf den schlammigen Grund zog. Aber inzwischen hatte er zu schwimmen gelernt, und dass Margot wie damals zu ihm runtertauchte, ihn unter den Achseln packte und paddelnd ins Uferschilf rettete, war diesmal nur ernsthaftes Spiel.

Später lagen sie im schlammigen Gras, und da die Tannen ein dichtes Schattendach bildeten, fröstelten sie, obwohl sie sich zu einer weichen Mauer zusammenschoben. Im entscheidenden Moment war Georg dann viel zu nervös, um wirkliche Lust zu empfinden – falls es so was wie wirkliche Lust überhaupt gab. Er sah, wie sich Margot vor Schmerzen auf die Lippen biss, als er mit unbeholfener Rohheit in sie eindrang; nachher betrachtete er mit einer Mischung aus Abscheu und feierlicher Beklemmung die Blutstropfen, die auf Blüten und Gräsern zitterten. Auch sein Glied war wie geschminkt mit Margots Blut, das sich mit dem Samen zu einer graurosa Paste vermischte.

Plötzlich nahm Margot sein erschlaffendes Glied in die Schale ihrer Hand und murmelte: »Jetzt gehören wir zusammen.« Während Georg immer noch fürchtete, dass der Zauber ihrer keuschen Kindheitsbeziehung durch den mehr oder weniger blinden Triebakt vielleicht erloschen war. Sie küsste ihn auf den Mund, dann glitten ihre Lippen tiefer, über seine Brust, seinen Bauch, und dann mit einem überraschenden, halb lächerlichen Schnappen klappte sie ihre Mundhöhle über sein Glied und fing an, das Blut-und-Samen-Gemisch abzulecken, wobei sie regelrecht schmatzte.

Sofort war er wieder erregt, als er ihre schlangenähnliche Zunge, ihre ziehenden Lippen und die weiche, von den Zähnen spielerisch bewachte Höhle ihres Mundes spürte, in die er sich irgendwann mit einem dunklen Schrei ergoss. Ihm war, als ob ein meckerndes Lachen die alten Tannen schüttelte. Schnell dachte er: Was besagt das alles? Gar nichts, ich bin trotzdem im Recht. Dabei begriff er kaum, was dieser Gedanke meinte.

Reglos lag er auf dem Rücken, noch betäubt von der Explosion seiner Lust, als Margots Gesicht über ihm auftauchte, ihre Lippen graurosa geschminkt. Diese Lippen küssten ihn wieder, obwohl er sich im ersten Impuls wegdrehen wollte. Aber dann hielt er still und schmeckte den süßlichen Geschmack ihres Blutes, vermischt mit dem bitter-schalen seines eigenen Samens. Wieder dachte er rasch: Was besagte das? Gar nichts.

Viel später fragte er sich, ob Margot damals nach einem vorgefassten Plan vorgegangen war – ob sie absichtlich das Ritual der feierlichen Vermischung ihrer Säfte inszeniert hatte, um die Begegnung seiner Erinnerung einzuprägen und ihn sozusagen magisch an sich zu binden. Zuzutrauen war ihr eine solche Inszenierung, aber höchstwahrscheinlich hatte sie nicht mit seiner Reaktion gerechnet: Noch während sie über die Mauer zurück in den Park kletterten, fing er an zu überlegen, wie er Margot abschütteln konnte. Er fühlte sich gefangen, in die Falle gelockt, er glaubte zu spüren, dass sie eine noch viel stärkere Drohung ausstrahlte, als eine Ratte wie Peter Martens jemals verströmen konnte. Er dachte, notfalls würde er einen Streit provozieren, um das weiche, einschnürende Band ihrer Vertrautheit zu zerreißen, das ihn mit jedem Schritt enger umwickelte.

Als sie auf der Terrasse vorschlug, heute Abend könnten sie groß ausgehen, schüttelte Georg düster den Kopf, zumal die Floskel ihn wieder an Peter erinnerte, der groß rauszukommen entschlossen war.

»Tut mir leid, Margot«, sagte er, während er seinen zerlöcherten Hausmantel überzog. »Heute Abend bin ich schon verabredet – vielleicht ein andermal.« Damit ging er ins Haus und schlug die Tür zu.

Mit der Trambahn ratterte er anderthalb Stunden darauf vom Frankfurter Hauptbahnhof zum alten Ostkai, der ein ziemlich übel wirkendes Industrie- und Barackenviertel durchschnitt. Es war eine bewölkte, mondlose Nacht, und nur die Straßenlaternen und hier und dort paar erleuchtete Fenster warfen blasse Lichtfetzen auf den Asphalt und hoch gegen das schwarze Wolkendach, das sich wie gemauert über die Straßen wölbte. Als die Trambahn stoppte, huschte Georg ins Dunkel und tauchte rechts ins Gerümpel aus Industrieschrott und Autowracks ein, das sich auf dem weiten Platz vor dem Hafen häufte.

Als er in den trüb beleuchteten Ostkai einbog, hämmerte sein Herz hart gegen das Rippengitter. Aber das war weniger Nervosität als eine fremde, fast erkältende Erregung. Links dehnten sich die flachen, lang gestreckten Lagerhallen, in deren Wellblechwänden faustgroße Rostlöcher klafften; rechts gluckste und glänzte öligschwarz das Wasser im alten Hafenoval, das einem riesenhaften, stinkenden Schlund glich. Fröstelnd schob er die Hände in die Manteltaschen; seine Rechte umklammerte den kalten Pistolenknauf. Im Schlunddunkel, dicht vor der Mauer, schwankten wie faulige Zähne die Silhouetten abgewrackter Kähne, die sich mit malmenden Lauten an den Steinen rieben.

Wieder spürte er sein hämmerndes Herz, als er auf den anderen zuging, der unruhig trippelnd unter einer Laterne wartete. »'n Abend, Peter«, sagte er und musste lächeln, weil er merkte, dass der andere viel nervöser war als er.

»Wir brauchen nicht lange drumrum zu reden«, krächzte der Zwerg los. Sein schräg unter dem Laternenkegel zitternder Schatten sah monströs aus – wie von einem unförmigen Steinbrocken, über dem der zottige Kopf zuckte.

»Nein, reden brauchen wir gar nicht«, bestätigte Georg ruhig. »Hier – ich hab was für dich.« Damit zog er die schimmernde Pistole hervor und drückte die Mündung gegen den überraschend weichen Bauch des anderen. »Geld hab ich allerdings keines – jedenfalls nicht für dich. Komm mit.« Er packte den zwinkernden Zwerg bei den Haaren und zerrte ihn in den Schatten, den eine klapprige Blechhalle auf den Asphalt warf. »Ich bin gekommen, um dich zu warnen, Peter. Ich bin nicht scharf drauf, irgendwen umzubringen, obwohl es bei Ratten nicht so ganz genau drauf ankommt. Ich schwöre dir, wenn du dich noch einmal an mich oder meine Eltern ranmachst, schlage ich dich haargenau wie eine Ratte tot.«

Im Schatten war nichts zu sehen als die schwarz funkelnden Augen des Krüppels und der matt schimmernde Pistolenlauf. Zehn Schritte vor ihnen gluckste und schmatzte der Hafenschlund, der modrigen Gestank ausdünstete.

»Du und wen abknallen!«, höhnte der Zwerg. »Würd'st dich ja nicht mal trauen, Sahne zu schlagen, kleines Schwein!«

»Du bleibst also dabei, dass ich für dein Schweigen bezahlen soll?«

»Aber klar, Jüngchen. Mich machste nicht so leicht kirre. Also her mit den Scheinen.«

»Ich will, dass du mir glaubst«, sagte Georg leise, wobei er sich selbst über seine Ruhe wunderte. Denn dieses Zittern, das er in Fingern und Knien spürte, war ja nicht Angst, sondern Frösteln, das allerdings mit der warmen Augustnacht nicht leicht zu erklären war. »Und damit du mir glaubst, will ich dir zeigen, wozu ich notfalls imstande bin. Zieh deine Klamotten aus, sofort.«

Um seine Forderung zu untermalen, packte er die Pistole beim Lauf und schlug den schweren Griff ungefähr dort in die Schwärze, wo er Peters Lippen vermutete. Ein gurgelnder Ruf und schwache Splittergeräusche bewiesen ihm, dass er richtig gezielt hatte. Zum Glück war es dunkel, sodass er nicht mitbekam, wie das Blut losspritzte.

»Du meinst es ernst, ja?«, nuschelte der andere, offenkundig verstört.

»Natürlich, Peter. Und genau das solltest du begreifen. Wenn du länger als fünf Sekunden brauchst, knalle ich dich ab.«

Am Keuchen und Rascheln hörte er, wie der andere sich die Kleider runterzerrte. Zu sehen war immer noch nichts – nur schwarzes Augenfunkeln und der matt glänzende Pistolenlauf.

»Da Ratten schwimmen können, wirst du dieses kleine Abenteuer überleben. Aber zu leicht soll es auch nicht sein. Deinen Gürtel her.«

Er warf sich den klirrenden Gürtel über die Schulter, packte den anderen wieder bei den Haaren, drückte ihm die Pistole in den Rücken und schubste ihn zur Laterne zurück. »Du siehst widerlich aus, Ratte.«

Im Lichtkegel höckerte und kraterte sich der Krüppelrumpf unter dem schwarzen Haarfell wie ein Geröllbrocken, den verbranntes Gestrüpp überkroch. Was aus seinem rot aufgeschwollenen Maul quoll, klang fast schon wie Wimmern.

»Deine Pfoten auf den Rücken, mach schon.« Mit Peters nietenbeschlagenem Gürtel zurrte er die zierlichen Hände über seinem Rücken fest, damit der andere nicht einfach durchs Becken kraulen und drüben rausklettern konnte.

»Ich«, stammelte Peter, »ich kann nicht gut schwimmen. Lass uns vernünftig reden, Kroning. Gib mir fünftausend, dann hörste nie mehr von mir. Ich schwör's.«

Falls Ratten entsetzt sein konnten, war dies eine entsetzte Ratte. Als Georg ihm einen Stoß gegen die Schulter versetzte, um ihn zum Kai zu schubsen, versuchte der andere sogar, sich an ihn zu klammern, wie erst gestern seine Mutter sich an ihn gepresst hatte. Und wie zu seiner Mutter sagte Georg fast belustigt: »Was soll das denn.«

Wobei er sich von dem anderen losmachte, ihn mit Tritten und Püffen zum Wasser

manövrierte und halb lachend hinzufügte: »Zum Feilschen ist es zu spät. War's aber immer schon. Aus Peterchens Mondfahrt ist nichts geworden – aber wie wär's mit einer kleinen Badekur?«
Er wich einen Schritt zurück und trat dem anderen mit voller Wucht in den Rücken, sodass der sich nach hinten verbog und gleichzeitig nach vorn über die Mauer flog. Das Geräusch des ins Wasser klatschenden Körpers peitschte die Stille und echote wie eine Detonation.
Als der andere aus dem schwarzen Spiegel tauchte, rief Georg gedämpft: »Schwimm einfach weiter, Ratte. Wenn du dich irgendwie muckst oder zurückzukommen versuchst, muss ich leider diese Pistole abdrücken. Adieu, Peter. Ich bin sicher, dass wir uns nie mehr wiedersehen.«
Ungefähr fünf Minuten stand er noch am Kai, die Hände in den Taschen und mit fröstelnd hochgezogenen Schultern, während Peter Martens zwischen Öllachen und schimmernden Fischkadavern langsam zur Hafenmitte hin abtrieb. Da sich das Becken rechts zum Main hin öffnete, hatte das Hafenwasser leichte Strömung, und er dachte, wenn Peter nicht langsam anfing, mit den Füßen gegen die Strömung anzupaddeln, würde er früher oder später in die Fahrrinne gezogen, wo er vielleicht sogar Probleme mit Frachtfähren oder sonstigen, durch die Wellen stampfenden Schiffen bekam.
Bevor er sich abwandte, durchschoss ihn noch der Gedanke – wahrscheinlich war es ein Fehler gewesen, dass er den anderen nicht wirklich getötet hatte. Falls Peter die Lektion nicht kapiert hatte, würde er Rache brüten und höchstwahrscheinlich seine Drohung wahr machen, indem er dafür sorgte, dass *Daddy von Söhnleins Doppelleben geflüstert bekäm*. Er brauchte nur zur anderen Hafenseite zu paddeln, wo Georg in einer Entfernung von höchstens zweihundert Metern ein Feuer lodern sah. Auf einer der rostigen Leitern, die sich längs der Hafenmauern in regelmäßigen Abständen ins Wasser senkten, konnte er auch mit gefesselten Händen ins Trockene klettern, und vielleicht würde er sich später sogar amüsieren über Georgs läppischen Einschüchterungsversuch.
Mit einer richtigen, scharf geladenen Pistole hätte Georg jetzt vielleicht noch einen Schuss auf den Schwimmer abgefeuert, um seinen Fehler im letzten Moment gutzumachen. Aber mit der Gaspistole war im Ernst nichts anzufangen – er kniete sich auf den Mauerrand und ließ die Waffe ins Wasser gleiten, das sie leise schwappend verschlang. Ehe er müde und deprimiert zur Tramstation zurückging, tauchte er noch einmal in den Hallenschatten und raffte Peters Kinderkleider zusammen, die er in eine löchrige Abfalltonne stopfte.
Später wunderte sich Georg, dass nie irgendwer diese Kleider gefunden hatte, obwohl die kriminalpolizeilichen Ermittlungen eine ziemliche Weile um das Rätsel der verschwundenen Kleidungsstücke kreisten. Vielleicht hatten irgendwelche Vaganten

oder Obdachlosen den kindlichen Jeansanzug und die winzigen Schuhe gefunden und beispielsweise bei einem Trödler versetzt, da sie selbst schwerlich hineinschlüpfen konnten. Und möglich war sogar, dass Leute dieses wilden Schlages in den abgewrackten Kähnen oder rostigen Blechhallen hausten und die nächtlichen Szenen beobachtet hatten. Dann aber war es ihnen nie in den Sinn gekommen, sich irgendwelchen Polizisten zu offenbaren, obwohl sie so gut wie jeder andere schon zwei Tage später in allen Zeitungen lesen konnten, dass *der körperbehinderte Vorbestrafte Peter M. (20) in der Nacht zum Montag einem furchtbaren Ritual- oder Foltermord zum Opfer gefallen* war.

Georg allerdings verpasste zunächst mal diese Entwicklung, da er in derselben Nacht eine neue Schläfenschmerzattacke erlitt. Vom *Hermaton* halb betäubt, lag er hinter verhängten Fenstern tagelang im Bett, sodass seine Mutter gezwungen war, zu den Mahlzeiten mit einem silbernen Tablett in seinem Zimmer zu erscheinen. Während er in den Kissen lehnte und appetitlos auf seinem Teller herumpickte, saß sie neben ihm auf dem Bettrand und schaute ihm müde lächelnd zu. Ab und zu zückte sie ein Tuch, mit dem sie eher mechanisch als zärtlich über seine Stirn wischte, und während sie neben ihm saß, murmelte sie höchstens *Wie fühlst du dich* und redete sonst kein Wort. Wenn sie irgendwann wieder raushuschte und er in seine Dämmerung zurücksank, war er nie ganz sicher, ob seine Mutter wirklich dagewesen war.

Am Dienstag fing sie merkwürdigerweise an, Zeitungen zu ihm zu schleppen, obwohl sie wusste, dass er außer der *Welt des Spiels* keine Zeitungen las. Wortlos legte sie den Stapel auf seinen Nachttisch, und als Georg widerwillig hinschielte, flammte ihm die Schlagzeile vom *Foltermord am Mainufer* entgegen. Ein großformatiges Schwarz-Weiß-Foto zeigte Peters koboldhaft feixendes Vollbartgesicht, und daneben stand: *Grässlich verstümmelt und ermordet: Peter M.*

Kaum war seine Mutter draußen, stürzte er sich mit der Gier eines Verdurstenden auf den Bericht, der zunächst nur von polizeilicher Ratlosigkeit zeugte: *Drei Kilometer unterhalb des Osthafens wurde am Montagmorgen der drogensüchtige und polizeibekannte Kleinkriminelle Peter M. tot aus dem Main geborgen. Die unbekleidete, fast unkenntlich verstümmelte Leiche mit auf dem Rücken gefesselten Händen hatte sich in den tief hängenden Ästen einer Trauerweide verfangen.*

Den Gürtel hatte Georg um die Zwergengelenke geschlungen; aber wer um Himmels willen hatte Peter die *grässlichen Verstümmelungen* beigebracht? Georg fand, die Geschichte war ziemlich unheimlich.

Später brachte seine Mutter ihm die *Abendpost* vorbei, die einen Bericht von der kriminalpolizeilichen Pressekonferenz enthielt. Da seine Mutter ihn auch am nächsten Tag mit allen verfügbaren Zeitungen belieferte, die teilweise schon auf der richtigen Seite aufgeblättert waren, wurde Georg allmählich unruhig. Ihr Verhalten ließ kaum eine andere Erklärung zu – offenbar brachte sie ihn mit der finsteren Mordgeschichte in Verbindung. Dabei war in den Zeitungen immer nur von *mutmaßlich asozialen Mördern* die Rede, womit doch wohl schwerlich er gemeint sein konnte. Aber auch später hatte Georg sich nie getraut, seine Mutter zu fragen, weshalb sie ihn damals mit den Mord- und Folterberichten gefüttert hatte.

Wie er sich aus den Zeitungsartikeln allmählich zusammenreimen konnte, war in der Nacht zum Montag ungefähr Folgendes passiert. Da Peter aus irgendeinem Grund nicht einmal versucht hatte, gegen die schwache Strömung zur anderen Hafenseite zu paddeln, war er wirklich zur Mündung getrieben und in die Fahrrinne gezogen worden. Mit der Strömung war er ungefähr zweieinhalb Kilometer flussabwärts getrieben, wo es am linken Mainufer eine sogenannte Johannissiedlung gab. Dieser öde Flecken bestand aus einem Haufen zusammengeworfener Schreberhütten, wucherndem Gestrüpp und einer wilden Mülldeponie, durch die sich der Leinpfad schlängelte. Angeblich war die Gegend bei Stadtstreichern beliebt, die sich dort während der warmen Monate zu wahren Saufgelagen zu versammeln pflegten. Offenbar war Peter an dieses Johannisufer angeschwemmt worden, oder er hatte vielleicht um Hilfe gerufen, worauf die am Ufer kauernden Vaganten ihn mit langen Stöcken aus dem Wasser angelten. Die Kriminalpolizei nahm an, dass während der fraglichen Nachtstunden wenigstens sechs oder sieben zottige Gesellen rings um ein hoch loderndes Feuer saßen und *im Zustand schwerer Trunkenheit Unheil ausbrüteten*, wie es in einer Zeitung hieß. Als Peter ans schlammige Ufer kroch oder taumelte, musste er feststellen, dass er einer enthemmten Mörderbande in die Hände gefallen war.

Mithilfe irgendwelcher Indizien hatten die Polizisten später eine Rekonstruktion der Folterorgie versucht. Danach hatten die Vaganten Peter offenbar vergewaltigt. Außerdem hatten sie ihn so geschlagen, dass von seinem Gesicht nicht mehr viel übrig blieb – sie hatten ihm die Nase gebrochen, sämtliche Zähne zertrümmert und Ober- und Unterkiefer zerschmettert. Ein weiteres Zeitungsfoto zeigte die nackte Leiche, die mit Brandwunden übersät war – Wunden, deren Umfang zwischen dem Kopf einer glimmenden Kippe und faustgroßen Schwelstellen schwankte. Nachdem die Gesellen mit Peter fertig waren, schmissen sie ihn zurück in die Mainflut, wo die Leiche noch circa fünfhundert Meter stromabwärts trieb und dann in den Trauerweidenzweigen hängenblieb. Ein im Morgengrauen heranschießendes Schnellboot der Strompolizei stoppte endgültig *Peterchens Mondfahrt*.

Obwohl die Kripo sich öffentlich rühmte, über Peters Vorleben im Detail informiert zu sein, wurde ein aus der Dealerszene heraus verübter Racheakt praktisch von Anfang an ausgeschlossen. Zwar ließ sich ein Kriminalinspektor mit der Bemerkung zitieren: »Wer solche Freunde hat, braucht keine Feinde mehr«, womit er offenbar die Dealer aus dem Kaisersack meinte. Aber letzten Endes war Peter nur ein verkrüppelter, halb verrückter Junkie gewesen, den die Schwarzen nicht als Konkurrenten, sondern höchstens als eine Art Maskottchen ansahen. *In Wahrheit war Peter M. völlig allein*, predigte eine Zeitung. Als er über Nacht aus dem Bahnhofsviertel verschwand, geriet er genauso schnell in Vergessenheit wie damals, als er aus der halben Höhe des Lerdecker Gymnasiums zurück in sein Asozialenmilieu gesunken war.

Wie sich außerdem herausstellte, hatte Peter seit Jahren eine Mansardenhöhle unter dem Dach des *Chinesischen Ballons* bewohnt, der einfach ein viertrangiges Stundenhotel war, und auffälligerweise hatte er die Mansarde am Vortag seines Todes gekündigt. Doch die Polizisten rätselten nicht lange herum, sondern verkündeten, offenbar habe Peter M. sich aus der kriminellen City ins Nichtsesshaftenmilieu zurückziehen wollen. Doch anstatt ihren neuen Kumpanen mit Begrüßungsfusel zu empfangen, hatten die Stadtstreicher ihn gefoltert, halb gebraten und umgebracht. Auch nach Motiven für diese schaurige Tat brauchte man nicht lange zu suchen, da schließlich, hieß es in den Zeitungen, *allgemein bekannt* sei, *dass nur gewisse gesellschaftliche Fesseln die Bestie im Menschen am Ausbruch hindern,* und die Vaganten hatten *diese Fesseln fahrlässig gesprengt.*

Als die Ermittlungen ungefähr diesen Stand erreicht hatten, war die Martens-Affäre längst auf die hinteren Zeitungsseiten verdrängt. Und da die anfangs erwarteten raschen Fahndungserfolge ausblieben, schlief die Sache allmählich ein, während Georg genauso allmählich aus seinem *Hermaton*-Dämmer erwachte.

In seinem berühmten schwarzen Hausmantel stellte er sich ans Fenster und spähte durch die Rippengitter der Jalousie in den Park. Der Sommer war schon verglüht, Septembernebel waberten über die Wiesen und verfingen sich in den Tannen, wie Gespenster zwischen den Nadeln flatternd. Als seine Mutter wieder mal mit ihrem silbernen Tablett zu ihm hereinschlich, drehte er sich um und sagte:

»Ich begreife nicht, Mama, warum du mich seit zwei Wochen mit diesen öden Zeitungen traktierst. Du weißt doch, dass ich mich nur für die *Welt des Spiels* interessiere. Aus Langeweile habe ich ab und zu verfolgt, was sie über diesen verstümmelten Burschen schreiben. Kann sein, dass ich ihn früher mal gekannt habe, als er bei mir in der Schule war. Aber er war zwei Klassen über mir, und wir haben nie ein Wort zusammen geredet. Also bitte keine Zeitungen mehr, Mama. Übrigens brauche ich auch keine silbernen Tabletts mehr. Ich frühstücke unten.«

Während er in sein früheres Leben zurückglitt, morgens wieder in die Schule ging und sich nachmittags oder abends mit Margot traf, versuchte er sich einzureden, dass die Affäre Martens für ihn abgeschlossen war. Zum ersten Mal in seinem Leben versuchte er zu vergessen, aus seiner Erinnerung zu löschen, was er erlebt, empfunden und grübelnd durchwühlt hatte. Aber er spürte, dass er mit dieser Geschichte vielleicht niemals fertig werden würde – wenn er die Augen schloss, sah er Peters grässlich verstümmelte Leiche, die aus den Mainfluten tauchte, und in seinen Träumen kämpfte er häufig mit dem Toten, dessen Augen vorquollen und manchmal obszön zu zwinkern schienen. Von einem schwankenden Boot aus versuchte er, mit einer

Stange die Leiche unter Wasser zu drücken, und manchmal gelang es ihm, sie so fest in den schlammigen Grund zu pressen, dass sie unten steckenblieb. Aber wenn er sich umwandte, schoss die Krüppelleiche meistens wieder hoch, sodass er mit einem Schrei erwachte, während das meckernde Zwergengelächter in seinem Kopf nachhallte.

Auch dass er anfing, sich vor seinen Träumen zu fürchten, war eine neue, verstörende Erfahrung für ihn. Er war fast sicher, dass letzten Endes *er* Peter Martens ermordet hatte, ihn angebraten und all das, und irgendwann würden auch die Polizisten ihm auf die Schliche kommen. Aber irgendwie schaffte er es, diese ganze schattenhafte Geschichte aus seinem Bewusstsein zu scheuchen. Erst mehr als ein Jahr später, als er längst nach Zürich übersiedelt war, schaufelte er das Martens-Grab wieder auf und fing an, sich vorsichtig mit der *magischen Seite* der Affäre zu befassen.

Vorläufig aber steckte er in den Abiturvorbereitungen, oder jedenfalls sollte er drinstecken; doch eigentlich saß er nur da und schaute zu, wie Margot sich durch die Prüfungsstoffe ackerte. Für jedes Lerngebiet schrieb sie ihm kleine Dossiers, die Georg in Schnellheftern sammelte und ungelesen wegschloss. Erst im folgenden Frühling, wenige Wochen vor den Prüfungsterminen, kramte er die Schnellhefter vor und versuchte, mehr oder weniger auswendig zu lernen, was Margot in ihrer unpersönlichen Schönschrift für ihn aufgeschrieben hatte.

Mit den Spielen geriet er in eine Krise – stundenlang brütete er über seinen Skizzen und Notizen, aber auch über seine innere Welt hatten sich diese Herbstnebel geworfen, sodass er sich selbst ganz fremd wurde. Er spürte, dass tief in ihm wie früher die Schatten schimmerten und wisperten, die sich *Stam*, *Wun* oder *Kor* nannten. Aber er war von der Innenwelt abgeschnitten, die wie ein Film ohne Zuschauer durch seine Träume flimmerte, aus denen er meistens ohne die blasseste Erinnerung erwachte.

Eine Zeit lang versuchte er sich einzureden, dass seine Mutter an der Krise schuld war. Natürlich war ihr Verhältnis seit dem Zwischenfall mit dem brennenden Brief noch mehr verpfuscht als sowieso schon. Jedenfalls redeten sie kaum noch miteinander, oft schloss sie sich tagelang in ihrem Zimmer ein, wo sie nicht mal mehr wie früher schluchzte, sondern anscheinend nur noch apathisch im Bett lag. Georg vermutete, dass Klaußen ihr stärkere Antidepressiva verschrieben hatte, und nicht zum ersten Mal dachte er, dass er endlich mal mit Margots Vater reden sollte – aber worüber eigentlich? Die Wörter taugen nichts, hatte er damals zu Klaußen gesagt, und dass der Arzt auch diese Bemerkung missverstanden hatte, bewies ja nur, wie richtig Georg lag. Richtig lag er, solange er sich weder auf der analytischen Couch noch in sonstigen fremden Betten herumwälzte, sondern allein blieb; doch das schien wiederum Margot nicht zu begreifen. Erst um die Weihnachtszeit herum wurde Georg klar, dass sein eigentliches Problem weder Martens noch Mama, sondern Margot hieß.

»Unser Leben ist wie ein Traum«, sagte sie bei jeder Gelegenheit.

Dass sie im August noch einmal über die Mauer geklettert und runter zum Bergsee gerutscht waren, fand Georg halbwegs in Ordnung. Fast war er sogar froh, dass sie drüben die körperliche Liebe verübt hatten, und obwohl er nicht oft daran dachte, erinnerte er sich ohne besonders schale Gefühle an Margots graurosa Schminke oder beispielsweise auch an den klammen Uferschlamm. Aber inzwischen hatte sich Frost in die Parkhügel gebohrt, der Schnee warf seine weißen Schleier über Wiesen und Tannen und deckte sogar die Schatten von Mauern und Bäumen zu. In glitzerndem Kunstpelz schaufelte der alte Josef von früh bis spät die Schneemassen vom Kiesweg, damit Georgs Vater nicht mit dem Mercedes-Coupé steckenblieb. Und der Bergsee auf der anderen Mauerseite war zweifellos bis auf den Grund vereist – was also wollte Margot von ihm?

Für sie war die Sache ganz einfach – sie fand, Georgs Bett war breit genug für zwei, zumal diese beiden sich häufiger über- als nebeneinander drängen würden. Aber als sie sich dann mit Schwung auf seine Matratze fallen ließ und einladend auf die Polster klopfte, prasselte aus den Wandregalen ein halbes Dutzend Spielmodelle auf ihren Kopf herab, sodass sie zornheulend wieder aufsprang und feuchte Tücher für ihre Beulen brauchte.

»Jetzt siehst du aus wie Esmeralda«, sagte Georg. Um Margot zu ärgern, rannte er los und zerrte die Marmor polierende Türkin aus irgendeinem Winkel hervor, damit sie Margot verriet, wie man diese leuchtfarbenen Turbantücher knüpfte.

Aber Esmeralda war übler Laune und weigerte sich, wie früher mit Georg und Margot herumzualbern. »Du lieber nicht lach«, ächzte sie, »dein Mama viel krank und immer schluchz oder schlaf.«

»Mama ist schon okay«, gab Georg zurück. »Außerdem geht dich das nichts an, Esmeralda. Schließlich scheint sich ja auch Papa weiter keine Sorgen zu machen, oder?« Trotzdem fühlte er sich deprimiert, als er in sein Zimmer zurücktrottete, wo Margot ihn mit ihrem berühmten, alles verzeihenden Lächeln erwartete.

»Wir haben ja unser ganzes Leben noch vor uns«, behauptete sie.

Worauf aber Georg nur flüsterte: »Kann sein.« Im Augenblick glaubte er eher, dass er das Meiste und Beste hinter oder unter sich hatte; und zwar so tief unten, dass er kaum noch drankam. Während er spürte, wie sich Margots Blick in seine linke Schläfe bohrte, schielte er sehnsüchtig zu seinem Arbeitstisch hin, wo sich die halb fertigen Spieleskizzen und vertrocknete Lehmklumpen häuften, aus denen er irgendwelche Figuren hatte formen wollen, als das Tor zu seiner inneren Welt auf einmal zugeschmettert war. Am liebsten wäre er rausgerannt, in den weiß glänzenden Park, und hätte einen riesigen Schneemann gebaut wie früher, vor fünfzehn Jahren, als er noch wirklich allein gewesen war. In stundenlanger, versunkener Arbeit hatte er einmal einen *östlichen Eisfürsten* aufgetürmt, der sogar die verkrüppelten kleineren Tannen überragte.

»Wir könnten nach draußen gehen, in den Park«, schlug Margot vor.
Aber Georg schüttelte den Kopf und wich ihrem bittenden Blick aus. Als sie auch noch anfing, von ihrer *gemeinsamen Zukunft* und sogar von einer *niedlichen Wohnung* zu fabulieren, wurde es ihm endgültig zu viel.
»Es wäre mir lieber«, sagte er zu Margot, »wenn wir uns bis zum Abitur nicht mehr sehen; ich meine, in der Schule sehen wir uns ja sowieso. Aber ich hab jetzt lange genug gebummelt, und wenn ich nicht ernsthaft zu lernen anfange, knalle ich noch durch die Prüfungen durch.«
Noch während er redete, packte er Margot beim Arm und schob sie aus dem Zimmer. Im gleichen Augenblick, als er hinter ihr die Tür abriegelte, kam ihm die Idee mit der fingierten Europareise. Wenn er es schaffte, seine Eltern von dem Plan zu überzeugen, würden sie ihm statt des berühmten BMW den Gegenwert in bar schenken. Indem er vortäuschte, mit schnell wechselnden Adressen kreuz und quer durch Europa zu reisen, konnte er auch Margot abschütteln oder wenigstens für einige Zeit auf Distanz halten. Erregt lief er zum Schreibtisch und fing sogar an, sich Notizen zu machen. Während alle glaubten, dass er durch Rom oder Lissabon schlenderte, würde er nach Zürich übersiedeln – in die Stadt der Spiele, wo er unauffindbar untertauchen und nur noch in seinen Spielen, seinen Träumen leben konnte.
Er brauchte drei Tage, bis ihm einfiel, wie er die Europareise glaubwürdig vortäuschen konnte – beispielsweise mussten seine Eltern und Margot regelmäßig Postkarten aus verschiedenen Städten bekommen, damit sie nicht anfingen, an seinen Reisen zu zweifeln. Die Tarnung, die er austüftelte, war so simpel wie wirkungsvoll; allerdings kostete sie ihn dreitausend Mark. Aber er war sicher, dass sich diese Investition spätestens in ein, zwei Jahren rentieren würde, wenn er mit den Spielen ganz groß rauskam und für seine Entwürfe verlangen konnte, was ihm gerade durch den Kopf schoss.
Da er scheinbar längst mit allem Früheren und Heimatlichen gebrochen hatte, schlichen die Wochen bis zur Abiturprüfung quälend langsam vorbei. Erst Ende Februar, als die Zeit fast schon knapp wurde, getraute er sich, seiner Mutter die Geschichte mit der Europareise zum Frühstück aufzutischen. Da er sich einen ganzen Haufen Reiseführer besorgt hatte, konnte er eine endlose Reihe von Monumenten, die er angeblich besichtigen wollte, so geläufig herunterrasseln, dass sie vor Verblüffung lächelte. Da erst merkte Georg, dass er seine Mutter seit Wochen nicht mehr hatte lächeln sehen. Wie frisch und fast blühend sie aussehen konnte, wenn sie sekundenweise hinter ihrer ängstlich-trübseligen Maske hervorkam, und immer noch trug sie ihr früh ergrautes Haar wie ein junges Mädchen schulterlang. In ihren bräunlichen, schräg geschnittenen Augen, die sie ebenso wie ihre feingliedrige Zartheit auf Georg vererbt hatte, schimmerte immer noch der halb erst erloschene Traum. Papa ist *schuldig*, empfand er, während seine Mutter rief:

»Das ist eine großartige Idee! Von einer Bildungsreise haben Papa und ich in jungen Jahren immer geträumt. Und um ehrlich zu sein, Georg, ich habe schon manchmal gedacht, wie heilsam eine längere Reise für dich wäre, durch die du endlich mal unter Menschen kommst.«

»Wahrscheinlich hast du recht, Mama«, erwiderte Georg. »Ich sollte mich nicht andauernd vergraben. Ich denke, ich werde wenigstens ein Jahr unterwegs sein. Höchstwahrscheinlich werde ich Erfahrungen machen, weißt du, sodass ich anschließend halbwegs ahne, wer ich bin und was ich in Zukunft machen will. Aber was wird Papa zu dieser Sache sagen? Glaub mir, ich bin entschlossen, mich auf Reisen zu begeben, weil ich spüre, dass ich mein Leben von Grund auf ändern muss. Und wenn Papa sich weigert, mir den BMW in bar zu geben, fahre ich eben per Autostopp.«

Natürlich wurde seine Mutter fast ohnmächtig, als sie hörte, dass Georg zu wildfremden Leuten ins Auto steigen wollte. Er selbst fand die Idee genauso gruselig; aber er hatte die Drohung nur so für alle Fälle nachgeschoben, damit seine Mutter sich gehörig für ihn ins Zeug legte. Und dass auch sein Vater sich nach einigem Hin und Her überreden ließ, war gar nicht so überraschend. Nachdem er sich damit abgefunden hatte, dass er sein prahlerisches Versprechen sowieso nicht mehr brechen konnte, ohne vor Klaußen sein Gesicht zu verlieren, konnte er sich sagen, dass er sogar ein vorteilhaftes Geschäft machte, wenn er die Bildungsreise seines Sohnes finanzierte. Auf diese Weise wurde er nicht nur sein Geld, sondern auch seinen Sohn los, dessen Anblick und Ansichten ihm seit jeher unerträglich waren. Außerdem konnte ihm dann niemand mehr vorwerfen, dass er Georg knickerig behandelte oder seine Entwicklung behinderte, was sich künftig anhand der Bankauszüge widerlegen ließ.

Während der ersten Märzwoche huschte und pfuschte sich Georg durch die Abiturprüfungen, indem er aus dem Gedächtnis hinschrieb, was er in Margots Dossiers gefunden hatte. Mitte der zweiten Woche wurden in einer steif-feierlichen Zeremonie die Reifezeugnisse verliehen, und Georg selbst war ziemlich verblüfft, als der Direktor irgendwann seinen Namen aufrief und ihm ernst lächelnd das Dokument überreichte. Abends schob ihm dann sein Vater, der wegen dringender Termine die Zeremonie verpasst hatte, ein Blatt über den Tisch, das Georg als Besitzer eines Schweizer Bankkontos auswies. Unter der Rubrik *Haben* stand *30.000 Schweizer Franken*.

»Meine Gratulation«, quetschte sein Vater hervor.

Georg dankte ihm lächelnd, steckte den Zettel weg und rannte auf sein Zimmer, wo er sofort zu packen anfing. Er war entschlossen, spätestens in einer Woche abzureisen. Draußen rauschte graues Tauwasser durch die Traufen. Damit Margot keine Chance bekam, sich an ihn dranzuhängen, hatte er bis dahin seine Reise- oder Fluchtabsichten mit keiner Silbe erwähnt. Erst am letzten Abend, als sie wie früher in Margots Zimmer zusammensaßen, lüftete er den Schleier, indem er halb verlegen bekannt gab: »Ich gehe auf Reisen, Margot. Meine Eltern geben mir den BMW in bar.«

Was in diesem Moment über Margots Gesicht flog, war höchstwahrscheinlich Angst – Angst, dass er für immer davonging. Dabei wussten sie beide, dass ihre Kindheit sie zusammenband, und wie weit er auch weglief, kreuz und quer und um die halbe Welt – von Margot, überhaupt von Lerdeck, vom grün leuchtenden Park ihrer Kinderzeit kam er sein Leben lang nicht mehr los.

»Tolle Idee, wirklich«, sagte sie und brachte es sogar fertig, ihn anzulächeln.
Während Georg empfand, dass *Freiheit* praktisch nur ein anderes Wort war für Brutalität. Und draußen tropfte von Tannen und Traufen grauer Tau.
»Kann sein, dass wir uns ein oder zwei Jahre nicht sehen.«
Margot nickte zwei- oder dreimal, aber ihr Lächeln fing an, sich abzuschwächen. Mit ihrer Abiturnote Eins Komma eins konnte sie natürlich sofort mit dem Medizinstudium beginnen; aber Georg war sicher, wenn er sie gebeten hätte, sie hätte ihr Studium aufgeschoben und wäre ihm überallhin gefolgt.
»Und was willst *du* machen?«, fragte er gereizt.
»Auf dich warten.« Worauf sie ihn wie eine Französin auf beide Wangen und anschließend wie eine Mutter auf die Stirn küsste.
»Grüß den Seelenschamanen«, sagte Georg.
Anfang April, rund zwei Monate vor seinem neunzehnten Geburtstag, reiste er ab. Seine Eltern standen wie Statuen vor den weißen Pfosten des Parktors, als Georg ins Taxi stieg und knapp winkend davonfuhr. Er hatte zwei Koffer mitgenommen; der eine enthielt Kleider und Wäsche, in den Größeren hatte er seine wichtigsten Spielmodelle gepfercht.
»Zum Flughafen?«, fragte der Chauffeur.
»Nein, zum Hauptbahnhof.«
Schon vor Wochen hatte er sich das Zweite-Klasse-Ticket nach Zürich besorgt. Er empfand, dass er dies alles – die Welt seiner Kindheit – nicht einfach hinter sich ließ, sondern unsichtbar mitschleppte – ein schweres, fast drückendes Gepäck aus schleierhaften Geheimnissen, aus Einsamkeit und Lügen, Trauer und leuchtendem Traum. Auch Margot steckte im Gepäck, alles, alles steckte drinnen, tief in ihm. Und draußen? Draußen gab es dann gar nichts mehr.

+++

Aufblickend merkte Georg, dass er immer noch an der innen verspiegelten Schranktür lehnte, und die Zeiger gingen schon gegen neun. Plötzlich empfand er eine wilde, fast schmerzhafte Sehnsucht nach Alex; seit wenigstens einer Woche hatte er seinen Freund nicht gesehen. Konnte man Freundschaft nennen, was sie verband? Er sagte sich, ob sein Vater in das *Irrläufer*-Geschäft einstieg, war aus der Ferne absolut nicht zu entscheiden. Viel hing natürlich davon ab, ob seine Mutter sich wie damals, bei der Geschichte mit der Europareise, für ihn ins Zeug legen würde. Vielleicht hoffte sein Vater auch, dass er sich endgültig von Georg loskaufen konnte, wenn er ihm die *Irrläufer*-Viertelmillion zuschob.

Die Schwüle stieg immer höher aus der Straße, drang durch die geschieferten Wände und den rissigen Fensterrahmen und vermischte sich mit der dumpfen Hitze, die seit Tagen in der Mansarde hing. Der alte Kühlschrank in der Küchennische zischte empört und stieß eine Art Keuchen aus – wie Georg wusste, war dies das Zeichen, dass er wieder einmal kapitulierte und das wuchernde Eis in seinem Bauch zu schmelzen begann. Er ging hin, zog die Tür auf und schaute nach dem Kälteregler; aber der stand schon auf voller Kraft, sodass nichts weiter zu machen war.

Übrigens hatte er Alex diese Story mit der Europareise noch gar nicht erzählt, dachte er, während er wieder nach vorn ging und sich an seinen Schreibtisch setzte, wo das *Irrläufer*-Modell wartete. Die lila und grauen Figuren betrachtend, spürte er, dass Alex ihm kostbar war. Wichtiger als Margot? Es war seltsam – in seinen Gedanken und Träumen vermischten sich manchmal, immer häufiger die Bilder, und Margot und Alex wurden eins. Seltsam auch, wie ähnlich sie sich sahen, fast wie Geschwister. Oder bildete er sich das nur ein? Die gleichen dunkelblonden Locken, das gleiche schmal-zarte, immer blass wirkende Gesicht, die gleichen grün schimmernden Augen. Ja, seltsam, dachte er. Manchmal war Alex ihm regelrecht unheimlich.

Im Grunde wusste er nicht, was der andere von ihm wollte. Natürlich, Georg hatte Geld, allerdings nicht mehr viel; wenn er sparsam lebte, kam er vielleicht noch zwei oder drei Monate aus. Alex wohnte in irgendwelchen Absteigen, wo genau, verriet er nicht, sodass Georg immer warten musste, bis es Alex einfiel, bei ihm aufzukreuzen. Zum Essen ließ er sich natürlich gern einladen und bediente sich von Georgs *Gitanes*; fehlte nur noch, dass er eines Tages kam und in Georgs winzigem Zimmer, wo es nur das eine Bett gab, übernachten wollte. Georg nahm sich vor, ihm diesen Wunsch, falls er ihn äußern sollte, abzuschlagen – er würde niemandem erlauben, sich bei ihm einzunisten, weder Alex noch Margot noch irgendwem. Ob Alex übrigens noch weitere Adressen wie seine hatte – flüchtige Freunde, die er für sich einzunehmen wusste, um sie auf seine sanfte, fast schüchterne Weise auszunehmen? Der Gedanke gab ihm einen Stich, zumal er überzeugend aussah und man sich schwer vorstellen konnte, wie sonst, wenn nicht durch planmäßiges Schmarotzen, sich Alexander Kortner am Leben erhielt.

Alex war der erste Mensch, dem er sich *geöffnet* hatte – nur ein wenig und bereit, die Tür sofort wieder zuzuschlagen; aber er hatte Alex erzählt, was er noch keinem Menschen erzählt hatte, auch Margot nicht. Manchmal, wenn er Alex tagelang nicht gesehen hatte, konnte er glauben, dass der andere nur in seiner Fantasie existierte – dass er ihn erfunden hatte, um nicht allein zu sein; dass er sich gespalten hatte in einen, der erzählte, und einen, der zuhörte, und wenn dann Alex durch die Tür trat, hatte er das Bedürfnis, ihn zu berühren, an der Schulter oder am Arm, um sich von seiner Wirklichkeit zu überzeugen. Der *Irrläufer* war ein geniales Spiel, das wusste er, auch ohne das Lob dieses Experten namens Sinking und ohne Francescas zweideutige Schmeichelei. Diese Kostbarkeit gehörte zu ihm, und niemand konnte sie ihm nehmen. Wieder fühlte er, mit dem *Irrläufer* hatte er sich zum ersten Mal verständlich gemacht – er ließ keinen hinein in seine eigene, abgeschlossene Welt; aber er zeigte ihnen, den anderen, welche Kostbarkeiten man hervorbringen konnte, wenn man innerlich nicht gestorben und verdorben war.

Er wäre nicht zerschmettert, er würde sich nicht umbringen, falls sein Vater seine Bitte ausschlug. Er wäre bestürzt und erbittert, das schon, er würde sich hilflos, klein und noch verstoßener fühlen, als er es jetzt wahrscheinlich schon war. Aber er würde sich besinnen, er würde nachdenken und eine Möglichkeit finden. Sein Magen knurrte vor Hunger; er schrie »Ruhe!« und trommelte sich mit den Fäusten auf den Bauch. Er beugte sich aber das *Irrläufer*-Spiel und lachte. Er war jung, er war frei und stark – er würde gewinnen.

Wieder nahm er die rostrote Säule der *Irrläufer*-Figur aus dem Spiel und umschloss sie mit der linken Hand. Schade, dachte er, dass er mit Alex allein das *Irrläufer*-Spiel nicht spielen konnte – sie brauchten einen dritten Spieler.

In diesem Moment schepperte die Türklingel – Alex kam.

Zwei:
Zürichsee

1

»Du musst *was*?«, fragte Georg.
»Untertauchen – verschwinden«, murmelte Alex, »eine Zeit lang in Deckung gehen.« Er stand am Fenster, neben Georgs Tisch mit dem *Irrläufer*-Spiel; er schob die Gardine zur Seite und spähte nach draußen, obwohl die Straße nicht zu sehen war, wenn man nicht auf den Balkon trat oder sich weit aus dem Fenster beugte. Bei geschlossener Scheibe sah man nur den Himmel und in der Tiefe rot und schwarz gedeckte Dächer, dazwischen ein Drähte- und Antennengewirr.
»Aber warum, Alex – vor wem musst du dich verstecken?«
»Erzähl ich dir später, Georg – *bitte*. Ich bin ...«
Er wandte sich um. Ja, Georg sah, dass Alex ziemlich durcheinander war. Er hatte rote Flecken im Gesicht, und seine sonst grün schimmernden Augen, deren frechen und träumerischen Blick Georg fast liebte, sahen wässrig und entzündet aus, als hätte Alex geweint.
»Komm, setzen wir uns.« Er nahm Alex beim Arm und führte ihn zu den kleinen grünen Sesseln unter der Wandschräge. Dabei spürte er, dass Alex am ganzen Leib zitterte, und seine Haut fühlte sich trocken und heiß an. »Du hast Fieber.«
Alex schwankte und lehnte sich gegen seine Schulter. Im ersten Reflex wollte Georg der Berührung ausweichen, aber er riss sich zusammen und schlang sogar seinen Arm um Alex' Taille.
»Ich glaube, du legst dich besser hin«, murmelte er.
Ihm war unbehaglich, als er Alex zu seinem Bett schleppte. Er streifte ihm die Sandalen ab und schob Alex' Beine über den Bettrand. Alex trug ein graues, ärmelloses T-Shirt – eigentlich nur ein eingefärbtes Unterhemd, das ihm kaum bis zum Nabel reichte, dazu uralte Jeans, die er knapp über den Knien abgeschnitten hatte, sodass die Ränder zerfaserten. Die roten Flecken in seinem Gesicht verblichen so schnell, als würde jemand mit einem Schwamm darüberwischen. Zwischen den blonden Locken sah Alex auf einmal blass und schmal aus.
»Mir – ist – so – heiß«, glaubte Georg zu verstehen.
Unschlüssig trat er einen Schritt zurück. Was sollte er machen? Einen Arzt rufen? Plötzlich wälzte sich Alex herum. Er stemmte die Ellbogen nach hinten ins Kissen, hob den Kopf und starrte Georg aus weit geöffneten Augen an. »Nein, nein, keinen Arzt, keine Polizei – bitte!«, wimmerte er.
»Ist schon gut«, murmelte Georg und zwang sich, den anderen anzulächeln. »Du fantasierst – du hast geträumt – das ist nur das Fieber.«

Schlaff sackte Alex in die Polster zurück, und seine entzündeten Lider senkten sich flatternd. Aber Georg hatte das Gefühl, dass er nicht wirklich einschlief, sondern ihn hinter dem Schleier seiner Wimpern belauerte.
Auf einmal bekam Georg Angst. Was hatte Alex erlebt, ehe er zu ihm kam und verkündete, er müsse untertauchen, verschwinden, in Deckung gehen? Ein Verbrechen, dachte er; aber er glaubte nicht dran. Alex war ein Träumer, der einfach so in den Tag hinein lebte. In mehr als einer Hinsicht war Alex der, für den Georgs Eltern ihren Sohn immer gehalten hatten. Georg glaubte, dass er selbst einen scharfen, nicht nur tief dringenden, sondern auch oberflächengenauen Blick für das Gewirr hatte, das sich nun einmal Wirklichkeit nannte. Wenn er es darauf anlegte, war er pünktlich und präzis, systematisch und zäh – alles Eigenschaften, ohne die aus seinen Spielen nie etwas geworden wäre und die Alex offenbar völlig abgingen.
Georg ging um das Bett herum und lehnte sich am Fußende gegen den Metallrahmen, der unter der schwachen Berührung erzitterte, und da geschah etwas Furchtbares. Alex schreckte hoch und zog im Reflex die Beine an. Irgendwie brachte er es fertig, plötzlich kniend auf der Matratze zu kauern; es entstand ein kurzes, scharf schürfendes Geräusch wie von zerreißendem Stoff, und dann schoss *Blut* aus einer verborgenen Stelle in seinem linken Schenkel, färbte den Hosenstoff dunkelrot und tropfte gleich schon unter dem zerfetzten Jeansrand hervor – über Alex' Knie, auf die Decke, über das Laken.
Entgeistert starrte Georg auf Alex, auf das Blut. Im Moment begriff er nicht, was geschehen war, wie geschehen *konnte*, was ihm als das dunkelste und entsetzlichste aller Rätsel erschien. »Was zum Teufel ist das?« Er wusste nicht, was ihn tiefer erschreckte – die dunklen Tropfen auf dem Bett oder seine Stimme, die schrill und wie zerbrochen klirrte.
»Ach, das ... das ist nichts«, murmelte Alex und kippte seitlich gegen die Wand. Aufgrund der Schräge schlug er nicht mit der Schulter, sondern mit der Schläfe an und taumelte mit leerem Gesicht in seine alte Stellung zurück. Er grinste und lallte irgendwas, das Georg nicht verstand, und noch immer tropfte das Blut aus seinem Hosenbein, rann über sein Knie und tränkte das Laken.
Georg stand starr am Bettende, umklammerte den Rahmen und starrte auf Alex. Blut, dachte er, überall ist Blut. Blut, weg mit dem Blut. Alex blutet, dachte er. Alex ist verwundet. Die Wunde. Die Wunde muss verbunden werden, sofort, hämmerte er sich ein. Trance. Wunde. Blut. Trance, dachte er. Ruhig jetzt, ruhig, komm zu dir, komm heraus. Er versuchte sich zu dirigieren. Was zuerst?
»Leg dich hin«, sagte er oder hoffte, er habe es gesagt.
Alex taumelte und grinste. Er lag immer noch auf den Knien, sein Oberkörper sackte zurück, kam wieder hoch, pendelte nach links. Georg schob sich um das Bett herum und stand jetzt neben Alex. Das Blut. Das Blut machte ihn fertig, nein, schau nicht

hin, schau weg von dem Blut. Mechanisch schob er seinen linken Arm unter Alex' Achseln und zog den schlaffen Körper so weit hoch, dass er ihm seinen rechten Arm in die Kniekehlen bohren konnte. Er wuchtete Alex hoch und legte ihn wie eine Puppe aufs Bett. Schwer atmend trat er einen Schritt zurück.

Überall war Blut – nicht nur auf dem Bett, auf Alex' Bein, auch auf seiner eigenen rechten Hand, auf seinem Arm bis zum Ellenbogen, auf seiner Brust und wahrscheinlich auch in seinem Gesicht, da er sich mit blutiger Hand über die Stirn gefahren war. Er rannte ins Bad, vermied den Spiegel, wusch sich Gesicht, Arme, Hände – wie sein Vater, der *Magier mit Nadel und Säge*, dachte er, oder wie in einem Albtraum seines Vaters. Wenn doch jetzt Margot da wäre. Ruhig. Die Wunde auswaschen, verbinden. Wasser, Verbandszeug, Schere – er hatte nicht einmal Jod oder irgendwas zum Desinfizieren da.

Unten auf der Straße jaulte eine Polizeisirene vorbei. Er hängte sich ein frisches Handtuch über die Schulter und ging mit Schere und Mullverband wieder nach vorn. Wie viel Blut mochte der andere verloren haben? Einen halben Liter? Weniger? Mehr? Und ab wann wurde so ein Blutverlust gefährlich? Immerhin schien die Blutung zumindest vorläufig gestoppt – der rote, lavaähnliche Fluss, der unter Alex' Hosenbein hervorgeschossen war, begann schon zu erstarren. Demnach schien zumindest keine Schlagader verletzt zu sein.

Da schlug Alex die Augen auf, oder er versuchte es, da seine Augen halb zugeschwollen waren. Ein grüner Schimmer blitzte unter den Lidern hervor. »Keinen Arzt, keine Polizei«, murmelte er wieder.

»Aber warum nicht, Alex? Was ist überhaupt passiert?« Georg musste jetzt die Wahrheit erfahren. Er stand halb über Alex gebeugt und schlenkerte, fast ohne es zu bemerken, die Schere.

»Nur eine Stichwunde«, sagte Alex mühsam. »Ich wollte ... er hat mich überrascht ... das Messer ...« Er lallte, als ob ihm die Zunge am Gaumen klebte.

»Du hast ihn umgebracht.« Das kam so ruhig heraus, als ob sie über irgendwelche lila Pyramiden redeten.

Alex zögerte, nickte. »Ich hatte gerade seine Brieftasche in der Hand, als er auf einmal hinter mir aufgetaucht ist, mit dem Messer. Er ...«

Georg wurde klar, gleich würde der andere weinen. Stockend, mit gepresster Stimme sprach er weiter. Er war herumgefahren, und der Mann hatte ihn sofort angegriffen. Kämpfend waren sie zu Boden gestürzt; mit beiden Händen hatte Alex die Faust mit dem Messer umklammert und plötzlich den Stich in seinem linken Schenkel gespürt. Dann, er wusste nicht wie, hatte er das Messer in der Hand. Er war aufgesprungen und zurückgewichen, der andere hinter ihm her. Der Mann war gestolpert und in die Klinge gestürzt – mit der Faust zeigte Alex, wie er das Messer gehalten hatte, sodass Georg ahnen konnte, dass die Klinge schräg nach oben wies. Der Mann hatte sich

mit solcher Wucht auf Alex werfen wollen und war so unglücklich gestolpert, dass sich die Klinge bis zum Heft in sein Herz bohrte. Reflexartig hatte Alex den sterbenden Körper aufgefangen und sacht zu Boden gleiten lassen, weil er fand, dass ihr Kampf schon genug Lärm gemacht hatte, um das halbe Haus zu alarmieren.
Georg musste lächeln über den Reflex. »Was für ein Haus war das?«
»Die *Rose*.«
Georg kannte das Hotel, zumindest von außen – eine, wie er gehört hatte, ziemlich teure Absteige in der Badenerstraße, am Rand des Züricher Bordell- und Vergnügungsviertels, wenige Blocks westlich von seiner Mansarde. Er dachte, dass Alex wahrscheinlich nackt gewesen war, als der Mann ihn angriff – seine Jeans hatte keinen Riss über der Wunde, und Blut war erst durch den Stoff geschossen, als die Verletzung durch Alex' abrupte Bewegung aufgebrochen war.
»Und hast du«, fragte er, »ich meine, war es für dich das erste Mal?« Wie für ihn selbst mit dem Zwerg Peter Martens.
»Nein, Georg«, sagte Alex gepresst, »weißt du – ich muss von irgendwas leben. Ich habe es nicht oft gemacht – machen lassen; aber ich konnte mich ja nicht wie ein Schmarotzer dauernd bei dir einladen.«
Georg merkte, dass Alex ihn falsch verstanden hatte. Alex, der Strichjunge, dachte er. Dein Freund, der sich für Geld in den Arsch ficken lässt. Die Gedanken lösten keinerlei Empfindung in ihm aus, oder doch – er fühlte eine zärtliche, besorgte Zuneigung zu Alex, wie zu einem kleineren, hilflosen Bruder.
»Nein, Alex, ich meinte, ob du vorher schon mal einen umgebracht hast.«
Jetzt kriegte Alex es doch tatsächlich fertig, zu grinsen – eine müde, fiebrige Karikatur seines alten, frechen Grinsens, die Georg entzückte. Er beugte sich vor und strich ihm die Haare aus der Stirn. Das Fieber schien zurückzugehen, obwohl Alex' Haut sich immer noch heiß anfühlte. Er machte sich Sorgen wegen der Wunde; er wusste, dass er sie nicht wirklich versorgen konnte, und wenn in der Nacht das Fieber steigen sollte, würde er einen Arzt holen, auch wenn Alex protestierte.
»Und du?«, fragte Alex, »hast du schon mal ...?«
»Mehr oder weniger«, gab Georg zurück, »erzähl ich dir später mal.«
Erst nachträglich merkte er, dass nicht ganz klar war, wonach Alex gefragt hatte. Er wurde rot, oder glaubte es; gleichzeitig überlief ihn ein Frösteln. Er wollte fragen, ob Alex sich wirklich nur wegen Geld mit den Freiern eingelassen hatte; aber er brachte die Frage nicht heraus. Er sah Alex vor sich, wie er in Hundestellung auf einem Hotelbett kniete, und von hinten näherte sich ein älterer Mann mit Schmerbauch und schlaff hängendem, grau behaartem Brustfleisch. Er spürte, wie sich seine Muskeln bei dieser Vorstellung verkrampften, und schloss schnell die Augen.
»Was hast du gemacht – *dann*?«, fragte er.
Er hatte dem Toten das Messer aus der Brust gezogen und war mit der Waffe ins Bad

gerannt. Laut Alex war der Freier ungefähr fünfzig, klein gewachsen, feist, mit ausgeprägter Glatze; ein Landsmann aus Westdeutschland und offenbar stinkreich. In der *Rose* hatte er eine Art Suite gemietet, zwei Zimmer mit Verbindungstür und einem Luxusbad, in dem ein kreisrunder Pool in den Boden eingelassen war. Das Messer hatte eine Schnappklinge, erklärte Alex, und war nicht sehr groß – nicht länger als sein Handteller, wenn die Klinge eingeschnappt war. Mit der linken Hand presste er ein Büschel Kleenex auf die Stichwunde, mit der rechten hielt er das Messer unter den Wasserstrahl. Dann ließ er die Klinge einschnappen, und da er nicht wusste, was er mit der Waffe anfangen sollte, warf er sie ins Klo und ließ das Wasser rauschen. Wahrscheinlich war das Messer in der ersten oder zweiten Rohrkrümmung steckengeblieben; aber auch Georg fand, dass es fraglich war, ob die Polizisten das Klosett auseinanderreißen und in den Kanalrohren nach dem Morddolch stochern würden.
»Und wenn schon«, sagte er fast belustigt, »deine Fingerabdrücke werden sie auf dem Messer bestimmt nicht mehr finden.«
»Auf dem Messer nicht«, sagte Alex, »aber sonst überall – an Gläsern, Türen, Aschenbechern, was weiß ich.« Sein linkes Bein zuckte, sein Gesicht verzerrte sich.
Da erst wurde Georg bewusst, dass sein Freund wegen der Wunde Schmerzen hatte. Während Alex stockend weitererzählte, ging er zu seinem Arbeitstisch und holte die *Hermaton*-Tabletten aus der Lade. Er drückte zwei Pillen aus dem Film und brachte sie Alex. »Schluck das«, sagte er.
Nachdem er das Messer hatte verschwinden lassen, war Alex unter die Dusche gegangen und hatte sich das Blut vom Körper gewaschen – nicht nur das Blut, dachte Georg, und wieder wunderte er sich, dass er keinen Abscheu empfand – Abscheu vor Alex, da die fettbäuchigen Freier seines Ekels so oder so sicher waren. Mit sinkendem Fieber schienen Alex' Schmerzen stärker zu werden. Im Sprechen machte er immer längere Pausen, er stöhnte, knirschte mit den Zähnen und ballte die Fäuste. Georg saß neben ihm auf dem Bettrand. Er nahm Alex' Hand und hielt sie fest. Immer wenn eine Schmerzwoge anrollte, presste Alex seine Hand so stark zusammen, dass Georg das Gefühl hatte, seinem Freund etwas von den Schmerzen abzunehmen.
Alex war aus der Dusche gestiegen, hatte im Bad herumgestöbert und eine Packung Verbandmull gefunden. Auf einmal war ihm gedämmert, dass er jeden Moment ertappt werden konnte – wie er sich eine Wunde verband, die sein Opfer ihm beigebracht hatte, ehe es tödlich in seine eigene Klinge fiel. Das würde die Polizei ihm niemals glauben. Und Georg? Natürlich, er hatte keine Sekunde gezweifelt, dass Alex ihm die Wahrheit erzählte.
Alex hatte sich den Verband ums Bein gewickelt – der Stich saß so hoch, fast in der Leistenbeuge, dass das Messer ihn mit einem kleinen Linksschwenk leicht hätte kastrieren können. Dann war er ins hintere Zimmer gegangen, wo das Bett stand, und hatte sich angezogen. Darauf war er ins vordere Zimmer zurückgekehrt – der tote

Mann lag rücklings in der Blutlache, und unter seiner linken Brustwarze, im grauen Haargestrüpp, tränte das dunkelrote Auge.

»Du hast *was* gemacht?«, fragte Georg.

Für einen Moment waren seine Gedanken zum *Irrläufer* abgeschweift, aber mit einem Ohr hatte er Alex zugehört, der mit seiner stockenden Erzählung noch im *Rose-Zimmer* steckte.

Alex hatte dem Toten die starrenden Augen zugedrückt – auf Menschenhaut, meinte er, könnten sie keine Fingerabdrücke finden –, und er hatte das schlaffe Geschlecht des Toten mit den Rosen geschmückt, die auf dem Tisch in einer Vase standen, um den Hotelgästen den Namen ihrer Unterkunft einzuprägen.

Wieder presste Alex seine Hand, und so unpassend es sein mochte – plötzlich musste Georg lachen. »Du bist großartig«, sagte er.

Alex sagte, dass er bisher noch praktisch jedem Freier die Brieftasche geleert hatte; das andere hatte er nur so über sich ergehen lassen. Während die Freier ausgelaugt in ihren Betten schliefen, schaute er sich in aller Ruhe um und steckte ein, was er glaubte gebrauchen zu können. Anscheinend hatte er sich dieses Mal zu sicher gefühlt – während er im vorderen Zimmer Laden und Taschen durchstöberte, war der Kerl aufgewacht und mit dem Messer in der Hand herangeschlichen.

»Hat dich jemand gesehen, als du abgehauen bist?«, fragte Georg schnell, weil Alex offenbar anfangen wollte, die Geschichte von vorn zu erzählen.

Aber Alex hatte ihn nicht gehört. Er murmelte irgendetwas Unverständliches und schien schon wieder halb zu träumen.

»Die Brieftasche«, glaubte Georg zu verstehen, »hab ich mit – ge – nom – men ...«

Er versuchte, möglichst viel von Alex' Gemurmel aufzuschnappen. Allem Anschein nach hatte der Hotelportier gesehen, wie Alex aus dem Lift gestiegen und durch die Halle marschiert war, wobei er sich bemühte, möglichst nicht auffällig zu humpeln, obwohl ihm bei jedem Schritt scharfer Schmerz durch die Leistenbeuge stach. Offenbar hatte sich niemand für ihn interessiert, als er über die Sihl-Brücke zu Georgs Haus gelaufen war. Möglich, dachte Georg, dass man den Toten bis jetzt noch gar nicht entdeckt hatte.

Zwölf Uhr vorbei. Allenfalls hatten sie noch zwanzig oder vierundzwanzig Stunden Zeit, bis die Leiche gefunden würde. Von der Polizei befragt, würde der Hotelportier sich natürlich an Alex erinnern, auch wenn Edelkaschemmen wie die *Rose* gewöhnlich von der Verschwiegenheit des Personals lebten. Der weitere Weg der Ermittlungen war leicht zu erraten – ein Phantombild von Alex in den Zeitungen – Bewohner aus Georgs Nachbarschaft, die sich erinnerten, dass ein ähnlich blond gelockter Knabe bei Georg ein und aus ging – es würde nicht lange dauern, bis die Polizei bei ihm anklingeln würde. Wohin dann mit Alex? Georg hatte schon eine Idee.

Inzwischen lag Alex wieder in mehr oder weniger ohnmachtsähnlichem Schlaf. Georg sah zu, wie sich sein Brustkorb in flachen Atemzügen bewegte. Alex sah jetzt sehr blass aus, und seine Stirn fühlte sich nicht mehr heiß, sondern fast erschreckend kühl an, wie italienischer Marmor. Es half nichts, dachte er schaudernd, er musste die Wunde ansehen und wahrscheinlich neu verbinden. Und wenn es während der Nacht zu irgendwelchen Komplikationen kam? Konnte er wirklich riskieren, einen Arzt zu rufen?

Während er im Bad heißes Wasser in einen Blechkrug strömen ließ, sah er wieder das schaurige Bild vor sich, wie Peter Martens, nackt und die Hände hinter dem verdrehten Leib gefesselt, durch den Uferschlamm auf den Leinpfad getaumelt sein mochte, hilfesuchend, und seinen Folterern und Mördern in die Hände gefallen war.

Natürlich war Georg damals entsetzt gewesen, als er von Peters schrecklichem Ende las. Vage hatte er sich schuldig gefühlt, als hätte er den Vaganten – oder wer es gewesen sein mochte – nicht nur zufällig in die Hände gespielt, sondern das sadistische Inferno mehr oder weniger wissentlich ausgelöst, indem er Peter in das Hafenbecken schubste. In Wahrheit hatte er nicht gewusst, dass das Bassin sozusagen mit Haien verseucht war. Aber die Wahrheit war auch, dass er bei der Nachricht von Peters Tod eine gewisse Befriedigung und sogar eine Art dankbarer Verbundenheit mit seinen schauerlichen Helfern empfunden hatte.

Diese Peter-Martens-Geschichte hatte auch noch eine sozusagen magische Seite. Er hatte damals nur *gedacht*, dass er bereit wäre, einen Menschen zu töten, der ihm seinen Willen aufzuzwingen versuchte – aber daraufhin hatte sich, Kilometer entfernt, ein Höllenschlund geöffnet, dem dunkle und dienstbare Dämonen entstiegen, um seine Gedanken mit grausiger Gründlichkeit zu verwirklichen, worauf sie wieder in ihrer Hölle verschwanden. In seinem ersten Züricher Jahr hatte er lange über diesen *magischen Mechanismus* nachgedacht, obwohl man mit logischem Denken nicht weit kam, da das Zusammenspiel der Elemente eher wie in Träumen funktionierte – oder wie in einem Spiel, dessen Apparatur man überraschend in Gang setzte. Was hatte das alles mit Alex zu tun? Nun, Alex würde des Mordes an dem fetten Freier verdächtigt werden, obwohl er den Mord nicht begangen hatte. Es war ein vertrackter Fall von Notwehr, aber wer würde ihm, einem höchstwahrscheinlich minderjährigen, außerdem ausländischen Strichjungen, glauben? Umgekehrt hatte Georg den zwergenhaften Erpresser und Dealer Peter Martens sozusagen ermordet, ohne jemals dieser Tat verdächtigt worden zu sein. Was bewies das? Er stellte das Wasser ab, ging mit dem Krug nach vorn und nahm im Vorbeigehen die Rumflasche aus der Kochecke mit. Es bewies, dachte er, dass er Alex beschützen musste. Im Moment begriff er kaum noch, wie er vorhin augenblicksweise hatte wünschen können, dass Alex in seinem Zustand nicht bei ihm aufgetaucht wäre.

Er nahm sich vor, konzentriert und rasch zu arbeiten – auf einmal verstand er, oder glaubte zu verstehen, warum Ärzte und Krankenschwestern sich hinter einer Maske fühlloser Professionalität versteckten. Er nestelte an Alex' Hosenbund und zerrte ihm die zerfetzte Jeans über die Hüften. Getrocknetes Blut war ein zäher Klebstoff – der Jeansstoff pappte auf dem Verband und auf Alex' Haut fest; der Verband klebte in der Wunde.

Als Georg die Hose tiefer zerrte, riss der Verband los, und darunter kam der längliche Schnitt zum Vorschein. Alex stöhnte auf, ohne zu erwachen. Der Schnitt war tief, unter dem Schorf klaffte feuchtes Fleisch, und unter der zerfetzten Jeans trug Alex nur noch einen knappen, offenbar schwarzseidenen Slip, eigentlich nur ein schmales Gummiband, an dem eine Art Beutel befestigt war. Das Strichjungenkostüm, dachte Georg. Er streifte die Jeans über Alex' Knie und Füße; eine kleine schwarze Brieftasche fiel aus der Gesäßtasche auf den Boden. Im Fallen klappte sie auf – Georg sah ein dickes Banknotenbündel; aus einem Fach wölbte sich ein grünes Büchlein, offenbar ein westdeutscher Reisepass. Die Brieftasche und den Pass mussten sie natürlich verschwinden lassen – und das Geld? Alex würde es behalten wollen, und natürlich, er würde Geld brauchen, um sich zu verstecken oder um sich Papiere zu verschaffen und außer Landes zu fliehen. Später, alles später.

Er tauchte das frische Tuch in den Blechkrug und fing an, die Haut um die Wunde herum und dann die Wunde selbst zu säubern. Seine Hand zitterte. Er tauchte das blutige Tuch ins Wasser, das sich schmutzig-rosa verfärbte. Tief beugte er sich über den klaffenden, süßlich riechenden Fleischspalt und glaubte, ganz unten etwas wie Schmutz- oder Staubkörner zu erspähen. Ihm wurde übel bis zum Brechreiz; aber er zwang sich, den Fall weiter zu untersuchen. Wenn sich die Wunde entzündete, blieb ihm keine andere Wahl, als Alex ins Spital zu bringen. Und natürlich würden spätestens ab morgen alle Krankenhäuser überwacht, da den Kriminalpolizisten schwerlich entgehen konnte, dass nicht alles Blut im Hotelteppich aus dem Toten geträufelt war. Also würden sie nach einem Mörder suchen, den nicht nur der *Rose*-Portier ziemlich genau beschreiben konnte, sondern der außerdem durch eine Stichverletzung gezeichnet war. Wenn sie Alex aufgriffen, mussten sie ihn nur einer Leibesvisitation unterziehen, worauf er mehr oder weniger schon überführt war. Es half also nichts, dachte Georg, er musste alles tun, was ihm als medizinischem Laien, ohne andere als die primitivsten Hilfsmittel, möglich war.

Als er die Ränder der Wunde mit Daumen und Zeigefinger auseinanderzog, um mit der Pinzette in dem Fleischspalt zu stochern, kam Alex zu sich und stieß einen Schrei aus – einen unwirklich tiefen Schrei, der gleich wieder abbrach und in brummendes Stöhnen überging. Georg erwischte den Fremdkörper – was immer es gewesen sein mochte – mit der Pinzette und zog ihn heraus. In seinem Magen spürte er wieder dieses Drahtbüschel, durch das in wahlloser Folge Stromstöße zuckten. Alex stöhnte immer noch – er hatte die Augen weit aufgerissen, die Fäuste geballt und zitterte am ganzen Körper; alle seine Muskeln schienen in Krämpfen zu zucken.

Georg entkorkte die Rumflasche und hielt sie gegen Alex' Lippen. Er kam sich vor wie in einem Indianerfilm, wo die Trapper ihren verwundeten Kameraden mit Whisky betäubten, ehe sie ihm die Pfeilspitze aus dem Bein säbelten. Alex trank mit gierigen Schlucken; er schien nicht zu bemerken, dass der Rum zu siebzig Prozent aus Alkohol bestand und ihm höchstwahrscheinlich Kehle und Magen verbrannte.

Als Georg ihm die Flasche wegnahm, war vielleicht noch ein Viertelliter übrig; er schwenkte die Flasche im Halbkreis und schüttete das bräunliche Zeug mit Schwung über die Wunde. Wieder schrie Alex auf. Er bäumte sich auf und machte mit Armen und Beinen rudernde Bewegungen, sodass Georg sein linkes Bein mit aller Kraft festhalten musste, damit die Wunde nicht erneut aufplatzte. Als Alex wieder halbwegs ruhig lag und nur noch stoßweise keuchte, schnitt Georg das Plastikpäckchen mit dem sterilen Mullverband auf und wickelte das weiße Band fest um Alex' Schenkel. Er hakte das lose Ende mit dem Metallhaken fest – fertig; mehr konnte er vorläufig nicht tun.

Erschöpft stand er auf und starrte gedankenlos auf das muskulöse, braun gebrannte Bein mit der leuchtendweißen Schärpe, wobei er versuchte, den absurden schwarzseidenen Slip zu ignorieren. Durch Blutverlust und Alkohol betäubt, schien Alex wieder in Schlaf zu sinken. Georg hoffte, dass er bis zum nächsten Morgen durchschlafen würde, da er eine stärkere Medizin als den Schlaf nicht aufbieten konnte. Falls Alex irgendwann vor Schmerzen erwachte, würde er ihm *Hermaton*-Pillen einflößen, die nicht nur den Schmerz, sondern gleich das ganze Bewusstsein betäubten. *Das ganze Bewusstsein*, wiederholte er in Gedanken – er konnte sich nichts vorstellen unter diesem Ausdruck, der alles und nichts umfasste.

Das Zimmer sah aus wie ein Kampfplatz, oder als hätte eine Sekte ihre teuflische Messe ausgerechnet in seiner Mansarde gefeiert, und Alex war ihr Opfer, das sie auf Georgs Bett als ächzendem Altar geschlachtet hatten. Das halb getrocknete Blut in dem Laken, auf dem Alex ruhig atmend schlief, bildete eine schorfige, rostrote Masse. Der Blechkrug vor dem Bett war übergeschwappt; Alex' Kleider schwammen in der rosa Brühe. Daneben lag die Brieftasche des Freiers. Georg nahm sie und ging zu seinem Arbeitstisch unter dem Fenster.

Am Himmel hingen schwarze Wolken, scharf voneinander abgegrenzt wie Felsbrocken, die sich gleich lösen würden, um auf Straßen und Dächer herabzuschmettern. Mit blutbespritzter Hand griff Georg nach dem *Gitanes*-Päckchen, das neben dem *Irrläufer*-Spiel lag. Francesca – der Brief – seine Eltern ... Fast konnte er Alex dankbar sein, dass er ihn von der nervenzerfetzenden Warterei ablenkte. Er zündete sich eine Zigarette an und klappte die Brieftasche auf. Er wollte sich nicht setzen, da wahrscheinlich auch seine Jeans mit Blut bespritzt war. Schaudernd sah er voraus, wie er nachher die Blutflecke vom Linoleumboden schrubben würde. Und Alex' Kleidung, seine eigene, die Bettwäsche und verkrusteten Tücher? Natürlich konnte er nicht mit einem Sack voll blutiger Wäsche in seine angestammte Münzwäscherei marschieren und vor aller Augen die rotgesprenkelten Fetzen in die Trommel stopfen. Er zog den Reisepass aus der Brieftasche und blätterte ihn auf.

Das Lichtbild zeigte einen breiten, fast kahlen Schädel mit grauem Haarrand und fahlen Hängebacken. Die eng stehenden, wässrig hellen Augen hatten einen stechenden Blick, der unter den wulstigen grauen Brauen hervorzuschießen schien. Ein unangenehmes Gesicht, fand Georg und las: *Alfred Prohn, geb. am 17. März 1935 in Bochum, wohnhaft in Kassel, Parkstraße 27.*

Alfred Prohn, dachte er, sah tückisch und außerdem reichlich einfältig aus. Wahrscheinlich eine Art Handelsvertreter, der hier in Zürich eine Messe besucht hatte. Wenn man sein Gesicht sah, konnte man sich vorstellen, dass er an Sonntagen Jagd auf minderjährige Jungen machte; und ebenso konnte man sich vorstellen, dass die Hand, die zu diesem Gesicht gehörte, plötzlich ein Messer zog – eine kleine, plumpe Hand mit aufgedunsenen Fingern, die sich feucht und weich um den Messerschaft schmiegte. Georg steckte den Pass in die Brieftasche zurück und zog das Geldbündel hervor. Während er die Scheine zählte, hielt er unwillkürlich den Atem an.

Zuerst kam ein ganzer Stoß Hunderternoten – sechzehnmal das wässrige Blau der Schweizer Scheine, dann siebenmal das dunklere D-Mark-Blau. Er legte die Scheine auf den Tisch und behielt ein handliches, rostrotes Päckchen zurück. Deutsche Fünfhunderternoten. Auf der Banderole stand in eckiger Handschrift *20 mal 500 = 10.000 DM.* Ein Kichern kitzelte ihn in der Kehle. »Mensch, Alex«, flüsterte er.

Er nahm das rostrote Päckchen zwischen Daumen und Zeigefinger und fächelte sich knisternde Luft zu, wobei er dachte, dass Alfred Prohn wenigstens nicht vergeblich gestorben war – nicht *umsonst*, wie er sich verbesserte. Waren zehntausend, nein, fast dreizehntausend Mark übrigens viel oder wenig für einen Mord? Plötzlich musste er lachen. Jedenfalls war es zu wenig, um die Ansprüche der Agentur *Härtel & Rossi* zu befriedigen, obwohl zehntausend Schweizer Franken vielleicht eine halbwegs akzeptable Anzahlung wären. Aber nein – das Geld gehörte ja Alex. Georg merkte, dass er Alex schon wieder in Gedanken so behandelt hatte, als ob der andere gar nicht wirklich existierte, sondern seiner eigenen Fantasie entsprungen wäre.

Wenn seine Eltern, dachte er dann, ihm das Geld für den *Irrläufer* verweigerten – mit Alex' Hilfe würde er sich die Summe beschaffen; es war ja kinderleicht. Was gab es Unwirklicheres als einen Mord? Was wog weniger schwer? Ihm kam es vor, als stürzten die Menschen mehr oder weniger schon zu Boden, wenn er ihren Tod nur halb in Erwägung zog. Wieder war er sich nicht sicher, wie ernst er diese Gedanken – oder Träume – nahm. Denn gleichzeitig war ihm klar, dass spätestens morgen früh die Polizei bei ihm auftauchen und nach Alexander Kortner fragen würde. Aber trotzdem – es war alles schief und schräg, wie in Zerrspiegeln zerspiegelt; es war, obwohl ihn ein Zittern überlief, eher zum Lachen als zum Fürchten.

Er zuckte die Schultern und fing an, die blutigen Kleidungs- und Wäschestücke aufzulesen. Natürlich musste er diese Sachen – genauso wie das Laken, auf dem Alex lag – so gründlich verschwinden lassen, dass kein auf Blutgeruch spezialisierter Schnüffler sie jemals finden konnte. Die Lösung war einfach, fand Georg – vorausgesetzt, die Polizisten nahmen Alex' Spur erst morgen auf. In der Schweiz wurde der Haushaltsmüll nicht in Kehrichttonnen wie in Deutschland gesammelt, sondern in 35-Liter-Plastiksäcken, die man, wenn sie voll waren, zuschnürte und zweimal wöchentlich einfach an den Straßenrand legte, um sie von der Müllabfuhr einsammeln zu lassen. So ein säuberlich verschnürter Schweizer Kehrichtsack war ein diskreter Behälter – verschwiegen wie das hiesige Bankgeheimnis und verschlossen wie ein Grab, auf dem der Fluch irgendwelcher Ahnen lastete. Georg ging in die Küchennische und riss einen der grauen Plastiksäcke von der Rolle. Mit automatischen Griffen setzte er die Kaffeemaschine in Betrieb und ging wieder nach vorn. Der Wecker auf dem imitierten Marmortischchen zeigte gleich halb drei, und draußen schien sich jetzt ernsthaft ein Gewitter zusammenzuballen.

Er raffte den Kleiderhaufen vom Boden auf und stopfte ihn in den Müllsack. Jetzt das Laken, dachte er. Er ging zum Wandschrank zwischen Tür und Sesseln und zog seinen alten US-Army-Schlafsack hervor, in dem er mit vierzehn, fünfzehn Jahren bei acht oder mehr Frostgraden im Schnee übernachtet hatte. Er hatte den Schlafsack vor bald zehn Jahren in einem US-Armyshop in Frankfurt gebraucht gekauft – nicht wegen dem Billigpreis, sondern weil der Schlafsack ein grob gestopftes Vietcong-Einschussloch in der Kapuze aufwies, genau in Höhe der linken Schläfe. Mit dem kleinen Finger betastete Georg das schlecht geflickte, an den Rändern schwarz verschmorte Loch, ehe er den Schlafsack neben dem Arbeitstisch auf dem Boden ausrollte, den Reißverschluss bis unten hin aufriss und die flaumgefütterten Flügel ausbreitete. Dabei fragte er sich, ob es ihm Lust bereiten würde, mit eigener Hand einen Menschen zu töten – nicht mit einer Waffe auf Distanz, nicht mal mit einem Messer wie Alex, sondern vielleicht mit einem Steinbrocken, den er auf dem Schädel seines Gegners zertrümmern würde, mit dem er sich kämpfend an einem schlammigen Flussufer wälzte. Die Vorstellung erschreckte ihn – der grün strudelnde Fluss, die braune, sumpfige Ufererde, in die sie sich stöhnend einwühlten. Er wusste, dass er fast krankhaft empfindlich war gegen jede überraschende körperliche Berührung, auch gegen die Berührung durch Blicke; und er ahnte, wenn eine solche Berührung unausweichlich und unkontrollierbar würde, wenn sich ein fremder Körper mit seiner ganzen Schwere und Wärme und Fläche gegen seinen presste – die Folge wäre eine Explosion, ein Zerglühen, eine Verwüstung, ein lautloses Schreien und In-den-Abgrund-Stürzen.

Plötzlich fröstelte er. Wieder ging er in die Küchennische und schenkte sich Kaffee nach. Er lehnte sich gegen die Kacheln und sog gierig die schwarze Hitze ein. Flüchtig hatte er die Idee, wenn er jetzt wieder aus der Nische kam, wäre sein Zimmer wie immer – kein verwundeter, schlafender Alex, kein Blut, keine Polizisten, keine Leiche in der *Rose*, wenige Blocks entfernt. Es war nur eine Idee, keine Hoffnung; ein Leben ohne Alex konnte er sich schon kaum mehr vorstellen. Alex gehörte zu ihm, für immer, nicht viel anders als Margot – Margot, die Alex so überraschend ähnlich sah. Oder nicht? Für einen Augenblick empfand er Sehnsucht nach ihr; er dachte, wenn er sie jetzt berührte, wenn er ihre Brüste küsste, wenn sie rittlings auf ihm säße und er in sie eindränge wie ... mit einem Messer? Warum nicht. Ihm kam die Idee, dass er Margot und Alex zusammenbringen musste. Margot musste sich in Alex verlieben, sie musste Alex genauso verfallen wie ihm selbst. Warum? Margot und Alex würden zusammen schlafen – es wäre ... es wäre praktisch die *Wiedervereinigung* – es wäre, als ob jeder der beiden mit seinem Spiegelbild schliefe – es wäre Mann und Frau, Junge und Mädchen in einem – und er, Georg, würde in einem Winkel kauern und ihnen zusehen, wie sie sich liebten. Seltsam, dachte er. Nein, nicht seltsam – die Vorstellung erregte ihn; er begann sogar zu überlegen, wie er sie in die Wirklichkeit zwingen konnte.

Alex würde in nächster Zeit, vielleicht für Wochen, hier bei ihm bleiben müssen, da er auf der Straße jederzeit mit seiner Verhaftung rechnen musste. Oder vielmehr, teils hier bei ihm in der Mansarde, teils in dem muffigen, fensterlosen, hundelochartigen Verschlag hinter dem Wandschrank, den Georg vor einigen Monaten zufällig entdeckt hatte. Er hatte versucht, seinen Koffer, in dem er die Spielmodelle aufbewahrte, mit Gewalt in den Schrank zu pressen, obwohl der Koffer vielleicht einen Zentimeter tiefer als der Schrankboden vorragte; und plötzlich war die Rückwand aus der unteren Schiene gesprungen. Georg hatte festgestellt, dass die rechte Hälfte der Schrankwand, wenn man sie durch gezielten Druck auf die Mittelkante aus ihrer Nachbarschaft mit der starr angeschraubten linken Hälfte befreite, auf Schienen beiseite glitt, hinter die linke Wandhälfte – und plötzlich hatte die Zimmerlampe, reflektiert von der innen verspiegelten Schranktür, ein höhlenähnliches Gemach beleuchtet, in dem es allerdings außer rohen Balken, extremer Deckenschräge, Staub und Geröll nichts zu bewundern gab.

Damals hatte Georg, obwohl er die Entdeckung anfangs aufregend fand, schließlich doch nur mit den Schultern gezuckt. Wahrscheinlich erinnerte sich niemand im Haus an die Existenz dieser Höhle, die einfach bei der Mansarden-Aufteilung des Dachbodens als stumpfwinkliger Hohlraum übrig geblieben und mehr oder weniger zugebaut worden war, da man mit dem finsteren Loch nichts anzufangen wusste. Nun, jetzt würde es sich bewähren als Versteck für Alex. Und was Margot betraf – es war nicht einmal unwahrscheinlich, dass sie in den nächsten Tagen hier aufkreuzen würde, da sie auch zu seinem letzten Geburtstag unangemeldet aufgetaucht war und sich für kürzere Zeit bei ihm einquartiert hatte. Allerdings war es nicht gut vorstellbar, wie sie zu dritt in seiner winziger Mansarde hausen sollten, ohne sich schmerzhaft auf die Zehen zu treten. Noch vor wenigen Stunden war er entschlossen gewesen, Alex genauso wie Margot abzuwimmeln, wenn sie herkämen und sich bei ihm einnisten wollten. Aber auf einmal dachte er, dass es ein interessantes Experiment und aufschlussreiches Spiel wäre – sie hier zu dritt auf engstem Raum, er als Beobachter und Alex und Margot beide belauert von einer Art Doppelgänger des anderen Geschlechtes. Obwohl die Ähnlichkeit zwischen beiden, wie er sich jetzt sagte, nur äußerlich war und wahrscheinlich sogar nur in seiner Fantasie bestand. Vermutlich würde das Experiment mit einem Fiasko enden; vielleicht fanden Margot und Alex sogar wirklich zusammen und gingen gemeinsam davon und ließen ihn allein. Diese Vorstellung belustigte ihn – Margot und Alex als verliebtes Paar, händchenhaltend in irgendeinem öffentlichen Park; nein, dachte er, ohne ihn waren sie gar nichts, Margot kam nicht von ihm los, sie war an ihn gekettet, und Alex …

Er stellte die Tasse in den Spülstein und ging wieder nach vorn. Er vertrödelte die Zeit mit Träumen und Gedanken, und währenddessen wühlten sich die Kriminalpolizisten wie plumpe Riesenmaulwürfe auf ihr Versteck zu und würden gleich die staubigen Schnauzen aus irgendeiner Ecke strecken. Das Laken, dachte er, das blutige Laken.

Obwohl er konzentriert und umsichtig arbeitete, brauchte er bis zum frühen Abend, um alle Spuren zu verwischen. Er schnappte Alex' schlaff daliegenden Körper unter Achseln und Kniekehlen und schleppte ihn zum Schlafsack neben dem Fenster. Nachdem er den Boden geschrubbt, das Bett frisch bezogen und die blutigen Laken und Decken in den Plastiksack gestopft hatte, sah er, dass Alex aufgewacht war und bei klarem Bewusstsein schien.

»Wie soll ich dir danken – für *alles*«, sagte er leise.

Georg grinste ihn an. »Du bist reich, Alex, du hast dreizehntausend Mark!«

»Wie spät ist es?«

»So gegen halb sechs. Übrigens, wir müssen uns umziehen; ich lasse alles verschwinden, was mit Blut besprizt sein kann.« Er war froh, dass Alex aufgewacht war – er bezweifelte, dass er es fertiggebracht hätte, ihm den schwarzseidenen Slip auszuziehen und dem Schlafenden irgendwas von seinen eigenen Kleidern überzustreifen. Er ging zum Schrank und nahm zwei frische Leinenhosen vom Stapel – eine schwarze für Alex und die graue für sich selbst.

»Hier, zieh das an«, sagte er und warf Alex die Hose hin. Er selbst ging ins Bad, um sich umzuziehen, obwohl er fand, dass es vielleicht lächerlich war, wie schamhaft er sich aufführte. Zum dritten oder vierten Mal wusch er sich Blut und Schweiß von Gesicht und Händen und warf einen langen Blick in den Spiegel, wobei er sich fragte, ob Alex notfalls für gewisse Zeit in seine, die Georg-Kroning-Identität, schlüpfen könnte. Natürlich, Alex war blond und hatte Augen von einem tiefen, schimmernden Meergrün, während sein eigenes Passbild ein Gesicht mit braunen Augen und schwarzem Haar zeigte. Alex sah immer blass aus, sogar im Sommer und selbst wenn er in Wirklichkeit von der Sonne gebräunt war, während Georg von Natur aus einen dunklen Teint hatte und auch im Winter nie wirklich erbleichte. Außerdem sah Alex jünger aus als er. Aber sie waren beide ungefähr gleich groß – einssieben- oder achtundsiebzig –, schlank und langgliedrig, und auch ihre Gesichtszüge und sogar der Schnitt ihrer Augen wirkten auf den ersten Blick ähnlich. Sie hatten ein wenig schräggeschnittene, katzenhafte Augen, fand Georg, und wenn er Alex beispielsweise eine schwarze Perücke und eine schwarz spiegelnde Brille besorgte – zumindest wäre es einen Versuch wert, dachte er.

Man musste vorausplanen und sich auf verschiedene Möglichkeiten einrichten – beispielsweise konnte es sein, dass er für einige Tage nach Hause, zu seinen Eltern fahren musste, um ihnen das *Irrläufer*-Projekt schmackhaft zu machen. Ihm kam die Idee, dass er seinem Vater eine Gewinnbeteiligung anbieten konnte – er war nicht so skeptisch wie Francesca, die behauptete, dass der *Irrläufer* keinen Profit abwerfen würde. Es war ein guter Einfall, dachte er, für einige Tage nach Lerdeck zu fahren; zumindest seine Mutter würde sich freuen, und sein Vater ließe sich im Gespräch leichter überzeugen als durch einen Brief. Aber wie auch immer, selbst wenn er Alex nicht für zwei, drei Tage hier allein lassen musste – Alex konnte nicht gut die ganze Zeit hier oben in der Mansarde hocken, er musste ab und zu an die Luft, wenigstens einmal um den Häuserblock streifen, zumal sie damit rechnen mussten, dass sich die Suche nach dem Prohn-Mörder Wochen oder sogar Monate hinschleppen würde. Er schaltete das Badlicht aus, und der Spiegel erblindete.

Als er wieder nach vorn kam, war er erleichtert zu sehen, dass Alex allein mit dem Kleiderwechsel klargekommen war. Er stopfte seine Jeans in den Müllsack und beförderte Alex' schwarzseidenen Slip hinterher, wobei er Alex den Rücken zuwandte, damit der nicht mitbekam, wie er den Slip mit spitzen Fingern vom Boden aufpickte. Nachdem er auch das Scheuertuch in den Kehrichtsack gestopft, Blechkrug und Eimer ausgewaschen und im Spülschrank verstaut hatte, ließ er sich seufzend auf den Stuhl vor dem *Irrläufer*-Tisch sinken und steckte zwei *Gitanes* an. Eine reichte er Alex, der neben ihm auf dem Army-Schlafsack lag und wieder den angespannten Ausdruck im Gesicht hatte.

»Ich glaube, das Fieber ist weg«, sagte Alex. »Das war kein Wundfieber oder so was, das kam nur von dem Schock, weil ich den Kerl sterben sah und er mir sein Blut ins Gesicht gespuckt hat.«

»Ins *Gesicht?*«

»Na ja.« Alex machte eine vage Handbewegung. »Übrigens müssen wir die Brieftasche auch noch verschwinden lassen.«

»Schon geschehen.« Georg deutete auf den prallen Kehrichtsack. Den Pass und was

die Brieftasche sonst noch enthielt – Rechnungen, Briefe, irgendwelche Visitenkarten –, hatte er vorhin im Bad verbrannt und die Asche weggespült. »Das Geld hab ich hier in der Lade verstaut«; er klopfte auf die Glasfläche vor ihm. »Selbst wenn sie das Zimmer durchsuchen und das Geld finden sollten, können sie mir schwer beweisen, dass es nicht einfach *mein* Geld ist, zumal meine Eltern bestätigen werden, dass sie mir vor zwei Jahren dreißigtausend Franken geschenkt haben.«
Wenn sie allerdings erfuhren, dass er mit einem *Strichjungen* befreundet und sozusagen in einen Mordfall verwickelt war, konnte er sich das *Irrläufer*-Projekt gleich aus dem Kopf schlagen – für seinen Vater wäre es ein glänzender Beweis seiner These, dass Georg ohne ordentlichen Beruf und regelmäßige Lebensführung nur auf verderbliche Gedanken und in zwielichtige Gesellschaft geriet.
Alex schien seine Gedanken mehr oder weniger zu erraten. »Ich mach dir nur Scherereien«, sagte er leise. »Aber als der Kerl vor mir zusammengeklappt ist – ich habe sofort an dich gedacht und dass nur du mir jetzt noch helfen könntest.«
»Schon gut«, sagte Georg, »ich helfe dir gern.« Er reichte ihm den Aschenbecher, und Alex löschte seine Kippe.
»Übrigens, ich wollte dir das schon länger erzählen.« Alex schluckte und strich sich mit fahrigen Fingern eine Locke aus der Stirn. Georg ahnte ungefähr, was jetzt kam. »Na ja, ein kleiner Streifzug durch mein Leben«, sagte Alex verlegen.
Kurz und gut, er war erst siebzehn, und die Polizei hatte ihn schon vor dieser Geschichte gesucht. Im April letzten Jahres war er aus einer Art Heim für Schwererziehbare in Hamburg ausgebrochen und mit dem Intercity ohne Papiere quer durch Deutschland über die Schweizer Grenze gezischt. Es war kein Problem, mit der Eisenbahn die Grenze ohne Papiere zu passieren – die Grenzpolizisten marschierten nur mit finsteren Mienen durch die Abteile, aber es kam selten vor, dass sie einen Reisenden wirklich kontrollierten. Alex hatte sich zu einer vielköpfigen skandinavischen Familie gesetzt, und da die Kinder dieser Familie ebenso hellhäutig und blondlockig waren wie er, hatten die Zöllner die ganze Gruppe nur mit einem Blick gestreift, gute Weiterfahrt gewünscht und die Abteiltür schleunig wieder zugeschoben.
»Und weg war ich«, murmelte Alex.
Er war direkt nach der Geburt von seiner Mutter in ein Heim gegeben worden; seine Eltern hatte er nie gesehen. Mit elf Jahren war er zum ersten Mal aus einem Waisenhaus ausgebrochen, und natürlich war er gleich wieder eingefangen worden, schon am folgenden Tag, aber er hatte es immer wieder probiert. Auf seinen Fluchten hatte er beispielsweise gelernt, Automaten zu knacken, Autotüren aufzubrechen, tattrigen alten Damen die Handtasche zu entreißen und wie ein Phantom in der Menge zu verschwinden. Er hatte in leer stehenden, halb verfallenen Häusern übernachtet und im Sommer unter Gebüschen in öffentlichen Parks. Er war immer wieder eingefangen worden, sechs- oder siebenmal, er erinnerte sich nicht genau, und einmal war er

auch wegen Diebereien verurteilt worden – das Gericht hatte die Strafe zur Bewährung ausgesetzt, was bedeutete, dass Alex nicht ins Gefängnis, sondern in ein scharf bewachtes Erziehungsheim mit vergitterten Fenstern und stählernen Türen eingesperrt wurde. Als sie ihn das letzte Mal einfingen, im Herbst vor zwei Jahren, hatte er sogar versucht, sich durch einen Sprung in den Alsterkanal zu retten; aber als er aus dem schaurig kalten, faulig stinkenden Wasser auftauchte, schwankte vor seinen Augen ein Schnellboot der Hafenpolizei. Suchscheinwerfer sperrten ihn in ihre blendenden Lichtkegel, und von Bord brüllte ein Megafon, dass er aufgeben sollte. Seinen letzten Fluchtversuch aber hatte Alex sorgfältig geplant. »Da war ich schon schlauer«, hieß das bei ihm.
Einer der Wärter oder Erzieher im Heim hatte seit längerem versucht, ihn durch Drohungen oder Versprechungen in sein Bett zu locken. Eines Abends hatte Alex nachgegeben und war dem vor Begierde oder höchstwahrscheinlich vor Einsamkeit zitternden Wärter in seine muffige Wach- und Schlafstube gefolgt. Da war gar nicht viel passiert, behauptete Alex; der Wärter, ein alter Mann mit eisgrauem Schnauzbart, hatte ihn nur abgeküsst und getätschelt, dann hatte er auf einmal geheult und irgendwas Unverständliches gestammelt, und schließlich war er eingeschlafen, eng an Alex' Körper gepresst.
»Und du hast dich nicht *geekelt*?«, fragte Georg.
»Ich habe an die Schlüssel gedacht«, erwiderte Alex sachlich.
Irgendwann in der Nacht hatte er sich aus der Umarmung des schnarchenden Wärters befreit, war in seine Kleidungsstücke gefahren und hatte den leise klirrenden Schlüsselbund vom Gürtel der Wärterhose, die über einem Stuhl hing, losgehakt. Mit den Schlüsseln konnte er sämtliche Türen aufschließen, auch die zum Kassenraum und die Kasse selbst; und als er früh morgens durch einen schwach bewachten Seiteneingang ins Freie schlüpfte, hatte er fünfzehnhundert Mark in der Tasche. Er fuhr zum Hauptbahnhof, stellte fest, dass der nächste Zug, der über die Grenze fuhr, der Intercity nach Basel war, und löste herzklopfend sein Billett.
Im Zug saß er die ganze Zeit zwischen Skandinaviern, die so viele Kinder hatten, dass sie vielleicht selbst nicht genau wussten, ob Alex zu ihnen gehörte oder nicht. Wenn sie in ihrem groben Weltdialekt miteinander sprachen, glaubte Alex das Rumpeln von Holzschuhen auf rohhölzernen Böden zu hören. Abends kamen sie in Basel an. Die skandinavische Familie stieg um in den Zug nach Zürich, der am Nachbargleis wartete. Da auf dem Bahnsteig zwei Polizisten mit krächzenden Funkgeräten und heiser hechelndem Schäferhund patrouillierten, mischte er sich wieder unter die Skandinavier-Sippe und fand sich eine Stunde später in Zürich.
Auf dem Hauptbahnhof, der damals wegen der Bauten von S-Bahn und unterirdischen Kaufgeschossen eine einzige riesige Baustelle war, irrte er eine Weile herum und wurde irgendwann, nahe den Toilettenräumen, von einem älteren, schweizerisch

nuschelnden Mann angesprochen, der ihm mit harmloser Miene anbot, in seinem Haus am Zürichberg zu übernachten. Das Haus stellte sich als luxuriöse alte Villa heraus. In der Nacht, während der Schweizer schlief, stöberte Alex durch Bibliotheken und prachtvoll möblierte Säle und fand in einem Schreibtisch eine Brieftasche mit knapp fünftausend Schweizer Franken. Er steckte das Geld ein und verschwand. Und so ging das dann immer weiter, dachte Georg.
Alex sah ihn an und war rot geworden. »Georg, du musst mir das glauben – wenn ich mich von diesen geilen Opas abschleppen ließ, dann immer nur wegen dem Geld. Ich habe keine Papiere, ich bin minderjährig, ich werde von der Polizei gesucht – was hätte ich denn machen sollen, um mich über Wasser zu halten?«
»Schon gut«, sagte Georg leise. Er wich Alex' Blick aus und spürte, dass er genauso rot wurde. Er hatte sagen wollen, du hättest zu mir kommen können, Alex, ich habe doch genug Geld. Aber er verschluckte die Worte – vorhin noch hatte er sich geärgert bei dem Gedanken, dass er von seinem Geld den Arzt für Alex bezahlen sollte. »Aber du wirst es nie wieder machen, versprich mir das.«
Alex nickte. Halbwegs verlegen erzählte Georg dann, dass er vorhin überlegt hatte, ob Alex vielleicht drogensüchtig war und sein Fieber und der Schüttelfrost vom Giftentzug kamen.
»Ich mag viele Laster haben«, sagte Alex lachend, »aber drogensüchtig bin ich nicht.«
Über *Shit* und *Grass* war er nie hinausgekommen; bei seiner Lebensweise hätte er nicht riskieren können, irgendwo beduselt in einer Ecke zu liegen, während die Polizisten nach ihm pirschten. Sein Kapital war es immer gewesen, dass er wach war, während die anderen schliefen. »Am besten«, behauptete er, »man käme ganz ohne Schlaf aus. Und wie steht's bei dir – hast du Drogen probiert?«
»Nicht direkt«, sagte Georg ausweichend. Er überlegte, ob er Alex die Peter-Martens-Geschichte erzählen sollte, und beschloss, sie auf später zu verschieben. »Gleich bin ich fertig, dann gehe ich Pizza holen«, verkündete er.
In diesem Moment zuckte draußen ein Spinnennetz aus Blitzen über den schwarzen Himmel. Fast im gleichen Augenblick entlud sich krachend der Donner und ließ die Wände erzittern. Regen rauschte über das Fenster und klatschte auf die schrägen Wände, als buckelte sich das Haus unter einem Wasserfall.
»Ruh dich aus«, sagte Georg mit erhobener Stimme gegen das Getöse aus Regen und noch stärkeren Donnerschlägen, »ich muss weitermachen.«
Er ging zur rechten Schranktür, öffnete sie und schob die paar Hemden und Hosen beiseite, die an der Garderobenstange hingen. Wenn man die Schrankwand ansah, kam man kaum auf die Idee, dass sie sich verschieben ließ. Da das bewegliche Wandstück von hinten mit Dämmplatten abgefüttert war, konnte man gegen das Holz pochen und bekam nicht einmal mit, dass auf der anderen Seite ein geheimer Hohlraum klaffte. Obwohl die Faserplatten höchstwahrscheinlich nur als winterliche

Wärmefänger aufgeklebt worden waren, konnte man sich genausogut einbilden, früher hätte mal ein Schmuggler oder Hehler in der Mansarde gewohnt und das Verlies hinter dem Schrank diente ihm als Versteck für seine heiße Ware. Nun, diese heiße Ware war jetzt Alex.

Georg holte seine Taschenlampe aus der Tischlade und drückte die Schrankwand zur Seite. Hinter ihm stieß Alex einen Pfiff aus, genau in einer Pause zwischen zwei Donnerstößen.

»Georg Kroning«, hörte er Alex murmeln, »man soll dich nicht unterschätzen – wirklich, das soll man nicht.«

Das Loch hatte etwa die Form eines Steilzeltes, aber auch dort, wo die steilen Dreiecke zusammenstießen, blieb es so niedrig, dass man nur gebückt stehen konnte. Die Wände rechts und gegenüber waren unverkleidet und bestanden bloß aus morsch aussehenden Dachbalken und gewellten Schieferschindeln; in der linken Wand bröckelte immerhin eine Art Mörtel zwischen den Bohlen. Die Grundfläche betrug vielleicht einen Meter fünfzig mal zwei Meter, sodass Alex wenigstens ausgestreckt in der Höhle liegen konnte. Alles in allem war es ein reizendes Kämmerchen, fand Georg. Man durfte sich fast wundern, dass hier keine Rattenfamilie hauste.

Durch den Schrank kroch er ins Zimmer zurück und holte Kehrblech und Besen, um den zentimeterdicken Staub zu beseitigen. Dann spannte er mithilfe von Reißzwecken zwei alte Laken vor die unverkleideten Wände, da er voraussah, dass es in dem Verlies tagsüber, wenn die Sonne auf den Schiefer sengte, vor Hitze kaum auszuhalten sein würde.

Nachdem er die Kammer einigermaßen hergerichtet hatte, riegelte er die Zimmertür auf und trat auf den Dachboden hinaus. An der Decke der kahlen Diele, deren Wände praktisch nur aus den neun Türen bestanden, schaukelte eine einsame trübe Glühbirne in einem mächtigen Spinnennetz, dessen Fäden in ihrem Schein mattorange glommen. Vielleicht handelte es sich bei dem Fädengewirr auch um die Überreste eines uralten Lampenschirms, das ließ sich nicht so genau entscheiden. Georg war mit beiden Versionen zufrieden. Er ging zur Stahltür vis à vis, zog sie leise auf und horchte ins dunkle Treppenhaus. Von unten drang undeutlicher Lärm herauf, ein Brodeln aus Stimmen, Musik und knarrendem Holz, aus dem er umso weniger schlau werden konnte, als noch immer der Regen über ihm auf den Dachschiefer klatschte. Er schloss die Stahltür und ging auf eine der Mansardentüren zu, die niemals verriegelt wurde, da die Kammer dahinter nur altes Gerümpel enthielt.

Er stöberte in der Mansarde herum und fand drei staubig stinkende Matratzen, die zusammen ein muffiges Bett ergaben. Nachdem er die Matratzen durch den Schrank ins Verlies gewuchtet hatte, riegelte er die Zimmertür ab und lehnte sich atemlos dagegen. Die Uhr ging schon auf halb sieben – unglaublich, wie viel Zeit dieses Vertuschen, Schrubben und Schleppen verschlang. Er holte den Army-Schlafsack mit dem

Vietcong-Einschussloch und warf ihn auf die Matratzen in der Kammer. Verglichen mit diesem Rattenloch, dachte er, war bestimmt jede Gefängniszelle ein angenehmes Domizil. Aber Alex würde sich ja nur nachts in der Kammer verkriechen müssen, und auch das nur in der ersten Zeit. Tagsüber würden sie den Einschlupf offenhalten, sodass Alex jederzeit verschwinden konnte, sobald die Türklingel schepperte oder sie das Knirschen der Stahltürklinke hörten.

Alex schlief, die Kammer war bereit, und sein Zimmer roch und glänzte so sauber, dass es lächerlich und in seiner Art fast schon wieder verdächtig war. Auch der Regen hatte aufgehört, und die Dächer dampften wie die Alpen im Herbst.

7

Die beiden Polizisten hatten Georg in die Mitte genommen und sprachen über seinen Kopf hinweg miteinander. Georg versuchte, irgendwas von ihrem erregten Wortwechsel mitzubekommen; aber das war nicht einmal *Züridütsch*, das er halbwegs zu entschlüsseln gelernt hatte, sondern ein rauer Dialekt, der nach zerklüfteten Bergen klang. Ihm brach der Schweiß aus. Er stand so beengt zwischen den Uniformierten, dass er kaum die Arme bewegen konnte; die Pistolentasche des linken drückte gegen seine Hüfte. »So ein *Löl*«, stieß der rechte Polizist hervor, und beide lachten rau und offenbar freudlos.

Lachten die etwa über ihn? *Löl* hieß ungefähr Depp oder Trottel, wusste Georg, und er musste zugeben, dass er sich wie ein Idiot verhalten hatte. Er kam sich immer so schlau und überlegen vor, aber dann tappte er wie ein Hase in die Falle. Der linke Polizist hob die Hand und drückte seine Zigarette aus; die Handschellen an seinem Gürtel klirrten.

Und wenn alles nur auf einem Missverständnis beruhte? Wenn er sich nur eingebildet hatte, dass sie ihn verdächtigten und ihm zwei Häuserblocks weit gefolgt waren – obwohl er sich bestimmt nicht nur einbildete, dass er den schweißigen Ledergeruch ihrer Uniformjacken atmete?

Er hatte zu Alex gesagt, er wollte zu der italienischen Kneipe in der Nähe gehen und Pizza besorgen. Er hatte sich eine weiße Leinenhose, T-Shirt und Sandalen übergezogen und war mit dem Lift nach unten gerumpelt und über die Stauffacherbrücke gegangen, unter ihm der braun strudelnde, wegen der verspäteten Schneeschmelze immer noch angeschwollene Fluss. Wirklich, er liebte dieses halb ärmliche Quartier, das von einem verwegen und zwielichtig wirkenden Menschenschlag bevölkert wurde, während in den reicheren Innenstadtvierteln die glatten Fratzen der Bank- und Geschäftsleute und die kreischende Heiterkeit der Touristen vorstachen.

Hinter der Brücke leuchtete links das Schild mit der gelben Aufschrift *Pizzeria*; rechts zweigte die Badenerstraße ab. Während er auf Grünlicht wartete, war ihm die Idee gekommen, er könnte ja eben mal bei der *Rose* vorbeischauen – vielleicht standen schon Polizei- und Rotkreuzwagen mit zuckendem Blaulicht kreuz und quer vor dem Portal, und eine gaffende Menschenmenge drängte sich auf dem Trottoir. Falls der Mord – oder was man dafür halten würde – schon heute entdeckt worden war, war es besser, er und Alex wussten Bescheid und konnten sich darauf einstellen, dass die Kripo sich auf ihre Fährte schob. Er war auf das rechte Trottoir gewechselt und in die Badenerstraße eingebogen. Die Straßen waren fast menschenleer, der Abendhimmel von einem undurchsichtigen, schleierhaften Grau, wie ein unendlicher, nebelverhangener See.
»Nein, wir warten noch«, sagte jetzt der Polizist links von Georg halblaut zu seinem Kollegen; zumindest klang es so, als hatte er ungefähr diese Worte gesagt.
Worauf wollten sie warten? Dass Georg einen Fluchtversuch riskierte und ihnen so einen Vorwand für die offizielle Verhaftung lieferte? Mühsam hob er seinen Arm und wischte sich den Schweiß von der Stirn. Die Polizisten lachten.
In Höhe der *Rose* hatte Georg sich an die Mauer gelehnt, hinter der die Sihl rauschte, und unauffällig die graue Fassade gemustert. Um keinen Verdacht zu erregen, hatte er seine *Gitanes* hervorgeholt und zündete sich umständlich eine Zigarette an, während er durch die beleuchteten Fenster zu spähen versuchte. In vier Etagen gab es je sieben Fenster, und da er nicht wusste, in welchem Geschoss Prohn gewohnt hatte – er wusste nur, es musste ein Obergeschoss sein, da Alex den Lift erwähnt hatte –, blickte er ratlos von einem Fenster zum nächsten. Hinter keiner Scheibe sah er ein Gewimmel geschäftiger Schatten, wie man es anlässlich der Entdeckung eines Mordes erwarten durfte; so wenig wie einen Polizeiwagen auf dem Trottoir vor der schwarzen Hoteltür, die wie immer in diskreter Verlassenheit lag. Offenbar war der Tote noch nicht entdeckt worden, hatte Georg gedacht, obwohl es natürlich möglich war, dass die Polizisten in einem der drüben parkenden Zivilfahrzeuge angerückt waren.
Hinter ihm hatte sich eine Möwe heiser krächzend in den Fluss gestürzt. Georg hatte beschlossen, zur Pizzeria zurückzugehen. In diesem Moment war die Hintertür eines vis à vis geparkten beigefarbenen VW-Busses von innen aufgestoßen worden. Zwei Polizisten waren aufs Trottoir gesprungen, hatten Georg drohend gemustert und mit langsamen Schritten die Straße überquert. Georg hatte beschlossen zu verschwinden – am besten in das ferne Land seines Kindheitstraums, wo die Sprache nur ein Rauschen war, das natürlich auch keine Verhöre ermöglichte. Er war so schnell gelaufen, wie man irgend gehen konnte, ohne dass es geradezu nach Flucht aussah. Nicht nach Hause, nicht in die Mansarde, hatte er gedacht – wenn die Polizisten ihm folgten und Alex auf seinem Bett fanden, war alles vorbei. Hinter seinem Rücken hatte er die marschmäßig hallenden Schritte der beiden Polizisten und ihre lachenden Stimmen

gehört. Wie nackt und schutzlos er sich auf einmal gefühlt hatte in seinen dünnen Kleidern, verfolgt von den beiden Männern in ihren schweren Stiefeln und ledernen Uniformjacken. Fast rennend hatte er die Kreuzung überquert und war in die Pizzeria geschlüpft. Die Kneipe war eng, niedrig und von Rauch und Stimmen erfüllt; Gelächter und Gläserklirren schwirrten ihm entgegen, und über allem schwebte der Dunst von Oregano und Parmesan. Er arbeitete sich zum Tresen durch, die beiden Polizisten dicht hinter ihm, und an den Blicken der Essenden spürte er, dass sie sich fragten, ob er verhaftet war.

»Buon giorno«, sagte er zu dem italienischen Wirt, der ihn vom Sehen kannte. „Due pizze napoli, prego."

»Das dauert fünfzehn Minuten«, antwortete der Wirt auf Schweizerdeutsch.

Die beiden Polizisten drängten sich links und rechts von ihm an den Tresen und riefen dem Wirt irgendetwas zu, das Georg nicht verstand. Inzwischen schwitzte er so stark, dass ihm das salzige Wasser über Stirn und Schläfen tropfte und in den Augen brannte. Er spürte, wie alle Muskeln seines Körpers sich zitternd anspannten; auch sein Gesicht erstarrte zu einer Maske aus Angst und leerer Entschlossenheit. Er hatte den Impuls, sich blitzschnell umzudrehen und zwischen Tischen und Gesichtern hindurch zur Tür zu rennen, ins Freie, in den feuchten Abend; undeutlich sah er die Brücke vor sich, den braunen, rauschenden Fluss. Doch er zwang sich, bewegungslos stehen zu bleiben, mit einer Hand an den Chromtresen geklammert, zwischen die knirschenden Ledermonturen der Polizisten gepresst.

Er hatte eine winzige Chance – offenbar war der Mord in der *Rose* doch schon entdeckt worden; der Polizeibus vor dem Hotelportal ließ keine andere Erklärung zu. Und es war möglich, dass die Polizisten zwar anfangs einen vagen Verdacht gegen ihn gefasst hatten, da er vor dem Hotel herumlungerte wie ein Strichjunge, der auf einen Freier wartete. Aber vielleicht hatten sie beschlossen, die Spur nicht zu verfolgen, da Georg nicht versucht hatte zu fliehen, sondern anscheinend seelenruhig auf seine Pizza wartete. Und was sie dem Wirt im Eintreten zugerufen hatten, war vielleicht auch nur eine Bestellung gewesen – jetzt dachten sie bloß noch an das Essen, das sie gleich hinunterschlingen würden, und dass sie ihn in die Mitte genommen hatten, erklärte sich ganz einfach damit, dass die Kneipe überfüllt war und man nur mit Mühe einen Stehplatz am Tresen erwischte. Plötzlich schwirrte Georg die Liedzeile *I'm waiting for my man* durch den Kopf, gesungen von der schwankenden Stimme des jungen Lou Reed – zu der stampfenden Musik einer Gruppe namens *Velvet Underground*. Alex hatte ihn irgendwann mal, als sie unterwegs zum See waren, ohne Erklärung in einen Plattenladen gezerrt und ihm Kopfhörer übergestülpt, aus deren Muscheln der Velvet-Sound sauste. Damals hatte Georg natürlich nicht begriffen, dass Alex vielleicht versuchte, irgendwas anzudeuten. Außerdem machte er sich nichts aus Musik, die sozusagen auch zu den regulären Drogen zählte.

»*Prosit, Salute!*«, schrie eine aufgedrehte Stimme weit hinten in der Kneipe, und der ganze, mit Menschen vollgepfropfte Raum explodierte in einem Gelächter, das ebenso blitzartig wieder erstarb.

Der Wirt tauchte hinter dem Tresen auf und schaltete ein Kofferradio ein. »*Acht Uhr, DRS-Nachrichten*«; dazu die flirrende Tonfolge des Sendersignals. »*Der Bundesrat hat es abgelehnt, Vergewaltigung in der Ehe unter Strafe zu stellen.*«

Pause. Der linke Polizist murmelte irgendwas, das ungefähr klang wie *Wäre ja auch noch schöner, wenn die Weiber ...* In manchen Schweizer Kantonen, dachte Georg, hatten Frauen immer noch kein Wahlrecht. Er wusste nicht, warum er das jetzt dachte. Seine Nerven waren so angezurrt, dass sie bei einer unvorsichtigen Berührung zerreißen würden.

Der Nachrichtensprecher im Radio hüstelte und raschelte mit Papier. »*Wie uns soeben gemeldet wird, wurde heute Sonntag in einem Zürcher Hotel ein Mord verübt. Das Opfer ist ein deutscher Industrieller. Wie die Stadtzürcher Kriminalpolizei mitteilt, führt nach ersten Ermittlungen eine Spur ins Zürcher Prostituiertenmilieu. Der Tat dringend verdächtig ist ein junger Mann, zwischen siebzehn und zwanzig Jahre alt, der heute früh in Begleitung des Deutschen das Hotel betrat. Der Verdächtige ist zwischen eins-fünfundsiebzig und eins-achtzig groß und schlank. Er hat blondes, lockiges, schulterlanges Haar und grüne Augen. Bekleidet ist er vermutlich mit ...*« Georg dachte an den verschnürten Kehrichtsack, vollgestopft mit blutigen Kleidungsstücken, der vor seiner Tür am Straßenrand lag. »*... stammt wahrscheinlich ebenfalls aus der BRD. Sachdienliche Hinweise ...*«

Nachdem der Sprecher die Wetterprognose verlesen hatte – weitere Gewitter, weiterhin schwül bei Temperaturen um sechsundzwanzig Grad –, setzte Tanzmusik ein. Georg dachte, dass die fünfzehn Minuten für die Pizza längst abgelaufen sein mussten. Seine Knie zitterten, und die Knöchel seiner linken Hand, die den Tresenrand umklammerte, waren weiß. Wieder wischte er sich mit einer fahrigen Geste über die Stirn. Der linke Polizist wandte sich zu ihm und legte seine große, schwarzbehaarte Hand auf Georgs Arm. Georg erstarrte. Der Polizist schrie etwas in das Geschmetter der Tanzmusik.

»Kommt Sie teuer zu stehen!«, glaubte Georg zu verstehen.

»*Was?*«, schrie er zurück Was kam ihn teuer zu stehen? Der Mord in der *Rose*? Hatte er einen Fehler gemacht? Er sah an sich herab, Panik würgte ihn, als er einen großen, gezackten Blutfleck auf seinem Hemd erkannte. Er dachte, *ich habe das falsche Hemd angezogen, das ist ja Alex' Hemd, das ganze Hemd ist voller Blut!* Ergeben blickte er auf und sah in das schnauzbärtige Gesicht des Polizisten, der immer noch gegen die schmetternde Musik anschrie und mit einer Zigarette fuchtelte.

»Könnten Sie mir Feuer geben«, verstand Georg. Ungläubig starrte er den anderen an. In seinem Kopf wirbelten Bilder, keine Gedanken.

Feuer. Die Zigarette. Natürlich. Der Mann hielt ihn nicht für einen Mörder, und der Fleck auf seinem T-Shirt, über der Brust, das war kein Blut, sondern Schweiß. Georg lachte und sah, wie sich das Gesicht des Polizisten zu einer Grimasse freundlicher Verblüffung verzog. Er fischte sein Feuerzeug aus der Tasche und hielt dem anderen die Flamme hin. Seine Hand zitterte und machte das Flämmchen schwanken und sprühen wie eine Wasserfontäne. Plötzlich schaltete der Wirt das Radio aus, und es entstand eine saugende Stille. Georg steckte sein Feuerzeug weg. Der Polizist rauchte, während sein Kollege einen Schlüsselbund mit einem Finger am Ring hielt und klirrend über den Tresen tanzen ließ.

»Sie kommen aus Deutschland?«, fragte der rauchende Polizist in bemühtem Hochdeutsch.

Wollte er nur Konversation treiben, oder war sein Misstrauen wieder erwacht, als er sah, wie Georgs Hand unter dem Flämmchen zitterte?

»Ich ...«, sagte Georg.

Da schob der Wirt die Pizzaschachteln über den Tresen. Georg reichte ihm einen feuchten Zwanzig-Franken-Schein, packte die Schachteln und stürzte zur Tür. Auf seinem Rücken spürte er die Blicke der Polizisten, des Wirts, aller Kneipengäste. Er hatte das Gefühl, dass die Blicke ihm die Kleider vom Leib zerrten und seine Haut betasteten, und er glaubte zu hören, wie einer rief: »*Ein Stricher aus Deutschland!*« – worauf die Kneipe wieder in Gelächter explodierte.

Dann knallte die Tür zu, und Georg lehnte sich flach atmend gegen die Mauer. Er war nassgeschwitzt, sein Herz hämmerte, seine Knie flatterten. Er hatte sich wie ein Riesenidiot benommen. Sobald sich herausstellte, dass er zumindest als Freund des mordverdächtigen Alexander Kortner in die Mordsache Alfred Prohn verwickelt war, würden die Polizisten sich an seinen seltsamen Auftritt vor der *Rose* und bei dem Italiener erinnern. Warum hatte er beispielsweise *zwei* Pizzas geholt, obwohl er behauptete, allein gewesen zu sein? Und warum hatte er vor Angst geschlottert, als der eine Polizist ihn anredete? Vor allem aber: Was hatte er vor der *Rose* gesucht? Auf solche Fragen musste er jetzt gefasst sein – noch bevor er Gelegenheit hatte zu behaupten, er habe Alex an diesem Sonntag überhaupt nicht gesehen, hatte er alles getan, um die Glaubwürdigkeit seiner Aussage zu erschüttern und das Misstrauen der Polizei zu schüren. Als ob er Alex hatte in den Rücken fallen wollen! Unsinn, sagte er sich; er war bloß nervös, was ja nur allzu verständlich war, und seine Fantasie, seine überreizten Nerven hatten ihm einen mehr oder weniger üblen Streich gespielt.

Er stieß sich von der Mauer ab und trottete nach Hause, die schwitzenden Pappkartons auf den Händen balancierend. Mehrmals drehte er sich ruckartig um, aber die Straße war leer, niemand folgte ihm.

8

»Nein, iss du das Zeug«, sagte Georg. »Wirklich, ich habe keinen Appetit.«
Alex zuckte die Schultern und zupfte das erste Pizzastück aus Georgs Karton. Abrupt stand Georg auf, drängte sich zwischen den Sesseln und dem imitierten Marmortischchen hindurch und ging in die Küchennische, um Kaffee aufzubrühen. Das Zischen verriet ihm, dass Alex seine zweite Bierdose öffnete. Es war nach neun Uhr abends, und wenn er jetzt noch Kaffee trank, würde er höchstwahrscheinlich nicht schlafen können; aber heute fürchtete er den Schlaf. Das erschreckte ihn, er spürte, wie etwas sich in ihm verwandelte. Der Schlaf, dachte er, war sein frühester und verlässlichster Freund – ein engerer und älterer Freund als Alex; und die Träume waren seine Geliebten – tiefere Lieben als seine, ja, Liebe zu Margot. Er schüttete Kaffeepulver in den Filter und schaltete die kleine Maschine ein. Jetzt, dachte er, jetzt spreizte sich die Wirklichkeit auf, das verdross ihn; auf einmal gab sie sich wichtig und drohte mit Polizei und Verdacht und Verhör, und alles, was ihm bis heute Morgen wichtig gewesen war, verblasste – der *Irrläufer* und der Brief seiner Eltern, der vielleicht schon in einem Postwaggon durch die Nacht brauste, und Francesca und Stefan Härtel, der angeblich in einer Villa am Zürichsee lebte. Am See wohnen, dachte Georg, das wäre etwas. Vom Linienschiff aus hatte er gesehen, dass die Seevillen am reichen Ostufer Bootsgaragen besaßen; hinter Rolltoren schwankten Motorboote im ummauerten Wasser, und wahrscheinlich betrat man die Garagen direkt vom Haus aus, wie in der Villa seiner Eltern die Mercedes-Garage durch eine Treppentür zugänglich war. Mit einer Tasse Kaffee ging er zurück zu Alex und setzte sich wieder in den Sessel.
Alex kaute immer noch an der Pizza. Seine Finger und Lippen glänzten fettig; in der linken Hand hielt er ein dreieckiges Fladenstück, in der rechten die Bierdose. Da sich die kleinen grünen Kunstledersessel in dem engen Raum zwischen der verspiegelten Schranktür, die jetzt offen war, und der Dachschräge gegenüberstanden, kamen sie sich andauernd mit ihren Beinen in die Quere, zumal Alex sein verletztes linkes Bein weit ausgestreckt hatte.
»Puh – gleich platze ich.« Alex stöhnte, während er das letzte Pizzastück aus dem aufgeweichten Karton fischte.
Der lange Schlaf hatte ihm offenbar gut getan, und nachdem er nochmals zwei *Hermaton*-Tabletten geschluckt hatte, schien er auch keine Schmerzen mehr zu spüren.
»Weißt du, dass ich vorhin regelrecht Angst hatte, als ich allein im Bett lag und du nach unten gegangen warst?« Er lachte über seine Angst, während Georg sich immer noch verdrossen und angespannt fühlte.

Er verstand nicht, was mit ihm los war. Seine Gefühle für Alex waren so schwankend, dass ihr Pendeln – praktisch zwischen Zärtlichkeit und Abscheu – ihn selbst überraschte und unsicher machte. Mit einem Auge sah er, wie Alex sich eine *Gitane* anzündete und die dritte Bierdose aufriss. Er lehnte sich zurück und hievte seinen linken Fuß auf Georgs Sessel, sodass er Georgs Bein streifte.
»Lass das«, sagte Georg kalt.
Alex wurde rot. »Entschuldige«, murmelte er und manövrierte den Fuß wieder nach unten, wobei er ächzte und mit den Händen eine Schlaufe machte, um das verletzte Bein in der Kniekehle zu stützen.
Georg schluckte; er bereute seine Bemerkung und suchte nach einer witzigen Floskel, um den Eindruck zu verwischen. Was war mit ihm los? Er starrte auf Alex' nackten, jetzt fast unmerklich gewölbten Bauch und dachte, dass er soeben zwei riesige Pizzafladen verschlungen und mit einem Liter Bier nach unten gespült hatte. Alex, der Genuss- und Lebemensch, dachte er. Aber stimmte das denn? Alex, das verprügelte Heim- und Waisenkind, das nie eine Familie, nie ein Elternhaus hatte, das von Anfang an abgeschoben und zum Verbrecher gestempelt worden war.
»Alex«, sagte er, »*du* musst entschuldigen, ich benehme mich idiotisch, als ob ich ...«
Er wusste nicht weiter und brach ab. Plötzlich spürte er wieder dieses trockene Brennen in den Augen – er hasste sich für seine Sentimentalität. Alex gehört *mir*, dachte er unvermittelt. Die leere Kaffeetasse klirrte auf dem Unterteller, den er in der rechten Hand hielt.
»Georg, du darfst nicht glauben«, hörte er Alex sagen, »dass ich bei dir an so was denke.«
»Nein, natürlich nicht.«
»Du bist mein Freund,« sagte Alex, »ich glaube, wir sind wirkliche Freunde, ich habe so etwas noch nie erlebt. Und wenn ich mir vorstelle ...«
»Sei still«, sagte Georg leise, »ich weiß, was du sagen willst, aber sag es nicht, sag nie mehr was davon.« Er sah Alex an und versuchte zu lächeln.
»Ich habe das noch gar nicht erwähnt«, begann er dann, nachdem sie einige Minuten geschwiegen hatten, »als ich vorhin bei dem Italiener war, haben sie im Radio schon die Meldung von Prohns Tod gebracht, außerdem eine Beschreibung des Verdächtigen, die ziemlich genau auf dich passt.« Er wiederholte kurz die Details der Meldung, wobei er den Ausdruck *Prostituiertenmilieu* wegließ. »Übrigens kam das Geld in der Meldung nicht vor«, sagte er, vielleicht wissen sie gar nicht, dass er so viel bei sich hatte.«
Als er angefangen hatte zu reden, hatte Alex kurz aufgelacht und die Schultern gezuckt; aber Georg sah, dass er blass geworden war – noch blasser als vorher schon, sodass sein Gesicht im dämmrigen Licht fast grünlich schimmerte.
»Bei dir finden sie mich nicht«, behauptete Alex. »Du bist Ausländer, da müssen sie

sowieso vorsichtig sein, außerdem sind deine Eltern reich, und du hast ein Schweizer Konto und eine Aufenthaltsgenehmigung. Die Polizei wird sich hier ein bisschen umschauen und dir ein paar höfliche Fragen stellen. Aber sie werden bestimmt nicht diesen Schrank zertrümmern und den Boden aufhacken, weil sie dich verdächtigen, einen Mörder zu verstecken. Allerdings – ich werde dir längere Zeit auf der Pelle sitzen, Georg; ich darf nicht riskieren, auch nur einen Finger aus der Tür zu strecken, solange sie mich als Prohns Mörder suchen. Vielleicht schläft die Sache irgendwann ein, oder ich färbe mir die Haare und wir treiben neue Papiere für mich auf – irgendwas. Aber bis dahin ...«
»Schon okay«, sagte Georg. »Und glaub mir, Alex, ich bin wirklich froh, dass ich dir helfen kann.«
Er steckte sich eine Zigarette an und stand auf, um seine Tasse nachzufüllen. Er hatte vorgehabt, Alex auch von den beiden Polizisten zu erzählen; aber er würde den Zwischenfall nicht erwähnen, der Alex nur beunruhigt hätte. Auf dem Rückweg ging er an der Tür vorbei und überzeugte sich, dass sie abgeriegelt war. Sein Herz flatterte von den Aufregungen des Tages und dem späten Kaffee. Als er sich wieder setzte, sah er, dass Alex in trübes Nachdenken versunken war.
»Habe ich dir schon von meiner Europareise erzählt?« Das war eine komische Geschichte, die sie beide ablenken würde. Er ahnte, dass sie keinen Schlaf finden würden in dieser Nacht.
»Eine Europareise«, wiederholte Alex sehnsüchtig. Wahrscheinlich dachte er an seine gescheiterten Fluchtversuche aus den Heimen für Schwererziehbare in Hamburg und an seine einzige geglückte Reise, die ihn hierher geführt hatte, nach Zürich, ins Prostituiertenmilieu.
»Es gab keine Europareise«, sagte Georg, »es gab nur einen Haufen Postkarten, die aus allen Richtungen zu meinen Eltern schwirrten, während ich hier in Zürich war.«
Dann erzählte er die Geschichte, und sie beide lachten, dass es sie krümmte und ihnen wieder der Schweiß ausbrach. Vor seiner Abreise aus Deutschland hatte Georg einen kleinen Laden in Frankfurt-Bockenheim aufgesucht, in dem Ansichtskarten aus allen Städten und Gegenden der Welt verkauft wurden. Jahre vorher hatte er diesen Laden zufällig entdeckt und sich damals beim besten Willen nicht vorstellen können, wozu man in Frankfurt Ansichtskarten kaufen sollte, die den Kilimandscharo bei Sonnenuntergang, *Tokyo by night* oder bröckelnde Florentiner Statuen zeigten. Er betrat den Laden und kaufte Karten von Paris, Lyon und Bordeaux, von Rom, Neapel, Florenz und Venedig, von Madrid und Lissabon, von Salzburg und Wien und schließlich auch mehrere Karten, die die schimmernden Dächer und Kuppeln der Altstadt vor der Bucht des Zürichsees zeigten. Vorher hatte er eine genaue Reiseroute ausgearbeitet, die ihn mit Flugzeug, Bahn und Schiff im Kreis durch Europa führen würde, gegen den Uhrzeigersinn.

»Aber du konntest die Karten doch nicht einfach in Zürich einwerfen«, sagte Alex ungläubig lachend, »das hätten deine Eltern doch an dem Poststempel gemerkt.«
»Allerdings«, erwiderte Georg. Die Erinnerung an seinen Plan beflügelte ihn und verscheuchte seine Angst und Anspannung; auf einmal fühlte er sich wieder locker und aller Welt turmhoch überlegen.
Er hatte den Packen Ansichtskarten vordatiert, mit mehr oder weniger nichtssagenden Grüßen beschriftet und je zur Hälfte an seine Eltern und an Margot adressiert. Mit Hilfe der *Michelin*-Reiseführer hatte er für jede Stadt, die er angeblich besichtigen wollte, irgendeine Sehenswürdigkeit ausgewählt, die er auf den Karten kommentierte. Während er in der Regel einen recht mürrischen Ton anschlug und mal die Hitze beklagte, dann das Essen oder die schaumweichen Hotelbetten tadelte, verfiel er auf den letzten, den Züricher Karten auf einmal in begeisterte Klänge und rühmte im Voraus die prachtvolle Altstadt und den lieblichen See. Laut Datum würde er ziemlich genau vierzehn Monate nach Beginn seiner Reise in Zürich eintreffen – am zweiten Juni, zwölf Tage vor seinem zwanzigsten Geburtstag. Die Karten an Margot und seine Eltern schlossen mit der Erklärung, er wolle sich eine preiswerte Unterkunft suchen und in Zürich wohnen, solange sein Geld noch reiche. Er würde sich wieder melden, sobald er eine feste Adresse hatte.
»Ich kapiere immer noch nichts«, sagte Alex, »weder wie noch warum.« Vor allem das Warum schien ihm schleierhaft zu sein – weshalb begnügte sich jemand damit, eine ausgedehnte Reise bloß vorzutäuschen, obwohl er über genügend Zeit und alle nötigen Mittel verfügte, um die Welt in Wirklichkeit zu bereisen?
Weil ich das Geld für die *innere Welt* brauchte, dachte Georg. Er hatte sich ein ganzes kostbares Jahr erlistet – ein unwiederholbares Jahr vergrabener Einsamkeit, während dem niemand wusste, wo er sich wirklich befand. Keine Besuche, keine Briefe, überhaupt keine äußeren Eindrücke, nicht einmal telefonischer Kontakt zu seinen Eltern oder zu Margot, oder zu irgendwem.
»Und was hast du die ganze Zeit getrieben, in diesem Jahr?«
»In diesem Jahr«, sagte Georg langsam, »ist der *Irrläufer* entstanden.«
Alex' Blick war verschwommen und leer; er wirkte jetzt eher schläfrig als interessiert. Obwohl Georg sich sagte, dass ihn weniger seine Geschichte als die Tabletten und das Bier müde machten, ärgerte er sich, als Alex verstohlen gähnte. Er erzählte weiter und vergaß seinen Ärger über der Begeisterung, die seine Raffinesse in ihm entfachte. Er hatte die Ansichtskarten in Kuverts geschoben, immer paarweise die Karten für Margot und seine Eltern zusammen, und in die Adressfelder der Umschläge jeweils den Namen der Stadt geschrieben, aus der die Karten abgeschickt werden sollten. Dann hatte er sich Namen und Anschriften internationaler Detektivagenturen notiert, die über Filialen in Frankfurt verfügten, und die Detektivbüros abgeklappert. Im ersten Büro wurde er abgewiesen. Der Detektiv empfing ihn in einer Prachtkanz-

lei, wo milchiges Licht die Konturen der Ledermöbel und künstlichen Kakteen zu einem dringend aufklärungsbedürftigen Dunst verschwimmen ließ. Er behauptete, mit dieser Geschichte sei nichts zu verdienen, obwohl Georg ihm dreitausend Mark anbot und der Detektei nicht einmal Portokosten entstanden wären, da er die Kuverts frankiert und für die Karten internationale Antwortscheine besorgt hatte. Der Detektiv brauchte nur noch die Adressen der entsprechenden Filialen in Rom oder Lissabon auf die Umschläge zu schreiben, eine Notiz beizufügen und die Kuverts zu verschließen. Die ausländischen Detektive sollten die Karten an den vorbestimmten Tagen in die Postkästen werfen, was ja bestimmt keine detektivischen Glanztaten verlangte und mit dreitausend Mark mehr als großzügig honoriert war. Aber wahrscheinlich, sagte Georg, hatte der etwas einfältige Schnüffler Angst, in eine illegale Geschichte verwickelt zu werden, obwohl die Kuverts unverschlossen waren und er sich von der Harmlosigkeit der Texte überzeugen konnte. Er hatte versprochen, die ganze Sache zu vergessen, aber zu mehr war er nicht zu bewegen gewesen.
Alex lächelte, immer noch eher höflich als interessiert. Aber Georg dachte, er würde ihn *zwingen*, diese Geschichte zu Ende anzuhören, damit er begriff, wie schlau und folgerichtig Georg schon damals sein neues Leben zu planen begonnen hatte.
Als er bei der zweiten Agentur vorsprach, brachte er sein Anliegen in beiläufig-witzigem Ton vor, als wollte er nur jemandem einen Streich spielen. Absichtlich hatte er eine viel kleinere Detektei gewählt, die nicht allzu wählerisch sein konnte. Der ältliche Kanzleivorsteher empfing ihn in einem schäbigen Zimmerchen zwischen Blechmöbeln und schimmelfarbenen Kakteen – die Kakteen, echt oder künstlich, schienen eine Art Zunftemblem darzustellen, als wäre die Wahrheit eine saftige Frucht, die sich hinter einem stachligen Mantel verbarg. Dieser Detektiv erklärte sich nach kurzem Zögern bereit, bei Georgs Spiel mitzuspielen, die Karten in alle Welt zu verschicken und nacheinander zurückkehren zu lassen wie eine Wolke von Bumerangs, die einen gemächlichen Kreis um ein imaginäres Zentrum beschrieben.
Diesmal lachte Alex bewundernd; seine Augen glänzten. »Hattest du keine Angst, dass der Detektiv dich erpressen könnte?«, fragte er.
»*Mich* erpressen?«, gab Georg zurück. »Das werde ich dir ein anderes Mal erzählen, was ich mit einem gemacht habe, der mich erpressen wollte – wie der *geendet* ist.«
Er fühlte sich so stark und raffiniert, er war unbesiegbar – wenn jetzt, dachte er, die Polizisten kämen, um ihn wegen Alex und Alfred Prohn zu verhören, er würde ihnen ins Gesicht lachen und persönlich die Schranktüren öffnen, um bei ihrer täppischen Suche behilflich zu sein.
Alex humpelte zum Klo und ließ sein Wasser ab. Wenigstens die Tür könnte er zumachen, dachte Georg, obwohl man das Bad vom Zimmer aus nicht einsah; aber das Geräusch des prasselnden Wasserstrahls ärgerte ihn. *Krankhafter Wirklichkeitshass*, dachte er und wusste im Augenblick kaum, worauf sich dieser Gedanke bezog.

Als Alex zurückkam, brachte er die Kaffeekanne mit und eine zweite Tasse für sich. Er schenkte ein und sagte: »Lass uns die Nacht wachbleiben, mir ist heute nicht nach Schlafen, obwohl ich mich ganz kaputt fühle. Aber wenn ich jetzt einschlafe, werde ich bloß wieder träumen – ich will fliehen, aber meine Füße sinken in Sumpf ein, Hände packen meine Schultern, man schlägt mich und macht sich lustig über den *ewigen Ausreißer* – immer die gleichen Träume, eine wüste Mischung aus den verschiedenen Situationen, wenn ich wieder mal eingefangen worden war. Manchmal denke ich, mein Leben besteht nur aus Fliehen und Eingefangenwerden. Erzähl mir doch von dem Erpresser, wenn du magst. Im Heim haben wir uns immer damit getröstet, dass die braven Bürgersöhne ihren Luxus – und Luxus war für uns schon ein eigenes Zimmer – wenigstens mit Langeweile bezahlen. Aber wenn ich dann höre, was du schon so alles erlebt hast! Mensch, Georg, ich glaube, zusammen wären wir kaum zu schlagen!« Er grinste hinter der Kaffeetasse hervor.

Draußen herrschte längst dicke Dunkelheit. Es ging gegen Mitternacht, die kleine Mansarde schien wie eine Kapsel durch die von Sternen überglänzte Stille und Finsternis zu fliegen. Alex saß Georg gegenüber, vor der geöffneten Schranktür mit dem Spiegel, hinter der das rattenlochartige Verlies klaffte. Der Spiegel blendete ihre Gesichter und Körper ineinander, sodass eine unförmig verschobene Gestalt entstand, die mal Georg mit Alex' Zügen zu maskieren schien und dann wieder, wenn sie sich in den Sesseln bewegten, Georgs Gesicht als Maske vor Alex schob.

»Der Erpresser, ja«, sagte Georg. »Eigentlich eine läppische Geschichte, soweit sie mich betrifft.« Er brauchte mehr als eine Stunde, um die Peter-Martens-Geschichte zu erzählen – und dann brauchte er weniger als eine Sekunde, um zu merken, dass er sie besser nicht erzählt hätte. Ihre Wirkung auf Alex war erschreckend, obwohl er nicht wusste, weshalb erschreckend, da Alex ihm nur einen nachdenklichen Blick zuwarf und dann verlegen oder fast ängstlich wegsah.

Und wenn jetzt *er* versucht, dich mit seinem Wissen zu erpressen? Die Martens-Akte ruhte nur vorläufig bei den ungeklärten Fällen. Wenn der Kripo ein anonymer Hinweis zugespielt wurde, fand sich sicher jemand, der den Fall von neuem aufrollte.

Er hätte nichts sagen sollen, dachte Georg, keine einzige Silbe; er verachtete sich für seine prahlsüchtige Geschwätzigkeit. Allerdings war es unwahrscheinlich, versuchte er sich zu beruhigen, dass Alex jemals die Schwäche ausnützen würde, die er in dieser Nacht gezeigt hatte. Schlimmstenfalls hatten sie sich gegenseitig in der Hand – was in ihm das Bild hervorrief, wie er und Alex sich undurchsichtig lächelnd die Hand reichten; sie hatten sich gegenseitig in der Hand, da jeder dem anderen eine Art Mord gestanden hatte. Und war es nicht einfach – nein, war es nicht doppelt absurd, dass es sich in beiden Fällen nicht um wirklichen Mord handelte? Er grinste, und um die Grimasse zu verwischen, griff er zu dem *Gitanes*-Päckchen und steckte zwei Zigaretten an.

»Danke.« Alex nahm die Zigarette, aber immer noch vermied er Georgs Blick. »Weißt du, was ich eben gedacht habe?« Georg wartete. »Ich kann es nicht genau erklären«, sagte Alex zögernd, »aber ich habe gedacht, ich habe heute einen Mord begangen, aber ich bin kein Mörder; während du ... Du bist der Mörder von diesem Peter Martens, obwohl du ihn nicht getötet hast.«
»Was zum Teufel soll das heißen?«, fragte Georg. Obwohl er nur zu genau wusste, dass Alex intuitiv die Wahrheit erfasst hatte. Letzten Endes hatte er nur ausgesprochen, was er selbst seit langem dachte.
»Du bist mir über«, sagte Alex. Er wirkte verwirrt und ängstlich. Während er einen tiefen Zug aus seiner *Gitane* nahm, streifte er Georg mit einem Blick, in dem sich Bewunderung, Furcht und Befremden, nein, Fremdheit mischten. Bis heute, sagte Alex' Blick, vielleicht bis zu dieser Nachtstunde hatte er Georg nicht gekannt. Und jetzt – kannte er ihn jetzt? War die Peter-Martens-Geschichte die verborgene Wahrheit über Georg Kroning, Alex' scheinbar so harmlos träumerischen Freund?
Ein Schweigen wuchs an, das beide bedrückte; aber die Minuten, die Viertelstunden verstrichen, und keiner fand das befreiende Wort. Die Details, dachte Georg, er hätte die Details nicht so sehr ausschmücken dürfen – wie Peter Martens, die Hände hinter dem nackten, zopfähnlich verdrehten Leib verschnürt, ans schlammige Ufer wankte und was dann geschah. Er erinnerte sich nicht genau, wie weit er in seinen Erzählungen – in seinen Fantasien – vor Alex gegangen war; er wusste nur noch, dass er sich in eine Art Rausch hineingeredet hatte. Jetzt kommt es darauf an, du musst dich verständlich machen, hatte er gedacht, du darfst nichts auslassen, damit Alex versteht – nein, nicht Alex, er hatte gar nicht an Alex gedacht, es war ein Selbstgespräch, nicht einmal das, ein Gedankenflimmern, er hatte kaum gemerkt, dass er laut, nach außen hörbar sprach.
Und was hatte Alex erwidert? »Du bist ein Mörder auch ohne Mord – ich aber habe getötet und bin unschuldiger denn je.« Oder so ähnlich. Jedenfalls war es deutlich – er, Georg, war der Schuldige, Schmutzige, Befleckte, während Alex, der sich von geilen Greisen betatschen ließ ...
»Ich bin müde«, sagte Alex und gähnte. Die Uhr ging gegen halb vier. Wie lange hatten sie geschwiegen? Und was hatte Alex während dieser Stunden gedacht, gefühlt? Er lächelte schläfrig. »Ich leg mich doch noch was aufs Ohr«, sagte er. Als hätte er die Martens-Geschichte nie gehört, die sein eigenes Erlebnis mit Alfred Prohn, fühlte Georg, sozusagen *auslöschte* – vielleicht wie man eine kleine Verletzung vergaß, wenn man erfuhr, dass ein naher Verwandter gestorben war. War es so arg? War Georg wirklich *für Alex gestorben*? Er schob die Frage weg, indem er sich sagte, dass er ihren Sinn kaum begriff.
»Ja, leg dich nur hin«, sagte Georg, »ich bleibe noch auf.« Und vergiss, was ich dir erzählt habe, hätte er hinzufügen mögen; aber das war lächerlich, deshalb schwieg

er. Alex lächelte immer noch und kratzte sich unter dem Verband. »Geh jetzt«, sagte Georg rau.
Oder hatte er diese abgehackten Silben nur gedacht, geträumt? Und warum kam ihm in diesem Moment zum ersten Mal die Idee, wenn er jemals einen Menschen mit eigener Hand töten würde, nicht auf Distanz mit einem Schuss oder Messer, sondern vielleicht mit einem Steinbrocken, wobei sie sich am Ufer eines tosenden Flusses wälzten – dass dieser Mensch höchstwahrscheinlich Alex wäre?
Es war nur eine flüchtige Vision – wie wenn dich eine kalte Hand im Nacken streift. Er schrak zusammen, doch dann vergaß er – vergaß für lange Zeit. Alex stand auf, hochragend, schwankend vor Georg, der sich gleichfalls schwerfällig erhob. Sie standen so dicht voreinander, dass sich ihre Körper berührten, und da sie beide ihre Sessel in den Kniekehlen spürten, konnten sie nicht zurückweichen, sondern standen wie aneinandergepflockt.
Das war keine überlegte Geste gewesen – Georg legte die Hände auf die Schultern des anderen und zog ihn zu sich heran. Ihre Körper drückten sich aneinander, und Georgs Stirn ruhte auf Alex' Schulter; aber er fühlte kein Begehren, und er hoffte, dass Alex verstand. Alex *gehörte* ihm, Alex war ein Stück seiner selbst, ein Schemen aus seinen Träumen, und zuweilen brauchte er die Berührung, um zu fühlen, dass Alex außerdem Wirklichkeit war.
Wirklichkeit – das Wort hallte in ihm nach. Höhnisches Echo, dachte er, schaukelnde, gaukelnde Wirklichkeit.
Wirklichkeit wie Margot oder – ja, wie das *Irrläufer*-Spiel, wie die *Irrläufer*-Figuren; dort drüben standen sie auf der dunkel spiegelnden Glasfläche, was bewies, dass sie nicht nur nachts existierten, nicht bloß im Traum. Georg spürte, dass er solche Beweise brauchte, und es beruhigte ihn, dass er an ihre Beweiskraft noch glaubte, an seine Sinne, die ihm äußere Empfindungen zuspiegelten und -spielten. Vieles wäre einfacher, dachte er, wenn Alex nicht ... wenn er kein Strichjunge wäre, aus dem Prostituiertenmilieu; so nämlich musste er sich die Berührung erkämpfen, am Rand des Missverstehens, der Unmöglichkeit. Die Berührung, die nicht von jener Art war, dass Menschen blutüberströmt zusammenbrachen; die Berührung, die sanft, flüchtig, unverzichtbar und scheinbar folgenlos war wie ein Traum. Ob Alex verstand? Auf einmal wurde ihm bewusst, dass er allein zwischen den Sesseln stand. Was war geschehen? Nichts? Kein Alex? Die Schranktür mit dem Spiegel war ein wenig nach innen geschwungen und zeigte Alex, der in dem klaffenden Army-Schlafsack lag, neben sich den Blechkrug, in den er vorhin das blutige Tuch getaucht hatte. Er zwängte sich zwischen Sesseln und Tischchen hindurch und ging zur Schranktür. Alex schlief schon; die weiße Schärpe leuchtete in der Dunkelheit. Leise zog Georg die Schrankwand in die Arretierung, dann verschloss er die Tür mit dem Innenspiegel und verriegelte zweimal.

Vielleicht würde Alex ersticken, vielleicht ließen die Wand und die Tür keine Luft durch und Alex kam qualvoll um. Er spürte, dass er diesen Gedanken nicht ertrug. Wie schrecklich konnten Nächte sein, endlos und erbarmungslos in ihrer Schwärze, durch die der matt leuchtende Minutenzeiger wie ein Ertrinkender schlich, vom kleineren Stundenzeiger tückisch belauert. Georg dachte an die wirbelnden Zeiger der Stoppuhr in der Hand seiner Mutter, wenn sie an der Seite seines Vaters über das Bergsträßchen und den Schotterweg zum Waldhaus raste. Was für ein Irrsinn doch das Leben war! Leben? Dieses Wort? Wieder erinnerte er sich – als kleiner Junge hatte er gehofft, sein Vater möge aus der Klinik, von einem Kongress, von irgendeiner Reise nicht mehr zurückkehren, nie mehr, und er bliebe allein mit seiner Mutter in der Villa, in dem riesigen Park, den sie zu einem wirklichen Märchenwald verwildern ließen. So weit er zurückdenken konnte, hatte er seinem Vater den Tod gewünscht, und vielleicht sein erstes Begreifen hatte dem Tod gegolten.

Später, viel später hatte Margots Vater behauptet, alle kleinen Jungen wünschten sich den Tod oder zumindest die Entmachtung ihres Vaters, um ihre Mama ganz allein zu haben und sie praktisch zu beherrschen. Aber seltsam – auch als ihm seine Mutter längst gleichgültig geworden war, als er sich in die abgeschlossene Welt seiner Spiele und Träume zurückgezogen hatte und auch die Mutter bloß noch seine mit dem Vater verbündete Feindin war, betete er immer noch und längst ganz mechanisch: *Bitte, Tod, komm doch und hole Papa ...*

Warum? Er erinnerte sich – als er neun oder zehn war, schien es ihm, als hätte sein Vater auf einmal begriffen. Über Nacht schien er das lächerlich burschikose Gebaren gegenüber Georg abgestreift zu haben und warb mit fast verlegenem Lächeln um die Liebe, die Freundschaft seines Sohnes. An einem freien Tag, als *die Messer geschliffen* wurden, kam er in Georgs Zimmer, wo Georg an seinem kleinen Arbeitstisch saß und über irgendeinem Spiel brütete. Er spürte, dass sein Vater sich schuldig fühlte – er empfand nicht etwa plötzlich Sympathie für die seltsamen Neigungen seines Sohnes; aber er schien sich zu fragen, was er falsch gemacht hatte, da sein Sohn sich so sonderbar entwickelte und benahm. Für Augenblicke ahnte da auch Georg, dass sein Vater ihm ähnlich war – verschlossen, abweisend und einsam; auch sein Vater flüchtete, aber in die andere Richtung – und da brach auf beiden Seiten der Abscheu wieder durch. Langsam hatte er von dem Spiel aufgeschaut und gesehen, dass sein Vater seinen Widerwillen verbarg wie ein Priester, der in dem ekelhaft kranken Körper die liebliche Seele suchte. Und Georg selbst hatte, von unten in das gedunsene Gesicht seines Vaters starrend, plötzlich gedacht: Geh weg! Lass mich in Ruhe! Komm nie mehr zurück!

Unter Georgs Blick war sein Vater zusammengezuckt; die wortlose Abweisung, spürte Georg, traf ihn wie ein Schlag. Diese unendliche Fremdheit zwischen dem damals kaum über vierzigjährigen, also doch noch nicht allzu alten Mann und seinem klei-

nen, ja winzigen Sohn. Georg sah die schwarzen Bartstoppeln in dem breiten, weißen Gesicht seines Vaters; die schlaffen Stellen unter den vorquellenden Augen, wo sich die bläulich leuchtenden Tränensäcke vorwölbten; das aus dem bequem geöffneten Kragen fließende Doppelkinn.
Unvermittelt hatte sein Vater sich aufgerichtet und gemurmelt: »Was willst du uns eigentlich beweisen, Georg?«
Ja, was eigentlich?, dachte er jetzt. Ihm wurde bewusst, dass er noch vor der verriegelten Schranktür stand, hinter der Alex im fenster- und türlosen Rattenloch schlief. Er drückte ein Ohr gegen die Schranktür, aber es war kein Laut zu hören, nur das Klopfen seines Blutes im Gehörgang und sein eigener flacher Atem, der den rötlichen Lackglanz der Schranktür beschlug.
Viertel nach vier; zaghaft dämmerte vor dem Fenster der Morgen. Wieder das verschlafene Krächzen der Vögel; seit vierundzwanzig Stunden, war er jetzt wach. Er ging zu dem falschen Marmortischchen, stapelte die leeren Bierdosen in die leeren Pizzakartons, leerte den Aschenbecher dazu und trug den Abfall zur Küchennische. Er stopfte alles in den Kehrichteimer und dachte, etwa in drei Stunden würde unten die Müllabfuhr anrollen und den Sack voll blutiger Wäsche aufladen. Er nahm an, dass der Müll sofort, noch im Containerwagen, von Stahlzähnen zerkleinert wurde, sodass kein Staatsanwalt die Beweisstücke vor den erstaunten Augen des Richters und der lüsternen Öffentlichkeit würde schwenken können. Wie einen schweren Schleier spürte auch Georg jetzt die Müdigkeit. Er legte sich auf sein Bett und verschränkte die Hände hinter dem Kopf. Seine Gedanken verschwammen zu Bildern, und die Bilder fütterten seine Träume aus. Er schlief ein.
Schwer legte sich ein Körper über ihn, und er spürte, wie sich weiche Lippen auf seine pressten; Finger fuhren streichelnd durch sein Haar. Aber er war nicht ganz sicher, wer sich da auf ihn drückte – Margot oder Alex; er stieß den Körper weg und wollte seitlich, mit robbenden Bewegungen fliehen. Hände schlichen hinter ihm her, oder nicht einmal Hände – irgendetwas einschnürend Weiches, sodass er unbehaglich flüsterte: »*Nein, bitte nicht.*«
Wie dunkel es auf einmal wurde, absolut finster, man sah gar nichts, das Dunkle saugte auch die Laute, saugte alles, schlang jede Empfindung ein. *Mach Licht*, hätte er sagen mögen, oder *Rede*, oder *Berühr mich doch*. Aber er hatte jede Empfindung verloren, er trieb wie ein Stück Holz in dem Fluss aus seinem uralten, ewigen Traum, in der dunkelgrünen, rasenden Strömung. An den Ufern jagten Bäume, Menschen, Häuser vorüber, huschend und schattenhaft, wie in einem unterbelichteten Film, der zu schnell abgespielt wurde. Und der Fluss – der Fluss schlang ihn ein. Er leckte an der Haut, an den Poren, an allen Öffnungen seines Körpers; seine Haut wurde durchscheinend, und unter dem hellen Schleier wälzte sich durch seine Glieder und Adern die dunkelgrüne Flut. Jetzt kämpfte er gegen die Strömung oder glaubte zu kämpfen,

aber die Wellen kicherten gegen seinen Kopf, er war nur noch Kopf, der wie eine Boje über dem Wasser schwankte. Und doch, da war noch sein Körper, hinter ihm trieb er durchs Wasser, eine durchscheinende, dünne Folie, von den Wellen und Schwallen durchströmt. Er tänzelte auf den Rücken und sah, dass auch der Himmel nur noch dunkelgrünes Strudeln war, und die Ufer waren Regenwälder, grünflüssige Mauern, dampfend und schwer. An seinem Plastikfolienkörper, sah er, tanzte mittendrin irgendwas Milchiges, wirbelnd in der Strömung, flatternd im Wind wie eine fahle Fahne, ein unbeschriftetes Kofferetikett. Etwas Silbriges, Glänzendes, Fisch oder Messer, schnellte aus dem Wasser und biss das Geflatter ab. Da sank er ein und kam zu sich. Schwer lag der Körper jetzt auf ihm, und wieder spürte Georg, dass irgendwas nicht stimmte. Nein, so nicht!, dachte er, aber schon ohne Erschrecken, denn er merkte, dass sie eins geworden waren und spielerisch, in fortwährenden schwindelnden Übergängen, Rolle und Name tauschten, Gestalt und Geschlecht. Und dann entstand ein Riss, wie wenn jemand ein Bild in die Hände nahm und mit einem harten Ruck in zwei Hälften fetzte.

Immer noch herrschte dicke Finsternis. Georg saß auf dem Bett, Margot lag neben ihm. Er versuchte sie zu berühren, seine Finger tasteten hin, seine Hand drückte zu, dass es wehtun musste, aber Margot rührte sich nicht. Ganz plötzlich, wie wenn jemand einen Vorhang wegriss, wurde es hell. Margot *und* Alex, dachte er entsetzt. Das Wesen neben ihm richtete sich auf, beugte sich vor und stülpte gierig die Lippen über sein eigenes, schaukelnd hochragendes Glied. Gebannt sah Georg zu, diesem unheimlichen und erregenden Schauspiel der Selbsterregung, bis die zusammengebogenen Teile auseinanderfuhren und das Wesen sich mit einem brechenden Schrei über seine eigenen Brüste ergoss. Das Wesen – mit Margots, nein, mit Alex' oder doch mit Margots Zügen – schaute Georg an und lachte. Doch sein Gelächter war kein Menschenlachen, es war ein maschinenmäßiges Klingeln, ein hässliches Krächzen, das Georg aufbrachte, sodass er dem Wesen mit der Faust drohte. Als es wieder sein schepperndes Gelächter erschallen ließ, schlug er zu, auf diesen monströsen Mund, aber das Klingeln und Scheppern hörte nicht auf. Da erwachte er und sah, dass er der Wand neben seinem Bett einen Faustschlag versetzt hatte.

Seine Knöchel bluteten, auf der blassgeblümten Tapete klebten drei winzige Blutstropfen. Er starrte auf das Blut und begriff nicht, was passiert war. Die Klingel schrillte immer noch. Jemand rüttelte an der Tür und schrie: »Aufmachen! Polizei! So öffnen Sie doch endlich!«

Ja, Polizei, wiederholte Georg in Gedanken. Der Traum gurgelte über ihm wie ein Sturzbach, der sich schäumend durch ein Felsloch wälzte. Was war mit Alex? War wirklich alles nur Traum? Er streifte irgendwas über, das gerade herumlag.

»Ich öffne ja schon!«, rief er zur Tür oder hoffte, er hatte es gerufen, denn die Klingel schepperte immer noch.

Der Wecker auf dem Tischchen zeigte fast zehn Uhr. Im Vorbeigehen prüfte er das Schloss der Schranktür – sie war abgeriegelt. Er öffnete die Zimmertür, ein älterer, schnauzbärtiger Polizist in Zivil drängte ihn zur Seite und stampfte ins Zimmer, gefolgt von zwei jungen Uniformierten.

9

Die eigentliche Überraschung war, dass sie zur Lösung des Falles Prohn einen westdeutschen Kriminalkommissar aufgeboten hatten. Kommissar Kroll arbeitete, falls Georg ihn halbwegs verstand, in einer Sonderkommission oder einem Spezialdezernat mit Sitz in Frankfurt am Main und war auf dem Weg der Amtshilfe nach Zürich geeilt, sowie der Mord an Alfred Prohn ruchbar geworden war.
Der weiche, südhessische Tonfall, von dem der Protokollstil, in dem Kroll sprach, sonderbar abstach, brachte Georg zur Besinnung – als wäre die Schweiz eine Traumwelt, aus der ihn der vaterländische Klang weckte. Der *Weg der Amtshilfe*, dachte er, war wahrscheinlich mit Leitzordnern gepflastert, und die Amtshelfer trugen leuchtende Monitorköpfe und stöckelten auf Paragrafen. Dieser Steckbrief galt allerdings nicht für Kroll, der klein, rundlich, glatzköpfig, schnauzbärtig war und einen ziemlich verknautschten braunen Anzug trug. Offenbar unvermeidlich in dieser Generation seines Vaters, schleppte auch Kroll einen schlaffen Wanst vor sich her, den er der Bequemlichkeit halber über den Gürtel seiner tief sitzenden Hose hängen ließ. Sein Gesicht mit den dunklen, blinzelnden Augen und den melancholisch hängenden Schnauzbartspitzen verriet Weichheit, fast Empfindsamkeit, die er hinter mürrischen Gebärden und Kommandos bloß verbarg.
»Sie sind Georg Kroning? Ihre Papiere, bitte!« Zu welchem Kommando Kroll mit kurzen, dicken Fingern gegen die Schranktür trommelte. Und während Georg in der Schreibtischlade nach dem Pass kramte: »Eine Minute später, und wir hätten die Tür aufgebrochen.« Die beiden Uniformierten nickten gewichtig und schweizergesichtig.
»Geben Sie schon her ... Ja, ja, ich sehe, soweit ist alles in Ordnung.«
Der Pass flog in die Lade zurück, wirbelte Papier auf und entblößte ein rostrotes Eckchen des Fünfhunderter-Notenbündels – Alex' Beute, Alfred Prohns Opferstock. Die Banderole mit dem eckigen Schriftzug hatte Georg abgerissen und zuletzt noch in den Kehrichtsack gestopft, ehe er ihn verschnürte und nach unten trug. Jetzt schob er die Lade mit dem Knie unter die Glasfläche zurück und fing einen neugierigen Blick des Kommissars auf, der das *Irrläufer*-Spiel streifte.
»Also hören Sie zu, Herr Kroning, oder nein – sagen Sie mir erst, was ist das da, diese Figuren, es sieht sonderbar aus.«

»Ein Spiel«, erwiderte Georg. »Der *Irrläufer* – ich erfinde Brettspiele, arbeite sie aus und biete Spieleproduzenten an, sie in Serie zu produzieren.«
»So. Interessant. Und haben Sie Erfolg?«
»Ja, natürlich«, sagte Georg. Dass Kroll statt nach Alex zunächst nach dem *Irrläufer* fragte, irritierte ihn. Er hatte das Gefühl, dass die Mansarde vollgestopft war mit Polizisten in knirschenden schwarzen Lederjacken. Einer stand breitbeinig vor der Tür, die Daumen unter den Gürtel geklemmt, der andere lehnte an der Schranktür vor Alex' Verlies, und Kroll stand dicht neben ihm vor dem Arbeitstisch und stützte sich mit weicher Faust auf die Glasplatte. Wieder kam sich Georg nackt und ungeschützt vor zwischen den wulstigen Ledermonturen, obwohl Kroll in seiner knittrigen Trödlerkluft eher schwächlich wirkte und fast einen Kopf kleiner als er selbst war.
»Was wollen Sie überhaupt von mir?« Die Frage kam zu spät, merkte er; aber das war schließlich seine Sache, wann er seine Überraschung zu zeigen beschloss.
Kroll warf ihm einen belustigten Blick zu. »Sie kennen Alexander Kortner, gebürtig aus Hamburg und so weiter«, leierte er. »Wir haben einen Hinweis erhalten – Sie sind mit Kortner befreundet, er soll häufig bei Ihnen zu Gast sein. Möglicherweise hat er Sie auch gestern aufgesucht.«
Einen Hinweis, dachte Georg. Natürlich, jemand aus dem Haus hatte ihn und Alex denunziert. Aber das *möglicherweise* klang beruhigend, sodass er in allenfalls beiläufig interessiertem Tonfall fragte: »Alex? Natürlich, ich bin mit Herrn Kortner befreundet; er war zuletzt – lassen Sie mich überlegen – vor drei oder vier Tagen hier. Soviel ich weiß, hatte er vor, für ein, zwei Wochen nach Italien zu fahren. Aber was wollen Sie überhaupt von ihm?«
Kroll zeigte ein grimmiges Grinsen, das gelbe Stummelzähne entblößte und seine Mundwinkel unter den Schnurrbartspitzen hervorschießen ließ. »Nach Italien, wie? Und ohne Pass?« Er schien zu überlegen, was er von Georgs Ahnungslosigkeit halten sollte, und brummte dann versuchsweise: »Vielleicht ist Ihnen ja wirklich nicht bekannt, Herr Kroning, dass Ihr Freund Kortner sozusagen ein entsprungener Sträfling ist, der seit langem von der Polizei gesucht wird und zumindest seine eigenen Papiere nirgends vorweisen könnte, ohne verhaftet zu werden.«
Georg hauchte: »Aber nein!« Es war wirklich nur ein Hauchen, da eine unvermittelt hochströmende Traumerinnerung ihm die Luft abpresste – infolge seines seltsamen Traumes, aus dem ihn die Polizisten geweckt hatten, war er nicht sicher, ob Alex wirklich noch in dem Verlies steckte oder irgendwie entwichen und vielleicht in aller Frühe davongeschlichen war.
»Sie scheinen ja ein sonderbar abgeschiedenes Leben zu führen«, sagte Kroll und sah sich in der Mansarde um.
Georg ahnte, was Kroll hier vermisste: Er besaß kein Fernsehgerät, las keine Zeitungen und hatte nicht einmal ein Transistorradio. Hinter den Sesseln türmten sich

kleine Stapel vergilbter Paperbacks – die einzigen Hinweise, dass er gelegentlich mit anderen Galaxien Kontakt aufnahm. Er spürte, dass Kroll anfing, sich ein falsches Bild von ihm zu machen, indem er ihn als weltfremden Künstler oder einfach als Spinner einschätzte.

»Wollen Sie mir wirklich erzählen«, fragte Kroll, »dass Sie von dem Mord an Alfred Prohn, der gestern früh fast in Sichtweite Ihres Elfenbeinturmes verübt wurde, noch nichts gehört haben?« Er trat zum Fenster und schob die Gardine zur Seite, um sich von der Sichtweite zu überzeugen. Als er nur Drahtgewirr zwischen grauem Himmel und stumpffarbenen Dächern erblickte, wandte er sich ab und schnaufte. »Seit gestern Nachmittag«, sagte er, »verbreiten wir Fahndungsaufrufe und Phantombilder in allen Medien, und die Morgenzeitungen bringen den Mordfall Prohn in großer Aufmachung, mit einem Porträt, dem vollen Namen und einer genauen Beschreibung des Verdächtigen. Aber natürlich können wir nur Leute erreichen, die in der gleichen Welt wie wir leben. Also gut. Ihr Freund Kortner wurde gestern früh gesehen, als er das Hotel *Rose* zusammen mit Alfred Prohn betrat, ihn auf sein Zimmer begleitete und das Hotel etwa zwei Stunden später allein wieder verließ. Da Prohn das Mittagessen – übrigens ein Menü für zwei Personen – auf sein Zimmer bestellt hatte, wurde der Mord relativ früh entdeckt. Kortner hat Prohn ein Messer ins Herz gestoßen und ist mit der Brieftasche des Opfers geflüchtet.«

Das alles wusste er schon so ziemlich. Nur das *Menu à deux* war eine kleine, stechende Überraschung, die Georg ein wenig half, den Bestürzten zu spielen. Er griff nach dem Zigarettenpäckchen, die klassische Geste des um Fassung Ringenden. Aber dann glaubte er hinter der Spiegeltür ein leises Geräusch zu hören, wie von unterdrücktem Hüsteln. Obwohl der Polizist vor der Schranktür weiter gleichgültig vor sich hinstarrte, bekam er doch einen Schrecken, der seine Bestürzung echt wirken ließ.

»Alex als Raubmörder!«, stieß er hervor. »Das ist ... das ist einfach lächerlich; ich glaube Ihnen kein Wort, Herr Kommissar. Ihr Verdacht beruht offenbar auf einem fantastischen Irrtum – Sie kennen Alex nicht. Er ist der sanfteste Mensch, der mir je begegnet ist. Übrigens hätte er es auch gar nicht nötig, sich durch ein Verbrechen Geld zu beschaffen, da ich ihm schon häufig ausgeholfen habe und er weiß, dass er sich immer an mich wenden kann.«

»Ach«, sagte Kroll. »So eng ist also Ihre Beziehung zu diesem Burschen?«

Georg wich seinem Blick aus und überlegte beunruhigt, ob er einen Fehler begangen hatte. Hätte er besser getan, seine Verbindung mit Alex zu einer flüchtigen Bekanntschaft herunterzuspielen? Er steckte die *Gitane* an, mit der er während seiner Rede auf den Glastisch geklopft hatte. Lächerlicherweise schien Kroll just auf diese Geste gelauert zu haben – sofort zog er eine plumpe Zigarre hervor, setzte sie in Brand und begann übel riechende Dampfwolken auszustoßen. Der zwinkernde Blick, der Georg durch den Rauchschleier traf, schien joviales Wohlwollen zu verraten.

»Ich befürchte, Herr Kroning, dass Ihr Freund Kortner Ihnen einige dunkle Stellen auf seiner Vergangenheit und – ha! – Seele verschwiegen hat. Wussten Sie denn, dass er aus einem geschlossenen Heim für jugendliche Straftäter ausgebrochen ist und praktisch in der Illegalität lebte?«
Georg verneinte bestürzt. »Alex hat angedeutet, dass er eine – wie sagt man – schwere Kindheit hatte. Aber ich dachte, das hätte er alles hinter sich und würde nach den Jahren im Heim seine Freiheit genießen.«
»Ja, Freiheit«, brummte Kroll. »Er hat einen Aufseher niedergeschlagen, Schlüssel und Kasse geraubt und ist geflohen. Und das war beileibe nicht der Anfang seiner Karriere.«
Wahrscheinlich, dachte Georg belustigt, hatte der alte Wärter sich selbst eine Beule beigebracht und irgendeine Geschichte erfunden, um zu vertuschen, dass er mit Alex ins Bett gegangen war. Er nahm den Aschenbecher und setzte sich auf sein zerwühltes Bett, in dessen Falten und Wellen noch der Fluss aus seinem Traum zu rauschen schien. Von Kroll fürchtete er nichts mehr, zumal auch der Kommissar seine Fragen nur noch pflichtgemäß abzuleiern schien.
»Wissen Sie, um welche Art Hotel es sich bei der *Rose* handelt?«
»Ich verstehe die Frage nicht.«
»Der Portier der *Rose* hat ausgesagt, dass Prohn mehrmals im Jahr nach Zürich kam und jedes Mal einen blonden Jungen wie ihren Freund Alex mit auf sein Zimmer schleppte. Und es steht fest, dass Prohn kurz vor seinem Tod Geschlechtsverkehr hatte – Analverkehr, wenn Ihnen dieses Wort bekannt ist.«
Georg hielt seine Zigarette so, dass ihm der Rauch in die Augen trieb. Er blickte auf und zeigte Kroll seine tränenden Augen. »Es ist schrecklich«, murmelte er, »ich weiß nicht mehr, was ich glauben soll. Entschuldigen Sie, ich bin ganz durcheinander.« Er rieb sich die Augen, in der Hoffnung, den Tränenstrom zu verstärken, und brachte eine Art trockenen Schluchzens zustande. »Es ist wahr«, sagte er leise, »im Grunde kenne ich Alex kaum.«
»Wo haben Sie ihn denn kennengelernt?«
»In einem Museum, vergangenen Herbst. Wir beide lieben die Masken von Adolfo Piscone.«
»Nie gehört«, knurrte Kroll. »Jedenfalls hat Kortner ein gewisses künstlerisches Bedürfnis bewiesen, als er das Geschlecht seines Opfers mit Rosen bekränzte.«
Abrupt stand Georg auf. »Ich muss Sie bitten, zu einem Ende zu kommen. Da ich Ihnen offenbar nicht weiterhelfen kann ... Und Sie haben keinen Zweifel, dass Alex diesen Mann getötet hat?«
»Der Hotelportier hat ihn zweifelsfrei identifiziert. Außerdem scheint es einen Kampf zwischen Mörder und Opfer gegeben zu haben. Wir haben sehr brauchbare Fingerabdrücke, wir haben Blutspuren, die nicht mit Prohns Blutgruppe übereinstimmen,

dafür aber mit der Ihres Freundes Kortner. Die Fahndung läuft seit heute früh. Es ist nur noch eine Frage von Tagen, vielleicht von Stunden, bis er festgenommen wird.«
»Zumal er kein Geld hat und – wie Sie sagen – keine brauchbaren Papiere.«
»Allerdings nicht. Seine Beute ist auch nicht gerade üppig. Nach Angaben von Prohns Familie hat der Mann nicht mehr als tausend Franken in bar bei sich gehabt, und sein Scheckbuch und mehrere Kreditkarten, die in einer anderen Jackentasche steckten, hat Kortner offenbar übersehen. Und was sind schließlich eintausend Mark – oder Franken –, wenn man auf der Flucht ist. Er hat keine Chance. Falls er sich also bei Ihnen melden sollte – Sie tun weniger uns als Ihrem Freund einen Gefallen, wenn Sie ihm raten, sich der Polizei zu stellen.«
»Natürlich«, sagte Georg und versuchte jenen Ausdruck auf sein Gesicht zu zwingen, den man seines Wissens mit dem Adjektiv *tapfer* verband. »Ein wenig hoffe ich immer noch, dass sich all das als Irrtum herausstellen wird. Vielleicht hat Alex einen Doppelgänger? Durch solche Verwechslungen soll es schon zu furchtbaren Fehlurteilen gekommen sein. Leute, die man auf offener Straße erschießt, weil sie einem gesuchten Terroristen ähneln. Meinen Sie nicht auch? Aber vielleicht haben Sie recht, Herr Kommissar, dann hat Alex eine riesige Dummheit gemacht. Übrigens glaube ich nicht, dass er bei mir auftauchen wird, falls er wirklich diesen ... falls er ein Mörder ist. Vielleicht hat er eine Art Doppelleben geführt – dann verfügt er bestimmt noch über andere Freunde, die ihm in seiner Lage besser helfen können als ich.«
Kroll kam zu ihm herüber, wobei er vorsichtig die Aschesäule auf seinem Zigarrenstummel balancierte. Er streifte die Asche ab und presste den Stummel in die Schale. »Mit Ihrer Erlaubnis werden wir jetzt noch kurz Ihre Wohnung durchsuchen. Wir haben keinen Durchsuchungsbeschluss, könnten ihn aber leicht beschaffen. Da wir das Haus bis zu unserer Rückkehr bewachen ließen, wäre die Situation die gleiche.«
»Ja, bitte, suchen Sie nur«, sagte Georg. »Wo soll Alex sich verstecken? Unter dem Bett? Hinter dem Duschvorhang? Im Schrank?«
Auf einen Wink von Kroll setzten sich die beiden Uniformierten schwerfällig in Bewegung. Einer sperrte den Schrank auf, der andere kniete sich wirklich vor Georg hin und spähte ächzend unter das Bett, wo es nur eine Menge Staub gab. Sie inspizierten die Kochnische und warfen einen Blick ins Bad; aber das alles geschah ohne rechte Überzeugung. Trotzdem beobachtete Georg sie mit nervösem Lächeln, das mit der Dauer der Durchsuchung zu einer harten, schmerzhaften Maske einfror.
Plötzlich tauchte Kroll vor ihm auf. »Grinsen Sie nicht, Kroning«, sagte er in völlig verändertem Tonfall. »Sie machen einen Fehler, wenn Sie unsere Arbeit für lächerlich halten. Sie sind ein sonderbarer Mensch. Wir haben uns fast eine halbe Stunde unterhalten, aber ich bin mir immer noch nicht schlüssig, wie ich Sie einschätzen soll. Jedenfalls glaube ich nicht, dass Sie so harmlos sind, wie Sie glaubten, sich vor mir gebärden zu müssen. Anfangs hielt ich Sie wirklich nur für einen harmlosen Spinner;

aber dann bin ich nachdenklich geworden, sehr nachdenklich, wissen Sie. Wie Sie beispielsweise mithilfe des Zigarettenrauchs Ihre Tränen hervorgereizt haben – wirklich sehr sonderbar, zumal ich gleichzeitig das Gefühl hatte, Sie *wollten*, dass ich Ihre läppische Komödie durchschaue.«

Er fixierte Georg, der wie versteinert stehenblieb und nichts zu entgegnen wusste. Durch einen Schleier des Entsetzens beobachtete er, wie die Uniformierten das Zimmer verließen, um auf Krolls Befehl hin die anderen Mansarden zu durchsuchen.

»Übrigens kenne ich flüchtig Ihren Vater«, sagte Kroll. »Er hat mir vor Jahren mal einen Kugelsplitter aus dem Bein geholt. Ich fürchte, er wird nicht sehr erfreut sein, wenn er erfährt, in welche Gesellschaft Sie hier geraten sind.«

»Aber niemand zwingt Sie«, erwiderte Georg entgeistert, »meinem Vater von dieser Geschichte zu erzählen!«

»Doch, doch«, versicherte Kroll, seine Schnurrbartspitzen zwirbelnd, »man zwingt mich, meine beruflichen Pflichten zwingen mich, gelegentlich mit Ihrem Herrn Vater zu sprechen. Das hat keine Eile und nicht einmal unbedingt mit dem Fall Prohn oder dem Fall Kortner zu tun.«

Georg trat einen Schritt vor und stand jetzt so dicht vor Kroll, dass er mit der rechten Hüfte fast den vorquellenden Bauch des Kleineren berührte. »Wenn Sie schon von Pflicht sprechen«, stieß er hervor, »wie steht es mit Ihrer Pflicht zur Diskretion? Ich bin volljährig und niemandem Rechenschaft schuldig, zumal ich nicht mal am Rand mit diesem Mordfall zu tun habe. Woher nehmen Sie das Recht ...«

»Recht! Diskretion!«, höhnte Kroll.

Georg spürte den tückischen Blick aus Krolls dunklen Augen, der ihn von unten traf. Er hatte diesen Mann unterschätzt, er hatte ihn völlig falsch eingeschätzt, dachte er. Kroll trat einen Schritt zurück und sagte: »Natürlich glaube ich nicht im Ernst, dass Sie Kortner hier versteckt halten – so blöde sind Sie ja schließlich beide nicht. Aber je länger ich darüber nachdenke ... Ich bin jetzt fast sicher, dass Sie auf irgendeine Weise in die Sache verwickelt sind. Wahrscheinlich haben Sie noch gestern mit Kortner gesprochen. War er hier bei Ihnen, oder waren Sie auswärts verabredet? Und glauben Sie wirklich nicht, dass wir über die Mittel verfügen, einen wie Sie zum Sprechen zu bringen? Gerade einen von Ihrem Schlag? Allen Ernstes, Kroning«, sagte er, »Ihr Verhalten ist alles andere als normal. Man hat dauernd das Gefühl, Sie verbergen etwas, obwohl Sie vielleicht selbst kaum wissen, was Sie da verstecken und vor wem. Vielleicht vor sich selbst?«

Plötzlich machte er einen Schritt nach vorn und stieß ihn gegen die Brust, sodass Georg rückwärts aufs Bett taumelte und mit dem Kopf gegen die Wandschräge schlug. »Wirklich sehr sonderbar«, sagte Kroll. »Ich werde Sie jedenfalls im Auge behalten. Warum fanden Sie es übrigens passend, die Polizei halb nackt zu empfangen? Sind Sie schwul, ja? Mal so, mal so? Ist das Ihre Freundschaft mit Alex? Ein nettes Pärchen, der kleine Kortner und Sie. Ja, ja, ich bin jetzt ganz sicher, dass Sie versuchen werden, Kontakt miteinander aufzunehmen – zwei Liebende in Not. He-he-he!«, machte Kroll. Er setzte ein plumpes Knie aufs Bett und legte seine kleine, dicke Hand auf Georgs Schenkel, wozu er erneut sein hässliches Lachen ausstieß.

Georg fuhr hoch, zitternd vor Demütigung und Empörung. Wenn Kroll noch einen Schritt weiterging, er würde die Selbstkontrolle verlieren – eine dunkle, gurgelnde Welle, die alles unter sich begrub. »Nennen Sie mir den Namen Ihres Vorgesetzten«, stammelte er, »ich werde mich über Sie beschweren. Nichts, nichts liegt gegen mich vor! Wie können Sie ...«

Kroll kicherte. »Ich kann eben, und Sie können nicht, das ist der Unterschied.«

Georg fand, dass keineswegs klar war, wovon Kroll redete. Der Kommissar drehte sich um, richtete sich auf und wippte in den Knien. Die Mundwinkel zuckten unter den Schnurrbartspitzen, und die kleinen Augen glänzten vor Zufriedenheit.

»Sie sind ein bisschen verrückt, Kroning«, sagte er, »das habe ich schnell gemerkt. Aber anfangs, wie gesagt, hielt ich Sie für harmlos, und inzwischen weiß ich, dass Ihre Verrücktheit zu der gefährlichen Sorte gehört. Sie halten sich für superschlau, hab ich recht? Vielleicht haben Sie Ihren Freund Alex sogar auf die Straße geschickt, damit er sich von Kerlen wie dem Prohn abschleppen lässt und nachher seelenruhig das Zimmer durchwühlen kann. In dieser Branche lässt sich noch Geld verdienen, dazu fast ohne Risiko. Denn ehrbare Familienväter, die von Strichjungen ausgeplündert werden, pflegen aus Scham zu schweigen, wie man sich denken kann. Wenn es sich aber auf einmal um Mord handelt ... Pech für Prohn, dass ihm sein Geld wichtiger war als sein geregelt lasterhaftes Leben. Und Pech für Kortner und Sie, denn *wir* – ich bedaure, Herr Kroning – kennen keinerlei Scham.« Er deutete eine Verbeugung an. »Jedenfalls bin ich sicher, dass wir noch nicht miteinander fertig sind – so oder so.«

»Sie wissen ja gar nicht, was Sie reden«, sagte Georg. Aber sein Herz raste, und sein ganzer Körper tat weh, da sich überall die Muskeln verkrampften.

Erneut schoss Krolls Hand vor und packte Georgs rechtes Handgelenk. »Wo haben Sie denn diese Schrammen auf den Knöcheln her? Haben Sie etwa jemanden geboxt? Vielleicht wollte Kortner die Beute nicht mit Ihnen teilen, wie?«

Willenlos überließ ihm Georg seine Hand. »Ich habe geträumt«, sagte er leise.

Er erinnerte sich an die drei Blutstropfen und zeigte Kroll die Stelle über dem Bett. Wieder ließ Kroll dieses irre Kichern hören. Es klang, als würden rostige Pfennige in einen Blechnapf voll Wasser gekippt.

»Verrückt, verrückt«, sagte er. »Sie haben sich also mit einer Mauer geprügelt? Und wie, sagten Sie, hieß dieses Spiel? Der *Irrgänger*? Na ja, jetzt werde *ich* mal gehen.« Immer noch hielt er Georgs Handgelenk fest.

»Lassen Sie mich los«, sagte Georg.

»Loslassen? Wo denken Sie hin? Nein«, rief Kroll, »Sie lasse ich jetzt nicht mehr los.«

Georg war sicher, dass der andere nur wegen dieser Pointe sein Handgelenk so lange festgehalten hatte. Die Umklammerung löste sich, Georg ließ die Hand sinken. Im selben Moment schlug Kroll ihm mit voller Kraft auf den Rücken, dass es klatschte wie ein Peitschenhieb und Georg einen brennenden Schmerz unter den Schultern spürte. Doch was noch glühender brannte, war die Demütigung. Wahrscheinlich war Kroll ein Sadist, dachte er, aber noch viel schlimmer war, dass er intuitiv erkannt hatte, mit welcher Technik er ihn am sichersten traf – weniger durch Worte und grobe Drohungen, obwohl er es auch hieran nicht hatte fehlen lassen, als durch körperliche Berührungen, die er ihm aufzwang und die Georg in hilflose Raserei versetzten, ähnlich den Krämpfen eines Gelähmten.

Mit schleppenden Schritten ging er zur Tür, um abzuschließen. Kroll stand mitten in der Diele, die Hände in den ausgebeulten Jackentaschen, und beobachtete gelangweilt die beiden Polizisten, die noch in den Mansarden stöberten.

»Ach ja, hätte ich beinahe vergessen«, sagte er zu Georg. »Kommen Sie doch morgen Nachmittag, sagen wir so gegen zwei, im Präsidium vorbei; natürlich müssen wir ein Protokoll aufnehmen. Fragen Sie einfach nach mir. Kroll ist mein Name, vergessen Sie das nicht, wie Groll, aber mit K.«

Als ob er diesen Namen jemals wieder vergessen würde. Wortlos schloss und verriegelte Georg die Tür. Er ging zum Bett, ließ sich fallen und vergrub das Gesicht im Kissen. Seine Augen brannten, sein Rücken brannte, das heiße Prickeln breitete sich aus wie ein Flächenbrand. Wenn Kroll mit seinem Vater sprach, würden seine Eltern ihm endgültig keinen Pfennig geben von dem Geld, das er für *Härtel & Rossi* und den *Irrläufer* brauchte. An Alex dachte er in diesem Moment überhaupt nicht, auch nicht an sich selbst – nur an das Spiel.

10

»Weißt du, was ich heute Nacht geträumt habe?«, fragte Georg. Er saß am Schreibtisch und beobachtete die *Irrläufer*-Figur, die wie lauernd auf ihrem Startfeld verharrte.

»Nein, was denn?«, gab Alex zurück.

Georg hatte gar nicht gemerkt, dass seine Frage rhetorisch war. Er wandte sich zu Alex um, der am Fenster stand. Zögernd begann er von Margot zu erzählen – von ihrem Körper, den er im Halbschlaf, fast noch im Wachtraum neben sich zu spüren glaubte … Plötzlich wurde er unsicher und wich aus. »Eine lange und verwickelte Geschichte«, sagte er mit schiefem Lächeln.

Alex zuckte die Schultern und humpelte ins Bad, nicht ohne vorher zu bemerken, dass er rasend hungrig sei und unbedingt ein üppiges Frühstück brauche. Die Uhr zeigte schon auf drei viertel zwölf.

Sein Traum von dem Fluss, von Margot und Alex verfolgte ihn, während er die Wand und die Schranktür vor der Kammer schloss; der Traum umschwebte ihn noch, als er in die Küchennische trat und Kaffee aufsetzte. Unheimlich, dachte er, wie sie Geschlechter und Identitäten gewechselt hatten. Aber fast noch sonderbarer war, dass Alex an Georgs Unterredung oder Zusammenprall mit Kriminalkommissar Kroll nur spärliches Interesse gezeigt hatte – als wäre es einzig und allein Georgs Problem, wie er die Polizisten beschwichtigte und abwimmelte, während Alex' Aufgabe sich darauf beschränkte, unsichtbar zu sein.

»Hast du ungefähr mitbekommen, was geredet worden ist?«, hatte er Alex gefragt, nachdem er ihn aus dem Rattenloch befreit hatte.

»Ja, so ziemlich«, war seine Antwort. »Erst sah es ganz gut aus, er schien dich für einen harmlosen Träumer zu halten. Aber dann wurde er tückisch, drohte und kehrte den Bären hervor.«

Der Mann ist gefährlich, hatte Georg sagen wollen; wir müssen aufpassen, er wird uns eine Falle stellen und desto sicherer triumphieren, je weniger ernst wir ihn nehmen. Aber er hatte nichts dergleichen gesagt, sondern nur hämisch gelacht. »Dabei ist er höchstens ein Waschbär, und dazu noch ein ungewaschener.«

Mehr war über dieses Thema nicht gesprochen worden. Auch dass Kroll gedroht hatte, Georgs Vater über den Lebenswandel und die üble Gesellschaft seines Sohnes zu unterrichten, fand Alex offenbar keiner Bemerkung wert. Und auch er selbst vermied diesen Punkt ängstlich, als könnte er eine Drohung entschärfen, indem er sie vergaß. Auf Alex' Verband, hatte er vorhin gesehen, prangte ein kleiner blassroter Fleck, was aber wohl nicht weiter beunruhigend war. Jedenfalls war die Wunde nicht wieder aufgebrochen, und auch das Fieber schien endgültig gewichen zu sein. Allerdings hatte Alex, als er aus dem Verlies gekrochen war, als erstes die *Hermaton*-Tabletten verlangt, da der Schmerz in seinem Bein pulste und zuckte. Georg dachte an sein beklommen-befriedigtes Gefühl, als er die Wand zur Seite geschoben hatte und Alex friedlich im Army-Schlafsack liegen sah, während er insgeheim mit einer leeren Kammer gerechnet hatte.

»Ich geh Brötchen holen«, verkündete er und versah sich mit Geldbeutel und Schlüsseln. Er schärfte Alex ein, hinter ihm zu verriegeln und sich, wenn er die Türklingel hörte, augenblicklich ins Versteck zurückzuziehen. Er selbst würde, falls er beim Verlassen oder Betreten des Hauses etwas Verdächtiges bemerkte, dreimal kurz auf die Klingel drücken, was äußersten Alarm bedeutete.

Während er im Schein der versponnenen Glühbirne durch die Diele zur Stahltür vis à vis ging, hörte er, wie Alex hinter ihm die Tür verriegelte. Er schlüpfte ins Treppenhaus und ärgerte sich wie immer über die steilen Stiegen, die zu storchenähnlichem

Staksen zwangen. Es war höchste Zeit, dass er zu wirklichem Reichtum kam – wenn der *Irrläufer* entgegen Francescas pessimistischer Rechnung einschlug, würde er sich eine größere Wohnung mieten und Margot und Alex bei sich aufnehmen. Über die Schwierigkeiten, die in diesem Plan steckten, huschte er in Gedanken hinweg.
Im Erdgeschoss verließ er den Lift und trat vor die graue Blechfront der Briefkästen. Er schloss sein Türchen auf und fand drei Briefe – von *Härtel & Rossi*, von Margot und von seiner Mutter.
Sonderbar ... Er spürte selbst, dass seine Reaktion ein bisschen verrückt war – aber beim Anblick des kleinen Briefstapels hatte er unwillkürlich gedacht: Wie lästig – besser, niemand schriebe mir.
Dabei enthielt der Brief seiner Mutter zweifellos die Entscheidung seiner Eltern, ob sie ihm bei der *Irrläufer*-Geschichte helfen wollten. In ihm stritt die Gier, augenblicklich die Entscheidung – *das Urteil*, dachte er – zu erfahren, mit dem fast physisch fühlbaren Widerwillen, überhaupt *angesprochen* zu werden.
Lasst mich alle in Ruhe, dachte er und stopfte die Briefe in die Tasche. Obwohl es fast noch heißer war als an den Tagen zuvor, trug er eine lange weiße Leinenhose und ein ebenso leuchtendweißes Hemd, sodass er sich geradezu wie ein Offizier aus irgendwelchen überseeischen Kolonien fühlte. Eine junge Frau trat aus dem Lift, sagte *Grüezi* und ging an ihm vorbei zur Haustür. Georg folgte ihr auf die Straße.
Draußen war es blendend hell und so heiß wie in einem Backofen. Der Dunstschleier war zerrissen, der Himmel schien sich in seiner eigenen blauen Glut zu verzehren, aus der senkrecht der gigantische Suchscheinwerfer der Sonne stach. Georg schlenderte zur Brücke. Mädchen in knappen T-Shirts und durchscheinenden Blusen kamen ihm entgegen, mit wippenden Brüsten unter jungen Gesichtern, die ununterbrochen redeten und lachten. Er lächelte ihnen zu, und eine ganze Wolke aus blitzenden Augen, roten Mündern und weißen Zahnreihen lächelte zurück. Gemächlich ging er über die Stauffacherbrücke, dann quer über den Stauffacherplatz auf die Bäckerei zu, wo er sich regelmäßig mit Gebackenem versorgte.
Plötzlich merkte er, dass er beobachtet wurde. Es war mehr eine Ahnung; er spürte den saugenden Blick auf seinem Rücken, blieb stehen und wandte sich um.
Der Mann, der ihn beobachtete, saß an einem Tisch vor dem *Ristorante Coopérativo*, etwa fünfzehn Meter von ihm entfernt; und er unterzog sich seinen beruflichen Pflichten – wie Kroll gesagt hatte – so auffällig, dass es lächerlich oder fast furchterregend war. Eigentlich wandte er Georg den Rücken zu; aber er hatte sich auf dem roten Plastikstuhl so weit herumgeschraubt, dass seine rechte Hand den linken Rand der Rückenlehne umklammerte, während sein linker Arm schlaff und verdreht über der rechten Armlehne hing. Er trug einen weißen Anzug über einem schwarzen Hemd, das bis zur Brust aufgeknöpft war und dunkle Haarbüschel hervorquellen ließ. Sein Gesicht unter dem öligschwarzen, scharf zurückgekämmten Haar war fahl

und hager und vor Anstrengung zu einer hässlichen Grimasse verzerrt. Georg stellte sich vor, wenn der klein gewachsene Mann seinen Griff an der Rückenlehne lockerte, würde sein Oberkörper wie bei einer Gummipuppe nach vorn schnellen und noch einige Zeit hin und her schlackern, bevor die Puppe sich in normal sitzender Haltung beruhigte. Der Mann war vielleicht Anfang oder Mitte dreißig und sah wie ein Zuhälter oder Mafioso aus. Dass Georg stehengeblieben war und seinen Blick mit finsterer Miene erwiderte, schien ihn keineswegs zu stören. Georg war sofort klar, dass der ölige Gummimann mit Kroll zusammenarbeitete. Man konnte sich mühelos vorstellen, dass Kroll eine Vorliebe für solche Figuren hatte, und wahrscheinlich versprach er sich irgendeine psychologische Wirkung davon, wenn er Georg nicht nur beobachten ließ, sondern der Observation einen theatralischen Zug verlieh. Georg zuckte die Schultern, wandte sich um und betrat die Bäckerei.

Frau Furrer, die alte Bäckersfrau, begrüßte ihn mit mütterlichem Lächeln. Natürlich kannte man ihn in vielen Läden und Kneipen des Quartiers zumindest flüchtig, da er schon durch seine akzentfreie Aussprache des Deutschen auffiel. Obwohl die nördliche Schweiz angeblich zum deutschsprachigen Raum gehörte, war es immer wieder ein eigenartiges Erlebnis für ihn, wenn er ein Geschäft betrat und seine Wünsche äußerte, worauf alle Köpfe zu ihm herumfuhren, als hätte er gebellt oder eine obszöne Bemerkung riskiert. Für einen Deutschen schob sich die Schweiz als merkwürdige Grauzone zwischen Heimat und Fremde – praktisch ein Niemandsland, in dem eine Sprache gesprochen wurde, die zugleich fremd und vertraut klang, die man schon kannte und daher nicht erst lernen musste und die man doch nicht richtig begriff, aber auch nie wirklich erlernen konnte. Zwischen der Sprache der Zeitungen und Bücher und der Privatsprache der Züricher klaffte eine weitere Kluft, ein grauer Streifen im Grauen – dort lebte Georg, der die Zeitungen nicht las und mit den Schweizern privat nicht verkehrte. Eigentlich, fand er, war die Schweiz das ideale Land.

»Grüezi«, sagte Frau Furrer zu ihm. Sie war dick und weißhaarig und trug eine mattweiße Schürze. Georg fand, sie sah immer aus, als ob man sie mit Mehl bestreut hätte wie ihre Brote. Außer ihm waren keine Kunden in dem Laden, der klein, eng und düster war und wahrscheinlich schon in Frau Furrers Kindheit nach Brötchen und Erdbeerkuchen geduftet hatte. Obwohl niemand ihnen zuhören konnte, winkte sie ihn zur Seite, wo sich an den Glastresen eine niedrige hölzerne Klapptür anschloss, und sagte in stelzendem Schriftdeutsch: »Junger Mann, vorhin war ein Polizist hier – in Zivil, ein Deutscher – und hat sich nach Ihnen erkundigt.«

»So ein Kleiner, Öliger, Schwarzer?«

»Ja, genau, eben der«, sagte Frau Furrer lachend. »Er wollte wissen, ob Sie schon mal bei mir kaufen. Als ich *Jawohl, Herr* geantwortet hab, hat er noch die Mengen wissen wollen.« Und auf Georgs erstaunten Blick: »Na ja, halt wie viele Brötli Sie morgens gewöhnlich kaufen.«

»Und was haben Sie geantwortet?«
»Meistens zwei, manchmal vier, und dass Sie gewöhnlich nicht morgens, sondern gegen Mittag – so wie heute – kämen. Hoffentlich habe ich nichts Falsches gesagt?«
»Nein, nein, Frau Furrer.« Georg zwang sich zu einem Lachen. Aber sein Gefühl war anders – Enge, Einschnürung, Frost. Wenn Kroll seinen Lebensmittelverbrauch überprüfen ließ, konnte das nur bedeuten, dass er sich über die Beziehung zwischen ihm und Alex falsche Vorstellungen machte – offenbar verdächtigte er Georg, Alex bis zu seiner vermeintlichen Flucht als geheimen Dauergast beherbergt zu haben. Das aber hieß, in seiner stickigen Fantasie nahm Kroll an, dass Georg auch sein *Bett* mit Alex teilte. Denn dass Gäste in der Mansarde anders kaum unterzubringen waren, hatte Kroll mit eigenen Augen gesehen; und um das Verlies hinter dem Spiegel zu entdecken, brauchte es ein wenig mehr als brutale Selbstgefälligkeit. Denn die ironische oder idiotische Pointe war ja gerade, dass Kroll offenbar annahm, Alex hätte *bis* zum Prohn-Mord bei Georg gewohnt. Er verwechselte sozusagen die Gegenwart mit der Vergangenheit und schien eine spekulative Vorgeschichte zu konstruieren, in der Georg die Rolle des Mordanstifters und geradezu des Zuhälters spielte, während der jüngere und vermeintlich ihm hörige Alex im Vergleich ziemlich unschuldige Züge annahm. Man musste Krolls Andeutungen nur *nach*denken, dann wurde rasch klar, auf welcher bedenklichen Bahn seine Überlegungen rollten.
Frau Furrer beobachtete ihn mit besorgtem Lächeln, in das sich bereits Misstrauen zu mischen schien. »Ach ja, meine Bestellung«, sagte er schnell. »Geben Sie mir siebenundzwanzig Brötli und vier Pfund Kaffee.« Frau Furrers runzliger Mund klappte auf, und Georg sah, dass auch ihre Zunge mehlig weiß war. »Wenn der Polizist gleich wieder kommt und fragt, sagen Sie ihm bitte die Wahrheit.«
Er bezahlte fast achtzig Franken und erhielt Brötchen und Kaffee in zwei enormen Papiertüten, schweizerisch *Säcke* genannt. Das erinnerte ihn immer an eine Filmszene mit Jean Gabin, in der die Gangster so nach der Beute fragten: *Wo sind die Säcke?* Worauf Jean Gabin erwiderte: *Außer euch sehe ich hier keine Säcke.*
Auch jetzt musste er in Gedanken an diese Szene grinsen, während er Frau Furrer zunickte und den Laden verließ. Unter der fauchenden Sonne schleppte er seine Beute so dicht an Krolls Aufpasserfigur vorbei, dass die zwar die Säcke, aber nicht deren Inhalt sah. Nachdem er den Platz überquert hatte, drehte er sich um. Der Mann im weißen Anzug rannte fast die Tür zur Bäckerei ein.
Georg wandte sich ab und ging schnell zu seinem Haus zurück. Er nahm an, dass auch in der Nähe der Haustür ein Aufpasser lauerte. Aber er entdeckte keine verdächtig lungernden oder hinter Zeitungen versteckten Gestalten, und auch im Hausgang trieb sich niemand herum, als er in die Liftkabine stieg und zur elften Etage rumpelte. Die Entdeckung, dass Kroll ihn beschatten ließ, machte ihn unruhig – aber *beschatten* war wohl kaum das richtige Wort, da der Schatten greller als das Urbild

ausfiel. Georg lachte, als er sich das dämliche Gesicht des Ölig-Schwarzen vorstellte, nachdem Frau Furrer ihm von seinem Frühstückseinkauf berichtet hatte. Eines war allerdings sicher – Alex durfte, vielleicht auf unabsehbare Zeit, das Zimmer nicht verlassen, da Kroll den Eingang höchstwahrscheinlich Tag und Nacht überwachen ließ. Mit flüchtigem Bedauern dachte Georg an die Mädchen auf der Brücke, während er die Tür zu seiner stickigen Mansarde aufstieß.

+++

»Härtel lädt mich ein«, sagte Georg, »für Donnerstag Abend, in seine Seevilla – hab ich dir doch erzählt, Alex, dass er am östlichen Seeufer wohnt.«
Alex stand in der Küchennische und bestrich die Brötli, was seine ganze Aufmerksamkeit zu beanspruchen schien.
»Härtel gibt eine Art Party, einen Empfang oder so. *Anlässlich unseres fünfzehnjährigen Firmenjubiläums sind alle Künstler und Mitarbeiter sehr herzlich eingeladen ...* Warum sagst du nichts, Alex?«
Langsam wandte Alex sich um. In seiner Hand blinkte das Messer, mit dem er eben ein Brötchen hatte aufschneiden wollen. »Weil es nichts bedeutet – oder gut, es bedeutet, dass er froh wäre, wenn du das Geld auftreibst. Aber er müsste ja blöd sein, wenn es ihm egal wäre, ob jemand ihm die Zehntausender zubuttert oder nicht.«
Es tat Georg weh, wie verächtlich Alex von *Härtel & Rossi* und damit auch vom *Irrläufer* und überhaupt von den Spielen sprach. »Sag mal«, fragte er, »glaubst du, das ist nur so ein Spleen von mir, der *Irrläufer* und dass ich versuche, mit den Spielen wirkliches Geld zu verdienen? Glaubst du, das ist nur so ein kindischer, verrückter Traum? Sag mir die Wahrheit.«
Alex hatte die Beine leicht gespreizt und in den Knien angewinkelt, als wollte er ihn mit dem Messer angreifen, oder als wäre er auf einen Angriff gefasst und entschlossen, sich zu verteidigen. Sein Gesicht zwischen den wirren Locken, immer noch sehr blass durch den Blutverlust, drückte zornige Verlegenheit aus. Das Grün seiner Augen verdunkelte sich und wirkte jetzt fast schwarz.
Georg erwiderte seinen Blick und ballte unbewusst die Hand, wobei er die Einladung zerknüllte. Ein wenig fürchtete er sich vor Alex – seinem Freund, der erst gestern, mit der gleichen Gebärde seiner um den Messergriff gekrampften Hand, einen Menschen getötet hatte. Alex öffnete den Mund, doch seine Lippen brachten nur ein Zittern hervor und schlossen sich wieder. Georg versuchte zu begreifen, was in Alex vorging – wie fremd ihm der andere doch in manchen Momenten war. Er lächelte begütigend. Alex ließ die Hand sinken und legte das Messer weg. Auch Georgs Faust lockerte sich; er glättete den Brief zwischen den Händen.
Ist ja auch egal, dachte er. Er hatte Alex von der Aufpassertype auf dem Stauffacher-

platz erzählt und dass Kroll offenbar seine Gewohnheiten und sogar seinen Lebensmittelverbrauch überprüfen ließ. Zum ersten Mal hatte Alex erschrocken ausgesehen. Es war klar, dass ihm vor der Aussicht graute, auf Wochen hier oben eingesperrt zu sein und seine Nächte in der tür- und fensterlosen Kammer verbringen zu müssen.

»Entschuldige«, sagte Georg. »Wir haben jetzt weiß Gott andere Probleme als den *Irrläufer*.«

»*Ich* habe andere Probleme«, korrigierte Alex, ohne sich zu ihm umzuwenden.

Georg sah, dass er sich wieder mit dem Frühstück beschäftigte, aber seine Schultern zuckten, als ob er ein Schluchzen unterdrückte. Und so sollten sie wochenlang auf engstem Raum zusammenleben? »Alex«, sagte er leise.

Alex reagierte nicht. Mit einer unwilligen Geste wandte sich Georg ab, trat ans Fenster und steckte sich eine Zigarette an. Er machte sich Vorwürfe, dass er sich gefühllos und egoistisch benahm und bisher kaum ernsthaft versucht hatte, sich in Alex' Lage zu versetzen. Es war Unrecht, empfand er, dass er Alex nicht als eigenen, von ihm abgetrennten Menschen ansah und behandelte – aber wieso Unrecht, dachte er gleich danach, wenn der Zauber ihrer Beziehung doch daher rührte, dass er in Alex immer auch sich selbst sah.

Er löschte seine Zigarette und ging zu Alex, der das Frühstück auf dem kleinen Tisch vorbereitet hatte und auf dem Sessel neben der Schranktür saß, das linke Bein weit ausgestreckt. Auch Georg setzte sich; Alex wich seinem Blick aus. Sie aßen schweigend, schlürften schweigend Kaffee. Das Schweigen wurde drückend, verdoppelte den Druck, der von der im Zimmer flimmernden Hitze ausstrahlte. Ihnen drohte, keine Explosion, auf deren Folgen Kroll hoffen mochte, sondern die implosive Katastrophe. Kroll schien zu glauben, dass sie ihre Trennung nicht ertrügen; dass jeder von ihnen, plötzlich auf sich gestellt, planlos handeln und gegen alle Vernunft versuchen würde, den anderen zu erreichen. Die traurige Wahrheit war jedoch, dass sie ihr Zusammensein nicht ertrügen, sodass Kroll nur in aller Ruhe abwarten musste, bis Alex schreiend auf die Straße rannte. Während Kroll glaubte, dass seine Aufpasserfiguren Alex aussperrten, sperrten sie ihn in Wahrheit ein. Wie Georg bewusst wurde, rotierten seine Gedanken sinnlos, mit immer noch größerer Geschwindigkeit, im Kreis. Plötzlich fiel ihm auf, dass er noch nicht einmal dazu gekommen war, den Brief zu öffnen, in dem seine Mutter das Schicksal des *Irrläufers* – sein eigenes Schicksal – bestimmte. Nein, nicht *sein* Schicksal – er hatte sich schon einmal gesagt, dass er stark genug war; er hing nicht an einem Faden, den seine Eltern einfach abschneiden konnten. Auch Margots Brief lag noch verschlossen neben dem *Irrläufer*-Spiel – in Gedanken schob er die Briefe beiseite. »Alex«, sagte er wieder.

Alex deutete ein Nicken an, starrte aber weiter an seiner Tasse vorbei auf den Boden.

»Wenn du einverstanden bist«, sagte Georg, »werden wir dein Geld – das Geld von Prohn – auf meinem Konto deponieren. Das Schweizer Bankgeheimnis ist auch für

die Polizei praktisch tabu. Außerdem wissen die Polizisten gar nicht, wie viel Geld Prohn bei sich hatte, sodass die Einzahlung keinen Verdacht erregen kann.«
Für seine Antwort brauchte Alex erst eine Zigarette. »*Fifty-fifty*«, sagte er, den Rauch ausstoßend, und aus irgendeinem Grund klang diese Floskel in Georgs Ohren obszön. »Natürlich gehört dir die Hälfte von dem Geld, weil du mir geholfen hast und mich auch so schnell nicht los wirst. Aber von meiner Hälfte lässt du bitte die Finger weg. Ich nehme das Geld mit in mein Loch, und wenn die mich da drin finden, ist die Kohle eben futsch; ist mir dann auch egal. Wenn ich könnte, würde ich dir auch meine sechs- oder siebentausend schenken, um dir bei der Härtel-Geschichte zu helfen. Aber sowie ich hier rauskomme – und ich schwöre dir, ich verschwinde, sobald ich kann –, brauche ich Geld, um irgendwo unterzutauchen, mir Papiere zu besorgen – für den ganzen Scheiß.«
Alex' Stimme hatte sich belegt angehört, und die letzten Worte hatte er nur noch zitternd hervorgebracht. Georg spürte, dass Alex ihn ansah; aber diesmal war er es, der dem Blick auswich. Er schloss die Augen, um – er wusste es nicht, um allein zu sein, um nicht mehr dazusein. Alex hatte ihm unterstellt, dass er auf sein Geld aus war; dabei wollte er keinen Rappen und keinen Pfennig davon haben! Er sah Alex an. Dessen Gesicht war verzerrt; er hatte blanke Angst in den Augen.
»Sollte Kroll schlau genug sein«, sagte Georg, »eine Prämie auf deinen Kopf auszusetzen, wirst du mir bestimmt auch noch unterstellen, dass ich dich aus reiner Geldgier der Polizei ausliefern will – dass ich dich dem *Irrläufer* opfern würde.« Er hatte ruhig sprechen wollen; aber seine Stimme klirrte wie zerspringendes Glas.
Alex schwieg und sah Georg nachdenklich an. Er schien sich zu fragen, ob er ihm diesen Verrat wirklich zutraute; und Georg sah, dass noch immer Angst in seinem Blick flackerte, als wäre nicht Kroll der Feind, sondern er. Und dann dachte er: Ja, wenn er je in die Lage käme, sich zwischen Alex und den Spielen entscheiden zu müssen – er würde Alex opfern. Das hatte absolut nichts mit Geld, dem verfluchten Geld zu tun, das sein Vater in Safes und auf Konten hortete. Natürlich würde er das *Irrläufer*-Projekt nicht mit einer Kopfprämie für Alex finanzieren; schon der Gedanke war von zerfressender Traurigkeit. Aber wenn mit Alex befreundet zu sein bedeutete, sich von den Spielen trennen zu müssen – er würde wählen, ohne zu zögern.
Plötzlich fühlte er sich schuldig. Aber die Schuld schob sich nur als erste Stufe in einen Abgrund konfuser Gefühle – er empfand Schuld, Verzweiflung, Empörung, Zorn, doch auch eine Beimischung euphorischen Glücksgefühls. Er würde Alex seinen Traum erzählen, ihn diesmal zu Ende erzählen bis zum wirbelnden Wechsel der Identitäten zwischen ihm selbst, Alex und Margot und schließlich zu seiner Verdrängung in die Rolle des Beobachters – Margot-Alex als doppel- oder ganzgeschlechtliches Wesen, das sich selbst erregte und stillte – ausgestattet mit einem Mund, der sprach, lächelte, empfing und gebar.

Aber Alex wollte nicht hören. Er sagte: »Entschuldige mich, Georg – ich fühle mich immer noch *down*. Ich glaube, ich leg mich noch eine Stunde hin.«
Alex kroch in seine Kammer. Georg blieb sitzen und beobachtete im Spiegel, wie er sich hinlegte und die Augen schloss, wie er einschlief und sein Gesicht auch im Schlaf nicht den angstvollen Ausdruck verlor.
Georg setzte sich an den Arbeitstisch und öffnete den Brief seiner Mutter. Sie verwendete türkis getöntes, matt parfümiertes Papier, das ihren eigenen, unvergleichlichen Duft und ihre hohe, schlanke Gestalt vor ihm heraufbeschwor. Er sah seine Mutter vor sich, wie sie sich in ihrem Zimmer über die Mappe mit dem Briefpapier beugte – ihr früh ergrautes Haar, das sie immer noch schulterlang trug, fiel in Wellen über ihre hellen Schläfen und verschleierte ihr Profil. Wie oft hatte er gedacht und empfunden, dass ein einzigartiger, zerbrechlicher Zauber ihn mit seiner Mutter zusammenband – noch heute konnte er selten an sie denken ohne ein tief verwirrendes Gefühl der Verwunschenheit. Er glättete den Bogen und las:

Mein lieber Sohn,
ich schreibe Dir in Eile, da Du sicher schon gespannt auf unsere Antwort wartest. Papa sitzt unten im Wohnzimmer und wartet seinerseits voll Ungeduld, dass ich fertig werde, da wir diesen schönen Tag im Waldhaus verbringen wollen. Übrigens wurde vorgestern Papas neuer Wagen geliefert, es ist wieder ein silbergraues Mercedes-Coupé, du weißt ja, er schwört auf dieses Modell. Ich selbst sitze an Deinem Schreibtisch, mein Junge, in Deinem Zimmer, und da steigen unwillkürlich die Erinnerungen auf an früher, als Du noch klein warst und in diesem schönen Zimmer spieltest. Wie ernst Du immer warst, wenn Du über Deinen Spielen saßest, und wie zornig Du werden konntest, wenn man Dich aus Deiner Versunkenheit aufstörte. Papa und ich glaubten immer, Dich aus Deinen Träumereien aufscheuchen zu müssen, weil wir fürchteten, dass Du zu weich und träge würdest, nicht wie die anderen Jungen, und weil wir manchmal, verstehe mich bitte nicht falsch, geradezu um Deine Gesundheit bangten. Heute glaube ich, dass wir nicht immer richtig gehandelt haben, und ich werde traurig, wenn ich bedenke, wie lange wir uns nicht gesehen haben und wie fremd wir uns geworden sind.
Papa ruft schon auf der Treppe, mir bleibt nicht viel Zeit. Weißt Du, dass Papa eine weitere Wand aus dem Erdgeschoss hat herausbrechen lassen? Wohnzimmer, Esszimmer, das alte Arbeitszimmer Deines Vaters und die Bibliothek bilden jetzt zusammen einen einzigen riesigen Saal, in dem man sich ganz verloren fühlt. Dein Brief war das erste Lebenszeichen seit mehr als zwei Monaten, und so froh ich anfangs war, als ich Dein Schreiben in Händen hielt, so traurig wurde ich nachher, als ich die dürren Zeilen gelesen hatte. Georg, Du schreibst an Deine Eltern wie an gleichgültige, störrische Fremde! Du erkundigst Dich weder nach unserem Befinden (ich lag bis vor wenigen Tagen mit einer schweren Grippe im Bett, und Papa leidet seit Wochen fast ununterbrochen an Kopfschmerzen), noch er-

wähnst Du auch nur mit einem Wort, wie Du in Deinem Zürich lebst. Aber ich will nicht klagen, ich will endlich zur Hauptsache kommen: Deinem neuen Spiel und der Hilfe, die Du von uns erbittest.

Obwohl Du Deinen Brief an Papa adressiert hast, habe ich anfangs gezögert und auf einen günstigen Moment gewartet, ehe ich ihm von Deinem »Durchbruch« (wie Du es nennst) erzählte. Du weißt ja, was Papa von Deinen Ideen hält. Er meint es nicht böse, und Du musst nicht denken, dass er sich keine Sorgen um Dich macht. Aber um es kurz zu machen: Dein Vater war beeindruckt! Den Namen Härtel & Rossi hatte er zumindest schon gehört; man unterschätzt Papa leicht, er beschäftigt sich mit vielem, auch mit Dingen, von denen man glaubt, dass sie ihm eigentlich fernliegen müssten. Weißt Du, was wir jeden Monat allein für die Zeitschriften-Abonnements bezahlen? Er ist unglaublich belesen; wenn er nur nicht diese Vorliebe hätte, mich bei jeder Gelegenheit mit meiner Unwissenheit zu blamieren. Also, er hat sich noch am gleichen Tag bei Herrn Demken, unserem Bankier, nach dem Ruf und der Solidität dieser Agentur erkundigt, und wenn er auch nicht geradezu eingewilligt hat, Dir mit dem Geld zu helfen, glaube ich doch, dass Deine Sache auf einem guten Weg ist. Weißt Du, auch Papa ist ein wenig stolz auf Dich! Ein zäher Bursche ist er ja, unser Georg, hat er gebrummt, und in seiner Art sehr talentiert! Allerdings erwartet Papa, und ich finde, das ist nicht mehr als recht und billig, dass Du nach Hause kommst und das Geschäft, wie er es nannte, von Mann zu Mann mit ihm besprichst. Georg, Dein Vater wartet und hofft ja seit langem auf eine solche Gelegenheit der Aussöhnung, auf eine kleine Geste der Dankbarkeit. Ich bin sicher, wenn Du nächsten Samstag, zu Deinem Geburtstag, zu uns kommst und das Projekt ruhig und freundlich (bei Papa wirst du immer so kalt und schneidend, er fürchtet das geradezu) mit ihm durchsprichst, wird er Dir mit Freuden die nötige Summe zusagen. Denn wie Du richtig voraussetzt, der Betrag ist für uns wirklich nicht allzu bedeutend.

Der »Durchbruch«! Ich glaube, mit diesem Wort bist Du in das Herz Deines Vaters eingebrochen, weil es so stark, so zielbewusst und männlich klingt. Und letzten Endes, sagt Dein Vater, erbt Georg ja doch alles. Solltest Du keine Familie gründen wollen, so wird unser Name aussterben. Papa war ein Einzelkind wie Du, und seit vor vielen Jahren mein Bruder Hermann starb ... Aber wozu erzähle ich Dir das, als wärest Du wirklich ein Fremder, mit dem man sich erst in vorsichtigen Briefen bekanntmachen muss! Schreibst Du Dir noch mit Margot Klaußen, oder besucht sie Dich gar? Man sieht sie so selten, seit sie in München studiert. Dr. Klaußen lässt grüßen. Jetzt muss ich aber wirklich Schluss machen. Papa drückt schon auf die Hupe und lässt den neuen Motor probeweise im Leerlauf brüllen. Manchmal fühle ich mich sehr einsam, Georg. (Ich hatte mir fest vorgenommen, diesen Satz zu unterdrücken – jetzt ist er doch noch aufs Papier gerutscht.)

Es grüßen Dich sehr herzlich Deine Eltern; ich umarme und küsse Dich, und denke doch manchmal ein wenig an

Deine Dich liebende Mama

Georg sprang auf, stieß ein Freudengeheul aus und schwenkte den Brief wie eine Fahne. Im Spiegel sah er, wie Alex aus dem Schlaf fuhr und verstört durch das Schrankloch starrte, wahrscheinlich in Erwartung des Feindes.
»Alex!«, schrie er – »Alex! Alex! Alex! Komm her, alter Schlaf- und Schafskopf, komm aus deinem Loch, es ist sonst niemand da, den ich umarmen könnte!«
Misstrauisch und verschlafen kroch Alex aus seiner Höhle. »Was zum Teufel ist los?« In seinem Gesicht kämpften Kälte und Lächeln.
Georg zögerte kurz, dann machte er einen Schritt nach vorn und fiel Alex um den Hals. »Meine Eltern geben mir das *Irrläufer*-Geld«, flüsterte er in Alex' Ohr.
Alex' Freude war ungespielt. Er stieß jauchzerähnliche Töne aus, rüttelte Georg sinnlos an den Schultern und schnitt Grimassen, ohne es zu merken. »Mensch, Georg!« war alles, was er herausbrachte, aber dafür wiederholte er die Silben in allen Klanghöhen, wie ein Glockenspiel.
Georgs Mund wurde trocken. »Lass uns wieder gut sein«, sagte er hölzern.
Alex' Lachen stieß einen Atemschwall in sein erhitztes Gesicht. »Du bist wirklich ein Kindskopf«, sagte er, immer noch lachend, »aber deine Art, mit gesuchten Mördern umzugehen, ist einfach herzerweichend. Übrigens ist da noch ein Brief.«
»Ja, von Margot.« Endlich entschloss sich Georg, Alex loszulassen. Er ging zu dem imitierten Marmortischchen und zündete zwei Zigaretten an.
»Und? Willst du ihn nicht lesen?« Alex nahm die Zigarette, die Georg ihm reichte.
»Später.« Margots Gesicht und Gestalt schoben sich verdunkelnd vor das blendende Zukunftsbild, das eben noch vor seinen Augen gezittert hatte. »Sie schreibt mir jeden Sonntag, und ich weiß immer ungefähr im Voraus, was drinsteht.«
»Aber diesen Brief«, gab Alex zurück, »kann Margot nicht gestern geschrieben haben, sonst wäre er nicht heute schon hier.«
»Ja, stimmt«, sagte Georg vage verblüfft. »Wahrscheinlich hat sie diesmal früher geschrieben, weil sie vorhat, mich wie letztes Jahr an meinem Geburtstag zu besuchen, und weil sie mich vorwarnen will oder mir Zeit lassen, um ihr abzusagen.«
»Vorwarnen?«
»Na ja«, machte Georg, »es könnte ja ein Mädchen bei mir wohnen oder ein steckbrieflich gesuchter Mörder, oder einfach ein Freund.«
»Liebst du sie eigentlich? Du brauchst nicht zu antworten, wenn du nicht willst.«
Georg zuckte die Schultern. »Ich hab's dir schon mal so ungefähr erzählt«, sagte er ausweichend. »Ich habe sie praktisch von Anfang an gekannt, und auch später ...«
Da Alex erinnernd nickte, brauchte er nicht weiterzureden. Er hatte ihm sogar vom dunklen Bergsee erzählt, wenn auch nicht mit allen Details. Aber Alex hatte wohl verstanden, dass es für Margot wie auch für ihn eine wichtige Erinnerung war. Zugleich spürte er, dass er nie wirklich treffende Worte fand, wenn er an seine Beziehung zu Margot dachte.

»Die Sache mit deinen Eltern, mit dem *Irrläufer*-Geld«, sagte Alex, »wirklich große Klasse.«

Georg nickte. Flüchtig dachte er an die Bemerkung seiner Mutter: *Manchmal bin ich sehr einsam, Georg.* Ich auch, dachte er. Im Nebel seiner Erinnerungen tauchte ahnungsweise das schöne Gesicht seiner Mutter auf – er hatte ihr verboten, dachte er bedrückt, ihn hier in Zürich zu besuchen; er hatte damals, als Antwort auf ihren Geburtstagsbrief vor einem Jahr, geschrieben: *Ihr stört mich hier nur.* Plötzlich durchfuhr ihn wie mit kalten Blitzen die Ahnung: Ich war immer schon auf dem falschen Weg. Nein, das ist Unsinn, widersprach er in Gedanken – sogar seine Mutter gab auf einmal, mit allerdings furchterregender Verspätung zu, dass *sie ihn* falsch behandelt hatten und dass er im Recht war, als er sich weigerte, sich von ihnen zerbrechen zu lassen. Aber die Kosten, diese ungeheuren Kosten, hielt er sich dann wieder vor – sie betrugen weit mehr als die Viertelmillion, die *Härtel & Rossi* forderten, und sie waren größtenteils nicht in Geld zu berechnen.

Alex' Stimme schreckte ihn aus seinen Grübeleien auf. »Wenn du nichts dagegen hast, lege ich mich auf dein Bett und lese ein bisschen. Ich komm so selten zum Lesen, und jetzt sieht es ja aus, als hätte ich mehr als genügend Zeit.«

»Natürlich«, sagte Georg, obwohl er fand, dass seine und ihre Situation alles andere als natürlich war. Auch nur so ein Wort, dachte er trüb, das man gedankenlos aussprach, um den Schwindel zu vergessen.

Alex ging – sein Humpeln war kaum noch zu bemerken – zu den Bücherstapeln hinter dem Sessel, bückte sich komisch-mühsam, indem er das linke Bein wie ein Balletttänzer abspreizte, und kam mit einem gelb-schwarzen Taschenbuch wieder hoch.

»Was ist das?«, fragte Georg.

»*Der Stümper*«, sagte Alex, »von der Highsmith. Ich kenn ihre Ripley-Geschichten.«

»Ja, ein gutes Buch«, sagte Georg. »Die Highsmith war meistens gut, bis sie angefangen hat, darunter zu leiden, dass sie nicht als seriöse Autorin angesehen wird. Dann hat sie trostlose Wälzer auf den Markt gerollt wie beispielsweise *Ediths Tagebuch*.«

»Trostlos?«, murmelte Alex höflich, obwohl er schon bäuchlings auf dem Bett lag und mit dem Buch anfangen wollte.

»Schlecht geschrieben«, sagte Georg. »Erlogene Gefühle in gekünsteltem Stil.«

Alex' lilafarbene Shorts erinnerten ihn wieder an den *Irrläufer*. Er setzte sich an seinen Schreibtisch. Neben dem *Irrläufer*-Spiel lag Margots verschlossener Brief; er drehte das Kuvert zwischen den Händen und konnte sich nicht entschließen, es zu öffnen. Er warf einen Blick nach links auf die Uhr – gleich halb drei. Wenn er Donnerstagabend zu dieser Jubiläumsfeier fuhr, dachte er, konnte er die Finanzierung praktisch schon zusagen. War heute nicht geradezu sein Glückstag? Kroll war unverrichteter Dinge wieder abgezogen, und *Härtel & Rossi* würden den *Irrläufer* produzieren. Alex war in Sicherheit, und ihm selbst war der *Durchbruch* endgültig gelungen. Er spürte,

dass es überhaupt keinen Widerspruch, keinen Gegensatz gab, nichts wirklich Störendes zwischen Alex und seiner eigenen, abgeschlossenen Welt. Alex gehörte teils dazu und würde ihn im Übrigen bei seinen Träumen, seiner Arbeit nicht stören. Was hinderte ihn denn, jetzt ein Blatt Papier zu nehmen und die neue Spielidee, die ihm seit Tagen durch den Kopf ging, zu skizzieren? Ja, was eigentlich?
Hinter seinem Rücken blätterte Alex in dem Buch um, so leise, dass es bloß wie ein Hauch war. Und in seinen Händen drehte er immer noch Margots ungelesenen Brief. Ihm fiel ein, dass er mit Alex hatte besprechen wollen, wie sie sich arrangieren konnten, falls wirklich Margot in den nächsten Tagen – er schätzte, vielleicht am Donnerstag – kam und sich für zwei, drei Nächte bei ihnen einquartieren wollte. Wahrscheinlich sah Alex wie üblich kein Problem, und vielleicht hatte er recht, dachte Georg, warum immer alles planen; er konnte sich vorstellen, dass Margot und Alex gut miteinander auskommen würden. Übrigens war er gespannt, wie ähnlich sich die beiden tatsächlich sahen, wenn man ihre Köpfe nebeneinander hielt – ob sie selbst vielleicht gar keine besondere Ähnlichkeit erkannten, oder ob Margot im Gegenteil befremdet sein würde, dass er mit ihrem männlichen Ebenbild eng befreundet war. Sie würde bis Samstag bleiben, dachte er, und dann würde er zusammen mit ihr nach Deutschland zurückfahren, um den *Irrläufer*-Scheck aus der Hand seines Vaters entgegenzunehmen.
Auf seinem Stuhl drehte Georg sich um – ohne die Schraubendrehung, die die Aufpassertype vor dem *Ristorante Coopérativo* vollführt hatte – und betrachtete Alex, der in den *Stümper* vertieft war. Er zündete sich eine *Gitane* an. Es war so gut zu wissen, diesen einfachen Gedanken zu denken, dass Alex bei ihm im Zimmer war und in einem Buch las. Während er den Rauch gegen das Fenster blies, überlegte er weiter – er musste heute noch mal nach draußen, Besorgungen machen, da der Kühlschrank so gut wie leer war und sie nicht noch einmal riskieren konnten, aus einer Quartierkneipe zwei Portionen zu holen. Höchstwahrscheinlich wusste Kroll längst, dass er gestern zwei Pizzas am Stauffacherplatz geholt hatte. Und wenn Kroll ihn morgen, bei der Aufnahme des Protokolls, fragen würde, für wen die zweite Mahlzeit bestimmt war? Ach, weg damit, dachte Georg, er würde sich eben irgendwie herausreden. Als er an die siebenundzwanzig Brötli dachte, musste er grinsen. Er drückte seine Zigarette aus und stand auf.
»Ich gehe noch schnell was einkaufen«, sagte er. »Irgendwelche Wünsche?« Alex sah von dem Buch auf und schüttelte den Kopf. »Da sie hier im Viertel die Läden überwachen«, sagte Georg, »werde ich etwas länger brauchen. Falls wieder ein Aufpasser hinter mir herläuft, spiele ich ein bisschen Hasch mich, schwärzlicher Häscher, in der Trambahn und kaufe dann irgendwo in einem Supermarkt ein. Vielleicht nehme ich für den Rückweg ein Taxi und lasse mich bis in den Hof fahren. Wenn ich hinten durch die Hoftür ins Haus komme, sieht kein Mensch, was und wie viel ich

eingekauft habe. Übrigens könnte ich dann gleich was für deine Haare mitbringen.«
Alex verstand nicht.
»Irgendwas, um deine Haare zu färben, damit du deinem Steckbrief nicht übertrieben ähnlich siehst. Und dann gibt es, glaube ich, so ein Zeug, mit dem man Haare« – er suchte das treffende Wort – »entlocken, jedenfalls glatt machen kann. Welche Farbe darf's denn sein?«
Alex grinste. »Der Blonde wünscht sich Schwärze«, improvisierte er, »der Schwarze blonden Schein; der Lockige will strähnig, der Glatte endlich lockig sein!«
»Also schwarz«, sagte Georg. Obwohl er sich nicht erinnern konnte, sich jemals blonde Locken gewünscht zu haben. »Übrigens scheint ja die Highsmith deine poetische Ader ganz schön in Wallung zu bringen«, fügte er leicht gereizt hinzu, als Alex sich schon wieder in das Buch vertiefte.
»Findest du?«, brummte Alex.
Georg wusste selbst nicht, warum er schon wieder verärgert war. Vielleicht, weil ihn seine eigene Bemerkung an ein ähnliches Aperçu von Kroll erinnert hatte – der Kommissar hatte mit zynischem Feixen verkündet, Alex habe ein künstlerisches Bedürfnis befriedigt, indem er das Geschlecht seines Opfers mit Rosen bekränzte.
»Ach ja«, sagte Alex, »wenn du noch willst, nimm doch das Geld mit – Prohns Geld – und bring es auf dein Konto. Ist vielleicht doch eine gute Idee.«
»Ist okay«, sagte Georg einfach. Aber er wusste Alex' Vertrauen zu würdigen, obwohl dessen Entschluss sicher nicht ganz unabhängig von der Nachricht zustande gekommen war, dass seine Eltern den *Irrläufer* finanzieren wollten. Vertrauen war eine Lektion, die sie beide erst noch lernen mussten. Er steckte das Geld ein und machte sich auf den Weg.

11

Der Ölig-Schwarze lehnte gegenüber von Georgs Haustür an einer Mauer und starrte Löcher in die Luft. Dazu rauchte er eine Zigarette mit langem, silbernem Mundstück, was den brutalen Eindruck seiner scharf geschnittenen Gesichtszüge noch verstärkte. Als er Georg sah, riss er die Hände aus den Jackentaschen und kam über die Straße auf ihn zu, ohne die heranrasenden Automobile zu beachten. Ein Mercedes-Fahrer musste scharf bremsen und drückte auf die Hupe. Der Ölige grinste und trat seelenruhig aufs Trottoir. Er hatte wulstige Brauen über eng stehenden, ebenso schwarzen Augen, deren düsteres Glühen Georg fast erschreckte. Ein Fanatiker, dachte er, und ein Sadist wie Kroll, aber enthemmter, irrer, brutaler.
Er wollte sich abwenden und zur Tramstation Stockerstraße gehen, als ihm der Ölige

in den Weg sprang. »Wohin so eilig, hübscher Jüngling?« Der Kerl sprach breiten südhessischen Akzent und brachte es irgendwie fertig, beim Sprechen die Zigarette mit dem Silbermundstück zwischen den Zähnen festzuhalten. Außerdem schien er sich mit einem betäubend riechenden Aftershave förmlich übergossen zu haben.

»Das geht Sie absolut nichts an«, sagte Georg. Er versuchte die Hand abschütteln, die sich auf seinen Arm gelegt hatte – eine schmale, langgliedrige, aber stumpfschwarz behaarte Hand. »Lassen Sie mich los.« Ihm fiel ein, dass er die gleichen Worte Kroll zugerufen hatte – genau betrachtet verbrachte er sein halbes Leben damit, irgendwelche Leute abzuschütteln, ihre Hände oder Blicke, ihr klebriges Gelächter.

Überraschenderweise zog der Kerl seine Hand zurück und verschränkte die Arme vor der schmalen Brust. Er war kaum größer als Kroll, aber er sah durchtrainiert aus, und wahrscheinlich beherrschte er mörderische Nahkampfgriffe. Georg wollte um den Burschen herumgehen, doch der tänzelte nach links und stand ihm wieder im Weg.

»Seien Sie nicht albern«, sagte Georg. »Verhaften können oder dürfen Sie mich nicht, und diese Spielchen hier bringen Sie nicht weiter.«

Er fragte sich, was er machen sollte, wenn der Kerl ihm den Weg nicht freigab. Wenn er sich auf einen Kampf einließ, wonach die Type regelrecht zu lechzen schien, zog er den Kürzeren, das war leicht zu prophezeien. In seiner Tasche steckten außerdem fast dreizehntausend Mark in deutscher und schweizerischer Währung. Obwohl die Polizei dieses Geld nicht ohne Weiteres mit dem Prohn-Fall in Verbindung bringen würde, wäre der Eindruck ziemlich verdächtig. Zweifellos würden die Polizisten ihn mit der Frage löchern, wie er zu diesem Geld kam, und wenn er ihnen aufzutischen versuchte, dass es einfach *sein* Geld war, lieferte er Kroll einen Vorwand, seine Eltern in die Geschichte hineinzuziehen. Natürlich würden sie erklären, dass er bestimmt keine zehntausend Franken mehr übrig haben konnte, und wenn Georg dann, um sich Luft zu verschaffen, die Geschichte mit der erfundenen Europareise zum Besten gab, würde Kroll diese Enthüllungen wahrscheinlich weder komisch noch harmlos finden – ganz abgesehen von seinen Eltern, die sich hintergangen fühlen würden. Natürlich würde ihm niemand glauben, dass er sich die Sache mit der Europareise nur ausgedacht hatte, damit niemand ihn bei den Spielen störte.

Er zuckte die Schultern und versuchte, rechts um den Kerl herumzugehen; wieder tänzelte ihm der vor die Füße.

»Wenn Sie höflich wären, Jüngling«, verkündete er, »hätten Sie meine Frage beantwortet. Hätten Sie die Frage beantwortet, würden Sie längst Ihres Weges schlendern. Also wohin?«

Als er Kroll mit einer Beschwerde gedroht hatte, dachte Georg, hatte der nur höhnisch gegrinst. Auf Krolls Gehilfen würde die Drohung bestimmt keinen tieferen Eindruck machen. Wie es schien, arbeiteten diese Figuren – als deutsche Abgesandte irgendeines Sonderdezernats in der Schweiz – in einer Art rechtsfreiem Raum, einer

Grauzone. Höchstwahrscheinlich unterstanden sie keiner Schweizer Polizeibehörde, und solange sie sich nur an ihren Landsleuten – Alex und ihm – vergriffen, waren die Schweizer Polizisten wahrscheinlich sogar froh, dass die deutschen Spezialisten ihnen die Arbeit abnahmen. Was sollte er machen? Vielleicht beim deutschen Botschafter, oder wer immer sich zuständig fühlen mochte, eine Beschwerde einreichen?

»Ich muss Besorgungen machen«, sagte er. »Nichts, was für Sie von Interesse wäre. Und nennen Sie mir bitte Ihren Namen. Ich will wenigstens wissen, wie die Kerle heißen, die in meiner Privatsphäre herumspionieren.«

Der Ölige knallte die Hacken zusammen. »Inspektor Flämm«, schnarrte er, »ich arbeite mit Kroll zusammen. Kommissar Kroll kennen Sie ja schon.«

»Allerdings«, sagte Georg. »Und Sie heißen wirklich einfach *Flämm*?« Das Ganze war ja wohl ein Witz. Kroll und Flämm! Ob die Kerle unter einer Art Deck- oder Künstlernamen arbeiteten? »Also lassen Sie mich jetzt gehen?«

»Besorgungen machen, na klar«, sagte Flämin. »Sehen Sie, ich brauche nur ein Stichwort und die Uhrzeit für meinen Bericht, sonst schimpft mich der Kroll aus.«

Flämm gab den Weg frei, und Georg folgte den heißen Schatten der Häuser. Auch ohne sich umzudrehen, wusste er, dass Flämm ihm in geringem Abstand gemächlich folgte. Sein Vorteil war, dass sich der andere in der Stadt und speziell mit den Tramlinien höchstwahrscheinlich nicht auskannte. Da er selbst ein Jahresabonnement der Stadtlinien besaß, konnte er an der Tramstation in die wartende Sieben steigen, ohne vorher draußen am Automaten ein Billett zu lösen oder zu entwerten. Das Zürcher System war merkwürdig – da man Einzelkarten in den Waggons weder kaufen noch abstempeln konnte, war es eine alltägliche Szene an allen Tramstationen, dass Reisende hastig Münzen in die Automatenschlitze fütterten, während die Waggontüren schlossen und die Bahn ruckend davonfuhr. War man zu zweit unterwegs, konnte einer die Tür blockieren, während der andere mit dem Automaten kämpfte. Aber diesen Gefallen gedachte Georg seinem Aufpasser nicht zu tun.

Er setzte sich im hinteren, fast leeren Waggon auf einen der hölzernen Einzelsitze, während Flämm den Billett-Automaten mit einem gehetzten Blick streifte und sich dann entschloss, ohne Ticket einzusteigen. Im gleichen Waggon wie Georg nahm er ganz vorn auf der quer zur Fahrtrichtung angebrachten Sitzbank Platz und vertiefte sich zum Schein in irgendein Schriftstück – vielleicht war es der Bericht, den er angeblich für Kroll schreiben musste.

Die Bahn rumpelte und dröhnte den öden Bleicherweg entlang und schwankte mit kreischenden Rädern durch die lang gezogene Kurve auf den Paradeplatz. Da sich hier die Wege von sechs oder sieben Tramlinien kreuzten, konnte man zwischen zwölf bis vierzehn Fahrtrichtungen wählen – Flämm fixierte nervös den in allen Regenbogenfarben prangenden Linienplan, der unter der Waggondecke klebte, und versuchte offenbar zu erraten, was Georg jetzt unternehmen würde.

Der wusste es selbst noch nicht. Er sah aus dem Fenster und ließ seine Blicke über das übliche Rushhour-Chaos schweifen. Da vor ihnen eine Tram der Linie Sechs die Gleise blockierte, hatten sie die eigentliche Station noch nicht erreicht; die von außen herandrängenden Passagiere versuchten vergeblich, die Waggontüren durch Knopfdruck zu öffnen. Auf einmal sah Georg, dass sich in der Menge eine Gasse bildete, durch die ein älterer Mann in mattblauer Uniform schritt. Die Waggontür schwang auf, der Uniformierte kletterte in den Wagen und schloss hinter sich die Tür, indem er einen Handhebel umlegte. Er kam auf Georg zu und sagte im ortsüblichen Sprach-Mischmasch: »Grüezi, Monsieur – Billett-Kontrolle, bitte.«
Georg zog seinen Sichtausweis aus der Tasche und war im Augenblick abgefertigt. »Merci vielmal«, der Kontrolleur tippte an seine Schirmmütze und wandte sich dem nächsten Passagier zu. Der Übernächste war Flämm, der nervös und zornesblass auf seinem Sitz hin und her rutschte. »Merci, Fräulein«, hörte Georg, dann baute sich der Kontrolleur breitbeinig vor Flämm auf.
Flämm schüttelte wütend den Kopf. »Wie viel?«, schien er zu fragen, Georg verstand es nicht genau, da sich in diesem Moment die Tram in Bewegung setzte. Sie schwankte aus der Kurve und hielt mit quietschenden Bremsen in der Station. Georg sah, wie der Kontrolleur bedächtig den Schädel wiegte, seine um den Bauch geschnallte Amtsmappe aufklappte und einen riesigen Formularblock entnahm, aus dem drohend die Kohleblätter flatterten.
Georg stand auf, fing einen wütenden Blick von Flämm ein, drückte auf den Türöffner und stieg aus. Er lachte vor sich hin; ein junges Paar, das sich angelächelt glaubte, grinste trüb-glücklich zurück. Er ging um die Tram herum und stieg in die Sieben auf dem Nachbargleis, die in Gegenrichtung fuhr.
Als er sich zu einem freien Platz durchgekämpft hatte, sah er, dass Flämm im Nebenwaggon einen Plastikausweis mit Lichtbild gezückt hatte und dem Kontrolleur unter die Nase hielt, wozu er unaufhörlich redete und mit dicht behaarten Fingern auf die Banklehne trommelte. Der Kontrolleur zuckte die Schultern und schwenkte seinen Formularblock. Fast gleichzeitig setzten sich beide Trams in Bewegung, die Gesichter verwischend; Georg schloss die Augen und lehnte sich zurück.
Am Tessinerplatz stieg er aus. Vor ihm erhob sich das hohe, fast schwarze Halbrund des Stadtbahnhofs Enge, hinter ihm drängten sich die Neubauten von Banken und Hotels. Er überquerte die Straße, schlängelte sich zwischen den wartenden Taxis hindurch und folgte den Bahnhofsarkaden bis zu einer kleinen Drogerie, an die er sich von irgendeinem seiner innerstädtischen Gewaltmärsche erinnerte.
Vor der Ladentür zögerte er. Natürlich konnten Kroll und Flämm nicht alle Züricher Geschäfte überwachen lassen; trotzdem ging er ein gewisses Risiko ein, wenn er in die Drogerie trat und Pasten oder Pulver verlangte, mit denen man blondlockiges Haar glätten und einschwärzen konnte. Da der Prohn-Mord angeblich in allen Medien

durchgehechelt wurde und die Bevölkerung zweifellos zur Mithilfe oder Mörderhatz aufgerufen war, konnten die Leute in der Drogerie sich zu einer Denunziation ermuntert fühlen, zumal Georg durch seine hochdeutsche Sprechweise die Gedankenverbindung zu dem Prohn-Fall geradezu aufzwang. Sollte er den Drogerie-Besuch zunächst einmal aufschieben und sich sofort auf die andere Seite des Platzes begeben, wo das blaue Filialschild seiner *Helvetia*-Bank leuchtete? Vielleicht konnte er in der Drogerie auch als Franzose auftreten. Aber wie verlangte man auf Französisch ein Haarfärbemittel oder sogar ein Entlockungspulver, für das er nicht einmal das passende deutsche Wort wusste?
Eine Gruppe von fünf oder sechs jungen Punks taumelte über den Platz und drängte an Georg vorbei in die Drogerie. Es waren keine Original-Punks, sondern aufwendig stilisierte Imitate – ihre ausgeklügelt zerfetzten Kleider kauften sie in irgendwelchen Boutiquen, und die leuchtfarbenen Haarschöpfe modellierte höchstwahrscheinlich ein Mode-Coiffeur. Herzklopfend betrat Georg die Drogerie.
Lachend und johlend drängten sich die Punks vor einem Regal voller Tuben, Tiegeln und Sprays, ängstlich beobachtet von einer ältlichen Drogistin, die sich rechts hinter dem Tresen verschanzt hatte und ihre grelle Klientel weder zu bedienen noch zu verscheuchen wagte. Georg mischte sich unter die Punks und sagte leise: »Ich brauche etwas, das blonde, lockige Haare glatt und schwarz macht. Könnt ihr mir helfen? Aber unauffällig, bitte.«
Die Punks, vier Jungen und zwei Mädchen, waren höchstens sechzehn oder siebzehn Jahre alt. Sie schienen getrunken zu haben; eine Schnapswolke umhüllte sie, und eines der Mädchen, klein und prall, stand breitbeinig vor dem Regal, stierte Georg an und schwankte wie ein Matrose. Sie trug ein türkisfarbenes, neonähnlich leuchtendes Netzhemd, dessen Gittermuster so grobmaschig war, dass Georg ihre bleichen Brüste durchscheinen sah. Ihre Frisur bestand aus einem Geringel rattenschwanzartiger Strähnen in Lila, Türkis und Orange; es erinnerte ihn an ein Schlangennest und war vielleicht dem Medusenhaupt nachempfunden.
Die Meduse murmelte irgendwas, grapschte vage nach Georgs Gürtel und taumelte gegen die Schulter eines Kollegen, der rabenschwarz gekleidet und bis auf einen rattengrauen, steil aufgerichteten Haarschweif kahl geschoren war.
»He, lass das«, murmelte Georg.
Der Raben- und Rattenfarbene, anscheinend weniger betrunken als die Meduse, warf Georg einen misstrauischen Blick zu und deutete dann nacheinander auf verschiedene Tuben und Flaschen im Regal.
»Gut, danke«, flüsterte Georg, worauf der Ratten- und Rabenfarbene rülpste und die Gruppe von Neuem anfing, johlend durcheinander zu taumeln.
Ihre Stumpfheit stieß Georg ab; er zog die bezeichneten Tuben und Flaschen aus dem Regal, nickte den Punks zu und zwängte sich zwischen ihnen hindurch. Ohne ein

Wort mit der Drogistin zu wechseln, bezahlte er fast fünfzig Franken, erhielt einen *Sack*, in dem er die zweifelhaften Essenzen verschwinden ließ, und tauchte zurück ins Tageslicht.

Die Bahnhofsuhr zeigte zwanzig nach vier – noch zehn Minuten, bis die Bank ihre Schalter schloss. Langsam überquerte er den weiten, hässlichen Platz, wobei er sich mehr oder weniger unauffällig umsah; aber nirgends waren Flämm-ähnliche Gestalten zu erspähen. Während er durch die automatisch aufgleitende Glastür schlüpfte, meinte er, hinter sich seinen Namen rufen zu hören. Aber er wandte sich nicht um, sondern betrat die klimatisierte Schalterhalle, worauf sich die Tür zischend hinter ihm schloss. Wahrscheinlich hatte der Ruf gar nicht ihm gegolten – außer Alex kannte er in der Stadt praktisch keinen, der ihn bei seinem Vornamen rief; und Alex saß ja hoffentlich noch in der Mansarde.

Er trat vor den mittleren der drei Kassenschalter, zückte das Geldbündel und seine Kontokarte und legte beides auf den Drehteller. »Ich möchte das einzahlen«, sagte er. Außer ihm war kein Kunde in der Bank. Die Angestellten hinter der schusssicheren Glaswand saßen an Schreibtischen und zählten Geld oder dämmerten dem Feierabend entgegen. Bankangestellter, fand er, war ein ähnlich perverser Beruf wie Psychologe – beide verwalteten die Träume, von denen sie nichts mehr mitbekamen.

Der Schaltermann kurbelte am Drehteller und fing an, bedächtig das Geldbündel zu zählen, wobei er die Scheine einzeln glattstrich und nach den Währungen sortierte. Dann ging er dazu über, auf der Rechenmaschine zu tippen. Hinter sich hörte Georg das Zischen der aufgleitenden Tür. Er hatte den Impuls, sich umzudrehen, aber er zwang sich, weiter den Kassierer zu beobachten, der immer noch Zahlen in die rasselnde Maschine hackte. Da legte sich eine Hand auf seine Schulter. Georg erstarrte. Das Haarfärbemittel, dachte er. Der weiße Papiersack stand neben ihm auf dem Marmortresen. Unwirklich langsam, mit schmerzhaft verkrampften Nackenmuskeln, drehte er den Kopf nach rechts.

»Hallo, Georg«, sagte Margot lachend.

Er starrte sie an und brachte kein Wort heraus. »Oh, du«, würgte er endlich hervor. »Wie kommst du denn hierher?«

»Hast du meinen Brief nicht bekommen?«

»D-doch, heute früh. Ich meinte«, fügte er schnell hinzu, »was machst du hier am Tessinerplatz; schließlich wohne ich doch ...« Er verstummte, weil er fand, dass es den Kassierer nichts anging, wo er wohnte.

»Ich bin unglaublich lange nicht mehr hier gewesen«, sagte Margot, »und deshalb ...« Dabei war es noch nicht mal ein Jahr her, dass sie zuletzt bei ihm aufgekreuzt war. Immer noch halb entgeistert starrte Georg sie an oder knapp an ihrer Schulter vorbei – im Augenblick war er nicht sicher, ob Margot wirklich von draußen kam oder beispielsweise aus seinem Traum von letzter Nacht ins Licht geschlittert war.

»Kurz und gut«, hörte er ihre Stimme, »irgendwann hatte ich die Orientierung verloren. Drei- oder viermal bin ich über verschiedene Sihl-Brücken gefahren, aber deine war nicht dabei.« Also hatte sie sich mit dem Verkehrsstrom treiben lassen und war rein zufällig am Bahnhof Enge gelandet. Sie hatte ihren Wagen geparkt, um sich nach dem Weg zu erkundigen, als sie Georg über den Platz laufen sah.

»Es ist nicht weit von hier«, sagte er, um irgendwas zu sagen. Und dann mit peinlicher Verspätung: »Schön, dass du gekommen bist, Margot.« Er küsste sie auf die Wange.

»Pardon, Monsieur«, mischte sich der Kassierer ein. Er legte Georgs Kontokarte und ein ausgefülltes Formular auf den Drehteller und kurbelte beides auf Georgs Seite. Das System war wirklich sehr diskret – das Formular verzeichnete keinen Namen, nur Georgs neunstellige Kontonummer, und da er einzahlte, brauchte er selbst nicht einmal zu unterschreiben. Rechts unten hatte der Kassierer die Einzahlung bestätigt. Er hieß Birnbaum oder so ähnlich, jedenfalls sahen die Bs in der Unterschrift wie paarweise an Ästen schwankende Birnen aus.

»Wenn Sie sich überzeugen möchten«, sagte Birnbaum, »das macht nach aktuellem Kurs in Summa zehntausenddreihundertvierundsechzig Franken.«

»In Ordnung«, sagte Georg. »Merci, Monsieur.«

Er steckte Karte und Quittung ein, nahm den Drogeriesack, sagte *Komm* zu Margot und ging zur Tür. Er wusste, was Margot ihn jetzt fragen würde, und er wollte nicht, dass der Kassierer ihren Wortwechsel mitbekam. Er stürmte durch die Tür und wartete draußen auf sie, unter einem absurden Blechgitterdach, das aus der Glasfassade vorsprang und weder gegen Sonne noch gegen Regen beschirmte.

»Sag mal«, begann Margot, »war das dein Geld, das du eben eingezahlt hast? Mehr als zehntausend Franken? Du kannst unmöglich noch so viel übrig haben.«

»Erklär ich dir später«, sagte Georg, obwohl er wusste, dass es für das Geld keine harmlose Erklärung gab.

Er zündete sich eine *Gitane* an, vermied knapp den Fauxpas, auch Margot das Päckchen anzubieten, da er sich eben noch erinnerte, dass sie nicht rauchte. Margot hängte sich bei ihm ein, schnell wechselte er den Drogeriebeutel in die andere Hand und knüllte ihn am Hals zusammen, damit Margot nicht hineinsehen konnte.

»Was hast du gekauft?«

»Ach – nur Kleinigkeiten. Seife und so.«

Er war nervös, und natürlich bekam auch sie mit, dass er sich sonderbar benahm. Er versuchte, unauffällig den Platz zu überblicken, ob vielleicht Flämm irgendwo lauerte. Aber Margot beobachtete ihn scharf von der Seite und schien allmählich die Geduld zu verlieren.

»Was suchst du denn, Georg?«

»Ich ... wollte nur sehen, wo dein Wagen steht«, fiel ihm ein, obwohl die Ausrede vielleicht nicht allzu glücklich gewählt war.

»Drüben, hinter den Taxis«, sagte sie. »Ich habe einen neuen *Golf.*« Sie drückte sich gegen seinen Arm, als wäre der neue Golf eine herzerwärmende Nachricht.
»Prima«, murmelte Georg.
Dann blickte er auf und bekam zum ersten Mal mit, dass Margot wirklich gekommen war. Und da war noch was – ihre Ähnlichkeit mit Alex, ja, die beiden glichen sich wirklich verblüffend. Die gleichen dunkelblonden Locken, die vollen Lippen, der grün schimmernde Blick. Margot war auch kaum kleiner als er und Alex und ähnlich schlank. Ihre Züge waren ein wenig weicher als bei Alex; aber auch sie hatte diesen spröde-trotzigen Ausdruck um den Mund, in den Augen, in dem eine ständige unterschwellige Empörung zu zittern schien. Sie trug einen engen weißen Leinenrock, ziemlich kurz, der ihre schlanken, braun gebrannten Beine gut zur Geltung brachte; ein ärmelloses, blassgelbes T-Shirt spannte sich über ihre Brüste und gab Gesicht, Schultern und Armen einen matten Glanz, wie ein Schleier über der Bräune.
»Warum siehst du mich so an? Warum stehen wir hier überhaupt so blöd herum?«
Georg küsste sie auf den Mund. Ihre Lippen waren kühl und schmeckten fruchtig, vielleicht von einer Birne, die sie eben gegessen haben mochte.
»Du, ich bin sieben Stunden unterwegs gewesen«, sagte sie. »An der Grenze musste ich fast eine Stunde warten – merkwürdige Geschichte, erzähl ich dir später; und hinter Basel, als ich schon glaubte, das Schlimmste geschafft zu haben, bin ich in einen Stau geraten, der mich noch mal zwei Stunden gekostet hat.«
Georg hasste diese Autobahngeschichten. »Tut mir leid«, sagte er, »ich muss noch schnell einkaufen. Da vorn ist so eine Art Einkaufszentrum mit Lebensmittelladen.« Er deutete nach links, wo ein Schild mit der Aufschrift *Engi-Märt* prangte. »Ist es bei euch auch so heiß?«, plauderte er, nach links und rechts schielend. »Wir – ich meine, wir Züricher – stöhnen seit Wochen unter der Hitze. Schau, dort ist ein Café – du kannst dich unter einen Sonnenschirm setzen und irgendwas trinken, während ich rasch in diesem Markt verschwinde und paar Kleinigkeiten kaufe.«
Margot erwiderte, sie würde lieber mitkommen, da es drinnen wahrscheinlich kühler als zwischen den dampfenden Mauern sei.
Im Supermarkt schnappte er sich einen Gitterwagen und stapelte Konserven hinein, wobei er von jeder Sorte fünf oder sechs Dosen nahm.
»Was ist los?«, fragte Margot. »Erwartest du eine Belagerung?«
Gar nicht mal so weit daneben, dachte er. Am Freitag oder Samstag würde er zu seinen Eltern nach Deutschland fahren, und falls sich seine Rückkehr aus irgendwelchen Gründen verzögerte, brauchte Alex einen Notproviant. »Ich dachte nur«, sagte er, »da wir deinen Golf vor der Tür haben, können wir gleich Großeinkauf machen. Seltene Gelegenheit für mich.«
In der Tiefkühlabteilung nahm er drei Pizzaschachteln aus der Truhe und stapelte sie auf die Konservendosen.

»Wieso drei?«, wollte Margot wissen.
»Weil bei mir nicht mehr als drei ins Kühlfach passen.«
»Irgendwas stimmt nicht«, stellte Margot fest.
Georg bückte sich und wuchtete drei Packungen *Cardinale*-Bier à zehn Flaschen auf die Ablage unter dem Wagen.
»Ich hatte erwartet«, hörte er Margot über sich, »dass du vor Freude fast außer dir wärst – nicht, weil ich gekommen bin, das vielleicht auch; aber vor allem, weil deine Eltern ...«
»*Pardon*«, sagte jemand und drängte seinen Wagen zwischen ihnen hindurch.
»Ach, das weißt du schon?«, fragte Georg.
»Ich habe Freitagmorgen mit deiner Mutter telefoniert, als sie eben an dich geschrieben hatte und auf dem Sprung war, mit deinem Vater wegzufahren. Als sie mir erzählt hat, du kämst nächstes Wochenende nach Hause, dachte ich, dann fahre ich etwas früher und hole dich ab. Aber habe ich das nicht alles schon geschrieben?«
»Na ja, hm«, gab Georg zurück. »Weißt du, ich bin noch nicht dazu gekommen, deinen Brief richtig zu lesen. Es war so viel auf einmal: die *Irrläufer*-Geschichte – übrigens bin ich Donnerstag bei diesem Agenten eingeladen – und dann der Brief von meiner Mutter und ...« Er spürte selbst, es klang nicht sehr überzeugend.
»Und?«, fragte Margot. Du sagtest *und*.«
»Nein, kein *und*. Das ist eigentlich alles. Ich bin einfach ein bisschen durcheinander. Die Zusage von meinen Eltern kam so überraschend, und dann ist es ja noch nicht sicher, ob wirklich alles klappen wird. Wer weiß, ob mein Vater sich die Sache nicht noch anders überlegt.«
»Meinst du?«, fragte Margot zögernd.
Doch er spürte, dass er ihr einen Köder hingeworfen hatte; sie begann zu glauben, dass er sich aus Nervosität wegen der *Irrläufer*-Geschichte so seltsam und abweisend benahm. Er stemmte sich mit seinem ganzen Gewicht gegen den vollgestopften Einkaufswagen und manövrierte ihn zur Kasse. In einem Regal sah er in Plastik verschweißte Verbandmullrollen. Aber er hatte genug von Margots misstrauischen Fragen und seinen unbeholfenen Lügen. Vielleicht kam Alex in ein, zwei Tagen schon mit einem einfachen Pflaster aus.
Während er sich in die Kassenschlange einreihte, bat er Margot, ihren Golf zu holen und hinter dem Einkaufszentrum zu warten, damit er das Zeug nicht so weit schleppen musste. In Gedanken ergänzte er – und damit dieser Flämm uns nicht sieht ...
»Hier links und dann gleich wieder rechts«, sagte er atemlos, nachdem er die fünf Einkaufstüten und die Bierkartons auf den Rücksitz und sich selbst neben Margot im Golf verstaut hatte. Mit ihrem Strohhut, der auf dem Sitz gelegen hatte, fächelte er sich Luft zu. Die Plastikverkleidung an Türen und Armaturen strömte einen ekelhaften Geruch aus, der sich mit dem Gestank der Abgase von draußen vermischte. Es

war gleich fünf Uhr, Höhepunkt der sogenannten *Rushhour*, und natürlich gerieten sie nach dreihundert Metern in einen Stau. Höhnisch rumpelten die voll besetzten Trams an ihnen vorbei. Georg drückte sich in den Sitz und glaubte, in jedem Waggon Flämms fahle Fratze vorbeihuschen zu sehen.

»Weißt du, was mir an der Grenze passiert ist?«, sagte Margot.

»Nein, was denn?« Wahrscheinlich wieder so eine langweilige Autogeschichte.

»Es ist lächerlich«, sagte Margot, »aber der Schweizer Grenzbeamte hat mich mit einem gesuchten Mörder verwechselt. Mich! Kannst du dir das vorstellen?«

Georg schluckte und starrte sie an. Er brachte kein Wort heraus.

»Ungefähr so habe ich wahrscheinlich auch aus der Wäsche geschaut«, sagte Margot mit einem Lachen. »Allerdings ist die Geschichte weniger zum Lachen als peinlich und abscheulich. Du musst doch davon gehört haben? Irgend so ein kleiner Widerling, ein Strichjunge aus Hamburg, hat hier in Zürich einen Mann umgebracht, der mit ihm – na ja, du weißt schon – der mit ihm ins Bett wollte. Stand in allen Zeitungen. Aber da ich in den letzten Tagen nur fürs Physikum gebüffelt hab, hatte ich von der Sache kaum was mitbekommen. Alexander Soundso soll der Mörder heißen – ein Perverser, der sein Opfer mit Rosen geschmückt hat. Korrner, Kotten oder so.«

»Kortner«, sagte Georg.

»Hast du also auch gelesen? Und findest du, dass er *mir* ähnlich sieht? Ich fand das empörend. Zumal ich ja in diesem T-Shirt nicht gerade wie ein Mann aussehe.«

»Nein, wirklich nicht.« Georg lachte gepresst.

Aber der Zöllner, erzählte sie, war misstrauisch gewesen. Offenbar hatte er den Verdacht, dass Alex sich als Mädchen verkleidet hätte. Er zwang sie, ihren Wagen beiseite zu fahren und ihm in eine Art Wachstation zu folgen, wo eine Grenzpolizistin sie einer Leibesvisitation unterzog. »Weißt du, so ein alter Drachen«, sagte Margot aufgebracht. Die Wachstation bestand aus einem Pavillon mit zwei Zimmern. Während im vorderen Raum die feixenden Polizisten warteten, musste Margot dem Drachen nach hinten folgen, in ein muffiges Loch ohne Fenster, vollgestopft mit Aktenschränken und verbeulten Spinden.

Als sie wieder nach vorn gingen, hatte der Drachen die Polizistin angegrinst: »Die Dinger sind echt, aber nichts für euch, Burschen«, wobei sie seitlich mit dem Finger gegen Margots Brust stippte. »Und in der Hose hat sie auch nichts Verdächtiges.« Mit feuerrotem Kopf war Margot aus der Wachstation gerannt, während die Polizisten ihren Kollegen verspotteten, der nicht einmal ein Mädchen von einem Mann unterscheiden könne.

»Was heißt hier *Mann*«, sagte Margot. »So ein schwules Bürschchen, das wahrscheinlich mit den Hüften wackelt und durch die Nase spricht.«

»Es geht weiter«, presste Georg hervor; er meinte den Stau, der sich aufgelöst hatte. In diesem Moment hasste er Margot. Er hätte sie ins Gesicht schlagen mögen, auf ihr spießiges Maul, und er wollte sie anschreien: »Du kennst ihn ja gar nicht! Er ist nichts von dem, was die Zeitungen schreiben und woran die Gemeinen sich aufgeilen, Empörung heuchelnd!«

Während sie mit der Kolonne in schleppendem Tempo durch den Bleicherweg rollten, suchte er fieberhaft nach einer Gemeinheit, die er ihr ins Gesicht klatschen konnte, um Alex zu rächen, ohne ihn gleichzeitig zu verraten. »Was sagt denn dein Vater zu dieser Geschichte?«, fragte er.

Aber Margot verstand die Anspielung nicht oder behauptete jedenfalls, nichts zu verstehen. »Was hat mein Vater damit zu tun? Außerdem kann er von dieser Geschichte noch gar nichts wissen.«

»Hier links«, brummte Georg, »und vor der Brücke wieder links.«

Vor seinem Haus, auf der anderen Straßenseite, stand wieder Flämm, die Zigarette im Silbermundstück wippte zwischen seinen Zähnen. Ruckartig setzte Georg den Strohhut auf und rutschte so tief wie möglich in seinem Sitz nach unten.

»Was ist jetzt schon wieder«, sagte Margot.

»Puh – diese Hitze«, stöhnte Georg unter der Hutkrempe. »Ich bin ganz erschlagen. Fahr durchs Tor in den Hof und dann rückwärts vor den hinteren Eingang. Da kannst du auch parken.«

Unter der Krempe hervorlugend sah er, wie Flämm den Golf mit einem gleichgültigen Blick streifte und sich eben verdrossen abwenden wollte, als er Margots Profil hinter der Seitenscheibe sah. Entgeistert starrte er sie an, und erst in diesem Moment wurde Georg bewusst, dass natürlich auch Flämm dem Irrtum der Grenzbeamten erlag. Idiotischerweise hatte er an diese Möglichkeit nicht einmal von ferne gedacht, und im Augenblick war er zu konfus, um entscheiden zu können, ob Flämms Irrtum ihnen schadete oder nützte.

Während ihr Wagen in den Hof rollte, tauchte Georg langsam unter der Hutkrempe hoch und wandte sich um. Flämm hatte die Straße überquert und war ihnen bis zum Hoftor gefolgt. Dort drehte er ruckartig ab und rannte zur Telefonzelle schräg gegenüber – wahrscheinlich hatte Kroll ihm befohlen, wenn Alex auftauchen sollte, sofort Meldung zu erstatten und keinesfalls allein gegen den Gesuchten vorzugehen. In spätestens zehn Minuten, dachte Georg, würden Kroll und Flämm vor seiner Tür stehen und triumphierend verkünden, dass Alexander Kortner und Georg Kroning verhaftet seien. Eigentlich hätte Alex und ihm nichts Besseres passieren können als Margots überraschender Besuch; die Polizisten würden sich von Margots Identität überzeugen und so beschämt wie verwirrt wieder abziehen müssen. Allerdings durften sie jetzt keine Sekunde mehr verschwenden, damit Kroll nicht Margot *und* Alex in der Mansarde antraf. Alex musste umgehend hinter dem doppelten Spiegel der Schranktür und seines weiblichen Ebenbildes verschwinden.

»Mach schnell«, sagte er, als er sah, dass Margot mit dem Autoschlüssel kämpfte.

»Warum auf einmal schnell?«
»Umso eher kannst du dich ausruhen und was trinken.«
»Sehr rücksichtsvoll.« Sie warf ihm einen ironischen Blick zu – vielleicht sagte sie sich, dass er nun einmal seine Eigenheiten hatte, an die sie sich erst wieder gewöhnen musste. Ihm schwirrte der Kopf, er hatte so viel zu bedenken, dass er zu überhaupt keinem klaren Gedanken mehr kam.
»Geh schon zum Lift«, sagte er, »ich hole noch deinen Koffer.«
Einkaufstüten und Bierkartons hatte er bereits in den Hausgang geschleppt. Er holte auch noch den Koffer vom Hof und drückte im Hineingehen dreimal kurz auf die Klingel neben der Hintertür. Das bedeutete, wie Alex sich hoffentlich erinnerte: Sofort im Rattenloch verschwinden, äußerster Alarm.

12

»Meine Güte, was hast du's verqualmt hier!« Margot prallte förmlich zurück, als sie hinter Georg in die Mansarde trat.
»Stimmt ich hätte lüften sollen.« Georg stellte die Einkaufstaschen in die Küchennische, ging zum Schrank und schloss ab (schloss Alex ein), ging zum Fenster, zerrte an dem wackligen Riegel und stieß es auf – eines dieser alten Fenster, die nach außen aufschwangen, was den Vorteil hatte, dass man sie vom Regen reinigen ließ.
Er wandte sich um und sah, dass im Aschenbecher neben dem Bett eine zitternde Rauchsäule aus einem Bröckchen rötlicher Glut stieg. Auf dem Bett lag das aufgeklappte Buch, in dem Alex gelesen hatte.
»Was liest du?«, fragte Margot. Sie setzte sich neben Georg auf das Bett – es war praktisch noch warm von Alex – und streifte ihre Sandalen ab. »Du glaubst gar nicht, wie k.o. ich bin!« Sie griff nach dem Buch.
»*Der Stümper*. Patricia Highsmith«, sagte er schnell, als müsste er beweisen, dass wirklich er das Buch las.
»Kenne ich. Nicht schlecht«, sagte Margot. »Bringst du mir was zu trinken?« Und während er zum Kühlschrank ging: »Wie hieß noch gleich die Figur aus dem *Stümper* – dieser Buchhändler, der seine Frau umbringt?«
»Ja, warte.« Georg suchte nach dem Namen. »Colby«, sagte er zögernd.
»Quatsch, das ist doch der Polizist. Ich denke, du liest dieses Buch?«
»Ich bin ein bisschen durcheinander wegen der *Irrläufer*-Geschichte«, sagte Georg. »Ich hab nur so in dem Buch geblättert, um mich abzulenken und damit die Zeit vergeht.« In fünf oder zehn Minuten, dachte er, würde Kroll hier im Zimmer stehen. Wie sollte er Margot diesen Besuch erklären?

»Du scheinst ja wirklich ganz schön mitgenommen zu sein«, hörte er Margots helle Stimme. »So kenne ich dich gar nicht, Georg. Wäre es dir lieber gewesen, wenn ich nicht hergekommen wäre?«
»Ach, Unsinn«, sagte er aufrichtig, wobei er an den doppelten Spiegel dachte. »Ich bin froh, dass du da bist. Ist ja wirklich eine kleine Ewigkeit her.«
Er zog den Kühlschrank auf; Schmelzwasser tropfte ihm entgegen. Vielleicht konnte er in einem günstigen Moment Margots Pass aus ihrer Tasche ziehen und unter irgendeinem Vorwand nach unten rennen, um Kroll abzufangen und ihm zu beweisen, dass Margot nicht Alex war. Er würde einfach behaupten, er hätte damals im Museum nur deshalb Alex angesprochen, weil ihn die Ähnlichkeit mit Margot verblüfft habe – übrigens eine gute Idee, dachte er, vielleicht konnte er sich damit auch vor Margot herausreden. Natürlich musste er irgendetwas erfinden, um ihr zu erklären, warum er mit dem gesuchten Mörder Alex Kortner befreundet oder zumindest bekannt war. Später, dachte er und sagte laut: »Im Kühlschrank ist nur Bier. Aber das ist sowieso egal. Im Sommer leidet der Kühlschrank immer an Identitätsproblemen. Er hält sich für einen Ofen oder so. Wie wär's mit einer lauwarmen Cola?« Er wühlte in den Einkaufstaschen, fand den Drogeriesack mit dem Haarfärbezeug und stopfte ihn in das klapprige Schränkchen unter dem Spülstein, wo er Putzmittel und Eimer aufbewahrte.
»Lauwarme Cola hört sich verführerisch an«, sagte Margot lachend. »Aber ich glaube, ich gehe erst mal unter die Dusche.«
»Gute Idee. Tut mir leid, dass ich ein schlechter Gastgeber bin.«
Er schob die Taschen beiseite, damit Margot zum Bad durchkam. Sie schloss die Tür – im Gegensatz zu Alex, der verschlossene Türen regelrecht zu fürchten schien. Als er das Prasseln des Duschwassers hörte, schnaufte er erleichtert. Er stülpte die Einkaufstaschen auf den Boden, klaubte alles Verderbliche aus dem Haufen und stopfte es in den Kühlschrank, der sich für einen Ofen hielt. Dann merkte er, dass er kostbare Zeit mit einer sinnlosen Beschäftigung vertrödelte. Er sprang auf, stürmte zum Schrank, schloss die Tür auf und klopfte leise an die Rückwand.
»Alex«, flüsterte er.
Die Wand glitt zur Seite, Alex blinzelte ins Licht. »Leise«, zischte Georg. »Margot ist schon da, sie hat mich auf der Straße getroffen, sie weiß nichts von dir – noch nicht.« Blitzschnell beschloss er, zu verschweigen, dass er in Kürze mit Krolls zweitem Auftritt rechnete – er hätte Alex die ganze Geschichte in der Eile nicht erzählen können, da er nie erwähnt hatte, wie ähnlich Alex und Margot sich sahen. Dieses Geheimnis hatte er vor beiden gehütet – und in gewissem Sinn sogar vor sich selbst. Stattdessen berichtete er hastig, dass Margot von dem Prohn-Mord gehört und sich abfällig über Alex geäußert habe. Auch ohne den Grenzzwischenfall zu erwähnen, konnte er Alex begreiflich machen, dass sie Margot nicht einfach mit den Tatsachen überrumpeln

konnten – sicher hätte sie kein Verständnis dafür, sagte er vor Raschheit zischend, dass er einen Jungen versteckte, der als Mörder gesucht wurde und im Allgemeinen sein Geld damit verdiente, dass er mit älteren Männern ins Bett ging und ihnen anschließend die Brieftasche stahl.

Alex zuckte nur die Schultern.

»Hör zu«, zischte Georg, »in dem Schrank unterm Spülstein ist dieses Zeug, mit dem du dein Haar schwärzen und glätten kannst. Heute Abend gehe ich mit Margot raus, was essen oder so – dann hast du zwei, drei Stunden Zeit, um dich zu verwandeln. Aber hinterlasse keine Spuren. Ich erzähle ihr ...«

Hinter ihm wurde die Badtür geöffnet; er scheuchte Alex in sein Loch zurück

»Bringst du mir was zum Abtrocknen, Georg?«, rief Margot.

»Schon dabei.« Aus dem Fach über der Garderobenstange (über Alex) nahm er zwei frische Duschtücher vom Stapel und lehnte die Schranktür an.

Nackt und tropfnass stand Margot vor dem beschlagenen Badspiegel und kämmte ihr Haar. Plötzlich ließ sie den Kamm fallen und schlang die Arme um Georgs Hals. Der Geruch und die Schwere des kühlen, nassen Körpers, der sich gegen ihn presste, erregten ihn, obwohl er im gleichen Augenblick dachte – so wie damals am Bergsee würde es sowieso nie mehr sein, und schon dass sie ein zweites Mal auf die andere Mauerseite geklettert waren, war höchstwahrscheinlich ein Fehler gewesen.

»He, du machst mich ganz nass«, sagte er lachend und dachte – gleich kommt Kroll. Ihm fiel einfach nichts ein, wie er Margot den Auftritt eines Polizisten erklären sollte, der die Mansarde in der erklärten Absicht stürmen würde, sie beide wegen dringenden Mordverdachts zu verhaften.

»Hast du mich vermisst?«, hörte er Margot.

Seine Hände tasteten über ihren weichen, festen Körper, streiften seitlich ihre Brüste, die sich gegen ihn drängten. »Manchmal«, murmelte er.

Schmollend stieß sie ihn zurück. »Manchmal ist zu wenig«, sagte sie. »Verschwinde jetzt. Man schaut einer Dame nicht beim Bade zu. Wohin führst du mich übrigens heute Abend aus?«

»Mal sehen. Irgendwohin, wo man im Freien sitzen kann.« Er spürte, wie ihm die Hitze in die Schläfen stieg. Am liebsten wäre er sofort mit Margot ins Bett gegangen. Aber da waren noch Kroll und Flämm, und natürlich Alex – der Teufel mochte wissen, wer sich sonst noch zwischen sie drängen würde.

»Also bis gleich«, sagte er bedauernd. Er bückte sich und hauchte einen halb frechen, halb zarten Kuss auf Margots Hinterteil.

»Monsieur! Was erlauben Sie sich!«, kreischte Margot.

Georg zog die Badtür zu. Sie war schon auf dem Weg, ihr anfängliches Befremden zu vergessen, dachte er; und wenn sie nachher irgendwo chic aßen und anschließend zusammen ins Bett gingen, würde für Margot alles wie früher sein.

»Alex«, flüsterte er in den Schrank hinein.

Irgendwo in der Tiefe leuchtete Alex' lila Hose. Dann tauchte sein Gesicht auf, grinsend. »Wie siehst denn du aus, Georg? Hast du's nicht erwarten können und bist ihr in die Dusche nachgeklettert?« Georg sah an sich herunter – Hemd und Hose hatten nasse Flecken, zwischen den Beinen wies seine Hose eine unverkennbare Wölbung auf.

Verlegen erwiderte er Alex' Grinsen – ein reizender Vorgeschmack, sagte er sich, auf ihre *ménage à trois*. »Also«, flüsterte er, »wir erzählen Margot so weit wie möglich die Wahrheit. Keine komplizierten Lügengeschichten, die durchschauen wir am Ende selbst nicht mehr. Du kommst aus der Hamburger Gegend, wir haben uns hier kennengelernt und angefreundet; du besuchst mich manchmal und so weiter – wir geben dir nur einen anderen Namen, und natürlich wirst du nicht als Mörder gesucht.«

»Wie heiße ich?«

»Deinen Humor möchte ich haben – oder doch lieber nicht. Auch den Vornamen behalten wir bei; ich kann dich nicht plötzlich Kurt oder Alfons nennen. Alex Bi – Ba – Alex Birrner, was hältst du von Birrner? Wie die Birne, nur mit zwei r?«

»Ist gebirnt, ich meine – gebont.«

»Morgen früh machen Margot und ich einen Spaziergang, und wenn wir zurückkommen, gebe ich wieder das Alarmsignal. Du versteckst dich dann draußen in der offenen Rumpelkammer, und wenig später bekomme ich überraschend Besuch von meinem alten Freund Alex Birrner.«

»Ich weiß nicht«, sagte Alex, »wenn das mal gut geht.« Allmählich schien auch ihm mulmig zu werden. »Wie lange bleibt Margot denn?«

Georg zuckte zusammen – er glaubte ein Knirschen gehört zu haben, wie von der Stahltürklinke in der Diele. Er horchte gespannt; aber dort draußen herrschte bloß rauschendes Schweigen. »Wahrscheinlich bis Freitag«, sagte er leise. Am Donnerstagabend nehme ich sie mit zu dieser *Härtel & Rossi*-Fete, und Freitag oder Samstag fahren wir zusammen zu meinen Eltern. Du weißt doch – damit mein Vater das Geld herausrückt, muss ich an meinem Geburtstag lieb's Kindlein spielen.«

»Sie kommt!«, zischte Alex.

Das Schließen der Schranktür übertönte das leise Grollen der vor das Loch rollenden Wand.

»Was für ein unglaubliches Chaos!«, hörte er Margot schimpfen.

Er drehte sich um, sie war immer noch nackt und stakste über die wahllos auf den Boden geworfenen Konservendosen.

»Und was suchst du nur dauernd in diesem Schrank?«

»Ach, ich hatte überlegt, ob ich mich dir zu Ehren umziehe. Aber ich glaube, die Ehre ist ehrlicher, wenn ich bleibe, wie ich bin.« Er verriegelte die Schranktür. Dann fiel ihm ein, dass er Alex eingesperrt hatte. Er wandte sich um, lehnte sich gegen den

Schrank und drehte den Schlüssel hinter seinem Rücken zurück, wobei er sich räusperte, um das Schlüsselknirschen zu übertönen. Was für eine Komödie, dachte er.
Wieder kam Margot auf ihn zu und umarmte ihn. Er küsste sie, spürte ihre Zunge zwischen seinen Lippen und dachte, dass Alex hinter ihnen im Dunkeln kauerte und, ob er wollte oder nicht, mehr oder weniger jedes Seufzen und Stöhnen mitbekam.
»Willst du nicht mit mir ins Bett gehen?«, murmelte Margot.
Was zum Teufel, überlegte Georg, hatte es nur zu bedeuten, dass Kroll und Flämm nicht hereingestürmt kamen und mit dem Haftbefehl wedelten? »Jetzt?«, protestierte er. »Ich dachte, wir wollten essen gehen. Nach deiner anstrengenden Fahrt bist du spätestens in einer Stunde todmüde.«
Aber so leicht ließ Margot nicht locker. »Hast du viele andere Mädchen gehabt im letzten Jahr?«, fragte sie. Ihre Stimme klang rau, das Grün ihrer Augen verdunkelte sich.
»Siebenundzwanzig«, sagte Georg in Erinnerung an die *Brötli*.
»Schuft«, machte Margot und biss ihn in den Hals.
Er legte die Hände auf ihre Schultern und drängte sie sanft zurück. »Später, Margot«, sagte er und versuchte, seine Stimme möglichst weich klingen zu lassen. »Lass uns erst rausgehen. Das hier geht mir einfach zu schnell. Außerdem bin ich hungrig.«
»Und ich bin hungrig nach dir«, sagte Margot wild.
»Später«, wiederholte er matt. Auf einmal fühlte er sich verdüstert – es deprimierte ihn, dass und warum er sie anlog.
Margot hatte ihren Koffer aufgeklappt und ein wehendes, schwarzes Kleid angezogen, durchscheinend und doch nicht wirklich durchsichtig, sodass man sich mehr einbildete, als man letzten Endes sah.
»Meine Sachen sind getrocknet«, sagte Georg, »wir können gehen.« Vielleicht hatte Kroll das Haus umstellen lassen, dachte er, und sowie sie den Lift verließen, erschallte seine Stimme durchs Megafon.
Aber als sie unten aus der Kabine traten, lag der Hausgang verlassen im Dämmerlicht. Schnell drehte Georg sich um und sah durch das kleine Glasfenster in der Hoftür zwei schwarze Schatten, die an Margots Golf lehnten.
»Irgendwas nicht in Ordnung?«, fragte sie.
»Was soll denn sein«, erwiderte er.
Noch im Hausgang steckte er sich eine *Gitane* an, um paar Sekunden Zeit zu gewinnen. Krolls Verhalten erlaubte nur eine Erklärung. Wahrscheinlich hatte er irgendwie von Margots Grenzzwischenfall erfahren – möglich, dass die Grenzer schon voreilig die Festnahme des gesuchten Alex Kortner gemeldet und dann dementiert hatten, da Alex offenbar einen weiblichen Doppelgänger besaß. Falls sie das Kennzeichen von Margots Wagen durchgegeben hatten, wusste Kroll jetzt zwar teilweise Bescheid – die Person, die überraschenderweise vor Flämms Augen durchs Hoftor gerollt war, war

kein gesuchter Mörder aus dem Prostituiertenmilieu, sondern eine Medizinstudentin aus München. Auch dass Margot mit dem Hauptwohnsitz in Lerdeck gemeldet war und demnach früher in Georgs direkter Nachbarschaft gewohnt hatte, konnte Kroll längst herausbekommen haben. Trotzdem musste Margots Auftauchen ihn einigermaßen verwirren – das Spiel wurde immer komplizierter, und niemand konnte behaupten, dass er alle möglichen Varianten jederzeit durchschaute. Die schwarzen Schatten neben Margots Wagen im Hof waren zweifellos Polizisten – Kroll hatte das Golf-Kennzeichen überprüfen lassen und schien sich zunächst auf weitere Beobachtung von Georgs Wohnung zu beschränken.

»Was ist schon wieder los?«, fragte Margot. »Warum stehst du wie eine Steinsäule da und starrst die Flurwand an?«

»Ach, nichts«, sagte Georg in Gedanken. Er nahm ihren Arm und führte sie zur Tür. Als sie auf die Straße traten, lehnte Flämm an seinem Lieblingsmauerstück vis à vis und wälzte das Silbermundstück ohne Zigarette zwischen den Lippen. Er wirkte wie ein Buschmann, dem die vergifteten Pfeile ausgegangen waren. Als er Georg und Margot sah, fuhr er zusammen und starrte zu ihnen herüber.

»Wer ist jetzt dieser Widerling?«, fragte Margot.

»Keine Ahnung. Irgend so ein Verrückter. Am besten, du kümmerst dich gar nicht um den Kerl. In diesem Viertel wohnen viele merkwürdige Leute.«

»Deshalb fühlst du dich hier so wohl, merkwürdiger Mensch«, sagte sie liebevoll.

Im Augenwinkel nahm Georg wahr, dass Kroll am Straßenrand in einer ochsenblutroten Chevrolet-Limousine saß und offenbar gelangweilt ihren Auftritt beobachtete. Unwillkürlich nickte Georg ihm zu. Er war nicht ganz sicher, aber es schien ihm, als hätte Kroll das Nicken erwidert. Er presste Margots Arm an sich und zwang sie zu einem raschen Schritt, als sie quer über die Straße an Flämm vorbeigingen, der fassungslos auf Margots schaukelnde Brüste starrte.

»Der hat wohl noch nie eine Frau gesehen«, bemerkte Margot.

»Jedenfalls noch keine so schöne, junge, frische«, sagte Georg.

Er warf einen Blick über die Schulter und sah, dass Flämm eine Notiz in sein Heftchen kritzelte. Rasend gern hätte er gewusst, was Krolls Gehilfe notiert hatte.

13

Auf gemächlichen Umwegen führte er Margot zum Mythenkai. Der See verzeichnete den höchsten Pegelstand seit Jahrzehnten. Die Linienschifffahrt war teilweise eingestellt worden, da die Schiffe unter den Brücken steckenzubleiben drohten. Von der Kaibrücke aus bot der See ein unwirkliches Bild – wie von einer höllischen Fliehkraft abgestoßen, schien er in die Höhe zu schwellen und schmetterte seine Wellen grollend gegen die Ufer. Die wenigen noch verkehrenden Schiffe zogen fast in Höhe der Brücken vorüber, sodass man die Brücke selbst zum zitternden Schiff verwandelt glaubte. Da sie hoch vor den Landungsstegen aufragten wie Ozeandampfer, musste man Treppen an ihre weißen Leiber anlegen, um die Passagiere an Deck zu ziehen.

»Schau, dort«, sagte Georg und zeigte zum Jachthafen.

Ein Mann, bloß mit einer Badehose bekleidet, wandelte anscheinend übers Wasser. Nur wenn man ganz genau hinsah, erkannte man unter den Wellen einen schmalen Steg. Längst hatte Georg bemerkt, dass Flämm ihnen in einiger Entfernung folgte.

»Und dort drüben«, sagte er, »irgendwo am Ostufer, wohnt Stefan Härtel in einer dieser Villen, die halb in den See gebaut sind. Was meinst du, kommst du Donnerstagabend mit zu seinem Jubiläumsfest?«

»Klar. Sehr gern«, erwiderte Margot. »Ich bin schon riesig gespannt, diesen legendären Härtel endlich kennenzulernen.«

Georg ärgerte sich über ihre Ironie. Er schluckte den Ärger herunter; der schmeckte erst bitter, dann fad, ehe der Nachgeschmack ein überraschendes Aroma entfaltete, wie bei einem kostbaren Cognac.

»Sag mal, Georg.« Margot ließ seine Hand los und lehnte sich gegen das Brückengeländer. »Warum hast du *mir* nichts von der *Irrläufer*-Geschichte, von deinem sogenannten Durchbruch geschrieben?«

Er hatte die Frage kaum gehört – er dachte an Kroll und Flämm und dass er Margot von Alex erzählen musste, ehe sie durch Kroll erfuhr, dass er mit einem Strichjungen und perversen Mörder verkehrt hatte. Er musste es so darstellen, dass er Kortner nur flüchtig gekannt hatte, sich jetzt natürlich hintergangen fühlte und mit Alex nichts mehr zu tun haben wollte.

»Redest du nicht mehr mit mir?«

»Der *Irrläufer*, ja«, sagte er. »Ich hab ja damit gerechnet, dass du diese Woche kommen würdest, da wollte ich die Überraschung aufsparen. Außerdem war bis heute nicht klar, ob meine Eltern mir das Geld geben würden – du kennst doch Papa. Es hätte auch eine traurige Überraschung werden können.« Er lächelte Margot an; aber das Lächeln, spürte er, galt nur ihm selbst. Wie geläufig er Lüge und Wahrheit verquickte, sodass er selbst manchmal kaum mehr wusste, was Traum war, was Realität. Plötzlich durchzuckte ihn der Gedanke – was, wenn Kroll seine Abwesenheit ausnutzte und die Mansarde abermals durchsuchen ließ? Er schob den Gedanken weg.

»Komm, ich muss dir noch was zeigen«, sagte er schnell.

Sie gingen über die Kaibrücke und folgten den Stufen zur Unterführung, die unter dem auf Säulen stehenden Stahlgewölbe auf die Altstadtseite führte. Leuchtendweiße Schwäne trieben Auge in Auge mit ihnen vorüber, und die Fische, die vorbeischwammen, schienen zum Greifen nah. Man fühlte sich wie in einer Unterwasserwelt und

war doch, dachte Georg, ausgeschlossen. Die Pfützen zu ihren Füßen sahen traurig aus, wie verstoßene Kinder des großen Sees.
Margot fand die Schwäne unheimlich. Zürich sei zauberhaft, seufzte sie.
»Das hier ist der Keller von Zürich«, sagte Georg und deutete auf das Wasser. Echohaft hallten ihre Stimmen in dem nassen Gewölbe. Ein schwarzer Schwan löste sich aus dem Schatten eines Brückenpfeilers und schwamm, scharf gegen die Strömung anpaddelnd, mit drohend vorgerecktem Hals auf sie zu. Er stieß einen Schrei aus, der an den Mauern zu zerspritzen schien, überließ sich dann apathisch der Strömung und schoss längs der Mauer an ihnen vorbei.
Georg führte Margot in die Altstadt. Falls Flämm die Verfolgung noch nicht aufgegeben hatte – spätestens hier würde er ihre Spur verlieren. In dem Gewirr und Gewinkel der engen Gässchen echoten das Gelächter, die Flüche und Rufe der Abendschwärmer, die in bunten Kostümen, mit erhitzten Gesichtern ziellos zwischen den buckligen Häusern flanierten oder strömten. Die Abendluft, auf der Seebrücke lau und angenehm frisch, war in der labyrinthischen Altstadt stickig, schweißtreibend, beinahe bleiern. Eigentlich, dachte Georg, mochte Flämm ruhig weiter hinter ihnen herstolpern, da sie schließlich nichts Ungesetzliches vorhatten; doch gleichzeitig reizte es ihn, die arrogante Type zu ärgern. Margot, die an seinem Arm hing und hüpfende Tanzschritte machte, sagte, obwohl sie ja die Altstadt schon flüchtig kenne, sei sie aufs Neue verblüfft von der hier herrschenden Mischung aus Sex-Bars und teuren Designershops, Pornokinos und gutbürgerlichen Lokalen. Aus all dem zweifelhaften Gewirr erhob sich heiter und hell das Großmünster, leutselig läutend und von leuchtendgrünen Kuppeln gekrönt.
Als sie in die Spiegelgasse einbogen, bemerkte Georg Kroll – oder glaubte, ihn zu sehen, dann schob sich eine Gruppe amerikanischer Touristen dazwischen. Als sie zu der Stelle kamen, wo Kroll aus der Menge getaucht war, sah Georg nur eine niedrige schwarze Tür.
»Was ist das für ein Gebäude«, fragte Margot, »hat hier auch eine Berühmtheit gewohnt?« Er hatte ihr das Haus gezeigt, in dem Lenin gelebt hatte, und den Club, in dem der Dadaismus begründet worden war – die Spiegelgasse trug ihren Namen zu Recht, dachte er, da sie das scheinbar Unvereinbare spiegelnd ineinander schob.
»Ich glaube nicht«, sagte er.
Über der schwarzen Tür stand auf einem ovalen Messingschild *Polizeiwache Spiegelgasse*. Aber das Schild war verwittert und der Schriftzug so verwischt, dass Georg sich fragte, ob es vielleicht eine historische Polizeiwache war, wie die Hauptwache an der Frankfurter Zeil, die vor langer Zeit in ein Café umgewandelt worden war. Aber was hatte Kroll dann in dem Haus zu suchen?
»Gehen wir weiter«, sagte er und nahm Margots Arm.
Der *Fähenwirt* war ein kleines Hinterhof-Restaurant mit einem Gastgarten, in dem

man unter Bäumen halbwegs im Freien saß. Über weiße Mauern schlängelte sich wilder Wein; zwischen Blättern und winzigen Beeren zitterten Spinnennetze, deren feines Gefädel im Abendlicht erglänzte. Zwischen den Bäumen schwankten an Drähten trübgrüne Glühbirnen, und aus den Zweigen tröpfelte Jazzmusik mit melancholischem Saxofon. Im Hintergrund war ein hölzernes Podium aufgebaut. Es kam vor, dass dort Leute in den späteren Abendstunden tanzten.
Sie fanden ein freies Zweiertischchen unter einer hohen, gerade gewachsenen Linde. Am Stamm hing ein würfelförmiges Vogelhäuschen, doch aus dem Flugloch klagte das Saxofon.
»Weißt du, was ich geträumt habe?« Er sah Margot an und dachte daran, dass er zwei- oder dreimal mit Alex hier gewesen war.
»Der Kellner kommt.«
»Im Traum war ich ein Fluss. Meine Haut war durchscheinend, wie eine Plastikfolie, und unter der Folie strömte der Fluss, dunkelgrün und träge.«
»Ich nehme geröstete Küken«, sagte Margot. »Und als Vorspeise Spargel und Artischocken.«
»Daran hatte ich auch gedacht«, behauptete Georg.
Er beobachtete den hageren Kellner im schwarzen Frack, der es fertigbrachte, ihre Bestellung zu notieren und sich gleichzeitig steif zu verbeugen.
»Und was wünschen *Madame et Monsieur* zu trinken?« Ehe sie antworten konnten, empfahl er *einen trockenen Weißen aus dem Wallis* und zu den Röstküken einen *fruchtigen Médoc*. Georg nickte willenlos.
»Woran denkst du?«
Er blickte auf und dachte: Wie verführerisch sie aussieht, in diesem schwarz-raffinierten, durchsichtig-undurchsichtigen Kleid. Wie schön sie war, ihre braune Haut, ihre roten Lippen, der grüne Schimmer ihrer Augen unter den schweren Locken. Er sagte: »Ich habe daran gedacht, wie ich einmal mit einem Freund hier war – Alex Birrner, vielleicht wirst du ihn noch kennenlernen; kann sein, dass er mich morgen oder so besucht. Das war im letzten Winter, wir saßen drinnen im Restaurant, wo es viel steifer und vornehmer zugeht. Die Kellner machten Alex nervös; andauernd schenkten sie Wein nach, gabelten irgendwas auf die Teller oder leerten die Aschenbecher. Dann stieß Alex sein Weinglas um und bekam einen feuerroten Kopf. Er war wütend auf mich und behauptete, ich hätte ihn nur hierher geschleppt, um mich mit meiner *Kinderstube* aufzuspielen. Alex' Eltern waren arm, glaube ich.«
Er zündete sich eine *Gitane* an. In diesem Moment erschienen zwei junge Kellner, einer mit dem Wein, einer mit dem Spargel-Gang.
»Ich wusste gar nicht, dass du hier in Zürich – dass du überhaupt einen Freund hast. Du hast nie von ihm geschrieben oder erzählt.«
»Merci«, sagte Georg zum Kellner. »Ich hab ihn in einem Museum an der Limmat bei

einer Maskenausstellung kennengelernt. Das war vergangenen Herbst. Diese Freundschaft ist kostbar für mich. Ich weiß nicht, ob du das verstehst – ich muss beides, nein, alles haben – mein Alleinsein, meine Freundschaft mit Alex ... und dich.«
»Sind Sie zufrieden?«, fragte der hagere Kellner. Er war wie ein Geist neben ihrem Tisch aufgetaucht.
»Ja, sehr. Vielen Dank.« Obwohl sie noch gar nichts angerührt hatten. Georg löschte seine Zigarette, worauf der Kellner mit dem Aschenbecher verschwand.
Als er eben zu reden anfing, hatte Georg geglaubt, dass er endlich offen zu Margot sein musste – nicht immer diese Lügen und all das, dieses ewige Verschweigen; einfach alles erzählen, hatte er gedacht, rückhaltlos sich öffnen, einfach vertrauen. Aber was erzählen, wie? Die Offenheit war ja die größte Lüge, fühlte er. Mechanisch spießte er eine Spargelspitze und eine Artischockenscheibe auf die Gabel und schob sich das glibberige Zeug in den Mund.
»Wie sieht er aus, dein Freund Alex?«, fragte Margot.
Mehr oder weniger wie du. »Meine Haare, deine Augen«, sagte er und hob lächelnd sein Glas. »Es ist so wunderbar, deine Nähe zu fühlen, Margot. Dich zu sehen, dich berühren zu können.« Er legte seine freie Hand auf ihre. Lass uns immer zusammenbleiben.«
Er leerte sein Glas mit einem Zug und stellte es mit Schwung zurück auf den Tisch. Aber dann sah er, dass Margot nicht mitgetrunken hatte. Sie drehte ihr Glas zwischen den Fingern und lächelte, sichtlich verwirrt.
»Das kommt etwas überraschend«, sagte sie. »Wir haben uns in zwei Jahren zweimal gesehen. Du scheinst gut ohne mich ausgekommen zu sein. Mit keinem Wort hast du gefragt, wie es mir geht und wie ich jetzt lebe. Du scheinst ganz selbstverständlich davon auszugehen, dass ich auf dich gewartet, mich für dich freigehalten habe und natürlich – dass ich kein Recht habe, mich zu beklagen. Was aber, wenn es auch in meinem Leben einen Freund gäbe, von dem ich dir nie berichtet hätte?«
»Diesen Freund kann es nicht geben. Weißt du noch, du hast damals am Bergsee gesagt: *Jetzt gehören wir zusammen.* Und als ich im Jahr darauf abgereist bin: *Ich werde warten.* Wären diese Worte für dich nicht mehr gültig, wärst du jetzt nicht hier.«
Der Kellner huschte herbei, füllte die Gläser, verschwand. Margot stocherte in den Artischocken. Aus dem Vogelhäuschen tröpfelte die Klage des Saxofons. Eine merkwürdige Stimmung schwebte über dem kleinen Garten. Man wusste nicht, hatten die Kellner ihre Schatten dressiert, wie man nicht wusste, murmelte der Garten oder murmelten die Menschen an den Tischen. Und *murmeln,* was für ein seltsames Wort das doch war.
»Die Kindheit«, sagte Georg leise, »die Kindheits*bilder,* das ist wie ein Traum, den man nie vergessen kann. Das ist ein Flüstern und Wispern, das niemals aufhört, ein Schimmern und Glänzen, und verblassen wird das nie. Kein *Weißt du noch,* sondern

ein *Für immer so*. Das kleine Gittertor in der weißen Mauer zwischen unseren Gärten. Unser strenger Park, der am Nordrand in die wuchernde Wildnis des Waldes zerfasert. Mein Zimmer mit den Spielen. Die Stille dieses Zimmers. Das Halbdunkel. Immer schon liebte ich das Halbdunkel, die Schatten, das funkelnde Graue. Die Jalousien vor der Weite des Parks und die Wiesen, die das Licht grün flimmern ließen, wenn man zwischen den Lamellen nach draußen sah. Diese Weite, und doch so einschnürend eng. Diese Strenge, und doch so labyrinthisch. Diese Abgeschlossenheit, die hohen Mauern und dunklen Tannen – aber dann unser winziges Gittertor. Das ist alles immer noch da, Margot, und manchmal denke ich, die Bilder *bleiben*, irgendwo, auch wenn ich längst nicht mehr dasein werde.«
»Das sind schöne Bilder«, sagte Margot, »und es ist schön, wie du sie beschwörst. Aber es kommen keine Menschen darin vor.«
»Doch, Margot. Die Menschen sind *in* den Bildern, in dieser Landschaft, die ohne sie starr und leblos wäre. Ich, du, meine Eltern, dein Vater – alle sind in den Bildern, in den Zimmern, in der Stille, in den Bäumen, im düsteren Park.«
»Und Alex?«
Der Klang dieses Namens schreckte ihn aus seiner Träumerei auf. Alex? Er musste sich erst besinnen, dass sie von einem Phantom, einem Mischwesen namens Alex Birrner sprach. Er zündete sich eine Zigarette an. In dem Vogelhäuschen rauschte der Äther. Die Spargel und Artischocken hatte er kaum angerührt.
Er sah Margot an, versuchte zu lächeln, nahm ihre Hand. »Versteh mich«, sagte er, »meine Freundschaft mit Alex – das ist ja ganz etwas anderes, als wenn du jetzt in München mit einem Mann zusammen wärst. Auf meine Weise habe auch ich immer auf dich gewartet und gespürt, dass wir zusammengehören.«
Plötzlich war der Ernst weg. Margot blickte ihn feierlich an, als stünden sie schon vor dem Traualtar, und er – ein unbezwingbares Grinsen verzerrte seine Züge, und seine Schultern schüttelten sich vor unterdrücktem Lachen.
»Was ist denn auf einmal so komisch?«, fragte Margot.
Georg verschluckte sich am *Gitane*-Rauch. Als er fertig gehustet hatte, sah er, dass auch sie die komische Seite ihres feierlichen Gesprächs entdeckt hatte.
»Du warst mir also treu?«, fragte sie mit gespielter Strenge. »Und was ist mit den siebenundzwanzig Frauen, mit denen du mich betrogen hast?«
»Das waren *Brötli*.«
»Das war *was*?«
»Backwaren. Kleine, runde Brote, die man beim Bäcker kauft.«
Margots Lachen wurde unsicher, aber Georg hatte jetzt keine Lust, seinen Witz zu erklären. Wieder leerte er sein Glas auf einen Zug, und die Gischt zischte bis hinauf in sein Gehirn. Hatte er auch nur eine Silbe wirklich ernst gemeint? Wollte er tatsächlich, dass Margot bei ihm blieb, Tag und Nacht und Jahr um Jahr, dass sie wo-

möglich eine Wohnung nahmen und als Mann und Frau zusammenlebten? Dass er Margot heiratete, dass er sie schwängerte und sie Kinder gebar? Er dachte, es war alles nur ein Trick. Er hatte gespürt, dass sie wegen Alex befremdet war, und um die Spur dieses Befremdens aus ihrem Gedächtnis zu wischen, hatte er dem Gespräch diese Wendung gegeben und ihr feierliche Geständnisse gemacht.

Als die Röstküken in Risottoringen gebracht wurden, begann sie von ihrem Münchner Studentenleben zu erzählen. Das zarte Kükenfleisch von den winzigen Knochen zu lösen war ziemlich kompliziert, zumal man mit abgewinkelten Händen über dem Risotto-Luftraum operieren musste, als wäre das Küken eine mittelalterliche Burg und Georg der Raubritter mit Forke und Schwert. Ein Raubritter mit Forke, fand er, war lächerlich. Er schob sich eine fingernagelgroße Fleischfaser in den Mund und spülte sie mit dem schweren Rotwein herunter.

»Hörst du mir überhaupt zu?«, fragte Margot.

»Natürlich. Der Professor von der Pathologie hat gesagt, wer den Anblick harmloser Leichen nicht erträgt ...«

»Richtig. Die Leiche hatte etwa fünf Wochen in einem feuchten Keller gelegen und war daher ...«

Wenn er wollte, konnte er sich auf fünfzehn verschiedene Dinge gleichzeitig konzentrieren, zumal ja sowieso alles mit allem zusammenhing. Beispielsweise hatte er eben an Peter Martens gedacht – der zopfähnlich verdrehte Zwergenleib mit dem zerschlagenen Vollbartgesicht tauchte aus den Fluten seiner Erinnerung auf und wurde von einer Welle des Bewusstseins zurück ins rauschende Dunkel gedrückt. Was denn, dachte er flüchtig, wenn Kroll einen Hinweis zugespielt bekam und in einer müßigen Stunde die Martens-Akte aufblätterte? Aber seine Gedanken schweiften schon wieder ab. Morgen, überlegte er – oder nein, morgen musste er ja zu Kroll aufs Stadtzürcher Polizeipräsidium –, dann also übermorgen würde er Alex und Margot das *Irrläufer*-Spiel erklären. Endlich zu dritt! Das Spiel konnte nur zu dreien gespielt werden, da musste er es natürlich ausnutzen, dass er für einmal zwei Gäste hatte. Er würde vorschlagen, dass sie einige Partien zusammen spielten, obwohl Alex wahrscheinlich wenig Lust spüren würde. Aber diesen Wunsch konnten sie ihm nicht gut abschlagen.

»... dass die Haut grün und schrumplig wird, wenn sie längere Zeit luftdicht unter einer Schimmelschicht liegt«, sagte Margot. Als sie Georgs Blick bemerkte, hob sie ihr Glas »Auf den *Irrläufer*!«

»Ex«, sagte Georg. Der Wein schoss in ihre Kehlen.

»Du willst mich betrunken machen«, sagte Margot.

»Natürlich. Und nachher vergewaltige ich dich in einem Dornengebüsch am See.«

»Tust du ja doch nicht – alter Angeber.«

»Und ob! Dein Kleid wird in schwarzen Fetzen von den Ästen flattern wie die Fahnen der Anarchie. Deine seidige Haut wird blutige Risse tragen, und wenn du schreist,

weil sich die Dornen in deine Schenkel bohren, werde ich nur lachen. Ich werde gar nicht mehr ich sein. Wenn du die Augen aufreißt, wirst du sehen – ein Schuppenpanzer zieht sich über meine Haut, meine Augen werden schwarz, kohlschwarz und drohend, und aus Hals und Wangen schießt mir ein Vollbart aus Rabengefieder.«
»Was wirst du mit mir machen?« Margots Blick verschleierte sich, wie der See bei Schwüle, und ihre Wangen waren gerötet.
»*Excusez*«, sagte der hagere Kellner mit steifer Verbeugung. Ob es den Herrschaften geschmeckt hatte?
»Ausgezeichnet. Vielen Dank«, sagte Georg.
Die Burg war gestürmt, ihr Gemäuer geschleift; die Knochen der Besiegten glänzten im grünen Glühbirnenlicht, und das Saxofon seufzte die Trauermelodie. Er konnte sich kaum erinnern, von dem Küken gegessen zu haben. Zum Dessert bestellten sie Pistazieneis und anschließend *Grand Marnier* und schwarzen Kaffee.
»Lenk nicht ab«, sagte Margot. »Du hast mich ins Gebüsch geschleppt, mein Kleid flattert in den Zweigen. Du bist ein Monster mit Schuppenhemd und Rabenbart. Aber was macht das Monster?«
»Ich bin ein dreischwänziges Ungeheuer«, sagte Georg. »Mit dem langen, beweglichen Teufelsschwanz, der mir aus dem Rücken schießt, umschnüre ich dich, und die zottige Quaste peitscht deine Brüste und Schenkel. In deine Brüste beiße ich mit aller Kraft und natürlich mit starken, gelb glänzenden Zähnen, weil mein lüsterner Wahn mir einflüstert, es wären Früchte. Weil es mich dürstet, schlage ich meine Zähne in dein weißes Fleisch, wo es am weichesten ist, und glaube abwechselnd, Kokosmilch oder Birnensaft zu schmecken. Die beiden anderen Schwänze trage ich dort, wo der Mann am männlichsten, das Ungeheuer am ungeheuerlichsten, der Rabe am rabenhaftesten ist. Diese Schwänze sind hart, dick, schwer, schwarz, klopfend und pochend. Ich bin nur ein armer Teufel, die reicheren haben fünf oder sieben. Daher beobachte ich ein wenig ängstlich deinen Blick und deinen Mund, als ich mit beiden Mannesmännern, Rabenstämmen, Monsterknollen in dich eindringe. Du schreist. Deine Beine sind gespreizt von der Kaibrücke bis Küsnacht. So ist der See entstanden: als eine Riesin liegend ihr Wasser ließ. Aber ich bin größer, stärker, böser. Du bist eine Riesin, ich bin ein Günstling des Höllengottes. Du kannst mich nicht aus dir herausschwemmen. Was für die Zwerge ein See ist, ist für mich Gischt und kitzelt mich nur, stachelt meine Begierde. Du windest dich, wie ein Flusslauf zwischen zwei mächtigen Schleusen. Deine Brüste zucken; auch darüber lache ich. Durch das Loch, das ich dir in die Brust gebissen habe, sehe ich etwas Großes, Klopfendes, Schwarzes. Ich greife nach unten und reiße dir ein Büschel Schamhaar aus, nein, alles. Ich will, dass du kahl und kindlich bist, um dich noch stärker zu quälen. Die Haare werfe ich weg, und das sind dann die Wälder. Du willst schreien, aber wie du den Mund aufmachst, bricht etwas hervor, etwas Großes, Klopfendes, Schwarzes. Du schlägst

mit der Faust nach mir, triffst meine Schulter, ein paar Schuppen bröckeln ab. Ich schnaube empört. Die Schuppen wehen weg, das werden die fernen Berge. Dann ergieße ich mich – der Höllenfürst ruft –, mein schwarzer Samen schießt aus deiner Brust, zwischen deinen Lippen hervor, und wie man genauer hinsieht, sind es Dutzende, Hunderte schwarzer Schwäne.«

»Und dann nimmst du mich mit in die Hölle?«

»Leider nein. Wie ich dich an den Haaren hinter mir herschleifen will zum Höllentrichter, blendet mich die Reinheit deiner Seele. Ich schlage die Pranken vors Rabengefieder und zottele ab, schwänzeumschlackert. Mit der Quaste versetze ich dir einen Hieb, dass du in den Himmel auffliegst, voll Blut und Wunden. Wie du aufschwebst, glaubt man, dass du weintest, aber was aus deinen Augen perlt, sind Schwaneneier. Von Hölle und Himmel aus schreiben wir uns dann Briefe. Ich besteche Satansadepten, du dingst Engelseleven. Während ich linkshändig den Spieß mit dem bratenden Sünder drehe, tunke ich rechts die Feder in Schwefel.«

Der Kellner brachte das Pistazieneis, und aufblickend sah Georg, wie sich im Hintergrund, nahe der Tanzbühne, Kroll und Flämm an ein Tischchen heranpirschten. Von dem Wein und mehr noch von seinen Fantasien berauscht, empfand er keinen Schrecken beim Anblick der Polizisten. Diese Witzfiguren – einer klein, braun, dick, einer klein, ölig, hager – sollten ihm Furcht einflößen? Sein Grinsen verwischte er mit Pistazieneis.

»Als ich Freitag mit deiner Mutter telefoniert habe«, sagte Margot, »war sie offenbar noch aufgewühlt durch den Brief, den sie dir vorher geschrieben hatte. Sie war geradezu in Beichtstimmung und hat erklärt, jetzt, wo du mit dem *Irrläufer* erfolgreich bist, hätte sie ein schlechtes Gewissen, weil sie und dein Vater dich immer von deinem Weg abzubringen versuchten. Aber deine Fantasie, deine ganze Traumwelt sei ihnen immer unheimlich gewesen und fast als etwas Krankhaftes erschienen.«

»Besser spät als nie«, sagte Georg; er meinte das schlechte Gewissen.

»Aber«, fuhr Margot zögernd fort, »was du eben erzählt, was du da fantasiert hast – ich fand das auch unheimlich. Ich fand es anfangs amüsant, aber dann hat es mich immer mehr erschreckt, und ich habe mich gefragt, ob du vielleicht« – wieder zögerte sie –, »na ja, ob du so eine Art Hang zu Gewalttätigkeit und ... und Zerstörung hast. Auch Selbstzerstörung«, sie redete immer schneller, »so eine Lust am Untergang, und dass es dich vielleicht reizt, andere mit in deinen Untergang zu reißen.«

In der Karaffe war noch Wein; Georg schenkte sich nach und hob sein Glas. »Das Stichwort heißt *Durchbruch*, nicht *Untergang*. Du darfst dich von dem Geschwätz meiner Mutter nicht beeindrucken lassen. Weißt du, dass mein Vater schon wieder eine Mauer hat herausbrechen lassen, um den Saal zu vergrößern? Und dass er seit einiger Zeit offenbar an den gleichen Kopfschmerzen leidet wie manchmal ich?«

Er wusste nicht genau, worauf er mit diesen Fragen hinauswollte. Egal! Er stürzte den Wein in sich hinein. Ah! Wie hatte er nur vergessen können, wie frei, leicht und schwebend man sich fühlte, wenn man betrunken war? Er schwenkte eine Zigarette zwischen den Fingern und konnte sich nicht erinnern, sie angezündet zu haben. Er lachte. In seinem Rücken spürte er die Blicke der geheimnisvollen Polizisten – Krolls tückisch blinzelnden und Flämms düster lodernden Blick. Es gefiel ihm, die beiden Typen in Gedanken *geheimnisvoll* zu nennen.

»Woran denkst du?«, fragte Margot mit schwerer Zunge.

»An Alex.«

»Du denkst viel an ihn?«

»Ja – weil es zwei gibt.«

»Wie? Von was gibt es zwei?«

»Zwei Alexe«, sagte Georg.

Zum Glück brachte der Kellner den Kaffee. Georg wandte sich um und sah, dass Kroll und Flämm die Köpfe zusammengesteckt hatten und tuschelten. Vor ihnen stand Bier in hohen Gläsern. Kroll griff nach seinem Glas und tunkte den Schnauzbart hinein. Flämm strich sich über sein ölglänzendes Haar und wälzte das Mundstück zwischen den Zähnen. Georg und Margot schienen sie keines Blickes zu würdigen. Sie lehnten sich zurück und beobachteten die Bühne, auf der sich einige Paare in trägen Rhythmen bewegten. Die Tänzer umschlangen einander in der Taille und wiegten sich seitlich, die Stirnen aneinander gedrückt. Plötzlich erkannte Georg, das linke Paar waren zwei Männer, das rechte rein weiblich, falls es das gab; und nur in der Mitte tanzte schlaff umschlungen ein männlich-weibliches Paar.

»Es gibt zwei Alexe«, wiederholte er. »Aber nur einer von ihnen ist mein Freund. Den einen kennst du schon – das heißt, du wirst ihn kennenlernen, Alexander Birrner; und der andere ...«

Er stockte und versuchte, Nüchternheit aus der Kaffeetasse zu schlürfen. Daneben duftete im gläsernen Glockenkelch der *Grand Marnier*. Er brauchte eine *Gitane*.

»Hinter uns«, sagte er, »bei der Tanzbühne, sitzt dieser Widerling, den du vorhin vor meinem Haus gesehen hast. Neben ihm hockt ein dicker, älterer Mann. Die beiden sind Mordermittler aus Frankfurt. Sie suchen Alfred Prohns Mörder, und sie glauben, dass Alex der Mörder ist.«

»Dein *Freund* Alex?« Margot und starrte ihn entgeistert an.

»Der andere – Alexander Kortner. Ich kenne ihn nur flüchtig, weißt du, ich bin ihm mal in einer Selfservice-Kneipe am See begegnet und habe ihn angesprochen, weil ich verblüfft war – er sieht dir wirklich sehr ähnlich. Ich dachte, vielleicht ist er ein unehelicher Bruder von dir, oder so. Ist natürlich Quatsch, hab ich auch schnell gemerkt. Aber ein Doppelgänger des anderen Geschlechts – das hat mich halt fasziniert. Er hat mich dann ein paarmal besucht, das ist alles. Natürlich hab ich nicht gewusst, dass er ... womit er ... dass er ein Krimineller und eine verkrachte Existenz ist.«

Wieder nahm er dieses Befremden in Margots Augen wahr. Natürlich spürte sie, dass einiges nicht stimmte, und für einen Augenblick bezweifelte er, dass sie ihm diese ganze verrückte Geschichte glauben würde. Obwohl er im Grunde ja nicht log, sondern sozusagen eine strengere, genauere Version der Wirklichkeit erzählte.

Er sah, wie Margot in ihrer Trunkenheit nach Worten suchte. Ihr Lächeln kam überraschend. »Du wolltest, dass ich beides für dich wäre«, sagte sie langsam, »Geliebte und Freund.«

Der Gedanke schien ihr zu schmeicheln, dass Georg sich einen Freund nach ihrem Bild gesucht hatte. Dass dieser Freund nach ihrem Bild sich dann als Strichjunge und perverser Mörder entpuppte, blieb allerdings irritierend und verlieh ihrem Lächeln einen gequält-tapferen Zug.

»Aber warum hast du mir das nicht vorhin schon erzählt, als wir von diesem Kortner gesprochen haben?«

»Weil es kein günstiger Moment war. Du hattest wegen Kortner diesen Grenzzwischenfall erlebt und warst natürlich doppelt schlecht auf ihn zu sprechen. Ich wollte nicht, dass unser Wiedersehen mit einem hässlichen Paukenschlag beginnt – lieber so, süß-melancholisch, wie dieses magische Saxofon. Außerdem ist diese Kortner-Geschichte überhaupt nicht wichtig – mit uns hat sie nichts zu tun.«

Während er sprach, staunte er über sich selbst, wie er lallend die richtigen Wörter ertastete. Jetzt, da das Wichtigste gesagt war, durfte er sich dem *Grand Marnier* widmen.

»Und die beiden Polizisten?«, fragte Margot. »Verdächtigen sie dich etwa, in die Sache verwickelt zu sein? Das ist doch lachhaft, nein – empörend!«

Wahrscheinlich dachte sie wieder an ihren Grenzzwischenfall und hielt Georg für das Opfer eines ähnlich ärgerlichen Irrtums. Anscheinend schlug ihr Erlebnis an der Grenze aufgrund unklarer Vermischungen letztlich zu seinen Gunsten aus.

»Na ja«, sagte er entspannt, »die Polizisten glauben halt, dass ich Kortner noch am Sonntag gesehen hätte – *nachdem* er diesen Prohn ermordet hat. Übrigens ist er ja noch nicht überführt, und vielleicht stellt sich bald heraus, dass ein ganz anderer bei Prohn in der *Rose* war. Jedenfalls glauben die Polizisten, dass ich wüsste, wo Kortner sich versteckt hält. Sie waren sogar bei mir im Zimmer und haben unter das Bett geguckt« – den Schrank erwähnte er lieber nicht –, »aber da war nur Staub.«

»Und du weißt aber nicht, wo Kortner sich verbirgt?«

»Keine Ahnung! Wahrscheinlich werden sie auch bald merken, dass sie nicht weiterkommen mit diesem läppischen Haus-Belauern, und vielleicht wird Kortner ja in den nächsten Tagen gefasst. Etwas unangenehm sind die Burschen schon – stell dir vor, sie haben sogar bei mir im Viertel in den Läden herumgefragt, ob ich beispielsweise zum Frühstück in der Regel für eine oder zwei Personen einkaufe. Und das ist dann auch die Siebenundzwanzig-Brötchen-Geschichte.«

Er erzählte sie, um die Wolken aus Margots Gesicht zu vertreiben Wolken der Müdigkeit, Trunkenheit und Befremdung. Als die Geschichte sie zum Lachen gebracht hatte, wandte er sich schnell um zu den Polizisten. Flämm hatte sich von seinem Stuhl erhoben und stand in militärischen Haltung neben Kroll, der mit ruckendem Kopf auf ihn einredete. Dann erklang Tangomusik, Flämm nickte und schlenderte auf ihren Tisch zu. Georg ahnte, was jetzt bevorstand.
»Der Widerling kommt, er will mit dir tanzen«, sagte er hastig zu Margot. »Geh nur mit ihm, ich will wissen, was er sagt. Aber erwähne auf keinen Fall den Namen Alexander Birrner – Alex darf in die Sache nicht hineingezogen werden.«
Düster lächelnd und geschmeidig verbeugte sich Flämm vor Margot und führte sie zwischen den Tischen hindurch zum Tanzpodium. Er war fast einen Kopf kleiner als sie, aber er wirkte nicht lächerlich, fand Georg – in stolzer Haltung neben ihr herschreitend, den Kopf zurückgeworfen, huldigte er einer Riesin. Auf der Bühne verschmolzen sie zu einem idealen Tangopaar: Die Körper gegeneinander gepresst, die Arme seitlich abgespreizt, die Köpfe synchron ruckweise wendend, die Gesichter zu harten, müd-glühenden Masken erstarrt, schoben sie roboterähnlich über die Bretter, und wenn Margot sich im Arm ihres düsteren Tänzers weit zurückbog, streiften ihre Locken den Bühnenstaub und der auffliegende Rock entblößte ihre Schenkel.
Während Georg von seinem Cognac nippte, blickte er auf die Armbanduhr. Es ging gegen halb elf – Alex, dachte er, hatte reichlich Zeit gehabt, sich zu verwandeln und die Spuren zu verwischen, falls die schwarze Haarpaste Schlieren im Spülstein hinterließ. Er war gespannt auf den verwandelten Alex. Meine Haare, deine Augen, hatte er zu Margot gesagt. Mit Margot *und* Alex zusammenleben, dachte er wieder, das wäre ideal. Als er aufsah, saß Kroll auf Margots Stuhl.
»Schauen Sie sich ruhig um«, sagte Georg mit halbem Lachen, »vielleicht hockt der Mörder unterm Tisch oder dort im Vogelhäuschen?« Die Tangomusik, dachte er, die aus dem Vogelhäuschen schluchzte, glich einem eisgekühlten Orgasmus.
»Sie haben eine sehr hübsche Freundin, Kroning«, sagte Kroll in vertraulichem Ton. »Wirklich, eine ganz reizende junge Dame. Ihre Beziehung zu Kortner erscheint mir jetzt in einem anderen Licht, allerdings nicht unbedingt in einem harmloseren Licht. An der Stelle der jungen Dame würde es mir durchaus zu denken geben, wenn der Freund sich auf einmal ihrem männlichen Ebenbild zuwendet. Aber aus polizeilicher Sicht wirkt das Auftauchen der jungen Frau für Sie entlastend. Ihre Beziehung zu Kortner erscheint mir jetzt mehr wie eine – vielleicht moralisch bedenkliche – Schwärmerei. Während ich vorher dachte, wenn sich einer wie Sie mit Kortner einlässt, diesem ungehobelten kleinen Gauner, dann muss das eine sozusagen geschäftliche Verbindung sein. Die Verwechslung an der Grenze war natürlich bedauerlich und für die junge Dame zweifellos unangenehm.«
Das wusste Kroll also tatsächlich schon, dachte Georg, und das erklärte dann auch,

weshalb er heute Nachmittag nach Flämms Anruf nicht Georgs Mansarde gestürmt hatte. Alles andere war natürlich nur Gewäsch. Georg begriff nicht, warum Kroll auf einmal derart freundlich tat und seinen Verdacht herunterspielte – er konnte nicht im Ernst glauben, dass Georgs Komplizenschaft mit Alex unwahrscheinlicher wurde, nur weil er in Deutschland eine Freundin hatte, die dem mutmaßlichen Komplizen ähnlich sah. Wollte Kroll ihn in Sicherheit wiegen, in der Hoffnung, dass er unvorsichtig wurde und das Versteck verriet? Aber das wäre plump, dachte er. Oder – und plötzlich wurde ihm heiß – waren Kroll und Flämm vorhin doch noch einmal bei ihm in der Mansarde gewesen und hatten Alex geschnappt? Und jetzt saßen sie hier in der Kneipe und feierten ihren Sieg, und um den Triumph auszukosten, hielt Kroll ihn mit diesen läppischen Reden zum Narren? Er spürte, wie Kroll ihn belauerte – hinter seiner Maske blinzelnden Gleichmuts beobachtete er ihn mit solcher Spannung, als wäre Georg eine Bombe, mit deren Detonation jede Sekunde zu rechnen war. Was würde Kroll als Nächstes sagen: *Ich verhafte Sie wegen Beihilfe zum Mord an Alfred Prohn*? Er stellte sich vor, wie Alex – das Haar zur Hälfte noch blond und lockig, halb schon schwarz und gesträhnt – in Handschellen abgeführt worden war ... Er hob den Blick und sah Kroll an, der in den Taschen seines verknautschten Anzugs kramte und eine seiner übel riechenden Zigarren hervorzog. Er setzte sie in Brand, stieß eine gelbgraue Dampfwolke aus und sagte um den Stumpen herum:
»Neigen Sie übrigens nicht zur Eifersucht, Kroning?«
Georg wandte sich um und schaute zum Tanzpodium. Im trübgrünen Licht, das die Gesichter schimmlig verfärbte, bewegten sich bloß noch zwei Paare zu seufzendem Blues. Margot und Flämm saßen auf den Stufen vor der Bühne, und Flämm hatte eine Hand auf ihren Arm gelegt und redete feixend auf sie ein. Margot zuckte die Schultern und wollte aufstehen, aber Flämm hielt sie fest und machte mit der freien Hand wedelnde Bewegungen. Margot lachte, Flämm runzelte zornig die Stirn.
»Ich will Ihren Gehilfen, oder was er sein mag, nicht beleidigen«, sagte Georg, »aber ich finde es schwer, auf diesen düsteren kleinen Señor eifersüchtig zu reagieren. Soweit ich sehe, hat er nicht mal eine Stehleiter dabei.«
Kroll zeigte ein säuerliches Lächeln, das er schnell gegen ein joviales vertauschte. Er winkte den Kellner an ihren Tisch. »Darf ich Sie zu einem Getränk einladen?«, fragte er Georg.
»Ich nehme noch einen *Grand Marnier*«, sagte Georg zum Kellner. »Natürlich auf meine Rechnung. Dieser Herr hier zahlt separat.«
»Für mich ein Bier«, Kroll seufzte.
»*A Stange?*«
»Was bitte?«
»Eine Stange«, erklärte Georg. »Ein kleines Bier. Das lange, dünne Bierglas erinnert die Zürcher an eine Stange.«

»Nein, keine Stange. Was sagt man für großes Bier?«

»*Schächtli* – mit Rachen-ch.«

»Also dann«, wandte sich Kroll an den mit blasiertem Gesichtsausdruck wartenden Kellner. »Bringen Sie mir – zum Teufel, Sie wollen mich wohl auf den Arm nehmen, Kroning! Ein großes Bier, und basta! Verstanden?«

»Sehr wohl, Monsieur.« Der Kellner notierte irgendwas und verschwand.

Kroll war sichtlich erbost über Georgs kleine Teufelei. Er klemmte die Zigarre zwischen zigarrenförmige Finger und fixierte die glühende Spitze. Seine Glatze glänzte, die Mundwinkel unter den Schnurrbartspitzen zuckten.

Aber Georg war noch nicht zufrieden. Wer ihn einen Verrückten schimpfte, dachte er, den führte er zur Strafe als tumben Tölpel vor. »Zufällig habe ich gesehen, was der Kellner eben notiert hat«, sagte er. Sie haben *basta* gesagt, und er hat aufgeschrieben: *Pasta*. Gleich wird er Nudeln bringen.«

»Nudeln?«, rief Kroll. Die Wut färbte seinen Schädel feuerrot – eine einsame Ampel, die gegen das permanente Grünlicht zwischen den Bäumen anleuchtete. »Ich habe es Ihnen schon heute früh gesagt, Kroning«, sagte er leise und zischend, »Sie halten sich für superschlau und aller Welt turmhoch überlegen. Dabei sind Sie nichts als ein verrückter Kindskopf, aber Ihre Verrücktheit ist von der gefährlichen Sorte, das glaube ich mehr denn je. Sie lachen sich innerlich halb tot über Ihre dümmlichen Späße. Da Sie lügen, sowie Sie den Mund aufmachen, halten Sie, was Sie verschweigen, für die Wahrheit. Sie lügen zwanghaft. Dauernd haben Sie irgendwas zu verdrehen und zu verbergen, vor allem vor sich selbst. Sie können gar nicht anders. Mörder sind von Ihrer Art, auch Triebtäter in allen Spielarten. Würde mich nicht wundern, wenn Sie schon einen oder auch mehr als einen Mord auf dem Gewissen hätten – nein, nicht auf dem Gewissen, denn Sie haben keines. Sie sind abnorm, bei Ihnen ist alles verdreht. Sie haben krankhafte Angst vor Berührungen. Ihre Freundin ist wirklich nicht zu beneiden. Fälle wie Sie sind mir schon ein-, zweimal begegnet. Ich erkenne euch an den Augen«, zischte Kroll. »Den einen habe ich am Tatort verhaftet. Er hatte seinem Opfer mit einer Axt den Schädel gespalten, er hatte die Axt noch in der Hand, und alles war voller Blut – seine Hände, seine Kleidung, sein Gesicht. Aber er hat bis zuletzt voller Überzeugung geleugnet – er hat behauptet, ein anderer habe die Axt geschwungen, und er habe nur zugesehen.«

»Vielleicht hatte der Mann recht. Merci«, sagte Georg; das *Merci* galt dem Kellner. Er war jetzt sicher, dass Kroll Alex nicht gefunden hatte. Sonst würde der Kriminaler sich wohl kaum die Mühe machen, ihm solche Schauergeschichten zu erzählen. Er trank einen Schluck *Grand Marnier* und fühlte, wie die Wärme ihn durchströmte. Kroll tauchte seinen Schnauzbart in den Bierschaum. Mochte ihn Kroll, solange es ihm beliebte, als Irren titulieren, es berührte ihn nicht. Sein Fall lag ganz anders, und das hieß, er war gar kein Fall, würde nie einer sein. Vielleicht traf es ja zu, dass der arme Teufel, von dem Kroll erzählt hatte, an Halluzinationen litt – dass er die Axt schwang und doch glaubte, ein anderer zerschmettere den daliegenden Schädel. Was aber, wenn es diesen oder diese anderen wirklich gab? Wie bei der Peter-Martens-Geschichte, als er gedacht hatte: *Stirb, mieser Erpresser!* – und der Höllenschacht aufgesprungen war?

»Soll ich Ihnen verraten, was Sie eben gedacht haben?«, fragte Kroll.

»Das wäre kein großer Verrat«, sagte Georg, »da ich es entweder schon wüsste oder Sie daneben getippt hätten. Übrigens kommen da Ihre Nudeln.«

Er warf sich auf dem Stuhl zurück und lachte, dass ihm die Tränen in die Augen schossen. Vor Kroll stand ein Teller voll bleicher, schlaff geringelter Nudeln, daneben ein Schälchen Parmesan.

»Zahlen, bitte«, sagte er, noch immer prustend. Kroll starrte auf seine Nudeln.

Die Rechnung betrug einhundertachtzig Franken. Georg legte zwei blassblaue Hunderter auf den Tisch und sagte: »Stimmt so. Merci, Monsieur.«

Der Kellner verbeugte sich so tief, als wollte er seine Nackentolle inspizieren.

Kroll warf Georg einen bösen Blick zu. »Jetzt protzen Sie wie ein Pennäler, der eben Taschengeld bekommen hat. Übrigens vergessen Sie, dass ich mit Ihrem Vater sprechen will. Es wird ihn interessieren, dass Sie Zwanzig-Franken-Trinkgelder verteilen.«

Georg empfand nur noch Verachtung. »Papa gibt immer zehn Prozent«, verkündete er. »Die zwei Franken Aufschlag werden ihn kaum befremden. Übrigens habe ich vorhin nicht wirklich gesehen, was der Kellner notiert hat. Ich dachte nur, es wäre witzig, wenn er *Pasta* verstanden hätte. *Et voilà*!« Er stand auf.

»Wir sind noch lange nicht miteinander fertig«, hörte er Kroll murmeln.

Zwischen den immer noch voll besetzten Tischen hindurch ging Georg zur Tanzbühne. Flämm war verschwunden. Margot tanzte auf der leeren Bühne mit einem höchstens sechsjährigen Knaben, der sein kleines, heißes Gesicht in ihren Schoß presste.

»Kommst du, Margot«, sagte Georg. Er spürte jetzt die Müdigkeit.

Während sie durch die Nacht gingen, fragte er Margot, was Flämm von ihr gewollt hatte.

»Mit mir ins Bett gehen, was sonst.« Sie gähnte. »Und bei dir?«

Er hatte die Frage kaum gehört. »Es wird Zeit, dass Kroll diesen Kortner findet – der Kerl ist wirklich unangenehm.«

»Aber er kann dir doch nicht gefährlich werden, oder?«

»Ich weiß nicht – nein, natürlich nicht«, verbesserte er sich schnell.

Er überlegte, ob er ihr erzählen sollte, dass Kroll gedroht hatte, mit seinem Vater zu sprechen. Aber er war zu müde, und er hatte immer das Gefühl, dass er sich beschmutzte, wenn er so ... schläfrig suchte er das Wort – wenn er so geständnishaft redete.

Am Limmatkai stoppten sie ein Taxi, das sie nach Hause fuhr.

14

»Gehst du schon ins Bad?«, fragte Georg so ruhig wie möglich.
Margot war hinter ihm und verriegelte die Tür; vor ihm lag Alex schlafend auf dem Bett, das *Stümper*-Buch wie ein Etikett über die Brust gebreitet.
»Ich muss erst noch an meinen Koffer«, murmelte Margot schlaftrunken.
Im Taxi war sie an seiner Schulter eingeschlafen, und er hatte sie schütteln müssen, als der Fahrer vor ihrer Haustür stoppte. Der Koffer stand unter dem Fenster, gegenüber dem Bett, wo gestern noch Alex auf dem Vietcong-Schlafsack gelegen hatte.
Als Margot sich zwischen Georg und dem Schrank hindurchzwängen wollte, fuhr er herum und verwickelte sie in eine komplizierte Umarmung. Wenn er sie küsste, schloss sie immer die Augen – küssend, umarmend und streichelnd bugsierte er sie durch die Küchennische ins Bad, wo er sie unter dem Vorwand flammenschlagender Leidenschaft auszog, dann blitzartig um die Taille fasste und ins Duschbecken hob. Margot blinzelte benommen. Er griff an ihr vorbei, schob den Wasserregler ungefähr in die Mitte und schaltete die Brause ein. Margot schrie auf und protestierte prustend. Georg zog den Duschvorhang zu und sagte: »Das ist Exklusivservice. Ich bringe dir den Koffer ins Bad.«
Er rannte nach vorn ins Zimmer, holte den Koffer, lief zurück ins Bad und legte ihn auf den Klodeckel. Margot trällerte hinter dem Vorhang, Schattenhände shampoonierten Schattenhaar. Er warf einen raschen Blick ins Waschbecken (keine schwarzen Schlieren), dann in den Spiegelschrank darüber (keine verdächtigen Tuben oder Sprays.) Er rannte wieder nach vorn, stürzte sich aufs Bett und schüttelte Alex' Schultern. *Der Stümper* fiel zu Boden und klappte zu. Alex blinzelte und grunzte – der verwandelte, neue, der nie gesehene Alex. Schwarzes Haar schmiegte sich schwach gewellt um seine Schläfen, umströmte seinen liegenden Kopf bis zu den Schultern – sein, Georgs Haar. Alex öffnete die Augen – Margots Augen, grün schimmernd, ein wenig schräg geschnitten, nach Schnitt und Form auch Georgs Augen ähnelnd.
»Oh, Mist«, murmelte Alex, »ich war eingeschlafen. Wo ... wo ist Margot?«
»Im Bad.« Er hörte, wie Margot den Duschstrahl abstellte und raschelnd den Plastikvorhang beiseiteschob.
Alex wollte aufspringen. »Ich verschwinde«, flüsterte er.
Aber Georg hielt ihn an den Schultern fest und beugte sich über ihn. »Du siehst großartig aus, Alex – *Birrner*!«
Er griff in Alex' Haar und untersuchte, ob sich am Schädel keine blonden Wurzeln zeigten. Perfekt gemacht, dachte er. Er hatte den unheimlichen Eindruck einer Ver-

doppelung – seine rechte Hand berührte seine eigene Schulter, seine Linke wuschelte durch sein eigenes Haar. Er erinnerte sich – als Kind hatte er die Lippen gegen den Spiegel gepresst und war vor der kalten, glatten Fläche zurückgeschaudert.
»Was macht deine Verletzung?«, fragte er.
»Mensch, du hast ja heute die Ruhe weg«, stöhnte Alex. »Du hast getrunken, stimmt's? Ich hab den Verband weggeschmissen und ein Pflaster über die Wunde geklebt. Sieht schon wieder ganz gut aus.«
»Zeig mal.« Durch die Wand hörte Georg, dass Margot das Wasser im Waschbecken laufen ließ; höchstwahrscheinlich putzte sie sich die Zähne.
Alex streifte sein linkes Hosenbein hoch und zeigte ihm das Pflaster. Eine Haarsträhne quoll hervor, und Georg sah, dass Alex auch sein Schamhaar schwarz gefärbt hatte. Mit der Fingerspitze fuhr er über das Pflaster – wie ein Knebel, dachte er.
»Ich habe einen Pass und einen Personalausweis«, hörte er sich murmeln. »Kroll ist dir auf der Fährte, lange kannst du hier nicht mehr bleiben. Morgen versuche ich, dir braune Kontaktlinsen zu besorgen. Mit meinem Pass kannst du irgendwohin verschwinden, während ich mit dem Ausweis über die Grenze gehe.« Nebenan rauschte die Klosettspülung. Wieder wollte Alex aufspringen, aber Georg sagte: »Warte – ich mache erst das Licht aus und den Schrank auf.« Er streifte seine Sandalen ab, huschte zur Tür und löschte das Licht.
Als er an der Kochnische vorbeiging, drückte Margot eben auf die Klinke. Er rannte zum Fenster und ließ donnernd die Jalousie herab.
»Zu spät, Alex«, zischte er, »bleib einfach liegen.«
Er duckte sich neben dem Arbeitstisch unters Fenster. Es war stockdunkel im Zimmer. In der Kochnische stolperte Margot über die Konservendosen, die immer noch vor dem Kühlschrank herumlagen, und fluchte betrunken.
»Ich bin schon im Bett«, flüsterte er, »mach kein Licht mehr.«
Ihm selbst schien es, dass das Flüstern aus der Bettnische kam. Margots wehender Schatten – anscheinend trug sie ein Nachthemd – bewegte sich langsam, geisterhaft durchs Zimmer; man konnte sie nicht wirklich sehen, sie war mehr wie eine Ahnung, ein grauer Hauch. Dann hörte er die Bettfedern ächzen. Margot legte sich neben ... Margot legte sich in Georgs Bett.
Unter dem Fenster kauernd, in die dunkelste Ecke gedrückt, knöpfte Georg lautlos sein Hemd auf, zog es aus, streifte die Hose ab.
»Was ist das?«, hörte er Margot murmeln. »Zieh das aus, ja?«
Es klang, als zerrte sie an Alex' kurzer Hose. Wieder ächzten die Bettfedern, begleitet von seidigem Rascheln und Rauschen. Dann ein heller, wehender Schatten über dem Bett – Margot zog ihr Nachthemd aus.
Allmählich gewöhnten sich seine Augen an die Finsternis. Die Jalousien schlossen nicht wirklich dicht – durch winzige Ritzen sickerte nicht Licht, aber etwas Dämm-

riges, Dunkelgraues. Er sah – oder ahnte –, dass die beiden seitlich nebeneinander lagen; Margot lag vorn, mit dem Rücken zum Raum. Eine Dunkelkammer, dachte er. Die grauen, lang gestreckten Körper auf den hellen Laken erinnerten an ein fotografisches Negativ. Dann die saugenden Laute von Küssen. Margot stöhnte. Arme fuhren hoch, Hände streiften über die liegende Linie der Körper, die wie unter einer Welle zu erschauern schienen. Die helle, schlanke Säule eines Beines tauchte hoch und winkelte sich über Margots Schenkel. Bettfedern seufzten, Kissenfedern rauschten – oder war es das Blut, das in Georgs Ohren toste?
»Was hast du da gemacht? Hast du dich verletzt?« Margots Stimme, erschreckend laut und nah in der Dunkelheit.
»Oh, nur eine kleine Prellung. Ich ... hab mich am Tisch gestoßen.«
»Alter *Irrläufer*! Warum flüsterst du eigentlich?«
»Damit dir unheimlich wird.«
Margot kicherte. »Ha! Wusste ich's doch! Da fehlt etwas! Wo ist der Zweite?«
Ein lang gezogenes, zittriges Stöhnen, das nicht von Margot kam. »Welcher Zweite?«
»Und hier hinten – auch nichts! Kein Teufelsschwanz!«
Eine Hand, die eine Hand in die Tiefe zieht. »Hier, nimm den da, der ist alles in einem, auch teuflisch.«
»Das kann jeder sagen – beweis mir's!«
»Hexe!«
»Nicht so sprunghaft. Vorhin noch war ich Riesin. Du rupftest mir das Schamhaar aus und tupftest daraus Wälder.«
»*Wälder*?« Das Flüstern kippt um in ein Kichern.
Die Schatten springen hoch, knien voreinander auf der hellen Fläche; links Margots vorspringende Brust als zitterndes Profil. Eine Hand von rechts, die sich seitlich auf die Brust legt. Arme schlingen sich um Nacken; Köpfe sinken schief gegeneinander.
»Ach, Georg!«, seufzt Margot. Eine Hand von links, die sich um etwas Ragendes, Schwankes zwischen den grauen Körpern schließt.
Ein Traum, dachte Georg, in seine Ecke gepresst. Die Schatten keuchten. Margot rücklings auf dem Bett, die lichte, fließende Kontur ihres Haars mit der hellen Fläche vermischt. Rechts die graue Linie des Knienden, die oben mit der Dunkelheit zerfließt. Die Linie knickt unten, wölbt sich oben und sinkt nach links zwischen Margots angewinkelte Knie. Was ist jetzt Margots Schoß – ein Maulwurfshügel? Ein Kopf, ein Schopf schwärzt Margots Schoß. Margot stöhnt, stoßweise atmend, ihre Hände berühren das Schwarze, Schwere auf ihrem Schoß. Dann schreit Margot, sie schreit lang, zitternd, brechend, wie sie niemals schrie. Der Schatten schwebt hoch, die Linie streckt sich, gleitet über Margot, sinkt in sie ein, ihr Gesicht mit Schwärze bedeckend. Eine graue Säule, die Margots trunkenes Lachen ausstößt. Die Säule wälzt sich herum. Margots sitzender Schatten auf der grauen Linie, die sich rechts

winkelt, links in Schwärze zerläuft. Margot hebt die Arme, stemmt die Hände gegen die Wandschräge, atemlos jauchzend. Die liegende Linie, die sich in der Mitte rhythmisch, stoßweise bäumt. Margots aufliegender, zurücksinkender Körper, schneller, immer schneller, härter, rasender, ihre Brüste im hüpfenden Profil. Arme, die sich aus der liegenden Linie winkeln und schräg nach oben fliehen. Finger, die sich um die wippenden Brüste gittern mit pressenden Gesten. Dann ein Schrei aus der Schwärze, mehr Ächzen und Luftverlieren als wirklicher Schrei; eine Welle, die die liegende Linie überzittert; dann sinkt Margots Schatten in den ruhenden zurück, und beide verschmelzen zur plumpen Säule.

»So schön war es noch nie mit dir«, murmelte Margot, sein Gesicht mit Küssen bedeckend. »Wehe dir, wenn du mich wieder ein Jahr warten lässt.«

»Bestimmt nicht.«

»Ah, bin ich müde«, seufzte sie. »Hast du das vorhin wirklich ernst gemeint, Georg? Dass ich dich nie mehr allein lassen soll?«

»Wenn ich das gesagt habe, hab ich's auch so gemeint.«

»Was heißt, wenn ... Und hör endlich mit dem Geflüster auf. Mir wird doch nicht unheimlich davon. Lass uns schlafen, mein geliebter Teufel.«

»Ich muss aber – ich muss noch mal ins Bad.«

»Mach schnell«, Margot gähnte, »sonst schlafe ich ohne dich ein.«

Georg erhob sich aus seiner Ecke und huschte zur halbgeöffneten Schranktür. Er zog sie auf und sah sein geisterhaftes Spiegelbild, Schatten eines Schattens. Alex huschte an ihm vorbei und stolperte über Konservendosen.

»Mist!«, fluchte Georg für Margot.

Sie kicherte. Da Alex wie üblich die Badtür offenließ, sah er, dass Alex' nackter Körper vor Schweiß glänzte. Sein Gesicht – wenn es seines war – lächelte dumm-glücklich. Das schwarze Haar klebte ihm in schweißfeuchten Strähnen im Nacken, an den Schläfen. Georg wandte sich ab; ihm war kalt. Die Leuchtzeiger der kleinen Uhr auf dem Tisch zeigten halb eins. Er wartete, bis drinnen das Klo rauschte, dann drückte er gegen die Schrankwand und ließ sie beiseite gleiten.

»Georg?«, murmelte Margot im Halbschlaf.

»Ich komme«, sagte er.

Alex stand neben ihm. Wortlos trat Georg zur Seite und ließ den anderen durch den Schrank schlüpfen. Mit einem vorgetäuschten Hustenanfall übertönte er das Schließgeräusch, ging zum Bett und legte sich neben Margot. Die Laken waren klamm von Alex' und Margots Schweiß. Von hinten drückte er sich an sie.

»Was ist los?«, murmelte Margot. »Du bist auf einmal so kalt?«

»Schlaf gut.«

Aber sie schlief schon, und zweifellos schlief auch Alex in seinem Rattenloch, während Georg mit offenen Augen im Dunkel lag, frierend und von Schatten umflattert.

15

Georg trat ins Zimmer, das Haar noch nass von ihrem Bad im See. Mit einem Blick sah er, dass Alex versucht hatte, das *Irrläufer*-Spiel zu spielen – die lila und grauen Armeen auf dem Spielplan waren ineinander verkeilt, und die *Irrläufer*-Figur lag geschlagen auf dem aufgeblätterten Heft mit den Regeln.

Ärger stieg in ihm auf – was hatte Alex hinter seinem Rücken an dem Spiel herumzufingern? In seiner Gegenwart hatte er sich nie sonderlich für den *Irrläufer* interessiert. Er hatte behauptet, das Spiel sei zu kompliziert für ihn, obwohl er ein ausgezeichneter Schachspieler war und in seinem Schwererziehbarenheim angeblich sogar mal das Jahresturnier gewonnen hatte.

»Was mache ich hiermit?« Margot hielt die nassen Schwimmsachen hoch.

»Nach draußen hängen.« Er öffnete die Balkontür, die merkwürdigerweise ganz aus Holz war, wie eine Zimmertür.

Margot trat auf den winzigen, schief auf dem Schiefer klebenden Balkon und knipste das Badezeug an die Wäscheleine, die schlaff vor dem Fenster hing. Heute Nacht, als er hellwach, fröstelnd und mit klopfendem Herzen neben Margot gelegen hatte, war ihm der Gedanke gekommen: Und wenn Alex allen Ernstes versuchen würde, in die Georg-Kroning-Identität zu schlüpfen? Was letzten Endes hieß, dass Alex ihn beseitigen musste.

Zerstreut beobachtete er Margot, die sich über die Brüstung beugte, um durch die Schneise zwischen den Dächern zum See zu sehen. Die feuchten Locken hingen dunkel und schwer auf ihre Schultern. Sie trug ein dunkelrotes, sackähnliches Leinenkleid, unter dem sie, wie er wusste, nackt war. Vorhin im See hatte er ihr mit einem blitzartigen Unterwasserangriff die Bikinihose geraubt und sie in dem mindestens zwanzig Meter tiefen Wasser geliebt. Sie waren weit nach draußen geschwommen, weiter als alle anderen, und hatten sich prustend an eine schwarze Boje geklammert. Während sie die Liebe machten, wären sie beinahe ertrunken – Margot hatte ihre Beine um seine Hüften geschlungen und sich mit einer Hand an der Boje festgehalten. Eine Welle hatte ihr die Boje aus der Hand geschmettert und ihre Köpfe unter Wasser gedrückt. Als sie hustend und keuchend auftauchten, trieben sie mehr als fünfzig Meter jenseits der Boje, in einer für Schwimmer gesperrten Zone.

Margots Gesicht glühte, und er fragte sich, ob es möglich war, dass jemand glühte vor Glück. Sie kam ins Zimmer zurück und wollte ihn küssen, aber er wehrte sie ab und setzte sich in einen Sessel. Er war erschöpft und sehnte sich eigentlich nur nach einem – dass man ihn in Ruhe ließ und er zehn oder zwölf Stunden ungestört schlafen konnte. Aber gegen diesen Plan hatte sich die halbe Welt verschworen – Margot, Alex und natürlich Kroll, der ihn um vierzehn Uhr, in knapp zwei Stunden, im Polizeipräsidium erwartete.

Die Türklingel schepperte.

»Ist das dein Freund Alex?«, fragte Margot.

»Woher soll ich das wissen? Na ja, wahrscheinlich schon. Ich wüsste nicht, wer mich sonst hier besuchen könnte.«

»Vielleicht dieser Mörder, der mir so ähnlich sieht.«

»Warum gehst du nicht einfach hin und siehst nach?«

Und was wäre, wenn Kroll durch die Tür käme und wenig später der ahnungslose Alex Einlass begehrte? Doch da hörte er schon Alex, der mit gut gespielter Verblüffung sagte: »Oh, Entschuldigung, ich wusste nicht ... Ist Georg nicht da?«

»Doch, natürlich, kommen Sie nur herein. Sie sind Alex Birrner?«

»J-ja«, hörte Georg.

Vielleicht war Alex' Verwirrung gar nicht gespielt, dachte er – immerhin sah er jetzt zum ersten Mal bei Licht die Frau, mit der er letzte Nacht geschlafen hatte, und immerhin sah Margot aus wie eine weibliche Kopie seiner selbst – oder nein, nicht seiner selbst, aber des früheren, steckbrieflich gesuchten Alex, den er umgefärbt und geglättet hatte.

Und beschnitten! Alex stand vor ihm und lächelte halb verlegen, halb triumphierend – er hatte sich die schulterlangen Haare abgesäbelt, sodass sie eben noch Nacken und Ohren bedeckten; und es war sicher kein Zufall, dass Georg auf seinem vier Jahre alten Passbild ziemlich den gleichen Haarschnitt trug.

»Hallo, Alex«, sagte er. »Schön, dich wieder mal zu sehen. Das ist meine Freundin Margot aus München, ich hab dir ja schon öfter von ihr erzählt. Und Margot, das ist mein Freund Alex Birrner. Übrigens schlage ich vor, dass ihr euch du sagt«, fügte er hinzu. »Immerhin kennt ihr euch besser, als es vielleicht den Anschein hat.«

Alex errötete und warf ihm einen wütenden Blick zu. Aber da war noch ein Blick, ein befremdeter – von Margot, die zögernd fragte: »Was soll das heißen, Georg?«

Er zuckte die Schultern. Wahrscheinlich schloss sie aus Alex' Erröten, dass sie Jungsgespräche geführt hatten über die Mädchen, mit denen sie ins Bett gegangen waren.

»Ach, nur so«, sagte er, »weil ihr beiden mir eben wichtig und in meinen Gedanken und Träumen vielleicht schon so vertraut seid, wie ich euch gern auch in Wirklichkeit hätte. Ich hoffe wirklich, dass ihr euch gut versteht«, schloss er förmlich.

Alex starrte Margot an, die ihrerseits Alex fixierte. Wahrscheinlich versuchte er zu begreifen, was es für ihn bedeutete, dass er letzte Nacht praktisch mit seinem weiblichen Spiegelbild geschlafen hatte. Und was die Sache noch komplizierter machte: Das Spiegelbild war sich gleich geblieben, obwohl der Spiegelnde sich verwandelt hatte und drauf und dran war, in die Georg-Kroning-Identität zu schlüpfen. Alex musste sich geäfft fühlen – wie von visuellen Echos. Sein nächtliches Erlebnis mit Margot bekam für ihn, vermutete Georg, nachträglich geradezu einen Unterton rauschhafter Onanie.

»Setzt euch doch«, sagte er, »setzt euch hier in die Sessel. Ich gehe in die Küche – nennen wir es Küche – und mache Kaffee.«

Er stand auf und gab seinen Platz frei. Hölzern ließ sich Alex in den Sessel neben der Schranktür fallen, der sozusagen sein Stammplatz geworden war, während Margot sich in Georgs Sessel schob. Ihr Rock rutschte hoch, und Alex starrte auf ihre Beine. Er ist erst siebzehn, dachte Georg. Er ist eine Art Strichjunge und wird als Mörder gesucht – aber er ist ein siebzehnjähriger Junge, der errötet, wenn eine Frau ihm zulächelt. Der Riss zwischen ihnen, spürte er, verbreiterte sich unablässig – und das Gespenstische war, dass es mehr und mehr ein Riss zwischen Georg und Georg wurde.

»He! Du träumst ja!«, hörte er Margot lachen. »Wolltest du nicht Kaffee aufsetzen?«

Er fuhr hoch. Er stand über seinen Arbeitstisch gebeugt und starrte auf die liegende *Irrläufer*-Figur am Rand des Feldes der wüst verkeilten lila und grauen Armeen. Mit der Hand wischte er alle Figuren vom Spielplan, sodass sie über die dunkel spiegelnde Glasfläche kollerten.

»Wir waren groß essen gestern Abend«, sagte Margot, »ich habe erst mit einem Geheimpolizisten Tango getanzt, dann mit einem kleinen Buben Blues.«

»Na ja«, meinte Alex, »wenn man sich so lange nicht gesehen hat, ist es ja fast wie eine Hochzeit.«

Zu der natürlich die Hochzeitsnacht gehörte, sagte sich Georg. Alex trug verblichene Jeans und ein graues T-Shirt. Beides hatte er heute früh aus seinem Schrank genommen. Und Georg dachte, in gewissem – nein, in ungewissem Sinn liebte er Alex. Er hätte ihn umarmen, an sich drücken mögen – diesen schön geformten Kopf, dem bloß noch die braunen Augenmasken fehlten, damit niemand ihn mehr von dem Lichtbild im Kroning-Pass unterscheiden konnte. Er hatte immer gefühlt, dass Alex ein Stück seiner selbst war; er gehörte ihm mit Seele und Leib. Aber jetzt, wo das verworrene Spiel namens Wirklichkeit sich seinen Träumen zu fügen begann, fürchtete er um seine Identität, sein Geld, seine Freiheit und sein Leben.

Er ging in die Küchennische. Im Kehrichteimer fiel der nasse Kaffeefilter auf einen zerknüllten Bogen Papier. Er holte das Blatt hervor, glättete es und fand es auf beiden Seiten eng bedeckt mit seinem eigenen Namenszug. Er vergaß zu atmen. Alex hatte seine Unterschrift geübt!

Vom Zimmer her hörte er Margots Stimme: »Wie alt bist du eigentlich, Alex?« Wobei in ihrem Tonfall mitschwang: Was für ein sympathischer, gut aussehender Junge!

»Ziemlich so alt wie Georg«, sagte Alex.

»Aber du siehst jünger aus.«

»Dass Georg in vier Tagen einundzwanzig wird, glaubt ihm auch kaum jemand.«

»Ja, stimmt«, sagte Margot lachend. »Aber dich würde man für noch jünger halten. Du erinnerst mich daran, wie Georg vor drei, vier Jahren ausgesehen hat. Du trägst sogar deine Haare fast wie damals er.«
»Aber ich habe nicht seine Augen.«
»Nein, die hast du von mir.«
Und dann ihr Gelächter – Margots hell und volltönend, wie Glockengeläute, Alex' Lachen zittrig und doch triumphierend, gepresst und gleichzeitig frei.
Georg schob das Blatt mit den Unterschriften zurück in den Kehricht. Er öffnete den Schrank, nahm die Kaffeedose heraus und schüttete braunes Pulver in den Filter. Es war Mittagszeit. Wenn die anderen hungrig waren, mochten sie sehen, dass sie sich was zum Essen kochten oder besorgten – er würde keinen Bissen herunterbringen und sich auch keineswegs als Gastgeber aufspielen. *Verschwindet! Alle beide!*
Er ging zurück ins Zimmer, zog den Arbeitsstuhl vor das falsche Marmortischchen und setzte sich, um ein gelassenes Lächeln bemüht. »Gleich gibt's Kaffee«, sagte er. Margot stand auf, zwängte sich zwischen Alex' und ihm hindurch und verschwand im Bad. Alex schaute auf den Boden. Georg starrte gegen die helle Schläfe, die unter dem kurzen schwarzen Haar durchschimmerte. Er spürte einen Klumpen im Hals; es war ein dunkles, heimtückisches Rätsel, dachte er, wie diese Fremdheit, ja, fast schon Feindschaft sich zwischen sie hatte schleichen können. Er zündete zwei *Gitanes* an und reichte Alex eine, doch der ignorierte die Geste. Da nahm Georg die kleine dampfende Säule und schob sie ihm zwischen die Lippen.
»Alex, du bist mir böse«, sagte er leise. »Und natürlich hast du recht, ich hätte dir diese Teufelei nicht antun dürfen. Ich ... ich entschuldige mich ja bei dir!« Sein Flüstern klang schrill und zischend, da er nicht zu schreien wagte.
Alex sah langsam auf; in den grünen Augen unter dem schwarzen Haar waren Tränen.
»Wir wollen doch zusammenhalten, Alex«, flüsterte er.
Plötzlich kniete Alex vor ihm und presste sein Gesicht gegen Georgs Brust. Schluchzen durchzuckte seinen Körper, Tränen tränkten Georgs Hemd, und er dachte, dass die Tränen salzig waren, anders als das süße Wasser im See. Alex schien vergessen zu haben, wer und wo er war, er ließ die Tränen strömen und stammelte abgehackte Laute. Er war auch nicht zu beruhigen, indem Georg mechanisch über sein schwarzes, fast glattes Haar fuhr.
Dann stand Margot neben ihnen. »Was ist *jetzt* los?«, fragte sie sichtlich entgeistert.
»Alex hat Probleme«, sagte Georg. »Jemand hat ihn verlassen – jemand, der ihm sehr wichtig war. Es ist gleich vorbei. Wärst du so lieb, den Kaffee zu holen, Margot?«
Als sie mit Kanne und Tassen zurückkam, saß Alex wieder in seinem Sessel, und nur seine geröteten Augen verrieten, dass er geweint hatte. Margot hatte nicht mitbekommen, dass Georg sein heißes Gesicht zwischen die Hände genommen, ihn auf die Stirn geküsst und geflüstert hatte: »Alles wird gut.«

Natürlich spürte er Margots Argwohn. Sie hatte nicht einmal gewusst, dass er hier in Zürich mit jemandem befreundet war, und jetzt fand sie Alex in seinen Armen. Sie mochte sich fragen, ob er Alex körperlich begehrte, aber das war nicht sein Problem. Wie es für Alex keine Lösung war, dass er mit Margot geschlafen hatte. Es war einfacher – es war komplizierter – es war nichts davon. Wo gab es noch einen Fluchtpunkt jenseits der Spiegel? In Krolls Polizeibüro? Aber niemand wusste, wo Kroll eigentlich hingehörte – er war ein Phantom wie alles, was Georg umgab.
»Erzähl doch von dir, Margot.«
Als hätte sie nur auf diese Aufforderung gewartet, begann Margot eine lange, langweilige Universitätsgeschichte zu erzählen – der Professor begünstigte irgendwen, der daher seinerseits von den weniger privilegierten Studenten begehrt und umschmeichelt wurde. Die Privilegien waren wie Sonnen, in deren Schein sich die Fröstelnden drängten, und die Außenseiter, die den entwürdigenden Rummel nicht mitmachten, wurden als *Schneemänner* beschimpft. Georg dachte, dass er in jeder Situation seines Leben ein solcher Schneemann gewesen war. Natürlich, er genoss gesellschaftliche Vorteile, aber Alex ... Alex war sozusagen der geheime Schneemann in ihm. Alex, der Margots langfädige Erzählung mit einer Art Gier in sich einsog, wie ein verzauberndes Märchen, und in eine Atempause der Erzählerin hinein murmelte: »Natürlich muss man sich anpassen.«
Abrupt stand Georg auf. »Entschuldigt mich für ein oder zwei Stunden «, sagte er. »Ich muss zu Kroll, der dieses blödsinnige Protokoll aufnehmen will.«
Als er zur Tür ging, spürte er ihre Blicke auf seinem Rücken. Aber er brachte es nicht fertig, sich noch einmal umzudrehen.

16

Die Zeughausstraße, wo die Stadtzürcher Kantonspolizei residierte, war nur wenige Straßenzüge von Georgs Wohnung entfernt. Als er aus der Tür trat, schlug ihm die Mittagshitze entgegen; in dem grellen Licht schienen selbst die Schatten zu blenden. Nach seinem berufsmäßigen Schatten, dem ölig glänzenden, zähnefletschenden Flämm, sah er sich vergeblich um – schon heute Vormittag, als er mit Margot zum See gefahren war, hatte er nach ihm Ausschau gehalten und war eher beunruhigt als erleichtert gewesen, als Flämm sich nicht blicken ließ. Möglicherweise waren sie zu sogenannter verdeckter Beschattung übergegangen. Während Georg über die Stauffacherbrücke lief, wandte er sich mehrfach um, aber niemand schien ihm zu folgen, soweit das im Gedränge auszumachen war.
Die kürzeste Verbindung zur Zeughausstraße war der Stauffacher-Kai längs der Sihl.

Doch die Uhr ging erst gegen eins – zu früh für Krolls Protokolltermin. Georg war absichtlich so zeitig aufgebrochen, da er die Atmosphäre in seiner Mansarde nicht mehr aushielt, und um seiner eigenen verworrenen Stimmung zu entfliehen. Während er der Stauffacherstraße folgte und sich in der teils hetzenden, teils schlendernden Menge treiben ließ, klärten sich seine Gedanken.

Alex musste verschwinden, und zwar so schnell wie möglich. Obwohl er erst seit zwei Tagen in der Mansarde und im Rattenloch eingesperrt war, litt er offenbar schon an einer Art Zellenkoller, und es war abzusehen, dass er durchdrehen würde, wenn sie nicht sehr bald einen Ausweg für ihn fanden. Margots Gegenwart reicherte die ohnehin explosive Lage mit weiterem Sprengstoff an – Georg spürte, dass sich Alex mit der blinden, sentimentalen Leidenschaft eines siebzehnjährigen, sozusagen unschuldigen Jungen in Margot verliebt hatte und schon aus diesem Grund anfing, ihn – wohl auch unterbewusst – zu imitieren. Georg versuchte, sich in Alex' innere und äußere Lage zu versetzen, aber sie war so verworren, dass Gefühle und Reaktionen des anderen unkalkulierbar wurden.

Halbwegs übersichtlich war nur der kriminalistische Aspekt: Damit Alex nicht über kurz oder lang geschnappt wurde, musste er unsichtbar werden – *l'homme invisible*. Das Versteck hinter der Schrankwand war nur ein Notbehelf – wenn Kroll merkte, dass er mit seiner Großfahndung nicht weiterkam, würde er sich höchstwahrscheinlich zu einer zweiten Durchsuchung von Georgs Wohnung entschließen. Zwar hatte er verkündet, dass er an den unsichtbaren Dritten nicht glaubte. Aber in diesem Fall war Alex der verborgene Zweite, und über kurz oder lang würde Kroll auf seinen Anfangsverdacht zurückkommen, dass Georg als sichtbarer Dritter den gesuchten Zweiten wie hinter einer Maske oder in einem Spiegelkabinett verbarg.

An der Ecke Birmensdorfer Straße blieb Georg stehen und wartete auf das Grünlicht. Freitagfrüh, dachte er, würde er mit Margot nach Deutschland fahren und frühestens am Sonntag zurückkommen. Ihn schauderte bei der Vorstellung, Alex drei Tage oder länger allein in der Mansarde zu lassen – hinter verschlossenen Jalousien, damit er wenigstens Licht andrehen konnte, ohne sich zu verraten; bei jedem wirklichen oder geträumten Geräusch in das Kammerloch kriechend; auf der Flucht vor den Spiegeln und vor seinen Gedanken an Margot. Wie lange würde er diese albtraumhaft verschärfte Einzelhaft aushalten? Sicher nicht länger als ein, zwei Tage.

Georg hatte kaum mitbekommen, dass er sich hatte weitertreiben lassen und eben im Begriff war, in die Rotwandstraße einzubiegen, wo das eigentliche Bordellviertel begann. Spätestens am Samstag würde Alex die Tür aufreißen und kopflos davonrennen, ohne Papiere oder auch nur Geld. Schon sein verstörter Blick und hastiger, zielloser Schritt würden ihn der polizeilichen Aufmerksamkeit empfehlen, die während der Großfahndung ohnehin geschärft war und in jedem Passanten den Verbrecher witterte. Auch wenn man ihn zunächst nicht mit Kortner in Verbindung brachte,

würde Alex vorläufig festgenommen zur Überprüfung seiner Personalien, und ganz allmählich würde den Polizisten dämmern, welcher Fisch ihnen ins Netz gegangen war. Ein Anruf bei Kroll – das Ende für Alex. Und natürlich auch für Georg, dem dann eine Verurteilung wegen Beihilfe, Begünstigung – oder wie immer sie es nennen mochten – drohte oder fast schon sicher war. Da Alex minderjährig war, musste Georg sogar damit rechnen, dass sie ihn vor Gericht als Drahtzieher hinstellten, der Alex' emotionale Abhängigkeit ausgenutzt und den Jungen auf die Straße geschickt hatte. Das wäre das Ende auch für das *Irrläufer*-Projekt. Er blieb stehen, um sich eine *Gitane* anzuzünden und um festzustellen, wohin er überhaupt geraten war.
Er fand sich in der Kanonengasse, also fast schon am Ziel. Er bog nach rechts in die Militärstraße ein, wechselte die Straßenseite und zweigte nach wenigen Schritten in die Eisgasse ein.
Die Adresse war ihm letzte Nacht eingefallen, nachdem er Alex zugeflüstert hatte, er wolle ihm braune Kontaktlinsen besorgen, um die Löcher in seiner Georg-Kroning-Maske zu verstopfen. Als er vor zwei Jahren in die Stadt gekommen war, hatte er in stundenlangen Fußmärschen alle Quartiere beidseits von Limmat und Sihl erforscht, und besonders das Außersihl-Quartier hatte ihn von Anfang an fasziniert. Verglichen etwa mit dem Frankfurter Bahnhofsgebiet gab sich das Züricher Bar- und Bordellviertel einen harmlosen Anstrich, aber man spürte, dass es seine Geheimnisse hinter der biederen Fassade verbarg. In manchen Gassen schien die Luft vor halb erstickten Schreien zu zittern, die schartenähnlichen Fenster waren Schlitze in Larven, aus denen tückische Blicke blitzten, und über den Rinnsteinen schwebte der Geruch von heimlich vergossenem Blut. Die ins Viertel eingestreuten Sexkinos, die aufgrund irgendwelcher Zensurbestimmungen kaum eine nackte Brustwarze plakatieren durften, bildeten nur die Blindgänge in diesem spiegelnden Irrgarten, zwischen und hinter denen das wirkliche Labyrinth sich krümmte. In der Eisgasse, hatte Georg sich erinnert, einer schmalen Zeile schiefer, abgewrackter Häuschen, die mehr oder weniger allesamt Bordelle und trübrot schummernde Bars beherbergten, hauste in einem winzigen Laden eine Art italienischer Krämer oder Trödler, dessen Schaufensterdekoration er schon vor zwei Jahren bemerkenswert fand.
Er spähte über die Schulter zurück. Immer noch schien ihm niemand zu folgen, leer lag die Gasse in der Mittagsglut. Georg trat vor das Schaufenster und sah, dass der Krämer seinen Geschäftszweigen treu geblieben war. In der Auslage, kaum größer als ein gewöhnliches Fenster, drängten sich melancholisch dreinblickende Florentiner Masken, schimmernde Handfeuerwaffen und bizarr geformte Brillen mit trapezförmigen oder dreieckigen und in allen Regenbogenfarben getönten Gläsern. Quer über dem Schaufenster stand in aufgeklebten weißen Lettern: *I. Vittorio – Optik – Ballistik – Maskerade*. Er schob die knarrende, läutende Ladentür auf und trat ein.
Signor Vittorio war ein hageres Männchen unbestimmbaren Alters – irgendwas zwi-

schen vierzig und siebzig, schätzte Georg. Er trug einen grauen, weit geschnittenen Anzug; sogar die Weste schlotterte über einem ochsenblutroten Hemd, dessen Kragenknopf geschlossen war, obwohl Vittorio keine Krawatte umgebunden hatte. Sein eisfarbenes Haar war kurz geschoren und sträubte sich vom länglichen Schädel ab. Die lose Haut über den Wangen schlackerte, als er aus dem Hintergrund des Ladens auftauchte und mit hüpfenden Schritten auf Georg zukam.

»*Bon giorno*«, sagte Georg, »ich interessiere mich für Ihre Masken.«

Vittorio zwinkerte, als hätte Georg eine zweideutige Bemerkung gemacht. Seine Augen waren so tief in die Höhlen eingesunken, dass ihre Farbe nicht auszumachen, ihr Blick nicht zu überwachen war. Mit schnarrender Stimme sagte der Italiener, er habe in diesen Tagen eine Lieferung aus Florenz bekommen, und winkte Georg, ihm nach hinten zu folgen. Sie drängten sich durch einen schmalen Gang – links glänzten Gewehre und Pistolen, rechts blinkten Brillen in lang gestreckten Glasvitrinen. Signor Vittorio hatte eine extravagante Fassade für seine Geschäfte gewählt, fand Georg, welcher Art diese Geschäfte auch immer sein mochten. Im Laden war es düster und angenehm kühl; die Luft roch nach Waffenöl, Staub und zähem Verschweigen.

Vittorio schob den grauen Vorhang zur Seite, der einen Türrahmen verdeckte, und schlüpfte durch die Öffnung. Georg folgte ihm. Er fand sich in einem kleinen, würfelförmigen Zimmer, dessen weiße Wände bis unter die Decke mit Masken gepflastert waren. Masken in allen Größen – von Zündholzschachtel- bis Überlebensgröße; Masken in allen Formen – runde Chinesenmasken, wurzelhaft verzerrte Fratzen und längliche Totenmasken; Masken in allen Farben – von leichenfahl bis Neonschock; Masken aus allen Materialien – Porzellan oder Holz, Seide oder Pergament, Ton oder Metall; lächelnde, grienende, feixende, tückische, stoische, melancholische Masken. Aber unheimlich war nicht nur die Vielfalt erstarrter Grimassen, sondern mehr noch die blicklose Leere der Hunderte von Augenhöhlen, durch die das fahle Weiß der Wände wie Gebein durchschimmerte. *Das Schweigen dieser Augen*, dachte Georg. Während er flüchtig die Larvengalerie abschritt, fragte er Vittorio, ob er vergangenen Herbst die Maskenausstellung im Limmatmuseum besucht habe.

Blinzelnd winkte Vittorio ab. »Meine Masken sind besser«, erklärte er.

»Sie meinen – anders? Die Masken erfüllen einen anderen Zweck?«

»Ja, auch, Signor.«

Georg nahm eine kleine, lächelnde Maske von der Wand. Das Gesicht war kalkweiß, der Mund schmal und traurig gebogen – die Maske lächelte gegen die Trauer an; das Lächeln war die Maske der Maske. Eine angedeutete Pinocchio-Tolle und dünne, gekrümmte Brauen über den Augenhöhlen vervollständigten das Gesicht.

»Wie viel kostet diese Maske, Signor?«

Vittorio ließ seinen Blick ratsuchend über die anderen Masken schweifen. »Fünfundsechzig Franken.«

»Signor Vittorio, ich bin nicht nur wegen der Maske gekommen.« Georg zog ein Bündel Hundertfrankenscheine aus der Tasche und begann, die Noten zu zählen.
»Ah – *no*?«, machte Vittorio. Er wirkte auf einmal sehr wach und lebendig, Funken glommen in der Tiefe seiner Augenhöhlen, und seine Gesichtshaut schien sich zu straffen. Er trat dicht an Georg heran und murmelte: »Heroin? Koks? Speed?« Dass Georg einfach einen anderen seiner offiziellen Geschäftszweige – Optik und Ballistik – gemeint haben könnte, zog Vittorio offenbar nicht in Betracht.
»Nein, danke, Signor. Ich dachte eher an ...« Er hielt die Pinocchio-Maske hoch und schob von hinten zwei Fingerspitzen in die Augenhöhlen. »Die Maske ist nicht vollständig, Signor. Man könnte den Maskierten an den Augen erkennen.«
Vittorio starrte auf die Maske in Georgs Hand. »*Pistoletto?*«, fragte er zögernd.
»Im Gegenteil, ich meine ...«
»*Brrrille?*«
»Na ja, so was Ähnliches«, sagte Georg. »Gefärbte Gläser. Aber kleiner, viel kleiner. Und schwer zu erkennen.«
»Ah!« Vittorio strahlte. »Andere Augen! Neue Farbe! Ich verstehe, Signor!«
»Finden Sie nicht auch, dass zu dieser Maske braune Augen passen?«
»Braune?« Der kleine Italiener warf den Kopf zurück und fixierte Georgs Gesicht. »Aber Ihre Augen sind doch schon braun, Signor!«
»Sie verstehen mich falsch. Wir wollen doch die *Maske* von ihrer Blindheit befreien, nicht mich. Außerdem – finden Sie nicht, dass eine Maske desto schwerer zu durchschauen ist, je ähnlicher sie dem Gesicht dahinter sieht? Man weiß dann nie sicher, ob derjenige gerade eine Maske trägt.«
»Aber Signor – ich muss Maß nehmen. Diese Masken für Augen müssen millimetergenau gearbeitet sein.«
»Nehmen Sie nur an mir Maß.«
Signor Vittorio war augenscheinlich verwirrt. Weshalb jemand seine Augen hinter Masken der gleichen Farbe zu verbergen suchte, war ihm so schleierhaft, dass er den Schleier mit fuchtelnden Armbewegungen zu zerreißen suchte.
Georg warf einen Blick auf seine Uhr. »Ich bin etwas in Eile, Signor – Geschäfte, Sie verstehen.«
»Natürlich.« Auch Vittorio wurde im Handumdrehen geschäftsmäßig und kühl. Er schob Georg durch den Vorhang zurück in den eigentlichen Ladenraum, eilte mit hüpfenden Schritten zur Tür und schloss ab. »Wenn Sie mich kurz entschuldigen wollen, Signor.« Irgendwo im Hintergrund des Ladens verschwand er durch eine verborgene Tür und ließ Georg allein.
Georg schlenderte durch den Vitrinengang und betrachtete ohne wirkliches Interesse die matt glänzenden Pistolen- und Revolvermodelle hinter Glas. Er konnte sich nicht vorstellen, dass er sich jemals einer solchen Waffe wirklich bedienen würde – es war

plump, feige und reizlos, eine Kugel gegen einen Menschen abzufeuern. Er wandte sich ab und trat vor das kleine Schaufenster, dessen Auslage derart mit Waren überhäuft war, dass man kaum nach draußen spähen konnte. Er sah eine Art Schatten vorüberhuschen, aber das hatte er sich vielleicht nur eingebildet. In diesem Moment kehrte Vittorio durch einen verborgenen Einschlupf in den Ladenraum zurück
»Natürlich wissen Sie, dass es verboten ist, solche Masken für Augen ohne ärztliche Verschreibung zu verkaufen, Signor.«
Lächelnd wandte Georg sich um. Vittorio hielt zwei winzige transparente Tiegel in der Hand; in den Tiegeln schwammen bräunliche Plättchen in wässrigen Essenzen.
»Selbstverständlich weiß ich das, Signor. Für die Masken zahle ich fünfhundert Franken, für Ihr Schweigen noch einmal soviel – also tausend Franken sofort und in bar.«
Die Höhe der Summe schien Vittorio zu erschrecken. Nachdenklich musterte er sein Gegenüber und sagte zögernd: »Darf ich fragen, wozu Sie die Ware wirklich ... Ich meine, handelt es sich ...«
»Keine Fragen«, unterbrach ihn Georg.
Vittorio zuckte die Schultern und führte Georg zu einem Tischchen mit niedrigen Schemeln, wo sie Platz nahmen und der Italiener ihn mit verschiedenen optischen Instrumenten traktierte. »Ihre Augen, Signor«, sagte er, »sind sonderbar geformt, sie erinnern an Katzenaugen. Das erfordert einen speziellen Schliff.«
Wieder verschwand er für einige Minuten. Irgendwo im Hintergrund hörte Georg das leise, hohe Sirren einer Schleifmaschine, und er stellte sich vor, wie der braune Staub von den winzigen Augenmasken aufflog. Allmählich wurde er nervös. Die Uhr ging schon gegen zwei; in knapp zehn Minuten erwartete ihn Kroll zum Protokolltermin – oder eher wohl zum förmlichen Verhör. Beunruhigt dachte er an den Schatten, den er vorhin vor dem Schaufenster durch die Eisgasse hatte huschen sehen. Wenn Kroll herausbekam, dass er braune Kontaktlinsen besorgt hatte, würde er zwar noch nicht den ganzen Plan begreifen. Aber in jedem Fall würde es praktisch schon beweisen, dass Georg mit Alex Kortner in Verbindung stand und ihm zur Flucht verhelfen wollte. Er überlegte, ob er noch einen Blick nach draußen riskieren sollte, doch aus Sorge, sich möglichen Beobachtern zu zeigen, blieb er auf dem Schemel sitzen und erwiderte bloß den leeren Blick der porzellanenen Pinocchio-Maske, die vor ihm auf dem Tisch lag.
Am Samstag, dachte er, würde ihm sein Vater den *Irrläufer*-Scheck überreichen, alles andere war mehr oder weniger egal. Zweifellos würde die *Welt des Spiels* den *Irrläufer* als Sensation, ja als Jahrhundertspiel feiern – fast über Nacht würde er reich und zumindest in Spielerkreisen berühmt werden. Natürlich konnte Alex nicht auf Dauer mit der Kroning-Maske herumlaufen, aber die Hauptsache war zunächst mal, dass er aus Zürich herauskam und in Ruhe abwarten konnte, bis sich die Großfahndung ins Leere verlief. Unter den gegebenen Umständen war Alex in keiner Kostümierung

besser geschützt als hinter der Georg-Kroning-Maske. Georg würde Kroll feierlich erklären, dass er am Freitag nach Deutschland fahren werde. Natürlich würden die Polizisten überprüfen, ob er auch wirklich bei seinen Eltern eintraf, und höchstwahrscheinlich würden sie ihn auch in Lerdeck zumindest aus halber Distanz überwachen. Aber solange sie wussten – oder zu wissen glaubten –, wo er sich aufhielt, würden sie nicht auf die Idee kommen, ihn beispielsweise im Berner Jura zu suchen, sodass Alex in aller Ruhe mit dem Kroning-Pass im Gebirge unterschlüpfen konnte. Allerdings war es besser, wenn er vorläufig nicht versuchte, über die Grenze zu gehen.

Endlich kehrte Vittorio zurück. Er schwenkte die winzigen Tiegel mit den wässrig gelagerten Augenmasken und rief Georg schon aus einiger Entfernung zu: »Es sind Kunstwerke, Signor! Reißen Sie die Augen auf!«, forderte er Georg auf, als er neben ihm stand und sein Jackett wie eine Toga vor der Brust zusammenraffte. Er schraubte einen Tiegel auf, fischte das bräunliche Plättchen heraus und klebte die Maske vor Georgs linke Pupille. »Nun, Signor?«

Blinzelnd wartete Georg, dass sein Auge, durch den Fremdkörper gereizt, zu tränen anfing, aber er spürte nur ein minimales, fast unmerkliches Stechen, das war alles. Genau genommen spürte er gar nichts – die Augenmaske war perfekt.

»Sehr gut, Signor Vittorio. Jetzt die zweite Maske, bitte.«

»Das ist ein ganz neues amerikanisches Modell«, erklärte Vittorio, während er Georg die Kontaktlinse vor das rechte Auge klebte. »Sie können Sie zwei Monate ununterbrochen tragen, und dann werfen Sie sie einfach weg.« Georg dachte, er würde also eintausend Franken für ein Wegwerfprodukt bezahlen, das in den Vereinigten Staaten wahrscheinlich für eine Handvoll Dollar in jedem Drugstore zu bekommen war. Aber das störte ihn nicht – mochte Vittorio ruhig wegen des Wucherpreises triumphieren, den er schließlich selber angeboten hatte. Sehr viel interessanter fand er, dass man die Augenmasken, bevor sie vertrockneten oder zerfielen, niemals abstreifen musste – Alex würde sich also auch nachts, falls man ihn im Schlaf überraschte, nicht durch seine wirkliche Augenfarbe verraten, und er würde nie genötigt sein, sich für Stunden oder Tage in einem Hotelzimmer einzuschließen, da er die Fremdkörper in den Augen nicht länger ertrug.

»Ausgezeichnet, Signor«, sagte er. »Machen Sie sich keine Sorgen. Hier ist das Geld.« Wieder zückte er sein Notenbündel und zählte zehn blassblaue Scheine ab.

»Diese Maske« – Vittorio deutete auf die Pinocchio-Maske, die zwischen ihnen auf dem Tisch lag – »bitte ich als Geschenk des Hauses zu betrachten.«

Georg steckte die Porzellanmaske ein und stand auf. »Auf Wiedersehen, Signor Vittorio«, sagte er, »vielen Dank, und ich verlasse mich auf Sie.«

Kaum fünfzehn Minuten später traf er im Polizeipräsidium an der Zeughausstraße ein.

17

»Ohne jeden Zweifel«, sagte der Uniformierte in verschliffenem Schriftdeutsch, »das ist der junge Mann von Sonntagabend.«
Georg spürte, dass die drei Polizisten ihn fixierten, aber er kümmerte sich nicht um das trostlose Trio, sondern schaute sich in aller Ruhe in Krolls provisorischem Büro um. Er saß in einem tiefen, durchsackenden Sessel vor einem klobigen Schreibtisch. Über ihm thronte Kroll in solcher Höhe, dass Georg nur seinen wie abgeschnitten über der Tischkante schwankenden Rundschädel sah. Der Schweizer Wachtmeister stand in militärischer Haltung rechts neben dem Schreibtisch und schlug bei jeder hervorgebellten Antwort die Stiefelhacken zusammen; links lehnte Flämm an einem grauen Aktenschrank und wälzte das leere Silbermundstück zwischen den Pantherzähnen.
»... gezittert und geschwitzt«, hörte er Kroll murmeln.
Natürlich, es sah nicht besonders gut für ihn aus, und vielleicht hätte er sich doch allmählich Sorgen machen sollen. In der Hosentasche fühlte er die porzellanene Pinocchio-Maske. Wenn es ihm nicht gelang, seine Ausgaben einzuschränken, sagte er sich, war er in zwei Monaten bankrott. Am Donnerstag, auf dem *Härtel & Rossi*-Fest, würde er die schwarz-grün-bleiche Francesca und ihren Kompagnon drängen, sobald wie möglich die Produktion anlaufen zu lassen. Wenn erst der *Irrläufer* seinen Weg in die wirkliche Welt gefunden hatte, waren auch alle anderen Probleme gelöst oder wenigstens abgeblasst. Bis dahin musste er versuchen, sich irgendwie durchzumogeln, vor allem gegenüber Kroll, der sich mit Flämm in einen Winkel zurückgezogen hatte und wichtigtuerisch tuschelte.
Was wollten diese Typen überhaupt noch von ihm? Zugegeben, es war eine ungünstige Fügung, dass er unten auf der Treppe ausgerechnet dem Wachtmeister über den Weg gelaufen war, der ihn Sonntagabend in der Pizzeria um Feuer gebeten hatte. Noch immer stand der Kerl in strammer Haltung neben Krolls verwaistem Schreibtisch und wartete vielleicht auf den Befehl, Georg abzuführen. Aber so weit waren sie noch lange nicht, dahin würde es niemals kommen, dachte er – obwohl ihm in Erinnerung an die Pizzeria-Szene doch halbwegs mulmig wurde. Über dem Schreibtisch war ein Fenster, halb verborgen hinter dem schiefen Rippengitter verbeulter Jalousien. Die Sonne fingerte sich durch die Ritzen und zeichnete ein flimmerndes Gittermuster auf den grauen Filzboden. Was Margot und Alex jetzt wohl zusammen trieben? Ob Alex ihr gestanden hatte, dass sie letzte Nacht zu ihm ins Bett gekrochen war? Nein, das konnte er nicht riskieren, und falls die beiden sich die Zeit mit

schüchternem Flirten vertrieben – seinen Segen hatten sie. Er überlegte, wem er die traurig lächelnde Pinocchio-Maske schenken sollte, Margot oder Alex; er bemerkte kaum, dass er ihr melancholisches Lächeln und ihren leeren Blick imitierte. Prüfend blinzelte er und hoffte, dass seine Augen, gereizt durch die Fremdkörper, nicht unvermittelt zu tränen anfingen. Notfalls musste er eben einen Schock oder Zusammenbruch vortäuschen, der seine geröteten Augen und strömenden Tränen erklärte – man musste sich nach der Maske richten, nicht umgekehrt.
»Vittorio ... polizeibekannter Fälscher und Schieber ... dort gemacht?«, hörte er Kroll und Flämm flüstern oder glaubte, er hätte es gehört.
Hatten sie ihn also doch beschattet? Es war ihm gleichgültig. Mehr gelangweilt als überrascht beobachtete er Kroll, der aus dem Winkel zwischen den Aktenschränken hervortrat, mit schnellen Schritten zur linken Wand ging und einen kleinen roten Vorhang zur Seite zog. Über die Schulter hinweg rief er: »Zu Ihnen kommen wir gleich, Kroning.«
Es sollte drohend klingen, doch Georg zuckte bloß die Achseln und zündete sich eine *Gitane* an, während er weiter beobachtete, was Kroll und Flämm vor der linken Wand trieben. Er glaubte zu erkennen, dass sie auf einen Monitor blickten, der hinter dem Vorhang verborgen gewesen war und über den anscheinend ein Film flimmerte. Von seinem Sessel aus konnte er nicht genau erkennen, was dort vorging, aber er wunderte sich, dass die Polizisten in ihrer Dienstzeit Filme abspielten und aufgeregt vor dem Bildschirm – oder was es sein mochte – auf und ab marschierten, obwohl die erfundene Handlung nicht in ihr Fach schlug. Kroll hatte sich sogar die glänzende Spange eines Kopfhörers über den Schädel gestülpt und kommentierte mit abgerissenen Ausrufen, was die schwarzen Hörmuscheln ihm einflüsterten. Flämm, der sich mit der stummen Version des Films begnügen musste, versuchte immer wieder, sich an Kroll zu drängen und ein Ohr gegen einen der gepolsterten Lautsprecher zu pressen, die sich von Krolls Kopf wegwölbten. Doch Kroll scheuchte ihn jedes Mal wieder zurück, was Flämm regelrecht zu erbittern schien. Georg spürte, dass die beiden Komödie spielten, aber er begriff nicht, was sie mit ihrer läppischen Vorführung bezweckten. Allmählich hatte er genug von diesen Possen – gereizt stand er auf und schnippte seine Kippe in einen großen Aschenbecher, der zwischen Akten, altertümlichem Telefonapparat und verstaubtem Stempelkarussell auf dem Schreibtisch stand.
»Ich habe nicht ewig Zeit«, sagte er.
Kroll fuhr herum und riss sich die Kopfhörer herunter; Flämm schloss mit einem Ruck den Vorhang vor dem sonderbaren Monitor.
»Das stimmt«, sagte Kroll, »viel Zeit haben Sie wirklich nicht mehr. Also kommen wir zur Sache. Setzen Sie sich wieder hin.«
Georg ließ sich in den Sessel zurücksinken, während sich Kroll mit vorquellendem

Bauch zum Schreibtisch schob und auf den quietschenden Drehstuhl kletterte. Überhaupt war dieses Büro, das die Schweizer Polizisten ihren Kollegen zur Verfügung gestellt hatten, mehr eine Abstellkammer als ein wirkliches Büro. Auf den Möbeln lag eine dicke Staubschicht, ein muffiger Dunst lag in der Luft, und das Telefongerät auf Krolls Schreibtisch schien eine Leihgabe aus dem Postmuseum zu sein.

»Dieser Polizist hier«, sagte Kroll und zeigte auf den militärisch Strammen, der in schwarzlederner Uniform neben dem Schreibtisch stand, »Wachtmeister Stauffer also hat Folgendes ausgesagt.« Mit einer Hand zwirbelte er eine Schnauzbartspitze, die andere glättete – für Georg unsichtbar – ein Blatt Papier. »Letzten Sonntag gegen acht Uhr abends beobachteten Stauffer und sein Kollege, Wachtmeister Geißel, wie ein junger Mann vor dem Hotel *Rose* herumlungerte und von der anderen Straßenseite aus in die Fenster zu spähen versuchte. Da in den Vormittagsstunden des nämlichen Tages Alfred Prohn in der *Rose* ermordet worden war, erschien dieses Verhalten den Wachtmeistern verdächtig; sie beschlossen, sich den Burschen genauer anzusehen. Als sie aus ihrem Wagen stiegen und auf ihn zugingen, wandte er sich ab und ging mit schnellen Schritten in Richtung Stauffacher davon.«

»Das stimmt«, warf Georg ein, »und die beiden kamen hinter mir her.«

»Sie geben also zu, dass Sie am fraglichen Abend das Hotel beobachtet haben? Welchen Grund hatten Sie? Wollten Sie vielleicht nachsehen, ob der Mord an Prohn schon entdeckt worden war?«

»Aber Kommissar Kroll, Sie schreiben mir ja prophetische Kräfte zu – hat Sie die Pasta-Geschichte so beeindruckt? Jedenfalls scheinen Sie zu vergessen, dass ich erst am Montag aus Ihrem geschätzten Mund von der Prohn-Affäre erfahren habe.«

Bei dem Wort *Pasta* war Kroll zusammengezuckt. Er warf Georg einen wütenden Blick zu, räusperte sich und fuhr fort: »Dann erklären Sie uns bitte, was Sie zur fraglichen Zeit vor der *Rose* suchten.«

»Ich bin spazieren gegangen. Wenn ich mich recht erinnere, bin ich kurz stehengeblieben, um mir eine Zigarette anzuzünden. Dann habe ich beschlossen, langsam zurückzugehen und mich um mein Abendessen zu kümmern.«

»Sie gingen aber nicht langsam, sondern so schnell, dass die beiden Polizisten sich fragten, ob Sie zu fliehen versuchten.«

»Das schien also schon den beiden fraglich. Aber wenn Sie für jedes Verhalten Gründe brauchen – nehmen Sie doch einfach an, dass mir eine Idee für ein neues Spiel gekommen war, die ich notieren wollte, da diese Ideen scheu und flüchtig sind.«

»Diesen Eindruck hatten die Wachtmeister auch von Ihnen. Sie wandten sich mehrmals mit ängstlicher Miene nach ihnen um und beschlossen dann offenbar, in die Pizzeria am Stauffacherplatz zu gehen. Wie verträgt sich das mit Ihrer Behauptung, Sie seien nach Hause geeilt, um sofort Ihre Idee zu notieren?«

»Auch Leute wie ich müssen gelegentlich essen, Herr Kommissar.«

»Allerdings«, sagte Kroll. »Und gerade an diesem Abend scheint Ihr Appetit enorm gewesen zu sein. Immerhin haben Sie *zwei* Portionen bestellt. Erwarteten Sie vielleicht Besuch, oder saß dieser Besuch bereits in Ihrer Wohnung, und zwar ein Überraschungsgast namens Alex Kortner?«
»Wie ich Ihnen bereits erklärt habe ...«
Da spürte er eine Hand auf seiner rechten Schulter. Es war Flämms fellähnlich behaarte Hand, die sich schmerzhaft in seine Muskeln krampfte. »Wir brauchen Namen und Adresse von deinem Sonntagabendgast, Jüngelchen«, sagte Flämm sanft.
»Lassen Sie meine Schulter los – sonst erfahren Sie kein Wort mehr von mir.«
Flämm nickte. Er ließ Georgs Schulter los, schob sich auf die Sessellehne neben ihm und stützte einen spitzbeschuhten Fuß auf Georgs Schenkel. »So, Jüngelchen – alles in Ordnung mit deiner Schulter. Dann schieß mal los.«
Georg schaute zu Kroll hinauf, der gelangweilt zur Decke starrte. Doch der Wachtmeister neben dem Schreibtisch schien langsam nervös zu werden; in seinem breiten, roten Gesicht kämpften Empörung und Unterwürfigkeit.
»Wachtmeister Stauffer«, sagte Kroll, »das wäre dann vorläufig alles. Sie können gehen, und sorgen Sie bitte dafür, dass wir nicht gestört werden.«
Stauffer schlug die Hacken zusammen und marschierte aus dem Zimmer.
»Also?«, schnappte Flämm. Sein Gesicht wurde noch um eine Spur fahler, und sein glühender Blick bohrte sich in Georgs Augen.
»Nehmen Sie Ihren Schuh von meinem Bein. Ich protestiere gegen diese Einschüchterungsversuche.«
Flämm schnellte hoch und schwang sich gegenüber Georg auf den Schreibtisch. Das Stempelkarussell kippte um, kollerte vom Tisch und schlug scheppernd auf dem Filzboden auf. Flämms frei schlenkernde Schuhe trommelten mit den Spitzen abwechselnd gegen Georgs Knie.
»Ich verstehe Sie nicht, Kroning«, brachte Kroll seufzend hervor. Er kam um den Schreibtisch herum und lehnte sich links von Georg gegen die Tischkante. »Sogar einer wie Sie müsste doch einsehen, dass er sich nur unnötige Schwierigkeiten schafft, wenn er einen Mann wie Flämm provoziert. Mein Assistent ist ein Spezialist für – sagen wir – gewisse Verhörmethoden. Seit Jahren reisen wir gemeinsam durch die Welt, ich wüsste gar nicht, was ich ohne ihn anfangen sollte. Erst kürzlich, als er einen Lehrgang in einem südamerikanischen Trainingscamp absolviert hat, wurde mir wieder einmal bewusst, wie sehr ich auf meinen Flämm angewiesen bin.«
Allmählich wurde es Georg doch mulmig. Aber mehr noch erbitterte ihn, dass er hier seinen Kopf und Körper für Alex hinhielt, der ruhig in seiner Wohnung saß und mit Margot plauderte oder vielleicht sowieso längst in ihren Armen lag. »Es war so, wie Kroll gesagt hat«, erklärte er mit brüchiger Stimme. »Ich hatte an diesem Abend enormen Appetit, und deshalb ...«

Flämms linke Schuhspitze schoss nach vorn und bohrte sich in seinen Bauch. »Scheiße«, maulte er. »Du bist wirklich ein Idiot, Jüngelchen. Ist doch ganz einfach. Dein Freund Alex ist nach dem Mord zu dir gerannt, und ihr habt überlegt, was ihr jetzt anfangen sollt. Am Abend war er immer noch bei dir. Ihr habt beschlossen, dass du nachschauen gehst, ob in der *Rose* schon die Polizei rumschwirrt, und anschließend hast du für ihn und dich was zum Essen besorgt. Beides war natürlich saublöd von euch. Als die Wachtmeister hinter dir herkamen, hast du gedacht – jetzt bloß nicht gleich nach Hause gehen, sonst wissen die meine Adresse und finden den Alex bei mir im Zimmer. Also bist du in die Pizzeria gerannt. Wahrscheinlich hast du gedacht, wenn ich hier seelenruhig warte, vergessen die ihren Verdacht und von der ganzen Sache ist nie mehr die Rede. Dann haben dir aber die Nerven einen Streich gespielt. Während du eingeklemmt zwischen den Polizisten gewartet hast, ist dir allerlei durch den Kopf gegangen – dass sie dich gleich festnehmen werden und dass du dich idiotisch angestellt hast. Vor Angst ist dir der Schweiß ausgebrochen, und als der eine Polizist dich angesprochen hat, hast du gezittert wie eine Windel im Wind. Genauso war es, und das wirst du uns jetzt unterschreiben.« Flämms spitzer, glänzender Schuh rutschte tiefer und blieb zwischen Georgs Beinen stehen.

Dieses widerliche Schwein, dachte Georg – er empfand physischen Ekel vor Flämm, der einen scharfen Raubtiergestank ausströmte, gemischt mit dem betäubenden Geruch seines billigen Aftershave. »Also gut«, sagte er. »Die Pizza habe ich tatsächlich für Alex und mich bestellt.«

Kroll starrte ihn an. »Sie geben also zu, dass Kortner am Sonntagabend bei Ihnen war?«

»Nein, das nicht.« Gegen seinen Willen musste Georg grinsen. Er dachte, schlimmstenfalls konnten sie ihn für zwei Tage oder so in diesem Büro oder einer Zelle festhalten, dann mussten sie ihn wieder laufen lassen, da sie nichts wirklich Verdächtiges gegen ihn in Händen hatten. »Ich hatte erwartet, dass er kommen würde«, sagte er. »Wissen Sie, ich bin manchmal etwas zerstreut – ich war der Meinung, wir hätten uns für Sonntag zum Abendessen verabredet. Aber dann ist er nicht gekommen, und ich musste eine Pizza wegschmeißen, nachdem sie hart und kalt geworden war.«

»Hart und kalt«, wiederholte Kroll mit grimmiger Miene. »Sie glauben doch nicht im Ernst, dass wir uns mit der halben Wahrheit zufriedengeben? Sie waren schon auf dem besten Weg, ausnahmsweise einmal zu erzählen, was wirklich vorgefallen war. Aber dann machen Sie wieder einen Ihrer verrückten Schlenker und amüsieren sich königlich über die leere Willkür Ihrer eigenen Verdrehtheit.«

»Jetzt werden Sie ja geradezu philosophisch, Herr Kommissar.« Georg beschloss, in die Offensive zu gehen, obwohl ihn der spitze Schuh auf seinem Sessel einigermaßen beunruhigte. »Wenn Sie meine Aussage unvoreingenommen prüfen«, sagte er, »werden Sie feststellen, dass sie gar nicht so unglaubwürdig klingt.«

»Gestern haben Sie behauptet, Kortner sei Ihres Wissens nach Italien gefahren.«
Georg zuckte die Schultern. »Ja, natürlich, das hatte er auch vor, oder jedenfalls hat er diesen Plan mal erwähnt. Deshalb kamen mir ja Sonntagabend plötzlich Zweifel, ob wir wirklich zum Abendessen verabredet waren oder ob ich irgendwelche Termine vertauscht hatte. Wie gesagt, in solchen Dingen bin ich nicht sehr zuverlässig, aber das ist doch noch lange kein Verbrechen.«
Kroll wandte sich ab und kehrte hinter den Schreibtisch zurück, wo er sich Notizen zu machen schien. Sie kommen keinen Schritt weiter, dachte Georg. Vor ihm wippte Flämms Schuh auf dem verblichenen Sesselbezug.
»Jetzt zu etwas anderem«, hörte er Kroll. »Natürlich lassen wir Sie überwachen und sind daher über jeden Ihrer Schritte informiert. Sie waren vorhin bei einem gewissen Vittorio, einem italienischen Händler in der – einen Moment – Eisgasse, der mit Waffen und Brillen handelt. Sonderbare Mischung, aber das nur nebenbei. Was wollten Sie dort? Sie haben sich doch sicher keine modische Brille gekauft?«
»Signor Vittorio verkauft auch Masken. Ich interessiere mich sehr für Masken und habe ihm eine abgekauft.« Er zog die Florentiner Pinocchio-Maske aus der Tasche und reichte sie Flämm, der sie mit einem Grunzen an Kroll weitergab.
»Sie halten uns schon wieder zum Narren«, seufzte Kroll. »Stehen Sie auf – Flämm wird Sie durchsuchen müssen, da Sie es durchaus nicht anders wollen.«
Fast gleichzeitig standen Flämm und Georg auf.
»Einen Moment noch, Flämm«, sagte Kroll. »Die hiesigen Kollegen bezeichnen Vittorio als polizeibekannten Fälscher und Schieber, der hinter der Fassade seines Trödelladens wahrscheinlich mit Rauschgift und gefälschten Papieren handelt.«
»Dann hätte man ihn verhaften und seinen Laden schließen sollen«, sagte Georg. »Was mich betrifft, ich habe einen Spaziergang gemacht und bin zufällig auf Vittorios Laden gestoßen. Seine Maskensammlung ist wirklich beeindruckend.«
Kroll hob Brauen und Schultern, es sah fast bedauernd aus. »Fangen Sie an, Inspektor Flämm«, sagte er.
Flämm packte Georg am Kragen und zerrte ihn in die Mitte des Zimmers. »Alles ausziehen«, kommandierte er.
Georg spürte, wie er bleich wurde und sein Mund trocken. Rasch versicherte er sich, dass Flämm nur seine Pflicht erfüllte. Aber er glaubte seinen eigenen Einflüsterungen nicht; es war die tiefste Demütigung, die man ihm zufügen konnte, wenn man ihn zwang, sich nackt auszuziehen und völlig ungeschützt den Blicken preiszugeben. Das war nicht körperliche Prüderie – es war einfach dieser Abgrund an Hilf- und Schutzlosigkeit, in den man kopfüber stürzte, wenn man alle Masken verlor.
»Willst du wohl«, fauchte Flämm. Er trat so dicht an ihn heran, dass seine Schulter gegen Georgs Brust streifte.
»Ich verlange einen Anwalt. Ich bezweifle, dass diese Untersuchung rechtmäßig ist.«

»Sehr gut möglich, dass Sie einen Anwalt brauchen werden«, knurrte Kroll. »Sie müssen ja wissen, was Sie in ihren Taschen und Kleidern versteckt haben – vielleicht neue Papiere für Ihren Freund Kortner? Also machen Sie schon.«
Flämms Hand nestelte an Georgs Gürtel – in Panik wich er zurück. Doch er würde ja nur scheinbar gehorchen, wenn er zwar alle Kleider abstreifte, aber gerade die Maske, nach der die Polizisten suchten, behielt. Die Augenmaske, dachte er. Ironischerweise würde seine Nacktheit die beste, die täuschendste aller Masken sein. Mit zitternden Fingern begann er, sein Hemd aufzuknöpfen.
Als er neben dem Haufen zusammengeknüllter Kleidungsstücke stand, sagte Kroll: »Bringen Sie her, Flämm. Und Sie, Kroning, bleiben, wo Sie sind.«
Flämm schnappte sich das Bündel und brachte es zu Krolls Schreibtisch. Gemeinsam begannen sie, Georgs Kleidungsstücke zu untersuchen. Zwischendurch blickte Flämm immer wieder auf und musterte Georg hämisch. Georg wurde heiß vor Zorn und Beschämung. Verkrampft stand er mitten im Zimmer und versuchte mit idiotisch verschränkten Händen, seine Blöße zu verdecken. Oh Alex, dachte er – an alledem war allein Alex schuld; er schwor sich, ihn für alles bezahlen zu lassen, und zwar in einer Währung, die bei keinem Raub oder Mord zu erbeuten war.
»Soweit scheint alles in Ordnung«, hörte er Kroll. »Er soll das Zeug wieder anziehen.«
Flämm raffte Georgs Sachen zusammen und kam feixend zu ihm zurück. Er presste das Bündel gegen die Brust und streifte Georgs nackten Körper mit einem widerlichen Blick.
»Geben Sie schon her«, sagte Georg. Beunruhigt beobachtete er, wie Kroll aufstand und ohne sie zu beachten aus dem Zimmer ging. Er hatte seine verknautschte braune Jacke ausgezogen; unter den Achseln prangten Schweißflecken. Die Tür fiel ins Schloss. »Geben Sie mir meine Sachen«, wiederholte Georg.
»Hol sie dir doch.« Flämm wandte sich um und warf das Kleiderbündel mit Schwung nach hinten ins Zimmer; im Flug löste es sich auf und flatterte teils auf die herumstehenden Möbel, teils auf den grauen Filzboden herab.
Georg Knie zitterten, in seinem Kopf explodierte ein dunkler Schrei. Ähnlich hatte er bei Krolls Attacke gestern empfunden – noch ein Schritt weiter, und er würde in einen schwarzen, schreienden, saugenden Abgrund stürzen.
Er versuchte zu lachen; ein heiseres Krächzen kam heraus. »Lassen Sie doch den Unsinn«, krächzte er.
Flämm sprang auf ihn zu und grapschte nach ihm mit pelzigen Händen. Seine Augen glühten. Plötzlich musste Georg an Peter Martens denken – er hätte es nie für möglich gehalten, dass er einmal in eine ähnliche Lage wie der Krüppel Peter geraten würde. Er ballte die Faust, fast ohne es zu merken. Flämms stinkender Atem fauchte ihm ins Gesicht, und dann schwang Georgs Faust vor und schlug mitten in die fahle, geil verzerrte, schweißglitzernde Fratze. Flämm taumelte zurück, und Georg dachte,

es war das erste Mal, dass er einen Menschen geschlagen hatte. Natürlich war es ein schrecklicher Fehler, sich gegen Flämm zu wehren – aber ein Fehler, den er nur um den Preis seiner Selbstachtung – seines Ichs, seiner Welt – hätte vermeiden können. Wie in Trance beobachtete er Flämm, der langsam auf ihn zukam und sich mit beiden Fäusten übers Gesicht wischte. Aus seiner Nase tropfte dunkles, fast schwarzes Blut. »Jetzt geht's erst richtig los, Jüngelchen«, hörte Georg ihn flüstern.

Aber nichts ging los – im gleichen Moment wurde die Tür geöffnet, Kroll kehrte zurück. Flämm ließ die Fäuste sinken und setzte eine gleichgültige Miene auf. Kroll warf seinem Assistenten einen verblüfften Blick zu. »Das genügt fürs Erste«, sagte er. »Kroning, ziehen Sie endlich Ihre Klamotten an. Wir kommen zu Teil drei unserer kleinen Unterhaltung.«

Georg suchte seine Sachen zusammen und streifte sie hastig über. Flämm war zwischen den Aktenschränken verschwunden, im Hintergrund rauschte Wasser in ein Becken. Wahrscheinlich versorgte er seine blutige Nase und heckte nebenher dreimal so blutige Rachepläne aus.

»Ihr Gehilfe ist ein Trottel«, sagte Georg, seinen Gürtel festhakend. »Wenn er einen Verdächtigen beschatten will, wird er vom Kontrolleur ohne Ticket erwischt. Wenn er einen Verdächtigen einschüchtern will, holt er sich selbst eine blutige Nase. Schmeißen Sie den Kerl raus, wenn Sie einen guten Rat hören wollen.«

Aber während er überlegen tat und höhnisch daherredete, fühlte er sich elend. Er empfand, dass irgendwas schieflief – zwar hatten die Polizisten seine Augenmaske nicht entdeckt, aber er hatte sich selbst bloßstellen müssen, um die Maske zu verbergen – die Maske, die nicht ihm, sondern Alex gehörte. Die Verhältnisse waren, wie Kroll andauernd sagte, entschieden verdreht – Maske und Urbild begannen ihre Plätze zu vertauschen; mehr und mehr schrumpfte Georg zu der Maske, in die Alex schlüpfte, um unerkannt zu entfliehen. Alex, dachte er, der sich dem Lichtbild im Kroning-Pass angeglichen hatte; Alex, der seine Unterschrift eingeübt hatte; Alex, der sogar schon in seinem Bett Georgs Platz einzunehmen begann. Aber Georg selbst war schon viel zu tief in die ganze Geschichte verwickelt – er hatte keine andere Wahl mehr, als Alex im Schutz der Georg-Kroning-Identität zur Flucht zu verhelfen, da er ironischerweise nur in dieser Verkleidung unverdächtig war.

»Kommen Sie her, Kroning.«

Er fuhr hoch und sah, dass Kroll wieder vor der Wand mit dem Monitor – oder was es sein mochte – stand; er schob den Vorhang zur Seite, hinter dem immer noch der Film zu flimmern schien. Flämm kam zwischen den Aktenschränken hervor. Er presste ein Kleenex gegen seine Nase, nickte Kroll zu und ging aus dem Zimmer.

»Natürlich wird Flämm sich an Ihnen rächen«, sagte Kroll im Ton größter Selbstverständlichkeit. »Schauen Sie her. Vor einer Stunde haben wir Ihren Freund Kortner verhaftet. Er wird gerade verhört.«

Mit einem Sprung stand Georg neben Kroll und starrte verblüfft auf den Bildschirm. Das gibt es nicht, dachte er – in dem Film spielte Alex mit!

In einem fahl gekachelten Raum lehnte Alex an der Wand; er trug seine verblichenen, über den Knien abgeschnittenen Jeans, die Georg gestern Abend in den Kehrichtsack gestopft hatte, und er sah fürchterlich verprügelt aus. Die blonden Locken hingen ihm feucht in die Stirn; seine Augen waren zugeschwollen, die Wangen an mehreren Stellen aufgeplatzt und blau-lila verfärbt. Er schlug die Hände vors Gesicht und schien zu schluchzen, aber der Film lief ohne Ton. Seitlich vor ihm standen zwei Schweizer Polizisten in Ledermonturen. Sie trugen Schaftstiefel, einer hielt die metallene Mündung eines schwarz-gelb gestreiften dicken Wasserschlauchs in der Hand, der sich über den gekachelten Boden ringelte.

»Wo haben Sie diesen Film her?«, fragte Georg fast lachend.

»Diesen *Film*?«, schrie Kroll. »Sagten Sie *Film*, Kroning?«

»Natürlich. Das ist nicht wirklich Alex. Anscheinend hat er mal in einem Pornofilm, einem Sadomaso-Streifen oder so, mitgespielt – was mich nach Ihren Enthüllungen über sein Geheimleben auch nicht mehr sehr verwundert.«

Kroll zerrte ein kariertes Taschentuch aus der Hosentasche und wischte sich breit übers Gesicht. »Aber das ist kein Film, verflucht noch mal, das ist die Wirklichkeit! Schauen Sie doch hin – das ist kein verdammter Bildschirm oder so was, sondern ein ganz gewöhnliches *Fenster*, nur auf der anderen Seite verspiegelt, sodass man uns von drüben nicht sehen kann.«

»Aber man hört uns«, sagte Georg.

Und tatsächlich – die Gesichter in oder hinter der Glasscheibe hatten sich ihnen zugewendet, von Krolls Gebrüll aufgestört; sogar der Polizist mit dem Wasserschlauch hatte sich umgedreht und starrte unsicher gegen die Scheibe, die aber nur ihn selbst zeigte. Auch Alex hatte die Hände wieder sinken lassen und blinzelte aus verschwollenen Augen gegen den Spiegel, der für ihn undurchsichtig war.

»Das ist nicht Alex«, sagte Georg.

Offenbar hatten sie einen verhaftet, den sie mit Alex verwechselten. Aber wie war das möglich – sie hatten doch seine Fingerabdrücke und brauchten nur zu vergleichen. Jetzt allerdings hatten sie ihn derart verprügelt, dass sein Gesicht jedem und keinem ähnlich sah.

»Woher wollen Sie denn wissen«, fragte Kroll lauernd, »dass dieser Junge nicht Ihr Freund Kortner ist?«

»Seine ...« Georg merkte eben noch rechtzeitig die Falle und brach ab. »Ich weiß auch nicht. Das ist nur so ein Gefühl, verstehen Sie.«

Kroll starrte ihn noch einen Moment lang an, dann lachte er auf und zog mit einem Ruck den roten Vorhang wieder vor das verspiegelte Fenster. »Sie sind doch immer wieder für eine Überraschung gut, Kroning. Natürlich haben Sie recht – der Bursche dort ist nicht Ihr Freund Kortner, sondern ein Schauspieler namens Emil Pfäff. Zuerst dachte ich, Sie hätten uns alles verpfuscht, weil Sie einen Film zu sehen glaubten – ich bin sicher, *niemand* außer Ihnen wäre auf diese irre Idee gekommen, dass wir ihn mit einem Film zu übertölpeln suchten. Das ist wieder ganz typisch der verdrehte Kroning – Sie glaubten auf einem Bildschirm den wirklichen Kortner zu sehen, während Sie durch ein Fenster den gefälschten erblickt haben. Machen Sie sich keine Sorgen, Sie landen nie im Gefängnis – der Richter schickt Sie sofort ins Irrenhaus. Das ist einfach unglaublich.«

Gereizt fragte sich Georg, was daran nun schon wieder so verdreht sein sollte – er hatte den Täuschungsversuch mehr oder weniger durchschaut, aber Kroll sah in allem nur Beweise seiner Verrücktheit. Unbehaglich erinnerte er sich an Krolls Drohung, gelegentlich mit seinem Vater zu reden.

»Ihre Reaktion auf unsere kleine Inszenierung war aber trotzdem interessant«, sagte Kroll. »Wirklich sehr aufschlussreich. Setzen Sie sich.«

Da erst bemerkte Georg, dass Kroll schon wieder hinter seinem Schreibtisch saß, während er selbst immer noch vor der Wand stand und gegen den roten Vorhang starrte. Er ging rüber und setzte sich diesmal auf die Lehne des durchsackenden Sessels, damit er Kroll im Blick behielt.

»Drei Uhr vorbei«, sagte Kroll und klopfte auf seine Armbanduhr. »Wir sollten vorläufig zu einem Ende kommen. Wir haben also Folgendes«; er blätterte sein Notizbuch auf und überflog die hingekritzelten Zeilen. »Sie haben sich Sonntagabend vor der *Rose* herumgetrieben und können nicht erklären, aus welchem Grund. Vor den beiden Polizisten sind Sie dann mehr oder weniger geflüchtet. In der Pizzeria haben Sie für *zwei* Personen Essen bestellt; Ihre Erklärungen hierfür sind widersprüchlich und unglaubwürdig. Meinen Assistenten Flämm, der Sie anfangs beschattete, haben Sie nicht nur mit dieser albernen Bäcker-Geschichte gefoppt – das könnte man noch für harmlose Kinderei halten –, sondern am gleichen Tag durch einen Trick abgeschüttelt, als er Sie in der Stadt verfolgt hat. Wer sich so verhält, hat zweifellos etwas zu verbergen.«

Er machte eine Pause und warf Georg einen forschenden Blick zu. Georg zuckte die Schultern.

»Wir nehmen an«, fuhr Kroll fort, »dass Sie Kortner gestern in seinem Versteck aufgesucht und über unsere Ermittlungen unterrichtet haben. Wahrscheinlich haben Sie vereinbart, falsche Papiere für ihn zu besorgen, und vielleicht hat er Ihnen auch den Tipp gegeben, zu diesem Vittorio zu gehen. Vereinbarungsgemäß haben Sie heute den Italiener aufgesucht, wobei Sie dumm genug waren, nicht mehr mit Ihrer Beschattung zu rechnen, nur weil der Schatten sich Ihnen nicht offen zeigte. Vittorio wird zur Stunde verhört; noch leugnet er, dass Sie falsche Papiere – vielleicht auch eine Faustfeuerwaffe, die auf der Flucht immer nützlich ist – bei ihm bestellt haben, aber keine Sorge, die Schweizer Kollegen kochen ihn schon weich. Das Alibi, das Sie sich durch den Kauf dieser Porzellanmaske zu verschaffen glaubten, ist wiederum typisch für Ihre kindische Art – natürlich wollten Sie von Vittorio eine Maske für Ihren Freund Alex kaufen, aber keine aus Florentiner Porzellan.«

Er klappte sein Notizbuch zu und lehnte sich in dem quietschenden Drehstuhl zurück. Die Schweißflecken unter seinen Achseln waren verblasst – als hätte Kroll die Schwerarbeit hinter sich und beschaute gelassen seine Ernte.

»Und jetzt zum letzten, aufschlussreichsten Teil unseres kleinen Puzzles. Da Sie so sicher wussten, dass der Junge hinter dem Fenster nicht Ihr Freund Kortner ist, muss er sein Äußeres seit dem Mord verändert haben. Mit den aufgeschminkten Beulen und Platzwunden konnten Sie das Gesicht des Schauspielers unmöglich von Kortners Fratze unterscheiden. Also wird Kortner seine Frisur verändert haben – wahrscheinlich hat er die Haare abgeschnitten und gefärbt. Das konnten Sie aber nur wissen, Kroning, wenn und weil Sie *nach* dem Mord noch mit ihm zusammengetroffen sind. Sogar Ihnen dürfte klar sein, dass mir der Haftrichter sofort zustimmen wird, wenn ich Ihre Festnahme wegen Beihilfe zum Mord, Fluchthilfe und Justizbehinderung beantrage.«

Kroll kramte in seinen Taschen und zog einen Stumpen hervor. Er setzte ihn in Brand und paffte vor sich hin. Gegen seinen Willen war Georg beeindruckt. Hatte Kroll recht? Konnte man ihn wirklich aufgrund der paar Indizien, die genauso gut zusammenfantasiert sein konnten, verhaften und einsperren? Obwohl er beunruhigt war, glaubte er nicht ernsthaft an Krolls Drohungen – der andere bluffte wieder mal und versuchte, seine ziemlich miesen Karten durch ebenso miese Tricks aufzubessern.

»Wenn das alles so ist«, sagte er, »warum verhaften Sie mich dann nicht? Wer so viel von seinen Möglichkeiten redet wie Sie, Herr Kommissar, scheint an ihre Wirklichkeit nicht recht zu glauben.«

Kroll lachte hinter den Qualmschwaden. »Jetzt werden aber Sie philosophisch, Kroning. Auf dem Gebiet sind Sie eher schwach, das sollten Sie meiden; ich übrigens auch. Geben Sie zu, dass Sie Alexander Kortner getroffen haben, nachdem er Alfred Prohn ermordet hatte? Dass Sie ihm zur Flucht verholfen und heute versucht haben, ihm falsche Papiere zu besorgen? Wenn Sie in diesen Punkten geständig sind, könnten wir überlegen, ob wir die Beihilfe fallenlassen. Schließlich kann es ja sein, dass Kortner Sie überrumpelt hat – dass er nach der Bluttat zu Ihnen gerannt kam und gesagt hat: Du bist mein Freund, also steh mir jetzt bei! Aber Sie müssen schon reden, Kroning, sonst kann ich Ihnen auch nicht mehr helfen.«

Georg stand auf. Seine Schulter schmerzte, wo Flämms Pranke ihn gequetscht hatte, und auf dem Bauch glaubte er noch den Druck von Flämms zustoßender Schuhspitze zu spüren. Er fühlte sich müde, erschöpft, elend – an Körper und Seele besudelt von den Blicken und Händen, die ihn angerührt hatten.

»Ich gehe jetzt, Kroll«, sagte er leise. »Ich gestehe nichts, denn ich habe nichts zu gestehen. Ich gehe nach Hause. Wenn Sie glauben, das verhindern zu müssen oder zu können, dann lassen Sie mich eben festnehmen. Von Freitag bis Sonntag fahre ich übrigens zu meinen Eltern – nicht um zu fliehen oder irgendwem zur Flucht zur verhelfen, sondern um meinen Geburtstag zu feiern. Ich sage Ihnen das nur, damit Sie Ihre – oder meine – Schatten rechtzeitig instruieren können. Also leben Sie wohl.«
Kroll saß schwer und schlaff auf seinem Stuhl, paffte Qualmschwaden und starrte ihn an. »Gehen Sie nur«, murmelte er. »Sie entkommen mir sowieso nicht mehr. Irren Sie ruhig noch ein Weilchen in Ihrer Freiheit herum. Mit jedem Schritt sinken Sie tiefer in den Schlamm Ihrer Lügen und Verrücktheiten ein. Glauben Sie mir, Sie werden froh sein, wenn alles zu Ende ist – wenn ich Ihnen dann die Hand reiche und Sie aus Ihrem Dreck ziehe, in eine saubere, kahle Zelle, wo Sie vor sich selbst sicher sind.«
Georg ging zur Tür, öffnete sie und schlüpfte hinaus. Bedrückt dachte er, dass Kroll nicht ganz unrecht hatte – er fürchtete sich geradezu davor, in seine Wohnung zurückzukehren, wo Alex, Margot und all die anderen Gespenster über ihn herfallen würden.
Als er unten auf die belebte Straße trat, wollte er aufatmen, aber die Beklemmung blieb, und seine Schulter schmerzte immer noch von Flämms pressendem Griff.

18

Als Georg in die Mansarde trat, sahen ihm Alex und Margot schweigsam und verschlossen entgegen. Er ließ die Tür ins Schloss fallen, riegelte ab und blieb knapp hinter der Schwelle stehen.
»Was ist los?«, fragte Margot. »Setz dich zu uns und erzähle, was diese Polizisten von dir wollten.«
Sie klang eine Spur gereizt – offenbar hatten sie über ihn gesprochen, und Margot machte sich wieder Gedanken wegen seiner Verwicklung in die Prohn-Affäre. An ihren Gesten und den Blicken, die sie rasch mit Alex wechselte, spürte er, wie vertraut die beiden schon geworden waren – sie gaben ihm das Gefühl, dass *er* der Fremde war. Unbehaglich zog er die Schultern hoch und spürte einen stechenden Schmerz an der Stelle, wo Flämms Pranke ihn gequetscht hatte. Mit verzerrtem Gesicht tastete er nach seiner Schulter.
Alex starrte ihn an. »Was ist mit deinem Arm?«, fragte er. »Hast du dich vielleicht mit den Polizisten geprügelt?«
Auch er klang mürrisch und fremd. Natürlich war es auch für Alex nicht ganz leicht, mit Margot in der Rolle des unschuldig-unwissenden Freundes über Georgs Proble-

me zu diskutieren, da schließlich er selbst dieses Problem war. Aber das Irritierende war, dass Alex, während er sich mehr und mehr von Georg entfernte, gleichzeitig immer tiefer in die Georg-Kroning-Identität hineinschlüpfte. Beispielsweise begann er jetzt, unter Georgs Blick nervös an einer schwarzen Schläfensträhne zu zerren – eine automatische Geste, bei der Georg selbst sich häufig ertappte und die Alex mehr oder weniger unbewusst zu imitieren schien.
»So ungefähr«, sagte er leise. »Es gab da einen kleinen Zwischenfall.« Er ging an ihnen vorbei, ließ sich aufs Bett fallen – er war nicht sicher, ob es wirklich noch *sein* Bett war – und knöpfte sein Hemd auf, um seine Schulter zu untersuchen.
»Das haben diese Polizisten gemacht?«, fragte Margot.
Sie war aufgesprungen und starrte ebenso wie Alex auf Georgs entblößte Schulter, aber sie kam nicht zu ihm hin, sondern blieb neben dem Sessel stehen. Über seine Schulter zog sich ein Bluterguss von der Größe einer Zehnfrankennote, deutlich zeichneten sich Flämms quetschende Finger in dem lila Geschillere ab.
»Das war dieser Widerling«, sagte Georg, »mit dem du Tango getanzt hast.«
Es hatte beiläufig klingen sollen, aber er spürte selbst, dass seine Worte fast als Vorwurf herauskamen. Ihr erschrockener Blick schien zu sagen, dass es schlimm um ihn stehen musste, wenn die Polizisten ihm derart zusetzten.
Auf dem falschen Marmortischchen lag eine aufgeschlagene Zeitung, wie eine Tischdecke, die sich allerdings in der Mitte unregelmäßig aufwölbte. Auf dem Schreibtisch, wo das *Irrläufer*-Spiel gestanden hatte, stapelte sich schmutziges Geschirr zwischen den Spieleskizzen und dem kleinen Stapel kostbarer Büttenbögen, auf denen Georg in Schönschrift die Regeln der Spielmodelle zu notieren pflegte. Wahrscheinlich steckte das *Irrläufer*-Spiel jetzt unter der Zeitung, und Margot und Alex hatten versucht, sich mit den Regeln vertraut zu machen. Mechanisch registrierte Georg diese Veränderungen. Im Vorbeigehen hatte er gesehen, dass die Zeitung einen großen Artikel über die Prohn-Affäre brachte, mit Bildern von Prohn, Alex und einem weiteren jungen Mann und sogar einem allerdings winzigen Lichtbild von Kroll. Die Überschrift über dem Artikel lautete merkwürdigerweise Wer war Alfred Prohn? Ja, wer eigentlich, dachte er müde – bisher hatte er an den toten Freier keinen Gedanken verschwendet.
»Während du bei der Polizei warst«, sagte Margot, »haben wir über dich geredet. Wir – Alex und ich – haben beide das Gefühl, dass du uns nicht die ganze Wahrheit erzählt hast; dass du diesen Kortner besser kennst und vielleicht sogar mehr von seinem Verbrechen weißt, als du bisher zugeben wolltest. Vor *uns* zugeben, meine ich natürlich«, fügte sie schnell hinzu, »nicht vor der Polizei. Aber wir finden ...«
»Ihr *beide* habt also dieses Gefühl?«, fiel Georg ihr mit ungläubigem Lachen ins Wort.
»Auch du, Alex, findest, dass ich dir etwas verheimliche?«
»Na ja«, gab Alex zurück, ohne ihn anzusehen, »mir hast du ja fast noch weniger als

Margot erzählt. Beispielsweise wusste ich vorher nicht, wie ähnlich sie diesem Kortner sieht. Wahrscheinlich ist er schon deswegen ziemlich wichtig für dich – nicht nur so eine Zufallsbekanntschaft, die man ruckzuck wieder vergisst.«

Unheimlich, dachte Georg. Wer war dieses Wesen, das da auf ihn einredete? Seine grün schimmernden Augen unter dem glatten schwarzen Haar waren noch die alten, verzaubernden Alex-Augen, aber seine Mienen und Gesten wurden mehr und mehr zu Kopien seiner eigenen Gebärden. Wieder hatte er den schwindelerregenden Eindruck, als blickte er in einen lebendigen Spiegel – oder durch ein verspiegeltes Fenster in seine eigene Vergangenheit.

»Du sagst ja gar nichts, Georg«, bemerkte Margot, die ihn fast flehentlich musterte. »Und je länger du schweigst ... Also, ich meine wirklich, du solltest uns endlich erzählen, was am Sonntag und vielleicht vorher schon vorgefallen ist.«

Sie kam zögernd auf ihn zu, machte eine vage Handbewegung in seine Richtung und blieb mitten im Zimmer stehen. Aber Georg blickte nicht auf und versuchte schon gar nicht, ihre Hand zu ergreifen. Praktisch hatte Margot, dachte er, sich den Verdacht der Polizisten zu eigen gemacht, und da sie im Gegensatz zu Kroll wusste, dass er wegen der *Irrläufer*-Geschichte in Geldschwierigkeiten war, glaubte sie wahrscheinlich auch seine Beweggründe zu kennen – das Motiv, weshalb er sich in einen Raubmord hatte verwickeln lassen.

»Weißt du«, fuhr sie fort, »diese Sache mit dem Geld, mit den zehntausend Franken, die du gestern auf dein Bankkonto gebracht hast ... Also, es würde mich wirklich beruhigen, wenn du mir versichern könntest, dass dieses Geld nichts mit der Prohn-Affäre zu tun hat.«

Und als Georg weiterhin nicht antwortete: »Vielleicht hätte ich das Geld vor Alex nicht erwähnen sollen. Aber ich finde, wir sollten aufhören mit der Heimlichtuerei. Immerhin seid ihr doch Freunde, die sich gestern noch praktisch in den Armen gelegen haben.«

»Klar sind wir Freunde«, sagte Georg mit gepresstem Lachen. »Zum Beweis habe ich Alex ein Geschenk mitgebracht.«

Er stand auf, holte die traurig lächelnde Pinocchio-Maske aus der Tasche und legte sie auf die Zeitung. WER WAR ALFRED PROHN?, flatterte ihm wieder die Schlagzeile entgegen. NEUE ENTHÜLLUNGEN IN UNDURCHSICHTIGER KRIMINALAFFÄRE – BLICK-INTERWIEW MIT PROHNS SOHN. Schnell wandte Georg sich ab. Alex hatte die Maske vom Tisch genommen und auf seine flache Hand gelegt; auch sein Lächeln, fand Georg, war undurchsichtig.

»Große Klasse«, sagte Alex. »Wirklich toll-todtraurig, dieses Porzellanlächeln – vielen Dank. Aber die Maske ist nicht vollständig, sie hat keine Augen.«

»Natürlich hat sie Augen.« Georg nahm ihm die Maske weg und hielt sie sich so vors Gesicht, dass sein linkes Auge die eine Maskenhöhle füllte – nein, nicht sein Auge, dachte er, die *Augenmaske* schob sich hinter den porzellanen Schlitz. Da die Maske kaum größer als ein *Gitanes*-Päckchen war, konnte er nicht beide Höhlen gleichzeitig füllen. Er ließ die Maske sinken und warf Alex einen verschwörerischen Blick zu. Alex schaute zurück, aber kalt-gleichgültig, wie es Georg schien – als wollte er sagen, dass Georg gar nichts anderes übrig blieb, als ihm die Maske, die Kroning-Identität, mit Haut und Haar zu überlassen.

»Hier, nimm«, sagte Georg leise.

»Wie gesagt – vielen Dank.« Fahrig drehte Alex die Maske zwischen den Händen. »Übrigens hat Margot vorhin diese Zeitung gekauft – ein Schundblatt, ich weiß, aber sie schreiben – warte einen Moment – sie behaupten, dass Prohn möglicherweise sehr viel mehr Geld bei sich hatte, als die Polizei bis jetzt annimmt – zehntausend oder fünfzehntausend Schweizer Franken.« Er legte die Maske weg und griff nach der aufgeblätterten Zeitung. Seine Hand zitterte; das auffliegende Blatt wischten einige *Irrläufer*-Figuren vom Tisch, die dumpf klackend zu Boden fielen. »Hier, lies selbst«, murmelte er.

Widerstrebend nahm Georg die fett bedruckte Zeitung entgegen. Ihn schwindelte vor Hunger und Müdigkeit, und in seiner Schulter klopften, wie in einem eigenen Gefühlsgedächtnis, Demütigung und Schmerz. Mit der gesunden Schulter lehnte er sich gegen den Wandschrank und beugte sich über den *Blick*-Bericht.

»Vielleicht hast du ja das Geld von Kortner genommen«, hörte er Margots nörgelnde Stimme, »und versprochen, es für ihn aufzuheben, ohne zu wissen, dass es höchstwahrscheinlich aus dem Raubmord stammt. Ich bin sicher, es gibt für alles eine harmlose Erklärung – aber gerade deshalb begreife ich nicht, warum du dich benimmst, als hättest du wirklich etwas zu verbergen.«

Die stumpfschwarzen Wörter verschwammen vor Georgs Augen. Er hatte versucht, Margots Litanei und den Sermon des Sensationsreporters gleichzeitig aufzunehmen; jetzt merkte er, dass er überhaupt nicht verstanden hatte, was er da las. Was behauptete dieser *Timo Prohn, ein ernsthafter junger Mann, der sich erschüttert aber den unwürdigen Tod seines Vaters zeigte*?

»Herrgott noch mal«, sagte Georg, »jetzt lasst mich diesen Schwachsinn doch erst mal lesen.« Er verschanzte sich hinter der Zeitung.

Eigener Bericht. – Am vergangenen Sonntag war das Zürcher Hotel Rose *Schauplatz einer spektakulären Bluttat (wir berichteten mehrfach). Der westdeutsche Papierfabrikant Alfred Prohn (55) wurde durch einen Stich ins Herz getötet. Der aus dem nordhessischen Kassel stammende Kleinindustrielle hinterlässt seine Frau Johanna (52) und einen Sohn Timo (20). Wie die Obduktion ergab, hatte Prohn unmittelbar vor seinem Tod homosexuellen Geschlechtsverkehr, und alles spricht dafür, dass der käufliche Geliebte die Mörderhand gegen ihn hob. Obwohl seinerseits im Kampf mit Prohn blutig verwundet, konnte der offenbar perverse Täter entkommen. Nachdem er die unbekleidete Leiche seines Opfers mit Rosen geschmückt hatte, flüchtete er aus dem Hotel und verschwand in der gleichgültigen Menge.*

Nach anfänglich raschem Fortschreiten der kriminalpolizeilichen Ermittlungen blieb jedoch der erwartete schnelle Fahndungserfolg bisher aus. Zwar konnte der mutmaßliche Mörder, der am Tatort reichlich Spuren hinterließ, binnen weniger Stunden identifiziert werden. Auch der Portier des Hotels Rose *erinnert sich an den blondlockigen, zierlichen Alexander Kortner (17), der das Hotel in Begleitung Prohns betrat und etwa eine Stunde später allein wieder verließ. Wie inzwischen bekannt wurde, war Kortner im vergangenen Herbst aus einem geschlossenen Hamburger Zöglingsheim für straffällige Minderjährige entwichen und wird seitdem polizeilich gesucht. Der deutschen Kriminalpolizei als Gelegenheitsdieb und Gewohnheitsausbrecher einschlägig bekannt, scheint Kortner nach seiner Flucht als Strichjunge im Zürcher Prostituiertenmilieu untergekrochen zu sein.*

Dem braven Familienvater und mittelständischen Industriellen Alfred Prohn wurde offenbar seine homosexuelle Neigung zum tödlichen Verhängnis. Nachdem er am Freitag und Samstag die Internationale Papierwarenmesse in den Zürcher Messehallen besucht und einige Geschäftsabschlüsse getätigt hatte, wollte er ursprünglich am Sonntagnachmittag mit dem Intercity in die BRD zurückreisen. In den müßigen Stunden vor seiner Abreise ließ er sich zu einem Abstecher vom Hotel ins nah gelegene Rotlichtviertel verlocken. Dort scheint er Alexander Kortner angesprochen und mit dem Strichjungen handelseinig geworden zu sein. Kortner begleitete ihn zurück in die Rose, *wo er dem Industriellen zu Willen war. Möglicherweise hat Prohn dann Kortner überrascht, der die Kleider seines Freiers durchwühlte. Darauf muss es zum Kampf gekommen sein; Prohn scheint sich verzweifelt gegen seinen Mörder gewehrt zu haben. Bevor er die Flucht ergriff, steckte Kortner Prohns Brieftasche ein, die Pass und Bargeld enthielt.*

Ihre Hoffnung, den Tatverdächtigen rasch zu ergreifen, stützte die Polizei auch auf die spärliche Beute des Täters, die ihm keine kostspielige Flucht mit gefälschten Papieren erlauben würde. Noch am Abend nach der Bluttat von der westdeutschen Kripo befragt, hat die Ehefrau des Opfers ausgesagt, dass Prohn allenfalls eine Summe von eintausend Franken in bar mit sich führte. Nachdem die Großfahndung mithilfe aller Medien ausgelöst war, schien Kortners Verhaftung nur noch eine Frage von Stunden zu sein.

Tatsache ist aber, dass Kortner seit dem Mord spurlos verschwunden ist. Trotz bemerkenswerten Fahndungsaufwandes und allseits gelobter Kooperation zwischen den schweizerischen und den westdeutschen Behörden hat die Polizei bis jetzt keinen stichhaltigen Hinweis auf Kortners Verbleiben gefunden. Wie diese Zeitung auf Anfrage erfuhr, wurde am gestrigen Montag aufgrund eines Winks aus der Bevölkerung die Wohnung des deutschen Millionärssohns Georg K. (20) polizeilich durchsucht. K., der sich aus nicht näher erläuterten »künstlerischen Gründen« seit längerem in Zürich aufhalten soll, war angeblich mit Kortner befreundet. Er behauptet jedoch, Kortner seit Tagen nicht gesehen und von dessen Doppelleben nichts gewusst zu haben. Wie der Assistent des Fahndungsleiters, Inspektor Ferdinand Flämm, erklärte, konnte der Verdacht einer Mordkomplizenschaft zwischen Kortner und Georg K. bisher nicht erhärtet werden. Jedoch sei es möglich, dass K. seinem Freund zur Flucht verholfen habe. Das würde erklären, weshalb Kortner sich bislang der Verhaftung entziehen und untertauchen konnte, obwohl er über die hierfür nötigen Geldmittel nicht verfügte: Sein wohlhabender Freund könnte ihn mit ausreichender Barschaft versehen haben.

Georg ließ die Zeitung sinken. Am Rascheln der Blätter merkte er, dass seine Finger zitterten wie vorhin Alex' Hand. Dass Kroll nicht mal davor zurückschreckte, die Sensationspresse einzuspannen, um ihn unter Druck zu setzen, erschreckte ihn stärker, als er sich eingestehen wollte. Bei dem kaum verschlüsselten Hinweis auf den *deutschen Millionärssohn Georg K.* hatte er gespürt, wie er bleich wurde. Wenn sich die Sache nicht bald irgendwie regelte, würde er morgen oder übermorgen seinen vollen Namen in den Schlagzeilen lesen. Falls Francesca oder Härtel von dem *Blick*-Bericht erführen, würden sie sich zumindest fragen, ob der Autor des *Irrläufers* und der verdächtigte *Millionärssohn* ein und dieselbe Person waren. Und Georgs Eltern? Warum sollte Kroll davor zurückschrecken, seine infamen Verdächtigungen auf einer Pressekonferenz zu wiederholen, woraufhin auch die seriöseren Zeitungen verbreiten würden, dass ein gewisser Georg K. in Verdacht stand, einem perversen Mörder zur Flucht verholfen zu haben? Und was Margot betraf – sie schien fast schon überzeugt, dass er tief in die Prohn-Affäre verstrickt war, und sie hielt ihm höchstens noch zugute, dass er ohne sein Wissen oder aus falsch verstandener Freundschaft zum Komplizen geworden sein mochte.

Aber wie passte das mit dem Zeitungsbericht zusammen? Wenn er angeblich Kortners Flucht und Verschwinden finanziert hatte – wieso war es dann verdächtig, dass er unter Margots Augen mehr als zehntausend Franken auf sein Bankkonto eingezahlt hatte? Verwirrt zog Georg seine *Gitanes* hervor. Während er weiterlas, spürte er, dass ihn vier reglose Augen beobachteten.

Immer darum bemüht, seinen Lesern ein vollständiges Wirklichkeitsbild zu vermitteln, hat Blick *auch mit der Familie des Opfers Kontakt aufgenommen. Zwar erklärte sich Frau Johanna Prohn, die Witwe des Ermordeten, außerstande, unseren Reporter zu einem Gespräch zu empfangen. Ihr Sohn Timo aber, der Erbe des kleinen Familienunternehmens, öffnete dem Reporter die Tür und den Lesern sein Herz. Timo ist ein ernsthafter junger Mann, der sich verständlicherweise vor allem über die unwürdigen Umstände des Todes seines Vaters erschüttert zeigte. Glaubt man seinen überraschenden Behauptungen, dann hat der Mörder möglicherweise eine bedeutende Barsumme erbeutet, die auch seine Fluchtchancen erheblich vergrößern würde.*

»Meine Mutter hat einen Schock erlitten«, erklärte Timo, nervös sein braunes Haar zurückstreichend. Dann brach es aus ihm hervor: »Das Vorgehen der Polizei ist gemein und skandalös. Mein Vater war nicht ... verstehen Sie ... Er hätte sich niemals mit so einem Strichjungen eingelassen. Ich habe den Ermittlern versichert, dass etwas anderes dahinterstecken muss. Mein Vater und dieser Perverse! Aber die Polizisten haben mich kaum angehört.«

Blick: *Aber auch uns scheint der Fall soweit klar zu sein. Wie die Obduktion eindeutig ergeben hat ...*

Timo Prohn unterbricht uns erregt: Hören Sie zu, ich will Ihnen etwas erzählen. Da die Polizisten mir keinen Glauben geschenkt haben, werde ich mir eben auf diese Weise Gehör verschaffen. Unmittelbar vor seiner Abreise nach Zürich bekam mein Vater Besuch von einem Mann ungefähr seines Alters, mit dem er in den letzten Monaten schon zwei- oder dreimal zusammengetroffen war.

Blick: *Ein geheimnisvoller Unbekannter? Was kann der mit einem Verbrechen zu tun haben, dessen Umstände eindeutig scheinen?*

TP: Jetzt lassen Sie mich um Himmels willen ausreden! Seit einem Jahr arbeite ich in der Firma meines Vaters. Ich war, kurz gesagt, sein Assistent; dass ich das Geschäft in vier, fünf Jahren übernehmen würde, war beschlossen; ich hatte daher Einblick in alle Unternehmungen und habe nach und nach alle Kunden und Geschäftspartner kennengelernt. Diesen graubärtigen Mann aber, der meinen Vater immer abends im Büro aufsuchte, wollte er mir nicht vorstellen. Meinen Fragen, wer der Mann sei, wich er aus; wenn ich an dem Gespräch teilnehmen wollte, schickte er mich unter einem Vorwand nach Hause. Auch als dieser Mann am Donnerstagabend letzter Woche wieder auftauchte, schickte mein Vater mich weg, aber ich fuhr nicht nach Hause, sondern beobachtete die beiden vom dunklen Hof aus durch das Bürofenster. Sie sprachen lange miteinander, wenigstens vierzig Minuten. Der graubärtige Mann wirkte erregt, aber nicht zornig, sondern irgendwie verstört. Bevor er ging, überreichte er meinem Vater ein Kuvert. Mein Vater öffnete das Kuvert – es enthielt eine größere Geldsumme in verschiedenen Währungen. Ich erkannte ein kleineres Päckchen westdeutscher Fünfhunderternoten, nach meiner Schätzung wenigstens zwanzig Scheine in einer Banderole. Aber ich bin sicher, dass das Kuvert auch eine Anzahl Schweizer Hundertfrankennoten enthielt.

Blick: *Sie wollen also sagen, Herr Prohn, dass das geheimnisvolle Auftauchen des graubärtigen Mannes und das Geldkuvert, das er Ihrem Vater einhändigte, in irgendeinem Zusammenhang mit der Zürichreise Ihres Vaters standen?*

TP: Das steht für mich fest. Wenige Stunden danach fuhr mein Vater mit dem Nachtzug nach Zürich; kaum drei Tage später war er tot. Natürlich weiß ich nicht, ob er dem Mann irgendwie verpflichtet war oder ihm nur eine Gefälligkeit erweisen wollte. Aber für mich steht außer Zweifel, dass mein Vater das Geldkuvert – vielleicht zehn- oder fünfzehntausend Mark – an einen weiteren Unbekannten in Zürich weitergeben sollte und dass

hier, in dieser geheimen Transaktion, der Schlüssel zu den Umständen seines gewaltsamen Todes liegt. Vielleicht wurde er in eine Falle gelockt.
Blick: *Natürlich verstehen wir Ihre Erregung, und dass Sie Ihren Vater von dem moralischen Verdacht reinwaschen wollen, scheint uns aller Ehren wert. Aber wir sehen nicht den Zusammenhang zwischen den Besuchen, die Ihr Vater zu Hause empfing, und seinem gewaltsamen Tod in Zürich. Immerhin kann als erwiesen gelten, dass er nicht bei dem Versuch getötet wurde, ein mysteriöses Geldkuvert an einen Unbekannten zu übergeben, sondern nachdem er sich mit einem Strichjungen eingelassen hatte, der ihn in seinem Zimmer ausgeraubt und erstochen hat. Oder wollen Sie behaupten, dass Ihr Vater beauftragt war, diesem Kortner das Geldkuvert zu übergeben – nach allem, was wir wissen, einer recht zweifelhaften, aber auch im kriminellen Milieu unbedeutenden Figur?*
TP: *Bisher weiß niemand, was wirklich vorgefallen ist. Aber ich verlange, dass die Polizei endlich diesen Spuren nachgeht und den Hintergrund des Verbrechens auszuleuchten beginnt, nachdem sie schon genug Zeit mit der medienwirksamen, aber ergebnislosen Großfahndung vergeudet hat. Ich bin bereit, meine Erklärungen vor der Polizei zu wiederholen, zu präzisieren und notfalls zu beschwören, und ich werde keine Ruhe geben, bis der Mord an meinem Vater vollständig aufgeklärt ist und sein Name von der abscheulichen Verleumdung reingewaschen ist. Der hagere Mann mit dem grauen Bart, der meinem Vater das Geldkuvert übergeben hat, fährt einen großen, grauen BMW. Wenn die Polizei diesen Hinweisen nicht nachgeht, werde ich notfalls einen Detektiv mit der Aufklärung betrauen.*
Blick: *Wir sind sicher, dass die Kripo Ihre Aussagen sorgfältig prüfen wird. Allerdings erscheint es uns zweifelhaft, ob sich die Hoffnungen, die Sie mit dieser Prüfung verbinden, erfüllen werden. Aber selbst wenn sich zwischen dem Unbekannten, der Ihrem Vater das Geldkuvert überreichte, und seinem Tod in Zürich kein kausaler Zusammenhang herstellen lässt – man wird künftig in Erwägung ziehen müssen, dass Kortner möglicherweise eine weitaus größere Summe erbeutet hat, als die Polizei bisher angenommen hat. Das könnte auch erklären, wieso er sich seiner Verhaftung bislang entziehen konnte – mit umfangreichen Geldmitteln versehen, kann er sich ein sicheres Versteck in der Unterwelt erkauft haben oder mit erstklassig gefälschten Papieren längst außer Landes geflüchtet sein.*

Der mysteriöse Unbekannte, dachte Georg; auch Kroll würde die angeblichen Enthüllungen dieses Timo Prohn mit einem ironischen Seufzer beiseite wischen. Aber vielleicht würde er trotzdem, wenn er am Freitag nach Deutschland führe, einen Abstecher nach Kassel machen, wo Timo Prohn wohnte. Vielleicht gab es ihn ja wirklich, den geheimnisvollen Fremden, hager wie Margots Vater, graubärtig wie Kroll, geisterhaft wie Alex Kortner, den auch niemand mehr aufspüren konnte – auch ich nicht, dachte Georg und lachte innerlich über diese Idee.
Er warf die Zeitung beiseite und ging zu dem falschen Marmortischchen, wo er sich

hinkniete und die zu Boden gekollerten *Irrläufer*-Figuren aufzusammeln begann – einen grauen Quader, drei lila Pyramiden und den *Irrläufer* selbst. Seine Faust schloss sich um die rostrote, scheinbar pochende Säule, oben schaute das verquollene Gesicht des *Irrläufers* hervor – sein Zyklopenauge starrte angstvoll, und sein Mund, der eine spiralige Ohrmuschel war, schrie lautlos, indem er angespannt lauschte. Morgen, dachte Georg, würde er mit Margot und Alex das *Irrläufer*-Spiel spielen. Er stand auf und legte die Figuren auf den Spielplan zurück.

Als er sich umwandte, lehnten Margot und Alex wie erstarrt an der Balkontür; ihre Blicke verfolgten jede seiner Bewegungen. Georg spürte wieder die Müdigkeit, den Schmerz in seiner Schulter und den Hunger, der seinen Bauch aushöhlte. Er sackte in den Sessel neben der Schranktür, und seine Stimme klang entspannt, als er fragte: »Habt ihr nicht bemerkt, dass sich der Reporter in drei Sätzen viermal widerspricht? Entweder ich habe Kortner mit meinem Geld zur Flucht verholfen – dann kann es nicht verdächtig wirken, wenn ich welches auf mein Konto einzahle. Oder Kortner selbst hat eine größere Summe erbeutet – dann wäre er schön dämlich, wenn er das Geld bei mir deponieren und mit leeren Händen die Flucht ergreifen würde.«

»Ja, stimmt.« Margot schaute verblüfft von Georg zu Alex. Sie stieß sich von der Balkontür ab und machte vorsichtige Schritte ins Zimmer, wie jemand, der sich vor Anspannung längere Zeit nicht bewegt hat. Offenbar lechzte sie danach, mit seiner Hilfe ihr Misstrauen abschütteln zu können. Ihr Brief, dachte Georg, während sie auf ihn zukam, lag ungeöffnet in der Schreibtischlade, er würde ihn wegschmeißen, ohne ihn vorher auch nur zu überfliegen.

»Du musst müde sein«, sagte sie. »Willst du dich nicht eine Stunde oder so hinlegen?« Folgsam stand er auf und ließ sich zum Bett ziehen. Er streifte die Sandalen ab und sank in die Kissen. Mit geschlossenen Augen hörte er, wie Margot zu Alex zurück ging, und wieder flüsterten die beiden. Was es da nur immer zu tuscheln gab? Dann hörte er, wie die Badtür sich öffnete und schloss. Er blinzelte ins Zimmer – Alex kam zögernd auf ihn zu, die Arme vor der Brust verschränkt, als kämpfte er sich durch einen Schneesturm.

»Komm her, Alex.« Mühsam richtete er sich auf, wobei er dachte – was für eine seltsame Umkehrung, dass jetzt er mit einer schmerzhaften Verletzung hier auf dem Bett lag, während Alex sich an den Albtraum der letzten Tage kaum noch zu erinnern schien. »Im Schreibtisch ist ein kleiner Spiegel.«

Alex verstand sofort. Er ging zum Arbeitstisch, zog die Lade auf und kam mit dem kleinen Lederetui zurück. Während Alex ihm den Spiegel vorhielt, fischte Georg die Augenmasken des Signor Vittorio unter seinen Wimpern hervor.

»Hier, nimm die Dinger. Damit ist deine Maske perfekt. Du musst sie irgendwo verstecken, solange Margot hier ist. Man muss sie schwimmend lagern, sonst trocknen sie aus.«

Alex klaubte die braunen Plättchen von Georgs flacher Hand. Er spürte, dass Alex etwas sagen wollte – irgendwas, das die Mauer der Fremdheit zwischen ihnen einstürzen ließ. Aber sie saßen nur da, schauten sich an und brachten kein Wort hervor.
»Ich kann dir nicht schon wieder danken«, sagte Alex schließlich. Er redete so leise, dass Georg ihn kaum verstand. »Es wäre einfach zu wenig. Aber ich werde alles wiedergutmachen. Wenn du Sonntag zurückkommst, bin ich verschwunden. Sobald ich kann, schicke ich dir deinen Pass zurück. Vielleicht ... vielleicht werden wir uns nie mehr wiedersehen.«
Georg ließ sich ins Kissen zurückfallen und lächelte. »Das glaube ich nicht«, sagte er genauso leise. »Wir werden zusammen leben – ich, Margot und du.« Er wusste nicht, ob er diesem alten Traum noch glaubte, nach allem, was vorgefallen war. Im Augenblick war er zu erschöpft, um sich klarzumachen, was dieses *alles* umfasste.
»Tut deine Schulter weh?«
»Geht so.« Wieder schloss er die Augen und hörte am Ächzen der Bettfedern, dass Alex aufstand. Er ging in die Küchennische, holte etwas aus dem Geschirrschrank und drehte Wasser auf. Georg spürte, wie die Müdigkeit ihn einsaugte – eine Quelle, die rückwärts strömte. Er war halb eingeschlafen, als er Alex' Stimme über sich hörte.
»Georg? Du darfst noch nicht einschlafen. Ich verschwinde erst einmal in meinem Rattenloch. Du müsstest vorn die Tür auf- und zuriegeln – möglichst geräuschvoll, damit Margot glaubt, dass ich gegangen bin.«
»Ja, mach ich.« Dass er vom Bett aufstand und zur Tür ging, geschah nicht in Wirklichkeit; es gehörte schon zu seinem Traum. Die falsch strömende Quelle saugte an ihm, und er ... er ließ sich nach innen ziehen. Er stand an der Zimmertür, undeutlich hörte er hinter sich ein Geräusch – wahrscheinlich war Alex in den Verschlag gekrochen und hatte die Wand zurückgeschoben. Aber wieso Alex? Georg schloss die Tür auf und sagte laut: »Also wir sehen uns dann morgen, Alex.«
Der andere schlüpfte nach draußen, Georg verriegelte die Tür. Als er sich umwandte, stand Margot vor ihm.
»Was ist los? Willst du noch mal rausgehen? Und mit wem hast du geredet?«
»Mit Alex. Er musste dringend weg; er lässt dir Grüße bestellen. Morgen schaut er noch mal vorbei, um sich von uns zu verabschieden.« Georg schwankte vor Müdigkeit. Er war nicht sicher, ob Alex eben wirklich nach draußen geschlüpft war. Plötzlich durchfuhr es ihn – er musste nachsehen, ob Alex den Kroning-Pass schon an sich genommen hatte. Vielleicht war er für immer gegangen.
»Merkwürdig«, hörte er Margot sagen. »Warum konnte er nicht noch eine Sekunde warten, bis ich wieder im Zimmer war? Du, Georg«, sie hängt sich bei ihm ein, »ich habe deinen Freund Alex richtig lieb gewonnen. Es würde mir leid tun, wenn ...«
Sie sprach nicht weiter, und Georg, der sich vor Erschöpfung fast betrunken fühlte, versuchte vergeblich, die Fortsetzung ihres Satzes zu erraten.

»Du musst dich ausruhen«, sagte Margot.

Die Möbel schwankten vor seinen Augen. Der Pass, dachte er erneut. Aber da lag er schon wieder im Bett, und wässrige Hände fuhren aus der falsch strömenden Quelle, um ihn mit Schwung in die Tiefe zu ziehen. Süchtig nach Ohnmacht stürzte er in den Schlaf.

19

Brausend und dröhnend erfüllte das Jubiläumsfest die Graue Villa am See. Schon von Weitem hatten Georg und Margot die Jazzmusik gehört, die das ganze Viertel und den See in melancholische Tonschleier hüllte. Als sie aus dem Park am Seeufer traten, sahen sie, dass alle Fenster parterre und in den beiden Obergeschossen der Villa geöffnet waren und blendendes Licht in die Abenddämmerung verströmten. Da die Villa halb in den See gebaut war, hätte man glauben können, ein Vergnügungsdampfer habe am Kai angelegt, um weitere Gäste an Deck zu locken.

Georg schob das Hoftor auf und trat vor Margot in den verwilderten Garten; zwischen Gestrüpp und Ästegewirr zuckten die Schatten der Tänzer hinter den Fenstern. Stimmen schwirrten durch die Dämmerung, wie selbstständige Gespenster, Gelächter perlte, Gläserklirren zitterte auf sie herab. Rechts hinter dem Zaun, nur wenige Schritte entfernt, schwankte und schwappte der See.

Georg hatte kaum mitbekommen, wie sie ins Haus gelangt waren. Drei, vier zertretene Stufen waren zu überwinden gewesen, alles an und in der Villa atmete Alter und prachtvollen Verfall. Ein Diener in schwarzer Livree hatte in der hochragenden Flügeltür gestanden und ihre Einladung verlangt. Dann war Härtel herbeigeeilt und hatte ihn mit einer jovial-nichtssagenden Bemerkung, Margot mit täppischem Handkuss begrüßt. »Wir sprechen uns später, Herr Kroning«, hatte es guttural geklungen. Von einem weiteren Diener waren sie über die breite Steintreppe nach oben geführt worden, in den großen Saal, wo das eigentliche Fest rauschte. Auf einem Podium im Hintergrund spielte die Jazzband, von vielfarbigen Lichtern umzuckt. Bunte Pappkulissen verfremdeten den Raum, der im Luftzug der offenen Fenster zu atmen schien. Vom Tablett eines herbeieilenden Kellners hatten sie sich Champagner in funkelnden Kelchen genommen und sich etwas verloren in eine Nische gedrückt. Dort standen sie eine halbe Stunde später noch immer. Sie hatten kaum gesprochen, nur beobachtet, mit ernsten, fast erschrockenen Gesichtern, als wäre das Vergnügen eine Aufgabe, vor der sie sich fürchteten. Auch Margots Blicke folgten Härtel, dem Gastgeber, der zwischen den ihrerseits unablässig bewegten Gruppen hin und her wechselte.

Stefan Härtel war älter, als Georg erwartet hatte – sicher schon an die fünfzig –,

und er war unerhört fett. Wenn er lachte, wackelten und wabbelten überall Wülste. Da es sein Jubiläumsfest war, lachte er fast ohne Unterbrechung. Er trug einen veilchenblauen Abendanzug, der sich fast faltenlos, mit ächzenden Nähten, um seinen Körper spannte. Auf der Masse seines Leibes, die unter der Veilchenhaut wogte, saß wie in Stein gehauen ein wuchtiger Schädel. Stirn und Hinterkopf wölbten sich wie Brüstungen aus diesem fast kahlen, festungsähnlichen Kopf, das Gewicht der Stirn drückte die Nase breit und schwer in die Tiefe, wo sie an dem fahlen Schnauzbartgestrüpp unentwegt zu riechen schien. Seine Augen verbarg Härtel hinter einer dunkel spiegelnden Brille. Graue Haut überspannte sein Gesicht so straff, dass sie zu zerreißen drohte, wenn seine Züge sich im Gelächter verzogen. Man sah diesem Gesicht an, dachte Georg, dass es selten lache – vielleicht nur alle fünf oder zehn Jahre, wenn Jubiläum war. Die Anstrengung des Lachens ließ das Blut unter Härtels Haut zerspritzen, wo es sich zu blassroten Pfützen im Grauen sammelte.
Sein steinern markanter Schädel über dem unförmigen Leib erinnerte an eine Statue, die noch im Entstehen begriffen war – Tücher verhüllten den formlosen Fels unter dem überscharf modellierten Haupt, an dem der Künstler vielleicht seine ganze Kraft schon erschöpft hatte. Jedenfalls war Georg der Mann wenig sympathisch und eher unangenehm. Schon bei der Begrüßung, als sie Härtel nur widerstrebend ihre Hand überließ, hatte er gespürt, dass Margot genauso dachte. Und seltsam war übrigens, dass Francesca Rossi, die Juniorpartnerin des ältlichen Agenten, sich bisher auf dem Fest nicht blicken ließ.
Die Band spielte jetzt jagende Tanzmusik; rotes Dämmerlicht verschattete den Saal, der sich im Augenblick in eine Wolke wehender Kleider, wirbelnder Leiber, erhitzter Gesichter verwandelte. Am liebsten, dachte Georg verdrossen, würde er wieder gehen. Die kreischende, grinsende Ausgelassenheit des Festes, die ganz unterschiedliche Leute zu einem bunten Brei zusammengoss, widerte ihn an. Durch Dutzende roter Mäuler floss gleichzeitig der Champagner in glucksende Kehlen. Dutzende Gebissreihen bleckten sich zu angestrengtem Lächeln; die mehr oder weniger gleichen Anekdoten wurden in allen Ecken des Saals fast wortwörtlich wiederholt.
Er spürte Margots Finger auf seinem Arm. »Willst du nicht mit mir tanzen?«, rief sie ihm lachend zu.
»Du weißt, dass ich nicht tanze. Ich hasse dieses Getümmel.« Er ärgerte sich, dass er seine Stimme erheben musste, um die brüllende Musik zu übertäuben, und er ärgerte sich über Margots Frage.
»Ich dachte nur«, rief sie zurück, immer noch lachend, »wo sich so viel bei dir verändert hat.«
»Nichts hat sich verändert.« Mit einer brüsken Geste zog er sein *Gitanes*-Päckchen hervor und spürte wieder den Schmerz in der Schulter.
Als er sich die Zigarette anstecken wollte, eilte ein Kellner herbei und bat, im Saal

nicht zu rauchen, da die Papierkulissen Feuer fangen könnten.»Wenn Sie rauchen wollen, gehen Sie bitte auf die Terrasse.« Der Kellner deutete zu einer breiten Glastür, hinter der die Lichterketten des westlichen Seeufers in der Ferne schimmerten.

Zornig schob Georg die Zigaretten in seine Tasche zurück. Sowie er mit Härtel gesprochen hatte, beschloss er, würden sie sich unter einem rasch zusammengesuchten Vorwand dem Getümmel entziehen.

Aber Härtel hatte anscheinend weder Zeit noch Augen für ihn. Drei-, viermal schon war er an ihnen vorbeigeeilt, und Georg hatte ihm erwartungsvoll zugelächelt. Aber der andere schien seinen Blick kaum zu bemerken; mit breitem Lachen strebte er auf irgendwelche Gäste zu und erging sich, je nach Art und Rang des Erwählten, in leutseligen oder fast unterwürfigen Floskeln. Warum behandelte Härtel ihn mit so unerwarteter Geringschätzigkeit? Weshalb hatte er ihn überhaupt zu der Agenturfeier eingeladen, wenn er Georgs Zugehörigkeit zumindest für zweifelhaft hielt? Natürlich hatte Georg sofort an den Zeitungsbericht gedacht – vielleicht hätte Härtel die Einladung am liebsten rückgängig gemacht, als er erfuhr, dass Georg wegen einer Mordaffäre verdächtigt wurde. Und da auch Francesca nicht wusste, wie sie mit einem Klienten umspringen sollte, der in Geldschwierigkeiten steckte und vielleicht sogar kriminell war, zog sie es vor, sich hinter dem Rücken dieses Sergio Bertoni zu verstecken, dessen Erscheinen für den späteren Abend angekündigt war.

Aus dem hüpfenden, zuckenden Klumpen, der den Saal füllte, löste sich ein läppisch aussehender Jüngling und näherte sich Georg, wobei er unsicher grinste. Was wollte der Kerl von ihm? Nichts – er wollte zu Margot, die sein Lächeln erwiderte und sich ins Gewirr der Tanzenden entführen ließ.

Plötzlich merkte Georg, dass Härtel kaum einen Meter neben ihm stand und ein ziemlich junges Mädchen mit dicken Fingern tätschelte. Georg beugte sich vor und wollte den anderen ansprechen, als er Härtels Hand wie eine fette Kellerassel unter das Kleid des Mädchens schlüpfen sah. Zornig fuhr er zurück und drückte sich wieder in die schwankende Kulisse. Dann beschloss er, auf die Terrasse hinauszugehen, wo man wenigstens rauchen durfte. Wie Wellen zerteilte er die Menschenmenge mit vorgestreckten Händen und trat aufatmend über die Schwelle der gläsernen Tür.

Die Terrasse trug ihren Namen zu Unrecht, da sie als weitläufige hölzerne Plattform den See überbaute. Auf den Ecken der Brüstung brannten Fackeln, zischend und sprühend im schwachen Abendwind. Die Plattform schien nicht mit Pfählen im Seegrund verankert, sondern von Schwimm- oder Schwellkörpern gehoben auf der Wasserfläche zu ruhen. Leise ächzend neigten sich die Bohlen im Rhythmus der Wellen; hier und da spritzte Gischt zwischen den Brettern hervor.

Langsam überquerte Georg die schwankende Plattform. Er hatte sich eine Zigarette angezündet und sog gierig den schwarzen Rauch ein. Nur wenige Gäste befanden sich hier draußen; die meisten hielten sich nahe beim Haus, wo die Fenster blenden-

de Rechtecke auf die Bohlen warfen. An der Brüstung stand nur ein einzelner Mann – unter der gebogenen Hutkrempe eine rundliche Silhouette vor der Lichterkette am westlichen Ufer des Sees. Drei, vier Meter von ihm entfernt lehnte sich Georg gegen die Brüstung. Drinnen spielten sie breiige elektronische Musik. Im Augenwinkel sah er, dass sich der Mann mit dem breiten Hut an ihn heranschob. Was wollte der jetzt von ihm? Obwohl ihn der Hut irritierte, spürte er, dass der Mann ihn kannte. Woher nur? Da hörte er schon die widerlich vertraute Stimme.
»'n Abend, Kroning«, sagte Kroll. »Haben Sie mich vorhin im Saal nicht gesehen? Ich glaube fast, ich habe Ihnen sogar zugewinkt. Dürfte ich Sie um Feuer bitten?«
Wortlos zückte Georg sein Feuerzeug und führte das Flämmchen vor Krolls krumme Zigarre. Er war nicht einmal erschrocken über das plötzliche Auftauchen des Kommissars; über den Schrecken war er seit gestern hinaus. Nur noch Hass und Verachtung brannten in ihm, als hätte er alle anderen Empfindungen eingetauscht wie ein Spekulant, der sein gesamtes Kapital in eine einzige Devise investierte.
»Ich habe Sie längere Zeit beobachtet«, sagte Kroll, »wie Sie vergeblich versuchten, die Aufmerksamkeit dieses famosen Herrn Härtel zu erregen. Was hatte das nur zu bedeuten? Sie haben mir ja regelrecht leid getan – so von aller Welt missachtet und allein mit Ihrer schönen Freundin, die Ihnen offenbar auch noch abhanden gekommen ist.« Er grinste hämisch, paffte seine Zigarre und schien zu warten, dass Georg das Wort ergriff.
Aber Georg hatte seinen Blick ans jenseitige Ufer geheftet und zählte mechanisch die drüben glimmenden Lichter. Ihm war klar, dass Kroll auch seine Verbindung zu Härtel mehr oder weniger zerstören konnte. Dass der Produzent ihm ausgewichen war, brauchte ihn jetzt nicht mehr zu verwundern. Erstaunlich war eher, dass er nicht mit Krolls oder Flämms Erscheinen gerechnet hatte. Da sie ihn beschatten ließen, konnten sie jederzeit aus der Kulisse treten und einen Kübel voller Verleumdungen über ihn ausschütten, damit alle sich von ihm abwandten. Offenbar versuchte Kroll, ihn systematisch zu isolieren. Aber dieser Gedanke flößte ihm keine Angst ein – er war immer schon isoliert gewesen, seit seiner frühen Kindheit, und Kroll und Flämm waren kaum mehr als der sichtbare Ausdruck seiner fantastischen Einsamkeit.
»Mir wurde es da drinnen zu laut und zu stickig«, plauderte Kroll. »Nicht mein Geschmack, diese Unterwassermusik und die verrückten Künstlertypen. Ich dachte mir, als Raucher treffen wir uns früher oder später sowieso hier draußen.«
»Sie haben mit Härtel gesprochen?«, fragte Georg leise. Er ärgerte sich, dass er nicht den Mund gehalten hatte, aber er schaffte es nicht, sich einzureden, dass Krolls Zerstörungen ihn kaltließen.
»Aber natürlich, Kroning, das ging doch gar nicht anders!« Kroll johlte förmlich vor boshaftem Vergnügen, und seine Mundwinkel unter den Schnurrbartspitzen zuckten. »Schließlich musste ich dem Mann doch erklären, weshalb ich mich in seine

Party drängen wollte. Übrigens hatte er den Zeitungsbericht sowieso schon gelesen – Sie werden den konfusen Artikel kennen, da Ihre schöne Freundin vorgestern dieses Schundblättchen gekauft hat. Zweifellos haben Sie sich über die Verschwörertheorie des Sohnes von Prohn nicht weniger amüsiert als ich. Natürlich habe ich Verständnis, dass er nach einem Dreh sucht, um die moralische Verfehlung seines Vaters auszulöschen. Immerhin ist der Vater mit einem Strichjungen ins Bett gegangen, der praktisch im Alter seines eigenen Sohnes war. Aber was hat das mit uns – mit Ihnen und mir – zu tun, oder anders gefragt, was haben *wir* mit moralischen Fragen zu schaffen?«

Während sich im Saal eine Mikrofonstimme räusperte und probeweise *Eins, zwei, drei, Ende* murmelte, schob sich Kroll näher an ihn heran und fuchtelte dicht vor seinem Gesicht mit der Zigarre. Da kaum einen Schritt neben Georg die Fackel brannte, konnte er nicht weiter zurückweichen, ohne sich der Funkengischt auszusetzen. »Natürlich hätten Sie mir gleich zu Anfang beichten müssen«, sagte Kroll in vorwurfsvollem Tonfall, »dass Sie in ganz außerordentlichen Geldschwierigkeiten sind. Härtel jedenfalls hat mir rundheraus erklärt, dass Sie wenigstens zweihunderttausend Franken zusammenkratzen müssen, wenn Sie mit ihm ins Geschäft kommen wollen. Obwohl Sie schon bei verschiedenen Produzenten abgeblitzt sind und es für Sie daher um alles oder nichts geht, haben Sie noch am Montag behauptet, dass Sie bereits etabliert und erfolgreich seien. Haben Sie denn im Ernst geglaubt, dass wir Ihnen nicht auf die Schliche kämen?«

Georg war zu müde und zu gleichgültig, um diese neuen Verleumdungen richtigzustellen. Nicht er, dachte er, sondern Kroll war es, der ständig alles verdrehte; der sich und jeden, den er berührte, in einem Gestrüpp von Lügen, Unterstellungen und Irrtümern verfing.

»Glücklicherweise«, fuhr Kroll fort, »sind wir flexibel genug, uns sofort zu korrigieren. Noch gestern haben wir überlegt, ob Sie vielleicht Ihrem Freund Kortner mit ein wenig – sagen wir – Reisegeld ausgeholfen haben; das hiesige Bankgeheimnis stellt die Polizei manchmal vor zeitraubende Rätsel. Aber nachdem Sie uns freundlicherweise zu dem auskunftsfreudigen Herrn Härtel geführt haben, kehren wir hiermit zu unserem Anfangsverdacht zurück. Um mit Härtel ins Geschäft zu kommen, mussten Sie zweihunderttausend Franken auftreiben – keine ganz unbedeutende Summe, sogar in Ihren Kreisen. Gegenüber Härtels Partnerin, einer Signorina Rossi, die angeblich irgendwelche Künstler – ähäm – betreut, haben Sie sich festgelegt, binnen zwei Wochen das Geld zusammenzuscharren. Wie wollen Sie das denn anfangen, hä?«

Er rückte noch näher an Georg heran und legte ihm eine weiche Hand auf den Arm. Georg zuckte zusammen.

»Ganz ruhig, Kroning, bleiben Sie nur, wo Sie sind. Wohin könnten Sie denn übrigens flüchten? Zu Ihrer Freundin Margot Klaußen? Die schlendert, wenn ich mich nicht sehr täusche, längst mit meinem Gehilfen Taschner händchenhaltend am See. Schon Montagabend habe ich Sie gewarnt, Kroning – wenn Sie Ihre Freundin mit jedem Dahergestrolchten tanzen und plaudern lassen, stehen Sie bald ganz allein da. Ist sowieso ein Jammer – dieses hübsche, verständige Mädchen, und daneben ein nebliger Schemen wie Sie! Taschner wird Ihrer Freundin das eine oder andere erzählen, das Ihnen vielleicht nicht erwähnenswert schien. Warum auf einmal so nervös, Kroning? Sie zittern ja wie ein Zweiglein im Abendwind. Wirklich, Sie können einem bald nur noch leid tun, und wie gesagt – Sie werden mir dankbar sein, wenn ich Sie endlich aus Ihrem Tollhaus befreie. Noch sind wir nicht ganz soweit, aber unbesorgt, wir machen beachtliche Fortschritte.«

Mit Schwung schleuderte Kroll seinen Zigarrenstummel hinaus auf den See, wo er zischend und glimmend verlösche. Hinter ihnen im Saal schwoll wieder die Mikrofonstimme auf – Härtel hielt eine trunkene Jubiläumsrede. In seine guttural gestammelten Sätze hinein begannen die Turmuhren an allen Seeufern die Stunde zu schlagen. Da sämtliche Glocken durcheinander dröhnten, versuchte Georg vergeblich herauszubekommen, wie spät es wirklich war.

Nachdem die Glocken nacheinander verstummt waren, schien ihr Geläute noch von dem Schweigen zu widerhallen, das sich auf der Plattform und drinnen im Saal dehnte. Dann zerplatzte die Stille – Härtel fing wieder mit seiner Rede an.

»Liebe Freunde, liebe Künstler, liebe Gäste, liebe ...« Er stockte und schien zu überlegen, wen er noch begrüßen sollte. Dann kreischte er weiter: »Heißgeliebte Härtel-Familie!«

Donnernder Applaus, Bravorufe, unverständliche Schreie. Krolls Hand rutschte tiefer und klammerte sich um Georgs Handgelenk.

»Gehen wir irgendwo hin, wo wir in Ruhe reden können«, sagte Kroll. »Denn Sie wollen doch mit mir reden, Kroning, oder? Sie müssen Ihr Herz erleichtern – ich meine diese Leichenhalle, die Sie mit sich herumschleppen. Also kommen Sie.«

Wie willenlos ließ sich Georg zu einer Bresche in der Brüstung ziehen, die direkt in den verwilderten Garten führte. Ohne sich um die gepflasterten Wege zu kümmern, zog Kroll ihn hinter ein Gestrüpp, wo es fast völlig finster und Härtels schreiende Stimme nur noch schwach zu hören war. Unbehaglich spähte Georg ins Gebüsch – überall glaubte er Flämms Gesicht zu sehen, das sich zu einer Grimasse trunkener Rachegier verzerrte.

»Hier ist es ruhig genug«, sagte Kroll.

Georg lehnte sich gegen einen windschiefen Baum; über ihm krümmten sich schüttere Äste. Über den Ästen gleißte das Kameraauge des Mondes.

»Sie sind skrupellos und fanatisch«, fuhr Kroll auf ihn los. »Für Ihr verrücktes Spiel ist Ihnen kein Einsatz zu groß, kein Preis zu hoch, kein Opfer zu ungeheuerlich. Sie würden alles opfern, um zu gewinnen. Sie haben Ihren Freund Kortner als willfähriges Instrument missbraucht, damit er Ihnen das Geld, das Sie für ihre Verrücktheit brauchten, zusammenraubt. Dass er sich für Sie prostituierte, war Ihnen egal; wahrscheinlich hat Ihre Macht über den armen Teufel Sie sogar noch berauscht. Dass der Mord an Prohn in Ihrem Plan nicht vorgesehen war, will ich Ihnen gerne glauben – anstatt weiter für Sie anzuschaffen, musste Kortner plötzlich verschwinden. Selbstverständlich werden Sie mir jetzt erzählen, Sie hätten längst eine andere, harmlose und legale Geldquelle angebohrt.«

»Was denn sonst«, sagte Georg gegen seinen Willen. »Sie hätten sich Ihre Litanei sparen können, Kroll. Mein Vater hat sich bereit erklärt, mir die erforderliche Summe als Vorschuss auf mein Erbe auszuzahlen.«

»Das bezweifle ich«, erwiderte Kroll so schnell und zischend, dass Georg zusammenfuhr. »Zufällig haben wir uns in der Klinik Ihres Vaters ein wenig umgehört – sehr diskret, wie sich von selbst versteht. Und nach allem, was wir erfuhren, scheint Ihr Vater ein sehr vernünftiger Mann zu sein, der von Ihnen so viel hält wie ich – nämlich nichts – und der Sie ganz ähnlich wie ich einschätzt – nämlich als irren Träumer. Nur hat er wohl noch nicht richtig erkannt hat, wie gefährlich Ihre Verrücktheit ist, oder er will es als Vater verständlicherweise nicht wahrhaben. Von ihm werden Sie keinen Pfennig bekommen.«

Kalt, fast frierend vor Hass starrte Georg auf Kroll, der wie ein plumper Kobold vor ihm durchs Gras tanzte. Seine winzigen, halb versunkenen Augen funkelten in der Dunkelheit. Georg wurde klar, dass es nicht mehr nur darum ging, den *Irrläufer* vor Krolls zerstörendem Zugriff zu schützen – jetzt ging es um seine Freiheit, seine Geheimnisse, sein Leben. Flüchtig sah er eine enge Gefängniszelle vor sich, und er wollte schon denken, was machte es aus, wenn auch diese Mauern ihn noch umschlossen. Aber dann spürte er, wie alles in ihm sich gegen diesen Gedanken empörte – nicht die Zelle war es, die ihn aufbegehren ließ, sondern die unerträgliche Vorstellung einer endgültigen Niederlage in seinem Kampf gegen Kroll. Der *Irrläufer* war *unsterblich*, fühlte er. Solange er selbst nicht wie der *Irrläufer* war, musste er sich wehren.

»Ich sehe ja ein«, hörte er sich sagen, »dass Ihnen Manches an mir verdächtig scheinen muss. Was aber, wenn ich Ihnen einen Brief meiner Mutter zeigen würde, in dem sie mir praktisch zusichert, dass mein Vater mir das Geld vorschießen wird?«

»Diesen Brief kann es nicht geben; Sie müssen ihn geträumt haben«, gab Kroll sofort zurück. »Oder wenn es ihn gibt, hat Ihre Frau Mama die Zustimmung Ihres Vaters geträumt. Ihre Mutter soll ja, wie man hört ... Ich meine, irgendwoher müssen *Sie* ja Ihre Verdrehtheit haben.«

Kroll ist der Wahnsinnige, dachte Georg wieder. »Geben Sie sich keine Mühe«, sagte er müde. »Auch wenn Sie jetzt auch noch meine Mutter verleumden – von Ihnen lasse ich mich nicht mehr provozieren. Sie kommen keinen Schritt weiter, nach wie vor haben Sie nichts gegen mich in der Hand. Ich bezweifle nicht, dass Sie mir noch einige Zeit Schwierigkeiten machen können, indem Sie mich bei meinen Freunden und Geschäftspartnern anschwärzen, aber das sind nur läppische Rückzugsgefechte. Sie stehen mir nicht im Weg, Sie hecheln nur hinter mir her und verlieren laufend an Boden. Nicht mehr lange, und Sie verlieren mich aus den Augen. Sie suchen und suchen, aber ich bin nicht mehr da.«

»Was höre ich?«, fragte Kroll. »Sollten Sie sich eben nicht ein wenig verplaudert haben? Sie haben also die Absicht, unterzutauchen wie Ihr kleiner Freund Kortner – man *kann* Ihre Worte gar nicht anders verstehen. Wahrscheinlich hat Ihre verrückte Überheblichkeit Sie wieder einmal gestachelt, mir Ihr Verschwinden im Voraus anzukündigen, weil Sie immer noch glauben, dass niemand Ihnen gefährlich werden kann. Wussten Sie denn nicht, dass ich entschlossen bin, Sie nie mehr aus den Augen zu lassen? Ich bin einfach fasziniert von Ihnen, Kroning. Was sagten Sie?«

Georg hatte gar nichts gesagt. Er würde sich von Kroll losmachen, dachte er, und zurück in die Graue Villa gehen. Er musste noch einmal versuchen, mit Härtel zu sprechen. Wenn der andere ihm erneut auswich oder ihre Verbindung klipp und klar aufkündigte, würde er akzeptieren und nach Hause gehen. Nach Hause? Dann hätte er auch keinen Grund mehr, zu seinen Eltern zu fahren. Vielleicht wäre es wirklich eine gute Idee, dachte er, mit Alex zu verschwinden auf Nimmerwiedersehen. Sie würden in Waldhöhlen hausen, hinter Gestrüpp verborgen ähnlich diesem, das Härtels Garten umschlang. Sie würden einsame Wanderer überfallen und sich im Morgengrauen wie Wölfe in die Dörfer schleichen, um Häuser und Höfe zu plündern.

»Hören Sie auf zu spinnen, Kroning«, fuhr Kroll ihn an.

Hatte er laut fantasiert?

»Fahren Sie ruhig morgen früh nach Deutschland zurück. Keine Sorge, wir kommen schon für ein, zwei Tage ohne Sie aus. Warum haben Sie übrigens vor Ihrer Freundin Margot behauptet, dass Sie erst seit einem Jahr in Zürich lebten? Zufällig wissen wir, dass sich Ihre Übersiedlung in die Schweiz schon im April zum zweiten Mal gejährt hat. Was haben Sie denn in Ihrem ersten Jahr hier getrieben? Ja, ja«, seufzte Kroll, »wenn man erst einmal anfängt zu stochern, findet man überall Morast und halbverweste Leichen. Aber Sie scheinen ja eine wahre Mördergrube zu sein! Sowie ich hier etwas Luft habe, fahre ich nach Frankfurt zurück. Dass ich dort mit Ihrem Vater sprechen werde, habe ich Ihnen schon mehrfach versichert. Aber ich werde mir auch die Akten mit den ungelösten Fällen kommen lassen und nachschauen, ob nicht die eine oder andere Straftat zu Ihrer gefährlichen Verdrehtheit passt. Da kommt übrigens Flämm.«

Georg duckte sich und spannte die Muskeln an, als Flämm links hinter Kroll durch die Büsche brach. Er trug einen schwarzen Anzug, sodass Georg in der herrschenden Finsternis nur sein bleich leuchtendes Gesicht mit den gebleckten Zähnen heranschweben sah.

»Schön, dich an diesem diskreten Ort zu treffen, Jüngelchen«, geiferte Flämm.
»Aber machen Sie's kurz und unauffällig«, murmelte Kroll. Er wandte sich ab und wollte seitlich davonschleichen.
In diesem Moment sprang Georg vor und versetzte Kroll einen Stoß mit seiner gesunden Schulter, sodass Kroll wie ein plumper Brummkreisel gegen Flämm taumelte. Während der seinen Vorgesetzten auffing, warf sich Georg blindlings ins Gestrüpp, arbeitete sich mit Händen und Füßen durch das Geschlinge und rannte durch die hohe, sumpfähnlich glucksende Wiese auf das Haus zu. Aufgestörte Nachtvögel flatterten aus den Bäumen auf und kreisten krächzend über dem Garten. Das Mondlicht hoch oben blitzte zwischen den Ästen wie die Kamera eines Reporters, der in rasender Folge fotografische Aufnahmen machte. Irgendwo weit hinter sich glaubte er Flämms keuchende Atemstöße zu hören. Hinter einem Baum blieb er stehen und presste sich gegen den Stamm. Kein menschlicher Laut war zu hören, nur das Rauschen der Bäume und das Schwappen der Seewellen murmelten durch die Stille, die die Graue Villa wie ein Geist zu umbrausen schien.
Die Minuten schlichen dahin; schnell klopfte Georgs Herz gegen den rauen Baum. Hinter den meisten Fenstern waren die Lichter erloschen, nur hier und da schwankten noch Schatten, vereinzelt oder in Gruppen, hinter trüb leuchtendem Glas. Wie spät mochte es sein? In der Dunkelheit war das Zifferblatt seiner Armbanduhr nicht zu entziffern. Irgendwo wurde ein Auto angelassen, Türen schlugen zu, Reifen rutschten über den Teer. Dann wieder Stille. Ob Flämm noch immer irgendwo hinter den Büschen lauerte? Wahrscheinlicher war, dass er mit Kroll in dem Wagen, der eben gestartet war, das Weite gesucht hatte. Vorsichtig kam Georg hinter dem Baum hervor und versuchte, seine Richtung zu bestimmen.
Der Garten war ausgedehnter, als er beim ersten Betreten geglaubt hatte. Auf seiner Flucht vor Flämm war er nach Norden hin abgeirrt und näherte sich jetzt dem nördlichen Villenflügel. Der sumpfige Untergrund gluckste und federte unter seinen Füßen. Wieder dachte er, dass er unbedingt noch in dieser Nacht mit Härtel sprechen musste. Gerade weil Härtel selbst eher zwielichtig wirkte, würde er den Einflüsterungen eines Polizisten keinen größeren Glauben schenken als Georg und dem *Irrläufer*, den dieser Sinking *genial* genannt hatte. Noch war das Spiel nicht verloren, dachte Georg, oder wenn verloren, dann nicht für ihn, sondern für Kroll. Seine Eltern würden ihm mit dem Geld aushelfen, und dann musste Härtel den *Irrläufer* produzieren; schließlich hatte Francesca sich mehr oder weniger verbindlich festgelegt. In einer Villa wie dieser wohnen, empfand er wieder, das wäre ideal. Dicht am See, sodass man kaum wusste, war dies noch Erde, wo man schritt, oder schon geronnene Woge. Hier leben, mit Margot und Alex, sonst keinem, dachte er.
Aus dem Gras wölbte sich eine kleine Treppe, die zu einer Seitentür führte. Prüfend drückte Georg die Klinke – die Tür ließ sich öffnen, aber er zögerte, als kaum ge-

duldeter Fremder diesen privaten Eingang zu benutzen. Er beschloss, um die Villa herumzugehen, bis er auf den Haupteingang stieß. Doch nach wenigen Metern versperrte ihm eine kopfhohe, struppige Hecke den Weg. Verärgert kehrte er um und schlüpfte durch die Seitentür in den nördlichen Flügel.
Mit tastenden Schritten schien er sich durch einen schmalen Korridor zu bewegen. Dicke Dunkelheit, in der man kaum die Hand vor Augen sah. Wenn er die Arme seitlich ausstreckte, streifte er beiderseits mit den Fingern gegen rohe Mauern. Vereinzelt waren Türöffnungen in die Wände gebrochen; hier und dort blieb er stehen und drückte sein Ohr gegen ein Türblatt, aber kein Laut drang hervor. Als er weiterging, streifte Spinnweb wie mit Gespensterfingern seine Schläfe. Der ganze nördliche Flügel schien unbewohnt und dem Verfall preisgegeben zu sein. Grabähnliche Kälte entströmte den Wänden, auch seine Erschöpfung mochte hineinspielen – Georg begann erbärmlich zu frieren. Die Arme über der Brust verschränkt, die Schultern nach vorne sackend, schlich er durch die Dunkelheit, ähnlich einem Junkie, der grau und ohne Hoffnung nach der lebensspendenden Droge suchte. Dieser Gedanke brachte ihn wieder mal auf Peter Martens.
Was war von Krolls Drohung zu halten, dass er sich die ungelösten Fälle vornehmen wollte? Ob er scharfsinnig genug war, den Martens-Mord mit Georgs *gefährlicher Verdrehtheit* in Verbindung zu bringen? Wieder sah Georg vor sich, wie Peters verstümmelter, geschändeter Leib in den gelbbraunen Mainfluten trieb, bis eine Welle des Bewusstseins ihn zurück ins Dunkel drückte. Nein, Unsinn, sagte er sich – beinahe drei Jahre nach der Tat waren längst alle Spuren verwischt; niemand erinnerte sich mehr an den verrückten und verkrüppelten *Lenauzwerg*. Und selbst wenn Kroll beweisen konnte, dass Georg den Dealer zumindest gekannt hatte – wie wollte er herausbekommen, dass Peter versucht hatte, ihn zu erpressen, und dass Georg den anderen zu fast schon mitternächtlicher Stunde in den Osthafen gelockt hatte? Nein, sagte er sich wieder, während er fröstelnd dem dunklen Gang folgte, mit dieser Sache würde nicht einmal Kroll ihn in Verbindung bringen. Sehr viel unangenehmer war, dass Margots läppisch aussehender Tänzer sich als weiterer Gehilfe Krolls entpuppt hatte und dass dieser Taschner – oder wie er hieß – Margot mit Krolls Verleumdungen und Enthüllungen überschüttet hatte.
Schließlich machte der Korridor einen scharfen Rechtsknick und schien sich dem Hauptgebäude zu nähern. Georg folgte ihm weiter und schlug klatschend die Hände gegeneinander, um seine Finger zu beleben. Was würde Margot beispielsweise davon halten, dass er seine Europareise fingiert hatte? Ein Jahr lang hatte sie ebenso wie seine Eltern in wohlberechneten Abständen Ansichtskarten aus allen Städten Mitteleuropas erhalten, in denen er sich angeblich aufhielt. Sie hatte sich vorgestellt, wie er unter der sengenden Sonne Athens auf den dortigen antiken Steintrümmern herumgestolpert war oder in Lissabon sich mit altertümlichen Trambahnen durch die Alt-

stadtgassen geschlängelt hatte. Und jetzt? Würde sie folgern, wer sie so ungeheuerlich anlog, möchte ebenso gut der Raub- und Mordkomplizenschaft schuldig sein? Und würde sie, unter dem Eindruck dieser Enthüllungen, womöglich ausplaudern, dass er einen Tag nach dem Prohn-Mord eine bedeutende Barsumme auf sein Bankkonto eingezahlt hatte? Und wenn schon, dachte Georg – er würde alle Stürme überstehen. Er war ein Schiff, unsinkbar, und sank er dennoch, wurde er eins mit dem verschlingenden See. Hinter einer Tür links in der Wand hörte er murmelnde Stimmen. Ohne sich zu besinnen, klopfte er an und trat ein.
In dem kleinen Zimmer war offenbar versammelt, wer sich scheute, ein Fest vor der Morgendämmerung zu beenden. Zehn oder zwölf bunt gekleidete Leute saßen und lagen mit müden Gesichtern auf Fellpolstern im Halbkreis am Boden. Im Hintergrund knisterte und glühte ein Kaminfeuer. Als Georg ins Zimmer trat, hörten alle auf zu sprechen und musterten ihn mit erstaunten oder gelangweilten Blicken. Eine Uhr mit leerem Zifferblatt hing über dem gekachelten Kamin und zeigte, dass die zweite Nachtstunde schon halb verstrichen war.
Links vorn am Kamin hockte Härtel auf einem schwarzen, zottigen Fell und blinzelte schläfrig. Seine Spiegelbrille umspannte den veilchenblauen Wulst seines halb abgespreizten linken Beines. Ihm gegenüber saß Margot und schien lautlos zu schluchzen. Ein nicht mehr ganz junger Mann – Anfang dreißig, schätzte Georg – kniete neben ihr, schmächtig und blondgesträhnt, und flüsterte auf sie ein. Georg war so verfroren, dass er sich vorläufig um nichts kümmerte, niemanden grüßte und sich wortlos zum Kamin durchdrängte, wo er sich hinkniete und seine Finger über dem Feuer rieb. Hinter ihm bröckelte das Schweigen schon wieder ab, Wortfetzen flatterten hin und her, Eis klirrte in halb leeren Gläsern. Aber er spürte, dass ihn von links und rechts Blicke durchbohrten – Härtel müde blinzelnd, Margot tränennass.
Als er aufstand und sich zu Margot umwandte, lächelte ihm der schmächtige, blonde Mann neben ihr zu und nickte aufmunternd. Überrascht erwiderte Georg sein Lächeln. Von den anderen, durchweg grellbunt gekleideten Gästen und vor allem von Härtels Veilchenbläue stach der lächelnde Schmächtige durch sein unauffälliges Äußeres ab. Zu verblichenen Jeans trug er grobe Sandalen und einen grauen Baumwollpullover; sein schmales Gesicht teilte und rahmte ein schütterer, hier und dort rötlich schimmernder Bart.
»Ich bin Bertoni, der Bildhauer«, sagte er, immer noch lächelnd.
Seine Stimme klang sanft und doch fest; Georg spürte, diesen Mann könnte er bewundern und lieben, ja verehren. Seine hochschießenden Empfindungen verwirrten ihn. Das war also der berühmte Bertoni, dessen Erscheinen alles entgegengefiebert hatte? Der mit seinen kaum fünfunddreißig Jahren schon als *lebende Legende* galt und seine wuchtigen Skulpturen in einem eigenen Louvre-Saal ausstellen konnte? Wenn man seine zierliche Gestalt, die schmalen Hände betrachtete, konnte man sich kaum

vorstellen, dass dieser Mann eine Vorliebe gerade für die härtesten Gesteinsarten hatte und sich wie ein in Katakomben Verbannter praktisch mit Zähnen und Nägeln durch Felsen grub.
Als Georg merkte, dass er Bertoni angestarrt hatte, wandte er verlegen den Blick ab. Margot sah ihn unverwandt an, sie wirkte verstört und schien kaum zu wissen, wo sie sich befand. »Georg«, sagte sie schleppend, »ich hab dich den ganzen Abend lang gesucht. Lass uns nach Hause gehen.«
Nach Hause?
»Gedulden Sie sich noch einen Augenblick, Margot«, bat Bertoni an Georgs Stelle. »Er muss nur noch kurz mit Härtel sprechen, der auch schon auf ihn wartet. Härtel hat mir übrigens Ihr *Irrläufer*-Modell gezeigt«, wandte er sich wieder an Georg. »Das Spiel mag genial sein, wie Härtel mir versichert hat, davon verstehe ich nicht sehr viel. Aber Ihre *Figuren* haben mich fasziniert – wie Sie bei der Masse der Figuren auf einfache, streng geometrische Formen zurückgehen, und dann der *Irrläufer* selbst: ein wirkliches Meisterwerk. Sie haben ein außergewöhnliches plastisches Talent, lieber Kroning, und glauben Sie mir, ich weiß, wovon ich rede. Jedenfalls habe ich Härtel erklärt, dass ich Ihr Modell nicht übertreffen, höchstens verfälschen könnte.«
»Aber«, stotterte Georg, »aber hat Härtel Sie etwa ... ich meine, hat er denn ...?«
Er spürte, wie er glühend errötete, und brach ab. Bertoni, sah er, hatte merkwürdige Augen. Zuerst glaubte Georg, dass der Bildhauer schielte, aber das war es nicht – seine Augen waren von zweierlei Farbe; das linke glänzte in dunklem Braun, während aus der rechten Augenhöhle ein intensiver grüner Schimmer brach.
»Gehen Sie nur endlich zu ihm«, sagte Bertoni leise lachend. »Ich sehe voraus, dass er in spätestens einer Stunde laut schnarchend in einem Winkel liegen wird, und vorher sollten Sie mit ihm noch alles klarmachen. Francesca haben Sie übrigens gerade verpasst. Vor höchstens zehn Minuten ist sie nach Hause gefahren, nachdem sie genauso wie Härtel den halben Abend auf Sie gewartet hat.«
Immer noch tief verwirrt wandte sich Georg um. Härtel hatte seine spiegelnde Brille wieder aufgesetzt und winkte ihn mit beiden Armen zu sich heran. Sein graues Skulpturengesicht verzog sich zu angestrengtem Lachen, das die Wülste hinter der Veilchenfassade wogen ließ.
»Ja, kommen Sie nur, mein Lieber«, rief er. »Setzen Sie sich zu mir! Wo haben Sie nur den ganzen Abend gesteckt? Sie sehen ja merkwürdig zerkratzt aus. Haben Sie eines unserer hübschen Mädchen in ein Dornengebüsch gelockt? Hahaha«, platzte sein Lachen hervor, »nehmen Sie mir den kleinen Scherz nicht übel, und setzen Sie sich doch endlich hin!«
Als Georg neben dem dicken Produzenten auf das Fellpolster sackte, spürte er wieder die Müdigkeit. »Diese Kratzer«, sagte er leise, über sein Gesicht tastend, »das ist nicht von Bedeutung. Sie wissen, dass die Polizei ...«

»Aber keine Rede, mein Lieber! Nichts weiß ich und will auch nichts wissen. Verleumdungen! Üble Nachrede! Unterstellungen! Was glauben Sie, wie oft man schon versucht hat, mir auf diese Weise den Garaus zu machen? Wo Erfolg ist, da sind auch Neider; wo sich außerordentliches Talent zeigt, giftet sogleich die Missgunst, dass hier eine Unregelmäßigkeit sei. Für sture Kopfjäger wie diesen Koll oder Groll sind alle Künstler gefährliche Irre, die hinter Gitter gehören. Natürlich hat er versucht, Sie bei mir anzuschwärzen. Aber haben Sie im Ernst befürchtet, ich könnte seinen Einflüsterungen glauben? Sagen Sie doch auch mal was, Mensch!« Und er schlug Georg krachend auf die Schulter, wo unter dem dünnen Hemdstoff Flämms Prankenabdruck schillerte.

Vor Schmerz stöhnte Georg auf. »Aber das alles«, sagte er schnell, um die Verblüffung aus Härtels Gesicht zu wischen, »klingt ja für mich wie ein Märchen, Herr Härtel, wie ein Traum, auf dessen Erfüllung ich nicht mehr zu hoffen gewagt habe. Glauben Sie mir, diese Polizisten haben nichts, aber auch gar nichts gegen mich in der Hand. Trotzdem laufen sie überall herum und versuchen, mich durch Verleumdungen und Lügen zu isolieren und in die Enge zu treiben. Und nachdem Sie mir während des Abends – zumindest hatte ich diesen Eindruck – ausgewichen sind, musste ich doch annehmen, dass Kroll auch Sie gegen mich eingenommen hat.«

Während Georg immer rascher sprach, schüttelte Härtel mit gleicher Geschwindigkeit den Kopf hin und her, sodass Georg in den schwingenden Brillenspiegeln sein eigenes Gesicht vorbeihuschen sah.

»Allerdings habe ich vorhin ein wenig Versteck mit Ihnen gespielt.« Wieder platzte Härtels Lachen heraus. »Aber das hatte nichts mit Ihren Polizisten, sondern nur mit meinem Freund Bertoni zu tun, den ich gar zu gern für den *Irrläufer* gewonnen hätte. *Peter*!«, schrie er plötzlich mit voller Kraft, sodass Georg zusammenfuhr und erschrocken den Blick zur Tür wandte.

Was hatte er bei der Tür zu sehen geglaubt? Etwa das Gespenst oder die dämonenhaft auferstandene Wasserleiche von Peter Martens, mit schwarz-grünem Schlick und schilfigem Geschlinge behängt? Er wusste es selbst nicht, und was er wirklich sah, war nur allzu harmlos.

»Peter«, rief Härtel dem neben der Tür lehnenden Kellner zu, »bringen Sie Champagner für alle – wir feiern den *Irrläufer*, der heute persönlich unter uns weilt!«

Nach diesen Worten entstand ein ungeheures Gedränge. Wer eben noch halb schlafend auf den Fellen gelegen hatte, erhob sich, ordnete Haar und Kleider und drängte sich zu Georg und Härtel heran. Stimmen, Fragen, Kichern, Gelächter schwirrten auf sie herab: »Was gibt's zu feiern?« – »Welcher Irre weilt unter uns?« – »Wo ist Bertoni?«

Durch die Mauer andrängender Leiber versuchte Georg auf die andere Kaminseite zu sehen. Margot und Bertoni waren anscheinend verschwunden, und das unbehagliche

Gefühl, das ihn auf einmal bedrückte – war das etwa Eifersucht? Aber das wäre lächerlich, dachte er, obwohl er spürte, dass es alles andere war. Nie zuvor war er einem Menschen wie Bertoni begegnet – einem Mann, an dem er sich maß, um halb qualvoll, halb beglückt zu empfinden, dass der andere stärker, tiefer, besser als er selbst war. Vorgestern, ging es ihm durch den Kopf, hatte er mit Margot und Alex stundenlang das *Irrläufer*-Spiel gespielt. Er selbst hatte jedes Mal die *Irrläufer*-Figur geführt und drei von fünf Partien gewonnen. Er unterdrückte ein zufriedenes Grinsen, als er an Margots und Alex' Verblüffung dachte, da der *Irrläufer* gegen jede Wahrscheinlichkeit ganz allein zwei riesenhaft gerüstete feindliche Heere besiegt hatte.

Während der Kellner, vor Müdigkeit grünbleich und das Tablett wie ein Schlafwandler balancierend, die Champagnerkelche verteilte, fuhr Härtel fort, mit dröhnender Stimme auf Georg einzureden. »Zu meinem Bedauern hat Bertoni es abgelehnt, die Figuren Ihres *Irrläufer*-Spiels zu modellieren. Aber ich habe ihm abgerungen, dass wir den Grund seiner Ablehnung zitieren dürfen. Ihr werter Name wird also jedes Ihrer Spiele gleich dreimal zieren: *Idee, Design und Ausführung von Georg Kroning*. Und darunter setzen wir ein prachtvolles Bertoni-Zitat: *Dieser junge Mann hat nicht nur ein geniales Spiel geschaffen – er besitzt auch eine außergewöhnliche plastische Begabung. Ich selbst hätte sein Modell nicht verbessern, nur verfälschen können*. Nun, was halten Sie davon, wertester Monsieur?«

Der Kellner reichte ihm ein Champagnerglas, und Härtel nötigte ihn, mit allen Anwesenden anzustoßen. Unbehaglich dachte Georg, dass es noch entschieden zu früh war, auf den Erfolg des *Irrläufers* zu trinken. Aber natürlich konnte er nicht vor allen Augen und Ohren seine – wie Kroll gesagt hatte – außerordentlichen Geldschwierigkeiten erwähnen. Falls er den Betrag zusammenbekam, würde Härtel zweifellos sofort den Vertrag unterschreiben; der Produzent schien ihn wirklich für sehr begabt zu halten. Aber wenn er das Geld nicht auftrieb, würde Härtel schon eine Minute später nicht einmal mehr wissen, dass ein junger Mann namens Georg Kroning irgendwo auf der weiten Welt existierte. Das war sein Geschäftsprinzip, niemals würde er davon abweichen. Zögernd hob Georg sein Glas, das in einem vielstrahligen Stern vorschießender Arme mit funkelnden Kelchen verschwand. Im Innern des Sterns klirrte das Glas so heftig, als würde es zerschmettert, nicht nur glückwünschend gestreift. Georg zog Hand und Glas aus dem Stern zurück, nippte von dem Champagner und stellte das Glas auf dem Boden ab.

»Morgen fahre ich zu meinen Eltern«, wandte er sich leise an Härtel, »um das Geschäftliche zu klären. Anfang nächster Woche melde ich mich wieder bei Ihnen. Ich denke, unserer Zusammenarbeit wird dann nichts mehr im Weg stehen.«

»Wie? Ja, natürlich, ach so«, machte Härtel.

Er hatte offenbar kaum zugehört. Von irgendwoher war das junge, fast noch kindliche Mädchen wieder herbeigekrochen, das er vorhin im Festsaal abgetätschelt hatte.

»Sie alle«, brüllte der Agent, das Mädchen wie eine Gefangene am Handgelenk haltend, »sind herzlich eingeladen, so lange weiter zu feiern, wie Sie wollen und können. Ich selbst werde mich jetzt zurückziehen. Ich danke allen Angehörigen der Härtel-Familie, die zum Gelingen unserer kleinen Feier beigetragen haben, und möchte zum Abschluss noch einmal meine Hoffnung ausdrücken, dass wir auch künftig so erfolgreich und prachtvoll zusammen arbeiten, leben und lieben mögen wie bisher. Guten Morgen!« Das Mädchen hinter sich her zerrend, stampfte er aus dem Zimmer, begleitet von beifälligem Raunen und trunkenem Applaus.

Bevor sich die Aufmerksamkeit ihm zuwenden konnte, schlich auch Georg aus dem Raum, taumelnd vor Verwirrung und Müdigkeit. Am liebsten wäre er sofort nach Hause gefahren. Aber er zwang sich, vorher Bertoni und Margot zu suchen.

Langsam folgte er dem Flur und öffnete jede Tür. Doch aus allen Zimmern schlugen ihm Stille und stickiges Dunkel entgegen. Die Morgensonne tauchte schon aus dem See, als Georg beschloss, ohne Margot nach Hause zu gehen.

20

Zu Hause stellte er fest, dass Alex wieder mal auf seinem Bett eingeschlafen war – offenbar fand er die *Stümper*-Lektüre nicht besonders aufregend.

»He, wach auf«, murmelte Georg, wobei er sich vor Müdigkeit schwankend über das Bett beugte und Alex schüttelte.

Aber der andere grunzte nur irgendwas und wälzte sich auf den Bauch, und da Georg einfach zu erschöpft war, um sich gegen drei Uhr nachts noch sein Bett freizukämpfen, streifte er seine Kleidung ab und schlüpfte in Alex' Verschlag, wo er auf den Schlafsack sackte und fast augenblicklich einschlief. Mochte Margot sehen, wie sie ohne ihn klarkam – wahrscheinlich lag sie längst in den Armen oder sogar schon im Bett dieses Bertoni, der sonderbare Augen hatte – eines träumerisch bräunlich, eines meerschimmernd grün.

Irgendwann schepperte ihn die Türklingel aus dem Tiefschlaf. Benommen kroch er aus dem Rattenloch und taumelte zur Tür, wo er mit der flachen Hand nach dem elektrischen Öffner schlug. Immerhin war er geistesgegenwärtig genug, zurückhuschend die Spiegeltür vor der Geheimkammer zu schließen. In den Augenwinkeln sah er, dass die Zeiger gegen sieben Uhr früh gingen; draußen war längst heller Morgen. Seltsamerweise kam er gar nicht auf die Idee, dass irgendwer anders als Margot mit dem Lift zu ihm hochrattern konnte – beispielsweise Kroll und Flämm, obwohl er noch gestern gedacht hatte, die Polizisten könnten versuchen, sie im Schlaf zu überrumpeln.

Erst als er draußen die Stahltürklinke knirschen hörte und seine Wohnungstür aufzog, merkte er an seiner Erleichterung, in welcher Gefahr sie wieder mal geschwebt hatten. »Hallo, Margot«, sagte er fast seufzend. »Na mach schon, komm rein.«
Doch Margot blieb schwankend auf der Schwelle stehen und stammelte irgendwas Schwärmerisches von dem gebildeten, sensiblen, sanften, männlichen Bertoni, dass Georg die lobpreisenden Adjektive nur so um die Ohren schwirrten. Offenbar war sie ziemlich betrunken; mit gerötetem, fast gedunsenem Gesicht und schleierhaftem Lächeln starrte sie ihn an, wobei sie unablässig murmelte: »Bertoni ist großartig ... eine Offenbarung ... er versteht alles ... oh ja, einen wie ihn müsste man lieber heute als morgen ...«
Bis Georg mit absichtlicher Grobheit dazwischenfuhr: »Halte endlich deinen dummen Mund!«
Worauf Margot entgeistert erwiderte: »Aber du bist eifersüchtig!«
»Unsinn.« Obwohl er bei ihrem Anblick erneut empfand – ja, dieser Bertoni konnte ihm, wenn er Lust hatte, alles kaputt machen, wegnehmen, ihn wirklich zerstören.
»Ich habe nicht mit Sergio ... wenn du das meinst.« Margot hickste. »Wir waren nur ...«
»Gib dir keine Mühe, zu lügen. Ist mir sowieso egal.«
»Du hast recht. Für Lügen bist du zuständig.«
»Was hat dieser Taschner dir alles aufgetischt?«
»Och – so dies und das«, machte Margot, wobei sie idiotisch kicherte und mit der Schulter gegen den Türpfosten taumelte. »Beispielsweise sagt er, dass du seit mehr als *zwei* Jahren hier in Zürich lebst. Also bist du gar nicht durch Europa, durch all diese Städte gegondelt, wie? Kapier ich nicht«, kicherte sie, »ich hab doch lauter Ansichtskarten aus Paris und Lissa... Lissadings ... Lissabon von dir gekriegt, und dann warst du in Neapel und Zagreb und pipapo, obwohl es dir ja nirgends so richtig gefallen hat. Aber wie konnte es dir bitteschön in Lissadings ... und Zack... ich meine, in diesem lausigen Zagreb missfallen«, lallte sie, »wenn du gar nicht hingefahren bist? Konnte Taschner mir auch nicht erklären.«
»Natürlich nicht«, schnappte Georg. »Trotzdem scheinst du den Polizisten noch die idiotischsten Verleumdungen zu glauben – Hauptsache, ihr könnt alle auf mir rumhacken. Außerdem versuchst du nur, von dieser Geschichte mit Bertoni abzulenken.«
»*Kw-kwatsch*«, gurgelte Margot. »Kein Wort hab ich dem Taschner geglaubt! Ich bin sicher, du kannst all das ... Und was Bertoni angeht ... Willst du mich nicht endlich mal ins Zimmer lassen? ... Was also diesen charmanten Signor Bertoni betrifft ...«
Während sie ihre sinnlosen Satzfetzen rauspustete, rauschte sie an Georg vorbei in die Mansarde, wobei ihr schwarzseidenes Kleid seine nackte Haut streifte. Georg riegelte ab und folgte ihr ins Zimmer, wo er ihre betrunkene Stimme schon wieder schrillen hörte: »Kannst du mir vielleicht erklären, was *Alex* in deinem *Bett* zu suchen hat?«

»Ich ... Du verstehst das falsch, Margot.« Natürlich konnte er ihr nicht erzählen, dass er selbst ...

»Aber du bist praktisch nackt! Und du hast mit Alex in diesem Bett gelegen!«

»Nein, so war das nicht.«

»Nein? Versuch bitte nicht schon wieder, mich für dumm zu verkaufen. Ich bin weder fantasielos noch prüde, und wenn ihr ... ich meine, wenn du und Alex ...«

Sie setzte eine tragische Miene auf und begann zu schluchzen. Alex stöhnte im Schlaf und murmelte unverständliche Silben. Fehlte nur noch, dass er im Traum laut zu fantasieren anfing, wie er am Sonntag im Fieber gewimmert hatte: *Ich muss untertauchen ... keine Polizei!*

»Wie kommt Alex überhaupt mitten in der Nacht hier herein?« Das war wieder Margot. »Bevor wir zu Härtel gefahren sind, hat er sich doch verabschiedet und uns sogar gute Reise gewünscht.«

Die Wahrheit war – sie hatten gestern Abend gewartet, bis Margot verkündete, sie würde sich ins Bad zurückziehen, um sich für die Agenten-Fete zurechtzumachen, dann hatte Alex sich lang und breit von ihnen verabschiedet. Während Margot unter der Dusche stand, hatte er sich im Rattenloch verkrochen. Am nächsten Morgen hätte er warten sollen, bis sie abgereist waren und er als blinder Passagier allein in der Mansarde zurückblieb.

»Das ist ganz einfach«, behauptete Georg, obwohl es alles andere war. »Alex hat einen Schlüssel für meine Wohnung. Und ob es dir passt oder nicht«, setzte er in aufflammender Streitlust hinzu, »Alex ist hier praktisch genauso zu Hause wie ich.«

»Genauso zu Hause. Und er hat einen Schlüssel«, wiederholte Margot. »Und um euer Liebesnest zu tarnen, hast du diese Europareise fingiert? Du hast deine Eltern und mich getäuscht, weil dir deine Beziehung zu Alex wichtiger war?«

»Unsinn, du bringst alles durcheinander. Damals kannte ich Alex noch gar nicht. Außerdem habe ich natürlich all diese prachtvollen Städte besucht – Erfahrungen gemacht, mit Leuten geredet und all das. Diese Reisen haben mir die Augen geöffnet, verstehst du, und die Ohren und sonst noch was.«

Wieder kitzelte ihn dieses Kichern in der Kehle, das er vor Margot natürlich unterdrücken musste. Genau betrachtet, war seine Situation von irrsinniger Komik – Kroll und Margot bezichtigten ihn abwechselnd irgendwelcher Verbrechen oder Lügen, obwohl sie keinen Schimmer hatten, was in den letzten zwei Jahren tatsächlich passiert war. Kroll beschuldigte ihn der Komplizenschaft mit Kortner, der sich in Luft aufgelöst hatte und überhaupt nicht mehr existierte, und Margot glaubte, er habe ein Verhältnis mit einem gewissen Alex Birrner, der ihr persönliches Phantom und außerhalb ihrer Fantasie niemals gesichtet worden war.

»Und wie gesagt – sowieso willst du nur davon ablenken, dass du mit Bertoni ins Bett gegangen bist.«

Er konnte dem Bildhauer beinahe dankbar sein, der eine Bresche in Margots Tugend- und Vollkommenheitspanzer gestoßen hatte. Aber er spürte, dass er diese zynische Position nicht durchhalten würde – er würde nicht nur Alex, sondern auch Margot verlieren, und Bertoni – der Bildhauer hatte sich über ihn lustig gemacht und ihn für sein Abenteuer mit Margot missbraucht. Dass Bertoni ihn nicht ernst nahm und nicht als seinesgleichen anerkannte, schmerzte ihn im Augenblick fast noch tiefer als Margots läppischer Fehltritt.
»In *deinem* Bett«, schoss Margot zurück, »wäre ja auch kein Platz für mich gewesen. Außerdem habe ich dir schon gesagt, dass zwischen Bertoni und mir nichts war.«
»Und ich habe dir gesagt...« Deprimiert brach er ab. In dieser Nacht, dachte er, war der Zauber ihrer *Kindheits- und Ewigkeitsliebe* vielleicht für immer erloschen. Er sah Margot an – eine fremde junge Frau, mit gerötetem Gesicht, entstellt von Müdigkeit, Empörung und trunkener Trauer. »Glaub mir, Margot, dieser Taschner hat dir nichts als Lügen erzählt.«
Das kam so matt und mechanisch heraus – als er seine Stimme hörte, spürte er wieder den kitzelnden Lachreiz. Die anderen waren sich ihrer Gefühle immer so sicher, oder sie gaben sich zumindest den Anschein, es zu sein. Er aber sprang immer von einer Empfindung jäh in die andere über, wie ein ungeschickter Schwimmer durch Wellentäler taumelte, von Wogen zerbogen, von Gischtkämmen gesträhnt.
»Und all diese Karten, die du mir aus Dingsda geschickt hast – du bist wirklich dort gewesen?« Schwache Hoffnung glomm in ihren Augen auf – fast fand er es rührend, wie sie immer noch an ihn zu glauben versuchte.
»Ja, sicher, Margot.« Während er neben sie zum Arbeitstisch trat und sich eine *Gitane* aus dem Päckchen nahm, improvisierte er seine Rolle. »Die einzige ... also gut, die einzige kleine Täuschung war, dass ich damals sofort nach Zürich gefahren bin, weil Zürich eben die Stadt der Spiele ist, wo praktisch alle bedeutenden Spieleproduzenten residieren. Ich habe mir diese Wohnung hier genommen und Kontakte zu knüpfen versucht. Als ich gemerkt habe, dass ich nicht weiterkam, dass ich erst eine wirklich originelle, zündende Spielidee brauchte, bin ich losgefahren und durch halb Europa gereist, um auf andere Gedanken zu kommen. Man kann eine Idee nicht herbeizwingen; eines Tages, als ich durch den Hafen von ... na ja, von Neapel schlenderte, kam mir dann wie eine Vision die *Irrläufer*-Idee.«
Noch während er sprach, merkte er, dass sich Margot diesmal nicht übertölpeln ließ. Vielleicht musste er ja nur noch einen Hauch malerischer werden und die neapolitanische Kulisse plastisch heraufbeschwören – schließlich war er laut Bertoni *plastisch begabt*. Erzähle einfach irgendwas vom fauligen Fischgeruch über dem Hafen, spornte er sich an, vom blutroten Sonnenuntergang, der die alles pflasternden Fischschuppen erglänzen lässt, und von den schwarzen, scherenschnittähnlichen Silhouetten der Fischerboote im Morgengrauen. Aber er spürte, dass die sonst so gefügigen Wörter

ihm heute ihren Dienst verweigern würden – die Bilder blieben blass und waren so zittrig gezeichnet, dass niemand sie mit der prachtvollen Illusion verwechseln würde, die unter dem Namen Wirklichkeit beliebt und verbreitet war.

»Vielleicht wirst du mir ja eines Tages alles erklären«, sagte Margot. Es klang reichlich hoffnungslos. Sie starrte auf seine nackte Schulter, auf der sich Flämms Finger im blau-lila Geschillere abzeichneten. Dann glitt ihr Blick ab und schweifte hinüber zum schlafenden Alex. Georg dachte, es war unpassend, dass er immer noch mehr oder weniger nackt neben Margot stand – neben einer Fremden, die zu spüren schien, dass sie ihn niemals begriffen hatte, dass sie nie wirklich gewusst hatte, was er dachte und tat und in welcher Weltgegend er gerade umherstreifte. Er ging zu den Sesseln, wo seine Kleidungsstücke lagen, und wollte sich anziehen. Mit dem Arm stieß er gegen das *Irrläufer*-Spiel, wieder kollerten einige Figuren zu Boden, und diese schwachen Geräusche machten, dass Alex aus dem Schlaf fuhr.

»Was ist los?«, hörte Georg ihn stammeln. »Ach, Scheiße, bin ich schon wieder hier eingeschlafen.« Er warf die Bettdecke zurück und sprang auf »Oh, Margot.« Offenbar hatte er sie jetzt erst bemerkt, aber er war zu verwirrt und schlaftrunken, um irgendwie zu reagieren. Schwankend stand er vor dem Bett und sah abwechselnd Margot und Georg an.

»Noch ein Nackter«, bemerkte Margot mit nervösem Lachen. Wahrscheinlich stellte sie sich wieder vor, wie Alex und er zusammen im Bett gelegen hatten. Georg beobachtete sie, die ihrerseits Alex mit forschendem Blick ins Gesicht sah. Irgendetwas in seinem Gesicht schien sie zu verwirren, aber sie begriff nicht, was es war.

Georg folgte ihrem Blick und verstand: Alex trug die Augenmasken! Seine Augen waren braun – vom gleichen, dunkel glänzenden Braun wie Georgs Augen; er hatte die letzten Löcher in der Kroning-Maske gestopft. Na, großartig, dachte Georg. Der Anblick erfüllte ihn mit Stolz, als wäre der andere ein Kunstwerk, das er mit eigenen Händen geschaffen hatte. Wenn Alex den Kroning-Pass vorweisen würde, der Georg als Siebzehnjährigen zeigte, würde niemand bezweifeln, dass er mit der Person auf dem Lichtbild identisch war. Und Margot? Was wollte sie eigentlich von ihnen? Warum mischte sie sich ein, als hätte sie ein Recht, noch das verschwiegenste seiner Geheimnisse ans Licht zu zerren?

Plötzlich stieß sie einen Schrei aus. »Was um Himmels willen ist *das*?« Mit vorgestrecktem Finger deutete sie – ja, wohin eigentlich? Scheinbar zeigte sie auf Alex' schlaff hängendes Geschlecht, aber das konnte es nicht sein, was ihre schrillen Schreie hervorlockte. Wer eben erst, dachte Georg, aus Bertonis Bett gekrochen war, konnte nicht wie eine hysterische Nonne Auskunft fordern, was *das* nun wieder war. Alex folgte ihrem Blick und starrte mit einfältigem Ausdruck an sich herunter.

»Das, liebe Margot«, sagte Georg halb lachend, »ist ein Pflaster. Kein Grund, die

Nerven zu verlieren. Außerdem sind Alex und ich schon dabei, uns auf die Gebote des Anstands zu besinnen. Handkehrum bedecken wir unsere Blößen. *Allez!*«
Mit Schwung warf er Alex irgendeine Hose zu, die auf dem Sessel gelegen hatte. Er selbst war schon, während er sprach, in seine Jeans geschlüpft und beobachtete starr lächelnd, wie sich Alex in die rostrote Hose zwängte.
»Warum trägst du dieses Pflaster, Alex«, fragte Margot mit schleppender Stimme.
Er warf erst Georg, dann ihr einen flackernden Blick zu und behauptete zur allgemeinen Überraschung: »Wenn du's unbedingt wissen willst – ich hab mir vorhin 'ne Spritze gesetzt. Na ja, ich gönn mir eben ab und zu so 'ne kleine Reise. Deshalb häng ich noch lange nicht an der Nadel. Und wenn ich die Spritze dort reinbohre« – er streifte vage die Stelle, wo unter dem Hosenstoff das Pflaster klebte –, »fällt das nicht so auf wie ein Einstich in der Armbeuge.«
Hinter Margots Rücken spreizte Georg zwei Finger zum Victory-Zeichen und ließ lautlos seinen Atem ausströmen. Alex lernte schnell, das musste er ihm lassen – er hatte nicht nur die neue Maske übergestreift, sondern sich auch mit Georgs kreuz und quer schießender Fantasie getränkt. Zusammen waren sie kaum zu schlagen; aus den Ärmeln, notfalls aus den Falten ihrer nackten Haut würden sie Wirklichkeiten schütteln wie ein Falschspieler blitzblanke Asse.
»Aber, Georg«, wandte sich Margot nun an ihn. Sie schien völlig verstört, ihr Gesicht glühte, und mit der rechten Hand klammerte sie sich an die Tischkante, als fühlte sie ein Schwanken unter ihren Füßen. »Als wir Montagnacht ... ich meine, als wir beide ...«
»Ja, was denn?« Er hätte wetten mögen, dass sie nicht wagen würde, ihre Frage auch nur zu Ende zu *denken*. Während er selbst in Gedanken ergänzte: Montagnacht, als die grauen Schatten tanzten ...
»Ich dachte«, kam es wieder von ihr, »da hättest *du* so ein Pflaster an der gleichen Stelle wie jetzt Alex getragen?«
»Ja, so ungefähr. Aber was willst du andauernd mit diesen dämlichen Pflastern? Ich hab dir doch gesagt, ich hatte mich an der Tischkante gestoßen.«
Margot starrte ihn an, ihr Blick war verschwommen, ihre Miene leer. Als wäre eine breite Hand über dieses hübsche Gesicht gefahren und hätte alles Lebendige weggelöscht. Georg spürte, dass sie sich zutiefst erniedrigt fühlte durch dieses koboldhafte Spiel, das er und Alex mit ihr trieben. Mit hängenden Schultern stand sie da; alles an ihr wirkte schlaff und verbraucht.
»Drogen nehmt ihr also auch noch.«
Verblüfft erwiderte Georg ihren Blick. Natürlich, dachte er dann – wie ein träges Gewässer nahmen ihre Gedanken den scheinbar bequemsten Weg. Für sie bewies diese Pflaster-Episode nicht, dass sie Montagnacht sozusagen irrtümlich zu Alex ins Bett gekrochen war – schnell hatte sie diesen ungeheuren Gedanken beiseite geschoben

und sich eine neue Version zurechtgelegt. Nach dieser Lesart hatte er sich am Sonntag oder Montag ebenso wie heute angeblich Alex irgendwelche Drogen in den Schenkel injiziert und die Einstichstelle diskret mit einem Pflaster verklebt. Sehr praktisch, dachte Georg – mit einer kleinen Notlüge überdeckten sie zweierlei Wahrheiten und schufen eine neue Wirklichkeit, die sofort anfing, in alle Richtungen loszuwuchern. Den spukhaften Einschlag solcher Wucherungen konnte man allerdings auch nicht übersehen.

Unterdessen hatte Margot zu packen angefangen. Sie kniete unter dem Fenster und stopfte Wäsche in ihren Koffer. »Ich möchte so schnell wie möglich abreisen.«

»Natürlich, Margot.« An Schlaf war jetzt sowieso nicht mehr zu denken.

»Ich setze Kaffee auf«, sagte Alex in so unbekümmertem Tonfall, dass Georg beinahe aufgelacht hätte.

Doch hinter dem nervösen Lachen lauerte längst die Depression. Er versuchte sich vorzustellen, was in Margot vorgehen mochte – einsam wanderte sie durch die Ruinen ihres Kindheitstraums, höhnisch umheult von Vergangenheitsgespenstern. Aber hieß das nicht, dass der Traum noch lange nicht ausgeträumt war? Sie fand sowenig wie er selbst einen Ausgang aus diesem Labyrinth halb blinder, splitternder Spiegel, nur suchte jetzt jeder allein nach einem Ausweg und schauderte immer wieder zurück, da er fliehend im Kreis irrte und unentwegt nur auf den anderen stieß.

»Vielleicht solltest du erst noch unter die Dusche gehen«, schlug er Margot vor. »Wir haben – ich zumindest habe kaum eine Stunde geschlafen, und wir haben eine ziemlich lange Fahrt vor uns.« Margot reagierte nicht. Sie kniete noch unter dem Fenster und versuchte, ihren vollgestopften Koffer zu schließen. »Ich meine nur«, hakte er nach, »falls du nicht schon bei Bertoni Gelegenheit hättest ...«

Er selbst hatte nicht gewusst, dass er diese weitere Kränkung auf sie abschießen würde. Aber der Bertoni-Stachel hatte sich tief in ihn eingebohrt und schmerzte, sowie er die Stelle nur von ferne berührte. Außerdem musste Margot im Bad verschwinden, damit Alex wieder ins Rattenloch kriechen konnte.

Sie richtete sich langsam auf und kam mit unsicheren Schritten zu ihm. »Ich weiß wirklich nicht mehr«, sagte sie, »was ich von alldem halten soll, und vielleicht werde ich es nie verstehen. Vielleicht tue ich dir ja fürchterlich Unrecht, vielleicht sind das alles nur Missverständnisse – dieses Geld, das du auf dein Konto gebracht hast, diese Europareise, deine Beziehung zu diesem perversen Mörder, und dass du und Alex ... Aber nach dem, was ich in den letzten Tagen erlebt habe, fehlt mir einfach die Kraft, dir noch uneingeschränkt zu vertrauen. Jedenfalls hätte ich nie geglaubt« – wieder erzitterte ihre Stimme in unterdrücktem Schluchzen –, »dass drei Tage fünfzehn Jahre einfach so zerstören können.«

»Vier«, sagte Georg schnell, »es waren vier Tage.«

Aber das war schließlich egal. Warum fiel ihm keine geschickt verwischende Bemerkung ein, die Margot erlauben würde, zumindest an einen offenen Ausgang zu glauben? Deprimiert wandte er sich ab und begann, seine Sachen zu packen. Margot drängte sich an Alex vorbei und schloss sich im Bad ein.

Sofort kam Alex nach vorn – nein, Georg selbst, wie er vor kaum vier Jahren war. »Ich brauche den Pass.« Und als Georg nicht sofort reagierte: »Ich nehme ihn mir schon – ich weiß ja, wo du ihn aufbewahrst.« Ganz selbstverständlich zog er die Lade im Arbeitstisch auf, wühlte zwischen Georgs Sachen und zog das rote Büchlein hervor. »Und ich brauche Schecks, damit ich von meinem Geld abheben kann. Du weißt doch – von Prohns dreizehntausend.«

Wieder schlüpften Alex' Hände – oder wessen Finger auch immer – in die Lade, zogen das Scheckbuch und zwei Eurocheque-Karten hervor. »Am besten«, murmelte er, »ich nehme diese Karte. Dann kann ich mir das Geld aus den Automaten holen und brauche nicht mal deine Unterschrift auf den Schecks nachzumachen.«

»Meinetwegen.« Wieder spürte Georg, dass er einen riesigen, kaum mehr gutzumachenden Fehler begangen hatte, als er Alex anbot, in seine Identität zu schlüpfen. Aber jetzt war es für alles zu spät; man konnte sich nicht mit der Brust gegen eine Flutwelle stemmen, nachdem man den Staudamm zum Einsturz gebracht hatte.

»Wie geht der Geheimcode? Für die Karte hier, meine ich.«

»Warte, das ist ... acht – fünf – neun – eins.«

Alex schob die blassblaue Plastikkarte in seine Tasche. »Mach's gut«, flüsterte er.

»Ja, du auch. Was ... was willst du jetzt anfangen?«

»Alles wie besprochen. Nächste oder übernächste Nacht schleiche ich mich aus dem Haus – sie werden es kaum noch permanent überwachen, nachdem du weggefahren bist. Dann fahre ich ins Jura, wollte ich immer schon mal anschauen. Weißt du, diese wilde, zerklüftete Landschaft, das liegt mir vielleicht mehr als der – wie es immer heißt – liebliche Zürichsee.«

»Kann sein, dass du recht hast – Alex.« Georg wusste selbst nicht, warum er auf einmal fast mit den Tränen kämpfte – blödsinniger Ausdruck, dachte er.

»Die Telefonnummer kann ich auswendig«, sagte Alex.

Georg nickte. Sie hatten ausgemacht, dass Alex Sonntagabend um zweiundzwanzig Uhr eine Telefonzelle im Frankfurter Hauptbahnhof anrufen sollte, die von außen angewählt werden konnte. Falls Georg sich nicht meldete, hieß das, er war vereinbarungsgemäß am Sonntag nach Zürich zurückgekehrt. In diesem Fall musste Georg warten, bis Alex eine Möglichkeit fand, sich mit ihm in Verbindung zu setzen. Da Georgs Mansarde nicht ans Telefonnetz angeschlossen war, könnte Alex ihm höchstens einen Brief schicken. Aber sie mussten damit rechnen, dass Georgs Post überprüft wurde; da die Polizei wahrscheinlich auch über Schriftproben von Alex verfügte, musste er eine Schreibmaschine auftreiben und sich in dem Brief verschlüsselt ausdrücken. Sie hatten vereinbart, falls Alex ihn aus irgendwelchen Gründen sofort

sprechen musste, sollte er in seinem Brief *Vögel* erwähnen – er musste sich eben einen Text einfallen lassen, in dem er sie unauffällig unterbringen konnte. Die Vögel sollten bedeuten, dass Alex ihn am dritten Tag nach Absendung des Briefes um zwei Uhr nachmittags vor dem Berner *Hotel zum Bären* treffen wollte. Falls Georg an diesem Tag nicht kam, würden sie den Versuch am folgenden Tag wiederholen. Und natürlich würden sie beide in den Zeitungen verfolgen, wie die Ermittlungen im Mordfall Prohn sich entwickelten.
»Vielleicht sehen wir uns bald schon wieder.«
»Bestimmt, Georg.« Doch sie beide spürten, es würde nie mehr wie früher, wie in diesem Züricher Dreivierteljahr zwischen ihnen sein.
»Auf einer Maskenausstellung haben wir uns kennengelernt«, sagte Georg schwach lächelnd, »das hätte mich warnen sollen.«
Sie umarmten sich, wobei Alex sich so fest an ihn presste, als ob er Georg zerbrechen wollte.
»Ich verschwinde jetzt besser«, murmelte Alex, »gleich kommt Margot zurück.«
Georg beobachte, wie Alex ins Rattenloch kroch und die bewegliche Wand zurück in ihre Arretierung glitt. Er hatte das Gefühl, als wäre irgendetwas, ein großer Fetzen schmerzenden Fleisches, aus ihm herausgerissen worden. Eine leere, wehmütige, hohl pochende Stelle blieb zurück.
Kurz darauf rollten sie in Margots Golf durch das Hoftor auf die Straße.

21

Als sie auf der Autobahn waren, fragte Georg: »Kann man nicht irgendwie diesen Sitz zurückklappen?« Wozu er planlos an der Rücklehne rüttelte.
Bis dahin hatten sie kein Wort geredet und wie Puppen so starr nebeneinander gesessen, während der Golf scheinbar selbstständig durch die Dämmerung brummte. Margot zeigte ihm den Hebel für die Lehne, und Georg ließ sich zurücksinken. Mit halb geschlossenen Augen lag er da und blinzelte durch die zitternden Wimperngitter, bis alle Bilder sich vermischten und auch von den wispernden Stimmen hinter seinen Schläfen nur noch ein schwaches Rauschen blieb.
Wenig später schlief er ein, wobei er noch im Wegsacken zu hören glaubte, wie Margot erleichtert aufseufzte – solange er schlief, brauchten sie wenigstens nicht mühsam nach harmlosen Gesprächsthemen suchen. Zwischendrin wachte er zwei- oder dreimal auf, aber er zwang sich jedes Mal weiterzuschlafen, weil er weder mit Margot reden noch über seine verfahrene Lage nachdenken wollte.
Irgendwann hörte er Margots müde Stimme: »Wir sind gleich da.«

»Wo sind wir gleich«, murmelte er, »an der Grenze?«
»Nein, in Lerdeck.«
»Wie lange war ich denn weg?« Genau die gleiche Frage, fiel ihm ein, hatte er vor mehr als einer Woche Francesca gestellt, nachdem er unter dem Anprall der Schläfenschmerzen ohnmächtig geworden war.
»Na ja«, hörte er Margot sagen, »wir sind acht Stunden praktisch ohne Unterbrechung gefahren. Zwei Uhr ist vorbei. An der Grenze haben sie uns durchgewunken, und obwohl verschiedene Staus vorausgesagt waren, sind wir ganz gut durchgerutscht.«
»Wunderbar.« Benommen richtete er sich auf und suchte wieder diesen blödsinnigen Hebel, der die Rücklehne hochschwingen ließ. Draußen buckelte schon das Taunusgebirge die Horizonte und dunkelte seine Erinnerungsbilder ein.
»Na, kennst du dich noch aus?«
Georg hörte die Frage kaum. Wie hätte er jemals diese Wälder vergessen können; und dann die Berge: fliehend versteinerte Flut. Aber alles war anders als in seiner Erinnerung – rauer, drohender, dunkler. In Margots Golf schossen sie durch eine Schlucht, die den Himmel hoch oben zu einem blassblauen Rinnsal zusammenzog. Die Tannen huschten vorbei wie schwarze, kratzende Schatten. Oder nein – sie selbst, Margot und er, waren nur Schemen in diesem steinernen Schweigen, nur Tropfen, die ein Riese über seinen Rücken rollen ließ. Wieder spürte er dieses nervöse Kribbeln im Magen – als büschelte sich dort ein Drahtbündel, das Stromstöße durchzuckten. Am Straßenrand flatterte ein Schild hoch und vorbei – die nächste Abfahrt war wirklich schon Lerdeck, ihre Heimatstadt im Lenautal.
Er schreckte zusammen, als Margot ruckweise zu bremsen begann. »Mist«, sagte sie fast heiter, »jetzt kommen wir kurz vor dem Ziel noch mal in einen Stau.«
Gereizt beobachtete er, wie sie in irgendeinen Gang zurückschaltete und den aufheulenden Golf knapp vor den Bremslichtern eines Armeetransporters unter Kontrolle bekam.
»Georg?«
»Was denn.«
»Vielleicht sollten wir uns eine Weile nicht mehr sehen. Ich meine, uns auch nicht mehr schreiben, und gar nichts mehr. Bis ... nur, bis sich das alles aufgeklärt hat.«
Vor Nervosität vergaß sie, den Schalthebel zu bedienen, und kroch mit jaulendem Motor hinter dem Armeetransporter her. Hinter der flatternden Plane bemerkte er Soldaten in Kampfanzügen. Sie schienen zu schlafen, wobei sie die mit Tarnfarbe beschmierten Gesichter gegen die aufgerichteten Gewehrläufe drückten.
»Stell doch den verdammten Krach ab, Herrgott noch mal!«
Erschrocken starrte Margot auf den schlaff daliegenden Schalthebel und wählte irgendeinen größeren Gang, worauf das Jaulen in stotterndes Summen überging.
»Ich meine nur«, sagte sie mit brüchiger Stimme, »ich würde ja nichts lieber, als dir

glauben und vertrauen. Aber die Sache mit deiner Europareise ... Und dann warst du vorgestern bei diesem Passfälscher, oder etwa nicht? Dass du überhaupt solche Leute kennst? Seltsam, wie du dich in diesem einen Jahr verändert hast. Ich kann einfach nicht mehr glauben, dass es für all das eine harmlose Erklärung gibt. Und deshalb ...«
»Du wiederholst dich«, fiel Georg ihr ins Wort.
Sie sah ihn an, Tränen glitzerten in ihren Augen.
»Vorsicht«, schrie er, »dieser Soldatencontainer bremst!«
Mit quietschenden Reifen brachte Margot den Golf zum Stehen. Dann saßen sie im Stau fest. Hinter dem Hügel, dachte Georg, lag schon Lerdeck. Ihm wurde fast übel vor Nervosität, wenn er daran dachte, dass er in kaum einer halben Stunde seinen Eltern gegenübertreten würde, die er mehr als zwei Jahre nicht gesehen hatte, und dass praktisch alles von dieser Begegnung abhing. Margot ließ den Kopf hängen und hüllte sich in trübseliges Schweigen. Im Schritttempo krochen sie hinter der flatternden Plane des Armeetransporters her und an einem riesengroßen, meerblauen Schild vorbei, auf dem sich wenige Schriftzeichen verloren. *Lerdeck/Lenautal – 500 m.*
»Ich hatte mich so auf deinen Geburtstag gefreut«, sagte Margot. »Aber ich werde nicht kommen. Ich begrüße nur rasch meinen Vater, schlafe mich aus und fahre noch heute Abend nach München zurück.«
Sie schien darauf zu warten, dass Georg eine Antwort einwarf, aber er starrte bloß auf die Plane, hinter der die Gewehrläufe glänzten. Wenn ein Windstoß die Plane auffliegen ließ, blinzelten die mit Tarnfarbe beschmierten Soldatengesichter schläfrig nach draußen.
»Woran denkst du?«, hörte er Margot fragen.
An Bertoni – den Bildhauer, der sonderbare Augen hatte, eines in dunklem Braun glänzend, eines meerschimmernd grün.
»Georg, ich will nicht, dass zwischen uns alles kaputtgeht wegen ... ja, wir wüssten nicht mal, wegen was. Das darf einfach nicht sein. Vielleicht war es ja mein Fehler, dass ich nach Zürich gekommen bin und in deinem Leben herumgeschnüffelt habe. Vielleicht hätte ich warten sollen, bis du zu mir kommst oder mich bittest, zu dir zu ziehen.«
Bertoni, der angeblich die Erlaubnis gegeben hatte, ihn auf den *Irrläufer*-Exemplaren zu zitieren. ... *geniale Idee ... außerordentliche plastische Begabung ... Ich selbst hätte nichts verbessern, nur verfälschen können ...*
»Ich möchte«, sagte Margot, »dass wir uns Zeit lassen, dass wir uns noch eine Chance geben.«
Sie weinte. Die Reifen quietschten durch die lang gezogene Kurve der Abfahrt. Wie Geschmeide schimmerten auf den Hängen vor ihnen die Villendächer und blühenden Bäume des Südviertels von Lerdeck, wo Georgs und Margots Elternhäuser sich hinter hohen Mauern in parkähnliche Gärten duckten. Unten im Tal schäumte der

kleine Lenau-Fluss durch das sogenannte Burgviertel, wo sich die historischen Ruinen würfelten und krümmten.

»Glaub mir doch, da war nichts zwischen Bertoni und mir. Wir sind mit seinem Wagen in eine Bar an der Börsenstraße gefahren, weil ich es bei Härtel nicht mehr ausgehalten habe. Du warst spurlos verschwunden, und dauernd hatte ich Angst, dass dieser Taschner wieder auftauchen könnte. Bertoni hat dann ... Wir haben nur über *dich* gesprochen, Georg. Immer wieder hat er gesagt, dass er dir, ohne dich zu kennen, blindlings vertraut. Er hat mich beschworen, ich sollte dir in allem glauben, weil du ein ganz besonderer Mensch wärest. Er möchte dich näher kennenlernen, wenn du nach Zürich zurückkommst ... Das wäre jedenfalls eine ganz andere Freundschaft als deine Beziehungen zu diesem Kortner oder zu Alex.«

»Das ist dasselbe.«

In diesem Moment war es ihm egal, wie Margot seine hingeworfene Bemerkung verstand. Schon rollten sie durch die hässlich zersiedelten Industriegebiete, die Lerdeck wie Geschwüre umschlossen. Aber Margot begriff sowieso nichts – sie würde nie verstehen, was in Zürich vorgefallen war.

»Das wäre nicht dasselbe«, protestierte sie. »Bertoni ist – wie soll ich das sagen – er ist dir in vielem ähnlich. Er hat Fantasie wie du, und er hat deine merkwürdige, einmalige Ironie, aber er ist irgendwie reifer, gefestigter; er könnte dir helfen, zu dir selbst zu finden, weil er wahrscheinlich Ähnliches durchgemacht hat.«

Plötzlich widerte es ihn an, wie Margot um seine Zuneigung winselte. Was wollten nur alle von ihm? Er würde seinem Vater den *Irrläufer*-Scheck ablisten oder -trotzen und zurück nach Zürich fahren. *Härtel & Rossi* würden den *Irrläufer* produzieren; alles andere war so nebensächlich, dass es nur wie ein leerer, nichts verbergender Nebel war. »Kann sein«, murmelte er.

Die Straße verengte sich; wie Steinräder polterten die Pneus über das Katzenkopfpflaster der Altstadt. Links und rechts krümmten sich die Fachwerkhäuschen, die sich oben mit vorspringenden Erkern einander zuneigten und hexenhaft zu tuscheln schienen. Wie klein und gedrängt hier alles war. Georg kam sich vor wie ein Riese, der ins Zwergenland zog. Und doch ...

»Wie sich hier aber auch gar nichts verändert hat«, dachte oder murmelte er.

Er brauchte eine *Gitane*. Rauchend ließ er seinen Blick über die vorbeihuschenden Häuschen gleiten. Ein dunkler Brocken der alten Stadtmauer schob sich ihnen halb in den Weg; oben ragten zerbröckelte Zinnen aus dem Gemäuer. Moos, Efeu, Spinnweben in den Geröllritzen; alles modernd, bröcklig, ohne Bestand. Und über allem lastete der Lenaudunst, der die Mauern wie Schwämme mit Tropfen tränkte und das Gerümpel in den Kellern mit Schimmel überzog. Und dort, dachte er, in der Mauergasse, in die er nur einen raschen Blick warf – die so eng war, dass man selbst als Fußgänger zwischen den Wänden steckenzubleiben meinte –, dort hatte, in einer brüchigen, beinahe zusammenstürzenden Behausung, der verkrüppelte, zwergenhafte Knabe Peter Martens gewohnt. Unheimlich, dachte er, wie sich die Erinnerung in diese Steine eingrub. Und überhaupt nicht erstaunlich, dass sie unter diesen tausenderlei Grabungen allmählich zerbröckelten. Fahr doch schneller, hätte er rufen mögen, aber er rauchte nur, starrte aus dem Fenster und blieb still. Jetzt begannen auch noch die Glocken der hohen, schwarz aufragenden Peterskirche zu dröhnen; oben, hinter dem äußeren Stadttor, wurde einer zu Grabe getragen, und die Glocken schepperten feierlich die Trauermelodie.

Schließlich hob sich die Straße wie ein Wulst aus dem beiderseits zurücksinkenden Altstadtgewinkel und führte steil aufwärts in die neueren Viertel. Die Straße wurde breiter und glättete sich zu einem Asphaltband, während links und rechts die Häuser zurückwichen – hinter schmale Vorgärten, dann hinter bescheidene Baumreihen, die Wohlständigkeit eher vortäuschten als bewiesen. Hier und da warf schon ein magerer Alleebaum seinen Schatten aufs Trottoir. Dann bogen sie in das eigentliche Alleen- oder Südviertel ein, und Georg dachte, auch wenn er allein gekommen wäre, hätte er den Weg durch Gassen und Alleen gefunden wie im Traum. Rückkehr, fühlte er, war ja nichts anderes, war nur im Traum.

Die Alleebäume blühten in dunklem Rot und zitronenhaft blitzendem Gelb. Dahinter ragten die Mauern vor Villen und kühl dämmernden Parks. Auf dem Pfosten neben einem Gittertor hockte eine Kamera, die mit surrendem Schwenk ihren Weg verfolgte und ihnen noch lange hinterherzublicken schien. Wo sich ein Hügel hinter einer Parkmauer wölbte, sah man Gärtner in grünen Schürzen, die mit großen Scheren Blumenbüschel schnitten, oder grün träumende Wiesen im Schatten von Tannengruppen, deren Größe und Schwärze einen erschreckte. Und über allem war *Schweigen* – ein Schweigen so tief, dass man es nie erschüttern zu können meinte; ein Schleier so dick, dass nie irgendwer ihn lüften würde. Keine Stimmen, nichts. Nie hatte irgendwer diese Alleen zu Fuß passiert. Höchstens glitt da oder dort automatisch ein Torflügel auf, und eine Limousine mit dunkel getönten Fenstern schoss wie ein großes, gefügiges Seetier hervor; dann erhaschte man vielleicht einen flüchtigen Blick auf eine geschotterte Privatstraße, die Tannenreihen durchschnitt, dicht und dunkel wie wirkliche Wälder.

Außer Margot und ihrem Vater, dachte Georg, hatte er in neunzehn Jahren niemanden aus ihrer Nachbarschaft getroffen oder auch nur von ferne gesehen, und er war sicher, dass auch seine Eltern, auch Margot und Klaußen keinen Menschen kannten außerhalb ihrer abgeschlossenen, hoch ummauerten Welt. Dass ihre Väter damals übereingekommen waren, das kleine Gittertor für Georg und Margot in die Grenzmauer zu brechen, streifte wahrscheinlich ans Sensationelle und roch fast schon nach zuchtlosem Zerfließen.

»Wir sind da«, sagte Margot.

Und wirklich, der Golf hielt vor dem schwarzen Gittertor der Kroning-Villa, das wie ein verdorbener Zahn von der blendend weißen Mauer abstach.

Er wandte sich Margot zu und dachte, auch zwischen ihnen würde es nie mehr wie früher sein. »Ich bin sicher, wir ...« Aber dann wusste er nicht, was er überhaupt hatte sagen wollen. »Grüß deinen Vater von mir«, sagte er stattdessen. »Kann sein, dass ich ihn gar nicht zu sehen bekomme, da ich Sonntag schon zurück nach Zürich will.« Küssend streifte er ihre Wange, die sich heiß und feucht anfühlte. Dann fiel ihm die absurde Pflaster-Szene von heute früh ein und wie geistesgegenwärtig Alex reagiert hatte. Über der Erinnerung musste er lächeln. Margot missverstand ihn und lächelte schief zurück. »Also dann«, sagte er. »Und danke, dass du mich gebracht hast.«

Er stieg aus, holte seinen Koffer aus dem Gepäckheck und bediente die Torglocke an seinem Elternhaus. Ihm fiel ein, dass er seinen Hausschlüssel in Zürich vergessen oder vielleicht längst verloren hatte, aber er wäre gar nicht auf die Idee gekommen, sich wie ein regulärer Bewohner mit Schlüsseln Zutritt zu verschaffen. Das Bewusstsein seiner Fremdheit fiel auf ihn wie ein Schatten aus Stein.

Drei:
Taunusschlucht

1

Am späten Sonntagabend, als Georg sich eben hinlegen wollte, waberte die elektronische Telefonglocke los. Erst vor einer halben Stunde war er mit der Bahn aus Kassel zurückgekommen, aber er hatte es nicht geschafft, mit diesem Timo Prohn zu reden. Stundenlang hatte er vor der Prohn-Villa gelauert, die einen verlassenen Eindruck machte, als wären die Bewohner über Nacht geflohen. Tore, Türen, Fensterläden – alles verrammelt und weit und breit keiner, der auf Klingel-, Klopfzeichen oder sogar auf laute Zurufe reagierte. Drei- oder viermal hatte er außerdem probiert, von einer Telefonzelle aus die Prohn-Villa zu erreichen, genauso umsonst. Also blieb zunächst noch rätselhaft, wer sich hinter dem geheimnisvollen Graubart verstecken mochte und ob Margots Vater in die Prohn-Affäre verwickelt war. Georg hatte sein Klaußen-Foto wieder eingesteckt und war zurück nach Lerdeck gefahren.
Ja, ja, das Telefon – er kam ja schon.
Er fühlte sich einigermaßen erschöpft, zumal schon die beiden letzten Tage mit seinen Eltern strapaziös gewesen waren – gar nicht mal mitgerechnet den Schabernack und teilweise regelrechten Terror, mit dem Kroll ihn aus der Ferne gepiesackt hatte. Mehr als zwei Tage lang hatte er herumgerätselt, was Kroll mit seinen Attacken bezweckte. Allmählich glaubte er zu begreifen, dass der andere einfach ein skrupelloser Spieler war, der auch vor dem höchsten Einsatz nicht zurückschreckte. Klar war inzwischen auch, dass einer von ihnen beiden sich mit diesem Spiel ruinieren würde.
Georg streifte seinen alten, schwarzseidenen Hausmantel über, der seit jenem Zwischenfall mit dem brennenden Erpresserbrief auf Arm und Brust dutzendfach durchlöchert war. Er zog seine Zimmertür auf und lief durch die hallend leere Villa ins Arbeitszimmer seines Vaters, wo sich der sogenannte Nebenapparat auf dem Schreibtisch zwischen aufgehäuften Papieren duckte. Der düstere Raum roch nach Schweiß und schlaflos zerraschelten Nächten.
Zögernd griff Georg nach dem Hörer. Natürlich war er darauf gefasst, dass das Telefon spätestens morgen Vormittag mit einem ganz besonderen, unheilvoll bebenden Ton losjaulen würde. Aber es war unwahrscheinlich, dass irgendwer schon heute Abend das *Wrack* aufgespürt hatte, zumal die Felsschlucht schräg unter ihrem Waldhaus sogar für geübte Bergkletterer mehr oder weniger unzugänglich war.
»Hier Kroning, was gibt's denn.«
» ... *trock, trock* ... Augenblick, ich verbinde.«
Offenbar hatte der Anrufer eine reichlich mürbe Leitung erwischt, oder er war überhaupt ins falsche System gerutscht, da es im Hörer wie in einer Wasserleitung tropfte

und rauschte. Während er auf die Verbindung wartete, lehnte sich Georg gegen die Tischkante und tastete mit spitzen Fingern über seine Schläfen.

»Herr Kroning? *Georg* Kroning?«

Vage kam Georg die krächzende Stimme bekannt vor – oder er glaubte, er hätte sie schon mal gehört. »Ja«, murmelte er. »Wer sind Sie überhaupt?«

»Mein Name ... *trock, trock, trock* ... schlechte Nachricht für Sie. Hören Sie mich?«

»So halb und halb«, sagte Georg. »Irgendwelche Störtöne mischen sich dazwischen. Deshalb habe ich Ihren Namen nicht verstanden. Und wieso schlechte Nachricht?« Allmählich wurde ihm mulmig.

»... *trock, trock* ... heiße Martens ... *trock* ... vielleicht an mich erinnern. Vor ungefähr drei Jahren ... *trock, trock, trock* ...«

»Martens?«, flüsterte Georg. »Peter Martens? Aber das kann ... Hallo? Hören Sie mich noch?« Für einen schauerlichen Augenblick glaubte er wirklich, Peter wäre irgendwie *zurückgekommen* – mit halb geschlossenen Augen sah er den anderen deutlich vor sich – seinen geschändeten, fellähnlich behaarten Krüppelkörper, der aus den Mainfluten auftauchte, und Peters schwarzbleich verstrüpptes Gnomengesicht feixte halb höhnisch, halb verdüstert von seiner alten Melancholie.

»Peter«, hörte sich Georg flüstern. Obwohl er gleichzeitig wusste, dass Peter tot war. Er war *tot, tot, tot* – er konnte nicht einfach zurückkommen – seine Nerven oder vielleicht sonst wer spielten ihm wieder mal einen Streich.

Sonst wer?, dachte er. Während er sich mit fremd klirrender Stimme fragen hörte: »Kroll? Sind Sie das schon wieder? Lassen Sie doch endlich diesen Unsinn. Das hat sowieso keinen Sinn mehr, weil ... Na ja, das werden Sie früher oder später auch noch merken. Und praktisch war es das ja, was Sie von Anfang an wollten. Nur habe ich mit der Sache wieder mal absolut nichts zu tun. Wie ich auch damals, bei dieser Martens-Geschichte, nicht im Geringsten ...«

»Entschuldigen Sie, Herr Kroning.« Plötzlich tönte die fremde Stimme klar und fast erschreckend nah aus dem Hörer. Sie klang verwirrt und seltsam verlegen. »Ich weiß ehrlich gesagt nicht, von welcher Martens-Geschichte Sie sprechen, Herr Kroning. Offenbar haben wir uns missverstanden, zumal die Verbindung ziemlich undeutlich war. Mein Name ist Dr. Martens, ich bin der Assistent Ihres Herrn Vaters. Sie werden sich wahrscheinlich kaum erinnern – vor einigen Jahren haben wir uns flüchtig kennengelernt, als Sie sich bei uns in der Klinik wegen Verdachts auf gewisse – hm – krankhafte Veränderungen untersuchen ließen. Ich habe Sie damals im Auftrag Ihres Herrn Vaters sozusagen betreut.«

Und ehe Georg irgendwas erwidern konnte: »Der Grund, weshalb ich anrufe, Herr Kroning – Ihre Eltern hatten einen schweren Autounfall. Es sieht schlimm aus, außerordentlich schlimm. Wir haben den ganzen Tag versucht, Sie zu erreichen, aber offenbar ... Am besten, Sie kommen sofort her, wenn ich mir erlauben darf ...«

»Ich verstehe nicht«, murmelte Georg.
Und wirklich – im Augenblick begriff er kaum, wovon der andere redete. Was für ein groteskes Zusammentreffen, dachte er, dass der Assistent seines Vaters ausgerechnet Martens hieß. Vage glaubte er sich zu erinnern, dass irgendwer damals neben ihm hergetrottet war, als sie ihn in diversen Laborräumen wegen der Schläfenschmerzen untersucht hatten. Aber er hatte den mageren Weißkittel kaum beachtet.
»Ihre Eltern sind auf dem Weg zu Ihrem Waldhaus verunglückt«, hörte er. »Der Wagen soll in die Schlucht unter Ihrem Privatweg gestürzt sein, wo er in Flammen aufgegangen ist. Ein Ornithologe, der in der Schlucht nach seltenen Vögeln suchte, hat das Unglück schon am Vormittag entdeckt. Natürlich haben wir sofort versucht zu operieren. Ihre Eltern liegen beide auf der Intensivstation; schwerste Verbrennungen, Schädeltraumata, Knochensplitter, die in die Lungen gedrungen sind ... Ihr Herr Vater hat zusätzlich einen Herzinfarkt erlitten, und was Ihre Frau Mutter betrifft – es besteht kaum noch Hoffnung. Beide sind seit über zwölf Stunden ohne Bewusstsein, und wir müssen befürchten ... Wann können Sie hier sein, Herr Kroning?«
»Hier sein?«, echote Georg. »Sie meinen, ich soll sie ... N-nein, hören Sie, ich glaube, ich kann das nicht.« Er fing an zu frösteln. Warum hatte er nicht im Ernst an diese Möglichkeit gedacht – dass irgendein Idiot seine Eltern vor der Zeit fand und natürlich sofort Polizisten und Sanitäter herbeitrommelte, noch bevor die beiden wirklich und hundertprozentig tot waren? Und offenbar waren sie auch noch ausgerechnet ins Florian-Hospital verfrachtet worden, wo dieser Martens seine Messer durch das Fleisch seines eigenen Chefs zog.
»Herr Kroning? Sind Sie noch dran?«
»Ja«, murmelte Georg, »ich bin dran. Warten Sie bitte noch eine Sekunde.«
Ich hab das nicht gewollt, dachte er frierend. Eiskälte kroch aus dem weißgrauen Steinboden und züngelte an seinen nackten Beinen hoch. Natürlich hätte er seinen Eltern ungefähr seit Samstagnacht an den Fingern vorrechnen können, wie lange sie noch zu leben hatten. Trotzdem war er absolut unschuldig an ihrem schauerlichen Tod, den sie momentan sogar halb und halb noch vor sich hatten.
»Bestimmt sieht Mama ganz grauenhaft aus«, sagte er leise zu diesem Martens, »und wenn ich beispielsweise nur einen Tropfen Blut rollen oder spritzen sehe ... Ich – warten Sie, Martens ... Ein Ornithologe, sagten Sie? Ist das nicht so eine Art Vogelforscher? Ja, sonderbar. Entschuldigen Sie. Also, vielleicht können wir es so machen: Ich bleibe hier in der Nähe dieses Telefons, und wenn ... wenn Mama beispielsweise aufwacht, oder natürlich auch Papa ... oder wenn sie im Gegenteil ... Sie würden mich dann wieder anrufen, und dann ... ich meine, dann müsste ich eben vorbeikommen, ja? Was ist los, Martens, wollen Sie nicht gefälligst mal Antwort geben?«
»Wie Sie meinen«, sagte Martens, und plötzlich klang seine Stimme kalt und fast zornig. »Sie hören dann von mir, Herr Kroning.«

»Vielen Dank«, murmelte Georg. Er legte auf und rannte zurück in sein Zimmer, wo er sich aufs Bett warf und sein kalt glühendes Gesicht ins Kissen presste. Natürlich würde Kroll versuchen, den höchstwahrscheinlich tödlichen Autounfall zum kaltblütigen Elternmord aufzuputzen. Aber auf Georgs kleinem Schreibtisch in der Nische – dem Arbeitstisch seiner Kinderzeit, wo er beispielsweise *Zwei Zauberer kämpfen* oder den *Wortdrachen* entworfen hatte – lag das unterschriebene Dokument, in dem sein Vater sich verpflichtete, das *Irrläufer*-Projekt mit maximal einer Viertelmillion Mark zu finanzieren. Der Vertrag enthielt noch so eine kleine, ziemlich knickerige Klausel, aber na ja – nur wegen der Klausel brachte doch keiner seine Eltern um. Daraus folgte, dass er kein greifbares Mordmotiv hatte – ganz abgesehen davon, dass die Polizisten draußen in der Waldschlucht oder eine Etage darüber auf dem Schotterweg keinerlei Spuren finden würden, die irgendwelches Fremdverschulden bewiesen.
Ganz im Gegenteil, dachte Georg, während er sich fröstelnd auf seinem alten Bett zusammenkrümmte – schließlich war er selbst noch vor seinen Eltern mit der morschen, über den Schotterweg gestürzten Tanne zusammengeprallt, und zwar so heftig, dass auch er beinahe in die zehn oder fünfzehn Meter tiefe Felsschlucht geschleudert worden wäre. Seine rechte Hüfte, mit der er auf dem Schotter aufgeschmettert war, schmerzte immer noch, wenn er sich unvorsichtig bewegte. Sein altes, schon vorher halb klappriges Rennrad, dessen Vorderfelge zu einem Halbmond zusammengequetscht worden war, hatte er genauso wegschmeißen müssen wie beispielsweise seine Jeans, die schlammverkrustet und an mehreren Stellen stumpfwinklig aufgeschlitzt war. Alles in allem würde Kroll sich fürchterlich blamieren, während er selbst sich ruhig im väterlichen Sessel zurücklehnen konnte, um beispielsweise im Testament seiner Eltern zu blättern.
Mama liegt im Sterben!, durchzuckte es ihn. Halb richtete er sich auf und tastete nach den *Gitanes* auf dem Nachttisch. Wieder dachte er: *Das hab ich nicht gewollt* – genauso wenig, wie er damals gewusst oder allen Ernstes gewünscht hatte, dass die Vaganten mit ihren langen Stangen den Lenauzwerg Peter Martens aus dem Fluss fischen würden. Er hatte nur irgendwann am Samstagnachmittag, nachdem er seiner Mutter allerdings ziemlich übles Zeug ins Gesicht geschleudert hatte, ganz flüchtig gedacht: *Besser, ihr würdet beide verschwinden – für immer ...*
Dann war er von der Geburtstagstafel aufgesprungen, wobei im plötzlichen Luftzug sechzehn oder siebzehn der winzigen, in die Torte gespießten Geburtstagskerzen zittrig qualmend erloschen. Unter den erschrockenen Blicken seiner Eltern war er nach draußen gerannt, zur Garage, wo er sein Rennrad zwischen uraltem Gerümpel hervorgezerrt hatte und blindlings davongestrampelt war.
Kein Motiv zu haben, dachte er, war vielleicht das Unheimlichste überhaupt. Dabei begriff er kaum, was dieser Gedanke eigentlich meinte. Mühsam drehte er sich auf den Rücken, wobei er eher empfand als dachte, wenn dies alles vorbei war, würde er

Alex wiedersehen. Alex, der vielleicht in diesem Moment durchs schluchtdunkle Juragebirge irrte und sich nur noch von wilden Beeren nährte, weil er Angst hatte, dass sich in Dörfern oder Städten irgendwer an ihn heranschlich und ihm blitzartig die Maske vom Gesicht riss. Und dann dachte er, im Grunde hatte er immer geahnt, wer Alex wirklich war. Wieder begriff er seine eigenen Gedanken höchstens zur Hälfte – doch er spürte, dass seine Eltern *für Alex* starben. Was hieß das?
Bis dieser Dr. Martens wieder anrief und Beileid in die Muschel nuschelte, konnten noch Stunden vergehen – und dann vielleicht noch mal Stunden, bis Kroll aus Zürich hergetrommelt war und draußen die Torglocke gongen ließ. Bis dahin musste er versuchen, halbwegs zu begreifen, in welches Spiel er eigentlich geraten war – ein mörderisch verworrenes Spiel, in dem nicht nur Kroll, sondern beispielsweise auch Margots Vater eine ziemlich undurchsichtige Rolle spielte.
Er zündete sich die *Gitane* an und blinzelte fröstelnd in den grauschwarzen Qualm, während seine Eltern höchstwahrscheinlich übel glühende oder feurig fauchende Träume hatten.

2

Als er Freitagnachmittag mit seinem kleinen Koffer nach Hause kam, war nur seine Mutter zur Begrüßung auf der Südterrasse aufmarschiert. Heimkehrende Söhne waren ziemlich was Lächerliches, spürte Georg, während er seiner Mutter steif die Hand schüttelte und seltsam verlegen ihren Blick vermied.
»Oh, Junge, wie schön«, murmelte sie, worauf Georg nur nickte.
Während sie ins Haus gingen, sagte seine Mutter schnell, als müsste sie etwas Unangenehmes hinter sich bringen: »Papa schläft noch, und ich finde, wir sollten ihn jetzt nicht stören. Nach einer Massenkarambolage am Bad Homburger Kreuz musste er zwölf oder dreizehn Stunden lang ununterbrochen operieren. Er hat sich erst nach dem Mittagessen hingelegt, und ich bin froh, dass er überhaupt mal einschlafen konnte.«
»Schon gut, Mama.«
Hinter seiner Mutter trat er in den großen Saal, an dessen Vergrößerung sein Vater seit Jahren arbeitete – mehr oder weniger jedes Jahr ließ er eine weitere Wand herausbrechen, sodass sich der Saal inzwischen fast über das ganze Erdgeschoss erstreckte. Längs der verbliebenen Wände zogen sich die glatten, schwarzen Fronten deckenhoher Schränke, deren Inhalt niemand erriet. Da die Schränke auch die Zimmertüren überbauten, schlüpfte man wie durch schmale, schwarze Tunnel in den desto erschreckender sich dehnenden Saal. Außer den Sesseln und Couches, die einen achteckigen

Steintisch umringten, gab es keine Möbel; wie bösartige Geschwüre wölbten sich die schwarzen Polster aus dem blendend weißen Spannteppich, in den man unangenehm weich fast bis zu den Knöcheln versank. Auch die südliche und die westliche Außenmauer hatte Georgs Vater in voller Höhe und Breite des Erdgeschosses herausbrechen lassen und durch Glasfronten ersetzt. Aber alle Jalousien waren heruntergelassen, die Lamellen nach innen gekippt, sodass man nicht nach draußen spähen konnte und vom Park nur ein flirrendes Grünlicht durch die Rippengitter brach.

»Margot hat mich gebracht«, sagte er, als sie auf den schwarzen Polstern saßen. Diesmal war es seine Mutter, die sich mit einem Nicken begnügte, während sie ihre langgliedrigen Finger verkrampft ineinander flocht. Georg fand es fast erschreckend, wie alt sie geworden war. Schütter verschleierte ihr graues Haar, das sie immer noch schulterlang trug, ihr hageres Halbprofil, aus dem spitz die Nase hervorstach, und wenn sie lächelte, knitterte sich ihre Gesichtshaut. Ihre schlanke Gestalt, die ein grauseidenes Kleid eng und elegant umschloss, schien sich unter einer unsichtbaren Last zu beugen, und ihre Hände waren blass, faltig und mager wie alte, abgemattete Tiere. Nur in ihren braunen Augen dämmerte noch der Traum – ein Traum, den sie immer verschwiegen hatte, da sie sich seiner zu schämen schien.

»Möchtest du vielleicht einen Kaffee, Georg?«

»Danke, Mama. Keinen Kaffee, ich brauche jetzt gar nichts.« Lächelnd dachte er, und doch war alles wie früher – sie hatten noch nie gewusst, was sie miteinander reden sollten. Oder vielleicht so: Sie hatte immer Signale ausgestrahlt, dass er dieses und jenes Thema vermeiden sollte, da beinahe alles ihr Angst einjagte.

Seine Mutter schien zu spüren, dass er sofort von dem Geld reden wollte. Sie senkte den Blick und fragte schnell: »Wie geht es denn Margot?«

»Geht so, glaube ich. Sie will schon heute Abend nach München zurückfahren.«

»Sie bleibt nicht zu deinem Geburtstag?«

»Scheint so. Wir – na ja, wir haben uns ein bisschen gestritten. Wir hatten uns ein ganzes Jahr lang nicht gesehen, und vielleicht haben wir einfach zu viel erwartet.«

»Aber was ist denn in Zürich passiert?« Seine Mutter sah erschrocken aus, als ahnte sie schon die mehr oder weniger katastrophale Wahrheit.

Georg steckte sich eine *Gitane* an. »Im Grunde nichts von Bedeutung. Weißt du, dieser Bertoni ... Wir waren gestern Abend auf dem *Härtel & Rossi*-Fest; die Agenten haben eine Art Firmenjubiläum gefeiert, und obwohl die Finanzfrage noch ungeklärt ist, haben sie mich zu der Feier eingeladen. Dort haben wir auch Bertoni getroffen – das ist ein berühmter Bildhauer; im Louvre soll es einen eigenen Bertoni-Saal geben. Der Mann ist höchstens fünfunddreißig, aber er wird schon als lebendes Denkmal gefeiert. Übrigens hat er meine *Irrläufer*-Plastik überschwänglich gelobt. Gestern Abend jedenfalls ist Margot irgendwann mit Bertoni verschwunden und erst im Morgengrauen zurückgekommen. Sie behauptet ...«

Er fragte sich, warum er seiner Mutter diese läppische Geschichte überhaupt erzählte. Aber irgendwas mussten sie schließlich reden, und außerdem verschaffte es ihm Luft, wenn er über Margot und Bertoni herzog.
»Und du glaubst jetzt, dass Margot mit diesem Louvre-Künstler ...«
An ihrem zögernden Verstummen glaubte Georg zu spüren, dass seine Mutter verstand. Sie begriff, dass er nicht auf irgendwen eifersüchtig war – dass auf der ganzen Welt vielleicht nur Bertoni ihm Margot wegnehmen konnte.
»Mach dir keine Sorgen«, sagte seine Mutter. »Margot ist ja vernarrt in dich und wird bestimmt zurückkommen. Vielleicht wollte sie dir nur eine Lektion erteilen, damit du dich nicht zu sicher fühlst.« Dazu machte sie aber ein Gesicht, düster und schlaff, als ob sie ihren eigenen Worten misstraute.
»Wahrscheinlich hast du recht.« Obwohl Georg kaum hingehört hatte. Auf einmal hatte er wieder an Alex gedacht, an Kroll und den toten Alfred Prohn – an diese ganze, hinter ihm herflatternde Welt, die er nie wirklich hinter sich lassen konnte. Er spürte, dass seine Mutter ihn anblickte, als hätte sie irgendwas gefragt und wartete auf seine Antwort. »Schön, wieder mal zu Hause zu sein, Mama.«
Müde sah er an ihr vorbei und wunderte sich, dass der riesenhafte, fast kahle Saal sie nicht durch seine schiere Größe erdrückte. Unwillkürlich erfand man Bilder, Schatten und Stimmen, um den leeren Raum zu füllen, oder man erfand sie nicht – sie lauerten schon in den Falten des Schweigens.
»Ich habe Champagner kaltgestellt«, sagte seine Mutter. »Aber noch ist es ein wenig zu früh zum Feiern. Wegen dem Spielgeld brauchst du dich nicht zu sorgen, Georg – ich bin sicher, Papa wird noch heute Abend mit dir reden. Vielleicht können wir schon um Mitternacht auf deinen *Durchbruch* anstoßen. Das wäre allerdings nicht ganz korrekt«, fügte sie matt lächelnd hinzu, »da du erst frühmorgens um vier geboren wurdest.«
Dass seine Mutter den *Durchbruch* mit seiner Geburt in Verbindung brachte, ärgerte ihn genauso wie das *Spielgeld*. Natürlich hatte sie beides nicht boshaft gemeint – sie war gar nicht raffiniert genug, um ironisch mit Worten und Bedeutungen zu spielen. Aber es war immer schon ihre täppisch-ängstliche Hilflosigkeit gewesen, die ihn ärgerlich werden ließ, weil er früh schon gespürt hatte, dass sie ihn selbst unsicher und benommen machte.
Spätestens Sonntagabend, sagte er sich, würde er mit dem Zug zurück nach Zürich fahren, so oder so. Falls sein Vater das Geld nicht herausrückte, würde er eben andere Möglichkeiten finden, um zumindest sich selbst in Zürich über Wasser zu halten, wenn auch der *Irrläufer* vorläufig untersank. Um zweiundzwanzig Uhr würde er vor der Telefonzelle im Frankfurter Hauptbahnhof Alex' Anruf erwarten, und dreißig Minuten später säße er schon im klimatisierten Waggon und vertiefte sich in irgendein Buch bis Basel. Nur nicht hier steckenbleiben, nahm er sich vor. Seine Mutter

lächelte ihn immer noch an, und auch auf seinem Gesicht, spürte er, klebte das verzerrte Lächeln wie festgefroren.
»Ich könnte schnell nach oben gehen«, sagte sie, »und nachsehen, ob dein Zimmer in Ordnung ist. Deinen Koffer nehme ich gleich mit, obwohl du ja sicher nichts dabei hast, was zerknittern könnte.«
»Wie du möchtest, Mama.«
Während sie nach draußen flüchtete, stand Georg auf und trat vor die gläserne Südwand. Die Jalousien wurden durch eine elektrische Vorrichtung bedient; er probierte mehrere Schaltknöpfe aus, bis die Lamellen sich surrend hoben und zwischen Glaswand und gekälkter Decke in einer Spalte verschwanden. Wie auf einer Bühne, wenn der Vorhang hochschwebte, kam die Südterrasse zum Vorschein, die ohne genauere Begrenzung in den kreisrunden Steinplatz überging. Vor fünf oder sechs Jahren hatte sein Vater den Platz mit mattbraunem Vulkangestein aus der Ätnaregion aufpflastern lassen – mit erstarrter Magma, deren kristallische Einschlüsse in der Nachmittagssonne schimmerten und glänzten. Auf der Terrasse standen noch die alten Marmormöbel mit den Sitzpolstern in schwarz-weißem Schachmuster, auf denen er beispielsweise im Frühling vor den Abiturprüfungen gesessen hatte, mit mathematischen Scheinproblemen kämpfend oder plaudernd mit Margot – er erinnerte sich an jedes Wort, das sie gewechselt hatten, an Margots Lachen, an die schweren Schatten der Bäume und das flimmernde Licht in Margots Haar. Oder auch an jenen heißen Sommermorgen, als seine Mutter über dem berühmten Erpresserbrief brütete, der wenig später funkensprühend verbrannt war, worauf er selbst ... Nein, jetzt nicht daran denken. Immer noch verströmten die Hügel und Wellen der Parkwiesen dieses intensive Grünlicht, in dem beinahe alles möglich schien. Er hatte diesen Gedanken schon so oft gedacht, dass es kaum noch ein Gedanke, fast schon ein Traumflüstern war. Er schaute nach draußen und dachte daran, was er am Montagabend zu Margot gesagt hatte, halb betrunken von Médoc und *Grand Marnier*. Die Kindheitsbilder, das war kein *Weißt du noch*, sondern ein *Für immer so*.
Der leuchtend weiße Würfel der Villa, an dem im Osten der kleinere Würfel der Doppelgarage klebte, lag zusammen mit dem Vulkansteinplatz in einer Art Senke; ringsum wölbten und wellten sich die grünen Hügel des Parks. Ihm genau gegenüber schloss sich der breite Kiesweg an den Magmaplatz an, führte über den Hügel und stürzte sich dahinter mit Schwung zum von hier aus unsichtbaren Parktor hinab. Links und rechts standen dunkle Tannengruppen auf den Hügeln wie Verschwörer eng beisammen, die Hutkrempen in die Stirn gedrückt. Die geometrisch gestutzten Büsche und Hecken bildeten die *ordentliche Gesellschaft*, gegen deren Gebote die Verschwörer sich zusammengerottet hatten. Die Horizonte, wohin man auch schaute, wurden gleichfalls von dichten Reihen hoher Tannen verdunkelt – lauernden Desperados, die auf einen Wink ihrer Führer heranstürmen würden. Da die Bäume die

weißen Grenzmauern völlig verdeckten, wirkte der Park wie eine mühsam kultivierte Lichtung in wilder Waldunendlichkeit. Von morgens bis abends schlurfte der steinalte Gärtner Josef durch den Park und bekämpfte mit Messer und Spaten die aufschießenden Triebe.

Noch ehe sie ihn berührte, spürte Georg, dass seine Mutter hinter ihm stand. Dann fühlte er ihre Hände auf den Schultern; langsam drehte er sich um. Er hatte vergessen, wie klein sie war, dachte er, oder sie war *geschrumpft* – als sie ihr Gesicht gegen ihn sinken ließ, streifte ihr grauer Scheitel kaum sein Kinn, das er unwillkürlich vorreckte. Unter dem dünnen Haar schimmerte die bleiche Kopfhaut.

»Georg.« Sie wisperte an seiner Brust, sodass er die Silben eher erriet als hörte.

»Ja, Mama.« Es kam ihm vor, als ob seine Mutter weinte. Mit hochgereckten Händen hing sie verkrampft an seinen Schultern, als wäre er eine Kaimauer und sie fürchtete zu ertrinken. Ihre Finger krampften sich dorthin, wo Flämms Pranke ihn gequetscht hatte; er versuchte den Schmerz zu ignorieren. Sie hat kaputte Nerven, dachte er.

»Nimm dich zusammen, Mama.« War es möglich, dass er diese Worte fast zornig in ihr Haar gezischt hatte? Immerhin gewannen sie nachträglich einen rechtfertigenden Schein, da er hinzufügen konnte: »Anscheinend ist Papa auf der Treppe.«

Er packte ihre Arme und schob sie zugleich rasch und sanft von sich fort, wozu er starr lächelte. Sie hatte blassrote Flecken im Gesicht, und rosa Ringe umkränzten ihre Augen. Und wirklich schob sich eben sein Vater, ungefähr zwanzig Meter von ihnen entfernt, durch die schwarz übertunnelte Tür in den Saal.

»Grüß dich, mein Junge«, dröhnte er, während er steifbeinig und seltsam schief auf sie zueilte. »Ihr müsst entschuldigen, dass ich erst jetzt auftauche – ich habe tatsächlich den Wecker überhört; früher ist mir das nie passiert.«

»Hallo, Papa.«

Während er die extramännlich zupackende Hand seines Vaters schüttelte, lächelte Georg unbehaglich. Wie hatte er die dröhnende Stimme nur früher ertragen können – aber er hatte sie nie ertragen, er hatte sich immer imaginäres Wachs in die Ohren geschmiert. Auch sein Vater wirkte schon alt und verbraucht. Er war abgemagert, sein schwarzes Haar spärlich und grau geworden; um den schmalen Mund und die wässrigen Augen hatte sich ein angespannter Zug eingekerbt. Der untere Wulst seines Doppelkinns hatte sich irgendwohin verflüchtigt und eine schlaff über den Kragen schlagende Hauttasche zurückgelassen; scharf stachen die früher fleischigen Schultern aus dem weißen Hemd. Alle verbliebene Lebensgier schien sich in seinem Bauch zusammengezogen zu haben, der wie ein weicher Ball vor dem schmächtig gewordenen Körper klebte. Schaudernd betrachtete Georg seine entstellten Eltern, und er empfand, dass *Schuld* ihre Leiber verkrümmte und ihre Züge zu Fratzen verschob.

Kurz darauf lehnte er vor dem mattgrauen Jalousiengitter an der Südwand, einen bitter schmeckenden Drink in der Hand, den sein Vater ihm aufgedrängt hatte. Natürlich hatte Georg sofort versucht, das Gespräch auf den *Irrläufer* zu lenken. Aber darauf hatte sein Vater nur irgendwas Unverständliches gebrummt, und seine Mutter hatte halb warnende, halb bittende Blicke auf ihn abgeschossen.

Meinetwegen, dachte Georg, spätestens morgen musste er erklären, ob er das Geld herausrücken wollte oder lieber in seinen Tresoren verschimmeln ließ. Natürlich wäre es am besten, wenn sein Vater ihm auf der Stelle die *Irrläufer*-Finanzierung zusicherte – jedes Mal spürte er dieses elektrische Kribbeln im Magen, wenn ihm die Drohung Krolls einfiel, der ihn wegen der Prohn-Affäre bei seinem Vater anschwärzen wollte. Aber es war nicht sehr wahrscheinlich, dass Kroll ihm jetzt noch dazwischenfunken würde. Wenn er wirklich vorgehabt hätte, das *Irrläufer*-Projekt platzen zu lassen, hätte er schon vor Tagen zum Telefonhörer greifen und seine mehr oder weniger bewährten Verleumdungen fernmündlich verspritzen können.

Aufblickend sah er, dass sein Vater mit düsterer Miene in einem der schwarzen Sessel thronte, während seine Mutter steif auf einer Couchkante saß und die Finger ineinander knotete.

»Wir sind so froh, dass du endlich wieder bei uns bist, Georg.« Sie sah ihn abwesend an – als schaute sie durch ihn hindurch in den Park oder in die Vergangenheit und Georg schwankte als ganz kleiner Junge auf unsicheren Beinen durch das endlos sich wellende Wiesengrün. »Warum setzt du dich nicht zu uns«, sagte sie, »und erzählst von Zürich oder von deinen Reisen durch Frankreich oder Portugal letztes Jahr. Papa hat das ganze Wochenende frei; wir wären wie immer zum Waldhaus gefahren, wenn wir dich nicht erwartet hätten.«

Vor Georgs Vater lag der sogenannte *Piepser* auf dem Tisch – eine mattschwarze Metallschachtel von der Größe einer Zigarettenpackung, die Fieptöne ausstieß, sowie ein Notfallpatient in der Klinik der Messerkünste seines Vaters bedurfte.

»Weißt du, Mama, ich habe praktisch den ganzen Tag in Margots Golf gesessen. Ihr wisst ja, was ich von Autoreisen halte – ich komme mir noch ganz verschnürt und verknotet vor und muss mich erst langsam wieder aufwickeln.«

Damit war das unselige Stichwort gefallen. »Mit dem neuen Wagen habe ich den Streckenrekord um vier Zehntelsekunden verbessert«, schoss sein Vater vor.

Lächelnd klammerte sich Georg an seinem bitteren Drink fest, abwechselnd nickend und nippend. »Also, ihr fahrt immer noch zum Waldhaus«, sagte er leise.

»Du kennst doch noch Papas Leidenschaft.« Seine Mutter lachte gleichzeitig dankbar und verlegen. »Aber ich finde, er ist – wir beide werden allmählich zu alt für den Motorsport. Auch Klaußen meint, dein Vater sollte sich etwas mehr schonen. Als ob er in der Klinik nicht schon genügend Stress hätte, fordert er sich auch in seiner Freizeit noch Höchstleistungen ab.« Und mit einem Seitenblick auf Georgs Vater: »Ich habe dir ja geschrieben, dass er seit Wochen an Kopfschmerzen leidet. Natürlich hat er sich von seinen eigenen Leuten gründlich durchleuchten lassen, aber die Untersuchungen haben keinen organischen Befund ergeben – genau wie damals bei dir. Und Klaußen meint ...«

Sein Vater machte eine wegwerfende Handbewegung und begann mit den Fingern auf die Sessellehne zu trommeln.

»Mir«, sagte Georg schnell, »hat Klaußen damals eine Psychotherapie empfohlen.«

Er fand, es war eine interessante Neuigkeit, dass sein Vater offenbar wieder Kontakt zu Margots Vater geknüpft hatte. Er nahm einen weiteren Schluck und beobachtete durch das Kristallglas, wie sein Vater eine ärgerliche Grimasse schnitt.

»Ach, Unsinn!«, dröhnte er. »So sehr ich ja sonst den Kollegen Klaußen schätze – was seine Psychoanalyse betrifft, hat er selbst einen kleinen Tick, wie fast alle diese Seelenschamanen. Mag sein, dass ich ein wenig überarbeitet bin, aber das ist auch schon das ganze Geheimnis.«

Georgs Mutter nickte besänftigend. Sein Vater streifte den Piepser mit einem sehnsüchtigen Blick, als wollte er die Metallschachtel magisch zwingen, ihn abzurufen.

»Weißt du noch, Papa«, sagte Georg, »mir wolltest du damals, als das mit meinem Schläfenschmerz losging, den Kopf aufmeißeln.«

»Natürlich«; sein Vater schien den Plan bis heute nicht sonderbar zu finden. »Weißt du, so ein Geschwür – ein Tumor oder was auch immer – ist im Grunde eine saubere Sache. Man schneidet die Geschwulst heraus, macht alles wieder zu, und fertig. Unsere chirurgischen Möglichkeiten sind fast unbegrenzt. Die eigentlichen Probleme fangen erst an, wenn die Suche nach organischen Ursachen und Krankheitsherden ergebnislos verläuft.«

»Was hat Klaußen dir denn verschrieben?«

»*Geriovit*«, sagte Georgs Mutter, da sein Vater unbehaglich schwieg.

»Ich nehme immer noch *Hermaton*«, sagte Georg, »allerdings habe ich glücklicherweise seit Monaten nichts von den Schläfenschmerzen gespürt.« Flüchtig verwirrte es ihn, dass er es aus irgendeinem Grund vorzog, seine jüngste Schmerzattacke zu verleugnen.

»Seit diese Sache losgegangen ist, vor sechs oder sieben Wochen«, brachte sein Vater knurrend hervor, »sind die Schmerzen nie mehr, nicht einen einzigen Tag lang, völlig verschwunden. Sie ziehen sich nur manchmal in den Hintergrund zurück, für Stunden oder halbe Tage, und fallen dann ohne Vorwarnung wieder über mich her. Man bekommt wirre Träume, ich weiß nicht, ob von den Tabletten, was eigentlich kaum sein kann, oder durch den Schmerz selbst. Aber Schluss jetzt mit dem Altweibergewäsch«, fiel er sich selbst ins Wort. »Ich müsste nur mal zwei, drei Wochen Urlaub nehmen und ein wenig entspannen, dann wäre der Spuk schnell vorbei.«

»Dann nimm doch einfach deinen Urlaub«, schlug Georg vor. »Warum verreist ihr nicht für paar Wochen nach Italien oder irgendwohin? Ich glaube, das würde euch beiden guttun.«

Für einige Augenblicke hatte er geglaubt, dass er und sein Vater sich plötzlich verstünden. Aber schon spürte er wieder die Fremdheit. Sein Vater fühlte den Sog der geheimnisvollen Krankheit, die ihn in eine andere, fantastische Welt locken zu wollen schien, aber er stemmte sich mit allen Kräften dagegen. Misstrauisch musterte er Georg, als verkörperte sich in seinem Sohn das gefährliche Rätsel, das ihn von innen her zu verwandeln drohte.

»An Ferien kann ich im Moment nicht einmal denken«, behauptete er. »Da der alte Direktor, Professor Pfister, in Kürze ausscheidet, wird für die Klinik ein neuer Leiter gesucht, und ich habe mich um den Posten beworben.«

Aus dem Sessel seiner Mutter flatterte ein verstohlener Seufzer. Was interessierten ihn diese läppischen Auto- und Karrieregeschichten, dachte Georg. Anstatt das *Irrläufer*-Thema auch nur zu streifen, waren seine Eltern sofort ins Familiäre übergesprungen. Ihr Geschäft schien sein Vater aus dem Gedächtnis verloren zu haben. Er lebte in einer Welt, in der man gelegentlich auch künstlerische Fragen berührte, was immerhin Bildung und fast eine Art Mut bewies. Aber dann wandte man sich desto entschlossener den wahren Problemen zu, und diese Entschlossenheit war wie ein steinerner Deckel, der ganze Welten unter sich begrub. Daher die immer hier herrschende Stille, dachte Georg, die keine wirklich tiefe Stille war – andauernd hörte man von weit unten oder hinten ein Rauschen, Wispern und mattes Klagen, und das Schweigen *zitterte* wie eine Hand, die scheinbar ruhig dalag, aber völlig verkrampft war.

Er beugte sich vor, um seine Kippe im Aschenbecher auszudrücken. Plötzlich durchzuckte ihn eine fürchterliche Idee – was denn, wenn seine Mutter bloß behauptet hatte, sein Vater wolle ihm mit dem *Irrläufer*-Geld aushelfen, obwohl sie über dieses Thema nie ernsthaft geredet hatten? Er entsann sich – Kroll hatte den Zweifel in ihn eingesenkt, vergangene Nacht, als er ihn hinter das Gestrüpp in Härtels Garten gezerrt hatte. Aber konnte Kroll nicht ausnahmsweise einmal recht haben? Konnte seine Mutter nicht ihn und vielleicht auch sich selbst getäuscht haben, und wenn er seinen Vater jetzt wegen der *Irrläufer*-Finanzierung anspräche, brauste der nur hohnlachend hoch und vor Empörung schnaubend?

Er warf seiner Mutter einen hilfesuchenden Blick zu; leer lächelte sie zurück. *Hast du mich getäuscht?*, fragte sein Blick, und ihm war, als ob sie fast unmerklich den Kopf schüttelte. Doch er musste auf der Stelle Gewissheit bekommen.

Er beugte sich vor, sah seinen Vater an und öffnete den Mund, um die Frage abzuschießen. Doch die Angst, dass sein Vater nein sagen würde, schnürte ihm die Kehle zu. Dann wäre alles zerstört, dachte er, dann bräuchte er gar nicht mehr nach Zürich zurückzukehren, da er praktisch kein Geld mehr hatte und keine Aussichten, den *Irrläufer* auf andere Weise doch noch unter- oder hochzubringen. Vor zwei Jahren war er aus diesem Haus, dieser Stille, diesem einkerkernden Gemäuer geflohen, und jetzt hatten sie ihn wieder eingefangen, als Häftling kehrte der Ausbrecher zurück. Natür-

lich dachte er auch an Alex – an seinen Freund, dem die Flucht gelungen war. Wie hatte er jemals glauben können, dass Alex ausgerechnet ihn als Beschützer brauchte? Alex, der spätestens morgen mit seinem Pass und mit seiner Maske davonschleichen würde, in die geheime Freiheit, während das schwarze Gittertor sich hinter Georg geschlossen hatte. Nein, das durfte nicht sein – gleich würde er seinen Vater auf den *Irrläufer* ansprechen. Mit einer fahrigen Geste griff er nach dem *Gitanes*-Päckchen, als er seinen Vater sagen hörte:
»... und dann ist es genau so gekommen, wie ich es vorausgesagt habe.«
Offenbar hatten sie sich die ganze Zeit unterhalten, während er selbst in Grübeleien versunken war.
»Was meinst du, Bernhard?«, fragte seine Mutter. Sie schien sich schuldig zu fühlen, weil auch sie nicht genau wusste, wovon ihr Mann redete.
»Na, was werde ich wohl meinen«, brauste er auf. »Weil es mir angeblich an wissenschaftlicher Reputation fehlt, haben sie Klaußen dazu gebracht, mit mir um Pfisters Nachfolge zu konkurrieren.«
»Aber Klaußen wollte doch im Gegenteil ...«
»Allerdings. In spätestens zwei Jahren wollte er sich ganz aus der Klinik zurückziehen und nur noch seine Privatpraxis betreiben. Ich sage dir, Johanna, da wird ein Komplott gegen mich gesponnen, und es sieht leider so aus, als ob Klaußen – wissentlich oder nicht – mit an der Intrige knüpft. Die wissenschaftliche Reputation ist natürlich nur ein Vorwand.«
Sein Vater stemmte sich aus dem Sessel und stakste aus dem Zimmer. Da er bis zur Tür gut fünfzehn Meter zurückzulegen hatte, sah man seine Gestalt langsam immer kleiner werden, bis er genügend geschrumpft schien, um durch die scheinbar winzige Tür zu schlüpfen. »Wir sehen uns später, Georg«, presste er, schon halb im Schranktunnel verschwunden, noch hervor, während Georg und seine Mutter ihm schweigend hinterherschauten.
»Warum hat er den *Scheck* nicht erwähnt?« Unwillkürlich flüsterte Georg, obwohl sie gehört hatten, dass sein Vater über die Treppe nach oben gestapft war. Im Obergeschoss waren die Bade- und Schlafräume, der Arbeitsraum seines Vaters und Georgs altes Zimmer, in dem wahrscheinlich noch jedes Möbel, jedes Bild an seinem angestammten Platz stand oder hing.
»Du hast es ja gehört, Papa hat wieder einmal Sorgen. Nicht genug, dass er sowieso schon überarbeitet ist und sich dauernd mit diesen Kopfschmerzen herumquält. Jetzt hat er sich auch noch in den Kopf gesetzt, auf Pfisters Stuhl vorrücken zu wollen, und prompt läuft die ganze Klinik gegen ihn Sturm. Du weißt ja, ihm fehlt die Habilitation, und dann ...«
Georg nickte. Natürlich war sein Vater auch in der Klinik nicht besonders beliebt. Er galt als hervorragender Chirurg und als Organisationstalent, aber mit Mitarbeitern

und Patienten verkehrte er nur in mürrischem Kommandoton, und seine Kollegen mieden den abweisenden Einzelgänger. Offenbar hatte sich auch Klaußen von ihm abgewandt und versuchte sogar, ihm den Chefsessel streitig zu machen. Schlechte Aussichten für ein *Irrläufer*-Gespräch. Schweigend schaute Georg seine Mutter an, die angespannt lächelnd an ihm vorbeisah.
Schriepp – schriepp! Georg zuckte zusammen. Was war das für ein grauenvoller Ton? Natürlich – das war dieser verwünschte Piepser, der zwischen ihnen auf dem Tisch lag und im fiependen Takt ein winziges Rotlicht erglühen ließ.
Schriepp – schriepp!
»Kannst du das verdammte Ding nicht abstellen?«, schrie er.
Schriepp – schriepp!
»Man braucht einen Schlüssel«, schrie seine Mutter zurück, »und den hat Papa!«
Schriepp – schriepp!
Böse starrte Georg das schwarze Metallkästchen an. »Willst du Papa nicht Bescheid sagen? Oder bring ihm die Schachtel, tu irgendwas, Herrgott noch mal!«
Schriepp – schriepp!
Er verstand selber nicht, warum ihn diese koboldhafte Kiste derart aus der Fassung brachte. Irgendwie klang es nach Alarm – als ob er in ein Haus eingebrochen wäre und Geiseln genommen hätte, und draußen schlichen schon die Scharfschützen über Mauern und Dächer heran.
Schriepp – schriepp!
Endlich hatte seine Mutter den Piepser gepackt und umwölbte das stählerne Etui mit beiden Händen. Schrill fiepend eilte sie zum Schranktunnel und schlüpfte aus der Tür, um ihren Mann zu suchen.
Schriepp – schriepp!, hörte er weiterhin das irrsinnige Quietschen, als seine Mutter schon im Obergeschoss war und offenbar an einer verschlossenen Tür rüttelte. Merkwürdig, dass sein Vater sich neuerdings einschloss. Schließlich lebte er hier allein mit seiner Frau, die bestimmt nicht versuchen würde, ihn auszuspionieren.
Endlich wurde die geheimnisvolle Tür aufgeriegelt, kurz darauf verebbte das Fiepen. Georgs Vater rief: »Ich muss sofort telefonieren! Bestimmt ein Notfall!«
Die Zeiger gingen schon gegen sieben Uhr abends. Falls die Operation eine langwierige Sache war, mussten sie das *Irrläufer*-Gespräch auf morgen verschieben. Wenn es sich einrichten ließ, dachte Georg, würde er nachher ein wenig in den oberen Zimmern herumschnüffeln – vielleicht fand er heraus, welche Geheimgänge sein Vater hinter verriegelten Türen grub. Er stand auf und ging langsam im Saal auf und ab, wobei er seine verkrampften Muskeln zu lockern versuchte.
»Ich muss leider noch mal in die Klinik, Georg.« Das war sein Vater. Triumphierend lugte der Piepser aus der Brusttasche seines stahlblauen Jacketts.
»Aber ich muss mit dir sprechen, Papa.«

Doch sein Vater hatte sich schon wieder zur Tür gewandt und rief nur noch über die Schulter: »Das wird schon alles in Ordnung gehen – mach dir keine Sorgen, Junge.« Dann knallte vorn die Haustür.

»Warte nur«, sagte hinter ihm seine Mutter, »falls du Papa heute nicht mehr siehst, wird er dich morgen desto sicherer überraschen.«

Ja, dachte Georg, aber womit. Wie auch immer sein Vater entscheiden würde, es wäre so oder so eine Überraschung. Obwohl er in Margots Wagen stundenlang geschlafen hatte, fühlte er die dunkle Welle der Müdigkeit.

»Ich nehme noch ein Bad, Mama«, sagte er sich umwendend, »und lege mich dann für ein paar Stunden hin. Danach erzähle ich dir gern mehr von Zürich. Und von meiner Europareise«, fügte er zögernd hinzu.

Verblüfft fühlte er, dass er errötete; rasch wandte er sich ab und ging zur Tür. Auf der Treppe horchte er und war erleichtert, dass seine Mutter ihm nicht folgte.

3

»Georg!«

Das war die Stimme seiner Mutter. Blinzelnd richtete er sich auf; seine Hände platschten in laues Wasser. Er lag noch in der Badewanne, aber er war halb eingeschlafen und hatte irgendwas von Alex geträumt.

»Was ist denn?«

Alex, der sich in den Jura-Bergen versteckt hielt und zottige Fellkleidung trug. Auch sein wieder blondes Haar hing ihm so filzig in die Stirn wie ein Tierpelz. Er schwang einen Knüppel aus splitterndem Holz, mit dem er aber lächerlicherweise auf ein Tannengestrüpp eindrosch statt auf Beute oder Feinde.

»Hörst du nicht, Georg? Ob du einen Herrn Taschner kennst. Er sagt, er müsste dich dringend sprechen.«

Es schien das Schicksal seiner Mutter zu sein, an verriegelten Türen zu rütteln, auch wenn diese Tür in Wahrheit nicht verschlossen war. Erst langsam drang die Frage zu ihm durch.

»Taschner?«, echote er, um Zeit zu gewinnen. »Hat er nicht gesagt, was er will?«

»Er steht unten in der Halle und ...« Und natürlich bekam er jedes Wort mit, das sie mit erhobenen Stimmen wechselten.

»Komm doch herein, Mama. Die Tür ist auf.«

Zögernd trat sie ein. Ihre Blicke wichen der Gegend der Wanne weiträumig aus wie einem im Radio angedrohten Verkehrsstau. Da eine dicke Schaumschicht über dem Wasser wogte, blieben die Gebote des Anstands im Übrigen wieder einmal gewahrt.

Über das blaulila Geschillere auf seiner Schulter schob er eine Art Waschlappen, der am Wannenrand zwischen Flakons und Flaschen herumlag.
»Kennst du nun diesen Taschner oder nicht?«
»Na ja – ich kenne ihn flüchtig aus Zürich, oder eigentlich kennt ihn nur Margot; sie hat gestern auf dem *Härtel & Rossi*-Fest länger mit ihm geredet. Umso mehr wundert es mich, dass er mich hier aufsucht – vielleicht hat er sich in der Tür geirrt und wollte eigentlich zu Margot.«
»Aber er hat gesagt, dass er *dich* sprechen will«, sagte seine Mutter.
»Na, meinetwegen. Ich wäre in dem Dampf sowieso fast eingeschlafen. Merkwürdig, was ich geträumt habe.«
»Das muss aber wirklich ein seltsamer Traum gewesen sein, wenn er sogar dich selbst verwundert«, sagte sie auflachend.
Sie holte ein Badetuch aus einem Schrank und hielt es vor die Wanne, sodass Georg aus dem Bad steigen und sich diskret in das Tuch wickeln konnte. Er wusste nicht genau warum, aber die Szene erinnerte ihn wieder an die Pflaster-Geschichte von heute früh – als Alex und er, beide nackt, vor Margot gestanden hatten und Margot, vor Empörung und Verlegenheit glühend, auf Alex' verpflasterten Schenkel gestarrt hatte. Über der Erinnerung musste er grinsen.
»Ich sage ihm also, dass du kommst«, verkündete seine Mutter und flüchtete von der schwül dampfenden Bühne.
Mit Taschner, dachte Georg, dem läppisch aussehenden Jüngling, der Margot zum Tanzen entführt hatte, würde er schon fertig werden, ohne dass seine Mutter mitbekam, was Krolls Gehilfe von ihm wollte. In das Frotteetuch gewickelt, lief er über den kalten Flur in sein Zimmer, wohin seine Mutter ihm vorhin den Koffer geschleppt hatte. Dann dachte er, von dieser Type ließ er sich nicht zur Eile treiben, und wollte eben gemächlich frische Kleidung wählen, als er eine junge, männliche und die nervöse Stimme seiner Mutter hörte.
»Warum wollen Sie denn nicht warten, bis mein Sohn ...«
»Nur mit der Ruhe, gnädige Frau«, gab Taschner zurück.
Fahrig raffte Georg Wäsche, Hose und Hemd aus dem Koffer und knöpfte noch an den Ärmeln, als Taschner sich schon durch die spaltbreit geöffnete Zimmertür schob.
»'n Abend, Kroning. Wollte mich nur überzeugen, dass Sie angekommen sind.«
Hinter Taschners breitem Rücken huschte Georgs Mutter hin und her wie ein Gespenst, das vom Sonnenaufgang überrascht worden war. »Alles in Ordnung, Mama«, rief er ihr zu. »Mit Taschner bin ich im Augenblick fertig.«
Grinsend schob sich Krolls Gehilfe ins Zimmer und drückte mit der Schulter die Tür zu. Eine braune Haartolle hing ihm in die Stirn – seine Gestalt war kräftig, sein Gesicht weich und verschwommen, sein Anblick widerlich. Er trug einen eng sitzenden Jeansanzug; Geschlecht und Gesäß wölbten sich unter der Hose.

»Ich muss Ihnen nicht erst erklären«, sagte Georg ruhig, »dass Sie kein Recht haben, hier einzudringen. Das wird Sie sowenig beeindrucken wie Ihren Vorgesetzten Kroll. Trotzdem verstehe ich nicht, was Sie von mir wollen. Kroll ist informiert, dass ich Zürich für einige Tage verlassen habe, um meine Eltern zu besuchen.«

»Nu' halten Sie doch keine Reden, Kroning«, sagte Taschner. Aus einer Backentasche oder unter einem Zahn schob er mit der Zunge ein Kaugummi hervor und fing an, es konzentriert und langsam durchzukauen. »Bei uns ist wieder mal 'ne kleine Panne passiert«, behauptete er. »Uns wurde gesagt, dass Sie mit'm Zug via Frankfurt fahren, wir haben uns da die Beine in den Bauch gestanden, aber wer nicht kam, war unser kleiner Kroning. Bin ich also losgefahren – gucken, ob Sie vielleicht schon da sind. Wohl mit'm Wagen durch die Staus gerutscht, wie?« Er zwinkerte Georg verschwörerisch zu, als habe er ihn bei einer bedenklichen Tat ertappt, wolle aber für diesmal die Augen zudrücken.

»Ich weiß schon, Kroning – im Grunde wissen wir ja alles. Sie sind mit Margot im Auto mit; konnten wir lange auf'm Bahnhof warten. Aber jetzt ist ja wieder alles klar. Kann ich nur noch tschüs sagen. Und wenn Sie Margot sehen – 'n schönen Gruß von Tommy Taschner. Wirklich 'n klasse Mädel, die Margot – hat was zu sagen und genauso viel zu zeigen. Und wie Kommissar Kroll immer sagt – viel zu schade für Sie. Also dann bis die Tage.«

Wortlos folgte ihm Georg über die gewundene Marmortreppe nach unten. Er folgte ihm bis zur Haustür und mit den Blicken noch wenigstens eine Minute lang, bis Taschner mit wiegenden Cowboyschritten den Vulkansteinplatz überquert, den Hügel erklommen hatte und hinter dem grünen Rücken verschwand. Georg hatte die Hände in die Taschen gestopft, seine Muskeln am ganzen Körper waren verkrampft. Er versuchte zu erraten, wie viele Kroll-Gehilfen sich hinter Taschners *wir* verbargen – in Gedanken sah er eine gleichförmige Gruppe muskulöser Körper, die sich mit breiten Schultern zu ihm hereindrängten, und über all diesen maschinenhaften Leibern schwankten identische Gesichter mit Taschners weichen Zügen.

Natürlich glaubte er kein Wort von Taschners idiotischen Lügen. Sie mussten allesamt schwachsinnig sein, wenn ihnen wirklich entfallen war, dass Margot eigens mit dem Auto nach Zürich gekommen war, um ihn abzuholen. Aber warum versuchten sie, ihm diese lachhaften Lügen aufzutischen?

Langsam wandte er sich um und trat ins Haus zurück. Dass seine Mutter in der kleinen Vordiele auf ihn gewartet hatte, merkte er erst, als er sie beinahe umrannte. »Was wollte dieser Kerl von dir, Georg? Er sieht gemein und gefährlich aus. Ist das die Gesellschaft, mit der du in Zürich verkehrst?«

»Aber nein, Mama. Ich sage dir ja, ich kenne ihn kaum. Außerdem habe ich in Zürich so gut wie keine Gesellschaft. Und stell dir vor, der Kerl hat mich allen Ernstes um Rat gefragt, durch welche Schliche er bei Margot landen könnte.«

Obwohl Taschners Auftauchen ihn erschreckt hatte, musste er ein Grinsen unterdrücken – ein halbes Grinsen für die Geschichte, die er seiner Mutter aufgetischt hatte, und die andere Hälfte, weil er in die schlechte Gesellschaft von Polizisten geraten war.
»Ich würde gerne was essen, Mama – irgendeine Kleinigkeit, die keine Umstände macht.«
Während er ihr in die voll automatisierte Küche folgte, die hinter dem großen Saal auf der Ostseite lag, versuchte er sich zu erinnern, wann er zuletzt was gegessen hatte; aber es fiel ihm nicht ein. Am Montagabend, als er mit Margot beim *Fähenwirt* war und die Röstküken sich im wallähnlichen Risottoring vor ihnen gekrümmt hatten? Nein, das konnte nicht sein, unmöglich hatte er vier volle Tage gefastet. Aber falls er irgendetwas zu sich genommen hatte, war es mechanisch und unterbewusst geschehen wie – na ja, vielleicht wie der magische Mord an Peter Martens. Schluss jetzt, befahl er sich.
Seine Mutter schob ein rohes Steak und bleiche Pommes frites in einen Mikrowellenherd und stellte die knackende Scheibe der Schaltuhr ein. Hinter dem beleuchteten Herdfenster begannen die Wellen, durch das tote Fleisch und die zerstückten Kartoffeln zu rauschen. Über alles, was Nahrung und Verdauung betraf, das hatte Georg sich seit langem eingebläut, durfte man sich nicht zu viele Gedanken machen. Er stellte sich vor, wie Kroll in einen düsteren, mit Aktenschränken vollgepferchten Raum trat, eine Blechlade aufzog, zielsicher eine Akte herauszog und mit gespitzten Lippen den Staub von dem grauen Ordner blies. Auf dem Ordner stand *Mordfall Peter Martens – ungelöst.*
»Am Sonntag«, sagte seine Mutter, »wird dein Vater zum Waldhaus fahren wollen. Für ihn ist es die letzte Gelegenheit auf unabsehbare Zeit, da er bis zur Entscheidung der Pfister-Nachfolge keinen Tag mehr freinehmen will. Du würdest ihm und mir eine große Freude machen, wenn du uns begleitest.«
»Ich soll das *Rennen* mitfahren?«, rief Georg. »Du glaubst doch nicht im Ernst, dass ich diese Verrücktheit mitmache. Nein, Mama, ich will gerne freundlich zu Papa sein und euch sonst praktisch jeden Wunsch erfüllen. Aber euer Totenfloß steuert bitte allein. Außerdem«, fiel ihm ein, »habe ich vor, am Sonntag nach Kassel zur Documenta zu fahren.«
»Die Ausstellung kannst du auch nächste Woche noch besuchen. Soweit ich weiß, läuft sie bis Ende September.«
»Aber ich will Sonntagabend nach Zürich zurückfahren, Mama. Hast du das nicht gewusst? Übrigens ist das Steak fertig, oder was es sein mag.«
Der Wellenherd hatte sich leise knackend ausgeschaltet, ein Glockenton verkündete das Gelingen des Menüs. Wortlos wandte seine Mutter sich um und hantierte mit dem Herd. Vielleicht hätte er ihr besser noch nicht erzählt, dass er praktisch nur den Scheck abkassieren und dann im Galopp zurück nach Zürich wollte. Aber schließ-

lich musste ihnen doch klar sein, dass dort wichtige Geschäfte auf ihn warteten, die er nicht beliebig vor sich herschieben konnte. Für seine Eltern war natürlich wieder alles, was er machte, nur kindisches Spiel, bei dem es auf einige Tage nicht ankam.
»*Härtel & Rossi* drängen mich«, behauptete er. Sie wollen die *Irrläufer*-Produktion so schnell wie möglich anlaufen lassen. Und vorher müssen noch tausend Probleme und Detailfragen gelöst werden.«
Schweigend schob ihm seine Mutter den Teller mit dem blassbraunen Steak und den schlaffen Kartoffelriegeln hin. »Willst du etwas trinken?«, fragte sie noch.
Georg schüttelte den Kopf und begann, das Zeug durch die Kehle zu würgen. Sie schaute ihm zu, aber ihre Gedanken, spürte er, waren nicht bei ihm, sondern irgendwo, wohin niemand ihr folgen konnte. Sie hatte für einen Augenblick und gegen alle Vernunft gehofft, dass ausgerechnet er daherkam und sie aus ihrer Abgeschlossenheit befreite. Als er sie zurückstieß, sank sie wieder ein in ihre heimlichen Träume hinter dem Schweigen. Natürlich tat sie ihm leid, wie sie vor ihm saß mit leerem, hoffnungslosem Gesicht. Aber er hatte wahrhaftig andere Sorgen, und unter ihnen war das widerlich zähe Steak seine kleinste.
Nachdem er gegessen hatte, saßen sie noch eine Stunde oder so im Saal zusammen. Doch es kam kein rechtes Gespräch mehr auf – seine Mutter wirkte abwesend und müde, und ihre Depression griff schon auf ihn über. Er erzählte von Zürich, schilderte ihr den See, der seine Hochwasserwellen krachend gegen die Ufer schmetterte, und wie der Schrei des schwarzen Schwans im Keller von Zürich widerhallte. Aber er selbst hatte das Gefühl, dass seinen Lippen nicht wie sonst bildnerische Silben entströmten – dass er sprechend nicht Wirklichkeiten schuf, sondern bloß vage, wattige Fetzen auspustete, wie eine Nebelkanone im Filmstudio.
»Ich bin müde, Mama«, sagte er irgendwann. »Lass uns den Champagner morgen trinken und jetzt lieber schlafen gehen.«
Er stand auf und beugte sich über sie, die ihn mechanisch auf die Stirn küsste.

+++

Oben in seinem Zimmer streifte er die Kleider ab, schob den Koffer vom Bett und schlüpfte unter die Decke. Dann lag er im Dunklen, mit weit geöffneten Augen, und fand stundenlang keinen Schlaf. Unten im Park schlichen Dutzende Taschners, kaugummikauend und widerlich feixend, über die Wiesen und belauerten das Haus. Sogar der Mond trug ihre verschwommenen Züge, und draußen, auf der Allee, strich Kroll um das Hoftor herum und murmelte Drohungen in den Sprechschlitz. Noch weiter draußen brauste Margot über die Autobahn, die eine endlose Kette schwankender Lichter im Finsteren war. Und dort, ganz weit draußen, irrte Alex in Georgs Maske durch das wilde, schluchtdunkle Juragebirge.

Er lief einen abschüssigen Saumpfad entlang; links stürzte sich ein Abgrund in die Tiefe, rechts wölbten sich nackte Felsen über den Pfad. Alex fror. Hoch oben auf dem Felsen schwankte eine vereinzelte Tanne mit grauen, bartähnlichen Ästen. Plötzlich beugte sich die Tanne zu Alex herunter, ihr Stamm knickte steif in der Hüfte ab wie ein hölzerner Menschenleib. Mit der rauen Asthand strich sie fast zärtlich über Alex' Kopf. Da blieben seine Haare in den Zweigen hängen, eine flatternde Perücke, und unter dem falschen Haar hatte Alex einen fleischlosen Totenschädel. Zwischen den Schädelplatten schimmerte etwas Grünflüssiges hindurch; man glaubte das Rauschen eines Flusses zu hören. Alex blieb stehen, auch die Kleider fielen von ihm ab, sein Körper war durchscheinend und gläsern. Unter dem Glas brauste der grün schäumende Fluss; der Fluss war gefangen und brandete zornig gegen seine gläserne Umgrenzung.
Achtung, Alex, wollte Georg rufen, *denk an deine Augen!* Da schoss der Fluss schon heulend hoch und schwemmte die Masken aus Alex' Augenhöhlen. Die winzigen Plättchen wirbelten weg, wie Glühwürmer im Dunkeln glimmend, und dann ergoss sich der Fluss durch Alex' Augen ins Freie. Brüllend stürzte der Fluss in den Abgrund neben dem Saumpfad, auf dem Alex als schlaffe Plastikhaut liegenblieb. Der graubärtige Mann oben auf dem Felsen beugte sich wieder herab, nahm den Plastiksack auf und führte ihn an seine Lippen. Tief holte er Atem und pumpte all seine Lungenluft in den schlaffen Alex-Leib; für einen Moment hörte man nur unten den gurgelnden Fluss und oben feuchtes Keuchen.
Langsam verwandelte sich der Hautsack in Alex zurück, der wie ein Ballon an den Lippen des Graubärtigen schwankte. Schon waren wieder Alex' Züge und die Konturen des Körpers zu erkennen, wenn auch nur als schwache Silhouette, durch die der Wald über den Felsen und das geblähte Gesicht des Graubärtigen schienen. Plötzlich platzte der Plastiksack; Alex fiel in sich zusammen. Der hagere Graubart lachte auf, stopfte die Fetzen in die Tasche, und wie Georg genauer hinsah, war dort kein graubärtiger Mann mehr, nur noch die vereinzelte Tanne. *Alex!*, rief er – und bei diesem Schrei zerplatzte der Traum wie ein Riesenballon, dessen Fetzen dunkel und schwer auf ihn niederfielen. Georg fuhr hoch und tastete nach dem Nachtlicht.
Die kleinen Leuchtzeiger neben seinem Bett zeigten auf halb vier. Benommen suchte er nach dem Lichtschalter, und erst ganz allmählich wurde ihm bewusst, dass er nicht in seiner Züricher Mansarde, sondern in seinem alten Zimmer in Lerdeck war. Endlich ging klickend das Licht an, er warf die Decke zurück und stand auf. Er fröstelte, wie Alex im Traum gefroren hatte, und der Traum schien noch in den Winkeln und Nischen seines Zimmers zu lauern. Ein euphorisches Gefühl durchströmte ihn; der Traum, schien ihm, war ja eine Glücksverheißung. Er ging zum Schrank neben der Tür, wo sein funkenzernagter Hausmantel hing, als ob er ihn gestern erst abgestreift hätte. Während er den Mantel überzog, steckte er halb noch in seinem Traum.

Der graubärtige Mann – er war sicher, dass er ihn kannte; er versuchte, das Traumgesicht heraufzubeschwören, aber es verbarg sich hinter den Ästen der Tanne. Unbedingt, sagte er sich, musste er mit Timo Prohn sprechen. Timo hatte einen Mann mit grauem Bart erwähnt, der seinem Vater ein Geldkuvert zugesteckt hatte, das Alfred Prohn in Zürich irgendwem geben sollte. Doch dann war Alex dazwischengekommen – oder nicht? Und was hieß hier *oder nicht*? Georg spürte, dass die Lösung aller Rätsel schon über ihm schwebte, fast mit Händen zu greifen; er quälte sich mit dem Gesicht aus seinem Traum herum, aber es verbarg sich hinter den grauen Zweigen. Das lag nur an diesem Kindheitszimmer, dachte er, dass er keinen klaren Gedanken fassen oder festhalten konnte – ein Raum voll huschender Gespenster. Dort in der Nische stand sein alter Arbeitstisch, sozusagen der Lehrlingstisch seiner Spielerfindungen. Dort hatte er den *Wortdrachen* entworfen, *Das Magier-Spiel* und *Zwei Zauberer kämpfen*; auf den Regalen über dem Bett stapelten sich seine alten Spielmodelle und seine Sammlung käuflicher Spiele, die er unmöglich alle nach Zürich hatte mitnehmen können. Auf der leeren Fläche seines Arbeitstischs lag noch das Briefpapier, auf dem seine Mutter ihm geschrieben hatte, matt türkis und duftend. Er trat vors Fenster und spähte durch das Jalousiengitter in den dunklen Park.

Plötzlich hörte er Schritte auf der Treppe oder glaubte, er hätte sie gehört. Ohne zu überlegen, huschte er zum Bett und schaltete das Nachtlicht aus. Sein Vater musste zurückgekommen sein, aber er schien schon länger durchs Haus zu schleichen, da Georg weder den Mercedes noch das sich schließende Garagentor gehört hatte. Die Schritte bewegten sich an seiner Tür vorbei durch den Gang, der zu den Bade- und Schlafzimmern führte. Und wenn dies gar nicht die Schritte seines Vaters waren? Wenn beispielsweise einer von Krolls Schnüfflern, dieser Tommy Taschner oder sonst jemand, ins Haus eingedrungen war? Ach, Unsinn, versuchte Georg sich zu beruhigen. Irgendwo hinten im Gang wurde leise eine Tür geöffnet, das Flurlicht erlosch, fast lautlos schloss sich die Tür. Wahrscheinlich war sein Vater ins Elternschlafzimmer geschlüpft, und natürlich dämpfte er Schritte und Geräusche, um seine Frau nicht zu wecken. Aber warum war er nicht sofort nach oben gekommen? Was hatte er unten noch getrieben – morgens um vier, nachdem er den Notfallpatienten offenbar längst wieder zugenäht hatte? Hatte er noch einen Drink gebraucht, ehe er versuchen konnte, ein wenig Schlaf zu finden? Irgendwie war es unheimlich, fand Georg, dass sein Vater und er mehr oder weniger schlaflos durch die Nacht geisterten und nichts voneinander wussten. Obwohl er zumindest zwei, drei Stunden in traumumflattertem Halbschlaf gelegen hatte, fühlte er sich immer noch müde und förmlich ausgesogen. Er streifte den Hausmantel ab und legte sich zu Bett.

Sofort tauchte wieder das graubärtige Gesicht aus der Dunkelheit auf, oder vielmehr – es gaukelte wie ein Lampion hinter der grauen Tanne, sodass Georg die Züge nicht erkennen konnte. Er war absolut sicher, dass er diesen Mann kannte, und er spürte

– alles hing davon ab, dass er sich rechtzeitig erinnerte und den Mann identifizierte. Elektrisch kribbelte die Nervosität in seinem Magen, dort, wo das zähe Wellensteak sich als mehr oder weniger unverdaulicher Klumpen wölbte. Nein, an Schlaf war nicht mehr zu denken; draußen dämmerte schon der Tag. Flüchtig wurde ihm bewusst, dass es sein einundzwanzigster Geburtstag war – um vier Uhr früh, hatte seine Mutter behauptet, war er *durchgebrochen.*

Wieder warf er die Decke zur Seite und sprang auf. Sein Vater hatte Geheimnisse, er hütete sie hinter verriegelten Türen und wartete vielleicht nur, dass Georg kam und die Schleier lüftete. Er zog die Zimmertür auf und huschte nach draußen, in den stockdunklen Gang.

Während er tastend dem Korridor folgte, hörte er Stöhnen; aus dem Spalt unter einer Tür ganz hinten sickerte schwaches Licht. Er schlich hin, im Augenblick nicht sicher, wie die Zimmer angeordnet waren. Das Stöhnen drang aus der Tür, hinter der Licht war; er nahm an, dass die Tür zum Arbeitszimmer seines Vaters führte und auch das Stöhnen von ihm kam. Was hatte das zu bedeuten? Womöglich war ja doch dieser Tommy Taschner ins Haus gedrungen und nahm seinen Vater in die Zange. Soweit es Kroll und seine Gehilfen betraf, schien ihm allmählich alles möglich. Vor der Tür kniete er sich hin und spähte durch das Schlüsselloch.

Im unsicheren Licht sah er zuerst nichts als eine graue, scheinbar schwebende Scheibe mit den Zügen seiner Mutter, hinter der sich etwas Dunkles, Unförmiges ballte. Er brauchte einige Sekunden, bis er begriff, dass er vor dem Schlafzimmer seiner Eltern kniete. Von links bauschte sich das Elternbett ins Blickfeld, und seine Mutter kauerte in Hundestellung auf dem Bett und schien ihm mit flehendem Ausdruck direkt ins spähende Auge zu sehen. Hinter ihr kniete sein Vater in den Kissen; sein Kopf und Oberkörper lagen halb auf ihrem Rücken, sodass Georg seine Glatze hinter dem wirren Haar der Mutter glänzen sah. Beide waren nackt.

Die Hände seines Vaters tasteten seitlich über den Körper seiner Mutter, von den Hüften streiften sie aufwärts, schlüpften unter ihren vorgestemmten Armen durch und krampften sich um ihre schaukelnden Brüste. Im gleichen Moment begann er, ihr von hinten gleichmäßige Stöße zu versetzen, die den Kopf der Mutter rhythmisch rucken ließen, dass ihr dünnes graues Haar auf- und niederflog. Georg hörte, wie das Stöhnen seines Vaters in kurzatmiges, hechelndes Ächzen überging, während seine Mutter die Lippen zusammenkrampfte und auch die Augen in der grauen, ruckweise vor- und zurückschießenden Scheibe ihres Gesichts sich schlossen. Diese vor der Szene schwebende Scheibe war wie eine lose befestigte Maske, die nicht wie sonst ein Gesicht verbarg, sondern menschliche Züge vor etwas Monströses, Maschinenhaftes heftete, das hinter der Maske blind und gesichtslos war. Georg fühlte, wie ihn nicht einmal Abscheu, nur eine große, fast boshafte Traurigkeit überkam. Der Kopf seines Vaters fuhr hoch, Georg sah die weit geöffneten, stark verdrehten Augen, in denen nur noch milchig Weißes schimmerte. Der Mund klappte auf und entließ einen abgerissenen Schrei. Die Züge seiner Mutter überschauerte ein hässliches Lächeln, und Georg erschrak, als er dieses traurige Lächeln sah, das ihn an die Pinocchio-Maske erinnerte. Nie mehr würde er seine Mutter ansehen können, dachte er, ohne in ihrem Gesicht nach den Spuren des hässlichen Lächelns zu suchen – er würde das Lächeln *sehen*, auch wenn sie weinte oder ihr Gesicht in den Händen verbarg.

Sein Vater richtete sich auf, schob sich um die mit hängendem Kopf kauernde Mutter herum und rutschte vom Bett. Langsam kam er auf die Tür zu; Georg starrte auf das schlaffe Geschlecht seines Vaters, das mit jedem Schritt anzuschwellen und ins Riesenhafte zu wachsen schien, bis sich das blau-bleiche Gehänge im grauen Haarbusch vor das erblindende Schlüsselloch schob. Er glaubte eine pochende Ader zu erkennen, die sich rotblau und plastisch von der weißen Haut abhob und scheinbar gegen sein Auge klopfte. Er sprang auf, sein Herz raste.

»Schlaf ruhig weiter, Johanna«, hörte er seinen Vater mit gewöhnlicher Stimme dröhnen. »Ich kann nicht schlafen und will sehen, ob ich eine Zeitschrift finde, die mich ablenkt.«

Während hinter ihm bereits die Türklinke knirschte, huschte Georg in sein Zimmer zurück. Unter dem Schleier der Erregung spürte er die große, dunkel lachende Traurigkeit. Er hatte genug von den Geheimnissen seines Vaters, die allesamt nur deprimierend sein konnten, übel riechend und erbärmlich. Und bei alldem, natürlich, auch ein wenig rührend. *Ein Motor, der im Leerlauf heult* – das war schon die ganze Wahrheit über seinen Vater.

Er warf sich aufs Bett und vergrub das Gesicht im Kissen.

»Gibt es eine Macht«, hatte er vor vielen Jahren, als ganz kleiner Junge, seine Mutter gefragt, »die einen Menschen für immer *herausnehmen* kann?« Wie man vielleicht eine hölzerne Figur vom Spielplan nahm.

Und sie hatte geantwortet: »Ja, Georg, den Tod«, wobei sie den *Tod* echohaft dehnte. Er lag auf seinem alten, weichen Bett im Zimmer seiner Kindheit. Er fror so stark, dass seine Zähne gegeneinander schlugen. Er grub die Zähne ins Kissen und fühlte, sie waren stark. Er fühlte die Schwere und Stärke seines nackten, jungen Körpers, als ob dieser Körper noch einmal auf ihm läge und sich gegen ihn drückte, um ihn zu schützen. Dunkles Blut und milchigweiße Lymphe durchströmten sein Gewebe und brandeten gegen die zuckenden Organe an; elektrische Ströme schossen durch seine Nerven und Muskeln, die unter den Impulsen erzitterten. Und tief in ihm lachte die Traurigkeit.

»Dann, bitte, Tod, komm doch«, betete er wie in seiner Kindheit – *Dann, bitte, Tod, komm doch und hole Papa.*

Er wusste nicht, was ihn nach diesen Worten schüttelte – Frost oder Angst, Tränen oder auf der Schulter eine hart zupackende Hand. Georg schlief ein.

4

Gegen zwei Uhr früh rief wieder dieser Dr. Martens an. Diesmal war die Verbindung klar und ohne Störtöne. »Vor wenigen Minuten«, sagte er knapp, »ist Ihr Herr Vater seinen schweren Verletzungen erlegen, ohne vorher noch einmal aus dem Koma zu erwachen. Mein Beileid, Herr Kroning.«
»Ja«, murmelte Georg in den Hörer, wobei er zu hören glaubte, wie Kroll in seinem seltsam verstaubten Züricher Büro flüsterte: »Jetzt ist es Mord.«
Der andere schien zu erwarten, dass Georg ausführlicher ins Telefon trauerte. Weil ihn der wabernde Dreiton aus der Duschkabine gescheucht hatte, lehnte er tropfnass, mit Handtüchern umwickelt, am Schreibtisch seines Vaters, und die aus seinem Haar rollenden Tropfen klatschten auf irgendwelche Papiere.
»War es«, fragte er, »war's denn *schlimm* für ihn? Ich meine, hatte er Schmerzen?«
»Einen solchen Tod kann man nicht einmal seinen ärgsten Feinden wünschen. Ihr Herr Vater muss furchtbar gelitten haben – der Tod war eine Erlösung für ihn.«
»Ja«, sagte Georg wieder. Im Augenblick empfand er nichts – er stand einfach da und lauschte dem gepressten Atem des Assistenten. »Und wie geht's denn Mama«, fiel ihm ein.
»Ihre Frau Mutter ist seit einigen Minuten bei Bewusstsein – sie ist überraschend klar, würde ich sagen.«
»Also wird sie ...?« hörte er sich stottern. »Wollen Sie damit sagen, Mama kommt *durch?*«
»Leider nein. Wir befürchten, dass auch sie diese Nacht nicht überlebt. Wenn Sie jetzt sofort losfahren, Herr Kroning, können Sie noch Abschied nehmen.«
»Also muss ich wirklich«, murmelte er. »Wie – wie sieht sie denn aus? Könnten Sie Mama irgendwie zurechtmachen – ich meine, irgendwas drumwickeln, Tücher drüber decken oder so? Ich schwöre Ihnen, Martens, wenn ich was *sehe*, falle ich einfach um und Sie können gleich den Nächsten verarzten.«
Aus der Leitung kam eine Art Schnaufen. »Ich weiß nicht, was mit Ihnen los ist, Herr Kroning«, sagte Martens mit offenbar mühsam beherrschter Stimme. »Und natürlich steht es mir nicht zu, Sie aus der Ferne ... Ach was, ich finde Ihr Verhalten schlicht beschämend. Machen Sie, was Sie wollen. Aber wenn Sie Ihre Mutter jetzt einfach so sterben lassen – ich wünsche Ihnen nichts Schlechtes, aber in diesem Fall würde ich hoffen, dass Sie sich Ihr restliches Leben Vorwürfe machen.«
Georg wurde wütend. »Sie spinnen ja«, fauchte er. »Wie kommen Sie dazu, mir Moralpredigten vorzusäuseln. Sie sind doch der Erste, der von dieser sogenannten Tragö-

die profitiert. Bestimmt werden Sie doch auf den Sessel meines Vaters rutschen. Und was meine Mutter betrifft – Mama ist immer allein gewesen. Sie haben Sie ja nicht gekannt, wie überhaupt keiner sie gekannt hat.« Seine Stimme wurde brüchig, seine Kehle brannte. »Mama würde sich fürchten«, stieß er hervor, »wenn jetzt irgendjemand käme und sich einmischen wollte. Lassen Sie sie gefälligst in Ruhe. Endlich ist sie soweit – sie kann jetzt träumen, immer nur träumen, ohne dass andauernd irgendwer sie aufscheucht und herumschubst. Ich wette, dass Mama in diesem Moment glücklich ist.«
»Sie kommen also nicht?«
»Ich weiß noch nicht, Martens«, sagte Georg mühsam. »Ich weiß es wirklich nicht. Ich ...« Er weinte; das verblüffte ihn, beinahe fand er sich selbst rührend. Wie lange hatte er nicht geweint? Zehn Jahre, zwanzig? Während er stoßweise, keuchend und strömend, losheulte, presste er die Lippen gegen die Hörermuschel, als brauchte er einen Zeugen für seine überraschende Ekstase.
»Ist bei Ihnen alles in Ordnung?«
»Klar doch«, krächzte oder schluchzte er in den Hörer. »Ich bin schon okay. Und sagen wir – in einer Stunde fahre ich los. Wenn Mama dann noch lebt, *wollte* sie, dass ich noch mal vorbeikomme.«
Er legte den Hörer auf und lehnte sich gegen den Schreibtisch seines Vaters. Immer noch presste seine Brust Tränen aus wie eine Rebenpresse, und jeder Atemzug schmerzte. Er versuchte zu lachen, aber auch aus dem Lachen wurde nichts – in der Tränenpresse zerquetscht, wurde es nur ein verwunschenes Gurgeln.
Als er sich vom Schreibtisch abstieß, rutschte ein Papierpacken weg und klatschte auf den Boden. Georg wandte sich um und wischte mit ausgestrecktem Arm das ganze Zeug von der Tischplatte – Aktenstapel, Stempelkarussell, Stifte und irgendwelche gerahmten Fotografien. Mit der gleichen, brutal unbeherrschten Geste hatte sein Vater vor vielen Jahren die tönernen Spielfiguren vom Tisch geschmettert, als Georg seinen Eltern den *Wortdrachen* vorführen wollte. Und jetzt war sein Vater tot – der feuerspeiende Drache hatte ihn weggeschmurgelt – *zschschsch* – mit gespitzten Lippen imitierte er das Zischen des rot brodelnden Todes.
In seinem Zimmer warf er sich aufs Bett und dachte: *Bitte stirb doch, Mama ...* Um drei würde er ein Taxi rufen, um Viertel nach losfahren, zwanzig Minuten später in der Klinik sein. Wieder glaubte er zu hören, wie Kroll murmelte: »Jetzt ist es Mord.« Und darauf Georg: »Aber Kroll, hören Sie, wie könnte denn *ich* meine eigene Mutter umbringen, die mir noch am Sonnabend einundzwanzig rote Rosen geschenkt hat – praktisch eine Liebeserklärung, wenn auch blutfarben und irgendwie betäubend?«
Na los, Mama, stirb schon – husch, husch, dachte er. In seiner Erinnerung würde sie sowieso weiterleben, und die Erinnerungsbilder, hatte er neulich erst zu Margot gesagt – die Bilder würden überdauern, auch wenn er selbst nicht mehr war.

5

»Willst du nicht endlich aufstehen, Georg?«, rief seine Mutter. »Oder kann ich reinkommen?« Benommen hob er den Kopf. Die Zeiger gingen schon gegen elf, Sonnenstrahlen fingerten sich durch die Jalousien und warfen ein Lichtgitter über den grauen Spannteppich bis hinauf auf sein Bett. Es war drückend heiß im Zimmer und seine Haut schweißglänzend.
»Moment, Mama«, murmelte er. »Muss mir erst was überziehen.« Er trottete zum Schrank, streifte seinen alten Hausmantel über und zog die Tür auf.
»Herzlichen Glückwunsch zum Geburtstag, mein lieber Junge!« Das Gesicht seiner Mutter lachte durch einen großen, stark riechenden Rosenstrauß hindurch; mit der freien Hand schwenkte sie ein flaches, in der Luft sich biegendes Paket.
Georg wollte lächeln, er freute sich wirklich über die glückwünschende Bestürmung – doch im gleichen Moment fühlte er wieder die schwarze, boshafte Traurigkeit der letzten Nacht. »Wo ist Papa?«, murmelte er. »Schon wieder in der Klinik?«
»Wieso schon wieder? Er war die ganze Nacht dort. Vorhin hat seine Sekretärin angerufen, er ist durch eine dringende Besprechung aufgehalten worden, will aber bis Mittag zurück sein.«
Georg spürte, dass sie die Wahrheit sagte. Wenn sie zu lügen versuchte, wurde sie immer rot wie ein Schulmädchen, und ihre Blicke flatterten. Verwirrt nahm er ihr den Rosenstrauß ab und suchte in ihrem Gesicht nach der Spur jenes hässlichen Lächelns.
»Danke, Mama«, sagte er förmlich. »Möchtest du nicht reinkommen?«
Im Arm hielt er einundzwanzig dunkelrote Rosen. Weil er nicht wusste, was er damit anfangen sollte, legte er den Blumenstrauß auf seinen Arbeitstisch, ging zum Fenster und zog die Jalousie hoch. Draußen blinkten die Kristalle im Vulkansteinplatz wie ein ganzer Sternenhimmel, der sich am helllichten Tag in einem dunklen See zu spiegeln schien. Links schlurfte der alte Josef in langer grüner Schürze über den Hügel, den grünen Filzhut schief auf dem Kopf, einen Spaten geschultert.
»Schläfst du immer so lang?«
»Ich bin erst nach fünf eingeschlafen.« Während er mechanisch antwortete, dachte er – es war nicht in Ordnung, dass seine Mutter ihm dunkelrote Rosen schenkte. Er spürte, wie sie von hinten auf ihn zukam, schon berührten ihre Hände seine Schultern.
»Lass mich dir einen Geburtstagskuss geben, Georg.«
Langsam wandte er sich um und hatte den Impuls, sie von sich wegzuschieben. Ihre Arme schlangen sich um seinen Hals und zogen ihn herunter. Er fürchtete schon, dass

sie ihn auf den Mund küssen wollte, als ihre Lippen sich gegen seine Nase drückten.
»Alles, alles Gute, Georg. Ich kann dir gar nicht sagen, wie stolz ich auf dich bin und wie glücklich *dein* Glück mich macht.«
Er nickte verlegen und wusste nicht, was er antworten sollte. *Wer war der Mann aus meinem Traum?*
»Willst du nicht dein Geschenk auspacken?«
»Natürlich, Mama.« Endlich gelang es ihm, ein Lächeln auf sein Gesicht zu zaubern. »Ich bin gespannt, was du für mich ausgesucht hast.«
Das flache Paket lag auf seinem Bett; schon die Verpackung, grau glänzendes Papier mit weinroter Schnur umwickelt, sah elegant und teuer aus.
»Es ist ein Anzug«, platzte sie heraus, während er noch mit den Knoten kämpfte. »Ich bin durch mindestens tausend Geschäfte gelaufen, weil ich mich nicht entscheiden konnte. Du musst ihn sofort anprobieren und mir sagen, ob er dir gefällt.«
Endlich zersprang der Knoten; ein weißes Bündel rutschte aus dem knisternden Papier.
»Zieh ihn an«, drängelte seine Mutter. Sie hatte wieder rote Flecken im Gesicht und dunkel glänzende Augen. Offenbar fing sie jetzt schon morgens an, ihre Depressionen mit Aufputschmitteln zu bekämpfen.
»Aber ich wollte erst unter die Dusche«, protestierte er schwach. Er schüttelte das Kleiderbündel, das sich zu einem leuchtendweißen Anzug ausrollte, der vollkommen zerknittert aussah.
»Rohe Seide«, sagte seine Mutter, »und wie der Verkäufer mir versichert hat, *muss* er so verknittert sein. Das ist gerade das Vornehme.«
Plötzlich mussten sie beide lachen. Seine Mutter, dachte Georg, war immer noch das kleine Mädchen aus engen Verhältnissen, das bis heute nicht begriff, wie es in dieses Märchenschloss geraten war. Irgendjemand hatte ihr eingeflüstert, die und die Regeln seien streng zu beachten, und dass sie dem Flüsterer glaubte, war schon das halbe Geheimnis ihrer Verwunschenheit.
»Dreh dich zum Fenster«, sagte er. »Ich habe nur den Hausmantel an.«
Während sie sich lachend wegdrehte, ging Georg zum Schrank und versorgte sich mit Wäsche. Dann streifte er die zerknitterte Seidenhose über, die sich angenehm kühl anfühlte.
»Wie lange dauert das denn«, quengelte sie. »Wenn ich noch länger den alten Josef beobachten muss, schlafe ich ein.«
»Von mir aus kannst du dich wieder umdrehen. Aber ich brauche noch ein Hemd.«
Lachend sah er seiner Mutter entgegen, deren Gesicht sich zu einer erschrockenen Grimasse verzerrte.
»Was ist denn um Himmels willen mit deiner Schulter?«
Verdammt, dachte er, Flämms blau-lila schillerndes Souvenir. Nackt bis zum Gürtel

stand er vor ihr, und in seinem Kopf brauste die Leere. »Ach, das«, stotterte er, »das ist kaum der Rede wert. Wie gesagt, ich hatte eine Auseinandersetzung mit diesem Bertoni. Ich habe ihm erklärt, er soll die *Finger* von Margot lassen, und dann ...«
»Dann habt ihr euch geprügelt? Aber davon hast du nichts gesagt, Georg.« Sacht strichen ihre Finger über die Wunde. »Er hat dich regelrecht gequetscht mit seiner Steinhauerpranke. Hier, man kann – eins, zwei, drei – die einzelnen Finger unterscheiden! Das sieht ja entsetzlich aus. Und das alles wegen Margot?«
»Na ja, Weibergeschichten, Mama.« Georg versuchte zu lachen; eine Art Fauchen kam heraus. Er konnte nur hoffen, dass Margot längst wieder in München war, da seine Mutter entschlossen schien, sie wegen dem Bertoni-Vorfall zur Rede zu stellen. Er ging zum Schrank und zog blindlings irgendein Hemd heraus, das er rasch überstreifte. Jetzt spürte er wieder den Schmerz in der Schulter; vorhin hatte er ihn nicht gewarnt. Nur nicht nachlässig werden, ermahnte er sich. Zufällig hatte er ein rabenschwarzes, eng anliegendes Hemd erwischt. Zusammen mit dem weißen Anzug ergab es eine sonderbare Mischung, halb Pierrot, halb Mafioso.
»Wie sehe ich aus, Mama?«
»Wunderbar.« Doch dabei sah sie ihn nachdenklich und immer noch fast erschrocken an. Sie schien zu ahnen, dass es für die Quetschwunde auf seiner Schulter eine sehr viel weniger harmlose Erklärung gab, und womöglich brachte sie auch schon den famosen Tommy Taschner mit dieser Sache in Verbindung. »Merkwürdig«, sagte sie, »kaum taucht Margot in Zürich auf, verwickelt sie dich in unangenehme Geschichten. Erst dieser Taschner, und dann auch noch Bertoni. Und trotzdem hat er deinen *Irrläufer* in höchsten Tönen gelobt? Für ihn bist du doch – wie sagt man – ein Nebenbuhler.«
»Das war vorher, Mama.« Er meinte, dass Bertoni erst gelobt und dann gebuhlt hatte. Aber seine Mutter schien ihn umgekehrt zu verstehen, da sie empört auflachte und irgendwas über *unmoralische Künstler* murmelte.
»Vielen Dank für den Anzug«, sagte er. »Er ist wirklich toll. Du hast einen sicheren Geschmack – wie übrigens«, fügte er zögernd hinzu, »auch Papa. Er wandelt die Villa mehr und mehr zu einem Schmuckstück um.«
»Oder zu einem Mausoleum«, nörgelte seine Mutter. »Diese vielen Steine! Man friert sogar im Sommer, und während man draußen vor Hitze zerfließt, müssen wir unten im Saal Wolljacken überziehen.«
Trotzdem schien sie sich zu freuen, dass er etwas gefunden hatte, das er an seinem Vater loben konnte; er war selbst ganz überrascht. Er streifte die zerknitterte rohseidene Jacke über und drehte sich vor seiner Mutter wie ein Dressman.
»Perfekt«, behauptete sie.
Aber Georg kam sich verkleidet vor und wagte sich vorläufig nicht vor den großen Wandspiegel, der zwischen seinem Schrank und der Arbeitsnische hing.

»Das Hauptgeschenk wird dir dann Papa überreichen.«

»Ja«, sagte Georg. Plötzlich wurde es ihm zu eng in diesem Zimmer, in der Gegenwart seiner Mutter, die ihn schleierhaft anlächelte. »Ich mache eine Runde durch den Park«, sagte er, schob die *Gitanes* in die Tasche und ging schnell aus dem Zimmer.

Auf der Treppe fiel ihm ein, dass er die Rosen vergessen hatte. Er wandte sich um; oben stand seine Mutter mit dem Strauß und drückte ihr Gesicht in die dunklen Blüten. Dieses Bild machte ihn wieder traurig, und nervöse Traurigkeit, fand er, war eine schwer erträgliche Mischung. Er hätte die Rosen nicht achtlos auf dem Tisch lassen dürfen, aber was war da jetzt noch zu tun. Er wollte seiner Mutter etwas zurufen, nur fiel ihm nichts ein, keine wiedergutmachende Silbe. Er zog die *Gitanes* aus der Tasche, steckte sich eine an und ging nach unten.

Durch die südliche Terrassentür trat er ins Freie – oder nicht wirklich ins Freie, da hohe Mauern den Park umschlossen, wenn auch hinter den Tannen unsichtbar. Seine Mutter hatte ihm auf dem Terrassentisch ein Frühstück angerichtet, doch er nahm nur im Vorbeigehen einen Schluck schwarzen Kaffee. In der heißen Luft war ein Summen, Schwirren und Zwitschern, obwohl man weder Insekten noch wirkliche Vögel sah, höchstens flatterte hier und da ein Schatten zwischen den Bäumen. Und aus den Wiesen strömte das glühende Grünlicht, das der Zauberschein seiner Kindheit war.

Er ging quer über den Vulkansteinplatz und kletterte links auf den Hügel zum Park. Oben blieb er stehen und beschirmte die Augen. Endlos dehnten und wellten sich die Wiesen, von blühenden Büschen gesprenkelt, von scheinbar fliehenden Hecken nicht zerteilt, nur dünn überbaut. Aus Hügeln und Senken ragten hohe Tannen, reglos wie Skulpturen in der hitzeflimmernden Luft. Wo ihre schweren Schatten hinschlugen, wurde das Hügelgrün grau. Ohne sich zu besinnen, schlug Georg den langen Weg zur Ostmauer ein, wo vor siebzehn Jahren das kleine schwarze Gittertor eingelassen worden war. Er hatte sich nie gefragt, wie groß ihr Park wirklich war; im Augenblick wusste er kaum, in welcher Maßeinheit man Parks berechnete. Aber er ahnte, dass mancher öffentliche Garten weitaus bedrängter untergebracht war.

Das Gärtnerhäuschen, wo Josef immer seine Geräte verstaute, ließ er links liegen. Von weitem grüßte er den Gärtner, der auf einem Baumstamm saß und eine Art Vesper zu verzehren schien. Hinter dem Gärtnerhaus summten die unheimlichen, schwarz-gelb gepanzerten Hornissen über dem aufgehäuften Kompost. Mit drei oder vier Jahren hatte Georg mit einem Stock spielerisch im Kompost gestochert und aus Versehen das Hornissennest angebohrt. Der ganze Schwarm war wutsummend über ihn hergefallen – das war schon kein Summen, kein Brummen mehr, das war *Brüllen* gewesen, die Luft verdunkelt von den heranschwirrenden, blind stachelnden Insektenleibern, und zwei Hornissen hatten ihn wirklich gestochen, in den Schenkel und unters Schulterblatt. Damals war er dem Tod nah gewesen, obwohl ihm sofort mit einer großen Spritze ein Gegengift injiziert worden war, das die Glieder schwer und lahm werden ließ. Seitdem fürchtete er sich vor den giftig gelb glänzenden Rieseninsekten; es gab vielleicht nichts sonst auf der Welt, was ihm zersetzendere Angst einflößte – nicht einmal der Gedanke an die Prohn-Affäre, an Kroll oder sogar an Flämm.

»Guten Tag, Georg«, hörte er.

Aufblickend sah er, dass er schon im Schatten der Grenzbäume war; vor ihm drängte sich der Tannenwall, der die wirkliche Mauer verbarg. Halb von hängenden Ästen verdeckt, klaffte der vergitterte Durchschlupf, der wahrscheinlich seit langem nicht geöffnet worden war. Am Mauerpfosten hinter dem Nadelschleier lehnte – der hagere, graubärtige Mann aus seinem Traum.

»Was starrst du mich so an? Hast du neuerdings auch Erinnerungslücken?«

»N-nein, ich glaube nicht«, stammelte Georg. »Höchstens, wenn ich das *Hermaton* überdosiere. Ich ... war nur in Gedanken.« Immer noch vor Verwirrung stotternd, schob er irgendeine Grußfloskel hinterher.

Mit der Schulter stieß sich Margots Vater vom Mauerpfosten ab und trat vor die vergitterte Bresche. Georg wurde unsicher – nein, das war nicht der Mann aus seinem Traum, in dem Alex wie ein Ballon zerplatzt war. Im Grunde hatte er Klaußens halb hinter Zweigen verborgenes Gesicht eben sowenig gesehen wie das geträumte Gesicht des seltsamen Mannes letzte Nacht. Beide waren zwar graubärtig und hager, aber was besagte das; ausgemergelte Graubärte saßen in allen Ecken. Was den hinter Ästen versteckten Klaußen mit dem Mann aus seinem Traum verband, war nicht Ähnlichkeit, sondern Unkenntlichkeit ihrer Züge.

»Ich habe hier auf dich gewartet, Georg«, sagte Klaußen. Wie immer schon klang seine Stimme nach Verbitterung. »Ich hoffte, dass du vorbeikommen würdest, schließlich sind wir alle ein wenig sentimental.«

Heiser lachte er auf, und Georg spürte, dass er locker zu wirken versuchte, doch er war offenbar ziemlich nervös. Weshalb? Weil er sich auf ein Intrigenspiel in der Klinik eingelassen hatte und mit Georgs Vater um die Pfister-Nachfolge konkurrierte? Im Gegensatz zu seinen Eltern fand Georg ihn kaum gealtert. Margots Vater sah aus wie immer schon, greisenhaft oder alterslos. In seinem Innern mochte ein verzehrendes Feuer glühen, doch draußen war alles öde, hölzerne Fläche. Man traute ihm zu, dachte Georg, dass er sinn- und grenzenlos litt, nicht, dass er leiden machte; dass einmal der Verdacht über ihm geschwebt war, er hätte seine Frau umgebracht, war einfach lächerlich. Und komisch war auch, wie er jetzt mit schüchternem Grinsen sagte: »Zunächst einmal meine ganz herzlichen Glückwünsche zu deinem einundzwanzigsten Geburtstag, Georg.«

»Danke, Herr Klaußen«, sagte Georg lachend. »Schön, dass Sie dran gedacht haben.«

Klaußen steckte eine hagere, bleiche Hand durchs Gitter, sodass Georg nähertreten und die Hand schütteln musste. Als er versuchte, seine Finger wieder freizubekommen, hielt Klaußen ihn scheinbar achtlos fest.

»Ich hätte auch von mir aus daran gedacht«, sagte Margots Vater, »schließlich kennen wir uns schon eine kleine Ewigkeit. Aber natürlich hat auch Margot mir eingeschärft, deinen Geburtstag keinesfalls zu vergessen.«

Erleichtert registrierte Georg, dass sie offenbar schon abgereist war. Klaußen hielt unverwandt seine Hand fest und starrte ihn durch die Gitterstäbe aus fast farblosen Augen an. Georg glaubte zu verstehen, was der andere mit seiner Behauptung gemeint hatte, sie alle seien ein wenig sentimental – offenbar war er auf seine läppische Weise immer noch in ihn verliebt und träumte von den längst vergangenen Tagen, als Georg in seiner düsteren Villa aus und ein gegangen war. Er spürte die alte Verachtung und die kitzelnde Lust, den anderen zu demütigen.

»Lassen Sie doch endlich meine Hand los, Klaußen«, sagte er absichtlich grob. »Haben Sie allen Ernstes nur wegen der Gratulation hier gewartet?«

»*Warten*«, raunte Klaußen so gedehnt, als wollte er zu verstehen geben, er habe sein Leben lang nichts anderes getan.

Das schien in der Familie zu liegen, dachte Georg. Als er vor zwei Jahren seine Koffer packte, hatte Margot heroisch verkündet, sie werde auf ihn warten. Mit einem Ruck riss er seine Hand aus den umklammernden Fingern des andern und trat einen Schritt zurück. Er wollte sich abwenden und Klaußen mitsamt seiner Sentimentalität hinter dem Gitter stehen lassen, aber irgendetwas hielt ihn zurück.

»Falls wir uns nicht mehr sehen – adieu. Morgen fahre ich zurück nach Zürich.«

Klaußen starrte ihn an, ohne zu antworten. Georg fragte sich, ob die Polizisten – beispielsweise dieser Taschner – auch bei ihm gewesen waren, um ihre Schauergeschichten zu verbreiten. So zornig Margot auf ihn sein mochte – bestimmt hatte sie ihrem Vater nicht haarklein erzählt, dass Georg in eine Mordaffäre verstrickt sei.

»Warum starren Sie mich so an?«

»Ich muss mit dir sprechen.« Klaußen presste sich gegen das Tor, sodass sein schmaler Kopf fast bis zu den Ohren durchs Gitter fuhr und sein Bart sich Georg entgegenbauschte. »Was hast du mit dem Fall Prohn zu tun? Wie man hört, kanntest du sogar diesen Kortner, den die Polizei wegen Mordverdachts sucht.«

»Das haben Sie natürlich von Taschner«, zischte Georg.

Obwohl es ihn nicht überraschte, war er empört und für einen Moment fast verzweifelt, da er sich von Feinden umzingelt sah. Wenn Kroll dazu überging, ihn hier in der Nachbarschaft zu denunzieren, würde er nicht mehr lange zögern, ihn auch bei seinen Eltern anzuschwärzen. Vielleicht saß Taschner in dieser Minute im Büro seines Vaters in der Klinik und zählte ihm an den Fingern die angeblichen Verbrechen seines Sohnes her.

»Oder hat Margot sich bei Ihnen ausgeweint?«, fuhr er ihren Vater an. »Ich kann Sie

nur davor warnen, sich an diesen Verleumdungen zu beteiligen. Falls Sie beispielsweise vorhaben, mit meinen Eltern zu reden – ich nehme an, Margot hat Ihnen erzählt, wie viel hier für mich auf dem Spiel steht. Aber vielleicht«, fiel ihm ein, »haben Sie ja vor, diese Geschichte für Ihre Klinikkarriere zu benutzen? Wie gesagt ...«, wollte er wieder von vorn anfangen, als Klaußen ihm ins Wort fiel:
»Beruhige dich doch, bitte. Die Polizisten scheinen dir ja ganz schön zuzusetzen. Ein Herr Taschner war heute Vormittag allerdings bei mir und wollte hören, ob ich als dein ehemaliger Nervenarzt dir bestimmte Verbrechen zutraue. Ob ich den Eindruck hätte, du seist irgendwie gestört. Er stellte nur solche konfusen Fragen und unterbrach mich sofort, wenn ich seine vorgefassten Meinungen nicht einfach bestätigte. Natürlich habe ich mich auf meine Schweigepflicht berufen und überhaupt nichts gesagt, was ihnen weiterhelfen könnte. Dieser Herr Taschner ist ein unangenehmer Bursche. Trotzdem verstehe ich deine Aufregung nicht ganz – schließlich wurde von dem Verdacht gegen dich sogar in der Zeitung berichtet.«
»Wo haben Sie das gelesen? Soweit ich weiß, ist der Artikel nur in einer einzigen Zeitung erschienen – einem schweizerischen Schundblatt namens *Blick*.«
Ein Schuss ins Blaue – möglicherweise hatten Dutzende Zeitungen den Bericht nachgedruckt. Georg verstand selbst kaum, warum er sich so aufregte. Aber durch seinen Kopf geisterte immer noch der graubärtige Mann aus seinem Traum – von diesem trennte ihn ein Schleier halben Vergessens, von Klaußen das verrostete Gittertor.
»Und wenn schon.« Margots Vater wich seinem Blick aus. »Was besagt das schon, in welcher Zeitung ich davon gelesen habe?«
»Ganz einfach – es besagt, dass Sie ein sonderbar ausgeprägtes Interesse an der Prohn-Affäre haben. Den *Blick* können Sie in Deutschland überhaupt nicht kaufen. Waren Sie vielleicht in den letzten Tagen in der Schweiz?«
Er rechnete fest damit, dass der andere ihn empört oder auflachend zurückweisen würde. Doch zu seiner Überraschung murmelte Klaußen: »Ja, ich war am Dienstag in Interlaken ... eine kurzfristige Einladung zu einem Kongress, nachdem einer der Referenten wegen Krankheit absagen musste.« Margots Vater war bleich geworden, oder nicht wirklich bleich – nur die scharfen Falten zogen sich weiß durch sein längliches, graues Gesicht, wie zugefrorene Flüsse.
»Was haben *Sie* mit dem Fall Prohn zu tun?«
»Was soll der Unsinn!« Klaußen trat vom Gitter zurück und schob fahrig die Hände in die Taschen. »Deine Fantasie geht mit dir durch – deine alte Schwäche, Georg.«
Falls er ein Foto von Klaußen besäße, überlegte Georg, würde er es morgen Timo Prohn vorlegen.
»Stimmt es denn, was die Zeitung und dieser Polizist behaupten – dass du mit Alexander Kortner befreundet warst?« Klaußen schien über seine eigene Frage erschrocken und horchte ihr wie einem entflohenen Vogel hinterher.

»Ich verstehe wirklich nicht«, behauptete Georg, »welches Interesse Sie an dieser langweiligen Affäre haben.« Obwohl er zu verstehen begann, oder es zumindest glaubte. Vor Margot hatte er noch am Montag seine Verbindung mit Kortner zu erklären versucht, indem er behauptet hatte ...

Aus dem düsteren Park hinter Klaußen drang ein schwacher, lang gezogener Ruf.

»*Va – ter*«, glaubte Georg zu verstehen.

»Margot ruft mich«, sagte Klaußen, »ich muss gehen.«

»Margot?«, echote Georg. »Aber ich dachte, sie wäre schon gestern nach München gefahren.«

»Sie wollte heute Vormittag fahren, aber als dann dieser Taschner erschienen ist ... Ich glaube, sie macht sich Sorgen um dich. Jedenfalls hat sie beschlossen hierzubleiben, bis du zurück nach Zürich fährst.«

»*Va – ter*«, erklang wieder der lang gezogene Ruf.

»Allerdings will sie dich weder sehen noch mit dir sprechen«, sagte Klaußen noch. »Was ist denn zwischen euch vorgefallen? Mir will sie ja nichts erzählen.«

»Nichts von Bedeutung«, behauptete Georg. Während er gleichzeitig dachte – vielleicht hatte Margot Montagnacht mit ihrem eigenen Bruder geschlafen.

Mit halbem Kopfnicken wandte er sich ab und ging in tiefen Gedanken zum Haus zurück. Das wäre wirklich die Lösung aller Rätsel, dachte er, oder nicht? Alex als Margots illegitimer Bruder – er hatte geglaubt, ihr eine Notlüge aufzutischen, als er seine Faszination für Kortner mit dieser Möglichkeit begründet hatte. Dabei gab es kaum eine plausiblere Erklärung für ihre fantastische Ähnlichkeit. Ob auch Kroll schon darauf gekommen war? Vielleicht hatte er deshalb Taschner in die Klaußen-Villa geschickt. Falls er kein ausgemachter Stümper war, *musste* er Timo Prohns Geschichte von dem geheimnisvollen Überbringer des Geldkuverts zumindest überprüfen.

In den Augenwinkeln sah er, dass der alte Josef unter ihm in der Senke kauerte und mit beiden Händen in einem fettschwarzen, offenbar frisch gegrabenen Beet buddelte, das nach Form und Größe wie ein Grab aussah. Er blieb stehen, steckte sich eine *Gitane* an und beobachtete den Gärtner, während er in Gedanken noch bei Alex und Klaußen war. Die Sonne strahlte wie eine außer Kontrolle geratene Röntgenmaschine vom Himmel, der den blauen Mattglanz von Bleiplatten hatte.

Was ergab das alles für einen Sinn? Die Fragen und Rätsel schwirrten durch Georgs Kopf wie wilde Insekten. Falls Alex wirklich Klaußens illegitimer Sohn und damit Margots Stiefbruder war – warum hatte Klaußen seine Vaterschaft seit siebzehn Jahren verheimlicht? Und weshalb hatte er auf einmal beschlossen, seinem Sohn rund fünfzehntausend Mark zukommen zu lassen – wollte er sein spät erwachtes Gewissen beschwichtigen? Natürlich war es möglich, dass er, solange Alex in den verschiedenen Heimen einsaß, von ferne seinen Sohn beobachtet hatte und beunruhigt war, als er vergangenen Herbst von Alex' Flucht und spurlosem Verschwinden erfuhr. Aber wie hatte er herausbekommen, dass Alex in Zürich untergetaucht war und sich als Strichjunge durchschlug? Und seltsamer noch – wie war die Beziehung zwischen Klaußen und dem Kasseler Papierfabrikanten Alfred Prohn zu erklären?

Eine Art Krächzen drang in seine Bewusstsein. Unten in der Senke hatte sich der alte Gärtner aufgerichtet. Mit beiden Händen schwang er einen Steinbrocken, den er wahrscheinlich eben aus dem Beet gegraben hatte. Den grünen Filzhut in die Stirn gedrückt, starrte er zu Georg hoch, fuchtelte mit dem Geröllklumpen und schien Georg zu sich locken zu wollen.

Lächelnd nickte Georg ihm zu und schlenderte über den sanft abfallenden Hügel nach unten. Er musste aufpassen, sagte er sich, dass er, was Klaußens mögliche Rolle in der Prohn-Affäre anging, sich nicht in Fantasterei verrannte. Er würde eine Fotografie von Klaußen auftreiben und Timo Prohn fragen, ob das der Mann war, der seinem Vater das Geldkuvert zugesteckt hatte. Falls er den Mann identifizierte, würde Georg weiter überlegen, wie Klaußen in diese Geschichte hineingeraten war. Aber vorher war es geradezu schwindelerregend sinnlos, sich mit einem ganzen Hornissenschwarm von Fragen und Rätseln herumzuquälen.

»Guten Tag, Josef«, sagte er, als er in der Senke angekommen war.

Der Gärtner hielt ihm eine erdgeschwärzte und von Gicht gekrümmte Hand hin, die Georg wohl oder übel schütteln musste. Dazu krächzte er etwas, das ungefähr klang wie *Mojn, junger Herr!*, worüber Georg lachen musste. Zahnlos hechelnd stimmte Josef in sein Lachen ein. Wie immer schon erinnerte Georg die knöchellange grüne Gummischürze an Chirurgen oder Schlächter. Sein Vater pflegte zu behaupten, dass Josef wie *der alte Adenauer* aussehe. Um ihm eine Freude zu machen, hatte Georg ihn einmal gefragt, wer denn der alte Adenauer sei. An die Antwort erinnerte er sich nicht mehr genau – irgendein Politiker, glaubte er zu wissen –, aber er würde nie vergessen, wie sein Vater erbleicht war und geschrien hatte, wer nicht einmal Adenauer kenne, dem sei überhaupt nicht mehr zu helfen.

Neben Josefs linkem Schlammstiefel lag der große, graue Steinbrocken auf der Wiese, und falls Georg den stammelnden Gärtner halbwegs verstand, ärgerte sich Josef, weil der Boden unter einer dünnen Erdschicht praktisch nur aus Geröll bestand.

»Das ist hier alles vulkanischen Ursprungs«, sagte er, obwohl der halbtaube Gärtner ihn schon akustisch nicht verstehen konnte und obwohl irgendwer mal behauptet hatte, ausgerechnet der Taunus sei nicht vulkanisch – alle anderen Gebirge ringsum ja, nur der Taunus nicht, was ein ausgemachter Unsinn war.

Josef versetzte dem Steinbrocken einen Fußtritt; Georg nickte. Unterirdische Feuerfäuste und glutspuckende Felsenmäuler hatten den Taunus aus der flüssigen Fläche gedrückt und brüllend ins Licht gespien. Damals hätte er liebend gern gelebt, dachte er allen Ernstes – an das Schuppengefieder eines Flugsauriers geklammert, hätte er träge kreisend das feurige, heulende, schäumende Schauspiel betrachtet, wie eine

Welt entstand. *Heute* dagegen war hier alles tot, starr und längst wieder in halbem Verfall.

»Schönen Tag noch«, sagte er zu Josef.

Während er mit schnellen Schritten zum Haus zurückging, dachte er, vielleicht hatte Josef gehofft, dass er ihm eine Zigarette anbieten würde. Früher hatten sie öfters zusammen Georgs *Gitanes* geraucht und bis zum Verglimmen der Stäbchen schweigend über die grünen Wellen des Parks geschaut. Josef war ein geheimnisvoller Mensch, dachte er wie früher, man wusste praktisch nichts von ihm. Ganz allein lebte er irgendwo in einem Dachzimmer in der Altstadt und kämpfte sich jeden Morgen mit einem klapprigen, uralten Fahrrad über die gewundenen Alleen zur Kroning-Villa ins Südviertel hinauf. Er pflanzte Blumen, beschnitt Büsche und harkte Unkraut. Im Herbst rechte er die bunten Blätter zusammen, die von Hecken, Büschen und den wenigen Laubbäumen fielen. Im Winter schaufelte Josef, in seinen glitzernden Kunstpelz gehüllt, die Schneemassen vom Kiesweg und vom Vulkansteinplatz, damit Georgs Vater mit dem Mercedes-Coupé nicht auf der steilen Zufahrt steckenblieb. Schon in Georg Kindheit war er steinalt, halbtaub und gichtgekrümmt gewesen, und sein vielleicht angeborener Schwachsinn schien ihm nie gestattet zu haben, anders als stammelnd zu sprechen und sich über andere Dinge als in der Erde steckende Steinbrocken zu ärgern. Georgs Vater pflegte ihm billige Stumpen aus einem Vorrat zuzustecken, der speziell für Josef angeschafft worden war. Manchmal übernachtete er, obwohl es ihm untersagt war, in dem Gärtnerhäuschen oben im Park, wo es eine Strohpritsche und einen Holzofen gab. Auch Josef, dachte Georg, lebte in einer eigenen Welt, und er hatte es fertiggebracht, steinalt zu werden, ohne jemals aus seinem Winkel hervorzuschlüpfen, ohne dass irgendwer je erraten hätte, was in ihm vorging und wer er wirklich war.

Hinter dem Küchenfenster machte seine Mutter ihm Zeichen; offenbar sollte er ins Haus kommen, da das Essen fertig war. An dem vor Hitze knackenden Mercedes-Coupé vorbei zwängte er sich durch die südliche Terrassentür. Sein Vater, dachte er, saß vielleicht in dieser Minute oben in seinem Arbeitszimmer und schrieb den *Irrläufer*-Scheck aus.

6

Kurz vor halb vier zog Georg die Taxitür auf und schob sich in den Fond. »Frankfurt, Florian-Hospital«, sagte er zum schläfrig blinzelnden Chauffeur. »Aber Sie können sich Zeit lassen – ich glaube, es ist noch nicht soweit.«

Die Nacht war schwarz, mondlos, heiß dampfend, und als sie losrollten, glitzerten unten im Tal die matten Nachtlichter von Lerdeck. Um diese Stunde war niemand mehr freiwillig unterwegs.

»Bloß ned nervös wärde, junger Mann«, empfahl der ältliche Fahrer in Frankfurter Dialekt. »Des had unseraans, als mer jung war'n, aach alles dorschgemacht – die Kinnerscher kimme schoo alle zu dere Welt, ob mer uns grad verrückt mache duhn oder schdorzruhisch blaawe. Mir Mannsbilder sin da debei eh zu nix zu gebraache.«

»Wie?«, murmelte Georg. »Was sagen Sie?« Erst allmählich kapierte er, wovon der Chauffeur möglicherweise faselte. Er beugte sich vor und sagte schnell: »Ich glaube, Sie irren sich. Wir fahren ins Krankenhaus, weil dort meine Eltern liegen. Mein Vater ist schon tot, Mama liegt im Sterben. Ich fahre hin, um Abschied zu nehmen. Haben Sie mal Feuer, ja?«

Dummerweise hatte er sein Feuerzeug in der Villa vergessen. Der Fahrer reichte ihm wortlos seine Zündholzschachtel, und Georg lehnte sich rauchend zurück, während draußen die Schatten vorübertanzten – husch, husch und vorbei.

»Sie mache bloß Widdse, ned wahr?«, kam es vom Fahrer. »Aber isch saach Ihne – solsche Widdse macht mer besser ned.«

»Seien Sie still«, sagte Georg. »Ich denke an Mama, und solange ich an sie denke, lebt sie weiter.«

+++

Als Georg durch die Terrassentür zurück ins Haus kam, stand seine Mutter mitten im Saal und strahlte ihm entgegen. Sie hatte sich umgezogen; ein weit geschnittenes, grau-rotes Kostüm verbarg ihre Magerkeit, an ihrem Arm schlenkerte eine winzige Handtasche.

»Wo warst du nur so lange, Georg?«, begrüßte sie ihn aufgeregt. »Stell dir vor, Papa hat einen Tisch im *Casino*-Restaurant reserviert. Wir fahren sofort los.«

»Mit dem Mercedes?«

»Natürlich, womit sonst?«, gab sie lachend zurück »Du wirst Papa nicht zumuten wollen, dass er wegen dir auch noch ein Taxi bestellt.« An dem hellen, fast spiegelnden Glanz ihrer Augen merkte Georg, dass sie wieder ihre Antidepressiva geschluckt hatte und im Augenblick die ganze Welt so rosa getupft zu sehen schien, wie nur ihr eigenes erhitztes Gesicht in Wirklichkeit war.

»Der Anzug steht dir ganz ausgezeichnet, mein Junge.« Leise schwankend kam sie auf ihn zu und umhüllte ihn mit einer Wolke streng riechenden Parfums. »Und ich bin sicher, nach dem Essen wird Papa dir sein Geschenk überreichen. Vorhin hat er noch einmal mit Demken, dem Bankier, geredet – das war diese wichtige Besprechung, wegen der er sich verspätet hat. Lass dir vor Papa nicht anmerken, dass du schon Bescheid weißt – Demken hat endgültig grünes Licht gegeben. Er hat einen Vertrag

ausgearbeitet, in dem dein Vater verbindlich erklärt, dass er dir für die *Härtel & Rossi*-Angelegenheit bis zu zweihundertfünfzigtausend Mark zur Verfügung stellen wird.«
»Wirklich, Mama?«, rief Georg. »Das ist wunderbar! Natürlich werde ich mich auch bei Papa bedanken. Aber ich weiß genau, dass ohne dich aus der ganzen Sache nie etwas geworden wäre.«
Er grinste sie an und zwang sich, mit gespitzten Lippen ihre schlaffe Wange zu streifen. Seine Mutter stieß eine Art Kichern aus, das ziemlich hysterisch klang.
»Was hältst du davon, wenn Papa und ich dich bald einmal in Zürich besuchen? Ich meine, jetzt, wo dein Vater dir mit dem Geld hilft, solltet ihr euch versöhnen – wir vergessen einfach alles, was früher war.«
Georg hatte kaum hingehört. Mit einer fahrigen Geste, die ihn an Kroll erinnerte, wühlte er in seinen Taschen nach den *Gitanes*. Eigentlich hätte er sich jetzt erst mal entspannen können. Warum schoss in ihm trotzdem eine Welle der Nervosität hoch, die ihn fast sichtbar erzittern ließ und seinen Blick regelrecht flimmern machte? Seine Mutter sah ihn erwartungsvoll lächelnd an. Er versuchte sich zu erinnern, wovon sie eben geredet hatten, und murmelte: »Natürlich, Mama, das wäre wundervoll.«
Sie plapperte irgendwas vom *lieblichen Zürichsee* und der *traumhaften Altstadt*; Georg lehnte sich neben der Tür gegen die schwarze Schrankfront und nickte mechanisch. Was hat Klaußen mit dem Fall Prohn zu tun?, fragte er sich wieder. Dann durchzuckte ihn die Ahnung, dass Alex vielleicht längst aus dem Rattenloch hervorgekrochen war und irgendwo durch die Schweiz schlich als ein zweiter Georg Kroning. Durch die Jalousiengitter sah er, wie Josef einen mächtigen Steinbrocken über die Südterrasse schleppte, den er in Brusthöhe gegen die Gummischürze drückte. Obwohl die Glaswand schalldicht war, glaubte er zu hören, wie der alte Gärtner ohne Unterbrechung unverständliche Flüche murmelte.
Wenn sein Vater sich vertraglich festlegte, den *Irrläufer* zu finanzieren, konnte er sich nicht mehr herauswinden, sagte sich Georg, was auch immer Kroll oder Taschner ihm nachher über die angeblichen Verbrechen und gefährliche Verdrehtheit seines Sohns erzählen mochten. Wahrscheinlich hatte er sich für den Vertrag entschieden, damit Georg das Geld nicht selbst in die Hände bekam, sondern gezwungen war, es wirklich in das Spielprojekt fließen zu lassen. Dieses Misstrauen war zwar wieder mal typisch für seinen Vater und eigentlich sogar beleidigend. Aber die Kränkung nahm er gern in Kauf, da sie Krolls Verleumdungen wirkungslos machte und seinen Vater zwang, zu seinem Wort zu stehen, sogar wenn Georg zwischenzeitlich verhaftet würde. Wenn sie gleich ins *Casino*-Restaurant fuhren, würde sein Vater ihm spätestens zum Digestif mit feierlicher Miene den *Irrläufer*-Vertrag überreichen.
»Wo bleibt denn Papa?«, fragte er, wobei er dachte: Das *Irrläufer*-Prinzip – zittern bis knapp vor dem Ziel, aber dann siegen gegen jede Wahrscheinlichkeit.
»Ich glaube, er wollte sich dir zu Ehren umziehen«, sagte seine Mutter. »Aber das war

schon vor einer halben Stunde. Vielleicht führt er noch ein Telefongespräch, oder er sieht seine Post durch. Du weißt ja, Georg, dein Vater hört nie wirklich auf zu arbeiten, und seit auch noch diese Pfister-Geschichte dazugekommen ist ...«

»Hat denn jemand angerufen?«

»Warum fragst du?« Für einen Augenblick schien seine Mutter irritiert. »Ist alles in Ordnung mit dir? Du wirkst so nervös.« An ihrem Blick, der seine Schulter streifte, merkte er, dass sie wieder an die scheußlich schillernde Quetschwunde dachte und sich zu fragen schien, ob er nicht doch in ernsteren Schwierigkeiten war.

»Nein, nein, alles okay«, sagte er schnell. »Ich dachte nur, dass vielleicht Margot versucht hat, mich zu erreichen.«

»Leider nein«, antwortete seine Mutter. »Sag mal, dieser gefährlich aussehende junge Mann, meinst du im Ernst, dass er bei Margot Chancen hätte?«

»Taschner? Ich weiß es wirklich nicht«, sagte Georg. »Anscheinend hat er ihr den Kopf verdreht – er und mehr noch Bertoni. Vielleicht hat sie sich geschmeichelt gefühlt, weil auf einmal lauter Verehrer um sie herumgetanzt sind. Übrigens arbeitet dieser Taschner angeblich bei der Polizei«, fügte er zu seiner eigenen Überraschung hinzu, »und er scheint Margot eine Menge wilder Geschichten über halb perfekte Morde und raffinierte Räubereien erzählt zu haben – natürlich nur, um sie mit seiner eigenen Heldenrolle zu beeindrucken.«

Er wusste selbst nicht, weshalb er dieses halbe Geständnis gemacht hatte. Nervös lächelte er seiner Mutter zu und beschloss, endlich die *Gitane* anzuzünden. »Am besten sagen wir Papa nichts davon, dass uns gestern ein Polizist besucht hat. Am Ende versteht er das noch falsch und bildet sich ein, dass die Polizei wegen irgendwas gegen mich ermittelt.« Er versuchte sich an einer ulkigen Grimasse. »Wo Papa nur bleibt? Willst du nicht hochgehen und Bescheid sagen, dass wir auf ihn warten?«

Sie warf einen Blick auf die Wanduhr, deren Zeiger schon gegen eins gingen. Auf einem Chromtischchen zwischen zwei schwarzen Ledersesseln stand grau und gedrungen das Telefon. Der Nebenapparat oben im Arbeitszimmer seines Vaters zweigte von der gleichen Leitung ab.

»Gut, ich gehe hoch und sage ihm Bescheid«, stimmte seine Mutter zu. »Ich meine, er hat den Tisch für dreizehn Uhr dreißig bestellt, und bis zum *Casino* brauchen wir wenigstens zwanzig Minuten.«

Fast ohne es zu bemerken, folgte Georg ihr in die Vordiele und beobachtete zerstreut, wie seine Mutter mit schleppenden Schritten nach oben ging. Der weit geschnittene Rock schwang um ihre mageren Beine, und als sie ihr dürftiges graues Haar scheinbar übermütig zurückwarf, empfand Georg plötzlich wieder Mitleid. *Manchmal bin ich sehr einsam, Georg.*

Als sie auf der siebten oder achten Stufe war, quäkte die elektronische Telefonglocke los – ein schriller Dreiton, der an amerikanische Polizeisirenen erinnerte. Georg sah, wie seine Mutter stehen blieb und zu überlegen schien, welcher Apparat näher war. »Ich gehe schon«, sagte er ruhig. Mit zwei schnellen Schritten war er beim Telefontischchen. »Kroning.« Seine Mutter sah ihn lächelnd an, als glaubte sie zu erraten, dass Margot am Apparat war.

»Grüezi«, sagte aber eine weibliche Telefonstimme zu Georg. »Stadtzürcher Kriminalpolizei. Herr Dr. Kroning? Einen Moment, bitte, ich verbinde.«

Die Leitung knisterte und klackte. Er bedeckte die Sprechmuschel mit der Hand und sagte zu seiner Mutter: »Die Telefonzentrale eines Münchner Studentenheims. Wahrscheinlich versucht Margot ... Es wird nicht lange dauern. Geh ruhig schon hoch und sage Papa Bescheid.«

»Kroll«, hörte er die allzu vertraute Stimme. »Kriminalkommissar Kroll, Sonderdezernat Internationales Kapitalverbrechen. Spreche ich mit Herrn Dr. Kroning?«

Aufblickend sah er, dass seine Mutter weiter nach oben ging.

»Hier Kroning, was gibt's denn.« Er versuchte, seine Stimme dunkel, mürrisch und dröhnend klingen zu lassen, was nicht ganz einfach war, da er sausenden Schwindel spürte. Er ließ sich in den rechten Sessel fallen, den er nach links schwenkte, um die Treppe im Auge zu behalten.

»Sie erinnern sich vielleicht an mich, Herr Dr. Kroning«, hörte er Krolls südhessisch weichen Singsang. »Vor drei Jahren haben Sie mir mal eine Kugel aus dem Bein geholt – war eine saubere Arbeit. Damals habe ich Ihnen versprochen, wenn ich mich einmal revanchieren könnte ...«

Oben trommelte seine Mutter wieder mal gegen eine verschlossene Tür, wobei sie in bittendem Tonfall *Bernhard, was machst du denn?* rief.

»Keine Ahnung, wovon Sie reden«, brummte Georg. »Wie war noch gleich der Name? Koller? Krall? Was wollen Sie überhaupt?« Mehr als eine Sekunde lang rauschte in der Leitung verblüfftes Schweigen. »Sind Sie noch dran, Krall? Immer noch den Prohn-Mördern auf den Fersen? Sie sollten sich schämen, meinen Sohn anzuschwärzen, Troll. Kümmern Sie sich lieber mal um diesen Graubart, der Prohn das Geldkuvert zugesteckt hat. Und meinen Sohn lassen Sie gefälligst in Ruhe, Schrull. Georg hat mit der Geschichte nicht das Geringste zu tun. Verstanden, Prell?«

»Das hätte ich mir gleich denken können«, knurrte Kroll. »Wieder mal unser kleiner Wirrkopf! Na, haben Sie für heute Ihren Spaß gehabt? Dann seien Sie so freundlich und rufen Ihren Vater ans Telefon.«

Oben schlug eine Tür. Schritte hallten im Gang, schon erschien sein Vater auf der Treppe; hintendrein trippelte seine Frau.

»Schön, dass du angerufen hast, Margot«, sagte Georg zu Kroll. »Du hast recht – vergessen wir einfach diesen Taschner, und was Bertoni betrifft ...«

»Lassen Sie den Unsinn!«, schrie Kroll aus voller Kehle in den Hörer. »Sowie Sie auflegen, wähle ich von Neuem. Was glauben Sie, wer dieses Spiel länger durchhält?«

Mit erhobener Stimme redete Georg weiter, um das aus der Muschel zischelnde Geschrei zu übertönen. Seine Eltern waren auf halber Höhe der Treppe stehengeblieben. Sie flüsterte ihm irgendwas ins Ohr; sein Vater nickte gelangweilt.
»Was sagst du, Margot?«, rief er. »Die Verbindung wird irgendwie schlechter ... nein, ich meine nicht *unsere* Verbindung, ich meine das Telefon ... Was sagst du? Dieser Taschner treibt sich immer noch vor eurem Haus herum? Ach so, du bist heimlich abgefahren, damit er dir nicht bis München nachrennt ... Du, Margot, ich fürchte, gleich bricht die Leitung zusammen, außerdem schreit irgendwer dazwischen, ich versteh kein Wort mehr... Aber nein, ich bin dir nicht böse, warum denn? Ich schreib dir dann von Zürich ... Ja, natürlich, sehe ich genauso ... tschüs dann, und ...« Er senkte seine Stimme zu einem Flüstern. »Margot? Ich liebe dich.«
Während er den Hörer sinken ließ, setzten sich seine Eltern wieder in Bewegung. Mit zwei Fingern tippte er auf die Gabel, behielt aber den Hörer in der Hand, damit Kroll in den Genuss des Besetztzeichens kam. Er zitterte am ganzen Körper, sogar seine Zähne klapperten aufeinander, als hätte er Schüttelfrost.
»Oh, Mama«, rief er, »das war wirklich Margot. Du glaubst gar nicht, wie ich mich ...«
Seine Hände zitterten so sehr, dass er sich kaum verstellen musste – als er versuchte, den Hörer zurückzulegen, stieß er mit einer unkontrollierten Bewegung gegen den Apparat, der über den Chromtisch schlitterte und auf dem Steinboden aufschlug.
»Ach, verdammt!«, murmelte er gut hörbar. Er sprang auf, kniete sich neben dem Telefontischchen hin und zerrte mit einem Ruck das Kabel aus dem Wandstecker. Erleichtert sah er, dass die Kontaktbuchse in der Wand steckengeblieben war; aus dem Kabelende hingen nackte, zerfetzte Drähte. »Tut mir leid«, sagte er hochtauchend. »Papa, du hast es ja immer schon gewusst – ich habe zwei linke Hände. Leider habe ich diesen Apparat hier ruiniert. Das war schrecklich ungeschickt von mir.«
Immer noch zitterte er, als wankte er nackt durch einen Schneesturm. Während er mit Kroll sprach, hatte er sich zeitweise beherrschen müssen, um nicht laut herauszulachen, aber dieses Lachen war nur eine hysterische Variante seiner Nervosität. Zwar hatte er Krolls Attacke vorläufig abgewehrt, aber sich zugleich ein neues Problem aufgeladen. Falls sie, wofür irgendein Zufall sorgen konnte, auf dem Weg zum *Casino* Margot begegneten – wie sollte er seinen Eltern erklären, dass sie ihn zehn Minuten vorher aus München angerufen hatte? Ach, egal, dachte er – irgendwie würde er sich auch aus dieser Klemme fabulieren. Wenn er erst den unterzeichneten *Irrläufer*-Vertrag in der Tasche hatte, mochten sie seinetwegen von ihm denken, was ihnen gerade durch den Kopf schoss. Aber er spürte, es war Unrecht, dass er Margot schon wieder benutzt hatte, und wenn sie erfuhr, dass er zu Kroll *Ich liebe dich, Margot* gesagt hatte, würde sie ihm wohl nie mehr verzeihen.
Sein Vater starrte düster auf das zerfetzte Kabel und den grauen Apparat in Georgs Händen, der beinahe verschwollen aussah. Er trug einen dunkelblauen Anzug, der

seine schmächtig gewordene Gestalt umschlotterte; nur noch die Weste spannte sich über dem Bauch. Während Georg sich vorstellte, wie Kroll ihre Nummer erneut anwählen ließ und in die tot rauschende Leitung lauschte, sah er, dass seine Mutter sich von hinten an ihren Mann herandrängte, um ihm irgendwas zuzuflüstern. Daraufhin legte sich ein halb feierliches, halb joviales Lächeln über die Züge seines Vaters.

»Halb so wild, dieses kleine Telefon-Malheur«, behauptete er. »Allerdings hast du den Nebenapparat mit stillgelegt. Wir werden von einer Telefonzelle aus die Störstelle verständigen, damit der Schaden möglichst noch heute behoben wird.« Er trat einen Schritt vor, schüttelte Georg die Hand und leierte eine formelhafte Gratulation.

»Danke für die Glückwünsche, Papa«, sagte Georg. In seinem Innern erschallte Krolls hämisches Gelächter.

Er stellte den zerschmetterten Telefonapparat auf das Chromtischchen zurück und versuchte zu schätzen, wie lange Kroll brauchen würde, um Taschner zu benachrichtigen. Falls der Gehilfe wirklich vor der Villa herumlungerte, musste Kroll zunächst irgendwen in Frankfurt am Main telefonisch verständigen, der dann versuchen konnte, Taschner per Polizeifunk zu erreichen – falls Taschner mit einem Wagen unterwegs war und falls dieser Wagen ans Funknetz angeschlossen war. Jedenfalls durften sie keine Minute mehr verschwenden; wenn auf einmal Krolls Gehilfe vor der Tür stand, sich als Kriminalpolizist auswies und seinen Vater zu sprechen verlangte, würde die ganze Geschichte natürlich auffliegen, und mit ihr davonflattern würde der *Irrläufer*-Vertrag.

»Wollen wir gehen?«, schlug er vor. »Ich habe rasenden Hunger, und wir sind sowieso schon spät dran.«

Leider wünschte sein Vater erst noch eine Art Rede zu halten. »Zu meiner Zeit«, sagte er, »bekam man erst mit einundzwanzig die Großjährigkeit zugesprochen. Diese Rechnung hatte viel für sich – ihr jungen Leute seid doch heute hoffnungslos überfordert, wenn ihr schon mit achtzehn die Rollen erwachsener Männer und Frauen ausfüllen sollt. Wie dem auch sei – spätestens ab heute musst du deinen Mann stehen, Georg, mit allen Konsequenzen und ohne dass man dir länger Schonung oder mildernde Umstände gewährt.«

»Das klingt ja ziemlich kriminalistisch, Papa.« Georg versuchte zu lachen.

Die Antwort seines Vaters bestand aus einem forschenden Blick und einem Nicken, das die Hauttasche unter seinem Kinn erzittern ließ. »Alles Weitere später«, sagte er. Georg und seine Mutter folgten ihm nach draußen, wo er die Mercedes-Türen aufschloss und den Beifahrersitz vorklappte, sodass sich Georg in den Verschlag hinter den Elternsesseln zwängen konnte. Eigentlich war es normal, dachte er, dass sein Vater sich ihm gegenüber steif und abweisend verhielt. Vielleicht ärgerte er sich, dass er sich auf die *Irrläufer*-Geschichte eingelassen hatte, obwohl er natürlich an seiner Überzeugung festhielt, dass dieser ganze *Traumsumpf*, der Georgs Welt war, trockengelegt gehörte. Während seine Eltern sich vorn in die Sicherheitsgurte zwängten und knallend die Türen schlossen, lehnte sich Georg ergeben zurück, oder versuchte es wenigstens, da sein Kopf fast gegen die schräge Wagendecke streifte und seine Knie sich von hinten in den Sitz seiner Mutter pressten.

Dann ging die Fahrt los – sein Vater drehte den Zündschlüssel mit einer knappen, schnappenden Geste und ließ den Motor im Leerlauf aufheulen. Seine rechte Hand fiel vom Lenkrad und umklammerte den schwarzledernen Knauf des Ganghebels, den sie mit hartem Ruck nach vorn schob. Schon schossen sie über den Magmaplatz; der Mercedes warf sich über den grünen Hügel und stürzte sich in die Tiefe zum Tor. Im Wagen wurde es dunkel. Über ihnen schlugen die Wipfel der Tannen zusammen, und die blaugrünen Äste streiften gegen die Seitenfenster wie Wellen, die sich am stampfenden Schiffsrumpf brachen, während die Reifen durch die versteinerten Strudel des Kieswegs schlugen. Automatisch glitten vor ihnen die schwarzen Torflügel auf, sodass man geblendet blinzelte. Im fast senkrechten Mittagslicht dehnte sich die Allee wie eine geheimnisvolle Unterwasserhöhle, deren Wunder sie aus ihrer schwimmenden Kapsel bestaunten. Eines dieser Meerwunder war ein schwarzer, sehr flacher Sportwagen, der vis à vis zwischen zwei orangerot blühenden Alleebäumen stand und wie eine tollwütige Flunder aussah. Hinter der schrägen Frontscheibe glaubte Georg Taschners weiche, verschwommene Züge zu erkennen, die sich im Zeitlupentakt seiner Kaugummi malmenden Kiefer dehnten und zusammenschoben.

Aus irgendeinem Grund bremste sein Vater den Mercedes plötzlich ab, sodass sie auf der Schwelle zwischen Park und Straße mit summendem Motor stehenblieben. Die Torflügel machten einen Versuch, sich zu schließen, aber irgendein Sensor schien ihnen zu sagen, dass noch etwas in der Öffnung steckte; surrend glitten sie in ihre frühere Stellung zurück

»Hörst du nicht, Georg?« Seine Mutter hatte sich halb zu ihm umgewandt und zeigte ihm ein verzerrtes Lächeln. »Papa fragt, wie du den neuen Wagen findest.«

»Tolles Geschoss, wirklich.« Nervös beobachtete er seinen Vater, der auf verschiedene Instrumente hinter dem Steuerrad deutete und offenbar entschlossen war, ihm Stück für Stück die Armaturen zu erklären.

»Der Bordcomputer berechnet die durchschnittliche Geschwindigkeit und den Benzinverbrauch, und dieses Instrument hier ...«

Während sein Vater auf die Armaturen zeigte und mit vor- und zurückruckendem Kopf auf ihn einsprach, flatterten neben ihnen die Parktorflügel wie große, dunkle Vogelschwingen. Mit sturem Eifer untersuchten sie alle zwei oder drei Sekunden, ob das in der Öffnung steckende Hindernis verschwunden war und ihnen erlaubte, sich zu schließen. Bedrohlich surrten sie heran, merkten irgendwie, dass der Mercedes noch im Weg war, und schwangen zurück gegen die Tannenreihen, wo sie sich einen Augenblick zu besinnen schienen, ehe sie den nächsten Versuch unternahmen.

»... das auch bei zweihundertdreißig Stundenkilometern noch Hifi-Qualität garantiert.«

Mit den Augen folgte Georg dem Zeigefinger seines Vaters, der auf ein würfelförmiges, mattglänzendes Gerät deutete – wahrscheinlich einfach ein Radio, obwohl es mit seinen blinkenden Schaltern und winzigen Bildschirmen, über die leuchtfarbene Linien zitterten, eher dem losgerissenen Kopf eines Roboters ähnelte.

»Großartig. Wirklich beeindruckend, Papa.«

In den Augenwinkeln sah er, wie Taschner die Tür der pechschwarzen Flunder öffnete und sich nach draußen schraubte. Es war nicht sehr wahrscheinlich, dachte Georg, dass er Krolls Nachricht schon erhalten hatte – vielleicht fühlte er sich provoziert von der Mercedesschnauze, die zwischen den flatternden Torflügeln aufs Trottoir ragte, oder er wollte sich die Zeit vertreiben, indem er Georg wieder einmal einen Schrecken einjagte. Auf jeden Fall musste Georg verhindern, dass Taschner auch nur ein Wort mit seinem Vater wechselte.

Taschner knallte die Wagentür zu und überquerte mit wiegenden Cowboyschritten die Straße. Bei jedem Schritt wehte seine Haartolle hoch und entblößte eine Stirn, die mit vernarbten Pusteln gepflastert war. Er hatte die Fäuste in die Taschen seiner knallengen Jeans gestopft, was eine monströse Wölbung ergab; sein leeres Gesicht bewegte sich im Takt der kauenden Kiefer.

»Das ist doch schon wieder dieser Taschner, oder täusche ich mich?« Seine Mutter pickte mit dem Finger gegen die Scheibe.

»Was für ein Taschner?«, knurrte sein Vater, der offenbar noch lange nicht alle Armaturen erklärt hatte.

»Derselbe Taschner«, sagte Georg schnell, »über den ich eben am Telefon mit Margot geredet habe. Das ist so ein hirnloser Bursche, der sich in Zürich in sie verschossen hat und seitdem hinter ihr herrennt. Da Margot abgereist ist, um ihn loszuwerden, will er jetzt höchstwahrscheinlich mich ausfragen, wohin sie verschwunden ist. Ein unangenehmer Kerl, Papa. Er ist imstande und fängt eine Prügelei an. Wahrscheinlich bildet er sich ein, dass ich Margot versteckt halte. Es hat keinen Sinn, sich sein Gefasel auch nur anzuhören. Fahren wir lieber weiter.«

Während Georg auf seinen Vater einredete, versuchte Taschner, von der Fahrerseite aus an den Mercedes heranzukommen, was aber nicht ganz einfach war, da der vorschwingende Torflügel ihn jedes Mal wieder zurückscheuchte.

Georgs Mutter streifte erst ihn, dann den andrängenden Taschner mit einem nervösen Blick. Georg merkte, dass sie kein Wort von der Liebesgeschichte glaubte, die er erfunden hatte, um Taschners Zudringlichkeit zu erklären. Sie nickte Georg zu und sagte zu ihrem Mann: »Georg hat recht. Da Margot nichts von dem jungen Mann wissen will und die Klaußens ihn nicht einmal ins Haus lassen, hofft er jetzt offenbar, dass wir ihm einen Seitenweg ebnen. Das Ganze ist äußerst geschmacklos, zumal er doch wissen muss, dass Margot und Georg praktisch verlobt sind. Tu mir den Gefallen, Bernhard, und lass uns losfahren.«

Endlich ließ sein Vater den Motor aufheulen und legte einen Gang ein. Taschner schrie irgendwas, das wie *Kroll, den Sie ja kennen* klang, und zückte einen Plastikausweis, den er gegen die flatternde Toröffnung schwenkte. Genau so einen Plastikausweis, erinnerte sich Georg, hatte Flämm dem Tramkontrolleur unter die Nase gehalten, der sich allerdings wenig beeindruckt gezeigt hatte. Der Mercedes schoss vor, sprang nach links und glitt zwischen den schrägen Baumschatten durch die steil abfallende Allee. Im Rückspiegel sah Georg die verkniffenen Augen seines Vaters, der offenbar immer noch Taschner beobachtete. Er wandte sich um – eben drehte sich der schwarze Sportwagen aus der Lücke zwischen den Bäumen, und der flache, scheinbar gliederlose Rumpf kroch auf die Straße. Taschner ließ die versenkbaren Scheinwerfer, die über dem schmalen Kühlerschlitz im Blech steckten, mehrfach hochschnellen, aufblitzen und zurücksinken, was aussah, als zwinkerte ihnen der schwarze Wagen zu.

»Ich glaube fast«, sagte Georgs Vater, »dass der Bursche mich provozieren will.« Das brachte er aber in hoffnungsvollem Tonfall heraus, und der Ausdruck seiner Augen im Rückspiegel erinnerte Georg an den sehnsüchtigen Blick, mit dem er manchmal den Piepser fixierte.

»Laut Margot«, sagte er schnell, »ist Taschner so eine Art Hobby-Rennfahrer, der mit seiner Kiste andauernd Straßenrennen fährt.« Und als sein Vater zu zögern schien: »Was ist das überhaupt für ein Wagen, Papa? Er sieht wahnsinnig schnell aus, und ich weiß nicht, ob du mit deinem Mercedes-Coupé ...«

»Pah«, unterbrach ihn sein Vater. »Diesen klapprigen Maserati würde ich nicht mal geschenkt nehmen. Diese italienischen Blechschachteln sehen Wunders wie schnell und wendig aus, dabei sind sie technisch von vorgestern und stilistisch den Küchenschaben verpflichtet. Man fragt sich, wie sie überhaupt über die Alpen kommen.«

Während sein Vater geläufig Schmähungen aneinanderreihte, folgte ihnen der Maserati in einer Entfernung von fünfzig oder sechzig Metern.

»Mit so einem Angeberwagen«, höhnte sein Vater, »kann man vielleicht kleine Mädchen beeindrucken. Aber sobald es darum geht, reale Leistung zu vergleichen ...«

In diesem Moment heulte hinter ihnen der Motor auf, der Maserati warf sich nach vorn und klebte im nächsten Moment an ihrer Stoßstange. Der schmale Stahlschlitz im Maserati-Kühler schob sich halb unter den Mercedes, als wollte er ihm die Reifen durchbeißen. Hinter der schrägen Scheibe tanzte Taschners feixendes Gesicht; seine Finger trommelten aufs Lenkrad, mit dem er übertriebene Ruderbewegungen vollführte. Georgs Herz klopfte. Ihm wurde fast übel, wenn er an die jetzt unvermeidliche Verfolgungsjagd dachte, aber ihm blieb keine Wahl. Er musste sehen, dass sie Taschner abschüttelten und ihre Spur zumindest so lange verwischten, bis sein Vater

ihm die *Irrläufer*-Finanzierung zugesagt hatte – schriftlich und verbindlich, damit er sich nachher nicht wieder herauswinden konnte, nur weil irgendwer vage Verdächtigungen ausstieß. Anschließend mochten Taschner und Kroll seinetwegen geifern, bis ihnen die Luft wegblieb.
»Papa?«, sagte er. »Auch wenn ich mich sonst vor Autorennen grusele – tu mir bitte den Gefallen und zeig dem eingebildeten Kerl, dass er sich nicht alles erlauben kann. Ich habe keine Lust, mich mit ihm zu prügeln, obwohl er so verächtlich über Margot redet, dass er mehr als nur Ohrfeigen verdient. Außerdem würde ich wohl den Kürzeren ziehen; du hast den Muskelprotz ja gesehen. Wenn du mir also helfen willst ...«
Er hoffte, dass er diesmal den richtigen Ton getroffen hatte.
Im Rückspiegel erschien ein komplizenhaftes Grinsen; auch Georgs Mutter wandte sich um und lächelte ihn schleierhaft an. Er fragte sich, wie viel sie von dieser Taschner-Geschichte begriffen hatte. Da sie wusste, dass Taschner für die Polizei arbeitete, konnte sie sich leicht zusammenreimen, dass er in Schwierigkeiten steckte, wobei sie aber zweifellos nicht an *Raubmord im Prostituiertenmilieu* und *Fluchthilfe für einen Strichjungen* dachte. Jedenfalls schien sie entschlossen, diesmal zu ihm zu halten, da wahrscheinlich auch sie spürte, dass ihr Mann immer noch auf einen Vorwand lauerte, um sich aus dem Vertrag herauszuwinden.
»Wir fahren über die *Terrasse*«, sagte Georgs Vater. »Wenn der junge Mann nicht zufällig lebensmüde ist, wird er spätestens auf halber Strecke aufgeben. Achtung!«
Mit der Faust stieß er den Schalthebel nach vorn und beschleunigte so stark, dass Georg in die Rückbank gepresst wurde. Als er sich umwandte, raste Taschner höchstens zehn oder fünfzehn Meter hinter ihnen durch die lang gezogene Linkskurve; sein Gesicht, in der spiegelnden Scheibe mit dem Himmelsblau vermischt, feixte vor wütender Verblüffung. Sein Vater bremste scharf ab und riss gleichzeitig das Steuer nach rechts herum, sodass sich der Mercedes in der Luft zu drehen schien und sich schlingernd in ein enges Bergsträßchen bohrte. Die quietschenden Reifen hinter ihnen verrieten, wie wütend Taschner inzwischen war.
Links von der schmalen Straße stürzte sich ein Abgrund aus Fels und verkrüppelten Bäumen ins Lenautal, während sich rechter Hand schorfig vorspringende Felsen über den Weg wölbten, der mit halb zerbröckelten Katzenkopfsteinen gepflastert war. Die Räder stampften durch Schlaglöcher, und obwohl die Terrasse kaum breiter als die Wagenspur war und sie mit mehr als hundert Stundenkilometern dahinrasten, saß Georgs Vater entspannt hinter dem Steuerrad, das er mit Daumen und Zeigefinger der linken Hand dirigierte. Die Terrasse, erinnerte sich Georg, war ein uralter Handelsweg, der das Bergstädtchen Lerdeck in den Zeitaltern der Kutschen und reitenden Boten mit der Außenwelt verbunden hatte. Tief unter ihnen drängte sich die Altstadt zwischen den dunkel bewaldeten Felsfüßen. Ein Dunstschleier schwebte über dem Kessel, in dem alles, Gemäuer und Menschen, zu kochen schien.

Flach atmend wandte Georg sich um. Obwohl sich die Terrasse hinter der scharfen Eingangskurve brettgerade, fast nur wie ein hingezeichneter Strich über den Felshang zog, war von Taschner und dem Maserati nichts zu sehen. Offenbar steckte er immer noch in der Kurve und wagte nicht zu beschleunigen, da die linken Räder sich praktisch schon über dem Abgrund im Leeren drehten, während die überhängenden Felsen rechts fast das Wagendach streiften. Die Straße erinnerte Georg an den privaten Schotterweg, der mitten durchs Naturschutzgebiet zum Waldhaus seiner Eltern führte – dort sprangen links die dunklen Felsen mit wehenden Moosbärten vor, während sich rechts eine nackte Steinschlucht fünfzehn Meter tief und kilometerlang durch den Wald zog, wie eine verhärtete Narbe. Aber im Taunusgebirge stieß man überall auf solche Schluchten und unter Felsen klebenden Wege, und gegen den Schotterweg mit seinen Gefällstrecken und Spiralkurven war das hier die reinste Prachtallee. Auch seine Mutter, sah Georg, saß so entspannt in ihrem Sessel, als schwebten sie nicht wirklich in Lebensgefahr, sondern schaukelten an soliden Schiffschaukelketten über dem Abgrund.
»Das Rennen ist schon vorbei«, sagte Georgs Vater. »Wir sitzen längst im Restaurant, wenn der Maserati sich immer noch über die Terrasse tastet.« Er verlangsamte den Wagen, lehnte sich bequem zurück, und schon begann er wieder, in gleichmäßigem Klagetonfall über die ewige Pfister-Geschichte zu reden.
»Ich habe den Eindruck«, hörte Georg, »dass Klaußen mir ausweicht, seit er sich zu dieser Gegenkandidatur hat überreden lassen. Erst gestern habe ich ihn in der Klinik über den Flur schlendern sehen. Aber als er mich bemerkte, ist er in ein Krankenzimmer geflüchtet, in dem er wahrscheinlich gar nichts zu suchen hatte. Falls sich nicht in den nächsten Tagen eine Gelegenheit ergibt, werde ich ihn eben zu Hause aufsuchen und ihn zwingen, von Mann zu Mann mit mir über diese Angelegenheit zu sprechen.«
Sie bogen in die Rechtskurve ein, hinter der die Terrasse in die neue Hauptstraße mündete. Obwohl Georg froh war, dass das Rennen nur wenige Minuten gedauert hatte, wurde er wieder nervös, als sein Vater den Wagen abstoppte, da auf der Hauptstraße dichter Verkehr vorbeifloss. Endlich erwischten sie eine Lücke im Blechstrom, der sich blind und einfach seiner eigenen Trägheit folgend ins Tal zu wälzen schien. Um seine nervöse Übelkeit zu bekämpfen, zündete sich Georg eine *Gitane* an und atmete den Rauch gegen die Wagendecke.
»... am besten einmal mit dem alten Pfister selbst sprechen, der immer eine Schwäche für mich gehabt hat.«
Georg wandte sich ab und zwang sich, aus dem Fenster zu sehen. Die Vorgeschichte des *Casinos*, die ihm nun in den Sinn kam, hatte ihn schon in seiner Kindheit fasziniert. Nachdem die reichen Leute Lerdeck entdeckt hatten, war innerhalb weniger Jahre ein Geflecht aus Villen und parkähnlichen Gärten aus den Hängen und Terras-

sen gesprossen, und wo früher nur nackter Fels oder verwilderter Wald waren, zogen sich geschwungene Alleen wie schweres, kostbares Geschmeide in unregelmäßig gestaffelten Halbkreisen bis ins Tal. Auch unten in der Altstadt, wo man nur noch von der teilweise glanzvollen, bis in die Raubritterzeit zurückreichenden Vergangenheit, kaum noch von einer Zukunft geträumt hatte, zog wieder ein bescheidener Wohlstand ein. Die buckligen, oft schon verlassenen und vernagelten Fachwerkhäuschen wurden renoviert, und in den Schaufenstern schimmerten plötzlich Brillanten, oder es bauschten sich extravagante Kleider hinter winzigen Fenstern, in denen sich vorher allenfalls die trostlose Kollektion von Gemischtwarenläden gedrängt hatte.

Dieser allgemeine Aufschwung hatte einen ortsfremden Gastronomen ermutigt, das seit langem leer stehende Speiselokal im Nordflügel des früheren Casinos zu pachten, auf eigene Kosten zu restaurieren und in ein First-class-Restaurant zu verwandeln. Von Anfang an hatte der Pächter mit der verruchten Atmosphäre des Casinos, in dem sich angeblich diverse russische Fürsten ruiniert hatten, und mit der romantischen Kulisse geworben, die sich aus dem verwilderten Park und der düsteren Kurhausruine einigermaßen dürftig zusammensetzte. Dieses ruchvoll-romantische Ambiente hatte vielleicht mehr noch als die angeblich exzellente Küche dazu beigetragen, dass sich der Ruf des *Casino*-Restaurants in allen Lerdecker Villenvierteln und bis hinab nach Frankfurt am Main verbreitete, sodass der Pächter längst selbst nicht nur eine, sondern drei Villen in den teuersten Bergalleen besaß. Sogar an den Namen der Pächterfamilie glaubte Georg sich noch zu erinnern – wenn er sich nicht sehr täuschte, hießen diese Leute Sontheim.

Sie bogen in den mit großen, glänzenden Wagen besetzten Parkplatz ein. Ein schwarz livrierter Lakai winkte sie zu einer Parklücke, wo er die Mercedestüren aufriss und die Hervorkriechenden mit lächerlichen Verbeugungen begrüßte. Während Georgs Vater eine Handvoll Münzen aus der Tasche zog und ein passendes Trinkgeld für den Parkplatzwärter abzählte, versuchte Georg den Platz zu überblicken, aber die schwarze, tollwütig aussehende Maserati-Flunder war nirgends zu sehen.

Als er sich umwandte, gingen seine Eltern schon mit steifen Schritten auf das Casino zu, dessen plumper, oben abgerundeter Schatten sich ihnen scheinbar entgegenwarf. Obwohl seine Mutter sich bei ihrem Mann eingehängt hatte, spürte Georg die Fremdheit, die sich auch zwischen seine Eltern geschoben hatte und als ein düsterer, unsichtbarer Begleiter überallhin mitlief. Seine Mutter drehte sich halb zu ihm und winkte ihm mit verdrehtem Arm, wobei ihre Handtasche im Armgelenk schlenkerte. Aus der Distanz, dachte Georg, sah sie überhaupt nicht aus wie eine alte Frau, eher wie ein mageres, halbwüchsiges Mädchen, dessen Zerbrechlichkeit beinahe bestürzte. Und sein Vater, mit zurückgeworfenem, fast kahlem Kopf, den dargebotenen Arm kavaliersmäßig zugleich angewinkelt und abgespreizt, erinnerte an einen würdevollen, wenngleich schmächtig geratenen Ritter, der sein Burgfräulein unter dem Klang

einer Zither zum Tanz führte. Eine tiefe, traurig machende Einsamkeit lag über diesem Elternbild, empfand Georg. Doch das war eben das Ritterlich-Mittelalterliche dieses Bildes – wie die beiden kleinen Menschen unter dem brutal blauen, scheinbar gemauerten Himmel dahinstolperten, jeder für sich, auch wenn ihre Arme ineinander verschlungen waren und die Schritte sich taktmäßig anglichen.
Langsam folgte er seinen Eltern zu der breiten Treppe zwischen den Säulenreihen. Auf der Höhe der spiegelnden Flügeltür sah er sich noch einmal um, ob nicht irgendwo der Maserati über den Platz kroch. Auch wenn Taschner bestimmt nicht besonders scharfsinnig war, konnte er leicht erraten, dass sie in ein Restaurant gefahren waren, um Georgs Geburtstag zu feiern. Und da es in Lerdeck nur wenige erstklassige Speiselokale gab, würde er früher oder später hier aufkreuzen und neuerlich versuchen, Georgs Vater giftige Grüße von *Kroll, den Sie ja kennen* zu bestellen.
Er wandte sich um und sprang vor, um für seine Eltern den hohen Türflügel aufzuziehen. Hinter ihnen trat er in die kühle Marmorhalle ein.

7

Mit einem Blick überschaute Georg die ovale Eingangshalle, die der Pächter absichtlich in ihrer halb verfallenen Pracht belassen hatte. Hinter breiten, türlosen Durchbrüchen schlossen sich links das Restaurant, rechts die früheren Spielsäle an. Über dem stumpfgrauen, stellenweise gesplitterten Wandmarmor hingen in gleichmäßigen Abständen goldgerahmte Spiegel, die sich dem Eintretenden entgegenneigten, sodass er sich scheinbar aus allen Wänden und Winkeln zugleich gegen die Mitte der Halle bewegte. Aber die Spiegel waren längst trüb geworden und halb erblindet, daher sah man nur huschende Schatten mit kaum erkennbaren Zügen, die keinem und jedem gehörten. Rechts und links im Hintergrund erhoben sich zwei schwarze Steintresen, die völlig identisch schienen, sodass man zunächst eine weitere Spiegelung vermutete und über die raffinierte Täuschung lächelte. Aber wenn man genauer hinsah, hing über dem linken Tresen ein Emailschild mit dem altertümlichen Schriftzug *Garderobe*, während über der rechten Ummauerung *Rezeption* stand. Beide Schalter waren geschlossen. Gleichförmige Türen zwischen den Tresen führten zu Telefonzellen und Toilettenräumen; auf der dritten Tür stand *Privat*.
»Wundervoll«, sagte Georg zu seiner Mutter. »Man vergisst fast, in welcher Zeit man lebt. Kommt, wir müssen einen Blick in die Spielsäle werfen.«
Mit schnellen Schritten ging er durch die Halle, gefolgt von den zögernden Eltern, wobei seine Mutter ihrem Mann wieder beschwichtigende Silben zuwisperte. Er trat vor die Maueröffnung, die früher zu den Spielsälen geführt hatte. Ein dunkelrotes,

durchhängendes Seil versperrte den Zutritt zu einer dämmrigen Welt, die seit Jahren und Jahrzehnten zu schlafen schien. Auf dem staubigen Parkett standen grün bespannte Roulettetische in schräger Flucht und zogen den Blick in die Tiefe des Saals. Unter verblichenen Deckengemälden schwebten Lüster wie vielarmige Kraken, deren kristallenes Gehänge im Luftzug klirrte. Spielkarten häuften sich auf Spieltischen, die nur auf die mischende Hand zu warten schienen; kleine rotlederne Sessel standen halb abgerückt und luden zu einer Partie Parnass oder Poker ein.

Um selbst dem stumpferen Betrachter einen Eindruck von dem einstigen Treiben zu geben, hatte der Pächter ein halbes Dutzend Wachsfiguren in den Saal tragen lassen. In waldgrüner, eng sitzender Livree beugte sich ein bleich lächelnder Croupier über den Roulettetisch und raffte große Haufen Spielgeld zusammen, die die Spieler eben verloren hatten. Ein russisch und fürstlich aussehender Herr in burgunderrotem Jackett wandte sich scheinbar gelangweilt von der Szene ab und zwirbelte seinen Schnauzbart. Aber sein Blick, der genau in das Auge des Betrachters stach, verriet kalte Verzweiflung, die man nur zu gut verstand, da sich zwischen seinen verkrampft daliegenden Händen bloß noch ein Türmchen aus sechs oder sieben Spielmarken erhob. Neben ihm saß vorgebeugt eine überaus fette, sehr alte und hässliche Dame, über und über mit falschem Geschmeide behängt, die mit beiden Händen in eben gewonnenen Geldern badete und den russischen Ruinierten mit einem triumphierenden Blick maß. Und so ging es weiter; Georg hätte die Szenen stundenlang betrachten können. Fast musste er sich beherrschen, um nicht mit Schwung das rote Seil zu überspringen, da er spürte, dass es nur eines Rufs oder Schreis bedurfte und die märchenähnlich schlafende Welt würde erwachen.

Neben einem Kartentisch stand ein magerer junger Mann mit fahlem Teint, der offenbar in dieser Sekunde von Tisch und Spiel aufgesprungen war. Seine Karten lagen wüst über die schwarze Fläche verstreut, man erkannte ein Damenpaar und drei Asse, die offenbar zum Sieg nicht gereicht hatten. Sein blondlockiges Haar, das hinten in einen Zopf auslief, sträubte sich über Stirn und Schläfen vor Entsetzen ab; anscheinend hatte er alles riskiert und alles verloren. Ihm gegenüber saß ein dicker Mann mit vorwölbendem Bauch, über den sich eine goldene Uhrkette spannte. Seine Lippen krampften sich um eine enorme Zigarre, sein Blatt hielt er an die Brust gepresst, sodass man nicht sah, ob er wirklich die stärkeren Karten hatte oder höchstwahrscheinlich nur bluffte.

Langsam, wie aus einem Traum erwachend, wandte Georg sich ab. »Entschuldigt«, sagte er zu seinen Eltern, »für einen Moment hatte ich wirklich vergessen, wo ich bin.« Noch immer fühlte er sich benommen, als sinke er von Träumen in Träume. »Dieser alte Spielsaal«, sagte er, »muss mich ja von Berufs wegen faszinieren. Die Illusion ist wirklich perfekt – man glaubt, wenn man in die Hände klatscht, schrecken die Puppen schon aus ihrem Dämmerschlaf hoch, der Croupier ruft, Geld raschelt,

und Kugel und Rubel rollen. Obwohl über allem längst Staub und eine Art Zauberbann liegt, glaubt man, noch die alte Gier in der Luft zittern zu fühlen – die Gier nach Geld, auch die Gier, sich selbst zu zerstören. Und dann das Geld selbst und die brennenden, dummen Träume, was mit dem Geld alles zu kaufen wäre – Erfolg, Frauen und Glück, was weiß ich; aber die Träume sind noch dort, sie träumen jetzt selbst. Und dann die Verzweiflung – erst das schale Nüchternwerden, dann der leere Blick, nach drinnen, nach draußen, und da ist nichts mehr.«
Seine Mutter lächelte halb erschrocken, halb traumverloren, als wäre sie ein Kind, dem Georg ein Märchen erzählte.
»Gehen wir endlich hinein«, brummte sein Vater.
Folgsam marschierte Georg hinter ihnen durch die Halle und am stramm dastehenden, schwarz befrackten Kellner vorbei ins *Casino*-Lokal. Eine Art Page, halbwüchsig und mager, flog rot livriert herbei, lächelte ernst und führte sie zu ihrem Tisch, der in der Tiefe des Saals grausteinern in einer Ledernische steckte. Hinter den breiten, ein wenig trüben Fenstern ragte fast schwarz die berühmte Kurhausruine aus einem kahlen Baumgestrüpp, in dem Vogelschatten flatterten. Während sie zwischen den voll besetzten Tischen dahinschritten, spürte Georg, dass von allen Seiten Blicke auf ihn abgeschossen wurden – fragende, gelangweilte, vielleicht auch erkennende Blicke, aber er selbst suchte und fand keinen. Möglich, dass hier oder dort ein früherer Mitschüler, durch Geschäfte oder Erbschaft vermögend geworden, halb eingesunken in einer Lederbank saß und ihn verstohlen beobachtete, indem er seine eigenen, früh erschlafften Züge hinter dem aufgeblätterten Börsenbericht verbarg. Aber was kümmerte das ihn, er hatte sich von seinen Mitschülern immer ferngehalten, und mehr als einmal hatte er früher gehört, wie sie sich tuschelnd über *Kroning, diesen Sonderling und vergrabenen Einzelgänger* lustig machten.
»Ich wünsche Ihnen angenehme Stunden im *Casino*-Restaurant«, lispelte der Page. Hinter seinen Eltern schob sich Georg in die Ledernische. Wieder klimperte sein Vater mit einer Handvoll Münzen und zählte ein Trinkgeld ab, worauf der Page sich verbeugte und davonlief.
»So glücklich«, hörte er seine Mutter seufzen, »bin ich seit langem nicht gewesen. Und da sich auch Margot wieder mit dir ausgesöhnt hat, können wir heute ein völlig ungetrübtes Glück genießen.«
Georg lächelte ihr zu und dachte, sie hatte eher depressiv geklungen, als wäre das Glück ein Gift, dessen Genuss unglücklich machte. Von seinem Platz aus konnte er, wenn er sich nach links in den Gang bog, den Eingang des Restaurants und sogar einen dreieckigen Ausschnitt der Halle übersehen. Falls plötzlich Taschner erscheinen sollte, würde er ihn entdecken, ehe Taschner sich in dem Tisch- und Nischengewimmel halbwegs zurechtfand. Was aber dann? Wie sollte er ihn aufhalten, wenn der andere wirklich entschlossen war, mit Georgs Eltern zu reden? Notfalls würde er auch

körperliche Gewalt anwenden, um Krolls Gehilfen zumindest so lange außer Gefecht zu setzen, bis der *Irrläufer*-Vertrag zwischen ihm und seinem Vater perfekt war.

»Sehr empfehlen«, sagte ein von irgendwoher aufgetauchter Kellner, »kann ich die neueste Kreation unseres Maître de Cuisine, das Menü Lenautal.«

Obwohl sich herausstellte, dass es sich um eine Art Hexenvesper handelte, gemischt aus Froschstücken, Schneckenrümpfen und – falls Georg den Kellner halbwegs verstand – sogar einer Kaulquappenpastete, behauptete er ernsthaft, genau dieses Geglibber zu lieben. Seine Eltern dagegen wünschten, wie sein Vater verkündete, *einen gutbürgerlichen Braten*, den der Keller blasiert lächelnd aus der Menükarte hervorsuchte. Während Georg zusah, wie sein Vater und der Kellner die lächerlich-langweilige Zeremonie der Weinbestellung durchspielten, behielt er zugleich den Eingang im Auge, wo immer noch späte Mittagsgäste am Türhüter vorbei in den Saal drängten.

»Woran denkst du, Georg?«, fragte seine Mutter leise.

»An Venedig.« Ihn selbst verblüffte seine Antwort; im Augenblick glaubte er kaum zu wissen, was *Venedig* überhaupt bedeutete oder war.

Während eine Prozession schwarz befrackter Kellner einen kleinen Wagen neben ihren Tisch schob und Teller, Gläser und Schüsseln zu verteilen begann, erinnerte er sich – vor fast neunzehn Jahren war er mit seinen Eltern für zehn Tage oder so nach Venedig gefahren. »Erinnert ihr euch denn nicht mehr«, fragte er, »an diese Wasserwelt, wo wir unseren ersten gemeinsamen Urlaub verbracht haben?«

»Aber erinnerst du dich denn daran? Du warst ja noch ein winziges Kind, das kaum sprechen konnte.«

Worauf er mit halbgeschlossenen Augen nickte und eine grauhölzerne Brücke beschrieb, die sich vor ihrem Hotelzimmerfenster über den dunkel glucksenden Kanal wölbte. Schwer, grau und träge hing der Septemberhimmel über einem melancholischen Venedig, das er nie vergessen würde. Grau waren auch die Flussratten, sagte er, die halb eingewühlt im Uferschlamm kauerten und ihre borstigen Schnauzen ins Wasser tauchten, wenn Müll oder Aas vorübertrieb. Grau auch der Nebel, der über Kanälen und Wegen und durch die geöffneten Fenster selbst in die Zimmer wehte. Und durch dieses verschwimmende Grau schwankten die Gondeln, glänzend schwarz oder leuchtend weiß wie polierte Särge, und die Gondoliere, die mit ihren langen Stangen die schweren Boote ruckweise stakend voranbewegten, sangen monotone, klagende Lieder in altem Italienisch, das niemand mehr verstand.

Während er sprach, spähte er immer wieder verstohlen zur Saaltür, da er in jedem eintretenden Gast Taschners feixende Fratze zu erkennen glaubte. »Du, Mama«, sagte er schließlich, »bist damals krank geworden. Wir mussten frühzeitig abreisen, weil du die feuchte Luft nicht erträgst, die sogar die Kleider in den Schränken schon nach wenigen Tagen mit einer Schimmelschicht überzog.«

»Aber du warst *zwei* Jahre alt, Georg«, rief seine Mutter. »Wie ist es möglich, dass du

dich an all diese Einzelheiten erinnerst? Ich selbst weiß fast nichts mehr von dieser Venedigreise – nur, dass sie feucht und scheußlich war.«
»Ich weiß auch nicht«, entgegnete er ernsthaft. »Aber was ist an der Erinnerung eigentlich so erstaunlich? Viel eher wundert es mich, dass Vergessen möglich ist.«
»Medizinisch ist das leicht zu erklären«, hakte hier natürlich sein Vater ein. »Erinnerung ist biochemisch gesehen nichts anderes als ...«
Georg setzte ein interessiertes Lächeln auf und ließ die chemischen Begriffe an sich vorüberschwirren. Immerhin konnte er froh sein, dass sein Vater endlich aus seinem Brüten erwacht war und sich auf seine Art am Gespräch beteiligte. Während sie redeten, zwang sich Georg, hier und da einen glibberigen Bissen vom Teller zu picken und so beiläufig zwischen seine Lippen zu schieben, dass er selbst es kaum bemerkte. Da sein Vater allmählich in Schwung kam und in immer rascherer Folge chemische Formeln und komplizierte Kürzel aufzählte, konnte Georg sich darauf beschränken, dann und wann zu nicken, während er den Eingang und den dreieckigen Hallenausschnitt im Auge behielt.
Die Zeiger gingen schon gegen halb drei, immer noch redete sein Vater atemlos und dröhnend über die Chemie des Vergessens, und seine Mutter hörte ihm fast erschrocken zu, als zerschmetterte er vor ihren Augen mit titanischer Faust ganze Welten. Erleichtert beobachtete Georg, wie erneut die Kellnerprozession aufmarschierte und Teller und Schüsseln vom Tisch räumte. Sie bestellten Cognac und schwarzen Kaffee, und als die kleinen, spiegelnden Tabletts vor ihnen standen, räusperte sich Georgs Mutter und nickte ihrem Mann auffordernd zu.
Georg lehnte sich nach links aus der Nische, spähte zum Eingang und versuchte vergeblich, seine Nervosität zu ignorieren. Mit zitternden Fingern steckte er sich eine *Gitane* an und atmete so gierig den Rauch ein, dass ihm schwindlig wurde. In die Nische zurücktauchend sah er, dass sein Vater eine feierliche Miene aufsetzte, links und rechts in seinen Taschen kramte und ein längliches Kuvert hervorzog.
»Du hattest mich gebeten, Georg«, sagte er, das Kuvert zwischen den Händen drehend, »dir bei einer geschäftlichen Unternehmung zu helfen. Mir ist auch jetzt noch nicht recht wohl bei dem Gedanken, in welche Richtung du dich bewegst und dass ich selbst diese Entwicklung auch noch begünstige. Aber diese Vorbehalte jetzt einmal beiseite – den Erfolg erkenne ich immer an, und ich bezweifle auch gar nicht, dass du zäh und ernsthaft für diesen Erfolg gearbeitet hast.«
Während er redete, vermied er Georgs Blick. Sie alle drei starrten auf das längliche Kuvert, das sein Vater immer schneller zwischen den Händen drehte.
»Natürlich habe ich Erkundigungen eingezogen«, fuhr er fort, »über diese Firma *Härtel & Rossi* und allgemein über Struktur und Konjunktur der Spiele-Industrie. Wie es scheint, ist an der Solidität dieser Agentur nicht zu zweifeln. Überhaupt werden in dieser Branche offenbar Profite erzielt, von denen ich mir nichts hatte träumen

lassen. Wie Demken mir noch heute Vormittag erklärt hat, ist Härtels Finanzierungsmodell zwar umstritten, aber durchaus seriös. Es benachteiligt junge, nachdrängende Leute, die zwar Ideen, aber kein Startkapital haben. Aber wie Demken ganz richtig bemerkt hat – hierüber brauchen wir uns nicht den Kopf zu zerbrechen. Auf meine Bitte hat er diesen Vertrag aufgesetzt – lies ihn durch und sage mir dann, ob er deinen Erwartungen entspricht.« Zögernd öffneten sich seine Hände und ließen das Kuvert auf den Tisch fallen. Er schien einen Augenblick zu überlegen, dann schob er Georg den Umschlag hin und lehnte sich schweratmend zurück.
»Danke, Papa«, sagte Georg schnell, »ich bin sicher ...«
»Sieh dir zuerst alles an.«
Mit zittrigen Fingern riss Georg das Kuvert auf und entfaltete den Bogen, auf dem der Briefkopf seines Vaters prangte.

Zwischen Herrn Dr. Bernhard Kroning (künftig genannt Dr. B.K.) und seinem Sohn Georg Kroning (künftig G.K.) wird hiermit vertraglich vereinbart:
1. Dr. B.K. stellt G.K. für nachfolgend bezeichnetes geschäftliches Projekt und unter unten genannten Bedingungen eine Summe von maximal 250.000 DM (in Worten: zweihundertfünfzigtausend Deutsche Mark) zur Verfügung.

Na wunderbar, dachte Georg, während er den Bogen nur noch überflog. Unter Punkt 2f. hieß es beispielsweise: *Dr. B.K. übereignet Herrn G.K. die Vertragssumme als Schenkung. An den zu vereinbarenden geschäftlichen Verbindungen zwischen der Fa. Härtel & Rossi, Zürich, und Herrn G.K. ist Dr. B.K. in keiner Weise beteiligt.* Mehr brauchte er im Moment nicht zu wissen. Sein Vater schenkte ihm das Geld – und *basta*, wie der arme Kroll neulich gerufen hatte, worauf er bleich gekringelte Nudeln hingeknallt bekam. Während er sich an die Pasta-Episode erinnerte, las Georg mechanisch weiter, was beispielsweise Klausel vier des Vertrages vorsah: *Mit Unterzeichnung dieses Vertrags erklärt Herr G.K. seinen unwiderruflichen Verzicht auf jegliche weiteren ...*
In diesem Moment hörte er draußen in der Halle die helle, belfernde Stimme Taschners – oder er glaubte, er hätte sie gehört. Er ließ den Vertrag sinken und spähte zum Eingang. Außer dem stramm dastehenden Türhüter war auf der Schwelle oder in der Halle, soweit er sie überblickte, niemand zu sehen. Doch er war fast sicher, dass er sich nicht getäuscht hatte – vielleicht hatte Taschner vom Türsteher erfahren, dass die Kronings noch im Restaurant waren, und jetzt wartete er irgendwo draußen, da Kroll ihm befohlen hatte, halbwegs diskret vorzugehen.
Auf der Schläfe spürte er den lauernden Blick seines Vaters. Wenn er ihn dazu brachte, den Vertrag auf der Stelle zu unterzeichnen, konnten seinetwegen im nächsten Moment Dutzende Taschners hereinspazieren und an Schauermärchen erzählen, was immer ihnen oder Kroll beliebte.

»Bist du fertig?«, hörte er die angespannte Stimme seines Vaters. »Und bist du sicher, dass du vor allem die unter Punkt vier genannte Vereinbarung verstanden hast?«
»Natürlich, Papa. Der Vertrag ist wundervoll. Er übertrifft meine kühnsten Erwartungen. Ich weiß gar nicht, wie ich dir danken soll.«
Dabei hatte er sich so gut wie keinen dieser gewundenen Vertragssätze genauer angesehen. Sein Vater wollte ihm das *Irrläufer*-Geld geben, und zwar nicht nur leihweise, sondern als Schenkung. Alles andere war im Moment unwichtig. Aber warum fixierte er ihn immer noch mit diesem lauernden, fast tückischen Blick – als wäre Georg im Begriff, in eine Falle zu tappen? Wieder beugte er sich über den Vertrag und suchte Klausel vier heraus. *Mit Unterzeichnung dieses Vertrages erklärt Herr G.K. seinen unwiderruflichen Verzicht auf jegliche weiteren Ansprüche ...*
»Aber nein, Sie verstehen das falsch! Allerdings ist Kroll der Ansicht ...«
Georg fuhr hoch. Da war sie wieder, die helle, belfernde Stimme, zu der man sich unwillkürlich ein feixendes Gesicht vorstellte, und sie schallte so laut und klar aus der Halle herein, als ob Taschner hinter der Nischenwand am Nebentisch säße.
»Mit Punkt vier«, sagte er hastig, »ist schon alles in Ordnung, Papa. Was hältst du davon, wenn wir den Vertrag sofort unterschreiben?«
Sein Vater nickte scheinbar gleichgültig. »Das musst du entscheiden, Georg.«
Er zog einen Kugelschreiber aus der Jackettasche und reichte ihn Georg, der ihm den Stift fast aus der Hand riss und mit fliegenden Blicken die Stelle suchte, wo er unterschreiben musste.
»Was hat es denn auf sich mit diesem Punkt vier?« Ausgerechnet jetzt musste sich seine Mutter einmischen. »Darf ich?« Schon schnappte ihre Hand nach dem Vertrag. Sie beugte sich über den Bogen und fuhr mit ungeübtem Finger die Zeilen entlang. Verblüfft beobachtete Georg, wie sich das Gesicht seines Vaters zu einem verlegenen Grinsen verzog und plötzlich errötete. »Du hast ja gehört, Johanna – ich habe ihn ausdrücklich auf die Verzichtsklausel hingewiesen.«
Wieso Verzichtsklausel? Allmählich wurde ihm mulmig, aber er hatte jetzt keine Zeit, sich um Feinheiten zu kümmern. Taschner hatte seine Stimme zu einer Art ärgerlichem Zischen gedämpft. Mit wem mochte er sich dort draußen herumstreiten?
»Ich meine auch«, sagte sein Vater, »dass wir nichts überstürzen sollten. Zu Hause können wir in Ruhe noch mal über alles reden. Ich bin sicher, dass der Vertrag mehr als fair ist, aber natürlich soll Georg nichts unterschreiben, was er nicht wirklich begriffen und akzeptiert hat.«
Entgeistert starrte Georg seinen Vater an, der seine braun gesprenkelte Hand über den Tisch kriechen ließ und lockend sagte: »Gib mir das Dokument zurück, Johanna. Wir sprechen zu Hause weiter.«
»Nein!«, rief Georg. »Was macht ihr denn? Ich bin einverstanden. Ich unterschreibe sofort!«

»Wenn du diesen Vertrag unterschreibst«, sagte seine Mutter, »verzichtest du auf dein Erbe.«
»Wieso mein Erbe?«
Sein Vater zerrte ihr den Bogen aus der Hand, faltete ihn hastig zusammen und schob ihn zurück in seine Tasche.
Draußen in der Halle rief Taschner: »Lassen Sie mich doch endlich in Ruhe, Lady! Und wenn Sie sich auf den Kopf stellen und mit Ihren knackigen Backen wackeln, werde ich hier warten, bis dieses Bürschlein ...«
Georg sprang auf. »Entschuldigt mich eine Sekunde«, murmelte er. »Ich glaube, mir wird übel ... dieses Schneckenzeug ... oder es sind einfach die Nerven ... Ich bin gleich zurück, dann reden wir weiter ...« Mit verzerrtem Gesicht, eine Hand auf den Magen pressend, schob er sich aus der Nische und stürmte aus dem Saal.
Zwischen zwei hohen Spiegeln lehnte Taschner rechts an der Marmorwand, knapp neben der Flügeltür, die zum Kurpark führte. Neben ihm standen Klaußen und Margot.

8

»He! Sie!«
Georg fuhr hoch. Ach so, nur der redselige Taxichauffeur. Mit brummendem Motor standen sie vor dem hell erleuchteten Florians-Portal, und der Fahrer nuschelte: »Macht drei'n'achzig fuffzisch.« Und nachdem Georg ihm zwei Fünfzigernoten gereicht und fuchtelnd die Wechselmünzen abgewehrt hatte: »Sie misse des ned so tragisch nemme. E Vadderschaft is noch lang kaane Beärdischung. Glaawe Se mer nur – isch redd aas Erfahrung. Un außerdem – wenn Se wärglisch so traarisch wär'n, hädde Se mer ja ned so'n Mordsdrinkgeld gäwwe, odder?«
»Irrtum«, sagte Georg mit bösem Lächeln. »Sowie meine Eltern tot sind, trete ich ein *Mordserbe* an. Gute Nacht.« Er stieß die Tür auf und sprang in das gleißende Rechteck, das vom Florians-Portal in die Finsternis fiel.
Zum einarmigen Nachtportier, der in der Halle in einer Glaszelle saß und linkshändig Kreuzworträtsel enträtselte, sagte Georg: »Ich möchte meine Eltern besuchen. Suchen Sie mir die Zimmernummer heraus.«
»Das ist unmöglich«, sagte der Portier. »Um diese Uhrzeit können Sie höchstens die Leichen im Kühlhaus besuchen.«
»Davon rede ich ja«, sagte Georg. »Jedenfalls mehr oder weniger. Haben Sie mal Feuer?« Und nachdem der faltige Veteran, dessen rechter Arm höchstwahrscheinlich auf irgendeinem Kriegsplatz separat begraben lag, ihm ein Zündhölzchen angeschnipst

hatte: »Ich heiße Kroning, der Name dürfte Ihnen bekannt sein. Papa ist vorhin gestorben, während Mama möglicherweise noch lebt. Also trödeln Sie nicht rum und suchen mir endlich die Nummer raus. Mama liegt Intensivstation oder so.«
Der Portier starrte ihn an und murmelte: »Sieben-null-drei. Mein Beileid, Herr Kroning. Das mit Ihrem Vater tut uns allen schrecklich leid. Er war so ein herzlicher ... ein liebenswür...«
»Schon gut«, sagte Georg. »Also sieben-null-drei.«
Die qualmende *Gitane* im Mundwinkel, schlenderte er durch die Halle zu der Nische, wo die Lifttüren zischten. Als er in der Kabine auf den Etagenknopf mit der Sieben tippte, fiel ihm ein, dass man auch zum *Härtel & Rossi*-Büro in Zürich mit einem Lift hochschwebte, und neben dem Etagenknopf stand *Realisationen aller Art*. Im siebten oder Intensivgeschoss roch es nach Tod und nach Plastik, aus dem sie vielleicht künstliche Organe modellierten. Georg klingelte an einer Milchglastür mit der Aufschrift *Ruhe! Nur für Befugte!*, wobei er sich fragte, ob er befugt war, seine Mutter sterben zu sehen. Aber sie stirbt ja gar nicht, dachte er wieder – in ihm würde sie weiterleben, solange er sie nicht vergaß. Und Vergessen – das war ja gerade dieses Rätsel, mit dem er nie klargekommen war. Und was die anbefohlene Ruhe betraf: Wenn jetzt eine dieser hinter dem Milchglas herumhuschenden Schwestern ihm den Puls gemessen hätte, bestimmt hätte sie Mühe gehabt, seine trägen, stockenden Schläge zu finden. Ein seltsamer Schleier hatte sich über Georg geworfen – im milchig flimmernden Licht der Glastür schwankte er hin und her wie in Trance.
»Herr Kroning?«
Plötzlich ragte eine Krankenschwester vor ihm auf. Sie war so bleich, dass Georg ihr Gesicht in all dem Kittel- und Haubengeknister nicht gleich entdeckte. Die Milchglastür stand offen, und hinter der klapperdürren Pflegerin dehnte sich ein Korridor mit Dutzenden gläserner Zellen links und rechts, in denen verstümmelte Leute an Tröpfen, Schläuchen, fiependen und fauchenden Apparaten atmeten. Eine Art Wimmern zitterte in der Luft, und die Neonröhren unter der Decke versuchten vergeblich, das Gewimmer zu überbrummen. Georg schätzte, dass die Pflegerin ungefähr zwischen fünfundfünfzig und siebzig war, und falls *der alte Adenauer* zufällig eine Schwester hatte, mochte die im Florian untergekrochen sein.
»Es tut mir leid – Sie können Ihre Mutter jetzt nicht sehen. Sie ist ... Auf eigene Verantwortung hat sich Dr. Martens zu einer weiteren Operation entschlossen. Wenn es gelingt, vierzig Prozent der verbrannten Hautfläche zu ersetzen ...« Dabei lächelte sie geisterhaft, als hätte sie ihr Hautproblem mithilfe gebleichten Leintuchs gelöst.
»Was meinen Sie mit *ersetzen*«, fragte Georg mühsam. »Ich meine, er muss ja irgendwas Neues drübernähen ...«
»Setzen wir uns doch, Herr Kroning. Sie schwanken ja wie eine junge Tanne, und bevor Sie mir hier noch umkippen ...« Mit einer Art Kampfgriff packte sie ihn unterm

Arm und schleppte ihn zur Sitznische neben dem Liftschacht. Hinter ihr klirrte die Milchglastür zu, sodass wenigstens dieses Wimmern, Fiepen und Fauchen halbwegs verebbte. »Ich will offen mit Ihnen reden, junger Mann. Dr. Martens hätte vor der Operation Ihre Einwilligung einholen müssen – warum er nicht wenigstens versucht hat, Sie vorher zu erreichen, weiß ich nicht. Das ist Punkt eins ... Punkt zwei: Ihr Herr Vater – mein aufrichtiges Beileid, junger Mann. Ihre Mutter hat sehr viel schlimmere Verbrennungen erlitten als Ihr Vater, der letzten Endes nicht den Brandwunden, sondern seiner Herzattacke erlegen ist. Dr. Martens versucht in diesem Moment, die gesunden Hautpartien vom Körper Ihres Vaters auf Ihre Mutter zu übertragen.«
»Sie wollen sagen«, rief Georg, »dass er die beiden *zusammennäht?*« Jetzt wurde ihm wirklich übel. Sinnlos sog er an der erloschenen *Gitane*. »Sagen Sie ihm, er soll sofort aufhören. Ich – ich kann nicht dulden, dass er Mama in ... dass er sie in Papas Leichenlappen näht.«
Obwohl er nicht gemerkt hatte, dass er umgekippt war, hing er schief in einer Art Sessel, und die knisternde Schwester beugte sich über ihn, wobei sie den Geruch von Wäschestärke verströmte.
»Versuchen Sie, sich zu beruhigen«, murmelte sie. »Bleiben Sie ganz still hier sitzen. Natürlich kann Dr. Martens die Operation nicht einfach abbrechen. Möglicherweise ist sowieso schon alles ... Warten Sie hier. In ein paar Minuten komme ich wieder.«
In den Augenwinkeln sah er, wie die hagere Schwester in den Lift stelzte, der sie in irgendeine tiefere Etage brachte – höchstwahrscheinlich zum OP, wo Georgs Vater nie mehr als *Magier mit Nadel und Säge* feierlich seine Metzelkünste zelebrieren würde. Mit halb geschlossenen Augen, die erloschene *Gitane* im Mundwinkel, lehnte Georg im Sessel für schwachbeinige Besucher und glaubte diesen Dr. Martens zu sehen, der irre kichernd durch den schmalen Gang zwischen zwei Operationstischen tänzelte. Auf dem einen Tisch lag die nackte Leiche seines Vaters, daneben der knapp noch zuckende Mutterleib, und Martens drehte sich reptilienähnlich hin und her, indem er hier einen Fetzen wegplatzender Haut von der väterlichen Leiche streifte, den er dort mit flüchtigen Stichen über den Bauch seiner Mutter nähte, wobei er hoch die Nadel schwang und der Faden im Operationslicht grünlich glimmerte.
Als Georg den Kopf schüttelte, schob sich vor das Gitter seiner Wimpern ein anderes Bild. In seinem seltsam verstaubten, halb museal möblierten Züricher Büro beugte sich Kroll über den Schreibtisch und murmelte: »Jetzt ist es also *Mord.*«
Worauf Georg erwiderte: »Unsinn, Kroll. Gehen Sie die Sache doch mal nüchtern an. Wenn wirklich ich meine Eltern umgebracht hätte, dann hätte ich mir doch nicht vorher die Mühe gemacht, zweimal diesen Taschner abzuschütteln und Zeit zu schinden, bis ich den *Irrläufer*-Vertrag mit der Unterschrift meines Vaters in der Tasche hatte. Warum hätte ich meine Eltern umbringen sollen, nachdem sie mir genau die Viertelmillion geschenkt haben, die ich brauche?«

Was Kroll ungefähr antworten würde, war leicht zu erraten: »Erstens gibt es da diese Klausel Nummer vier – von Ihren lebenden Eltern hätten Sie die Viertelmillion nur bekommen, wenn Sie auf Ihr restliches Erbe verzichtet hätten. Und wenn die ganze Geschichte trotzdem noch, was ich gerne zugeben will, schief und unlogisch klingt, dann beweist das nur, dass Sie Ihre Hand im Spiel hatten. Sie sind nicht in Ordnung, Kroning, bei Ihnen ist alles verdreht, und wie schon mehrfach gesagt – Ihre Verrücktheit ist von der gefährlichen Sorte. Nur weil Sie andauernd Lügen ausbrüten, glauben Sie, was Sie verschweigen, ist schon die Wahrheit. Und nur weil Sie selbst nicht ganz kapieren, warum Sie Ihre Eltern in diese tödliche Falle gelockt haben, glauben Sie, Sie könnten es nicht gewesen sein. Aber jetzt ist bald alles zu Ende, Kroning.«

Nein, dachte Georg – gar nichts war zu Ende, solange Alex frei durch irgendwelche Juraschluchten streifte und solange ein Kerl namens Martens halbkalte und viertelst gebratene Körperfetzen seiner Eltern vermischte, sodass man am Ende kaum noch wusste, wer wer war. Und falls seine Mutter dieses Gemetzel überleben sollte – er könnte sie nie mehr berühren, da sie größtenteils im väterlichen Hautsack steckte. Wie Georg schon vor vielen Jahren, auf Klaußens analytischer Couch kauernd, gemurmelt hatte: »Papa hat nur geträumt, dass er auf die andere Mauerseite durchgeschlüpft ist, und wir – Mama und ich – stecken seitdem fest in seinem Traum.« Doch das war höchstens die halbe Wahrheit, dachte Georg – der eigentliche, geheimgefährliche Magier, der seine Träume wie dunkle, schwere Tücher über Leute und Welten warf, war der eisbärtige Klaußen. Aber wieso gerade der? Und falls Klaußen Alfred Prohn beauftragt hatte, das berühmte Geldkuvert an Alex weiterzuleiten – falls Alex also wirklich Klaußens verheimlichter und illegitimer Sohn war –, warum war Prohn dann in die Rolle des schwulen Freiers geschlüpft? Und was noch seltsamer war: Weshalb hatte er sie so überzeugend gespielt, dass er sich offenbar selbst vom Rollenspiel mitreißen ließ und zuletzt sogar Klaußens Geld gegen den ausersehenen und rechtmäßigen Besitzer verteidigt hatte? Georg dachte, schon um Alex zu helfen, musste er versuchen, bei nächster Gelegenheit endlich mal offen mit Klaußen zu reden, was ihnen allerdings in beinahe sechzehn Jahren kein einziges Mal gelungen war.

+++

Auch am Samstagnachmittag, als Georg aus dem *Casino*-Restaurant in die bröcklige Marmorhalle gestürmt war, hatte er verständlicherweise keine klärenden Worte mit Klaußen gewechselt, sondern bloß dessen verstörten Blick aufgefangen, der wie ein verirrter Vogel zwischen Taschner und Georg hin und her geflattert war. Klaußen nickte ihm zu, hakte sich bei Margot unter und zog sie ans andere Ende der Halle, wo die wächsernen Glücksspieler hinter dem roten Seil dämmerten.

Als Taschner Georg erkannte, stieß er sich von der Wand ab und kam mit schnellen

Schritten auf ihn zu. Ohne sich zu besinnen, rannte Georg nach links in die Tiefe der Halle, zu den drei gleichförmigen schwarzen Türen zwischen den Steintresen. Er wusste nicht, wen er mit dieser Komödie noch zu täuschen versuchte, aber er lief gekrümmt und taumelnd, wobei er eine Hand auf seinen Magen presste.
»Kroning, so warten Sie doch!«, bellte der andere.
Georg zog die Tür mit der Aufschrift *Toiletten* auf und fand sich in einem schmalen, braun gekachelten Gang, der sich schnurgerade wenigstens zwanzig Meter tief in den östlichen Casino-Flügel bohrte. An seinem Ende klaffte spaltbreit geöffnet ein deckenhohes Milchglasfenster. Unter der Decke surrten Neonröhren; alle paar Meter zweigten links und rechts Türen ab. Vorbeihastend las Georg die Aufschriften *Damen, Privat, Keller, Heizung, Herren*. Während er die *Herren*-Tür aufzog, hörte er hinter sich Taschner, der atemlos *Kroning, was soll der Unsinn!* rief. Hinter der zuschlagenden Tür war eine düster beleuchtete Treppe, die sich in engen Windungen in die Tiefe schraubte.
Georg stürmte die zwanzig oder fünfundzwanzig Stufen nach unten. Auch hier war alles braun gekachelt, doch man ahnte und roch, dass hinter der mattglänzenden Fassade seit Jahrzehnten der Verfall arbeitete und mürbes, wie Schwämme mit Lenauwasser vollgesogenes Gemäuer bröckelte. Wer hier unten irgendwie in die Klemme geriet, mochte brüllen und an Türen rütteln, so laut und lange er wollte oder konnte – das Gewölbe schlang seinen Schrei ein oder warf ihn vielleicht gegen den Brüllenden zurück, ohne dass oben in der *Casino*-Etage auch nur der schwächste Widerhall zu hören war.
Auf der Tür am Ende der Treppen stand noch einmal *Herren*. Während er hinter sich schon Taschners stampfende Schritte auf den Stufen hörte, stieß er die Tür auf und trat in einen quadratischen Waschraum. Rechts zweigte eine Klapptür zu den Pissoirs und Kabinen ab, vis à vis blitzten Spiegel über braun glänzenden Waschtischen. Zwischen den Spiegeln hingen Handtuchautomaten und sogenannte Seifenspender – bauchige, in Blechringen steckende Plastikflaschen, deren tropfende Köpfe abwärts baumelten. Wenn man auf einen Hebel am Flaschenkopf drückte, spritzte flüssige Seife hervor. Georg sprang hin, riss eine der Flaschen aus dem Blechring und fing an, das glitschige Zeug auf dem Boden zu verspritzen, indem er wie besessen am Plastikabzug hebelte.
Der Effekt war verblüffend – Taschner stürmte durch die Tür, glitschte aus und knallte wie eine feiste Riesenpuppe auf den Kachelboden, wobei er sogar mit dem Hinterkopf gegen eine Heizungsrippe schmetterte. Sein Gesicht, eben noch siegesgewiss grinsend, wurde im Augenblick grau und leer, und ehe er losbrüllen konnte, beugte sich Georg über ihn und spritzte ihm zwei Seifensalven in die Augen.
Taschner schrie natürlich auf – es klang ungefähr wie *Kroning, du Schwein*, und weil er bei *Schwein* sein Maul besonders weit aufriss, spritzte Georg ihm noch eine Extra-

dosis in den Rachen. Daraufhin fing Taschner zu gurgeln an; Schaum quoll zwischen seinen Lippen hervor, und Schaum waberte auch aus seinen Augen. Georg lachte. Als Taschner, schief auf dem Rücken liegend, die Fäuste ballte und blindlings losboxte, wich Georg gegen die Klapptür zurück und sah zu, wie der andere sich ächzend hochstemmte. Als er schwankend kauerte und probeweise in den Knien wippte, ging Georg hin und schubste ihn ohne großen Aufwand gegen die Schulter. Diesmal knallte Taschner mit der Schläfe gegen die Heizrippen. Röchelnd und Schaum spuckend kippte er seitlich um und blieb liegen.

»Na ja«, murmelte Georg – oder er glaubte, er hätte es gemurmelt.

Er steckte die Seifenflasche in den Blechring zwischen den Spiegeln zurück, lächelte sich flüchtig zu, zog ein Papiertuch aus dem Automaten und ging zur Tür. Mit dem Fingernagel erwischte er den Klinkenstift, fischte ihn heraus, klinkte vorsichtig die Tür auf, zerrte die Klinken aus ihren Löchern und huschte über die Schwelle zum Treppenfuß. Von draußen bohrte er einen Finger in das Klinkenloch, zog die Tür ins Schloss und schmiss die klirrenden Klinken auf die Kacheln. Die ganze Aktion hatte keine drei Minuten gedauert.

»Gut so«, murmelte oder dachte er.

Bevor er wieder nach oben ging, zog er einen Füller aus der Tasche und krakelte extrazittrig aufs Papiertuch: *Herren defekt. Bitte Damen benutzen.*

Den Wisch klemmte er oben vor die Treppentür und schlenderte zurück in die Halle. Zwischen den Steintresen fiel ihm ein, dass sein nächstes Problem Margot hieß – wenn er Pech hatte, saßen sie und ihr Vater längst bei seinen Eltern in der Ledernische. Na ja, das war dann eher Klaußens Problem, dachte er, obwohl er selbst kaum begriff, was dieser Gedanke genau betrachtet meinte.

Unter dem Emailschild *Rezeption* lehnte er sich gegen den Steintresen und zündete sich eine *Gitane* an. Wegen dem Vertrag, dachte er, brauchte er sich eigentlich kaum noch Sorgen zu machen. Obwohl sich seine Mutter in einem verblüffenden Anflug hyänenähnlichen Mutes gegen Klausel Nummer vier empört hatte, würde sie letzten Endes wie seit fünfundzwanzig Jahren klein beigeben und höchstens leise seufzen, wenn erst Georg und dann sein Vater den *Irrläufer*-Vertrag unterschrieben. Natürlich war es ziemlich gemein von seinem Vater, dass er die Schenkung mit einer Verzichtsklausel verknüpfte. Aber Georg hatte nicht im Ernst geglaubt, dass er ihm aus bloßem Großmut und überströmendem Stolz beliebige Geldsummen in die Hand drücken würde. Im Grunde probierte er einfach noch einmal, was ihm damals bei der Geschichte mit der Europareise nur halbwegs geglückt war – er versuchte, sich von seinem Sohn loszukaufen, ihn ein für allemal aus seinem Haus und vor allem aus seiner Erinnerung zu vertreiben wie ... Ja, wie vielleicht auch Klaußen gehofft hatte, er würde Alex endgültig los, indem er ihm eine knickerig berechnete Wiedergutmachung inkognito zuschob.

Als er den Blick senkte, entdeckte er, dass drei, vier Seifenspritzer auf seinen knittrigen Seidenknien und -schenkeln klebten – fahle Krusten, die widerlich aussahen und sich schorfig anfühlten, wenn man mit dem Finger darüberfuhr. Wie müde er sich plötzlich fühlte. Wie lange konnte er das alles noch so weitertreiben? Mit immer neuen Lügen? Geläufig heuchelnd, während er selbst doch schon kaum mehr glaubte, dass er wenigstens seinen Einsatz irgendwann zurückbekam?

Ach, Alex, dachte er. Alex war der erste Mensch gewesen, dem er sich wirklich geöffnet hatte – misstrauisch, na klar, und bereit, die spaltbreit geöffnete Tür sofort wieder zuzuschlagen. Aber dann? Welcher Teufel hatte ihn in jener Nacht gestachelt, als er die grauen Schatten tanzen ließ? Und warum hatte er Alex nie erzählt, wie ähnlich er und Margot sich in Wirklichkeit sahen? Kroll hatte ja recht, spürte Georg – er log und verschwieg und verdrehte und betrog, weil er wirklich nicht anders konnte – einfach so, ohne irgendeinen Zweck, ohne ein Ziel oder sonst was zu verfolgen. Wie traurig das alles war. Natürlich, er wurde mit jedem fertig, sodass er allmählich vor sich selbst Angst bekam. Immer, immer hatte er nur für den eigenen Vorteil gelebt. Hör doch auf, dachte er. Er würde seinem Vater den Vertrag abluchsen und dann im Räubergalopp zurück nach Zürich flüchten – in die Stadt der Spiele. Seit Jahren kämpfte er für seinen Durchbruch, und mit dem *Irrläufer* würde er durchbrechen – alles lief wie immer schon geplant. Wie geschmiert, dachte er und musste grinsen, als ihm der schäumende Taschner einfiel. Und gut war auch das Schild, das er rasch gekrakelt hatte: HERREN *defekt. Bitte* DAMEN *benutzen.*

Halb lachend schnippte er seine Kippe in eine Marmorschale, die sich vorn aus dem schwarzen Tresen wölbte, und wollte eben zurück ins *Casino*-Restaurant schlendern, als sein Vater mit steifen Schritten über die Schwelle trat.

»He, Papa«, sagte Georg lächelnd, als sein Vater an ihm vorbeistürmen wollte.

»Ach, du«, machte sein Vater, indem er widerwillig stehenblieb. Er sah wütend aus und vor Verlegenheit immer noch rot.

»Mir geht's wieder besser«, sagte Georg, »ich hätte nur dieses Schneckenzeug nicht essen dürfen.« Und mit einem halben Blick zu den Türen im Hintergrund: »Da hinten gibt es ein kleines Problem, Papa. Da die Herrentoilette offenbar defekt ist, wird man wie bei einem Verkehrsstau zu den Damenklos umgelotst.«

»Um meine Identität«, brummte sein Vater, »mach dir mal bloß keine Sorgen. Ich wollte nur die Störstelle benachrichtigen, damit sie heute oder morgen jemanden vorbeischicken, der das Telefon in Ordnung bringt.«

»Ach so«, sagte Georg erleichtert. »Ich gehe dann wieder zu Mama. Und – Papa? Der Vertrag ist schon okay, ich bin mit allem einverstanden. Was Mama auch nachher noch einwenden mag ...«

»Werden sehen.« Nickend ließ sein Vater ihn stehen und stolzierte auf die Tür mit der Aufschrift *Telefon* zu.

Georg stieß seine Fäuste in die Jackentaschen und schlenderte am Türhüter vorbei ins *Casino*-Lokal, wo ihm schon von Weitem das nervöse Lächeln seiner Mutter entgegenflatterte. Er tauchte in ihre Nische zurück und zwängte sich auf die Bank gegenüber seiner Mutter, die ihn mit einem halb schüchternen, halb triumphierenden Blick streifte. Mit der rechten Hand rührte sie in ihrer leeren Tasse, während die linke an einer Schläfensträhne zerrte. Da sie es gewagt hatte, ihrem Mann zu widersprechen, war sie offenbar ziemlich aufgewühlt.

»Ich verstehe nicht, was in dich gefahren ist, Mama«, sagte Georg leise. »Nachdem du mich zwanzig Jahre praktisch in jeder entscheidenden Situation im Stich gelassen hast, schlägst du dich plötzlich auf meine Seite und verpfuschst mir alles. Was soll das?« Er selbst erschrak über seine Worte, aber weil er einmal in Fahrt war, setzte er hinzu: »Etwas Besseres als diesen Vertrag kannst du mir bestimmt nicht bieten. Ich brauche nicht deine spät aufflammende Liebe oder sonst was Schwebendes, ich brauche Geld. Papa hat Geld, du aber besitzt praktisch keinen Pfennig. Also muss ich die Bedingungen akzeptieren, die er zusammen mit Demken ausgeheckt hat. Und du würdest mir einen großen Gefallen tun, wenn du dich nicht weiter einmischen würdest. Nachher unterschreiben Papa und ich den Vertrag – und basta!«

»Das werdet ihr nicht tun«, murmelte seine Mutter. »Ich werde nicht zulassen, dass mein Sohn von seinem eigenen Vater enterbt wird.«

»Ach, Mama«, sagte Georg und nahm plötzlich ihre Hand zwischen seine. »Was ist nur mit dir los? Du kannst doch im Ernst sowieso nichts ausrichten. Du hast kaputte Nerven. Und wann immer es für dich eng und irgendwie gefährlich wurde, hast du dich sofort hinter Papas Rücken geflüchtet, während ich allein auf der anderen Seite geblieben bin. Du hast mich verraten – wie oft? Tausendmal? Das war nicht fair, aber schau, ich habe gelernt, damit zu leben. Ich will das Geld, ich will diese Viertelmillion für den *Irrläufer* – sonst will ich nichts mehr von euch – weder von dir noch von Papa. Und irgendwen enterben – das kann man doch gar nicht im Ernst. Zahlen!«, rief er einem vorbeihuschenden Kellner zu. Und zu seiner Mutter, die wie betäubt dasaß und nur mit den Fingern kratzende Gesten zwischen seinen Händen machte: »Warten wir draußen auf Papa.«

Er fischte eine Fünfhunderternote aus der Jacke, bekam irgendwelche Scheine und Münzen zurück und stand auf. »Los, gehen wir«, sagte er.

Fast gewaltsam zog er sie aus der Bank. Auf der Schwelle prallten sie mit seinem Vater zusammen, der sie anzischte: »Was soll das? Ich habe noch nicht bezahlt.«

»Klausel vier, Papa«, sagte Georg mit bösem Lächeln. »Verzicht auf alle weiteren Ansprüche. Ihr wart meine Gäste. Da ich euch so viel zu verdanken habe, wollte ich mich schon lange mal halbwegs revanchieren. Fahren wir jetzt?«

Ehe sein Vater irgendwas erwidern konnte, tauchte der rotlivrierte kleine Page vor ihnen auf. »Ihren Wagenschlüssel, bitte«, lispelte er.

Stumm und traurig sah Georg zu, wie sein Vater ganz selbstverständlich den Mercedes-Schlüssel aus der Weste nestelte und dem Knaben zuwarf. Der schnappte den klirrenden Ring aus der Luft und huschte weg. Hinter seinen Eltern trat Georg auf die Freitreppe zum verwilderten Kurpark. Rechts hinter den Säulen dämmerte die Ruine. Mager krallten sich die Baumschatten ins Gras; Krähen krächzten, und zwischen den Ästen flatterten die Schatten anderer, lautloser Vögel. Von links kroch das Mercedes-Coupé ins Bild, am Steuer stolzschwellend der halbwüchsige Page.
»Bitte sehr, mein Herr!«
Georgs Vater raffte eine Handvoll Münzen aus der Tasche, die er in die Doppelschale der schmalen Pagenhände häufte. Mehrere Münzen klirrten in den Kies; beflissen kniend pickte der Knabe die Silberstücke auf.
»Tüchtiger Bursche«, brummte Georgs Vater.
Während seine Mutter flüsterte: »Ich habe eine Geburtstagstorte für dich gebacken, Junge.«
»Wunderbar, Mama«, sagte Georg. »Fahren wir nach Hause und machen uns über die Torte her. Auf Wiedersehen.« Dieser Gruß galt dem Pagen, dessen Livree sich über den Silberstücken beulte.

9

»Du willst *was* machen?«, rief Georg. »Das kann doch nicht dein Ernst sein, Papa!« Beschwörend wollte er sich zu seinem Vater vorbeugen, aber dauernd kam ihm seine Mutter in die Quere, die zwischen ihnen mit qualmenden Zündhölzchen über der Geburtstagstorte hantierte.
»Ihr wisst, dass ich immer im Ernst rede«, erwiderte sein Vater würdevoll. »Die Sache ist ganz einfach. Gegen den Willen deiner Mutter wird dieser Vertrag nicht in Kraft treten, und genauso wenig bin ich bereit, die Verzichtsklausel zu streichen. Daraus folgt: Falls du deine Mutter nicht bis, sagen wir, heute neunzehn Uhr überzeugt hast, werde ich beide Exemplare des Schenkungsvertrages vor euren Augen zerreißen.«
Er lehnte sich zurück und streifte erst Georg, dann seine Frau mit einem boshaft ironischen Blick. Sie fuchtelte immer noch mit den Zündhölzchen über der marmorierten Torte – da sie die Flämmchen mit zittrigen Fingern andauernd wegwedelte, brauchte sie für jede Kerze mindestens eine Minute. Die schlanken, milchweißen Wachsstäbchen steckten sternförmig in der Torte, deren schwarz-graue Oberfläche unter den winzigen Hitzetrichtern schon zu schmelzen anfing.
»Lass mich machen«, sagte Georg. Mühsam schraubte er sich zwischen Tisch und Stuhl nach oben, wobei sich die Stuhlkante in seine Kniekehlen drückte. Er nahm ihr

die Zündhölzer weg, strich eines an und entflammte mit einer wischenden Bewegung die restlichen Kerzen. »So geht das«, bemerkte er.
Dann sanken sie fast gleichzeitig auf ihre Stühle zurück, und seine Mutter fing an, Tortenstücke auf die Teller zu schaufeln.
»Mein Vorschlag ist nichts als fair, Johanna«, sagte Georgs Vater.
Schweigend, mit angespanntem, aber ungewohnt trotzigem Ausdruck beugte sie sich über ihren Teller, bis Georgs Vater sich schulterzuckend abwandte und lautlos zu pfeifen anfing. Es war unglaublich schwül in dem kleinen Raum. Nachdem Georg sich umgezogen und den Seidenanzug gegen Jeans und ein graues T-Shirt vertauscht hatte, glaubte er vor Hitze fast zu zerplatzen.
Da der große Saal im Lauf der Jahre praktisch alle Erdgeschosszimmer verschlungen hatte, war der Essraum zuletzt in eine Art Abstellkammer hinter der Küche abgedrängt worden. Die Wände schoben sich so eng um die mattweißen Holzmöbel, dass man nur die Wahl hatte, mit der Stuhllehne gegen die Tapete zu schrammen oder sich den Bauch an der Tischkante zu zerdrücken. In der linken Schmalwand winkelte sich ein winziges Fenster zur Westterrasse, rechts wölbte sich ein offener Mauerbogen, durch den man in die kleine Küche sah, wo ständig irgendwelche Automaten fiepten und blinkten. Georg fand es absurd, dass derart reiche Leute wie seine Eltern sich zum Essen praktisch in eine Dienstbotenkammer pressten. Die Zeiger über dem Mauerbogen schlichen schon gegen vier.
»Okay, fangen wir an«, sagte Georg. »Da Papa auf diesem läppischen Schauspiel zu bestehen scheint ... Also hör zu, Mama. Ich erkläre dir hiermit offen, ehrlich und im vollen Besitz meiner Verstandeskraft, dass ich die Verzichtsklausel gelesen und begriffen habe und dass ich sie absolut akzeptiere. Papa hat recht – ich bin jetzt erwachsen, volljährig und all das – praktisch ein Mann wie viele andere, und in Zukunft will ich für mich selbst sorgen. Ich brauche nur noch dieses Startkapital, anschließend werde ich eigenes Geld verdienen.«
Seine Mutter reagierte nicht. Sie saß starr über ihren längst leergekratzten Teller gebeugt, und ihre linke Hand zerrte wieder mal an der aschgrauen Strähne. In den Augenwinkeln sah Georg, dass sein Vater nach seinen Schläfen tastete, hinter denen noch immer der nervöse Schmerz zu hacken schien.
»Mama«, sagte er, »was heißt schon Enterbung? Ich habe dir ja vorhin schon gesagt – im Ernst kann man überhaupt keinen enterben. Natürlich rede ich jetzt nicht von dem Geld. Aber selbst wenn wir beim Geld bleiben – zusammen mit dem Abiturgeschenk vor zwei Jahren habt ihr mir fast dreihunderttausend Mark gegeben, und mir ist es völlig egal, wie viele Millionen ihr auf Konten, in Tresoren und sonst wo horten mögt – mit den dreihunderttausend habe ich mehr als genug bekommen. Warum sagst du nicht endlich auch mal was?«
»Nein«, sagte seine Mutter. Ihr entschlossener Tonfall ließ erwarten, dass sie eine län-

gere Rede an dieses *Nein* knüpfen würde. Aber sie hob nur kurz den Blick und sackte zurück in ihr widerspenstiges Schweigen.

»So kann man nicht reden, Mama.« Nervös steckte sich Georg eine *Gitane* an und strich sich das schweißfeuchte Haar aus der Stirn. »Wir beide haben darin nicht viel Übung«, sagte er, »aber reden heißt – erst sagt einer was, dann der andere, dann wieder der Erste und so weiter, und beide versuchen, sich irgendwie aufeinander zu beziehen. Gib mir doch wenigstens eine Chance, Mama. Wenn du immer nur höchstens *Nein* sagst und meistens gar nichts, können wir's gleich sein lassen. Aber dann will ich hören, wie *du* Papa bittest, den Vertrag zu zerreißen.«

Langsam hob seine Mutter den Kopf, blickte ihm starr, mit leer entschlossenem Blick ins Gesicht und sagte ziemlich laut: »Nein, Georg.«

Er spürte, wie sein Herz zu hämmern anfing und ihm das Blut in die Schläfen schoss. In diesem Moment fürchtete er sich geradezu vor seiner Mutter – er hatte die Vorstellung, dass sie sich weich und umschnürend an ihn drückte, obwohl er sie mit aller Kraft abzuschütteln und in ihre Einsamkeit zurückzuschubsen versuchte.

»Schau doch«, sagte er leise, »ich will nicht, dass du mir hilfst. Das ist vorbei, und ich begreife nicht, warum du dir auf einmal in den Kopf gesetzt hast, meine angeblichen Rechte gegen Papa zu verteidigen. Ich hatte nicht vor, heute in der Vergangenheit rumzustochern, aber du zwingst mich ja dazu. Ich will, dass ihr mich in Ruhe lasst; ich wollte nie etwas anderes. Für mich wart ihr immer die idealen Eltern, ich spreche völlig im Ernst. Mag sein, dass Papa mir das *Irrläufer*-Geld nur geben will, damit er mich ein für allemal los wird. Aber schau, Mama das will ich doch auch. Schon als ganz kleines Kind habe ich davon geträumt, brennend, fiebrig, mit fast krankhafter Gier. Immer wollte ich verschwinden, untertauchen, zurück in den Traum, und auch du, Mama, wolltest ja nie etwas anderes. Wie ähnlich wir uns sind. Und weiter weiß ich nichts mehr.«

Er beugte sich vor und schloss fast flüsternd: »Also erkläre jetzt bitte, dass du einverstanden bist. Morgen fahre ich ab und komme nie mehr wieder, aber ... Ich wäre glücklich, wenn du mich oft und schon bald in Zürich besuchst.«

Flach atmend lehnte er sich zurück und blies Qualm gegen die Decke. Falls seine Mutter sich jetzt nicht geschlagen gab, würde er wortlos aufzustehen, seinen Koffer packen und augenblicklich nach Zürich fahren.

Zwei Minuten lang geschah nichts. Sie starrte ihn an, und obwohl er ihren Blick vermied, merkte er, wie sie langsam in ihre gewöhnliche Gefügigkeit zurücksank.

»Du willst also nicht, dass ich dir helfe«, murmelte sie irgendwann.

»Nein, Mama.«

»Nein? Dann sage ich *ja*.« Das stieß sie aber mit klirrender Stimme hervor, sodass sogar Georgs Vater zusammenzuckte.

»Dann bist du also einverstanden, Johanna?«

»Herrgott, ja«, flüsterte sie.

»Das ging zügiger, als ich dachte«, bemerkte Georgs Vater.

Seine Mutter stützte die Ellbogen auf den Tisch und ließ ihr Gesicht langsam in die Schale ihrer Hände sinken. Lautloses Schluchzen schüttelte ihren Körper, so gewaltig, dass ihr Haar über den zuckenden Schultern auf- und niederflog.

»Wo sind die Verträge, Papa?« Lächelnd wandte sich Georg seinem Vater zu, der wie ertappt nach seiner Jackentasche tastete und zum zweiten Mal an diesem Tag das Kuvert hervorzog.

»Du musst rechts unten unterschreiben. Vergiss das Datum nicht. Heute ist der ...«

»Das Datum weiß ich auswendig«, sagte Georg. »Schließlich ist heute mein Geburtstag.« Seine Hand war ganz ruhig, als er seinen Teller wegschob, beide Exemplare des Schenkungs- und Verzichtsvertrags vor sich ausbreitete und erst links, dann rechts fast ohne hinzusehen unterschrieb. »Jetzt du.«

In den Augenwinkeln sah er, wie seine Mutter durch das Gitter ihrer Finger auf die halb lächerlich dramatische Szenerie spähte. Kopfschüttelnd wehrte sein Vater den Plastikstift ab, den Georg ihm hinhielt, schraubte einen daumendicken, goldblitzenden Füller auf und krakelte seinen unleserlichen Namenszug unter die Dokumente. Lächelnd und scheinbar immer noch seelenruhig sah Georg zu, doch plötzlich spürte er einen Schauder, der ihm wie eine eiskalte Hand über Haare, Nacken und Rücken fuhr. Er sprang auf, beugte sich vor und riss sein Exemplar an sich, während der Füller noch über dem Bogen schwebte. »Besten Dank, Papa.« Der Vertrag flatterte in seiner Hand, ein gefangener, noch ungezähmter Vogel. Im Luftzug erloschen sechzehn oder siebzehn der einundzwanzig Geburtstagskerzen. »Jetzt brauche ich aber frische Luft«, Georg stöhnte. »Hier drin ist es unglaublich stickig.«

Zwischen seinen Schläfen flatterten die sehr leisen Schreie seiner Kinderzeit. Er faltete den Vertrag zusammen, steckte ihn weg, zwängte sich zwischen Stuhl und Tisch hervor und rannte aus dem Zimmer. »Kann sein, dass ich spät zurückkomme«, rief er noch über die Schulter. »Ihr braucht nicht auf mich zu warten – mit gar nichts.«

»Aber wohin gehst du denn?«, jammerte seine Mutter.

Während sein Vater brummte: »So lass ihn doch um Himmels willen gehen.« Und diese zerfetzten Sätze waren praktisch die letzten Worte, die Georg von seinen Eltern hörte.

10

Mit schmerzhaft keuchender Lunge tauchte Georg in den Schattenwald. Grün-düster war es unter den Tannen, doch immer noch glühend schwül. Das war kein gewöhnlicher Wald, dachte er, schon verflochten sich die herabhängenden Arme zu einem Tunnel aus schwärzlichem Grün. Mücken sirrten, Libellen schwirrten durch die flüsternde Röhre, Wasser gluckste und schwappte irgendwo hinter dem stürzenden Grün. Falter gaukelten grau gegen seine Schulter, streiften seine Schläfe – was sie berührten, färbte sich fahl. Auf dem Boden, wohin du auch schaust, dieses grün-gelbe, dieses schwarz-braune Insektengewimmel – sinnwidrig, boshaft bohrend, Käferjäger, Kadavergeraschel, rasende Aaskarawanen. Die Waldnatur, oder was es sein mochte, flößte ihm Grauen ein – früher hatte er kaum bemerkt, dass all dieses Gekrauche und Gekrächze sein mehr oder weniger selbstständiges Leben lebte.
Dass er vorhin, aus der südlichen Terrassentür stürzend, ohne zu zögern zur Garage gerannt war, hatte ihn selbst überrascht. Das Fahrrad, Marke *Bernotti*, Zehn-Gang-Schaltung und aus federleichten, silbrig blinkenden Metallen gefertigt – vor vier oder fünf Jahren hatte sein Vater ihm die *Bernotti* geschenkt, weil er fand, Georg sollte seinen Körper stählen, indem er kettenklappernd Bergketten erkletterte. Ein paarmal hatte er sich damals auf den schmalen, schnabelförmigen Sattel geschwungen und war probeweise durch die Alleen geradelt. Aber das war langweilig und außerdem wegen der Steigungen ziemlich anstrengend, und als Margot vorschlug, sie könnten ja gemeinsame Radtouren in den Taunusbergen unternehmen, schob er die *Bernotti* tief ins Garagengerümpel und stürzte sich mit Schwung in seine Spieleskizzen zurück.
Aber vorhin hatte er plötzlich gespürt, dass er irgendwas brauchte, eine Art Quälgerät, eine Martermaschine, damit diese elektrisch blitzende Nervosität in seinem Magen, seinen Nerven sich entlud. Also hatte er die *Bernotti* aus dem Plunder gewühlt, sich auf den Schnabelsattel geschwungen und war blindlings losgerast – durch die dämmernden, glühenden, blühenden Alleen immer steil aufwärts, dem berühmten Gipfel entgegen, wo die breite Hauptallee sich unvermittelt zu dem schmalen, gekrümmt-bröckligen Bergsträßchen zusammenzog.
Man schlüpfte in diesen grünen Tunnel und glaubte sich im Augenblick in einer anderen Welt. In was für einer Welt? Wenigstens ebnete sich hier mehr oder weniger der Weg, sodass man passagenweise einfach durch den schummrigen Tunnel rollen konnte, und ringsum huschte grünes Gemäuer vorbei. Erst ganz allmählich wurde ihm bewusst – zwangsläufig rollte er auf das Waldhaus seiner Eltern zu, und das Bergsträßchen gehörte schon zu der Rennpiste, auf der sein Vater mit dröhnendem Motor

und kreischenden Reifen um Hundertstelsekunden kämpfte. Daraufhin schaltete er die *Bernotti* in einen zahmeren Zahngang und rollte extra langsam weiter.

Er empfand, dass irgendwas schieflief – obwohl in seiner Tasche der fix und fertige Vertrag knisterte, fühlte er sich elend, grau-traurig, wie ein Verbannter, und was in seiner Tasche raschelte, war bloß ein Billett, einfache Fahrt, zu irgendeinem öden Inselriff im tot-roten Meer. *Mama, ich will nicht, dass du mir hilfst* – vielleicht war es dieser Satz, über den er nicht hinwegkam. Und wirklich, er begriff einfach nicht, was mit seiner Mutter auf einmal los war. Wie in seiner frühen Kindheit war sie plötzlich aus einer dunklen Nische gehuscht und hatte versucht, ihn mit ihren langen, kräftigen Armen in eine einschnürende Umarmung zu ziehen, sodass er sie wie damals glaubte seufzen zu hören: »Oh Georg, wie einsam wir sind ...«

Aber schon damals hatte er sich regelmäßig aus ihren Armen losgerissen und war davongerannt, in den Park, wo er sich auf einen Hügel warf und mit halb geschlossenen Augen gegen das Gitter seiner Wimpern starrte, bis der Schrei in seinem Kopf abschwoll, die Bilder sich vermischten und nur noch dieses leuchtende Grün ihn umströmte, das der Zauberschein seiner Kindheit, vielleicht seines Lebens war. Einsamkeit? Natürlich, sie war das erste, eisige Geheimnis seines Lebens gewesen, und früh schon hatte er gespürt, dass er dieses Rätsel niemals lösen würde. Aber er selbst hatte nie wirklich darunter gelitten, schnell hatte er gemerkt, dass man nicht beides haben konnte – drinnen die schimmernde, wispernde Welt und draußen die Vertrautheit. Und spätestens seit der Geschichte mit den Stimmen wusste er sowieso, dass er niemandem trauen durfte, niemals und keinem, auch seiner Mutter nicht. *Oh ja, Mama, damals hast du mich verraten,* dachte er, durch die flüsternde Röhre rollend. Unsinn, er war ihr nicht böse, schon lange nicht mehr, und trotzdem – tief drinnen spürte er immer noch diesen kalt flammenden Hass. *Besser, ihr würdet beide verschwinden – für immer,* fühlte er. Schließlich waren sie Fremde geblieben in dieser Welt, über die sie sich freche Rechte anmaßten, obwohl allein er ihr heimlicher Herrscher war.

Aufblickend sah er, dass links schon ihr privater Schotterweg von dem Bergsträßchen abzweigte – wie ein schräger, fast schwarzer Stollen bohrte er sich in den Fels, auf dessen schorfigem Plafond die Tannen schwankten.

Na gut, dachte Georg, er konnte sich das Waldhaus ja wieder mal ansehen. Was war schon dabei? Seit über zehn Jahren war er nicht dort gewesen. Aber gleichzeitig spürte er – wenn er jetzt in den Schotterweg abzweigte, das wäre kein harmloses *Einfach so*. Besser jedenfalls, wenn er umkehrte.

Schon huschten seine Blicke prüfend nach vorn und über die Schulter zurück – nein, auf diesem Sträßchen, das für jeden öffentlichen Verkehr gesperrt war, beobachtete ihn niemand. Seit mehr als zwei Stunden war er unterwegs, und obwohl er nicht genau drauf geachtet hatte, war er sicher, seit er in den Wald getaucht war, hatte ihn niemand mehr gesehen.

Als er steifbeinig abstieg und die *Bernotti* über das Sträßchen in den knirschenden Schotter schob, schlichen die Zeiger schon gegen sieben, und hinter dem Gitter seiner Rippen bummerte die Erregung. Eine Erregung, seltsam fremd und fast erkältend – ähnlich der, die er vor Jahren gespürt hatte, als er zu fast mitternächtlicher Stunde über den Ostkai lief und im Laternenkegel wartete nervös trippelnd die *Ratte*. Obwohl der Schotter betäubende Hitze ausstrahlte, begann Georg zu frösteln.

Während er die *Bernotti* mit ihren extraschmalen Pneus über die Eingangssteigung zerrte, dachte er an die bauchigen Druckgasflaschen, mit denen seine Mutter zumindest vor zehn Jahren den Küchenherd im Waldhaus betrieben hatte. Da er natürlich keinen Schlüssel bei sich hatte, müsste er allerdings ein Fenster einschlagen, um sich Zutritt zu der reichlich primitiven Hütte zu verschaffen, die nicht mal ans Stromnetz angeschlossen war. Sowieso hatten seine Eltern eine Art Sondergenehmigung für das Waldhaus gebraucht, das mitten im Naturschutzgebiet eigentlich weder gebaut noch bewohnt, geschweige denn mit einem wildgewordenen Mercedes-Coupé angesteuert werden durfte. Zweifellos hatte sein Vater die Erlaubnis durch Bestechung erschlichen, und seitdem schwärmte er bei jeder Gelegenheit, dass es in der ganzen Region *keinen einsameren Flecken* gab.

Herzklopfend zerrte Georg die *Bernotti* durch den Schotter, während es immer düsterer wurde und die riesenhaften Tannen hoch über seinem Kopf drohend raschelten und rauschten. Links türmten sich schräg und immer höher die grauen Felsmassen auf, von deren vorstechenden Steinkinnen dunkelgrüne Moosbärte wehten. Mindestens zehn Meter über dem Weg krallten sich die Tannen in die Felsfläche, und wo die Steinwand aufklaffte, sah man die dicken, scheinbar auf- und abschwellenden Pfahlwurzelspeere. Rechts aber – rechts neben dem schmalen Weg stürzte senkrecht die berühmte Waldschlucht in die Tiefe, ein mürb splitternder, splitternackter Felsspalt, der sich zehn oder fünfzehn Meter tief, doppelt so breit und mehrere Kilometer lang durch den Wald zog, wie eine Narbe in uraltem Fleisch.

Auf dem Gipfelpunkt der Schottersteigung blieb Georg schnell atmend stehen, lehnte die *Bernotti* gegen eine Felsnase und steckte sich gegen jede Vernunft eine *Gitane* an. Hier ging der Weg unvermittelt in eine Gefällstrecke über, sodass man, mit dem Wagen die Steigung hochrasend, fast wie auf einer Sprungschanze abhob und magenumwühlend in den Schotter zurücksackte. Georg erinnerte sich noch genau an die mörderischen Mercedesrennen, die er ganz am Anfang mitgemacht hatte, hinter den Elternsesseln klemmend und wie seine Mutter bleich vor Todesangst. Doch schon mit zehn, elf Jahren hatte er zu seinen Eltern gesagt: »Auf eurem Totenfloß schlingert ihr bitte in Zukunft allein.« Danach war er nie mehr mit zum Waldhaus gefahren.

Die Gefällstrecke wälzte sich ungefähr einen Kilometer ohne Krümmung in die Tiefe, wobei sich die Fahrspur fast unmerklich verengte, sodass die rechten Mercedes-Reifen mehr und mehr auf der Felskante über der Schlucht tanzten. Unten, an der engsten Stelle, bog sich die Piste in einer scharfen Rechtskurve beinahe in sich selbst zurück und sprang dann spitzwinklig in eine Linkskrümmung über, hinter der man, am Fuß einer abschließenden Gefällstrecke, schon das Waldhaus hinter den Tannen dämmern sah. Diese letzte Linkskurve war besonders tückisch, da sich gleichzeitig die überhängenden Felsen linker Hand stark vorwölbten, sodass man scheinbar nur die Wahl hatte, rechts in die Schlucht oder links gegen die Felsen zu schmettern. Wie sein Vater nicht müde wurde, dröhnend zu erklären, durfte man sich von diesem *optischen Possenspiel* nicht foppen lassen – ein ungeübter Fahrer, der höchstwahrscheinlich versuchen würde, der mörderischen Felswölbung auszuweichen, würde rechts übersteuernd in die Schlucht stürzen, die seine Felsfurcht ihn leichtfertig vergessen ließ. Dagegen schlingerte man gefahrlos durch die Kurve, indem man gegen jede Vernunft auf die vorspringenden Felsen gerade zuraste, die eben noch rechtzeitig zurückwichen, sodass man zwischen Stein und Schlucht hindurch schrammte.

Georg warf seine Kippe auf den Schotter und zerquetschte die Glut mit der Sandalenspitze. Im nächsten Moment kniete er sich hin, sammelte die Papier- und Tabakbrösel ein und schob alles in seine Jeanstasche. Immer noch wummerte sein Herz im Takt dieser fremden Erregung, und ein Schleier der Benommenheit hatte sich über ihn geworfen, sodass er sich vor sich selbst wie verkleidet vorkam. Er schwang sich auf den *Bernotti*-Sattel und tastete sich, beide Hände um die Bremsgriffe klammernd, behutsam durch den wegspritzenden Schotter in die Tiefe.

Vielleicht hundert Meter vor der scharfen Rechtskurve wurde die Bremswirkung mit einem Mal schwächer – obwohl er beide Hebel mit voller Kraft gegen den Lenker presste, schlingerte die *Bernotti* immer schneller durch den Schotter, und plötzlich roch es nach schmurgelndem Gummi und glühendem Metall. Schattenhaft huschte links der Felsschorf vorbei, während in der Schlucht rechts unter ihm ein saugendes Sausen aufschwoll.

Als sich die *Bernotti* wie von selbst in die Kurve warf, schlackerten die Bremshebel längst schlaff zwischen Georgs Fingern, da die mürben Bremszüge offenbar gerissen waren. Heiß peitschte ihm der Wind gegen Stirn und Schultern, und während er die tänzelnde *Bernotti* abwechselnd von den Felsfratzen und dem Schluchtschlund zurückkriss, schlugen von oben die Tannenschatten wie löchrige Tücher über den Weg. Plötzlich hörte er, wie irgendwer krächzend lachte, und er brauchte Sekunden, bis er kapierte, dass er selbst die verrückten Töne ausstieß.

Schon sprang die Rechtskurve in die Linkskrümmung über; Georg fixierte den vorspringenden Felsen linker Hand und zwang sich, gegen alle Vernunft und Logik auf die Steinnase zuzurasen, wobei er sich zurief: »*Optisches Possenspiel! Optisches Possenspiel!*« Er schoss durch die Bresche zwischen Stein und Schlucht und wollte laut auflachen, als er den mächtigen, dunkel sich aufwölbenden Tannenstamm sah, der hinter der Linkskrümmung quer über dem Weg lag.

»*Nein!*«, schrie Georg, oder glaubte, er hätte es geschrien.
Er riss den *Bernotti*-Lenker scharf nach links und prallte knapp über dem zerfetzten Wurzelgeflecht gegen das Tannenwrack, das ihm scheinbar einen Tritt versetzte, sodass er nach rechts wegflog und halb ohnmächtig irgendwo aufschlug.

+++

Was er benommen blinzelnd als Erstes sah, war die zerschmetterte *Bernotti*, die zwischen der Felswand und dem Wurzelfuß der hingestreckten Tanne eingekeilt war. Mücken sirrten, Libellen schwirrten giftig-hochtourig über Schlucht und Schotter, und auch das graue Faltergeflatter flackerte wie vorhin vor seinem Blick. Aber irgendwas hatte sich verändert – Georg empfand, dass mit dem Wald etwas nicht stimmte, nur begriff er nicht, was es war. Ein Zug ins Spukhafte, als wölbte sich plötzlich ein Dach über alles, oder als schwebte ein Vorhang herab. Vielleicht lag es auch nur an der *Bernotti* – vielleicht machte sie aus dem Wald ein *Bild* ... oder ganz viele Bilder, die sich täuschend rasch ineinanderschoben. Konnte das sein? Eigentlich nicht.
Seltsamerweise steckte die *Bernotti* fast senkrecht in dem Spalt zwischen Steinwand und Wurzelfuß, und die vordere Felge, die zwischen dem Wurzelgestrüpp aufragte, war zu einer schmalen Halbmondsichel gebeult, von der im schrägen Winkel der zerschlitzte Reifen herunterhing. Ein ganzes Geschlinge grauer Kabelstränge hatte sich vom *Bernotti*-Skelett gelöst und zu den bleichen Wurzelfetzen der Tanne geworfen, die sowieso schon an losgerissene Eingeweide erinnerten.
Er selbst war durch den Aufprall nach rechts weggeschleudert worden – nur allmählich dämmerte ihm, dass er halb über der Schlucht hing und jeden Moment abstürzen konnte. Seine Beine baumelten im Bodenlosen, und wenn er sich nicht mit dem Oberkörper im Tannengeäst verstrickt hätte, wäre er längst in die Tiefe getrudelt. Er hatte dann noch paar bange, kratzende Sekunden, bis er sich aus der Astgabel, die ihn unter den Achseln gepackt hatte, auf den Stamm geschwungen hatte. Behutsam kroch er zurück auf den Schotter und lehnte sich mit dem Rücken gegen die Tanne, stoßweise atmend.
Georg glaubte nicht an Zufälle, hatte nie dran geglaubt. Ihm war klar, dass er so schnell wie möglich von diesem Schauplatz verschwinden und vorher seine Spuren verwischen musste, worin er ja nicht mehr ganz ungeübt war. Welche Macht auch immer die morsche Tanne aus dem Fels gehebelt haben mochte – er kam gar nicht auf die Idee, an einem Bühnenbild herumzupfuschen, das für die künftige Tragödie schon fix und fertig angeordnet war.
Als er aufstand, spürte er den Schmerz in der rechten Hüfte, der ihn zu humpelnden Schritten zwang. Offenbar hatte er sich bei dem Sturz einen Hüftknochen geprellt, und auch unter der rechten Schulter spürte er ein schmerzhaftes Pochen. Aber das

waren lächerliche Schrammen, verglichen mit der Stichwunde im Schenkel, die Alex auch nicht gehindert hatte, kaum merklich hinkend aus der *Rose* zu fliehen.

Allerdings war das hier kein Hotel, das man bequem mit dem Lift verließ, sondern ein rauer Wald, über dessen Bergseen, Felsschluchten und Tannenfluchten sich allmählich die Dämmerung senkte. Als er sich zurückbog, erblickte er hoch oben auf dem Felsplafond, in der Wand schwarzgrüner Baumriesen, die überraschend schmale Lücke, aus der die Tanne etwa zehn Meter tief auf den Schotter gestürzt war.

Dabei war es ein fast urweltlicher Riesenpfahl, eine vom Alter schon halb versteinerte Holzsäule, die zu fast zwei Dritteln über den Weg hinausragte und sich kopfüber in die Felsschlucht zu stürzen schien; nur der gewaltige Wurzelfuß hielt den Stamm noch halbwegs in der Schwebe. Der Pfahl war grau-fahl, die Rinde rissig, fast pergamenten, wenn man mit dem Finger darüberfuhr.

Als er leise fluchend zur zerschmetterten *Bernotti* humpelte, gingen die Zeiger schon gegen halb neun. Und obwohl er diesen Gedanken vorläufig wegdrängte, wurde ihm mulmig, wenn er sich seinen Rückweg vorstellte, der bestimmt nicht viel weniger als dreißig Kilometer betrug. Ganz abgesehen davon, dass er vorher noch die *Bernotti* verschwinden lassen musste und sich von dieser Art Abenteuer absolut überfordert fühlte. Wenn doch jetzt Alex bei ihm wäre ... Alex, der vielleicht genau in diesem Moment durch eine Juraschlucht irrte, scheinbar in völliger Einsamkeit, nur dass rings aus den Wäldern die Glocken unsichtbarer Kühe herübertönten, sodass Klänge und Farben, Alex und die ganze düster-raue Landschaft zu einem surrealen Traumbild verschwammen. *Los jetzt, pack die* Bernotti.

Irgendwie schaffte er es, das Radwrack aus dem Tannengeschlinge zu ziehen, obwohl sich die Kabel teilweise fast kunstvoll mit den Wurzelsträngen verknotet hatten. Das Metallrohr unter dem schnabelförmigen *Bernotti*-Sattel war abgeknickt, was an Vögel mit zerknicktem Genick erinnerte. Er wickelte die Kabel in großen, sich wegsträubenden Schlaufen um den *Bernotti*-Lenker und lehnte die Zerschmetterte gegen die Felswand. Obwohl ihm klar war, dass er seine Spuren sorgsam verwischen musste, wusste er im Augenblick kaum, was es überhaupt noch zu vertuschen gab. Er wollte bloß noch weg, ein paar Stunden schlafen und dann nach Zürich, den *Irrläufer*-Vertrag in der Tasche. Er fühlte hin – ja, der Bogen steckte noch in seiner Gesäßtasche, knapp neben der wahrscheinlich schon lila schillernden Stelle, wo er auf den Schotter geprallt war. Seine Eltern würden vielleicht schon heute Abend zum Waldhaus fahren, schoss es ihm durch den Kopf, zumal er ihnen im Hinausrennen noch zugerufen hatte: »*Wartet nicht auf mich – mit gar nichts.*«

Dunkel ahnte er, dass er irgendwas Wichtiges vergessen hatte – etwas, das er unbedingt verwischen und vertuschen musste; einen Augenblick zögerte er noch, aber da er nicht draufkam, was es sein mochte, packte er die *Bernotti*, schob sich den Rahmen halb über die Achsel und humpelte los.

11

»Herr Kroning?«
Hochschreckend sah Georg einen hageren, schwarzhaarigen Krauskopf, der sich in tannengrüner Chirurgenmontur vom Milchglasgeflimmer der Intensivstation abhob.
»Ich bin Dr. Martens, wir haben vorhin telefoniert.« Er streckte Georg eine schmale, schwarz behaarte Hand hin, die in knisterndes Plastik gehüllt war. Was da grün unter seinem Kinn schlenkerte, war höchstwahrscheinlich eine Chirurgenmaske. Benommen schüttelte Georg die Hand, die sich extramännlich um seine presste, genau wie früher die Finger seines Vaters. Georg schätzte, Martens war ungefähr fünfunddreißig, und mit Peter Martens hatte er anscheinend wenig Ähnlichkeit.
»Ihre Mutter lebt.«
Immer noch schief im Besuchersessel lehnend, starrte Georg den anderen von schräg unten an, wobei er dachte: *Hauptsache, Papa ist endlich weg.*
»Ich fürchte, es gab vorhin am Telefon von beiden Seiten ein paar Missverständnisse, und falls ich mich im Ton vergriffen habe – bitte entschuldigen Sie.«
»Schon gut«, sagte Georg. Die Worte kamen undeutlich heraus, da in seinem Mundwinkel die längst erloschene *Gitane* klebte.
»Wenn Sie Ihre Mutter jetzt sehen wollen … Sie ist nicht bei Bewusstsein. Aber wenn keine weiteren Komplikationen eintreten, wird sie morgen gegen zehn, elf Uhr …«
»Wie sieht Mama aus?«
»Nun ja, sie …«
»Ist sie blind? Ich meine, sind ihre *Augen* …?« Georg stemmte sich aus dem Sessel und stellte fest, dass er anderthalb Köpfe größer als dieser Martens war, der demnach praktisch zwergwüchsig war. Im Hintergrund huschten immer noch die Schatten der Schwestern durch den Milchglasfilter, und er glaubte auch wieder dieses Wimmern zu hören. Gern hätte er seine Zigarette in Brand gesetzt, aber er fand es unpassend, ausgerechnet diesen chirurgischen Brandmeister um Feuer anzugehen.
»Um ehrlich zu sein, Herr Kroning – die Chancen, dass Ihre Mutter wieder sehen wird, stehen höchstens eins zu tausend.«
»Aber sie wird durchkommen?«
»Ja. Vielleicht. Wenn sie diese Nacht überlebt … Sagen wir – fifty-fifty.«
Irgendwo hatte er dieses *fifty-fifty* schon mal gehört; nur fiel ihm im Moment nicht ein, wer die obszön tönenden Silben gesagt hatte. Obwohl der Wartebereich vor dem Intensiv-Milchglas Platz genug für sechs oder sieben Besucher bot, standen sie so dicht beisammen, dass Georg andauernd gegen den tannengrünen Anzug des ande-

ren streifte. Er wich einen halben Schritt zurück und nestelte an der Kippe, die auf seiner Lippe festklebte. Als er sie losriss, spürte er einen scharfen Stich.
»Entschuldigen Sie – sind Sie mit einem Peter Martens aus Lerdeck verwandt?« Erschrocken horchte er der Frage nach, die er aber anscheinend mit irgendeiner anderen Frage übertüncht hatte. Denn seltsamerweise erwiderte dieser Martens:
»Ich habe natürlich versucht, Sie nochmals telefonisch zu erreichen. Aber da waren Sie offenbar schon auf dem Weg hierher. Länger zu warten konnte ich nicht verantworten – ich musste operieren, damit Ihre Mutter noch eine Chance hatte.«
»Schon gut«, sagte Georg wieder. »Keine Sorge, ich mache Ihnen keine Schwierigkeiten wegen dieser Genehmigung, oder was es war. Wahrscheinlich sollte ich mich im Gegenteil bei Ihnen bedanken«, fügte er schief lächelnd hinzu. »Praktisch haben Sie meiner Mutter das Leben gerettet, Martens.«
»Warten wir's ab.« Fast widerwillig schien Martens sein Lächeln zu erwidern. »Sie sind ein seltsamer Mensch, Herr Kroning.«
»Das habe ich schon zu oft gehört. Wahrscheinlich sollte ich nicht empfindlich sein und mich endlich dran gewöhnen.« Während er scheinbar geläufig mit dem anderen redete, kam ihr nächtlicher Dialog ihm unwirklich und fast spukhaft vor.
»Also gehen wir zu Ihrer Frau Mutter.« Martens wandte sich halb um, zückte einen Schlüssel und ... *Nein,* durchfuhr es Georg, *das kann nicht sein!* Es war kein Gedanke, eher ein Schrei, der drinnen von seinen Schläfen widerhallte. Martens war nicht nur mehr oder weniger zwergwüchsig wie die längst ersoffene *Ratte,* genau wie Peter schien er in der Hüfte zu lahmen und machte humpelnde, fast hüpfende Schritte, indem er sein rechtes Bein steif vorwarf und mit dem gesunden hintersprang. Georg wurde schwindlig; mit zwei Fingern wischte er sich über die Augen, aber die Halluzination blasste allenfalls um einen halben Ton ab.
»Martens«, hörte er sich murmeln, »einen Augenblick noch.«
Der andere stand schon in der Tür, die er mit seinem Schlüssel geöffnet hatte.
»Ihr Bein, ich meine – Ihr Hüftleiden, oder was es sein mag ... Anders gesagt: Sie stammen nicht etwa aus Lerdeck, aus der Mauergasse, und Ihr jüngerer Bruder oder vielleicht Cousin ...«
»Nein, keineswegs.« Der andere sah ihn verblüfft an. »Ich muss gestehen, dass ich schon wieder nicht recht weiß, wovon Sie sprechen. Ist das diese Martens-Geschichte, die Sie vorhin am Telefon – äh – versehentlich erwähnt haben? Herr Kroning?«, rief er mit schallender Stimme. »Ist Ihnen nicht gut? Warten Sie, ich ...«
Durch eine Art Schleier hindurch spürte Georg, dass er gegen die Schulter des anderen schwankte, der grotesk hüpfend zu ihm zurückgesprungen war, während die Milchglastür leise klirrend wieder zuglitt.
»Danke«, murmelte Georg, »ich bin schon okay.« Obwohl er selbst fand, dass es einen seltsamen Kontrast ergab, wenn die Leute andauernd zu ihm sagten: »Sie sind

sonderbar« – worauf er genauso formelhaft beteuerte: »Ich bin schon in Ordnung, lassen Sie mich doch.«

Martens packte ihn beim Arm und zog ihn zum Sessel für schwachbeinige Besucher zurück, wo er genauso wie beispielsweise Francesca Rossi an seiner Kleidung herumzunesteln begann, auf der Suche nach Herz oder Puls oder was auch immer.

»Hören Sie auf«, sagte Georg. Unter den aktuellen Umständen durfte einem schon mal sekundenweise schwach oder schwindlig werden – kein Grund, sich zu beunruhigen, flüsterte er sich ein.

Martens richtete sich langsam auf, und wenn Georg die Grimasse des anderen halbwegs richtig deutete, sah er ziemlich verlegen aus. »Ich will gar nicht wissen, was es mit dieser Martens-Geschichte auf sich hat«, sagte er. »Was Sie aus mir unbekannten Gründen so nervös macht, muss eine zufällige Ähnlichkeit sein. Aber wenn es Sie beruhigt: Ich bin in Hamburg geboren und erst vor einem Jahr nach Frankfurt gezogen; in Ihrem Lerdeck war ich nie und habe dort auch keinerlei Verwandte. Mein Hüftleiden ist angeboren und leider unheilbar, sodass ich die Chirurgie und die Grenzen unserer medizinischen Möglichkeiten in einem verkörpere. Was aber Ihre Frau Mutter betrifft ...«

»Danke, Martens.« Georg kam sich auf einmal ziemlich idiotisch vor. Obwohl er ahnte, dass er besser den Mund hielt, fühlte er zugleich den Drang, sein sonderbares Verhalten zu erklären. Er senkte die Lider, bis sich die Bilder vor dem Gitter seiner Wimpern vermischten. *Mama hat keine Augen mehr – aus der schimmernde Traum ...* Wenn ich nur nicht so müde wäre, dachte er, so benommen und gleichzeitig berauscht – als ob ein Wasserfall durch meinen Kopf rauschte.

»Wissen Sie, Martens«, hörte er sich murmeln, »ich kannte mal einen, der hieß wie Sie und war klein und in der Hüfte verkrüppelt und machte, anstatt zu laufen, diese hüpfenden Sprünge – alles genau wie Sie. Ich kannte ihn aus der Schule, und ich wollte immer ... na ja, ist ja jetzt auch egal ... Aus Hamburg, sagen Sie. Aus Hamburg kenne ich auch einen ... Er heißt ... aber das alles kann Sie ja gar nicht interessieren ... Glauben Sie, dass ich in Schwierigkeiten bin? Entschuldigung, meine Gedanken gehen so komisch durcheinander. Was wollte ich? Ach ja, dieser Martens, den ich mal kannte – der wurde vor drei Jahren umgebracht, während ich krank und träumend im Bett lag. Ich hab's damals in der Zeitung gelesen, jeden Tag irgendwelche neuen fürchterlichen Enthüllungen ... Aber man muss krank sein, um sich für so was zu interessieren. Sowie ich aus dem Bett wieder rauskam, hab ich das Interesse an dieser Geschichte und überhaupt ... an den Zeitungen ... ich meine ... das alles«, murmelte er, »das alles hab ich dann verloren. Verstehen Sie? Martens? Wenn Sie meinen, können wir jetzt zu Mama gehen.«

Eben wollte er sich aus dem Sessel graben, als er merkte, dass Martens gar nicht mehr bei ihm war. Im Rahmen der Milchglastür lehnte die hagere Schwester – Adenauers

Schwester –, die ihn entgeistert anstarrte. Hinter dem milchigen Fensterglas links der Tür glaubte Georg einen gedrungenen Schatten zu sehen, von dem sich oben ein Hut abwölbte. Plötzlich duckte sich der Schatten und huschte weg.
»Wo ist Dr. Martens«, murmelte er. Da er sich gleichzeitig fragte, wer der Schatten mit Hut sein mochte, bekam er kaum mit, was die steifleinene Schwester erwiderte. »Plötzliche Komplikationen«, glaubte er zu hören, »… versuchen, ob wir durch künstliche Beatmung … aber da Ihre Frau Mutter ziemlich viel Wasser in der Lunge …«
Wieso *Wasser*, überlegte er dumpf, wo Mama doch im *Feuer* war. Und gleichzeitig: Was hatte er diesem Dr. Martens vorhin über die Martens-Geschichte erzählt? Und wie viel hatte der Schatten mit Hut von seinem Gemurmel mitbekommen?
»Kann ich jetzt meine Mutter sehen oder nicht?« Entschlossen stemmte er sich aus dem Sessel und ging auf die Schwester zu. »Ich meine«, murmelte er, »wenn es jetzt wieder schlechter aussieht … Sowieso bin ich ja gekommen, um *Abschied* zu nehmen, und wenn dieser Martens nicht eigenmächtig versucht hätte … Haben Sie vielleicht mal Feuer für mich, ja?« Wobei er mechanisch nach dem blauen *Gitanes*-Päckchen tastete.
»Setzen Sie sich wieder hin, junger Mann«, sagte die Schwester sanft. »Diese Nacht ist schrecklich für Sie, und es würde mich nicht wundern, wenn Sie einen mittelschweren Schock erlitten hätten. Sie machen einen ziemlich benommenen Eindruck. Wenn Sie gehört hätten, was für ein konfuses Zeug Sie vorhin gemurmelt haben … Also machen Sie schon, und versprechen Sie mir, brav hier sitzen zu bleiben, bis Ihre Frau Mutter … Ja, so, strecken Sie die Beine aus. Meinetwegen dürfen Sie auch ausnahmsweise hier rauchen. Allerdings Feuer …« – sie kramte in raschelnden Schürzentaschen –, »nein, tut mir leid, junger Mann, mit Feuer kann ich nicht dienen.«
»Macht überhaupt nichts«, sagte Georg mühsam.
Wieder lag er schief im Sessel, der Kopf sank ihm auf die Brust, sodass sein Haar wirr nach vorn fiel und halb sein Gesicht verdeckte. Er schloss die Augen und bekam kaum noch mit, wie die Schwester wegraschelte und die Milchglastür sich wieder schloss.

12

Über dem dunklen Spiegel des Sees zitterten graue Schleier. Das schlammige Ufer fiel steil ab, und aus dem Modder ragten Schilfsicheln in dichten Reihen. Der Mond goss sein Suchlicht über die Schluchten und färbte alles gleichmäßig fahl. Wie still so eine Nacht sein konnte – nur der Wind lispelte im Schilf, und der See murmelte wie einer, der in tiefen Träumen unverständlich zu stammeln begann.

Oben auf der Uferböschung lehnte Georg an einem Tannenstamm, und neben ihm im Schlamm lag die *Bernotti*. Wie lang war er durch den Wald geirrt, über der Achsel das zerschmetterte Metallskelett? Die Leuchtzeiger seiner Armbanduhr schlichen schon gegen halb elf.

Da für das *Bernotti*-Wrack nur ein nasses Grab in Frage kam, war Georg, so schnell er konnte, über den Schotterweg zurück zum Bergsträßchen gehumpelt, wobei er sich immer wieder eingebildet hatte, in der Ferne schon den heulenden Mercedes-Motor zu hören oder sogar das schwankende Scheinwerferlicht durch die Tannen blitzen zu sehen. Für den Schotterweg hatte er fast eine Stunde gebraucht; dann war er nach rechts in das Bergsträßchen abgezweigt, wobei er sich dicht an der linken Tannenwand entlangdrückte, die sich glücklicherweise schon nach ein paar hundert Metern öffnete zu einem schmalen, wurzeldurchflochtenen Pfad. Dieser Pfad war so eng, uralte, scheinbar stöhnende Tannen drängten sich so dicht heran, dass man bei jedem Schritt gegen kratzende Nadelarme streifte, die eine Art klebrigen Tau auf Haut und Kleider übertrugen. Hoch oben verflochten sich die Wipfel zu einem spitzwinkligen Giebel, in dem die Nachtvögel flatterten und klagten. Glühwürmer, Leuchtkäfer oder was es sein mochte, surrten mal grünlich glühend, mal fast drohend rot durch die Schwärze, sodass Georg mit der freien Hand Wischbewegungen vor dem Gesicht machen musste, um die funkelnden Würmerwölkchen zu verscheuchen.

Als er schließlich auf der Uferböschung stand, hatte er längst die Orientierung verloren. Kreuz und quer war der Wurzelpfad durch den Wald geschossen, mal links, mal rechts, mal halb in sich selbst zurückgekrümmt – möglich sogar, dass Georg mehrfach einen breiteren Weg überquert hatte, vielleicht das Bergsträßchen selbst, sodass er nicht einmal wusste, auf welcher Seite er sich im Augenblick befand und in welche Richtung er nachher seine Schritte lenken sollte. Auf der anderen Seeseite fing womöglich, unsichtbar hinter den Schleiern, schon das Villenviertel an – genausogut möglich, dass sich dort endlose Wälder dehnten.

Er stieß sich von der Tanne ab, beugte sich über die *Bernotti* und zog sie aus dem Schlamm. Mit beiden Händen schwang er sie hoch über seinen Kopf und schleuderte das Wrack so weit er konnte über die Schilfböschung hinweg in den dunkel glänzenden Seespiegel, der die *Bernotti* verschlang. Und genau wie damals am Ostkai stand er noch drei, vier Minuten reglos da und starrte auf das Wasser, dessen Spiegel längst wieder geglättet war.

Möglich, schoss es ihm durch den Kopf, dass der alte Josef beobachtet hatte, wie er am Nachmittag die *Bernotti* aus dem Garagenplunder gezogen hatte und zum Tor geradelt war. Na und? Der Gärtner war mehr oder weniger schwachsinnig. Außerdem gehörte er, wie Georgs Vater es ausgedrückt hatte*, der aussterbenden Rasse loyaler Lakaien* an. Na also.

Die Stiche in seiner geprellten Hüfte fühlten sich giftig an und schienen pochende

Echos zu geben. Nachdem er den See rechtsseitig halb umrundet hatte und durch eine Lücke zurück ins Dickicht getaucht war, kam ihm die Idee – warum nach Hause laufen, wenn er bequem zur Villa *schwimmen* konnte? Im selben Moment glaubte er ihn schon zu riechen – den Bergsee hinter der nördlichen Parkmauer, wo er vor zwei und vor sechzehn Jahren mit Margot gewesen war – den See, auf dessen Grund die schwarzen Schatten dämmerten.

Er selbst verstand kaum, welche Fee, welcher Walddämon ihn an der Hand führte – kaum eine halbe Stunde, nachdem er die *Bernotti* versenkt hatte, stand er am Ufer des dunklen Sees, zwischen den Tannen, die sich scheinbar grübelnd über den Spiegel bogen, und drüben, am anderen Ufer, ragte die weiße Parkmauer über dem Felsgefälle auf. Ohne sich zu besinnen, streifte er seine Kleidungsstücke ab, verschnürte alles zu einem Bündel, das er sich über den Kopf knüpfte, und watete ins Wasser, das ihm eiskalt in die Beine biss.

Schon zerteilte er die Wellen mit starken, gleichmäßigen Stößen, und obwohl die Kälte ihm scheinbar jede Pore mit Eispfropfen verkorkte, musste er lächeln, weil – na ja, aus vielerlei Gründen. Beispielsweise, weil auf seinem Kopf das Kleiderbündel schwankte, weil er endlich die *Bernotti* losgeworden war oder weil diese morsche Tanne ... Nein, das Bild war nicht zum Lachen, spürte er – kopfüber schien der riesenhafte Pfahl sich in die nackte Steinschlucht zu stürzen, und nur der Wurzelfuß hielt ihn vorläufig in der Schwebe. Da packte Georg eine Art Grauen – eine eiskalte Hand, die über seine Brust tastete und sich blitzartig um sein Herz krampfte. Es pochte und hämmerte, bis Georg begriff – das war kein Grauen oder sonst was Schattenhaftes, sondern das eiskalte Seewasser, das seinen Herzmuskel praktisch schockgefror. Seine Glieder wurden schlaff, schwer und schlammig, dann sank er unter, wobei er seltsamerweise tief unter sich, auf dem modrigen Seegrund, großflächige, vergilbte Bilder von den großelterlichen Rittergütern flimmern sah. Also hatten sie die Güter damals heimlich mitgebracht?, staunte er. Sein Gesicht sank in den Schlamm ein, doch er glaubte seine Lippen auf eine Art Fahne zu pressen, die von einem Turm des östlichen Ritterguts flatterte.

Nachher fragte sich Georg, wie lange er im Uferschlamm gelegen haben mochte, bäuchlings in den Modder gedrückt, während eiskalte Seewellen an seinen Fesseln leckten. Seine Kleider lagen bunt hingestreut im Schmutz, und unter dem Glasfenster seiner Armbanduhr glucksten dunkle Tropfen. Hoch droben schob sich durch klobige Wolken der verbogene Mond.

Erst allmählich dämmerte ihm, dass er nicht ertrunken war, da der Krampf ihn anscheinend erst gepackt hatte, als er schon an ihrer Uferseite war. Eine Welle mochte ihn in den Schlamm geschoben haben, während er geglaubt hatte, dass er auf den Grund sank, den Ritterbildern entgegen. Und stehengeblieben war auch nicht gleich die Zeit, sondern bloß seine Uhr. Benommen rappelte er sich auf und wischte blöde grinsend an sich herum, da er von den Schultern bis zu den Zehen mit diesem widerlich stinkenden Schlamm eingeschmiert war. Er schlüpfte in seine durchnässten Sachen zurück und trottete zum Felsfuß, an den sich oben senkrecht die Parkmauer anschloss.

Obwohl er bei jeder Bewegung höllisches Glühen in der Hüfte spürte, schaffte er es irgendwie, sich über den Felsen und oben durchs knorrige Efeugeschlinge bis auf den Mauerfirst zu arbeiten, wo er nach links zu der Tanne huschte, die sich wie vor sechzehn Jahren schon drinnen gegen die Parkwand bog. Auf den Aststufen stieg er in die Tiefe und lehnte dann unten minutenlang keuchend an der leuchtend weiß gekalkten Wand.

Während er humpelnd, die verschlammten Sandalen in der Hand, über die Hügel auf die Villa zuschlich, stellte er erleichtert fest, dass seine Eltern anscheinend längst schlafen gegangen waren. Hinter dem Garagentor lauerte die Mercedesschnauze, die halb im Parktor steckend gestern Tommy Taschner zu einer seiner läppischen Attacken provoziert hatte. Ob Taschner noch schäumend im *Casino*-Gewölbe lag? Egal jetzt, dachte Georg erschöpft, während er den Hausschlüssel aus der Hosentasche nestelte und leise ins Schloss schob.

Drinnen huschte er über die Treppe in sein Zimmer, ohne irgendwo Licht einzuschalten, streifte im Dunkeln seine Kleider ab, schob alles tief unters Bett und schlüpfte unter die Decke – todmüde, schlammverkrustet und nach Seemodder riechend. Fast im gleichen Augenblick schlief er ein.

13

Als er erwachte, saßen seine Eltern unten auf der Südterrasse und klapperten mit Messern und Tassen. Weil sie wieder mal nichts zu reden wussten, fingen die Dinge an, sich zu unterhalten – die Kaffeekanne zischte, Geschirr klirrte, scheinbar knirschten sogar Gebisse, die losschnappend den Bissen verfehlten, und der Morgenwind tuschelte mit der Zeitung, die sich zwischen den Händen seines Vaters wand.

Alles war wie früher – vor fünf, zehn oder zwanzig Jahren, und grausig war nur, dass er seinen Eltern an den Fingern hätte vorrechnen können, wie lange sie noch zu leben hatten. Er war hellwach, als ob er keine Sekunde geschlafen hätte – als ob er dies alles künftig nicht mehr bräuchte: Träume, euer Lächeln, scheue Berührungen, die Schleier des Schlafs. Als ob er seine Träume längst schon lebte, und sie zu leben hieß eben – ein für allemal schleifte man alle Grenzen, auch die Mauer zwischen Wachen und Schlaf.

Als er sich nach rechts drehte, spürte er wieder den Schmerz, der in der Prellstelle

über seiner Hüfte pochte. Halb träumend blinzelte er gegen die Zeiger, die triumphierend auf Punkt sieben Uhr verhielten. Da sein Fenster weit offen stand und nur die Jalousie im Wandloch schwankte, hätte er seinen Eltern vom Bett aus zurufen können: »Besser, ihr fahrt nicht zum Waldhaus, wo der Tod droht.«
Oder: »Angenommen, ich rette dir das Leben, Papa – wie steht es dann mit dieser Verzichtsklausel im *Irrläufer*-Vertrag?«
Aber das war alles nur Gewäsch – es ging ihm nicht um Geld, um Geld war es nie gegangen, wahrscheinlich auch für seinen Vater nicht. Schließlich hatte Georg schon in seiner frühen Kindheit zu beten gelernt: *Bitte, Tod, komm doch und hole Papa ...* Warum? So ganz genau begriff er das bis heute nicht – er verstand nur, dass seine zähen Gebete heute erhört werden sollten. Schätzungsweise in einer halben Stunde würden seine Eltern losrasen, durch die sonntagsschläfrigen Alleen, dann in den grün-düsteren Tunnel des Bergsträßchens und schlussendlich mit Schwung in den schwarzen Stollen des Schotterwegs.
Halb acht Abfahrt, drei oder vier vor acht anfangen zu sterben. Grau-fahler Pfahl, Schluchtsturz und Flammengrab. Warum denn nicht?
Klinischer Karriereknick, dachte er, während er die Decke zurückstreifte und mit flachen Händen über seinen Körper strich. Der Modder war getrocknet, die Schlammkruste höckerte und kraterte sich auf seiner Brust, und wenn er sich bewegte, sprangen vom Laken winzige Modderbrocken auf. Die *Bernotti* auf irgendeinem Seegrund, dachte er. Dort droben gab es Dutzende Bergseen – selbst wenn sie ihm irgendwie auf die Schliche kämen, die *Bernotti* würden sie niemals finden. Natürlich musste er nachher noch seine zerfetzten und verdreckten Kleider verschwinden lassen – wie er auch in Zürich, vor ziemlich genau einer Woche, beispielsweise Alex' blutstarrende Jeans oder das rot leuchtende Laken beseitigt hatte. Später, alles später.
Von der Terrasse hörte er seinen Vater dröhnen: »Sind die Koffer gepackt? Der Konservenkorb? Wenn wir nicht bald losfahren, können wir's gleich sein lassen. Ich jedenfalls hole jetzt den Wagen.«
Seine Mutter sammelte das Frühstücksgeschirr ein, während sich sein Vater mit charakteristischem Ächzen aus dem Terrassenstuhl stemmte und wegschlurfte. Unten wurde es still, sekundenlang hörte man nur das Zwitschern, Sirren und Girren, das vom Park her einsickerte, dann schwang weiter links das Garagentor auf.
Georg tastete nach seiner Hüfte, dann nach der linken Schulter, die bestimmt immer noch blasslila schillerte. Und wenn es seiner Mutter einfiel, zu ihm ins Zimmer zu huschen, um sich von ihm zu verabschieden? Immerhin hatte er angekündigt, heute Abend zurück nach Zürich zu fahren, und da seine Eltern bis morgen im Waldhaus bleiben wollten, würden sie sich so oder so nicht mehr sehen.
Draußen bollerte schon der Mercedesmotor los. Georg sprang auf und trat vor den Wandspiegel, der zwischen Schrank und Arbeitsnische hing. Erschrocken starrte er

sein Spiegelbild an, wobei ihm Francescas Ausruf durch den Kopf hallte: »*Aberr ähr sieht ähntsähtzlich aus!*«

Mehr oder weniger hatte ihn der Schlamm zu einer stumpfschwarzen Skulptur umgeschminkt. Auch sein Gesicht war geschwärzt, dunkel glommen ihm die schreckgeweiteten Augen aus kohlefarbenen Höhlen entgegen, und starre Schlammsträhnen sträubten sich von seinen Schläfen ab. Nur seine Lippen schwollen rot und obszön aus der dunklen Maske, deren rissige Spröde sein Gesicht zerfurcht wirken ließ. Erschrocken lächelnd ließ Georg seinen Blick tiefer gleiten und sah, dass auch sein halb aufgeschwollenes Glied schwärzlich ummäntelt war; zuckend und blähend schien es den Panzer aus trockenem Modder aufsprengen zu wollen, der aber vorläufig noch hielt. Die Villa, dachte er, sich langsam vom Spiegel abwendend – die Villa würde er höchstwahrscheinlich verkaufen. Aber das alles hatte Zeit. Zunächst einmal ...

Dann erstarrte er, weil er aus einer Entfernung von mehreren hundert Kilometern die Spannung zu spüren glaubte, mit der Kroll, in seinem museal möblierten Züricher Büro sitzend, auf eine Katastrophe zu warten schien. Auf was für eine Katastrophe? Schon letzten Montag, als er zum ersten Mal mit ihm zusammengeprallt war, hatte Georg gespürt, wie der andere an den Fäden seiner fixen Idee zu zappeln anfing. Hatte Kroll von Anfang an darauf spekuliert, dass Georg praktisch mit einem Messer in der Tasche nach Lerdeck fahren würde, um sich notfalls mit Gewalt das *Irrläufer*-Geld zu verschaffen? An die Möglichkeit, dass sein Vater die Viertelmillion freiwillig herausrücken könnte, hatte Kroll nie wirklich geglaubt. Demnach hätte er auch nie ernsthaft vorgehabt, ihn bei seinen Eltern anzuschwärzen – Tommy Taschner hatte er nur in die Villa geschickt, damit Georg kribblig wurde und kopflos drauflos mordete, und wenn gestern sein Vater ans Telefon gegangen wäre, hätte Kroll höchstwahrscheinlich wortlos eingehängt.

Stimmte das?

Georg hinkte zum Schreibtisch und steckte sich fahrig eine *Gitane* an. Er spürte, es war ungeheuer wichtig, dass er sich Klarheit über Krolls tückische und zweifellos halb verrückte Pläne verschaffte. Aber im Moment konnte er sich nicht konzentrieren – wieder schien sich dieser Schleier der Benommenheit über ihn zu werfen, und außerdem lärmte auch noch sein Vater los, indem er abwechselnd die Hupe erschallen und den Motor im Leerlauf heulen ließ.

Was also Kroll und seine perfiden Strategien betraf ...

Die qualmende *Gitane* im Mundwinkel, schlich Georg zur Jalousie und spähte nach draußen. Mit der Schnauze zum Parktor witternd, stand der Mercedes auf dem Magmaplatz, der in der Morgensonne schimmerte wie der Spiegel eines Sees, der sich am hellen Tag der nachts blitzenden Sterne zu erinnern schien. Während Georgs Mutter Koffer und Körbe aus dem Haus schleppte und in den Kofferraum wuchtete, saß sein Vater schlaff hinter dem Steuer, und nur seine Finger trommelten drohend Stakkato.

Georg glaubte zu sehen, dass seine Mutter rote, verschwollene Augen hatte, als hätte sie wieder mal stundenlang geheult.

Demnach hatte Kroll gestern sofort gemerkt, wer da mit schlecht verstellter Stimme in den Hörer getrötet hatte, und folglich hatte auch er, als er Georgs Vater zu sprechen verlangte, bloß Komödie gespielt. Aus der Tatsache, dass Georg das Gespräch entgegennahm, hatte Kroll geschlossen, dass er das Telefon überwachte, um seine Eltern von der Außenwelt abzuschneiden. Und spätestens seit Georg seinen Gehilfen Taschner im *Casino*-Keller außer Gefecht gesetzt hatte, war Kroll sicher, dass er ein Gewaltverbrechen gegen seine Eltern plante. Da er von der falschen Annahme ausging, dass sein Vater sowieso keinen Pfennig in Georgs verrückte Projekte stecken würde, musste er von Anfang an geglaubt haben, Georg sei einzig deshalb nach Lerdeck gefahren, um seine Eltern oder wenigstens seinen Vater zu ermorden.

Durch die Jalousiengitter spähend, sah Georg, dass seine Mutter den Kofferraum zuknallte. Doch anstatt sich neben ihrem Mann auf den Beifahrersitz zu zwängen, lief sie zurück ins Haus, und schon hörte Georg ihre Schritte, die auf der Treppe klapperten. Wenn Kroll, dachte er rasch – wenn er gar nicht ernsthaft vorgehabt hatte, seine Eltern vor den vermeintlichen Mordplänen ihres Sohnes zu warnen – wenn er im Gegenteil versucht hatte, Georg nervös zu machen, damit er glaubte, dies sei seine letzte Chance, und damit er blindlings zuschlug – dann bedeutete das ganz einfach, dass Kroll bereit war, Menschenleben zu opfern, nur um ihn endlich eines Verbrechens zu überführen.

»Mama?« Georg huschte zur Tür, hinter der er die zittrigen Atemzüge seiner Mutter zu hören glaubte. »Willst du nicht reinkommen, Mama?« Ihm schien es, als drückte auch sie sich gegen das Türblatt, das unter ihrer beider Atemzügen und Herzschlägen zu vibrieren schien. »Du könntest Papa ausnahmsweise allein fahren lassen«, flüsterte Georg – oder glaubte, er hätte es geflüstert.

Von seiner Mutter kam nur ein leiser Atemzug.

»Mama? Ich bin voller Schlamm. Und ... Mama? Kann sein, dass wir uns nie wiedersehen. Adieu, Mama.«

Längst hätte er aufhören können mit diesem Gewisper, seine Mutter ging schon mit schleppenden Schritten zur Treppe zurück, dann klackten ihre Absätze auf den Marmorstiegen. »Und grüß Papa von mir«, murmelte Georg. In seinem Mundwinkel klebte die erloschene *Gitane*. Er stieß sich vom Türblatt ab und humpelte herzklopfend zurück zur Jalousie.

Unten knallte die Haustür ins Schloss. Während seine Mutter zum Mercedes ging, beugte sein Vater sich rüber und stieß die Beifahrertür auf. »Wo bleibst du denn, wir sind in Eile«, glaubte Georg zu hören. Sogar das Sterben verwandelte er noch in Stress.

Der Mercedes warf sich über den grünen Hügel und stürzte drüben mit Schwung

zum Parktor hinab. Georg stellte sich vor, wie seine Mutter die berühmte Stoppuhr zückte und die wirbelnden Zeiger zu fixieren begann.
Der Schotterweg ... der Tannenpfahl ... die Steinschlucht, zehn oder fünfzehn Meter tief – Georg empfand überhaupt nichts, während er in Gedanken vor dem Mercedes-Coupé herhuschte. Vor ihrem Totenfloß, dachte er, das auf seiner letzten Reise durch Tannentunnel und Schotterstrudel schlingerte – husch, husch und schon vorbei.
Langsam wandte er sich um, ging zum Bett, kniete sich hin und zog seine zerfetzten, schlammverschmierten Anziehsachen hervor. Plötzlich spürte er wieder die Nervosität – er durfte jetzt keinen Fehler mehr machen, da Kroll zweifellos darauf brennen würde, ihm den Unfall als kalt geplanten Doppelmord unterzuschieben. Wenn die Polizisten beispielsweise diese verkrustete Sandale in die Finger bekamen, brauchten sie nur eine Schlammprobe von der Sohle zu kratzen, in deren Profil zweifellos auch noch Schottersplitter steckten.
Wieder verschnürte er Jeans, T-Shirt und Wäsche zu einem Bündel, in das er die verklumpten Sandalen wickelte. Auf einmal hatte er es so eilig, alles verschwinden zu lassen, dass er sich nicht einmal die Zeit nahm, zuerst unter der Dusche die Schlammkruste wegzuspülen, die ihn wie ein urweltlicher Schuppenpanzer umschloss. Sowieso war er allein im Haus, und die hohen Mauern und dichten Tannenreihen schirmten auch den Park vor zudringlichen Blicken ab, die sich von der Allee her gegen die Kroning-Villa richten mochten. Und was Josef betraf – natürlich wusste er noch von früher her, dass der alte Gärtner es sich nicht nehmen ließ, auch an Sonn- und Feiertagen in seiner tannengrünen Schürze, den Filzhut schief in die Stirn gedrückt, über die Hügel zu schlurfen. Aber außer zur schneestürmenden Winterzeit erschien Josef mit mechanischer Pünktlichkeit immer um neun Uhr vormittags, sodass ihm noch mehr als eine Stunde zum Verwischen und Vertuschen blieb.
Das Schlammbündel über der Schulter, hinkte er nach unten und spürte bei jedem Schritt einen Stich in der Hüfte. Aber er war sicher, wenn es darauf ankam, konnte er so gut wie Alex die Schmerzen ignorieren und sich wie alle Welt mit gleichmäßigen Schritten bewegen.
Als er die Terrassentür aufzog, dampfte ihm feuchte Hitze entgegen. Die Wolken, die sich während der Nacht vor den Mond geschoben hatten, waren zu dicken, grauen Decken zusammengesteppt, die schlaff durchhängend fast die Tannenwipfel streiften. Ein geisterhaftes Licht zitterte über dem Park, das neblig schien und dennoch die Umrisse hart hervorhob – als wären die Bäume, als wäre diese ganze Landschaft aus Felsen modelliert oder aus noch härteren, fühl- und leblosen Materialien. Was sich sonst dämmrig zusammendrängte, schien aus allen Verbindungen gerissen und unzugänglich abgeschlossen, jedes Ding für sich, sodass selbst Gräser oder Blumen scheinbar klirrten, wenn man mit dem Fuß darüber streifte. So hatte er den Park noch nie gesehen – so fahl, starr und blass, aber gleichzeitig so schwer, lastend, plastisch, dass

er andauernd fürchtete, gegen irgendwelche Vorwölbungen zu stoßen. Obwohl keine eigentliche Sonne schien, lagen überall diese dicken Schatten herum wie Schleier aus Stein, an denen man sich die Zehen stieß, wenn man nicht behutsam darüber stakste.
Das süßlich riechende Bündel über der Schulter, hinkte Georg zur Gärtnerhütte, da er Schaufel oder Spaten brauchte, um seine Schlammklamotten zu vergraben.
Während er die Tür aufstieß, wurde ihm klar – so leicht und elegant wie in Zürich wurde er dieses Kleiderbündel nicht los. Mücken sirrten durch die düstere Hütte, und von der Decke schwankte irgendwas wie Spinnweb; grau glänzten die fein gesponnenen Fäden im unsicheren Licht, das durch Ritzen zwischen den Wandbrettern sickerte. Während er im Gerätewirrwarr nach Spaten oder Grabschaufel tastete, hielt er unwillkürlich den Atem an. Dabei glaubte er in diesem Augenblick immer noch, dass er allein war und natürlich, dass niemand beobachten konnte, wie er einen Spatenknauf packte und wieder nach draußen huschte.
Immer noch dieses geisterhafte Licht, und seltsam, wie still es auf einmal war – nicht einmal Krähen krächzten in den Ästen, und kein Schattengeflatter schrammte gegen die Starre an.
Schweig, Baum!, hatte Georg in seiner Kindheit gegen die Tannen gerufen, worauf sich das *Wort* als grün sprühende Maske über die Bäume schloss. Heute dagegen hätte er rufen mögen: *Sag doch jemand irgendwas!* – doch kein Laut drang aus seiner verkrampften Kehle. Die rechte Hand auf den Spaten gestützt, das Bündel über der Schulter, stand er starr im Schatten der Hütte, während seine Eltern im metallenen Mercedestopf höchstwahrscheinlich schon brannten.
Ein Schauder überlief ihn, als er merkte, dass ihm keine Wahl blieb – da Josef sofort mitkriegen würde, wenn irgendwer im Park ein Loch gegraben und wieder zugeschaufelt hatte, musste er das Bündel in den Komposthaufen einwühlen. Wenigstens anderthalb Meter hoch und mehr als drei Meter breit buckelte sich der faulige Hügel rechts hinter der Hütte auf, und zweifellos hauste darin immer noch ein Rudel Riesenhornissen. Nichts auf der Welt flößte ihm eine zersetzendere Angst ein als diese wütend geflügelten Stachelwürmer, nicht einmal Kroll oder sogar der ölig glänzende Flämm, der zweifellos immer noch nach Rache lechzte.
Warum also ...?
Einen Augenblick überlegte er angestrengt, ob es wirklich keine andere Möglichkeit gab, ob seine Argumente überhaupt stachen. Flüchtig spürte er sogar, dass er sich absichtlich in Gefahr begab – dass er irgendwas herausfordern wollte, vielleicht sein Schicksal und all das, zumal er bis auf diese Schlammkruste nackt war, während Josef immer eine Art Imkervisier überstülpte, bevor er anfing, den fauligen Haufen aufzugraben. War es möglich, dass er ahnungsweise sogar den Impuls empfand, sich selbst zwischen die Hornissen zu werfen, da es ihn drängte, überall ihre giftig-gierigen Stachel zu fühlen, in jeder einzelnen pochenden Pore? Aber natürlich schmiss

er sich nicht hin, sondern schlich links um den dampfenden Haufen herum, da er sich erinnerte, dass die Hornissen rechts hausten, wo die fettesten Gräser verwesten. Er warf das Bündel ins Gras und stach den Spaten schräg in den Modderkloß, der sich widerwillig schmatzend einen dunklen Klumpen entreißen ließ. Würmer krümmten sich im Schlamm, den ein Gewirr halb zersetzter Gräser durchflocht, Käfer schnellten aus irgendwelchen Kanälen, und schwarz und schlaff nickten Blütenköpfe über dem Gekübel, wie obskure Dämonen. Nachdem er sich eine Spatenlänge tief in den Modder gebuddelt hatte und sogar sein Arm schon bis zum Ellbogen im Stollen steckte, richtete er sich auf, stieß den Spaten flach unter das Kleiderbündel und schob es so tief wie möglich in den Schacht. Rasch schaufelte er die Kompostklumpen zurück, worauf er mit der Schaufel gegen den Kloß klatschte, um die Grabung zu vertuschen. In diesem Moment knarrte hinter ihm die Hüttentür.

Ganz langsam drehte Georg sich um; plötzlich spürte er wieder den Hüftschmerz, und auch seine Schulter, wo Flämm ihn gequetscht hatte, pochte wie ein hochgerutschtes Herz. Hager, gebückt und mit schlotternder Unterwäsche behangen, stand der alte Josef in der Hüttentür.

Ob der andere alles mitbekommen hatte? Ob er durch eine Ritze spähend zugesehen hatte, wie Georg den Spaten packte, wie er den Schacht schaufelte, das Kleiderbündel vergrub? Vorhin, im Halbdüsteren, war er nicht mal auf die Idee gekommen, dass Josef möglicherweise auf der Strohpritsche hinter der Tür lag und unhörbar atmend schlief. Warum nicht? Idiotische Frage, die keinen mehr interessierte.

Die Arme priesterhaft wegspreizend, starrte der Gärtner ihn an, und erst als Georg seinem Blick folgte, wurde ihm wieder bewusst, dass er nicht nur völlig nackt, sondern überdies mit Schlamm umpanzert vor dem Alten stand, in dessen Augen er jetzt echte Angst zu erkennen glaubte.

Angst, dass er sich wozu entschloss? »Papa hat dir schon tausendmal gesagt, dass du nicht in der Hütte ...«

Georg brach achselzuckend ab. Was ihn selbst am stärksten erschreckte, war seine eigene Stimme, die schrill und halb zerbrochen klirrte. Wenn die Polizisten sich nur halbwegs geschickt anstellten und in das Vertrauen des schwachsinnigen Alten einschlichen, würde der ihnen irgendwie begreiflich machen, dass Georg Sonntag früh irgendwas im Kompost verbuddelt hatte, wobei er selbst ausgesehen hatte, als ob er neuerdings im Modder badete oder praktisch schon wohnte.

»Geh mir aus dem Weg.«

Gerade weil Josef der *aussterbenden Rasse loyaler Lakaien* angehörte ... Sowie er kapierte, dass Georg verdächtigt wurde, die alten Kronings ermordet zu haben, würde er sich auf die Seite der Polizisten schlagen. Die verfügten höchstwahrscheinlich über Spezialisten, die Josefs Gestammel halbwegs entschlüsseln würden. Den Spatenknauf mit beiden Händen umklammernd, ging Georg auf den anderen zu, der immer noch starr und gebückt in der Tür stand und nun zu schlottern begann, dass seine lose Wäsche sich bauschte.

Sehr langsam näherte er sich dem Alten, plötzlich wieder grotesk humpelnd wie letzte Nacht und den Spaten mit beiden Händen wie ein Bootsruder umklammernd. Dabei wusste er im Augenblick selbst noch nicht, was er mit dem Gärtner eigentlich vorhatte. »Du sollst mir aus dem Weg!«

Als er noch anderthalb Meter von dem anderen entfernt war und drohend den Spaten hob, drückte sich Josef neben der Hüttentür gegen die Holzwand. Dazu krächzte er irgendwas, das wie *Junger Herr* klang und höchstwahrscheinlich flehend gemeint war; sein Blick flackerte, und sein schlaffes Kinn schlackerte haargenau im gleichen Takt. Das alles in diesem geisterhaften Licht, das jedes noch so jämmerliche Ding einzeln abzupacken schien und nach vorne schob, sodass man überall anstieß und kaum noch einen Pfad fand, um zwischen all dem Zeug durchzuschlüpfen. Plötzlich sprang Georg vor.

»*Näj*«, krächzte der alte Josef, und dann noch einmal: »*Näj*«, nur viel schriller, während er die dürren Arme vors Gesicht hob, da er zu glauben schien, dass Georg mit dem Spaten auf ihn loshacken wollte.

Doch Georg hatte sich bloß mit Schwung in die offene Hüttentür geflüchtet, wo er sich schnell und schmerzhaft in der Hüfte drehte, den Spaten wie einen plumpen Speer mit der rechten Hand balancierend.

Vorn rechts im Kompost glaubte er den schwarzen Trichter des Hornissennestes im Modder zu sehen. Hörte er nicht schon ein drohendes Brummen, während irgendwas giftig Gelbes im Trichter zu schwirren schien?

Georg warf den Spaten, der in trägem Bogen an Josef vorüber taumelte und sich bis zum Heft in den Trichter grub. Für den Bruchteil einer Sekunde schien der Spaten festzustecken, ohne dass irgendwas passierte – dann kippte er urplötzlich um, sodass die ausgegrabenen Hornissen hochgeschleudert wurden und sich über dem Komposthaufen zu einer giftig gelb glänzenden Wolke ballten.

»Viel Glück, Josef«, flüsterte Georg erbleichend, während er in die Hütte taumelte« und den Riegel mit der Faust in die Stahlspange rammte.

»*Näj*«, krächzte draußen der alte Adenauer, der wohl allmählich anfing zu begreifen. Während das dunkle Brummen immer lauter anschwoll, warf sich der Alte gegen die Hüttentür, die grässlich ächzte und schon zu splittern schien, aber die Hornissen ließen ihm keine Zeit zu einer zweiten Attacke.

»*Näj ... näj*«, hörte Georg und dann sogar: »*Biddje näj!*« Schon schien sich die blind stachelnde Wolke über Josef zu stülpen, Die gepanzerten Leiber prasselten gegen das Holz, dass es wie Schüsse knallte. Herzklopfend wich Georg in die Mitte der Hütte zurück, wobei er über Äxte, Schaufeln, blitzende Sicheln stolperte. Soweit er sich erinnerte, genügten drei, vier Hornissenstiche, um einen erwachsenen Menschen zu töten, wenn er nicht rechtzeitig ein Gegengift bekam. Oft löste schon ein einziger Stich einen allergischen Schock aus, der gleichfalls rasch zum Tod führte.

Wenn sich also nur ein paar dieser Stachelmonster durch eine Ritze in die Hütte wühlten, saß er in der Falle, und die Biester konnten ihn aussaugen wie einen Honigschlauch. Und wenn Josef durch irgendein Wunder dem Hornissentod entkam? Dann musste er ihn suchen – im Park, in der Villa, überall und notfalls mit einem der Geröllbrocken erschlagen, die der Alte unentwegt aus der Erde grub.

Wenn, wenn, wenn ... Allein schon die Geste des Grabens erregte in Georg ein Grauen – das Graben und dass überall dieser glucksende Sumpf, dieses faulige Gehäufel war. Und knapp darüber, obwohl sich unten alles klumpte, die starr gläserne, kalt glänzende Welt, in der alles lotrecht aufragte oder lastend dahockte und selbstständig und abgepackt tat, obwohl unten eine Sumpfzunge an ihm herumleckte.

Längst fand er sich in seinen Gedanken nicht mehr zurecht; er spürte nur, dass alles ihn deprimierte und er sich immer widerlicher wurde. Während er seltsam zerstreut nach draußen lauschte, sah er sich in der Hütte um und glaubte auf dem Boden neben der Pritsche einen Stapel zerlesener Hefte zu erkennen. Er ging hin und nahm oberste Heft auf, verblüfft, da er nicht damit gerechnet hatte, dass Josef auch nur Groschenhefte entziffern konnte.

Im düsteren Hüttenlicht brauchte er eine halbe Minute, bis er begriff, dass er ein fleckiges Pornoheft in der Hand hielt. Grell nachkolorierte Lichtbilder zeigten abstoßend hässliche Leiber, die sich gegeneinander drängten. Als er weiterblätterte, warf sich da ein Greis über ein schräg dastehendes, grauzottiges Tier, das anscheinend ganz einfach eine Ziege war.

Auf einmal war er nahe daran, vor Verzweiflung loszuheulen, während das Hornissengegroll bereits wieder nachzulassen schien und Josef schon länger nicht mehr *Näj* gekrächzt hatte. War es möglich, dass Josefs Tod ihm näherging als das Sterben seiner eigenen Eltern? Allerdings hatte er selbst dem alten Josef die Hornissen auf die Haut gehetzt, während die morsche Tanne vom Felsplateau gerutscht war, ohne dass er einen Finger dafür gekrümmt hätte.

Ihm fiel ein, dass er vor ein paar Minuten trappelnde Schritte gehört hatte – wahrscheinlich hatte Josef versucht, die Hornissenwolke abzuschütteln, indem er blindlings und gichtgekrümmt durch den Park rannte.

Das Wort *Ergebenheit* fiel ihm ein, als er sich auf die schmuddlige Pritsche fallen ließ und mit der linken Hand übers Gesicht fuhr, sodass seine Bartstoppeln raschelten. Na ja, er musste sich eben wieder mal rasieren – es war mindestens zehn Tage her, dass er mit der Klinge über seine Wangen geschabt hatte, was sich jedes Mal wie eine Niederlage anfühlte. Da er sein Rasierzeug in Zürich gelassen hatte, würde er sich den Apparat seines Vaters schnappen, der bekanntlich keine Verwendung mehr dafür hatte. Über diesen Gedanken musste er grinsen. Selbstverständlich würde er die Villa *nicht* verkaufen, wurde ihm klar, obwohl er ebenso selbstverständlich für immer weggehen würde, wenn das alles hier erst vorbei war. Übrigens würde er auch in Zürich nicht bleiben, diesem widerlich-biederen Nest, das nicht die *Stadt der Spiele*, sondern praktisch die *Stadt der Ratten* war. Leute wie Prohn, wie Kroll oder natürlich auch Leute wie der lila bibbernde Härtel oder wie die grünbleiche Francesca mochten sich dort wohlfühlen; zu schweigen von dem miesen Denunzianten, der Alex und ihm die Polizisten ins Genick gehetzt hatte. Bertoni, dachte er, auch Margot, auch ihr Vater, der schwül-düstere Seelenschamane – sie alle passten mehr oder weniger problemlos dorthin, in dieses beengende, tuschelnd und mauschelnd zusammengeschobene Zürich, wo auch der See, ehrlich gesagt, die meiste Zeit bloß allzu lieblich gegen die Ufer plätscherte, dass es schon kitschig war, abstoßend und beschämend. Eigentlich gab es auf der ganzen Erde keinen Ort mehr für ihn, dachte Georg – genauso, wie Alex nie einen halbwegs befestigten Erdenfleck gefunden hatte, wo er sich ausruhen, anlehnen, einfach mal müde sein durfte, da er sofort entweder gepackt und in irgendeine Zelle weggesperrt wurde oder in dem sumpfig glucksenden Fleck einfach einsank, was möglicherweise sogar vorzuziehen war. Wirklich, dachte Georg, zuletzt würden Alex und er sich irgendwo im dunklen Juragebirge verkriechen, wo sie sich von Beeren und dem Fleisch wilder Tiere ernährten, bis man sie vielleicht abknallte und irgendwo verscharrte oder mit Steinen im Bauch in einen Bergsee warf.

Als er von Josefs Pritsche aufstand, fühlte er sich leicht und fast heiter wie einer, der auf Sieg gespielt, aber längst begriffen hatte, dass es für ihn in diesem Spiel nichts zu gewinnen gab. Er huschte zur Hüttentür, lauschte nach draußen, zog sie auf. Ungefähr fünfzig Meter unter ihm lag Josef, rücklings über einen Hügel gekrümmt, und zwar so sonderbar gekrümmt, in der Hüfte und überall, dass man sofort spürte, mit Josef war nichts mehr los, weil er ganz einfach tot war.

Langsam ging Georg hügelabwärts auf den anderen zu, ohne an die Hornissen zu denken, die ihren Schrecken für ihn verloren hatten. Wieso? Ganz einfach, dachte er – weil es gar keine Hornissen gab, jedenfalls nicht hier im Park, sowenig wie beispielsweise die zottigen Vaganten existierten, die vor Jahren als vermeintliche Martens-Mörder polizeilich gesucht worden waren.

»Ich«, flüsterte Georg, während er immer langsamer, sein rechtes Bein nachschleppend, auf den anderen zuging – »*ich habe euch alle umgebracht.*«

Josefs Hand, die schlaff über seinem Gesicht lag, war noch warm, und Georg sah sofort, dass er gar nicht erst versuchen brauchte, dem anderen die Augen zuzudrücken, die sowieso nichts mehr sahen. Es schien, als hätten die Hornissen ihre Stachel auch in Josefs Augen getaucht, die halb zerlaufen, halb aufgeschwollen waren – wie angebrütete Eier, die man übel überrascht in die Pfanne schlug.

Er fühlte sich ganz ruhig, als er neben dem Toten niederkniete, ihm das Hemd von der grau behaarten Greisenbrust streifte und sogar flüchtig sein Ohr gegen die Rip-

pen drückte, bevor er die Hornissenstiche zählte. Beim zwölften Stich hörte er auf; die Wunden waren prall aufgeschwollen, ihre Größe schwankte zwischen dem Umfang von Kippenköpfen und Taubeneiern. Georg richtete sich auf und trottete zur Hütte zurück, wo er eine Schubkarre im Gerümpel gesehen hatte.
Schätzungsweise brauchte er eine halbe Stunde, bis er alles soweit hergerichtet hatte, dass Josef offenbar einem tragischen Unfall zum Opfer gefallen war, wie sie in Gärtnerkreisen vielleicht zum Berufsrisiko zählten. Natürlich würde man – würde Kroll – es äußerst seltsam finden, dass der alte Josef am gleichen Tag wie seine Herrschaft tödlich verunglückt war. Aber Georg würde einfach erklären: Wenn sich eines Tages jemand fand, der für alle Seltsamkeiten dieser Welt verantwortlich war, dann würde unmittelbar nach der Verhaftung dieses Jemand eine bessere Welt heraufdämmern, in der es höchstwahrscheinlich überhaupt nicht mehr auszuhalten war. Jedenfalls war er entschlossen, sich bis zum Äußersten zu verteidigen – dass er das Spiel verloren gab, hieß noch lange nicht, dass er sich einfach wegwarf in Krolls und Flämms quetschende Hände. Sondern es hieß, aber das ging keinen was an: Er würde gewinnen, und dieser Sieg würde Kroll zerstören und für ihn selbst ein süßes Desaster sein. *Ein trauriges Spiel*, hörte er Francescas fremd modulierende Stimme. Aber er hatte nie behauptet, dass es lustig oder sonst etwas Läppisches war.
Neben ihm lag Josef, in seine tannengrüne Montur gehüllt, schief auf dem Hügel. Sein Filzhut war ein paar Meter weggerollt, den Spaten hielt er gegen die Brust gedrückt mit furchigen Händen, die allmählich erstarrten. Mochte der Teufel wissen, was in ihn gefahren war, als er ohne Schutzkleidung die Hornissen angegriffen hatte. Georg jedenfalls hatte seine Schreie nicht gehört, aber wenn man darauf bestand, würde er zur Aufklärung des unheimlichen Todesfalls beitragen. Immer schon hatte Josef die Hornissen gehasst, das war fast schon eine fixe Idee des debilen Gärtners gewesen, und meistens starben ja die Leute nicht durch fremde, von draußen losprügelnde Gewalt, sondern viel simpler und gleichzeitig sehr geheimnisvoll an ihren eigenen Besessenheiten.
Georg schob die Hüttentür halb zu und hinkte zur Villa zurück, wo er endlich unter die Dusche huschte. Oder nein, auch mit dem wie schwerelosen Gehusche war es anscheinend vorbei – müde humpelte er in die Kabine, wo er sich gegen die Kacheln lehnte. Knapp eine Stunde später, gegen halb elf, saß er schon in der S-Bahn, um via Frankfurt nach Kassel zu fahren – zu Timo Prohn, dem *ernsthaften jungen Mann* und Sohn des toten Freiers.

14

»He, Kroning, Sie schlafen ja!«
»Stimmt nicht, ich bin wach«, antwortete Georg automatisch. Irgendwoher kannte er doch diese hämische, gleichzeitig weiche und hackende Stimme. Er blinzelte ins Milchglaslicht und glaubte wieder den gedrungenen Schatten zu sehen, von dem sich oben der runde Hut abwölbte.
Aber seltsam ... Der Schatten hatte sich *vor* die Scheibe geschoben. Im Hintergrund wieder dieses Gewimmer, das aus den gläsernen Zellen sickerte, und in der Milchglastür natürlich auch wieder die Schwester, die ihr Hautproblem mithilfe von steifem Leinen gelöst hatte.
Mama ist immer viel zu dünnhäutig gewesen ...
»He, Kroning!«
Ob er Adenauers Schwester zum Hornissentod ihres Bruders Beileid wünschen sollte, oder wie es hieß? Aber was ihn eigentlich viel mehr interessierte – was war mit diesem verdammten Schatten los? Und diese Stimme, hackend und weich? Kein Zweifel, der Schatten tanzte *vor* der Milchglasscheibe, die sowieso eine Gemeinheit – weder Fenster noch Spiegel – war. Aber warum materialisierte sich der Schatten nicht, warum schob er sich nicht zu einer Fratze zusammen, warum sah man keine Knöpfe am Mantel, der sich bauschte – *irgendwas* –, warum keine Augen unter dem runden, ruckenden Hut?
»Was suchen Sie denn so krampfhaft, Kroning? Hier bin ich.«
Die Stimme kam von *hinten*. Georg hob sich halb aus dem Besuchersessel, drehte sich nach rechts, und da stand Kroll.
»Ach, Sie, Kroll ... natürlich.«
Er trug Mantel und Hut, und die Mundwinkel unter den hängenden Schnurrbartspitzen zuckten, als er sich über Georg beugte. »Ihre Mutter ist jetzt auch tot, Kroning. Damit wäre es Doppelmord. Da kommt übrigens Dr. Mahrens.«
In den Augenwinkeln sah Georg, wie sich durch die Milchglastür der in der Hüfte verkrüppelte Zwerg schob, der Hoffnung und Grenzen der Chirurgie verkörperte.
»*Mahrens?*«, flüsterte Georg. »Aber sagten Sie nicht, Ihr Name wäre ...«
»Ein Missverständnis«, erwiderte der Assistent, »ich habe vorhin schon versucht, Ihnen begreiflich zu machen ... Mein Beileid. Glauben Sie mir, wir haben alles Menschenmögliche versucht.«
»Natürlich«, murmelte Georg, oder glaubte, er hätte es gemurmelt. Er stand da, mit hängenden Schultern, und in seinen Schläfen setzte insektenhaftes Kribbeln ein.

»Diese Geschichte mit den Namen, die Sie verwechselt haben, ist sehr interessant, Kroning«, ließ sich Kroll schräg hinter ihm vernehmen, »Ich begreife zwar noch nicht ganz, worum es geht, aber ich bin zuversichtlich ... *Martens*, sagten Sie? Natürlich habe ich mir von dem wackeren Doktor und von – ähäm – Schwester Conny alles berichten lassen, was Sie vorhin in einer Art Trance zu stammeln beliebten. Und da mein Assistent Taschner bereits auf dem Weg zum Zentralarchiv ist ... Gehen wir also, Kroning.«

Kroll packte ihn an der Schulter und schubste ihn zum Lift. Während die Drucklufttür aufzischte, wandte Georg sich um und streifte den klein gewachsenen Arzt mit einem ängstlich forschenden Blick.

Sie heißen wirklich nicht Martens? Nein, diese Frage behielt er für sich. Er kramte seine *Gitanes* aus der Tasche und sagte: »Haben Sie mal Feuer, Kroll?«

»Sie hatten welches«, gab der andere seltsamerweise zurück, während er Georg mit einer fast väterlichen Gebärde in die Kabine schob.

Schwarze Zeiger an der zitternden Liftwand, die über einen runden Spiegel statt über Ziffern schlichen, zeigten auf Scheitel und Ohr, wenn man hineinsah. Also ungefähr vier Uhr früh. Kroll schnipste ein verbeultes Feuerzeug an, das eine gewaltige Benzinflamme hervorspie.

»Danke«, murmelte Georg Rauch ausatmend, und Kroll murmelte irgendwas Ähnliches, während er sich von Georgs *Gitanes*-Päckchen bediente.

Vier:
Würfelspiel

1

»Wo hatten Sie denn das Seil her, Kroning?«
Apathisch starrte Georg den anderen an, der sich schwerfällig aus seiner Jacke schüttelte. Taschner, in eng schließendem Jeansanzug, fing die Jacke auf und warf sie auf einen Metallhaken, der schräg aus einer Wandnische stach.
Obwohl Kroll noch den runden Hut trug, fing er an, die Hemdsärmel bis zu den Ellenbogen hochzukrempeln. Zum Vorschein kamen zwei bleiche, weibisch wirkende Arme, mit bräunlichen Flecken gesprenkelt. Schnaufend warf sich Kroll in den Drehsessel hinter dem Schreibtisch, beugte sich vor und klappte eine Zigarrenkiste auf. »Sie schweigen? Das ist zu billig. Glauben Sie denn allen Ernstes, dass Sie Ihren hübschen Wirrkopf jetzt noch aus der Schlinge ziehen können?«
Georg zuckte mit den Schultern. Er spürte, dass Kroll diesmal wirklich irgendwas gegen ihn in der Hand hatte, aber er begriff nicht, was es sein mochte. Beunruhigt hörte er, dass Kroll schon wieder von diesem Seil anfing, das in der Waldschlucht-Geschichte irgendeine Rolle zu spielen schien.
»Jetzt haben Sie auch noch Ihre Eltern umgebracht, Kroning. Aber diesmal kriegen wir Sie. Da Sie zu blöde waren, auch nur die gröbsten Spuren zu verwischen ... Jetzt machen wir Sie fertig!«
Die Möbel in dem seltsamen Keller waren fast alle aus grau lackiertem Blech. Unter der niedrigen, gewölbten Decke hingen Leuchtgasröhren in Blechkästen, die scharf abgegrenzte Rechtecke auf Schreibtisch und Boden warfen. Längs der Wände standen gleichförmige Blechschränke; hinter halb offenen Türen sah man dicht gedrängte, an Stangen hängende Schnellhefter in Rot, Grau und Grün. Fenster gab es keine, was zu bedeuten schien, dass sie komplett unter der Erdlinie steckten. Klamme Kälte strömte aus dem grauen Kunststoffboden und kroch durch den dünnen Seidenstoff über Georgs Beine. Unangenehm war, dass ihm unablässig Schauder über Kopfhaut, Rücken und hinten über die Schenkel liefen, sodass sich die feinen Körperhärchen fast schmerzhaft sträubten.
Als er und Kroll vorhin, gegen fünf Uhr früh, mit dem Kliniklift nach unten fuhren, hatte Taschner schon in der Halle gewartet. In einer nebelgrauen Limousine mit halb verhängten Fenstern waren sie mindestens zwanzig Minuten scheinbar ziellos durch die Stadt gefahren. In einem engen Fabrikviertel, wo ein Gewirr aus Drähten, Kränen und qualmenden Schloten den Himmel vergitterte, hatten sie vor einem grauen Rolltor gestoppt. Vom Wagen aus hatte Taschner ein Metallkästchen, ähnlich dem berühmten Piepser von Georgs Vater, gegen das Rolltor gerichtet, das rasselnd

hochgeglitten war. Die nebelgraue Limousine war durch das Loch in einen düsteren Stollen gekrochen, der sich schräg in die Tiefe bohrte. Nach wenigen Minuten hatten sie in einer Art Tiefgarage abermals gestoppt. Sie waren ausgestiegen und durch eine graue Stahltür direkt in dieses Gewölbe getreten, wo es nach Schimmel, Schweiß und frischer Lackfarbe roch. Kroll hatte die Tür verriegelt und den Schlüssel in seine Tasche gestopft.

Träge lehnte er sich nun zurück und setzte seinen übel riechenden Stumpen in Brand. »Was meinst du, Taschner«, brummte er dazu, »für einen Moment wird das Bürschchen doch mal ohne sein Geschmeide auskommen.«

»Klar, Chef.«

Flach atmend beobachtete Georg, wie Taschner mit Cowboyschritten auf ihn zukam. Sie hatten ihn mitten im Raum auf einen Stuhl mit blecherner Sitzfläche gesetzt und seine Hände hinter der Lehne gefesselt. Seine Finger kribbelten, und die Handgelenke fühlten sich taub an, da die Stahlschlingen sich in sein Fleisch gruben.

»Nur ruhig«, brummte Kroll.

An Taschners Gürtel, knapp neben dem widerlich vorwölbenden Geschlecht, klirrte ein großer Schlüsselbund. Taschner schob sich dicht neben ihn und nestelte die Schlüssel los, wobei er mit zwei Fingern schnell über die Wölbung rieb. Dann ließ er die verschwommene Scheibe seines Gesichts auf ihn abstürzen und flüsterte: »Wir haben noch 'ne kleine Rechnung offen, Süßer – du weißt doch noch, diese Seifenoper im Spielhöllengewölbe. Aber keine Sorge – komm ich noch drauf zurück.«

Er trat hinter den Stuhl und klickte die Stahlschlingen auf, was Georg nur akustisch mitbekam. Georg zog seine Hände nach vorn und rieb sie behutsam. Da ihn erneut ein Schauder überlief, zog er fröstelnd die Schultern hoch. Plötzlich spürte er Taschners Hand, die ihm erst weich übers Genick strich und sich dann zangenartig um seinen Nacken krampfte.

»Er schwitzt«, behauptete Taschner. »Ihm ist heiß, weil er gleich gestehen will. Aber er soll sich doch wohlfühlen bei uns. Soll ich's ihm bequem machen, Chef?«

Kroll hinter dem Blechschreibtisch nickte gelangweilt, wobei der Stumpen zwischen seinen Schnauzbartspitzen wippte.

»Weißt du ungefähr, Kroning«, plauderte Taschner, »was ein Martyrium ist? Flämm hat's mir neulich erklärt.«

Die Zange in Georgs Nacken zog ihn hoch, während Taschners linke Hand an seiner Jacke zerrte. »Lassen Sie das doch«, sagte Georg so ruhig wie möglich. Aber diesmal sah es wirklich übel für ihn aus, da er diesen Sadisten ausgeliefert war. Niemand hatte mitgekriegt, wohin sie ihn, direkt aus dem Florian-Hospital, vorhin verschleppt hatten. Und irritierend war, wie sicher und gelassen Kroll wirkte – als hätte er endlich genügend Indizien zusammengescharrt, um Georg gleich mehrerer schwerer Verbrechen zu überführen.

»Ich zieh ihm die Jacke aus, Chef«, meldete Taschner feixend. »Und na ja, wir sind doch keine Unmenschen, meinetwegen auch das Hemdchen. Er schwitzt erbärmlich, das arme Warzenschwein. Und was halten Sie von den Schuhen, Chef? Wo doch der Boden die Sohlen so schön kühlt.«
Mit hängenden Schultern stand Georg da, während Taschner zwei Finger in seinen Kragen schob und mit einem Ruck nach unten zerrte, sodass alle Hemdknöpfe wegspritzten. Fröstelnd hoffte er, dass die Kälte ihn fühllos machen würde – unempfindlich gegen Taschners mal widerlich weiche, dann schmerzhaft harte Berührungen, gleichgültig gegen Krolls Drohungen und die tief in ihm drinnen flatternde Angst.
»Sitzen wirst du noch lange genug, Jüngelchen.« Georgs Kleidung mit beiden Händen gegen seine Brust drückend, kickte er den Stuhl gegen die hinteren Archivschränke, die halb im Dunkeln lagen. »Stell dich unter die Lampe. Mach schon.«
Mit der Schulter schubste ihn Taschner unter einen der Blechkästen, in denen die Leuchtgasröhren summten. Er griff hoch und zog ihm die Lampe halb über den Kopf, sodass Georgs Blicke gegen die blendenden Blechwände schlugen. Brennende Wellen warfen sich über seine Schläfen und Wangen, aber das war unbehagliche, schmerzhafte Hitze, die nicht wirklich wärmte.
»Was soll der Blödsinn, Kroll.«
Niemand antwortete ihm. Nur seine Stimme echote in dem Blechkäfig, in dieser Zelle aus flirrendem Licht, außerhalb derer es nichts mehr, höchstens noch höhnische Stimmen und huschende Schatten gab. Wenn er den Blick senkte, sah er unten seine nackten Füße, die sich zusammenkrümmten. Frost kroch aus den Bodenfliesen und ließ seine Sohlen erst prickeln und gleich darauf ertauben. Schauder jagten ihm in schneller Folge über die Kopfhaut, den Rücken und hinten über die Beine.
»Lassen wir ihm ruhig noch etwas Zeit zum Eingewöhnen.«
Das war Kroll. Fast empfand Georg Dankbarkeit, dass die beiden anfingen zu reden. Die tückische Stille, das scheinbar rauschende Schweigen, spürte er, waren viel schlimmer, umschnürender, wenn man in dem Lichtviereck feststeckte – schlimmer als scharfe Verhörfragen und vielleicht sogar als Schläge.
»Und du weißt ja, Taschner, wenn er umfällt oder wenn er aus dem Kasten rauszukommen versucht ...«
»Klar. Die Ketten, Chef. Unter der Decke einhaken. Hat Flämm mir alles erklärt.«
»Der gute Flämm«, knurrte Kroll. »Hoffentlich spürt er bald mal den kleinen Kortner auf. Falls der überhaupt noch lebt. Kommt mir jeden Tag unwahrscheinlicher vor.«
»Hab ich auch schon dran gedacht. Nachdem nicht mal Flämm aus diesem Vittorio was rausholen konnte ...«
»Schsch!«, zischte Kroll. »Du Riesenidiot wirst noch ...«
»Na ja, Chef«, flüsterte Taschner, »ich mein ja nur – wenn das Bürschelchen hier wirklich nicht versucht hat, für seinen Süßen Papiere zu besorgen, kann das eigent-

lich nur heißen, den hat er auch abgemurkst. Vielleicht in'n Zürichsee geschmissen, und wir Trottel graben immer noch die ganze Schweiz um.«
»Abwarten«, sagte Kroll.
Und wieder Schweigen. Knarrendes Stöhnen, von einem Stuhl vielleicht. Dann Geraschel. Mit geschlossenen Augen glaubt Georg zu sehen, wie Kroll in seinen Schnellheftern blättert. Worauf warten die beiden? Frost züngelt über seine Beine. Worauf hofft Kroll? Dass er mürbe wird und stammelnd zu beichten anfängt, weil er nicht mal diese kleinen Peinigungen erträgt? Das wäre lächerlich. Und was sollte er übrigens gestehen? Unangenehm ist, dass er pinkeln müsste, aber niemals bitten würde, dass man ihn zur Toilette führt. Hat er eigentlich nicht gewisse Rechte? Beispielsweise spürt er auch, so seltsam es klingt, wirklichen Appetit. Wann hat er zuletzt was gegessen? Wenn er die Augen öffnet und schräg nach unten späht, glaubt er huschende Schatten zu sehen. Ob Taschner ihn wirklich schlagen wird? Ganz ruhig. Wenn nur dieses Frösteln aufhören würde. Wenn nur diese hart kratzenden Schauder nicht unablässig über seine Kopfhaut, seinen Rücken und hinten über die Beine schabten, fast wie mit Klingen, sodass sich die Haut schon halb taub, halb wund anfühlt. Was ist das jetzt? Ratschend wird ein Zündholz entflammt, dann mischt sich bitterwürziger *Gitane*-Qualm unter den Stumpengeruch. Dazu Gähnen.
»Ein Glück«, murmelt Taschner, »dass unser Kleiner Fluppen dabei hat. Weil mein Päckchen nämlich leer ist.«
»Seines ist so schwer, dass er drunter zusammenbricht ... Also, Kroning«, schrie Kroll plötzlich los. »Wirst du jetzt endlich antworten, Ratte?«
Georg in seiner blendenden Zelle stammelte: »So dürfen Sie mit mir nicht reden.«
»Darf ich nicht? Weil du's mir verbietest, wie? Oh nein, Kroning, das in Zürich war nur Vorgeplänkel. Jetzt geht's richtig los.«
»Was soll das heißen?« Seine Stimme zitterte, und höhnisch hallte ihr blechernes Echo. Was hatte Kroll vor? Eine Stimme tief in ihm schrie diese Frage – *was hatte er vor?*
»Taschner.« Nur den Namen. Taschner grunzte. Dann Scharren von Stuhlbeinen, Schritte, alles verschwommen, gedämpft. Wasser rauschte.
»Also hör zu, Kroning. Ich stelle dir ein paar einfache Fragen. Du brauchst nur mit ja oder nein antworten. Taschner steht übrigens hinter dir. Unser Spiel ist ganz einfach. Jedes Mal, wenn du auf eine Frage nicht antwortest, wenn du auszuweichen versuchst oder wenn ich den Eindruck habe, dass du lügst, gebe ich Taschner ein Zeichen. Was das Zeichen bedeutet, wirst du dann merken.«
Er räusperte sich und raschelte wieder mit seinen Blättern. Schräg nach unten spähend, glaubte Georg Taschners Schatten zu erkennen. Der Kerl schien mit gespreizten Beinen hinter ihm zu stehen. Was er probeweise durch die Luft zischen ließ, war zu breit und flatternd, um einfach eine Peitsche zu sein.

»Warst du am Samstag bei eurem Waldhaus, Kroning?«
Georg spürte, wie sich seine Muskeln in Erwartung des Schlages am ganzen Körper verkrampften. In rasender Folge jagten die kratzenden Schauder über seine Kopfhaut, seinen Rücken und hinten über die Schenkel, und noch nie in seinem Leben hatte er derart gefroren. Obwohl er die Kiefer zusammenpresste, hörte er, wie seine Zähne klackend gegeneinander schlugen.
»Was sagst du, Kroning? Ja oder nein?«
»N-nein.« Dass ihn der Schlag von *vorn* traf, breit über seine Brust klatschend, war ein Schock, beinahe schlimmer als der Hieb selbst, auf den er gefasst gewesen war. Womit hatte Taschner ihn geschlagen?
»Eiskaltes Wasser, Kroning«, sagte Kroll.
Frostige Tropfen rannen ihm über die Brust, den Bauch, den er erschauernd einzog. Er spürte, wie die Tropfen unter seinem Gürtel durchschlüpften und über seine Beine liefen.
»Ganz einfach Eiswasser, kleine Ratte. Wir prügeln dich mit einem nassen Lappen durch. Alles andere wäre zu viel der Ehre für einen Kerl, der die eigenen Eltern umbringt. Hat außerdem den Vorteil, dass auf deiner zarten Haut keine Striemen bleiben. Allerdings wirst du dir eine fürchterliche Erkältung holen.«
»Halb so wild, Kroll.« Er brachte es fertig, mit fast normal klingender Stimme zu reden. »Vielleicht sagen Sie mir jetzt endlich, was Sie von m-mir w-wollen.«
Was ihn bei den letzten Worten packte, war fast schon Schüttelfrost. Plötzlich bibberte er am ganzen Leib wie eine absurde Skulptur aus feucht glänzendem Gelee. Er versuchte stillzustehen, indem er die Beine durchdrückte, aber die schlackerten einfach weiter, während er im Gesicht brennende Hitze spürte.
»Die Frage fällt dir ein bisschen spät ein«, sagte Kroll gemütlich. »Du scheinst ziemlich gut zu wissen, weshalb wir dich eingeladen haben. »Übrigens fürchte ich, die Klimaanlage ist nicht ganz in Ordnung. Schlimm, wie schnell so ein Kellerloch auskühlt. Taschner und ich haben ja dick gefütterte Wintermäntel übergezogen. Aber du, halb nackte Ratte? Wenn du schnell redest, schrammst du vielleicht gerade noch mal an 'ner Lungenentzündung vorbei. Also *next question* ... Taschner?«
»Moment noch, Chef. Muss hier grad mal was ...«
Wieder spähte Georg schräg nach unten und glaubte zu sehen, wie Taschner von vorn einen spitzen Schuh zwischen seine Füße schob, das Knie anwinkelte und seine Beine auseinander drängte. Was hatte das zu bedeuten? Seine Füße und Beine waren längst taub und seine Augen im gleißenden Licht halb zugeschwollen, sodass er fast nur noch Blitze sah, auch wenn er den Blick aus der blendenden Zelle zu Boden senkte. Taschner schien zurückzuweichen, wobei er murmelte: »Alles klar, Chef.«
»In Zürich«, sagte Kroll, »hast du mir erzählt, du würdest zu deinen Eltern fahren, weil sie dir bei deinen verrückten Geschäften helfen wollten. Von diesem Härtel weiß

ich, dass du nicht weniger als eine Viertelmillion zusammenkratzen musstest. Jetzt sag mir doch bitte, Ratte – hat Papa seine Portokasse aufgeklappt und dir zweihundertfünfzig Scheinchen auf den Tisch geblättert?«
»D-das n-nicht«, klapperte Georg, »aber ...«
»Ja oder nein!«, brüllte Kroll.
Im gleichen Moment spürte Georg, wie der nächste Schlag klatschte – diesmal hatte Taschner von unten zwischen seine Beine gezielt, und da Georg sich im Reflex vorgekrümmt und die Beine zusammengepresst hatte, zerrte Taschner keuchend an dem nassen Lappen, der zwischen Georgs Schenkeln feststeckte.
»Gib schon her, Terrier«, krächzte er dazu. Und nachdem er sich losgerissen hatte: »Sieht aus, als ob er sich bepinkelt hätte, Chef. Und da grämt sich unsereins wegen seiner Kinderstube.«
Mit der linken Hand tastete Georg hin und spürte, dass seine Hose vom Gürtel bis zu den Knien mit eiskaltem Wasser durchtränkt war. »Kr-kroll, hören S-sie ...«
»Halt's Maul, nasse Ratte«, fuhr Taschner ihn an.
Angst flatterte in ihm hoch und hämmerte gegen seine Rippen. Zum ersten Mal begriff er in voller Konsequenz, dass Kroll ihn vernichten wollte. Der Vertrag, dachte er, sofort ... in seiner Jacke, linke Brusttasche ... Er musste Kroll erklären ... Da der andere anzunehmen schien, dass er wegen dem *Irrläufer*-Geld ... irgendwie mit einem Seil ... Aber er konnte beweisen ... »Mein V-vater, Kroll ... d-der V-v-vertrag ...« Er stammelte, mit fremd klirrender Stimme, mit unbeherrschbar klappernden Zähnen, sodass er selbst sich kaum verstand. »Hö-hören ß-ßie doch ...«
Krolls Lachen klang nach hämischer Verblüffung.
»Hö-hören ß-ßie ... ich k-kann p-pfeißen ...«
Sie befahlen ihm nicht einmal mehr zu schweigen. Ruhig sahen sie zu, wie er in seiner lichtflirrenden, eisklirrenden Zelle sich sinnlos abmühte, wie seine tauben Lippen die Wörter zermalmten zu unverständlichem Gelall.
»Kr-roll, p-pitte ...«
Keine Antwort. Irgendwo Gezischel, wie von unterdrücktem Gelächter. Georg verstand jetzt, glaubte zu verstehen ... Sie wollten ihn umbringen, einfach so. Sie quälten ihn nicht, damit er mürbe wurde und irgendwas gestand, sondern einfach so, weil es vielleicht ihrem irren Sinn für Gerechtigkeit entsprach. Sie demütigten ihn, nannten ihn *Süßer, Ratte* und Schlimmeres und klatschten ihm nasse Lappen zwischen die Beine, damit er begriff, dass er völlig in ihrer Hand war. Sie waren keinem Gesetz unterworfen, höchstens den Gesetzen von Krolls Irrsinn, den Spielregeln, die allein Kroll diktierte. Sie wollten gar nicht, dass er anfing zu reden, denn wenn er zu reden versuchte, schlugen sie ihn oder hörten nicht hin, und seine Fragen stellte Kroll so, dass man weder ja noch nein antworten konnte. Sie wollten nicht, dass er gestand, was denn auch. Dieses Geschwätz mit dem Seil hatten sie ihm nur so hingeworfen,

als giftigen Köder, damit er hoffte, dass sich das Missverständnis klären würde. Aber sie wollten gar nichts klären. Sie ließen ihn einfach erfrieren; kein Zweifel, sie wollten zusehen, wie er starb. Aber warum? Sie würden ihn verscharren, irgendwo hier unten in ihren Gewölben, und nie würde irgendwer erfahren, wo er geblieben, was aus ihm geworden war. Niemand würde je nach ihm fragen, keiner ihn vermissen, wer denn auch. Na ja, Margot vielleicht. Aber sonst? Niemand. Da kam ihm ein seltsamer Gedanke. Scheinbar wäre er ja gar nicht tot, nicht verschollen, nicht an einem Junimontag fünf Uhr früh von der Bildfläche gewischt. Denn Alex wäre dann am Ziel. Endgültig würde er in die Georg-Kroning-Identität schlüpfen und vielleicht von der Schweiz aus irgendeinen Advokaten anheuern, der die Erbschaft für ihn abwickelte. Wirklich, Alex, das würdest du tun? Natürlich.

»Kr-roll?«

Nein, nichts ... Plötzlich spürte er eine wütende Sehnsucht nach Alex – nach dem Alex, den es nicht mehr gab, nach seinem frech-trotzigen Lächeln, seinen meergrün schimmernden Augen, die für immer hinter der Georg-Maske verschwinden würden. Er glaubte zu fühlen – selbst wenn sie ihn jetzt umbrachten, wenn Alex in seine Identität schlüpfte, dann war es doch nicht *er*, dann war es immer noch Alex, der sich opferte, dann war es Alex, der sich aufgab, auslöschte, während Georg in ihm und statt seiner überlebte ... Was hieß das?

Halb kam er zu sich und merkte, dass ihn Schüttelfrost gepackt hatte, der ihn bärenhaft plump auf tauben Füßen tänzeln ließ, während seine Zähne wie Billardkugeln klackten. Aber was war das?

Plötzlich erlosch das Licht. Oder etwa nicht? Er war nicht sicher, ob er wirklich die Augen geöffnet hatte, doch Dunkelheit umzuckte ihn, an glühenden Fäden zitternd, und Kroll sagte: »Hol ihn aus dem Kasten, Taschner. Zeig ihm, dass er spinnt.«

Was zum Teufel sollte das bedeuten? Taschners Schritte klackten herbei; über ihm ertönte eine Art Stöhnen, wie von einer Seilwinde.

»In den nächsten Minuten werden Sie nicht viel sehen, Kroning. Um so größer wird dann Ihre Überraschung sein.«

Wieso hieß es jetzt auf einmal wieder *Sie* und *Ihre*, warum nannte ihn Kroll beim Namen und nicht einfach *du* und *nasse Ratte*? Georg blinzelte, aber er war immer noch nicht sicher, ob er die Augen aufriss oder zusammenkniff und ob das Stöhnen bedeutete, dass Taschner den Blechkasten wieder unter die Decke gehievt hatte. Er glaubte zu spüren, wie der Schüttelfrost sich abschwächte, doch weiterhin schlotterte er wie eine Marionette, an deren Fäden ein Tobsüchtiger zerrte.

Plötzlich merkte er, dass er taumelnd losgelaufen war, aber er begriff nicht, wieso, da er selbst nicht mal versucht hatte, sich in Bewegung zu setzen.

»So is' es brav, Jüngelchen. Schlotterst ja wie so'n Stotterbock ... Jetzt bleib mal stehen, ja, hier. Und spüren tust du immer noch nix?«, erkundigte sich Taschner.

Georg schüttelte schwach den Kopf – oder hoffte, er hätte ihn geschüttelt.
»Is' ja nicht zu fassen.« Taschner johlte. »Ha'm Sie so was schon mal erlebt, Chef? Du spürst wirklich nichts, Kroning? Und sehen tust du auch nichts? Aber hören kannste wenigstens noch, oder? Also dann hör zu. Seit zwei Minuten mach ich an deinem Dingsda rum, ich zieh dran, verstehst du, weil das Ding ...«
»Das reicht«, knurrte Kroll. »Sieh zu, ob du in der Kantine Kaffee auftreibst. Und Sie, Kroning, sperren jetzt Ihre zauberhaften Augen auf. Na los, sehen Sie sich an, schauen Sie sich um!«
Gehorsam schlug Georg die Augen auf. Er stand dicht vor Krolls Schreibtisch. Wie zuvor saß Kroll auf der anderen Seite im Drehsessel, die Hemdsärmel aufgekrempelt, den Hut schief auf dem Kopf. Der übel riechende Stumpen, den er mit gelben Zähnen festhielt, wippte qualmend zwischen den Schnauzbartspitzen. Links neben Georg lehnte Taschner am Tisch, im hautengen, ärmellosen Shirt, in das rot züngelnde Schlangen eingefärbt waren.
»Ziemlich heiß heute, Jüngelchen.«
Kroll hatte Schweißflecken unter den Achseln. Taschner hob ein graues Tuch hoch und wischte sich breit übers Gesicht, auf dem frischer Schweiß schimmerte.
»Was glotzen Sie denn so, Kroning?«, höhnte Kroll. »Man könnte ja glatt glauben, dass Sie Wintermäntel suchen! Jetzt hören Sie schon auf mit diesem törichten Gefröstel! Oder könnte es sein, dass Sie sich nach nassen Lappen sehnen? In diesem Fall möchte ich Sie bitten, Ihre exzentrischen Beinkleider zu inspizieren.«
Langsam ließ Georg seinen Blick an sich heruntergleiten – über seine Brust, seinen Bauch, die nackt, mager und völlig trocken waren; dann über seine Hose, wobei ihm schon dämmerte, dass niemand sie mit eiskaltem Wasser durchnässt hatte.
»Ehrlich, Jüngelchen«, sagte Taschner mit Schafsgesicht. »Es gab keinen nassen Lappen, nur dieses Tuch, das hier zufällig rumlag, weil's vielleicht die Putzfrau nach'm Staubwischen verschusselt hat.« Dazu ließ er das Tuch in der Hand flattern, sodass Georg sah, wie der Staub aufflog.
»Aber ich verstehe nicht ... Wie haben Sie das angestellt, Kroll?«
»Was, angestellt!«, echote Kroll. »Wollen Sie mich auch noch für Ihre perversen Fantasien verantwortlich machen? Worauf wartest du, Taschner, willst du nicht endlich Kaffee holen gehen?«
Taschner verschwand durch eine der Schranktüren, hinter der sich anscheinend weitere Gewölbe verbargen. Georg beobachtete zerstreut, wie die Tür zuschwang, während Taschners Schritte sich entfernten.
Im Moment war er nicht einmal wütend auf Kroll oder Taschner. Was er empfand, war ein Gemisch aus Beschämung, weil die beiden ihn bloßgestellt hatten, und einer Art Grauen vor sich selbst, da die inneren Bilder offenbar schrankenlose Macht über ihn besaßen. Während er sich eingebildet hatte, dass er über geheimnisvolle Kräfte

verfügte, die die Wirklichkeit zwangen, sein Inneres abzuspiegeln, kroch nun die Ahnung in ihm hoch, dass er gar nicht imstande war, irgendetwas wahrzunehmen, das den Spiegel zersplittern ließe. Aber was hieß das? Er hatte doch wirklich keinen Finger gekrümmt, um ... Er hatte doch damals wirklich nur gedacht – *Mieser Erpresser, stirb!* – worauf die Vaganten mit ihren langen Stangen ... Und immerhin hatte er wirklich nur zwanzig Jahre lang gebetet – *Bitte, Tod, komm doch und hole Papa* – worauf die morsche Tanne über den Schotterweg gestürzt war und ...
Oder nicht? Warum hatte Kroll mehrfach auf einem ominösen Seil herumgehackt? Wollte er vielleicht behaupten ...? Georg wandte sich um und spürte, wie Krolls Blick sich in seinen Rücken bohrte, dessen magere Nacktheit er auf einmal beschämend fand. Nein, sah er, unter der niedrigen Decke, wo die Blechlampe schaukelte, gab es keine eisernen Haken, keine Ketten, um störrische oder halb ohnmächtige Häftlinge unter den blendenden Blechkästen festzuketten, während der entfesselte Taschner sie mit Peitschen oder nassen Tüchern schlug. Aber was hieß das? Womöglich hieß es, dass der ganze Horror aus ihm selbst kam, aus seinem spiegelnden Innern, aus dem er aber längst nach draußen geschwappt, in die Wirklichkeit übergeschnappt war. Auch wenn er sich bloß eingebildet hatte, dass Kroll ihn hier im Keller einfach killen wollte – dass drei, vier, fünf Menschen umgekommen waren und dass Kroll ihn verdächtigte, in mehrere Morde verwickelt zu sein, war bestimmt keine bloße Fantasie. Die tickende Wanduhr über dem Schreibtisch zeigte auf zwanzig vor sechs. Demnach hatte Krolls Frost-und-Wasser-Komödie nur wenige Minuten gedauert, da sie gegen halb sechs hier eingetroffen waren.
Die bleichen Arme wie verquollene Seile über die Blechfläche streckend, sagte Kroll: »Sie haben Ihre Eltern umgebracht, Kroning. Kann sein, dass Sie's nicht so richtig bemerkt hatten bis jetzt. Sie sind völlig übergeschnappt, und Ihre Verdrehtheit ist von der gefährlichen Sorte. Aber soweit waren wir ja schon in Zürich. Sie bilden sich Dinge ein, die nicht wirklich passieren, und auf der anderen Seite machen Sie Sachen, die Sie vielleicht nicht richtig mitkriegen. Beispielsweise zerren Sie morsche Tannen über Schotterwege, kurz bevor der elterliche Mercedes angerast kommt. In jedem Fall haben Sie blendende Chancen, Kroning – und zwar, in die Kriminalgeschichte einzugehen. Einen Irren, der wegen einem *Amüsierspiel* ein Blutbad anrichtet – ich glaube, so was hatten wir noch nicht.«
In diesem Moment schrillte das Telefon. Kroll riss seinen Hut vom Kopf und knallte ihn auf den Schreibtisch, bevor er nach dem Hörer schnappte. »Ja, Flämm? Was Neues? ... Ach, Sie schon wieder, Sieburg. Woher haben Sie denn ...? Ja, ja, ja. Sie dürfen – Sie können – Sie wollen ... weiß ich alles doppelt so gut wie Sie ... Ja, natürlich ist der hier. Die Sache ist praktisch gelaufen ... Was? Zum Teufel mit Ihren schusseligen Forstarbeitern!«, brüllte er.
Dann lauschte er eine halbe Minute stumm und düster in den Hörer, während Georg,

die Arme vor der nackten Brust verschränkt, im Gewölbe auf und ab ging. Irgendwer schien Kroll Schwierigkeiten zu machen, und zwar offensichtlich im Mordfall Kroning. Forstarbeiter? Konnte es sein, dass die mit einem Seil ...? Kroll jedenfalls schien an dieser Theorie keinen Gefallen zu finden. Er warf sich im Drehsessel zurück, wobei er schnaubte: »Sie sind ein Trottel, Sieburg. Ein Trottel von einem Provinzpolizisten, und basta!«
Kroll zwinkerte ihm zu, und Georg begriff, dass der blendende Blechkasten nicht zuletzt Krolls Rache für die berühmte Züricher Nudel-Episode darstellte.
»Hören Sie zu, Sieburg. Was glauben Sie, warum ich mir die Mühe gemacht habe, Ihnen haarklein zu erklären, dass die Mordfälle Prohn und Kroning ... Wie? Fangen Sie schon wieder mit Ihren Waldschusseln an? ... Abgesehen von dem Mordfall Peter Martens, den Ihr Kommissariat vor Jahren ungelöst ... Allerdings! Und ich werde sogar beweisen ...« Er wandte sich ab, schob eine Hand über die Muschel und nuschelte: »... vermutlich Erpressung ... irgendwo ins Wasser ... gedungene Mörder ... Erkennen Sie nicht? Und weiter? Mir kommen die Tränen, lieber Inspektor .. Ja, ganz bestimmt. Soll ich jetzt weinen? Dass Sie von unserem Laden nichts halten, ist absolut Ihr Pro... Was wollen Sie? Jetzt, sofort? Nein, natürlich haben wir nichts zu verbergen ... Von mir aus ... Aber klar, dem geht's prächtig. Steht vor mir, hold und lächelnd wie immer ... Herrgott, ja! Dann kommen Sie eben vorbei!«
Zornrot knallte er den Hörer zurück und wälzte sich aus dem Sessel. »Kennen Sie diesen Sieburg, Kroning? Kriminalinspektor Sieburg von Ihrem heimatlichen Revier? Ein herzensguter Mensch, ich verstehe nur nicht, warum er ausgerechnet zur Polizei gegangen ist. Na ja, Sie werden ja sehen. Und vor allem werden Sie hören. Moment mal, bitte.« Er beugte sich über den Schreibtisch, griff erneut zum Telefon. »Kantine? Ja, Kroll hier. Der Taschner noch bei euch? Sag ihm, er soll'n Hemd mitbringen und einen vierten Kaffee. Ja, Mensch wissen Sie nicht, was ein Hemd ist? Das sind so Blusen für Leute ohne Busen, kapiert? Taschner weiß schon Bescheid. Und soll sich beeilen. Küss die Hand.«
Wieder knallte er den Hörer zurück. Mit vorquellendem Bauch, der wie immer über dem Gürtel wogte, kam er hinter dem Schreibtisch hervor, wobei er Georg mit einem nachdenklichen Blick streifte.
Georg lächelte schief zurück. Irgendwie mochte er den anderen, der wie er selbst ein ausgefuchster, mit vollem Risiko vorpreschender Spieler war, während Leute wie seine Eltern nicht mal die Regeln zu begreifen schienen.
Auf dem Schreibtisch, neben Krolls Hut, lag sein *Gitanes*-Päckchen, aus dem Taschner sich vorhin bedient hatte. Georg ging hin, zündete sich eine an und atmete gierig den grauen Qualm ein. Dicht neben ihm stand Kroll, und Georg murmelte: »Mit einem Seil, sagen Sie? Jemand hat die Tanne mit einem Seil über den Schotterweg gestürzt? Und dieser Sieburg glaubt, dass ein trotteliger Forstarbeiter ...?«

Schräg unter ihm glänzte Krolls Glatze, von der sich der graue Haarkranz absträubte, Wer war eigentlich Kroll?, überlegte Georg. Ob er verheiratet war, ob er Familie und womöglich eine ganze Schar halbwüchsiger Kinder hatte? Nein, die Vorstellung war lächerlich. Kroll gehörte in Gewölbe wie dieses hier, wo es nach Schimmel und Lackfarbe roch. Kroll pirschte, fahndete, lauerte, schnüffelte, wühlte und verleumdete Tag und Nacht, und wahrscheinlich bedauerte er, dass die Tage zu kurz, die Nächte zu eng waren – wie auch Georg, wenn er versunken an seinen Spielen arbeitete, die Stunden nur schnell und dunkel vorüberhuschen sah. Kaum, dass man sich Kroll schlafend vorstellen konnte oder gar, wie er sich müde in einen Sessel schob und in einem Buch zu blättern versuchte. Ob Kroll Freunde hatte, ob er sich irgendwem anvertraute? Ach was. Und Kroll als Liebhaber, der galant grinsend Blumenbüschel aushändigt und zu späterer Stunde diskrete Reißverschlüsse aufzirpt? Ganz unvorstellbar. Lächelnd dachte Georg, wenn Kroll sein Blut zu laut rauschen hörte, wenn fieberfarbene Bilder sich vor seine Augen schoben, trottete er höchstwahrscheinlich in ein plüschiges Bordell, wo er sich zwischen türkischen Dämpfen von kundigen Fingern beschwichtigen ließ ... *Mama ist tot, und tot ist auch Papa* ... Wenn man wollte, konnte man diese Worte trällern.

Während er sich vorbeugte, um seine Kippe auszudrücken, fiel ihm ein, dass er Kroll endlich von dem Schenkungsvertrag erzählen musste. Aber dafür war es erst einmal zu spät. Hinter der Tür trappelten Schritte.

»Ah!«, machte Kroll, aus irgendwelchen Grübeleien erwachend.

Die Tür schwang auf, Taschner trat durch den Rahmen und zischte: »Achtung, Chef!« Er balancierte ein Tablett mit vier dampfenden Plastikbechern. Unter seinem linken Arm klemmte ein schwarzes Hemd, das er Gott wusste wo aufgetrieben haben mochte, zumal es noch in Plastikfolie verpackt war. Hinter ihm schlüpfte ein noch junger Mann mit zerzaust-brünetten Haaren ins Gewölbe, der ziemlich erhitzt wirkte und seine Umgebung mit zornigen Blicken maß.

»Tut mir leid, Chef«, murmelte Taschner.

»Idiot!« Worauf Kroll sich säuerlich lächelnd an den Brünetten wandte: »Mein lieber Inspektor Sieburg, treten Sie doch bitte ein, Sie kommen genau richtig. Bis jetzt haben wir mit unserem alten Bekannten nur ein wenig geplaudert – Privates, fast Intimes, verstehen Sie?«

»Das kann ich mir kaum vorstellen«, stieß Sieburg hervor. »Was haben Sie mit dem Jungen angestellt?«

Seine Gereiztheit, oder was es sein mochte, wirkte übertrieben und fast unverständlich, sodass auch Georg den schmächtigen Inspektor mit verblüfftem Lächeln maß. Dazu kam, dass Sieburg geschminkt wirkte; prangend rote Lippen schwollen und nahezu schwarze Augen glühten in seinem länglichen Gesicht, das einen unveränderlichen Ausdruck zornigen Erstaunens zeigte.

»Wollen wir nicht Platz nehmen?«, säuselte Kroll.
Sieburg, der in eierfarbenes Leinen gekleidet war, schüttelte den Kopf und schoss auf Georg zu. »Herr Kroning? Zuerst einmal mein aufrichtiges Beileid zu dieser erschütternden Tragödie. Ihren Vater habe ich gekannt.«
Dazu grapschte er nach Georgs Hand, die er heftig schüttelte, obwohl Georg überhaupt nicht reagierte. Kroll und Taschner lehnten am Schreibtisch, wo sie ihre seltsam verlegenen Gesichter hinter den Plastikbechern versteckten.
»Womit haben diese Leute Ihnen zugesetzt?«, rief Sieburg. »Ich versichere Ihnen ...«
»Wieso denn zugesetzt?« Georg lächelte.
»Schließlich hat man Ihre Kleidung ... und jetzt dieses neue Hemd ... Offenbar versucht man zu vertuschen ...«
»Mensch, Sieburg, spiel dich nicht so auf«, maulte Taschner hinter ihm. »Ich kenn dich noch von der Polizeischule her. Warst damals schon so'n kleiner Pedant und 'n richtiger Klugscheißer. Dolle Karriere haste aber offenbar nicht gemacht.«
Sieburg fuhr herum. »Und du, Taschner? Das nennst du Karriere? Meinst du, ich weiß nicht, dass du letztes Jahr praktisch schon entlassen warst, als ausgerechnet Kroll sich für dich eingesetzt hat? Leute wie du oder Flämm haben bei der Polizei nichts zu suchen. Disziplinarverfahren, Strafversetzungen, immer wieder Skandale, die die Polizei in Verruf bringen. Verhörmethoden, die hart an Folter streifen, oder voreiliger Schusswaffengebrauch. Wie viele Menschen hast du schon erschossen, Taschner?«
Feixend hob Taschner die Schultern und fing an, mit aufspringenden Fingern imaginäre Leichen zu zählen. Bei jeder Bewegung zuckten die Schlangen auf seiner Hemdbrust, die sich wie wirkliche Tätowierungen unter dem Spiel seiner Muskeln wanden. Sieburg nahm sich einen Plastikbecher vom Tablett und schlürfte zornig Kaffee. Die Farbe seines Gesichtes war braunrot, und seine Lippen, zu prall gespannt, um sich wirklich zu schließen, klafften ständig halb auf, bereit, irgendeine Anklage hervorzuschleudern. Er war bestimmt kaum über dreißig; an seiner rechten Hand glänzte ein Ehering auf, als er anklagend auf Kroll zeigte. »Wir beobachten seit Jahren, wie Sie systematisch üble Figuren um sich versammeln und Ihr Sonderdezernat immer mehr außer Kontrolle gerät. Es ist eine Schande, in unserem Staat eine regelrechte Geheimpolizei, aber das ...«
»Jetzt mal langsam«, unterbrach ihn Kroll. »Ihr Temperament in Ehren, aber wovon reden Sie überhaupt? Taschner, gib Kroning das Hemd rüber, er soll sich anziehen. Und Sie, wertester Sieburg, verraten mir bitte mal, wer sich hinter Ihrem hochtrabenden *Wir* verbirgt. Sie sagten – *wir* beobachten irgendwas?«
»Allerdings«, zischte Sieburg. Und dann in feierlichem Tonfall: »Zusammen mit einigen Gleichgesinnten habe ich vor Jahren eine *Initiative demokratische Polizei* gegründet. Wir dokumentieren gewisse Übergriffe, Auswüchse; wir verfassen Resolutionen, wirken auf den Gesetzgeber ein ... Was haben Sie denn?«, unterbrach er sich.

Krolls Gelächter klang ziemlich entgeistert. »Ach du lieber Himmel!«, sagte er. »Hörst du, Taschner? Ein Missionar weilt unter uns! Sie verfassen also Resolutionen, wie? Sie hocken in diesem Nest von Lerdeck, in Ihrer Fachwerkhütte von einem Kriporevier, unten plätschert dieses Flüsschen vorbei, und anstatt sich die Hände mit normaler, ehrlicher Polizeiarbeit dreckig zu machen, schmieren Sie irgendwelche Litaneien hin, die sowieso kein Aas liest. Sie sind noch bedeutend dümmer, als ich gedacht hatte. Machen Sie mal Platz da.«
Er schubste den Inspektor beiseite, klappte seine Zigarrenkiste auf und schnappte sich einen extradicken Stumpen, den er mithilfe einer enormen Zündholzschachtel in Brand setzte. »Übrigens waren Sie es doch«, paffte er den anderen an, »der vor vier Jahren die Untersuchung im Mordfall Peter Martens geführt hat. Ziemlich dünne Akte, würde ich sagen; steht eigentlich nur drin, dass der Kerl tot und die Polizei doof ist. Diese Foltergeschichte war wohl nichts für Ihr zartes Poetengemüt, wie?«
Sieburg zupfte an seinem eierfarbenen Kragen. »Sie werden mir nicht erzählen wollen, Kroll, dass Sie in Ihrer grandiosen Laufbahn keinen einzigen Fall ungeklärt weglegen mussten. Diese Martens-Geschichte geht mir heute noch nach – ich habe den Jungen gekannt. Er kam aus schwierigen Verhältnissen, ein Krüppel, fast ein Zwerg. Hatte sich mit bewundernswerter Zähigkeit bis aufs Gymnasium vorgearbeitet und ist über Nacht abgestürzt, als er bei einem dilettantischen Raubversuch geschnappt wurde. Sein Vater saß im Gefängnis, und offenbar hatte die Mutter ihn unter Druck gesetzt, Geld herbeizuschaffen. Na ja, und später hat er dann mit Drogen angefangen, ist völlig verwahrlost – ein kleiner Dealer, der im Frankfurter Bahnhofsviertel in einer Spelunke namens *Chinesischer Ballon* untergekrochen war. Übrigens habe ich damals mit Frankfurter Kollegen zusammengearbeitet. Aber wir konnten nie wirklich aufklären, wie Martens diesen Landstreichern in die Hände gefallen ist. Es gab Spekulationen, natürlich, aber ... Ich verstehe immer noch nicht«, fiel ihm plötzlich ein, »warum Sie sich auf einmal für diesen kalten Fall interessieren.«
»Weil ich gerade dabei bin«, höhnte Kroll, »Ihren kalten Fall aufzuklären. Das ist für Leute wie mich wirklich nur 'ne Kleinigkeit. Machen wir ganz beiläufig, kapieren Sie, während wir uns hauptsächlich mit morschen Tannen und ähnlichem Kram befassen. Nebenher bringen wir auch noch Licht in die berühmte Prohn-Affäre, über die ich Ihnen gestern schon länger gepredigt habe. Also setzen Sie sich endlich auf Ihren Hintern, Sieburg, und hören Sie meinetwegen zu, wenn der kleine Kroning jetzt wohlklingend lossingt. Und wenn Ihnen irgendwas nicht passt, dann machen Sie sich eine Notiz für Ihre Resolutionen. Okay?«
Zögernd wandte sich Sieburg zu Georg um, der das Hemd aus dem Plastik gepackt, eine Menge Nadeln aus dem Stoff gezogen und das Hemd übergezogen hatte. In einer Ecke entdeckte er seine Sandalen. Seine Jacke, vornehm zerknittert und leuchtend weiß, hing schief über einer Blechtür. Von drei Augenpaaren schweigend be-

obachtet, ging er hin und nestelte sich die Sachen an. Als er hintastete, knisterte in seiner Brusttasche der Vertrag.

»Herr Kroning?«, fragte Sieburg leise. »Gibt es irgendetwas, das Sie mir sagen möchten? Wenn Sie wollen, können wir unter vier Augen sprechen. Hat man Sie unter Druck gesetzt? Ihnen Aussagen abgenötigt, die Sie so nicht vertreten können?«

»Aber nein.« Georg lächelte ihn an. »Wir sind auch noch nicht viel länger hier als Sie, und bisher weiß ich ehrlich gesagt noch gar nicht, was überhaupt passiert ist. Meine Eltern sind tot, das kommt mir noch ganz unwirklich vor. Offenbar vermutet Kroll, dass irgendwer ...«

»Wir können nicht ausschließen«, fiel ihm Sieburg ins Wort, »dass Ihre Eltern einem Verbrechen zum Opfer gefallen sind. Dass die Tanne nicht ohne Fremdeinwirkung umgestürzt ist, kann als sicher gelten. Wir haben Seilfasern in der Baumrinde gefunden, ungefähr in Höhe der Krone, und wir haben Schrammspuren in den Astgabeln des Baums entdeckt, neben dem die fragliche Tanne auf dem Felsplateau stand. Mutmaßlich ist jemand dort hochgeklettert, hat das Seil um den benachbarten Baum geschlungen und das lose Ende über die Felswand geworfen, sodass es vom Schotterweg aus bequem zu erreichen war. Da die Tanne seit langem abgestorben war und praktisch nur noch vom Geäst der Nachbartannen festgehalten wurde, konnte ein durchschnittlich kräftiger Mann den Baum problemlos in die Tiefe ziehen, zumal der Höhenunterschied von fast zwanzig Metern eine ideale Hebelwirkung sicherte. Und genau bis hierhin stimme ich meinem Kollegen Kroll zu.«

Immer noch spürte Georg dieses höfliche, leicht verzerrte Lächeln, das sich automatisch über seine Züge gestülpt hatte, als Sieburg zu reden anfing. Er ließ den Inspektor stehen und ging zum Schreibtisch, wo sein *Gitanes*-Päckchen lag. Kroll und Taschner lehnten noch am Tisch, Kroll paffte seinen riesenhaften Stumpen.

»Obacht, Chef gleich fängt der wieder mit seinen schusseligen Forstarbeitern an«, hörte er Taschner tuscheln.

Kroll schnaufte gereizt. Georg zündete sich eine *Gitane* an und sagte: »Sie glauben also nicht, Herr Sieburg, dass meine Eltern ermordet wurden? Ja, bitte, Taschner, bedienen Sie sich«, fügte er hinzu, weil Taschner begehrlich nach seinen Zigaretten schielte.

Sieburg blinzelte, sichtlich irritiert. »Beim jetzigen Ermittlungsstand«, sagte er, »halte ich beide Versionen für möglich. Die zuständige Forstbehörde ist berüchtigt für ihr organisatorisches Chaos. Erst im April hatten wir oben im Naturschutzgebiet einen schweren Unfall, da man nach umfangreichen Baumfällarbeiten ganz einfach vergessen hatte, das Holz von der Straße zu transportieren.« Und dann mit halbem Blick auf Kroll: »Mein Kollege Kroll hat gestern versucht, mich von einem angeblichen Zusammenhang zwischen dem Züricher Mordfall Prohn und dem Tod Ihrer Eltern zu überzeugen. Ich muss gestehen, diese Beziehung leuchtet mir bis jetzt nicht ein.

Das ist übrigens, Herr Kroning, auch der Grund dieser Auseinandersetzung zwischen Kroll und mir. Die Aufklärung der Umstände, unter denen Ihre Eltern ums Leben gekommen sind, ist zunächst einmal meine Aufgabe. Krolls *Sonderdezernat Internationales Kapitalverbrechen* könnte die Ermittlungen nur an sich ziehen, wenn er die Verbindung zu dem Züricher Verbrechen plausibel machte. Diese Verbindung sieht er in Ihren Geldschwierigkeiten. Das ist ein sehr wichtiger Punkt. Können Sie uns hierzu eine Erklärung abgeben? Sie begreifen doch, Herr Kroning, dass Sie sich ganz wesentlich entlasten würden, indem Sie jetzt ...«
»Aber ich verstehe nicht ...«
»Oh doch, Kroning«, brummte Kroll, »Sie verstehen nur allzu gut. Oder meinen Sie nicht, wenn Ihr Vater Ihnen wirklich die Viertelmillion rübergeschoben hätte, dass Sie uns schon vor einem Weilchen eingeweiht hätten? Wo wir uns doch so gerne mit Ihnen freuen würden.«
»Schon Ihr Ton«, rief Sieburg in wieder aufflammendem Zorn, »ist provozierend und eine Beleidigung für Herrn Kroning, dem Sie bisher nicht das Mindeste nachweisen können. Verstehen Sie mich nicht falsch«, wandte er sich leiser an Georg, »ich behaupte keineswegs, dass Ihre finanziellen Probleme, die mir ohnehin etwas mysteriös vorkommen, Sie in meinen Augen bereits erheblich belasten. Trotzdem wäre es in Ihrem Interesse, wenn Sie uns darlegen könnten, dass Ihre Geldschwierigkeiten – aus welchen Gründen auch immer – nicht mehr bestehen.«
Erwartungsvoll sah er Georg an, der seinen Blick ausdruckslos erwiderte und sich dann mit einem Schulterzucken abwandte. Kroll schnaufte amüsiert.
Während Georg versuchte, blitzschnell zu überlegen. Wenn er Sieburg halbwegs verstand, brauchte er jetzt nur zu erklären, dass er seine Geldprobleme gelöst hatte, und schon war Kroll aus dem Spiel. Warum zögerte er trotzdem, den Schenkungsvertrag wenigstens zu erwähnen? Im Augenblick überschaute er selbst seine Motive kaum. Er spürte nur, dass er eine Fülle guter Gründe hatte, und der Hervorstechendste war natürlich die Verzichtsklausel. Wenn er nun, um sich von Krolls Verdacht zu entlasten, den Vertrag vorwies, und nachher stellte sich heraus, dass ein schusseliger Forstarbeiter die Tanne auf dem Schotterweg vergessen hatte – dann trat trotzdem die Verzichtsklausel in Kraft, das Kroning-Vermögen wurde an Bettelvereine verschleudert, und in die Villa zog beispielsweise ein hustendes und schlurfendes Siechenasyl ein. Jetzt, da seine Eltern sowieso tot waren, dachte er, wäre er doch verrückt, wenn er freiwillig auf sein Erbe verzichtete. Dazu kam ...
»Was überlegen Sie denn, Herr Kroning? Ist da nicht doch etwas, das Sie mir sagen möchten?« Das war natürlich dieser Sieburg.
Georg schüttelte den Kopf. »Ich bin nur etwas müde und durcheinander.« Seltsamerweise saß er im Drehsessel hinter Krolls Schreibtisch und konnte sich nicht erinnern, wie er hierhergeraten war. Kroll und Taschner hatten sich in einem Winkel

zusammengeschoben, wo sie tuschelnd ihr weiteres Vorgehen abzusprechen schienen. Sieburg setzte sich auf den Blechstuhl, wo er die Arme über der schmächtigen Brust verschränkte und in Rächerpose verharrte.

Also dieser Schenkungsvertrag ... Dazu kam, dass ihn das Dokument in Krolls Augen nicht wirklich entlasten würde. Höchstwahrscheinlich würde Kroll wieder mal alles auf den Kopf stellen und von einem Verzichtsvertrag reden, der eine Schenkungsklausel enthielt. Aus den Trümmern des alten Mordmotivs würde er ein neues mauern, indem er einfach behauptete, Georg hätte seine Eltern umgebracht, weil die ihn enterben wollten. Und dazu kam überdies: Sogar auf kürzesten Reisen pflegte Georgs Vater alle wichtigen Papiere in einem Lederkoffer mitzuschleppen, der zweifellos genauso wie seine Eltern in der Waldschlucht verbrannt war. Solange Georg sein eigenes Exemplar zurückhielt, würde niemand erfahren, dass der Vertrag rechtskräftig unterzeichnet worden war. Wenn er allerdings irgendwann später mit dem Vertrag herausrückte oder wenn Kroll ihm sonst wie auf die Schliche kam, würde er erst recht annehmen, Georg hätte die Waldschluchtfalle gelegt, um seiner Enterbung zu entgehen.

Als er aufblickte, standen alle drei Kriminaler vor dem Schreibtisch und beobachteten ihn.

»Also fangen wir an«, sagte Kroll. »Verschwinden Sie von meinem Platz, Kroning.«

Georg stand auf. Mit einem Blick überflog er die bunt hingeworfenen Schnellhefter. Auf dem grauen Ordner stand *P. Martens – ungelöst*, auf einem grünen Hefter: *Zürich – Fall Prohn/Kroning/Kortner*. Ein wenig abseits lag eine flammendrote Mappe, und auf den Deckel hatte Kroll gekrakelt: *Kroning gesamt*.

»Kann 'ne lange Nacht werden«, maulte Taschner.

»Ich bin auf Ihrer Seite«, wisperte Sieburg.

Georg wich in die Mitte des Gewölbes zurück und sagte: »Besten Dank, Sieburg. Aber ich fürchte, dass Kroll zumindest in zwei Punkten recht hat.«

»Und die wären?«, fragte Sieburg.

»Zwischen Prohns Tod und der Waldschlucht-Geschichte besteht irgendeine Verbindung, die ich selbst noch nicht durchschaue. Und zweitens – ich glaub auch, dass meine Eltern ermordet wurden.«

Nach diesen Worten wurde es in dem Keller so still wie noch nie.

2

Irgendetwas hatte sich verändert. Aber was? Die runde Wanduhr über dem Schreibtisch tickte laut, scheinbar herzklopfend, und die Zeiger schlichen gegen sieben. Scheinbar war alles wie vorhin schon, als Georg wie der elendeste Gefangene unter Krolls und Taschners Teufeleien geächzt hatte. Der schräg stehende Schreibtisch, auf der Blechfläche Krolls runder Hut. Kroll selbst, vor dem Tisch lehnend, die Ärmel aufgerollt, die bleich-weichen Arme über dem Bauch verschränkt. Daneben Taschner, halb geduckt wie zum Sprung, die verschwommene Scheibe seines Gesichts in Verblüffung jetzt vollends zerfließend. Zwei Schritte abseits, auf halbem Weg zu Georg, der kleine Inspektor Sieburg – glutäugig, rotlippig, braunrot und sozusagen wütend brünett, aber im Moment auch er starr vor Erstaunen. Irgendwas hatte sich verändert. Aber was?
Georg lächelte, und zwar seit dem Ende des letzten Kapitels.
Während Sieburg regelrecht zu erbleichen schien. Er flüsterte: »Ich begreife nicht ...«
Wenigstens eine Minute lang hatte niemand was geflüstert, alle hatten nur gestarrt, und zwar auf Georg, der sich hinter diesem einfältigen Lächeln verschanzte.
»Wissen Sie was, Chef?«, jauchzte Taschner. »Das Jüngelchen liebt uns! Ich hab wirklich schon gedacht, wir wären raus aus dem Spiel.«
»Mund halten«, nuschelte Kroll. Man verstand ihn kaum, da er seine Lippen um den enormen Stumpen krampfte, der allerdings längst erloschen war.
»Das ist jetzt sehr ernst«, flüsterte Sieburg. »Ich habe die Prohn-Akte genau gelesen. Der einzige Zusammenhang, der sich überhaupt zwischen dem Mord in der *Rose* und dem Tod Ihrer Eltern herstellen lässt ...«
»Ja, Sieburg«, unterbrach ihn Georg herzklopfend, »das wird jetzt wirklich ziemlich ernst. Mir ist schon halbwegs klar, worauf Sie hinauswollen. Laut Kroll besteht dieser Zusammenhang in dem *Irrläufer*-Geld, das ich auftreiben musste, oder noch einfacher in meiner *gefährlichen Verdrehtheit*. Und Sie alle glauben jetzt, ich hätte eben schon ein halbes Geständnis geliefert. Aber das stimmt nicht.«
An Sieburg vorbei ging er zum Schreibtisch, wo Kroll und Taschner lehnten. Kroll schien vor Tücke zu funkeln. Georg schob sich zwischen die beiden und nahm das *Gitanes*-Päckchen vom Tisch. Er brauchte eine Zigarette, zündete sie an, und Taschner brauchte auch schon wieder eine. Als er sich umwandte, stand Sieburg allein mitten im Raum, fast unter dem blechernen Kasten von vorhin, der harmlos unter der Decke schwebte.
»Ich will endlich wissen, woran ich bin«, sagte Georg, und er zwang sich weiterzu-

reden, obwohl seine Stimme klirrte und zittrig klang. »Sie behaupten, Sieburg, zwischen dem Prohn-Mord und der Waldschlucht-Geschichte besteht überhaupt keine Verbindung. Wieso eigentlich? Würde mich wirklich mal interessieren.«
»Weil mir mein kriminalistischer Instinkt sagt ... Sind Sie verrückt geworden, Kroning? Hat Kroll Sie verhext oder was? Sie reden sich hier noch um Kopf und Kragen!« Kroll schnaufte.
»Ach was«, machte Georg, wobei er gierig an der *Gitane* sog. »Ich glaube ganz einfach, dass Kroll näher dran ist. Wie Sie die Sache anpacken, so hitzig und hackend, zerfällt alles in Stücke, aus denen keiner mehr schlau wird. In Zürich eine Messerstecherei im Prostituiertenmilieu, und dann in der Waldschlucht Ihr schusseliger Forstarbeiter. Glaub ich einfach nicht dran. Ich finde, oder ich spüre, dass Kroll besser begreift, was hier gespielt wird. Obwohl auch er ... Ich will Ihnen eins sagen, Sieburg. Es gibt verschiedene Leute – oder nein, es *gab* diese Leute, und jetzt sind sie tot. Ich habe ihnen den Tod gewünscht, und dann sind sie wirklich gestorben. Finden Sie das nicht unheimlich? Wo ich doch keinen Finger gekrümmt habe? Ich fange an, vor mir selber Angst zu kriegen – ich spüre doch auch, irgendwas stimmt nicht, eigentlich habe ich das immer schon gespürt. Und ich will, dass das alles jetzt aufhört.«
»Da hör'n Sie's, Chef«, murmelte Taschner.
Obwohl Georg spürte, dass er besser den Mund hielt, drückte er seine Kippe aus und ging langsam auf Sieburg zu, wobei er sagte: »Ich könnte es mir einfach machen, Sie haben das vorhin angedeutet – mich entlasten und so. Aber das wäre nicht einfach, sondern feige, und ich will das nicht mehr. Deshalb behaupte ich: Nein, als meine Eltern starben, hatte ich meine Geldschwierigkeiten noch nicht gelöst.«
»Was heißt das?« Sieburg riss die Augen auf. »Was heißt das – Sie behaupten?«
Auf einmal fühlte sich Georg schwindlig vor Erregung, Hunger und Müdigkeit. »Ich will, dass Kroll im Spiel bleibt«, sagte er leise. Er wandte sich zu Kroll um und fuhr beinahe flüsternd fort: »Eigentlich weiß ich immer noch nicht, weswegen genau Sie mich verdächtigen, Kroll. Hätte ich das denn schaffen können mit Alex? Ich meine, hätten wir die Viertelmillion zusammengekriegt ohne den Zwischenfall mit Prohn? Und was ist überhaupt in der Waldschlucht passiert? Ich will das jetzt alles wissen. Begreifen Sie das nicht? Vielleicht sehe ich klarer, wenn ich die ganzen Details kenne. Also los, Kroll, schmettern Sie Ihre Anklage, fangen Sie endlich an.«
Mit schleppenden Schritten ging er an Sieburg vorbei in die düstere Tiefe des Gewölbes, wo Taschner vorhin den Blechstuhl hingeschleudert hatte. An der Lehne zog er ihn ins Licht zurück, sackte drauf und wiederholte: »Fangen Sie an.«
Was empfand er in diesem Augenblick? Natürlich spürte er, dass er vielleicht den entscheidenden, den tödlichen Fehler gemacht hatte. Wieder flatterte die Angst in ihm hoch und schlug in der Herzgegend hart, schwer und schnell gegen seine Rippengitter. Wenn er halb die Augen schloss, glaubte er erregt wispernde Schatten zu sehen,

die über irgendeine Brücke huschten und sich kopfüber in eine Art Meer warfen, aus dem Schleier aufschwebten. Weg mit den Schleiern, spürte er. Und dann auch wieder diese raschen, schabenden Schauder, die ihm über die Kopfhaut, den Rücken und hinten über die Beine liefen, dass die feinen Körperhärchen sich beinahe schmerzhaft sträubten. Noch war es nicht zu spät. Warum verkündete er nicht einfach, dass sein Vater und er am Samstag den Schenkungsvertrag unterzeichnet hatten? Nein, nichts davon. Was er jetzt empfand, war sehr ähnlich dem Grauen, das er noch gestern angesichts der giftig gelb glänzenden Hornissen gefühlt hatte – ein grau bebendes Grauen, gemischt mit der Gier, sich den blind stachelnden Bestien nackt hinzuwerfen, damit die ihn peinigten, qualvoll durchbohrten und womöglich töteten – damit er endlich mal anfing, überhaupt irgendwas wirklich zu spüren. Beinahe beneidete er den alten Josef, der starr und verschwollen im brüchigen Schatten der Gärtnerhütte lag, nahe dem zerspaltenen Hornissentrichter, und von diesem Toten wusste außer ihm noch keiner was in diesem Raum.

»Das ist absurd«, sagte Sieburg. »Haben Sie dem Jungen Drogen gespritzt? So was habe ich in meinem Leben noch nicht gesehen – ein Verdächtiger, der praktisch darum bettelt, dass man den Verdacht gegen ihn nicht aufgibt, sondern nach Möglichkeit noch ausweitet.«

»Begreifen Sie denn immer noch nicht?«, rief Georg. »Dann hören Sie mal ganz genau zu ...« Er zögerte eine Sekunde und sagte dann rasch und zischend: »Ohne mich wären diese Verbrechen nicht verübt worden. Weiter kann ich dazu nichts sagen, denn mehr weiß ich selbst nicht.« Auf seiner Schläfe spürte er Sieburgs verblüfften Blick, und die kratzenden Schauder überliefen ihn immer schneller, sodass er andauernd wellenähnlich erbebte.

»Ach wo, Drogen«, knurrte Kroll. »Sie kennen den Kerl nicht, der ist immer so drauf. Obwohl die Wogen heute besonders hoch zu schwappen scheinen. Nicht mein Problem.« Und dann in leierndem Tonfall, wobei er sich sogar von Georg abwandte, um den Schreibtisch herumging und sich wieder in den Drehsessel warf: »Sie sind vorläufig festgenommen, Herr Kroning. Sie stehen unter dringendem Verdacht, Ihre Eltern ermordet zu haben. Außerdem beschuldige ich Sie, Alexander Kortner zu fortgesetzter Prostitution und zum Raub in mindestens zwölf Fällen gezwungen zu haben sowie mitschuldig am Tod von Alfred Prohn zu sein. Seit einer Woche ist Alex Kortner spurlos verschwunden. Wir verdächtigen Sie, auch hieran maßgeblich beteiligt zu sein, wobei noch nicht ganz klar ist, ob Sie dem Kortner zur Flucht verholfen oder ihn für immer zum Schweigen gebracht haben. Fünftens haben wir heute die Ermittlungen im Mordfall Peter Martens wieder aufgenommen. Sie sind verdächtig, zum Mord angestiftet zu haben, da Sie sich den Martens, mutmaßlich nach einer versuchten Erpressung, vom Hals schaffen wollten. Sie haben also recht, Kroning«, schloss er aufblickend, »es gibt einiges, worüber wir reden sollten.«

Alle starrten ihn an, Kroll und Taschner, Sieburg und dieser oder jener Geist. Georg merkte, dass er blass wurde, sein Mund trocken, sein Kopf klopfend. Obwohl er ein verächtliches Lächeln aufzusetzen versuchte, war er von Krolls Litanei beeindruckt. Besonders das *Fünftens* hatte so tückisch getönt und hallte noch höhnisch in ihm nach. *Sechstens: Josef,* ergänzte er in Gedanken. Aber wie wollte Kroll ihm nachweisen, dass er auch nur in eine dieser Affären wirklich verwickelt war? Vorhin hatte er gespürt, dass Kroll irgendwas gegen ihn in der Hand hatte. Aber jetzt redete er sich ein – ach was, der andere bluffte wieder mal.

»Meinetwegen«, murmelte er, »aber ich bestehe darauf ...«

»Ganz Ihrer Meinung«, fiel ihm Sieburg ins Wort. »Sie haben das Recht, die Aussage zu verweigern und einen Anwalt Ihres Vertrauens zuzuziehen.«

»Wieso einen Anwalt?«, echote Georg. »Ich wollte was anderes sagen. Ich habe seit Ewigkeiten nichts gegessen, Kroll. Vielleicht kann Taschner irgendwas besorgen. Außerdem«, schloss er, »müsste ich mal aufs Klo.«

»Aber natürlich, Kroning!«, rief Kroll. »Schließlich leben wir in einem Rechtsstaat pipapo, der sich die Befriedigung der menschlichen Bedürfnisse aufs Panier geschmiert hat. Also Taschner, du legst unserem Gast sein Geschmeide um und geleitest ihn zum Pissoir. Anschließend besorgst du was zum Essen – meinetwegen Blutwurst oder Hirnsülze. Oder wie wär's mit Eisbein, Kroning? Ha!«

»Und Sie, Kroll«, gab Georg zittrig zurück, »nehmen vermutlich wieder Nudeln?«

»Ist er nicht zum Küssen, unser Süßer?«, flötete Taschner, auf dessen Brust sich die feuerzüngigen Schlangen krümmten.

Während Sieburg verständnislos von einem zum andern blickte, die prallroten Lippen auf- und halb zuklappte, irgendwas Hitziges losschießen wollte und schließlich ausrief: »Ich jedenfalls glaube mehr denn je, dass bei der Forstbehörde ...«

»Geschenkt«, knurrte Kroll.

Wieder kam Taschner mit wiegenden Cowboyschritten auf Georg zu, der auf seinem Blechstuhl schauderte. »Aufstehen, Hände auf den Rücken, Jüngelchen.« Er schlenkerte Handschellen, die er aufschnappen ließ, während Georg folgsam die Arme nach hinten bog.

»Halt«, rief Sieburg. »So geht das nicht! Wie soll der junge Mann denn ... Ich meine, wie soll Herr Kroning auf der Toilette ...«

»Wieso denn?«, jauchzte Taschner. »Ich helf ihm schon!«

»Das ist ... man sollte ... schon dass Sie überhaupt diese Fesseln ... Ich komme mit!«, brachte Sieburg schließlich heraus.

Georg fand, das war eine gute Idee – als Anstandsmamsell war der eierfarbene Inspektor immerhin zu gebrauchen. Erleichtert streckte er die Arme nach vorn, und die Stahlschlingen schlossen sich um seine Gelenke.

»Gehen wir endlich«, maulte Taschner. Er zog eine der grauen Türen auf, die scheinbar zu den Archivschränken gehörte. Doch dahinter gab es eine weitere Tür, diesmal eine gewöhnliche Stahltür, die Georg an die kahle Diele vor seiner Züricher Mansarde erinnerte. Übermorgen, fiel ihm ein, lief die *Irrläufer*-Frist ab, die er mit Francesca vereinbart hatte. Sowie er hier herauskam, würde er sie anrufen und verkünden, dass er das Geld aufgetrieben habe. Pah, er würde gewinnen, spürte er, während er zwischen Taschner und Sieburg durch einen düsteren Korridor lief, eher eine Art Stollen, über dessen nackte Betonwände sich Kabelwülste und Plastikrohre zogen. Er würde Kroll zwingen, alle Geheimnisse zu lüften, alle Schleier zu zerreißen, die seit jeher über ihm, über seinem Leben lagen. Er würde Kroll benutzen, den süchtigen Wühler, den fanatischen Hasser Kroll, doch am Ende würde sich herausstellen, dass er selbst an all diesen Todesfällen unschuldig war.

Aber was hieß das? Und wieso glaubte er eigentlich, dass der Tod von Alfred Prohn und der Tod seiner Eltern zusammenhingen? Er wusste es nicht, hatte nicht die dunkelste Vermutung. Wirklich nicht? Und wie passte die Martens-Affäre zu dem ganzen Kuddelmuddel dazu? Ganz einfach, glaubte er zu spüren – indem sich in all diesen sonderbaren Todesfällen die *Martens-Methode* mit schauriger Genauigkeit und in immer rascheren Wiederholungen selbstständig zu verwirklichen schien. Daher dieses Grauen, das Georg vor sich selbst empfand, und seine Empfindung, dass Kroll fiftyfifty richtig lag, während Sieburg längst aus dem Spiel oder nie drin gewesen war. Ob Kroll begreifen würde, dass sich alle diese Verbrechen nach dem Martens-Muster abgespult hatten? *Ich bin der Schleier*, empfand er, *und ich will, dass Kroll den Schleier zerreißt.*

Sie stoppten vor einer schwarz lackierten Holztür, und Taschner verkündete: »Leute, das Gemacherl.«

Worauf Sieburg hitzig hinwarf: »Ich begleite Herrn Kroning, während du ...«

»Eiapopeia«, war nach Taschners Ansicht die passende Entgegnung. »Wehe, du belästigst unsern Kleinen, Sieburg. Hast du nicht vorhin gesagt, du kümmerst dich gern um Auswüchse und so'n Zeug? Also wirklich, Sieburg, siebenmal pfui!«

»Geh endlich in deine Kantine!«, stieß Sieburg hervor. Er zog die Tür mit der Aufschrift *Herren* auf und schob Georg in den gekachelten Raum. »Jetzt können Sie frei sprechen, Herr Kroning«, flüsterte er auf Georg ein. »Was geht hier vor? Setzt man Sie unter Druck? Hat man Sie genötigt, Medikamente einzunehmen? Vielleicht mit Kaffee vermischt, sodass Sie nicht merkten ...? Aber jetzt? Haben Sie den Eindruck, dass Ihre Willensfreiheit eingeschränkt ist? Man kennt sogenannte Wahrheitsdrogen, die natürlich bei uns ... Möchten Sie eine Erklärung abgeben? Wollten Sie mir vorhin etwas signalisieren? Sie sagten: Ich behaupte, *meine Geldprobleme seien nicht gelöst ...* Wollten Sie damit andeuten ...? Sie können sich also entlasten? Aber natürlich befürchten Sie ...? Wo wollen Sie denn hin?«

»Tun Sie mir einen Gefallen«, sagte Georg mit halbem Lächeln. »Treten Sie ein paar

Schritte zurück, wenn einer zuguckt, kann ich nicht pinkeln. Mindestens dauert's dann länger. Und hören Sie vor allem auf, diese verrückten Fragen gegen mich abzuschießen.« Während er redete, nestelte er an seiner Hose, was wegen der Handschellen gar nicht so einfach war.

»Wie Sie meinen«, flüsterte Sieburg. »Ich muss gestehen, ich begreife nicht, was hier gespielt wird. Mit diesen Leuten ist nicht zu scherzen, Herr Kroning. Beispielsweise Inspektor Flämm ...«

»Den Flämm kenne ich ziemlich gut«, sagte Georg. »Er wollte mit meiner Freundin schlafen, aber die hat ihn ausgelacht. Mich wollte er verprügeln, aber die blutige Nase hatte dann er. Direkt zum Fürchten finde ich Krolls Gehilfen nicht.«

»Aber Sie spielen mit dem Feuer«, zischte Sieburg feurig. »Und verraten Sie mir doch bitte, warum Sie selbst suggerieren, dass zwischen dem Prohn-Mord und dem Tod Ihrer Eltern eine Verbindung bestünde? Ich begreife es nicht. Warum bringt Kroll auf einmal den Fall Peter Martens ins Spiel? Was können denn Sie mit dieser abartigen ...? Soll ... äh ... ich Ihnen irgendwie helfen, Herr Kroning?«

Georg nestelte wieder an seiner Hose; der Reißverschluss klemmte, und die Stahlschlingen waren ihm im Weg. »Gehen Sie weg«, sagte er, »ich habe nie irgendwen gebraucht, und wenn ich ausgerechnet jetzt anfangen wollte, mich auf fremde Hilfe zu verlassen, könnte ich das Spiel gleich aufgeben. Gehen wir.«

Als sie auf den Gang zurücktraten, kam Taschner ihnen entgegen, ein Tablett balancierend, auf dem Kaffeebecher tänzelten und zerschnittene Brötchen sich häuften, mit fettig glänzenden Wurstscheiben belegt. Georg fand es seltsam, dass in diesen Gewölben irgendwo eine Cafeteria sein sollte. Aber vielleicht spulte sich in den oberen Etagen eine Art normales Leben ab, vielleicht kauften dort Leute ein, oder sie liebten, beschimpften sich dort, fielen sich lachend oder schluchzend in die Arme. Taschner mochte mit einem verborgenen Lift hochgefahren sein.

Im Gewölbe wartete Kroll, und zwar knurrend; aus irgendeinem Grund wirkte er plötzlich nervös. »Also fangen wir an. Taschner, nimm dem Jungen das Geschmeide weg. Sie, Kroning, setzen sich wieder auf den Stuhl. Von mir aus können Sie essen, so viel Sie wollen, mager genug sind Sie ja. Also, alles hinsetzen, hört mir jetzt zu.«

Folgsam setzte sich Georg auf den zugewiesenen Stuhl, in den Händen ein Schinkenbrötchen und im grauen Pappbecher lauwarmen Kaffee. Die Wanduhr zeigte fast acht Uhr dreißig. Kroll stapfte hinter den Schreibtisch, sackte in den Drehsessel, klappte scheinbar wahllos Schnellhefter auf. Taschner schob das Tablett auf den Tisch, kam zu Georg rüber, ließ die Stahlschlingen aufschnappen. Er ging zum Tisch zurück und setzte sich auf den zweiten Blechstuhl, wobei er Georg aufmunternd zuzwinkerte und geziert an seinen Haarsträhnen zupfte. Um Sieburg kümmerte sich niemand. Er zog sich in den düsteren Hintergrund des Gewölbes zurück, wo er sich mangels weiterer Sitzgelegenheiten gegen eine Blechtür lehnte, die Arme vor der Brust verschränkt.

Kroll klappte mit einer wischenden Bewegung alle drei Schnellhefter zu und gab bekannt: »Es ist mehr oder weniger egal, wo wir anfangen, da alles gleichmäßig stinkt. Unserem Gast zuliebe werden wir mit der Prohn/Kortner-Affäre anfangen, wobei Sie, Kroning, uns offenbar helfen wollen, die Verbindung mit gewissen frischeren Blutbädern zu klären. Übrigens habe ich eben, während Sie draußen waren, ein überaus interessantes Telefonat geführt. Man hat mich von Zürich aus angerufen – eine mysteriöse Angelegenheit, betreffend einen Brief, den eine unbekannte Person offenbar heute früh in den Postkasten des Polizeipräsidiums geworfen hat. Das wird Sie sehr interessieren, Kroning ... Kommen wir später drauf zurück.«
Was sollte das bedeuten? Blufte Kroll wieder mal? Letzte Woche hatte sich irgendwer aus Georgs Haus zu einer Denunziation ermuntert gefühlt, die Kroll überhaupt erst auf seine Fährte gebracht hatte. Und jetzt dieser Brief? Dass der Denunziant ihm gefährlich werden konnte, schloss Georg im Moment aus.
»Sie haben mir vorletzten Samstag erklärt«, sagte Kroll, »dass Kortner es gar nicht nötig hatte, sich durch Prostitution, Raub oder gar Raubmord Geld zu verschaffen, da Sie ihm schon mehrfach ausgeholfen hätten, wenn er in Geldverlegenheit war. Sinngemäß haben Sie erklärt: *Alex wusste, dass er sich immer an mich wenden konnte, wenn er knapp bei Kasse war.* Zitiere ich Sie korrekt? Man kann Ihre Aussage nur so verstehen, dass Ihre Beziehung zu Kortner weit mehr als nur freundschaftlich war.«
»Ich«, begann Georg und stockte. »Ich glaube nicht, dass ich das ausgesagt habe.«
»Ach, das glauben Sie nicht? Aber Sie erinnern sich möglicherweise, dass Sie diese Erklärung in Anwesenheit zweier Schweizer Wachtmeister abgegeben haben, die anschließend Ihre Wohnung durchsucht haben? Die Aussagen dieser Polizisten sind der Akte beigefügt. Inspektor Sieburg kann Ihnen bestätigen ...«
»Ja, das stimmt«, klang es dumpf hinter Georgs Rücken. »Ich habe sie gesehen.«
»Wunderbar«, sagte Kroll. »Ich bin zuversichtlich, Kroning, dass ich Ihnen auch weiterhin gegen Ihre Gedächtnisschwäche beistehen kann. Wir haben also Folgendes: Auf der einen Seite Ihre Behauptung, dass Sie den kleinen Alex über Wasser hielten, und zwar seit September vergangenen Jahres, dem Beginn Ihrer Beziehung zu Kortner. Auf der anderen Seite haben wir ... Was glauben Sie, Kroning, steht auf diesen zwölf eng beschriebenen Blättern?«
Er klappte einen Schnellhefter auf, zog ein Papierbündel hervor, schwenkte es und fuhr fort: »Das sind zwölf Strafanzeigen von zwölf Herren unterschiedlicher Nationalität, die Ihr Freund Kortner im Zeitraum September bis Mai ausgeraubt und um die bescheidene Summe von vierundsiebzigtausend Franken erleichtert hat. Nicht eingerechnet den Liebeslohn, den er selbstverständlich jedes Mal kassierte und der nach unseren Informationen in der Regel hundertfünfzig Franken betrug. Schließlich ist der Kortner ein hübsches Bürschchen, außerdem minderjährig, was zweifellos den Reiz erhöht. Nicht eingerechnet übrigens auch die Summe, die er durch den Raub-

mord erbeutet hat, da uns die genaue Höhe der Beute immer noch nicht bekannt ist. Auch dazu kommen wir später. Kennen Sie übrigens Timo Prohn?«
»N-nein«, stotterte Georg.
»Ach, wirklich nicht?«, höhnte Kroll. Ehe Georg irgendwas überlegen konnte, sprang er nach Zürich zurück und wiederholte: »Mindestens vierundsiebzigtausend Franken also und mindestens zwölf Fälle von Prostitution und schwerem Raub innerhalb neun Monaten, und zwar zufällig genau in den neun Monaten, in denen nach Ihrer eigenen, mehrfach bezeugten Aussage Ihre Beziehung zu Alex Kortner datiert. Ich nehme an, Kroning, das beantwortet Ihre treuherzige Frage, ob Sie denn eine Chance gehabt hätten, mit Kortners Hilfe Ihre Viertelmillion zusammenzukratzen, wenn er nicht unglücklicherweise den Prohn abgestochen hätte. Aber warum beißen Sie nicht endlich in Ihr schmackhaftes Schinkenbrötchen? Vergeht Ihnen jetzt schon der Appetit? Ich bitte Sie!«
Er stemmte sich aus dem Drehsessel, klaubte vorgebeugt seinen erloschenen Riesenstumpen aus dem Aschenbecher, setzte ihn unter Dampf. Paffend und schnaufend kam er um den Schreibtisch herum und baute sich vor Georg auf. »Vielleicht haben Sie sich nur wieder mal geirrt, Kroning«, sagte er sanft. »Sie haben einfach was verwechselt. Nicht Sie haben Kortner über Wasser gehalten, es war eben ein bisschen umgekehrt. Glauben Sie mir, das war gar nicht so einfach, die betroffenen Herren aufzuspüren. Und nachdem Flämm den *Rose*-Portier – sagen wir – überredet hatte, mit uns zusammenzuarbeiten, gingen die Schwierigkeiten erst richtig los. Ich habe selten in so kurzer Zeit so viele schamrote Männer gesehen, das war regelrecht interessant. Stellen Sie sich nur vor, der Flämm und ich fahren vor einem schmucken Reihenhäuschen vor, betätigen die Türklingel, ein halbwüchsiger Sohn öffnet, und wir fragen: Können wir mal den Herrn Papa sprechen? Und dann zum Papa: Oder sollen wir mal mit Ihrem Sohn sprechen? Oder lieber mit der Gemahlin? Also circa siebzig- bis achtzigtausend Franken, Kroning, und natürlich hätten die Agentur-Leute Ihnen die Zahlungsfrist verlängert, wenn Sie so um die hunderttausend zusammengekratzt hätten. Hat mir der Härtel selbst bestätigt. Was halten Sie davon?«
Georg beugte sich vor, stellte den Pappbecher auf den Boden, legte das schmierige Sandwich darauf. Die Wahrheit war, er begriff überhaupt nichts mehr. Wieso hatte Alex ...? Er setzte sich aufrecht hin, starrte von schräg unten den schnaufenden Kroll an und sagte leise: »Das kann ich einfach nicht glauben. Nie im Leben hat Alex ... Sieburg? Haben Sie auch diese Anzeigen, oder was es sein soll, gesehen?«
»Allerdings«, tönte das Orakel hinter seinem Rücken. »Soweit sich das von hier aus beurteilen lässt, ist alles korrekt. Natürlich missbillige ich diese Methoden. Aber immerhin ... wenn es um Mord geht ...«
»Sie sagen es, werter Inspektor!«, höhnte Kroll paffend. »Und Sie, Kroning, wollen von alldem nichts gewusst haben? Obwohl Ihr Freund Alex mindestens ein- bis zwei-

mal im Monat auf die Pirsch geschlichen ist? Sie wollen uns erzählen, dass *Sie* den Kortner finanziell unterstützt hätten? Oder dürfen wir Ihre Aussage so verstehen, dass Kortner die Beute regelmäßig bei Ihnen abgeliefert hat, worauf Sie ihm irgendwelche Gnadenhäppchen zugeteilt haben?«

»Aber nein, Sie verstehen das falsch.« Georg sprang auf, wobei er gegen Krolls vorwölbenden Bauch taumelte und mit einem Fuß den schwappenden Pappbecher umstieß.

»Passen Sie doch auf, Kerl!«, rief Kroll.

Als ob es jetzt auf Pappbecher ankäme! Alex hatte ihn hintergangen, immer schon, Alex hatte sich über ihn lustig gemacht! Schnaufend wich Kroll zum Schreibtisch zurück. Georgs Blicke flatterten über den Boden. Das Schinkenbrötchen schwamm in einer Lache aus ölig glänzendem Kaffee.

»Ich habe Sie belogen«, sagte er leise.

Taschner kicherte.

»Soll ich jetzt lachen?«, knurrte Kroll. »Halten Sie das für eine Neuigkeit? Ich habe Ihnen schon in Zürich erklärt, Sie lügen, wenn Sie den Mund aufmachen. Aber das heißt noch lange nicht, dass dieses Zeug, das Sie für sich behalten, irgendwas mit der Wahrheit zu tun hat. Also?«

»Ich rede nur von einer unbedeutenden Einzelheit«, sagte Georg. »Für mich ist sie wichtig, aber für Sie ändert sich dadurch gar nichts. Ich habe Alex nie auch nur einen Pfennig gegeben.«

»Soll heißen?«

Dass er jetzt, in diesem Moment, zum ersten Mal spürte, wie fremd ihm Alex, wie fern ihm der andere immer gewesen war.

»Ich war gemein zu Alex«, sagte er bedrückt. »Ich wollte gar nicht wirklich wissen, wie er lebt und wodurch er sich über Wasser hält, weil ... Ich kann das selbst kaum mehr begreifen. Aber mir war mein Geld einfach zu schade, und noch als er neulich einen Arzt gebraucht hat ...«

Verwirrt brach er ab und biss sich auf die Lippe, während Kroll mit dem qualmenden Stumpen auf ihn lostocherte: »Warum reden Sie nicht weiter, Kroning? Einen Arzt? Sprechen Sie vielleicht vom vorletzten Sonntag, als er mit einer Stichverletzung bei Ihnen aufgekreuzt ist?«

»Aber ich habe Ihnen doch ...«

»Ja, ja, ja«, machte Kroll. »Sie haben dies, Sie haben das, und jetzt haben wir *Sie*. Übrigens will ich Ihnen gerne glauben, dass Sie den Kortner an der kurzen Leine gehalten und mit jedem Rappen gegeizt haben. Und von Ihrem eigenen bescheidenen Vermögen hat Ihr kleiner Freund nie einen Pfennig gesehen. Glaube ich Ihnen aufs Wort, Kroning. Vermutlich wissen Sie so gut wie ich, dass Sie damit keine so ganz unbedeutende Einzelheit zugegeben haben.«

Am Schreibtisch lehnend, bog er sich halb zurück und schnappte sich blindlings eine Wurstscheibe, die er unter dem Schnauzbart verschwinden ließ, während in seiner Rechten noch der Stumpen qualmte. Georg tastete nach hinten, ließ sich wieder auf den Blechstuhl fallen und sagte:
»Ich habe Ihnen schon in Zürich erklärt, dass ich Alex nicht wirklich kannte. Wir haben uns getroffen, das schon, aber unregelmäßig, und vielleicht waren wir sogar befreundet. Ich jedenfalls mochte ihn furchtbar gern, obwohl ... Na ja, es war für uns beide schwierig. Und ich hatte keine Ahnung, wie, wo oder wovon er lebte, bis Sie mir diese Geschichte von Prohns Tod erzählt haben.«
»Und wie erklären Sie den Widerspruch, dass Sie noch in Zürich behauptet haben, Sie hätten den Kortner praktisch mit durchgefüttert?«
Hatte er das wirklich behauptet? Er war durcheinander, müde, im Moment erinnerte er sich nicht. »Vielleicht habe ich mich geschämt«, sagte er, »weil ich irgendwie mitschuldig bin an dem, was Alex gemacht hat. Wenn mir mein Geld, meine Freiheit, wenn mir *Der Irrläufer* nicht wichtiger gewesen wäre, hätte Alex all das nicht nötig gehabt. Jetzt kommt es mir so vor, dass ich in Zürich wie verblendet war. Alex war der erste Freund, den ich jemals ... Trotzdem schien es mir, als müsste ich den *Irrläufer* und all das gegen ihn verteidigen. Als ob er mir alles wegnehmen wollte.«
Das war allerdings kein bloßes Als ob mehr, fiel ihm ein. Alex steckte schon tief in der Georg-Kroning-Maske, während er selbst ... Ja, er spürte jetzt, selbst wenn er dieses Spiel gegen Kroll und gegen ... Klaußen gewann, danach würde nichts mehr wie früher sein. Gegen Klaußen? Und wieso hatte Alex nie angedeutet, womit er sich durchschlug? Seine Gedanken wirbelten, aber Kroll ließ ihm keine Zeit, sie halbwegs zu ordnen.
»Ich bin ganz mit Ihnen einverstanden«, nuschelte er um den Stumpen herum. »Für die tragische Dimension Ihrer kleinen Liebesbeziehung fühle ich mich allerdings weniger zuständig. Das Gericht wird psychiatrische Gutachter berufen, bei denen Sie sich ausführlich ausheulen dürfen. Wenn ich Sie richtig verstehe, sagen Sie also Folgendes aus ... Taschner, protokollieren!«
Taschner sprang auf, zückte einen Bleistiftstummel und schlüpfte hinter den Schreibtisch, wo er den flammendroten Schnellhefter aufklappte. Kroll stieß sich vom Tisch ab und stampfte wieder auf Georg zu, der vorgebeugt auf seinem Blechstuhl saß und in die Schinken-und-Kaffee-Lache starrte.
»Sie waren mit Kortner befreundet, Sie mochten ihn. Kortner war mittellos, er lebte in der Illegalität, und da Sie einiges Vermögen besaßen, hätten Sie ihn durchfüttern können. Natürlich ist er schon auf den Strich gegangen, bevor Sie ihn kennenlernten, aber Sie hätten ihn da rausziehen können, das haben Sie selbst gesagt. Nur waren Ihre Pläne anders. Sie wollten Ihr verrücktes Spiel rausbringen, Sie wollten, dass alle Welt staunt, was für ein genialer Kerl Sie sind und pipapo. Die junge Klaußen hat

dem Taschner einiges über Sie erzählt. Sie haben Ihr Leben lang nur diese Spiele im Kopf gehabt, und mit dem *Irrläufer*-Zeug wollten Sie endlich beweisen, dass einer massenhaft Geld machen kann, obwohl er nur Nebel im Kopf und nie was gearbeitet hat, das irgendwem nützen würde. Nur wollte Ihnen leider niemand dieses Dingsda abkaufen, keiner wollte es auch nur geschenkt haben, weil's wahrscheinlich genauso verdreht ist wie Sie selbst. Schließlich haben Sie sich gesagt, wenn keiner das Zeug haben will, müssen Sie es eben selbst kaufen. Zum Glück gibt es Agenten wie *Härtel & Rossi*, die für Geld die verrücktesten Wünsche erfüllen – so 'ne Art Kulturhuren oder Schickeriastricher, aber das soll meinetwegen Geschmacksache sein. Das Problem war nur, so viel Geld hatten Sie nicht. Halten Sie das nicht auch für einen merkwürdigen Zufall, Kroning, dass Sie den Kortner ausgerechnet im letzten September kennengelernt haben? Im gleichen Monat haben Sie den Bericht über *Das Gundlach-Modell* gelesen, der Sie auf die Idee gebracht hat, Ihren Schubladenkram den Agenten anzubieten. Haben Sie nicht selbst erklärt, dass Sie an Zufälle nicht glaubten? Ich jedenfalls glaube schon von Berufs wegen nicht dran.«

Auch daran konnte sich Georg nicht erinnern – dass er jemals mit Kroll über Zufälle und im Geheimen wirkende Regeln geredet hätte. Aber natürlich hatte Kroll recht – an Zufälle glaubten höchstens dröhnende Hohlköpfe wie beispielsweise sein Vater. Als er halb aufsah, prallten seine Blicke gegen Krolls wogenden Bauch; schräg hinter ihm kritzelte Taschner wie besessen in den Schnellhefter, während Sieburg, irgendwo im Düsteren, sich nervös räusperte.

Kroll beugte sich zu ihm runter, stützte eine Hand auf die Stuhllehne, während die Rechte mit dem ewigen Stumpen fuchtelte. »Sie haben sich den kleinen Alex dressiert«, sagte er sanft. »Was hätten Sie sonst mit ihm anstellen sollen? Natürlich hab ich auch in Kortners Akte geblättert. Der Junge hat eine ziemlich trostlose Karriere hinter sich, der ist völlig verbogen und verkorkst. Zwei-, dreimal haben irgendwelche Heimpsychologen an ihm rumgeklempnert, was aber auch nichts geholfen hat. Kortner ist vier Jahre jünger als Sie; die Gutachter schildern ihn übereinstimmend als abweisend, verschlagen und – ähem – emotional blockiert. Schon früh wurden Anzeichen eines beginnenden Verfolgungswahns entdeckt. Man bescheinigt ihm Unfähigkeit zu« – wieder dieses Räuspern – »offenen zwischenmenschlichen Beziehungen. Außerdem ist er ungebildet, schroff und ungehobelt. Welches Interesse konnte einer wie Sie an diesem streunenden Hündchen haben? Wollen Sie wirklich behaupten, er hätte sich für Ihre – sagen wir – künstlerischen Ambitionen interessiert?«

»Nein«, sagte Georg leise. »Ich wollte mir das einreden, aber heute glaube ich, Alex hat gar nicht begriffen, worum es mir ging. Welches Interesse, fragen Sie? Wir ... Ich weiß, das klingt seltsam, Kroll, aber wenn ich jetzt beschreiben sollte, was wir zusammen gemacht haben ... Das ist schwierig zu sagen. Wir haben viel geschwiegen, aber das war ein ganz anderes Schweigen als zu Hause. Wissen Sie, den Wörtern traue

ich sowieso nicht viel zu. Machen Sie sich ruhig über meine Spiele lustig, aber das ist trotzdem was anderes. Genauer, ehrlicher, was weiß ich. Lange Spaziergänge mit Alex am See und stundenlang durch die Stadt. Wir sind viel geschwommen, Boot gefahren, waren manchmal tagelang zusammen, dann wieder ein, zwei Wochen ohne Kontakt. Ich wusste nie ... Natürlich haben wir auch oft geredet. Oder nein, eigentlich habe nur ich geredet, von zu Hause, meinen Eltern, von der Villa und unserem Park. Und dann von Margot. Kann sein, dass Alex mich irgendwie bewundert hat, dass er sein wollte wie ich. Aber das war zu spät, ich meine ...«
Er hatte sagen wollen, er habe zu spät bemerkt, dass Alex ihn nachzuahmen anfing, doch trotz seiner Benommenheit merkte er noch rechtzeitig, das ging Kroll wirklich nichts an. Er stand auf und schob sich an ihm vorbei zum Schreibtisch, wo seine *Gitanes* lagen.
Taschner blickte von seinem Gekritzel auf und maulte: »Kannste dich nicht kürzer fassen, Kroning? Mir tut schon die Pfote weh von dem Geschreibsel. Warum sagste nicht einfach, dass der kleine Alex und du glitsch-flutsch ...«
»Maul halten, Taschner.« Das war wieder Kroll. Während Sieburg, an den niemand mehr gedacht hatte, sich aus seinem Blechversteck meldete:
»Wenn Sie einverstanden sind, Kroll, will ich gerne das Protokoll ...«
»Sie halten erst recht die Klappe, Sieburg. Wenn ich so ein Klugscheißer und Pedant wie Sie wäre, hätte ich Sie längst rausgeschmissen. Oder haben Sie immer noch nicht begriffen, dass Sie aus dem Spiel sind? Der Kroning hier singt wie 'ne Nachtigall, als Refrain müssen Sie sich immer dazudenken, was er vorhin zu Protokoll gegeben hat. Wie war das noch, Kroning? *Ohne mich wären diese Verbrechen nicht verübt worden.* Also, weiter geht's. Hinsetzen, Kroning.«
Mit seiner Zigarette kehrte Georg zum Blechstuhl zurück, glitschte in der Kaffeelache aus und fing sich taumelnd.
Kroll sagte: »Finden Sie das nicht seltsam, dass Sie ganz vergessen haben, die berühmte Ähnlichkeit zwischen Kortner und Margot Klaußen zu erwähnen? Noch in Zürich haben Sie behauptet, wegen dieser Ähnlichkeit hätten Sie sich an Kortner rangemacht. Als ich Sie eben gefragt habe, welches Interesse Sie an Kortner hätten, war Ihnen dieser Punkt nicht mal 'ne Randbemerkung wert. Wie erklären Sie das?«
»Spielt das eine Rolle?«, fragte Georg. Der wahre Grund war natürlich der, dass die Ähnlichkeit zwischen Alex und Margot längst erloschen und von einer ganz anderen Spiegelung überblendet war, von der Kroll sich anscheinend noch immer nichts träumen ließ.
»Ob das eine Rolle spielt? Jetzt werden Sie bitte nicht auch noch witzig! Ich will gerne glauben, dass diese Ähnlichkeit zwischen den beiden Ihr Interesse an Kortner ursprünglich entzündet haben mag. Aber ebenso offensichtlich hat dieser Punkt dann für Sie sehr schnell an Bedeutung verloren.«

Von Taschner kam eine Art Schnauben, das regelrecht empört klang. Kroll fuhr halb zu seinem Gehilfen herum und knurrte: »Über die – ähäm – erotischen Abgründe dieses Beziehungswirrwarrs gedenke ich nicht zu diskutieren. Vermutlich sind Sie bisexuell, Kroning, aber meinetwegen können Sie auch Wespennester schänden, das interessiert mich nicht. Dass Kortner wie ein Zwillingsbruder von Margot Klaußen aussieht, mag für Sie sexuell reizvoll gewesen sein, aber Ihr eigentliches Interesse an Kortner war von Anfang an geschäftlicher Natur. Oder wie sonst wollen Sie mir erklären, dass Sie mit Margot Klaußen zwar wöchentlich Briefe gewechselt, aber den kleinen Alex vor Ihrer Freundin verheimlicht haben?«

Und bevor Georg sich eine Antwort überlegt hatte: »Jetzt behaupten Sie bitte nicht, dass Sie sich für Ihre erotische Verirrung geschämt hätten oder gar, dass Sie die Gefühle der kleinen Klaußen schonen wollten. Wenn mich irgendwas an Ihnen beeindruckt, dann ist das Ihre verrückte Rücksichtslosigkeit, die auch vor Ihnen selbst nicht haltmacht. Moral? Kennen Sie nicht. Gewissen? Dass ich nicht kichere. Schamgefühl? Sie sind der exhibitionistischste Geheimniskrämer, der mir je begegnet ist. Schon die kleine Klaußen haben Sie ja praktisch zu Ihrer Sklavin erzogen, die lammfromm und ohne einen Muckser wartet, bis Sie ungefähr einmal im Jahr geruhen, sie für ein, zwei Tage an sich ranzulassen. Und deshalb wird nicht mal unser dauerempörter Inspektor leugnen, dass Sie verbrecherische Gründe hatten, Ihre Beziehung zu diesem kleinen Verbrecher zu verheimlichen.«

Sieburg, hinter Georgs Rücken, hüstelte. Doch Kroll ließ jetzt keinen zu Wort kommen: »Das Einzige, was Sie je interessiert hat, Kroning, sind Ihre verrückten Spiele, Ihre verdrehten Ideen, und wehe, irgendwer hat versucht, Ihnen da reinzupfuschen. Von den Menschen denken Sie so verächtlich, dass ich mir dagegen wie ein Priester der Nächstenliebe vorkomme. Und der kleine Kortner war für Sie ganz einfach ein Hündchen, das Sie für Ihre Zwecke abgerichtet haben. Zwei Dinge hat Kortner in seinem Leben gelernt: seinen Hintern hinzuhalten, wenn andere ihm was Geschwollenes reinrammen wollen, und anschließend lange Finger zu machen, wenn diejenigen, die eben noch geschwollen waren, schnarchend weggesackt waren. Das brauchten Sie ihm also nicht mehr beizubringen. Sie mussten ihm nur noch einhämmern, dass er alles brav bei Ihnen abliefern sollte, was er seinen Freiern aus den Brieftaschen gefingert hatte. Romantische Seespaziergänge und Bootspartien? Glaube ich Ihnen aufs Wort. In meinem Leben bin ich noch keinem Zuhälter begegnet, der auf solchen gemütvollen Zauber verzichtet hätte. Natürlich hat der arme, kleine Alex Sie bewundert, wenn Sie von Ihrer prachtvollen Villa geredet haben. Und Sie haben das nicht irgendwann spät und zufällig gemerkt, Sie haben's drauf angelegt, ist doch logisch. Bis er Ihnen aus der Hand gefressen und gelobt hat, mit seinem Hintern und seinen Fingern nur noch Ihren prächtigen Zielen zu dienen. Und wie gesagt, das Hündchen ist ja auch munter gelaufen – zehntausend Franken im Monat, zumal

man noch eine gewisse Dunkelziffer berücksichtigen muss. Wenn Kortner nicht so blöd gewesen wäre, Alfred Prohn abzustechen, würde das Hündchen immer noch mit dem Hintern wackeln und mit den Pfötchen grapschen, und Ihre Eltern wären noch am Leben, Kroning.«
Schnaufend richtete er sich auf und grub seine Zähne in den Stumpen, der wieder mal erloschen war. Während Georg sein Gesicht mit den Händen bedeckte, da er sich plötzlich zum Heulen deprimiert fühlte. Ach, Alex, dachte er – warum hatte der andere ihn dermaßen angelogen? Alex war praktisch ein Profi! Siebzig- bis achtzigtausend Franken in einem Dreivierteljahr? Fast musste er lachen über die üble Ironie. Er hatte sich Vorwürfe gemacht, weil er zögerte, Alex mit seinem letzten Geld auszuhelfen, während Alex irgendwo einen Sack voller Banknoten hortete.
Seltsam, dachte er dann. Wieder schien Kroll an der Lösung ziemlich nah dran zu sein, und wieder tippte er nur fifty-fifty richtig. Lag es nicht wirklich nur an Alex, dass Georg das *Irrläufer*-Geld ohne seine Eltern nicht zusammenbekommen hatte? Wenn auch in einem anderen Sinn, als Kroll behauptete. Und wären seine Eltern nicht wirklich noch am Leben, wenn ... Na gut, das klang nicht besonders logisch, aber er hatte nie behauptet, dass die Martens-Methode etwas Logisches wäre. Aber wollte er denn allen Ernstes bestreiten, dass der Unbekannte ganz genauso zur morschen Tanne geschlichen wäre, wenn Georg nicht am Samstag zur Waldschlucht gefahren wäre, wenn er nicht in frisch-uralter Erbitterung gebetet hätte: *Besser, ihr verschwindet für immer alle beide, Mama und Papa?*
Auf Fragen wie diese hatte Georg keine Antwort. Vor allem das war ja der Grund, warum er neuerdings vor sich selbst eine Art Grauen empfand, obwohl er nach wie vor sicher war, an all den Todesfällen im kriminalistischen Sinn unschuldig zu sein. Er ließ die Hände sinken und sagte: »Schade nur, dass Sie diese schöne Theorie nicht beweisen können. Ich gebe zu, ich bin immer noch ziemlich durcheinander. Aber nicht, weil Sie mich durchschaut hätten, Kroll. Sondern weil ich nicht damit fertig werde, dass Alex ein gespaltener Mensch war, der mir die eine Hälfte seines Lebens – all diese Raubzüge und so weiter – komplett verheimlicht hat.«
Kroll verzerrte sein Gesicht zu einer Maske geheuchelten Bedauerns. »Wirklich schade«, knurrte er. Und dann, zu Taschner umgewandt: »Hast du die Notiz gelesen, die ich zu dem Telefonat angefertigt habe?«
»Yeah, Chef«, johlte Taschner über dem roten Schnellhefter. »Einfach zum Küssen, die Bürschelchen. Jedenfalls, wenn's echt ist.«
»Werden wir bald erfahren«, sagte Kroll. »Man wird mich zurückrufen, sobald ... Na ja, warten wir noch. Und ist dir dieses Detail aufgefallen mit der Papiersorte?«
Taschner schnalzte mit der Zunge, was eine Art Verzückung auszudrücken schien. Sieburg hielt es nicht länger in seinem Winkel. Mit glühendem Gesicht schoss er vor, ruckte beidhändig an seinem eierfarbenen Kragen und rief:

»Erklären Sie endlich, was hier gespielt wird, Kroll! Dieser junge Mann verlangt Beweise für Ihre Anschuldigungen! Ich zumindest halte es für möglich ... Und was sollen diese Andeutungen über Briefe, über Papiersorten und was weiß ich? Im Namen der Gerechtigkeit fordere ich ...«

In diesem Moment schrillte das Telefon. Taschner beugte sich vor und schnappte sich den Hörer. »Hier Tasch... Wie? Was für'n Grünzeug? Ach so, *Grüezi*, ganz meinerseits. Und jetzt? Aha? Sie können also bestätigen ... Warten Sie mal, schreib ich alles mit ... also Schriftprobe ... Fingerabdrücke ... alles positiv ... Wissen Sie, ich rede extra geheimnisvoll, damit ... Also dies und das, hab ich, jawoll ... Und hat irgendwer beobachtet, wie ...? Keine Personenbeschreibung? Na, das is' schade, macht aber nix ... Ja, gleichfalls... Dann also, Leute ... merci und Grünzeug, adieu.«

Feixend knallte er den Hörer zurück. »Chef, schauen Sie doch mal. Können Sie das Gekritzel entziffern? Also diese Grünzeugleute haben rausgefunden ...« Er stand halb auf und schob Kroll einen wild bekritzelten Notizzettel zu, den Kroll überflog und achtlos auf dem Tisch liegen ließ.

»Na ja dann«, brummte er, sich zu Georg umwendend.

Sieburg hatte sich neben Georg aufgebaut. Beide Fäuste auf die Hüften stemmend, sodass man unter seiner linken Achsel eine schwarz glänzende Pistole sah, schien er entschlossen, im Namen der Gerechtigkeit von Neuem loszubrüllen.

»Spucken Sie nicht so rum, Sieburg«, knurrte Kroll. »Weder große Töne noch Spucke noch sonst was. Zu Ihrem Brief kommen wir gleich, und bei allem, was recht ist – der wurde wirklich im Namen der Gerechtigkeit geschrieben, wenn auch mit einer Menge Rechtschreibfehler. Also husch, Sieburg, zurück in Ihre Nische.«

»Ihr Verhalten ist empörend«, zischte Sieburg noch, doch da war er schon auf dem Rückzug.

»Was haben Sie denn gestern Nachmittag in Kassel gesucht, Kroning?« Kroll redete auf einmal so leise, dass sich Georg weit nach vorn beugte, um sein Gewisper zu verstehen. »Sie waren nicht zufällig mit Timo Prohn verabredet? Falls Sie wieder unter Gedächtnisschwäche leiden sollten – wir haben uns erlaubt, Lichtbilder Ihrer sonderbaren Person auf verschiedenen Bahnhöfen herumzuzeigen. Wie mehrere Zeugen übereinstimmend erklären ...«

»Aber ich ... ich bestreite ja nicht ...« Georg stotterte vor Verwirrung. Wieso fing Kroll wieder von diesem Kassel an, nachdem er andauernd Andeutungen über Züricher Briefe gemacht hatte? »Sie stellen dort die neueste Kunst aus«, schob er nach, obwohl er selbst merkte, wie lahm das klang.

»Wovon glauben Sie denn gerade zu reden, Kroning? Vielleicht von der neuesten Kunst des Spurenverwischens? Natürlich wissen wir auch, dass Sie stundenlang um die Prohn-Villa rumgeschlichen sind, und abends gegen zweiundzwanzig Uhr haben Sie längere Zeit vor einer Telefonzelle im Hauptbahnhof Frankfurt auf der Lauer gelegen. Dass Sie dabei ein dämliches Gesicht zogen, ist verbürgt. Von wem konnten Sie einen Anruf erwarten, wenn nicht vom lieben, kleinen Alex? Übrigens werden Sie gleich begreifen, warum er sich nicht bei Ihnen gemeldet hat. Taschner, schmeiß mal die Zündhölzer rüber.«

Taschner schmiss, wobei er mit der Wurfhand übertrieben Schwung holte, und während Kroll wieder mal mit seinem Stumpen-Stummel kämpfte, räumte Georg ein: »Also gut, ich habe versucht, diesen Timo zu treffen. Das habe ich auch überhaupt nicht bestritten. Ich habe nur gesagt, ich kenne ihn nicht, und das ist zweifellos wahr, denn ich habe ihn gestern nicht erreicht. Aber sowieso verstehe ich nicht, was das mit dem Brief zu tun hat.«

»Ach«, paffte Kroll, »der Brief macht Sie nervös? Sollten Sie gewisse düstere Ahnungen beschleichen? Aber wenn Sie gestatten, werde ich Sie – um mit Flämm zu reden – noch einen Augenblick auf die Folter spannen. Bildlich natürlich, lieber Sieburg. Oder wie wiederum Flämm sagen würde: Vorbildlich, Allerwertester!«

Dunkle Qualmwolken ausstoßend, schob er sich hinter Georgs Stuhl und stützte sich schwer auf die Lehne. »Wo waren wir?«, hörte Georg. »Ah, beim kleinen Timo. Hielten Sie das übrigens für raffiniert, ich meine Ihren Versuch, uns in der Prohn-Affäre aufs Glatteis zu führen? Haben Sie wirklich geglaubt, nach Ihrem Kassel-Trip würden wir nachdenklich werden und endlich anfangen, an den graubärtigen Unbekannten zu glauben? An dieses Phantom mit dem geheimnisvollen Geldkuvert, das Timo Prohn natürlich nur erfunden hat, weil er die Todesumstände seines Vaters verständlicherweise etwas peinlich fand? Wenn wir uns diese abenteuerliche Version zu eigen machten, müssten wir selbstverständlich unseren Verdacht fallen lassen, dass Sie an Prohns Ermordung zumindest mitschuldig sind. Aber sind Sie wirklich so naiv, Kroning? Oder sprach aus Ihnen schon die Verzweiflung, als Sie sich zu diesem Ablenkungsmanöver entschlossen? Übrigens, Taschner«, schloss er völlig unerwartet, »gleich musst du dem Kroning noch die Hose ausziehen.«

»Wieso die Hose? Das ist ungeheuerlich«, platzte Sieburg heraus.

Auf den Schultern spürte Georg plötzlich Krolls Hände, die ihn mit harten Griffen massierten, was außer ihnen offenbar keiner mitbekam.

»Das ist Einschüchterung«, trompetete Sieburg, »das grenzt schon hart an seelische Folter! Ich werde notfalls bezeugen ...«

Während Kroll, über Georg gebeugt, sonderbarerweise murmelte: »Entspann dich, Junge, bald ist alles vorbei.« Und dann mit erhobener Stimme zu Sieburg: »Wie Sie sich möglicherweise erinnern, Kollege, deuten gewisse Spuren darauf hin, dass der Waldschlucht-Täter seinerseits in einen Unfall verwickelt war. Möglicherweise hat er leichte Verletzungen erlitten, und vorhin waren wir so rücksichtsvoll, die Leibesvisitation unseres Verdächtigen auf halbem Weg zu unterbrechen. Sie sehen ja, er hat heftige Gegenwehr geleistet, sodass man ihm sogar auf Staatskosten ein neues Hemd besorgen musste. Aber nachdem er sich ein wenig beruhigt hat ... Warum glotzen Sie denn so, Sieburg?«

»Was«, stammelte Sieburg näherschleichend, »was machen Sie denn da?«

Als Georg sich vorbeugte, um die walkenden Finger abzuschütteln, wich Kroll schwer atmend zurück und verkündete: »Sie sind so dumm wie ein Schwamm, Sieburg, oder noch dümmer, wie ein Fliegenpilz. Sie jammern immer rum, dass wir unsere Leute angeblich misshandeln, dabei verstehen der Kroning und ich uns beinahe blind, und Taschner liebt ihn geradezu, während Kroning mit einem wie Ihnen gar nicht reden würde. Sie sollten jetzt verschwinden. Taschner, reich mir mal das Zeug rüber, das wir wegen dem Brief notiert haben.«

»Ich gehe nicht«, protestierte Sieburg. »Und wenn Sie mich nicht mit Gewalt entfernen ...«

»Igitt«, machte Taschner. »Den Kerl pack ich nicht an, Chef. Soll er doch in seiner Nische verschimmeln. Hier haben Sie die Wische.« Er schob Kroll zwei Zettel zu, die Kroll zusammenknüllte und in die Hosentasche stopfte. »Sie wollten noch was sagen, Kroning?«

Woher wusste der andere das? Georg hatte sich noch nicht entschieden – seit Minuten überlegte er hin und her, ob er Klaußen aufs Geratewohl denunzieren sollte. Oder machte er schon wieder einen üblen Fehler, wenn er den Namen nicht für sich behielt? »Ich finde, Sie hätten Timos Hinweise wenigstens überprüfen sollen«, sagte er zögernd. »Oder machen Sie das immer so, dass Sie ignorieren, was nicht in Ihre ein für allemal zurechtgebogenen Theorien passt? Wenigstens ausnahmsweise könnten Sie mal einer Spur nachgehen, die mich nicht automatisch belastet.«

»Reden Sie von dem hageren Graubart? Für wie blöd halten Sie uns? Selbstverständlich haben wir Timo Prohns Abenteuerroman überprüft. Schließlich hat uns die märchenhafte Ähnlichkeit zwischen Alex Kortner und Margot Klaußen direkt auf die Spur eines Graubartes gelenkt, der überdies der Polizei nicht ganz unbekannt ist. Natürlich rede ich von diesem Psychoklempner und Nervenarzt Dr. Klaußen.«

Endlich gab er seine Position in Georgs Rücken auf. Schnaufend rochierte er zum Schreibtisch, wo er sich gegen die Blechkante lehnte und zu überlegen schien. Unter seinen Achseln prangten Schweißflecken, und sein Gesicht fing an, sich zu röten. »Hätte ja immerhin sein können«, schnaufte er, »der Alex Kortner als Klaußens illegitimer Sohn und so weiter; sieht aber schon auf den ersten Blick ziemlich schief aus. Wenn Klaußen auf einmal das Bedürfnis gespürt hätte, seinem verheimlichten Söhnchen ein Geldkuvert, eine Art Entschädigung oder was weiß ich zukommen zu lassen, meinetwegen sogar inkognito – dann hätte er doch mit Alfred Prohn einen sehr sonderbaren Boten gewählt, und dann hätte Prohn sich einer exzentrischen Methode bedient, das Kuvert zu überbringen. Kurz und gut, das ist alles Fantasterei. Wir haben Timo Prohn am Mittwoch ein Foto von Klaußen gezeigt, und er hat mit Entschiedenheit erklärt, dass Klaußen als geheimnisvoller Besucher seines Vaters nicht in Frage kommt. Punktum ... Ja ... Wo war ich?«

Unvermittelt krümmte er sich zusammen, wobei er beide Hände über der Herzgegend verkrampfte. Seine Lippen öffneten sich, doch anstelle eines Schreis sprang nur der glimmende Stumpen hervor, kollerte zu Boden und rollte bis zur Kaffeelache, wo er zischend verlöschte. Fast gleichzeitig sprangen Taschner und Georg auf.

»Chef? Alles in Ordnung?«, rief Taschner.

Kroll keuchte bläulich, krümmte sich würgend, schien Flüche zu zermalmen. »Elendes Hurenherz« glaubte Georg zu verstehen, oder sogar: »Blutrünstiger Mördermuskel«, was auf Routine im Umgang mit dem widerwilligen Herzen schließen ließ.

»Lass mich in den Sessel«, ächzte er. Taschner sprang vor, packte Kroll bei den Schultern und schleppte den schweren Körper hinter den Blechtisch, wo Kroll röchelnd in den Drehsessel sackte. »Mach du weiter ... nur einen Moment.«

Georg stand vor dem Schreibtisch, eine Hand um die Kante geklammert, und beobachtete ihn besorgt. Krolls rechte Hand fuhr unters Hemd und fing an, die linke Brustseite zu massieren, während sein Mund halb offen stand und die fahl vorquellende Zunge sehen ließ. Die Schnauzbartspitzen hingen schlaffer denn je, aus seinen Augen schien jede funkelnde Tücke gewichen zu sein.

»Sollten wir nicht einen Arzt ...?« Das war natürlich wieder Sieburg. »Und sollte nicht besser ich die Ermittlungen übernehmen, zumindest bis Sie wieder ...?«

Kroll richtete sich auf und rief grässlich krächzend: »Weg mit dem Kerl! Weg!«

Taschner kam hinter dem Blechtisch vor und packte Sieburg am Kragen. Mühelos hob er den anderen mit einer Hand hoch, trug ihn wie eine Puppe vor sich her und ließ ihn irgendwo im Düsteren auf die Fliesen fliegen. »Noch eine Silbe, Silberfisch«, zischte er.

Als er neben Georg am Schreibtisch stand, zuckten immer noch die Muskeln unter seinem Hemd, sodass sich die rot züngelnden Schlangen ringelten. Kroll knöpfte sein Hemd zu, wischte sich mit der Hand übers Gesicht und fing an, apathisch auf die Schnellhefter zu starren.

»Also, Jüngelchen«, sagte Taschner, »dann setz dich mal wieder hin. Den kleinen Timo konntest du gestern gar nicht mehr in Kassel treffen. Er hat am Donnerstag die Papierfabrik seines Alten verkauft, die eh halb bankrott war. Am Freitag ist er mit seiner Mama holterdiepolter abgereist. Natürlich wissen wir, wo die beiden stecken, aber du kennst uns ja, wir sind diskret. Kannst dir vorstellen, dass die Nachbarn die armen Prohns ziemlich getriezt haben, nachdem haarklein in der Zeitung stand, wie der alte Prohn und dein hübsches Freundchen ... Weißte, was die Nachbarn beispielsweise zu Timo gesagt haben?«

Er zwinkerte komplizenhaft und schob sich noch dichter an Georg heran, als Kroll aus seinem Sessel heraus ächzte: »Keine Beispiele, Taschner. Komm zur Sache!«

»*All right*, Chef. Also die Prohns sind weg, mit dem Graubart war's nix, und wir ha'm dich immer noch in der Zange, Kroning. Weißt du eigentlich, dass die Abendzeitungen schon gestern feurige Berichte über deine Waldschlucht-Geschichte gebracht ha'm? Und in den heutigen Blättern – na ja. Musst aber nicht glauben, dass wir den Zeitungsschmierern was gesteckt hätten. Sind die ganz von allein drauf gekommen, und sieht ja auch 'n Blinder, dass irgendwas nicht stimmt, wenn andauernd in deiner Umgebung Leute verschwinden oder blutig-feurig umkommen. Erst der Prohn, dann Kortner, jetzt deine Eltern ... Und stell dir vor, dabei wissen die noch nicht mal, dass du auch diesen Peter Martens abgemurkst hast.«
»Taschner«, mahnte Kroll mit schwacher Stimme. »Du sollst von dem Brief ...«
»Sofort, Chef. Also, der Brief, Kroning«, verkündete er mit Schafsgesicht, »der Brief, den die Züricher Kollegen heute früh im Postkasten gefunden haben – der war natürlich von Alex Kortner.«
»Ja und?« Georg lachte vor Verblüffung. »Was schreibt Alex denn?«
Kroll ächzte, Sieburg missbilligte, und dann Taschner mit breitem Feixen: »Ja weißt du, Kroning, praktisch bietet sich Kortner als Kronzeuge in der Prohn-Affäre an.«
Georg lachte immer noch, als hätte er nichts begriffen.

3

Taschner kniete hinter dem Schreibtisch und fächelte Kroll mit dem flammendroten Schnellhefter Luft zu.
»Seien Sie doch bitte still, Herr Kroning!«, rief Sieburg. »Das wird immer ernster für Sie, und was machen Sie? Sie krümmen sich vor Lachen!«
»Ach was.« Von einer Sekunde zur anderen stülpte Georg eine Maske fragender Besorgtheit über sein Gesicht. Dabei war er weder besorgt noch amüsiert. Die Wahrheit war, er empfand überhaupt nichts; er merkte nur, dass wieder diese schabenden Schauder einsetzten, die ihm über Kopfhaut und Rücken und hinten über die Schenkel kratzten, sodass die feinen Körperhärchen sich fast schmerzhaft sträubten. Wenn er halb die Augen schloss, glaubte er, die erregt wispernden Schatten zu sehen, die über irgendeine Brücke huschten und sich in eine Art Meer stürzten, aus dem Schleier emporschwebten. *Weg mit den Schleiern*, spürte er erneut. *Ich bin der Schleier vor all diesen Geheimnissen, und ich will, dass Kroll den Schleier zerreißt.*
»Legen Sie endlich Ihre Karten auf den Tisch, Kroll«, forderte Sieburg. »Was steht denn in dem angeblichen Brief von Kortner, den Sie möglicherweise erfunden haben?«
Ja, was eigentlich? Alex als Kronzeuge? Seltsamerweise zweifelte Georg keine Sekunde

an der Echtheit dieses Briefs. Aber wenn Alex ihn von Anfang an hintergangen hatte – wenn er wirklich vorhatte, für immer in die Georg-Kroning-Identität zu schlüpfen, konnte er nicht daran interessiert sein, dass Georg verhaftet und abgeurteilt wurde. Wozu also der Brief? Hatte Alex seine Absichten geändert, oder hatte Georg ihn auch in diesem Punkt falsch eingeschätzt?

Dazu kam, dass Alex offenbar doch nicht Klaußens verheimlichter Sohn war. Über Klaußens Foto hatte Timo den Kopf geschüttelt – Klaußen war nicht der graubärtige Mann, der Timos Vater das Geldkuvert zugesteckt hatte. Was bewies das? Und dann hatte Timo die väterliche Fabrik im Handstreich verkauft und war mit seiner Mutter aus der Stadt geflüchtet. Was aber, wenn Klaußen doch ...? Wenn er sogar mit einem zweiten Geldkuvert in der Prohn-Villa aufgetaucht war, irgendwann letzte Woche, und Timos Kopfschütteln gekauft hatte? Immerhin waren die Prohns, jedenfalls laut Taschner, fast bankrott, und wenn sie irgendwo neu anfangen wollten, wo man nicht mit Fingern auf sie zeigte, brauchten sie Startkapital. Aber wieso eigentlich bankrott? Demnach hatte auch Prohn in einer Finanzklemme gesteckt? Also war es doch möglich, dass irgendwer ihn zu diesen Botendiensten genötigt hatte? Und warum nicht Klaußen? Georg merkte, seine Gedanken wirbelten wieder mal im Kreis.

Taschner kniete noch immer hinter dem Schreibtisch und fächelte Kroll mit dem Schnellhefter stickige Luft zu. Kroll im Drehsessel bog sich zur Seite und kramte nach den Papierfetzen, die er vorhin in seine Hosentasche gestopft hatte.

»Wie gesagt, Sieburg – wir haben nichts zu verbergen.« Sein Gesicht sah jetzt wieder aus wie gewöhnlich, bloß die sonst tückisch huschenden Äuglein steckten stier in ihren Höhlen, wie gefrorene Tropfen, und die buschigen Brauen schienen Schatten zu werfen.

Kroll war ein kranker Mann, dachte Georg, und vielleicht spürte er, dass dies sein letzter Fall war. Und was dann? Kroll als Pensionär, in öffentlichen Parks Tauben fütternd? Oder Kroll als Schrebergärtner, der sich in grüner Schürze über Blumenbüschel bückte? Ganz unvorstellbar. Die grüne Schürze erinnerte Georg wieder an Josef, der starr und verschwollen im Schatten der Gärtnerhütte lag, nahe dem Hornissentrichter. Das mit Josef war ein Fehler, dachte er traurig.

Kroll beugte sich vor, stützte die Ellbogen auf die Blechfläche und fing an, mit dicken Fingern die zerknüllten Fetzen zu glätten. »Also, wollen sehen. Er schreibt ...« Er schien Probleme mit seiner Zunge zu haben, die plump zwischen seinen Lippen pendelte und beim Sprechen andauernd an die falschen Stellen stieß, sodass er beinahe lallte. Stockend, mit taumelnder Zunge las er vor:

Damen und Herrn – jetzt hat Georg Kroning auch noch seine Eltern ermordet, hab's eben im Funk gehört. Wenn Sie Prohns Tod klären wollen, müssen Sie nicht mich suchen, sondern den Kroning, der hinter allem dahintersteckt. Einzelheiten, auch zu meiner Flucht und überhaupt zu Georg Kronings Rolle würde ich preisgeben, wenn Sie mir was Passables anbieten würden – Strafmilderung oder so. Antworten Sie über die NZZ – vielleicht können wir ins Geschäft kommen, gezeichnet Alex Kortner«

Kroll blickte auf und fügte schleppend hinzu: »Wie Sie vorhin mitbekommen haben, konnten unsere Kollegen von der Stadtzürcher Kriminalpolizei anhand von Schriftproben und Fingerabdrücken den Verfasser zweifelsfrei identifizieren. Es steht fest, dass Kortner diesen Brief geschrieben hat, und wir nehmen an, dass er selbst das Kuvert irgendwann im Lauf der vergangenen Nacht in einen Außenbriefkasten des Zürcher Polizeipräsidiums gesteckt hat. Und von Ihnen, Sieburg, wüsste ich jetzt gerne, ob Sie meine Theorie immer noch für Fantasterei halten.«
Ähnlich einem Angeklagten trat Sieburg zögernd vor, wobei er mit beiden Händen an seinem Kragen ruckte. Er klammerte sich neben Georg an die Tischkante und stammelte: »Immerhin ... ich muss gestehen ... falls Sie beweisen können, dass der Brief nicht gefälscht ist ... doch, ja ... scheint der Kortner zu bestätigen ... müsste uns Herr Kroning jetzt erklären ...«
»Was'n mit dir los, Sieburg?« fragte Taschner, der nach wie vor, obwohl nicht mehr fächelnd, neben Kroll kniete. »Hast du 'ne Heckenschere verschluckt? Spuckst ja nur noch Satzschnipsel aus. Übrigens, Chef, da ist noch die Sache mit der Papiersorte.«
»Wie?«, murmelte Kroll. »Ach ja, hätte ich fast vergessen.« Er beugte sich vor und klappte die Zigarrenkiste auf, der er eine schlanke, fast zierliche Zigarre entnahm. Er spießte sich den Stängel zwischen die Lippen, entflammte ein extra winziges Zündholz und ließ milchig weiße Dampfwölkchen hochpuffen, wobei er angeekelt das Gesicht verzog. »Nicht viel besser als nichts«, murmelte er.
Er stemmte sich aus dem Sessel, schubste Taschner zur Seite und stampfte um den Schreibtisch herum, wo Sieburg und Georg an die Kante geklammert standen. »Mir ist aufgefallen, Kroning«, sagte er, »dass Sie in Zürich auf dem Glastisch zwischen dem ganzen Spielkram einen kleinen Papiervorrat liegen hatten. Ich würde sagen – handgeschöpfte Büttenbögen mit einem dicken Wasserzeichen, einer Art Emblem. Könnten Sie uns freundlicherweise dieses Wasserzeichen beschreiben?«
Georg zögerte, versuchte zu erraten, worauf Kroll hinauswollte, zuckte die Schultern. Falls Alex seinen seltsamen Kronzeugenbrief auf einem der Büttenbögen geschrieben hatte – was bewies das schon? »Auf diesen Blättern«, sagte er, »schreibe ich die Regeln der Spiele auf, die ich Spieleproduzenten anbiete. Das Wasserzeichen zeigt einen einsam dasitzenden Spieler, der sich über einen leeren, quadratisch gemusterten Spielplan beugt – alles sehr stilisiert, trotzdem spürt man die Konzentration und die Einsamkeit, die der Spieler ausstrahlt. Auf dem Spielplan steht keine einzige Figur.«
»Sehr hübsch«, lobte Kroll. Da er sich immer noch etwas wacklig zu fühlen schien, ging er mit schlurfenden Schritten in die Mitte des Gewölbes, vermied knapp die

Kaffeelache und sackte auf den Blechstuhl. Fast gleichzeitig ließen Georg und Sieburg die Tischkante los, drehten sich zu Kroll um und lehnten sich gegen den Tisch. In der schwarz glänzenden Pfütze zu Krolls Füßen schwamm die zerfasernde Riesenzigarre neben dem Schinkensandwich, das inzwischen fast schimmlig glitzerte. »Sie werden erraten haben, dass sich Ihr Freund Alex sinnigerweise dieses Papiers bedient hat, als er sich hilfesuchend an die Polizei wandte. Können Sie erklären, wie er in den Besitz dieses Bogens kam? Spricht nicht alles dafür, dass er in den letzten Tagen noch einmal in Ihrer Wohnung war? Womöglich verfügt er sogar über einen Schlüssel?«
Immer noch artikulierte er mit suchender Zunge, sodass er beinahe zu lallen schien, und seinen alten, ironisch-tückischen Schwung hatte er, zumindest vorläufig, sowieso verloren. Beinahe tat er Georg leid.
»Einen Schlüssel hat Alex ganz bestimmt nicht«, sagte er. »Und wie er zu dem Bogen kam?«
»Wo hast du das Zeug eigentlich her, Kroning?«, mischte sich Taschner vom Drehsessel aus ein, den er mit enervierendem Quietschton hin und her rucken ließ.
»Ein Geschenk«, sagte Georg leise. Das Seltsame war – Klaußen hatte ihm die Bögen geschenkt, zusammen mit einigen sentimental-nichtssagenden Zeilen, ein mattgraues Päckchen, das Margot letztes Jahr zu seinem Geburtstag mit nach Zürich gebracht hatte. Aber wieso seltsam? Er glaubte zu spüren, dass wieder mal irgendetwas nicht stimmte, und als Kroll nachhakte, beschloss er blitzschnell zu lügen.
»Wer hat Ihnen die schönen Bögen denn geschenkt? Vielleicht die Frau Mama?«
»Nein, das war ...« Er spürte, wie er blass wurde. »Sie werden lachen – das war ein Geschenk von Alex.«
»Warum sollte ich lachen?«, knurrte Kroll. »Ich lache höchstens nach Feierabend, mit anderen Worten also nie. Aber vielleicht möchten Sie mal, Kroning? Wenn ich Ihnen jetzt mitteile, dass die prachtvollen Büttenbögen in Prohns Papierfabrik hergestellt wurden? Na los, Kroning, lachen Sie schon!«
»Nein, das werden Sie nicht«, zischte Sieburg. »Was soll denn daran eigenartig sein? Immerhin haben Sie, Kroll, selbst herausgefunden, dass Kortner und Prohn am vorvergangenen Sonntag mit ziemlicher Sicherheit nicht zum ersten Mal zusammengetroffen sind. Also kann Kortner ...«
»Ist das wahr?«, fuhr Georg dazwischen. »Warum haben Sie das nie erwähnt, Kroll? Aber das verändert ja alles!« Obwohl er im Moment nicht überschaute, was die überraschende Information veränderte, und weshalb. Fahrig tastete er nach seinen *Gitanes*, wobei er Kroll im Auge behielt, der die zierliche Zigarre so behutsam zwischen die Finger klemmte, als fürchtete er, den mürben Stängel zu zerbrechen.
»Reden Sie keinen Unsinn, Kroning«, sagte er. »Was sollte sich dadurch für Sie verändern? Der Portier der *Rose* hat uns, wie gesagt, etliche Namen genannt und eine ganze Reihe weiterer Männer beschrieben, an deren Namen er sich nicht erinnerte oder die

sich unter Fantasienamen wie *Dagobert Dash* eingetragen haben. Er meinte sich auch zu entsinnen, dass Prohn im vergangenen Herbst schon mal mit Kortner in seiner Nobelabsteige war, aber beschwören konnte er es nicht. Da Kortner sich nachvollziehbarer Weise in der Regel nicht zweimal mit demselben Freier einlässt, hielten wir es bisher für unwahrscheinlich, dass Prohn und er schon vorher zusammengetroffen waren. Aber vielleicht schwindeln Sie uns auch wieder mal an, Kroning? Vielleicht hat gar nicht der Kortner, sondern sonst wer Ihnen dieses Papier geschenkt?«

»Warum hätte ich Sie in diesem Punkt anlügen sollen?«, fragte Georg zurück. »Außerdem wusste ich da noch gar nicht, dass die Blätter aus Prohns Laden stammen. Damit sind Sie erst danach rausgerückt.« Während er rasch dachte: Klaußen hatte ihm die Bögen geschenkt, also hatte er Alfred Prohn möglicherweise schon vor mehr als einem Jahr gekannt. Was hieß das?

»Ich begreife nichts«, trompetete Sieburg, wobei er glühende Blicke über Kroll versprühte. »Warum verdächtigen Sie Herrn Kroning, in diesem Punkt die Unwahrheit zu sagen? Mir erscheint das recht plausibel. Immerhin geht aus den Akten hervor, dass Prohn regelmäßig die Züricher Papierwarenmessen im Frühjahr und Herbst besuchte. Also kann er auch im vergangenen Herbst mit Kortner zusammengetroffen sein. Als Papierfabrikant hatte er eine Kollektion seiner Waren im Gepäck, und als Kortner wie üblich das Hotelzimmer durchwühlte, stieß er auf dieses Papierpäckchen und steckte es ein. Als er Herrn Kroning die Bögen schenkte, kann er einige Blätter zurückbehalten haben. Daraus ergibt sich, dass Kortner den Brief geschrieben haben kann, ohne in Herrn Kronings Wohnung ...«

»Ja, ja, ja«, machte Kroll. »Aus dem Gebrabbel können Sie meinetwegen eine Ballade basteln. In Gedichten kann ja ruhig alles schief und unlogisch sein. Prohn wird letzten Herbst von Kronings niedlichem Freund nach allen Regeln der Kunst ausgenommen, aber als Prohn wieder nach Zürich kommt, hat er nichts Besseres zu tun, als sich noch mal an Kortner ranzumachen. Na los, Sieburg, fangen Sie an, machen Sie sich 'n Reim drauf. Aber uns lassen Sie mit dem Geschwätz zufrieden.« Er spießte sich die zierliche Zigarre zwischen die Lippen und ließ weiße Dampfwölkchen hochpuffen, wobei sich sein Gesicht verzerrte.

»Vielleicht eine sentimentale Leidenschaft«, wisperte Sieburg. »Er könnte Kortner die Büttenbögen geschenkt haben als Zeichen seiner Zuneigung.«

»Logo, Betschwester«, höhnte Taschner hinter ihnen. »Das Ganze ist 'ne liebliche Liebesgeschichte. Nur sind in der Hochzeitsnacht drei Liter Blut weggespritzt, weil die Liebenden sich mit'm Messer statt mit Auswüchsen entjungfert ha'm. Chef, können wir den Kerl nicht endlich rausschmeißen?«

Doch Kroll hatte anscheinend nicht hingehört. Dumpf brütend, die Ellbogen auf die breit gespreizten Schenkel gestützt, saß er auf dem Blechstuhl und paffte seine Zigarre, die einen süßlichen Geruch verströmte. »Selbst wenn wir annehmen würden«, sagte er, »dass Prohn und Kortner sich schon vorher mal begegnet wären, würde das nichts Wesentliches ändern. Natürlich versuchen Sie, Kroning, uns wieder auf die berühmte Graubart-Fährte zu locken. Wir sollen glauben, dass die beiden sich kannten und die schwulen Schäferstündchen nur Vorwände waren für irgendwas Mysteriöses. Aber die Melodie scheppert immer stärker, je öfter Sie dran rumkurbeln. Wenn der Graubart dem Prohn ein Geldkuvert zugesteckt hat, das Kortner in Empfang nehmen und an irgendwen weitergeben sollte – warum hat sich Prohn verzweifelt gegen Kortner gewehrt? Auf diese Frage gibt es keine sinnvolle Antwort, und deshalb Schluss jetzt mit dem Gewäsch. Vielleicht hatte sich Prohn wirklich in den kleinen Alex vergafft, wie Sieburg predigt. Er hat's noch mal mit ihm versucht und 'nen hohen Preis bezahlt. Aber was ändert das an unserer Theorie? Kortner hat wie üblich abkassiert, und als Prohn Ärger gemacht hat, ist ihm das Messer ausgerutscht, und futsch war der Prohn. Außerdem glaube ich nicht, dass die beiden sich kannten. Ich glaube, Kroning schwindelt wieder mal.«

»Aber wieso?«, protestierte Georg. Doch mit seinen Gedanken war er ganz woanders. Sowie er hier rauskam, würde er mit Klaußen reden, und er würde ihn zwingen, jedes Detail zu beichten. Erneut überlief ihn dieser kratzende Schauder, als er rasch dachte: *Kroll und Klaußen, ich werde euch beide vernichten, und nach meinem Sieg bleibe ich allein in der leeren Mitte stehen.*

»Ist Ihnen denn nicht aufgefallen, dass der Kroning vorhin blass geworden ist, als er behauptet hat, Kortner hätte ihm die Büttenbögen geschenkt?« Das war Kroll, der sich vom Blechstuhl hochstemmte und sogar unternehmungslustig in den Knien wippte, während er Sieburg mit hämischem Blick maß. »Der Kroning ist eben ein Spieler«, sagte er gemütlich, »und natürlich respektiere ich, dass er uns hier und dort in Fallen zu locken sucht. Schließlich geht es um seine Haut, seinen Kopf, um sein nebliges Leben. Und obwohl er im Grunde weiß, dass er den Kopf nicht mehr aus der Schlinge ziehen kann, obwohl er sogar erleichtert ist, dass wir ihn aus seinem Traumsumpf ziehen, versucht er immer wieder mal, uns in die Irre zu führen. Als ich die Büttenbögen ins Gespräch gebracht habe, hat er natürlich sofort kombiniert – der Teufel kann's so wollen, dann stammen die Fetzen aus Prohns Mühle. Also hat er rasch probiert, uns eine Verbindung zwischen Kortner und Prohn zu suggerieren. Aber im Gegensatz zu Ihnen, Sieburg, hat er seinen Fehler längst bemerkt.«

Er baute sich vor dem Inspektor auf und paffte ihm weiße Wölkchen ins Gesicht. »Jeder außer Ihnen«, sagte Kroll, »hat Kronings Fehler bemerkt. Als ich vorhin behauptet habe, Sie wären dumm wie'n Fliegenpilz, hab ich die armen, dumm-bunten Dinger sogar noch beleidigt. Schläuche, Sieburg, sind ungefähr so schwachsinnig wie Sie. Taschner erklärt Ihnen gerne, was Kroning falsch gemacht hat.«

Taschner schnellte aus dem Sessel, packte Sieburg von hinten bei der Schulter und bog ihn so weit zurück, dass Sieburgs brünette Strähnen über die Schnellhefter fegten. Dazu säuselte er: »Sei nicht beleidigt, Schläuchelchen, nur weil der Chef dich mit der Wahrheit gepikst hat. Weil du so viel an Auswüchse denkst, deshalb kapierst du nix, is' doch klar. Also hör zu, olle Gartenspritze. Als der Kroning eben gezögert hat, wem er dieses Büttenzeugs in die Wäsche schieben soll, ha'm der Chef und ich gedacht, jetzt bringt er wieder den alten Klaußen ins Spiel. War für uns 'ne brenzlige Sekunde, kannste mir glauben. Praktisch wär'n wir gezwungen gewesen, die Graubart-Kladde wieder aufzuklappen, obwohl im Voraus klar war, nix is' damit. Hätt' sich aber ganz gut angehört. Der Klaußen kennt den Prohn, schickt den Prohn zu Kortner, der Kortner sieht aus wie Klaußens Tochter, die Tochter ist Halbwaise, Mamas Tod 'ne bisschen undurchsichtige Geschichte pipapo. Schließlich kann der kleine Prohn sich geirrt haben, oder er wollte nicht mehr, dass wir noch länger in der Sache rumstochern. Also kurz und gut, wir hätten noch mal überprüfen müssen, ob nicht vielleicht doch Klaußen dieser Graubart mit Geldkuvert war. Hätte alles nix gebracht, aber wir hätten viel Zeit verschwendet und Kroning wär erst mal aus 'm Schneider gewesen. Kapiert, Schläuchelchen?«

Grinsend ließ er sich zurücksacken, während Sieburg sich aufrichtete und stöhnend den Nacken rieb. »Ich werde mich beschweren«, flüsterte er fast träumerisch.

Niemand kümmerte sich um ihn. Kroll stapfte im Gewölbe auf und ab, wobei er schon wieder bedenklich schnaufte. Taschner ballte die Fäuste, reckte die Arme zeitlupenhaft in die Luft und schien imaginäre Gewichte zu stemmen. Die Wanduhr über seinem Kopf zeigte wenig nach elf. Und Georg, der mit müden Schritten zum Blechstuhl bei der Kaffeelache zurückkehrte – Georg dachte: Natürlich hatte Taschner recht, wenn man von dem unscheinbaren Detail absah, dass wirklich Klaußen ihm die Bögen geschenkt hatte. Aber wenn er damit jetzt herausrückte, würde Kroll nur verachtungsvoll grunzen.

Warum eigentlich hatte er vorhin beschlossen, den Namen Klaußen zu verschweigen? Im Augenblick begriff er sich selbst kaum. Natürlich, als Kroll auf seine Züricher Wohnung angespielt hatte, war er nervös geworden, aber erklärte das sein Verhalten? Wieder hätte er sich in einem wesentlichen Punkt entlasten oder wenigstens vorläufig Luft verschaffen können, und wieder hatte er die Chance mehr oder weniger absichtlich überspielt. Doch auch darin hatte Taschner recht – wenn Timo bei seinem Kopfschütteln blieb, war Klaußen kaum nachzuweisen, dass er in die Prohn-Affäre verwickelt war, zumal Kroll diese Spur sowieso nur widerwillig verfolgen würde. Wenn Georg also wollte, dass Klaußen wirklich und unwiderruflich ins Spiel kam, musste er schon selbst die Schlinge um dessen Hals legen und den Graubart in seinen und Krolls Kreis ziehen.

Als er aufblickte, stand Kroll vor ihm und beobachtete ihn lauernd. »Sieht schlecht aus, wie? Zumal wir uns erlaubt haben, noch einmal Ihre Wohnung in Zürich zu durchsuchen.«

Der Verschlag, das Rattenloch hinter den Spiegeln ... Georg schauderte. Was denn, durchzuckte es ihn, wenn sie Alex gefunden und irgendwie überredet oder gezwungen hatten, mit Kroll gegen ihn zu arbeiten? Wenn also der Kronzeugenbrief zwar fingiert war, aber von Alex selbst, sodass sich die Fälschung nie beweisen ließe?
»... noch einmal in aller Ruhe Ihre Schränke durchwühlt, und was glauben Sie ...?«
»Dazu hatten Sie kein Recht.«
»Aber selbstverständlich nicht, Kroning«, bestätigte Kroll. »Für die Schweizer Behörden sind wir Deutschen allesamt eine Art Nazis. Einen regulären Durchsuchungsbeschluss zu erwirken ist praktisch unmöglich. Und dann erst das Bankgeheimnis ... Sieburg, hören Sie mal weg! Kennen Sie dieses Zettelchen, Kroning?«
Was für ein läppisches Zettelchen? Gespannt beobachtete er, wie Kroll wieder in seinen Hosentaschen kramte und einen völlig zerknüllten Papierfetzen hervorzog, den er zwischen den Handballen zu glätten versuchte.
»Sagt Ihnen der Name Birnbaum irgendwas? Wahrscheinlich nicht, aber sollte mich das stören? Flämm und ich haben uns nämlich verständigt – wir behaupten ganz einfach, dieses Zettelchen hätten wir vergangenen Dienstag in Ihrer werten Gesäßtasche gefunden, Sie erinnern sich doch, als Sie uns zu diesem harmlosen Protokolltermin aufgesucht haben. In Wahrheit steckte das Zettelchen in Ihrer Züricher Schreibtischlade, aber das beweisen Sie uns bitteschön mal.«
»Das ist ungeheuerlich«, murmelte Sieburg.
»Finden Sie?«, erkundigte sich Kroll. »Also, Kroning. Nachdem Sie letzten Montag den Flämm abgeschüttelt hatten, sind Sie zur Filiale der *Helvetia*-Bank am Tessiner Platz gefahren und haben die unbedeutende Summe von zehntausenddreihundertvierundsechzig Franken auf Ihr Bankkonto eingezahlt, und zwar bei einem Kassierer namens Birnbaum. Würden Sie uns freundlicherweise erklären, woher ...«
»Aber gerne«, unterbrach ihn Georg, »kein Problem.« Er war dermaßen erleichtert, weil Kroll das Rattenloch nicht gefunden hatte, dass ihm jeder andere Fund im Moment bedeutungslos erschien. »Ich habe Ihnen doch schon erzählt, dass meine arme Mama mir nach Zürich geschrieben hatte. Übrigens beweist ihr Brief auch, dass ich mir wirklich Hoffnungen machen durfte wegen dem *Irrläufer*-Geld. Schließlich hat Mama geschrieben ... Aber das wissen Sie ja schon. Und na ja, sie hat meistens einen Geldbetrag mitgeschickt – kleinere Banknotenbündel, was gerade im Haus war.«
Kroll nickte; zwischen seinen Lippen wippte die zierliche Zigarre. »Ihre Lügen werden immer erbärmlicher. Sie erklären also – Taschner, mitschreiben! –, Ihre Mutter hätte Ihnen eine Barsumme von circa vierzehntausend Mark brieflich zugeschickt – einfach so einen Haufen Banknoten in einem völlig ungesicherten Brief. Und natürlich spekulieren Sie darauf, dass Ihre Mutter diese Lüge nicht mehr widerlegen kann. Leider kann sie Ihre Aussage auch nicht bestätigen. Traurig, Kroning. Was machen wir denn da? Übrigens, zeigen Sie mir doch mal diesen Brief.«

»Der ist in Zürich. Wenn Sie meine Wohnung durchwühlt haben ...«
»Aber da war kein Brief! Oder doch – vielleicht haben Sie das wieder mal verwechselt? In Ihrer Schreibtischlade haben wir einen dicken Brief von der kleinen Klaußen gefunden, dem armen Ding. Gemein, wie Sie sind, haben Sie das seelenvolle Schreiben nicht mal aufgeschlitzt. Aber wie ich Ihnen schon im Garten dieses Herrn Härtel versichert habe – den anderen Brief, von Ihrer Frau Mama müssen Sie ganz einfach geträumt haben.«
»Sie haben ihn verschwinden lassen?«, fragte Georg, wobei er immer noch lächelte. »Ist das nicht ein bisschen riskant, Kroll? Offenbar wussten Sie nicht, dass Margot, bevor sie nach Zürich gefahren ist, noch mit meiner Mutter telefoniert hat. Da hatte Mama den Brief an mich gerade geschrieben, und wie sie Margot erzählt hat ...«
Verblüfft beobachtete er, wie Kroll unsicher wurde und einen hilfesuchenden Blick zu Taschner flattern ließ. Sieburg stieß sich vom Tisch ab, zückte ein eierfarbenes Notizbuch und setzte sich auf den Blechstuhl, wo er zu protokollieren anfing.
»Aber Kroning«, maulte Taschner. »Das kannste nicht im Ernst behaupten. Wir und irgendwelche Indizien unterschlagen? Aber pfui! So was machen wir nicht. Erstens war'n wir sowieso nicht in deiner Bude – haste ja eben gehört. Diesen Bankwisch hat der Flämm in deinem Höschen gefunden, als du's grade mal nicht am Hintern hattest. Und zweitens ... Wieso eigentlich zweitens? Na ja, is' ja auch egal. Jedenfalls würdest du 'ne Menge Ärger kriegen, wenn du irgendwem erzählst, wir würden wichtige Papiere verbrennen oder sonst was Hitziges damit tun.«
Georg drehte sich halb zu ihm um. »Vielleicht haben Sie sogar recht«, sagte er. Da ihm im gleichen Augenblick durch den Kopf gegangen war: Möglich, dass Alex den Brief eingesteckt hatte, bevor er in sein Jura-Versteck geschlichen war. Obwohl er sich im Moment kaum vorstellen konnte, wozu Alex den Brief brauchte, und obwohl er selbst es seltsam fand, dass er Kroll und Flämm praktisch gegen seinen eigenen Verdacht in Schutz nahm.
»Sieburg, da sehen Sie's«, sagte Kroll sichtlich verblüfft, »wir haben wieder mal recht. Also hören Sie schon auf mit dem Gekritzel, uns hängen Sie sowieso nichts an. Das Prohn-Kapitel können wir vorläufig zuklappen. Diese zehntausend so wie viel Franken, die Sie, Kroning, letzten Montag so hastig zur Bank geschleppt haben, stammen logischerweise von einem der Kortnerschen Beutezüge – meinetwegen sogar von dem Prohn-Mord selbst. Soll mir nur recht sein, desto tiefer sitzen Sie in der Patsche, weil damit feststünde, dass Sie den Kortner nach der Tat noch gesehen haben. Ob der Prohn drei-, sieben- oder fünfzehntausend Franken in der Tasche hatte, kann uns im Grunde schnuppe sein. Mit Ihren Graubart-Gruselgeschichten können Sie dann von mir aus das Gericht amüsieren. Jedenfalls hat der kleine Alex Ihnen brav die Beute apportiert, Sie haben's wie üblich eingesackt und waren dämlich genug, den Einzahlungsbeleg in Ihre Tischlade zu stecken. Dieses Fetzchen hier, Kroning, ist praktisch

der Beweis, dass Sie den Kortner dressiert haben und dass der kleine Alex für Sie das Geld rangeschafft hat. So, Taschner, jetzt bist du dran.«
Beunruhigt drehte sich Georg um. Taschner federte aus dem Sessel hoch und schob sich um den Schreibtisch herum auf ihn zu, während Kroll schnaufend in die Tiefe des Gewölbes zurückwich. »Hübsch ruhig, Süßer«, säuselte Taschner. Auf seiner Hemdbrust ringelten sich die feuerzüngigen Schlangen.
Sieburg sah auf und dann mit schnellen, huschenden Blicken zwischen Georg und seinem Notizbuch hin und her, als hätte er eine Porträtskizze gefertigt und wollte das Abbild mit dem Urbild vergleichen.
»Unser Sieburg«, sang Taschner, »is'n richtiger kleiner Künstler. Schon auf der Polizeischule hat er niedliche Bildchen und so'n Zeugs gekritzelt. Und jetzt, Sieburg, kannste sogar mal 'n männlichen Akt malen.« Er schob sich dicht an Georg heran, machte sein Schafsgesicht und flötete: »Das Höschen, Lieber!«
Als Sieburg aufsprang, rutschte das Notizbuch von seinen Knien und platschte in die Lache. »Jetzt also wirklich die Hose!«, rief er. »Ich verlange, dass Sie diese peinliche Untersuchung aufschieben, bis ...«
»Bis was, Schläuchelchen?«
»Herr Kroning«, sagte Sieburg in dringlichem Tonfall. »Ich appelliere an Ihre Vernunft – entlasten Sie sich endlich, da Sie vorhin ...«
»Er hat recht, Kroning. Entlaste dich von deiner Hose.«
»Da Sie vorhin selbst angedeutet haben, Sie *behaupteten* nur ... Sie verstehen? Also? Ich versichere Ihnen, ich glaube nach wie vor, dass man bei der Forstbehörde ...«
»Fängst du schon wieder mit deinen Waldschusseln an? Also, Kroning, lass den Gürtel klirren.« Schmeichelnd legten sich seine Hände um Georgs Hüften.
Georg flüsterte: »Warten Sie, Taschner, lassen Sie mich erklären ...«
»Nichts da«, stammelte Sieburg. »Wenn Sie durchaus auf dieser Untersuchung bestehen, werde ich ...«
»Pfui, Schläuchelchen! Du bist ja ganz rot im Gesicht. Na ja, komm halt her. Gucken wir uns die Auswüchse zusammen an.« Seine Hände nestelten am Gürtel, während Kroll aus dem Off knurrte: »Sie sind mit'm Fahrrad zum Tatort geradelt, Kroning. Was sind Sie doch für ein seelengemütlicher Serienmörder.«
»Mit einem Fahrrad?«, echote Georg zittrig, da Taschner an seiner Hose zerrte. »Jetzt träumen Sie aber, Kroll, ich habe gar keins.«
»Habe ich Fahrrad gesagt? Dann bitte ich um Entschuldigung. Sind Sie vielleicht in einem normalen Haus aufgewachsen? Natürlich nicht, sondern in der Kroning-Villa, die bestimmt einmalig ist in der Welt. Wollen Sie vielleicht ein stinknormales Amüsierspiel unter die Leute bringen – so ein billiges Plastikzeug, das aus Pappschachteln quillt? I wo, Sie haben 'n Kunstwerk ausgeschwitzt, und der Kram soll aus Marmor gemeißelt werden und für den Pöbel natürlich unerschwinglich sein.«

»Was wollen Sie denn jetzt mit dem *Irrläufer*-Spiel?«, rief Georg. »Hören Sie doch mal auf da, Sieburg!«
Taschner und Sieburg rangelten um seine Hose. Taschner zerrte nach unten, während Sieburg schwächlicher den Gürtel umkrallte und alles wieder hochzuraffen versuchte.
»Da hörst du es«, keuchte Taschner. »Dich will er nicht.«
»Was ich damit sagen will?«, staunte Kroll. »Fragen Sie das im Ernst? Es gibt in Italien so kleine Werkstätten, die extrateure Rennräder von Hand zusammenmontieren und zu Fantasiepreisen auf den Markt bringen. Diese Leute sind genauso spleenig wie Sie mit Ihrem *Irrläufer*-Kram. Als ich die Reifenspur auf der morschen Tanne entdeckt habe – diese extraschmale Pneuspur, die bestimmt nicht von den viel breiteren Mercedes-Reifen stammen konnte –, da kam mir sofort die Idee. Ich hatte mal einen Fall, in dem so ein Edel-Esel eine Rolle spielte. Wussten Sie, dass die sogar spezielle Gummimischungen für ihre Reifen verwenden? Einer dieser Kettenkünstler heißt Bernotti, und Sie, Kroning, sind am Samstagnachmittag mit einer echten *Bernotti* zum Waldhaus geradelt. Kann ich Ihnen beweisen.«
Sieburg flüsterte: »Das können Sie wirklich, Kroll? Aber woher ...?«
»Da staunst du, Schläuchelchen«, keuchte Taschner. »Staun sogar beinahe ich. Aber der Chef weiß eben alles. Und jetzt hab ich die Hose ... Heilige Madonna!«
Die Hose schlotterte Georg über den Knöcheln. Taschner streifte ihm Hemd und Jacke hoch und starrte auf seine rechte Hüfte, wo die Prellstelle schillerte. Purpurn und lila prangte der Bluterguss über dem Hüftknochen, mit dem er vorgestern in den Schotter geschmettert war.
»Chef, wollen Sie mal 'n Blick? Nee, du nicht, Sieburg, willst ja doch wieder nur nach dem Kroning seinen Auswüchsen schielen. Schätze, ich muss auch mal so 'ne Resolution schreiben. Und weißte was, Kroning? Wir sperren dich jetzt in 'ne schöne Zelle, und dann wer'n der Chef und ich erst mal feiern gehen.«
»Soll sich anziehen«, knurrte Kroll. Er war aus dem halb Düsteren aufgetaucht, hatte einen Blick auf Georg geworfen und stapfte wieder hinter den Schreibtisch, wo er sich in den Drehsessel warf.
Georg bückte sich zittrig, zog sich die Hose hoch und hatte Mühe mit der Gürtelschnalle, die wie eine Schlange zwischen seinen Fingern zuckte.
»Hinsetzen, Kroning.«
Georg wandte sich um und sank halb betäubt auf den Blechstuhl. Der Bluterguss auf seiner Hüfte allein bewies gar nichts.
Sieburg stand mit hängenden Schultern neben dem Blechtisch und murmelte: »Das ist jetzt sehr ernst. Aber woher wussten Sie, Kroll ...?«
»Können Sie nicht wenigstens zuhören?«, fauchte Kroll. »Wenn Sie schon sonst ein totaler Versager sind? Wie gesagt, wir hatten mal einen Fall, in dem so eine Pneuspur eine ähnliche Rolle spielte. Ein Mord und zwei Verdächtige. Der flüchtende Mörder

hatte in seiner begreiflichen Aufregung einen Torpfosten gerammt, direkt unter dem Fenster, hinter dem die Leiche lag. Unsere Teufelskerle im Labor haben den Reifenabrieb untersucht, und dann stellte sich heraus, das war 'ne ganz besondere Gummimischung, die nur für eine Handvoll superteurer Rennmaschinen verwendet wird. Natürlich führen diese Werkstätten, *Luca* oder *Bernotti*, Kundenkarteien. Und na ja, wir haben uns die Karteien besorgt, wodurch wir nachweisen konnten, dass von zwei Tatverdächtigen nur einer in Frage kam. Der andere war ein armer Teufel, der wahrscheinlich heute noch auf seinem billigen Drahtesel durch die Freiheit strampelt.«
Er beugte sich vor, klappte die Zigarrenkiste auf und entnahm ihr die dickste und längste Zigarre, die Georg jemals gesehen hatte. Als er sie unter Dampf setzte, puffte eine kohlschwarze Wolke hoch, die seinen Kopf vollständig einhüllte. »Gestern die Reifenspur an der Tanne«, sagte er schnaufend, »hat mich an diese Geschichte erinnert. Ich dachte mir, der Kroning ist doch genauso ein Bursche wie damals der Kerl mit der *Luca* – noch die Fahrräder müssen bei diesen Typen was ganz Besonderes sein und die Unterhosen maßgeschneidert, weil diese Bürschlein andauernd Angst haben, an ihrer Gewöhnlichkeit zu ersticken. Also hab ich in den Karteien geblättert. Und jetzt dürfen Sie, Allerwertester, mal raten, welchen Namen ich unter K wie Kroning entdeckt habe.«
Er lehnte sich zurück und nuschelte um den monströsen Stumpen herum: »Also, Kroning. Für heute können wir allmählich Schluss machen. Dass Sie am Ende sind, sehen Sie inzwischen wohl selbst ein. Sie sind am Samstagnachmittag, nachdem Sie den Taschner außer Gefecht gesetzt hatten, mit Ihren Eltern zur Villa zurückgefahren und von dort aus irgendwann – die genaue Uhrzeit werden wir feststellen – mit der *Bernotti* zum Waldhaus geradelt. Wo, sagten Sie, hatten Sie sich das Seil besorgt?«
Georg zwang sich zu einem Lachen, das, wie er hoffte, amüsiert und unbekümmert klang. »Sie sind ein Fantast«, sagte er, »und wenn ich auch einer bin, dann stellen Sie mich soweit in den Schatten, dass ich nie mehr rausfinden kann. Wie gesagt, ich besitze kein Fahrrad, weder eine *Bernotti* noch sonst was mit Ketten Klapperndes. Ich erinnere mich vage, vor Jahren hatte Papa mir mal so ein Pedalending mitgebracht – aber fragen Sie mich bitte nicht nach technischen Details. Ich habe es nie benutzt, und soweit ich weiß, hat Papa es irgendwann an einen Bettelverein verschenkt. Wenn Sie in Ihrer Kartei den Namen Kroning gefunden haben, dann war das nicht mein Name, sondern der meines Vaters. Und was wollen Sie nur andauernd mit dem blöden Seil? Ich habe mir kein Seil besorgt, weder am Samstag noch sonst irgendwann. Ich habe den ganzen Samstag mit meinen Eltern verbracht, wir haben noch bis zehn, elf Uhr abends zusammengesessen und geredet.«
Er zögerte eine Sekunde und fuhr dann entschlossen fort: »Im Übrigen kann der alte Josef, unser Gärtner, Ihnen bestätigen, dass ich unser Gelände nicht verlassen habe. Josef hat den ganzen Nachmittag in der Nähe des Parktors gearbeitet – Unkraut ge-

jätet, Steinbrocken ausgebuddelt, was weiß ich. Wenn ich weggegangen wäre, hätte er mich sehen müssen. Aber warum hätte ich weggehen sollen? Ich bin nach Lerdeck gefahren, um mit meinen Eltern meinen Geburtstag zu feiern. Finden Sie, es klingt besonders überzeugend, dass ich stattdessen allein durch den Wald geschlichen sein soll? Wir haben zusammengesessen, meine Eltern und ich, und die meiste Zeit haben wir über meine Pläne geredet.«

»Über Ihre Pläne, ja? Und dass Ihr alter Gärtner halbtaub, komplett schwachsinnig und der menschlichen Rede nicht mächtig ist, scheint Ihnen entfallen zu sein? Da wird das Gericht aber staunen, Kroning, wenn Sie als Entlastungszeugen erstens Ihre verbrannte Mama, zweitens einen debilen Gärtner aufbieten. Und diesen wunderschönen Bluterguss, wie haben Sie sich den denn eingefangen?«

»Das war ganz blöd«, sagte Georg mit verlegenem Lächeln. »Direkt bei meiner Ankunft aus Zürich bin ich auf unserem Kiesweg irgendwie ins Stolpern geraten und auf die Steine geknallt. War ein ziemlich lächerlicher Auftritt.«

»Zweifellos, Kroning. Insofern allerdings auch nicht ungewöhnlich. Oder halten Sie Ihre Auftritte im Allgemeinen für würdevoll? Aber da Sie die Kleidung, die Sie bei Ihrem kleinen Missgeschick trugen, zweifellos nicht gleich weggeschmissen haben, können Sie natürlich beweisen, dass es sich so abgespielt hat?«

Georg zuckte die Schultern. »Das müsste man nachsehen«, sagte er. »Mama hat die Sachen an sich genommen. Wie ich sie kenne, ist es nicht einmal unwahrscheinlich, dass sie alles weggeschmissen hat. Die Jeans beispielsweise war von den Kieseln regelrecht zerschlitzt.« Wieder schob er eine Pause ein und sagte dann rasch: »Übrigens hat Josef auch das mitgekriegt – wie ich hingefallen bin und all das. Außerdem kann man ganz gut mit ihm reden. Wenn Sie einen Spezialisten hinschicken, können Sie von ihm normale Aussagen kriegen wie von irgendwem.«

»Einen Spezialisten?«, wiederholte Kroll. »Sie meinen, man kann *übersetzen*, was so ein Schwachkopf brabbelt, man muss nur seine Sprache verstehen? Das ist originell. Aber wir werden nichts unversucht lassen. Sollen wir die Brabbelbirne gleich vorladen? Nur noch eine Kleinigkeit vorher.«

Er stieß eine pechfarbene Wolke aus und fuhr fort: »Sieburg, jetzt kommt Ihre große Minute. Ohne Sie sind wir aufgeschmissen. Sagen Sie doch mal: Wenn Sie jemanden schnappen, weil Sie glauben, der Kerl hat einen anderen Jemand abgemurkst. Sie werfen dem Kerl vor, du bist mit dem und dem Fahrzeug zum Tatort gefahren, hast dort eine Todesfalle aufgebaut, wir können dir beweisen, dass du's warst. Wie können wir's beweisen? Weil du eine Spur hinterlassen hast, durch die wir das Fahrzeug identifizieren konnten, und weil dieses Fahrzeug fast eindeutig auf dich verweist. Was war das für eine Spur? Von einem gewaltigen Zusammenprall – die Schramme war auf der morschen Tanne, die du selbst hingeschmissen hast, damit deine Opfer dran sterben. So ... Und jetzt versetzen Sie sich mal in die Lage Ihres Verdächtigen, Sieburg. Wenn man Ihnen beweisen kann, dass die Pneuspur vom Täterfahrzeug stammt, sieht's übel für Sie aus, denn genau so ein Fahrzeug haben Sie ja, und sonst hat kaum irgendwer so ein Ding. Aber kann man's Ihnen beweisen? Wieso Täterfahrzeug? Ist da nicht irgendwas schief? Was würden Sie logischerweise zu Ihrer Entlastung vorbringen? Na, kommen Sie drauf?«

Sieburg ruckte an seinem Kragen. »Hören Sie auf, mich wie einen Schwachsinnigen zu behandeln. Ich habe schon vorhin, als Sie zum ersten Mal von Herrn Kronings Hose anfingen, einzuwerfen versucht, dass die Reifenspur den betreffenden Fahrer keineswegs belastet, im Gegenteil. Aber Sie lassen mich ja nicht zu Wort kommen. Wenn bereits *vor* dem Mercedes ein Fahrzeug mit der Tanne zusammengeprallt ist, dann hat dieser Fahrer von dem tödlichen Hindernis offenbar sowenig gewusst wie die armen Kronings, das sieht doch ein Blinder. Wenn wir davon ausgehen, dass in der Waldschlucht ein Verbrechen verübt wurde, dann wäre derjenige, der uns eine entsprechend beschädigte *Bernotti* vorwiese, der Erste, den wir aus dem Kreis der Tatverdächtigen ausschließen könnten. So, da haben Sie's!«, stieß er hervor.

»In der Tat, da haben wir's«, bestätigte Kroll. »Was aber, lieber Sieburg, wenn Ihr Verdächtiger gar nicht auf die Idee kommt, diesen simplen Einwand vorzubringen, den – Sie beteuerten es – ein Blinder erkennen müsste? Wenn er nicht zu bemerken scheint, dass die berühmte Pneuspur ihn unter normalen Umständen glänzend entlastet hätte? Wenn Ihr Verdächtiger wirklich so unschuldig wäre und noch nie von dieser Tannen-und-*Bernotti*-Geschichte gehört hätte, wäre er aufgesprungen und hätte Sie für blödsinnig erklärt, weil Sie zwischen belastenden und entlastenden Spuren nicht unterscheiden könnten. Und jetzt sind Sie dran, Schlaukopf. Jetzt erklären Sie mir doch mal, warum Kroning sich diese verdrehte Geschichte seelenruhig angehört hat, als wäre es das Normalste von der Welt, dass einer seine eigene Falle rammt. Warum protestiert er nicht, warum widerlegt er uns nicht, warum windet er sich nicht aus unseren Fingern, obwohl er doch sonst so knochenlos geschmeidig wie ein ganzes Schlangennest ist?«

Beide, Kroll und Sieburg, starrten düster auf Georg, der erschrocken den Blick senkte. Taschner murmelte: »Super, Chef, spitze wieder mal.«

Georg wartete flach atmend, zum Zerspringen angespannt. Was würde Sieburg erwidern? Wie raffiniert Kroll doch war! Ein fanatischer Hasser und rücksichtsloser Spieler, denn nur wer von Anfang an darauf spekuliert hatte, dass allein Georg als Täter in Frage kam, brachte es fertig, sogar aus entlastenden Indizien weitere Schlingen zu knüpfen für seinen auserkorenen Lieblingsfeind. Möglich, dass irgendwann Kroll selbst sich in seinen Schlingen verfangen würde.

»Was gibt es da noch zu grübeln, Sieburg?«, drängelte Kroll. »Vergessen Sie die anderen Kleinigkeiten nicht – diese prachtvolle Prellwunde auf Kronings Hüfte, dann die höchstwahrscheinlich weggeschmissenen Kleider und die *Bernotti*, die er vielleicht mal besessen, aber irgendwann an einen – ich zitiere – *Bettelverein* weggeschenkt hat. Nachher wird Taschner sich ans Telefon hängen, aber das Ergebnis kann ich Ihnen jetzt schon mitteilen: Kein Bettelverein hat je 'ne *Bernotti* aus dem Hause Kroning bekommen. Also das angebliche Hauptentlastungsindiz kriegt er nicht mit, und was ihn sonst noch hätte entlasten können, hat er vermutlich verschwinden lassen. Und als Krönung ein schwachsinniger, halbtauber, dreiviertelst stummer Zeuge, der für Kronings Alibi bürgt.«

Wieder schrillte das Telefon. Kroll beugte sich vor, fauchte *Nein, jetzt nicht!* in die Muschel, knallte den Hörer zurück.

»Wer war das?«, fragte Sieburg. Als Kroll ihn nur drohend ansah, ruckte er an seinem Kragen und stammelte: »Ich muss zugeben ... rein hypothetisch ... da ich selbst solche Schliche nie ... aber immerhin ... Es würde meinen Verdacht verfestigen«, platzte er endlich heraus. »Natürlich müsste man sorgfältig untersuchen ...«

»Natürlich«, schnitt ihm Kroll das Wort ab.

»Aber wäre das denn logisch?«, fing Sieburg wieder an. »Ich meine, warum sollte Herr Kroning selbst, wenn er die Tanne über den Weg gestürzt hätte ...?«

Kroll knurrte. Taschner tauchte aus dem Hintergrund auf und verkündete: »Was wir jetzt brauchen, ist ein Kerl mit Schafsgeduld, und der bin ich. Ich werd's dir erklären, Schläuchelchen. Unser Kleiner hier, der Kroning, is'n bisschen verrückt. Haste noch nicht gemerkt? Andauernd murkst er Leute ab, und dabei glaubt er selber so halb und halb, er wär's nicht gewesen. Er bildet sich ein, er hätte irgendwie magische Macht oder so'n Strahlenkram. Bräuchte nur zu denken *Du, Kerl, fall um*, und schon fällt der. Der Chef und ich kennen uns aus mit so Typen. Beispielsweise glaubt der Kroning auch, dass Kortner irgendwie halb in ihm drinsteckt. Nicht, wie du jetzt denkst, Schläuchelchen, hat nur am Rand mit deinen Auswüchsen zu tun. Der Kroning denkt *Oh Gott, ich bin gespalten, und der kleine Alex is' so 'ne Art Schatten von mir, der sich selbstständig gemacht hat.* Deshalb glaubt er ja auch, der Prohn-Mord und die Waldschlucht-Geschichte hängen zusammen, aber nicht so, wie wir's behaupten. Aber gleichzeitig weiß er, dass er sich das alles nur einbildet, und deshalb fängt er an rumzutricksen und denkt sich Schliche aus, auf die keiner reinfällt, höchstens er selbst. Kapierste allmählich?«

»Ich ... vielleicht«, stammelte Sieburg. »Ehrlich gesagt, nein.«

»Na ja, ehrlich biste wenigstens«, tröstete ihn Taschner. »Also noch mal ganz langsam, zum Mitträumen. Der Kroning strampelt zum Schotterweg, zerrt die morsche Tanne runter, und dann sagt er sich – *Wie? Ich hätte dies mörderische Werk vollführt? Aber nicht die Bohne!* Und damit er's glaubt, holt er Schwung und knallt selbst mit Karacho gegen den Tannenkrüppel. Der Kroning denkt kompliziert, ist ja schließlich gebildet. Der Kroning will immer alles auf einmal. Damit wir ihn nicht erwischen, lässt er das *Bernotti*-Ding und seine zerfetzten Klamotten verschwinden. Damit wir ihn doch erwischen, lässt er Spuren zurück, die regelrecht blenden. Damit wir's ein bisschen schwerer haben, gibt er erst mal gar nix zu und denkt sich schummrige Ausflüchte aus. Aber damit wir ihn doch kriegen, hilft er uns sogar noch, trübe Figuren wie dich aus'm Spiel zu kicken. Denn wie der Chef von Anfang an gesagt hat: Der Kroning hat Angst vor sich selbst, und eigentlich hofft er, dass wir ihm aus seiner Gespensterwelt raushelfen. Vorhin hat er das ja auch selbst erklärt. Wie war das, Kroning?«, wandte er sich an Georg. »Vorhin haste gesagt – *ich will, dass das alles endlich aufhört, weil's mir unheimlich wird*. Kapiert, Schläuchelchen?«

Sieburg ruckte am eierfarbenen Kragen, wobei er verstörte Blicke über den Boden huschen ließ. Als er aufblickte, nickte Kroll ihm düster zu. Sieburg starrte ihn an, zögerte, erwiderte das Nicken.

»Na endlich«, kommentierte Taschner.

Kroll stand auf, kam um den Schreibtisch herum und fasste Sieburg vertraulich am Arm. »Erfahren, wie Sie sind, Kollege, erkennen Sie selbstverständlich eine gewisse Flucht- und Verdunklungsgefahr.«

»Sie meinen?«

Kroll nickte. »Wir werden nicht darum herumkommen, zumindest bis wir die Villa durchsucht haben.«

»Er verhält sich wirklich merkwürdig«, murmelte Sieburg. »Aber wenn Sie gestatten, möchte ich noch einen letzten Versuch machen. Herr Kroning«, wandte er sich an Georg, der apathisch auf dem Blechstuhl saß. »Ich fordere Sie zum letzten Mal auf, sich zu erklären. Ich muss gestehen, diese Vernehmung hat mich nachdenklich gemacht, obwohl ich immer noch glaube ... Ich werde den Verdacht nicht los, dass Sie aus Gründen, die keiner von uns durchschaut und die vielleicht einfach auf einem Missverständnis beruhen ...«

Wieder schepperte das Telefon. Diesmal hechtete Taschner hin, schnappte sich den Hörer und maulte: »Was is' los? Wer? ... Nee, der kann jetzt auch nicht. Probieren Sie's später noch mal, so in 'ner Stunde ... Ja. Tschau.«

Als er den Hörer zurückknallte, fuhr Sieburg herum. »War das für mich, Taschner? Ich habe so ein Gefühl ...«

»Weg mit deinen Gefühlen, du!«, schnappte Taschner.

Sieburg warf ihm einen verworrenen Blick zu und wandte sich kragenruckend wieder zu Georg um: »Also kurz und gut, ich fordere Sie noch einmal auf, rückhaltlos zu erklären: Konnten Sie Ihren Vater für die Finanzierung Ihrer geschäftlichen Projekte gewinnen, und wenn ja, können Sie uns diese friedliche Einigung plausibel machen oder möglicherweise sogar beweisen? In diesem Fall wären wir gezwungen, alle Indizien neu zu bewerten, und von einem sachlichen Zusammenhang zwischen dem Prohn-Mord und den hiesigen – sagen wir – Ereignissen könnte keine Rede mehr sein. Ist Ihnen das bewusst, Herr Kroning? Wenn Sie sich mit Ihrem Vater geeinigt

haben, hatten Sie kein Motiv für den vermeintlichen Elternmord. Auch Ihre vorgebliche Verstrickung in die Prohn-Affäre würde sich ganz anders darstellen. Sogar der Brief von Kortner beweist unter Umständen nur, dass Kortner die gestrigen Abendzeitungen gelesen hat und sich gewisse Vorteile davon verspricht, wenn er die Hauptschuld auf Sie abwälzt. Aber es kommt immer auf die Perspektive an, Herr Kroning. Und um auch das noch einmal zu erwähnen: Kroll wäre dann aus dem Spiel, und was mich betrifft, ich würde zunächst bei der hiesigen Forstbehörde …«
»Fängst du schon wieder an?«, keifte Taschner.
Kroll, der starr neben Sieburg gestanden hatte, zog den Stumpen aus seinem Mundloch, beugte sich vor und pustete dem Inspektor eine gewaltige Qualmwolke ins Gesicht. Sieburg hüstelte wütend und wollte wieder was Empörtes rufen, als Kroll die Faust hob und unheimlich ruhig sagte:
»Wir werden das jetzt ein für allemal klären. Hatten Sie sich, Kroning, bis Samstag mit Ihren Eltern geeinigt, ja oder nein? Verfügen Sie über irgendwas Schriftliches, mit dem Sie beweisen können, dass Ihr Vater Ihnen eine Viertelmillion Schweizer Franken überschreiben wollte – ja oder nein? Sie haben eine Minute Zeit. Wenn Sie mit *ja* antworten und Ihre Behauptung beweisen können, übergebe ich die Ermittlungen auf der Stelle an Inspektor Sieburg.«
Georg starrte ihn an, fiebrig überlegend, dann senkte er den Blick. Sein Herz hämmerte. In seiner Tasche knisterte der Vertrag. Die Sekunden huschten vorbei. Sollte er, sollte er nicht? Was sprach eigentlich dagegen, dass er den Vertrag aus der Tasche zog? War Kroll dann wirklich aus dem Spiel? Und was konnte er sich davon erhoffen, dass Kroll im Spiel blieb und weiter im Nebel stocherte? Hatte Kroll recht mit seiner hämischen Behauptung, Georg sehnte sich danach, aus seinem verworrenen Geheimleben gerissen zu werden? Das Schlimme war, er durchschaute sich selbst nicht mehr – seine Pläne, seine Schliche, seine Motive. Wie sollte er sich entscheiden? Wie viele Sekunden Bedenkzeit blieben ihm noch? Sein Blick flatterte zur Wanduhr hoch, deren Zeiger eben über die Zwölf ruckten. Er öffnete die Lippen, schluckte. Kroll warf Sieburg einen lauernden Blick zu; der Inspektor zögerte, wand sich, schließlich nickte er abermals.
»Ja, Kollege?«
»Ich fürchte, ich muss mich geschlagen geben«, murmelte Sieburg.
Georg spürte, wie sich ein verzerrtes Lächeln über seine Züge stülpte. »Also gut«, sagte er. »Da haben Sie mich also doch noch weich gekocht, Sieburg. Ich hatte gehofft, solange Kroll im Spiel bleibt, solange er mich praktisch nur aus Versehen verdächtigt, bleibt wenigstens eine Chance, dass die wahren Hintergründe, Zusammenhänge, was weiß ich – dass all das aufgeklärt wird. Ich kann Ihnen nur noch mal sagen, ich bin sicher, dass zwischen der Prohn-Affäre und dem Tod meiner Eltern irgendeine Beziehung besteht. Aber ich bin diese Beziehung nicht, Kroll, denn ich kann beweisen,

und ich werde Ihnen hiermit beweisen, dass sich mein Vater am Samstag verpflichtet hat, mir eine Viertelmillion zur Verfügung zu stellen.«

Obwohl er sich nach dieser Rede ziemlich flattrig fühlte, merkte er sofort, dass Kroll und Taschner sonderbar reagierten. »Na los«, fauchte Kroll, schwarze Dampfwolken puffend. »Mach schon, zeig mir deinen Beweis.«

Taschner drängelte: »Hol den Kram raus, wir können's gar nicht abwarten, eins vor'n Latz zu kriegen.«

Während Sieburg den Kopf schüttelte und erklärte: »Aber meine Herren, das sind doch nur noch Rückzugsgefechte. Ich hoffe, Sie zeigen sich als faire Verlierer. Also ein Vertrag, Herr Kroning? Warum haben Sie uns die Existenz dieses Dokumentes geschlagene sechs Stunden lang verschwiegen? Ich begreife Sie nicht. In unserer, in Ihrer Stadt, Herr Kroning, ist gestern ein kleiner Junge entführt worden. Draußen wird jeder Polizist gebraucht, da wir möglicherweise gezwungen sein werden, die umliegenden Wälder zu durchkämmen. Vielleicht sollten Sie darüber einmal nachdenken – während Sie uns hier mit Ihren Possen festgehalten haben, hätte ich draußen womöglich längst ... Also zeigen Sie uns das Dokument, oder erklären Sie, wo Sie es deponiert haben, damit wir umgehend ...«

Georg stand auf, schon fuhr seine Hand in die Brusttasche. Dass er ein verschlossenes Kuvert hervorzog, war für einen Moment irritierend, da er sich zu erinnern glaubte, dass er den Vertrag einfach so, als zerknickten Bogen, eingesteckt hatte. Aber was spielte das noch für eine Rolle? Er hatte sich entschieden – Kroll war aus dem Spiel. »Ich zeige Ihnen jetzt den Vertrag, Sieburg«, sagte er, »und anschließend verlasse ich diesen Keller als freier Mann. Richtig?«

»Dafür verbürge ich mich«, erklärte Sieburg feierlich.

»Dann schauen Sie es sich an.« Georg reichte ihm das Kuvert und wandte sich ab. »Geben Sie mir meine Zigaretten«, sagte er zu Taschner, während Sieburg das Kuvert aufschlitzte.

»Deine Fluppen?«, staunte Taschner. »Sorry, die sind alle verdampft. Und vielleicht nicht nur die Fluppen.«

Was sollte das bedeuten? Im selben Moment begriff er. Das Kuvert ... Taschner und Kroll hatten vorhin, als er unter dem Blechkasten stand, seine Jacke durchsucht ...

»Was soll der Unsinn?«, rief Sieburg. »Meine Geduld ist jetzt aber wirklich erschöpft!« Was er anklagend schwenkte, war eine große, mattglänzende Fotografie.

»Was'n das?«, nuschelte Taschner. »Vielleicht so'n Schweinkram? Zeig mal her.« Er riss Sieburg die Fotografie weg und lachte wiehernd.

Georg trat wie betäubt zu ihm hin und sagte: »Zeigen Sie her. Sofort.«

Er starrte auf das Bild und begriff sekundenlang überhaupt nichts. Die Fotografie war ziemlich vergilbt und überdies in einer Technik aufgenommen, die den Gegenstand halb verschwimmen ließ. Erst allmählich dämmerte ihm, dass das Bild einen weiblichen Akt zeigte – eine vollkommen nackte, nicht mehr ganz junge Frau lehnte in einem Park oder Wald an einem breiten Tannenstamm, mager, verschämt lächelnd und zusammengesunken, sodass sie beinahe verwachsen wirkte. Dünn und strähnig fiel ihr Haar auf die Schultern, und obwohl es eine Schwarz-Weiß-Aufnahme war, glaubte Georg zu erkennen, dass sich schon silbrige Strähnen hineinmischten. Dann traf ihn der Blick aus der Mitte des Bildes – dieser bräunlich träumerische Blick, der sich seiner eigenen Träume schon damals, vor zwanzig oder fünfundzwanzig Jahren, zu schämen schien. Das Bild zeigte seine Mutter, als sie vielleicht Ende zwanzig und er selbst noch nicht geboren war.

»Du bist aber wirklich ein Schwein«, sagte Taschner. Es klang beinahe bewundernd. »Wollen Sie auch mal gucken, Chef? Unser Süßer schleppt 'n Pornobild von seiner Alten mit sich rum.«

»Nein, danke«, knurrte Kroll. Er hatte sich in den Drehsessel fallen lassen und wischte sich mit einem grauen Tuch übers Gesicht, während Sieburg murmelte:

»Dann viel Glück, Kroll. Und Ihnen auch, Kroning. Ich kann nichts mehr für Sie tun.«

Georg tastete nach seinen Schläfen. Wer hatte dieses Bild fotografiert? Und wo? Wie hatte Kroll sich die Fotografie verschafft? Spielte das noch eine Rolle? *Kroll war der Teufel*, und welche Chance konnte man sich ausrechnen, wenn man gegen den Teufel spielte? Kroll wollte ihn vernichten, Kroll respektierte keinerlei Gesetze, nur seine eigenen Regeln, die irren Regeln seines eigenen Spiels. Aber war Georg wirklich schon am Ende? Er trat einen halben Schritt auf Sieburg zu und murmelte:

»Entschuldigen Sie ... ein peinliches Versehen ... das falsche Kuvert eingesteckt ... vielleicht in der Villa ...« Und dann, mit einer blitzartigen Eingebung: »Jetzt erinnere ich mich, ich habe den Vertrag am Samstag nach Zürich geschickt. Zu *Härtel & Rossi*, verstehen Sie, damit der *Irrläufer* keine Zeit mehr verschwendet. Ich bitte Sie, Sieburg, Sie müssen mir glauben! Ich ... Mir war das irgendwie entfallen«, improvisierte er, »als ich das Kuvert zu Hause rumliegen sah, dieses Kuvert, das jetzt leider Sie ... da muss ich gedacht haben, es wäre doch noch nicht nach Zürich unterwegs, und da hab ich den Umschlag wohl automatisch eingesteckt, um ihn zur Post zu bringen. Wieso denn nicht?«, rief er mit klirrender Stimme, die ihn selbst erschreckte. »Schließlich kann ich beweisen, dass ich einen Brief nach Zürich geschickt habe. Josef hat ihn noch am Samstagnachmittag für mich besorgt. Sie können das alles überprüfen!«

Niemand antwortete ihm. Jeder im Raum wusste, Georg stieß nur noch verzweifelte Lügen hervor. Er war am Ende. Kroll hatte den Vertrag verschwinden lassen, und nachdem er stundenlang geleugnet hatte, dass es ein Dokument dieser Art überhaupt gab, würde nicht mal mehr Sieburg ihm glauben, wenn er behauptete, Kroll oder Taschner hätten den Vertrag weggeschafft und heimlich gegen das Foto vertauscht.

»Tut mir leid, Herr Kroning«, sagte Sieburg. »Aber wie die Dinge stehen, werde ich

in dieser Sache nichts mehr überprüfen. Natürlich wird Kroll sich vergewissern, ob ein Brief von Ihnen nach Zürich unterwegs ist. Aber ehrlich gesagt, ich glaube nicht daran. Denn diese Fotografie – wie soll ich sagen – ist so ziemlich das Gegenteil eines Vertrages mit Ihrem Vater, der sie entlastet hätte. Leben Sie wohl.«
Er zog die Blechtür auf, schlüpfte hindurch und tauchte in den düsteren Korridor.
Kroll, halb zusammengesunken hinter seinem Schreibtisch, sagte in förmlichem Tonfall: »Taschner wird Sie jetzt abführen, Kroning. Sie sind dringend verdächtig, Ihre Eltern ermordet zu haben. Sie sind dringend verdächtig, Alexander Kortner unter Ausnutzung seiner emotionalen Abhängigkeit zu fortgesetzter Prostitution und zu schwerem Raub in mindestens zwölf Fällen gezwungen zu haben. Sie sind dringend verdächtig, an Alfred Prohns Tod mitschuldig zu sein. Sie sind dringend verdächtig, Alexander Kortner zur Flucht verholfen zu haben. Sie sind schließlich verdächtig, vor vier Jahren den bisher ungeklärten Mord an Peter Martens angezettelt zu haben. Hier besteht noch Aufklärungsbedarf. Wir werden einen Haftbefehl beantragen. Wir werden dafür sorgen, dass Sie wegen Flucht- und Verdunklungsgefahr vorerst eingesperrt bleiben.«
Ein plötzlicher Hustenanfall, der sein Gesicht blaurot aufflammen ließ, rundete seine Rede ab. Taschner kam auf Georg zu, wieder schnappten die Stahlschlingen um seine Gelenke. »Na komm schon, Jüngelchen«, säuselte Taschner.
In diesem Moment schepperte das Telefon zum dritten Mal. Kroll beugte sich vor, griff nach dem Hörer und lehnte sich müde zurück. »Ja? Mit Sieburg wollten Sie …? Tut mir leid, der ist grade weg. Das interessiert mich nicht!«, schrie er, warf sich nach vorn und knallte den Hörer auf den Apparat. »Abführen«, schnauzte er.
Beinahe zärtlich legte Taschner einen Arm um Georgs Schultern und führte ihn weg.

4

Die Zelle war quadratisch, kahle Kalkwände, karg möbliert. Ein grober Holztisch mit zerfurchter Fläche, ein Blechstuhl wie in Krolls Keller und rechts eine Pritsche, die man tagsüber aus Platznot gegen die Wand klappte. Im Winkel links schwoll allen Ernstes der porzellanene Klokelch hoch, daneben buckelte sich ein schäbiger Spülstein aus der Mauer. Keine Spiegel.
Dann das Fenster: eine schmale Scharte, dick vergittert, Blick auf den Gefängnishof, vis à vis die schwarze Mauer. Stacheldraht, der sich über die Firste schlängelt. Wenigstens hatten sie ihn in eine Einzelzelle gesteckt. Er setzte sich auf den Blechstuhl, verschränkte die Arme vor der Brust und starrte gegen die verschrammte Stahltür.
Zu seiner Überraschung fühlte er sich weder bestürzt noch verstört. Nicht mal ver-

ärgert, beispielsweise über sich selbst, oder gar erleichtert, wie Kroll prophezeit hatte. Die Wahrheit war, er empfand nichts. Natürlich, Müdigkeit. Abstumpfung auch. Und tief drinnen so ein kaltes Lodern. Enttäuschung? Hass? Rachsucht? Die Wörter taugten nun mal nichts. Weg mit den Wörtern. Und die Gefühle? Weg mit dem Zeug. Er würde sie alle vernichten – Kroll, Klaußen und ... Er würde gewinnen. Ganz zum Schluss Alex.
Wie lange konnten sie ihn festhalten? Im Grunde war er überzeugt, dass er spätestens morgen wieder freikommen würde. Das gehörte einfach mit zu diesem Spiel.
Er nahm an, dass sie ihn in ein reguläres Gefängnis gesteckt hatten. Taschner hatte ihn durch die düsteren Korridore zu einem Lift geführt. Als die Kabine stoppte, hatte sich die Tür direkt nach draußen geöffnet, auf einen engen Hinterhof. Schräg auf dem Hof ein grün-weißer Kastenwagen mit laufendem Motor. Zwei Uniformierte, die ihn mützetippend übernahmen. Lange, rasche Fahrt durch den blendend heißen Mittag. Draußen die lachenden Gesichter, die verbitterten, leer-gierigen Gesichter, die schattenlosen Straßen.
Die Hände mit den Stahlschlingen zum Gesicht hebend, hatte er für einen Augenblick gefürchtet, dass er losheulen würde, einfach so.
Er hatte nicht geheult, keine einzige kalt brennende Träne. Die Uniformierten hatten ihm eine Zigarette geschenkt, mit Filter, den er abriss, sodass der Qualm widerlich kratzte und ihm Tränen in die Augen trieb. Seine Eltern waren tot, Peter Martens war tot, der alte Josef war tot, Alfred Prohn war tot, und Alex ... Alex hatte ihn verraten, von Anfang an. Warum? Keine Antwort. Und was war mit Klaußen? Er war sicher, dass Klaußen die vergilbte Aufnahme gemacht hatte, die seine Mutter nackt zeigte, vor zwanzig oder fünfundzwanzig Jahren. Warum Klaußen? Keine Antwort. Sein lautloses Lachen im grün-weißen Kastenwagen, zwischen den vollbärtigen Uniformierten. Im Gefängnis, eine Art Rezeptionsraum mit hohem hölzernen Tresen, Wärtergewimmel, krächzenden Kommandos. Alles abliefern, was er bei sich trug, aber er trug nichts bei sich; er war leer. Das Bild hatte Taschner behalten. Den Vertrag hatte Kroll behalten. Die Villenschlüssel, Münzen und das kleine Banknotenbündel steckte der grau uniformierte Mann hinterm Tresen weg.
Dann wieder der Befehl: »Alles ausziehen!« Das machte ihm schon kaum noch was aus. Abstumpfung. Auch verteidigte er ja keine Maske mehr. Langsam alles abstreifen, mit nicht einmal mehr zittrigen Fingern. Schwindlig höchstens vor Müdigkeit. Nackt dastehen unter gelangweilten Blicken, in denen vielleicht sogar Ekel glänzte. Auch das war nicht mehr neu – angewidert sein von sich selbst, den eigenen Gedanken, Gefühlen. Angewidert von seinem eigenen straffen Körper, der matt schimmernden Haut. Das Rascheln der Bartstoppeln, wenn er mit spitzen Fingern über Kinn oder Wangen fuhr. Wieso plötzlich dieser rau sprießende Bartwuchs? Das wird bestimmt kein Bart aus Rabengefieder. Lächeln, immer lächeln, auch wenn niemand

mehr zurücklächeln wird. Und dann vorbeugen, fast wie Alex, die Hände auf den nackten Knien abstützend. Warum entschloss sich einer, Gefängnisarzt zu werden? Er vermied es, ihn anzusehen, hatte kein Bild von ihm.
Aufrichten, anziehen, abtreten. Seine Kleidung durfte er behalten, allerdings hatte er keine Zigaretten mehr, und nicht einmal das störte ihn. Mit dem grau Uniformierten durch Gittertüren, über galerienartige Gänge; rechts Zellen mit Guckloch wie Ställe, links über eine Brüstung schwindelnder Blick in die Tiefe, unten eine Art Saal. Lange Reihen gleichförmiger Tische, Bänke ohne Lehne; dazu der Kommentar des Grauen, auch Grauhaarigen, Graubärtigen, sogar seine Augen grau, seine Haut, die sich allerdings über Fettwülste spannte: »Da unten fresst ihr.«
Ein Gefängnis für Jugendliche, sozusagen Jugendvollzugsanstalt, sechs-, siebenhundert Häftlinge hinter den Backsteinen und er einer der Ältesten mit seinen einundzwanzig Jahren. Wiederholungstäter: Handtaschenräuber, Autoknacker, viele Drogenkinder natürlich; in seiner Nachbarzelle ein fünfzehnjähriger Vergewaltiger, der über eine Greisin hergefallen war.
Die stallartigen Zellen allesamt leer. Wie der Uniformierte weiter erklärte: die Häftlinge in den Gefängniswerkstätten, wo sie Holzspielzeug sägten und sogar Uniformen schneiderten, vielleicht graue für ihre Wärter.
Während der Graue die Zelle aufriegelte, fragte Georg: »Erinnern Sie sich an Peter Martens, den Krüppelzwerg?«
Kopfschütteln, Schulterzucken. Und im Hinausgehen, halb über die Schulter gemurmelt: »Einen Serienmörder hatten wir hier schon lange nicht mehr.«
Auch dieses Wort, *Serienmörder*, berührte ihn nicht. Obwohl er ahnte, dass es keinen Unterschied machte, ob er sie alle wirklich ermordet hatte. Beispielsweise eigenhändig erdrosselt, die Finger um zuckende Kehlwülste krampfend. Oder mit dem berühmten Geröllbrocken Schädel knackend, wobei sie sich im Schlamm wälzten, am Ufer eines breiten Flusses, der grün schäumend vorüberschoss, wild strudelnd und gleichzeitig majestätisch träg. Den Stein für Alex reservieren. Für Alex keinen rasch knackenden, einen qualvoll in die Länge gedehnten Tod. Feuerfolter, sein todesängstliches Flehen; mit spitzem Messer kindische Bilder in seinen Rücken geritzt. Das alles nur Träume, fröstelnd, ohne Erregung, während er starr auf dem Blechstuhl saß. Die Stille dieser Zelle. Keine Spiegel. Keine Uhr. Keine *Gitanes*. Keine Spiegel. Nur die Stille. Seine Gedanken in dieser Stille. So, wie alles immer schon war. Nur kälter, ruhiger, seltsam verlangsamt. Schleppende Schatten, wenn er halb die Augen schloss. Ihre Stimmen klar, dunkel, unmissverständlich, kein Gemunkel mehr. Klaußen vernichten. Kroll vernichten. Und am Schluss Alex. Auf die Frage, ob man irgendwen benachrichtigen solle, noch unten vor dem Tresen seine Antwort: »Nein. Keinen.«
Er war allein, immer schon, er brauchte keinen, hatte nie irgendwen gebraucht. Auch Margot nicht. Er ahnte, dass Alex versuchen würde, Verbindung mit ihr aufzuneh-

men, das war nur konsequent. Bitte, Alex, bedien dich doch. Auch sie war bloß noch eine tönerne Figur in seinem tödlichen Spiel.

Er stand auf, trat zum Fenster. Alles ganz langsam, tranceähnlich und dennoch zielgewiss, sodass er fast vor sich selbst erschrak. Weg mit dem Schreck. Unangenehm war nur, dass er immer noch fröstelte, was höchstwahrscheinlich an diesem absurden Seidenanzug lag. Trotzdem drückte er seine Stirn gegen das kalte, dick-doppelte Glas. Davor die Gitterwülste, dann der leere, hoch ummauerte Hof, dann die Wand. Oben der Stacheldraht, in der Sonne glitzernd.

Was würde Kroll jetzt unternehmen? Seltsam, das interessierte ihn nicht. Kroll würde wühlen und düster brüten wie üblich, und beinahe tat er Georg leid. Kroll war offenbar herzkrank, schon interessanter. Möglich, dass er zusammenklappte, bevor er Georg wirklich überführt hatte. Möglich, dass der Fall Kroning ihn zerrieb. Jedenfalls spielte er mit vollem Risiko. Er hatte den Vertrag verschwinden lassen. Er hatte sich das Bild beschafft, das Georgs Mutter nackt zeigte, ehe Georg geboren war. Wahrscheinlich war Taschner heimlich in die Klaußen-Villa eingedrungen und hatte alles durchwühlt. Aber was viel interessanter war: Wie das Bild bewies, hatte Kroll begriffen, dass sie beide das gleiche Spiel spielten. Was natürlich nicht hieß, dass Kroll ihn schonen wollte, im Gegenteil. Kroll wollte ihn vernichten, nach wie vor, aber Georg hatte ihn zum Bündnis gezwungen. Er würde ihn benutzen, den wütenden Wühler, den fanatischen Hasser, und anschließend war Kroll selbst am Ende. Erst Klaußen, dann Kroll. Oder umgekehrt – Kroll, Klaußen; er würde sehen. Und ganz am Schluss Alex. Die Regeln regelten es so.

Jedes Mal, wenn in der Tür die Gucklochklappe klickte, sah er hin und starrte in das graue Auge. Er würde nie mehr eine Zigarette rauchen. Er würde nur noch so viel essen, wie er irgend brauchte, um bei Kräften zu bleiben. Er würde sich nichts anmerken lassen, von keinem. Wenn Margot käme, würde er lächeln und mit ihr plaudern. Er würde sie küssen und ihre Brust berühren, empfindungslos. Er würde sie nicht fragen, ob sie bei Alex gewesen war. Er würde es wissen. Die Klappe klickte. Georg ging zum Blechstuhl, setzte sich hin, fröstelnd, mit verschränkten Armen.

Die Stille dieser Zelle. Die kalten Mauern. Der Gedanke, dass alle tot waren, Mama und Papa, Martens und Prohn und der alte Josef. Der Gedanke, dass Alex ihn verraten hatte, von Anfang an. Der Gedanke an Klaußen, immer wieder an ihn, an den Magier, der ganze Welten unter Schleiern des Schweigens verschwinden ließ. Der Gedanke, dass die Sache mit Josef ein Fehler war, vielleicht der entscheidende, allerdings nicht in Krolls Sinn. Der Gedanke, dass er immer noch nicht aufhören konnte zu töten, zu vernichten, auf seine Art. Dass aber das Ende jetzt absehbar war. Weg mit den Schleiern. Der Gedanke, dass alles genau so sein musste, kommen musste, und dass alles gut war, wie es war. Kurze, ruhige Tagträume von der Nacht, als er die Schatten tanzen ließ. Das war jetzt eine Woche her. Erst eine Woche … Für einen

Moment machte ihn die Woche fast fassungslos. Auch die Zeit war eine Lüge, auch der Villenschlüssel, der Schlüssel zum Parktor, den ihm niemand wirklich wegnehmen konnte, auch die *Enterbung*, die gar nicht möglich war ...
Irgendwann schwoll und schepperte draußen ein ungeheurer Lärm hoch. Draußen, draußen, überall war Draußen, auf den Galeriegängen, unten in der Halle, im Hof. Trappelnde Schritte, schwirrende Stimmen, kindlich, scheinbar unbeschwert, kaum einmal dazwischen ein dunkel gemurmelter Fluch. Warum auch? Schlau und verschwiegen und straff maskiert spielte jeder sein eigenes Spiel, und wenn er zwischenzeitlich in so eine Zelle flog, dann aus taktischen Gründen. Gewinnen. Siegen. Vernichten. Nichts wird wie früher sein.
Schlüsselklirren vor seiner Tür. Sie schwang auf, im Rahmen der grau Uniformierte, ganz und gar Graue, dabei Weichlich-Feiste von vorhin. Unterm Arm trug er einen Stapel Laken. Er trat in die Zelle, klappte die Pritsche auf, knallte die Laken drauf.
»Beziehen.«
Während Georg auf dem Blechstuhl blieb und lächelte. Das graue Auge starrte ihn an. Doch Georg, fröstelnd mit verschränkten Armen, lächelte unentwegt.
»Du willst nicht?«
Er lächelte, lächelte, bis der Graue wegsah, dazu sein Gemurmel: »Wirst wahrscheinlich sowieso heute noch verlegt.« Und dann lauter: »Mitkommen. Ihr fresst jetzt.«
Georg stand auf, alles ganz langsam, trat ans Fenster und wandte ihm den Rücken zu.
»Du willst nicht?«
Er lächelte gegen das Glas. Hinter ihm knallte die Tür zu, er war wieder allein. Von unten, vom Saal ohne Decke das gedämpfte Scheppern und Geklapper von Essgeschirren, die wahrscheinlich aus Blech waren. Er nahm an, dass die unten zu Abend aßen, obwohl draußen auf der Mauer noch der Tag glänzte. Er ging zur Pritsche, schüttelte die Laken auf, schob sich dazwischen. Lächelnd schlief er ein.

5

»Herr Kroning?«
Sofort war er wach, warf die Laken ab. Als er aufsprang, klappte die Pritsche hoch, laut scheppernd, sodass die Stille zerriss.
»Psst«, machte Sieburg, mit einem Finger die prallen Lippen versiegelnd; hinter ihm, halb auf der Galerie, dieser ganz und gar Graue.
Georg lachte, was Sieburg wieder mal zu irritieren schien. Aufwachen und sofort loslachen, atemlos und immer noch fröstelnd. »Wie lange war ich weg?« Absichtlich bediente er sich dieser Formulierung, deren Hintersinn nur er begriff.

»Sie meinen ...? Es ist jetzt Dienstag, halb fünf Uhr früh. Die Kommission hat die ganze Nacht hindurch getagt, bis man sich zuletzt gegen Kroll ...«
Welche Kommission? Es interessierte ihn nicht.
»Hören Sie mir überhaupt zu? Sie wirken abwesend.«
Über der Tür nur eine trüb glühende Birne, Düsternis vorm Fenster, aber draußen die Galerie gleißend. Lichtschauer warfen sich draußen über den Grauen. Während Georg leise lachend sein Haar strähnte mit gespreizten Fingern, über die Schläfen und hinten bis zu den Schultern. Verklebt fühlte er sich. »Duschen werde ich natürlich zu Hause. Aber wenn Sie gestatten ...« Er trat zur Nische links, wo die Kloschüssel hochschwoll, knöpfte sich auf und ließ in aller Ruhe sein Wasser rauschen.
»Sie fragen gar nicht, Herr Kroning, wieso ...«
»Nein.« Es interessierte ihn nicht. »Gehen wir. Ich brauche meine Schlüssel.«
Mit Sieburg und dem Grauen draußen über die Galerien; Schnarchen, Gestöhn hinter den Türen. Schweigend zwischen dem Grauen und Sieburg, über Metalltreppen, durch Gittertüren, wo der Graue regelmäßig die Schlüssel klirren ließ.
»Sie haben ungeheures Glück gehabt, Herr Kroning. Wenn nicht ein Vertrauter Ihres Vaters ...«
Wieso Glück? Schließlich hatte er noch keinen umgebracht, nicht mit eigenen Händen oder Schädel knackend mit Geröll.
»Ich habe Ihnen Zigaretten mitgebracht. Ihre Marke.«
»Danke. Ich rauche nicht mehr.« Das alles lautlos lachend, sodass Sieburg immer irritierter die Lippen auf- und halb wieder zuschnappen ließ.
Weitere Metalltreppen, gleißende Galerien, speckige Gittertüren, und für jede Tür suchte und fand der Feist-Graue einen Schlüssel.
»In einem Punkt hat Kroll jedenfalls recht – Sie sind ein sonderbarer Mensch.«
Das hatte er nun wirklich schon zu oft gehört – für einen Moment fühlte er ein Brennen in der Kehle, Trauer oder Schmerz, sodass er sich zusammenreißen musste, um sein Lächeln nicht zu verlieren. Sie traten in den Raum mit dem hohen Tresen. Der Graue trottete hinter die Schranke, suchte Georgs Sachen hervor.
»Ein Schlüsselbund, dann siebenhundertdrei Mark und vierundsiebzig. Quittieren.«
Als er unterschrieb, hatte er den klaren Eindruck, dass er die Unterschrift fälsche. Für einen Moment hatte er sogar überlegt, ob er mit *Kortner* unterzeichnen sollte.
»Eines noch, Herr Kroning.« Sieburg zögerte auf der Schwelle. »Obwohl wir einen Seitenausgang benutzen, müssen wir damit rechnen, dass die Presse ...«
»Und wenn schon.«
Die Tür schwang auf, ein enger Hof im rosa dämmernden Morgen, Wagen kreuz und quer verkeilt, davor ein Reporterrudel. Blitzende Blicke, Lederjacken, klickende Kameragesichter. Hinter ihnen presste der Graue die Tür ins Schloss, wozu er murmelte: »Bonzenratte.«

Von vorn die herandrängenden Reporter. Georg und Sieburg mit den Rücken gegen die Tür gedrückt.
»Meine Herren!«, rief Sieburg. »Ich muss Sie wirklich bitten ...«
Dann die losschwirrenden Fragen – hämisch, belfernd, todessüchtig und zugleich Empörung heuchelnd. Ohne zunächst einzelne Wörter zu unterscheiden, spürte er sofort – alle diese Reporter nahmen ganz selbstverständlich an, dass er Sieburg behext oder bestochen hatte, und ergriffen für Kroll Partei. Dazwischen immer wieder Sieburg, mit dem Rücken zur Gefängnismauer – stammelnd, kragenruckend, mit beschwörenden Gesten. Bis ein Reporter mit fuchsfarbenem Bart seine Hand gegen Georg spreizte und ausrief:
»Den Luden müsst ihr fragen, der andere begreift nicht, was hier gespielt wird.«
Nach einem Moment verblüffter Stille das zweite Fragengewitter, das sich diesmal gegen Georg entlud. Darunter immerhin einige Fragen, die er teilweise amüsant fand: »Würden Sie, Herr Kroning, sich als bisexuell bezeichnen?« – »Falls Sie freigesprochen werden: Trifft es zu, dass Sie die Verwaltung Ihres Vermögens in Herrn Demkens Händen belassen werden?« – »Sehen Sie Ihr Motiv zutreffend wiedergegeben mit der Aussage, dass Ihr *Spiel* Ihnen wichtiger als alles andere war?« – »Können Sie bestätigen, dass *Härtel & Rossi* beschlossen hat, die Beziehungen zu Ihnen vorläufig ruhen zu lassen?« – »... einen Exklusivvertrag anbieten, der Ihnen die Finanzierung Ihres Amüsierspiels ...« – »Wie erklären Sie sich die Macht, die Sie offenbar über manche Menschen ausüben, sodass diese Ihnen regelrecht zu verfallen scheinen?«
Georg sagte leise: »Ich weiß es nicht«, wobei er immer noch lächelte. Zu Sieburg sagte er: »Kommen Sie«, und ging voran, was Geraune hervorrief unter den Reportern, die sich zum Spalier zerteilten. Nochmals zuckende Blitze, Fragenfetzen, aber er hörte nicht mehr hin. Am Ende des Spaliers stand pantherhaft grinsend Flämm.
»Das bringt Ihnen nichts, Sieburg, nur'n Haufen Schwierigkeiten, die ganze Presse ist gegen Sie.«
Georg beachtete er nicht, obwohl der ihm lächelnd zugenickt hatte. Dass Flämm, in nachtblauem Anzug und fast rüschenhaft aufgebauschtem Hemd, extra aus Zürich hergeeilt war, schien zu bedeuten, dass sie die Fahndung nach Alex wenigstens vorläufig einschlafen ließen. Entweder Alex arbeitete mit ihnen zusammen, oder sie verzichteten im Moment darauf, ihn zu schnappen, weil sie auf weitere Enthüllungsbriefe hofften. Aber auch das war Georg egal. Alex hatte so oder so keine Chance. Wer ausgerechnet bei Kroll Schutz suchte, musste reichlich verzweifelt sein.
»Gehen Sie mir aus dem Weg«, zischte Sieburg. Er wirkte ziemlich mitgenommen. Feixend gab Flämm den Weg zu der Polizeilimousine frei, die im Hintergrund wartete. »Zisch ab, Sieburg«, murmelte er. »Mach dir'n schönen Tag mit der Ratte. Nur keine Hemmungen. Der Kroning jedenfalls macht alles mit. Spätestens übermorgen sind wir wieder dran.«

Eine Tür flog auf, hinter Sieburg schlüpfte Georg in den Wagen, der sofort losfuhr.
»Zur Kroning-Villa«, sagte der Inspektor.
Vorn die Uniformierten nickten. Georg lehnte sich zurück. Zu Hause würde er sofort versuchen, Klaußen zu erreichen, und er würde den anderen zwingen ...
»Ich bestehe darauf, dass Sie mir zumindest zuhören.« Das war natürlich wieder Sieburg, der sich schräg zu ihm hingedreht hatte. »Selbstverständlich erwarte ich nicht, dass Sie mir danken.«
»Das wäre auch lächerlich«, sagte Georg. Sein Lächeln hatte er längst verloren, vielleicht bei Flämm.
»Was ist los mit Ihnen?«, fragte Sieburg. »Sie wirken – wie soll ich sagen – verändert, Sie sind abwesend, abweisend, wortkarg. Hat die eine Nacht im Gefängnis solchen Eindruck auf Sie gemacht? Das sollte mich freuen. Dann sind Sie vielleicht endlich bereit, sich zu erklären: Wozu dieses, verzeihen Sie, verrückte Verwirrspiel, mit dem Sie einzig und allein sich selbst gefährden? Warum haben Sie nicht sofort, als Kroll Sie mit seinem Verdacht konfrontiert hat, Ihre Karten auf den Tisch gelegt?«
»Ich wollte sie hinlegen«, sagte Georg. »Aber da waren sie weg.«
Sie fuhren auf die Autobahn auf, wo der Fahrer scharf beschleunigte. Hochhäuser huschten vorbei, teils schwarz glänzend wie gewaltige Grabsteine, teils flirrend verspiegelt, sodass man geblendet den Blick wegdrehte.
»Sie drücken das wieder so zweideutig aus«, protestierte Sieburg. »Schließlich war der Vertrag nicht wirklich weg, Sie hatten nur die Kuverts verwechselt, und wie Ihnen kurz darauf einfiel, hatten Sie den Brief bereits auf den Postweg nach Zürich gebracht. Richtig?«
»Na klar.«
»Selbstverständlich haben unsere Züricher Kollegen schon heute Nachmittag, nachdem Herr Demken seine überraschende Aussage zu Protokoll gegeben hatte, bei *Härtel & Rossi* nachgefragt. Ihr Brief ist mit der heutigen Post allerdings nicht eingetroffen. Aber das ist im Augenblick ein untergeordnetes Problem. Hören Sie mir zu?«
»Ja doch.«
Fröstelnd zog Georg die Schultern hoch und schob sich tiefer in die Nische zwischen Sitzbank und Wagentür. Sieburg rutschte nach und drehte sich seitlich zu ihm hin, sodass Georg das Knie des anderen an seinem rechten Schenkel spürte. Sieburg sah verschwitzt und übernächtigt aus; das brünette Haar war zerzaust, der eierfarbene Anzug zerknittert, was in seinem Fall fast mitleiderregend wirkte.
»Auch wenn es Sie nicht zu interessieren scheint«, sagte er in drängendem Tonfall, »möchte ich Ihnen mitteilen ... Wir haben gestern Abend einen Forstarbeiter festgenommen. Karl Vrontzek heißt der Mann. Er benimmt sich sehr eigenartig. Das ist das eine. Zweitens hat Herr Bankier Demken gestern Nachmittag eine eidesstattliche Erklärung abgegeben, die Sie glänzend entlastet. Sie können sich vorstellen, es hat

bei der Kommission erheblichen Eindruck gemacht, dass Herr Demken persönlich sich für Sie verwendet. Immerhin ist das Haus Demken eines der angesehensten und einflussreichsten nicht nur in Lerdeck, sondern in der ganzen Region.«
»Und Sie haben da reingeheiratet, Sieburg? Gratuliere!«
Zumindest hatten das die Reporter behauptet. Und was war das übrigens für eine mysteriöse Kommission, die Kroll ausgeschaltet hatte?
»Pah! Üble Nachrede!«, schnappte Sieburg. »Meine Frau ist nur über sieben Ecken ... Aber konzentrieren wir uns doch auf die Tatsachen, nachdem wir lange genug durch spukhaften Nebel gestolpert sind. Also hören Sie zu, Herr Kroning.« Er bog sich zurück, zückte ein Notizbuch, blätterte es auf. Offenbar verfügte er über einen gewissen Vorrat eierfarbener Notizbücher, da er erst gestern eines in der Kaffeelache in Krolls Keller eingebüßt hatte. »Wie Sie sich erinnern werden, hat Ihr Vater noch am Samstag mit Herrn Demken telefoniert. Demken gibt Inhalt und Hintergrund dieses Gespräches wie folgt wieder. Im Auftrag Ihres Vaters hat er einen sogenannten Schenkungsvertrag entworfen, der Sie mit einer Viertelmillion begünstigt und außerdem eine sogenannte Verzichtsklausel enthält. Am Samstagnachmittag haben Sie und Ihr Vater diesen Vertrag unterzeichnet. Wie Ihr Vater ausdrücklich erwähnte, haben Sie die Verzichtsklausel ohne Umschweife akzeptiert. Sie selbst haben die Bedenken Ihrer Mutter ausgeräumt und erklärt, dass Sie keine weiteren finanziellen Ansprüche erheben wollten; dass Sie die zweihundertfünfzigtausend als Startkapital ansähen und entschlossen seien, künftig Ihr eigenes Geld zu verdienen. Das ist wunderbar«, schloss er aufblickend. »Was sagen Sie dazu?«
Georg starrte aus dem Fenster. Da er immer stärker fröstelte, stopfte er seine Hände in die Taschen und zog die Schultern noch höher, was allerdings eine charakteristische Geste seines Vaters gewesen war.
»Warum schweigen Sie?«, empörte sich Sieburg. »Ist Ihnen klar, was Demkens Aussage bedeutet? Kommen Sie doch endlich zu sich, Herr Kroning! Passen Sie auf ...«
Während sie im Schritttempo an einer Massenkarambolage vorbeikrochen, klappte Sieburg erneut sein Notizbuch auf. Er beugte sich zu Georg hinüber und erläuterte in schafsgeduldigem Tonfall: »Ihre Entlastung, wie ich sie während der Nachtsitzung vor der Kommission vorgetragen habe. Entgegen Krolls abenteuerlichen Theorien waren Sie nie ernstlich in Geldverlegenheiten. Ihr Verhältnis zu Ihrem Vater mag schwierig gewesen sein, auch Herr Demken hat so etwas angedeutet, aber in finanzieller Hinsicht scheint Ihr Vater ja immer recht großzügig gewesen sein. Sie hatten also keinen Anlass, sich die Summe, die Sie für Ihre – äh – Projekte benötigen, gewaltsam zu verschaffen – weder in Zürich mithilfe dieses Kortner noch hier in Lerdeck, indem Sie Ihre Eltern kaltblütig umbrachten. Bevor Ihre Eltern unter tragischen Umständen ums Leben kamen, hatten Sie sich mit Ihrem Vater friedlich und verbindlich geeinigt. Damit ist eine Hauptsäule in Krolls Verdachtsgebäude eingeknickt. Auch sein

Versuch, aus der sogenannten Verzichtsklausel ein neues Mordmotiv zu konstruieren, ist gescheitert. Wenn Sie Ihre Eltern ermordet hätten, um sich in den Besitz des gesamten elterlichen Vermögens zu bringen, hätten Sie schwerlich vorher einen Vertrag unterschrieben, der Ihr Erbe auf den gesetzlichen Pflichtteil reduziert.«
»Ja, kann sein«, sagte Georg.
Sieburg lehnte sich zurück und fuhr selbstgefällig lächelnd fort: »Ihre Eltern wurden nicht ermordet, Herr Kroning. Besagter Vrontzek hat einfach aus Schludrigkeit vergessen, die morsche Tanne abzutransportieren, obwohl er am vergangenen Freitag Fahrdienst hatte. Er wird pausenlos vernommen, und ich bin fast sicher, dass er noch heute gestehen wird. Einen großen Teil der Schuld tragen ohnehin Ihre Eltern selber, die so leichtfertig waren, diesen mörderischen Schotterweg als private Rennpiste zu missbrauchen. Der Spuk ist vorbei, Herr Kroning. Auch von einem angeblichen Zusammenhang zwischen der Affäre Prohn und dem Tod Ihrer Eltern ist selbstverständlich keine Rede mehr. Ich nehme an, Kroll wird noch heute nach Zürich zurückreisen, da Sie als Drahtzieher einfach nicht mehr in Frage kommen.«
Sie verließen die Autobahn und rollten durch die Krümmung der Ausfahrt, während sich vor ihnen schon die Industriegebiete von Lerdeck dehnten.
»Sie irren sich, Sieburg«, sagte Georg leise. »Kroll wird nicht aufgeben. Im Gegenteil hat er sogar Flämm zur Verstärkung aus Zürich geholt. Die Fahndung nach Alex lässt er offenbar einschlafen. Außerdem ist da noch der Brief, in dem Alex mich beschuldigt, irgendwie für die Prohn-Affäre verantwortlich zu sein.«
»Ach wissen Sie, dieser Brief«, gab Sieburg träge zurück. Seit er gegen Kroll geputscht und die Ermittlungen an sich gerissen hatte, schien sich sein zornig zischendes Wesen mit überraschender Geschwindigkeit zu verflüchtigen, und übrig blieb nichts als Selbstgefälligkeit. »Natürlich hat Kortner in der Zeitung gelesen, dass Kroll Sie in die Geschichte zu verwickeln versucht. Und er wäre nicht der kleine, verschlagene Gewohnheitsgauner, als den ihn alle Gutachter beschreiben, wenn jetzt nicht er versuchen würde, einen Vorteil für sich herauszuschlagen. Aber was steht schon, nüchtern betrachtet, in diesem Brief? Kortner wiederholt einfach Krolls Behauptung, dass Sie irgendwie die Fäden gezogen hätten. Beweise liefert er überhaupt nicht. Seine Anschuldigungen sind mehr als vage, weil er offenbar selbst nicht weiß, wie er Sie für seine Missetaten verantwortlich machen soll.«
»Na ja, wenn Sie das so sehen.« Georg wandte sich ab und spähte wieder aus dem Seitenfenster, da sich unter ihnen schon der Straßenwulst aus dem Lerdecker Fachwerkgewinkel hob, während über ihnen die Villen hinter grünen Hügeln träumten. Für Sieburg empfand er nicht einmal Verachtung; er fühlte sich nur belästigt und hoffte, bald wieder allein zu sein. Allerdings lag oben im Park noch der tote Josef. Unter irgendeinem Vorwand würde er dem Inspektor das Kroning-Gelände zeigen, sodass Sieburg selbst über die Leiche stolperte. Das würde vermutlich harmloser wirken,

als wenn er nachher bei der Polizei anriefe und gereizt mitteilte, dass schon wieder jemand aus seiner Umgebung auf mysteriöse Weise umgekommen war.
»Haben Sie eigentlich schon mit unserem Gärtner gesprochen?«, fragte er beiläufig.
»Schließlich hat er das Kuvert mit dem Vertrag zur Post gebracht. Allerdings, wie ich schon gestern sagte, es ist nicht ganz leicht, mit Josef zu reden.«
»Wieso nennen Sie ihn Josef?«, fragte Sieburg träge lächelnd. »Das ist originell. Aber offenbar fällt bei Ihnen – nehmen Sie es mir nicht übel – alles ein wenig exzentrisch aus. Wie Ihnen bekannt sein dürfte, heißt der alte Mann Alfred Bauer. Er wohnt hier in der Altstadt, Mauergasse siebzehn. Das ist übrigens dasselbe Haus, in dem vor vielen Jahren auch Peter Martens gewohnt hat, dieser unglückliche Junge, dessen Tod Ihnen Kroll auch noch anhängen wollte.«
»Im selben Haus?«, echote Georg. »Was hat das zu bedeuten?«
»Bloßer Zufall, Herr Kroning, beruhigen Sie sich. Obwohl uns, wie gesagt, ein Entführungsfall in Atem hält, habe ich seit gestern viel über Sie nachgedacht. Wenn Sie mir einen freundschaftlich gemeinten Rat erlauben: Haben Sie schon einmal daran gedacht, sich in – sagen wir – fachärztliche Behandlung zu begeben? Immerhin ist Dr. Klaußen ein Psychoanalytiker von internationalem Ruf. Und da Sie nach meinem Eindruck an ... nun ja, an zweifellos quälenden Einbildungen leiden ...«
»Sie haben vorhin erwähnt, Sie hätten mir Zigaretten mitgebracht?«, fiel Georg ihm ins Wort. »Geben Sie her. Ich glaube, es ... war noch zu früh. Geben Sie her. Feuer habe ich auch keins.« Er riss dem anderen das Päckchen aus der Hand, zerrte es auf und zog einen bleichen Stängel hervor.
»Allmählich erkenne ich Sie wieder.« Sieburg lachte. »Sie waren ja wie versteinert. Wird Ihnen jetzt bewusst, Herr Kroning, dass der Albtraum vorbei ist? Ich erzähle Ihnen gleich noch einiges über Kroll, das Ihnen endgültig die Augen öffnen wird. Bensdorff, reichen Sie mal Ihr Feuerzeug nach hinten.«
Sie stoppten vor dem schwarzen Parktor. Die Schatten unter den Alleebäumen gegenüber waren zweifellos weitere Reporter. Der Uniformierte vorn rechts bog sich nach hinten und reichte Georg eine Zündholzschachtel, wobei er vollbärtig grinste: »Schenk ich Ihnen, Herr Kroning.«
»Wie?«, machte Georg. »Ja, danke.« Er ließ ein Zündholz aufflammen, sog gierig den Rauch ein, schloss die Augen. Nichts, gar nichts war vorbei. Nie, nie würde die Vergangenheit wirklich vergehen. Ein läppischer Zufall, dass der alte Josef in Peters Haus gewohnt hatte? Pah, es gab keine Zufälle, alles, alles war verwoben und verschoben, zu Lügentüchern verknüpft.
»Josef heißt also gar nicht Josef?«, murmelte er. »Albert Bauer? Das ist sonderbar. Wissen Sie, mein Vater sagte immer, dass Josef wie der alte Adenauer aussieht. Und jetzt? Wollen Sie etwa behaupten, das wäre auch nur Zufall, dass Albert Bauer praktisch wie Adenauer klingt?«

»Was ... was wollen Sie damit sagen?«, fragte Sieburg. »Ich verstehe nicht, was Altkanzler Adenauer mit dieser Sache ... Übrigens haben wir gestern vergeblich versucht, Herrn Bauer an seiner Wohnadresse zu erreichen. Nicht, dass die Aussage eines offenbar geistesschwachen und mehr oder weniger stummen alten Mannes besonders ins Gewicht fiele. Entscheidend ist, dass Sie den Vertrag nach Zürich geschickt haben und er morgen oder übermorgen bei *Härtel & Rossi* eintreffen wird.«
»Und wenn nicht?«, fragte Georg. Blinzelnd öffnete er die Augen und sah, dass ein halbes Dutzend Reporter über die Allee zu ihnen rübergeschlichen war.
»Warum sollte er nicht ankommen?«, gab Sieburg zurück. »Da Ihr Vater laut Demken sein Vertragsexemplar im Dokumentenkoffer zum Waldhaus mitnehmen wollte, sind wir auf Ihre Kopie angewiesen, um ein für allemal zu beweisen ...«
»Schon gut«, sagte Georg. »Wenn Sie Josef alias Bauer nicht in seiner Mansarde gefunden haben, wird er wohl wieder mal bei uns in der Gärtnerhütte übernachtet haben. Natürlich hat er keinen Schlüssel zum Parktor oder zur Villa. Schätzungsweise ist er also seit zwei Tagen bei uns eingesperrt, und wir werden gleich einem ziemlich ausgehungerten Josef begegnen.«
Einer der Reporter trommelte mit der Faust gegen das Seitenfenster, hinter dem Sieburg saß. »Wie viel hat man dir bezahlt, Sieburg? Was ist los? Hast du Angst, dich unseren Fragen zu stellen?«
»Wenn es Ihnen recht ist, Herr Kroning«, sagte Sieburg, »geben Sie Wachtmeister Bensdorff Ihren Schlüssel. Er wird das Tor aufschließen und dafür sorgen, dass die Reporter nicht in den Park eindringen. Wir könnten mit dem Wagen bis zur Villa fahren.«
»Mich belästigen die Kerle nicht«, gab Georg zurück. »Aber meinetwegen können wir's so machen.« Er zog den Schlüsselbund hervor, der früher seiner Mutter gehört hatte, und zeigte Bensdorff, welchen Schlüssel er für das Parktor brauchte.
Wieso hieß Josef in Wahrheit Albert Bauer, und weshalb hatte er im selben Haus wie Martens gewohnt? Damit wurde er nicht fertig. Dabei begriff er selbst nicht, warum es ihn derart außer Fassung brachte. Im Augenwinkel sah er, dass sich Bensdorff aus dem Wagen schob und mit zwei Schritten beim Parktor war, wobei er mit fuchtelnden Gesten die Reporter abwehrte. Er schloss das Tor auf, ließ beide Flügel nach innen schwingen und postierte sich breitbeinig neben dem rechten Mauerpfosten, während sein Kollege den Wagen durch die Zufahrt kriechen ließ. Als Georg sich umwandte, hatte Bensdorff das Tor schon geschlossen und folgte ihnen langsam über den Kiesweg, während die Reporter ihre Gesichter gegen die schwarzen Gitter pressten.
»Was für ein märchenhaftes Anwesen«, bemerkte Sieburg.
Georg sog an seiner *Gitane*, wobei er überlegte: Ob Josef schon in Peters Kindheit in der Mauergasse gewohnt hatte? Das musste sich feststellen lassen. Ob sie sich ge-

kannt, ob sie vielleicht Sympathie füreinander empfunden hatten, da beide in ihrer Art grotesk verkrüppelt und jedenfalls ausgestoßene Einzelgänger waren? Möglich sogar, dass sie bei der Erpressung zusammengearbeitet hatten. Oder sollte das auch bloß Zufall gewesen sein: dass Josef damals genau in dem Moment am Rand der Terrasse aufgetaucht war, als Georg den berühmten Erpresserbrief verbrannt hatte?
»Wo soll ich den Wagen parken?« Der Polizist am Steuer drehte sich um und zeigte ihm ein ziemlich eingeschüchtertes Gesicht, das allerdings von einem schwarzen Vollbart überwuchert war.
»Irgendwo auf dem Magmaplatz«, sagte Georg. »Am besten im Tannenschatten.«
Er und Sieburg stiegen aus, während Bensdorff über den Magmaplatz herbeischlenderte, getuschelte Befehle von Sieburg entgegennahm und wieder zu seinem Kollegen in den Wagen schlüpfte.
»Vielleicht machen wir gleich mal eine Runde durch den Park«, sagte Georg, »und suchen Josef, ich meine Albert Bauer. Ich glaube kaum, dass ich mich an den Namen gewöhnen kann.«
Er schmiss seine Kippe weg und zündete sich sofort eine neue an. Obwohl es bestimmt noch nicht mal sechs Uhr früh war, stach die Sonne schon schräg, heiß und giftig gelb aus dem mattblauen Himmel, der mit halb zerfetzten Nebelschleiern verhangen war. Sieburg schien Probleme mit seinem selbstgefälligen Grinsen zu haben, das reichlich verrutscht wirkte. Was dahinter hervorblinzelte, war ein verschüchterter armer Bursche, der mit unmäßig bewundernden Blicken nach der Villa und dem grün herüberleuchtenden Park schielte.
Georg schob seine Hände in die Taschen und schlenderte den Hügel hoch. »Sagen Sie«, wandte er sich an Sieburg, der neben ihm hertrottete und ehrfurchtsvolle Blicke durch den Park schweifen ließ, »wissen Sie eigentlich, ob meine Eltern eine Art Testament hinterlassen haben?«
»Natürlich«, sagte Sieburg. »Im Gegensatz zu Kroll haben wir die Fakten nüchtern und gründlich überprüft. Das Vermögen Ihrer Eltern umfasst circa sechsundsiebzig Millionen Mark, die großenteils in südamerikanischen Erzminen angelegt sind. Offenbar waren Ihre Eltern sehr religiös.«
»Sie waren *was*?«
Schräg über ihnen dämmerte die Gärtnerhütte im Schatten hagerer Tannen.
»Religiös, jawohl«, bekräftigte Sieburg. »Wussten Sie das nicht? Fünfundachtzig Prozent des Vermögens, einschließlich dieses Anwesens, gehen in kirchlichen Besitz über. Wir haben uns bei den entsprechenden Stellen erkundigt. Die Pläne sind seit langem fertig. Man wird hier im Park einen gewaltigen Neubau errichten, das Ganze wird offenbar ein Altersasyl.«
»Aber das ist scheußlich!«, rief Georg. »Außerdem müssen Sie sich irren – meine Eltern waren absolut nicht religiös. Ich weiß nicht mal, was das überhaupt sein soll,

und Papa wusste es bestimmt auch nicht. Solange ich hier gelebt habe, haben die beiden praktisch nie eine Messe, oder wie sich das nennen mag, besucht. Und jetzt dieses Testament? Das ist lächerlich. Stellen Sie sich doch mal vor – irgendwelche Bettelgreise, die hier durch den Park schlurfen und grünen Schleim spucken, und in der Villa stinkt alles nach gelb-rot-braun nassen Laken. In meinem Zimmer liegen Leute und sterben, überlegen Sie doch mal, Sieburg!«

Plötzlich musste er lachen. Er blieb stehen, lachte Sieburg ins Gesicht und fasste ihn sogar beim eierfarbenen Ärmel.

»Um Gottes willen, hören Sie auf!«, rief der Inspektor. »Ihre Fantasien, Herr Kroning, sind gelinde gesagt etwas skurril. Ich gebe ja zu, für Sie muss es ein Schock sein, dass Ihr Elternhaus ... Aber schließlich gehen auch Sie nicht ganz leer aus. Ihr Pflichtteil umfasst zehn Prozent, das macht immerhin mehr als siebeneinhalb Millionen. Vielleicht könnten Sie sogar versuchen, dieses Anwesen zurückzukaufen und ...«

»Vorausgesetzt, dass Kroll mir die Geschichte nicht doch noch anhängt.«

Sieburg blinzelte. »Sie meinen, hypothetisch? In diesem Fall allerdings ... Die restlichen fünf Prozent, immerhin noch knapp vier Millionen, erbt übrigens Ihr Nachbar und, ich vermute, künftiger Schwiegervater, Herr Dr. Klaußen.«

»Klaußen?«, rief Georg. »Das wird ja immer fantastischer. Und Sie wollen mir erzählen, dieser Traum hier wäre schon vorbei? Seien Sie nicht albern.« Er schob sich dicht an den anderen heran und sagte rasch und zischend. »Merken Sie nicht, dass jetzt alles erst richtig losgeht? Hochgeht? Wie eine Bombe? Dass nichts, aber auch gar nichts ist, was es vorgibt zu sein? Dass keiner heißt, wie er heißt? Josef nicht Josef? Alex nicht Alex? Dass Josef den Martens kannte? Und Klaußen den Prohn? Und dass Klaußen und Alex ...? Und dass ich Prohns Papiere habe, ich meine natürlich, diese Büttenbögen? Und soll ich Ihnen mal was von Margot und Alex erzählen? Und dann dieses Foto von Mama? Sie sind ein Narr, Sieburg. Sie waren nie drin in diesem Spiel. Kapieren Sie das immer noch nicht? Sie gehören nicht mal zu den Figuren, die wir – Kroll, Klaußen und ich – über den Spieltisch ziehen.«

Er ließ den Ärmel des anderen los und wich einen Schritt zurück. Er war außer sich, er zitterte, obwohl er längst nicht mehr fröstelte, obwohl ihm jetzt sogar am ganzen Körper der Schweiß ausbrach. Flattrig fischte er sich eine neue *Gitane* aus dem Päckchen, steckte sie an der alten Kippe an, schmiss die Kippe ins Gras. Über ihnen, in den Tannenästen, girrten und munkelten die Vögel. Krächzende Schatten flatterten zwischen den Tannen – alles war wie früher, das Tuscheln, die Schatten, das leuchtende Grünlicht, das der Zauberschein seiner Kindheit, seines Lebens war.

»Was – was reden Sie denn da?«, stammelte Sieburg. »Was soll das heißen – Kroll, Klaußen und Sie?«

»Ach, vergessen Sie's.« Georg streifte seine Jacke ab und warf sie weg, streifte Taschners schwarzes Hemd ab und warf es weg, schüttelte die Sandalen von den Füßen und schleuderte sie weit über die Hügel. »Diese Zeitungsschmierer«, sagte er, »haben das schon mehr oder weniger richtig gewittert. Ihr großartiger Demken wird sich gedacht haben – wenn der kleine Kroning den Schenkungsvertrag verschwinden lässt, und nachher wird's nichts mit seiner Verurteilung als Elternmörder, dann erfährt nie irgendwer von der schönen Verzichtsklausel. Denn logischerweise werden die Kirchenfritzen genauso vertrauensvoll mit Demken zusammenarbeiten wie früher Papa. Aber ich nehme an, ohne die Verzichtsklausel könnte ich das verrückte Testament anfechten, ich könnte mir einen Advokaten mieten, und wenn ich recht bekäme, würde ich dem Demken die ganzen Millionen wegnehmen aus Rache, weil er den Vertrag ausgeheckt hat. Stimmt's, Sieburg?«

Er verschränkte die Arme vor der nackten Brust und maß Sieburg mit verkniffenen Blicken, wozu er ein extra verächtliches Lächeln aufsetzte. Dabei zitterte er immer noch vor Erregung, und sein Herz hämmerte. Kaum hundert Schritte über ihnen lag der alte Josef, der gar nicht Josef hieß, starr und verschwollen im Hüttenschatten, und schräg daneben schwirrte der Hornissentrichter.

»Ich weiß nicht, worauf Sie hinauswollen«, sagte Sieburg. »Dass Sie das Testament anfechten könnten, stimmt zweifellos, und genauso richtig ist, dass Sie's jetzt nicht mehr können, weil die Verzichtsklausel ... Aber Sie verdrehen schon wieder alles!«, rief er. »Immerhin hat Demken Sie aus Krolls Fängen gerettet, indem er seine eidesstattliche Erklärung ... Hören Sie zu, Herr Kroning, Sie scheinen immer noch in diesem – verzeihen Sie das offene Wort – in dem Wahn befangen, den Kroll für seine Machenschaften ... Wie gesagt, ich habe viel über Sie nachgedacht und über meinen Eindruck, dass Sie und Kroll sich regelrecht verhext zu haben scheinen. Sie selbst haben gestern gesehen, dass Kroll ein schwerkranker Mann ist. Ich weiß zuverlässig, dass er spätestens zum Jahresende aus dem aktiven Dienst ausscheiden wird, zumal sich in letzter Zeit die Misserfolge und Skandale in seinem Dezernat häufen. Wenn ich mich nicht sehr irre, werden auch Flämm und Taschner und einige andere gehen müssen; diese Zustände, Übergriffe, diese Auswüchse sind einfach nicht länger ... Warum lachen Sie denn?«, rief er. »Empfinden Sie eigentlich keine Trauer?«

Meine Trauer ist ein schwarzes Lachen, dachte Georg rasch. Für Sieburg übersetzte er: »Ich lache nicht wirklich, das scheint Ihnen nur so. Außerdem kann ich genauso zu Ihnen sagen: Allmählich erkenne ich Sie wieder. Diese Kroll-Rolle, die Sie zu spielen versucht haben, passt nicht zu Ihnen. Sie werden Ihr Leben lang ein zornig zischender, hilflos fuchtelnder kleiner Moralmeier sein. Wir haben eben beide versucht, in fremde Häute zu schlüpfen; hat beide Male nicht geklappt. Aber was wollten Sie sagen? Gehen wir übrigens weiter. Vielleicht schläft Josef, oder wie er heißen mag, noch in der Hütte.«

»Warten Sie, Herr Kroning, Sie machen mir Angst. Ich befürchte fast, dass Sie weitere Dummheiten begehen werden, und irgendwann könnte ich Ihnen nicht mehr helfen. Lassen Sie mich erklären. Offenbar will Kroll sich einen glanzvollen Abgang verschaffen, indem er der Öffentlichkeit einen Serienmörder präsentiert. Das ist das ganze Geheimnis, das ist der einzige Grund, weshalb er sich in die offensichtlich widersinnige Idee verrannt hat, dass Sie drei oder sogar vier Menschenleben auf dem Gewissen hätten. Kroll war noch nie zimperlich in der Wahl seiner Mittel, aber jetzt, da er nichts mehr zu verlieren hat … Glauben Sie nicht, dass ich übertreibe. Auch die Justizgeschichte kennt einen klassischen Opfertypus, und die Täter sind in diesem Fall wir – die Ermittler, Staatsanwälte und Richter. Wir kennen viele Fälle, in denen Menschen, die durch Zufall unter Verdacht geraten sind, am Ende die abscheulichsten Verbrechen gestanden haben, obwohl alles auf Einflüsterungen beruhte. Für ihn sind Sie ein solches ideales Opfer, Herr Kroning, und das Ungeheuerliche ist – Kroll weiß so gut wie ich, dass er Sie zu Unrecht verdächtigt.«

»Ich dachte, Sie wollten mit diesem Bauer reden«, sagte Georg.

»Ja, natürlich. Sofort, Herr Kroning. Zunächst hören Sie bitte weiter zu … Ich bin zu dem Schluss gekommen, dass Sie zuweilen unter Zwangsvorstellungen leiden. Ich bin kein Psychologe, aber ich halte es für möglich, dass Ihr durchweg schwieriges Verhältnis zu Ihrem Vater … Auch Demken hat so etwas angedeutet …«

»Was angedeutet?«

»Das ist sonderbar«, sagte Sieburg. »Er erinnert sich mit Bestimmtheit an eine Bemerkung Ihres Vaters zum Abschluss des Telefonates, deren Sinn ihm rätselhaft blieb. Sie lautet, warten Sie …« Er zückte sein eierfarbenes Notizbuch, blätterte es auf und las vor: »*Gott allein weiß, dass ich immer versucht habe, gewisse Zweifel zu unterdrücken und Georg ganz selbstverständlich als meinen Sohn zu behandeln. Aber Gott weiß auch, dass ich mich selten so gründlich verstellen konnte, dass zumindest mir selbst die Täuschung meistens bewusst geblieben ist.* … Was immer das bedeuten mag, es zeigt zumindest … Was haben Sie denn, Herr Kroning?«

»Gar nichts«, sagte Georg verzerrt lächelnd. »Reden Sie ruhig weiter.«

»Ich vermute, dass Ihre … gelegentlichen Einbildungen auf diese offenbar schwierige Beziehung zu Ihrem Vater zurückgehen. Sie scheinen ihn gehasst zu haben, das beweist auch Ihr Mangel an Trauer, über den ich nicht zu rechten habe. Obwohl ich, wie gesagt, nicht psychologisch geschult bin, habe ich mich ein wenig mit solchen – ähem – Verwirrungen vertraut gemacht, und … Bitte korrigieren Sie mich, Herr Kroning … Ich nehme an, dass Sie Ihren Vater auf den Tod gehasst haben, dass Sie ihm seit langem den Tod gewünscht haben, aus welchen Gründen auch immer, und daher … das ist psychologisch gar nicht so kompliziert … daher auch Ihre Einbildungen, dass Sie sozusagen magische Macht über andere Menschen ausübten, dass Sie diese Menschen einfach mit der Kraft Ihrer Gedanken töten könnten und dass die wirklichen Täter – Alex Kortner oder vor Jahren die Mörder von Peter Martens – gewissermaßen nur Schatten oder Abspaltungen von Ihnen seien; dass also letzten

Endes Sie selbst diese Menschen umgebracht hätten. Psycho... Bitte hören Sie mir zu, Herr Kroning, das ist jetzt sehr wichtig ...«

Georg hatte sich abgewandt und spähte zur Gärtnerhütte hoch, wo er schwirrende Insektenwolken über etwas starr daliegendem Länglichen zu erkennen glaubte.

»Psychologisch«, hörte er hinter sich die eifrige Stimme, »erklären sich solche Fantasien recht einfach als verkappte und verschobene Schuldgefühle. Sie fühlen sich schuldig, weil Sie den unbezwinglichen Wunsch spüren, Ihren Vater zu töten. Alfred Prohn ist Ihrem Vater nach Statur und Alter recht ähnlich. Als Ihr Freund Kortner diesen Mann erstach, war das für Sie wie eine symbolische Verwirklichung Ihrer Fantasien. Sie haben Prohn mit Ihrem Vater und sich selbst mit Kortner identifiziert; psychologisch ist dieses Schema seit langem bekannt. Und nachdem Ihre Eltern wirklich umgekommen sind, wurden Ihre Einbildungen für Sie zum Albtraum, aus dem Sie allein keinen Ausweg mehr fanden. Sie selbst haben gespürt, dass Sie allein mit Ihrer – ähäm – Schattenwelt nicht mehr fertig werden. Aber die Hilfe, Herr Kroning, die Sie benötigen, werden Sie von der Polizei nicht bekommen können, und schon gar nicht von Kroll, der Ihre psychische Notlage skrupellos für seine Machenschaften auszunutzen versucht.«

Georg wandte sich zu dem anderen um und sagte leise. »Sie sind die albernste Person, die mir je begegnet ist, Sieburg. Schuldgefühle? Das ist nicht nur lächerlich, das ist schon erbärmlich. Natürlich habe ich Papa auf den Tod gehasst, aber nicht mal im Traum wäre mir jemals eingefallen, mich deshalb schuldig zu fühlen. Sie haben nichts kapiert, und Sie werden niemals auch nur irgendwas begreifen. Sind diese Leute alle auf schauerliche Weise gestorben oder nicht? Hat Peter Martens im selben Haus wie Josef – wie Albert Bauer gewohnt oder nicht? Und wissen Sie, dieser Peter, der *Lenauzwerg*, von dem träume ich heute noch. Er hat mich *berührt*, verstehen Sie, wie später vielleicht niemand mehr in meinem ganzen komisch-todtraurigen Leben. Ich gebe Ihnen zu, ein bisschen und hier und da haben sogar Sie recht; aber das hat schließlich jeder. Identifikation? Natürlich, in Peter, dem armen Krüppel, dem verwachsenen Zwerg habe ich immer mich selbst gesehen, obwohl ich's damals vielleicht noch nicht wusste. Und später in Alex genauso. Immer habe ich mir gesagt – dieser Krüppel da, das bist du; dieser Schneemann – du, du, nur du; dieses trostlose Waisenkind, dieser Strichjunge – das bist du, Georg, das alles bist du; nur habe ich nie begriffen, warum ich immer so sicher war, ich bin Peter, ich bin Alex und war doch gleichzeitig immer ich selbst. Und was aber, wenn ich recht hätte, immer schon? Wenn ich ... Ach, Schluss jetzt, gehen wir zu Ihrem Bauer.«

Schnell drehte er sich weg und lief auf die Gärtnerhütte zu, während Sieburg ihm langsamer und irgendwas rufend folgte. Auf halber Hügelhöhe wandte Georg sich nach rechts und sah, dass eben Margot durch ihr kleines Tor zwischen den Tannen schlüpfte.

6

»Was um Himmels willen ist das?«, rief Margot, wobei sie mit übertrieben spitzem Finger in Sieburgs Richtung pickte.

»Eine Leiche, Margot«, erwiderte Georg. Weil das missverständlich klang, erläuterte er: »Josef ist jetzt auch noch tot.« Seine Stimme klang schütter, fast erschüttert, da er sich eben am Qualm verschluckt hatte. Seit er beschlossen hatte, dass es noch zu früh war, die *Gitanes* oder sonst irgendwas aufzugeben, rauchte er ohne Unterlass, indem er sich immer eine Zigarette am Stummel ihrer verglommenen Vorgängerin ansteckte. »Besser, du siehst dir das nicht an«, fügte er fürsorglich hinzu.

Sieburg kniete neben der Leiche. Er hatte Josefs Gärtnerkluft aufgeknöpft, ihm das Hemd hochgestreift und schien im grauen Brusthaar Hornissenstiche zu zählen.

»Wie ist das passiert?«, flüsterte Margot. Da die Ereignisse sich überschlugen, hatte sie bisher keine Zeit gefunden, Georg zum Tod seiner Eltern zu kondolieren, obwohl sie mit diesem Begräbnisgesicht zu ihm rübergeschlüpft war. Zu ihrem tapferen Lächeln gehörte allerdings ein winziger, pinkfarbener Bikini, über den sie vier oder fünf schwarze, durchscheinende Tücher geworfen hatte, was vielleicht ein schleierhaftes Zeichen ihrer Trauer war.

»Die Hornissen«, sagte er beinahe noch leiser. »Offenbar haben sie ihn erledigt. Josef sieht grausig-schaurig aus. Der Inspektor meint, er könnte schon seit Samstag oder Sonntag tot sein. Und du kannst dir vorstellen, dass Krähen und Käfer ...«

»Ach, Georg, das alles ist schrecklich. Ich kann dir gar nicht sagen, wie ...«

»Natürlich nicht.« Wobei er dachte, wer sich zu einem Kondolenzbesuch aufraffte und eintretend praktisch schon über die nächste Leiche stolperte, befand sich in einer ziemlich lächerlichen Situation. Er hatte Lust, sie auf ihren schwellendroten Mund zu küssen, sein heißes Gesicht in ihre dunkelblonden Locken zu drücken, aber weil Sieburg alle paar Sekunden zu ihnen hinschielte, nahm er sich zusammen. Verwirrt spürte er – entgegen seinen gestrigen Zellenplänen konnte er nicht so einfach alles aufgeben um des Spiels willen, um seines Sieges willen; wenn man in einer kahlen Zelle saß, stellte sich alles viel simpler, wie gestrichelt dar.

»Stimmt es denn, was die Zeitungen schreiben?«, hörte er. »Verdächtigt dich dieser Polizist wirklich, deine Eltern umgebracht zu haben?«

»Ach was«, sagte Georg.

»Arbeitet er denn für Kroll?«

Er zuckte die Schultern und erwiderte extra laut: »Nein, Margot. Er bildet sich sogar ein, gegen ihn zu arbeiten.«

Sieburg richtete sich auf, warf Georg und Margot einen gehetzten Blick zu und näherte sich schleichend, in gebückter Haltung dem Komposthaufen, in dessen rechter Schmalseite der Hornissentrichter klaffte. »Glatt gespalten«, rief er gedämpft. Er stand zwischen Hütte und Kompost und beugte sich schief über den Trichter, wobei er die linke Hand vorstreckte, als wollte er sich am Modder abstützen. Aber wenn man richtig postiert war, konnte man zwischen Hand und Morast hindurchsehen. Georg war richtig postiert.

»Kommen Sie her, sehen Sie sich das an«, sagte Sieburg. »Es scheint, als hätte der alte Mann mit diesem Spaten, der neben ihm lag ...«

»Nein, danke«, rief Georg zurück. »Ich habe teuflische Angst vor den Biestern. Als Kind bin ich mal von zwei Hornissen gestochen worden. Beinahe wäre ich erledigt gewesen. Könnten nicht Sie zu uns rüberkommen, damit ich nicht so rumschreien muss?« Und als Sieburg um die Leiche herum zu ihnen hergestakst war: »Josef – ich meine, Albert Bauer hat die Hornissen gehasst. Wundert mich überhaupt nicht, dass er mit einem Spaten oder sonst was über das Nest hergefallen ist. Allerdings hat er sonst immer so einen mondfahrerartigen Schutzanzug übergestreift, wenn er sich am Kompost zu schaffen gemacht hat.«

»Wieso sagst du Albert Bauer?«, fragte Margot.

Gleichzeitig fragte Sieburg: »Warum hat er das Hornissennest nicht einfach ausgeräuchert?«

»Josef war nicht sein wirklicher Name«, erwiderte Georg, »und Papa hatte, glaube ich, eine Vorliebe für diese Mord- und Mistbienen. Jedenfalls hat er Josef verboten, die Biester zu vergasen.«

Während er redete, sah er weder Margot noch Sieburg, sondern den toten Josef an. Mochte jeder sich raussuchen, was zu seiner Frage passte. Er zündete sich eine neue Zigarette an und sagte: »Zwei Sachen müssen Sie zugeben, Sieburg. Erstens ist es wirklich seltsam, dass andauernd Leute in meiner Umgebung umkommen und wie viele es schon erwischt hat. Zweitens wird nicht mal Kroll behaupten wollen, dass ich die Hornissen dressiert hätte, damit sie den Bauer erledigen. Trotzdem muss doch jeder spüren, dass irgendein Zusammenhang besteht. Wie können Sie behaupten«, fuhr er den anderen an, »dass ich mir solches Zeug bloß einbilde, obwohl ich nur irgendwo auftauchen muss und schon kippen die Leute um, bluten aus oder braten?«

Sieburg wischte sich mit dem Handrücken zwei-, dreimal über die Stirn, wo Schweiß zwischen den angeklebten Strähnen glänzte.

»Ich verstehe das nicht: wieso Albert Bauer?«, murmelte Margot.

Während Sieburg stammelte: »Allerdings ... das ist eigenartig ... Zuerst einmal muss ich telefonieren«, brachte er heraus. »Vor der Obduktion lässt sich ohnehin nichts Verlässliches sagen.«

Margots verblüffter Blick verriet, dass sie Sieburg für einen kompletten Trottel hielt.

»Dieser Inspektor hier«, sagte Georg zu ihr, »hat herausgefunden, dass Josef in Wirklichkeit Albert Bauer hieß. Der Inspektor heißt übrigens Sieburg. Sieburg, das ist Margot Klaußen«, verkündete er, obwohl sie schon wenigstens zehn Minuten neben dem Toten stand.

Die qualmende *Gitane* im Mundwinkel, die Arme vor der nackten Brust verschränkt, beobachtete er, wie die beiden sich die Hände schüttelten, wobei Sieburg behauptete: »Sehr erfreut, Sie kennenzulernen, Fräulein Klaußen. Ihre Ähnlichkeit mit – verzeihen Sie – mit diesem Kortner ist wirklich verblüffend.«

Warum fuhr Margot zusammen, als hätte Sieburg sie bei einer Lüge ertappt? Warum wurde sie regelrecht rot im Gesicht, während ein Schauder ihre durchscheinenden Schleier wie Wellen erbeben ließ? »Ich weiß nicht ... finden Sie?«, stotterte Margot, von Sieburg mit forschendem Blick fixiert.

Die Erklärung war sehr einfach, fand Georg – offenbar hatte Margot schon Kontakt mit Alex aufgenommen, und er hatte ihr seine Version der verworrenen Geschichte erzählt. Jedenfalls schien sie zu wissen, dass es nur einen Alex gab, oder vielmehr, dass es überhaupt keinen Alex mehr gab, da der einzige und ehemalige Alex nicht mehr ihr, sondern Georg verblüffend ähnelte. Fragte sich nur, ob er ihr auch jene Nacht vor acht Tagen gestanden hatte, als die Schatten tanzten und Georg flach atmend in der schwarzen Nische kniete.

»Gehen wir doch ins Haus, wenn Sie telefonieren wollen«, schlug er vor, »Kommst du mit, Margot?«, plauderte er, während sie auf die Villa zuliefen. »Stell dir vor, ich habe die Nacht im Gefängnis verbracht, und wenn dieser heldenmütige Inspektor nicht sein Schwert gegen den Drachen Kroll erhoben hätte ...«

Natürlich spürte er selbst, dass sein Ton reichlich unpassend war, da seine Eltern, wie man so totengräberisch sagte, noch nicht unter der Erde waren, während Josef noch nicht mal im Zinksarg steckte.

»Sie sollten Ihrem Freund zureden«, sagte Sieburg zu Margot. »Er verhält sich unvernünftig, bringt alles durcheinander und nicht zuletzt sich selbst in Gefahr.«

»Was wollen Sie damit sagen?«, erwiderte Margot, die eher erschöpft als empört aussah. »Das liegt doch alles an Kroll, der schon in Zürich versucht hat, Georg in irgendwelche Geschichten reinzuziehen.«

»Das auch«, räumte Sieburg ein. Doch nun blieb er stehen, auf halber Höhe zwischen Hütte und Magmaplatz, und begann, umständlich die Geschichte mit dem Schenkungsvertrag zu erzählen. Während er redete, beobachtete Georg nur Margot, deren hübsches Gesicht mit den meergrün schimmernden Augen sich erst fragend, dann entnervt und zuletzt fast angewidert verzog. Ihr Blick, der Georg auswich, schien zu verraten, dass sie übergenug von den verrückten Possenspielen hatte und höchstwahrscheinlich auch vom Possenspieler selbst, der sich jetzt lächelnd einmischte:

»Inspektor Sieburg hat eine beneidenswerte Art, die Dinge so zu vereinfachen, dass

man nichts mehr kapiert. Beispielsweise ist er der Ansicht, dass meine Eltern nicht ermordet wurden, sondern irgendein Waldarbeiter ...«
»Aber das ist mehr oder weniger erwiesen!«, rief Sieburg.
Während Margot erschrocken fragte: »Glaubst du denn, dass irgendwer sie *umgebracht* hat? Wer hätte denn ein Interesse ...?«
»Herr Kroning hatte jedenfalls keines«, mischte sich Sieburg ein. »Das haben wir glücklicherweise festgestellt. Selbstverständlich schließen wir zum jetzigen Zeitpunkt ein Verbrechen noch nicht völlig aus. Und wenn man sucht, findet man immer Leute, die Interesse am Tod eines Mitmenschen haben könnten. Beispielsweise Ihr Vater, Fräulein Klaußen, natürlich rein hypothetisch. Da Ihr Vater mit Dr. Kroning um den Posten des Klinikdirektors konkurrierte und da ihm dieser Posten jetzt automatisch zufallen wird ... Das soll natürlich nicht heißen, dass wir allen Ernstes ... Aber Sie können mir wahrscheinlich auch nicht sagen, Fräulein Klaußen, wo Ihr Vater sich gegenwärtig aufhält?«
»N-nein, wieso?«, stammelte Margot. »Er ist gestern verreist, ohne mir Bescheid zu sagen, aber das ist nichts Ungewöhnliches bei ihm.«
»Tatsächlich?«, gab Sieburg zurück. »Ich finde es schon ein wenig seltsam, zumal er sich auch in der Klinik nicht abgemeldet hat. Aber wir werden sehen. Bitte zeigen Sie mir jetzt das Telefon, Herr Kroning. Oder nein, entschuldigen Sie mich für eine Sekunde. Ich will eben Bensdorff anweisen ...« Geschäftig nickend eilte er zum Magmaplatz, wo der Polizeiwagen unter den Tannen stand.
»Glaubst du, er verdächtigt wirklich *Vater*?«, murmelte Margot.
Georg zuckte die Schultern. »Kann sein, kann nicht sein. Jedenfalls versucht er, eine Gegenposition zu Kroll aufzubauen, und wahrscheinlich ist es ihm ziemlich egal, was für eine Position. Da Kroll mich verdächtigt, setzt er zunächst mal auf diesen Vrontzek, einen armen Teufel von Waldarbeiter, dem er das Geständnis abpressen will, die morsche Tanne versehentlich auf den Schotterweg geworfen zu haben. Aber falls er Vrontzek laufen lassen muss, will er nicht mit leeren Händen dastehen. Also schielt er schon mal nach links und rechts, wer sonst noch in Frage käme. Dein Vater ist also verreist? Finde ich auch sonderbar. Komm, gehen wir ins Haus.«
Er sprang drei, vier Schritte voraus, wandte sich um und sah zu, wie Margot ihm mit schwarz flatternden Schleiern nachlief, unter denen ihre Brüste wippten. Oben bestand ihr Bikini praktisch nur aus zwei pinkfarbenen, blütenähnlichen Schälchen, die irgendwie vor ihren Brustwarzen klebten, und unten lief eine pinkfarbene Schnur um ihre Hüften, von dem sich ein schmales Dreieck in die Tiefe spannte.
»Du siehst zauberhaft aus.«
Sie stand dicht vor ihm, und er versuchte, sie wie früher zu umarmen. Aber sie stieß ihn weg, wozu sie zischte: »Lass das, Georg! Lass mich sofort, oder ich ...«
Es klang reichlich hysterisch. Er wich einen Schritt zurück und breitete die Arme

aus. Wie spät mochte es sein? Vielleicht gegen sieben. Er sehnte sich danach, endlich unter die Dusche zu kommen. Wenn er sich nicht bald entschloss, den Rasierapparat seines Vaters zu benutzen, würde er hinter einem Vollbart verschwinden, oder na ja – das war übertrieben, aber wenn er mit den Fingern drüberfuhr, raschelten und kratzten die Bartstoppeln, dass es widerlich war.

»Entschuldige«, murmelte Margot. »Ich wollte dich nicht …« Sie schluckte und fuhr entschlossener fort: »Wir hatten vereinbart, dass wir uns einige Zeit nicht sehen wollten. Bis all das hier vorbei ist. Ich bin rübergekommen, weil ich mir Sorgen gemacht habe. Aber das heißt nicht …«

»Natürlich nicht«, sagte Georg. Verzerrt lächelnd steckte er sich eine *Gitane* an. Dann gingen sie schweigend weiter auf den leuchtendweißen Villenwürfel zu, an dem der kleinere Würfel der Doppelgarage mit klaffenden Toren klebte.

»Schön, dass das mit dem Vertrag geklappt hat«, sagte Margot leise. »Dann kann also wenigstens das *Irrläufer*-Projekt anlaufen?«

Wieso wenigstens? Georg fand, ihre Frage klang nach Abschied. Deprimiert erwiderte er: »Na ja, vielleicht. Kommt drauf an, was *Härtel & Rossi* … Sag mal, hast du was von Alex gehört?«

Diesmal schien Margot auf der Hut zu sein. Er beobachtete sie scharf, aber sie zuckte mit keiner Wimper, wurde weder bleich noch rot, als sie scheinbar erstaunt zurückfragte: »Wie kommst du denn darauf? Natürlich nicht.«

Sollte er ihr glauben? Aber wenn sie wirklich nicht in Verbindung mit ihm wäre, hätte sie sich dann nicht vergewissert, von welchem Alex er redete, da sie dann immer noch annehmen müsste, es gäbe zwei?

»Lang kann ich nicht bleiben«, sagte sie. »Ich muss heute noch nach München an die Uni, weil …« Er hörte kaum hin. Jetzt war er sicher, dass sie ihn angelogen hatte. Wahrscheinlich hatte Alex sie angerufen, und sie würde noch heute zu ihm fahren – um was zu machen? Ob Alex inzwischen begriffen hatte? Und wenn nicht? Natürlich konnte Georg jetzt nicht zu ihr sagen: »Hör zu, besser, du schläfst nicht (schläfst nicht noch mal) mit diesem Jungen, denn weißt du, höchstwahrscheinlich ist er dein Bruder.«

Also warteten sie schweigend, bis Sieburg über den Magmaplatz zu ihnen kam, in der Hand Georgs Schlüssel, den Bensdorff vorhin eingesteckt hatte. Während die beiden Uniformierten zur Gärtnerhütte hochliefen, um die Leiche zu bewachen oder sonst was Unsinniges zu machen, das zu ihrem Beruf gehörte, schloss Georg die Tür auf und trat hinter Sieburg und Margot ins Haus, wo ihnen Marmorkälte entgegenatmete.

7

»Ich muss Ihnen jetzt einige Fragen stellen, Herr Kroning«, sagte Sieburg. Nachdem er seine Telefongespräche geführt und Margot in der Küche Kaffee gekocht hatte, saßen sie zu dritt im großen Saal, und Sieburg wagte offenbar kaum, seinen Blick über den Rand der schwarzen Polstergeschwülste zu heben.
»Bitte, fragen Sie nur.«
Eben war Georg noch schnell oben gewesen, in seinem Zimmer, und hatte sich einen enormen, grau-schwarzen Wollpullover übergestreift, der bei jeder Bewegung auf der nackten Haut kratzte. Irgendwas stimmte nicht mit ihm, körperlich oder so, denn schon wieder fing er an zu frösteln, und auch diese schabenden Schauder liefen wieder über seine Kopfhaut und hinten über Rücken und Beine.
»Bisher sieht es nach einem weiteren Unglücksfall aus«, sagte Sieburg, »aber natürlich müssen wir die Begleitumstände prüfen. Und Sie, Herr Kroning, müssen leider darauf gefasst sein, dass die Presse nun erst recht all diese Geschichten aufbauschen wird. Man wird uns unter Druck setzen. Man wird behaupten, dass die allerdings sonderbare Häufung von Todesfällen nur eine Erklärung zulasse, und man wird mit polemischen Untertönen fragen, warum die Polizei einen mutmaßlichen Serienmörder frei herumlaufen lässt. In Ihrem eigenen Interesse sollten Sie es im Moment vermeiden, auf die Straße zu gehen. Wir können nicht ausschließen, dass unbesonnene Bürger sich zu Übergriffen hinreißen lassen.«
»Na ja, ist schon klar.« Georg lächelte. »Zumal Kroll und Flämm die Zeitungsschreiber mit Verleumdungen füttern werden, bis sogar den Reportern übel wird. Kroll wird dafür sorgen, dass mich die Zeitungen als fünffachen Mörder aufputzen, der außerdem Alex Kortner zu Prostitution und Raub gezwungen hat. Was hast du denn?«, wandte er sich, immer noch lächelnd, an Margot, die starr auf der Sesselkante saß und plötzlich vogelähnliche Schreie ausstieß.
»Könntest du das bitte noch mal wiederholen?«, flüsterte sie.
»Klar kann ich das wiederholen«, sagte Georg. »Ich kann dir sogar an den Fingern vorzählen, was Kroll mir inzwischen alles anhängen will. Also, erstens habe ich vor vier Jahren zum Mord an Peter Martens angestiftet. Ich habe die Mörder höchstwahrscheinlich mit Wermutflaschen bezahlt und ... Wusstest du übrigens«, fiel ihm ein, »dass Josef ... dass dieser Albert Bauer im selben Haus gewohnt hat wie Peter Martens?«
»Halt, nein, langsam!«, rief Margot. »Wer um Himmels willen ist dieser Mahrens? Ist das nicht ein Arzt aus dem Florians-Hospital, der für deinen Vater ...?«

War es Georgs Fehler, dass er sich nicht mehr beherrschen konnte und Margot laut ins Gesicht lachte?

»Hör sofort auf«, schrillte Margot. Und da er im Gegenteil, in der Hand die schwappende Kaffeetasse, aufsprang und kichernd zur südlichen Glaswand tänzelte: »Würden Sie mir vielleicht erklären, Herr Inspektor ...?«

»Selbstverständlich«, sprang ihr Sieburg bei. »Die Sache ist die, dass offenbar auch Herr Kroning die beiden verwechselt hat, als er Sonntagnacht in der Klinik, wo er zweifellos noch unter Schock stand ...«

Margot begriff gar nichts mehr. Sieburg arbeitete sich aus der Couch hervor, wo sonst immer Georgs Mutter gesessen hatte, und fing an zu erklären: »Peter Martens war ein Junge aus Lerdeck, körperbehindert, verwachsen, beinahe ein Zwerg, der einige Jahre dieselbe Schule wie Herr Kroning besucht hat, bevor er ...«

So wie Sieburg die Geschichte erzählte, klang es beinahe wie ein Märchen: Es war einmal ... Und dann ... Und da sie niemals sterben können ...

»Erinnerst du dich denn nicht an Peter?«, rief Georg von der Glaswand her. Sonnenlicht sickerte durch die Jalousien und warf zitternde Lichtgitter über ihn. »Er war zwei Klassen über uns und wurde bei einem Handtaschenraub erwischt.«

»Ich verstehe vor allem eins nicht«, sagte Margot. »Was hast du mit diesem Peter zu tun? Du kanntest ihn doch überhaupt nicht. Wir – du und ich – waren während der Schule doch immer zusammen; ab und zu haben wir ihn vielleicht im Pausenhof gesehen, aber wir haben nie ein Wort mit ihm oder auch nur über ihn geredet. Ist mir damals auch gar nicht aufgefallen, dass er irgendwann nicht mehr da war. Und jetzt? Was ist denn eigentlich mit diesem Martens?«

Margots Blick flackerte zu Georg, der seine Kaffeetasse gegen Sieburg schwenkte und sagte: »Erklären Sie's ihr.«

»Vor vier Jahren ist Peter Martens unter grässlichen Umständen ums Leben gekommen. Man hat ihn gefoltert und ... Die Einzelheiten möchte ich Ihnen und mir ersparen. Wir vermuten, dass einige Stadtstreicher im Zustand schwerer Trunkenheit über ihn hergefallen sind. Aber eine wirklich befriedigende Erklärung für das entsetzliche Verbrechen haben wir nie gefunden. Auch die Mörder konnten bis heute nicht gefasst werden; der Fall ist ungeklärt. Und Kroll behauptet jetzt ...«

»Aber wie *kann* er denn Georg mit dieser Geschichte in Verbindung bringen? Wieso sollte Georg mit einem Folter...«

Wieder flatterte ihr Blick zu ihm rüber, und dass sie stockte, ließ kaum eine andere Erklärung zu – sie schien sich zu fragen, ob Georg so eine Folterstory wirklich nicht zuzutrauen war. Hatte er sich in Zürich nicht die schaurig-schöne Geschichte vom dreischwänzigen Rabenmonster extra für sie ausgedacht? Und konnte nicht, wer solche Fantasien hatte ...? Sie wurde eine Spur bleicher, stellte ihre Kaffeetasse, von der sie kaum genippt hatte, auf den Tisch und stand auf.

»Tut mir leid«, sagte sie, »ich muss jetzt gehen. Ich will am Nachmittag in München sein, und da ich noch packen muss ... Außerdem will ich von diesen scheußlichen Geschichten nichts mehr hören. Ich kann es einfach nicht mehr. Wenn Sie wirklich nicht auf Krolls Seite sind«, sagte sie zu Sieburg, »sorgen Sie bitte dafür, dass dieser Albtraum so schnell wie möglich aufhört. Ich glaube nicht, dass Georg irgendwas Schlimmes gemacht hat, aber ich ... ich kann einfach nicht ...«
Sie schlug die Hände vors Gesicht und fing an zu schluchzen. Mit vier Schritten war Georg beim Tisch und stellte seine Tasse ab, mit dem fünften war er bei Margot. Sein Wollpullover kratzte schauderhaft, und dazu kamen die wirklichen Schauder. Er stand vor ihr, mit hängenden Armen, hilflos, da sie seine Berührungen abwehren würde und ihr Gesicht in den Händen verbarg. Er starrte sie an, ihren Körper unter den durchscheinenden Tüchern, ihre unter krampfartigen Schluchzern erbebenden Brüste, und er selbst fand, es war unpassend, dass der Anblick ihres zitternden Körpers ihn plötzlich erregte. Durfte er sie so gehen, wegfahren lassen – weg zu Alex, der hinter der Georg-Kroning-Maske irgendwo auf sie wartete? Wäre Sieburg nicht gewesen, er hätte sich höchstwahrscheinlich auf sie gestürzt, und ihre Tränen, sogar ihr Ekel hätten womöglich seine Lust noch gestachelt. Nein, er fand sich nicht mehr zurecht, weder in sich selbst noch irgendwo, obwohl er ja gleichzeitig immer klarer ahnte, was sich hinter all den Schleiern des Verschweigens, hinter den dick dämmenden Lügentüchern verbarg. Aber was half ihm das jetzt, da er spürte, oder nein, da er verzweifelt schon wusste, dass er Margot verlor? Wie er Schritt um Schritt und Zug um Zug alles an Alex zu verlieren schien – seinen Namen, seine Geheimnisse, seine Freiheit, sein Leben. Durfte das sein? Konnte es überhaupt anders sein?
»Margot«, murmelte er.
Hinter ihm hüstelte Sieburg. Im nächsten Moment gongte auch noch die Torglocke los. Er drehte sich zu Sieburg um und sagte: »Das sind bestimmt Ihre Spurenleute. Draußen neben der Haustür ist eine Art Schalttafel mit zwei Dutzend Hebeln. Vielleicht könnten Sie selbst hingehen und das Tor aufmachen. Der Schalter, den Sie brauchen, heißt *Pkw – ein.*«
»Ja, natürlich«, sagte Sieburg.
Er ging mit schnellen Schritten zur Tür, und als Georg sich wieder zu Margot umwandte, fiel sie ihm gepresst stöhnend in die Arme. Dazu murmelte sie irgendwas, das ungefähr klang wie: »Georg, sie dürfen dich nicht ...«
Was durften sie nicht? Er umklammerte ihren Kopf, krallte seine Hände in ihre Locken, küsste sie so hart auf den Mund, dass es höchstwahrscheinlich wehtat. Während er von draußen Sieburgs Stimme hörte, die gedämpft in den Sprechschlitz sprach, schlüpften seine Hände unter Margots Tücher und fingen an, blindlings ihren Körper zu streicheln, der straff, kalt und starr war.
»Ich bin sofort zurück«, rief Sieburg. »Ich muss nur eben ...«

Georg antwortete nicht. Die Haustür klackte auf, klackte zu. Während er Margot küsste, zerrte er ihr die Tücher vom Leib, zupfte die pinkfarbenen Schälchen von ihren Brüsten, rupfte unten das pinkfarbene Dreieck weg, wobei das dünne Hüftband zerriss. Was jetzt von Margot kam, klang beinahe wie Röcheln. Er packte sie um die Taille und trug sie zur Couch, wo er sie so hart auf die Polster fallen ließ, dass das Möbel ächzte. Fröstelnd streifte er seine Hose ab, warf sich über Margot, drang wütend in sie ein, wobei er den enormen, schauderhaft kratzenden Wollpullover anbehielt, was zweifellos lächerlich war. Auf dem Magmaplatz waren die Motoren mehrerer schwerer Wagen zu hören, dann Rufe, knallende Türen und sogar Trillerpfiffe, bis Sieburg mit angestrengt klingender Stimme für Ordnung sorgte. Warum dachte Georg ausgerechnet jetzt an den toten Josef, der gar nicht wirklich Josef hieß und der starr und verschwollen im Hüttenschatten träumte? Und lag Margot nicht ihrerseits seltsam starr unter ihm, fühlte ihre Haut sich nicht beinahe beunruhigend kühl an, und war ihre fahle Blässe wirklich allein mit den tragischen Ereignissen zu erklären?
»Margot?«
Sie reagierte nicht. Er versetzte ihr zwei, drei heftige Stöße, die ihr Fleisch vibrieren ließen.
»Margot!«
Ihre Augen, weit aufgerissen, starrten an ihm vorbei zur Decke, oder nicht einmal wirklich zur Decke – waren sie nicht so sehr verdreht, dass man mehr oder minder nur noch milchig Weißes erblickte wie auf jenem Plakat des ekstatisch trommelnden Ng'dugbai?
Er selbst spürte, besser, er ließ von ihr ab, schlüpfte aus ihr raus, hörte auf, das straffweiche Fleisch ihrer Brüste zu kneten wie nassen Lehm. Aber warum eigentlich? Was er in diesen Momenten für Margot empfand, war streng genommen Hass.
Hass, ahnte er, der im Grunde Alex galt, nur war Alex im Augenblick nicht zu erreichen. Und was von Alex geblieben war, schien in Margot zu stecken, während, was Georg mal selbst gewesen war, sich anscheinend zu Alex geflüchtet hatte wie Ratten, die vom sinkenden aufs rettende Schiff übersprangen. Er selbst, spürte er, hatte sich innerhalb weniger Tage so sehr verändert, dass man ihn höchstwahrscheinlich kaum wiedererkannte. Er war leer, leer, ein Schemen, während Alex ...
Die Türglocke gongte; jemand trommelte mit Fäusten gegen das schwarze Blatt. Aber von Margot keine Reaktion.
»Ja doch!«, rief Georg.
In seinen Ruf hinein explodierte sein gewaltiger Orgasmus, sodass er höchstwahrscheinlich ganz was anderes gerufen hatte. Schnell rutschte er auf Margot runter, ließ sein keuchendes Gesicht abstürzen und biss rasch und fest in ihre linke Brust, direkt in den Kranz über der schlaffen Warze. Margot schrie auf, starrte ihn an, flackernd. Draußen rief Sieburg: »Aber Herr Kroning, was soll das denn!«

Er sprang auf, schlüpfte ohne hinzusehen in seine absurd zerknitterte Hose, zerrte Margot hoch, flüsterte: »Am besten, du gehst in mein Zimmer.«
An wen erinnerte ihn ihr kalt brennender Blick? Hass flackerte darin, Angst, Enttäuschung. Hatte ihn wirklich für einen Augenblick die Vorstellung erregt, dass sich sein heiß und hart klopfendes Glied in eine fix und fertige Leiche bohrte?
Margot raffte ihre weitgehend zerfetzten Kleidungsstücke zusammen und ging mit schleppenden Schritten nach oben. Draußen abermals Rufe, knallende Wagentüren, schattenhaft hinter den Jalousiengittern wurde die Leiche vorbeigetragen. Und Sieburg vor der Tür trommelte und gongte. Georg steckte sich eine Zigarette an, schlenderte hin, ließ ihn ein.
»Was war denn los?«, rief der Inspektor, an ihm vorbeistürmend. Dabei schleuderte er so wilde Blicke, als rechnete er schon mit der nächsten Leiche.
»Wieso denn los?«
Da war Sieburg schon im Saal und schrie: »Erklären Sie mir ... Wo ist Fräulein Klaußen ... dieses Blut hier ... auf dem Teppich ... auf der Couch ... und dann die Tuchfetzen ...«
Die passten immerhin, fand Georg, zu den Satzfetzen, die Sieburg rausflattern ließ. Aber die Wahrheit war, dass er sich ziemlich unbehaglich fühlte, denn was er mit Margot gemacht hatte, ähnelte schon einer regulären Vergewaltigung.
»Ach, das«, sagte er aber, zu Sieburg in den Saal tretend. »Wissen Sie, Margot und ich, wir haben eben, während Sie grad mal draußen waren ...«
»Sie hatten eine Auseinandersetzung?«, rief Sieburg. »Wir haben einen Schrei gehört. Und wo ist Fräulein Klaußen jetzt? Wenn sie aus dem Haus gegangen wäre, hätten wir sie bemerkt.«
»Sie verstehen das falsch«, sagte Georg. »Wir haben ganz was anderes gemacht, praktisch was Liebliches, verstehen Sie? Jetzt ist Margot oben in meinem Zimmer, oder vielleicht duscht sie auch. Müssen Sie doch auch schon gehört haben, dass Sträflinge, aus der Haft entlassen, völlig ausgehungert nach Frauen sind.«
Er versuchte zu lachen, aber daraus wurde nichts. Als er neben Sieburg trat, musste er zugeben, dass da wirklich sonderbar viel Blut war – eine tränenförmige, schon verklumpende Lache auf der Couch und auf dem weißen Teppich eine aus roten Tropfen getupfte Spur. In spitzem Winkel zog die Spur sich zu der Stelle, wo Margot ihre Sachen eingesammelt hatte, und von da in Schlangenlinien zur Tür, wobei die Tropfen immer kleiner wurden und auf halber Strecke versiegten, was besonders unheimlich wirkte.
»Gehen wir«, sagte Sieburg in entschlossenem Tonfall.
Aber wozu entschlossen? Georg begriff nicht. »Wohin wollen Sie denn gehen?«
»Nach oben, Herr Kroning. Ich muss mich überzeugen, dass Fräulein Klaußen, wie Sie behaupten ...«

»Sie glauben wirklich, ich hab sie abgemurkst?« Wieder versuchte er zu lachen; was herauskam, war Krächzen. »Schauen Sie, Sieburg, wir haben uns geliebt oder wie Sie's nennen wollen, und da Margot anscheinend gerade ihre Tage hat ...«
»Warum zögern Sie dann, mich zu ihr zu bringen? Ich will mich nur überzeugen, dass sie ...«
»Dass sie noch lebt? Aber Sieburg, ich dachte, Sie glauben grade nicht, dass ich ein Serienmörder bin, den's andauernd in den Fingern kitzelt. Wollen Sie Margot wirklich zwingen zu beichten, was nur Tür und Angel was angehen kann?«
Sieburg starrte ihn an, ruckte an seinem Kragen und wiederholte: »Also gehen wir.«
»Wie Sie meinen, Herr Inspektor.«
Die *Gitane* im Mundwinkel, schlenderte er vor Sieburg die Treppe hoch und stieß seine Tür auf. Auch hier eine kleine Blutlache auf dem grauen Teppich, drum herum zerfetzte schwarze Tücher und drei, vier Blutspritzer, aber keine Margot.
»Regen Sie sich nicht auf«, sagte Georg, »bestimmt steht sie unter der Dusche.«
Schweigend folgte ihm Sieburg über den Korridor zum Bad. Die Tür stand weit offen, die milchgläserne Kabinentür genauso, und wieder keine Margot.
»Versteh ich nicht«, murmelte Georg. »Vielleicht versteckt sie sich irgendwo. Margot?«, rief er schallend. »Wo bist du denn?«
Keine Antwort. Sieburg musterte ihn düster. Was nun? Das Ganze war wieder mal ziemlich lächerlich.
»Hören Sie zu«, sagte er. »Während Sie draußen waren bei Ihren Sarg- und Spurenleuten, haben Margot und ich unten auf der Couch ... wie wollen Sie's nennen? ... gebumst, gevögelt, suchen Sie sich was aus. Ich hab ihr dieses wallende Fummelzeug runtergezerrt, und dann ...«
»Ja«, sagte Sieburg, »was war dann?«
»Wollen Sie das so genau wissen? Na ja, wie ich gesagt habe, und wir waren gerade fertig, als Sie gegongt haben.«
Sieburg schüttelte den Kopf, ging zurück in Georgs Zimmer, beugte sich über die rote Lache. »Wir haben einen Schrei gehört«, sagte er, »und der klang nicht wie ... Er klang nicht *lustvoll*«, behauptete er.
Da kam Georg eine Idee, die er sofort ausführte, obwohl er spürte, dass sie vielleicht ziemlich übel war. »Schauen Sie her«, sagte er, »ich kann beweisen ...«
Während Sieburg sich aufrichtete und zu ihm hindrehte, knöpfte Georg rasch seine Hose auf und zeigte ihm sein Glied, das mit Margots Blut beschmiert war. Sieburg schaute kurz, huschend und stark errötend hin und wandte sich mit einer abrupten Drehung ab.
»Lassen Sie diese Schweinereien«, keuchte er. »Sie sind pervers, Sie sind krank, und ob Sie nun irgendwen ermordet haben oder nicht – man sollte Sie jedenfalls nicht frei herumlaufen lassen.«

»Aber ich wollte doch nur ...«, protestierte Georg nestelnd.
»Sind Sie wirklich sicher«, unterbrach ihn Sieburg, »dass Sie im Allgemeinen wissen oder wenigstens ahnen, was Sie mit Ihren Aktionen und Ihrem blödsinnigen Gerede bezwecken? Im übrigen – was Sie mir eben gezeigt haben, beweist überhaupt nichts. Ich möchte Fräulein Klaußen sehen, und zwar sofort. Das Haus kann sie nicht verlassen haben, also ...«
Im Korridor klackte eine Tür, dann klapperten Schritte über den Steinboden.
»Los, Sie Trottel«, sagte Georg. »Gehen Sie raus, reden Sie mit ihr, fassen Sie Margot an, damit Sie merken, dass sie kein Gespenst ist. Aber packen Sie nicht zu hart zu, weil immer so schnell Blut spritzt.«
Margot erschien im Türrahmen, sehr blass und anscheinend verstört, doch offenbar lebendig. Sie trug ein graues Kostüm, das er noch nie an ihr gesehen hatte. Er brauchte mehrere Sekunden, bis er begriff, dass sie im Elternschlafzimmer gewesen war und sich mit Sachen seiner Mutter ausstaffiert hatte. Wieder spürte er den hochlodernden Hass, und obwohl er entschlossen war, sich wortlos abzuwenden, hörte er sich fauchen: »Wie kommst du dazu, mit einem Kleid von Mama, und noch dazu mit diesem Kostüm ...«
»Einen Moment«, mischte sich Sieburg ein. »Fräulein Klaußen, beantworten Sie mir eine Frage. Ist in den letzten fünfzehn Minuten, während ich draußen war, zwischen Ihnen und Herrn Kroning etwas vorgefallen, das Sie mir mitteilen möchten?«
»Nein«, sagte Margot leise. Mit automatenhafter Drehung wandte sie sich ab und ging über die Steinstufen nach unten. Die Tür klickte. Wenn Margot ihre Verabredung mit Alex einhalten wollte, würde sie sich beeilen müssen. Der kleine Wecker neben Georgs Bett zeigte schon beinahe halb acht.
»Ich glaube, ich muss mich bei Ihnen entschuldigen«, murmelte Sieburg. »Obwohl Sie zugeben müssen ...«
»Nichts gebe ich zu«, sagte Georg erbittert. »Wenn hier jemand nicht weiß, was er redet und vorhat, dann sind doch wohl Sie das, Sieburg. Sie müssen sich schon entscheiden, ob Sie sich Krolls Version anschließen oder Demken glauben wollen. Erst boxen Sie mich gegen Kroll und alle Welt aus diesem prachtvollen Kinderknast raus, dann verdächtigen Sie mich aus heiterem Himmel, meine Freundin abgemurkst zu haben. Und obwohl ich Ihnen anders nicht beweisen konnte, was zwischen Margot und mir passiert ist, beschimpfen Sie mich als Perversen und was weiß ich noch. Wissen Sie, bei Kroll und seinen Leuten, wenn die einen piesacken und demütigen, da weiß man wenigstens, wie's gemeint ist. Aber wenn so ein verklemmtes, andauernd rot werdendes Spießerschweinchen wie Sie daherschwänzelt ... Also los, stellen Sie mir Ihre Fragen.«
Plötzlich glaubte er zu riechen, dass die Blutlache auf dem Teppich einen süßlichen Geruch verströmte. Er ging zum Fenster, stieß es auf.

»Herr Kroning?« Der Tonfall ließ ihn aufhorchen. »Sie sollten mich nicht unterschätzen. Ich sage das in Ihrem eigenen Interesse. Sie sollten nicht annehmen, dass ich mich von sachfremden Überlegungen leiten lasse oder gar, dass ich mich irgendwelchem Druck beuge – von Kroll oder von der Skandalpresse, oder gar von Demken. Der hat allerdings nicht das geringste Interesse, diese Ermittlungen zu beeinflussen. Und Sie sollten sich vor einem weiteren Irrtum hüten. Dass ich im Gegensatz zu Kroll einen sachlichen Zusammenhang zwischen dem Züricher Fall Prohn und dem Tod Ihrer Eltern bestreite, bedeutet nicht, dass ich sozusagen blind an Ihre Unschuld glauben würde. Selbstverständlich werden wir auch Krolls Spekulation über Ihre Verwicklung in den Martens-Mord mit der gebotenen Sorgfalt überprüfen. Und dass Sie, Herr Kroning«, schloss er überraschend, »am Wochenende beim Waldhaus Ihrer Eltern waren, halte ich beinahe für sicher.«

Irgendwie schaffte es Georg, gelangweilt die Schultern zu zucken. »Ihre Sache«, murmelte er dazu.

»Ein wenig auch Ihre, finden Sie nicht? Was die schmale Reifenspur an der morschen Tanne betrifft, hat Kroll gute Vorarbeit geleistet. Inzwischen hat er mir sein Beweismaterial zur Verfügung gestellt. Dass Sie ein Rennrad der Marke *Bernotti* zumindest früher besaßen, steht aufgrund der Kundenkartei fest und wird von Ihnen auch nicht bestritten. Dass die Reifenspur nur von einem Fahrrad der Modellreihen *Bernotti* oder *Luca* verursacht worden sein kann, steht ebenfalls fest; die Laboranalysen sind eindeutig. Was sich dagegen nicht erhärten ließ, ist Ihre Behauptung, Ihr Vater hätte vor Jahren die *Bernotti* an einen lokalen Wohltätigkeitsverein verschenkt. Ich sage Ihnen offen, Herr Kroning, diese Behauptung hat mich schon gestern nicht überzeugt. Ich nehme also Folgendes an ...«

Wieder einmal zückte er sein Notizbuch, kam um die Blutlache herum auf Georg zu und murmelte blätternd: »Sie sind am Sonntag aus irgendeinem Grund, den Sie mir freundlicherweise noch nennen werden, Ihren Eltern mit dem Fahrrad zum Waldhaus nachgefahren. Zu diesem Zeitpunkt hatten Sie und Ihr Vater den Vertrag längst unterschrieben, sodass Sie nüchtern betrachtet keinen Anlass hatten, sich vor einem möglichen Mordverdacht zu fürchten. Aber da war schließlich noch Kroll, der Ihnen im Nacken saß und sozusagen prophezeit hatte, dass Sie Ihre Eltern umbringen würden. Sie fuhren also die steile Gefällstrecke hinab und prallten hinter der Linkskurve gegen die Tanne – genauso, wie eine, zwei oder drei Stunden zuvor Ihre Eltern mit dem tückischen Hindernis kollidiert waren. Mit dem Unterschied allerdings, dass Sie überlebt haben, während unter Ihnen in der Waldschlucht vielleicht noch die Flammen aus dem Autowrack schlugen. War es so, Herr Kroning?«

Georg starrte den anderen an. Er war ziemlich entgeistert, obwohl er in Sieburgs Version eine reichlich harmlose Rolle spielte.

»Ich bin sicher«, fuhr Sieburg in ruhigem Ton fort, »dass es sich so oder sehr ähnlich

abgespielt hat. Wie Kroll Sie gestern in die Falle gelockt hat, das war schon beeindruckend, und seiner Schlussfolgerung stimme ich teilweise zu: Wären Sie nicht selbst der gesuchte *Bernotti*-Fahrer, hätten Sie ohne Zweifel eingewendet, dass die mysteriöse Pneuspur gerade nicht vom Täter stammen kann. Aber wie gesagt – Kroll und Sie haben sich gegenseitig verhext. Obwohl die Spur Sie entlastet hätte, haben Sie das Fahrrad verschwinden lassen, und genauso hat Kroll automatisch angenommen, dass die *Bernotti*-Spur Sie praktisch schon des Elternmordes überführt. Ich stimme ihm zu, wenn er erklärt, Sie hätten diesen Widerspruch erkennen müssen. Aber das gilt genauso für ihn selbst. Also noch einmal, Herr Kroning. Sie haben Ihre Eltern nicht umgebracht. Sie wären im Gegenteil ums Haar an der gleichen Stelle tödlich verunglückt. Zeigen Sie mir jetzt, wo Sie die *Bernotti* versteckt haben.«
Er klappte sein Notizbuch zu und verstaute es in der Jacke. Georg beobachtete ihn zerstreut, dann wandte er sich zum Fenster um und sagte: »Keine Ahnung, wovon Sie wieder mal reden.«
Unten auf dem Magmaplatz standen mittlerweile zwei Polizeiwagen, eine schwarze Limousine mit der spiegelbildlichen Aufschrift *Notarzt* und ein Kleinbus, dessen Hecktür halb geöffnet war. Dahinter schimmerte der Zinksarg. Vier uniformierte Polizisten standen im Halbkreis und schienen in einen hitzigen Wortwechsel verwickelt, den der Notarzt in flatterndem weißem Kittel mit waagrechten Gesten abzudämpfen versuchte. Die Sargträger, oder was sie darstellen mochten, in schwarzen Uniformen, lehnten seitlich an ihrem Kleinbus und ließen die Köpfe hängen, als ob ihr Beruf sie bedrückte, was immerhin möglich war.
»Ist Ihnen klar«, hörte er hinter sich Sieburg, »dass Sie mit der *Bernotti* schon das zweite Beweismittel zu unterdrücken versuchen? Rechtlich spielt es keine Rolle, ob diese Beweisstücke den, der sie verschwinden lässt, eher be- oder entlasten. In jedem Fall machen Sie sich strafbar, wenn Sie die Aufklärung von Verbrechen verhindern. Ich fordere Sie daher auf ...«
»Tatsächlich?«, fiel ihm Georg ins Wort. »Übrigens kommt da Ihr Gehilfe angestürmt, Benzo oder wie er heißen mag. Zweifellos hat er Ihnen bedeutende Mitteilungen zu machen. Wir sollten runtergehen und ihn reinlassen.«
Lächelnd drehte er sich um und schlenderte an dem anderen vorbei nach unten, wo er durch die Diele spazierte und dem bärtigen Uniformierten die Tür aufzog. »Kommen Sie ruhig herein, Wachtmeister«, sagte er. »Hier und dort mag ein wenig Blut verspritzt sein, aber wie Ihr Chef sich persönlich überzeugen konnte, hat bloß eine menstruierende Dame die rötlichen Tröpfchen versprüht.«
»So, ja«, quittierte Bensdorff, wobei er die Mütze abzog. Und dann zu Sieburg, der eben über die Stufen eilte: »Drei Sachen, Chef, kamen eben über Funk. Also erstens, dieser Albert Bauer ist in der – wie sagt man – Kriegsverbrecherdatei registriert. Wurde eben ins Revier getickert. Er hat neunzehndreiundvierzig ...«

Mit einer sägenden Handbewegung schnitt Sieburg ihm das Wort ab. »Ah, interessant. Dachte mir so was. Kommen wir später zu. Und die anderen Meldungen?«
»Ja, zweitens«, leierte Bensdorff, »Riemann hat die Bankauszüge überprüft. Wie Sie gesagt haben. Und das Ergebnis war, der Dr. Kroning hat dem Bauer nicht nur ein – wie sagt man – ein Gärtner-Gehalt, sondern auch die Wohnungsmiete bezahlt ... Und das Erstaunliche ... das Erstaunliche ...« Er verfiel in brütendes Schweigen, wobei er Sieburg flehend ansah und sein Gedächtnis durch schwache Schläge gegen die linke Schläfe aufzufrischen versuchte.
»He, Sie!«, rief Georg. »Verraten Sie uns jetzt, was an dieser Mietgeschichte so erstaunlich ist?«
»Ja, die Miete«, leierte Bensdorff weiter. »Für die Mansarde in der Altstadt hat Dr. Kroning fünfzehnhundert Mark monatlich gezahlt. Auf ein schweizerisches Nummernkonto. Sagt jedenfalls Riemann.«
»Gut, Bensdorff«, lobte Sieburg. »Und jetzt noch drittens.«
»Also, drittens«, kurbelte der Dumpfe. »Vrontzek hat gestanden.«
»Was? Und das sagen Sie erst jetzt?«, schrie Sieburg. »Das ist ja fantastisch!«
»Ja, schon, Chef. Aber er hat was anderes gestanden, als Riemann ihn gefragt hat. Der Vrontzek muss einen Blackout gehabt haben. Sagt jedenfalls Riemann. Gefragt hat er ihn nämlich: *Wann hast du erfahren, dass die Kronings mit der Tanne kollidiert sind, die du schludrigerweise nicht weggeräumt hast?* So ungefähr hat Riemann gefragt. Und zu seinem großem Erstaunen, also Riemann war wirklich erstaunt ...«
Georg schlich einmal um den Wachtmeister herum, der wieder in Schweigen verfallen war. »Das passiert immer, wenn er *erstaunlich* sagt«, stellte er fest. »Schon gemerkt, Sieburg? Ihr Kerl hier kommt ganz gut zurecht, solange er Wörter wie *erstaunlich, Erstaunen* et cetera vermeidet. *Das Erstaunliche* ist auch erstaunlich schlecht für ihn, haben Sie eben gehört. Wird er einfach nicht mit fertig. He, Bensdorff!«, rief er. »Weiter geht's, Mann! Was hat Vrontzek gesagt?«
»Ja, Vrontzek«, schallte es zurück »Er hat den kleinen Johannes entführt. Hat er gestanden. Den kleinen Johannes entführt und ins Naturschutzgebiet verschleppt. Sagt jedenfalls Riemann. Deshalb hat er sich so komisch benommen. Und nicht wegen dieser Tanne. Ist das nicht erstaunlich?«
»Nee, wieso denn?«, fragte Georg zurück.
Während Sieburg kommandierte: »Geben Sie sofort Meldung an Riemann durch. Er soll diese Sache erst genauer ausloten, und bevor nicht feststeht, dass der Vrontzek wirklich den Jungen verschleppt hat – auf keinen Fall auch nur eine Silbe an die Presse. Marsch, ab mit Ihnen!«
Bensdorff schüttelte sich, stülpte die Mütze über und trat zackig grüßend ab.
»Wirklich erstaunlich«, sagte Georg. »Gratuliere, Inspektor.« Er war ehrlich verblüfft, aber nicht wegen der Vrontzek-Geschichte. Er drückte die Tür zu, lehnte sich da-

gegen, steckte sich eine *Gitane* an. »Sie hatten also gerochen, dass Josef – dass Albert Bauer im Krieg irgendwas Übles gemacht hat? Blödes Wort übrigens – Kriegsverbrecher, finden Sie nicht auch? Schließlich sagt man ja auch nicht Klaudieb, obwohl man allerdings Lustmörder sagt. Seltsam, oder?«
»Seien Sie still«, sagte Sieburg. »Sie sehen, ich habe genug um die Ohren. Mit Ihnen will ich endlich zu einem Ende kommen. Also zeigen Sie mir jetzt die *Bernotti*.«
»Nein.«
»Dann gehen Sie meinetwegen zum Teufel!«
»Aber was reden Sie denn?«, näselte Georg. »Der Teufel ist Kroll. Und aus Krolls Krallen haben Sie mich ja eben erst rausgefingert, oder? Seien Sie doch ausnahmsweise mal logisch.«
Sieburg schnaufte, ruckte am Kragen, zerrte Strähnen aus der Stirn. »Sie haben noch bis morgen Vormittag Zeit«, sagte er sichtlich erschöpft. »Auf diese Frist haben wir uns vor der Kommission geeinigt. Vorsorglich haben wir schon gestern dringliche Nachforschung bei der Post beantragt. Wenn Ihr Brief nicht spätestens morgen bei *Härtel & Rossi* auftaucht, donnert eine Lawine gegen Sie los. So, jetzt noch einige Fragen, obwohl ich Sie, ehrlich gesagt, kaum noch länger ertrage. Aber auch das haben wir so vereinbart. Streng genommen hätte ich Sie schon heute früh, in der Haftanstalt, auf die Probe stellen müssen. Also hören Sie zu. Wenn Ihre Aussage zutrifft und Sie den Samstagnachmittag wirklich hier im Haus mit Ihren Eltern verbracht haben, werden Sie keine Schwierigkeiten mit den Fragen haben.«
»Natürlich nicht.« Georg schnippte die Asche auf den Boden und fing an, drauf rumzutrampeln, einfach so.
»Am Samstagnachmittag hat Ihr Vater mit Herrn Demken telefoniert. Um welche Uhrzeit war das ungefähr? Natürlich erwarte ich nicht, dass Sie mir auf die Minute genau ...«
»Das war kurz nach dem Kaffee«, sagte Georg schnell. »Ich würde sagen, so gegen halb fünf oder fünf.« Er nahm an, sein Vater hatte Demken direkt nach der berühmten Vertragsunterzeichnung angerufen, was die beiden vielleicht vereinbart hatten, da Demken schließlich der Erfinder des Schenkungsvertrages war.
»Das ist merkwürdig«, erwiderte aber Sieburg. »Herr Demken erinnert sich mit Bestimmtheit ... Jetzt Folgendes, Herr Kroning. Wurde Ihr Vater angerufen, oder hat er selbst Herrn Demken angewählt?«
Welche Antwort war richtig? Warum glaubte Georg zu spüren, dass er irgendeinen wichtigen Punkt übersah? Und wieso war es ihm mehr oder weniger egal, ob er bei seiner Antwort richtig tippte? Tatsache war jedenfalls, dass Sieburg entschieden nervöser wirkte als er. Aber Tatsache war auch, dass er nach Lügen und Ausflüchten suchte wie früher, wie immer schon. Warum? Weil ihm das einfach Spaß machte, weil er an so was wie Wirklichkeit nicht glaubte? Aber wozu dann dieses Spiel, das er

inzwischen genauso wie Klaußen, wie Kroll mit höchstem Einsatz und vollem Risiko spielte? Sinnlose Fragen, spürte er.
»Sie müssen sich doch erinnern, Herr Kroning«, sagte Sieburg. »Da Sie und Ihre Eltern den ganzen Tag gemeinsam verbracht haben ...«
»Natürlich erinnere ich mich. Nur hat Papa am Nachmittag und frühen Abend verschiedene Telefongespräche geführt. Ein- oder zweimal kamen Anrufe, und vielleicht zweimal hat er selbst irgendwen angerufen. Was spielt es denn für eine Rolle, welches dieser Gespräche er mit Demken geführt hat?«
Warum wurde Sieburg regelrecht fahl im Gesicht, weshalb schnappte er nach Luft, während ihm der Adamsapfel wie eine Liftkabine über die Kehle sauste? »Beantworten Sie meine Frage«, sagte er.
»Papa hat Demken angerufen.«
»Nein, Herr Kroning, es war umgekehrt.« Wie zum Beweis zückte Sieburg sein eierfarbenes Notizbuch.
»Na und?« Georg lächelte ihn an. »Was besagt das schon? Ich habe mit Mama geplaudert, und Papa ist, wie gesagt, öfters mal rausgegangen, um zu telefonieren.«
»Nein, Herr Kroning«, sagte Sieburg wieder. »So war es nicht, und so kann es gar nicht gewesen sein. Es kann Ihnen doch nicht entfallen sein, dass am Samstag gegen siebzehn Uhr ... na? Fällt's Ihnen jetzt ein?«
Wovon zum Teufel redete der Kerl? »Lassen Sie mich doch mit Ihrem blöden Telefon in Ruhe«, sagte er gereizt. »Meinetwegen hat eben der Demken meinen Vater angerufen, ich verstehe wirklich nicht, was das für eine Rolle spielen soll. Und aus welchem Grund soll Papa nur mit ihm und sonst mit keinem telefoniert haben?«
Er war wie vermauert, und er selbst spürte, dass er etwas Wesentliches scheinbar mit Absicht übersah. Sieburg machte zwei Schritte nach rechts und deutete auf den Telefonapparat, der sich grau und gedrungen auf dem Metalltischchen duckte. »Sie erinnern sich also nicht, dass dieser Telefonanschluss bis siebzehn Uhr dreißig gestört war und dass um siebzehn Uhr zwei Techniker von der Störstelle in der Villa waren, die den defekten Anschluss reparierten? Ihr Vater hat die Störstelle von einer Telefonzelle aus benachrichtigt, da die Villa zwischen dreizehn und siebzehn Uhr vom Telefonnetz abgeschnitten war. Wenn Sie wirklich am Samstag mit Ihren Eltern zusammen waren, *müssen* Sie sich an all diese Einzelheiten erinnern.«
Georg zuckte die Schultern und schob die Hände in die Hosentaschen. Wieso musste er sich an irgendwas erinnern, da er nach Sieburgs Überzeugung an Zwangsvorstellungen litt und jedenfalls im Kopf nicht normal war? Warum sollte er sich seinen Kopf, verrückt oder nicht, über Sieburgs Probleme zerbrechen?
»Herr Demken«, sagte Sieburg, »hat Ihren Vater gegen siebzehn Uhr fünfundvierzig angerufen, um sich zu erkundigen, ob Sie den Schenkungsvertrag akzeptiert hatten. Ursprünglich hatten die beiden vereinbart, dass Ihr Vater Bescheid geben sollte, so-

wie die Vertragsfrage geregelt war. Aber da er sich wegen der Störung bis zum frühen Abend nicht melden konnte und da Herr Demken ab achtzehn Uhr außer Haus verabredet war, hat er selbst Ihren Vater angerufen. Nach seiner eigenen Erklärung war er gespannt, ob Sie seinen Vertragsentwurf akzeptierten. Aber jetzt erklären Sie mir doch bitte ...«

»Da gibt es nichts zu erklären«, behauptete Georg. »Ich hab eben wieder mal einiges durcheinandergebracht, das passiert mir öfters. Fragen Sie doch Kroll. Wahrscheinlich war das am Freitagnachmittag, als Papa so viel telefoniert hat, und vielleicht hat er erzählt, er wollte diesen Demken anrufen, und das hab ich dann mit dem verwechselt, was wirklich passiert ist.«

»Aber wieso«, fragte Sieburg, »haben Sie sich denn nicht mal an die Techniker von der Störstelle erinnert, die zweifellos einen erheblichen Lärm verursacht haben?«

Allmählich hatte Georg genug von dem Kerl. Er setzte ein extra hochnäsiges Lächeln auf und erklärte: »Sie sehen ja, wir leben hier ganz geräumig, da kriegt man nicht unbedingt mit, was in irgendeinem Winkel passiert. Ich hab mit Mama im Saal gesessen und geredet, und dass Papa draußen diese Arbeiter abgefertigt hat, haben wir kaum mitbekommen.«

»Auch das entspricht leider nicht der Wahrheit oder, wenn Sie so wollen, der Wirklichkeit. Natürlich haben wir die Techniker von der Störstelle befragt. Ihre Mutter hat die beiden Männer abgefertigt, wie Sie es nennen, wobei sie erklärt hat, dass Sie ihren Mann vertrete, der sich wegen heftiger Kopfschmerzen unpässlich fühlte. Finden Sie das nicht auch seltsam, Herr Kroning, dass Sie nicht die mindeste Erinnerung an all diese kleinen Vorfälle vom Samstagnachmittag haben?«

»Glauben Sie, was Sie wollen.« Georg stieß sich von der Tür ab, wendete auf den Zehenspitzen, zog die Tür spaltbreit auf, schnippte die Kippe nach draußen. »Wenn Ihnen irgendwas nicht passt, können Sie den Fall ja an Kroll zurückgeben.«

»Sie sind der verrückteste Hund, der mir jemals begegnet ist.« Plötzlich stand Sieburg dicht hinter ihm. »Sie wissen so gut wie ich, dass Sie Ihre Eltern nicht ermordet haben. Niemand hat die Waldschlucht-Falle absichtlich arrangiert – Unfall, Fahrlässigkeit, mehr ist da nicht passiert. Das sagt mir mein Gespür, und wenn ich mich darauf nicht mehr verlassen könnte, sollte ich besser den Beruf wechseln.«

»Sie sollten jetzt gehen, Sieburg. Ich habe zu tun – geschäftlich, verstehen Sie?«

Er zog die Tür auf und trat zur Seite, um Sieburg Platz zu machen. Draußen auf dem Magmaplatz stand nur noch der große Polizeiwagen, mit dem sie gekommen waren. Vier Polizisten, ein Notarzt, zwei Sargträger, dachte Georg – wahrscheinlich hatten die Typen ihm alle Wiesen zertrampelt. Oder nicht gerade alle, aber wer sollte jetzt für den Park sorgen, nachdem Josef nicht bloß für immer weg war, sondern anscheinend nie existiert hatte? Plötzlich fühlte er sich wieder trüb und deprimiert, sah die gleichen neu-alten Fragen vorüberschwirren: Wofür rackerte er sich ab, was konnte er in diesem Spiel gewinnen? Was konnte er rausbekommen? Was die Wahrheit, was irgendwann wirklich passiert war? Ach, Unsinn, spürte er. Warum erklärte er diesem eierfarbenen Sieburg nicht einfach, wo er die *Bernotti* hingeschmissen, wo er seine zerfetzten Kleider vergraben hatte? Aber nein, das ging jetzt nicht mehr. Kroll hatte den Vertrag verschwinden lassen, und wenn sich herausstellte, dass er die Schotterweg-Klamotten im Komposthaufen verbuddelt hatte, würde sogar Sieburg sich fragen, ob da nicht irgendeine Verbindung zu der Hornissen-Geschichte bestand.

»Ich will Ihnen noch einen Schritt entgegenkommen«, behauptete Sieburg, obwohl er gleichzeitig einen Schritt wegging, über die Schwelle nach draußen. »Führen Sie sich Folgendes vor Augen. Selbst wenn sich herausstellen sollte, dass Sie schon am Samstag mit Ihrer *Bernotti* zum Waldhaus gefahren sind, dass Sie also *vor* Ihren Eltern dort waren, bleibt doch die Tatsache, dass Sie genauso nichts ahnend wie Ihre Eltern mit der morschen Tanne kollidiert sind. Die Wucht des Aufpralls, das haben wir rekonstruiert, schließt einen Täuschungsversuch mehr oder weniger aus. Die Spur ist mit einiger Gewissheit echt, nur durch einen Zufall sind Sie also dem Schicksal Ihrer Eltern entgangen. Begreifen Sie, was ich anzudeuten versuche?«

»Ja, klar«, machte Georg. »Solange Sie nicht *erstaunlich* sagen, komm ich ganz gut mit. Sie wollen mir einflüstern, ich könnte immer noch behaupten, dass ich unter Schock durch den Wald geirrt wäre, besessen von der Idee, meine armen Eltern zu warnen. Aber da ich mich wie im Märchen im Wald verirrt hatte, kam ich trödelig-tragischerweise zu spät nach Haus, da waren meine Eltern schon weg und das Spiel war aus. Meinen Sie so was, ja?«

Sieburg ließ den Adamsapfel hoch- und runtersausen, brachte kein Wort raus.

»Was machen Sie eigentlich jetzt ohne Vrontzek?«, fragte Georg beinahe mitleidig. »Oder meinen Sie, wenn er schon so schön dabei ist, wird er die morsche Tannen-Geschichte auch gleich noch beichten?«

»Warum denn nicht? Wenn er wirklich irgendwo oben im Naturschutzgebiet den kleinen Johannes gefangen hält, würde das umso eher erklären, wieso er seine Dienstpflichten vernachlässigt hat. Aber was Sie betrifft, Herr Kroning – falls Sie sich nicht entschließen können, die Wahrheit über Ihr *Bernotti*-Abenteuer zu erzählen, müssen Sie damit rechnen, dass Krolls Version wieder ins Spiel kommt. Wenn Sie wegen einer solchen, kreuz und quer geknoteten Indizienkette verurteilt werden wollen – Sie hätten eine gute Chance, das zu schaffen, und hindern könnte Sie niemand. Also, überlegen Sie sich die Sache noch mal. Und bleiben Sie zu Hause.«

Georg nickte ihm zu und schloss die Tür, während Sieburg noch quer über den Magmaplatz zu seinem Wagen ging.

Müde und fröstelnd lief er nach oben, streifte schon auf den Stufen alle Kleidung ab und ging ins Bad, wo er sich dampfend heiß abduschte und anschließend mit dem Elektroapparat seines Vaters rasierte. Er war überzeugt davon, dass Sieburg – und

nicht nur Sieburg – ihn ab jetzt überwachen ließ, und wenn er versuchen würde, die Stadt oder gar das Land zu verlassen, würden sie ihn zweifellos wieder einsperren. Trotzdem überlegte er, mechanisch in den Spiegel lächelnd, ob er nicht irgendwo untertauchen, alles hinter sich lassen und ganz neu anfangen sollte, anstatt sich mit dem verrückten Spiel, in dem es für ihn nichts zu gewinnen gab, höchstwahrscheinlich zu ruinieren. Aber das war albern, wusste er. Man konnte nichts hinter sich lassen, man konnte nicht mal irgendwas für sich behalten, einfach so, tief in sich drinnen, als wirkliches Geheimnis, von dem sonst keiner was mitbekam. Vermummt in Vergangenheit, in Vergangenheit gewickelt wie Esmeralda in ihre türkisch leuchtenden Tücher, konnte man sich niemals freiwickeln aus all den Schleiern. Denn die Tuchhüllen und Schleierschichten reichten von ganz weit draußen bis ganz tief drinnen, und wenn man sich fertig freigewickelt hatte, merkte man, dass man selbst weg war, und nur die Schleierschichten blieben.
Wieder gongte die Torglocke durchs Haus. Punkt neun Uhr. Während alle ihn verlassen und aufgegeben hatten, erschien Esmeralda wie seit zwanzig oder fünfundzwanzig Jahren pünktlich zum Dienstagsdienst, als ob rein gar nichts passiert wäre. War ja auch nicht, dachte er lachend. Auch Esmeralda hieß nicht Esmeralda. Nichts war, was es war, war's nie gewesen, nichts würde je sein, was es war. Was für ein Wirrwarr, lachte er in den Spiegel. Immer noch dämmerte in seinen Augen der Traum. Er knotete sich ein Frotteetuch um und lief nach unten, wo er den Schalter *Besucher – ein* bediente.

8

Georg schlenderte zur Küche und fragte: »Könntest du mir was zu essen machen?«
Ehe er fertig geredet hatte, merkte er, dass Esmeralda ihm schon heimlich was gekocht hatte, das auf drei Herdplatten schmurgelte und beinahe nach Sehnsucht zu riechen schien. Inzwischen war Mittag vorbei, und vielleicht nur, weil er sich nicht erinnern konnte, wann er zuletzt gegessen hatte, wurde ihm schwindlig vor Hunger, allerdings auch vor Ekel, wenn er an wirkliche Speisen dachte.
»Ich würde gern auf der Terrasse essen«, sagte er.
Esmeralda nickte lächelnd, sodass Georg zu spüren glaubte: Diese lächelnde Ruhe, die mit ihr ins Haus gezogen war, das war vielleicht das normale Leben. Konnte das sein? Natürlich nicht. In der Kroning-Villa hatte es so was wie normales, geordnetes Leben nie wirklich gegeben. Müde fühlte er sich, und brennend leer. Rauchte pausenlos weiter, obwohl ihm vom *Gitanes*-Qualm längst übel war.
Natürlich spürte er, dass diese Ruhe trügerisch war, nichts als lauernde Lüge. Und

streng genommen flößte ihm Esmeralda Widerwillen und beinahe Grauen ein. Auch die Türkin, falls sie wirklich von den Türken stammte, war in den letzten zwei Jahren erschreckend gealtert. Was sich ihm vorhin zur Begrüßung entgegen␣bleckt hatte, war lückenhaft gelbliches Grinsen. Nichts mehr von Esmeraldas früher weiß schimmernden Zähnen, nichts mehr von ihrem runden, braun glänzenden Gesicht, das sich lachend zwischen leuchtenden Tüchern versteckte. Sogar ihre Tücher wirkten verblichen und fadenscheinig, was Georg fast übertrieben schien. Schaudernd hatte er vorhin zugesehen, wie sie stark vorgebeugt durchs Haus schlurfte, und anfangs hatte er sogar überlegt, ob sie vielleicht eine Art Krückstock unter ihren Röcken und Tüchern verbarg.
Natürlich hatte er herauszukriegen versucht, wie viel sie von der Waldschlucht-Geschichte mitbekommen hatte, aber aus ihren Antworten war er nicht schlau geworden. Obwohl er sich nicht vorstellen konnte, wie das passiert war, nahm er an, dass sie die paar deutschen Brocken, die sie früher immerhin brabbeln konnte, wieder vergessen hatte. Das war das Unheimliche an ihr – dass sie anscheinend eine Person ohne Gedächtnis war. Oder vielleicht mit schattenhaftem, strichelndem Gedächtnis, sodass sie sich zwar an Räumlichkeiten und Feudeltücher erinnerte, aber ihre frühere Herrschaft nicht zu vermissen schien. Ohne Umschweife hatte sie sich auf die überall hingespritzten Blutstropfen gestürzt, was bei ihrer ächzenden Gebrechlichkeit, ihrer unförmigen Vermummung und ihrem Mangel an verblüffter Neugier dreifach unheimlich wirkte.
Er beschloss, vor dem Essen noch zum Parktor zu schlendern, dessen rechten Mauerpfosten ein enormer Briefkasten höhlte. Früher war Josef jeden Morgen mit einem Wägelchen zum Tor getrottet, aus dem er pfundweise Zeitungen und einen Haufen Briefe geschaufelt hatte. Wer weiß, dachte Georg, vielleicht bekam er sogar Spaß an den Zeitungen, wenn die anfingen, über ihn und sein Leben zu schreiben.
Als er unter der stechenden Sonne loslief, wollte er seine Hände in die Taschen stopfen. Aber das ging nicht, weil er nur eine ziemlich knappe, grau-grau getigerte Badehose trug, die ihm seine Mutter vor Jahren gekauft hatte. Vorhin hatte er zwischen seinen alten Sachen gestöbert und die Hose gefunden. Früher hatte er sich geweigert, das winzige Ding anzuziehen, weil er es unpassend fand, dass seine Mutter ihn mit solchem Zeug einkleidete. Aber heute fand er, dieser grau-grau getigerte Slip war genau das passende Kostüm, weil es seine traurige Stimmung mit lächerlich-peinlichen Erinnerungen vermischte.
Früher, früher, früher – warum konnte er nicht aufhören, daran zu denken? Dabei dachte er jetzt, unter die Tannenschatten tauchend, gar nicht wirklich an seine Eltern; nicht an seinen Vater, nicht an Mama. Er versuchte nicht mal, ihre Gesichter heraufzubeschwören, ihre Gesten, ihr Lächeln, falls da je was wie Lächeln in ihren Zügen war. Er spürte nur diese trübe Müdigkeit, diese kalt brennende, sich selbst

verschlingende Leere. Warum hatte er Josef getötet, der doch wahrscheinlich zu ihm gehalten hätte und in dessen Leben es anscheinend ein wirkliches Geheimnis gab? Er glaubte zu ahnen, dass es ein düsteres Geheimnis war und dass Josef seine Sprache, sein Gedächtnis abgeschüttelt hatte, um sich vor seinen Düsternissen zu schützen.
Er verließ den Kiesweg und lief über die Wiese auf die leuchtendweiße Mauer zu. Er glaubte zu hören, dass draußen die Reporter tuschelten, die demnach seit beinahe sieben Stunden unter den Alleebäumen saßen. Mit dem Rücken drückte er sich gegen die Mauer und schob sich gegen den Pfosten vor. Anscheinend standen oder saßen die Zeitungsschmierer dicht hinter der Mauer auf dem Trottoir, wo sie sich murmelnd unterhielten. Einer von ihnen näselte:
»Sagt mal, kennt ihr schon die Geschichte von diesem aparten Törchen?«
Wieso apartes Törchen? Georg fand, es war nicht ganz klar, wovon der Kerl sprach. Als er sich vorbeugte und die stählerne Briefkastentür aufzog, hörte er draußen trappelnde Schritte. Jemand rief *Psst, da ist wer!,* dann wurde es unheimlich ruhig. Schnell schaufelte er mit beiden Händen den Zeitungshaufen aus der Box, schob die Tür zu und schlich über die Wiese zur Villa zurück.
Auf der Südterrasse sackte er übertrieben stöhnend auf die Steinbank und klatschte die Zeitungen neben sich. Es war unglaublich heiß, sein Gesicht brannte, nicht nur von der Rasiertortur. Esmeralda hatte schon für ihn zum Essen gedeckt, das jetzt, wo es drauf ankam, nicht mehr nach Sehnsucht, sondern höchstens nach Hammel roch. Aber er zwang sich, drei, vier Gabeln voll aufzupicken und möglichst automatisch in seinen Mund zu schieben, wobei er angestrengt an was anderes dachte. Beispielsweise: Sowie Sieburg abgefahren war, hatte er sich mit dem Telefonapparat hier auf die Terrasse gesetzt und den ganzen Vormittag über versucht, Klaußen zu erreichen, dazwischen auch drei- oder viermal Timo Prohn. Doch jedes Mal tönte nur totes Tuten aus dem Telefon. Obwohl es ihn ärgerte und immer nervöser machte, dass er nicht endlich mit Klaußen reden konnte, fand er, es wäre eine gute Neuigkeit, wenn Klaußen allen Ernstes abgehauen und untergetaucht wäre. Aber das war unsinnige Träumerei – das Spiel funktionierte anders.
Er schob seinen Hammelteller zur Seite, steckte sich eine *Gitane* an und wählte die *Härtel & Rossi*-Nummer, die er auswendig wusste – nicht, weil er sie so oft gewählt hätte, sondern weil er sie heute Morgen andauernd nachgeschlagen, sich aber dann doch nicht getraut hatte, mit Francesca zu reden. Nach dem, was die Reporter ihm vor der Gefängnistür zugerufen hatten, war er darauf gefasst, dass *Härtel & Rossi* doch mit ihm brechen wollten.
»... *klack-klack-klack* ... *Si?*«
»Francesca?«, sagte er zu dem Hörer. »Schön, Ihre Stimme zu hören.«
Dabei hatte er bisher nichts von ihr gehört als diese flirrende *Si*-Silbe, die Francesca nun in gleichgültigem Tonfall wiederholte: »*Si.*«

Während er zurückgelehnt über den Magmaplatz blickte, stellte er sich vor, wie sie in ihrem überdreht möblierten Züricher Büro saß, hinter dem chrom- und glasblitzenden Schreibtisch, und wieder mal nervös an ihrem Haarzopf zerrte.

»Georg Kroning hier. Ich nehme an, Sie erinnern sich – die *Irrläufer*-Geschichte.« Obwohl er extra eine Pause für sie einschob, hörte er weiterhin nur ihr flach atmendes Warten, dann ein klickendes Feuerzeug. »Francesca? Ich habe jetzt das *Irrläufer*-Geld. Sie haben vielleicht in der Zeitung gelesen ...«

»*Si, Giorgio*. Und deshalb ...«

»Die Zeitungen bauschen das alles auf«, sagte er schnell. »In Wirklichkeit werde ich nicht mehr verdächtigt. Meine Eltern sind nicht ermordet worden. Francesca, ich könnte den *Irrläufer*-Vertrag unterschreiben und sofort losschicken. Morgen läuft die Zwei-Wochen-Frist ab.«

»*No, Giorgio*«, sagte Francesca. Sie klang ziemlich gereizt, was ihren Akzent ins beinahe schon Märchenhafte verschärfte. »Jetzt hören Sie mir bitte mal zu. Zuerst – ich *gondoliäre* Ihnen hiermit zum Tod Ihrer Eltern.«

»Sie tun *was*?«, fragte er leise lachend.

»*Gondoliere*«, wiederholte sie. »Sagt man nicht so?«

»Ja, genau, Francesca. Wissen Sie, dass ich vor beinahe zwanzig Jahren mit meinen Eltern in Venedig war?«

»Woher soll ich das wissen?«

»Schon damals habe ich alles gefunden, was später in meinem Leben wichtig geworden ist. Beispielsweise die schwarz und weiß glänzenden Gondeln erinnern mich bis heute an schwimmende Särge. Und dann die Ratten in den Kanälen ...«

»Wir sollten diesen Dialog abbrechen. Haben Sie die *NZZ* von heute gesehen?«

»Liegt neben mir.« Er beugte sich zur Seite, fischte die *Neue Zürcher* aus dem Zeitungsstapel.

»Lesen Sie Seite siebzehn«, sagte Francesca. »Tut mir leid, *Giorgio*.«

»Warten Sie noch«, rief Georg. »Sie können nicht einfach so ... Und wenn das alles hier vorbei ist? Wenn ich freigesprochen oder gar nicht erst angeklagt werde? Was wird aus dem *Irrläufer*, Teufel noch mal?«

»Mit uns können Sie nicht mehr rechnen«, sagte Francesca. »Wir müssen an unseren Ruf denken, an unsere Kunden. Sie haben versucht, uns da reinzuziehen. Was für eine verrückte Idee von Ihnen, ausgerechnet uns diese Vereinbarung zuzuschicken, die Sie mit Ihrem Vater getroffen haben. Was sollen wir damit? Die Folge ist, gestern war die Kriminalpolizei hier, heute war sie wieder hier, und morgen? Nein, *Giorgio*, wir mussten uns öffentlich von Ihnen distanzieren. Lesen Sie unsere Presseerklärung. Mehr kann ich Ihnen nicht sagen. Viel Glück.«

»Danke«, sagte Georg traurig. »Kann ich brauchen.« Er legte den Hörer zurück und stand auf.

Während er sich mechanisch eine *Gitane* ansteckte, versuchte er sich einzureden – wenigstens wusste er jetzt, woran er war. Dass Francesca ihm doch noch absagte, war schließlich keine Tragödie – hatte er nicht schon viel Schlimmeres mitgemacht? Erst dieses Spiel hier mit Kroll und Klaußen zu Ende bringen, dachte er, und anschließend konnte er in aller Ruhe von Neuem anfangen, einen Produzenten für den *Irrläufer* zu suchen. Warum denn nicht? Aber er merkte, nicht einmal sich selbst konnte er mit seinen Schlichen noch übertölpeln. Praktisch sein Leben lang hatte er nur die Spiele, immer nur die Spiele im Kopf gehabt – und jetzt *das*. Er spürte, wie sich irgendwas tief in ihm drinnen zertrümmerte. Früh schon hatte er gefühlt, irgendwas stimmte mit ihm nicht, mit seinen Eltern, seiner Welt nicht, alles behinderte ihn, zog an ihm, schnürte ihn ein, sodass er nur humpelnd und fuchtelnd vom Fleck kam. Er hatte empfunden, wenn er überhaupt eine Chance hatte, dann mit den Spielen, in die er all seine Zähigkeit, seine Intelligenz, Empfindsamkeit, seine Lebensgier investiert hatte – und jetzt *das*. Früh schon hatte er gefühlt, dass er praktisch ein Krüppel war – hölzern, unbeholfen, gedämmt, gedämpft, halb gelähmt, und dass er nie irgendwen, irgendwas wirklich erreichte. Die Schatten, ja, dachte er erbittert – sie hatten ihn zu den Schatten gesperrt, zurückgeprügelt, verstoßen, vergessen, sodass die Spiele seine einzige Chance waren, doch noch durchzubrechen – und jetzt *das*. Früh schon hatte er gefühlt, was ihm fehlte, was er nie finden würde, war diese Geläufigkeit, mit der die anderen redeten, lächelten, lebten, anscheinend ohne sich zu verstellen, während er immer nur grimassiert, Masken über-, ab-, neue drübergestreift hatte, und jetzt *das*. Er stand vor Trümmern. Seine Mutter, seine Kindheit, die schweren, kalt hinschlagenden Schatten der Tannen, ihr Gewisper, wie sie drohten, lachten, und die geflüsterte Trauer von Mama. *Oh Georg, wie einsam wir sind ...* Früh hatte er gefühlt, wenn er überhaupt eine Chance bekam, dann mit den Spielen – und jetzt *das*. Seine Eltern, Margot, Alex, sogar Josef – er hatte alle geopfert, und jetzt *das*. Immer schon von allem, jedem abgeschnitten, abgemauert, kein Lächeln, kein dumm-buntes Plaudern, immer nur die Verbissenheit, mit der er sein komisch-todtrauriges Leben führte – und jetzt *das*. Ein Leben für die Spiele, verrückt rücksichtslos vor allem gegen sich selbst, alle gehasst, alle weggestoßen für das eine, das einzige, kindisch-verbissen betriebene Ziel – das Spiel, und jetzt *das*. Früh schon gefühlt, irgendwas stimmte nicht, mit ihm nicht, mit seinen Eltern, seiner Welt nicht, dass er praktisch verkrüppelt war, dass er nur so, nur mit den Spielen eine Chance bekam, und jetzt *das*. Er stand vor Trümmern. Früh schon gefühlt, die Wörter taugten nichts, überall diese steinernen Schleier des Schweigens, Verschweigens, die aufgebauschten Lügentücher, sodass er nur mit den Spielen eine Chance bekam, und jetzt *das*. Er stand vor Trümmern. Früh schon gefühlt, nur so, nur mit den Spielen konnte er sich zum Ausdruck bringen, den anderen verständlich machen, was es hieß, eine innere Welt, dieses Schimmern, Wispern, diese huschenden Schatten, der Glanz, wenn man innerlich nicht verdorben und abgestorben war – und jetzt *das*. Er stand vor Trümmern. Früh schon gefühlt, Papa muss weg, die Villa ein Märchenschloss, aber jetzt *das*. Er stand vor Trümmern. Früh schon gefühlt, irgendwas stimmte nicht, und dass er nur mit den Spielen eine Chance bekam, die anderen zu erreichen, nur wenn er tief in sich hineinkroch, durch die Mauer brach – aber jetzt *das*. Er stand vor Trümmern. Er blickte auf. So ging es auch. Die Mauern in Trümmern.

Er lachte. Wusste kaum noch, wo und wer er war, hatte es niemals gewusst, geahnt. Schnippte die Kippe weg, die im Gras verzischte. Schnippte sich selbst weg, verzischte. Was jetzt? Zur Garage. Die Benzinkanister. Alles anzünden, hochlodernd, dann Asche. Was für ein Wort – *Asche*. Andere Wörter: *Gondoliere. Märchen. Dunkel. Gehusch. Gemunkel. Dunkel munkelnde Verwunschenheit ...*

»Herr Kroning? Was machen Sie denn da?«

»Wie? Ah, schon wieder Sie, Inspektor.«

»Ich beobachte Sie seit wenigstens fünf Minuten. Sie stehen vor dem Garagentor, lachen, murmeln vor sich hin, einmal sogar eine Art Luftsprung. Ich habe gerufen, aber Sie waren nicht ansprechbar.«

»Tut mir leid, Sieburg. Ging mir mein ganzes Leben so. Ich hab gerufen, und die Leute waren nicht ansprechbar. Und jetzt? Ich stehe vor Trümmern.«

Er blickte auf, misstrauisch zwinkernd, weil er damit rechnete ... Aber nein, da stand wirklich Sieburg, eierfarben und hitzig wie immer. Oder nicht?

»Was machen Sie da, Herr Kroning? An meiner Schulter?«

»Ach, nichts, ich wollte sichergehen. Irgendwelche Neuigkeiten?«

»Einiges. Machen wir einen Spaziergang durch den Park? Diese herrliche Frühsommerluft! Wirklich, Sie sind in einer wahren Idylle aufgewachsen. Hören Sie doch nur – wie die Singvögel girren, das Rauschen der uralten Bäume, und dann diese eigenartigen Lichtverhältnisse hier in Ihrem Park. Das leuchtende Grün, hell-düster, wirklich sehr sonderbar. Und die Sonne gibt eine angenehme Wärme. Haben Sie eben ein Sonnenbad genommen, Herr Kroning? Ich dachte nur, wegen der Badehose. Aber jetzt stellen Sie sich vor: In Ostpolen, Winter neunzehnhundertdreiundvierzig – damals herrschte scharfer Frost, und da es vorher wochenlang geschneit hatte ...«

»Jetzt reden Sie von Josef.«

»Allerdings. Albert Bauer diente damals als einfacher Feldwebel im Regiment Ihres Großvaters, der als Begleitarzt der deutschen Eroberertruppe hauptsächlich Gehirnexperimente an östlichen Gefangenen durchgeführt haben soll. Unter den plündernden und vergewaltigenden Soldaten tat sich Bauer durch extreme, fast unglaubliche Grausamkeit hervor, die ihm auch einen Spitznamen eingetragen hat. Man nannte ihn den Schlingen-Jupp. Wissen Sie, warum?«

»Gleich weiß ich's.«

»Möglich, Herr Kroning. Gehen wir noch mal bei der Gärtnerhütte vorbei. Natür-

lich haben wir dort heute früh alles gründlich durchsucht. Aber wer weiß ... Also der Schlingen-Jupp alias Albert Bauer. Bei den Gehirnoperationen Ihres Großvaters soll er assistiert haben, und der Spaß, den er sich dann draußen mit den polnischen Gefangenen machte, war vielleicht auch nichts anderes als eine vergröberte, ins derb Volkstümliche übertragene Operation. Allerdings hat Schlingen-Jupp sich weniger für Hirne und mehr für Gedärme interessiert; daher auch sein Spitzname. Haben Sie gute Nerven, Herr Kroning?«
»Geht so, Sieburg. Schauen Sie, die Hornissen arbeiten an ihrem Trichter. Es scheint, sie versuchen den Spalt zu kitten, den Josef mit dem Spaten reingehackt hat.«
»Ja, das ist die Natur. In der Natur heilen die Wunden schneller. Übrigens steht in den Akten, dass Albert Bauer einen besonderen Hass auf schöne, blühende Menschen hegte, die er deshalb regelmäßig als Opfer auswählte. Für diesen derben Spaß, wissen Sie, der ihm den Spitznamen Schlingen-Jupp eingetragen hat.«
»Wollen Sie vielleicht sagen, er hat den Leuten die Därme rausgerissen?«
»Aber nicht doch, Herr Kroning. Werfen wir noch einen Blick in die Hütte. Wussten Sie, dass er in diesem Schuppen einen kleinen Vorrat sodomitischer Pornomagazine aufbewahrte? Hier hinter der Tür lagen sie säuberlich gestapelt. Wussten Sie davon?«
»Ich war seit Jahren nicht in der Hütte.«
»Das ist eigenartig. Wie erklären Sie dann, dass wir auf einem der Hefte, das aufgeblätterte Bild zeigt übrigens einen nackten Mann und eine Ziege, Ihre Fingerabdrücke gefunden haben? Ich habe mir erlaubt, vorhin Ihre Kaffeetasse mitzunehmen, um Ihnen die kleine Belästigung mit Papier und Stempelkissen zu ersparen.«
»Das mit den Abdrücken ist ganz einfach, Sieburg. Ich bin Josef am Samstag weiter unten im Park begegnet. Er hat gerade ein Beet aufgegraben. Neben dem Beet lagen Geröllbrocken, die ganze Gegend hier ist ja rein vulkanisch. Neben den Brocken lag das Heft. Ich hab's gedankenlos in die Hand genommen und ...«
»... und Sie waren schockiert?«
»Nein, Inspektor. Was macht das für einen Unterschied, Ziege oder sonst was? Sie mit Ihrem Ehering können mir da natürlich nicht beipflichten.«
»Warum nicht, Herr Kroning? Übrigens bin ich verwitwet. Aber kommen wir doch noch einmal auf den Schlingen-Jupp zurück. Er hat also Folgendes gemacht. Immer wenn sein Regiment in ein ostpolnisches Dorf einzog, hat er mindestens zwei und meistens vier junge Leute aus den Häusern holen lassen und paarweise zusammengestellt. Der Spaß fing harmlos genug damit an, dass sich die jungen Leute unter dem Gejohle der Truppe nackt ausziehen mussten, bei fünfzehn bis zwanzig Grad Frost, was aber halb so schlimm war, da sie gleich schon mit Wodka traktiert wurden. Genauer gesagt, Schlingen-Jupp bohrte ihnen Blechtrichter in den Schlund und füllte in jeden Trichter genau einen Liter Wodka, sodass die jungen Leute völlig betrunken waren. Sie sehen auch hier wieder die volkstümliche Parallele zur Schulmedizin. Es

soll vorgekommen sein, dass die besoffenen Opfer nur blöde grinsend glotzten, wenn Schlingen-Jupp ihnen die Bäuche aufschlitzte. Aber weshalb haben wir auch auf dem Spaten Ihre Fingerabdrücke gefunden, Herr Kroning?«
»Haben Sie nicht. Es muss fünf oder zehn Jahre her sein ...«
»Sie haben recht. Der Spatengriff war säuberlich blank geputzt. Wir haben keinerlei Fingerabdrücke auf dem Griff gefunden, ausgenommen die des Toten. Vielleicht war Bauer einfach ein pedantischer Mensch, der seine Werkzeuge in Ordnung hielt?«
»Gut möglich. Aber was ist jetzt mit Schlingen-Jupp?«
»Was soll mit ihm sein? Als Nächstes befahl er seinen Opfern, Kniebeugen zu machen. Man bewegt die Bauchmuskeln, und wenn man einen kreuzförmigen Schlitz im Bauch hat, quellen die Gedärme hervor. Setzen wir uns doch auf diese Pritsche, Herr Kroning. Hier hat Bauer also genächtigt? Glücklich träumend von seiner Ziegenpornografie? Übrigens gibt es in den Heften auch Kühe und Hündinnen und sogar Giftschlangen, denen man die Giftzähne gezogen hat.«
»Sie tun mir leid, Sieburg. Warum sind Sie zur Polizei gegangen? Und Ihre Frau ist tot? Haben Sie Kinder?«
»Nein. Mit einer knappen Handbewegung hat Schlingen-Jupp die jungen Leute irgendwann gebeten, mit den Kniebeugen aufzuhören. Es genügte ihm völlig, wenn erst ein, zwei größere Darmschlingen hervorgequollen waren. Er wies das Paar an, so nah zusammenzutreten, wie es sich für ein Paar gehört, und knotete die vorhängenden Darmschlingen zusammen. Zu diesem Zweck soll er sogar seine Pelzhandschuhe ausgezogen haben. Wenn er allerdings wirklich so ein pedantisch sauberer Mensch gewesen wäre – hätte er dann nicht auch die Griffe der anderen Werkzeuge abgewischt? Sehen Sie sich doch um – dieses unglaubliche Gerümpel. Nein, Albert Bauer war kein pedantischer Mensch.«
»Vielleicht war ihm der Spaten mit der Griffseite in den Dreck gefallen?«
»Das könnte natürlich sein. Bitte seien Sie vorsichtig mit der Zigarette. Es wäre schade, wenn diese Hütte abbrennen würde, und stellen Sie sich erst vor – die aufgescheuchten Hornissen ... Gehen wir vom Normalfall aus. Schlingen-Jupp hatte vier Opfer ausgewählt. Mit dem zweiten Paar verfuhr er wie mit dem ersten. Nachdem er zwei zusammengeknotete Paare hatte, nackt, zerschlitzt und betrunken bei fünfzehn Grad Frost, hat er auch die Paare nochmals zusammengeknotet. Das Ergebnis nannte er einen *Menschenstern*, die Sternschweife bestanden allerdings aus Gedärmen. Wussten Sie, dass Darmgewebe besonders elastisch und reißfest ist, speziell bei jungen Leuten? Die schrien inzwischen entsetzlich, denn ein Liter Wodka taugt nur bedingt zur Anästhesie. Ich schlage vor, wir gehen wieder nach draußen, Herr Kroning.«
»Ja, bitte, nach Ihnen, Inspektor.«
»Ungefähr da, wo Sie jetzt stehen, könnte auch Bauer gestanden haben, sehen Sie? Einen halben Meter rechts der Tür. So wie jetzt könnte die Tür halb offen gestanden

haben. Der Mörder nähert sich ihr, berührt mit einem Fuß schon die Schwelle, und dann schleudert er den Spaten, der bis zum Heft in den Hornissentrichter fährt. Sofort schießen die Insekten hervor, um ihr Nest zu verteidigen; im gleichen Moment schlüpft der Mörder in die Hütte und verriegelt die Tür. Bauer steht draußen, die Hornissen stürzen sich auf ihn, der Mörder wartet zwanzig, vierzig, sechzig Minuten, dann schaut er vorsichtig nach. Aber wieso Mörder? Würden Sie eine solche Tat als Mord bezeichnen?«

»Es wäre Mord. Aber man könnte ihn nie überführen.«

»Ja, ich fürchte ... Sie hören ja, ich habe geseufzt. Aber geseufzt wurde auch in Ostpolen. Denn Schlingen-Jupp zückte die nächste Flasche, die allerdings Benzin enthielt. Er schüttete eine ordentliche Menge auf den Eisboden, genau vor und halb unter die Füße seiner Opfer. Dann schnippte er eine Kippe auf die Lache, das Benzin brannte, und Sie können sich vorstellen, dass alle vier Schweife des Menschensterns versuchten, vor dem Feuer zu fliehen. Natürlich rückwärts, da es vor ihnen brannte, jeder in seine Richtung, mit den Füßen sich in den heißen Eisboden stemmend, und immer wenn der Stern in eine Richtung ruckte, rückte Schlingen-Jupp mit Benzin und Zündholz nach. Haben Sie eben den Imkeranzug gesehen, der in der Hütte hinter der Tür hängt? Wenn wir nachweisen könnten, dass der Mörder diesen Schutzanzug getragen hat ... Der derbe Spaß in Ostpolen dauerte alles in allem jedes Mal zwanzig oder fünfundzwanzig Minuten. Die jungen Leute, jeder kopflos, sturzbetrunken und blind vor unerträglichen Schmerzen, auf der Flucht vor den nachzüngelnden, durch den Schnee fräsenden Flammen, rissen sich gegenseitig die Därme aus den Bäuchen, und es soll vorgekommen sein, dass Opfer bei mehr oder weniger lebendigem Leib regelrecht ausgeweidet wurden, umgestülpt, Herr Kroning, sodass man zwischen all dem blutigen Geschlinge plötzlich ein zuckendes Herz hervorquellen sah. In solchen Momenten soll Schlingen-Jupp vorgesprungen sein, mit strahlenden Augen. Er hat das wild schlagende Herz in beide Hände genommen, er hat sogar zu demjenigen, dem das Herz gehörte, gesagt: *Schau hier, dein Herz*. Und dann hat er ...«

»Er hat reingebissen?«

»Ja. Er hat reingebissen. Übrigens nehmen wir an, dass Bauer, der damals noch fließend sprach und als Feldwebel Dienst tun konnte, erst irgendwann nach dem Krieg die Sprache verloren hat, und mit ihr wohl auch sein Gedächtnis. Er hätte sich nicht verstecken müssen. Er wäre nicht verurteilt, allerdings in eine geschlossene Anstalt eingewiesen worden, was Ihrem Großvater und Ihrem Vater aber eine Menge Geld erspart hätte. Jedenfalls bin ich sicher, dass niemand um ihn trauern wird. Man hat uns nahegelegt, den Fall nicht weiter zu untersuchen. Was sagten Sie?«

»Ich sagte, *ich* trauere um Josef!«, rief Georg. »Sie mögen das seltsam finden, aber ich habe diesen Schwachkopf geliebt. Gehen wir zurück.«

»Warum immer zurück? Warum nicht ausnahmsweise einmal vorwärts?«

Mit spitzen Fingern fuhr sich Georg über Schläfen und Augen. Vorwärts gehen hieße wörtlich verstanden – über die grünen Hügel nach unten, auf direktem Weg zum kleinen Gittertor. Also fing auch Sieburg an zu begreifen? Nein, ganz unmöglich. Zumal Sieburg mit selbstgefälligem Lächeln hinzufügte: »Wir jedenfalls machen gute, sogar erstaunliche Fortschritte. Was den möglichen Schenkungsvertrag betrifft, sieht es schlecht für Sie aus. Bei *Härtel & Rossi* ist er heute sowenig wie gestern eingetroffen, und die Nachforschungsstellen der deutschen und schweizerischen Postbehörden bestreiten, dass er jemals aufgegeben worden sei. Ich denke also, wir müssen uns an den Gedanken gewöhnen, dass Sie verrückt genug waren, dieses schöne Entlastungsindiz zu vernichten. Sie können sich vorstellen, dass mich die Presse, dann natürlich Kroll und jetzt auch noch gewisse vorgesetzte Stellen erheblich unter Druck setzen. Ich glaube nicht, dass ich noch lange warten kann. In jedem Fall muss ich Sie bitten, heute Ihr Gelände, am besten sogar das Haus nicht mehr zu verlassen.«
Während Sieburg gepredigt hatte, waren sie mit schnellen Schritten zur Villa zurückgegangen und traten eben auf die Südterrasse, als Georg fragte: »Wie sind Sie eigentlich reingekommen?«
»Ihre rumänische Perle, Frau Irma Vascu, hat mir geöffnet. Auch diese Dame ist ein wenig mysteriös. Sie scheint nicht lange nach Ihren Eltern in den Westen geflüchtet zu sein. Ich will nicht geradezu behaupten, dass sie verrückt ist. Aber sie ist Mitte der Sechziger zum islamischen Glauben übergetreten und kleidet sich seitdem nur noch in diese farbenprächtigen Tücher. Unten in der Altstadt, wo sie in einem Mietshaus wohnt, glaubt jeder, sie sei Türkin, aber die Türkei hat sie nie gesehen. Ihrer Abstammung nach gehört sie zu den sogenannten Volksdeutschen, allerdings versteht sie kaum Deutsch. Seltsamerweise spricht sie auch kein Rumänisch mehr, und die türkische Sprache hat sie natürlich nie beherrscht. Also kurz und gut, die Frau lebt in einer Fantasiewelt, zu der neben ihrem Fantasiekostüm auch eine Fantasiesprache gehört, von der sie selbst vielleicht glaubt, es wäre Türkisch. Wir nehmen an, dass Frau Vascu während der Nazizeit auf einem der östlichen Gehöfte Ihres Großvaters gearbeitet hat. Da mag auch dies und das vorgefallen sein, was ihr die Sprache verschlagen oder jedenfalls das normale Denken ein wenig durcheinandergeschüttelt hat. Aber das ist Gott sei Dank nicht mein Problem.«
»Wahrscheinlich hat einer wie Sie überhaupt keine Probleme.«
»Glauben Sie? Ich fürchte, dass Sie das nicht schmeichelhaft meinen. Wenn Sie erlauben, werde ich trotzdem noch einen Augenblick auf diesen Schachpolstern Platz nehmen. Sie haben telefoniert? Vielleicht mit *Härtel & Rossi*? Das tut mir ehrlich leid für Sie, Herr Kroning, dass die Agenten nicht mehr für Sie arbeiten wollen. Aber Sie wissen so gut wie ich, das alles haben Sie sich selbst zuzuschreiben. Auch diesen grauenvollen Presserummel. Haben Sie das schon gesehen?«
Er griff neben sich, zog eine mit schwarzen und roten Balkenbuchstaben prangende

Zeitung aus dem Stapel und fuhr fort: »Selbstverständlich schüren Kroll und besonders Flämm diese Schmutzkampagne, aber das weisen Sie denen erst mal nach. Sehen Sie dieses Bild hier? Oder dieses? Wie kommen die Reporter zu solchem Material?« Er reichte Georg die Zeitung über den Tisch. Unter dem Balkentitel SERIENMÖRDER AUF FREIEM FUSS? brachte die Zeitung Fotos von Georgs Eltern, von der Villa, dann natürlich vom Waldhaus und eine Fotografie, die Georg zeigte, wie er in einem Boot saß, auf dem Zürichsee, und sich hässlich lächelnd in die Riemen stemmte. Die Bildunterschrift lautete: *Düstere Pläne geschmiedet? Trügerisches Idyll am Zürichsee.* Die Fragezeichen waren jeweils so winzig geraten, dass man sie glatt überlas, während schon der Untertitel Georgs Namen in Fettdruck brachte: DER MILLIONENERBE GEORG KRONING IN MEHRERE MORDAFFÄREN VERSTRICKT. Dass sie Bilder von ihm und seinen vollen Namen brachten, fiel ihm ein, war natürlich auch schlecht für Alex.

»Sie haben was von Fortschritten gesagt.« Er legte die Zeitung auf den Tisch und steckte sich eine *Gitane* an. »Was sind das für Fortschritte, wenn Sie den Vertrag nicht mehr finden?«

»Sie sind krank, Herr Kroning. Warum begeben Sie sich nicht unverzüglich in sachkundige Behandlung? Ihr künftiger Schwiegervater soll übrigens auf dem Rückweg von Zürich sein, wo er eine kurzfristig anberaumte Konferenz besucht hat. Mithilfe eines psychiatrischen Gutachtens könnten Sie sich unter Umständen sogar jetzt noch in Sicherheit bringen. Warum zögern Sie?«

»Das ist mein Spiel, Sieburg. Es ist mein Spiel und dann noch Krolls und Klaußens Spiel. Sie kommen in den Regeln gar nicht vor.«

»Aber Vrontzek kommt in Ihren Regeln vor? Sie erinnern sich doch – der Waldschrat, übrigens eine wuchtige Gestalt, zwei Meter groß und breit wie ein knorriger Baum. Vrontzek ist ein Riese, rotbärtig, mit sehr kleinen Augen, deren stechender Blick beinahe wehtut. Vrontzek lebt allein in einer Hütte am Waldrand, auf der anderen Bergseite. Vielleicht war er zu lange allein. Seine Mutter ist vor vier Jahren gestorben, seitdem hatte er keinen mehr, und weil er das nicht aushielt, hat er den kleinen Johannes entführt. Kannten Sie Johannes Sontheim? Sein Vater betreibt das *Casino*-Restaurant im alten Kurpark, in dem Sie, wie ich hörte, manchmal verkehren.«

»Am Samstag war ich dort, fragen Sie Taschner.«

»Das wird leider nicht möglich sein, soweit ich weiß, ist er zurück in die Schweiz gereist. Diese Leute verursachen zu allem Überfluss auch noch eine Menge Spesen. Johannes Sontheim jedenfalls war ein hübsches, aufgewecktes Bürschchen, elf Jahre alt, braunhaarig, große, träumerische Augen, und wie ich hörte, hat er sogar Geige gespielt. Wäre Vrontzek nicht so einsam gewesen, würde Johannes heute noch leben.«

»Was hat er mit Johannes gemacht?«

»Was er gemacht hat? Ich bin sicher, Vrontzek wollte nur lieb und zärtlich zu dem Jungen sein. Er hat unter Tränen gestanden, dass er sogar Schokolade für Johannes besorgt hatte, aber dann wurde er böse, denn Johannes mochte keine Nascherei. Sie müssen sich das vorstellen, Herr Kroning – Vrontzek ist auch bei seinen Kollegen nie wirklich beliebt gewesen. Er galt als Einzelgänger, jähzornig, verschlossen, schon im Zustand leichter Trunkenheit neigt er zu derber Gewalttätigkeit, worüber er selbst Tränen vergießen kann. Mehrere Vorstrafen, unter anderem wegen Exhibitionismus; die Menschen, denen er sich gezeigt hat, schrecken noch heute aus fürchterlichen Albträumen hoch. Vrontzek ist ein Scheusal, Herr Kroning, nur leider mit einem überfließenden Kinderherzen. Und Vrontzek ist berühmt für eine forstliche Übung, die nur er beherrscht. Vrontzek zieht Bäume, die nicht so ganz gesund und verlässlich eingewurzelt sind, mit bloßen Händen aus der Erde. Äußerstenfalls behilft er sich mit einem Seil, obwohl ihn die Hebelwirkung beinahe beleidigt. Während der Vernehmungen sind immer zwei kräftige Wachtmeister anwesend, die wirkungsvolle Nahkampfgriffe beherrschen. In seiner Zelle, Herr Kroning, die niemand mit ihm teilen möchte, hat Vrontzek ein Klappbild seiner Mutter aufgestellt.«

»Warum erzählen Sie mir das alles?«

»Weil er auch Ihnen das Genick brechen könnte.«

»Also hat er dem kleinen Johannes ...?«

»Wir wissen es nicht genau. Vrontzek selbst ist ratlos, er war außer sich, als er am Sonntag zu der Höhle kam, wo er den Jungen gefangen hielt. Johannes war nicht mehr da, obwohl er ihn mit einem Seil gefesselt hatte. Seine Erinnerung ist lückenhaft, ungefähr wie das Gebiss von Irma Vascu. Übrigens nehmen wir an, dass er mit diesem Seil, das ihm als Fessel für Johannes diente, tags zuvor die morsche Tanne über den Schotterweg gestürzt hat. Seltsamerweise leugnet er. Darf ich Ihnen mit den Zündhölzern behilflich sein? Sie zittern ja, Herr Kroning. So, bitte sehr. Da Sie am Samstagmittag mit Ihren Eltern im *Casino* waren, könnten Sie Johannes sogar noch begegnet sein. Er war ein träumerisches Kind, er soll seine Eltern angefleht haben, bis sie seiner romantischen Eingebung folgten und ihm eine Art Pagenuniform schneidern ließen. Halb spielerisch, halb ernsthaft hat Johannes manchmal im elterlichen Restaurant als Page gedient; am Samstag endete sein Dienst um siebzehn Uhr. Gewöhnlich ging er dann zu Fuß nach Hause, während seine Eltern erst spätabends in ihre Villa zurückkehrten, übrigens gar nicht weit von Ihnen in der benachbarten Allee. Am Samstag aber ging Johannes nicht nach Hause. Er lief in den Wald, und im Wald war der Riese Vrontzek.«

»Das ist eine traurige Geschichte«, sagte Georg leise. »Sind Sie sicher, dass Sie mir nicht einfach ein Märchen erzählen? Johannes habe ich aber wirklich gekannt. Er hat uns am Samstag zu unserem Tisch geführt, und nachher, als wir zurückfahren wollten, hat er Papas Auto vom Parkplatz geholt und bis vors Portal gesteuert. Papa hat ihm eine Handvoll Münzen geschenkt, zu viele für Johannes' kleine Hand. Wie der schöne Page sich nach den Münzen bückte, das war ein trauriges Bild.«

»Sie sind empfindsam, Herr Kroning. Eigentlich ist das eine lobenswerte Eigenschaft, aber man darf eben nichts übertreiben. Also, Johannes läuft in den Wald, im Wald wartet Vrontzek, und wie Vrontzek angedeutet hat, trafen die beiden sich nicht zum ersten Mal. Nur diesmal, als Johannes ihn verlassen wollte, wurde Vrontzek böse oder traurig und hielt den Jungen fest. Zufällig trug Vrontzek das Seil bei sich, mit dem er tags zuvor die morsche Tanne vom Felsplateau gezerrt hatte. Er fesselte Johannes, hielt ihm mit seiner großen Hand den Mund zu und schleppte ihn weg. Vrontzek ist im unwegsamen Wald wie zu Hause. Er hat vielleicht schon lange vorher die Erdhöhle ausgesucht, am Ufer eines der vielen Bergseen; dorthin schleppt er den kleinen Johannes, dort will er mit dem Jungen leben, Schwierigkeiten sieht er nicht.«
»Aber warum ist er dann weggelaufen?«
»Sie meinen, warum Johannes ...?«
»Nein, Vrontzek. Sie sagten doch, als er am Sonntag zur Höhle kam ... Warum hat er nicht das ganze Wochenende mit Johannes verbracht? Niemandem wäre es aufgefallen, wenn er nicht in seiner einsamen Hütte übernachtet hätte.«
»Da haben Sie allerdings recht, Herr Kroning. Dieser dunkle Punkt bereitet uns auch Sorgen. Sie müssen bedenken, Vrontzek ist nicht gerade wortgewandt. Vrontzek ist überhaupt nicht gewandt. Er setzt sich auf einen Stuhl, und der Stuhl bricht zusammen. Er will sich eine Zigarette aus dem Päckchen fischen, da zerquetscht er das Päckchen. Er bittet um ein Glas Wasser, aber wir reichen ihm, vorsichtig geworden, einen Blechkrug. Und stellen Sie sich vor, da bricht Vrontzek wieder in Tränen aus! Er ist sehr unglücklich mit seiner Riesengestalt. Glauben Sie, dass wir ihm nicht einmal Handschellen umlegen konnten? Einer unserer Wachtmeister hat während der Vernehmungen immerzu auf Vrontzeks Hände, auf diese Handgelenke gestarrt, er konnte nicht anders. Ein anderer Wachtmeister – auf Vrontzeks Nase. Vrontzek hat eine entsetzliche Nase. Aber er hat den kleinen Pagen Johannes geliebt.«
»Das verstehe ich gut, Sieburg. Aber was ist mit dem dunklen Punkt?«
»Mit dem dunklen Punkt? Also kurz und gut, Vrontzek spricht stammelnd. Sein Vokabular umfasst circa fünfundzwanzig Wörter, und die zerbeißt er mit seinen enormen Zähnen, dass nur noch Brei hervorquillt. Er behauptet, dass Johannes krank war, schon am Samstagabend. Aber Johannes' Eltern wissen nichts von einer Krankheit ihres Sohnes. Jedenfalls ist er während der Nacht durch den Wald geirrt; mehrmals muss er auch bei seiner Hütte gewesen sein, völlig verstört. Wir wissen nicht genau, was er suchte, er war verzweifelt, eben erst hatte er Johannes in die schöne Erdhöhle geführt, und schon fürchtete er, der Kleine würde sterben. Wieso sterben? Vrontzek sagt, Johannes habe gewimmert, immerzu gewimmert, offenbar litt er entsetzliche Schmerzen; leider wissen wir nicht, weshalb. Vielleicht hat Vrontzek ihn umarmt? Wie gesagt, zunächst versuchte er, seinen Liebling mit Schokolade zu betäuben. Aber Johannes wollte keine Schokolade, da schlug Vrontzek zu. Nicht fest, wie er beteuert,

nur einen zärtlichen Klaps, allerdings gegen den Kopf, und dann hat Johannes nicht mal mehr gewimmert, er lag da wie ein Sack. Vrontzek schüttelt den Sack, er küsst, streichelt, liebkost den Sack, aber Johannes rührt sich nicht. Vrontzek ist außer sich. Immerhin bewahrt er soweit kühlen Kopf, dass er Johannes fesselt, an Händen und Füßen, ehe er in die Nacht stürzt, durch den Wald irrt, zu seiner Hütte, wieder zur Höhle, dann wieder durch den Wald, und so die ganze Nacht durch. Und einmal, als er Sonntag früh, selbst schon völlig erschöpft, fast durch Zufall wieder an der Höhle vorbeikommt, ist Johannes weg. Das Seil ist weg, und Johannes ist weg; Johannes wimmerte vor Schmerzen, aber *bevor* Vrontzek ihm den zärtlichen Klaps gab. Mehr weiß er nicht zu berichten oder zu gestehen.«

»Wie geht die Geschichte weiter, Sieburg? Märchen haben niemals solche offenen Enden, bei denen man sich selbst was denken muss.«

»Wir können jetzt zweierlei machen, Herr Kroning. Wir können warten, bis Vrontzek sich erinnert. Aber vielleicht wird er sich niemals erinnern. Außerdem weigert er sich zu essen. Er trauert um Johannes, um seine Mutter, ich weiß nicht, um was sonst noch alles; jedenfalls fürchten wir, dass er sich buchstäblich zu Tode trauern wird. Ich habe nie gewusst, was ein verwunschener Mensch ist; seit ich Vrontzek kenne, weiß ich es. Wir nehmen an, dass er Johannes getötet hat, weil es ihm beinahe das Herz zerrissen hat, den Jungen leiden zu sehen. Anstatt zu warten, bis er sich erinnert, werden wir wohl noch heute anfangen, das Naturschutzgebiet zu durchkämmen. Das kann Tage dauern, oder sogar Wochen, aber da eine winzige Chance besteht, dass Johannes Sontheim noch lebt, sollten wir nicht länger zögern. Ja, während ich Ihnen die Geschichte vom Riesen Vrontzek erzählt habe, bin ich zu dem Schluss gekommen – wir durchsuchen alles, den Wald, die Schluchten, die vielen Erdhöhlen und natürlich die Seen. Bei dieser Gelegenheit, Herr Kroning, werden wir auch Ihre *Bernotti* finden. Und wenn Vrontzek bis dahin nicht auch die Sache mit der morschen Tanne gestanden hat, wird man Sie wegen Mordes an Ihren Eltern anklagen und die *Bernotti* als entscheidendes Belastungsindiz werten.«

Georg stand auf, er fühlte sich wie betäubt. Sieburg saß schräg unter ihm, mit hängendem Kopf, als ob ihn die Geschichte vom Riesen Vrontzek beschämt hätte. Langsam ließ Georg seinen Blick tiefer sinken, wobei er sich flüchtig wunderte, dass er diesen absurden, grau-grau getigerten Slip trug. Praktisch ein Strichjungenkostüm, dachte er. Was er in diesem Moment empfand, als rasch über seine Haut laufenden Schauder, war beinahe so was wie Liebe.

»Wie würden Sie es nennen, Sieburg, was Josef oder Albert Bauer oder Schlingen-Jupp damals auf der anderen Mauerseite gemacht hat? Mord? Massenmord? Ich meine, obwohl die Mauer da anscheinend noch nicht gebaut worden war.«

»Nein, das war kein Mord«, erwiderte Sieburg leise. »Was Bauer getan hat, nennen wir *Verbrechen gegen die Menschlichkeit*.«

Ich habe Josef geliebt, dachte Georg, und ich liebe ihn immer noch. Vrontzek liebe ich. Und den kleinen Johannes. Und Alex liebe ich auch. Unsinn. »Und was Vrontzek mit Johannes gemacht hat, falls er ihn getötet hat – war das vielleicht Mord?«
»Nein, das war auch kein Mord«, sagte Sieburg beinahe flüsternd. »Wirkliche Morde sind sehr viel seltener, als man allgemein annimmt. Vrontzek war nicht in der Lage, jemanden zu ermorden. Dazu müsste er ja zunächst einmal begreifen, dass der kleine Johannes ein eigener Mensch war. Ein eigener kleiner Mensch, mit eigenen Gedanken, Gefühlen, mit einem eigenen Körper, auch mit einer eigenen, sehr ernst empfundenen Kinderwürde. Nein, Herr Kroning, auch Vrontzek ist kein Mörder. Ich möchte sogar behaupten, dass nicht einmal Peter Martens ermordet wurde. Warum sehen Sie mich so erstaunt an? Außerdem zittern Sie immer noch. Sorgt Irma Vascu nicht gut für Sie? Sogar Ihr Badehosengeschmack ist exzentrisch, Herr Kroning, für meinen Geschmack sogar eine Spur obszön. Aber natürlich haben Sie recht, Ich bin nur ein spießiger Kleinbürger, der feuchte Hände bekommt, wenn Leute von Stand ihn auch nur von ferne grüßen. Was wollte ich sagen? Eigentlich dreht sich alles um Freiheit. Was ist das für ein luftiges, beinahe gespenstisches Zeug: Freiheit? Dieser Satz wird Ihnen seltsam erscheinen, aber denken Sie mal darüber nach: *Nur freie Menschen können morden.* Deshalb wurde auch Peter Martens nicht ermordet. Deshalb begegnen wir so selten wirklichen Mördern. Sie sollten sich ein wenig hinlegen, Herr Kroning, am besten im Schatten. Ich habe noch einiges zu erledigen. Und bleiben Sie heute unbedingt zu Hause. Adieu.«
Als Georg aufblickte, war Sieburg verschwunden. Wie spät mochte es sein? Ob er das ganze Gespräch mit Sieburg nur geträumt, fantasiert hatte? Und was machte das für einen Unterschied? Schon warfen die Tannen wieder lange, kalte Schatten über die grünen Hügel, und was da langsam herabschwebte, waren das nicht die grau-rosa Tücher der Abenddämmerung? Es ging zu Ende, er spürte es. Er wehrte sich nicht mehr. Er würde siegen, alle vernichten, so oder so.
Linker Hand trat Esmeralda – nein, Irma Vascu aus der Haustür, schlurfte stark gebeugt auf ihn zu. Eine schrumplige Hand, ein dünnes Gelenk tauchten aus den Tüchern, ein dürrer Finger pickte auf das Zifferblatt einer imaginären Uhr. Und wieder verstand Georg: Es ging zu Ende.
»Feierabend, Irma«, sagte er. Sie kicherte, zeigte ihr lückenhaft gelbliches Grinsen. »Du hast also Großvater gekannt?«, fragte er. »Du hast mit ihm auf den Rittergütern gelebt? Das ist traurig-schön. Und sag mal, hast du auch Josef gekannt, als er noch Albert Bauer hieß?«
Von Irma dazu nur eine Geste, beidhändiges Fuchteln, wobei ihre Finger sich in die verblichenen Tücher krallten. Nicht zu entscheiden, was die Geste hieß.
»Josef habe ich geliebt«, sagte er. »Das Scheusal. Den Verbrecher gegen die Menschlichkeit. Sieburg irrt sich, wie immer. *Nicht auf Freiheit kommt es an, nur auf die*

Geheimnisse, die eigene Welt. Irma«, fiel ihm ein, wir werden uns nie wiedersehen. Du warst heute zum letzten Mal bei uns. Alle sind tot. Ich danke dir, Irma. Irgendwann heute noch werden sie mich zum zweiten Mal verhaften, und diesmal für immer. Warum weinst du, Irma? Sei nicht sentimental. Weißt du was? Mama hat bestimmt irgendwo im Haus Bargeld versteckt. Du wirst wissen, wo. Geh hin, nimm dir das Geld. Was soll ich noch damit? Alles ist kaputt, alles ist leer. Was hast du da?«

Irma kramte zwischen ihren Tüchern, und was sie hervorzog, war ein dickes Geldnotenbündel, alles braune Tausender. Jetzt sah er auch, dass an ihren Fingern Ringe glitzerten, Armbänder schimmerten auf ihren dürren Gelenken, und als sie die Tücher unter dem Kinn auseinanderzog, glänzte dort das Diamantcollier.

»Ja, du hast recht, Irma«, sagte er. »Nimm alles, auch Mamas Schmuck, er gehört dir. Geh jetzt, Irma.«

Er wandte sich ab und huschte durch die Terrassentür in den Saal.

9

Er fragte sich nicht, wie lange er warten würde und ob die Zeit überhaupt noch reichte. Er hatte Jeans übergestreift, ein Baumwollhemd, aber aus irgendeinem Grund keine Schuhe. Er saß da, kauernd, zusammengeduckt, auf der untersten Stufe vor der Grauen Villa, rauchte ab und zu eine *Gitane*. Drüben hatte er alles abgeriegelt, jedes Fenster, alle Türen. Zum Schluss hatte er auf der Schalttafel den Hebel umgelegt, unter dem in der zerfließenden Schrift seiner Mutter *Alarm – Start* stand. Als er zum letzten Mal durch den Park gelaufen war, auf direktem Weg zum kleinen Tor, war die Dunkelheit längst heruntergebrochen; man sah überhaupt nichts, eine seltsame, dämmende Dunkelheit, auch die Geräusche sehr gedämpft, nur hier und da schwach flatternde Schatten zwischen den Ästen. Unter seinen Füßen hatte er die federnden Hügel gespürt, die fette Erde, das abendfeuchte Gras. Dann den weich stachelnden Nadelteppich, als er unter die Tannen tauchte.

Er hatte den Schlüssel abgestreift, den er genau wie Margot seit siebzehn Jahren an einem goldenen Kettchen um den Hals trug – in den letzten Jahren nicht mehr Tag und Nacht, und wenn er es in Zürich zuweilen umgelegt hatte, dann höchstwahrscheinlich nur aus Sentimentalität. Er hatte das kleine Tor aufgeschlossen, war durch den Spalt geschlüpft, hatte auch hier sorgfältig verriegelt. Wieder hatte er empfunden, dass im Klaußen-Gelände alles dichter, dunkler, gedrängter war, eher Wald als Park. Das Goldkettchen mit dem Schlüssel hatte er hoch in den schwarzen Himmel geworfen, wo es sich in Tannenästen verfing.

Die Klaußen-Villa war dunkel, die oberen Fenster mit schiefen Läden verrammelt,

dort wohnte der Tod; aber auch unten kein noch so schwacher Schein. Margot war bei Alex, Klaußen auf der Rückreise von Zürich. Er kauerte sich auf die unterste Stufe vor der Haustür, zog fröstelnd die Schultern hoch, rauchte ab und zu eine *Gitane*.
Was kurz darauf einsetzte, was diese dicke Finsternis erklärte, war schwerer, warmer Regen, der die Tannen noch lauter rauschen ließ. Außer dem Rauschen hörte man nichts mehr und sah nur noch Wände aus Wasser, dieses sprühendflüssig Niederstürzende, nicht hart wie Hände, eher schleierhaft weich. Und da kam auch Klaußen, mit einem Koffer, unter einen Regenschirm gebeugt.
Georg stand auf, sagte: »Ich muss mit Ihnen reden, Klaußen.«
Genau wie damals, vor vier Jahren, und wie damals wiederholte Klaußen echohaft gedehnt: »Reden.« Und dann: »Ja, komm auf einen Sprung herein, obwohl ich ziemlich müde bin.«
Kein Wort zum Tod von Georgs Eltern, kein Wort zum Mordverdacht gegen ihn, der in allen Zeitungen aufgebauscht, verdreht, mit Krolls Verleumdungen gewürzt worden war. Hinter Klaußen trottete er über die Schwelle.
»Warum hast du dich diesem Regen ausgesetzt? Das ist unvernünftig, Georg. Willst du nicht endlich erwachsen werden?«
Daran stimmte nur so viel – er war tropfnass, er fröstelte, und Schlamm klebte auf seinen Füßen. Während Klaußen, wie immer in schlotterndem grauen Anzug, wie immer staubtrocken wirkte, sobald er seinen Schirm weggelegt, seinen Mantel abgestreift hatte. Kein Schlammspritzer auf seinen schwarzen Schuhen.
»Das mit deinen Eltern ist schrecklich, Georg. Aber ich habe deinen Vater schon früher gewarnt, dass er mit seinem verrückten Hobby ... Entschuldige. Ich bin, wie gesagt, erschöpft. Eine anstrengende Konferenz, ich musste überraschend einspringen, weil ein Referent ausgefallen ist.«
»Wie neulich in Interlaken?«
»Ja, genau. Du siehst fürchterlich aus, Georg. Und mit deinen schmutzigen Füßen ruinierst du mir ... Willst du nicht was Trockenes anziehen?«
»Nein.« Obwohl er immer stärker fröstelte und obwohl ihm Tropfen über Stirn und Schläfen rannen, die er mit vorgestülpter Lippe auffing.
»Wie du meinst. Aber du wirst dich erkälten. Du warst schon als Kind sonderbar. Ich dachte, das gibt sich mit den Jahren.« Immer noch klang seine Stimme nach Verbitterung, und wenn man ihren Schwingungen nachlauschte, dachte man unwillkürlich an Kellergewölbe, an Falltüren, und unten in den Schächten schmachteten Gefangene und moderten Leichen.
»Wollen wir nicht in Ihre Bibliothek gehen, genauso wie damals, Klaußen? Damals haben Sie mir vorgeseufzt, wie sehr Sie sich einen Sohn wünschten. Dabei weiß ich zuverlässig, Sie haben mindestens einen.«
Weil Klaußen jetzt zur Steinsäule erstarrte, ging Georg durch den halb dunklen Gang

voraus zur Bibliothek, ohne sich um den anderen zu kümmern. Er schaltete Licht ein, das zwischen den Bücherreihen durchsickerte, und stellte fest, dass die Ledercouch aus dem analytischen Winkel verschwunden war. Zwei schwarze Sessel standen jetzt dort, zwischen die Bücherregale gepfercht – einer unter dem Fenster, vor dem sich die hohen Tannen wiegten, beinahe schwärzer als die Nacht; der zweite Sessel mit dem Rücken zum Zimmer. Tropfnass warf sich Georg in den Fenstersessel und zog die schlammigen Füße hoch, die vor Kälte kribbelten wie gestern in Krolls Keller.
»Was ist das für ein Benehmen, Georg? Auch wenn ich berücksichtige, dass du noch mehr als sonst durcheinander bist ...«
»Setzen Sie sich hin, Klaußen. Keine Sorge, Sie kommen schon noch zum Reden. Was haben Sie in Zürich gemacht? Haben Sie allen Ernstes gehofft, Alex zu finden? Sie hätten früher suchen sollen, sagen wir, so ungefähr vor siebzehn Jahren.«
Klaußen starrte ihn an, vorgebeugt, beide Hände auf die Sessellehne stützend; seine Unterlippe im eisgrauen Bartgestrüpp zitterte ein wenig, eben genug, dass es widerlich wirkte. »Ich habe keine Ahnung, wovon du redest«, sagte er.
»Setzen Sie sich endlich hin. Wir haben nicht viel Zeit. Aber Zeit genug, dass Sie mir alles erzählen. Alles, verstehen Sie? Was starren Sie mich so an? Fischaugen haben Sie, Klaußen, wussten Sie das? Im übrigen sehen Sie aus wie jemand, der ziemlich schmerzlich eine vergilbte Fotografie vermisst.«
Dieser Schlag saß beinahe zu gut – für einen Augenblick fürchtete er, Klaußen könnte eine Herzattacke oder sonst was erleiden, das womöglich Schreibhand und Sprachzentrum lähmte. Und wer erzählte ihm dann die schöne Geschichte von Alex, von Alex' Vater und von Alfred Prohn? Abgesehen von anderen schönen Geschichten, die Georg später aus dem anderen herauskitzeln würde.
Klaußen wankte um den Sessel herum, sackte rein. »Du verstehst das falsch«, murmelte er.
»Eins nach dem anderen. Fangen wir bei Alex an. Erinnern Sie sich an die Büttenbögen, die Sie mir letztes Jahr zum Geburtstag geschenkt haben – mit einem Spieler-Emblem als fettem Wasserzeichen? Prohn hat die Bögen in seiner Fabrik produziert.«
»Hör zu, Georg.«
»Gleich. Gleich sind Sie dran, Klaußen. Zuerst noch – wie viel haben Sie Timo Prohn für sein Kopfschütteln bezahlt? Sie merken selbst, ich weiß schon so viel, dass Sie mich nicht mehr anlügen können. Und den Rest will ich jetzt von Ihnen hören. Wie hieß Alex' Mutter? Wie haben Sie ihn in Zürich aufgespürt? Und wie kamen Sie auf die verrückte Idee mit dem Geldkuvert? Also, legen Sie los. Fangen Sie an, wo Sie wollen. Von Mamas Foto reden wir später.«
Klaußen überlegte einen Moment, fuhr zittrig durch sein Bartgefledder, sagte dann: »Gut, ja. Du wirst dich erinnern, schon vor Jahren wollte ich dir von dieser Geschichte erzählen. Damals wolltest du es nicht hören. Ich hätte trotzdem reden sollen.«

Er lehnte sich zurück, schlug das linke Bein übers rechte Knie, gähnte. Allen Ernstes, er gähnte; vielleicht ein Krampf. Und dann, mit Erzählerstimme: »Wo soll ich anfangen? Bei Barbara? Barbara ist Alexanders Mutter. Sie lebte in einem alten, ziemlich einsam dastehenden Bauernhaus in der Nähe von Hamburg. Ich musste damals oft nach Hamburg fahren, weißt du, wegen der Psychoanalyse. Ich ließ mich zum Analytiker ausbilden, und Barbara war eine der Patientinnen meines Lehrers. Mit Martina, Margots Mutter, verband mich schon damals nicht viel mehr als eheliche Gewohnheit, schale Vertrautheit, und vielleicht nicht einmal das, denn sie warf mir fast jeden Tag vor, ich hätte sie nur ihres Geldes wegen geheiratet. Als Margot fünf war, kaufte ich die Motorjacht, zu dritt machten wir Urlaub auf der Adria, und was dann passiert ist, weißt du schon. Ich hatte kaum Erfahrung als Freizeitkapitän; wir kollidierten mit dem Riff, und die Jacht sank innerhalb weniger Minuten. Glaub, was du willst, Georg, denk schlecht von mir, wie du vielleicht nicht anders kannst, aber ich habe Martina nicht umgebracht. Ihr Tod war einer dieser tragisch-banalen Unfälle, die sich täglich dutzendfach wiederholen. Als wir übers Meer fuhren, hatte ich längst beschlossen, mich von Barbara zu trennen; ich hatte mich entschieden, und zwar für Martina und für Margot. Als Martina starb, war Alexander acht Tage alt.«
»Wie heißt Alex wirklich?« Das interessierte ihn beinahe stärker als alles andere. Während er wartete, saugte er kalte Tropfen aus seinem regengesträhnten Haar.
»Klammern wir diesen Punkt zunächst aus«, sagte Klaußen. »Ich will dir nichts verschweigen, aber ich kann nicht versprechen, dass ich auch diese Frage beantworten werde. Dabei könnte ich nicht mal sagen, warum gerade hier diese Empfindlichkeit. Ich hatte mich entschieden. Warum gegen Barbara? Ich wollte dieses Kind nicht. Ich habe sie beschworen, lass es wegmachen, du wirst unglücklich mit dem Kind; und am Ende habe ich Alexander mit meinen Händen in die Welt gezogen. Keiner wusste von diesem Kind. Barbara lebte, wie gesagt, ziemlich einsam; da sie ein kleines Vermögen besaß, brauchte sie für ihr Einkommen nicht zu sorgen, und da sie ziemlich eigenartig war, menschenscheu und seltsam verängstigt, hat sie oft wochenlang ihr Haus nicht verlassen. Wenn ich zu ihr fuhr, zwei Jahre lang fast jedes Wochenende, kaufte ich unterwegs für sie ein, und kurz und gut, Alexander wurde geboren, ohne dass irgendwer außer uns von dem Kind wusste. Als ich die Idylle sah – die schläfrig lächelnde Mutter und der schreiende Säugling in dieser Bauernwiege –, wurde mir schlagartig klar, dass ich mich von Barbara trennen musste. Nur hätten die Polizisten mir nicht geglaubt, dass ich schon vor dem Jachtunfall beschlossen hatte, meine Beziehung zu Barbara zu lösen. Niemand hätte mir geglaubt, zumal Barbara selbst von meiner Entscheidung noch nichts wusste.«
»Ehrlich gesagt«, unterbrach ihn Georg, »diese kitschigen Vorgeschichten interessieren mich nicht so hundertprozentig. Ich will wissen, wie das mit Alex passiert ist, nicht Ihre Rechtfertigungslitaneien.«

»Du hasst mich, Georg«, sagte Klaußen dumpf. »Was für ein verrückter Zufall, dass Alexander ausgerechnet nach Zürich fahren musste, während du dort gewohnt hast, und dass ihr euch auch noch in diesem Museum getroffen habt.«

»Hören Sie auf mit Ihrem blöden Zufall. Sagen Sie mir lieber: Woher wissen Sie, dass Alex und ich uns im *Museum an der Limmat* kennengelernt haben?«

»Durch einen Detektiv«, sagte Klaußen. »Du wirst es nicht glauben, aber ich habe Alexander seit September letzten Jahres durch einen Detektiv überwachen lassen.«

War es möglich, dass er bei diesem Geständnis selbstgefällig grinste? Als er weiterredete, stülpte sich wieder diese widerliche Maske über seine Züge, gemischt aus Verbitterung und Gleichgültigkeit. »Durch den Jachtunfall«, fuhr er fort, »verlor ich beide Frauen – Barbara und Martina. Und, natürlich, Alexander. Die Polizisten waren sehr misstrauisch, sie haben intensive Nachforschungen angestellt und mich offen verdächtigt, irgendwo eine Geliebte versteckt zu halten, die der Grund meines angeblichen Mordanschlags auf Martina sei. Also musste ich Barbara wirklich verschwinden lassen. Ich habe schon eingeräumt, dass ich mich so oder so von ihr getrennt hätte; vielleicht war es mir sogar recht, dass mir die Entscheidung aus der Hand genommen war. Ich gab Barbara alles, was ich an Geld besaß, etwas weniger als fünfzehntausend Mark; ich besorgte ihr ein Flugticket nach Südamerika, und natürlich ging ich davon aus, dass sie Alexander mitnehmen würde.«

»Das kaufe ich Ihnen nicht ab«, sagte Georg fröstelnd, Tropfen aus Haarsträhnen saugend. »Wenn keiner was von dem Kind wusste, gab es auch keine Papiere für Alex. Also konnte Ihre Barbara ihn auch nicht über die Grenze bringen.«

»Das stimmt«, erwiderte Klaußen, wobei er tatsächlich mit den Schultern zuckte. »Aber in der damaligen Aufregung habe ich auf diesen Punkt nicht geachtet, und wenn ich nicht zufällig in der Zeitung gelesen hätte ... Barbara hatte den Kleinen in einer Holzkiste auf den Stufen vor dem Hamburger Waisenheim abgestellt, bevor sie für immer in Südamerika verschwunden ist. Ich habe sie niemals wiedergesehen.«

»Und Alex?«

»J-ja. Doch, ja«, machte Klaußen. »Das war im letzten Mai in Zürich, aber ich ... ich bin abgehauen. Das war ein Albtraum, das Entsetzlichste, was ich jemals ...«

»Geschenkt, Klaußen«, unterbrach ihn Georg grob. »Erwarten Sie, dass ich Mitleid mit Ihnen kriege? Also reden Sie schon weiter.«

Klaußen beugte sich vor. »Ich habe ja großes Verständnis für deine Situation«, sagte er hörbar gereizt. »Trotzdem sehe ich nicht, was dich zu diesem Ton berechtigt. Außerdem ruinierst du meinen Sessel mit deinen Schlammfüßen.«

»Nachher werden Sie meine Schlammfüße küssen«, murmelte Georg.

Klaußen zuckte zusammen, entschloss sich, düster zu lächeln. Georg zündete sich wieder mal eine *Gitane* an. Hinter ihm krümmten sich die Tannen unter den sprühend stürzenden Regengüssen.

»Wie Barbara und ich das Kind genannt haben, nur für uns, werde ich dir nicht verraten. Auf dieses Geheimnis hast du kein Recht. Im Waisenheim wurde der Junge unter dem Namen Alexander amtlich registriert, und zwar aus dem einzigen Grund, weil in der Wiege vorher ein Säugling gleichen Namens gestorben war. Kortner hieß sein gerichtlich bestellter Vormund, der vor Jahren gleichfalls verstorben ist. Ich habe damals, als ich die knappe Zeitungsnotiz zu dem Findelkind las, unter einem Vorwand das Waisenhaus besucht und mich auch kurz über die Wiege meines Sohnes gebeugt, wobei ich mir keine Regung anmerken lassen durfte.«

»Wird Ihnen nicht schwergefallen sein.«

»Meinst du?«, trumpfte Klaußen auf. Er sackte wieder in sich zusammen und murmelte: »Ich habe dann nur noch zu vergessen versucht. Alexander durchwanderte verschiedene Zöglingsheime, geriet auf bedenkliche Wege. Ausbruchsversuche, sogar eine Vorstrafe wegen Straßenraubs; aber da hatte ich ihn längst aus den Augen verloren. Siebzehn Jahre lang hörte, sah und wusste ich nichts von ihm.«

Wieder lehnte er sich zurück, rieb seine Fischaugen mit hageren Fingern, raschelte mit dem Bart. Was für eine düstere Bibliothek. Und wozu eigentlich diese Hunderte oder wahrscheinlicher Tausende von Büchern? Was für ein Zeug mochte da drinstehen? Vielleicht auch was über Sieburgs Freiheit? Ah, pah!

»Ja, und? Wollen Sie nicht weiterreden?«

In diesem Moment ging drüben in der Kroning-Villa der Alarm los – maulfaul jaulend, träg an- und abschwellend wie Kriegssirenen, die irgendwer mit Schwachstrom betrieb. Georg rauchte, kratzte Schlamm von seinen Zehen.

»Was ist das?«

»Unsere Alarmanlage. Hört sich schwach an. Aber das liegt an dem nassen Tannenrauschen, das alle Geräusche verwischt.«

»Was redest du denn?«, rief Klaußen. »Irgendwer bricht bei euch ein, und du ...«

»Nicht irgendwer, das sind die Polizisten. Sieburg hat vorhin angedeutet, dass so was heute noch bevorsteht. Jedenfalls ist Kroll jetzt wieder im Spiel. Sie werden am Tor gegongt haben, und weil keiner aufmachte, haben sie Tor und Mauern gestürmt.«

»Ich verstehe nicht. Was soll das heißen – Kroll ist wieder im Spiel?«

»Braucht Sie nicht interessieren.« Er beugte sich vor, löschte seine Kippe und glaubte zu sehen – schwärzlich verschwommene Stiefelspuren auf den leuchtendweißen Mauern von Villa und Park.

Albern war, der Alarm machte, dass drüben alle Lichter in allen Zimmern flackerten – rhythmisch, im trägen Takt der Sirenen. Ans Fenster tretend, sahen sie, alles flackerte fahl, der Himmel, die tanzenden Tannenschatten; zuckendes Blaulicht mischte sich dazu. Und hier drinnen, in der Bibliothek wie damals, die hohen, scheinbar einstürzenden Wände voll brüchiger Bücher.

»Na los, weiter«, drängelte Georg. »Sie sehen ja selbst, viel Zeit bleibt uns nicht.«

»Uns?«, echote Klaußen.
Drüben schlugen sie die südliche oder westliche Glaswand ein. Entsetzliches Klirren in der lichtzitternden Stille – als stürzte ein gläserner Himmel herunter. Georg stellte sich vor – Regen peitschte, schwarze Schatten flatterten in den Saal. Dazu Krolls hackender, gleichzeitig südhessisch weicher Kommandoton.
»Setzen wir uns wieder. Ich nehme an, jetzt kommt Prohn auf die Bühne. Also reden Sie schon.«
»Ja, gut«, sagte Klaußen schulterzuckend. »Jetzt also meinetwegen zu Prohn.«

+++

Für die Prohn-Geschichte brauchte Klaußen mindestens zwei Stunden – zwei Stunden, die zum Gespenstischsten gehörten, was Georg bisher erlebt hatte. Und er fand, das wollte schon was heißen.
Gespenstisch war, dass Klaußen anscheinend seine eigenen Motive nicht durchschaute – dass er sie nicht nur vor Georg, sondern ängstlicher noch vor sich selbst verbarg. Daher der schleierhafte Eindruck, die geradezu betäubende Wirkung seiner Beichte, bei gleichzeitig leuchtender Klarheit in jedem Detail.
Klaußen fragte: »Wie hättest du in meiner Situation gehandelt? Betrachte die Sache doch mal nüchtern. Das war so: Eines Tages erfuhr ich per Zufall, dass sich Alexander in Zürich aufhielt, dass er polizeilich gesucht wurde und ... wie er sich über Wasser hielt. Ich fand das – ja – beschämend. Ich beschloss sofort, ihm zu helfen. Ich wollte ihm Geld zukommen lassen, eine nicht ganz unbedeutende Summe, und auch das stand für mich sofort fest: Ich wollte mich nicht zu erkennen geben.«
Warum wollte Klaußen sein Inkognito wahren gegenüber seinem eigenen Sohn? Hier wich er aus und behauptete, diese Frage sei nicht leicht zu beantworten, was höchstwahrscheinlich sogar stimmte.
»Ich hatte kein Recht«, sagte er. »Ich hatte mein Recht auf diesen Sohn verspielt, nachdem ich mehr als siebzehn Jahre ...« Aber dann fuhr er so fort: »Was hätte ich denn tun sollen? Ich habe dies und das probiert, aber schließlich musste ich einsehen, dass ich ohne Prohns Hilfe nicht weiterkam. Und Prohn nicht ohne meine.«
Diese Behauptung war widersinnig, sie war absolut lachhaft, aber das eigentlich Gespenstische war wiederum – er selbst schien zu spüren, dass er sich über seine eigenen Motive betrog.
Bevor er wirklich loslegte, sagte Klaußen: »Vielleicht wird Gott mir meine Schuld vergeben.«
Das war widerlich. Dann gab er zu: Gestern war er in Zürich gewesen. Nicht nur auf seiner Konferenz, in die er sich sowieso bloß reingemogelt hatte, sondern vor allem: In der *Rose*, wo man ihn zornig flüsternd abwies. Im Polizeipräsidium Zeughaus-

straße, wo für den Prohn-Mord keiner zuständig schien. Zuletzt sogar in der kahlen Diele vor Georgs Mansarde, aber weiter kam er nicht, da die Tür geschlossen blieb. Nachdem er ganz fertiggeredet hatte, sagte er noch einmal: »Vielleicht wird Gott mir meine Schuld vergeben.«

Wirklich, das war ekelhaft. Erst recht mit dieser Stimme, die immer nach Verbitterung klang. Und zwischendrin die Details, die darüber geworfenen Schleier. Georg saß da, schweigsam, halb steinern, rauchte, hörte zu.

Die Verbindung zwischen Prohn und Klaußen war logisch, trotzdem hatte Georg nie dran gedacht. Schon vor Jahren hatte Alfred Prohn eine psychoanalytische Behandlung bei Klaußen angefangen – heimlich, weil er sich schämte, und in Frankfurt, damit ihm so leicht keiner draufkam. Prohns Seelenschlaufen waren banal-kompliziert geknüpft, was Georg selbstverständlich schien. Unter anderem quälte er sich mit Zwangsfantasien, wobei ihm hauptsächlich wilde Bilder halbwüchsiger Jünglinge durch den Kopf stoben. Peinlich war und peinigend für Prohn, dass die Jünglinge ziemlich genau im Alter seines eigenen Sohnes Timo waren.

Prohns Schwierigkeiten spitzten sich lachhaft-tragisch zu, als ihn die Angst packte, er könnte sich in seinen Sohn verlieben – nicht, wie es einem Vater geziemte, sondern errötend, stammelnd, schüchtern-hahnenhaft. Im Adressbuch fand er Klaußens therapeutische Praxis, Frankfurter Westend. Er fuhr hin, warf sich dick und schwitzend auf die schwarze Couch, um unter Klaußens Off-Kommando allerlei zu beichten.

Als Papierfabrikant besuchte er drei- oder viermal im Jahr die wichtigsten Messen. Er fuhr nach Frankfurt, London, Paris oder Zürich, wo ihn jedes Mal noch im Zug ein Sausen überkam. Krachend brachen seine prachtvollen Vorsätze zusammen; sein Blick wurde stier, sein Gesicht heiß, feucht seine Hände. Als fett-hässlicher Mensch mit fahlen Hängebacken und fatalem Hang zu provinziellen Prahlereien konnte er Jünglingsliebe bestimmt nicht gratis erwarten. Als vermögender Fabrikant konnte er sich immerhin so was Ähnliches kaufen.

»Prohn war ein widerlicher Mann, ein armer Hund«, sagte Klaußen. »Du wirst vielleicht lachen, aber er hatte wirklich Angst, sich in Timo zu verlieben, stell dir doch vor – in seinen eigenen Sohn.«

Georg lachte nicht. Er redete kaum ein Wort, während Klaußen schleierhaft beichtete; schweigend und meistens reglos saß er im Fenstersessel, zog höchstens die Schultern fröstelnd noch höher, spürte höchstens, wie in seinen nackt-schlammigen Füßen die Kälte kribbelte; rauchte höchstens dann und wann eine *Gitane*.

Dabei überlegte er: Prohn litt an Schuldgefühlen, weil er Jungen wie seinen Sohn Timo unziemlich liebte. Klaußen litt an Schuldgefühlen, weil er seinen Sohn Alexander verstoßen und sich siebzehn Jahre lang nicht um ihn gekümmert hatte. Gleichzeitig hörte er, hörte halb betäubt Klaußens schleierhafte Beichte.

Während seiner Messe-Weekends erledigte Prohn rasch und nebenher seine Geschäfte, anschließend pirschte er Strichern nach. Auf Klaußens Couch gestand er haarklein: wie anfangs Scham und Gier in ihm kämpften; wie die blinde Gier regelmäßig siegte; wie er auf den Strich schlich, einen ansprach und abschleppte und was leider dann geschah. Zu seinen halb rührenden Ticks gehörte, dass er in allen Einzelheiten und oftmals sogar schluchzend das Äußere seiner käuflichen Lieben schilderte, wobei seine Bemühungen scharf abstachen von seiner stammelnden Sprachlosigkeit. Klaußen fing an, sich zu fragen, was Prohn eigentlich von ihm wollte.

»Homosexualität ist keine Krankheit«, sagte er. »Aber davon wollte Prohn nichts hören. Er wollte, dass ich ihn von seiner Neigung heile. Er wollte seinem Sohn Timo unbefangen in die Augen sehen. Er wollte wieder friedlich-glücklich mit seiner Frau zusammenleben, die zufällig wie deine Mutter Johanna heißt.«

Seltsam, dachte Georg, wie hartnäckig und anscheinend verzweifelt sich die meisten Leute an dieses blöde Wörtchen *Zufall* ketteten und krallten. Und dann wieder Klaußen, im Sessel vorgebeugt, zwischen den gespreizten Knien auf den Boden starrend; seine verbittert-gleichgültige Erzählerstimme.

Im September vor einem Jahr fuhr Prohn erneut zur Büro- und Papierwarenmesse nach Zürich, wo er sich dreist in der *Rose* einmietete. Der Junge, den er damals mit auf sein Zimmer nahm, war offenbar Alex.

Klaußen in seinem Off-Sessel schreckte hoch, als er die zärtlichen Einzelheiten hörte. Der Strichjunge, über dessen Körper sich Prohns feister Leib geworfen hatte, sah aus wie Margot in männlich. Möglicherweise hatte Klaußens Patient mit Klaußens Sohn geschlafen. Zum Abschluss der Session, als Prohn in den *Rose*-Polstern schnarchte, hatte Klaußens Sohn Prohns Bares eingesteckt und war weggehuscht.

»Du kannst dir nicht vorstellen, Georg, wie entsetzt ich war«, murmelte Klaußen.

Wieso entsetzt?

Klaußen begann, Erkundigungen einzuziehen. Auf diskret-kollegialen Kanälen erfuhr er: Im vorjährigen September war ein Halbwüchsiger aus einem Hamburger Zöglingsheim entwichen, der haargenau Prohns Beschreibung entsprach. Klaußen erwähnte das Geburtsdatum seines Sohnes, worauf die Heim- oder Amtsärzte nickten. Er zückte ein schwach retuschiertes Lichtbild von Margot, worauf die Kollegen erneut nickten. Klaußens Sohn war inzwischen siebzehn. Er hatte sieben Ausbruchsversuche hinter sich und eine Verurteilung wegen Straßenraubs. Seit er seinem Wärter eine Beule geschlagen hatte und mit Kasse und Schlüsseln geflüchtet war, wurde er mit internationalem Haftbefehl gesucht, aber lasch und vergeblich.

»Ich war wie betäubt«, sagte Klaußen.

Wieso betäubt.

Klaußen fing an zu rechnen. Siebzehn Jahre war die Geschichte mit Barbara her; vor siebzehn Jahren war Martina, Margots Mutter, ertrunken; vor siebzehn Jahren hatte er seinen Sohn verkauft, um seine eigene Haut zu retten. Siebzehn Jahre waren eine ungeheuerliche Schuldsumme, wenn man den eigenen Sohn siebzehn Jahre lang einem erbärmlichen Schicksal überlassen hatte. Siebzehn Jahre waren rein gar nichts, nicht viel mehr, als wenn man sich über die Schläfe wischte, wenn man plötzlich empfand, dass diese Schuld nie, niemals verjährte.

Klaußen schien zu bereuen, was bei ihm hieß, er schmiedete Pläne. Er beauftragte einen Schweizer Detektiv mit der Überwachung von Alex. Die fünfzehntausend Mark verfolgten ihn. Für fünfzehntausend Mark hatte er sein Kind verkauft. Fünfzehntausend Mark steckten in dem Kuvert, das Prohn zu Alex bringen sollte. Im August ging Klaußen zu seiner Bank, wo er sich fünfzehntausend Mark auszahlen ließ.

Prohn auf der schwarzen Couch sagte: »Er ist trotzig, bockig, patzig und sehr verwegen. Ich liebe ihn.«

Worauf Klaußen in seinem *Off*-Sessel murmelte: »An dieser Affäre, Prohn, wird sich zeigen, ob Ihre Leiden nicht vielleicht unheilbar sind.«

»Unheilbar, Herr Doktor?«, ächzte Prohn.

»Sie dürfen diesen Jungen nie, niemals wiedersehen.«

Im September reiste Klaußen zum ersten Mal selbst nach Zürich, wo er schwach vorgebeugt, in schlotterndem grauen Anzug, durch Badener- und Militärstraße schlurfte. Plötzlich stand er vor Alex, seinem Sohn.

Klaußen sagte: »Ich war wie vor den Kopf geschlagen.«

Warum vor den Kopf?

Alex sagte: »Na, Alter, Lust auf'n heißes Nümmerli?« Alex in seinen zerfetzten Jeans und dem grauen Hemd, das die Arme frei ließ und kaum bis zum Nabel reichte. Alex, der sonnenverbrannt war, blondlockig, und seine meergrün schimmernden Augen. Am liebsten wäre Klaußen weggerannt, aber die Ampel, Militärstraße/Ecke Kanonengasse, zeigte Rotlicht. »Ich ... nein, du«, stotterte er, sich fahl-rosa verfärbend. Alex' dreckiges Grinsen, das Georg fast an ihm liebte. »Na, dann zisch ab, Alter, wenn du dich nicht traust.«

In Klaußens Tasche knisterte das Geldkuvert mit den fünfzehntausend. Die Ampel sprang auf Grünlicht, über die Gassen hasteten Passanten, rempelten Klaußen an, sodass er gegen seinen Sohn taumelte und im Reflex nach Alex' Schulter griff.

»Gratis gibt's gar nix.« Alex grinste böse.

»Aber du bist mein Sohn!« Nein, das ging nicht.

Klaußens Plan sah vor, dass er sich weiterhin verleugnete. Dass er Alex irgendwie das Geldkuvert zuspielte und inkognito floh. Also mit Alex ins Stundenhotel. Und dann alles, jede Geste, jedes Lächeln, wie er es vom dick daliegenden Prohn schon kannte: Alex, der gleich Jeans und Shirt abstreift. Alex, der wie jedes Mal verlegen lächelt, den Blick senkt, seltsam beschämt in seinem Strichjungenkostüm. In diesem schwarzseidenen Slip, eigentlich nur ein Hüftband mit glitzerndem Beutel, der sich den Freiern verheißungsvoll entgegen bauscht.

»Ich konnte es einfach nicht«, murmelte Klaußen.
Obwohl die Ampel, Ecke Militärstraße/Kanonengasse, eben erneut auf Rotlicht umspringt, stürzt Klaußen davon, die Hände in den Taschen geballt, mit den Zähnen knirschend, und wird beinahe von einem heranrasenden Mercedes überrollt.
»Es war ein Albtraum«, seufzte Klaußen.
Warum ein Traum?
Er suchte den Detektiv in seinem teuren Büro auf, Bahnhofstraße/Ecke Rennweg. Immer noch knisterte in seiner Tasche das Geldkuvert. Klaußen war außer sich. Er beschimpfte den Detektiv, der aber unschuldig war. Er schmiedete Pläne, über die der Detektiv guttural zu lachen wagte. Da Alex permanent seine Adresse wechselte, schied der Postweg aus. Da er mit Haftbefehl gesucht wurde und praktisch im Untergrund lebte, weigerte sich der Detektiv, das Geldkuvert persönlich an ihn weiterzuleiten, weil er sonst wegen Fluchthilfe und Justizbehinderung seine Lizenz riskierte. Das ganze Barbara-und-Alex-Problem schien für Klaußen zu dem Geldkuvert zusammenzuschrumpfen. Wenn es ihm gelang, Alex das Geld zuzuspielen, war seine Schuld sicher nicht getilgt, da sie nie verjähren würde. Aber wenigstens bräuchte er sich dann nicht mehr vorzuwerfen, dass er seinen Sohn verkauft hatte, um seine Haut zu retten. Eines aber wollte Klaußen auf keinen Fall – sich seinem Sohn zu erkennen geben.
»Ich hatte kein Recht«, murmelte er mit Erzählerstimme.
Also das Geldkuvert. Klaußen behauptete, die fünfzehntausend seien zur fixen Idee für ihn geworden. Er räumte ein, dass er praktisch nur an sich selbst dachte und Alex rasch wieder aus dem Blick verlor. Der Detektiv beobachtete Alex, monatelang, während Klaußen … Ungefragt bestritt er, dass er Alex möglicherweise hasste.
Mitte September besuchte der Detektiv die Maskenausstellung im *Museum an der Limmat*. Er beobachtete, wie Alex und Georg im Maskensaal anfingen, über dämonisch und lieblich grinsende Masken zu reden. Vom Detektiv erfuhr Klaußen, dass Alex sich ausgerechnet mit Georg Kroning angefreundet hatte. Das war wenige Tage, nachdem Klaußen bei Rotlicht über die Kanonengasse gestürmt war. Natürlich ahnte er sofort, was Georg an Alex faszinierte.
Klaußen schmiedete einen neuen Plan, der kurz gesagt Folgendes vorsah: Er würde Prohn von seinen Schuldgefühlen, Zwangsfantasien heilen, indem er ihn exemplarisch von seiner Liebe zu Alex und damit für immer von seinen unziemlichen Neigungen befreite. Umgekehrt würde Prohn auch Klaußen von seiner Schuld befreien, indem er inkognito und an Klaußens Stelle die berühmte Wiedergutmachung übermittelte. Vor siebzehn Jahren fünfzehntausend für Barbara. Nach siebzehn Jahren fünfzehntausend für Alex, oder wie er hieß.
»Begreifst du jetzt?«, trumpfte Klaußen auf. »Als Arzt musste ich schließlich auch an das Wohl meines Patienten Prohn denken. Wenn ich ihm helfen wollte, konnte ich gar nicht anders – da er sich ausgerechnet in Alexander verliebt hatte, musste ich hier

den Hebel ansetzen. Dass gerade Alexander zu unserem therapeutischen Medium wurde, war ja nicht meine Schuld, sondern – wie gesagt – reiner Zufall. In gewissem Sinn hielt ich das sogar für eine glückliche Fügung. Nachher ist es keine Kunst zu wissen, dass nicht immer alles nach Plan gelaufen ist. Aber ich behaupte nach wie vor, dass mein Experiment therapeutisch zu verantworten war.«
Klaußen ist der Teufel, dachte Georg fröstelnd, *Klaußen, nicht Kroll.* Aber zeigte sich hier nicht zum wiederholten Mal, dass Kroll mit seinen Verdächtigungen meistens fifty-fifty richtig lag? Beispielsweise: Nach Krolls Ansicht hatte Georg Alex als sein Instrument dressiert, das die *Irrläufer*-Summe zusammenscharren sollte. Die Wahrheit war jedoch, dass Klaußen Prohn als sein Werkzeug abgerichtet hatte, das Alexander die berühmte Wiedergutmachung übermitteln sollte. Was aber verstand Klaußen unter *Wiedergutmachung* – meinte er allen Ernstes bloß das Geldkuvert? Immerhin hatte Kroll noch in einem weiteren Punkt fifty-fifty richtig getippt: Laut Kroll hatte Georg seinen Vater wegen dem *Irrläufer*-Geld getötet. Obwohl er wusste, dass der Vertrag auch von Georgs Vater unterschrieben worden war, hatte er ihn verschwinden lassen, damit der alte Verdacht weiter auf Georg fiel. Warum hatte er diese Gemeinheit riskiert? In Zürich war wenig vorher was ziemlich Ähnliches passiert. Als Vertreter von Alex' Vater hatte Prohn das Wiedergutmachungskuvert an Alex übermittelt. Trotzdem hatte Alex diesen Vater-Vertreter abgestochen, und über das Geld kursierten genauso wie über den *Irrläufer*-Vertrag nur Gerüchte, die Kroll regelrecht zu unterdrücken schien. Was bewies das? Die Erzählerstimme leierte weiter, schleierhaft beichtend, und Georg steckte sich wieder mal eine *Gitane* an.
Klaußen also konzentrierte sich auf Prohn, modellierte Prohns Zwangsfantasien. Im Juni würde Prohn wieder zur Papier- und Büromesse nach Zürich fahren. Dick und schwitzend auf die schwarze Couch gekrümmt, fing er an zu glauben, dass sich im Juni, bei der nächsten Begegnung mit Alex, sein Schicksal, sein Leben, sein Glück oder schmählicher Untergang entschied. Wobei er natürlich nie erfuhr oder auch nur ahnte, dass Alex Klaußens Sohn war.
Klaußen prophezeite ihm, wenn er sich nicht von den Bleiketten seines Lasters losriss, würde er in den Strudeln des Irrsinns versinken. Klaußen versprach ihm, wenn er ein einziges, entscheidendes Mal seine Gier bezähmte, würde er ein für allemal geheilt sein. Klaußen peitschte Prohns Schuldgefühle auf, seine Angst vor Entlarvung, Scham, Spott, sozialer Verstoßung und geschäftlichem Ruin.
Prohn war beeindruckt, zumal er, wie eine Mumie in seine Zwangsfantasien verwickelt, inzwischen auch in geschäftlichen Schwierigkeiten steckte. Geschickt nutzte Klaußen Prohns Bredouille für seinen Plan. Wenn Prohn gehorchte, konnte er zum Trost und Lohn endlich auch wieder seinem Sohn ruhig und unbefangen in die Augen sehen. Und seiner Frau, die zufällig Johanna hieß, genauso wie Georgs Mutter. Wenn Prohn aber versagte, würde er unweigerlich geisteskrank werden. Eines Nachts

würde er erwachen – oder nicht wirklich erwachen; barfuß, mit wirrem Haar würde er in die Küche taumeln und mit den Zähnen beispielsweise ein Tranchiermesser aus der Lade ziehen.
»Mit den Zähnen?«, wisperte Prohn.
Jawohl. Auf Händen und Füßen, wie ein wild-wütendes Tier, würde er in das Zimmer seines Sohnes kriechen und Timo abschlachten, irre kichernd und sinnlos Silben singend, um sich für seine Schwäche, sein schwarzes Laster zu bestrafen.
Monatelang spielten Klaußen und Prohn die Szenen durch, die Prohns dramatische Heilung und Befreiung bewirken würden. Prohn würde nach Zürich fahren und sich in der *Rose* einmieten. Zwei Tage lang würde er nur seinen Geschäften nachgehen wie irgendein biederer Geschäftsmann, und er würde sich zwingen, nicht einmal in Gedanken nach dem schillernden Gefieder der Stricher zu schielen, die vor seinem Hotelfenster über die Badenerstraße schlichen. Am Sonntagmorgen schlüge dann die Stunde der Bewährung und lebensrettenden Selbstbezähmung. Herzklopfend und ohne Rücksicht auf die Witterung schwitzend würde Prohn sich auf die Straße begeben und Alex suchen.
Wer war Alex?
Alex war ein gemeines kleines Biest, hämmerte Klaußen ihm ein. Alex ging mit jedem ins Bett, der halbwegs bei Kasse war. Alex klaute die Brieftaschen der Freier, wenn die ausgelaugt in den *Rose*-Polstern schnarchten. Schließlich hatte Alex auch letztes Mal Prohns Bares geklaut. Für Alex war Prohn bloß ein x-beliebiger Freier.
Alex war gefühlskalt, verdorben, moralisch vermorscht, und höchstwahrscheinlich nahm er süchtig machende, zerrüttende Drogen. Alex war nur zuckendes Fleisch. So was wie Liebe kannte einer wie Alex nicht. Alex war es nicht wert, dass man sich für ihn ruinierte. Alex war die schön scheinende Verkörperung des schwarzen Lasters, des strippenden Irrsinns, der bösen Blödigkeit. Weg mit diesem trüb lächelnden Trugbild, weg mit der Maske, hinter der bloß eine kalte Ratte saß. Weg mit Alex.
Alex oder Timo. Entscheide dich, Prohn. Wenn du Alex nicht widerstehst, wirst du irrsinnig werden. Bevor dein Wahnsinn ausbricht, wirst du eine qualvolle Zeit haben, weil du dir selbst nicht mehr trauen kannst. Besser, du fesselst dich nachts ans Bett, weil du sonst mit dem Messer ... du weißt schon, Prohn. Aber dein Wahnsinn kann auch am helllichten Tag ausbrechen. Ihr sitzt am Mittagstisch, links deine Frau, Timo vis à vis, natürlich esst ihr mit Messern, und plötzlich ... Also entscheide dich. Weg mit Alex.
Und Prohn auf der schwarzen Westend-Couch ächzte: »Ich mache alles, Herr Doktor, alles, was Sie sagen.«
Alfred Prohn, dachte Georg, der sich in der seltenen Lage befand, von Klaußen psychisch abhängig und Klaußens Sohn sexuell hörig zu sein. Was für eine Geschichte. Prohn sollte Alex abschleppen, auf sein *Rose*-Zimmer, soweit alles wie immer. Dann

wieder Alex, der gleich seine Kleidung abstreift, verlegen lächelnd und seltsam beschämt. Alex, der zu Prohn unter die Decke schlüpft. Und dann aber Prohn, mit zittriger Stimme: »Nein, lieber nicht. Ich bin müde, verstehst du, von meinen Papier- und Messegeschäften. Also sei bitte so lieb, zieh dich an und verschwinde. Vorn im Zimmer hängt meine Jacke. Nimm dir – sagen wir – zweihundert Franken aus der Brieftasche, aber dann geh.«

Ende Mai behauptete Prohn, diese Heldenrolle würde er durchstehen. Er und Klaußen trafen sich immer mittwochs, und während Prohn sich am letzten Maimittwoch auf Klaußens Couch keuchend bäumte, saß Georg in Zürich in Francescas überdreht möbliertem Büro.

Von den berühmten fünfzehntausend war bis dahin zwischen Klaußen und Prohn nie die Rede gewesen. Am ersten Junidonnerstag fuhr Prohn mit dem Zug nach Zürich. Zwei Stunden vorher, in der Abenddämmerung, erschien Klaußen in Prohns Büro. Timo bemerkte Klaußens BMW, der auf dem Fabrikhof parkte. Ihm kam die Geschichte verdächtig, der Besucher düster, sein Vater seltsam unterwürfig vor. Irgendwas stimmte nicht. Vom halbdunklen Hof aus beobachtete er, ins Bürofenster spähend, wie der eisbärtige Fremde seinem Vater ein Kuvert zusteckte. Sein Vater öffnete das Kuvert. Geldbündel quollen hervor, deutsche und schweizerische Scheine.

»Praktisch haben *Sie* Prohn ermordet«, sagte Georg. »Und praktisch sind Sie schuld, Klaußen, dass Alex als Prohns Mörder gesucht wird.«

Klaußen gab alles zu. Müde hob er den Kopf. Seine Mundwinkel im eisfarbenen Bartgestrüpp zuckten – nur ein wenig, gerade genug, dass es widerlich war. Klaußen war jetzt mürbe. Oder nicht? Gespenstisch war auch, dass er immer noch stolz auf seinen schleierhaften Plan zu sein schien, obwohl er seine eigenen Motive nicht durchschaute. Oder doch?

Anfangs wollte Prohn das Geld nicht. Klaußen behauptete, die fünfzehntausend wären ein Geschenk für ihn. Prohn wehrte ab. Aber Klaußen befahl ihm, das Notenbündel offen in seine Brieftasche zu stecken und auf die Züricherreise mitzunehmen. Für Prohn mit seinen Geschäftsproblemen waren fünfzehntausend keine ganz unbedeutende Summe mehr.

Was kostete eine Stunde bei Klaußen auf der Couch? Was kostete eine Stunde mit Alex in den *Rose*-Polstern? Die Klaußens, Vater und Sohn, ruinierten Prohn gemeinsam, nahmen ihn wie einen purpurn blutenden Puter aus.

Im Intercity sitzend, sollte Prohn sich ausmalen, was mit den fünfzehntausend alles anzufangen war. Die drängendsten Gläubiger betäuben; kleine Geschenke, Kasseler Kostbarkeiten für Timo und für Johanna, seine Frau. Aber wenn er Sonntagmorgen dann Alex ansprach, würden die fünfzehntausend sich immer noch in seiner Tasche bauschen, und Prohn sollte zu Alex sagen: »Nimm dir – sagen wir – zweihundert Franken aus meiner Jacke, aber dann geh.«

Klaußen behauptete, sinngemäß: Wenn Prohn nicht schon vorher aus der Rolle gekollert wäre, er hätte auch den Verlust der fünfzehntausend hingenommen und zur Linderung seines Leidens irgendwann verschmerzt. Aber Prohn hatte nicht gesagt: »Sei bitte so lieb, zieh dich an und verschwinde.«
Prohn hatte wieder das Sausen gefühlt – sein Blick stier, das Feiste heiß, feucht seine Hände. Alex war unter seine Decke geschlüpft. Prohn war über ihn hergefallen. Alex in Hundestellung, Prohn, der auf den Knien von hinten heranrutscht, sich dick und dunkel über Alex wirft.
Dann hatte Prohn schlaff in den Polstern gelegen, und Alex hatte geglaubt, dass der andere schliefe. Aber Prohn hatte gedacht, dass jetzt alles zu Ende war. Dass er wahnsinnig werden musste. Dass er eines Nachts seinen eigenen Sohn abschlachten würde, oder sogar beim Mittagstisch, wo die Messer schon bereitlagen. Dass er ganz einfach ein verwunschenes Tier war. Und dass er sowieso nichts mehr zu verlieren hatte. Wie sollte er es wagen, noch einmal unter Klaußens Augen zu treten? Alex oder Timo, hatte Klaußen gesagt. Klaußen gab zu, dass sich diese Formel so oder so verstehen ließ. Ungefragt bestritt er, schon vorher daran gedacht zu haben.
Prohn kommt halb zu sich. In den Augenwinkeln sieht er, wie Alex aus dem Bett huscht. Nackt schleicht Alex nach vorn, ins erste Zimmer, wo Prohns Jacke über einem Sessel hängt. Alex tastet über die Jacke. Leise zieht Prohn die Nachttischlade auf. Weshalb hatte er sich mit einem Messer präpariert? Vielleicht ahnte er, dass er sich wieder über Alex werfen würde? Vielleicht wollte er nicht Alex, sondern sich selbst, vielleicht wollte er sie auch beide mit seinem Messer töten. Oder hatte Klaußen ihm das Messer zugesteckt?
Prohn tappt über die Teppiche heran. Prohn sieht, wie Alex sich über die Jacke beugt, die Brieftasche hervorzieht. Prohn umklammert den Klappmesserknauf mit der weichen, schwitzenden Faust.
Wer war Alex? Klaußen hatte ihm eingehämmert: Alex war nur zuckendes Fleisch. So was wie Liebe kannte einer wie Alex nicht. Alex war es nicht wert, dass man sich für ihn ruinierte. Alex war die schön scheinende Verkörperung des schwarzen Lasters, des strippenden Irrsinns, der bösen Blödigkeit. Weg mit diesem trüb lächelnden Trugbild, weg mit der Maske, hinter der bloß eine kalte Ratte saß. Weg mit Alex. Alex oder Timo. Entscheide dich, Prohn.
Prohn entscheidet sich, glaubt, er hätte sich entschieden. Trugbilder kann man nicht erstechen. Hinter der Maske huscht die Ratte. Alex ersticht Prohn, fängt Prohns toten Körper auf, schmückt Prohns schlaffes Geschlecht mit hoteleigenen Rosen.
Alex nimmt die fünfzehntausend und verschwindet. Die fünfzehntausend gehören ihm. Oder nicht?
Georg fand, dass dieser Punkt nicht ganz klar war. Vor siebzehn Jahren hatte Klaußen für fünfzehntausend Mark Alex verkauft. Nach siebzehn Jahren kauft Klaußen für

fünfzehntausend Mark Alex zurück. In Georgs Traum schiebt Klaußen den zerfetzten Alexleib lachend in die Tasche. Alex hat nicht mal Zinsen eingebracht.
Andererseits hat Alex seinen früheren Kurswert wenigstens gehalten. Nicht eingerechnet allerdings die Kosten für das Kopfschütteln von Timo Prohn.
Klaußen sagte mit schiefem Grinsen: »In der Bibel geht die Geschichte vom verlorenen Sohn ein bisschen anders.«
Da konnte Georg wieder mal nicht mitreden. Aber er erinnerte sich: Noch Freitagfrüh hatte er, nach mehr als zwei Jahren seine Mutter begrüßend, gespürt, dass heimkehrende Söhne ziemlich was Lächerliches waren.
Zu Klaußen sagte er: »Sie haben Alex auf dem Gewissen.« Er sagte es ganz ruhig, und genauso ruhig nickte Klaußen. »Sie haben Alex auf dem Gewissen, dann Prohn und außerdem ...«
Verwirrt brach er ab, Klaußen schien sich für die Fortsetzung nicht zu interessieren. Er blickte auf und sagte: »Vielleicht wird Gott mir meine Schuld vergeben.«
Wirklich, das war widerlich. Erst recht mit dieser Stimme, die wie immer nach Verbitterung klang. Georg fröstelte, nahm sich eine *Gitane*. So war das also. Die Beichte schleierhaft, die Wirkung betäubend. Jetzt eine Minute Schweigen. Dann fernes Schlüsselklirren irgendwo vorn in der Villa. Klaußen stand auf, grinste noch schiefer: »Das wird Margot sein.«
Offenbar war er erleichtert – nicht wegen seiner schleierhaften Beichte, sondern weil er zu hoffen schien, dass sie unter Margots Blicken schweigen mussten. Zur Sicherheit zischte er noch: »Kein Wort mehr!«
Dann trat Margot in die Bibliothek. Die Zeiger gingen schon gegen zwei Uhr früh.
»Du bist noch wach, Vater?« Ihr Lächeln glücklich-trüb-müde, als sie langsam auf Klaußen zuging, der sie mit halb gestreckten Armen auf Distanz hielt, sich schnell vorbeugte und ihre Stirn küsste.
»Georg ist hier«, murmelte er dazu.
In den Fensterwinkel gedrückt sah Georg, wie sie zusammenfuhr und hektische Blicke durch die Bibliothek flattern ließ.
»Georg? Aber wo, ich meine« – da sie ihn inzwischen entdeckt hatte –, »wieso denn?«
Dabei streifte sie ihn mit einem Seitenblick, fixierte dann wieder haltsuchend ihren Vater, der vorgebeugt neben ihr stand, mit hängenden Armen und verbitterter Miene zwischen den Hunderten und Tausenden Büchern.
Sie trug ihren engen weißen Leinenrock, dazu das gelbe T-Shirt, das auf dem Rücken geknöpft wurde – dieselben Kleidungsstücke, die sie in Zürich angehabt hatte, als sie zum ersten Mal Alex begegnet war. In der hängenden rechten Hand hielt sie eine enorme rötliche Handtasche, die halb offen stand wie ein Mund, der mühsam an sich hielt. Ihr kalt-zorniger, zugleich triumphierender Blick, den sie gegen Georg abfeuerte, schien zu sagen: Ich weiß alles, ich habe ihn getroffen, und ich liebe ihn. Während

Georgs träg lächelnder Blick erwiderte: Nichts weißt du, nichts hast du begriffen, ihr werdet nie wirklich zusammensein.

Klaußen schlurfte zum Fenster, wo immer noch schwaches Blaulicht von der Kroning-Villa herüberzuckte. »Ich dachte, in dieser schweren Stunde braucht Georg Beistand«, verkündete er steif.

Albernerweise wurde Margot rot. »Leider musste ich dringend ...«, fing sie an, sprang aus Verlegenheit in Zorn über und fuhr Georg an: »Wie siehst du eigentlich aus? Was ist mit deinen Füßen? Du hast eine Schlammspur in den Teppich getrampelt.«

»Das macht doch nichts«, murmelte Klaußen vom Fenster her.

In seiner Nische beugte sich Georg vor und glaubte zu sehen, wie Klaußens Schultern zuckten.

»Das macht nichts?«, wiederholte sie. »Und was ist bei euch drüben los? Von der Allee her hört es sich an wie ein wildgewordener Hornissenschwarm.«

Georg schob seine Füße vom Sessel und stand auf. »Ja, die Hornissen«, sagte er leise. »Wisst ihr, dass Josef in Wirklichkeit Albert Bauer hieß, noch wirklicher Schlingen-Jupp, und seit fast vierzig Jahren wegen mehrerer Verbrechen gegen die Menschlichkeit gesucht worden ist? Das ist absolut nicht dasselbe wie Mord. Er hat die Verbrechen gegen die Menschlichkeit auf der anderen Mauerseite begangen. Großpapa hat damals Gehirnexperimente an östlichen Häftlingen durchgeführt, und Josef war sein Gehilfe. Die Operationen haben ihn zu solchen Spielen angeregt. Später wurde er dumm-stumm, um vor seiner eigenen Düsternis zu flüchten, die ja vielleicht gar nicht seine eigene war. Jedenfalls hat Großpapa – und später auch Papa – regelmäßig Schweigegelder an irgendwen in der Schweiz gezahlt. Versteht ihr? Praktisch war Josef so was wie ein Sohn von Großpapa, mindestens sein Schatten. Und noch was – auch Esmeralda ist nicht wirklich türkisch. Sie kommt aus Rumänien, in Wirklichkeit heißt sie Irma Vascu. Irma habe ich Mamas gesamten Schmuck geschenkt, außerdem alles Geld, das im Haus war. In die Villa kriechen demnächst irgendwelche Sieche rein. Und Kroll wird mit leeren Händen abziehen müssen. Praktisch hat er schon wieder ausgespielt, und diesmal für immer.«

Er kam aus der Bücher- und Sesselnische hervor und schloss müde lächelnd: »Da er nicht zu mir kommt, gehe ich jetzt zu ihm rüber.«

»Was soll das alles heißen?«, fragte Margot. Mit zwei Fingern klickte sie ihre Tasche zu, als wollte sie verhindern, dass die irgendwas ausplauderte, das heute zwischen Margot und Alex vorgefallen war.

»Das soll heißen«, sagte Georg, »der berühmte Schenkungsvertrag ist weg. Es heißt außerdem, *Härtel & Rossi* haben sich von mir losgesagt, aber das ist nicht so schlimm, ist vielleicht sogar logisch und beinahe schön. Den *Irrläufer* kann sowieso keiner mehr aufhalten. Warum starrst du mich so an, Margot? Und Sie, Klaußen warum schütteln Sie den Kopf? Natürlich glaubt ihr beide, dass ich ganz einfach verrückt bin; das haben immer schon alle geglaubt. Aber ich bin nicht verrückt, ich stecke nicht mal irgendwie in der Klemme, weil das Spiel nach meinen Regeln funktioniert.«

Er lachte leise und fröstelnd, tastete in den Taschen nach den *Gitanes*, steckte sich eine an. »Du wirst mir das nicht glauben, Margot«, fuhr er fort, »du glaubst mir ja schon lange nichts mehr, trotzdem ist es so, dass Kroll diesen läppischen Schenkungsvertrag weggeschafft hat. Er hat heimlich-listig die Kuverts vertauscht, und als ich den Vertrag rausholen wollte, war es plötzlich ein Bild. Ein schönes, komisch-todtrauriges Bild, praktisch ein Aktfoto; muss ich nachher noch mit deinem Vater drüber reden. Weißt du, Kroll hat mir sehr geholfen, natürlich wollte er das nicht. Aber er hat gespürt, genauso wie ich, dass die Prohn-Affäre und die Waldschluchtgeschichte irgendwie zusammenhängen. Also hat er rumgeschnüffelt und -gewühlt, und da er meistens so fifty-fifty richtig lag, hat er mir auf die Sprünge geholfen. Beispielsweise«, sagte er zitternd, »Kroll behauptet, ich hätte Alex Kortner als Raubwerkzeug abgerichtet, damit er für mich das *Irrläufer*-Geld zusammenkratzt. In Wirklichkeit hat aber jemand anderes diesen Alfred Prohn als Werkzeug dressiert, damit der Alex ermordet. Und willst du wissen, wie dieser Jemand ...«

»Schluss jetzt!«, zischte Klaußen vom Fenster her.

Margot warf ihm einen verständnislosen Blick zu und sagte: »Ich habe wieder mal keine Ahnung, wovon du redest, Georg. Aber ehrlich gesagt, es interessiert mich auch nicht mehr. Was gestern passiert ist – du weißt genau, was ich meine –, war mehr, als ich dir verzeihen kann. Es tut mir leid, dass es so zwischen uns zu Ende gehen musste, aber ich will nicht mehr. Geh jetzt. Komm nie wieder. Zwischen uns ist es aus.«

Mit drei Schritten war sie bei ihrem Vater, lehnte sich neben ihm gegen die Fensterbank, wobei sie ihre enorme Tasche gegen die Brust presste wie einen Kopf, der sich im Würgegriff rötlich verfärbte.

»Ja«, sagte Georg, jetzt allein in der Zimmermitte, »zwischen uns ist es aus. Schon in Zürich war es aus, ich wusste das eher als du; mehr oder weniger hab ich's drauf angelegt. Du bist mir im Weg gewesen; jetzt nicht mehr. Natürlich weiß ich, wo du heute warst – du warst bei dem, den dein Vater gestern und heute gesucht hat. Warum werden Sie blass, Klaußen? Keine Sorge, gleich bin ich weg.« Er schnippte die Asche halb auf den Teppich, halb auf seinen rechten Schlammfuß und fuhr fort: »Manchmal vergisst man, dass die Wirklichkeit ein Märchen ist. Ich weiß jetzt auch, wer die morsche Tanne umgeschmissen hat. Kroll glaubt, ich wäre mit dem Seil in die Waldschlucht geschlichen, aber da liegt er wieder mal nur fifty-fifty richtig. Sieburg ist natürlich noch viel weiter weg – Vrontzek hat mit der morschen Tanne nichts zu tun. Vrontzek ist ein Riese, der im Wald lebt, und als der kleine Johannes ...«

»Das reicht jetzt«, sagte Klaußen. »Ich habe mir die halbe Nacht lang deine verworrenen Geschichten angehört, Georg, und jetzt bin ich müde. Margot hat recht. Du solltest gehen. Wir können dir nicht mehr helfen.«

»Und das Bild?«
»Ich habe keine Ahnung.«
»Dann will ich's Ihnen erklären«, sagte Georg, noch stärker zitternd. »Am Freitag war Taschner hier bei Ihnen. Er hat versucht, Sie auszufragen, und offenbar hat er hier auch rumgeschnüffelt. Jedenfalls hat er Ihnen dieses vergilbte Bildchen stibitzt. Willst du wissen, was auf dem Bild zu sehen ist?«, wandte er sich an Margot.
Obwohl sie zornig ihre blonden Locken schüttelte, redete Georg weiter: »Das Bild zeigt Mama, vor ungefähr fünfundzwanzig Jahren, als sie vielleicht Ende zwanzig war. Auf dem Foto ist Mama nackt, und Sieburg hat ausnahmsweise mal recht mit seiner Behauptung: Dieses Bild ist ziemlich das Gegenteil eines Vertrages mit Papa. Deshalb hat auch Kroll recht, der den Vertrag gegen das Bild vertauscht hat. Mama ist nackt, sie lehnt an einer Tanne, und die Tanne steht hier vor dem Fenster, in eurem Park.«
»Was für einen ungeheuerlichen Unsinn du redest!« Klaußen versuchte zu lachen.
»Wir haben vorhin von Namen geredet«, sagte Georg. »Erinnern Sie sich? Von jemandem, der ganz früher mal einen anderen Namen hatte. Natürlich erinnern Sie sich. Dazu will ich Sie noch was fragen.«
»Einen Moment!«, rief Klaußen. Und dann viel leiser zu Margot, wobei er eine Hand auf ihre Schulter legte: »Geh bitte schon in dein Zimmer, Margot. Nachher erkläre ich dir alles.«
»Ich wollte sowieso gerade gehen.« Sie setzte eine gleichgültige Miene auf und ging zur Tür. Vielleicht war ihr wirklich alles gleichgültig geworden, was Georg betraf – oder nicht ihn, aber denjenigen, den sie früher für Georg gehalten hatte. Und diese tänzerische Leichtigkeit, die er, obwohl immer noch fröstelnd, empfand – das war doch die Freiheit, oder etwa nicht? Auf der Schwelle wandte Margot sich um und sagte schnell: »Bevor du gehst, klopf bei mir an, ich muss dir noch was geben.«
Die Tür klackte zu, sofort schoss Georg auf den anderen los: »Hören Sie jetzt auf mit dem Versteckspiel. Vor mir können Sie's ruhig zugeben – Sie haben Prohn darauf abgerichtet, Alex irgendwie im Affekt abzustechen. Sie haben Alex gehasst. Praktisch wäre das der perfekte Mord gewesen, nur hat Alex sich leider gewehrt. Dass Sie den ganzen Zauber nur in Szene gesetzt hätten, um ihm das berühmte Geldkuvert zuzuspielen, oder überhaupt, dass die fünfzehntausend Mark zu Ihrer fixen Idee geworden wären – das alles können Sie doch nicht mal sich selbst einreden. Aber keine Sorge, ich verpfeife Sie nicht bei Kroll. Mit Ihnen habe ich ganz was anderes vor.«
Er ging zu Klaußen rüber, riss das Fenster auf, schnippte die Kippe nach draußen, wobei er Stimmen zu hören glaubte, die unten im Park murmelten. »Vorhin wollte ich Ihnen ein Märchen erzählen«, sagte er. »Das Märchen vom Riesen Vrontzek und dem kleinen Johannes. Jetzt habe ich anscheinend keine Zeit mehr, Sie müssen sich also mit der Kurzfassung begnügen. Vrontzek will Johannes mit einem Seil fesseln und in eine Waldhöhle verschleppen. Irgendwie schafft es Johannes, sich loszureißen,

Er rennt weg, quer durch den Wald; das Seil, mit dem Vrontzek ihn fesseln wollte, hat er in der Hand. Er rennt und rennt, Vrontzek immer hinter ihm her, und plötzlich steht Johannes vor einem Abgrund. Der Abgrund ist unser Schotterweg. Johannes steht auf dem Felsplateau, circa zehn Meter darüber.
Mit dem Seil klettert er auf eine der Tannen über dem Abgrund; Sie kennen ja die Geschichte, stand in allen Zeitungen, nur das mit dem Kletterer stimmte nicht ganz. Also der kleine Johannes in seiner Pagenkluft klettert da hoch, unten stampft schon Vrontzek durchs Gehölz. Der Junge denkt: Wenn ich mich abseile, bin ich in Sicherheit, weil Vrontzek mir so schnell nicht hinterherkommt. Also beugt er sich zur Seite und zurrt das Seil um die morsche Tanne, von der er natürlich nicht weiß, dass sie morsch ist. Er packt das Seilende, stößt sich ab, hängt am Seil, will eben runterklettern, als die Tanne umkracht und mit ihm auf den Schotterweg stürzt.
Begreifen Sie, Klaußen? Der kleine Johannes war in wirklicher Not. Er denkt sich, diese dunkle, gedrungene Tanne wird mich retten, aber sie stürzt um, ist selbst haltlos, wurzellos, morsch und längst tot. Ging mir genauso, mit Papa, mit dem Vertrag, eigentlich immer schon, aber zuletzt mit dem Vertrag – mit meiner schwachköpfigen Idee, ausgerechnet Mamas Mann um Hilfe für den *Irrläufer* zu bitten. Also hat Kroll auch hier fifty-fifty richtig gelegen. Übrigens spüre ich, dass der kleine Johannes noch lebt. Und Sieburg, der Samariter, wird ihn retten, Johannes und mich. Johannes muss sich irgendwelche Knochen zerschmettert haben, als er auf den Schotterweg aufgeschlagen ist. Laut Vrontzek hat er vor Schmerzen gewimmert. Vrontzek wird oben auf dem Felsplateau, parallel zum Schotterweg, ein, zwei Kilometer zurückgerannt sein, bis das Plateau niedrig genug war, sodass er runterspringen konnte. Dann ist er auf dem Schotterweg wieder vorgerannt und mit seiner Beute weg in die Höhle. Und das alles vielleicht nur eine Stunde, eine halbe, vielleicht nur zehn Minuten, bevor ich ... Vrontzek jedenfalls scheint sich an diese Geschichte nicht zu erinnern. Oder er kann nicht richtig reden, ungefähr wie Josef nicht reden konnte. Aber was ich eigentlich sagen wollte, Klaußen ...«
Er zögerte eine Sekunde und behauptete dann schnell, mit allerdings brüchig klingender Stimme. »Dass Sie mir nicht verraten wollen, wie Alex ganz früher hieß, kann nur einen Grund haben. Sie haben Alex *meinen* Namen gegeben. Alex hieß damals Georg. Wenn Sie diese Barbara geheiratet hätten, würde Alex heute Georg Klaußen heißen. Stimmt doch, oder?«
»Das ist richtig.« Klaußen nickte, ohne ihn anzusehen.
»Jetzt zu dem Bild von Mama«, sagte Georg. »Wo hatten Sie's versteckt – vielleicht hinter den Büchern? Oder im Schreibtisch?« Mit drei Schritten war er bei Klaußens elefantengrauem Schreibtisch, der in einem Winkel schräg vor den Büchern stand.
»Lass das«, sagte Klaußen in gelangweiltem Tonfall.
Georg zog wahllos eine Lade auf, links unten. Diverse Fotos glänzten hoch – Ge-

sichter, Blicke, Gesten, versteinertes Gelächter; nicht zu entscheiden, wer da blickte, linste, grinste. Obenauf lag hart, kalt und böse eine mattschwarze Pistole.

»Wenn ich wollte, könnte ich Sie jetzt erschießen.«

Klaußen seufzte. »Lass die Kindereien«; wieder mit dieser Stimme, die nach Verbitterung, tiefer noch nach Gleichgültigkeit klang.

»Kindereien, sagen Sie?« Georg wandte sich um, drückte hinter sich die Lade mit dem schlammigen Fuß zu. Plötzlich fühlte er sich so erschöpft, auch wieder deprimiert, dass er sich zwingen musste, weiterzureden. »Sie haben mir vorhin erzählt«, sagte er, »mit Margots Mutter hätten Sie sich nie richtig verstanden. Offenbar schon ganz am Anfang nicht. Wie lange ging Ihre Affäre mit Mama? Wie haben Sie Mama überhaupt kennengelernt?«

»Deine Mutter war meine Patientin«, murmelte der andere, »so ziemlich vom ersten Tag an, als deine Eltern drüben eingezogen sind. Sie war schwer gemütskrank, schon damals. Ich konnte ihr nicht wirklich helfen; ich habe ihr Antidepressiva verschrieben, mit den Jahren immer stärkere Mittel, sonst konnte ich nichts für sie tun. Es war ihre Idee, diese Konsultationen vor Bernhard ... vor deinem Vater geheimzuhalten. Und eine Affäre, wie du das nennst, hatten wir nie.«

Georg wartete. Der hagere Körper neben ihm verströmte Kälte, gewürzt mit Verbitterung, sonst nichts.

»Deine Mutter war eine unglückliche Frau«, hörte er. »Vielleicht war ich der erste Mensch, der ihr wenigstens geduldig zuhörte, wenn auch nur von Berufs wegen. Ich habe versucht, ihr ein wenig Selbstbewusstsein einzuimpfen, indem ich ihr versichert habe, dass sie eine gutaussehende, intelligente und sensible junge Frau sei, was ja keineswegs gelogen war. Aber die Folge war, dass Johanna ... dass deine Mutter sich in mich verliebt hat. Und dass ich« – er versuchte wieder mal zu lachen – »einige Male schwach wurde.«

Georg wartete.

»Ich spiele das nicht herunter«, sagte Klaußen. »Es war wirklich alles andere als eine leidenschaftlich-romantische Affäre. Allerdings haben wir ein einziges Mal ein ganzes Wochenende zusammen verbracht, als zufällig dein Vater und Margots Mutter zur gleichen Zeit verreist waren. Damals gab es ja dieses kleine Tor noch nicht; wir mussten uns also mit Leitern behelfen, die wir auf beiden Seiten der Grenzmauer zwischen den Tannen angelegt haben. An jenem Augustwochenende habe ich wohl auch das Bild von deiner Mutter gemacht. Das war – lass mich rechnen – vor zweiundzwanzig Jahren, also bevor du und Margot geboren oder auch nur – wenn du's ganz genau hören willst – gezeugt worden wart.«

»Ich finde, das ist nicht besonders genau«, warf Georg ein. »Sie werden mir nicht erzählen wollen, dass das schon alles war.«

»Doch«, behauptete Klaußen, »das war dann wirklich schon beinahe alles. Nach die-

sem Wochenende habe ich ihr erklärt, dass es so nicht weitergehen, dass es zwischen uns überhaupt nicht weitergehen kann. Sie wollte sich lange Zeit nicht damit abfinden. Und ein einziges Mal haben wir dann noch ...«
»Wann war das?«
Klaußen nickte wortlos, wobei er wie in halbem Bedauern die Schultern zuckte.
»Also ist es möglich, dass Sie mein Vater sind.« Während Georg diese Feststellung traf, empfand er nichts – nicht einmal mehr die Kälte in seinen Füßen, höchstens noch diese tänzerische Leichtigkeit im Gehirn, in allen Gliedern, die aber vielleicht das Gegenteil irgendwelcher Empfindungen war.
»Es ist *biologisch* möglich«, bestätigte Klaußen. »Nicht mehr und nicht weniger. Wie Johanna mir mehrfach versichert hat, hatte sie damals zur gleichen Zeit auch mit Bernhard ... Du bist *sein* Sohn, Georg«, unterbrach er sich hörbar gereizt. »Und es wäre völlig falsch, wenn du jetzt ...«
Wieder unterbrach er sich, aber diesmal fiel ihm offenbar keine bessere Fortsetzung mehr ein. Plötzlich wirkte er kraftlos, gebrochen-greisenhaft. Georg beobachtete ihn von der Seite, wobei er dachte, ganz ruhig dachte: Wirklich, die Welt war ein Märchen. Zwei Jünglinge liefen durch diese Welt, einer bildete sich ein, Alex Kortner, zu sein, der andere, dass er Georg Kroning war. Nichts davon stimmte. Durch märchenähnliche Fügung lernten sie sich kennen, wobei der eine Georg sofort spürte, dass sie irgendwie zusammengehörten. Kurzzeitig verdoppelte sich Alex – jetzt gab es zwei Alexe. Aber dann schlüpfte Alex in die Georg-Maske – jetzt gab es Georg Kroning zweimal. Doch in Wirklichkeit gab es weder Georg Kroning noch Alexander Kortner. Es gab zwei Märchen-Jünglinge, und was sie beide nicht wussten: Sie beide hießen im Geheimen Georg Klaußen. Sie beide waren eins, im Geheimen. Was für eine Geschichte.
»Du bist *sein* Sohn«, wiederholte Klaußen in drängendem Tonfall.
Georg nickte, obwohl er kaum hingehört hatte. Ohne ein weiteres Wort lief er mit tänzelnden Schritten zur Tür.
»Was hast du jetzt vor?«
Was sollte er vorhaben? Im düsteren Flur wartete Margot. »Hier, der Brief ist von Alex.«
Er schnappte sich das weiß leuchtende Kuvert, tänzelte weiter, zog die Haustür auf. Ein scharfer Lichtstrahl schoss ihm in die Augen.
»Ah, Kroning!« Das war Kroll, irgendwo im brausenden Park, irgendwo hinter dem Lichtschweif. »Sie sind festgenommen, Kroning! Flämm, zeig ihm doch mal, was wir aus seinem Komposthaufen Schönes ausgebuddelt haben.«
Mit einer wischenden Bewegung schnappte Georg nach dem Lichtschweif, wollte weitertänzeln, weiterschweben, raus in die brausende Nacht. Da erlosch das Licht. Georg taumelte ins Leere, stolperte über die Stufen, landete bäuchlings im Nadel-

schlamm. Jemand packte seine Schulter, wälzte ihn herum. Wie dunkel es auf einmal war. Kein Lichtschimmer mehr aus der Klaußen-Villa. Und wie still. Nur noch die brausenden Tannen, irgendwo schwach schwappendes, dunkel glucksendes Wasser, und dann der schnaufende Kroll: »Aufstehen, Kroning! Wollen Sie mir nicht den Gefallen tun und weglaufen? Wir jedenfalls haben jetzt alles, was wir brauchen.«
»Alles?«, ächzte Georg. »Aber Sie haben mich nicht! Mich gibt's nämlich gar nicht. Verstehen Sie? Denken Sie doch an das Bild! Georg Kroning ist ein Phantom.«
»Maul halten! Sieburg, Sie bleiben zurück. Aber du, Flämm, schau mal nach, was da in Kronings Hand flattert. Könnte direkt ein Brief sein.«
Wieder flammte ein Scheinwerfer auf, sengte eine gleißende Schneise in den nachtschwarzen Park. Flämms ölglänzender Schädel schob sich in die Schneise, säuselte: »Was steht denn auf dem Poesieblättchen, hä?«
Schwarzbehaarte Finger pirschten sich vor, fischten den Brief aus seiner Hand. Georg sprang auf, stand schwankend, blinzelte hier- und dorthin, während das Licht wieder erlosch.
»Kroll?« Keine Antwort. Nur noch die Tannen, brausend, und dann die Schatten, flatternd, über allem dick dämmende Tücher aus Dunkelheit. »Kroll? Klaußen müssen Sie verhaften, nicht mich. Klaußen hat den Prohn abgerichtet, damit der Alex absticht. Eine raffinierte Geschichte, verstehen Sie? Während Sie geglaubt haben … dagegen die Wirklichkeit …«
Was war das? Bildete er sich nur ein, dass er redete, flimmerten wieder mal bloß seine Gedanken, Ideen? Na logisch, wie sollte denn ein Schemen wie er … ein Gespenst … Phantom …?
»Mich gibt's nämlich gar nicht!« Er lachte, glaubte zu lachen, während überall Schatten flatterten, Tannen brausten, unter dick dämmenden Tüchern aus Dunkelheit. »Und Alex? Alex gibt's auch nicht. Uns alle hat's nie, niemals gegeben.«
Wie zum Beweis antwortete niemand. Brausen. Flattern. Schwaches Schwappen. Lügentücher aus Dunkelheit. Er ging los. Ganz langsam. Ohne an Flucht zu denken. Ohne an irgendwen zu denken, an irgendwas. Höchstens an Alex – an Alex, der sein Bruder war.
»Halt, stehen bleiben!«
Damit konnte er nicht gemeint sein. Ihn gab's nämlich gar nicht. Er ging weiter, durchs dick Finstere, mit tastenden Fingern, die gegen raue Rinde stießen, mit bloßen Füßen über den Nadelschlamm federnd, und dachte höchstens: Wieso Bruder? Sie beide trugen im Geheimen den gleichen Namen, waren insgeheim eins, ehemals eins, seit jeher zerrissen, zerspalten, in zwei Stücke zerfetzt. Du schaust in den Spiegel, lange, lächelnd und sinnend, und du siehst, in deinen Augen glänzt, dämmert, funkelt der Traum. Aber dann …
»Flämm, Warnschuss!«

Damit konnte er wirklich nicht gemeint sein. Er ging weiter, tänzelnd, tastend, lächelnd, und dann ... Du siehst, dein Spiegelbild wendet sich ab, verschwindet in der Spiegeltiefe, tänzelnd und schwebend – wie ihm nach? So, nur so. Bald bin ich bei dir. Die Vereinigung. Alles wieder gut. Unsere Augen, unser Traum ...
»Kroll, nein!«
Ein Knall, hallend. Was war das? Und vorher? Sieburg. Er blieb stehen. Irgendwas ... harter Hieb gegen seine linke Schläfe, vor Augenblicken schon, jetzt erst gemerkt. Schleier, die sich über ihn schleudern, gleißend, scheinbar schreiend wie Schleier nie. Seine Finger, die hintasten zur Schläfe, um drüberzuwischen wie früher – weg, Schleier der Benommenheit. Und wirklich, der Schleier ist weg. Und die Schläfe, die ewig schmerzende – ein Stück Schläfe ist auch weg. Und was da hervorstürzt, warm und süßlich dünstend – Blut?
Er fiel um.
Rief hinsinkend: »Georg! *Ge – org!*«
Hörte den Hall. Sah sich selbst, schleierhaft, verstrickt, zwischen Spiegeln, halb verwischt, seine Lippen stammelnd, schnappten, küssten kalt-blindes Glas.
Dachte: Immer noch keine Beweise ... nie, niemals werde ich wirklich wissen ...
»Flämm, einen Arzt.«
Dann Verdämmern.

Fünf:
Schneemann

1

Kroll hatte geschossen, wer denn sonst. Doch Kroll hatte sozusagen sich selbst getroffen, wen denn sonst? Die Regeln regelten es so – wer die Nerven verlor und den *Irrläufer* im einsamen Gewaltstreich zu erledigen versuchte, der verlor selbst alles, das Spiel und beinahe sogar sein Leben.
Kroll, der süchtige Wühler, der fanatische Hasser – ob er gespürt hatte, dass Georg letzten Endes über alle triumphieren würde? Obwohl er ihm nur einen harmlosen Streifschuss beigebracht, bloß einen flachen Kanal in die linke Schläfe seines Lieblingsfeindes gefräst hatte, entstand ein ungeheurer Skandal, der spätestens am Donnerstag auch in den Zeitungen widerhallte. Zu diesem Zeitpunkt schlummerte Georg noch in narkotischem Tiefschlaf. Seinen Schädel umspannte ein leuchtendweißer Verband, und vor der Tür seines Klinikzimmers dämmerte Sieburgs dumpfer Gehilfe Bensdorff über dito dumpfen Silbenrätseln.
Offenbar hatte Klaußen in der Grauen Villa hinter den Läden gelauert. Noch in der Nacht, während Georg notärztlich versorgt wurde, erstattete er Anzeige gegen Kroll. Als empörter Augenzeuge meldete sich wenig später Kriminalinspektor Sieburg.
Warum hatte Kroll seine Dienstpistole auf den Verdächtigen Georg Kroning abgefeuert? Eine rasch zusammengetrommelte Untersuchungskommission fand heraus, dass Georg unbewaffnet gewesen war und dass er Kroll weder mit Worten bedroht noch tätlich angegriffen hatte. Zwar hatte er, mit trance-ähnlichen Schritten durch den dunklen Park tänzelnd, einen halbherzigen und offenbar kopflosen Fluchtversuch unternommen. Aber das Gelände war von Polizisten umstellt – Kroll hatte ohne Not geschossen, was immer er selbst und seine Gehilfen einwenden mochten.
Das waren Geheimpolizei-Methoden, die ein demokratischer Staat pipapo einfach nicht dulden konnte. Von Sieburg hitzig und kenntnisreich aufgestachelt, entschloss sich die Untersuchungskommission bereits Anfang Juli, Hauptkommissar Kroll bis zur Aufklärung aller Vorwürfe zu suspendieren. Dabei ging es längst nicht mehr nur um den Schuss, den Kroll nächtens abgefeuert hatte. Einmal in Schwung gekommen, stocherte die Kommission wie besessen in den Akten und Machenschaften des *Sonderdezernats Internationales Kapitalverbrechen* und wartete fast täglich mit neuen Enthüllungen auf. Schrittweise gingen auch die Zeitungen, selbst die übelsten Schmier- und Klatschblätter, auf Distanz zu Kroll, und als circa Mitte Juli, im heißesten Sommer, die Südamerika-Geschichte ruchbar wurde, schallte ein Schrei der Empörung durchs Pressegehölz. Tags darauf wurde Ferdinand Flämm fristlos gefeuert, und mit ihm gingen Taschner und einige andere, die Georg nicht kannte.

Hätte er sich nicht freuen sollen, da Kroll über seine eigenen Schlingen gestolpert war und sich offenbar nie mehr von seiner Niederlage erholen würde? Aber Kroll tat ihm leid, beinahe vermisste er den anderen, der ihn und seine Welt, seine Rätsel und Geheimnisse genauer durchleuchtet und durchschaut hatte als irgendwer.
Da die Klinikärzte behaupteten, dass Georg vorläufig nicht vernehmungsfähig sei, erhielt er in den ersten Wochen nicht einmal Besuch von Sieburg. Das war unheimlich und beunruhigend – in den Zeitungen zu verfolgen, wie Sieburg grübelte und wühlte; wie er Zug um Zug auf Krolls frühere Positionen einschwenkte und seine Ermittlungen immer weiter ausdehnte; wie er sich schließlich mit der Bemerkung zitieren ließ, Georg Kroning sei die Schlüsselfigur zu vier, wenn nicht fünf ungeklärten Todesfällen – was immer man sich vorstellen wollte unter dem tückischen Ausdruck *Schlüsselfigur*.
Während dieser Juliwochen war Georg mehr als einmal entschlossen, das Spiel verloren zu geben. Anfang des Monats hatte er um eine Besuchserlaubnis für Margot Klaußen gebeten. Aber Margot hatte erwidert, sie sei nicht interessiert. Dazu kam, dass er sich matt und müde fühlte, was nicht allein mit dem harmlosen Schläfenschuss und der schon Wochen dauernden Bettruhe zu erklären war. Er lag in einem Einzelzimmer – er wusste nicht mal, in welchem Hospital, aber das war schließlich auch egal, zumal das Milchglasfenster jeden Blick nach draußen verwehrte. Obwohl ihn die Ärzte und Schwestern mit einem Nährtropf aufzupäppeln versuchten, war er in den letzten Wochen grauenhaft abgemagert. Sie hatten ihn in eine Art Gespensterkleidchen gesteckt, das ihm nicht mal halbwegs zu den Knien reichte und seine Arme bis zu den Schultern freiließ. Wenn er die Laken wegstreifte und sich schwindlig aus dem Bett tastete, stachen seine Beine spindelig aus dem mattweißen Krankenkleidchen vor, das unterm Kinn mit einer Kordel verknotet war. Wenn er in die sogenannte Nasszelle schwankte, die beinahe wie sein winziges Züricher Bad eingerichtet war, vermied er jedes Mal den Spiegel. Auch ohne Spiegel wusste er, dass er schlimm aussah – seine Wangen hager, die Augen stumpf, und über Wangen und Kinn glänzten schwärzliche Äcker kratzenden Barthaars. Er war sicher, wenn er jetzt versuchen würde, sich mit seinem alten Georg-Kroning-Pass auszuweisen – niemand würde ihm glauben, dass er der rechtmäßige Besitzer war.
Am dritten Julidonnerstag las er morgens in der Zeitung, dass Kroll bei seiner vierten Vernehmung durch die Untersuchungskommission eine Herzattacke erlitten hatte. Noch im Ambulanzwagen ereilte ihn zusätzlich ein Schlaganfall, der ihn beidseitig lähmte, sein Sprachvermögen weitgehend zerstörte und den Unglücklichen womöglich für immer an den Rollstuhl fesseln würde.
Mit Kroll war es also vorbei. Georg ließ die Zeitung sinken, drückte sich tiefer in die klinisch riechenden Kissen und sagte sich wieder: Kroll hatte geschossen, wer denn sonst. Aber Kroll hatte sozusagen sich selbst getroffen, wen denn sonst? Kroll hatte

sich eine Blöße gegeben, und Klaußen, sein eigentlicher Gegenspieler, hatte diese Blöße genutzt zum tödlichen Stoß. Die Regeln regelten es so – wer die Nerven verlor und den *Irrläufer* im einsamen Gewaltstreich zu erledigen versuchte, der verlor selbst alles, das Spiel und beinahe sogar sein Leben.
Am Nachmittag des gleichen Tages wurde Georg aus der Klinik entlassen und in reguläre Untersuchungshaft verbracht.

2

Abenddämmerung. Georg auf der Klapppritsche, die Arme hinter dem bandagierten Kopf verschränkt, gegen die Zellendecke starrend.
Immer noch war er überrascht, wie klapprig er sich fühlte – selbst wenn er bloß behutsam den Kopf zur Seite drehte, spürte er ein Sausen im Kopf, einen ziehenden Schwindel wie sonst nur in Träumen, wenn man in freiem Fall von Bergen oder aus hohen Wolken niederflog. Diesmal hatten sie ihn nicht in den Kinderknast gesteckt, sondern ins Untersuchungsgefängnis für männliche Verdächtige. Das war deprimierend, obwohl er zunächst kaum begriff, weshalb ihn die Veränderung traurig werden ließ. Seine Zelle unterschied sich in nichts von der Kammer, in der er neulich übernachtet hatte – die gleiche Klapppritsche an der linken, genauso mattweiß gekälkten Längswand; in der Mitte rohhölzerner Tisch und blecherner Stuhl; in einem Winkel der porzellanen hochschwellende Klokelch. Und unten, vorm vergitterten, extra dick verglasten Fenster der gleiche Gefängnishof – hoch ummauert, die Mauern allerdings diesmal ziegelrot; oben auf den Firsten das gleiche matt glitzernde Geschlinge aus Stacheldraht. Fröstelnd war er zwischen die Laken geschlüpft und hatte flach atmend gewartet, bis sein Herz sich halbwegs beruhigte.
Schwindlig richtete er sich auf, tastete mit bloßen Füßen nach dem stumpfgrauen Zellenboden, schwankte sogar im Sitzen, obwohl er sich mit nach hinten gestemmten Händen abstützte. Bevor sie ihn aus der Klinik entließen, hatten sie ihn in seine alte Kleidung gesteckt – den absurd zerknitterten Seidenanzug, der ihn bei jeder kühlen Berührung an seine Mutter denken ließ. Nein, nicht daran denken.
Mit einer automatischen Geste tastete er nach seinen Schläfen, die der enorme Kopfverband umspannte – ein sichtbarer, weithin leuchtender Schleier der Benommenheit. Er stemmte sich hoch, tappte zum Tisch, sackte auf den Blechstuhl. Natürlich spürte er, wenn er nicht rasch wieder zu Kräften kam, hatte er kaum eine Chance, dieses tödliche Spiel als Sieger zu beenden. Da er tagtäglich in den Zeitungen verfolgt hatte, wie sein Fall sich entwickelte, wusste er, dass es düster für ihn aussah, obwohl längst nicht mehr Kroll, sondern Sieburg die Ermittlungen führte.

Bei der groß angelegten Suchaktion Ende Juni, als die Polizisten das Naturschutzgebiet nach Johannes Sontheim abgekämmt hatten, war natürlich auch die zerschmetterte *Bernotti* gefunden worden. Da Kroll wenig vorher die zerfetzten Kleider aus dem Kompost gegraben hatte, dazu Georgs Sandalen, auf denen die Laborleute jede Menge Schotterweg-Spuren fanden, stand nicht nur für die Zeitungsschreiber fest: Georg hatte zu vertuschen versucht, dass er an seinem Geburtstag vor mehr als vier Wochen am Waldhaus gewesen war. Was aber hatte er dort gesucht, wenn nicht er selbst die Tanne über den Schotterweg gezerrt hatte?
Dazu kam, dass Sieburg sein Samstagnachmittags-Alibi erschüttert oder sogar halbwegs widerlegt hatte. Da Georg sich weder an die Techniker von der Störstelle noch an sonstige kleine Vorfälle erinnert hatte, war es mehr als fraglich, ob er wirklich den ganzen Samstag mit seinen Eltern verbracht hatte. Obwohl die Polizisten anscheinend keine Zeugen aufgetrieben hatten, die geradezu behaupteten, ihn auf der *Bernotti* bergwärts strampeln gesehen zu haben, schien doch festzustehen: Er hatte zumindest Zeit genug gehabt, zum Waldhaus zu fahren, die Tanne hinzuwerfen, *Bernotti* und Klamotten verschwinden zu lassen und mit Unschuldsgesicht, wenn auch mit geprellter Hüfte zu seinen Eltern zurückzukehren. Und was war mit dem Bankier Demken und seiner lachhaften eidesstattlichen Erklärung? Nun ja, Demken machte seinem Namen offenbar alle Ehre, indem er allenfalls noch ein winziges Dämmchen gegen die hochschäumende Flut der Verdächtigungen verkörperte.
Von Sieburgs alter Theorie, wonach nicht Georg, sondern der unglückliche Riese Vrontzek die Tanne über den Schotterweg geschmissen hatte, war in den Zeitungen seit Wochen keine Rede mehr. Aber Georg selbst hatte an diese Theorie nie geglaubt. Er war sicher, dass nicht Vrontzek, sondern der kleine Johannes Sontheim die morsche Tanne entwurzelt hatte, als er versucht hatte, sich mithilfe des Seils vom Felsplateau auf den Schotterweg zu retten. Vorhin hatte er von dem Wärter, der ihn zu seiner Zelle führte, erfahren, dass auch Vrontzek hier im Untersuchungsgefängnis auf seinen Prozess wartete. In den Zeitungen war ein psychiatrischer Gutachter mit der Erklärung zitiert worden, dass Vrontzeks Erinnerung *aufgrund überwältigender Schuldgefühle weitgehend blockiert* sei. Möglicherweise würde Georg dem Riesen beim Essen oder beim gemeinsamen Rundgang im Gefängnishof begegnen, und vielleicht konnte er Vrontzeks Erinnerung kitzeln, bis Vrontzek einfiel, was an jenem Samstag über der Waldschlucht wirklich vorgefallen war.
Bei der Suchaktion hatten die Polizisten nicht nur die zerschmetterte *Bernotti* aus dem Bergsee, sondern auch Johannes aus der Waldschlucht gezogen – drei, vier Kilometer vom Kroning-Waldhaus entfernt und gleichfalls ziemlich zerschmettert. Als die Polizisten ihn im Morgengrauen fanden, war Johannes völlig nackt gewesen, zerkratzt und zerschunden, dazu verstört und mehr oder weniger ohne Bewusstsein. Obwohl ihm gütlich zugeredet wurde, hatte er versucht, seinen Rettern zu entfliehen,

was allerdings bloß krampfartiges Zucken auf der Stelle ergab, da seine Hüftgelenke nicht nur gebrochen, sondern regelrecht zertrümmert waren. Natürlich hatten die Ärzte ihn sofort operiert. Aber obwohl man ihm künstliche Gelenkstücke eingebaut hatte, würde er sein Leben lang verkrüppelt bleiben und sich nur noch an Krückstöcken voranschleppen können. Das war traurig.
Noch weitaus trauriger und, für Georg, beunruhigender war allerdings, dass Johannes Sontheim seit der Vrontzek-Affäre nicht nur in den Hüften verkrüppelt, sondern vollkommen verwirrt war, sodass er sich an nichts zu erinnern schien, was bisher in seinem immerhin elfjährigen Leben vorgefallen war. An nichts – also auch nicht an die morsche Tanne, mit der er nach Georgs Überzeugung, vor dem Riesen Vrontzek fliehend, auf den Schotterweg geschmettert war. Seit die Polizisten ihn aus der Waldschlucht gefischt hatten, war er in einem geschlossenen kinderpsychiatrischen Heim untergebracht, wo er angeblich auf einer Art Gipsbett festgeschnallt lag und jedem noch so wohlmeinenden Besucher, der sich etwa über ihn beugte, ins Gesicht spie, wobei Schaum aus seinem Mund quoll und seine Augen sich stark verdrehten. Seit mehr als vier Wochen hatte Johannes kein Wort gesprochen, nicht mal irgendwas Sinnwidriges gestammelt – zu den Dingen, die aus seiner Erinnerung gewischt waren, schien auch die Sprache selbst zu gehören, was nicht mal erstaunlich war, da er seine Eltern nicht mehr erkannte. Eine Zeitung verglich ihn mit einem wilden Tier, das erschreckenderweise von Menschenhaut umschlossen sei.
Die gleiche Zeitung hatte im Lokalteil schon vor Wochen gemeldet, dass der berühmte Nervenarzt und Psychoanalytiker Dr. Klaußen einmütig zum neuen Leiter des Florian-Hospitals berufen worden war. Als Georg an Klaußen dachte, fröstelte er noch stärker, zog die Schultern noch höher und knirschte mit den Zähnen, was einen schmerzhaften Schrillton in seinem immer noch empfindlichen Schädel hervorrief. Um Klaußen zu erledigen, musste er endlich mit Margot reden – mit Margot, die höchstwahrscheinlich Alex irgendwo versteckt hielt und sich nicht mal um eine Ausrede bemühte, wenn er um ihren Besuch bat.
Er verschränkte die Arme auf der Tischplatte und ließ sein Gesicht auf den knochigen Bogen sinken. Abenddämmerung. Georg weinte – drei, vier fast trockene, kalt brennende Tränen, die wie Glasmurmeln aus seinen Augenhöhlen rollten, mehr nicht. Im Halbschlaf versuchte er dann, die dunkel funkelnden Murmeln einzufangen, die über einen gläsernen Bergrücken rollten, was einen hellen, wehmütig schwankenden Ton hervorrief. In diesem Ton, in den schnell rollenden Glaskugeln schien seine Trauer selbstständig zu werden; die Trauer flüchtete vor ihm, dem Trauernden, der vielleicht gar nicht wirklich trauern konnte, und das verdoppelte seine Trauer im Traum. Als er erwachte, stand Sieburg neben ihm und rüttelte beinahe wütend an seiner Schulter.

3

»Ihre Schonfrist ist zu Ende, Herr Kroning!« Ohne sich mit einer Begrüßung aufzuhalten, sprang Sieburg sofort über ins Verhör. Doch Georg, der noch halb in seinem Traum steckte, hatte mitbekommen, wie Sieburg ihn mit einem erschrockenen Blick streifte, der zweifellos seinem krankhaft entstellten Äußeren galt. Wie immer eierfarben gekleidet, lehnte sich Sieburg an die Wand neben der Pritsche und fuhr ihn an: »Lange genug haben wir Rücksicht genommen. Offenbar haben Sie immer noch mächtige Freunde, Herr Kroning. Speziell in der Ärzteschaft hatte man sich geradezu verschworen, Ihre Vernehmung zu verschleppen. Aber das ist jetzt vorbei. Ich werde Sie nun mit einigen Beweisstücken konfrontieren, von denen in den Zeitungen noch nichts zu lesen war.«
»Machen Sie nur«, sagte Georg leise.
An Sieburgs rechter Hand glänzte wie früher der goldene Ehering, obwohl der Inspektor nach eigenem Bekunden verwitwet war. Aber sonst hatte auch er sich in den letzten Wochen sehr verändert. Sein Sieg über Kroll schien seine Kräfte verzehrt zu haben. Er wirkte erschöpft; sein längliches Gesicht, früher braunrot, schien im ungewissen Licht beinahe gelblich zu schimmern. Das brünette Haar klebte ihm feucht an der Stirn, als ob er im Dauerlauf von Lerdeck in Georgs Zelle geeilt wäre.
»Fangen wir hiermit an.« Er zückte sein Notizbuch, klappte es auf, zog ein vergilbtes Papierfetzchen hervor. »Lesen Sie.«
Georg beugte sich über das Fetzchen, das mit krakeliger Schrift bedeckt war. Während Sieburg wartete, entzifferte er silbenweise die Notiz:

Frankf., 3.8.
Hallo, Onkel Jupp,
bitte schieb beiliegenden Brief unter die heutige Kroning-Post. Du weißt ja ungefähr, was drinsteht. Wenn alles klappt, bekommst du zehn Proz. wie vereinbart (= 1.000 Märker).
– P. M.
PS: Diesen Zettel sofort vernichten!

»Was zum Teufel soll das bedeuten?«, fragte Georg. Im Augenblick begriff er wirklich nicht, was es mit dem Gekritzel auf sich hatte, zumal er sicher war, diese Handschrift nie zuvor gesehen zu haben. Schräg über sich spürte er Sieburgs heißen Atem, der nach Kaffee und einer Art Mandelkuchen roch.
»Das wissen Sie so gut wie ich«, gab Sieburg zurück.

»Aber nein! Wer soll das denn sein – dieser Onkel Jupp? Und wer ist P. M.? Wo haben sie den mysteriösen Zettel überhaupt her?«

Dabei hatte er, noch während er seine Fragen gegen Sieburg abschoss, alles erraten. Sodass er geradezu mit Kennermiene nicken konnte, als Sieburg erläuterte: »Onkel Jupp ist kein anderer als Albert Bauer, der es in gewissen Kreisen zu dem Künstlernamen Schlingen-Jupp gebracht hat. Und P. M.? Fragen Sie mich das im Ernst?« Der Inspektor richtete sich auf, zog ein *Gitanes*-Päckchen und Zündhölzer aus der Tasche, legte beides vor ihm auf den Tisch.

»Oh, danke, vielen Dank«, stammelte Georg. »Ich hab seit einer Ewigkeit keine mehr geraucht.« Und nachdem er die blaue Schachtel aufgerissen hatte: »Ich habe Ihnen ja schon neulich erklärt, dass ich nicht an Zufälle glaube. P. M. ist natürlich Peter Martens. Die beiden kannten sich seit Peters Kindheit; Peter ist im selben Haus – Mauergasse siebzehn in Lerdeck – aufgewachsen, in dem Josef – ich meine, Albert Bauer – in der Mansarde hauste. Und die beiden haben also ...«

»Halt«, sagte Sieburg. »Bevor Sie weiterreden, Herr Kroning, muss ich Sie über Ihre verfassungsmäßigen Rechte belehren. Sie haben das Recht, die Aussage zu verweigern und einen Anwalt ...«

»Geschenkt«, rief Georg dazwischen, aber Sieburg leierte weiter:

»... Ihres Vertrauens hinzuzuziehen. Da sämtliche Kroning-Konten bis zur gerichtlichen Klärung der gegen Sie erhobenen Vorwürfe gesperrt sind, werden Sie sich mit einem Pflichtverteidiger begnügen müssen, der Ihnen unentgeltlich zur Verfügung gestellt wird. Ich rate Ihnen dringend ...«

»So hören Sie schon auf!«

Sieburg schwieg nervös blinzelnd und sah zu, wie Georg seinen ersten Lungenzug nach mehr als einem Monat machte, wobei er fast in Ohnmacht fiel. »Wenn Sie nur halb so krank sind, wie Sie aussehen ...«

»Mir fehlt nichts. Also reden Sie weiter. Was wollen Sie denn mit diesem Notizfetzchen beweisen?«

»Ach, lassen Sie das doch«, sagte Sieburg. »Ich dachte, als Spieler erkennen Sie, wenn Sie eine Partie verloren haben? Was immer man von meinem unglücklichen Kollegen, Hauptkommissar a. D. Kroll, halten mag – er hatte ein sicheres kriminalistisches Gespür, das ihn zumindest im Fall Peter Martens nicht getrogen hat. Und was mich betrifft, ich bin bereit, ihm in diesem Punkt Abbitte zu leisten. Übrigens hat Flämm den Papierfetzen in Bauers Mansarde aufgestöbert, nachdem meine Leute bereits alles durchsucht hatten. Anhand von Schriftanalysen und Fingerabdrücken haben wir zweifelsfrei festgestellt, dass Peter Martens dieses Briefchen verfasst hat. Offenbar hat er Sie im Sommer vor vier Jahren erpresst. Da er seinem Komplizen eine Beteiligung von zehn Prozent, entsprechend eintausend Mark, in Aussicht stellte, betrug seine Forderung logischerweise zehntausend Mark. Womit hat er Sie unter Druck gesetzt?«

Anstatt irgendwas zu erwidern, sog Georg behutsam an seiner *Gitane*. Im Augenblick war er so durcheinander, dass er nicht einmal Bestürzung empfand. War es möglich, dass Sieburg bluffte wie früher Kroll, zumal er sich urplötzlich als Bewunderer seines berühmten Kollegen zu erkennen gab? »Diesen Brief«, sagte Georg zögernd, »hätte Josef überhaupt nicht lesen können.«

»Wirklich nicht? Sie mögen recht haben, soweit es ein Phantom namens Josef, der Gärtner, betrifft. Was aber einen gewissen, sehr viel realeren Albert Bauer angeht – wir haben in seiner Mansarde ein umfangreiches Manuskript gefunden, das zweifellos von Bauers Hand stammt. Die Schrift trägt den Titel *Hass, Lüge und Fantasie* und ist so ziemlich das Widerlichste, das ich jemals gelesen habe.«

»Ich glaube Ihnen kein Wort«, sagte Georg schaudernd. »Josef ...«

»Ich bin noch nicht fertig«, unterbrach ihn Sieburg, ans Fenster tretend. »Bauer war nicht schwachsinnig. Er hatte weder Gedächtnis noch Sprechfähigkeit verloren; allerdings beweist sein Manuskript, dass er wahnsinnig war. Mit der eiskalten Konsequenz eines Psychopathen hat er sich mehr als vierzig Jahre lang hinter der Maske des debilen Gärtners versteckt, in deren Schutz er ein ausgeklügeltes Geheimleben geführt hat. Nehmen wir beispielsweise das Schweizer Nummernkonto, auf das Ihr Großvater und später Ihr Vater monatliche Schweigegelder eingezahlt haben. Inzwischen wissen wir, dass es Albert Bauer selbst gehört hat. Unmittelbar nach der Währungsreform hat er das Konto in Zürich eingerichtet, und offenbar hat er nie auch nur einen Pfennig davon abgehoben. Als Albert Bauer starb, war er ein wohlhabender Mann, dessen Vermögen sich auf beinahe eine Million Schweizer Franken belief.«

»Ich glaube Ihnen kein Wort«, murmelte Georg, obwohl er jede Silbe glaubte.

Sieburg kehrte vom Fenster zurück, setzte sich auf die Pritsche und verkündete: »Das interessiert mich nicht, Herr Kroning. Sie müssen entschuldigen, aber ich habe nicht mehr viel Geduld mit Ihnen. Diese verworrene Geschichte zerrt an meinen Nerven und raubt mir den Schlaf. Ich will den Fall so schnell wie möglich abschließen. Mag die Staatsanwaltschaft sehen, wie sie aus dem heillosen Durcheinander schlau wird. So viel jedenfalls steht für mich fest: Bauer, der raffiniert genug war, Ihre Familie seit Jahrzehnten mit seiner eigenen Vergangenheit zu erpressen, war der ideale Komplize für Martens, als der beschloss, auch bei Ihnen den Hebel anzusetzen.«

Georg versuchte zu lachen, verschluckte sich am Qualm. »Welchen Hebel denn?«, krächzte er schwindlig. »Womit hätte Peter mich erpressen sollen?«

»Auch auf diese Frage haben wir inzwischen eine überzeugende Antwort«, entgegnete Sieburg. »Offenbar hat er Sie wegen irgendwelcher Drogengeschichten erpresst. Diese Vermutung lag nahe, schließlich hat sich Martens mit Drogenhandel über Wasser gehalten. Wir haben eine Zeugin aufgetrieben – eine Prostituierte namens Ida Seelig, die unter Eid bezeugt hat, dass Sie und Peter Martens vor vier Jahren Ende Juli zusammen im *Chinesischen Ballon* waren.«

Georg lachte erschrocken auf – diesmal klang es ungefähr wie Lachen, aber schrill und atemlos, sodass er über sein Gelächter noch einmal erschrak. Ida Seelig, dachte er, das war natürlich die Hure mit den besenähnlichen Wimpern, die im *Chinesischen Ballon* neben Peter und ihm am Tresen gesessen hatte.

»Ihr Pech«, sagte Sieburg, »dass Sie auf Frau Seelig einen gewissen Eindruck machten. Nachdem wir der Dame Ihr Foto vorgehalten haben, erinnerte sie sich sofort. Damals hatte sie sich wohl Hoffnungen gemacht, dass Sie sich mit ihr einlassen würden. Aber gerade als sie Sie ansprechen wollte, sprangen Sie auf und folgten Peter Martens in den Toilettenraum. Kurz darauf kehrten Sie allein ins Lokal zurück, das Sie mit schnellen Schritten durchquerten und durch den Haupteingang verließen.«

»Und? Was beweist das?«, stieß Georg, immer noch atemlos, hervor. »Ich meine – selbst wenn diese Hure recht hätte, was ich bestreite?«

»Das ist noch nicht alles, Herr Kroning. Weitere fünf Minuten später kehrte auch Martens in den Barraum zurück. Ida Seelig saß immer noch am Tresen. Sie versuchte, ihn über Sie auszuhorchen, was ihr leichtfiel, da er sich offenbar eine Heroindosis injiziert hatte und benommen war. Wie Frau Seelig sich erinnert, fragte sie Martens in absichtlich provozierendem Ton, was er und Sie in den Toilettenräumen getrieben hätten. Daraufhin ließ er sich zu dem prahlerischen Geständnis verleiten, Sie hätten ihm soeben Amphetaminpulver, sogenanntes *Speed*, im Wert von dreihundert Mark abgekauft. Sie seien ein fetter Fisch, soll Martens ausgerufen haben, und diesen Fisch werde er nicht mehr von der Angel lassen. Frau Seelig erinnert sich mit Bestimmtheit, dass Martens sogar das Wort *Erpressung* fallenließ.«

Georg zerdrückte seine Kippe im Blechascher und sagte: »Glauben Sie, was und wem Sie wollen. Ich bin nie in Ihrem *Chinesischen Lampion*, oder was es sein mag, gewesen.«

»Und natürlich hat Martens Sie nie erpresst.«

»Natürlich nicht. Sie werden nie irgendwas begreifen. Außerdem sind Sie nicht logisch, nicht mal das. Oder wie wollen Sie erklären, dass Ihr Albert Bauer, der praktisch ein Millionär war, wegen läppischen tausend Mark Martens' Komplizen gespielt haben soll? Und glauben Sie allen Ernstes, dass ich jemanden umbringen würde wegen genauso läppischer zehntausend?«

Sieburg zögerte kurz. »Ja, inzwischen glaube ich, dass Sie dazu fähig wären und waren«, sagte er dann. »Weil für Sie das Geld selbst niemals gezählt hat, immer nur das, was Sie Ihr Spiel nennen. Das gilt in gewissem Sinn – verzeihen Sie den Vergleich – auch für Albert Bauer. Auch er war eine Art Spieler, der mit irrsinniger Konsequenz die Welt gezwungen hat, sich nach seinen verrückten Regeln zu richten. Und genauso wie Sie hätte auch er keine Sekunde gezögert, den zu liquidieren, der gegen seine Regeln aufbegehrt oder gar gewagt hätte, in seine Geheimwelt einzubrechen. In seinem Manuskript versucht Bauer den Beweis zu führen, dass er moralisch betrachtet das

Recht hätte, jeden zu vernichten, der ihm die Maske vom Gesicht zu reißen versuchte. Und jetzt halten Sie sich bitte fest.«

Wieder zögerte er einen Augenblick und sagte dann mit gespielter Beiläufigkeit: »In seiner Schrift *Hass, Lüge und Fantasie* führt Bauer ausdrücklich Sie als Beispiel an. Er schreibt – warten Sie ...« Er zückte sein Notizbuch, blätterte mit aufreizender Langsamkeit. Während Georg – er starrte den anderen an, wobei er spürte, dass er grau im Gesicht wurde und ein Sturm schwirrender, wispernder Stimmen in seinem Kopf anschwoll, gegen seine Schläfen brandete.

»Hören Sie auf«, flüsterte er oder hoffte, er hätte es geflüstert. »Sieburg«, flüsterte er, »bitte hören Sie auf! Sie wollen mich in den Wahnsinn treiben. Das ... das alles kann nicht sein. Es ist ... *nicht die Wirklichkeit*!« Er schrie es, wobei er aufsprang, schwankend zwischen Tisch und Stuhl hervorkam und auf Sieburg zutaumelte.

»Nicht die Wirklichkeit?« Sieburg lachte. »Hören Sie zu, setzen Sie sich hin. Sie sehen aus wie ein Gespenst, Herr Kroning, dazu dieser schaurige Kopfverband. Sie werden verstehen, dass ich von Ihnen keine Belehrungen über Realität und ähnliche Dinge akzeptieren kann. Also Bauer schreibt ...« Er beugte sich tiefer über sein Notizbuch und las mit Erzählerstimme vor:

»Jüngster Beweis, dass kein Schwächerer ungestraft in unsere Geheimwelten eindringen kann: Die meisterhafte Hinrichtung, durch die der kleine Kr., der übrigens ganz nach seinem Großvater zu geraten scheint, den Ma. exemplarisch abgestraft hat. Ich selbst ganz unparteiisch. Meine alte Maxime: Es wird immer Krieg geben, Krieg zwischen den wirklichen Menschen, weil Menschsein heißt: Ich zwinge die Welt, meine Regeln zu akzeptieren. Folgerung: Ma. lebensunwerte Ratte. Die Welt draußen ist immer die drinnen. Also: draußen Terror, härteste Gewalt anwenden, bis auch drinnen alles sich duckt. Und umgekehrt. Aufschlitzen, vergewaltigen, kastrieren, häuten, vierteilen, alle Organe rausreißen. Das Herz essen wie früher, oh goldene Zeiten, solange es noch zuckt. Der kleine Kr. – eines Tages auch gegen mich? Einzige Schwäche des kleinen Kr.: die Macht, die seine Mutter über ihn ausübt. Ich würde sagen, das genügt fürs Erste«, schloss Sieburg aufblickend. Er selbst sah aus, als ob ihm gleich übel würde – als ob er jetzt erst begriffe, dass er kopfüber in einen Albtraum gestürzt war, aus dem Georg seit so vielen Jahren aufzuwachen versuchte.

»Ich glaube auch, das reicht«, sagte Georg, wobei er zu seiner eigenen Überraschung lächelte. Weil seine Knie sich immer noch weich anfühlten, sackte er neben Sieburg auf die Pritsche, rutschte nach hinten und lehnte sich gegen die Wand. Draußen hatten sich längst die dunklen Tücher der Nacht über Mauern und Dächer geworfen. Mechanisch im Kreis schwenkende Suchscheinwerfer bohrten ihre Lichtstollen in die Nacht, die ganz still war, schwirrend vor Stille, rauschend, so schweigsam war die Nacht.

»Soweit ich zurückdenken kann«, sagte Georg leise, »habe ich den alten Josef geliebt.

Es ist mir egal, was Sie von mir halten – Alfred Bauer, Schlingen-Jupp oder wie Sie wollen, den alten Mann werde ich immer lieben. Diese Hinrichtungsgeschichte ist, wie Sie ja selbst sagen, natürlich seinem Irrsinn entsprungen.«

»Natürlich.« Sieburg stemmte sich hoch, ging wieder zum Fenster, starrte sekundenlang stumm in die Nacht. Und dann, ohne sich umzuwenden: »Manchmal glaube ich, dass ich Sie verstehe, Herr Kroning, und – ja, dass ich sogar einen Menschen wie Albert Bauer verstehen kann. Mich in ihn einfühlen, hineindenken – so tief, dass ich Angst bekomme, den Ausweg nicht mehr zu finden. In solchen Augenblicken fürchte ich mich geradezu vor mir selbst, und nicht nur vor mir selbst – alles erscheint mir dann wild und grauenvoll. Und wie gesagt, lange ertrage ich das nicht mehr. Ich will, ich muss den Fall abschließen, diesen Monat, diese Woche noch. Ich will, dass man Ihnen den Prozess macht, und dann ... Dann werde ich in Urlaub gehen.«

Georg wartete.

»Sie haben Albert Bauer umgebracht, Herr Kroning. Er hat Sie überrascht, als Sie Ihre Kleidung im Komposthaufen vergruben. Sie hatten nicht damit gerechnet, dass er in der Gärtnerhütte nächtigen würde. Plötzlich stand er neben Ihnen. Sie wichen zur Hüttentür zurück, versperrten ihm den Fluchtweg, dann warfen Sie den Spaten in das Hornissennest. Während die Hornissen hervorschwirrten, sich zu Dutzenden auf Bauer stürzten, flüchteten Sie in die Hütte, verriegelten die Tür.«

Georg beugte sich vor, griff nach den *Gitanes*.

»Kann sein«, sagte Sieburg gegen das Fenster, »dass das Ihr perfektes Verbrechen war. Aber glauben Sie allen Ernstes, dass Perfektion Sie retten wird? Wir haben Spuren an der Tür und an der Hüttenwand gefunden – gesplittertes Holz, Einbuchtungen, als hätte jemand in Todesangst mit den Fäusten dagegen getrommelt. Ihr Motiv ist zwingend, ein Alibi können Sie nicht vorweisen. Dazu kommt, dass wir am Spaten keine Fingerabdrücke gefunden haben, nur ein paar verwischte Spuren, wie sie Tote hinterlassen, denen man einen Gegenstand in die Hände drückt. Diese Indizien zu bewerten wird Sache des Gerichts sein. Ich bin beinahe sicher, unter normalen Umständen würde kein Richter einen Mann verurteilen, der wegen so einer Hornissen-Geschichte vor ihm stünde. Aber hier sind die Umstände alles andere als normal. Und ich fürchte, Sie werden keine unvoreingenommenen Richter finden.«

Was zum Teufel sollte das schon wieder heißen? Georg räusperte sich, beschloss zu schweigen. Er steckte sich eine *Gitane* an, rutschte wieder zurück, rauchte.

»Das Seltsame, fast Unheimliche«, sagte Sieburg gegen das Fenster, »ist diese widersinnige Verkettung der verschiedenen Fälle, die selbst den nüchternen Beobachter verwirren muss. Wo man auch hineingreift, es ist ein widerliches Fädengewirr; mit einem Faden zieht man gleich ein ganzes Gespinst hervor, und jedes Mal andere, überraschende Fäden. Beispielsweise verhafte ich Vrontzek unter dem Verdacht, die morsche Tanne über Ihren Schotterweg gestürzt zu haben. Nach einigem Hin und

Her gesteht er, aber er gesteht ein anderes Verbrechen. Er hat nicht die Tanne über den Schotterweg geworfen; er hat Johannes Sontheim entführt. Dann suchen wir den kleinen Johannes, finden ihn auch, doch außerdem finden wir Ihre *Bernotti*. Das wäre nicht allzu verwunderlich, aber Sie sind genauso wie ich überzeugt, dass sich hier die Fäden abermals verwirren. Johannes ist einerseits Vrontzeks Opfer – Vrontzek hat ihn um Gesundheit und Verstand, mehr oder weniger um sein Leben gebracht. Aber auf der anderen Seite dieser schwindelerregenden Drehbühne erscheint der kleine Johannes sozusagen auch als Täter.«

»Sie glauben also auch ...?«

»Allerdings. Sie haben Dr. Klaußen Ihre Version erzählt, und Klaußen, der Sie sehr zu schätzen scheint, hat mir Ihre Theorie weitererzählt. Ich halte sie für plausibel. Nicht Sie und nicht Vrontzek, sondern Johannes hat die morsche Tanne umgestürzt, als er mit dem Seil auf den Baum am Rand des Felsplateaus geklettert ist. Zusammen mit der morschen Tanne ist Johannes auf Ihren Schotterweg gefallen. Vrontzek kam auf einem gefahrlosen Umweg hinterher, nahm ihn und das Seil mit, beseitigte die auffälligsten Spuren. Kurz darauf trafen Sie ein, Herr Kroning. Sie kollidierten mit der tückischen Hürde, stürzten um ein Haar selbst tödlich in die Schlucht. Aber dann verwischten Sie Ihre Spuren, als wären Sie, genauso wie Johannes, Täter und Opfer in einem, als wären Sie über das Hindernis gestürzt und hätten es doch selbst inszeniert. Leider haben Sie es verstanden, alle Welt – zumindest die Zeitungen – von dieser Version zu überzeugen. Vrontzek und Johannes, die Sie entlasten könnten, fallen als Zeugen aus. Vrontzek leugnet, verstockt sich in seiner Trauer, verkriecht sich sozusagen in seiner Höhle aus Schuld und Verwunschenheit. Und der Junge? Von Johannes existiert nur noch ein Schatten, der zufällig seinen Namen trägt.«

»Wenn Sie nur endlich aufhören könnten«, sagte Georg, »mit diesem Zufall, dem Sie alles auf den Buckel wälzen wollen, was Sie mit Ihrem kleinen Verstand nicht begreifen! Wieso immer nur Zufall? Können Sie wirklich nicht verstehen, dass Johannes Sontheim ganz einfach ausgeführt hat, was ich ...«

»Seien Sie still!«, rief Sieburg so heftig, dass sein Atem die Scheibe beschlug.

»Ich bin Johannes«, murmelte Georg, fast ohne es zu bemerken. »Ich bin Peter, ich bin Alex, ich bin Johannes und bin doch gleichzeitig immer, immer ich selbst. Ein Schatten, eine graue, schemenhafte Überwölbung, und jetzt sind alle draußen, und ich bin leer. Ich bin leer, leer«, wiederholte er stumpf.

»Sie sind vor allem eins«, schnaubte Sieburg, »Sie sind vollkommen verrückt. Auch da hatte Kroll von Anfang an recht. Aber ich bin nicht sicher, ob das Gericht sich zu einem milden Urteil durchringen wird. Möglicherweise wird man Sie in Sachen Albert Bauer mangels Beweisen freisprechen, obwohl Sie so gut wie ich wissen, dass Sie Bauer getötet haben. Dafür wird man Sie wegen Mordes an Ihren Eltern verurteilen, obwohl Sie an dieser Geschichte juristisch unschuldig sind. Das ist ungeheuerlich.«

»Finden Sie?«, sagte Georg müde. »Was ist mit Peter Martens? Wagen Sie da auch eine Prognose? Und übrigens – vergessen Sie Alex nicht und Alfred Prohn.«
»Nein, die vergesse ich nicht«, versicherte Sieburg. »Aber wenn ich Ihnen einen Rat geben darf – Sie sollten aufhören, Ihren Privathass gegen den Zufall zu pflegen. Obwohl man, wie gesagt, keinerlei sachliche Zusammenhänge zwischen all diesen Verbrechen und Todesfällen erkennt, wird sich selbst der nüchternste Betrachter dabei ertappen, wie er nach einer Erklärung für die rätselhaften Verknotungen sucht. Ihr Verteidiger wird sich darauf konzentrieren müssen, immer wieder nachzuweisen, dass alle scheinbaren Übereinstimmungen und Verknüpfungen wirklich nur spukhaftem Zufall entspringen. Man könnte verrückt darüber werden!«, rief er aus.
Er wandte sich vom Fenster ab, strich drei dünne Strähnen aus der Stirn und fuhr ruhiger fort: »Ich bin überzeugt davon, dass Sie an Ihrem Geburtstag zum Waldhaus gefahren sind, weil Sie – vermutlich nach einem Streit mit Ihren Eltern – den vagen Plan hatten, dort irgendeine Falle zu präparieren. Als Sie dann mit der umgestürzten Tanne kollidiert sind, wurden Sie einmal mehr zum Opfer Ihres – nennen Sie's, wie Sie wollen – magischen Wahns. Sie nahmen an, dass sich vor dem Waldhaus auf geheimnisvolle Weise wiederholen würde, was sich mehr als vier Jahre zuvor abgespielt hat. Damals stießen Sie Peter Martens in den Main – vermutlich hatten Sie überlegt, ihn zu töten, aber da Ihnen der Mut fehlte, beließen Sie es bei dem halbherzigen Einschüchterungsversuch. Als daraufhin irgendwelche bis heute unbekannten Täter Martens auf schreckliche Weise ums Leben brachten, glaubten Sie an schicksalhafte Fügung, oder dass Sie eine Art magischer Macht besäßen. Sie brauchten bloß zu denken: *Mieser Erpresser, stirb!,* woraufhin sich Kilometer entfernt eine Art Höllenschacht öffnete und eine Handvoll wüster Gesellen ausspie, die Ihre Wünsche mit schauriger Gründlichkeit erfüllten.«
Woher wissen Sie das alles?, wollte Georg flüstern. Aber er beherrschte sich, obwohl ihm Sieburg allmählich unheimlich wurde. »Ich glaube, Ihre Fantasie geht mit Ihnen durch«, sagte er.
»Glaube ich nicht«, entgegnete Sieburg ruhig. »Als Sie an jenem Samstag mit der Tanne zusammenstießen, dachten Sie, der gleiche magische Mechanismus hätte sich wieder in Gang gesetzt, da Sie vorher voll Erbitterung gedacht hatten: *Besser, meine Eltern wären tot.* Ich muss zugeben, das war in der Tat ein fast unglaublicher Zufall – dass zum zweiten Mal in Ihrem Leben jemand praktisch in dem Moment tot umfiel, in dem Sie ihm oder ihnen den Tod gewünscht hatten. Trotzdem, Herr Kroning, hat auch hier nur der pure, mag sein, der beleidigende Zufall gewaltet – mehr nicht.«
Georg zuckte die Schultern, verzog das Gesicht zu einem höhnischen Lächeln, wobei er über der Vorstellung seiner eigenen, hohlwangigen Hässlichkeit erschrak. Er schob sich auf der Pritsche nach vorn, stand schwankend auf, zerquetschte die Kippe im Blechascher. »Ich bin müde, Sieburg«, sagte er, »ich bin sogar zu müde, um mich über

Sie lustig zu machen. Vielleicht könnten Sie Ihre Zufallslitaneien etwas abkürzen. Wäre ich Ihnen sehr dankbar dafür.«

»Wie sie wollen«, schnappte Sieburg. »Kommen wir also zu Beweisstück Nummer zwei. Sie werden sich erinnern, dass Sie einen Brief in der Hand hielten, als Sie in jener unheilvollen Nacht ...«

»Unheil oder Zufall«, unterbrach ihn Georg, »Sie müssen sich schon entscheiden. Also der Brief von Alex. Ich bin gespannt, was er schreibt.«

»Haben Sie das nicht längst erraten?«

»Ich verstehe nicht.« Obwohl er nur zu gut begriff – offenbar hatte Alex in seinem Brief die Martens-Affäre erwähnt. Woher sonst sollte Sieburg seine Informationen bezogen haben, woher sonst konnte er wissen, dass Georg damals am Ostkai ...

»Ach ja, eines noch.« Sieburg saß auf einmal vor ihm am Tisch, klappte wieder sein eierfarbenes Notizbuch auf, schüttelte den gefalteten Briefbogen auf die Platte. »Wie hat Kortner Ihnen den Brief übermittelt? Immerhin hat er das Kuvert weder frankiert noch adressiert.«

»Margot hat ihn mitgebracht.«

»Ja, das kann gut sein. Selbstverständlich haben wir auch Fräulein Klaußen in dieser Sache vernommen. Aber ich würde gern Ihre Version hören.«

Georg senkte den Blick auf den stumpfgrauen Zellenboden, versuchte blitzschnell zu überlegen wie früher – ah, wie schwerfällig, zugleich leer flackernd er geworden war. Also langsam: Wie lautete schätzungsweise Margots Version? In jedem Fall musste er verhindern, dass Sieburg auf Alex' Fährte geriet. Und auch Margot musste er heraushalten – er wollte nicht, dass sie in die Ermittlungen verwickelt wurde; er hatte ganz was anderes mit ihr vor. Wie also? Um Zeit zu gewinnen, sagte er:

»Der Postweg kam natürlich nicht in Frage. Sie wissen ja, wie leicht Briefe verschwinden, die man der Post anvertraut. Und dann hat schon mal jemand versucht, auf dem Postweg mit Kortner zu korrespondieren. Das hat schon damals nicht geklappt.«

Sieburg drehte den Brief zwischen den Händen; rechts glitzerte der Witwerring.

»Margot«, sagte Georg zögernd, »musste neulich aus irgendwelchen privaten Gründen nach Zürich. Ich glaube, sie wollte sich mit Bertoni treffen; ich weiß nicht, ob er irgendwo in Ihren Akten auftaucht. Jedenfalls ist sie bei meiner Züricher Wohnung vorbeigegangen und hat den Briefkasten geleert. Sie hat mir Alex' Brief gegeben, kurz bevor Kroll durchgedreht ist und losgeballert hat.«

Gespannt wartete er, ob er richtig getippt hatte. Als Sieburg nickte, ließ er den angestauten Atem ausströmen. Wieder beugte er sich zu den *Gitanes* vor, obwohl er merkte, dass er noch zu geschwächt war, um den schwarz-würzigen Qualm zu ertragen – im Magen hatte er ein flaues Gefühl, und unter seinem Kopfverband pulsten geisterhafte Schmerzen.

»Sie haben Glück«, sagte Sieburg grimmig. »Ihre Aussage deckt sich mit Fräulein

Klaußens Version. Möglicherweise haben Sie sich abgesprochen, aber das ist eigentlich schon egal. Lesen Sie jetzt den Brief.«
Er beugte sich über den Tisch, reichte Georg, der sich halb von der Pritsche hochstemmte, den aufklappenden Bogen, sodass Georg sah: Alex hatte das Papier im Peter-Martens-Stil mit ausgerissenen Zeitungsfetzen beklebt. Während er die *Gitane* ansteckte, las er:

> *Eine Viertelmillion Vögel, da nicht nur Vögel auffliegen können. (Ostkai*
> *– Gürtel – Lenauzwerg – Mieser Erpresser, stirb!)*

»Peter Martens«, sagte Sieburg, »hat damals im *Chinesischen Ballon* vor der Prostituierten Ida Seelig mit seinem Plan geprahlt, Sie zu erpressen. Offenbar waren Sie, Herr Kroning, ebenfalls eitel genug, sich vor Alexander Kortner damit zu brüsten, wie Sie den miesen Erpresser aus dem Weg geräumt haben. Mithilfe der beiden Schriftstücke, die ich Ihnen vorgelegt habe, können wir den Tathergang wie folgt rekonstruieren: Sie treffen sich mit Martens im *Chinesischen Ballon*, wo Sie eine gewisse Menge Amphetamin erwerben. Martens und Bauer versuchen, Sie mit diesem kleinen Fehltritt zu erpressen. Da Sie von Ihren Eltern eine nicht ganz unbedeutende Summe – nach meiner Information dreißigtausend Franken – als Abiturgeschenk erhofften und wahrscheinlich schon geplant hatten, nach Zürich umzuziehen, mussten Sie befürchten, dass Ihr Vater sich anders besinnen würde, wenn er von Ihren Kontakten zur Drogenszene erführe. Aber so oder so kam es für Sie nicht in Betracht, nach einer glimpflichen Lösung zu suchen – Martens hatte versucht, in Ihre Geheimwelt einzudringen, Ihnen – wie Bauer sagen würde – seine eigenen Regeln aufzuzwingen; dafür mussten Sie ihn bestrafen.«
Georg blickte auf, an Sieburg vorbei, gegen das Fenster, die schwarz wabernde Nacht, durch die sich Lichtstollen bohrten. Er warf Alex' Brief auf den Tisch, stand zittrig auf, lehnte sich gegen die Stahltür, sodass sein Kopfverband das Guckloch verdeckte. Vielleicht, fiel ihm ein, würde ja Kroll als Rollstuhl-Invalide in die Villa übersiedeln, deren Umbau zum kirchlichen Siechenasyl längst beschlossen war. Über diese Idee musste er lächeln, verzog das Gesicht, und wieder erschrak er über der Vorstellung seiner hohlwangig grinsenden Hässlichkeit.
»Unter dem Vorwand«, sagte Sieburg, »Martens das Schweigegeld übergeben zu wollen, verabredeten Sie ein – wie ich annehme – nächtliches Treffen am Ostkai, womit nur der alte Osthafen in Frankfurt gemeint sein kann. Ich gebe zu, ich fühle mich geradezu beschämt, weil wir vor vier Jahren, als wir zum ersten Mal im Fall Martens ermittelt haben, auf diese einfache Lösung nicht gekommen sind. Wir haben damals lange herumgerätselt, wie der stark gehbehinderte Peter Martens aus der Frankfurter Innenstadt an das fünfundzwanzig Kilometer entfernte, überdies unwegsame Johan-

nisufer gelangen konnte. Nun, die Antwort ist einfach genug – Sie haben ihn am Ostkai in den Main gestoßen, worauf er einige Kilometer stromabwärts trieb und in Höhe der Johannissiedlung ans Ufer gespült oder wahrscheinlicher gezogen wurde. Infolge seines Hüftleidens war er ein schlechter Schwimmer, und da Sie – auch das verrät uns Kortners Brief – den armen Kerl mit seinem eigenen Gürtel gefesselt hatten, trieb er hilflos aus dem Hafenbecken in die starke Flussströmung hinaus, wurde in die Fahrrinne gezogen und wäre früher oder später vielleicht von einer Schiffsschraube zerfetzt worden, wenn die unbekannten Täter ihn nicht aus dem Fluss geangelt hätten. Daraus folgt ...«
»Wie wollen Sie das beweisen?«, unterbrach ihn Georg, im Mundwinkel die *Gitane*. »Glauben Sie wirklich, dass dieser Brief, der vielleicht nicht mal von Alex stammt, als Beweis für Ihre Schauergeschichte genügt?«
»Darüber wird das Gericht entscheiden«, sagte Sieburg. »Dass der Brief von Kortner stammt, haben Sie übrigens vor wenigen Minuten bestätigt. Fräulein Klaußen hat erklärt, Sie könne über die Herkunft des Briefes nichts weiter berichten. Sie habe ihn in Ihrem Briefkasten gefunden und Ihnen ausgehändigt. Ich selbst habe vorhin nur neutral von einem Brief gesprochen, worauf Sie mich unterbrachen mit der Bemerkung – *Ach ja, der Brief von Alex*. Ich darf also annehmen ...«
»Nehmen Sie an, was Sie wollen«, sagte Georg müde.
Sieburg streifte ihn mit einem beinahe mitleidigen Blick. »Kommen wir für heute allmählich zum Schluss. Kann sein, dass wir uns erst vor Gericht wiedersehen. Kortner also, den Sie törichterweise in die Martens-Affäre eingeweiht haben, ist abgebrüht genug, eine Neuauflage der Martens-Bauer-Erpressung zu versuchen. Er erpresst Sie damit, dass Sie früher mal erpresst wurden; ich muss zugeben, das ist beinahe schon elegant. Und ich nehme an, dass er auch mit seinem Briefstil – den Zeitungsfetzen, der lakonischen Formulierung – die alte Vorlage imitiert, von der niemand anderes als Sie ihn in Kenntnis gesetzt haben kann. Wir befinden uns also in der sonderbaren Lage, Kortners Brief als doppeltes Beweisstück werten zu müssen oder – wenn Sie wollen – zu dürfen. Das ist ein wenig unheimlich, Herr Kroning, finden Sie nicht? Zweifellos ist Peter Martens tot, aber in Alexander Kortner lebt er sozusagen weiter. Und zweifellos haben Sie damals den Erpresserbrief vernichtet, aber hier taucht er wieder auf. Allerdings hat sich die Schweigegeldforderung ein wenig über die Inflation hinaus erhöht – aus zehntausend Mark ist eine Viertelmillion geworden.
Auch das ist interessant. Wieso gerade zweihundertfünfzigtausend? Müssen wir nicht dem armen Kroll abermals Abbitte leisten? Laut Kroll haben Sie Kortner gezwungen, Ihnen durch fortgesetzte Prostitution und systematischen Raub genau eine Viertelmillion zu verschaffen, die Sie für Ihr *Irrläufer*-Spiel brauchten. Dieser Plan ist auf halbem Weg gescheitert, da es zu dem Zwischenfall mit Alfred Prohn kam, worauf Kortner untertauchen musste. Verständlicherweise gibt Kortner Ihnen die Haupt-

schuld an seiner misslichen Lage. Wegen Ihrer Viertelmillion wird er seit sieben Wochen mit internationalem Haftbefehl als mutmaßlicher Mörder gesucht, also fordert er von Ihnen genau diese Viertelmillion zurück. Und sehen Sie, Herr Kroning, hier stimme ich Ihnen zu: Natürlich ist es kein Zufall, dass sich in Kortners Erpressungsversuch die Martens-Vorgeschichte mit schöner Genauigkeit wiederholt.«

Mit der Schulter stieß sich Georg von der Tür ab, stakste auf Sieburg zu, im Mundwinkel die erloschene *Gitane*. »Sie haben mir mal erzählt«, sagte er, »seit Sie Vrontzek kennen, wissen Sie, was ein verwunschener Mensch ist. Erinnern Sie sich?«

»Worauf wollen Sie hinaus?«

»Seit ich Sie kenne, Sieburg, weiß ich, was ein verachtenswerter Mensch ist. Wirklich, ich verachte Sie. Kroll, sogar Flämm und, ja, auch Taschner konnte ich hassen, aber verachten konnte ich sie nie. Sie sind ein Narr, Sieburg. Sie sind dumm, fantasielos, verklemmt; Sie sind widerlich. Sie haben nichts begriffen. Als Polizist sind Sie eine Niete. Sie sind überhaupt nichts, höchstens eine Figur in unserem Spiel.«

Neben Sieburg blieb er stehen, beugte sich über ihn. »Ich bin sicher«, sagte er, »dass Kroll zuletzt alles begriffen hatte – die Regeln, das Spiel, das Ziel. Aber da war es für ihn zu spät. Sein Pech, dass er die Nerven verloren und geschossen hat. Aber Glück und Pech, das gehört eben auch zu unserem Spiel. Dass Sie ihn nicht anzeigen würden, wusste er; dafür sind Sie zu feige. Er wusste auch, dass es in diesem Spiel letzten Endes nicht um mich geht, sondern um ... na? Nein, Sie erraten's immer noch nicht. Kroll wird gedacht haben, erst den kleinen Kroning aus dem Weg schaffen, der wird allmählich lästig, und dann den anderen, auf den's eigentlich ankommt. Aber dann hat Klaußen ihn angezeigt, und da erst wird er kapiert haben: Der *Irrläufer* ist immer mit einem der Hauptspieler gegen den anderen verbündet. Wer den *Irrläufer* blindlings zu erledigen versucht, gibt sich selbst eine Blöße, und die nutzt der andere zum tödlichen Stoß. Offenbar hat sich keiner von Ihnen je die Mühe gemacht, mein Spiel genauer anzusehen – die *Irrläufer*-Regeln, die ich in extra schöner Handschrift auf Prohns Büttenbogen geschrieben habe. Für Kroll ist es jetzt zu spät.«

»Für Sie auch.« Sieburg stand auf, schob Alex' Brief, Peters Zettelchen und sein eierfarbenes Notizbuch in die Tasche. »Wir sehen uns dann vor Gericht.« Er ging zur Stahltür, hämmerte dagegen. »Eines noch. Sie haben eben Vrontzek erwähnt. Wie Sie vielleicht wissen, befindet auch er sich hier in Untersuchungshaft. Ich war von Anfang an und bin, wie gesagt, immer noch davon überzeugt, dass der Tod Ihrer Eltern ein tragisches Unglück war. Sie mögen mich verhöhnen, wie Sie wollen, beleidigen können Sie mich sowieso nicht; außerdem sehen Sie es selbst, in der Waldschlucht-Angelegenheit hatte ich von Anfang an das richtige Gespür.«

Wieder hämmerte er mit beiden Fäusten gegen die Tür, horchte einen Moment, fuhr dann fort: »Vrontzek ist Ihre letzte Chance. Wie ich gehört habe, ist der Beginn Ihres Prozesses auf Anfang Oktober angesetzt. Sie haben also noch reichlich zwei Monate

Zeit – versuchen Sie, mit Vrontzek ins Gespräch zu kommen. Locken Sie den unglücklichen Kerl aus sich, aus seiner Angst, seiner Schuld heraus. Vielleicht wird er sich eines Tages erinnern. Wenn Sie beweisen könnten, dass Sie am Tod Ihrer Eltern juristisch unschuldig sind, würde das auch auf alle anderen Anklagepunkte ein sehr viel milderes Licht werfen. Also leben Sie wohl.«
Draußen Stiefelschritte, hallend auf der Galerie. Dann Schlüsselklirren, Klinkenknirschen. Sieburg schlüpfte aus der Zelle, rief von draußen noch: »Ach ja, Herr Kroning – Ihre Eltern wurden vor vier Wochen auf dem Friedhof von Lerdeck beigesetzt. Sie können einen Antrag stellen. Sie haben das Recht, die Gräber Ihrer Eltern ...«
»Verschwinden Sie«, murmelte Georg.
Zittrig und atemlos sackte er auf den Blechstuhl, der noch warm von Sieburg war.

4

Noch in der gleichen Nacht erlitt Georg einen Schwächeanfall, der mit ziehendem Schwindel und wühlendem Schläfenschmerz anfing, sich schnell zu Atemnot, Brechreiz, Herzbeklemmungen steigerte und ihn zuletzt in den Abgrund einer tiefen Ohnmacht stürzen ließ. Er wurde auf die Krankenstation eine Metalltreppe über seinem Zellengang getragen, wo er noch einmal sechs Wochen im Krankenbett verbrachte, am Nährtropf hängend und trotz aller Aufpäppelungsversuche dämmernd in halben Delirien.
Zwischendrin ermahnte er sich immer wieder – er musste zu Kräften kommen, er durfte seine Zeit nicht mit diesem Gedämmer vergeuden, unbedingt musste er mit Vrontzek reden, mit Margot und übrigens auch mit Timo Prohn. Vor allem aber mit Vrontzek, das Vertrauen des Riesen gewinnen, seine allerletzte Chance. Er wälzte sich im Krankenbett, Blick auf vergittertes Milchglas, steckte in giftfarbenen Träumen fest, das war quälend, er weinte im Schlaf.
Die Welt ein Märchen. Im Traum immer wieder der Gedanke: Vrontzek, den gibt's doch gar nicht in Wirklichkeit. Vrontzek, der Märchenriese. Vrontzek, der Verwunschene. Vrontzek im finstern Wald. Vrontzek, der mit Schaufelhänden den kleinen Johannes in seine Erdhöhle trägt.
Vrontzek, mit dir reden, dein Vertrauen, du musst dich erinnern. Bitte, Vrontzek.
Dämmern, Träume, und wenn er blinzelte, die blassen Scheiben der Pfleger-, Ärztegesichter über ihm. Komplikationen. Seine Schläfe eitert. Ein Kugelsplitter steckt noch drinnen, halb im Knochen, halb im wild wuchernden Fleisch. Mit zuckendem Blaulicht wieder in irgendeine Klinik, neue Operation. Vrontzek, warte auf mich. Dann zurück auf die Krankenstation, Gefängnis, wieder das Bett mit Blick auf vergit-

tertes Milchglas. Seltsame Träume, pastellfarben, Vrontzek als riesenhafter Schemen, bloß noch wallende Schleier, man sieht die Landschaft, Bäume, Berge, alles, durch die Schleier hindurch. Dann Peter Martens, sein geschändeter Krüppelleib, aus den braunen Mainfluten tauchend. Oder Georg selbst, im extrakalten Bergsee, wie er den Rittergutbildern auf dem schlammigen Seegrund entgegensinkt.

Und immer weiter, seltsame Träume, pastellfarben, beispielsweise – der funkensprühende Erpresserbrief, Georg, der den schwarzen Mantel abstreift, um die Flammen zu löschen, und dann Mama, die sich gegen seinen nackten Körper drückt. Vrontzek, bitte, warte auf mich. Immer öfter hochschrecken aus Träumen, schreiend. Und dann zurücksinken in Träume, beispielsweise, Traum eines Traumes – Alex und Margot als *ein* Wesen, doppelgeschlechtlich, Selbsterreger, mit hüpfenden Brüsten und hart pochendem Glied. Vrontzek, du musst auf mich warten.

Aber die Welt ein Märchen. Im Traum immer wieder der Gedanke – Vrontzek, den gibt's doch gar nicht in Wirklichkeit. Vrontzek, der mit Schaufelhänden den kleinen Johannes in seine Erdhöhle trägt. Johannes, der mit der Tanne vom Felsplateau stürzt. Als du, Vrontzek, auf die andere Mauerseite kamst, war ich schon da und habe dich wimmernd erwartet. Vrontzek, Märchenriese. Johannes, nackt und zerschunden, gefesselt in der Höhle. Vrontzek nachts durch den Wald irrend, betäubt vor Angst, dass Johannes sterben wird. Johannes, der seine Fesseln abstreift, mit zertrümmerten Hüften aus der Höhle kriecht. Ein Krüppel, ein Erdwurm, aber mit tief empfundener Kinderwürde. Wimmernder Würdewurm, kriech. Kriech weg, Wurm, Vrontzek kommt. Nein, Vrontzek nicht mehr. Vrontzek, dich gibt's doch gar nicht in Wirklichkeit. Sowenig wie mich, sowenig wie Alex, wie vielleicht irgendwen. Die Welt draußen ist die drinnen. Josef, der grimmig Geröllbrocken ausbuddelt. Alles versteinert, tot. Alles leer, leer. Aber trotzdem – Vrontzek, warte auf mich. Vrontzek, ich liebe dich. Vrontzek, *ich* bin Johannes! Vrontzek, ich will mit dir in deiner düsterfeuchten Höhle leben ...

»Er deliriert.«

»Ich verstehe nicht, wieso diese Komplikationen, nachdem wir die Ursache ...«

Zwei Ärzte, die ihre Gesichtsscheiben auf ihn abstürzen lassen. Ärztehände auf seinem hageren Körper, seiner spröden, krankhaft schmerzempfindlichen Haut.

»Was er nur immer mit diesem Vrontzek hat?«

»Schrecklich, diese Geschichte. Man sollte ihm zur Beruhigung ... Was meinen Sie, Kollege?«

»Vorhin hat Klaußen mich angerufen. Er empfiehlt *Hermaton*.«

»Allen Ernstes? Immerhin ... Man könnte es probieren.«

»Herr Kroning, hören Sie mich?«

»Nein ... keinen Sinn ... versteht Sie nicht.«

»Aber sollte man nicht ...? Da er sich wegen dieses Vrontzek zu beunruhigen scheint?«

»Injizieren wir zuerst *Hermaton* ... Pfleger!«
Eine graue, wogende Mauer, die sich zwischen die Ärztegesichter schiebt. Finger, im Licht zitternd, um eine Spritze gekrümmt.
»Vrontzek, warte auf mich.«
»Was sagt er?«
»Immer dasselbe, Pfleger. Welche Vene?«
»Rechts.« Die Spritze flitzt hin, sticht sich irgendwo rein.
»,Aaah ... Das tut ... Bist du das, Vrontzek?«
»Nein. Mein Name ist Dr. Klaaß. Sie befinden sich unter meiner ärztlichen ... Herr Kroning? Hören Sie mich?«
»Na klar.«
»Also, Sie scheinen sich wegen dieses Vrontzek Sorgen zu machen, dass er Sie ... wie er damals den kleinen Johannes ... Diese Sorgen sind durchaus überflüssig.«
»Ja, Vrontzek. Kommt er denn?«
»Aber nein, keine Angst«, sagte Klaaß lächelnd. »Vrontzek kommt niemals mehr. Er hat sich vor drei Wochen in seiner Zelle erhängt. Vrontzek ist tot.«

5

»Im Namen des Volkes ergeht folgendes ...«
Nein, in Teufels Namen dreimal nein – so weit war man noch lange nicht. Bis zur Urteilsverkündung blieben noch sieben – noch sechs, fünf, noch vier Wochen, und immerhin zugegeben, für Georg sah es beinahe jeden Tag, fast nach jeder Zeugenvernehmung ein wenig bedenklicher aus.
Konnte nicht immer noch ein Wunder geschehen? Aber was für ein Wunder denn? Der Prozess hatte am ersten Oktobermontag begonnen, um zehn Uhr vormittags. Im Blechwürfel eines Polizeikleinbusses war Georg zum Gerichtsgebäude gekarrt worden – ein verhangener Herbsttag, wehende Nebelfetzen über den Dächern, braunes Blättergewirbel auf den Bürgersteigen und die Luft schon so kalt, fast winterlich, dass die Münder der vermummten Passanten weiße Atemwölkchen hochpufften. Wie düster so ein Herbsttag sein konnte, und doch wie warm, wie gefühlvoll und erfüllt mit sehnsüchtigen Gerüchen. Große, träg nickende Vögel, stumpfschwarz gefiedert, in den halbkahlen Alleebäumen; an manchen Straßenecken wurden heiße Kastanien verkauft; dazu die leiernden, vom Herbstwind zerrissenen Melodien der Straßenmusikanten. Aber das alles nicht für ihn, nicht für Georg, der im Polizeibus eingepresst zwischen seinen Wärtern saß. Für ihn nichts mehr, gar nichts mehr, seit Vrontzek sich erhängt hatte.

Dann wieder die Reporterrudel in Lederjacken, ihre leer-gierigen, schwankend andrängenden Gesichter. Aus dem Polizeibus in den heißen Brei ihrer Fragen, Floskeln, Zynismen springen; ihre klickenden Blicke, wie sie in den Knien federn, mit den Schultern rempeln für eine profitable Schussposition; wie in all diese Köpfe die Schlagzeilen schon eingemeißelt sind:
Kroning schuldig ... schuldig ... schuldig!
Niemand mehr, niemand auf der Welt, der an Georgs Unschuld glaubte. Der kleine Kroning – die Bestie, der Serienmörder, Psychopath, eiskalte Killer; seine Geschichte wöchentlich, täglich in aufreizenden Zeitungsbildern, über denen die Leserschaft wöchentlich, täglich onaniert. In Handschellen durch den Korridor aus schwitzenden Reporterleibern, dann durch Flure aus Holz, aus Stein, vorbei an altersgeschwärzten Skulpturen – in allen Nischen die blind wägende Gerechtigkeit. Genauso gut – nein, viel besser könnte man die Gerechtigkeit zeigen, wie sie ihre Urteilssprüche mit schwingenden Händen erwürfelt. Und Georg, mit klirrenden Schellen ähnlich einem mittelalterlichen Narren dahintaumelnd, durch dunkle Flure, zwischen blinden Skulpturen – Georg fühlt sich leer, leer, er fühlt sich, seit Wochen, seit Monaten überhaupt nicht mehr. Die Spiegel erblindet, alle Ratten längst übergesprungen vom sinkenden aufs rettende Schiff. Glaubt er selbst noch an einen möglichen Freispruch? Seine Chancen, ahnt er – mager, hohlwangig, verfallen wie er selbst. Und sein Verteidiger, ein winziges, dick und rund bebrilltes Männchen namens Ceuner – der grau gelockte, angeblich berühmte Verteidiger Ceuner will Sieburgs Rat befolgen und auf Zufall, immer nur auf Zufall beharren – auf Zufall pochen, bestehen auf Zufall, auf Zufall plädieren, immer nur auf Zufall bis zum Untergang.
Der Gerichtssaal, erster, dritter, siebter Prozesstag, das ist alles immer dasselbe. Georg eintretend durch eine Seitentür, blinzelnd auf der Schwelle. Aber das muss ein Missverständnis sein? Obwohl er gelesen hat, dass die Zuschauer des Kroning-Prozesses Platzkarten reservieren mussten wie für eine Theaterpremiere. Und trotzdem ...
Der Gerichtssaal wie eine Bühne, durch eine Brüstung vom Zuschauerraum abgetrennt. Das Publikum auf schräg ansteigenden Stuhlreihen wie im Schauspielhaus; in den vorderen Reihen die Reporter, Langeweile, nicht einmal Sensationslust in ihren Gesichtern, Schreibblöcke auf den dicken Knien. Alle Möbel schwarzhölzern, auch die Wände, sogar die hohe, gewölbte Decke schwarz vertäfelt; alle Hölzer in der Heizungshitze knackend, dass man andauernd zusammenfährt.
Während die Wächter Georg zur Angeklagtenbank führen, strömt im Hintergrund, durch die aufschwingende Flügeltür, das Publikum in den Saal – lachend, tuschelnd, hustend –, hier zupft einer sein Hemd zurecht, dort beugt sich einer über seine Gefährtin und küsst sie auf den Mund, dass es knallt. Wie in der Oper zücken hundert Hände gleichzeitig Platzkarten, huschen hektische Blicke über die Stuhlreihen, wo die Platznummern auf Messingschildern blinken. Ist das nicht ein wenig empörend

– der Kroning-Prozess als Operette, Georgs Überlebenskampf als Bühnenstück, das hundert Augenpaare träg blinzelnd betrachten? Ach was – ein Spieler braucht ja sein Publikum, und auch wenn er im Untergang die Zuschauer verwünscht, braucht er immer noch irgendwen, wenigstens ein Ohrenpaar, das seinen Verwünschungen halb erschrocken lauscht.

Im Übrigen kann von Kampf, soweit es Georg betrifft, kaum die Rede sein. Vom ersten Prozesstag an melden die Zeitungen übereinstimmend, dass der Angeklagte seltsam unbeteiligt wirkt. Ein wenig abseits, ein wenig über Köpfe und Roben erhöht in seiner Angeklagtenbank sitzend, fühlt er sich eher wie der halb vergessene Beobachter eines schwerfällig abrollenden Dramas, in dem man ganz gut ohne ihn auszukommen scheint. Denn schließlich – wer ist er denn auch? Er hätte den Richtern in ihrer langen, an den Seiten gekrümmten Holzbank, den Geschworenen, Schöffen, Laienrichtern oder was immer sie darstellen mochten, zurufen können: Damen und Herren, Sie verhandeln über ein Phantom. Mich gibt's nämlich gar nicht.

Aber er rief ihnen nichts, rief, zischte, flüsterte keinem was zu – auch nicht seinem Verteidiger, dem winzigen, dick bebrillten Herrn Dr. Ceuner, dessen feudelartige, stumpfgraue Locken sich schräg unter ihm in der Anwaltsbank kräuselten. Immerhin, er sah ein, dass Ceuner es sozusagen gut mit ihm meinte, zumal er nicht einen Pfennig Honorar kassieren würde, wenn er keinen Freispruch erwirkte oder zumindest ein Urteil, das einem Freispruch sehr ähnlich sah.

Ungefähr Mitte September, als Vrontzek sich längst schon erhängt hatte, war Ceuner in Georgs vergittertem Krankenzimmer erschienen und hatte mit unangenehm weicher, zum Überfluss fistelnder Stimme verkündet: »Ich übernehme Ihre Verteidigung, Herr Kroning.«

Dann jedoch musste er zugeben, dass er, ein sogenannter Staranwalt, in Klaußens Auftrag aufgetaucht war. Schmal und selbst im Liegen schwindlig, hatte Georg abgelehnt, sich von Klaußens Marionette verteidigen zu lassen. Doch darauf Ceuner: »Ihr Fall interessiert mich, Herr Kroning. Da Sie aktuell über kein eigenes Vermögen verfügen, schlage ich vor, dass Sie mich nur im Erfolgsfall honorieren. Eine Million, wenn ich Sie herausboxe; keinen Pfennig, falls man Sie zu mehr als – sagen wir – fünf Jahren Haft verurteilt.«

Zögernd hatte Georg zugestimmt. Kurz darauf war er aus der Krankenstation entlassen und abermals in eine reguläre Zelle verlegt worden. Noch gut zwei Wochen bis zur Prozesseröffnung – bis zum *Endspiel*, wie Ceuner nicht müde wurde, die Gerichtsverhandlung vertraulich zwinkernd zu bezeichnen. Ceuner, der seitdem beinahe täglich in seiner Zelle aufgekreuzt war, eine dicke Aktenmappe unter das schwächliche Ärmchen geklemmt. »Ich bin überzeugt, Herr Kroning, dass eine unglückliche Verkettung von Zufällen ... Und natürlich werden wir beweisen ...«

Georg hatte nur die Schultern gezuckt. Wie elend, schwach, flattrig er sich damals, im endenden September, noch gefühlt hatte – und wie ausgebrannt, leergeglüht er immer noch war; wie sich diese Leere nie, niemals mehr zu verlieren schien. Aus der träumerischen Jugend ohne mildernden Übergang einsinken in mürbes Greisentum. Nichts mehr hoffen, träumen; keine Zukunft und sogar kaum wirkliche Erinnerung mehr. Alles leer, leer, alles vorbei. Vieles, allzu vieles, mit dem er einfach nicht fertig wurde und mit dem er, spürte er, auch nie mehr fertig werden konnte – jetzt, da alle tot und verscharrt waren und bald schon wieder frisch überblüht. Manchmal glaubte er, in seiner Zelle oder auf der Angeklagtenbank sitzend, schon den kommenden, den noch lange nicht kommenden neuen Frühling zu riechen. Das neue Blühen, Leuchten, das ganz neue Grün. Ach was, gar nichts mehr. Selbst wenn Ceuner es irgendwie hinkriegte, dass sie ihn laufen ließen – was denn dann? Zurück nach Zürich, zwischen die gedrängten Mansardenwände; wieder mit dem *Irrläufer*-Koffer wie ein verrückter Hausierer durch die Straßen ziehen? Oh nein. Ohne Alex, quälender Gedanke – das wäre ja gar kein Leben. Und die Spiele? Er würde sie nie mehr anrühren, spürte er. Alles leer, leer; alles vorbei.

Schräg unter ihm spielten sie – die Richter, der schnauzbärtige, rötlich umwölkte Staatsanwalt, die gespenstische Reihe der Zeugen, dazu Ceuner graugelockt und fistelnd – dort unten also spielten sie seinen Prozess, eine Karikatur seines Lebens, seiner Geheimnisse, als plumpes, grob verfälschendes Bühnenstück. Puppen, Zeugen, Marionetten traten auf und ab ...

Die Hure Ida Seelig, die mit besenähnlichen Wimpern den Zeugenstand fegte: »Mit diesem früher mal schönen Jüngling hätte ich auch gratis gevögelt, aber ich glaube, er trieb's schon damals lieber mit meinen männlichen Kollegen. Und Peter Martens hat damit geprahlt, dass er den Kroning erpressen wollte – das steht so fest wie irgendwas, was ich je in die Hände gekriegt hab.«

Dann der zwergwüchsige, vollbärtige Dr. Mahrens, der in endlosem Marsch durch den Gerichtssaal humpelte, wobei er sein krankes Bein nach vorn warf und mit dem gesunden unbeholfen nachsprang – ein *Vaterstellvertreter*, wie der Staatsanwalt mit bedeutungsschwerer Betonung erklärte, und zugleich ein koboldhafter Wiedergänger des längst vermoderten *Lenauzwergs* Peter Martens. Nach ihm jene zwölf Herren unterschiedlicher Nationalität und durchweg gesetzteren Alters, die unter Ausschluss der Öffentlichkeit Alex' gespaltene Talente teils rühmten, teils verfluchten, seine – so oder so – langgliedrige Behändigkeit.

Selbstverständlich erschien eines schönen Prozesstages auch der feine, nadelgestreifte Bankier Demken, der in bedächtig gewählten Worten seine eidesstattliche Erklärung widerrief. »Inzwischen bin ich sicher«, intonierte er näselnd, »dass sich Dr. Kroning, als wir an jenem Samstag telefonierten, in einem Zustand depressiver Verwirrung befand. Offenbar hatte er, mit dem mich, man darf sagen, Freundschaft verband, nach schmerzlichem inneren Ringen eingesehen, dass er die von ihm seit langem ersehnte

Versöhnung mit seinem Sohn auf keine Weise erwirken könne – auch nicht mithilfe dieses Schenkungsvertrags. Obwohl sich Dr. Kroning ein wenig undeutlich und zunächst missverständlich ausdrückte, steht für mich fest, dass er mir signalisieren wollte, er habe den Schenkungsvertrag verworfen und sich entschlossen, seinen missratenen Sohn künftig nicht mehr zu unterstützen.«
Abschließend bat Demken, seine Aussage als Ergänzung, keineswegs als Widerruf der früheren Erklärung anzusehen. Kopfnicken, zustimmendes Gemurmel, keine weiteren Fragen. Auch Ceuner schwieg, wobei er mit zierlichen Fingern sein Kraushaar tätschelte.
Und dazwischen und immer wieder der eierfarben gekleidete Inspektor Sieburg, der ein eierfarbenes Notizbuch, dem Format nach fast ein Weltatlas, zum Zeugenstand schleppte, wo er Alex' Briefe oder jenes vergilbte Zettelchen des seinerseits längst verwesten Peter Martens kragenruckend verlas. »Offenbar hat Kortner versucht, den Angeklagten mit der vorgängigen, von Martens inszenierten Erpressung zu erpressen, das ist beinahe schon elegant ... Warum gerade eine Viertelmillion? ... Wir rekonstruieren ... Hieraus folgt zwingend ...«
Während all dieser Tage, dieser schmierenhaften Auftritte saß Georg schief zurückgelehnt in der Angeklagtenbank, wo er sich fast schon nach einem laut hallenden *Lebenslang!* sehnte. Ungefähr wie man sich nach einem schroff-hohen, schräg unterhöhlten Berg sehnen mochte, in dessen Tiefe man für immer verschwand. Also hatte Kroll auch in diesem Punkt recht behalten? War Georg ihm und nun den Richtern, dem cholerischen Staatsanwalt dankbar, dass sie ihn aus seinem Geheimleben, seiner Gespensterwelt, seinem Traumsumpf in die blendende Zellenleere retteten?
Vom ersten Prozesstag an saß Kroll im Zuschauerraum und verfolgte den Gang der Verhandlung. Kroll im Rollstuhl, Kroll grauenhaft gealtert, von Krankheit entstellt. Kroll mit tot hängendem Unterkiefer, doch wie früher tückisch huschenden Blicken. Links und rechts von ihm Flämm und Taschner, die jetzt offenbar auch viel Zeit hatten. Während Kroll einen heruntergekommenen Eindruck machte – zusammengesunken in seinem Rädersessel, in schlotternd-schmutzigem Anzug, den er mit geiferndem Kiefer befleckte –, steckten Flämm und Taschner in nachtblauen Anzügen, beinahe rührend, wie in Konfirmandenkostümen. Aber was in ihren bleichen Gesichtern, was selbst in Krolls zerfallenen Zügen immer noch brannte, war Hass, war die blinde Gier, Georg stürzen, scheitern, verurteilt, vernichtet zu sehen. Möglich, dachte Georg mehr als einmal – gut möglich, dass sich am Ende zeigte, dass es in diesem Spiel keine Gewinner gab. Irgendwo tief im Hintergrund, beinahe in der allerletzten Reihe, genauso Tag für Tag und gespannt lauschend: Margot, ihre herüberglänzenden Locken, ihr grün schimmernder Blick zwischen all den anderen Köpfen; daneben hager, eisbärtig, vorgebeugt sitzend ihr Vater.
»Warum so pessimistisch?«, fistelte Ceuner. »Unsere Sache steht gar nicht schlecht!«

Das war Ende November, während draußen die schweren, schon im Niedersinken nur noch schmutzigweißen Schneetücher auf die Dächer, in den Hof fielen und im Geschlinge aus Stacheldraht zerfaserten. Ceuner, winzig und funkelnd bebrillt, tänzelte im hellen Pelz zu Georg in die Zelle.
Selbstverständlich hatte er von Anfang an und mit allen Mitteln versucht, seinen Mandanten zu ermutigen, aufzuheitern. Georg sollte glauben, dass die Anklage ihre giftigsten Pfeile bereits verschossen hatte, und waren sie nicht am Schild der Verteidigung abgeprallt? War die Anklageschrift nicht überhaupt so dünn, dass man höchstens von einem Inhaltsverzeichnis sprechen konnte, zu dem der eigentliche Text lachhafterweise fehlte?
Georg war höflich oder gleichgültig genug, diese leeren Prahlereien mit gleichmäßigem Nicken zu begleiten. Aber die Wahrheit war, in diesen späten Herbsttagen hatte er beinahe alle Hoffnung verloren. Ein Wunder? Daran glaubte er nicht mehr. Und Ceuners auf nichts als Zufall gründende Verteidigungsstrategie? Seine so albernen wie beharrlichen Versuche, alle verbindenden Fädchen zwischen Martens-Mord und Prohn-Affäre, zwischen Waldschlucht und Hornissennest, zwischen *Rose* und *Irrläufer*-Spiel mit der stumpfen Waffe namens Zufall, Zufall zu zerschlagen? Im Geheimen war Georg seit Ceuners erstem Auftreten überzeugt, dass der funkelnd bebrillte Krauskopf in Klaußens Auftrag diesen Prozess verlieren sollte.
Natürlich, wenn er verlor, bekam er von Georg keinen Pfennig. Aber was lag näher als der Verdacht, dass Klaußen ihm zwei, drei oder vier Millionen für den Fall versprochen hatte, dass Georg für immer hinter Gittern verschwand? War er erst einmal rechtskräftig verurteilt, würde kein Mensch mehr seine Geschichte glauben, wonach nicht er, sondern Klaußen an Prohns Tod schuld war, weil nicht Georg Alex, sondern Klaußen den Prohn als sein kriminelles Instrument abgerichtet hatte. Klaußen mochte sich sagen, die Millionen, die das Kroning-Testament ihm zusprach, konnte er gar nicht gescheiter verpulvern, als wenn er sie in möglichst dicke Zellenwände und möglichst nie mehr sich öffnende Zellentüren für Georg Kroning investierte.
Dazu kam, dass Georg immer noch körperlich geschwächt war, obwohl die Schussverletzung an seiner Schläfe längst verheilt war und frische Haut die holzige Narbe überspannte. Auch hatte er eingesehen, dass er sich zwingen musste, regelmäßig irgendwelche Nahrung zu sich zu nehmen, selbst wenn es ihn bei jedem Bissen ekelte. Immerhin schaffte er es, sich durch strenge Selbstdisziplin ein wenig aufzupäppeln, sodass er in den letzten Novemberwochen an Körpergewicht zulegte und sich vom hohlwangig lächelnden Gespenst ein wenig in seine frühere, immer schon magere Gestalt zurückverwandelte. Aber die Schwäche, der Schwindel, das nächtliche Herzflattern, die Albträume – von Vrontzek, von Peter Martens und immer wieder von Alex –, das alles blieb.
»Sie sind deprimiert, Herr Kroning«, fistelte Ceuner, »aber glauben Sie mir, unsere

Sache steht wirklich nicht schlecht. Natürlich, die Zeitungen sind gegen uns, aber das hat wenig zu besagen. Fassen Sie neuen Mut. Auch der Staatsanwalt scheint allmählich zu spüren, dass seine Indizienkette ziemlich brüchig ist. Wie ich in Erfahrung bringen konnte ... Hören Sie mir überhaupt zu?«

»Na klar.« Georg lag auf der Pritsche, die Arme über der Brust verschränkt, gegen die gekälkte Decke blinzelnd.

»Wie ich aus zuverlässiger Quelle weiß«, sagte Ceuner, »wird sich der Staatsanwalt in seinem Plädoyer auf die Waldschlucht-Affäre konzentrieren. Natürlich versucht er nach wie vor, Ihnen all diese Todesfälle anzuhängen. Aber er weiß so gut wie Sie und ich, dass er Ihre Verstrickung in die mysteriösen Tode von Martens, Bauer und Prohn nicht zweifelsfrei beweisen kann. Also wird er alles daransetzen, das Gericht davon zu überzeugen, dass Sie Ihre Eltern heimtückisch ermordet hätten. Der Staatsanwalt ist ein Fuchs, der sich in der Psyche unserer Laienrichter wie in einem Schrebergarten auskennt. Mit einigem Recht setzt er voraus – wenn er das Gericht erst einmal überzeugt hat, dass Sie um eines Amüsierspiels willen zu dem abscheulichsten Verbrechen des Elternmordes fähig waren, werden die Schöffen ihre letzten Zweifel über Bord werfen und Sie auch in allen anderen Punkten für schuldig erklären.«

»Und natürlich wird seine Rechnung aufgehen«, murmelte Georg.

»Wird sie nicht! Wenn Sie nur endlich aus Ihrer Depression herausfinden, Herr Kroning. Natürlich müssen Sie mir helfen. Wenn es uns gelingt, unwiderlegbar zu beweisen, dass Sie am Tod Ihrer Eltern unschuldig sind, wird sich der vielleicht allzu schlaue Staatsanwalt in seinen eigenen Stricken verfangen. Man wird Sie freisprechen, zumindest wird der Prozess platzen, die Ermittlungen werden von vorn beginnen, und Sie kommen auf freien Fuß. Fassen Sie Mut!«

Da fasste Georg wenn nicht Mut, so immerhin einen Entschluss; vielleicht ließ sich das berühmt-berüchtigte Wunder doch noch erzwingen. Er beauftragte Ceuner, bei den Eltern des kleinen Johannes vorstellig zu werden. Obwohl der Junge noch immer und wahrscheinlich für alle Zeit in der kinderpsychiatrischen Anstalt dahindämmerte, obwohl er verwirrt und ohne Erinnerung, Sprache und menschliches Bewusstsein war, ließ Georg die Eltern um eine Besuchserlaubnis bitten. Mochte sein, wenn er selbst mit Johannes redete, wenn er eindringlich schilderte, was nach seiner Überzeugung damals über dem Schotterweg vorgefallen war – mochte sein, dass Johannes dann aus seiner dunklen Unbewusstheit emportauchte, dass er anfing, sich zu erinnern; dass eben, kurz und müde gesagt, ein Wunder geschah.

Ceuner versprach, sich bei den Eltern Sontheim für Georg einzusetzen. Unterdessen schleppte sich der Prozess in die siebte Woche, oder er schleppte sich nicht – eigentlich raste und ratterte die Verhandlung in unglaublichem Tempo dahin, und der Eindruck quälender Langsamkeit entstand vielleicht nur, weil das einzig mögliche Urteil seit langem in allen Köpfen festgeschrieben war. Entgegen Ceuners heuchlerischer

Prophezeiung wendete sich das Blatt keineswegs zu Georgs Gunsten, als der Prozess in den Dezember vordrang.

Trotzdem erschien es da noch nicht ausgeschlossen, dass das Gebäude der Anklage einstürzen würde, wenn sich Ceuner einen geschickten Hieb einfallen ließ. Und wirklich, bei der Vernehmung der nächsten Zeugin konnte er einige Punkte gutmachen. Francesca Rossi stöckelte in die Zeugenkanzel und erklärte mit märchenhaftem Akzent: »Man sollte die finanziellen Probleme, die durch den *Irrleuwerr* entstanden sind, nicht überschätzen. Schließlich hatten wir den *Irrleuwerr*-Vertrag noch nicht unterzeichnet. Herr Kroning hatte sich also keineswegs verpflichtet, die Viertelmillion aufzutreiben. Im letzten Juni, als wir die Verhandlungen mit Herrn Kroning unterbrachen, waren uns für Analysen und Expertisen Unkosten in Höhe von ungefähr zehntausend Franken entstanden, mehr nicht.«

»Aber Sie hatten ihm doch ein Ultimatum gesetzt«, sagte der Staatsanwalt, »wonach er binnen vierzehn Tagen das nötige Kapital beibringen sollte, andernfalls ...«

»*No*«, unterbrach ihn die Italienerin, meergrün geschminkt und mit gleichmäßigen Bewegungen den Haarzopf pressend, der über ihre Schulter floss. »Wir waren gar nicht in der Lage, irgendwelche Ultimaten zu stellen. Natürlich habe ich versucht, ihn zum Vertragsabschluss zu drängen, aber nur aus Angst, dass uns dieser *Visch* – wie sagt man – von der Nagel springt.«

»Wie meinen? Ach so – der Fisch ... also der Fisch von der Angel? Ich verstehe.«

»*Si, Visch* ... Nach der Expertise von Sinking, die den *Irrleuwerr* in den Himmel lobt, hätte Herr Kroning keine Probleme gehabt, einen Produzenten für den *Irrleuwerr* zu finden. Schließlich ist *Härtel & Rossi* nicht die einzige Agentur, die sich mit kulturellen Realisationen befasst.«

»Ja, so«, machte der verdutzte Staatsanwalt. »Ihre Zeugin, Herr Verteidiger.«

Und dann Ceuner, mit neuem Elan aus der Bank federnd: »Signorina Rossi, ich habe nur wenige Fragen an Sie. Wenn Herr Kroning Ihnen nach Ablauf der vereinbarten zwei Wochen mitgeteilt hätte, dass er das nötige Kapital noch nicht oder nicht vollständig aufgetrieben habe – wie hätten Sie reagiert? Sicher haben Sie auch mit Ihrem Seniorpartner, Herrn Stefan Härtel, über diese Frage gesprochen.«

»*Si*«, bestätigte Francesca nickend. »Härtel war begeistert von dem Projekt, Sie müssen wissen, er entscheidet häufig sehr emotional. Und nachdem er Herrn Kroning persönlich kennengelernt hatte, nachdem auch der berühmte Bildhauer Sergio Bertoni sich sehr positiv zum *Irrleuwerr* geäußert hat ... Also kurz und gut, wir haben überlegt, ob wir das Projekt nicht notfalls aus unserem eigenen Kapital vorfinanzieren könnten.«

»Haben Sie gegenüber Herrn Kroning angedeutet, dass eine solche Lösung vorstellbar sei? Mit anderen Worten – wusste Herr Kroning, dass sein Projekt an der Finanzierungsfrage nicht wirklich scheitern konnte?«

»Selbstverständlich«, entgegnete Francesca würdevoll. »Immerhin hatte sogar Bertoni bereits zugesagt, mit seinem Namen für das Spiel zu werben, und zwar unentgeltlich. Spätestens da musste auch Herrn Kroning klar sein, dass *Härtel & Rossi* kaum noch aussteigen konnte. Wir hätten Bertoni brüskiert, einen unserer bedeutendsten Klienten. Außerdem war auch Härtel, wie gesagt, geradezu entflammt für Herrn Kroning und seine originellen Ideen.«

»Trotzdem haben Sie im vergangenen Juni Ihre geschäftlichen Beziehungen zu Herrn Kroning gelöst?«

»*Si*. Ich weiß, man kann das missverstehen. Aber wir haben uns nicht aus Überzeugung von Herrn Kroning getrennt. Einige unserer Klienten haben uns unter Druck gesetzt – sie fürchteten um ihren Ruf, falls wir ins Gerede kämen wegen der Vorfälle in Herrn Kronings Umgebung. Wären die Klienten abgesprungen, wären wir in ernsthafte wirtschaftliche Schwierigkeiten geraten.«

»Hat Herr Kroning denn inzwischen die Unkosten beglichen, die, wie Sie sagten, immerhin zehntausend Franken betragen?«

»*No*«, entgegnete Francesca, wobei sie fast verlegen lächelte. »Da wir die Verhandlungen abgebrochen haben, werden wir unsere Auslagen als Verlust verbuchen. Herr Kroning schuldet uns keinen Franken, im Gegenteil: Moralisch stehen wir in seiner Schuld. Das war für mich eine harte Lektion«, sagte sie abschließend, »dass man gezwungen sein kann, gegen seine Überzeugung zu entscheiden.«

»Vielen Dank, Signorina Rossi. Keine weiteren Fragen.« Und Ceuner tänzelte in seine Bank zurück, wobei er Georg einen triumphierenden Blick zuwarf, was allerdings ein wenig übertrieben war.

Doch immerhin – zum ersten Mal hatte eine Zeugin einen Eindruck hinterlassen, der für den Angeklagten nicht nur nicht ungünstig, sondern beinahe glänzend war. Er hatte also in keiner echten Geldklemme gesteckt? Und er selbst hatte nach Auffassung der Zeugin gewusst, dass *Härtel & Rossi* sich notfalls in Schulden stürzen würden, aus purer Begeisterung über ihn und sein *Irrläufer*-Spiel? Das war natürlich blanker Unsinn – Härtel hätte ihn angestrengt lächelnd aus seiner Villa geschubst, wenn er gebeichtet hätte, dass er das *Irrläufer*-Kapital nicht zusammenkratzen konnte. Aber das Gericht und sogar der Staatsanwalt schienen der Zeugin Rossi zu glauben, deren Gewissensnot zweifellos echt war.

Weshalb also hätte Georg seine Eltern töten, wieso hätte er Alex Kortner zu Prostitution und Raub pressen sollen, wenn ihm die berühmte Viertelmillion von *Härtel & Rossi* regelrecht aufgedrängt wurde? Auch wenn der Staatsanwalt zu bedenken gab, dass sich diese Entwicklung erst *nach* Prohns Tod angebahnt hatte und Georg während der neun Monate davor keineswegs mit einer so glücklichen Lösung rechnen konnte, schienen Richter und Zuschauer sich doch zum ersten Mal zu fragen, ob Georg wirklich diese verrückte Mordbestie war, die die Zeitungsschreiber unermüdlich hinmalten; ob er wirklich ein irrer Killer war, der – wie Kroll verkündet hatte – um eines Amüsierspiels willen ein Blutbad angerichtet hatte. In den verwirrten Mienen beiderseits der Brüstung glaubte Georg so etwas wie die Ahnung zu entziffern, dass der Angeklagte vielleicht ein ganz besonderer, sozusagen ein kostbarer Mensch war – sicher, ein eigenartiger Mensch, dessen Denkweise man mit dem Alltagsverstand kaum begriff; aber ein Verrückter? Ein Verbrecher? War es nicht umgekehrt verbrecherisch, wenn man jemanden als verrückten Verbrecher abstempelte und aburteilte, nur weil man die vielleicht harmlose, vielleicht sogar irgendwie wertvolle Eigenart dieses Menschen nicht ertrug; weil soviel Eigensinn einen vor den hartknochigen Biedermanns- und Krämerkopf stieß? War Georg Kroning, mit einem Wort, ein *Künstler*, was ja nicht in jedem Fall und nicht unvermeidlich das Gleiche wie ein verrückter Verbrecher war?

Auch wenn Georg, ein wenig abseits, ein wenig erhöht in der Angeklagtenbank wie ein halb verschollener Beobachter – auch wenn er sich möglicherweise nur einbildete, dass hinter den mehr als hundert Augenpaaren an diesem Dezembermorgen solche ungewöhnlichen Gedanken flimmerten, so schien es doch für einige Momente denkbar, dass die Stimmung plötzlich umkippte; dass die Öffentlichkeit, das Publikum, die angestrengt blinzelnde Richterschaft sich zu einer heldenmütigen Geste entschlossen und ... Nein.

Müßige Spekulationen. Kurz darauf wurde die letzte Zeugin vor der Weihnachtspause aufgerufen. Diese Zeugin war Margot Klaußen. Ihre Aussage dauerte nur wenige Minuten. Doch nachdem sie den Zeugenstand verlassen hatte, glaubte wirklich niemand mehr, dass für Georg auch nur der Schatten einer Chance blieb.

Von einem silberhaarigen Gerichtsdiener geleitet, trat Margot in den Saal, den sie mit schnellen, seltsam schwankenden Schritten durchquerte. Anfangs wunderte sich Georg nur über ihr träges, trance-ähnliches Lächeln, das wie eine Larve über ihren Zügen lag. Dann allerdings fand er es reichlich seltsam, dass Margot in einem weitgeschnittenen, sackartigen Kleid in der Zeugenkanzel erschien, zumal dieses Kleid wie eine Tapete mit Blümchen gemustert war. Was hatte das zu bedeuten? In welche Rolle war sie da geschlüpft, und zu welchem Zweck? Außerdem glaubte er zu erkennen, dass sie an Gewicht zugenommen hatte und regelrecht aufgeschwemmt war. Eine Krankheit? Er begriff immer noch nicht.

»Fräulein Klaußen«, fragte der Richter väterlich lächelnd, »trifft es zu, dass Sie mit dem Angeklagten – verzeihen Sie den altmodischen Ausdruck –, dass Sie mit Herrn Kroning verlobt und Sie beide entschlossen sind, die Ehe einzugehen?«

»Wir waren verlobt«, sagte sie, ohne ihr fast kühisches Lächeln zu verlieren. »Nach den Ereignissen des letzten Sommers haben wir unsere Verbindung einvernehmlich aufgelöst.«

»Was meinen Sie mit den Ereignissen des Sommers?«

»Entschuldigen Sie, aber das ist meine Privatangelegenheit.«
»Vielleicht nicht ganz«, schaltete sich der Staatsanwalt ein, wobei er sich bullig aus der Bank wuchtete. »Uns ist bekannt, dass Sie sich im vergangenen Juni, unmittelbar nachdem Alfred Prohn getötet wurde, für einige Tage in Zürich aufhielten, wo Sie bei Herrn Kroning zu Gast waren. Dürfen wir Ihre Erklärung, betreffend die Ereignisse dieses Sommers, so verstehen, dass Sie in Zürich gewisse Beobachtungen machten ...«
»Einspruch!«, kreischte Ceuner.
Der Richter nickte, worauf der Staatsanwalt neu ansetzte: »Sie haben ausgesagt, dass Sie Alexander Kortner nicht kennen, ihn nie gesehen haben und ihm auch in Zürich nicht begegnet sind. Trifft das zu?«
»Ja.« Margot lächelte unentwegt.
»Ende Juni haben Sie einen Brief aus Zürich mitgebracht, den Sie Herrn Kroning unmittelbar vor seiner Festnahme im Haus Ihres Vaters übergaben. Woher hatten Sie diesen Brief? Können Sie eine Erklärung über den Verfasser abgeben?«
»Herr Kroning hatte mich gebeten«, erwiderte Margot, »in seinem Briefkasten nachzusehen, ob irgendwelche Post für ihn eingetroffen war. Ich habe den Brief herausgenommen und an Herrn Kroning übergeben; mehr weiß ich nicht.«
»Vielen Dank, Fräulein Klaußen«, säuselte der Staatsanwalt. »Jetzt noch zu einem anderen Schriftstück. Herr Kroning behauptet, am Tag Ihrer Ankunft in Zürich einen Brief erhalten zu haben, den seine Mutter ihm geschrieben habe. Er behauptet weiter, darin habe sie versichert, dass sein Vater überraschend bereit sei, das fragliche Spielprojekt des Angeklagten zu finanzieren. Herr Kroning behauptet drittens, dass seine Mutter Sie in einem Telefongespräch über diesen für ihn so erfreulichen Inhalt ihres Briefes informiert hätte. Können Sie diese Behauptungen bestätigen? Bevor Sie antworten, bedenken Sie bitte, dass Sie unter Eid stehen.«
Margot zögerte kurz, wobei sie fast ihr träges Lächeln verlor. Ihr Blick schien ihren Vater zu suchen, der wie immer ganz hinten im Saal saß, so stark vorgebeugt, dass sein Gesichtsausdruck nicht zu entziffern war. »Nicht ganz«, sagte sie leise. »Ich meine, ich kann diese Behauptungen nicht hundertprozentig bestätigen. Richtig ist, dass ich am Freitag, bevor ich nach Zürich fuhr, mit Georgs – mit Herrn Kronings Mutter telefoniert habe. Das war ja überhaupt der Grund, warum ich am Montag gefahren bin statt am Mittwoch oder Donnerstag, wie ich es ursprünglich vorhatte. Eigentlich wollte ich ihn zu seinem Geburtstag besuchen. Aber seine Mutter hat mir in dem Telefongespräch erklärt, dass es besser wäre, wenn Herr Kroning seinen Geburtstag zu Hause, also in seinem Elternhaus verbringen würde.«
»Was meinen Sie mit *besser*?«
»Sie meinte, er hätte bessere Chancen, diese Geldfrage mit seinem Vater zu regeln, wenn er selbst mit ihm reden würde. Wissen Sie, ich hatte sie so verstanden, dass Georgs Vater praktisch entschlossen war, ihm mit dem *Irrläufer*-Geld auszuhelfen.«

»Und Herr Kroning selbst? Sie werden doch mit ihm in Zürich darüber gesprochen haben – wie hat Herr Kroning den Brief seiner Mutter aufgefasst?«

»Na ja«, sagte Margot, »Herr Kroning war da etwas skeptischer. Den Brief seiner Mutter habe ich nicht gelesen, aber ich erinnere mich, dass er gesagt hat, es sei noch keineswegs sicher, dass sein Vater ihm das Geld geben wollte.«

»Was für einen Eindruck machte er in Zürich auf Sie? Immerhin hatten Sie sich ein Jahr lang nicht gesehen.«

»Ich glaube, er war ziemlich nervös wegen der *Irrläufer*-Sache. Immerhin hatte er jahrelang für diesen Durchbruch gekämpft, und jetzt hing alles von seinem Vater ab, mit dem er ...« Sie verstummte abrupt.

»Ja? Was wollten Sie sagen, Fräulein Klaußen?«

»Na ja, die beiden verstanden sich nicht besonders gut. Das ist ja wohl kein Geheimnis mehr. Und diese Spiele – Georgs Vater hat sie regelrecht gehasst.«

»Also hat es Sie wohl nicht überrascht, dass sich Herr Kroning wegen der Finanzierung Sorgen machte. Aber hat er denn nicht erwähnt, dass er auf die Agentur *Härtel & Rossi* bauen könnte, die notfalls bereit wäre, das Projekt selbst zu finanzieren?«

»Nein«, erwiderte Margot vage verblüfft. »Das hat er nie ... Natürlich, wir waren zusammen auf diesem Härtel-Fest, und ich weiß schon, die Leute fanden ihn sympathisch und all das. Aber dass *Härtel & Rossi* selbst ...? Ehrlich gesagt, davon höre ich zum ersten Mal.«

»Sehr interessant«, konstatierte der Staatsanwalt. »Jetzt noch zu einem anderen Punkt, Fräulein Klaußen. Herr Kroning behauptet außerdem, dass seine Mutter ihm in dem besagten Brief eine Summe von mehr als zehntausend Franken in bar zugeschickt hätte. Können Sie das bestätigen?«

»Davon weiß ich überhaupt nichts«, sagte Margot, wobei ihr schwache Schamröte in die Wangen stieg. »Sie hat jedenfalls bei dem Telefongespräch nichts dergleichen erwähnt. Aber trotzdem kann sie ...«

»Soweit ich weiß, kannten Sie Frau Kroning ganz gut. Halten Sie es für wahrscheinlich oder auch nur für denkbar, in Kenntnis ihres Charakters, dass sie eine nicht ganz unbedeutende Barsumme in einem ungesicherten Kuvert verschickt haben soll?«

»N-nein«, machte Margot, noch stärker errötend. »Eigentlich ist das schwer vorstellbar. Frau Kroning war sehr ängstlich, übervorsichtig, würde ich sagen. Aber damit will ich nicht ausschließen ...«

»Danke, Fräulein Klaußen, das ist sehr aufschlussreich«, schnitt ihr der Staatsanwalt das Wort ab. »Jetzt noch zu einem letzten Punkt.« Er zögerte einen Augenblick, zwirbelte im Kroll-Stil seinen Schnauzbart und sagte dann rasch: »Ich stelle Ihnen jetzt eine Frage, Fräulein Klaußen, die Sie nicht beantworten müssen. Offensichtlich sind Sie schwanger. Möchten Sie uns verraten, wer der Vater dieses Kindes ist?«

»Aber ja.« Margot lächelte.

Georg starrte sie an. Schwanger? Von Alex? Das war grauenvoll! Sein Blick huschte in die Tiefe des Saales, wo Klaußen saß, vorgebeugt, sodass der Ausdruck seines Gesichtes nicht zu erkennen, aber wie immer leicht zu erraten war – diese Mischung aus Verbitterung und Gleichgültigkeit.
»Ist Georg Kroning der Vater Ihres Kindes, Fräulein Klaußen?«
»Ja«, hauchte Margot. »Ich bin im fünften Monat schwanger, das Baby wird Ende April geboren werden, und ... Georg ist der Vater.«
Warum protestierte er nicht, warum schrie er sein *Nein!* nicht aus Leibes-, aus Seelenkräften in den atemlos lauschenden Saal? Und warum hatte Margot ihn während dieser niederschmetternden Bekenntnisse keines Blickes gewürdigt? Die Erklärung war sehr einfach, und zugleich war sie vernichtend. Sie lautete – weil sie von einem anderen als dem hier sitzenden Georg sprach.
»Und obwohl Sie ein Kind von Herrn Kroning erwarten, haben Sie die Beziehung zu ihm gelöst, und zwar aus Gründen, die Sie nicht offenbaren möchten?«, vergewisserte sich der Staatsanwalt.
»Ja.«
»Keine weiteren Fragen.«
Und Ceuner ächzte: »Keine Fragen an die Zeugin!«
Das war das Ende; niemand begriff, was passiert war, keiner außer Margot und Georg, und doch spürte jeder: Das Spiel war entschieden, und Georg hatte alles verspielt. Ceuner stand auf, wandte sich halb zu ihm um, mit schräg zurückgeworfenem Kopf, und für einen Augenblick glaubte Georg, er würde die Verteidigung niederlegen – öffentlich, mit großem Skandal, was vielleicht mit Klaußen genauso abgesprochen war wie Margots boshafte Zeugenaussage. Aber Ceuner, bleich und offenbar verstört, flüsterte: »Beruhigen Sie sich, Herr Kroning – wir haben eine Schlacht, aber nicht den Krieg verloren.«
Dabei war Georg so ruhig wie vielleicht noch nie; im Augenblick begriff er kaum, worüber Ceuner sich erregte. Welche Schlacht? Das Spiel war zu Ende. Am liebsten wäre er aufgestanden und hätte darum gebeten, ihn ohne längere Formalitäten, sozusagen standrechtlich abzuurteilen. Für einen Moment überlegte er sogar, ob er aufspringen und ein umfassendes Geständnis ableiern sollte, das wäre der schnellste Weg. Aber nein, spürte er dann, das wäre widerlich. Zumal immer noch Klaußen hinten im Saal saß, und ihm hätte er diesen Triumph noch weniger gegönnt als Kroll, der in seinem Rädersessel dann und wann grässlich röchelte.
Also weiter, dachte er. Eine Schlacht verloren, schon wieder eine Schlacht; die Anklageschrift nur ein Inhaltsverzeichnis, aber dann war Margot gekommen und hatte den fehlenden Text beigesteuert. Sie war schwanger, sie erwartete ein Kind von Alex ... Erst ganz allmählich sickerte das Entsetzliche in ihn ein. Nein, er durfte nicht aufgeben. Klaußen war der Teufel, Klaußen war der Magier, der ganze Welten unter

Schleiern des Schweigens begrub. Erst Klaußen erledigen, vorher durfte er nicht aufgeben, das war er allen schuldig – sich selbst, Alex, auch Margot, und in gewissem nein, in ungewissem Sinn sogar dem toten Josef.

»Die Verhandlung wird für zehn Tage unterbrochen«, verkündete der milchig-milde Richter. »Als nächsten Termin setze ich fest den zweiten Januar, neun Uhr dreißig, in diesem Saal. Das Gericht wünscht Ihnen alle frohe Festtage und ein glückliches neues Jahr.«

6

Konnte nicht doch noch eine Art Wunder geschehen? Was für ein Wunder sollte das denn sein? Vielleicht war es ja möglich, dass man einen Toten wieder zum Leben erweckte oder einen Lahmen flottmachte wie ein Schiff, das auf einer Sandbank gestrandet war. Was aber, wenn jemand sich selbst auf gespenstische Weise abhanden gekommen war? Wenn er in den Spiegel geschaut und gesehen hatte, in seinen Augen glänzte der Traum – und dann wandte sich sein Spiegelbild ab, böse lächelnd, und verschwand in der Tiefe des Spiegels? Wie ihm nach? Überhaupt nicht mehr.

Alex hat deinen Pass. Alex hat deinen Namen, dein Äußeres – du selbst ähnelst dir, deinem Passbild ja überhaupt nicht mehr. Alex hat deine Frau. Alex hat deinen Vater. Alex ist der Vater deines Kindes. Georg Kroning – du existierst nicht mehr, bist von der Bildfläche gewischt.

Falsch.

Alex Kortner, du bist nicht mehr. Und Georg Kroning versteckt sich irgendwo in der Schweiz. Ich glaube, ich weiß auch schon, wo. Die Klaußens besitzen, hat Margot mal erzählt, eine Berghütte im Berner Jura, in der Welschschweiz nahe Tavannes. Spielt das noch eine Rolle?

Ihr alle macht einem Phantom den Prozess, einem nebligen Schemen, und merkt es nicht einmal. Die beiden Psychiater, Gunsel und Robert, die Gutachter, die ihn seit Wochen in seiner Zelle besuchen, mit kindischen Bildchen traktieren – sie reden mit einem Phantom und merken es nicht mal. Nach seinem Eindruck, das ist der schwarze Witz dieser Geschichte, halten sie ihn für psychisch vollkommen gesund. Sie reden mit ihm, und er ignoriert sie, verstellt sich, so gut es geht.

Zum Beispiel seine Angst vor Spiegeln. Aber Angst nicht mehr wegen seiner hohläugig lächelnden Hässlichkeit, nicht vor den schwärzlich glänzenden Äckern harten Barthaars auf Wangen und Kinn. Angst, im Spiegel überhaupt nicht mehr zu erscheinen, dort nicht mehr sichtbar zu sein.

Nicht nur Gunsel und Robert beinahe täglich in seiner Zelle, auch Ceuner, brillenfunkelnd, der ihn wieder und wieder aufzumuntern versucht. Draußen fällt Schnee in dicken, schmutzigweißen Tüchern, was für ein Winter, immer nur Schnee, der Schnee wird das Letzte sein, was Georg von der Außenwelt sieht. Und am Tag vor Weihnachten verkündet Ceuner: »Ich habe das für Sie durchgedrückt, Herr Kroning – heute können Sie Johannes Sontheim sehen.«

Eine Art Wunder? Aber nein. In den Spiegel schauen, den Spiegel, der dich zeigt, wie du wirklich bist – leer, leer. Verwunschen, versunken in dunkler Bewusstlosigkeit. Also Johannes ansehen. Denn Johannes, das bist du. Johannes, elfjährig, verwirrt, sprachlos, verkrüppelt, ein kleines, verwunschenes Tier. Dieser Johannes bist du.

»Danke«, sagte Georg, »das ist wundervoll, dass ich ihn sehen kann.« Mich selbst, wie ich wirklich bin.

Also am Nachmittag in den Blechwürfel von Polizeibus, mit klirrenden Handschellen zwischen Polizistenschenkel gepresst. Neben dem Chauffeur saß Ceuner in hellem Pelz, eine Pelzmütze auf dem grauen Gekräusel. Und draußen, träge vorbeigleitend – Matten, Mauern, lautlos einstürzende Decken aus schmutzigweißem Schnee. Eine Welt wie ausgestorben, woran lag das? Weil sich alle in den Innenstädten drängten für letzte Festeinkäufe, während sie durch leere Vorstadtstraßen krochen, zur geschlossenen Klinik für Kinderpsychiatrie.

Ceuner wandte sich halb um und fistelte: »Das wird nicht angenehm werden.«
Natürlich nicht.

Ein weiter, blendend weiß verschneiter, hoch umgitterter Park. Darüber der Himmel – aschgrau, schneeschwer, prall gespannt und zugleich durchhängend wie der Bauch einer schwangeren Frau. Ja, genauso.

Stopp vorm Tor, und eine Art Irrenwärter in mattweißem Kunstpelz, der ihren Passierschein verlangte, ehe er die Torgitter aufschwingen ließ. Langsame, beklommene Fahrt durch die Irren-Allee zum klassizistischen Portal. Überall, in der Allee, auf den tief verschneiten Wiesen, diese prachtvoll gerade gewachsenen Bäume, allerdings im Winter allesamt kahl. Hagere Skelette, die grotesken Gesten ihrer viel zu vielen Arme im still wirbelnden Schnee. Aussteigen. Über die vereiste Freitreppe, dann zwischen die dicken Portalsäulen wie am *Casino* von Lerdeck, wo der kleine Johannes früher mal, viel früher ein entzückender Page war. Die Flügeltür übermannshoch, schwarzhölzern, die winzigen Fenster vergittert.

»Bitte seien Sie leise, die Kinder schlafen.« Wer das sagte, war aber ein stämmiger Irrenpfleger, glänzend glatzköpfig, der fast aus seiner weißen Kluft platzte und höchstwahrscheinlich früher mal Schlammringer war.

Also auf Zehenspitzen durch die Halle, dann über die enge Wendeltreppe, nicht mal flüsternd mit Ceuner, allerdings kettenklirrend, an die stapfenden Polizisten gefesselt, was für verwirrte Kinder vielleicht noch erschreckender war.

Im Obergeschoss eintauchen in einen grellweiß gekälkten Korridor. Links und rechts

Türen so dicht an dicht, dass man sich eingeschnürt fühlte durch den Gedanken, wie verzweifelt winzig die Zellen hinter diesen Türen waren.

»Hier wohnen die Ärmsten der Armen«, flüsterte der Pfleger. »Man muss sie isolieren, kann sie nicht mal zu zweien oder dreien zusammensperren, weil sie sich gegenseitig mit Zähnen und Nägeln bekämpfen, ohne die angeborene Scheu, ein anderes Wesen zu verletzen, gar zu töten.«

Der Gang, schräg ansteigend, mündete in einen Turm, der von außen nicht zu sehen gewesen war. Dick vergitterte Schartenfenster zum schneeversunkenen Park.

»Hier, bitte.« Der Pfleger, Schlammringer, oder was er sein mochte, zückte Schlüssel, stieß eine weiß lackierte Tür auf.

»Ich habe Ihnen ja gesagt«, wisperte Ceuner, »dass es nicht angenehm wird.«

Georg wollte nähertreten, stockte, links und rechts an die Polizisten gekettet, die sich vor dem Anblick im Turmzimmer offenbar grausten. »Nehmen Sie mir die Fesseln ab«, sagte er leise. »Wenn Sie hier vor der Tür warten, kann ich sowieso nicht abhauen, selbst wenn ich's wollte.«

Die Polizisten stutzten, blinzelten, dann entschied der eine: »Die Handschellen dürfen wir Ihnen nicht abnehmen. Aber für den Moment brauchen Sie meinetwegen nicht auch noch an uns gefesselt zu sein.«

Die Handgelenke vor dem Körper zusammengekettet, trat er in Johannes' Zimmer ein. Ceuner schlüpfte hinter ihm über die Schwelle; die Polizisten postierten sich draußen; der dicke Pfleger trat zuletzt ein, drückte die Tür zu und lehnte sich breitbeinig dagegen. Das Zimmer, von der Form eines Halbmondes, war hell, kahl und durch ein deckenhohes Gitter zweigeteilt.

»Guten Tag«, sagte Georg leise. »Mein Name ist Georg Kroning. Sie waren so freundlich ...«

An einem Tischchen, zwei Meter vor dem Gitter, saß ein gediegen wirkendes Paar mittleren Alters, anscheinend die Eltern des kleinen Johannes, die laut Ceuner jeden Tag von früh bis spät bei ihrem unglücklichen Sohn verbrachten. Obwohl der Raum überheizt war, trugen sie Pelzmäntel und sogar Pelzstiefel. Zu ihren Füßen hatten sich schmutzige Lachen gebildet, was aber niemanden zu stören schien. Auf Georgs Anrede reagierten die beiden kaum. Frau Sontheim, rundlich und offenbar künstlich blondiert, nickte ihm zu, schien aber nicht recht wahrzunehmen, wer eingetreten war. Ihr Gatte, mit mächtigem, grau-schwarz behaartem Schädel und seltsam schütterem Vollbart, warf Georg einen stumpfen Blick zu, wandte sich langsam wieder ab und starrte zu Boden, in die braune Lache zu seinen Füßen, wie höchstwahrscheinlich seit Stunden schon. Auf dem Tischchen standen Plastikbecher mit Kaffeeresten und sogar halb geöffnete Blechdosen mit Wurststullen, was in dieser Umgebung sonderbar unpassend wirkte. Denn Georg empfand, dass sie sich in einer Art Heiligtum befanden.

»Johannes!«, rief der Pfleger in ihrem Rücken mit rauer Stimme. »Besuch für dich. Dass du bloß brav bist, Johannes, ja?«
In dem Mondviertel hinter dem Gitter wohnte der Junge. Sein Anblick war kaum zu ertragen, aber Georg zwang sich, ihn unverwandt anzusehen. Das kleine, verwunschene Tier.
Aus naheliegenden Gründen hatte man darauf verzichtet, Johannes' Mondviertel mit irgendwelchen Möbeln zu versehen. Auch Fenster gab es auf seiner Gitterseite nicht. Der Boden war mit einer Mischung aus Sand und Stroh ausgestreut, und Johannes wälzte sich in der Spreu. Dicht vor dem Gitter lagen einige graue Tuchfetzen, vielleicht Kleidungsstücke, die er sich vom mageren Leib gerissen hatte, jetzt jedenfalls war er nackt. Er wälzte sich auf dem Rücken in der Spreu, wobei er mit den Beinen käferartige Bewegungen in der Luft beschrieb. Georg sah die langen, wie Flüsse auf Landkarten gezackten Narben, die sich über seine Hüften zogen und offenbar eine geschlossene Linie um seinen Rumpf beschrieben, als hätte man ihn in der Mitte auseinandergesägt und nachher wieder zusammengesetzt, und zwar schief. Obwohl er flach auf dem Boden lag und die spindeldürren Beine in die Spreu presste, war sein Oberkörper zum Gitter hin verdreht, als wollte er sich seinen Besuchern zuwenden, was gewiss nicht die Wirklichkeit war.
Das kleine Gesicht, von zottig braunem Haar halb verdeckt, war ausdruckslos. Es war *leer*, es zeigte weder Angst noch Trauer, keinen Schmerz und keinen Schimmer jener irren, scheinbar grundlosen Begeisterung, die man in den Zügen von Verrückten unwillkürlich suchte. Es war ein Puppengesicht, dem nicht mal jene einzige Grimasse aufgeschminkt worden war, mit der Puppen ein Leben lang auskommen müssen. Es war ganz einfach *leer*. Ohne Bewusstsein, ohne Erinnerung, ohne irgendetwas, und selbst die braunen Augen lagen starr und funkelnd in ihren Höhlen, wie dunkle Murmeln, die nicht mal als Puppenaugen taugten. Es war nicht einmal ein Tiergesicht, es war leer, leer. Georg empfand Grauen bei der Vorstellung, dass Johannes noch siebzig oder sechzig Jahre existieren mochte, ohne dass irgendwas sich verändern würde, weder an noch in ihm, denn zweifellos konnte er auch nicht altern – diese glatte Fratze, diese leere Larve, spürte er, war vielleicht die Nullgrimasse der Unsterblichkeit.
Er machte einen Schritt zum Gitter hin, wobei er flüsterte: »Johannes, hörst du mich? Ich muss mit dir reden.«
Hinter ihm grunzte der Pfleger: »Sind Sie plemplem, Mensch? Aber vielleicht sind Sie ja Franz von Assisi. Der konnte mit den Viechern quatschen, aber Sie?«
Georg wandte sich halb um; er konnte nicht glauben, dass Johannes' Eltern dieses Gerede einfach hinnehmen würden. Doch Herr Sontheim nickte dem Pfleger einverständig zu, während Johannes' Mutter bekümmert zum Gitter schaute, hinter dem Folgendes zu sehen war:
Johannes wälzte sich auf den Bauch, wozu er eine Art Fauchen ausstieß. Er winkelte

die Beine an und stemmte die kleinen Fäuste in die Spreu, alles langsam, mechanisch wie ein Maschinenmensch. Gemächlich die dürren Arme hochspreizend, manövrierte er sich in eine Art Hundestellung, allerdings mit seitlich verdrehtem Rumpf und automatisch mitschwingendem Kopf, sodass er von schräg unten zu Georg zu spähen schien.

»Was macht er?«, wisperte Ceuner. Die für jeden sichtbare Antwort war: Johannes entleerte, keuchend und pressend, seine Gedärme. »Keinerlei Schamgefühl«, flüsterte Ceuner im hellen Pelz.

Die Kotplacken prasselten zwischen Johannes' gespreizten Beinen in die Spreu. Als er fertig war, kroch er mit zuckenden Hüften zwei, drei Schritte längs des Gitters und ließ sich wieder ins Stroh fallen, immer noch keuchend und leise fauchend.

Georg beugte sich zu Ceuner hinab und flüsterte: »Wenn es überhaupt einen Sinn haben soll, muss ich allein mit Johannes reden.«

Ceuner blickte zweifelnd, näherte sich dem Elterntisch und wisperte Herrn Sontheim eine längere Litanei ins Ohr. Johannes' Vater schüttelte etwa alle drei Sekunden den Kopf. Ceuner kehrte zu Georg zurück und flüsterte: »Das geht nicht, leider, Herr Kroning. Die Eltern wollen ihr Kind nicht allein lassen.«

»Dann ist es sinnlos«, sagte Georg. »Gehen wir.«

»Aber wollen Sie nicht wenigstens versuchen ...«

Er zuckte die Schultern, machte wieder einen Schritt auf den bäuchlings daliegenden Jungen zu. »Johannes?«

»Sie müssen brüllen«, verkündete der Pfleger. »Wenn man so richtig losröhrt, reagiert er manchmal, das schläfrige Tier.«

»Johannes? Ich ... war damals auch im Wald, als du und Vrontzek ...«

War es möglich, dass Johannes bei dem Namen Vrontzek zusammengezuckt war und jetzt, das Gesicht in die Spreu gepresst, angespannt zu lauschen schien? Georg sah, wie ein Schauder den klapperdürren Körper überlief.

»Du bist durch den Wald gelaufen, Johannes, erinnerst du dich? Vrontzek immer hinter dir her. Du hattest das Seil, mit dem er dich fesseln wollte. Weißt du noch? Du rennst und rennst, hinter dir keucht Vrontzek, er ruft deinen Namen, er bittet, er droht ... Aber du läufst, du willst weg, nur noch weg, und plötzlich ... die Felskante. Der Abgrund. Hörst du, Johannes? Vrontzek hinter dir. Also kletterst du auf einen Baum. Immer noch hast du das Seil. Du kletterst hoch, du schlingst das Seil um den Baum neben dir, du packst das Seilende und ... Erinnerst du dich? Das war entsetzlich. Wie du am Seil hängst, hoch über dem Abgrund, da knarrt, schwankt, bricht über dir der Baum. Weißt du, Johannes? Die Tanne war morsch. Du bist abgestürzt. Du wolltest vor Vrontzek flüchten, vor dem Riesen, aber dann ... Du bist ...«

Er stockte, wollte weiterreden, fand die Fortsetzung nicht mehr. Johannes sprang auf. »Weiter!«, zischte Ceuner. Johannes stand gebückt, mit schlenkernden Armen wie

ein nackter Affe, und seine stumpfbraunen Murmelaugen starrten gegen das Gitter, gegen Georgs Beine, gegen seine gefesselten Hände, als ob er sich an irgendwas erinnerte. War das möglich? »Weiter, Mensch«, zischte Ceuner.
»Die morsche Tanne«, stammelte Georg, »weißt du, Johannes? Du bist abgestürzt, zusammen mit dem Baum auf den Schotterweg gefallen, du ...«
Da erhielt er einen harten Schlag. Ohne Vorwarnung hatte Johannes ihm seine kleine Faust in den Bauch gerammt, die Faust hatte sich blitzartig geöffnet, und Johannes' Finger krallten sich um Georgs Gürtel, hielten ihn zangenartig fest.
»Ho, ho«, machte hinter ihnen der Pfleger, als wollte er einen Gaul beruhigen. »Ho, ho, Johannes, nur nicht die Nerven verlieren. Bleiben Sie ganz ruhig, Herr.«
»Ja, klar«, flüsterte Georg. Die Finger umklammerten seinen Gürtel und gleichzeitig die Kette zwischen den Handschellen; sie drückten ihn gegen das Gitter, und obwohl Johannes gebückt stand und sowieso zwei Köpfe kleiner als er selbst war, hatte Georg den unheimlichen Eindruck, dass Johannes' Blick sich böse in seine Augen bohrte.
»Johannes«, flüsterte Georg. »Sag was. Ich weiß, du kannst ... dich erinnern. Sprechen kannst du. Alles, was du willst. Man muss nur wollen.«
Von Johannes kam eine Art Fauchen. Schaudernd sah Georg, wie der andere mit der linken Hand sein winziges Glied packte und wirbelnd zu kneten anfing.
»Johannes, hörst du? Vrontzek hat dich in die Höhle verschleppt. Und du ...«
»Ho, ho, ho!« Der Pfleger, der plötzlich neben ihm am Gitter stand, einen Schlüssel zückte. »Nicht jetzt«, flüsterte Georg. »Er fängt eben an ...«
»Sehen'se ja, was der anfängt, das kleine Schwein«, grunzte der Pfleger. Ein Teil der Gitterwand war an Scharnieren aufgehängt. Er öffnete ein Schloss, ließ die Tür aufschwingen, alles sehr schnell, und war mit einem Sprung auf der anderen Gitterseite. Ein Schritt, und er war bei Johannes. Ein Hieb, und Johannes sackte zu Boden.
»Aber das ist doch ...«, fistelte Ceuner.
»Ja, natürlich, es sieht grausam aus«, sagte Frau Sontheim., »Aber wir ...« Sie fing an zu schluchzen, rieb sich die Augen und sagte zu Georg: »Aber es geht nun einmal nicht anders. Wenn er sich aufregt ... Ich weiß nicht, wie Sie heißen, junger Mann, und es ist mir auch egal. Ich muss Sie bitten, uns nie wieder zu besuchen. Sie haben einen schlechten Einfluss auf Johannes. Wenn er sich erregt, bekommt er Krämpfe, seine Gehirnströme sind nicht in Ordnung. Gehen Sie jetzt.«
»Ja«, sagte Georg leise. »Haben Sie vielen Dank, Frau Sontheim. Ich bin sicher, dass Sie eine gute Mutter für Johannes sind.«
Warum redete er solchen sentimentalen Unsinn? Und warum stiegen ihm auch noch Tränen in die Augen, sodass er nur noch verschwommene Bilder sah?
»Ich weiß jetzt wieder, wer Sie sind«, sagte Frau Sontheim ruhig. »Sie sind Georg Kroning. Früher waren wir fast Nachbarn, nicht? Und Sie hatten große Hoffnung auf diesen Besuch gesetzt. Das tut mir leid.«

»Ja«, sagte Georg wieder. »Es ist schade. Johannes war meine allerletzte Chance. Und wissen Sie, ich dachte, vielleicht hätte ich etwas Ähnliches für Johannes sein können – auch für ihn eine Chance.«

Dann fiel ihm ein, im Juni hatte Klaußen auch so was Heuchlerisches gesagt – dass nicht nur er Prohns Hilfe gebraucht hätte, sondern Prohn genauso seine, Klaußens Hilfe. Als ihm diese Szene in den Sinn kam, wurde er schamrot. Er blickte auf und sah, dass der Vater in eine Stulle biss, sodass zwischen den Rändern eine Art Pastete vorquoll, bräunlich und speckverquickt. Da erst wurde ihm übel; schnell drehte er sich um und ging hinaus.

»Sie sehen schneeweiß aus«, sagte einer der Polizisten, die ihn an die Kette nahmen. Ja, weiß. Schneeweiß, aber mit schmutzigen Flecken mittendrin. Und der Schmutz, das waren die Augen.

Also doch kein Wunder, natürlich nicht. Im Polizeibus durch die verschneite Stadt, überall Schnee, Schnee, die blendend weißen Tücher, das wirbelnde Weiße, aber mit schmutzigen Flecken drin. Die dunklen, verwunschenen Augen.

Dann wieder die Zelle. Die Klapppritsche; der Holztisch, Blechstuhl; in der Nische der sich hochwölbende Klokelch; draußen der Himmel, schneeschwer, sehr grau und extradick verglast.

Georg war jetzt soweit, endgültig soweit – er wollte aufgeben. Was hieß das? Wollte er sich, wie Vrontzek Laken verknüpfend, am Heißwasserrohr unter der Zellendecke erhängen? Widerliche Idee.

Und dann natürlich Ceuner, der sich einfach nicht aus der Zelle abdrängen ließ; Ceuner, der unablässig auf ihn einredete, ihn zum hundertsten Mal mit Zigaretten traktierte, obwohl Georg schon genauso oft erwidert hatte: »Danke, ich rauche nicht mehr.« Schon lange nicht mehr. Schon lange gar nichts mehr.

Ceuner rief: »Glauben Sie mir, Herr Kroning, die entscheidende Schlacht liegt noch vor uns! Wenn man Ihnen den Elternmord nachweist, wird man Ihnen alle anderen Vorfälle auch noch anhängen. Umgekehrt: Wenn wir diese Schlacht gewinnen, verbürge ich mich dafür, dass man Sie freisprechen wird. Ich kenne den Staatsanwalt. Wenn wir in Sachen morsche Tanne Ihre Unschuld beweisen, wird er wohl nicht einmal Berufung einlegen.«

»Kann sein«, murmelte Georg, auf seiner Pritsche ausgestreckt. Der Besuch bei Johannes, spürte er – das war die letzte, kraftvolle Welle, die ihn in die dunkle Tiefe drückte, und gar nichts mehr.

Seltsam, wie ruhig er sich fühlte, nicht aufgeregt, nicht mehr herzflatternd, und er spürte, auch seine Albträume waren vorbei. Alles vorbei. Auch die Träume. Aus der Traum. Er war leer, leer. Er war schmutzigweiß, ein Schneemann, ja ... Und Ceuner, beflissen: »Sie lächeln? Sie fassen Hoffnung? Das ist gut!«

Immer weiter lächeln, die Hände hinter dem Kopf verschränkt, die Augen halb ge-

schlossen, gegen das Wimperngitter starren, und da ist gar nichts mehr. Kein Gewisper, keine Bilder. Ein Schneemann, ja, ein Schneemann schmutzigweiß, und der Schmutz, das sind die Augen. Stumpfdunkle Murmeln der Verwunschenheit.
Über die Festtage ließ Ceuner ihn endlich mal allein. Auch die Psychiater, Gunsel und Robert, packten ihre Testbildchen zusammen und fuhren zweifellos zum Skiurlaub in die Schweizer Berge. Am zweiten Weihnachtstag, unmittelbar nach dem Mittagessen, bekam Georg Besuch. Es war keine wirkliche Überraschung. Er ließ sich in den Besucherraum führen, und an dem langen Tisch, genau in der Zimmermitte, saß Margot. An einem Pult unterm Fenster stand eine Art Aufsichtsbeamter, der aufpassen sollte, dass sie keine verbotenen Worte, Gesten oder Gegenstände tauschten. Das hatte Georg auch nicht vor. Seit Margot in die Zeugenkanzel getreten war, seltsam aufgeschwemmt und fast kühisch lächelnd – spätestens seitdem wusste er, dass sie noch einmal zu ihm kommen würde; ein letztes Mal.
Keine Berührungen, kein vertrautes Lächeln, keine Erinnerungsgesten – gar nichts dieser Art. Auch innerlich blieb er unberührt, ein Schneemann, schmutzigweiß, und der Schmutz, das waren die Augen.
»Du siehst schlecht aus«, sagte Margot.
»Ich bin auch schlecht. Frag, wen du willst.« Er schob sich in die Bank ihr gegenüber, lehnte sich zurück, Hände in den Taschen. Ein alter, abgeschabter Anzug, staubgrau oder – um ganz genau zu sein – von der Farbe vergessenen Staubs. Aus der Knastkleiderkammer, schließlich konnte er nicht ewig den viel zu dünnen Seidenanzug tragen, und als sie ihm angeboten hatten, seine alten Sachen aus der Villa zu holen, hatte er abgelehnt.
»Ich meine, nicht wirklich schlecht«, setzte Margot neu an. »Ich wollte nur sagen, du siehst mager aus, nervös, unausgeschlafen.«
»Kann man von dir nicht behaupten.«
Obwohl sie sich mit dem Rücken gegen die Banklehne presste, stieß ihr vorwölbender Bauch an die Tischkante, und wieder trug sie ein sackähnliches Kleid mit winzigen Blümchenmustern, wie auf altmodischen Tapeten.
Warum musste er jetzt an Klaußen denken, ausgerechnet an Klaußen, der im Juni mit bitter-gleichgültiger Miene gebeichtet hatte: »Als ich den schreienden Säugling in dieser Bauernwiege sah, wurde mir mit einem Schlag klar, dass ich Barbara, dass ich dies alles verlassen musste«?
»Wie geht es dem Kind?«, fragte er. »Weißt du schon einen Namen?«
»Es wird ein Junge«, sagte sie trüb-glücklich. »Und der Name – Alex; wir hätten das Kind so genannt, egal ob Junge oder Mädchen.«
Über soviel Zuversicht musste er lachen – dieses kurze, trockene Lachen, das er sich angewöhnt hatte und über das nicht mal mehr er selbst erschrak.
»Ach, Georg«, sagte Margot, »ich weiß ja, du musst verbittert sein, du kannst gar

nicht anders. Aber sei uns nicht böse – wenigstens nicht uns. Ich liebe ihn, was ist da zu machen? Und, weißt du ...« Sie zögerte einen Augenblick, und dann entschlossen: »Auf dich zu warten – das hätte doch sowieso keinen Sinn mehr. Du weißt, wie ich es meine.«

Da hatte sie allerdings recht. Selbst wenn das Gericht ihn laufenließ, womit absolut nicht mehr zu rechnen war – wer wäre das, der da blind in die Freiheit tapste? Ein Schneemann, ja ...

Er beugte sich vor, Hände in den Taschen, und sagte lächelnd: »Schluss mit dem Vorgeplänkel, Margot. Hör mir zu. Hör mir noch einmal fünf Minuten zu. Und dann von mir aus nie mehr im Leben.«

»Natürlich.« Sie lächelte zurück, was halb erschrocken, halb einfältig aussah. »Ich hab ja Zeit, und zuhören ist doch praktisch schon alles, was ich für dich tun kann.«

»Nicht ganz.« Genauso hatte auch Margot geantwortet, als der Staatsanwalt sie im Zeugenstand gefragt hatte, ob sie Georgs Aussage bestätigen könne. Er forschte in ihren Augen, deren früher schimmerndes Grün sich verschleiert hatte, wahrscheinlich unter dem Einfluss ihrer Schwangerschaft. Nein, sie erinnerte sich an nichts; keiner erinnerte sich mehr. »Margot«, sagte er, »hast du irgendwelche Zweifel, wer der Vater deines Kindes sein könnte?«

Da der Aufsichtsbeamte sich lauschend über sein Pult gebeugt hatte, redete er extra geheimnisvoll, obwohl es albern war, jetzt noch Rücksicht auf Margot zu nehmen.

»N-nein«, machte Margot. »Ich bin praktisch sicher ...«

»Praktisch?« Wahrhaftig wurde sie rot, sodass Georg begriff – theoretisch war es möglich, dass nicht Alex, sondern er ... Und zwar, nahm er an, damals Ende Juni, als er, sozusagen unter den Augen des toten Josef, Margot mehr oder weniger vergewaltigt hatte. Oder, wie Klaußen in etwas anderem Zusammenhang erklärt hatte. »*Biologisch* ist es möglich, aber trotzdem ... Du bist sein Sohn, Georg.«

Wieder musste er lachen, dieses trockene Lachen, das fast wie Husten klang. »Aber«, sagte er, »du hattest damals doch deine Tage? Immerhin war alles voller Blut?«

Und darauf Margot, noch tiefer errötend: »Das ... war nicht *solches* Blut, verstehst du? Wir hatten, wie soll ich das sagen ...« Hier ging ihr Gestammel in beinahe unverständliches Murmeln über, aus dem Georg nur wenige Silben fischte: *er und ich* und dann noch *gewisse Techniken*; das reichte ihm.

»Schon gut«, sagte er, und das Seltsame, nicht einmal mehr Unheimliche war – er empfand gar nichts. Möglich, dass er der Vater dieses kleinen Jungen namens Alex war; möglich also, dachte er trocken, fast gelangweilt, dass dieser ganze Albtraum sich wiederholen, mechanisch noch einmal abspulen wollte, nur vielleicht ein wenig moderner, scheinbar zeitgemäßer, ohne Figuren wie Schlingen-Jupp, aber sonst sehr ähnlich – mit Mauerbau, Teilung, Wiedergutmachung und allem, was dazugehörte; mit wispernden Schatten und spukhaftem Zufall und alles in allem eine Geschichte,

die nichts anderes werden konnte als blutiges Geschlinge, die nie erwachen konnte aus ihrer dunkel munkelnden Verwunschenheit.
Aber wozu jetzt noch diese düsteren Gedanken – er wusste ja, wusste schon lange, so würde es nicht sein. Er beugte sich noch weiter vor, aber Hände in den Taschen, um Margot nicht versehentlich zu berühren. Er räusperte sich und sagte: »Also hör jetzt bitte zu.«
Er fing an mit Hamburg, mit dieser Barbara, mit dem Adriariff und dem Waisenheim, mit der Wiege, über die Klaußen sich vor beinahe achtzehn Jahren gebeugt hatte. Er redete rasch, aber besonnen, nicht atemlos, und er vermied jede Anklage ebenso wie irgendwelche Übertreibungen. Aber er ließ Margot nicht zu Wort kommen; er zwang sie, ihn bis zu Ende anzuhören.
Was er nicht mehr erwähnte, waren beispielsweise das vergilbte Foto, das seine Mutter zeigte, nackt im Klaußen-Park, oder die Leitern, die Mama und Margots Vater damals an die Trennmauer angelegt hatten für ihre Wochenend-Affäre, da es damals das Törchen noch nicht gab. Was er nicht mehr erwähnte, mit einem Wort – sich selbst, und wie grauenvoll recht er gehabt hatte mit seiner Ahnung, dass Alex und er irgendwie zusammengehörten.
Er brauchte wirklich nicht viel länger als fünf oder zehn Minuten, und am Ende sagte er: »Vielleicht hätte dein Vater dir diese Geschichte noch gebeichtet. Aber ich nehme an, als er erfahren hat, dass du schwanger bist ...«
Er stand auf, kam schnell um den Tisch herum, und auch Margot stand auf, blickte ihm blöd-verstört entgegen. Unter dem Vorwand, sie zärtlich zu verabschieden, nahm er sie in den Arm, presste die Lippen gegen ihr lockenverhangenes Ohr und zischte: »Im Schreibtisch deines Vaters, unten links, liegt alles, was du brauchst.«
Er löste sich von ihr, und dass Margot umfiel, sackartig über die Banklehne plumpste und von dort auf den stumpfgrauen Linoleumboden rollte, das schrieb jeder, der davon hörte, ihrer Schwangerschaft zu.
Während zwei Sanitäter in den Besucherraum preschten und Margot auf einer Trage wegschleppten, ging Georg zur Tür mit der Aufschrift *Interne*, klopfte und ließ sich zurück in seine Zelle führen.

7

Für den restlichen Prozess setzte der Richter überraschend nur noch sieben Verhandlungstage an. Da ursprünglich die doppelte Anzahl vorgesehen war, konnte das nur bedeuten, dass Richter, Staatsanwalt und Verteidiger sich insgeheim darauf verständigt hatten, dass sowieso alles gelaufen war. Am fünften Tag sollten die psychiatrischen Gutachten, am sechsten die Plädoyers vorgetragen werden, und am siebenten Tag würde der Richter feierlich verkünden:
»Im Namen des Volkes ergeht folgendes ...«
Ja – in Teufels Namen dreimal ja, jetzt war man bald soweit. Wieso beschwerte sich Georg nicht einmal bei Ceuner, der offenbar hinter dem Rücken seines Mandanten konspirierte?
Weil er erstens immer schon sicher gewesen war, dass Ceuner sowieso für Klaußen arbeitete, im Erfolgsfall von Klaußen bezahlt wurde, und Erfolg hieß für Klaußen natürlich – Ceuner sollte diesen Prozess verlieren.
Zweitens war ja Georg selbst vielleicht noch mehr sogar als der Staatsanwalt überzeugt davon, dass das Spiel entschieden war und dass er die Partie, was auch immer noch passieren mochte, nicht mehr als Sieger beenden konnte. Dass es allerdings, und davon ahnte der Staatsanwalt sicher nichts – dass es in diesem Spiel keine Gewinner geben würde; dass es eines jener Spiele war, die mit der Vernichtung aller Kämpfenden endeten.
Das Publikum schien die Auffassung zu teilen, dass das Urteil im Kroning-Prozess feststand und mit märchenhaften Wendungen nicht mehr zu rechnen war. Als der Prozess nach der Jahreswende wieder in Gang kam, füllte sich die Zuschauergalerie ebenso wie die Pressebank nur noch lückenhaft, sodass tags darauf das Platzkartensystem abgeschafft wurde.
Auffällig war, allerdings nur für Georg, dass nach der Jahreswende neben vielen anderen auch folgende Plätze leer blieben: Klaußens Platz, Margots Platz; dann auch Flämms und Taschners Plätze, während der gelähmte Kroll in seinem Rädersessel nach wie vor keine Sekunde der Verhandlung versäumte. Eine Art Krankenschwester schob ihn vormittags in den Saal, immer dicht vor die schwarzhölzerne Brüstung, sodass Kroll, in seinem Krankenstuhl liegend, mit wie früher tückisch huschenden Blicken durch die Gitterstäbe spähen konnte. Die Krankenschwester in weißer Tracht nahm schräg hinter ihm auf der Pressebank Platz und zog eine Strick- oder Stickarbeit hervor. Von Zeit zu Zeit stand sie auf, beugte sich über Kroll und tupfte ihm mit einem hellen Tuch über Stirn und Mund und zuletzt über das Jackenrevers.

Eigentlich ging es nach der Jahreswende nur noch um die berüchtigte morsche Tanne, um handfeste, sozusagen holzfällerische Fragen wie beispielsweise: Wer hatte die Tanne auf den Schotterweg gestürzt, wann und zu welchem Zweck? Wer hatte die schräg über dem Weg liegende Tanne mit einer *Bernotti* gerammt, wann und, obwohl das seltsam klang, auch hier: zu welchem Zweck? Was hatte der Karamboleur anschließend mit der zerschmetterten *Bernotti* gemacht, wo hatte er sie versteckt und zu welchem Zweck?

Und dann natürlich auch um Fragen wie diese: Verfügte der Angeklagte über ein Alibi für die Zeit von seiner Ankunft in Lerdeck bis zur Abfahrt seiner Eltern, Sonntag früh, in Richtung Waldhaus? Weshalb hatte er einen Haufen zerfetzter Kleidungsstücke nebst schlammverkrusteter Sandalen im Komposthaufen verbuddelt? Bestand ein nachweisbarer Zusammenhang zwischen dieser Vergrabung und dem mysteriösen Tod des Kroning-Angestellten Bauer, der von Hornissenstichen vergiftet neben dem Komposthaufen aufgefunden worden war?

Während weitere Zeugen aufmarschierten, um den Angeklagten zu belasten, sank Ceuner, schräg unter Georg in der Verteidigerbank sitzend, immer tiefer in sich zusammen, obwohl er schon in gestrafftem Zustand winzig genug war. Immer seltener kam es vor, dass er mit funkelnden Brillengläsern aus der Bank federte, um die Glaubwürdigkeit eines Zeugen, das Vertrauen in seine Aussage mit zwei, drei Floretthieben zu erschüttern.

Im Gegenteil, er selbst wirkte seit einigen Tagen ziemlich erschüttert; er schien so angeschlagen, dass Georg sich fragte, ob er ihn zu Unrecht verdächtigt hatte. Ceuner jedenfalls schien einzusehen, dass der Prozess für Georg verloren war.

Selbstverständlich erschien auch Sieburg abermals im Zeugenstand, oder vielleicht hatte er den Zeugenstand überhaupt nicht verlassen; möglich, dass er in der Zeugenkanzel übernachtet hatte, den brünetten Kopf auf das eierfarbene Notizbuch gebettet, bis das Gericht wieder zusammenkam und weitere Auskünfte von ihm forderte. »... hat die Befragung des Angeklagten ergeben, dass er sich am fraglichen Samstagnachmittag nicht in der elterlichen Villa aufhielt ...« Wen hoffte Sieburg mit solchen Enthüllungen noch zu verblüffen? »... hat die Untersuchung des fraglichen Spatens ergeben, dass alle Fingerabdrücke sorgfältig abgewischt wurden, ehe man dem toten Albert Bauer den Spaten in die Hand drückte.«

Draußen, vor den hohen Fenstern, fiel Schnee, schwebten die schweren, schmutzigweißen Tücher zur Erde nieder, legten sich über Dächer und Wege, zerfaserten im Geschling aus Stacheldraht. Georg stellte sich vor, wie er seinen Richtern unter den Händen wegschmolz, sodass sie erkennen mussten – ihn gab es in Wirklichkeit gar nicht, er war nur ein Schneemann, schmutzigweiß, und der Schmutz mittendrin, das waren die dunklen Augen.

Etwa einmal pro Stunde röchelte oder krächzte Kroll in seinem Rädersessel, worauf die steifleinene Krankenschwester ihre Strickarbeit zur Seite legte, zu ihrem Patienten trat, ihm mit immer gleichen Bewegungen über Stirn und Mund und zuletzt über den Kragen tupfte.

Überhaupt zog der Zuschauer Kroll beständige Aufmerksamkeit auf sich, da man zu spüren glaubte, dass auch dieser Gelähmte irgendwie zu den Opfern der Kroning-Tragödie zählte – den Opfern des *Todesspielers*, wie die Zeitungen Georg seit Monaten nannten. Allerdings schien kaum jemand im Saal zu erraten, welche Rolle Kroll in diesem Todesspiel einmal bekleidet hatte, und ohnehin gehörte es zu den Seltsamkeiten dieses Prozesses, dass das *Sonderdezernat Internationales Kapitalverbrechen* nicht ein einziges Mal namentlich erwähnt worden war.

Wie es umgekehrt, dachte Georg für sich, nicht zu den Seltsamkeiten, sondern zu den Selbstverständlichkeiten des Todesspiels zählte, dass der zweite Hauptspieler seit der Jahreswende nicht mehr im Gerichtssaal gesehen worden war. Sowenig wie seine Tochter Margot, die man im Publikum schon eher vermisste, nachdem die Schwangere in den Zeitungen zu einem der – wenn auch überlebenden – *Hauptopfer des Todesspielers* stilisiert worden war.

Das wirkliche Todesspiel, auch bekannt als *Irrläufer*-Spiel wurde noch immer im Geheimen gespielt, nach Regeln, die anscheinend auch Klaußen nicht begriffen hatte, die demnach außer Georg und Kroll niemand verstand. Dieser Prozess, dieses sich schwerfällig dahinschleppende und gleichwohl in unglaublichem Tempo ratternde Bühnenstück bildete nur die Fassade für ein gut verborgenes Räderwerk, eine tödliche Mechanik, die immer noch geschmeidig und lautlos funktionierte.

Am dritten Verhandlungstag nach der Jahreswende verkündete der Richter im Tonfall offener Erleichterung, dass die Beweisaufnahme abgeschlossen sei und man demnach den vierten Verhandlungstag überspringen könne. Er bat um Verständnis dafür, dass auf eine Vorladung der Zeugin Vascu verzichtet werde, nachdem man keine Möglichkeit gefunden habe, sich mit Irma Vascu auszutauschen. Das sei sonderbar, meinte der Richter, da sie fließend und mit anscheinend sinnvoller Betonung spreche, sodass man sich als Zuhörer einer Flut von Fragen, Behauptungen und Randbemerkungen ausgesetzt sehe. Leider habe sich nicht ermitteln lassen, in welcher Sprache Frau Irma Vascu sich auszudrücken versuche, womit er nicht behaupten wolle, dass sie ganz einfach verrückt sei.

Am vierten Verhandlungstag also, einem bitterkalten Donnerstag Anfang Januar, hatte man dank Irma Vascu frei. Da die Gutachter Gunsel und Robert so rasch nicht umdisponieren konnten, würden sie ihre Expertisen wie ursprünglich angesetzt am morgigen Freitag vortragen, und bis dahin – darauf hätte jeder, den es anging, bedenkenlos gewettet – würde selbstverständlich nichts Entscheidendes, den Kroning-Prozess irgendwie Beeinflussendes mehr geschehen.

Natürlich geschah auch nichts dieser Art – zumindest geschah nichts, was sich in direkte Verbindung mit dem Prozess bringen ließ. Allerdings – in einer düsteren Villa im vornehmen Alleenviertel von Lerdeck peitschten am frühen Nachmittag Schüsse, und zwar insgesamt vier. Was die Fantasie angesichts dieser neuesten Tragödie allerdings lähmte, war die Tatsache, dass Georg Kroning den fraglichen Donnerstag in seiner Zelle verbracht hatte, sodass man ihn diesmal wirklich nicht verantwortlich machen konnte.

Jedenfalls begriff niemand, in welcher Weise er hier die blutigen Fäden gezogen haben könnte. Oder doch – einer begriff es bestimmt, doch dieser eine war Kroll, der sowenig wie Irma Vascu oder Johannes Sontheim einvernommen werden konnte.

Geschehen war, an diesem bitterkalten Donnerstag Anfang Januar, kurz und trocken gesagt Folgendes. Margot Klaußen, inzwischen im siebenten Monat schwanger und demnach *hochschwanger*, wie es in allen Meldungen hieß, hatte sich zwischen vierzehn Uhr und vierzehn Uhr dreißig in die Bibliothek begeben und die Schreibtischlade links unten aufgezogen, in der ihr Vater, auf einem kleinen Stapel harmloser Erinnerungsfotos, eine Pistole aufbewahrte. Mit dieser schussbereiten Waffe war sie ins Schlafzimmer ihres Vaters eingedrungen, der sich unpässlich fühlte und zur fraglichen Zeit vollständig ausgekleidet in seiner, der linken Hälfte des Ehebettes schlief. Da seine Frau vor achtzehn Jahren ums Leben gekommen war und er sich nicht mehr verehelicht hatte, war die rechte Betthälfte seit ebenso vielen Jahren verwaist.

Margot war vors Bett getreten, hatte die Decke weggestreift und aus allernächster Nähe eine Kugel auf das väterliche Geschlechtsteil abgefeuert. Die Rekonstruktion des Tathergangs, aber auch der gesunde Menschenverstand, sofern der sich immer noch zuständig fühlte, ließen vermuten, dass Klaußen aus dem Schlaf gefahren war, sodass er in halb aufgerichteter Position die zweite Kugel empfing, die ihn mittig in die Stirn traf. Margot war um das Elternbett herumgegangen und hatte sich rücklings in die ehemals mütterliche Betthälfte gelegt. In dieser Position hatte sie, die Mündung gegen ihren Nabel drückend, eine Kugel in ihren Bauch gefeuert, die den inliegenden Embryo durchlöcherte. Die vierte und letzte Kugel durchschlug ihre linke Schläfe, durchschlug ihre rechte Schläfe und bohrte sich neben dem Fenster in die massive Fassade eines Wäscheschranks. Demnach war die Familie Klaußen, hieß es in den Meldungen, *nunmehr ausgelöscht.*

»Was sagen Sie dazu? Ich bin sprachlos!«, erklärte Ceuner. Er hatte sich noch am Donnerstagabend, die druckfrische *Nachtausgabe* unterm Arm, zu Georg in die Zelle bemüht, wo er mit Trippelschritten zwischen Stahltür und Gitterfenster hin und her eilte, während Georg den Zeitungsbericht las. »Ich fürchte«, sagte Ceuner, und seine Brillengläser funkelten bekümmert, »dass diese Tragödie auch unserer Sache schaden kann. Obwohl sich eine sachlich plausible oder psychologisch schlüssige Beziehung keineswegs herstellen lässt. Aber in diesem Prozess, bei diesem Staatsanwalt ...«

»Sagen Sie«, unterbrach ihn Georg, die Zeitung auf den Tisch werfend, »jetzt mal

ganz ehrlich, Ceuner: Haben Sie für Klaußen gearbeitet? Wie viel hat er Ihnen versprochen, falls Sie meinen Prozess verlieren?«
»Wie, was?« Ceuner rutschte die Brille von der Nase. »Natürlich spüre ich seit langem, Herr Kroning, dass Sie mir misstrauen. Und natürlich habe ich mich mehr als einmal gefragt ... Aber jetzt das? Wieso dieser Dr. Klaußen? Was hat er mit unserem Fall zu tun? Ich muss gestehen ...«
»Gestehen Sie lieber nicht«, unterbrach ihn Georg. »Mir kann sowieso längst egal sein, was Sie hinter meinem Rücken gemauschelt haben mögen. Mit der sogenannten Familientragödie habe ich übrigens ungefähr seit Weihnachten gerechnet. Und jetzt ist alles gut. Glotzen Sie doch nicht so erschrocken, Ceuner! Sie werden das nie begreifen. Keiner hat irgendwas begriffen, keiner außer mir und Kroll. Das Todesspiel, Ceuner, das *Irrläufer*-Spiel. Ein Spiel ohne Gewinner, das mit der Niederlage, der wirklichen Vernichtung aller Spieler endet. Erst Kroll, dann Klaußen und zuletzt ich selbst. Aber stellen Sie sich das vor – ich habe es ja erfunden, oder nein – ich habe mir eingebildet, ich hätte es erfunden, aber so ein Spiel erfindet man nicht. Man *träumt* es, Ceuner, und dann schwappt der Traum über, schwappt und schnappt über in diese Welt, die Leute wie Sie eventuell Wirklichkeit nennen. Und dann? Man zappelt im Regelgefädel wie eine Marionette oder eher, wie eine Fliege im Spinnennetz. Die Regeln haspeln sich ab, das Spiel leiert sich runter, eine seltsam eintönige und doch wehmütig berührende Melodie. Und dann? Auf einmal ist alles vorbei. Immerhin, man lernt was dabei. Man lernt, dass man selbst die Regeln erst durchschaut hat, als es zu spät war. Aber hätte ich verhindern können, dass das Spiel überhaupt in Gang kam? Sagen Sie selbst, Ceuner, das glauben Sie doch auch nicht im Ernst. Und hätte ich wissen müssen, im Voraus wissen, dass es keine Gewinner, nur vernichtete Verlierer gibt? Vielleicht. Aber das ist jetzt egal. Sehen Sie nur, wie es schneit, wie es gar nicht mehr aufhören kann zu schneien und wie der Schnee schon schmutzig ist, bevor er die Erde berührt. Ein Schneemann, ja, ein Schneemann schmutzigweiß, und die dunklen Flecken mittendrin, das sind die Augen.«
»Hören Sie auf! Hören Sie um Gottes willen auf!«, rief Ceuner, die zierlichen Hände über dem Pelzmützenkopf zusammenschlagend. »Sie stehen unter Schock, kein Wunder nach dieser furchtbaren Nachricht, oder wie sonst soll ich mir erklären ...? Immerhin werden beide Gutachter, Gunsel und Robert – hören Sie, Herr Kroning? Beide Psychiater werden morgen vor Gericht erklären, dass Sie psychisch völlig gesund sind, dass Sie über ein intaktes und exaktes Wahrnehmungsvermögen verfügen und zwischen Traum und Realität, auch zwischen Ihren Spielen und unserer Wirklichkeit trennscharf und ohne zu zögern unterscheiden.
Hören Sie? Was machen Sie denn da? Ach so, Sie legen sich hin, Ihnen ist nicht gut, ich verstehe. Aber hören Sie, die Gutachter können sich doch nicht geirrt haben? Alle beide? Sie sind doch nicht – ich meine, Sie fühlen sich doch ...? Sie nicken? Das

beruhigt mich. Ja, so ist es gut. Machen Sie's sich bequem. Und auch ich ... Wenn Sie gestatten, werde ich noch einen Augenblick Platz nehmen. Also Margot Klaußen, dieses hübsche Dingchen – ich begreife es nicht. Wenn sie nur sich selbst, sich selbst und ihre Leibesfrucht getötet hätte, nachdem Sie als Kindsvater ... Aber warum auch ihren eigenen Vater? Und warum vorher diese grässliche Verstümmelung? Als hätte sie ihren Erzeuger verflucht, als wollte sie ihn bestrafen, weil er sie in diese Welt berufen hat. Ja, das wird es vielleicht sein. Aber trotzdem – wieso ihr Vater? Was konnte er für diese ... diese ... Ich muss gestehen, mir fehlen die Worte. Herr Kroning? Sie schlafen? Ja, das ist gut, schlafen Sie wohl.
Eines noch, bevor ich gehe. Da beide Gutachter auf volle Schuldfähigkeit erkennen werden, müssen Sie darauf gefasst sein ... Ich will nicht lange drum herumreden, Herr Kroning. Mag sein, dass ich ein schlechter Verteidiger war. Aber Sie müssen mir glauben ... Nein, Sie müssen gar nichts. Oder doch, eines müssen Sie. Sie müssen, Herr Kroning, bei der Urteilsverkündung mit dem Schlimmsten rechnen. Ja, mit dem Schlimmsten. Und ich bin nicht einmal sicher, dass man unserem Antrag auf Revision stattgeben wird. Was für ein sonderbarer Prozess. Herr Kroning? Ah, jetzt schläft er tief und fest. Also kann ich mein Gewissen wenigstens zum Schein erleichtern, indem ich murmle: Ja, Herr Kroning, es stimmt, dass mir Klaußen die doppelte Honorarsumme geboten hat, falls ich den Prozess verliere. Aber wahr ist auch, dass ich bis heute nicht weiß, welches Interesse er hatte. Und wahr ist schließlich – wir hätten diesen Prozess nie gewinnen können. Gute Nacht.«

8

»Angeklagter, Sie haben das Wort.«
Ja, so weit war man inzwischen. Der Saal knackte, keuchte, dampfte vor Spannung. Georg in seiner Angeklagtenbank, im abgeschabten, staubgrauen Anzug – er stand langsam auf, ließ seine Blicke über den Richtertisch schweifen, über die Galerie düsterer Gesichter, dann zur Bank des schnauzbärtigen Anklägers, der nervösen Triumph auf sein Plädoyer fingertrommelte; zuletzt mit schnellem Schwenk über die Zuschauertribüne, die sich an diesem letzten Prozesstag noch einmal bis auf den allerletzten, aus irgendwelchen Besenkammern hergetragenen Stuhl gefüllt hatte.
»Angeklagter, Sie haben ...«
Man ließ ihm Zeit. Man sah, hier stand einer, der sein Leben verpfuscht, der sich in eine Falle manövriert hatte, aus der es keinen Ausweg mehr gab. Trotzdem knisterte eine sonderbare Spannung im Saal, als rechnete man gegen jede Wahrscheinlichkeit doch noch mit einer Sensation, mit einer märchenähnlichen Wendung des Todes-

spiels. Immerhin hatte der Richter vorhin, seine Handglocke schüttelnd, noch vor dem Plädoyer des Staatsanwaltes verkündet:
»Wie mir die Verteidigung mitteilt, wird der Anwalt des Angeklagten auf ein Schlussplädoyer verzichten. Die Verteidigung folgt hierin dem ausdrücklichen Wunsch des Angeklagten. Der Angeklagte hat beantragt, das Gericht möge stattdessen ihm selbst das Recht zu einer abschließenden Verteidigungsrede gewähren. Angesichts der bisherigen Schweigsamkeit des Angeklagten, der sich bis heute in keinem der hier verhandelten Anklagepunkte auskunftsbereit gezeigt hat, und angesichts der schwierigen Beweislage in diesem hauptsächlich auf Indizien gestützten Prozess gibt das Gericht dem Antrag des Angeklagten statt.«
Was hatte das zu bedeuten? Der berühmte Strafverteidiger Ceuner verzichtete, von seinem Mandanten genötigt, auf ein Schlussplädoyer? Was konnte das, nüchtern betrachtet, anderes bedeuten als den Zusammenbruch aller Fundamente, Mauern und Stützbalken der Verteidigung, als eine Ceunersche Kapitulation? Warum aber dann die fingertrommelnde Nervosität des Anklagevertreters, woher überhaupt diese knackende Spannung im zum Bersten überfüllten Saal? Musste man damit rechnen, dass der Angeklagte, der *Todesspieler*, dieser seit Wochen und Wochen unbeteiligt seinen eigenen Prozess beobachtende junge Mann in letzter Sekunde noch einen Trumpf aus dem Ärmel schüttelte, der sämtliche Asse des Staatsanwalts stach?
Nicht einmal die wildesten Fantasten in der Pressebank oder auf den Zuschauerstühlen zogen eine solche Wendung noch ernstlich in Betracht. Und trotzdem ...
Draußen, vor den hohen Fenstern, fiel Schnee, wirbelte, sank, schwebte immer nur Schnee, schmutzigweiß noch bevor er die Erde berührte. Und irgendwo, nicht weit von hier, hinter den sieben Bergen, schwamm eine Familie in ihrem Blut – ein Vater, seine Tochter, deren ungeborener Sohn. Weniger blutrünstig ausgedrückt, steckten sie natürlich längst fest im Eis der amtlichen Leichenkühlkammer. Alles – ja, alles steckte längst fest in diesem Eis.
»Angeklagter ...«
Man ließ ihm Zeit. Tief unter ihm, knapp vor der schwarzhölzernen Brüstung, saß Kroll in seinem Rädersessel – dem Anlass entsprechend in nachtschwarzem Anzug, sodass allerdings das gelbliche Rinnsal seines Geifers geradezu blendend vom dunklen Untergrund abstach. Schräg hinter Kroll saßen wieder mal, ein letztes Mal, Taschner und Flämm in nachtblauen Konfirmandenkostümen.
Der Umstand allein, dass das Prozessfinale bevorstand, hätte das Interesse von Publikum und Presse sicher nicht noch einmal derart aufgeheizt. Das Urteil stand fest – seit Wochen, vielleicht seit Monaten schon. Aber dann, am vergangenen Donnerstag zwischen vierzehn Uhr und vierzehn Uhr dreißig, diese vier pfeifenden Schüsse in der stillen Klaußen-Villa, diese neue monströse Tragödie, und wiederum ahnte man mysteriöse Verbindungen zum *Todesspiel*.

Die frühere Verlobte des Serienmörders Georg Kroning hatte sich erschossen – nun gut, das war schaurig, aber leicht zu begreifen, man bedenke nur, das arme Ding, hochschwanger, tief verzweifelt, geschwängert von einer Bestie in Menschengestalt. Aber wieso die Schüsse auf den alten Klaußen, und vor allem – weshalb Kugel Nummer eins, diese fürchterliche Verstümmelung eines anscheinend unschuldig-ahnungslosen Vaters? Niemand außer Georg und Kroll begriff, was sich wirklich in der Klaußen-Villa abgespielt hatte.

Oder war es möglich, dass noch ein Dritter, vielleicht seit langem schon Zweifelnder anfing, gewisse Zusammenhänge zu ahnen? Mochte sein, mochte sehr gut sein, dass Georg sich täuschte, aber er war beinahe sicher, dass der düster blickende junge Mann in der dritten Zuschauerreihe, der heute zum ersten Mal den Kroning-Prozess beobachtete – dass dieser bleiche, schwarzhaarige junge Mann kein anderer als Timo Prohn war.

»Angeklagter, Sie haben ...«

Man ließ ihm Zeit. Mehr als hundert Augenpaare, die ihn beobachteten, der ganze Saal knackend, keuchend, dampfend vor Spannung, und trotzdem rechnete im Ernst niemand mehr mit einer Sensation. Eher schon war man darauf gefasst, dass der Angeklagte, der leicht schwankend in seiner Bank stand und seine Blicke durch den Saal schweifen ließ – dass dieser hohlwangige, zerstört wirkende Angeklagte ein umfassendes Geständnis ablegen oder, noch wahrscheinlicher, sich mit gebrochener Stimme, mit wenigen gestammelten Worten als schuldig im Sinn der Anklage bekennen würde. In seinem gut zweistündigen Plädoyer hatte der Staatsanwalt, wie man allgemein empfand, ein derart überzeugendes Bild des Angeklagten und seiner Motive gezeichnet und die verschiedenen, durchweg monströsen Verbrechen so schlüssig verknüpft, dass der Angeklagte wie eine Fliege im staatsanwaltlichen Spinnennetz zappelte.

Aber was geschah jetzt? Eben öffnete der Angeklagte die Lippen, er beugte sich ein wenig vor, stützte die Hände auf das schräg ansteigende Pult und schien endlich mit seiner Rede beginnen zu wollen. Doch im gleichen Augenblick flog die Saaltür auf, ein alter Gerichtsdiener, wirr und weiß behaart unter der Uniformmütze, eilte durch den Gang zwischen den Zuschauerblöcken, zog das niedere Türchen in der schwarzhölzernen Brüstung auf und trat vor den Richtertisch, wobei sein zerfurchtes Gesicht einen verstörten Ausdruck zeigte. Der Vorsitzende Richter erhob sich halb von seinem Sitz, beugte sich über den Tisch und ließ sich vom Gerichtsdiener irgendetwas ins Ohr flüstern, das erregt und alarmierend klang, obwohl man genau genommen nur gleichmäßiges Zischen hörte, wie von allzu lange angestautem Atem.

Der Richter sank zurück, beugte sich nach links, beugte sich nach rechts und fing seinerseits an, die Ohren seiner Beisitzer mit Geflüster anzufüllen. Dies alles dauerte nur wenige Sekunden, aber man empfand sie als quälende Ewigkeit.

Der Richter vollführte eine beschwichtigende Geste gegen den rumorenden Saal und

verkündete: »Die Verhandlung wird für zwanzig Minuten unterbrochen.« Er winkte Staatsanwalt und Verteidiger, ihm zu folgen, und verließ, von den bestürzt blickenden Mit- und Laienrichtern begleitet, schnellen Schrittes den Saal.
»Was hat das zu bedeuten, Ceuner?« Georg beugte sich noch stärker vor, sodass er schräg unter sich Ceuners schmalen, grau gelockten Verräterschädel sah.
»Ich weiß wirklich nicht.« Ceuner sprang auf, zeigte ihm sein zerknirschtes Gesichtchen und wiederholte flüsternd: »Wirklich, ich weiß nicht.«
Dann trippelte er hinter dem Staatsanwalt, aus dem Saal, während Georg ebenso wie die Zuschauer, wie die Reporter auf der Pressebank ihm halb erschrocken, halb verblüfft hinterher starrte.
Jetzt also doch noch die seit Tagen in der Luft zitternde, gleichwohl von niemandem ernstlich in Betracht gezogene Sensation? Ein neuer Zeuge, ein vergessenes Protokoll, ein arglistig unterdrücktes Indiz? Aber nein. Was für ein Zeuge denn, und was für ein sagenhaftes Indiz? Nach dieser quälend ausführlichen Beweisaufnahme, nach diesem meisterhaften Plädoyer des Staatsanwalts, das nicht die kleinste Einzelheit unberücksichtigt ließ?
Trotzdem raunte, ja rumorte der Saal. Trotzdem hatten die Gerichtsdiener ihre liebe Mühe, das Publikum, dieses mit hundert Mündern schnappende fleischfressende Gewächs, in Schach zu halten, zumal hier und dort schon Parolen erschallten, die ungefähr wie *Schiebung!* klangen. »Bitte beruhigen Sie sich!«, rief der wirr- und weißhaarige Gerichtsdiener, der sich vor der Brüstung aufgepflanzt hatte und die Hände trichterförmig vor die Lippen stülpte. »Wir haben Anweisung, den Saal zu räumen, wenn Sie die Würde dieses Gerichtes missachten.«
Mit einem Schlag wurde es totenstill. Die Anspannung schlug um in eine Art Betäubung, in die stumme Entschlossenheit, sich keinesfalls diese Sensation entgehen zu lassen, worin immer sie bestehen mochte und wie lange immer man ausharren musste, bis die Schauspieler dieses Schurkenstücks namens Gerechtigkeit wieder auf der Bühne erschienen.
Auch Georg sank in die Angeklagtenbank zurück. Kurz war ihm durch den Kopf gegangen, ob sich Alex womöglich der Polizei gestellt hatte, schockartig entschlossen, wenigstens ihn aus den Trümmern ihrer einstürzenden Welt, aus den schnell anschwellenden Leichenbergen zu ziehen. Aber das war selbstverständlich nur sentimentaler Unsinn, zumal auch Alex ihn vom entscheidenden Anklagepunkt des Elternmordes nicht entlasten konnte. Außerdem war er fast sicher – dort, wo Alex sich versteckt hielt, war er von der Außenwelt mehr oder weniger abgeschnitten und hatte von Margots Kindes-, Vater- und Selbstmord nichts mitgekriegt.
Was Timo Prohn betraf, der immerhin zum Fall Prohn/Kortner einige interessante Anmerkungen hätte beisteuern können – Timo in seiner zerknitterten Windjacke hatte den Vormittag über nicht eine Sekunde lang den Gerichtssaal verlassen, sodass

er als Auslöser der richterlichen Verwirrtheit nicht infrage kam. Falls dieser schwarzhaarige, düster blickende junge Mann wirklich Timo Prohn war, worauf Georg allerdings einiges gewettet hätte.
Die Zeiger über dem verwaisten Richtertisch schlichen schon gegen zwölf. Je länger sich die unerwartete Spielpause in diesem Bühnenstück namens Gerechtigkeit dehnte, desto weniger erwartete man noch eine echte, alles umkippende Sensation. Nach und nach erschlaffte die Spannung wieder, und was sich stattdessen breit- und Luft machte, war Unmut, beinahe Empörung, wobei man ganz selbstverständlich davon auszugehen schien, dass Mordprozesse einzig und allein zur Unterhaltung des Publikums inszeniert wurden.
Georg drückte sich mit dem Rücken gegen die Angeklagtenbank und dachte: Der Staatsanwalt war wirklich ein schlauer Fuchs. Obwohl er so gut wie jedermann wissen musste, dass die Schlacht zu seinen Gunsten entschieden war, hatte er in seinem Plädoyer noch einmal seine ganze, glanzvolle Kunst aufgeboten und ein rhetorisches Gewitter inszeniert, als müsste er und nicht die längst vernichtete Verteidigung versuchen, das Spiel noch für sich zu entscheiden. Beinahe schon allzu listig hatte er seine Rede mit der Bemerkung eingeleitet:
»Ich gebe zu, hohes Gericht, nicht alle Säulen der Anklage ruhen auf gleichermaßen sicherem Grund. Sie alle wissen, dies hier ist ein Indizienprozess. Der Angeklagte hat nicht eines der ihm zur Last gelegten Verbrechen gestanden, und wir verfügen über keinen einzigen Augenzeugen, der beobachtet hätte, wie der Angeklagte den gefesselten Peter Martens ins Hafenbecken stieß; wie er seinem Komplizen Alexander Kortner nach dem Mord an Alfred Prohn zur Flucht verhalf; wie er die tödliche Falle in der Waldschlucht legte oder wie er, von Albert Bauer bei der Beseitigung belastender Indizien ertappt, den alten Mann auf besonders heimtückische Weise ermordete.«
Noch ehe man sich von seiner Überraschung über diese unerwartete Einleitung erholt hatte, war der Staatsanwalt aus seiner Bank geschnellt und hatte mit Donnerstimme ausgerufen: »Dennoch ist die Anklage hundertprozentig überzeugt, dass Georg Kroning in allen genannten Punkten schuldig ist. Die psychiatrischen Gutachten, die uns am Freitag vorgetragen wurden, müssen selbst die letzten Zweifel erstickt haben – der Angeklagte ist ein skrupel- und gewissenloses Individuum, das keinerlei Hemmungen hat und keinerlei Bedenken kennt, andere Menschen aus geringfügigen Anlässen und um seiner nichtigen Ziele willen zu missbrauchen und kaltblütig zu töten.«
An dieser Stelle hatte der Staatsanwalt seine gewaltig dröhnende Stimme abgedämpft und war fast flüsternd fortgefahren: »Wer seine eigenen Eltern ermordet, um mithilfe des elterlichen Vermögens ein pompös ausgestattetes *Amüsierspiel* zu verwirklichen – wer zu einer solchen Tat aus einem solchen abstoßenden Grund in der Lage ist – einem solchen Menschen müssen wir alles zutrauen. Ein solcher Mensch wird nicht davor zurückschrecken, einen hilflosen Körperbehinderten zu ermorden, der

ihn gar nicht ernstlich bedrohen konnte; ein solcher Mensch wird nicht davor zurückschrecken, einen minderjährigen Jungen, der ihn, den privilegierten Millionärssohn, bewundert hat, um seiner niederen Zwecke willen zu Prostitution und Raub zu zwingen; und ein solcher Mensch wird erst recht nicht davor zurückschrecken, einen wehrlosen Greis zu ermorden auf den bloßen Verdacht hin, dass der ihm möglicherweise gefährlich werden könnte.

Nun ist es zwar keineswegs so«, hatte der Staatsanwalt mit langsam wieder anschwellender Stimme verkündet, »dass wir in den Fällen Martens, Prohn/Kortner und im Mordfall Bauer auf bloße Spekulation angewiesen wären – im Gegenteil, wir verfügen über gewichtige Indizien und die detaillierten Aussagen glaubwürdiger Zeugen. Die niederen Motive des Angeklagten sind uns sowenig verborgen geblieben wie die Widersprüchlichkeit seiner Ausflüchte und die Brüchigkeit seiner Alibis. Des Weiteren«, hatte es drohend getönt, »sind wir keineswegs bereit, wie uns hier von interessierter Seite nahegelegt wurde, diese Häufung von Todesfällen in der Umgebung des Angeklagten als Werk eines spukhaften Zufalls zu missverstehen. Wenn an einer Reihe von Orten nacheinander Feuer ausbricht, wird man diese Erscheinung nur so lange rätselhaft finden, bis man festgestellt hat, dass eine bestimmte Person sich regelmäßig an diesen Orten aufgehalten hat, ehe das Feuer ausbrach; dann wird man schlussfolgern, dass die fragliche Person diese Feuersbrünste entfacht hat. Ausgerechnet bei einer Serie von Mordfällen und anderen schweren Verbrechen soll dieses elementare Gesetz außer Kraft gesetzt sein? Diese Annahme ist empörend für den gesunden Menschenverstand, sie ist empörend für jeden klar und vernünftig denkenden Mitbürger, sie widerspricht seinem Erfahrungsschatz, seiner wohlerprobten Denkungsweise, seinen fest gegründeten Prinzipien. Wenn wir uns auf diesen Erfahrungsschatz, auf diese Denkungsweise und diese Prinzipien nicht mehr verlassen könnten, wir würden nicht einmal mehr wagen, unsere Häuser zu verlassen, aus Angst, dass uns die Sonne auf den Kopf fällt, und wir würden ebenso wenig wagen, unseren eigenen Kindern den Rücken zu kehren, weil wir fürchten müssten, dass sie uns ohne erkennbaren Anlass hinterrücks erstechen.«

Nach dieser vielleicht etwas sonderbaren Abschweifung hatte der Staatsanwalt schwer atmend zu einem bereitstehenden Wasserglas gegriffen und seine Kehle gespült, um dann sachlicher fortzufahren: »Dies alles wohlerwogen, hat sich die Anklage gleichwohl entschlossen, ihr Hauptgewicht auf den heimtückischen Elternmord zu legen, den der Angeklagte nach unserer Überzeugung im Juni vergangenen Jahres kaltblütig und aus niederen Beweggründen verübt hat. Wer zu dem Urteil gelangt, der Angeklagte sei schuldig, seine Eltern ermordet zu haben, der wird nicht umhin können, ihn auch in den anderen Anklagepunkten schuldig zu sprechen. Denn die entscheidende Frage lautet: Trauen wir es dem Angeklagten zu, aus sozusagen unmenschlichen Motiven ebenso unmenschliche Verbrechen zu begehen, oder beschleichen uns noch immer gewisse Zweifel, weigern wir uns noch immer zu erkennen, dass wir Auge in Auge vor einer menschlichen Bestie stehen, die unsere moralischen Gebote verhöhnt, die ein, zwei, drei und vier Menschenleben mit unbegreiflicher Selbstverständlichkeit ausradiert hat, als wären es hingestrichelte Bleistiftfiguren? Wie können wir in dieser Frage Gewissheit erlangen? Die Antwort ist einfach, und ich habe sie bereits gegeben: Wenn wir zu dem Schluss kommen, dass der Angeklagte seine Eltern getötet hat, dass er und kein anderer diese heimtückische Falle gestellt hat, und zwar aus Gründen, die, seien wir ehrlich, weder die Vernunft noch das Herz begreift – wenn wir ihn in diesem zentralen Punkt schuldig sprechen, dann folgt daraus zwingend, dass der Angeklagte auch der anderen Verbrechen, die ihm zur Last gelegt werden, nicht nur aufgrund kriminalistischer Indizien, sondern auch psychologisch, auch menschlich, dass er nicht nur von unserem Verstand, sondern auch von unseren Herzen überführt ist. Sollten Sie aber«, hatte der Staatsanwalt mit ersterbender Stimme hinzugefügt, »ich erwähne diese Möglichkeit rein hypothetisch, sollten Sie zu dem Urteil gelangen, dass der Angeklagte des Elternmordes *nicht* schuldig sei, dann gestehe ich Ihnen zu, seine Schuld auch in den anderen ihm zur Last gelegten Anklagepunkten zu bezweifeln.«

War das nicht beinahe schon zu raffiniert gedacht? Was hatte den Staatsanwalt bewogen, Zweifel in die Seelen des Gerichts zu säen, obwohl er so gut wie irgendwer wissen musste, dass jeder Einzelne dieser Berufs- und Laienrichter den Angeklagten in jedem einzelnen Anklagepunkt für überführt hielt? Nachher wurde in Zeitungsreportagen spekuliert, dass der Staatsanwalt einer möglichen Revision vorbeugen wollte, indem er die Schuldfrage auf den Hauptanklagepunkt des Elternmordes konzentrierte. Ob dies sein Motiv war oder nicht, blieb auch späterhin ungeklärt. Tatsache war jedoch, dass er sein Plädoyer mit großer Professionalität und rhetorischer Kunstfertigkeit vorgetragen hatte. Zum Ende seiner flammenden Rede, nach detaillierter Darstellung der Abläufe, Indizien und Zeugenaussagen in den Fällen Kroning, Martens, Prohn/Kortner und Bauer, war er sogar noch einmal auf jene Möglichkeit des Zweifels zurückgekommen:

»Alles in uns sträubt sich, an die Existenz eines solchen monströsen Individuums zu glauben. Wie gern würden wir bestreiten, dass ein Mensch wie dieser jugendliche, betörend lächelnde Angeklagte zu solcher Niedertracht imstande sei. Wir hören, seine Opfer sind ein Körperbehinderter, ein Waisenkind, ein Greis. Wir weigern uns, an seine Schuld zu glauben. Doch dann beweist man uns, dass dieser Angeklagte seine Eltern heimtückisch ermordet hat – wiederum anscheinend grundlos, aus purer Lust an möglichst raffinierten, ausgeklügelten Morden. Damit bleibt Ihnen, die Sie hier Recht zu sprechen haben, nur noch diese eine Wahl. Wenn Sie den Angeklagten des Elternmordes für schuldig befinden, bleibt kein Raum mehr für vernünftige Zweifel, dass er auch zu den anderen, ihm zur Last gelegten Verbrechen fähig war. Sollten

Sie aber zu dem Urteil kommen, dass er aus einem von mir übersehenen Grund des Elternmordes *nicht* schuldig sei – dann«, schloss er lächelnd, »dann allerdings wären Sie gezwungen, auch alle anderen Anklagepunkte anzuzweifeln.«

Danach war der Staatsanwalt sichtbar erschöpft in seine Bank zurückgesunken und hatte sofort angefangen, mit den Fingern beider Hände auf sein Manuskript zu trommeln, während der Vorsitzende Richter, die Handglocke schüttelnd, ausgerufen hatte: »Angeklagter Sie haben das Wort.«

Aber ehe Georg das Wort hatte ergreifen können, war es zu jenem Zwischenfall gekommen, dessen Ende noch nicht abzusehen war, obwohl die Zeiger der Wanduhr inzwischen schon gegen halb eins gingen.

Während Georg das in sich selbst versunkene Publikum beobachtete, erwog er Variationen seiner abschließenden Rede. Nach dem Wiedereinzug der Gerichtspersonen könnte er beispielsweise verkünden: Damen und Herren, ich bekenne mich schuldig im Sinn der Verteidigung.

Das wäre allerdings albern, ihm selbst erschien es fast beschämend, mit einem weithin unverständlichen Kalauer von dieser Bühne abzugehen. Vielleicht, überlegte er müde, sollte er stattdessen erklären: Damen und Herren, ich habe ein Spiel gespielt gegen zwei übermächtige Gegner. In diesem Spiel konnte niemand gewinnen, aber das wusste ich nicht. Einer meiner Gegner ist jetzt tot – er wurde erschossen. Der Zweite sitzt dort unten im Saal – gelähmt und stumm nach einem Schlaganfall, der ihn in den Rädersessel gefällt hat. Und ich selbst? Na, das sehen Sie ja.

Noch während er diese kleine Rede einübte, spürte er jenen Widerwillen, beinahe schon Ekel, den er seit längerem vor sich selbst empfand – seinen Gedanken, Ideen; seiner Art, sich zu bewegen, zu sprechen, zu lächeln; seinem Körper, dieser ganzen Maskerade, diesem Schleiergewirr, hinter dem bloß noch Leere sich dehnte. Er sah zum Fenster – immer noch fiel, wirbelte, schwebte draußen der Schnee, immer nur Schnee, schmutzig schon lange bevor er Dächer oder Mauern berührte. Damen und Herren – ich gestehe. Und zwar was? Dass ich ein Schneemann bin, ein Schneemann schmutzigweiß, und der Schmutz, das sind die dunklen Augen.

In diesem Moment sprang die Saaltür auf, und zwar die große Flügeltür auf der Publikumsseite. Alle Köpfe fuhren, alle Körper bogen sich herum, und plötzlich knisterte und knackte die Spannung wieder im Saal. Dabei war fürs Erste nur zu sehen, wie ein junger Gerichtsdiener auch den zweiten Türflügel weit aufschob und mit Holzkeilen befestigte.

Der beinahe noch kindlich wirkende Gerichtsdiener, beschämt durch die Aufmerksamkeit, die er auf sich zog, sprang hinter die Schwelle zurück, wobei er gut hörbar zischte: »Los – rein mit ihm!«

Mit einem raschen Seitenblick sah Georg, dass sich sogar Kroll, seine einstigen Gehilfen irgendwie kommandierend, im Rollstuhl halb hatte herumdrehen lassen und in großer Anspannung zur Flügeltür und zum Flur dahinter starrte, wo nun Schritte zu hören waren, dazu rhythmisches Klacken, wie von Krückstöcken.

Wer in diesem Moment – übrigens im selben Moment, in dem auf der anderen Saalseite, von keinem beachtet, Richter und Schöffen, Staatsanwalt und Verteidiger auf die Bühne zurückkehrten –, wer also in diesem beinahe lachhaft spannenden Augenblick auf der Schwelle der großen Flügeltür erschien, war niemand anderes als der kleine Johannes Sontheim.

9

Johannes' Auftritt erregte zunächst nur eine Mischung aus Unmut und Unverständnis; allgemein schien man die kleine Erscheinung als peinlich zu empfinden, da ihr in den Augen des Publikums ein schmierenkomödiantischer Zug anklebte. Sicher kam kaum jemand auf die Idee, in diesem stumpfäugigen Krüppelchen die Ursache der beinahe einstündigen Verhandlungspause zu vermuten.

Johannes trug einen verblichenen, seltsam schlotternden Jeansanzug, der wohl aus glücklicheren Tagen stammte. Er verharrte schwankend, über seine Krückstöcke gekrümmt, auf der Schwelle zum zweihundertäugigen Saal, und es war nur allzu offensichtlich, dass der zierliche Irre, mit schräg erhobenem Kopf ins Leere starrend, kein Notiz von seiner Umgebung nahm. Knapp hinter ihm stand sein Vater, den mächtigen, grau-schwarz behaarten Schädel nebst schütterem Vollbart gesenkt, die Arme vorgespreizt, als wäre er auf einen Fluchtversuch seines Sohnes gefasst, den – natürlich nur den Fluchtversuch – er mit umschnürendem Griff sofort ersticken würde. Ein wenig abseits, im Hintergrund, erkannte Georg den glatzköpfigen Pfleger in mattweißer Montur, der wahrscheinlich früher mal als Schlammringer gearbeitet hatte. In grauem Pelz, geröteten Gesichts schob sich auch noch die künstlich blondierte Mutter Sontheim neben ihren Sohn. Behutsam fasste sie Johannes bei der Schulter und manövrierte ihn durch den sanft abfallenden Gang zwischen den Zuschauerblöcken auf die Brüstung zu, hinter der sich das Gerichtspersonal zwischenzeitlich wieder versammelt hatte.

Ohne seinen Blick vom langsam näherhumpelnden Johannes zu wenden, hörte Georg, wie Ceuner schräg unter ihm zischte: »Eine Sensation bahnt sich an. Ein Eklat für die Anklage!«

»Unsinn«, murmelte Georg.

»Aber ja! Der Richter hat sich soeben in Gegenwart eines Arztes überzeugt ...«

Wovon überzeugt? Während sich Johannes, mit zerzaustem Haar, mit murmeläugigem Puppengesicht über die Krückstöcke gekrümmt, taktmäßig auf die Brüstung zuarbeitete, räusperte sich der Vorsitzende Richter und schüttelte die Handglocke, obwohl es – abgesehen vom Klacken der kleinen Krücken und vom Knacken der hölzernen Vertäfelung – totenstill im Saal war.

»Auf Antrag der Verteidigung und nachdem sich überraschend ein Entlastungszeuge gemeldet hat, tritt dieses Gericht wieder in die Beweisaufnahme ein.« Der Richter schien seinen eigenen Worten mit einiger Verblüffung zu lauschen.

Georg schaute rasch zur Anklägerbank, wo der Staatsanwalt apathisch auf sein Plädoyer stierte. Zweihundert Augen starrten den Vorsitzenden Richter an, flackerten zum stumm humpelnden Johannes hin und ratlos zum Richter zurück; zweihundert Ohren saugten sich an seinen Lippen fest, die scheinbar geschäftsmäßig erklärten:

»Es ist die Aufgabe des Gerichtes, die Wahrheit zu finden. Um dieses Ziel zu erreichen, darf es auch vor ungewöhnlichen Maßnahmen, ja einzigartigen Entscheidungen nicht zurückschrecken. Nach Rücksprache mit den Vertretern der Anklage und der Verteidigung gebe ich daher folgende Erklärung ab.« Er unterbrach sich, stülpte ein großväterliches Lächeln über seine Züge und fügte mit milder Stimme hinzu:

»Johannes, setz dich einen Augenblick dort auf die Bank. Wir werden versuchen, uns so kurz wie möglich zu fassen, damit du bald wieder gehen kannst. Aber weißt du, zuerst brauchen wir deine Hilfe.«

Die direkte Anrede schien keinerlei Reaktion am und im kleinen Johannes hervorzurufen. Er stand dicht vor der Brüstung, deren gedrechselten Stäben er mit dem linken Krückstock schwache Schläge versetzte wie vielleicht sonst dem Gitter vor seinem Mondviertel in der kinderpsychiatrischen Anstalt. Sein Kopf blieb gesenkt, das braune Haar, das ihm strähnig über Stirn und Schläfen fiel, verdeckte halb sein Gesicht, und die Murmelaugen schienen starr auf einen imaginären Fleck jenseits der Brüstung geheftet, wo es aber nur zertretenes Parkett zu sehen gab.

»Komm, Johannes«, flüsterte Frau Sontheim.

Da Johannes nicht reagierte, traten sein Vater in zottigem Pelz und der glatzköpfige Schlammringer vor, packten ihn links und rechts unter den Achseln und zogen ihn zur vordersten Zuschauerbank, wo das Publikum scheu und seltsam bedrückt beiseite rückte. Die Krücken fielen klappernd zu Boden; Johannes stieß einen heiseren Fauchton aus, ließ sich aber in die Bank drücken, während seine Mutter die Krückstöcke einsammelte.

»Was soll dieser geschmacklose Auftritt, Ceuner«, zischte Georg. »Haben Sie das angezettelt, um Ihr Gewissen zu beruhigen? Oder haben Sie auch keines, so wie ich?«

Wegen der im Saal weiterhin herrschenden Totenstille, in der bloß die schwarzhölzerne Vertäfelung knackte, schien sich Georgs Gezischel bis in den letzten Winkel zu verbreiten. Befremdet, mit teils sogar klaffenden Mäulern, starrte man ihn an.

»Angeklagter, Sie haben jetzt nicht das Wort. Das Ihnen erteilte Rederecht wird bis auf Weiteres zurückgezogen.« Der Richter beugte sich vor, gewissermaßen noch über

sich selbst verblüfft, und verkündete: »Dieser junge Mann, dessen mühevollen Auftritt Sie alle soeben miterlebt haben, heißt Johannes Sontheim. Er wurde im Juni vergangenen Jahres von einem Forstarbeiter namens Karl Vrontzek ...«
»Frrr... Frrr... Frrrontscheck!«
Was war das? Johannes hatte sich, links und rechts auf seine Eltern gestützt, halb aus der Bank erhoben. Mit einer wilden, an tierisches Mähnenschütteln erinnernden Bewegung schleuderte er die Haare aus dem leeren Puppengesicht; seine Kiefer malmten krampfartig, die Lippen zuckten. »Frrr... Frrrontsch... Höll... Hölla ... ß-ß-ßoo d-dong... donkell!«
»Bitte beruhige dich, Johannes.« Das kam von der Mutter, flüsternd, während der Richter mit unsicherer Stimme fortsetzte:
»... namens Karl Vrontzek entführt und in eine Höhle im Naturschutzgebiet oberhalb von Lerdeck verschleppt, und zwar am selben Tag, an dem die Eltern des Angeklagten im selben Naturschutzgebiet in ihrem Wagen verbrannt sind. Johannes hat durch diese Entführung, deren Einzelheiten ich ausklammern möchte, einen schweren Schock erlitten, der eine Totalamnesie zur Folge hatte. Unter bis heute ungeklärten Umständen war es ihm gelungen, seinem Peiniger zu entfliehen. Aber es scheint, dass er sich bereits vor seiner Flucht auf unbekanntem Wege schwere Verletzungen zugezogen hatte. Obwohl Vrontzek ...«
»Frrr... Frrrontsch... Höll... Hölla ... ß-ß-ßoo d-dong... donkell!«
»Pssst, Johannes, gleich ...«
Johannes immer noch halb hochgestemmt zwischen seinen Eltern, sein Blick jetzt schwach flackernd, das bleiche Gesicht mit rötlichen Flecken getupft, während der Richter immer schneller redend fortfuhr:
»Obwohl Vrontzek im Wesentlichen geständig war, blieben wichtige Einzelheiten im Dunkeln. Vrontzek war debil; seine Aussagen blieben verschwommen; inzwischen ist er tot. Als Johannes gefunden wurde, lag er auf dem Grund derselben fünfzehn Meter tiefen Waldschlucht, in der die Eltern des Angeklagten ums Leben gekommen sind, allerdings mehrere Kilometer vom – und ich möchte diesen Ausdruck neutral verstanden wissen – *Geschehensort* entfernt. Johannes war schwer verletzt; er hatte Erinnerung und Sprache verloren. Infolge seiner Hüftverletzungen wird er für immer gehbehindert bleiben. Auch was seine traumatische Verstörung betraf, hatten die Ärzte bis vor Kurzem keine Hoffnung; sechs Monate lang vegetierte er im Halbdunkel einer fast vollständigen Unbewusstheit. Bisher wurde angenommen, dass die Verletzungen, die er laut Vrontzeks Aussage bereits vor seiner Flucht erlitten hatte, von gewissen Misshandlungen stammten, die sein Peiniger ihm zugefügt hatte. Die Hüftverletzungen führte man auf den Sturz in die Waldschlucht zurück, aber in all diesen Fragen, wie gesagt, hat man bis heute keine Gewissheit. Am Vorweihnachtstag nun stattete der Angeklagte dem kleinen Johannes einen Besuch ab ...«

»Ah! Und davon erfahre ich erst jetzt?« Drohend schwoll der Staatsanwalt aus seiner Bank hoch.
Der Richter nickte ihm beschwichtigend zu und fuhr fort: »Lassen Sie mich in aller Kürze die restlichen Fakten darstellen, soweit sie hier von Belang sind.« Sodann schilderte er, wie die Eltern Sontheim auf Bitten der Verteidigung einem Besuch des Angeklagten im Anstaltszimmer ihres Sohnes zugestimmt hatten; wie Georg versucht hatte, Johannes' Erinnerung aufzuwecken und anscheinend gescheitert war, da der Junge auf keine Zurede reagiert hatte wie seit Monaten schon.
»Vorhin«, sagte der Richter, »als dieses Gericht sich zur außerplanmäßigen Beratung zurückgezogen hatte, befragten wir den psychiatrischen Arzt von Johannes, Herrn Professor Dr. Lückner, der folgende Erklärung abgegeben hat ...«
»Ich beantrage«, rief der Staatsanwalt, »Professor Lückner als Zeugen zu hören!«
»Selbstverständlich. Allerdings schlage ich vor, zunächst Johannes anzuhören, dem wir eine längere Wartezeit kaum zumuten können.«
»Meinetwegen«, brummte der Staatsanwalt.
»Lassen Sie mich daher nur noch sagen, dass Johannes, wie Professor Lückner erklärt hat, exakt seit der Neujahrsnacht in einen überraschenden Heilungsprozess eingetreten ist. Er hat wieder angefangen zu sprechen; er reagiert auf gewisse Signale; seine Erinnerung beginnt sozusagen aufzutauen. Und wie oftmals in solchen Fällen wäre es für seine mentale Genesung entscheidend, dass er sich an jene Vorfälle erinnert, die seinen traumatischen Bewusstseins-, Sprach- und Erinnerungsverlust verschulden.«
»Bei allem Respekt«, rief der Staatsanwalt, »das hier ist ein Gerichtssaal und keine psychodramatische Bühne!«
»Allerdings«, entgegnete der Richter kühl. »Und seien Sie versichert, dass dieses Gericht sorgfältig unterscheiden wird zwischen Fakten und Fantasien, zwischen dem, was wirklich geschehen ist, und gewissen Einbildungen, vor deren Macht wir alle uns nie ganz sicher fühlen können.«
Nach dieser Belehrung, die den Staatsanwalt in seine Bank zurücksinken ließ, nickte der Richter zu den Sontheims hin, die sofort aufsprangen, Johannes unter den Achseln packten und zur Brüstung halb schleiften, halb trugen. Aber Johannes schien sich plötzlich zu fürchten – vor einer Erscheinung, die nur er sah, vor einer Stimme, die nur er hörte, vor einem dick-dunklen Schatten, der sich bloß über ihn zu werfen schien. Jedenfalls bäumte er sich unter den Griffen seiner Eltern auf, versteifte sich am ganzen zartgliedrigen Leib und stieß abermals jenen rauen Fauchton aus, während seine Gesichtsmuskeln zu zucken begannen. Als seine Eltern, die in ihren zottigen Pelzen fast wie sibirische Tierfänger wirkten, ihn ungerührt weiterschleiften, fing er an, mit den Fäusten abwechselnd gegen die pelzige Brust seiner Mutter und den zottig vorwölbenden Vaterbauch zu trommeln. Schon erhob sich drohend der Pfleger von der Bank, als Johannes den Kopf umwandte – rasch und mit fast un-

menschlicher Biegsamkeit, sodass zum Entsetzen des Publikum sein Puppengesicht über dem Rücken schwankte – und dem Pfleger mit gespitzten Lippen ins Gesicht spie. Der Pfleger wurde bleich, murmelte etwas Unverständliches und sackte in die Bank zurück.
Dieser ganze Auftritt, das empfand Georg vielleicht noch brennender als irgendwer – diese Zwangsvorführung des unglücklichen Jungen war unwürdig, eine Gemeinheit, für die er nicht verantwortlich sein wollte. Weil Johannes sich bäumte und sträubte und mit schlangenähnlichen Bewegungen zu entwinden versuchte, rutschten seine Jeansjacke und das förmliche weiße Hemd hoch, und darunter kam ein Streifen sehr weißer Haut zum Vorschein. Georg begriff selbst nicht ganz, wieso – aber dieser Anblick des nur ein wenig entblößten, klapperdürren Johanneskörpers deprimierte ihn derart, dass er die Hände vors Gesicht schlug und für einen Moment fürchtete, in Tränen auszubrechen. Durch das Gitter seiner Finger sah er, wie ein Gerichtsdiener herbeieilte, das Törchen in der Brüstung aufzog, an dem lautlos, nur mit leisem Keuchen kämpfenden Trio vorbei auf die Gerichtsseite schlüpfte und einen Holzstuhl aus einem Winkel zog, den er, mit dem Rücken zum Publikum, in die Mitte der Bühne schob.
»Setz dich – dorthin, Johannes«, hörte man seine Mutter atemlos flüstern.
Johannes sackte auf den Stuhl, und Georg sah sein gesenktes Profil hinter dem Gespinst der zerzausten Haare, das Zuckungen überliefen.
»Ceuner?« Er beugte sich scharf nach vorn. »Ich fordere Sie hiermit auf, als mein Verteidiger die Anhörung dieses Zeugen abzulehnen.«
Ceuner fuhr zu ihm herum. »Sie sind wahnsinnig«, flüsterte er. »Nein, verzeihen Sie. Aber trotzdem – das ist *unser* Entlastungszeuge! Wir werden alles aus ihm rausquetschen und dann ...«
»Das werden Sie nicht. Tun Sie, was ich gesagt habe.«
»Ganz ausgeschlossen!«
»Ich entziehe Ihnen Ihr Mandat, Ceuner. Sie werden nicht mit Johannes reden.«
»Ich bitte um Ruhe! Dies ist immer noch ein ordentliches Gerichtsverfahren, und ich werde nicht dulden ...« Der Richter setzte wieder sein großväterliches Lächeln auf und fing an, mit extra sanfter Stimme zu säuseln: »Johannes, erzähle uns doch bitte, was passiert ist, als du im letzten Juni den Vrontzek getroffen hast.«
»Frrr... Frrrontsch...!« Wieder fixierte Johannes einen imaginären Fleck auf dem zertretenen Parkett; er schien bloß mechanisch auf bestimmte Lautreize, vor allem auf den Namen Vrontzek zu reagieren.
Hinter ihm, jeder eine Hand auf der Lehne, standen die Eltern mit gesenkten Köpfen, in schuldbewusster Haltung – als ob das Gericht in Sachen Sontheim verhandelte und als ob sie selbst angeklagt wären, ihren Sohn geschunden und verstümmelt zu haben.

»Ja, Johannes, lass uns von Vrontzek reden. Was ist da passiert? Wollte Vrontzek, dass du mit ihm kommst?«
»Höll... Hölla ... ß-ß-ßoo d-dong... donkell!«, scholl es zurück.
Mochte ja sein, dachte Georg, dass Johannes anfing, seine Sprache, seine Erinnerung wiederzufinden. Doch solange er nur über drei, vier Wörter verfügte, war es nichts als sinnlose Grausamkeit, das tief verstörte Kind Verhören zu unterziehen.
»Ja, ich höre, du verstehst mich«, säuselte aber der Richter. »Vrontzek wollte also, dass du mit ihm in die Höhle gehst. Aber sag doch, Johannes, bist du mit dem Vrontzek mitgegangen, warst du einverstanden, ihn zu begleiten?«
»Frr... Frrr... Frrrontscheck ... Höll... Hölla ... ß-ß-ßoo dong... ß-ß-ßoo donkell!«
»Du willst sagen, Johannes, du bist mitgegangen mit Vrontzek – mit zur Höhle, wie Vrontzek es wollte? Aber du hattest Schmerzen, du hattest dich verletzt? Wo hattest du diese Schmerzen, was tat dir denn weh?«
»... ß-ß-ßoo donkell!«
Der Richter blickte unsicher auf und sagte mit seiner gewöhnlichen Stimme: »Das scheint schwieriger zu werden, als es nach Professor Lückners Erklärung den Anschein hatte. Nach seiner Aussage befindet sich Johannes auf der Schwelle der Erinnerung, es käme nur noch auf den letzten Anstoß an. Herr Verteidiger«, wandte er sich an den zusammengesunkenen Ceuner, »obwohl Johannes Sontheim ursprünglich nicht durch Sie in dieses Verfahren eingeführt wurde, sondern auf Antrag der Eltern Sontheim, ist er streng genommen ein Zeuge der Verteidigung. Versuchen Sie ... Ich meine, befragen Sie den Zeugen Sontheim. Allerdings bitte ich um Rücksicht.«
Ceuner sprang auf, zweifellos beflügelt durch die Aussicht auf sein Erfolgshonorar in Höhe von einer Million und durch die neu entflammte Hoffnung, ohne allzu ramponierten Ruf aus diesem Prozess hervorzugehen.
»Ceuner?«
Der kleine Anwalt blieb stehen, warf Georg hinter funkelnden Gläsern einen gehetzten Blick zu und flüsterte: »Seien Sie kein Narr!«
Georg zuckte die Schultern. Ceuner schien diese Geste als Einverständnis aufzufassen – er wandte sich um und trippelte auf Johannes zu, der in unveränderter Position auf dem Stuhl hing und murmeläugig zu Boden starrte.
Und dann Ceuner, mit süßlicher Fistelstimme: »Johannes, wir alle wollen dir helfen.«
Sinnlose, unwürdige Szenen! Zornig, deprimiert, erschöpft, das alles auf einmal, warf sich Georg in seiner Bank zurück und drehte den Kopf so scharf nach rechts, dass er ein schmerzhaftes Reißen in seinen seit Wochen verkrampften Nackenmuskeln spürte. Unten, sah er, auf der Zuschauerseite des Saales, dicht vor der schwarzhölzernen Brüstung, saß immer noch Kroll in seinem Rädersessel – mit verfallenen, gelähmtstarren Zügen, doch immer noch tückisch huschenden Blicken; in nachtschwarzem Anzug, über dessen Revers sich der gelbliche Geifer versprühte.

»Johannes, erinnerst du dich? Da war auch ein Seil. Vrontzek hat dich gefesselt mit dem Seil. Weißt du noch, dieses Seil? Hatte immer nur Vrontzek das Seil?«
»Frrr... Frrrontscheck!«
Zum Teufel mit Ceuner, das brachte doch nichts, das brachte sie keinen Schritt weiter! In den Augenwinkeln sah Georg, wie sich das Gesicht des Staatsanwaltes rötete, sein Schnauzbart sich wieder sträubte; schon fing er an, abermals halb nervös, halb triumphierend Stakkato auf seine Akten zu trommeln. Gib auf, Ceuner, dachte er. Wie lange hatte er auf das berühmte Wunder gehofft, wie sehr hatte er sich gesehnt, wie oft hatte er all seine Hoffnungen auf diese stumpfen, hölzernen Puppen, auf diese armseligen, geschundenen Wesen gesetzt – erst auf Vrontzek, dann auf Johannes; aber nein – ein Wunder sahen die Regeln nicht vor. Und schon gar kein humpelndes, guttural stammelndes Wunder, das murmeläugig imaginäre Flecken fixierte und nun neuerlich stammelte:
»Frr... Frrr... Frrrontscheck ... Höll... Hölla ... ß-ß-ßoo dong... ß-ß-ßoo donkell!«
Georg wandte sich der anderen Brüstungsseite zu. Schräg hinter Kroll saßen Flämm und Taschner, und nach ihren hämisch-gelassenen Mienen zu urteilen, bahnte sich im Kroning-Prozess ganz gewiss keine Sensation an. Wenn man nach Flämms düsterem Lächeln, nach Taschners im Zeitlupentakt Kaugummi kauender Gleichgültigkeit urteilen wollte, hatte der Angeklagte zwar eben seinen letzten Trumpf aus dem Ärmel geschüttelt, aber dieser Trumpf war leider stumpf, er stach nicht.
Natürlich nicht.
Drei, vier Reihen hinter Krolls Gehilfen saß Timo Prohn, und auch er – fahl, schmal, düster wie seit Stunden – machte keineswegs den Eindruck, ein Platzen des Prozesses zu erwarten. Wieso auch? Diese Zwangsvorführung eines verstörten Kindes war nichts als peinlich, und das Widerlichste daran war für Georg, dass Johannes' Eltern sie ausgeheckt hatten.
Aber was war das?
Während schräg unter ihm der kleine Ceuner auf den noch viel kleineren Johannes los fistelte wie im Puppentheater, glaubte Georg zu spüren, wie sich von irgendwoher ein glühender Blick auf ihn heftete; wie dieser Blick seine Augen suchte, sich in seine Augen bohren wollte; wie er ihn nicht richtig traf und doch nicht loslassen wollte ... Kein stumpf-dunkler, murmeläugiger Blick, auch kein düsterer Blick, nicht von Timo, nicht von Flämm, und bestimmt auch keiner jener Geisterblicke, unter denen zuweilen ganze Träume in Flammen aufgehen. Sondern ...
Kroll starrte ihn an, kein Zweifel. Kroll bohrte seinen Blick in Georgs Augen, und jetzt ... War es möglich, dass Kroll ihm eben zugenickt hatte, wobei Georg zu spüren glaubte: Kroll meinte es ernst, Kroll wollte ihm wirklich irgendwas Wichtiges signalisieren? Aber was sollte das sein?
Langsam wandte Kroll den Blick wieder ab, starrte gegen Johannes' Rücken, fixierte

erneut Georg, und so drei-, viermal hin und her, immer schneller, bis Georg begriff. Bis er was begriff? Er nickte schwach, fast unmerklich zurück und wandte sich scheinbar gleichgültig ab. Starrte aus dem Fenster, spielte den Nichtsbegreifenden, obwohl sein Herz – sein altes, dachte er lächelnd, sein müd-leeres Herz hämmerte wie ganz, ganz früher mal.

Draußen, vor dem hohen Fenster fiel Schnee, wirbelte, sank, schwebte Schnee, immer nur Schnee in weißen, weiten Tüchern – aber schmutzigweiß, befleckt, noch ehe sie Dächer und Mauern berührten. Ein Schneemann, ja, ein Schneemann schmutzigweiß, und der Schmutz mittendrin ...

Er stand auf, langsam, ein wenig schwankend, mit immer noch hart hämmerndem Herzen. Schräg unter ihm hatte Ceuner sich lächerlicherweise auf die Knie niedergelassen, sodass seine Robe über den Boden schleifte, und eben fistelte er wieder los: »Du weißt doch, Johannes, dieses Seil, mit dem Vrontzek ...«

»Herr Vorsitzender, gestatten Sie?« Das kam von Georg, der sich aus seiner Bank schob und leise fortfuhr: »Ich würde gerne selber mit Johannes reden.«

Darauf Ceuner, aus der Hocke federnd: »Das ist eine vorzügliche Idee, die ich nachdrücklich befürworte. Ich beantrage hiermit ...«

Nach kurzem Zögern der Richter, fast schon amüsiert: »Warum nicht, Angeklagter, warum sollten Sie nicht selbst noch mal ihr Glück versuchen.«

Ja, Glück, dachte Georg flatternd. Er trat neben Ceuner, sagte leise und bös: »Gehen Sie weg.« Und zu Johannes' Eltern: »Bitte lassen Sie mich mit Johannes allein. Ich verspreche ...«

Zögernd wichen die Eltern gegen die Brüstung zurück. Georg wartete, bis sie das Törchen geöffnet und sich neben den Pfleger gesetzt hatten. Rasch sah er noch einmal hin, aber Kroll hatte seinen Blick abgewandt und stierte mit stark verdrehten Augen aus dem Fenster, in den wirbelnden Schnee.

»Was machen Sie denn da?«

Georg hatte Johannes unter den Achseln gepackt, zog ihn hoch, hielt ihn fest, stand selbst stark gebückt, sodass er jetzt wirklich in Johannes' dunkle Murmelaugen sah. »Lassen Sie ihn, wir können jederzeit ... Immerhin geht es um ...«

»Johannes«, sagte Georg leise, »hörst du mich?« Was seine Worte, vielleicht ihren Sinn zu dem anderen, viel Kleineren übertrug, war nicht der Schall wie gewöhnlich, sondern die Wärme, die Vibration ihrer Körper, die sich wie Schutz suchend aneinanderdrückten. »Johannes, lass uns über Vrontzek reden.«

»Frrr... Frrr... Frrrontscheck!« Sein malmender Mund, zehn Zentimeter vor ihm, hinter den Lippen die plump suchende kleine Zunge, darüber die Puppenaugen, hin und her rollend wie Kugeln aus dunklem Glas.

»Johannes, du musst mir helfen – Vrontzek ist hinter mir her ... Du kennst Vrontzek, Johannes.«

»Frrr ... Frrontsch... oh ja ... dä... därr Riiiießßße Frr-rontsch...«

»Gerichtsdiener, schalten Sie das Aufnahmegerät ein.«

»Johannes?«, flüsterte Georg. »Versprich mir, bitte, dass du mir helfen wirst.«

»Gä... g-gegen Frrontsch...?«

»Ja, Johannes, gegen Vrontzek. Bitte, du musst mir helfen, du bist ihm schon mal entwischt. Wie hast du das gemacht? Sag's mir, bitte, sag's mir sofort, sonst ... Hilfe, Johannes!«, rief er mit verzerrter Stimme. »Hilf mir, Johannes, da ist Vrontzek, er will mich fesseln, was soll ich machen, er hat ein Seil!«

»W-weg ... sch-schnell w-w-weg von Frrontscheck, er w-will ... ah! j-ja, t-t-taß ... ß-ß-ßeill ... w-weg von Frrontsch ... w-weg mit-tem ß-ß-ßeill!«

Johannes packte eine Art Schüttelfrost, klackend schlugen seine Zähne aufeinander, und seine Lippen verfärbten sich fast leuchtend blau, obwohl der Gerichtssaal überheizt war und Georg selbst am ganzen Körper schwitzte.

Aber wie weiter? Johannes starrte ihn an, mit seinen Murmelaugen, deren Blick zu flackern anfing, und plötzlich rief er, beinahe normal artikulierend, mit heller Stimme: »Frrontzzek, wie sch-schön! Wie ich dich geßucht habe, Frontzzek! W-wo w-warßt tu tenn?«

Bevor irgendwer begriff, bevor auch Georg wirklich verstanden hatte, was in Johannes vorging, warf sich das Kind in seine Arme, presste sich an ihn und murmelte zitternd: »Frrontzzek? D-du darfst nie, nie mehr weggehn! Hörstu? ... Tu ... tu bist d-doch Frrontzzek, ja?«

»Aber ja, Johannes«, murmelte Georg mit seiner dunkelsten Stimme. »Natürlich bin ich Vrontzek, wer denn sonst? Ich lass dich nie mehr weg. Du bist vor mir weggerannt, aber jetzt hab ich dich wieder. Komm, wir gehen in die Höhle.«

»Ah, nein«, wimmerte der andere. »N-nicht in ... nicht in die Höll... Höhle ... In der Höhle bist du b-bös, Frrontzzek ... N-nicht wieder in die Höll... Höhle.«

»Und ob«, brummte Georg. »Sofort kommst du mit, Johannes, sonst ...«

»Aber ... aber ich w-will n-nicht! Tu tarfst n-nicht, Riießse, tarfst mich n-nicht ...«

»Sofort kommst du mit!«

Georg presste ihn noch fester an sich, stand schwankend auf. Johannes zappelte in seinen Armen; er wand sich, biss, spuckte, stieß raue Fauchtöne aus, wobei seine Augen rollten und sich so stark verdrehten, dass man nur noch das Gelblichweiße sah.

»Frrontzzek ... Frrontzzek, bitte, l-lass mich l-loooß ...«

Obwohl klapperdürr und schmächtig, war Johannes in seiner Angst, seiner wirklichen Todesangst stark und geschmeidig wie ein wütendes Tier, während Georg, immer noch geschwächt von der langen Krankheit, von Haft und Hoffnungslosigkeit, unter seiner Gegenwehr schwankte und fast die Balance verlor.

»Frrontzzek, l-lass mich ßofort ...«

»Du bist mir schon mal entwischt, Bürschchen«, keuchte Georg, »du kennst ja das

Geheimnis, wie du freikommst, weißt du nicht mehr? Ich wollte dich fesseln, mit meinem Seil, aber du ... Pah, bist du mir nicht schon mal abgehauen? Sag's mir, sag, wie du das gemacht hast, dann lass ich dich frei.«

Da er nicht mehr konnte, sackte er in die Hocke, setzte Johannes auf den Boden, kauerte sich neben ihn. Der Junge schien nicht zu bemerken, dass er bereits frei war – er saß zusammengesunken da, mit bündelähnlich zusammengeschobenen Gliedern, wie Vrontzek ihn in der Höhle verschnürt haben mochte, und immer noch zitterte er in eingebildetem oder innerlich wirklichem Frost.

»Ein G-geheimnis? Nein, Frrontzzek, tas w-war gar keins ... Ich ... ich bin w-weggerannt, m-mit teinem ß-ßeill w-weggerannt und immer, immer weiter ... weitergerannt, durch'n W-wald, und ... ah, wie d-dong... wie d-dunkell ist's im Wald ... Und, Frrontzzek? D-du immer hinter mir her. Aber ich war sch-schneller, war schon w-weg, ganz w-weit weg, als tu ... Ja, ich w-weiß n-nicht ... W-war tas n-nicht einfach ... einfach ein Tra-Traum? ... Wo man nicht und nicht w-weiterkommt, Frrontzzek ... Rennen, rennen, rennen, viel sch-schneller als tu ... Aber tann? Ja, ein Abgrund! Nicht wahr? Tie-tiefes, tiefes Loch. Und dann schon wieder deine Schritte, Frrontzzek, du stampfst ja immer so. Nein, sei nicht böse. Aber wie du k-keuchst, wie du stampfst, der ganze Wald kn-knackt und kr-kracht, wenn du daherläufst, und dann ... dann muss ich einfach lachen, Frrrontzzek, und du wirst wieder bös. Du sch-schlägst mich, Frrontzzek, ich mag nicht, wenn du mich schlägst. Aber diesmal ... diesmal nicht ... im Wald, deine Schritte, ha! Da kletter ich hoch aufn Baum. Wie dumm du jetzt unten stehst. Du rü-rüttelst an dem Baum, du brüllst, rü-rüttelst, aber ich bin ja nicht so ein Früchtchen, das sich einfach so ... und dann hab ich ja dein S-Seil, Frrontzzek. Das S-Seil werf ich einfach um den Baum neben mir, mach'n Kn-knoten rein, während du ... Wie dumm, Frrrontzzek, wie dumm du rü-rüttelst und brüllst ... armer, dummer Frrrontzzek. Ein K-keheimnis? Neinein. Ich pack das S-Seil, und dann ... das S-Seil und ...«

An dieser Stelle verfiel Johannes so abrupt in Schweigen, dass Georg zusammenfuhr. Was jetzt? In den Augenwinkeln sah er, dass sich der Staatsanwalt weit aus seiner Bank herausgebogen hatte und mit widerwillig verzerrtem Gesicht auf die sonderbare Szenerie starrte. Er glaubte zu spüren, dass sich über ihnen das Gericht vollständig von seinen Plätzen erhoben hatte und mit aufgestützten Armen beobachtete, was da Unerhörtes vor den Schranken der Gerechtigkeit geschah.

»Ich sehe schon, Johannes «, sagte Georg mit dunkler Stimme, »du hast das Geheimnis vergessen. Also gehen wir – gehen wir in die Höhle.«

Johannes schreckte hoch und rief: »Nein, Frrontzzek, nicht! Nie, nicht in die Höll... Höhle! Weil du in der Höhle bös bist.« Und dann leiser, beinahe neckend: »D-das K-keheimnis, sagstu? Ich ... ich will's dir verraten. Ich bin gesprungen, mit deinem S-Seil, Frontzzek, und dann ... Ich f-f-fliege durch die Luft, Frrontzzek, ich lache,

Frrontzzek, dummer Frrontzzek, aber da ... Weißt du, dieser Baum ... Wie die Tanne k-knirscht, ja, auf einmal k-knirscht sie. K-knackt, br-bröckelt, bricht um, und ich ... Ah, wir knallen runter, da ist so ein dunkler Weg, Frrontzzek, schw-schwarze Steine, weißt du, lauter schw-schwarze Steine, wie man sie Schneemännern in die leeren Augen steckt. Und auf diese Steine ... da knall ich drauf, Frrontzzek, und die Tanne kracht auf mich drauf. Ah, das tut weh, Frrontzzek, aber auch wieder nicht ... nicht so ganz fürchterlich weh. Denn dann m-merk ich gar nichts mehr. Ich bin frei, Frrontzzek, stimmt's?«, fragte Johannes lächelnd. »Stimmt's, jetzt hab ich das K-keheimnis gewusst und bin frei?«

»Na ja«, sagte Georg leise.

Im Saal war es so still wie noch nie, während er Johannes' kleine Hand nahm und zurücklächelte. »Vrontzek wird nie wiederkommen, Johannes. Aber frei? Sei nicht traurig, aber bald musst du wieder zu deinen Eltern. Schau, dein Vater, und dort, deine Mama. Magst du deine Mama? Und, Johannes? Du wirst nie wieder richtig laufen können. Und jetzt hör mir zu. Verlass dich immer nur auf dich selbst. Vertrau keinem, höchstens dem Teufel, aber sonst? Wir sind allein, Johannes. Und frei, fragst du? Ja, weißt du, frei, das ist so ein blödes Wort. Freiheit, Geheimnisse, ja, vielleicht ... Aber du hast recht, natürlich hast du recht – du bist frei, ganz im Geheimen bist du frei, und was Besseres kann dir niemand bieten.«

»Wer bist du?«, fragte Johannes. »Bist du der Teufel?«

»Nein, weißt du«, Georg seufzte müde, »diese Leute hier haben sich alle getäuscht. Ich bin nicht der Teufel, ich bin nicht mal ein winzigkleiner Gehilfe des prachtvollen Höllenfürsten. Ich bin ... Du weißt doch, was ein Schneemann ist, Johannes?«

»Ja, du bist einer. Und du schmilzt.«

Das stimmte. Denn Georg weinte. Sein ganzer Körper weinte, seine schneebleiche Haut weinte, sein kalt fieberndes Hirn, seine schmerzende Schläfe und sein leeres, ausgehöhltes Herz – sie alle weinten, und seltsam war nur, dass er überhaupt nichts empfand. Seltsam war nur, dass er nicht mit den Augen weinte – nicht mit diesen stumpfen Murmelaugen, nicht mit diesen schorfigen Schotterbrocken, die trocken in ihren Höhlen stockten, während ringsum, schien ihm, alles troff, schmolz, kochte, sott und zerfloss.

Im Saal immer noch Totenstille, denn wirklich, so still war es zwischen Lebenden noch nie. Der Richter schüttelte seine Handglocke und verkündete: »Die Verhandlung wird auf unbestimmte Frist unterbrochen. Ein gegebenenfalls neu festzusetzender Termin wird auf den üblichen Wegen bekannt gegeben.«

Die Eltern Sontheim stürzten herbei und führten den wild schluchzenden Johannes weg. Zwei Uniformierte stürzten herbei und führten Georg weg – in Handschellen wie an allen Verhandlungstagen und ohne dass irgendwer das Wort an ihn zu richten wagte.

Auf der Schwelle der Tür, die einzig dem Angeklagten und seinen Wächtern vorbehalten war, wandte er sich um und überschaute noch einmal den Saal.
Der hohe, schwarz vertäfelte Raum war leer. Wirklich, da war niemand mehr. An allen Wänden aufgesprungene, klaffende, klappernde Türen; eiskalte Winterluft strömte in den Saal, und durch die weggerissenen Fenster wirbelte Schnee – fiel, wirbelte, sank, schwebte Schnee in den leeren Saal, der auf einmal gigantisch wirkte, monströs, erdrückend – ein überdimensionierter Würfel, für glücksspielerische Riesen vielleicht.
»Adieu, Kroll.«
Hinter dem Rädersessel, den Flämm mit hastigen Stößen über die Schwelle stemmte, schlug drüben die Flügeltür zu.

10

Die Zimmerwirtin war fett und geschwätzig, sie war bestimmt schon über sechzig und kochte miserabel, aber sie wahrte das Geheimnis.
Ein ruhiges Vorstadtsträßchen im Frankfurter Norden; ein lichtflimmerndes Erkerzimmer mit Blick auf verschneite, eisig glitzernde Schrebergärten; ein schmuddliges Nischenbett, das er allenfalls in den dunkelsten Nachtstunden verließ. Seit vier Wochen verkrochen. Ceuner hatte ihm den Unterschlupf besorgt, und zum ersten Mal hatte er Dankbarkeit für den kleinen Verteidiger empfunden, dessen Rechnung doch noch aufgegangen war. Hinter verhängten Fenstern lag Georg im Bett, weder schlafend noch bei wirklichem Bewusstsein, und manchmal weinte er. Das war sentimental, albern, abgeschmackt, fand er selbst. Also schickte er meistens das trockene, kurze Lachen hinterher, das er sich in der Haft angewöhnt hatte und das eher wie nervöses Husten tönte. Und dann lachte er über das Lachen, das keines war.
»Aber das Leben geht doch weiter. Bei Ihrer Jugend, Herr Kroning ...«
Er glaubte es nicht. Er glaubte keinem mehr – nicht Ceuner, der als sein Bevollmächtigter durch die Stadt tänzelte, nicht der fetten Wirtin, die ihm drei- oder viermal täglich ebenso fette Speisen aufs Zimmer schleppte, und schon gar nicht sich selbst, obwohl alle Welt überzeugt war, dass der *Todesspieler* als glanzvoller Sieger aus dem Prozess hervorgegangen war.
»Der Albtraum ist vorbei«, fistelte Ceuner. »Kommen Sie zu sich, Herr Kroning!«
Er glaubte es nicht. Er lag im schmuddligen Nischenbett, auf den widerlich weichen Matratzen, stundenlang, die Arme hinter dem Kopf verschränkt, die Augen geschlossen, sodass er überhaupt nichts mehr sah. Er ließ alles mit sich geschehen. Er löffelte die Suppe, die ihm die Wirtin auf einem speckigen Tablett herbeischleppte. Er nickte, wenn sie oder Ceuner wieder mal auf ihn einredeten, wenn sie ihm einflüsterten,

dass er einen glänzenden Sieg erfochten hatte. Er unterschrieb alle Dokumente, die Ceuner ihm unterschob. Scheinbar bereitete er alles für einen Neuanfang vor, für ein müßiggängerisches zweites Leben als Millionenerbe, frei von Bindungen und Verpflichtungen beliebiger Art. Er löffelte, nickte, unterschrieb, wobei er sich, seinen Namenszug krickelnd, immer noch und immer stärker als Fälscher fühlte.

Die Wahrheit war, er hatte den Freispruch nicht gewollt. Nicht diesen Freispruch, der in den Zeitungen *Freispruch dritter Klasse* hieß. Und nicht mehr zu diesem Zeitpunkt, als er längst begriffen hatte, dass es in diesem Spiel keine Sieger, nur ruinierte Verlierer gab; denn die Regeln regelten es so.

Er lag im schmuddligen Nischenbett, nur mit dito schmuddliger Unterwäsche bekleidet, und wenn er im Lauf eines langen, leeren Tages zweimal zum Klo vis à vis tappte, wenn er vielleicht alle fünf Stunden nach dem *Gitanes*-Päckchen tastete, obwohl ihm das Zeug nicht mehr schmeckte – dann war es ein erfüllter, ein überfüllter Tag gewesen, dessen dämmrige Gedrängtheit ihn beinahe schwindlig werden ließ. Die Wahrheit war, dass er sich überrumpelt fühlte und ihm das alles – seine Freiheit, seine gespenstischen Geheimnisse, sein vermeintlicher Sieg – nur noch lästig war. Manchmal sehnte er sich geradezu wütend zurück in die enge, leere, streng geregelte Welt seiner Zelle, wo das Leben, das er jetzt führte, als normal und unabänderlich galt. Wo der Blick gegen Mauern prallte, sich zwischen Gittern und im Geschling aus Stacheldraht verfing. Wo man die Stirn gegen kühles, extradickes Glas drückte und schon in dieser Gebärde Zufriedenheit fand und die Möglichkeit, still weiterzuatmen. Während er sich jetzt, nach dem drittklassigen Freispruch, gezwungen sah, das Spiel zu Ende zu spielen, bis er endgültig vernichtet war.

Freispruch dritter Klasse hieß – man hatte ihn nur mangels hinreichender Beweise wieder weggeschickt; man behielt sich vor, ihn jederzeit aufs Neue vor Gericht zu zerren, sobald handfestere Anhaltspunkte gegen ihn vorlagen. Freispruch dritter Klasse hieß – er blieb unter Verdacht, aber nicht das bedrückte ihn, da er zeitlebens unter Verdacht gestanden hatte, sogar auf Verdacht gelebt hatte, indem er die Gebärden und das Lächeln jener imitierte, die sich in ihrem Leben, ihrer Wirklichkeit mit lachhafter Selbstverständlichkeit bewegten.

Er hatte alles riskiert, um seinen Durchbruch zu erzwingen, aber Freispruch dritter Klasse hieß, dass er gescheitert war. Er stand vor Trümmern. Früh schon gespürt, dass er nur mit den Spielen eine Chance bekam, und jetzt *das*. Die Wahrheit war, dass es für ihn überhaupt keine Wahrheit gab. Nur diese Schleier, die du zerreißt, und dahinter ist gar nichts. Nur diese Mauern, die du umstürzt, und dahinter ist gar nichts, nur diese Masken, die du durchlöcherst, und dahinter ist nichts. Er lachte. Er lag im schmuddligen Nischenbett, bei verhängten Fenstern, die Arme hinter dem Kopf verschränkt, und dachte – was für ein Riesenidiot er doch war, zeitlebens gewesen war und dass er sich diese Suppe selbst eingebrockt hatte. Diese miserabel

schmeckende Suppe, die ihm die fette Wirtin mehrmals täglich auf speckigem Tablett herbeischleppte, wobei sie ächzte:
»Das Leben geht doch weiter, junger Mann.«
Welches Leben? Immerhin, vom Verdacht des Elternmordes war er wegen erwiesener Unschuld entlastet, und dieses Teilurteil, beteuerte Ceuner, würde auch vor der höheren Instanz standhalten, sodass mit seiner neuerlichen Verhaftung so bald nicht zu rechnen war. Die höhere Instanz, prophezeite Ceuner, würde den Kroning-Prozess aufsplittern und getrennte Neuverhandlung der Fälle Martens, Prohn/Kortner und Bauer anordnen. Was laut Ceuner bedeutete: Im Fall Bauer mussten die Polizisten erst einmal die kriegerische Vergangenheit des alten Josef, seine derben Späße in winterlich polnischen Dörfern und überhaupt sein abscheuliches Geheimleben durchleuchten, ehe die gründlich blamierte Staatsanwaltschaft eine neue Anklage riskieren würde. Mochte sein, dass man sich entschloss, diese Angelegenheit sanft entschlafen zu lassen, da Kriegsverbrechen hierzulande so gut wie nie von Gerichten untersucht wurden und man in der sogenannten Öffentlichkeit wenig Verständnis finden würde, wenn man den Mörder eines Massenmörders aburteilte, nachdem der Massenmörder selbst in aller Seelenruhe steinalt geworden war.
Mochte sein, mochte alles sein, dachte Georg – viel entscheidender war die Rolle, die in diesem Revisionsspiel – immer laut Ceuner – Alex Kortner zugedacht war.
Alex war weiterhin flüchtig. Die Polizisten hatten keinen Anhaltspunkt, wo er sich versteckt halten mochte. Aber klar war, über kurz oder lang würden sie ihn aufspüren, und sowie er verhaftet war, würden die bis dahin ruhenden Verfahren in Sachen Martens und Prohn wieder aufgerollt werden. Im Fall Prohn galt Alex selbst als der eigentlich Tatverdächtige, doch er konnte mit einem milden Urteil rechnen, wenn er Georg als Drahtzieher anschwärzte und sich als Kronzeuge im Mordfall Martens zur Verfügung stellte. Nachdem er in seinen berühmten Briefen bereits versucht hatte, Georg die Prohn-Affäre anzuhängen und ihn mit der Martens-Geschichte zu erpressen, war Georg genauso wie Ceuner überzeugt, dass Alex nicht zögern würde, ihn abermals anzuschwärzen, sobald er den Polizisten in die Falle lief.
Dazu kam – Alex hatte schon in Zürich praktisch das Leben eines Profiverbrechers geführt. Er hatte rund zehntausend Franken pro Monat erbeutet, aber vor Georg die Rolle des mittellosen Waisenjungen und weltfremden Träumers gespielt. Vieles deutete darauf hin, dass er seit langem geplant hatte, in die Kroning-Identität zu schlüpfen, und sich nur aus diesem Grund an Georg rangemacht und auf seine Chance gelauert hatte. Und er war raffiniert genug gewesen, die Prohn-Affäre in eine solche Chance umzumünzen. Nachdem Georg freigesprochen worden war, würde Alex alles daransetzen, seinen Plan zu Ende zu führen.
Freispruch dritter Klasse hieß also – Freiheit von Alex' Gnaden. Wenn er den Polizisten in die Falle ging, würde er Georg mit der Martens-Affäre anschwärzen, und er

würde behaupten, dass Georg ihn in Zürich unter Ausnutzung seiner emotionalen Hörigkeit zu Prostitution und Raub gezwungen hätte; dass Georg demnach auch an Prohns Tod zumindest mitschuldig war. Auf seinen Befehl hin hatte Alex sich mit den Freiern eingelassen, ihre Kleidung und Brieftaschen durchwühlt. Georg war verantwortlich dafür, dass er sich von Prohn hatte abschleppen lassen; ohne Georg wäre es nie zu dem tödlichen Kampf gekommen, in dessen Verlauf Prohn erstochen worden war. Dass Klaußen den Prohn abgerichtet hatte, dass er mithilfe des halb irren Prohn einen teuflischen Mordanschlag auf Alex inszeniert hatte; dass Alex sein Sohn war, den er aus verworrenen Gründen bis auf den Tod gehasst hatte – das alles wusste niemand, und wenn Georg versuchen würde, den Polizisten und Richtern diese Geschichte aufzutischen, würde ihm niemand glauben. Ganz abgesehen davon, dass er entschlossen war, sie niemandem zu erzählen.

Ergebnis also, laut Ceuner: Georg würde für zehn oder fünfzehn Jahre hinter Gittern verschwinden, während Alex höchstwahrscheinlich mit zwei oder drei Jahren Jugendstrafe davonkam. Aber für Georg war klar, dass Alex nur im äußersten Notfall in die Kronzeugenrolle schlüpfen würde; er würde nicht ruhig abwarten, bis er eingekreist und verhaftet war. Alex, der beinahe sein ganzes Leben in mehr oder weniger fest verschlossenen Häusern verbracht hatte, wollte nicht für weitere zwei, drei Jahre eingesperrt werden, um anschließend zwar frei, auch frei von Verdacht zu sein, aber frei nur noch zu dem trostlosen Leben eines vorbestraften jungen Mannes ohne Bildung, ohne Vermögen, ohne jede wirkliche Chance. Alex, der kaltblütig genug gewesen war, seinen Plan nicht nur auszuklügeln, sondern trotz aller Widrigkeiten seine Chancen zu wahren und sogar schrittweise zu verbessern; Alex, der es verstanden hatte, sich seit fast acht Monaten der Fahndung zu entziehen – er würde jetzt versuchen, auch noch das letzte Hindernis zu beseitigen und für immer in die Kroning-Identität zu schlüpfen. Und dieses letzte Hindernis war Georg.

Freispruch dritter Klasse hieß also letzten Endes, dass es zum Kampf kommen würde, zum wirklichen Kampf auf Leben und Tod, wie Georg ja seit langem geahnt, beklommen gespürt hatte: Wenn er eines Tages einen Menschen töten würde, nicht mit einer Waffe auf Distanz, sondern beispielsweise mit einem Steinbrocken, wobei sie sich am schlammigen Ufer eines rasend dahinströmenden Flusses wälzten – dass dieser Mensch Alex wäre. Und die Wahrheit war, einen solchen Freispruch hatte er wirklich nicht gewollt.

Er lag auf dem schmuddligen Nischenbett, nur mit dito schmuddliger Unterwäsche bekleidet, die Augen geschlossen, sodass er überhaupt nichts mehr sah. Manchmal trat er ans Fenster, schob den Vorhang ein wenig zur Seite. Draußen, in dem schläfrigen Vorstadtsträßchen, über den eisglitzernden Schrebergärten, soweit man schauen konnte – dort draußen fiel immer noch Schnee, sank, schwebte, wirbelte wie seit Wochen der Schnee in weißen, weiten Tüchern, aber schmutzigweiß, noch ehe sie Dä-

cher und Äcker berührten. Ein Schneemann, dachte er, ein Schneemann, schmutzigweiß, und die dunklen Flecken mittendrin, das waren die Augen. Manchmal weinte er. Das war abgeschmackt, fand er selbst. Und schickte das kurze, trockene Lachen hinterher, das eher wie nervöser Husten klang. Und dann lachte er über das Lachen, das keines war. Kehrte zum Bett zurück, sackte auf die widerlich weiche Matratze. Wer konnte ihn zwingen, irgendwann, morgen oder in einem Monat, aus seinem Versteck hervorzukriechen; wer konnte ihn zu dem Eingeständnis zwingen, dass es außerhalb dieses Zimmers noch so was wie eine Welt, Wirklichkeit oder wie auch immer gab? Die Wahrheit war, dass er sich aus Todesangst hier verkroch. Er versteckte sich vor Alex – vor Alex, den er in fieberfarbenen Träumen auf sich zu tänzeln sah, lächelnd, in den Händen mal ein Klappmesser, mal eine Pistole und meistens aber einen Geröllbrocken, den er sich gegen die Brust drückte wie früher Josef und den er Georg auf den Kopf schmetterte, um genauso lächelnd weiterzutänzeln, während Georg wimmernd liegenblieb. Und obwohl er es noch kein einziges Mal geschafft hatte, aufzuwachen, *bevor* Alex ihm den Geröllbrocken auf den Kopf schlug, musste er sich beinahe täglich anhören, wie Ceuner fistelte: »Der Albtraum ist vorbei! Kommen Sie zu sich!«
Und wie die fette Wirtin ächzte: »Das Leben geht doch weiter! Bei Ihrer Jugend!«
Welcher Jugend? Er war zermürbt, und wenn er, was selten vorkam, einen raschen Blick in den Badspiegel riskierte, erschrak er nicht mal mehr über seine schwärzlichbleiche, murmeläugige Hässlichkeit. Er war müde, er war leer, aber Freispruch dritter Klasse hieß – sie zwangen ihn, das Spiel zu Ende zu bringen. Und die Wahrheit war, er hatte diesen Freispruch nicht gewollt, der ihm lediglich freistellte, auf seinen Mörder zu warten oder selbst weiterzumorden; zum ersten Mal selbst und allen Ernstes einen Mord zu begehen. Einen Mord, der so oder so nichts anderes als verkappter, dramatisch inszenierter Selbstmord war. Freispruch dritter Klasse – zum Freitod freigesprochen sein.
Aber die Wahrheit war auch, er wollte noch nicht sterben. Also musste er kämpfen. Lange weigerte er sich, sträubte sich vor sich selbst, diese Schlussfolgerung zuzugestehen. Doch am Ende der vierten Woche nach seiner Haftentlassung war er soweit, dass er zwar bestimmt nicht sagte: Ich bin dankbar für diese Chance auf ein neues Leben. Aber immerhin so weit, dass er insgeheim dachte: Also gut, diesen Schlusszug noch, und was nachher käme, wäre ihm egal. Sicher keine weitere Partie mehr, gegen keinen, überhaupt nie mehr ein Spiel.
Er hatte verfügt, dass seine komplette Spielesammlung aus der Kroning-Villa zu den Sontheims transportiert wurde, ein Geschenk für Johannes. Mit knapper Not war die Spielesammlung gerettet worden, als die Rammbirne einer Abbruchfirma schon vor der gläsernen Westwand schwankte. Inzwischen war die Villa, immer laut Ceuner, abgerissen worden, da man Platz für das Siechenasyl brauchte. Vielleicht in der Hoff-

nung, seinen Gott gnädig zu stimmen, hatte auch Klaußen sein gesamtes Vermögen der Kirche vermacht.

Die Trennmauer zwischen Kroning- und Klaußen-Park war zertrümmert worden. Das Leben ging also weiter, insofern war die dicke Wirtin kaum zu widerlegen. In Georgs Namen hatte Ceuner den Sontheims vor etwa zwei Wochen einen Besuch abgestattet und anschließend berichtet, dass Johannes heimgekehrt war. Mithilfe seiner zierlichen Krückstöcke bewegte er sich geschmeidig, wenn auch hüftlahm durch die Sontheim-Villa, und zuweilen lächelte er zum Entzücken seiner Eltern, obwohl sein Lächeln verzerrt und rätselhaft war. Worüber sollte er lächeln? Aber Tatsache war laut Ceuner, dass er sogar hin und wieder redete, allerdings selten, leise und murmelnd, sodass man nur wenig verstand. Doch wenn man genau hinhörte, bemerkte man immerhin, dass er gewöhnliche, allseits bekannte und anerkannte Wörter benutzte und auch die Betonungen an den richtigen Stellen anbrachte, sodass seine Eltern sich wenigstens nicht schämen mussten.

Für die Spielesammlung, die in einem Transportwagen tags zuvor angeliefert worden war, dankte Johannes mit solcher Begeisterung, dass den Eltern mulmig wurde. Überhaupt schwirrten bei diesem Ceunerschen Besuch die Dankesformeln nur so durch den Raum. Ceuner behauptete, Georg werde den Sontheims und speziell Johannes ewig dankbar sein für ihren mutigen Entschluss, vor Gericht zu erscheinen. Umgekehrt behaupteten die Sontheims, sie seien es, die für immer in Georgs Schuld stünden, da er den kleinen Johannes dazu gebracht hatte, aus seiner puppengesichtigen Unbewusstheit aufzutauchen. Die Wahrheit war hier allerdings, dass weder Georg noch die Sontheims wirkliche Dankbarkeit für die wechselseitig bewirkten Wunder empfanden. Der einzige aufrichtige Dank kam von Johannes und beschränkte sich auf das überwältigende Geschenk, Georgs drei- oder vierhundert teils antiquarische, teils eigenhändig modellierte Spiele.

Ungefähr Mitte Februar entschloss sich Georg, das schmuddlige Nischenbett aufzugeben – nicht auf der Stelle, aber vielleicht innerhalb der nächsten drei, vier Tage. Inzwischen hatte Ceuner alle Formalitäten abgewickelt, womit seine Vollmacht erloschen war. Georgs Pflichtanteil aus dem elterlichen Erbe war auf sein Schweizer Konto geflossen, abzüglich des Erfolgshonorars in Höhe von einer Million, das Ceuner mit lächelnder Selbstverständlichkeit eingestrichen hatte, obwohl er das Mandat ursprünglich nur übernommen hatte, um in Klaußens Auftrag zu verlieren. Auf diesen heiklen Punkt waren sie nie mehr zurückgekommen. In den Zeitungen hatte Georg gelesen, dass den schnauzbärtigen Staatsanwalt keine Schuld am Freispruch des Todesspielers treffe, der nach dem wundersamen Auftritt des Zeugen Sontheim auch durch ein weniger mutwilliges Plädoyer nicht zu verhindern gewesen wäre.

Im Stillen fügte Georg hinzu: Warum sollte er auf Ceuner böse sein, der im *Todesspiel* genauso wie der Staatsanwalt nur die Rolle einer unbedeutenden Randfigur gespielt

hatte? Erst hatte Kroll versucht, den *Irrläufer* durch einen Schläfenschuss zu erledigen, aber das Ergebnis war, dass Kroll von Klaußen abgeschossen worden war. Nach Krolls Ausscheiden hatte sich Klaußen auf Georg konzentriert, er hatte Ceuner auf ihn angesetzt, aber Georg war ihm zuvorgekommen. Margot hatte ihre vier Schüsse abgefeuert, und jetzt – jetzt taumelten alle Figuren vom Spielplan, und nur der *Irrläufer* selbst blieb als einziger Überlebender in der leeren Mitte stehen. Die Regeln regelten es so. Der *Irrläufer* stand scheinbar da als prachtvoller Sieger, als Gewinner gegen jede Vernunft und Wahrscheinlichkeit. Aber Siegen und Scheitern, das hatte Georg zu spät begriffen, Gewinnen und Verlieren waren für den *Irrläufer* eins. Der *Irrläufer* siegte, hieß – man sprach ihn dritter Klasse frei. Und irgendwo draußen lauerte der Mörder – kein anderer als er selbst.
Todesangst. Er brauchte mehr als vier Wochen, bis er mit flattrigen Nerven vor sich selbst zugab, dass alles nur schlimmer wurde, je länger er sich hier verkroch. Immerhin, die Wirtin hatte ihn ein wenig aufgepäppelt, sodass ihm äußerlich wieder mal kaum was anzumerken war. Ihm – seinem Körper, dieser fleischigen, warm atmenden Puppe, vor der er nur noch Ekel empfand; ihm – seinen Grimassen und Gebärden, die er beinahe wie früher kontrollierte; ihm – seinen Augen, die allerdings stumpf blieben und murmelähnlich starr. In diesen Augen glänzte längst nicht mehr und dämmerte niemals mehr der Traum. Schneemänner hatten solche Augen; man schob ihnen Schotterbrocken in die Höhlen, und wenn Schmelzwasser troff, höhnte man – pah, Tränen! Und seine Lage war jetzt nüchtern betrachtet die:
Alex lauerte auf seine Chance, ihn zu erledigen, ihn mit einem Wort zu ermorden, das war absolut klar. Wenn Alex aus seinem Unterschlupf hervorkroch und von den Polizisten geschnappt wurde, würde er in die Kronzeugenrolle schlüpfen, in der für ihn selbst wenig zu befürchten war. Aber Alex hatte Zeit genug gehabt, sich jeden Schritt hundertmal zu überlegen. Er war raffiniert, verschlagen, und zweifellos war er besessen von seiner Absicht, für immer die Georg-Kroning-Maske überzuziehen. Sehr viel wahrscheinlicher war daher, dass er es schaffen würde, aus seinem Versteck aufzutauchen, ohne dass die Polizisten ihn bemerkten; dass er Georg aufspüren, sich an ihn heranschleichen und ihn über kurz oder lang genau hier, in diesem schmuddligen Nischenbett, ermorden würde.
Das konnte noch Tage dauern, Wochen oder Monate, sodass Alex vielleicht sogar zu spät käme. Denn Georg würde langsam, aber sicher an seiner Todesangst ersticken; er würde sich Tag und Nacht, und jeden Tag, jede Nacht ein wenig ängstlicher fragen – was macht Alex jetzt? Wie weit mochte Alex schon sein? Und dann in der Nacht, dieser Schatten am Fenster, war das nicht Alex? Dieses Stöhnen einer Diele im Stiegenhaus, ob das nicht der herbeischleichende Alex war? Seine Angst würde ihn zerfressen, über kurz oder lang würde er durchdrehen, sich aus dem Fenster werfen oder schreiend auf die Straße rennen, irgendwas dieser miserablen Art.

Nein, er verschlimmerte nur seine Lage, je länger er sich bei der fetten Wirtin versteckt hielt. Er musste die Initiative zurückgewinnen, ehe es zu spät war; er musste Alex aufspüren, und dann ... Manchmal ertappte er sich bei dem Gedanken, dass eine Versöhnung vielleicht doch noch möglich war. Sie gehörten zusammen, das hatte er immer schon gespürt. Inzwischen wusste er, diese irritierende Empfindung, dass sie irgendwie eins waren, war kein leerer Wahn gewesen, sondern so was Ähnliches wie die Wahrheit. Er ging soweit, vor sich selbst zuzugeben, dass Alex mindestens genauso viel Recht auf die Georg-Kroning-Maske hatte wie er selbst; womöglich sogar ein stärkeres Recht als er, der auf den Namen Kroning sowenig wie Alex einen natürlichen Anspruch besaß.

Alex und er gehörten zusammen, das hatte er immer schon gespürt, aber genauso hatte er immer schon probiert, diesen Alexteil in ihm zu zerstören. Wer war Alex? Nicht anders als Klaußen, der Vater, hatte auch Georg immer schon Alex gehasst und zu töten versucht. Er hatte Alex gesucht, instinktiv, witternd wie ein Raubtier und ohne sich selbst zu begreifen. Er hatte ihn gesucht in dem Krüppelzwerg Peter Martens, auch im alten Josef; er hatte ihn gewittert, angelockt und vernichtet, immer wieder, und immer wieder war Alex ihm entschlüpft. Alex hatte sich nach draußen geflüchtet, wo er halbwegs in Sicherheit war, zumindest vor Georg, doch jetzt wollte Alex zurückschlüpfen, was sein gutes Recht war, denn sie gehörten zusammen, trugen den gleichen Namen, und Georg ahnte seit langem, dass Alex sozusagen stärker, echter, lebendiger war als er selbst.

Spätestens vor Gericht, am letzten Prozesstag, hatte er auch dieses Rätsel begriffen – allerdings nur das Rätsel selbst, nicht, wie es womöglich zu lösen war. Er hatte dem kleinen Johannes einzuflüstern versucht, dass er, so wie damals Johannes, in der Gewalt des Riesen Vrontzek sei, und er hatte ihn angefleht, ihm das Geheimnis zu verraten, wie man sich aus Vrontzeks Gewalt befreite. Aber mit diesem Gauklertrick war er gescheitert. Johannes hatte ihn nicht für seinesgleichen gehalten – aus der Tiefe seiner Unbewusstheit heraus hatte er in Georgs Gesicht geschaut, aber nicht wie in einen Spiegel, in dem er sich selbst zu sehen glaubte. Mit seinen dunklen Murmelaugen hatte er Georg angesehen und ganz selbstverständlich gewusst, dass er immer noch in der Gewalt des verwunschenen Riesen war. Georg war nicht Johannes. Alex war Johannes. Georg war Vrontzek.

Er spürte, wenn er so weitermachte, auf dem Bett liegend und den verworrenen Geheimnissen des *Todesspiels* nachspürend – dass er über kurz oder lang wirklich so verrückt werden würde, wie er beispielsweise nach Krolls Überzeugung heute schon war. Und dass sich Alex, der seine Zeit keineswegs mit solchen grässlichen Rätseln vergeudete, näher und näher an ihn heranschleichen und sich irgendwann über ihn werfen würde. Um ihm ein Messer ins Herz zu stechen, eine Kugel in den Kopf zu feuern oder um diesen Kopf ganz einfach mit einem harten Gegenstand zu zerschlagen.

Allerdings würde Alex sich irgendwas einfallen lassen müssen, damit die Georg-Leiche spurlos verschwand. Denn er konnte zwar, mithilfe von Haarfärbern und braunen Augenmasken, problemlos in die Georg-Kroning-Rolle schlüpfen, sodass man ihm vielleicht nie auf die Schliche kam. Aber wenn er Georg umbrachte, konnte er die Leiche nicht so präparieren, dass die Polizisten den toten Georg mit dem toten Alex verwechseln würden. Schließlich glaubten Polizisten schon von Berufs wegen an klare, unverwechselbare Identitäten.

Aber Georg war fast sicher – auch dafür hatte Alex längst einen Plan. Alex würde in die Georg-Kroning-Rolle schlüpfen und sich in einem Weltwinkel niederlassen, wo man von den Kronings und Klaußens, von Alex Kortner und vom *Todesspiel* noch nie gehört hatte. Oder er würde sich, von seinem Bankkonto zehrend, auf kostspielige Reisen begeben, wo ihn zuweilen eine Minutentrauer überfiel – Trauer um Margot, vielleicht sogar, ganz selten, eine kleine Traurigkeit wegen Georg. Im Übrigen würde er endlich das Leben eines Genussmenschen führen, von dem er höchstwahrscheinlich seit vielen Jahren träumte und für das er zweifellos die nötigen Talente besaß. Dazu kam, Alex hatte den ungeheuren Vorteil, dass er von all den düsteren Rätseln ihrer Herkunft nicht das Mindeste ahnte und dass er nie davon erfahren würde, wenn Georg ihm dieses Wissen nicht aufzwang. Um diesen Vorteil, um diese beinahe blödsinnige Unschuld beneidete er den anderen, beneidete ihn unter Tränen und schickte gleich das kurze, trockene Lachen hinterher, das eher wie Husten klang.

Alex würde nie erfahren, dass sein eigener Vater versucht hatte, ihn mithilfe eines abgerichteten, vor Schuldgefühlen halb irren Homosexuellen namens Alfred Prohn zu ermorden. Alex würde nie erfahren, dass er mit seiner eigenen Halbschwester geschlafen und möglicherweise ein Kind gezeugt hatte. Alex würde nie erfahren, dass er sich seit Monaten darauf vorbereitete, seinen eigenen Halbbruder zu töten, dessen Namen er in seiner ersten Lebenswoche getragen hatte, was seinen Mordplan, seinen Identitätsraub beinahe zu rechtfertigen schien. Das alles würde Alex nie erfahren, es wäre denn, Georg würde ihn zwingen oder vielleicht anbetteln, sich die düsteren und mysteriösen Geschichten anzuhören. Aber würde Alex ihm glauben? Würde er wirklich zögern, ihn zu töten, nur weil Georg ihm diese unglaublichen Geschichten aufzutischen versuchte? Würde er begreifen, dass er im Begriff war, die Mörderhand gegen seinen eigenen Bruder zu erheben? Würde er nicht vielmehr annehmen, dass Georg die rührenden Histörchen in letzter Verzweiflung fabulierte, um sein Leben zu retten? Die Wahrheit war, dass Alex zweifellos zum Äußersten entschlossen und an einer sentimentalen Versöhnung nicht interessiert war.

Inzwischen rückte schon das Februarende in den Blick. Mehr als sechs Wochen hatte Georg auf dem Nischenbett verdämmert, als er endgültig einsah – er hatte ja keine Wahl. Denn Freispruch dritter Klasse hieß: Sie zwangen ihn weiterzumorden, bis seine Welt wirklich leer war. Sieg und Scheitern waren für den *Irrläufer* eins. Alex

töten hieß – er vernichtete sich selbst, wissentlich, aber gegen seinen Willen. Oder vielleicht eher willenlos. Nur wirklich freie Menschen können morden, das kam von Sieburg und war trotzdem wahr. Und Freispruch dritter Klasse hieß – man war nicht mal frei, wirklich zu morden. Alex töten, sich selbst hinrichten. Er war leer, leer, ein nebliger Schemen, eine schleierhafte Verhüllung von gar nichts mehr. Wenn er Alex aufspürte, Alex umbrachte, blieb draußen wie drinnen nichts von ihm übrig, oder höchstens ein Name, ein Lichtbild, eine fleischige Puppe, die stumpfsinnig ihre Därme füllte, entleerte. Ein Name, ein Lichtbild, und kein Zweifel, dass beides Alex gehörte. Aber er – er würde hingehen und Alex töten.
Sein Leben lang hatte er Alex gesucht, ihn zu zerstören, abzutöten versucht, jetzt gab es kein Zurück mehr. Das ganze Todesspiel nur, um mit Tritten und Schüssen all die Spiegel zu zersplittern, all die Masken zu zerfetzen, hinter denen Alex sich versteckte. Jetzt war die Welt leer, die Welt drinnen wie draußen leer; Alex' Schliche waren erschöpft, es gab kein Zurück mehr. Früh schon gespürt, dass er nur mit den Spielen durchbrechen konnte. Alex töten, der Schlusszug. Was dann käme, wäre ihm egal, sicher kein Spiel mehr, keine neue Partie mehr, denn auch zu den Spielen gäbe es dann kein Zurück mehr.

11

An einem Donnerstag Ende Februar, einem der kältesten Tage überhaupt, erhob sich Georg von seinem Bett und ging als Erstes unter die Dusche. Er rasierte sich, schlüpfte in die Kleidungsstücke, die Ceuner ihm besorgt hatte, alles mit ruhigen, anscheinend geläufigen Gebärden. Zum Schluss ein dunkler Hut, den er tief in die Stirn drückte, dazu eine spiegelnde Sonnenbrille, wie sie im Winter viele Leute gegen das Schneelicht trugen. Den lammledernen Mantelkragen hochgeschlagen; keine Maskerade, nur Schutz gegen den beißenden Frost. Abschied von der Wirtin, die ein letztes Mal ächzte: »Kopf hoch, junger Mann! Das Leben geht weiter!«
Zuletzt Abschied von Ceuner, der ihm in all den Monaten beinahe sympathisch geworden war. Aber nur beinahe. »Was haben Sie jetzt vor, Herr Kroning, wenn ich fragen darf?«
Hierauf erwiderte er nichts. Er trat auf die Straße, schlüpfte ins wartende Taxi, verschwand.

+++

Mit dem Intercity erster Klasse nach Zürich, von dort nach kurzem Aufenthalt im Eilzug weiter nach Biel oder Bienne, einem wirbligen Städtchen an der Grenze zur Welschschweiz. Niemand, der sich für ihn interessierte; keiner, der sich zu erinnern schien. Die Welt leer. In Biel halbe Stunde im Bahnhofsrestaurant gewartet; dann im Regionalzug, Abenddämmerung, nach Tavannes. Hier sprach man schon nur noch Französisch, gab sich Französisch, alles echt wirkend, aber jeder schien zu spüren, man spielte nur, verstellte sich, kostümiert mit Baskenmützen, und in Wahrheit war Frankreich fern. Sehr angenehm. Eintauchen in das landesübliche Identitätsgeheuchel, wo jeder sich am Schein erfreute, gegen Frost maskierte; das ganze Land eine bergige Bühne, tief verschneit und tückisch glitzernd vereist. Bei fünfzehn oder zwanzig Frostgraden aus dem Bahnhof Tavannes gestapft, in der Brusttasche eine Karte der Schluchten, der Berge, Wälder. Die Straße, ein paar ärmliche Häuser, dann wirklich der Wald.

Der Wald und die Nacht. Er wusste nicht, wie viele Stunden er brauchen würde; zu spät merkte er, dass er diese Reise schlecht oder eigentlich gar nicht geplant hatte. Er hatte sich nur an Margots Schilderung erinnert – eine Berghütte nahe dem Jura-Örtchen Bellelay, das hauptsächlich aus einer Irrenanstalt bestand. Die Hütte gehörte den Klaußens; sie lag einsam in den Wäldern; früher hatten sie manchmal die Ferien hier verbracht. Georg war sicher, dass sich Alex in dieser Hütte verkrochen hatte.

Die Finsternis. Die kahlen, knarrenden Bäume; Äste, die wie mit Fingern nach ihm fassten, seine Wangen streiften, seine Stirn. Hoch oben die funkelnden Sterne und unter ihm das glitzernde Eis wie ein zweiter Himmel, den er mit Füßen trat. Eine Nacht so kalt, so klirrend klar, wie er noch keine erlebt hatte. Frost kroch ihm in die Knochen, da halfen auch die dick gefütterten Stiefel nichts, die extra warme Wollhose, die Ceuner ihm besorgt hatte. Ab und an blieb er stehen, funzelte mit dem Feuerzeug über die Wanderkarte, die ihm immer wieder aus den klammen Fingern rutschte, in den Schnee fiel. Er spürte Hunger, Durst; er hatte nicht daran gedacht, sich mit Proviant zu versorgen. Zu spät. Nachtvögel krächzten durch die frostdicke Finsternis. Er fühlte sich schwächer, als er sowieso befürchtet hatte. Jetzt rächten sich die sechs verdämmerten Wochen, überhaupt die unbewegliche Lebensweise, die er sich in der Haft angewöhnt hatte wie das nervöse Lachen.

Weiter, obwohl ihm mit jedem Schritt unheimlicher wurde. Weiter, denn ein Zurück gab es jetzt nicht mehr. Und schließlich wanderte er ja nicht durch wildesten Wald wie im Märchen, sondern durch ein sorgsam geforstetes Naturschutzgelände, in dem es bestimmt keine bösen Wölfe und schon gar keine geifernden Geister gab. Bloß hagere Bäume auf den Hängen oder als Verschwörergruppen in den weißen Wiesen; ihre Eisbärte funkelnd in der Finsternis. Andauernd musste er sich bücken, um mitten im Wald oder auf freier Wiese niedere Türchen in Zäunen zu öffnen, die das Gelände nach einem unverständlichen Plan kreuz und quer zerteilten. An jedem zweiten, dritten Türchen blieb er stehen, paffte eine *Gitane*, obwohl er sich an den Qualm nicht mehr gewöhnen konnte. Er paffte trotzdem weiter, sozusagen aus Trotz gegen Alex, den schließlich er auf den *Gitanes*-Geschmack gebracht hatte. Überhaupt auf den Geschmack, wie er frierend hinzufügte – Geschmack auf den Georg-Kroning-Stil, in den er sich anscheinend völlig vernarrt hatte.

Gegen zwei Uhr früh fürchtete er, in die Irre gelaufen zu sein. Inzwischen steckte er wirklich im dicksten Wald; wenigstens eine Stunde lang war er einem ansteigenden Bergweg gefolgt, der sich in endloser Krümmung um eine mindestens vierzig Meter tiefe Felsschlucht zog. In völliger Erschöpfung setzte er sich auf einen vereisten Steinbrocken, funzelte wieder über die Karte, die mit Wegen, Kreuzungen äffte, die es in der Wirklichkeit oder jedenfalls in der Finsternis nicht gab. Mit dem Rücken lehnte er sich gegen einen Baumstamm, die Müdigkeit gaukelte ihm vor, dass er in seinem Bett lag wie seit Wochen, und dies alles hier, der tödliche Frost, die Schlucht hinter seinem Rücken – dies alles war nur ein Traum. Kein Grund hochzuschrecken; schlaf weiter, du bist warm zugedeckt, du frierst nicht wirklich, das hast du dir schon mal eingebildet, weißt du noch? Lächelnd nickte er im Halbschlaf – natürlich, Krolls raffinierter Trick im Kellergewölbe. Aber was haben dir deine Schliche geholfen, Kroll, deine verrückte Rücksichtslosigkeit? Nichts. Du bist gescheitert, Kroll. Und Klaußen? Noch krachender als Kroll. Und jetzt? Jetzt ich ... Er lächelte im Schlaf. Rutschte schlafend von dem Steinbrocken, lag rücklings im Schnee, am Rand der Schlucht, träumte friedlich vom Todesspiel.

Noch einmal hatte er Glück – wenn man Glück nennen wollte, dass er zwar eine Stunde später hochschreckte, in die eisige Nacht blinzelte und sich taumelnd aus seinem Schneebett erhob. Aber da fieberte er schon, glühend nach dieser fürchterlichen Verkühlung, die sein Organismus auszugleichen versuchte, indem er die letzten Reserven verfeuerte. Er schwitzte am ganzen Körper; Blitze zuckten vor seinen Augen, und obwohl er vor Hitze zu vergehen glaubte, klackten und klapperten seine Zähne in wütendem Schüttelfrost. Während er mechanisch, schwankend wie schwer Berauschte, dem weiter ansteigenden Bergweg folgte, warfen sich von überallher wildfantastische Bilder aus der Finsternis, wirbelten auf ihn nieder, wickelten ihn ein. Scheinbar stürzten über ihm krachend und knirschend ganze Wälder ein; schlanke Tannen zischten schräg über den Weg, bohrten sich links in die Schlucht wie von Riesen geschleuderte Speere. Plumpe Erdtiere wühlten sich aus ihren Höhlen, krochen schnaubend, schnaufend, heiser fauchend aus allen Löchern, flohen mit trommelnden Pfoten vor einer Katastrophe, die doch nur ihn, allein ihn betraf. Denn während er taumelnd dem glitzernd vereisten Bergweg folgte, blieb ihm doch Bewusstsein genug, um zu erkennen: Jetzt ging es wirklich zu Ende mit ihm. Er war krank, er würde sterben; die Finsternis schlang ihn, die Schlucht saugte ihn ein. Er fiel hin, auf den Bauch, presste sein heißes Gesicht in den scheinbar brennenden Schnee.

Aber noch war es nicht vorbei; er staunte über seine Zähigkeit. Er versuchte hochzukommen, sackte zurück. Dann eben anders. Er fing an zu kriechen, indem er die gekrümmten Knie gegen den Eisschorf stemmte und dann mühsam, Bein für Bein, Zentimeter um Zentimeter, streckte. Und wirklich, auch so kam man vom Fleck, allerdings keuchend, von einer drinnen brüllenden Hitze zerfressen, die doch nicht verhindern konnte, dass er draußen jämmerlich fror. Er kroch, robbte, schob sich durch knirschenden Schnee, über glitzerndes Eis, vielleicht eine Stunde lang, vielleicht zwei, drei. Auch die Zeit war vereist, sein Zeitgefühl wie alle anderen Empfindungen. Plötzlich wurde es vollkommen finster.

Zuerst glaubte er, dass er vor Erschöpfung erblindet sei. Wieder legte er sein Gesicht in den Schnee und wollte aufgeben. Aber seine immer noch lebensgierigen Finger tasteten links, seine Füße tasteten rechts, und allmählich dämmerte ihm – er steckte quer in einer Art Stollen.

Daher die totale Finsternis. Und mit seltsamer, mit lebensrettender Klarheit erinnerte er sich, dass Margot ihm von einem dunklen Tunnel erzählt hatte, durch den man hindurch musste, bevor man bei der Berghütte war. Also war er gar nicht in die Irre gelaufen? Er kroch weiter, Zentimeter um Zentimeter durch den höllenfinsteren Stollen, von dessen Wänden das Echo seines Keuchens, seiner klappernden Zähne widerhallte.

Vielleicht war es bloß die Verblüffung über seine Zähigkeit, diese plötzlich aufflammende Lebensgier, die ihn durchhalten ließ. Irgendwann glitzerte ringsum wieder Eis, und durch die Dunkelheit funkelten die Sterne. Er hatte es geschafft.

Hatte was geschafft? Zittrig stemmte er seinen Kopf hoch – weit und breit keine Hütte, nur dunkel glänzende Berge, steile Hänge, darauf die Bäume wie aufmarschierte Armeen. Also weiter, durch nichts vorangetrieben als die Verblüffung über seine Zähigkeit? Nein, jetzt ging es nicht mehr. Jetzt gab es kein Zurück, aber auch kein Voran mehr. Die wütende Glut in seinem Innern erlosch. Wie kalt ihm auf einmal war. Todeskalt. Sterbensmatt. Das Ende, ja. Das Spiel zu Ende gespielt. Wieder legte er sein Gesicht in den Schnee.

Und so, flach liegend, mit geschlossenen Augen, schrie er plötzlich los, hörte sich selbst schreien, mit allerletzter Kraft, mit einer Stimme so heiser und fauchend, dass sogar der härteste Fels zusammenschreckte: »*Geee – ooorg! ... Geee – ooorg!*«

Und dann nichts mehr. Er schlitterte weg, schlief ein.

12

Er hörte den Schrei, war sofort hellwach und huschte zum Fenster, das mit schwarzen Tüchern lichtdicht verhängt war. Er lüpfte die Tücher, spähte in die glitzernde Finsternis, und wirklich – da lag der andere bäuchlings im Schnee. Auf diesen Augenblick hatte er gewartet, seit Wochen, eigentlich ein Leben lang. Aber jetzt Obacht. Gut möglich, dass der andere ihm eine Falle zu stellen versuchte, wofür er ja spätestens seit der Morsche-Tanne-Affäre berüchtigt war. Er duckte sich unter die schwarzen Tücher und spähte geduldig ins Dunkle.
Seit acht Monaten steckte er in der Hütte, doch die Zeit war ihm nicht lang geworden. Hier gab es so ziemlich alles, was man brauchen konnte – einen Keller voll Konserven, den er mit Margot im Sommer aufgefüllt hatte; oben im Zimmer Wände voller Bücher, die er gierig in sich hineingeschlungen hatte; in einem Kellergewölbe sogar eine Art Labor, das für einfache chemische Versuche eingerichtet war. Überhaupt war der Keller geräumiger als die Hütte selbst, in der es nur den gedrängten Wohnraum mit Kochnische und Schlafcouch gab; hinter den Büchern ein winziges Bad und ein fensterloses Kämmerchen mit Klappbett neben der Kellertreppe. Der alte Klaußen schien ein seltsamer Mensch gewesen zu sein; sein bitterer Geruch schwebte noch in der Hütte, und seine Bibliothek war ziemlich sonderbar.
Doch was war das? Stahl sich da ein zweiter Schatten aus dem Tunnel, huschte hinter einen einsam dastehenden Baum? Nein, da war nichts – nur der andere, der mit verdrehtem Kopf still im Schnee lag und sich seit Minuten nicht bewegt hatte.
Das Hüttenzimmer war ständig überheizt, sodass er meistens nackt schlief und sich auch tagsüber höchstens irgendwelche Frühlingssachen überstreifte. Klamotten von Margots Vater, den sie aus irgendeinem Grund genauso wie sich selbst erschossen hatte. Na ja, egal jetzt. Nackt schlüpfte er in den grauen Schneeanzug, in dem man beinahe wie ein Raumfahrer aussah. Er zog Winterstiefel über, klemmte sich die Stablampe unter den Gürtel, schlich raus in die klirrende Nacht.
Die Hütte stand in einer trichterförmigen Senke, zwischen Krüppelkiefern geduckt, und der Tunnel oben auf dem Nordhang war wie ein Schlauch zu diesem Trichter. Er spähte nach links, nach rechts, aber man hörte und sah gar nichts – nur diese Finsternis, die frostig glitzerte und klirrte. Ein bisschen mulmig war ihm schon, als er den Hang hochstapfte, wo der andere auf halber Höhe bäuchlings im Schnee lag.
Er kauerte sich neben den Reglosen, der feine städtische Winterkleidung trug, dazu albernerweise einen dunklen Hut, halb in den Schnee gerutscht. Allein der fellgefütterte Lammledermantel hatte höchstwahrscheinlich ein Vermögen gekostet. Aber

für die rauen Berge, für nächtliche Schneewanderungen durchs schluchtdunkle Jura waren die feinen Kleider unbrauchbar. Kein Wunder, dass der andere im Frost beinahe krepiert wäre. Außerdem wirkte er, soweit sich das ertasten ließ, regelrecht ausgemergelt, was zweifellos von der langen U-Haft und den Prozessstrapazen kam. Ob der andere all diese großenteils monströsen Verbrechen begangen hatte, derer er im Prozess beschuldigt worden war? Mehr oder weniger ja. Und doch hatte Alex keine Sekunde bezweifelt, dass er sich irgendwie wieder herauswinden würde. Alex, ja so würde der andere ihn nennen, und zwar kitschig lächelnd, falls er dieses Schläfchen im Schneebett halbwegs überlebte.

+++

Die Bergnacht funkelte und klirrte. Hoch oben die Sterne und unten das glitzernde Eis wie ein zweiter Himmel, den man mit Füßen trat und gegen den man sich dann in völliger Erschöpfung drückte, bäuchlings und mit verdrehtem Gesicht. Er glaubte Keuchen zu hören; irgendwer riss ihn aus diesem Himmel heraus, warf ihn wie einen Sack über die Schulter. Alex? Mit hängendem Kopf, hinter schneeverklebten Wimpern sah er – unter ihm funkelte, schwankte der vereiste Schneehang, und in seinen Schläfen klopfte schmerzhaft das Fieber. Er war bei Bewusstsein, allerdings schwach und schwindlig, sodass er die Eiskristalle schräg unter sich tänzeln sah. Aber er bemerkte noch eher, vielleicht eine Sekunde eher als der andere, dass hinter ihnen Schritte im Schnee knirschten.

+++

Also doch eine Falle? Er fuhr herum, schlenzte den schlaffen Sack von der Schulter, presste sich neben dem Reglosen in den Schnee. Na, komm her, versuch doch, mich zu packen. Seine Finger tasteten nach der Stablampe im Gürtel, zogen den dicken Blechschaft hervor. Na, wo versteckst du dich denn? Die Nacht funkelte und klirrte. Drei, vier einsam dastehende, gänzlich kahle Bäume, schräg in die Hänge gestemmt. Der Dritte, wer immer er sein mochte, löste sich aus dem Schatten einer toten Tanne, stürmte den Hang hinab auf ihn zu, wobei er eine Art Gurgeln ausstieß. Alex wartete, bis der dunkel Gurgelnde die Hände nach ihm reckte, sprang hoch und schlug ihm die Lampe gegen den Kopf. Der Kerl fiel hin, lag auf dem Rücken im Schnee. Er schaltete die Lampe ein und leuchtete ins Gesicht dieses Dritten.
Irgendwo hatte er das Gesicht, düster und bleich, beinahe hohlwangig, dazu die wirren schwarzen Haare – irgendwo hatte er dieses ziemlich junge Gesicht schon mal gesehen. Aber wo? Na ja, er würde schon noch rauskriegen, wie der Kerl hieß und warum er sich eingemischt hatte. Höchstwahrscheinlich hatte Georg ihn angeheuert,

damit er ihm half, den bösen Alex aufzustöbern und ihm das Maul zu stopfen. Georg, ja – der andere, falls er überlebte, würde darauf bestehen, dass nur er selbst ein Recht auf den Namen Georg Kroning besaß. Das würde man alles sehen. Zunächst mal diese beiden Burschen in die Hütte schaffen, bevor sie wieder munter wurden und sich noch mal über ihn warfen. Wen zuerst? Am besten den düsteren Jüngling, da der andere sowieso bewusstlos war.

+++

Was hatte Alex vor? Wollte er ihn im Schnee verrecken lassen, also doch? Nein, keine Sorge. Offenbar schleppte er zuerst diesen Timo in die Hütte, der urplötzlich aus dem Dunkel aufgetaucht war. Ja, Georg war sicher – der Fremde, der sich eben auf Alex gestürzt hatte, war kein anderer als Timo Prohn. Er fieberte und zitterte, aber aus irgendeinem Grund hatte er keine Angst mehr. Er glaubte zu spüren – jetzt geschah es doch noch, das Wunder, und dann der Märchenschluss, ihre stille Versöhnung. Und diese Timo-Geschichte – das war ein wenig peinlich für Georg, aber er konnte alles erklären, und er war sicher, Alex würde ihm glauben.
Die Sache war die, er war nicht direkt zum Frankfurter Hauptbahnhof gefahren, sondern hatte den Fahrer vorher noch zu einem Blumenhändler und dann zum Friedhof von Lerdeck dirigiert. Er war aus dem Taxi gesprungen und über die Gräberhänge gelaufen, bis er das Kroning-Grab fand, direkt daneben das Grab der Klaußens. Er hatte sich nicht lange aufhalten, nur paar Blumen auf die Gräber legen wollen – zwei flammendrote Rosenbüschel, eines für Margot, eines für Mama. Vor den Gräbern stehend, hatte er nichts empfunden – keine Trauer, keine Verwirrung, gar nichts dieser Art. Doch als er sich umgewandt hatte, war hinter eisbärtigem Gestrüpp Timo Prohn aufgetaucht.
Der gleiche bleich-düstere Timo, der am vorletzten Prozesstag im Gerichtssaal gesessen und der höchstwahrscheinlich seit Wochen hier gelauert hatte, in der Hoffnung, dass Georg irgendwann die Gräber besuchte. Timo war hinter dem Gebüsch hervorgestürmt, in der Hand einen eisglitzernden Stein. Zu dieser frühen Morgenstunde waren sie die einzigen Gräberbesucher weit und breit, und Timo hatte sich sofort auf ihn geworfen, keuchend und ohne ein Wort.
Georg hatte gestammelt: »Glauben Sie mir, Timo, ich habe mit dem Tod Ihres Vaters nichts zu tun.«
Aber Timo hatte bloß einen Rächerblick auf ihn abgeschossen, im Handgemenge waren sie zu Boden gegangen, hatten sich im Schnee gewälzt wie raufende Buben, allerdings mit den Stiefeln sich gegen Grabsteine stemmend, beispielsweise gegen das Marmorgrab von Mama.
Georg wusste nicht, was genau passiert war, aber auf einmal hatte ihn irgendwas am

Kopf getroffen, nicht besonders hart, doch genau auf die alte, noch immer empfindliche Schläfenwunde, woraufhin er offenbar für ein oder zwei Minuten ohnmächtig geworden war. Als er zu sich gekommen war, hatte er immer noch im Schnee gelegen, schräg über den Gräbern von Mama und Margot, und nachher, als er längst wieder im Taxi saß, hatte er bemerkt, dass Timo anscheinend seine Brieftasche durchstöbert hatte. Dort hatte er auch die Zugtickets aufbewahrt, das Billett bis Biel und die Anschlusskarte nach Tavannes. Offenbar war Timo ihm seit Frankfurt gefolgt, ohne dass er seinen Schatten auch nur ein einziges Mal bemerkt hatte.
Wo Alex nur blieb? Fiebrig und zitternd lag er in der funkelnden Frostnacht. Doch er fürchtete sich nicht mehr; er fühlte sich müde, zermürbt, aber beinahe glücklich. Und wirklich, da kam Alex zurück, packte ihn wie einen Sack um die Schultern, in den Kniekehlen und schleppte ihn zur Hütte, die sich als extraschwarzer Würfel aus der glitzernden Finsternis wölbte.

+++

Gegen vier Uhr früh schälte er sich aus dem Schneeanzug, wobei er in den Augenwinkeln sah, dass der andere aufgewacht war und ihn hinter flattrigen Lidern beobachtete. »Tja, Georg«, sagte er, »so hatten wir uns unser Wiedersehen nicht vorgestellt, oder?«
Der andere reagierte nicht. Na ja, egal. Nachdem er die zwei Kerle über den vereisten Hang in die Hütte geschleppt hatte, fühlte er sich ausgepumpt, dabei auch vage verblüfft über den täppischen Überfall, bei dem sie sich mehr oder weniger selbst zur Strecke gebracht hatten. Achtlos ließ er den grauen Anzug auf dem Teppich liegen, ging rüber ins Bad und zog den Hausmantel über, der grau war, teuer und grau wie alles, was diesem Klaußen gehörte. Auch die beiden Sessel und die Schlafcouch vorn im Wohnraum waren grau – aus Elefantenleder, wie er annahm. Das musste ein Tick von Klaußen gewesen sein – in seiner Hütte schlief man in staubgrauer Bettwäsche, trocknete sich mit betongrauen Badetüchern ab und aß von Tellern aus schimmelgrauem Porzellan, die man auf einem mausgrauen Tisch abstellte. Anfangs hatte ihn dieses Grau in Grau rasend und beinahe krank gemacht; sogar seine Träume hatten sich grau verfärbt, und eine sonderbare Mattigkeit war über ihn gekommen. Aber mit der Zeit hatte er Gefallen an dem grauen Zeug gefunden, wie ihm überhaupt der unbekannte Klaußen immer sympathischer geworden war, je länger er in Klaußens Klause gelebt hatte. Na ja, egal jetzt. Er verknotete den Gürtel über dem Hausmantel und trottete ins Zimmer zurück, wo er den anderen provisorisch auf die Schlafcouch gelegt hatte. Aber da würde er natürlich nicht bleiben. Wenn er halbwegs bei Bewusstsein war, würde er den anderen noch ein wenig ausquetschen, und dann weg mit ihm in das fensterlose Rattenloch neben der Kellertreppe.

Er ging um die elefantengraue Sitzgruppe herum, zog im Vorbeigehen eine *Gitane* aus dem Päckchen, zündete sie an und sog den Qualm ein. Die Zigarette im Mundwinkel, beugte er sich über den anderen, den er vorhin aus den vereisten Kleidern gegraben und in zwei oder drei Wolldecken eingehüllt hatte. Der andere zitterte so stark, dass ihm die Zähne aufeinander schlugen. Vorhin hatte er überlegt, ob er den Verfrorenen in ein Dampfbad stecken sollte, doch er hatte sich nicht überwinden können zu so viel unverfrorener Heuchelei. Seit er im rattengrauen sogenannten Weltempfänger, der zwischen den Büchern im Regal stand, vom Freispruch im Kroning-Prozess gehört hatte, war er absolut sicher gewesen, dass der andere über kurz oder lang bei ihm auftauchen würde. Georg war raffiniert genug, um das Versteck zu erraten, in dem er untergekrochen war. Und er war skrupellos genug, nach all seinen Verbrechen auch noch die Ermordung des einzigen Mitwissers zu planen, nach dessen Beseitigung er von Polizisten und Richtern nichts mehr zu befürchten hätte. Verblüffend blieb allerdings, wie kopflos der andere vorgegangen und wie jämmerlich er gescheitert war, obwohl er sich sogar mit dem düsteren Dritten verbündet hatte.
»He, Georg«, sagte er, Qualm in das fiebrige Gesicht zwischen den grauen Kissen blasend. »Wenn du halbwegs klar bist, sollten wir mal miteinander reden.«

+++

Er war bei Bewusstsein, allerdings schwach und schwindlig, und in seinen Schläfen pochte das Fieber. Über ihm schwankte Alex' sonnenverbranntes Gesicht zwischen den blonden Locken, die ihm wirr in die Stirn und auf die Schultern fielen. Alex hatte sich überhaupt nicht verändert, oder vielmehr – er hatte sich in den alten Alex zurückverwandelt, mit grün schimmerndem Blick und trotzigem Lächeln, das Georg ja immer an ihm geliebt hatte. Beschämt lächelte er zurück, oder versuchte zumindest zu lächeln, was nicht ganz einfach war, da sein Gesicht drinnen fiebrig glühte, aber draußen anscheinend noch vereist war. Er räusperte sich, schluckte und wollte irgendwas murmeln. Doch sein Hals war zugeschwollen; er öffnete die Lippen und sagte *Hallo, Alex*, aber er selbst merkte, dass er keinen Ton rausbrachte, und Alex starrte nur verblüfft auf seine lautlos flüsternden Lippen. *Alex, jetzt ist alles wieder gut*, wollte er sagen. *Alex, ich hab dir wieder mal fürchterlich Unrecht getan.* Er hatte sich eingebildet, dass Alex ihn umbringen wollte, aber die Wahrheit war, dass Alex ihm das Leben gerettet hatte. Alex dachte überhaupt nicht daran, ihm die Kroning-Identität zu entreißen. Er hatte sich die Georg-Maske längst wieder abgeschminkt. Beschämt dachte Georg, dass er durch Wald und Nacht gerannt war, um Alex zu töten. Aber dann war er selbst dem Tod nahe gewesen; er hatte um Hilfe gerufen, und Alex hatte ihm das Leben gerettet. Er lächelte glücklich, glaubte zu lächeln, während Alex langsam zurückwich und sich in einen elefantengrauen Sessel sinken ließ.

»Willst du nicht mit mir reden, oder kannst du nicht?«
Ich kann nicht, Alex, wirklich nicht. Wenn er sich bloß nicht so schwindlig und schwach fühlen würde, und dann diese Fieberglut, die sein Blut laut rauschen und schmerzhaft gegen seine Schläfen pulsen ließ. Und das Fieber in ihm stieg immer noch höher. Alex' Gesicht und die Dinge im Zimmer fingen an, stärker zu schwanken; sie verschwammen, mischten sich ineinander, wenn er versuchte, sie scharf in den Blick zu fassen; sie schienen sogar zu tanzen, diese plumpen Sessel, oder wie sonst wollte man die rumpelnden Geräusche im Untergrund erklären? Ach ja, das kam wahrscheinlich von Timo. Unbedingt musste er Alex erklären, wieso Timo ... Aber sein Hals war zugeschwollen; er öffnete die Lippen und brachte keinen Laut raus, nicht mal ein Gurgeln. Und während er drinnen in der Fieberglut zu verglühen glaubte, liefen draußen immer noch diese frostigen Schauder über seine Haut, und seine Zähne klackten gegeneinander.
»Dieses Gerumpel im Keller«, sagte Alex, »das ist dein düsterer Freund, den ich in ein Gewölbe geschubst hab. Hoffentlich ist er nicht super empfindlich. Ziemliche Kälte da unten. Und zu fressen kriegt er auch nix von mir. Tut mir ehrlich leid, Georg, aber ich bin nicht drauf eingerichtet, hier scharenweise ungebetene Gäste durchzufüttern. Und außerdem ...«
Außerdem was? Klar, Georg verstand schon, dass Alex wütend war. Denn natürlich musste er annehmen ...
»Ich muss wissen«, sagte Alex, wobei er sich im Sessel ruckartig vorbeugte, »wer dieser Kerl ist, den du mir auf den Hals gehetzt hast. Natürlich hab ich seine Klamotten durchsucht, aber er hat nichts bei sich – keinen Fetzen Papier, aus dem hervorgehen würde, wie er heißt und wo er herkommt. Nur ein Feuerzeug mit dem Monogramm *TP*. Was soll das sein, *TP*, willst du mir das nicht verraten, Georg?«
Unten rumpelte Timo Prohn. Es klang, als ob er gegen eine Metalltür hämmerte, und der Steinboden zwischen ihnen färbte das Gewummer dunkel ein.
»Du wirst schon Gründe haben, warum du nicht mit mir redest. Aber was diesen TP betrifft, hab ich schätzungsweise schon erraten, wie der Kerl heißt. Vorhin ist mir das Zeitungsinterview eingefallen, das wir im Juni in Zürich gelesen haben. Prohns Sohn erzählt da so wirres Zeug von graubärtigen Drahtziehern, die seinem Alten die Fünfzehntausend zugesteckt hätten, die ich dem toten Prohn dann allerdings wirklich aus der Tasche gezogen hab. Aber egal jetzt. Die Zeitung hat auch ein Bild von Prohns Sohn gebracht, und mit Vornamen hieß er Timo. Also TP. Der Kerl unten im Keller ist dieser Timo, stimmt's?«
Georg nickte, wobei er das Kissen hinter seinem Kopf knistern hörte. Überhaupt hatte er den unheimlichen Eindruck, dass sich die Geräusche ringsum verstärkten – dass beispielsweise Alex sich räusperte, aber er selbst hörte ein knatterndes Krachen, das beinahe seinen Schädel zersprengte. Als Alex seine Kippe im Aschenbecher zer-

quetschte, schwoll ein Gezischel auf wie von züngelnden Schlangen. Dazu kam, dass alle Bewegungen sich zu verlangsamen schienen – dass sich Alex scheinbar in Zeitlupe aus seinem Sessel stemmte und mit tänzelnden, dabei seltsam schleppenden Schritten auf ihn zukam. Das alles war ein wenig unheimlich, aber kein Grund zu wirklicher Sorge. Natürlich, er fieberte, kein Wunder nach der fürchterlichen Verkühlung im Schnee. Aber Alex hatte ihn gerettet. Alex würde ihn wieder hochpäppeln, und spätestens in einer Woche würden sie zusammen auf- und davongehen, vielleicht nach Südamerika. Sie würden sich neue Papiere besorgen, alle beide, und dann ...
»Wir haben noch ein bisschen Zeit«, sagte Alex.
Er beugte sich über Georg; die schwankende Scheibe seines Gesichts zeigte ein verzerrtes Lächeln, das in alle Richtungen auf einmal zu zerfließen schien. Fieberdelirium, dachte Georg. Aber Fieberdelirium war nicht wirklich schlimm. Im Moment war es sogar fast angenehm; man musste sich nur an die übertrieben lauten Geräusche und an die schleppenden Bewegungen von Dingen gewöhnen, die sonst unmerklich rasch durch den Raum schossen. Beispielsweise das Licht, das aus der Deckenlampe strömte: Wenn er mit zusammengekniffenen Augen hinsah, erkannte er genau, wie sich das Licht in der Lampenschale sammelte, langsam höher stieg, schließlich überschwappte und sich als glitzernde Gischt im Zimmer verspritzte. Das war doch nicht immer so? Dass sich schimmernde Lichtschauer über die Sitzmöbel oder gegen die Bücherwand warfen? Die Lichtspritzer verfingen sich in Alex' Locken, und als er mit schleppender Gebärde sein Haar aus der Stirn strich, sprühten Funken hoch und schwebten wieder herab, wie funkelnder Staub. Das war doch nicht normal? Sich selbst, das war angenehm, spürte er allmählich gar nicht mehr. Da war höchstens eine Art Sumpf, in den er einsank und in dem es leise gluckste, eine Art murmelndes Moor, und seine Augen schwammen in dem Moor als bald platzende Blasen. Wirklich, das war angenehm, er steckte in dem Sumpf, er selbst war dieser Sumpf, und er zuckte nicht mal zusammen, als Alex mit Donnerstimme sagte:
»Ich wette, Georg, du hast bis heute nicht begriffen, was in Zürich wirklich passiert ist. Wie gesagt, ein bisschen Zeit haben wir noch, und ich will, dass du dir diese Geschichte noch anhörst. Bestimmt hast du gedacht, was für eine undankbare Ratte ich doch wäre, weil ich erst diesen Brief an die Polizisten geschrieben und nachher versucht hab, dich mit der Martens-Affäre zu erpressen. Und eine miese, kleine Ratte natürlich auch, weil ich dir Margot weggenommen hatte. Du versteckst mich vor der Polizei, verhilfst mir sogar zur Flucht und all das; und was mach ich? Ich versuch, dich mit allen Mitteln fertigzumachen. Ich hab's versucht, und ich hab's geschafft, aber ich wette, du hast nie kapiert, warum die miese Ratte dir seit Zürich dauernd ins Bein beißt.«

+++

Er ließ sich neben dem anderen auf die Couch fallen, überlegte einen Augenblick und fuhr fort: »Weißt du noch, wir haben uns vorletztes Jahr im September kennengelernt, in diesem Maskenmuseum, und so ziemlich das Erste, wovon du mir erzählt hast, war dieser Bericht in deiner Spielezeitschrift. Irgendwer hatte es geschafft, die Agenten, oder was sie sein mögen, für seine Idee zu interessieren. Allerdings musste er selbst einen Haufen Geld vorschießen, aber nachher hat er dreimal so großen Profit gemacht. Du hast mir erzählt, da die regulären Produzenten zu blöd oder arrogant wären, deinen *Irrläufer* zu kaufen, würdest du's über kurz oder lang genauso machen wie dieser – ich glaube, so hieß er – Gundlach. Dazu brauchtest du allerdings sehr viel Geld. Deine Eltern hatten Geld, aber da dein Vater von deinen Ideen nichts hielt, würde er dir höchstwahrscheinlich keinen Pfennig zuschießen. Also sah's schon damals ziemlich düster aus für dein *Irrläufer*-Spiel, das dir wichtiger als alles andere auf der Welt war.«

Unten im Gewölbe rumpelte und hämmerte dieser Timo. Mochte er nur poltern, bis ihm die Pfoten wegknickten oder bis er zur Eissäule erstarrt war. Er beugte sich rüber zum grauen Tisch, fischte sich eine *Gitane* aus dem Päckchen, entflammte das Zündholz und rauchte gierig. Die Zeiger gingen schon gegen fünf, aber noch hatten sie ein bisschen Zeit. Er hatte lange, eigentlich sein Leben lang auf diesen Augenblick gewartet, und da der andere mehr oder weniger bei Bewusstsein war, blieb ihm nichts anderes übrig – er musste sich diese Geschichte bis zum Ende anhören.

»Ich hab dich bewundert, Georg«, sagte er, »wirklich, verehrt und regelrecht geliebt. So was wie Freundschaft hatte ich vorher nie erlebt in meinem elenden Dreckleben. Genau wie dir war mir schon damals klar, wenn du die *Irrläufer*-Idee verwirklichen wolltest, mussten wir irgendwie einen Haufen Geld auftreiben. Du hast dann im Winter noch mal versucht, das Spiel verschiedenen Produzenten schmackhaft zu machen. Aber du hast jedes Mal gesagt, du wüsstest schon vorher, dass diese trockenen Trottel dich nicht verstehen. Was die Polizisten dann draus gemacht haben, war natürlich Blödsinn, völlig übertrieben – dass ich dir hörig gewesen wäre und dass du mich gezwungen hättest, auf'm Strich und durch Raubzüge das Geld für dich zusammenzukratzen. Aber so ganz falsch war es auch wieder nicht. Das hat mir ziemlich wehgetan, dass du lieber nicht wissen wolltest, wie ich mich über Wasser gehalten, wo ich gewohnt und wovon ich gelebt habe. Dass dir jeder Franken, den du für mich ausgeben solltest, praktisch einen Stich versetzt hat und dass du dir schon großartig vorkamst, wenn ich mich von deinen Zigaretten bedienen durfte. Und gleichzeitig immer dieses prahlerische, oder nein – dieses selbstverständlich hochnäsige Gerede von deiner Herkunft, gegen die ich als weggeschmissenes Waisenkind eben nur 'ne kleine Ratte war. Ich bin nicht sentimental, Georg, das hab ich mir nie leisten können, aber für deine Freundschaft hätte ich wunders was gegeben. Alles, was ich hatte und war; alles, was ich irgendwie hätte beischaffen können. Du warst ja schlau oder

vielleicht auch verklemmt genug, mir die Sache mit Margot bis zuletzt zu verheimlichen. Aber auch bevor ich erfahren hab, dass Margot und ich uns so verblüffend ähnlich sehen, hab ich natürlich gespürt, dass ich für dich nur so 'ne Art Maskottchen oder was weiß ich war; dass du's irgendwie kitzlig fandest, mit so einem verprügelten Wegwerfburschen wie mir zu verkehren. Ich schätze, das war im Prinzip für dich der gleiche Reiz wie damals bei Peter Martens. Aber als du mir die Martens-Geschichte erzählt hast, hatte ich auch so schon angefangen zu begreifen.«
Er beugte sich zum Tisch rüber, streifte die Asche ab, tauchte wieder hoch und legte dem anderen eine Hand auf die knochige, fiebrig heiße Schulter. Der andere zitterte unablässig, er schluckte schwerfällig und schien kaum noch richtig Luft zu kriegen. Aber dazu dieses trance-ähnliche Lächeln, das er von Zürich her noch kannte und das bewies, dass der andere immer schon in einer Art Fieber gelebt hatte, in dem er jetzt eben verglühte. Was war da zu machen? Er sog an der *Gitane*, blies dem anderen den Qualm zwischen die Lippen und sagte leiser:
»Mag sein, dass ich einfach ein Idiot war, aber ich hab dich wirklich bewundert, weil du so haargenau wusstest, was du mit deinem Leben anfangen wolltest, und weil du nicht die mindeste Rücksicht genommen hast, auf dich nicht und auch sonst auf keinen. Ich wollte mehr für dich sein als ein amüsanter Krüppelzwerg; praktisch wollte ich deine Freundschaft erzwingen. Das war albern, sehe ich längst selbst so, aber ich dachte, wenn du mir wenigstens dankbar wärest, das wäre doch schon mal ein Anfang. Außerdem war ich nie ganz sicher, ob du wirklich nicht zumindest geahnt hast, dass ich auf meine Weise probiert hab, dir aus der Geldklemme zu helfen. Und darin haben die Polizisten jedenfalls recht – diesen schönen Haufen Geld hab ich hauptsächlich wegen dir zusammengekratzt. Und wahr ist auch – wenn du gewollt hättest, du hättest mich leicht aus meinem Sumpf rausziehen und mit durchfüttern können; wäre dir finanziell leichtgefallen, zumal ich keine großen Ansprüche stelle.
Mir hat's immer gereicht, wenn ich irgendwie überlebe – hier 'n kleiner Diebstahl, ab und zu so 'n widerlicher Freier, aber nur, wenn der 'ne fette Brieftasche hatte. Da kam nie viel zusammen, aber ich hatte viel Zeit für mich und keine Probleme mit der Polizei. So im großen Stil, Georg, als Profiverbrecher, wie es in deinem Prozess hieß, habe ich erst vorletztes Jahr im September angefangen und einzig und allein wegen dir. Das Geld ist jetzt leider futsch. Das war noch 'n bisschen mehr, als die Polizisten glauben; es waren über hunderttausend Franken – ohne die fünfzehn Mille von Prohn. Ich war blöd genug, die Kohle in Zürich bei 'ner Puffmutter in der Rotwandstraße zu verstecken. Wie ich die kenne, würde die Alte mich sofort bei den Bullen verpfeifen, wenn ich jetzt ankäme und meinen Plastikbeutel voll Banknoten zurückhaben wollte. Na ja, egal.
Ich hab's für dich gemacht, aber natürlich auch für mich, weil ich blöd genug war, oder vielleicht doch auch sentimental – weil ich jedenfalls geglaubt hab, wir könnten

uns wie Brüder gegenseitig helfen. Längst vergessen. Kann ich dir ja auch keinen Vorwurf draus machen. War meine Schuld, dass ich nicht von Anfang an kapiert hab, dir ging es immer nur um dich und deine verrückten Spiele, und auch andere Menschen, ich oder Margot, waren für dich immer nur so 'ne Art Spielfiguren – weich wie Lehm, warm und zwischen den Fingern verformbar. Trotzdem bist du mit dran schuld, dass Alfred Prohn in der *Rose* gestorben ist. Nur wegen dir hab ich mich noch mal mit dem Kerl eingelassen. Der hatte mich schon vorher ein paarmal abgeschleppt, und ich wusste, der ist'n bisschen verrückt. Aber ich wusste auch, der hat meistens einen Haufen Geld dabei, und weil du im Juni ja schon unter Zeitdruck warst wegen dem *Irrläufer*-Geld, hab ich's riskiert und bin noch mal mit ihm in die *Rose*. Na ja, das ist heute alles vergessen und egal. Aber wahr ist jedenfalls auch – weil ich wegen deiner beschissenen Viertelmillion als Prohns Mörder gesucht werde, hatte ich ein Recht, dich genau um zweihundertfünfzigtausend zu erpressen.«

Er ließ seine Hand tiefer rutschen, von der Schulter über die schweißheiße Brust des anderen, und die rutschende Hand zerrte dem die Decken weg bis zum Nabel.

»Weißt du«, sagte er ruhig, »beinahe hätte ich Lust, dich irgendwie zu quälen. Dir noch viel stärker heimzuzahlen, wie du mich gedemütigt hast, praktisch vom ersten Tag an. Wie ich dir Margot weggenommen hab, dachte ich zuerst, jetzt muss er doch begreifen. Und dann, wie ich den Bullen diesen Brief geschickt, dich für Prohns Tod verantwortlich gemacht habe, dachte ich wieder – spätestens jetzt wird er kapieren, was in Zürich passiert ist. Aber hast du irgendwas begriffen, Georg? Eigentlich bist du mir immer unheimlicher geworden, je länger ich über dich nachgedacht habe. Und hier hatte ich viel Zeit, über alles Mögliche zu grübeln, und ganz bestimmt nicht nur über dich.

Mit Margot hatte ich mich eigentlich nur eingelassen, um dir wehzutun. Und dann natürlich, als sie angefangen hat, von der Hütte hier zu erzählen, hab ich sie noch 'ne Weile umschmeichelt, bis sie eines Tages mit dem Schlüssel und einem ganzen Wagen voll Konserven kam. Sie hat mich zur Hütte gebracht, und sowie ich hier alles klar hatte, hab ich ihr erzählt, es wäre zu gefährlich, wenn wir uns weiterhin sehen. Stimmte ja auch. Aber außerdem wollte ich sie los sein. Dass Margot und ich uns von außen her ähnlich waren, war am Anfang ganz reizvoll. Aber so ein Kitzel erschöpft sich schnell, wenn man sich sonst nicht versteht. Und nachdem ich kapiert hatte, dass sie dir genauso egal wie ich selbst war, ist sie auch mir gleichgültig geworden. War das Kind in ihrem Bauch eigentlich von mir oder von dir? Auch das ist wohl ziemlich egal jetzt. Für mich war sie eine Brücke zu dir, weil sie mit uns beiden gepennt hat. Und als du die Brücke abgebrochen hast, hab ich sie genauso weggestoßen.«

Er stand auf, ging zur Küchennische und machte sich ein Sandwich mit Büchsenfleisch und hartem Brot, wie es Soldaten in Schützengräben aßen. Während er mit dem Sandwich hantierte, rumpelte unter ihm dieser Timo, und hinter ihm röchelte der andere, der anscheinend nicht mehr lange durchhielt. Mit einer Dose Bier und dem fetttriefenden Sandwich kehrte er zur Couch zurück, setzte sich neben den halbnackten Kranken, dem die Rippen durch die Haut stachen, und redete weiter, wobei er schmatzend kaute und schluckte.

»Als ich dich dann mit der Martens-Geschichte erpresst hab, Georg, da dachte ich wieder – aber jetzt muss er doch kapieren, was passiert ist und warum es passiert ist. Dass du an Prohns Tod schuld bist, weil du mich haargenau behandelt hast wie diesen Krüppelzwerg Martens. Wie eine Ratte eben. Ich wollte deine Dankbarkeit erzwingen, deine Freundschaft, das war möglicherweise ziemlich blöde. Aber noch viel erbärmlicher, Georg, finde ich, dass du das alles bis heute nicht kapiert hast. Ich stech Prohn wegen keinem andern als dir mit'm Klappmesser ab. Und was machst du? Du schleichst zusammen mit Prohns Sohn hierher, damit mich Timo als Daddys Rächer kaltmacht. Mein Glück, dass ihr durch den Wald gestolpert seid wie die läppischsten Stümper und euch mehr oder weniger schon selbst das Genick gebrochen habt.«

Er starrte den anderen an, steinhartes Brot mit den Zähnen knackend, und der Bierschaum und die Büchsenfleischsülze trieften ihm von den Lippen. Er starrte ihn an, dieses ausgemergelte Skelett, und wusste plötzlich nicht mehr weiter. Warum machte er sich eigentlich noch die Mühe und dachte sich solche schwülstigen Geschichten für Georg aus, also doch mehr oder weniger für sich selbst? Na ja, das war ja schon die Antwort, in der Frage versteckt, oder anders gesagt – weil die schwülstigen Geschichten halb und halb sogar stimmten. Der andere würde ihm fehlen, fühlte er, und dass er mit seinem Triumph vielleicht nie fertig würde, was bei Triumphen sonst eher selten war.

Er schmiss Bierdose und Sandwich auf den elefantengrauen Teppich und warf sich über den halbnackten Kranken, dessen fiebriges Gesicht er mit fettigen Küssen bedeckte, zwischendrin leise lachend. Er spürte, so ganz spurlos waren die acht Monate strenger Hüttenhaft vielleicht doch nicht an ihm abgeglitten, ganz zu schweigen von den siebzehn Jahren vorher. Wenn er nicht bald aus der Hütte rauskam, würde er hier über kurz oder lang verrückt werden, aber jetzt stand es ja fest, bald war die Hüttenhaft vorbei. Neulich seinen achtzehnten Geburtstag hatte er natürlich ganz für sich gefeiert, mit Büchsenkeksen und Opernmusik aus dem Weltempfänger. Er sprang auf und schüttelte die Decken über dem anderen zurecht, sodass er bis zur Nase zugedeckt war wie eine Leiche. Keinen Ton gab der mehr, und seine Augen waren halb geschlossen, aber starr, nicht flattrig, und hinter den Lidern entzündet.

Er erinnerte sich, im Waisenheim, als er acht oder neun war, hatte er einen der Wärter ab und zu *Vater* genannt, doch der Wärter hatte sich diesen Titel streng verbeten und ihn vor dem gesamten Schlafsaal blamiert. Lächerlich, dass er hier saß und die Sachen vom alten Klaußen trug, der Margots Vater war, und sie und er sahen sich ähnlich wie Zwillingsgeschwister. Na ja, egal jetzt. Eltern, Erinnerung, Herkunft, das war alles sentimentales Geschwätz, sonst nichts. Er hatte nie irgendwen gebraucht, er war immer allein zurechtgekommen. Er war jung, stark, er war frei, und wieder lachte er, dass es klirrte. Unten rumpelte dieser Timo, dem er gleich was Hartes auf den Schädel schlagen würde, dass es krachte. Und Georg? Ja, diesen Georg hatte er geliebt, aber jetzt war er selbst Georg, das vereinfachte vieles; jetzt würde er eben sich selbst lieben. Einmal, ein einziges Mal den Fehler gemacht, um Freundschaft zu betteln, aber ich schwöre euch, das war mir eine Lehre fürs Leben. Er rülpste, zündete sich eine *Gitane* an, schleppte den anderen ins Rattenloch neben der Kellertreppe. Dann lief er runter ins Gewölbe, zwischen den Lippen die wippende Kippe wie beinahe immer. Der andere, dachte er, schlief oder war wahrscheinlicher schon tot – schade, aber egal jetzt.

+++

Er war so müde, zu Tode erschöpft; er fror, in seinen Schläfen klopfte das Fieber, und wie ein verirrter Vogel flatterte der Schwindel durch seinen Kopf. Er erinnerte sich, Alex hatte ziemlich lange auf ihn eingeredet, aber in einer flirrenden, sonderbar schwingenden Sprache, die Georg nicht kannte. Die Wahrheit war, er hatte nicht ein Wort verstanden, oder doch, eines – ab und zu hatte Alex zwischendurch gemurmelt *egal*. Gern wäre er wieder in den Sumpf zurückgesunken, in dem er vorhin gesteckt hatte, in dem er sich selbst wollüstig verloren gegangen war. Er hatte nichts mehr gespürt, keine Schmerzen, keine Angst und schon gar nicht mehr so was wie Hoffnung. Nein, nichts mehr. Nur noch dieses murmelnde Moor, und mittendrin seine Augen als bald platzende Blasen aus Gas.

Doch irgendwas in ihm drinnen wehrte sich immer noch, sodass er seinen Körper wieder fühlte, dieses fiebrige Zunderbündel, und oben seine schmerzhaft klopfenden Schläfen. Wenn er schluckte, stach ihm jedes Mal ein spitzes Messer in die Kehle, bohrte sich jedes Mal tiefer in den Hals. Aber das alles war nicht wirklich schlimm, an diesem Fieber würde er bestimmt nicht sterben. Alex hatte ihn gerettet. Alex dachte überhaupt nicht daran, ihm die Georg-Kroning-Maske zu entreißen. Er hatte sich wieder abgeschminkt, trug wieder sein blondlockiges Haar, und sein Blick blitzte aus grünen Augen. Aber seltsam, irgendwie hatte er sich resigniert angehört.

Dabei musste Alex doch spüren, dass sie noch lange nicht am Ende waren. Schließlich hatten sie jetzt einen Haufen Geld, sodass er nie mehr erdulden musste, wie irgendein Freier sich für hundert Franken über ihn warf. Natürlich, dass Alex versucht hatte, ihn mit der Martens-Geschichte zu erpressen, und dass er ihn bei den Polizisten angeschwärzt hatte, nur um seine eigene Haut zu retten, das war schon ziemlich übel. Aber Georg spürte, darüber würde er hinwegkommen. Alex hatte ihm das Leben gerettet; alles andere war jetzt egal.

Er war müde, zermürbt, er fror und verglühte. Aber an diesem Fieber würde er bestimmt nicht sterben. Dass er brennenden Durst litt, war schlimm, aber irgendwann würde Alex auf die Idee kommen, ihm was Stärkendes einzuflößen. Schließlich waren sie Brüder – Märchenbrüder sogar. Im Geheimen trugen sie beide den gleichen Namen. Wie gern hätte er Alex ein Märchen erzählt, beispielsweise vom verwunschenen Riesen Vrontzek. Aber das alles hatte Zeit. Erst mal zusehen, dass Alex ihn wieder hochpäppelte. Was ihn jetzt durchströmte, war vielleicht so was wie Dankbarkeit. Er würde Alex so vieles erzählen, schließlich hatten sie noch ein Leben lang Zeit. Und bei jedem Wort würde er sich vorher überlegen, ob er Alex nicht verletzte, grundlos kränkte oder so. Alex war da ziemlich empfindlich, das hatte er schon in Zürich erlebt. Aber er würde Rücksicht üben.

Freispruch dritter Klasse hieß, mehr war einfach nicht drin gewesen, aber wenigstens seine Chance hatte man gewahrt. Immer gespürt, dass er nur mit den Spielen eine Chance besaß, und hier war diese Chance. Der Schlusszug, aber ein Märchenschluss, Versöhnung der feindlichen Brüder. Und die Wahrheit war, was er empfand, war überwältigende Dankbarkeit. Er weinte. Und hätte gern das kurze, trockene Lachen hinterhergeschickt, das überhaupt nicht wie Lachen, eher wie nervöser Husten tönte, doch das ging nicht, weil sein Hals zugeschwollen war. Aber so ein Fieber, so eine fürchterliche Verkühlung, das war nichts wirklich Schlimmes. Die da unten in den Gräbern, Mama und Margot, seine Väter oder Peter, die hatten's doch viel kälter, dazu noch modrig, die steckten fest in gefrorenen Mooren. Er aber lebte, das bewies schon das Fieber, denn Leben hieß Fiebern. Leben hieß – bunter Fluss tuschelnder Schatten, und Leben hieß, dass man mit äußerstem Risiko spielte. Und die Siegprämie war dann – na ja, dieses Fieber, denn das Fieber bewies, dass man lebte. War das logisch? Ah, pah. Erst mal schlafen, wegtauchen unter dem Schläfenschmerz, unter dem Kopf voll sausendem Schwindel.

Was war der Schlaf? Der Schlaf war eine Woge. Was war der Schlaf? Der Schlaf war ein See, ein tiefer, still sich wiegender See. Der Schlaf war ein breiter, grün strudelnder Fluss, und Georg träumte von dem Fluss und von den grün dampfenden Wäldern an den Ufern. Die Bäume beugten sich über den Fluss und versuchten, sich im rasch rauschenden Wasser zu spiegeln, aber da war nur grün leuchtendes Schäumen, da waren nur diese in der Tiefe sich verdunkelnden Strudel, aus denen, wenn man lauschte, höhnisches Lachen hochzuschallen schien. Wo war Georg in diesem Traum? Er war überall, in den Bäumen, im grün leuchtenden Schäumen, war selbst das höhnische Lachen aus der Tiefe der Flut. Er fieberte, noch im Traum spürte er, wie das Blut fiebrig heiß durch seine Adern rauschte, wie alles an und in ihm weich, rauschend und schaumig wurde, und was er empfand, war süße Trübheit oder vielleicht lüsternes Glück. Er selbst war dieser strudelnde Fluss, er war dieses grün leuchtende Schäumen, und er war auch in den Bäumen, die sich versonnen über die Wogen

bogen, über den wieder und wieder zu grün-weißer Gischt zersplitternden Spiegel, und über dieses Gesplitter lachte er – lachte er selbst, denn das war auch er, dieses höhnische, alles wissende Lachen in der Tiefe der Strudel. Und aus dieser dunklen Tiefe schoss urplötzlich der verkrüppelte, völlig verstümmelte Peter Martens hoch.
Er flog aus der Flut hoch wie ein schwarzes, zottiges Geschoss, er warf sich plump und dunkel gegen Georg, der allein am Ufer stand. Nein, da war sonst niemand, nur er und Peter, und Peter warf sich über ihn und drückte ihn rücklings in den Uferschlamm, der sich widerlich weich anfühlte, in den man sofort einsank. Peter kauerte über ihm, drückte sich auf seine Brust, schob sein Gesicht dicht vor Georgs Augen. Peter sah grauenvoll aus, seine Nase war zermalmt, da war nur noch ein verschwollener Hautsack, und als er den Kopf schüttelte, klackten die Knorpelstücke in dem Säckchen wie Murmeln. Und in seinem Mund – nein, das war kein Mund, das war eine schorfschwarze, vermoderte Grotte, darin arbeitete rasend ein Zungenstummel, wälzte Worte wie Schlammbrocken aus der Moderhöhle, in der man hier und dort winzige, glänzende Kröten kauern sah.
»Schau nur, isch bin schurück«, schlämmte das Modermaul, »scholltescht disch schämen, daschde ohne misch schro – schra – broschbaschohoscho ...«
Ich versteh nichts!, wollte Georg rufen, da erbrach sich das Schlammmaul über seinem Gesicht, es kotzte Schmodder in warmen, scharf dünstenden Schwallen über ihn, und Kröten hüpften durch den Schlamm, schlüpften in Georgs Kleider, in seine Haare und in seinen Mund, obwohl er die Lippen verzweifelt zusammenpresste.
»Scholltescht disch schämen, daschde ohne misch schro – schra – broschbaschohoscho ...«
Das Schmoddermaul würgte, kotzte neue Schlammschwalle über ihn. Hör doch auf!, wollte Georg schreien, doch als er die Lippen öffnete, stürzten die scharf riechenden Schlammschwalle in seinen Mund, wälzten sich durch seine Kehle, und rötliche Kröten, quaddelnde Olme schlüpften, schlitterten mit den Schwallen in ihn rein, sodass er spürte, die Kröten schlichen schon durch seinen Körper, die Olme platschten schon in ihm herum, und immer noch kotzte das Modermaul, kotzte ihm heiße, scharf riechende Schlammschwalle zwischen die Lippen, die Peter ihm mit spitzen Fingern wie zwei Schlammlappen auseinanderzog.
»Scholltescht disch schämen, daschde ohne misch schro – schra – broschbaschohoscho ...«
Da schlug Georg zu. Er schlug seine Faust, die fiebrig heiße Faust in das kotzende Maul, in das sie bis zum Handgelenk weich und heiß umschmeichelt einfuhr, ohne dass er irgendwelchen Widerstand fühlte, irgendeine Wirkung erzielte; das Schmoddermaul kotzte einfach weiter, kotzte um die Faust herum, während die Kröten und Olme auf seinem Arm runterrutschten, in seine Kleider schlüpften, in seine Haare, durch seine Lippen, die Peter mit spitzen Fingern wie Lappen auseinanderzog. Wie-

der schlug er zu, noch mal und noch mal; er zielte auf Peters Nase, auf das klackende Säckchen, das unter den Schlägen aufplatzte, und was sich aus dem Säckchen stürzte, war Schattengeflatter, war dunkles Gehusche auf Spinnenbeinen, war widriges Gewimmel, scheinbar nur zuckender Schlamm, aber dazu dieses Geraschel und ein Geflatter von milchig durchscheinenden Flügelchen, die ihm wie Spinnweb ins Gesicht wehten und durch alle Poren krochen, in seinen Kopf, seine Ohren, sich in seine Augen bohrten, auf seiner Zunge tanzten und seine Nase annagten, dabei unablässig ausscheidend, aus winzigen, durchsichtigen Gedärmen pressend, was sie eben erst eingeschlungen hatten. Und immer noch kotzte über ihm das Modermaul.
»He, Georg!«
Ein Blitz zuckte durch seinen Traum. Er schreckte hoch und merkte, dass er auf dem Rücken in Alex' Rattenloch lag. Alex hatte geisterhaftes Licht eingeschaltet, bog sich zu ihm runter und murmelte: »Komm mit. Ich muss dir was zeigen.«
Wieso mitkommen, und wohin? Er begriff nicht, denn immer noch glitschte und glibberte in ihm, über ihm der widerliche Traum. Er spürte würgende Übelkeit, und obwohl er die Augen aufriss, glaubte er das in dunklen Schwallen kotzende Maul genau über seinen Augen zu sehen.
»Hörst du nicht? Komm mit.«
Na klar. Sowieso würde er sich gleich übergeben müssen, und vielleicht redete Alex bloß vom Badezimmer, das er ihm zeigen wollte, ehe er sich auf den Teppich erbrach. Als er sich aufrappelte und die Decken zur Seite streifte, fühlte er sich überhaupt nicht mehr schwindlig, auch sehr viel kräftiger, als er geglaubt hätte – er stand schwankend neben dem Bett, aber er spürte sein Gewicht nicht, er glaubte zu schweben, zu tänzeln wie Alex, der ihm einen Hausmantel reichte, genauso einen staubgrauen Klaußen-Mantel, wie er selbst einen trug.
»Zieh das über, Georg. Im Keller ist es kalt.«
Wieso im Keller? Er hätte lachen mögen, aber er fürchtete, wenn er den Mund aufmachte, würde nicht Gelächter rausspritzen, sondern Schlamm. Mit der linken Hand griff er nach dem Mantel, presste die Rechte vor die Lippen, die Peter im Traum mit spitzen Fingern auseinandergezogen hatte wie Lappen.
»Ist dir nicht gut, Georg? Warte, ich helf dir.« Alex half ihm kavaliersmäßig in den Mantel, packte ihn bei den Schultern und schob ihn zur Tür, über den winzigen Flur zur Metalltür direkt daneben, hinter der steile Stiegen in die Tiefe fielen.
»Kommst du mit den Stufen zurecht?«
Aber klar. Flattrig stakste er die eiskalten Stufen runter, leider hatte Alex nicht daran gedacht, ihm irgendwelche Schuhe zu geben. Na ja, halb so schlimm.
»Wenn du dich übergeben musst – unten die erste Tür rechts.«
Mit der Schulter stieß er die Tür auf. Alex drückte sich neben ihm über die Schwelle, schaltete blendendes Licht ein.

»Ja, los, gehen wir rein«, sagte Alex. »Hier im Gewölbe hat der alte Klaußen mit irgendwelchen harmlosen Chemikalien rumexperimentiert.«
Harmlos? Georg grinste listig, oder glaubte, er hätte gegrinst. Was mit Klaußen zu tun hatte, war meistens nicht besonders harmlos, aber davon wusste Alex wieder mal nichts. Übrigens spürte er, dass die kalte Luft ihn zu erfrischen schien; die Übelkeit wich zurück, auch das Schlammmaul aus seinem Traum verblasste im gleißenden Licht des Laborgewölbes. Er schwebte bis zur Mitte des Raumes und sah links Regale mit gläsernen Tiegeln und allerlei seltsamen Geräten mit schlenkernden Schläuchen; rechts hohe Glasschränke, darin in dunklen, dickbauchigen Flaschen irgendwelche Elemente, teils pulvrig glitzernd, teils flüssig trüb. Und hinten vor der Schmalwand eine Art Bottich oder Zuber, der fast bis zum Rand mit einer scharf riechenden Brühe angefüllt war.

+++

»Dein Freund Timo ist tot, Georg. Du bist doch Georg, oder? Timo ist anscheinend erfroren. Ich wollte ihn totschlagen, aber wie ich zu ihm runterkam, war er schon kalt. Und an seinem Tod bist du genauso schuld wie am Tod seines Vaters.«
Er machte zwei katzenhafte Schritte auf den anderen zu, der ihn verzerrt lächelnd anstarrte, aber anscheinend noch nicht bemerkt hatte, dass er praktisch in einen Spiegel starrte. Erstaunlich, wie zäh der andere war. Ließ sich monatelang von Polizisten und Richtern malträtieren, buddelte sich in den Schnee ein, bis er kalt und starr wie ein Schneemann war, aber am Morgen danach sprang er munter aus dem Bett, allerdings grün im Gesicht und immer noch ziemlich zittrig. Na ja, das war wirklich egal jetzt. »Wenn du kotzen musst, beug dich über den Bottich.«

+++

Oh nein. Er starrte den anderen an, immer noch listig grinsend, wie er glaubte. Oh nein, mein Freund Alex. So einfach konnte er's dem anderen wirklich nicht machen. Denn ja, er begriff jetzt. Der andere hatte sich wieder verwandelt, hatte die Georg-Maske übergestreift. Also würde er doch bis zum Äußersten gehen. Okay, Alex. Er war bereit.
Er fühlte sich seltsam leicht, beinahe heiter, er schwebte, und wenn der andere versuchen würde, ihn anzugreifen, er würde grunzend ins Leere taumeln wie ein plumper Bär. Der mochte glauben, er wäre zu geschwächt, um sich noch ernstlich zu verteidigen. Aber er war zäh. Freispruch dritter Klasse hieß, man erhielt genau die Chance, die man sich selbst erkämpfte. Ein wenig fühlte er sich noch irritiert durch seinen Traum, durch dieses kotzende Schmoddermaul, durch dieses Geflatter im zerplat-

zenden Nasensäckchen, das irgendwo über ihm noch sein geisterhaftes Wesen trieb, gurgelnd und huschend. Aber das hatte nichts zu besagen. Er spürte auch überhaupt keine Traurigkeit, als der andere noch näher herantänzelte, gebückt wie ein japanischer Kämpfer, dem er auch durch den flatternden Mantel ähnlich sah.

»Hast du dich wirklich foppen lassen, bist du allen Ernstes so naiv?« Das kam von Alex, aber es klang nicht höhnisch, sondern gereizt. »Dieses Haarfärbezeugs hab ich natürlich aus Zürich mitgenommen, und ich war auch noch mal bei Signor Vittorio, der mir 'nen ganzen Vorrat brauner Augenmasken zurechtgeschliffen hat. Während du oben geschlummert hast, hab ich wieder mal die Georg-Schminke aufgelegt. Du hast ja keine Verwendung mehr für die Maske, für deine Papiere und all das.«

Wirklich nicht? Der andere fühlte sich viel zu sicher; wahrscheinlich hatte er sich die dramatische Schlussszene seit Monaten ausgemalt, und jetzt schien ihn die wirkliche Aufführung fast zu langweilen. Dass er schon vorher die Georg-Maske übergestreift und sogar dafür gesorgt hatte, dass sie beide die gleichen staubgrauen Mäntel trugen – das war beinahe schon zu ausgeklügelt, es war allerdings auch unheimlich, aber für wen unheimlich, wer unterschied jetzt noch zwischen drinnen und draußen, zwischen dem, was vor und hinter dem Spiegel steckte? Jedenfalls war der andere hilflos überrascht, als die plötzlich vorschwingende Faust ihn in den Bauch traf, sodass er vornüber klappte und mit der Stirn gegen ein vorschießendes Knie schlug.

Aber welcher andere? Wer hatte wen überrascht, und stand nicht schon im Voraus fest, dass Georg diesen Kampf auf Leben und Tod nicht gewinnen konnte? Aber welcher Georg? Unter dem scharfen Laborlicht, im rohsteinernen Gewölbe stürzten zwei schlanke Gestalten zu Boden, beide in grau flatterndem Mantel, beide braunäugig und mit fiebrig erhitzten Gesichtern zwischen schwach gewelltem, schwarzglänzendem Haar. Auf Leben und Tod kämpfen hieß, man stürzte in dunkelste Bewusstlosigkeit, man überschwemmte alle Grenzen, das war tödliche, seit Urzeiten verbotene Berührung, man bohrte sich in den anderen, schlürfte sein Blut, all seine Säfte, da war keine Haut mehr, da war nur noch Herz, nur noch Blutzuckendes, in das man eindrang, tiefer und immer tiefer, selbst nur schwemmende Welle; man kämpfte um sich selbst und war doch längst kein Selbst mehr, bloß noch drohende Woge, aber wen bedrohend; es war verbotene Berührung, aber wen berührend, es war wie in Träumen, Schmoddergekotze, und von draußen bloß Zucken auf der Stelle, ähnlich den Krämpfen eines Gelähmten, und was jetzt geschah, war grauenhaft.

Beide sprangen auf, keuchend. Ihre Mäntel längst zerfetzt, bloß hier und da spannten sich Fäden und Fasern über Muskeln, die unbeherrscht zuckten, und so was wie Gelächter zitterte auch im Raum. Einer warf sich vor, schlang einen Arm um den Nacken des anderen, zerrte ihn zum Bottich vor der Schmalwand, der knapp einen Meter tief war und bis zum Rand mit trüber, scharf dünstender Brühe gefüllt. Der andere wehrte sich verzweifelt, aber er war der Schwächere, er wusste, was passieren

würde, doch er hatte keine Kraft mehr, hinter ihm schoss eine Hand hoch, krallte sich in seinen Schopf und tunkte sein Gesicht mit Schwung in die zerfressende Säure. Was jetzt hochquoll, war nie gehörtes Gurgeln, was hochschnellte, war kein Gesicht mehr, bloß eine rohfleischige Scheibe, grau dampfend, eine ganz glatte, kochendrote Scheibe, die eine Sekunde, zwei Sekunden über dem nackt dastehenden Körper schwankte.
Eine Sekunde ... zwei Sekunden ... Das Irrsinnige ihrer Stille. Wie sie nie vergehen wollten. Dieser Blick, der keiner mehr war.
Dann stürzte die flammendrote Sonne vom Himmel, dann klappte der Körper, der sie getragen hatte, in der Mitte zusammen, und stürzte, von seinem eigenen Gewicht gezogen, hinter der Sonne in den altertümlichen Zuber. Trübe Gischt spritzte hoch, klatschte zurück, grauer Dampf stieg auf.

13

Sonntagfrüh. Georg lehnte am Pfosten zwischen Kochnische und Bücherwand und rauchte zum Abschied eine *Gitane*. Draußen hatte verfrühtes Tauwetter eingesetzt, bestimmt nur vorübergehend, da man erst Anfang März schrieb und der Frost noch lange nicht gebrochen war. Mit leeren Händen war Georg zur Hütte gekommen, und mit leeren Händen würde er wieder verschwinden. Sein Gepäck – nur die Brieftasche mit den Georg-Kroning-Papieren. Pass, Scheckbuch, und dann diese Zeitungsfetzchen, die notfalls bewiesen, er war frei.
In den letzten Tagen hatte er noch ziemlich viel zu tun gehabt. Zunächst mal hatte er sich von dem Kellergerangel erholt und überhaupt von den Strapazen der letzten Zeit, dumm dämmernd auf der Klaußen-Couch und zwischendurch immer wieder gequält von fieberfarbenen Träumen. Margot, ja – wie gern hätte er ihre Nähe gespürt, ihre lächelnde Wärme, und er konnte jetzt ohne Weiteres zugeben, vor sich selbst zugeben, dass die Zeit mit ihr schön gewesen war, zauberhaft und für immer unvergesslich. Und Klaußen, was für ein seltsamer Mann, seine Düsterkeit, sein bitterer Geruch immer noch in der Hütte. Seinen grauen Mantel überstreifen, spürte Georg, hieß noch lange nicht, Klaußen verstehen.
Nachdem er sich halbwegs erholt hatte, war er wieder runter ins Gewölbe geschlichen und hatte die verfrorene Timo-Leiche ins Labor gezerrt. Es war nicht zu vermeiden gewesen, dass er noch mal vor den Zuber voll dünster Brühe getreten war, in dem zischelnde Fleischbröckchen zwischen helleren Knochensplittern schwammen, und was sich dazwischen bläulich schlängelte, waren möglicherweise losgerissene Adern. Na ja, egal jetzt. Er hatte die Timo-Leiche kopfüber in den Zuber gestürzt, aber so,

dass Rumpf und Beine draußen blieben – als wären die Arme des in die Brühe Geschmetterten eben noch mal hochgeschnellt und hätten den Kopf seines Häschers in die Tiefe gezogen. Welchen Reim sich die Polizisten auf die schaurige Szene machen würden, war leicht zu erraten. Besessen von der Idee, seinen entehrten Vater zu rächen, hatte Timo Prohn den flüchtigen Alex Kortner in der Klaußen-Hütte aufgespürt, und im Gewölbe dann ihr tödlicher Kampf. Tödlich für beide, vielleicht nur wegen dem altertümlichen Chemielabor, das der Mord- und Rachegeschichte noch einen Extrastich ins Alchimistische gab.

Nachher hatte er die grauen Mäntel verbrannt, und mit den Fingerabdrücken hatte er sich viel Mühe gemacht. Überall in der Hütte würden die Polizisten Alexander Kortners Spuren finden, dazu hier und da Abdrücke von Timo Prohn. Aber selbstverständlich nicht den schattenhaftesten Hinweis, dass Georg Kroning die Hütte oder auch nur den Tunnel über der Hütte jemals betreten hatte.

Na ja, das war's jetzt. Was für eine komisch-todtraurige Geschichte, dachte er. Niemand war je auf die Idee gekommen, dass sich Alex Kortner monatelang hinter der Georg-Kroning-Maske versteckt hatte. Und wem vielleicht doch etwas gedämmert war wie möglicherweise Kroll, der konnte höchstens noch krächzen wie die Krähen auf den Gräbern von Lerdeck.

Er schlug den Mantelkragen hoch, setzte den dunklen Hut auf und streifte die feinen Lammhandschuhe über, die im Gebirge eigentlich unbrauchbar waren. Er trat über die Schwelle, ließ die Hüttentür angelehnt. Graues Tauwasser rauschte über die Hänge, die wirklich wie ein Trichter waren; unten die Hütte wie ein plumper Pfropf, der die Mündung verstopfte; und oben der Stollen wie ein Schlauch zu diesem Trichter. Er zwängte sich in den Schlauch, Schmelzwasser rauschte; mit seinen feinen Stiefeln platschte er gegen die Strömung.

Früh schon gespürt, dass er nur mit den Spielen eine Chance bekam, und jetzt *das*. Er lachte. Einmal, ein einziges Mal den Fehler gemacht, um Freundschaft zu betteln, aber das war ihm eine Lehre fürs Leben. Grollend warf der Stollen das Echo seines Gelächters zurück. Graues Tauwasser rauschte. Mochte ja sein, dass irgendwer sich fragte, wer war er denn, Alex oder Georg. Aber im Innern der *Irrläufer*-Welt war diese Frage kaum mehr möglich. Und falls irgendwer von außerhalb so was fragte, konnte er nur erwidern – dieses Hin und Her zwischen Drinnen und Draußen war manchmal einigermaßen schwierig. Und die Wahrheit war einfach die, dass er sich zauberhaft fühlte, ganz heiter und leicht, und dass er jederzeit mit seinen Papieren beweisen konnte, er hieß Georg Kroning, er besaß ein erstklassiges Schweizer Nummernkonto, und er war dritter Klasse frei.

Geschrieben 1986/87 in Zürich und Kassel, 1992/93 in München,
für diese Ausgabe überarbeitet 2019/20 in Berlin

Nachwort

Im Frühjahr 1987 schrieb ich große Teile der ersten *Irrläufer*-Version, und zwar überwiegend nachts. Tagsüber saß ich im Züricher Robert-Walser-Institut über Autografen des herausragenden Schweizer Schriftstellers, die ich Zeile für Zeile mit den Druckausgaben verglich. In gewisser Weise führte auch ich ein geheimes Doppelleben, ähnlich meinem Protagonisten Georg Kroning. Allerdings war mein Apartment gegenüber dem Bahnhof Enge mit Chippendale-Imitaten möbliert, und hinter dem Schrank gab es (mutmaßlich) keinen mysteriösen Hohlraum.
Seit meiner Summa-cum-laude-Dissertation über Thomas Bernhards Prosakunst (de Gruyter 1987) galt ich als aufgehender Stern der Literaturwissenschaft. Mein dreimonatiger Zürich-Aufenthalt war Teil eines Habilitationsprojekts, das von der Deutschen Forschungsgesellschaft gefördert wurde. Doch auch wenn es mir in jenem verregneten Züricher Frühling noch nicht völlig bewusst war, hatte meine Abkehr von Germanistik und Universitätskarriere bereits begonnen. Meine umfangreiche Arbeit über Robert Walsers Romane schloss ich zwar wie geplant bis 1989 ab, reichte sie aber nicht als Habilitationsschrift ein, sondern publizierte sie in einem Wissenschaftsverlag (Königshausen & Neumann 1991f.). Ein disruptiver Schritt, der manch einen in meiner Umgebung verblüffte oder sogar bestürzte, doch ich selbst habe ihn nie bereut. Anstatt weitere Bücher über Werke anderer Autoren zu verfassen, wollte ich mit aller Energie fortsetzen, was ich nicht erst in Züricher Nachtstunden begonnen hatte. Dem literarischen Erzählen hatte ich mich seit vielen Jahren verschrieben, doch mit der Arbeit am *Irrläufer* hatte ich endgültig Blut geleckt.
Während ich schrieb, überarbeitete, verwarf, neu ansetzte, weiterschrieb, dachte ich weder an Ruhm noch an Markterfolg, ja nicht einmal an Veröffentlichung. Das umfangreiche Manuskript zu verfassen, war mächtig viel Arbeit, doch mehr noch war es ein Erlebnis, ja eine Lebensweise von rauschhafter Intensität. So wie ich selbst mich damals auf der Kippkante zwischen »hoher« Literatur und eigener Romanschriftstellerei befand, weist auch *Der Irrläufer* Einflüsse aus zwei belletristischen Welten auf, die man damals, mehr noch als heute, für kaum vereinbar hielt. Aus einer Distanz von mehr als dreißig Jahren sehe ich deutlicher als damals, wie viel von meiner fast schon manischen Beschäftigung mit Thomas Bernhard und Robert Walser, auch mit Jean Paul oder Ludwig Tieck eingeflossen ist, überhaupt von romantischer Ästhetik und Weltsicht; dagegen standen mir meine kriminalliterarischen Bezugsgrößen – Patricia Highsmith oder der Georges Simenon der Non-Maigret-Romane – schon damals klar vor Augen.
Die Netze metaphorischer Verknüpfung und literarischer Referenzen sind in keinem

meiner Romane dichter, die Textstrukturen nirgendwo komplexer, die Resonanzräume nie mehr von so vielfältigen Echos erfüllt wie in meinem Erstlingsroman – bei gleichzeitiger spielerischer Leichtigkeit in der Modulation des Erzähltons oder der Kombination von Ebenen und Perspektiven.

Eigentümlicherweise sah ich das damals nicht annähernd so klar wie heute. Mein Doktorvater, der Münsteraner Germanist Prof. Hans Geulen, an dessen luzidem literarischem Urteil ich sonst niemals zweifelte, erkannte dem *Irrläufer* einen schwindelerregend hohen literarischen Rang zu. In mir selbst dagegen wirkte wohl noch längere Zeit die beträchtliche Erschütterung nach, die meine Arbeit an diesem Roman gleichfalls begleitet hatte und die sich mit einer gewissen autobiografischen Grundierung der Fiktionswelt zum Teil erklären dürfte.

Hinzu kam, dass es in der deutschen Verlagslandschaft jener Jahre für den *Irrläufer* keinen passablen Publikationsort zu geben schien: Der seinerzeitigen Logik zufolge war er »weder E noch U«, denn spannend erzählt durften »ernsthafte« Werke keinesfalls sein, während sich »Unterhaltsromane« vor allem dadurch auszeichneten, möglichst umstandslos konsumierbar zu sein. Mittlerweile ist der Graben zwischen E und U zwar teilweise zugeschüttet; auch die vermeintlich höhere Literatur kommt oftmals narrativ daher, jedoch weithin zu Lasten einstiger Verknüpfungsdichte und struktureller Komplexität.

Der Irrläufer jedenfalls machte seinem Arbeitstitel alle Ehre, indem er monatelang von Verlagshaus zu Verlagshaus, von Absage zu Absage irrte, ehe er schließlich in einem No-name-Verlag weniger erschien als unterging. Ich könnte mir zugute halten, dass es unter den seinerzeitigen Umständen vermutlich keine besseren Optionen gegeben hätte. Schwerer wiegt aber aus meiner heutigen Sicht, dass ich schon damals, in meiner persönlichen »Schwellenzeit«, jene Gleichgültigkeit gegenüber sonst allseits geschätzten gesellschaftlichen Institutionen (Lehrstühlen oder Verlagshäusern) an den Tag legte, die mir bis heute treu geblieben ist. So trifft mich also eine gehörige Mitschuld an dem ungehörigen Umstand, dass *Der Irrläufer* mehr als ein Vierteljahrhundert nach der Erstpublikation noch immer nahezu unbekannt ist.

Mit dieser überarbeiteten Neuausgabe unternehme ich einen energischen Versuch, das zu ändern. Möge *Der Irrläufer* endlich seinen Weg in die staunende Öffentlichkeit finden – ohne die tumultuösen Folgen, die ein scheinbar ganz ähnlicher Durchbruchsversuch in der Fiktionswelt meines Romans hervorgerufen hat.

Berlin, im März 2020
Andreas Gößling

Inhalt

Eins: *Tannenschatten*   7
Zwei: *Zürichsee*   87
Drei: *Taunusschlucht*   237
Vier: *Würfelspiel*   329
Fünf: *Schneemann*   459

Nachwort   558